ULYSSES

Ulysses, Robert Motherwell, 1947
Óleo sobre cartolina sobre tela, 85 × 71,1 cm. Reprodução: © Tate © Dedalus Foundation, Motherwell, Robert/AUTVIS, Brasil, 2021

Scylla and Charybdis, *Ulysses* portfolio, Robert Motherwell, 1988
© Dedalus Foundation, Motherwell, Robert/ AUTVIS, Brasil, 2021

Cyclops, *Ulysses* portfolio, Robert Motherwell, 1988
© Dedalus Foundation, Motherwell, Robert/ AUTVIS, Brasil, 2021

Star of the Sea, *Ulysses* portfolio, Robert Motherwell, 1988
© Dedalus Foundation, Motherwell, Robert/AUTVIS, Brasil, 2021

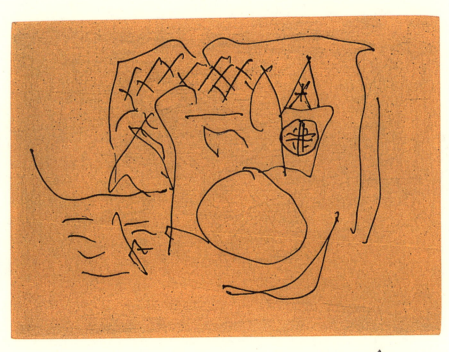

Music, Ulysses portfolio, Robert Motherwell, 1988
© Dedalus Foundation, Motherwell, Robert/AUTVIS, Brasil, 2021

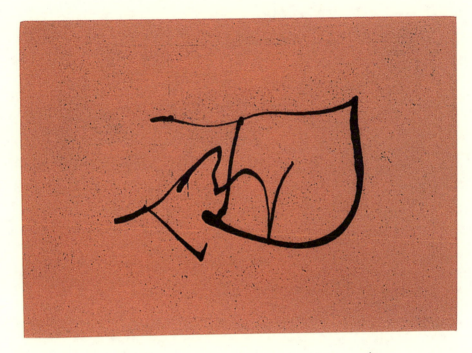

The Hospital, *Ulysses* portfolio, Robert Motherwell, 1988
© Dedalus Foundation, Motherwell, Robert/AUTVIS, Brasil, 2021

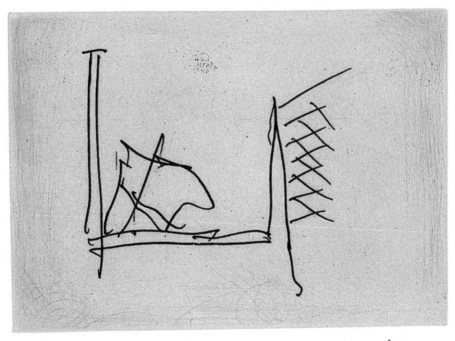

Penelope, Ulysses portfolio, Robert Motherwell, 1988
© Dedalus Foundation, Motherwell, Robert/AUTVIS, Brasil, 2021

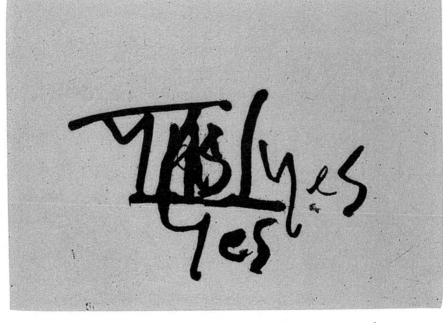

JAMES JOYCE

ULYSSES

TRADUÇÃO E ORGANIZAÇÃO
CAETANO W. GALINDO

ILUSTRAÇÕES
ROBERT MOTHERWELL

ENSAIOS
FABIO AKCELRUD DURÃO
FRITZ SENN
SANDRA GUARDINI VASCONCELOS
VITOR ALEVATO DO AMARAL
JOHN McCOURT
DIRCE WALTRICK DO AMARANTE
LOUIS GILLET
JOSEPH COLLINS

COMPANHIA DAS LETRAS

Copyright da tradução e organização © 2022 by Caetano W. Galindo
Copyright dos ensaios © 2022 by Os autores

*Grafia atualizada segundo o Acordo Ortográfico
da Língua Portuguesa de 1990, que entrou em vigor
no Brasil em 2009.*

Título original
Ulysses

Ilustração de capa
History, *Ulysses* portfolio, Robert Motherwell, 1988
© Dedalus Foundation, Motherwell, Robert/ AUTVIS, Brasil, 2021

Ilustração de quarta capa
Nymph, *Ulysses* portfolio, Robert Motherwell, 1988
© Dedalus Foundation, Motherwell, Robert/ AUTVIS, Brasil, 2021

Ilustrações do miolo
Ulysses portfolio, Robert Motherwell, 1988
© Dedalus Foundation, Motherwell, Robert/ AUTVIS, Brasil, 2021

Capa e projeto gráfico
Raul Loureiro/ Victor Kenji Ortenblad

Preparação
Fernando Nuno

Revisão
Adriana Moreira Pedro

Dados Internacionais de Catalogação na Publicação (CIP)
(Câmara Brasileira do Livro, SP, Brasil)

Joyce, James, 1882-1941
Ulysses / James Joyce ; tradução e organização Caetano W.
Galindo , ilustrações Robert Motherwell — 1ª ed. – São Paulo :
Companhia das Letras, 2022.

Vários ensaístas.
Título original: Ulysses.
ISBN 978-65-5921-263-7

1. Ficção irlandesa. I. Galindo, Caetano W. II. Motherwell,
Robert. III. Título.

21-87218   CDD-Ir823

Índice para catálogo sistemático:
1. Ficção : Literatura irlandesa   Ir823

Cibele Maria Dias – Bibliotecária – CRB-8/9427

[2022]
Todos os direitos desta edição reservados à
EDITORA SCHWARCZ S.A.
Rua Bandeira Paulista, 702, cj. 32
04532-002 – São Paulo – SP
Telefone: (11) 3707-3500
www.companhiadasletras.com.br
www.blogdacompanhia.com.br
facebook.com/companhiadasletras
instagram.com/companhiadasletras
twitter.com/cialetras

Nota do tradutor 20

ULYSSES 23

SOBRE *ULYSSES* 717
Em defesa da dificuldade — Fabio Akcelrud Durão 718
Ulysses: Um jogo inesgotável — Fritz Senn 727
James Joyce: Um mestre do romance — Sandra Guardini Vasconcelos 737
Ulysses no Brasil — Vitor Alevato do Amaral 751
Ulysses na Irlanda — John McCourt 764
Auto de fé e Bloomsday — Dirce Waltrick do Amarante 783
Paris, 1925: No caminho de Joyce — Louis Gillet 791
Nova York, 1922: A espantosa crônica de James Joyce — Joseph Collins 803

Sobre James Joyce 812
Sobre Caetano Galindo 814
Sobre Robert Motherwell 814

NOTA DO TRADUTOR

No dia 2 de fevereiro de 1922, meros dois exemplares do *Ulysses* ficaram prontos a tempo de chegar a Paris para marcar o aniversário de quarenta anos de James Joyce. Um foi para a casa do autor, outro para a vitrine da livraria Shakespeare and Company, cuja proprietária, Sylvia Beach, foi a corajosa publisher deste livro polêmico, que por algum tempo parecia que ninguém ia querer lançar.

O centenário do *Ulysses* é, para mim, a marca de vinte anos de envolvimento com a tradução da obra de Joyce. E o aniversário de dez anos da publicação da minha tradução.

Para marcar isso tudo, vem esta edição especial, com a participação de convidados brasileiros e estrangeiros, todos eles escolhidos pelo que sabem de Joyce, é claro, mas também pessoalmente como companheiros de estudo e de leitura. E isso vale tanto no caso dos textos novos, todos eles produzidos para esta edição, quanto no dos textos que escolhemos republicar aqui, em tradução inédita, para dar uma amostra de como a primeira geração de críticos lidou com esse livro estranho, incomparável.

Nossa editora, nossa preparadora, os revisores, os tradutores convidados, os ensaístas, nosso designer, todos participaram deste projeto como irmãos. Foi um privilégio gigantesco.

A minha contribuição, aqui, é a revisão geral do texto da tradução publicada em 2012 pela Penguin-Companhia. Não se trata de uma nova tradução, mas sim de uma releitura que reflete algo do que eu hei de ter aprendido. E, por que não, algo do que em mim mudou como pessoa nesse tempo todo. Resta esperar que as mudanças (tanto em mim quanto no texto) tenham sido majoritariamente para melhor.

Por essas mudanças, e por tanta coisa, me cabe agradecer a James Joyce, que me deu ainda mais do que à maioria dos leitores dos últimos cem anos. E na impossibilidade de agradecer diretamente a todos os outros, na editora e fora dela, na universidade e fora dela, na minha casa e na minha vida, escolho agradecer por tudo isso a duas pessoas. Uma inexistente, outra desconhecida.

Fica aqui portanto meu abraço profundamente comovido para Leopold Bloom, um dos seres humanos que eu mais amo nesta vida, meu amigo constante e meu herói da vida comum; e para você, que retorna a Joyce através do meu texto, ou que agora pela primeira vez decide tentar percorrer o caminho dessa esplendorosa odisseia dublinense.

Tudo isso, no fundo, é por vocês.

ULYSSES

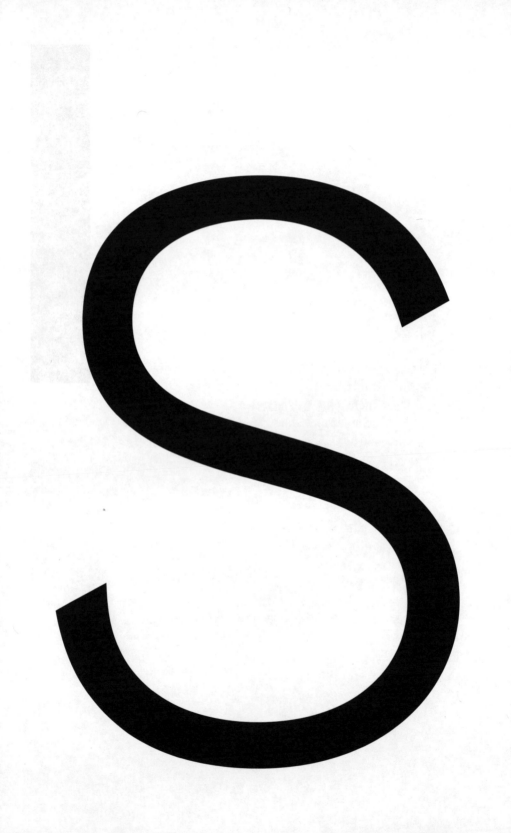

olene, o roliço Buck Mulligan surgiu no alto da escada, portando uma vasilha de espuma em que cruzados repousavam espelho e navalha. Um roupão amarelo, com cíngulo solto, era delicadamente sustentado atrás dele pelo doce ar da manhã. Elevou a vasilha e entoou:
— *Introibo ad altare Dei.*
Detido, examinou o escuro recurvo da escada e invocou ríspido:
— Sobe, Kinch. Sobe, seu jesuíta medonho.
Altivo ele se adiantou e subiu na plataforma de tiro redonda. Olhou em torno e abençoou sério e por três vezes a torre, o campo em volta e as montanhas que acordavam. Então, percebendo Stephen Dedalus, inclinou-se em sua direção e fez cruzes rápidas no ar, arrulhando na garganta e sacudindo a cabeça. Stephen Dedalus, contrafeito e sonolento, apoiava os braços no alto da escadaria e olhava frio o arrulhante rosto balouçante que o abençoava, equino por seu comprimento, e o cabelo claro intonso, com matiz e textura de pálido carvalho.
Buck Mulligan espiou um instante sob o espelho e então cobriu rápido a vasilha.
— De volta à caserna, disse peremptório.
Acrescentou em tom sacerdotal:
— Pois isto, ó mui estimados, é a genuína Christina: corpo chagado, alma e sangue. Música lenta, por favor. Fechem os olhos, cavalheiros. Um momento. Probleminha aqui com esses corpúsculos brancos. Silêncio, todo mundo.
Ele olhou de canto ao alto e soltou um longo assovio baixo, um chamado, então se deteve por um instante de enlevada atenção, regulares dentes brancos rebrilhando cá e lá em pontos dourados. Chrysostomos. Dois assovios fortes e estridentes cruzaram a calmaria.

— Obrigado, meu camarada, ele gritou bruscamente. Está mais do que bom. Corte a corrente, por favor.

Saltou da plataforma e olhou sério seu vigia, recolhendo pelas pernas as pregas frouxas do roupão. O rosto roliço na sombra e a mandíbula oval melancólica evocavam um prelado, patrono das artes na Idade Média. Um sorriso agradável rompeu calado seus lábios.

— É brincadeira, ele disse, alegre. Esse teu nome absurdo, um grego antigo!

Apontou com o dedo brincando inofensivo e foi até o parapeito, rindo sozinho. Stephen Dedalus subiu, seguiu-o sombrio até o meio do caminho e sentou na beirada da plataforma, olhando-o ainda enquanto instalava o espelho no parapeito, mergulhava o pincel na vasilha e espumava bochechas e pescoço.

A voz alegre de Buck Mulligan prosseguia.

— O meu nome também é absurdo: Malachi Mulligan, dois dátilos. Mas tem um toque helênico, não tem? Ágil e radiante como um buque de guerra. A gente tem que ir a Atenas. Você vem se eu conseguir que a tia arranje vinte pratas?

Pôs de lado o pincel e, rindo deleitado, gritou:

— Se ele vem? o jesuíta jejuno!

Cessando, começou a se barbear com cuidado.

— Diga, Mulligan, Stephen disse baixinho.

— Sim, meu amor.

— Quanto tempo o Haines vai ficar aqui na torre?

Buck Mulligan exibiu uma bochecha barbeada por sobre o ombro direito.

— Meu Deus, ele não é horroroso? disse com franqueza. Saxãozinho casmurro. Ele acha que você não é um cavalheiro. Meu Deus, esses desgraçados desses ingleses! Entupidos de dinheiro e de comida. Porque veio de Oxford. Sabe, Dedalus, você é que tem o verdadeiro estilo de Oxford. Ele não consegue te destrinchar. Ah, o meu nome pra você é que é o melhor: Kinch, o gume de faca.

Barbeava atento o queixo.

— Ele ficou a noite inteira delirando sobre uma pantera negra, Stephen disse. Cadê o estojo da carabina dele?

— Um lunático digno de lástima! Mulligan disse. Deu medinho?

— Sim, Stephen disse com energia e temor crescente. Aqui longe de tudo no escuro com um sujeito que eu não conheço delirando e murmurando sozinho sobre atirar numa pantera negra. Você salvou vítimas de afogamento. Mas eu não sou herói. Se ele fica eu saio.

Buck Mulligan encarou com um olhar de censura a espuma na navalha. Pulou de seu poleiro e começou a revistar os bolsos da calça apressado.

— Sebo, gritou abafado.

Veio até a plataforma e, metendo a mão no bolso do peito de Stephen, disse:

— Empresta aí esse teu portameleca pra limpar a minha navalha.

Stephen tolerou que ele arrancasse e exibisse por um canto um lenço sujo amarrotado. Buck Mulligan limpou cuidadoso a navalha. Então, perscrutando o lenço, ele disse:

— O portameleca do bardo. Uma nova cor pra paleta dos nossos poetas irlandeses: verderranho. Quase dá pra sentir o gosto, não é?

Subiu novamente até o parapeito e mirou por sobre a baía de Dublin, seus claros cabelos de carvalhopálido movendo-se leves.

— Meu Deus, ele disse baixo. Não é que o mar é bem aquilo que o Algy diz: uma doce mãe cinzenta? o mar verderranho. O mar encolhescroto. *Epi oinopa ponton.* Ah, Dedalus, os gregos! Eu tenho que te ensinar. Você precisa ler no original. *Thalatta! Thalatta!* É a nossa doce mãe imensa. Vem ver.

Stephen levantou e foi até o parapeito. Apoiado nele olhou para baixo, para a água e o barcopostal que cruzava a boca do porto de Kingstown.

— Nossa mãe poderosa, Buck Mulligan disse.

Desviou abrupto seus grandes olhos mirantes do mar para o rosto de Stephen.

— A tia acha que você matou a tua mãe, ele disse. Por isso que ela não quer que eu me dê com você.

— Alguém matou, Stephen disse lúgubre.

— Porra, Kinch, você podia ter se ajoelhado, quando a tua mãe moribunda pediu, Buck Mulligan disse. Eu sou hiperbóreo tanto quanto você. Mas só de pensar na tua mãe implorando com o último alento pra você se ajoelhar e rezar por ela. E você recusou. Tem alguma coisa sinistra em você...

Ele se interrompeu e de novo suave espumou a bochecha de lá. Um sorriso tolerante curvou-lhe os lábios.

— Mas um gracioso lindo! murmurou consigo mesmo. Kinch, o gracioso mais lindo de todos!

Barbeava-se rente e cuidadosa, em silêncio, seriamente.

Stephen, um cotovelo descansado no rugoso granito, punha a palma contra a testa e encarava a borda esgarçada da brilhante manga preta de seu casaco. A dor, que não ainda a dor do amor, roía-lhe o coração. Calada, num sonho ela viera a ele após a morte, o corpo gasto na larga mortalha marrom exalando um odor de cera e de jacarandá, o hálito, que se tinha curvado sobre ele, mudo, reprovador, um vago odor de cinzas úmidas. Pelo punho puído da camisa ele via o mar saudado como doce mãe imensa pela bem alimentada voz a seu lado. O anel de baía e horizonte continha opaca massa verde de líquido. Uma vasilha de porcelana branca ficara ao lado de seu leito de morte contendo a bile verde estagnada que ela arrancara do fígado podre em ataques de vômito em altos gemidos.

Buck Mulligan limpava de novo a navalha.

—Ai, coitado do irmãodasalmas! disse numa voz doce. Eu preciso te dar uma camisa e uns portamelecas. Como é que vão as pantalonas de segunda mão?

—Serviram direito, Stephen respondeu.

Buck Mulligan atacou o cavo sob o lábio inferior.

—É brincadeira, ele disse contente. Elas deviam ser é de segunda perna. Sabe lá qual zèninguém sarnento largou essa calça. Eu tenho uma linda com uma risca fina, cinza. Você vai ficar supimpa com ela. Eu não estou brincando, Kinch. Você fica bem à beça quando está bem vestido.

—Obrigado, Stephen disse. Eu não posso usar se for cinza.

—Ele não pode usar a calça, Buck Mulligan contou a seu rosto no espelho. Etiqueta é etiqueta. Mata a mãe mas não pode usar calça cinza.

Dobrou a navalha cuidadoso e com palpos carícios dos dedos sentiu a pele lisa.

Stephen desviou os olhos do mar e para o rosto roliço de móveis olhos azulfumaça.

—Aquele sujeito que estava comigo no Ship ontem à noite, disse Buck Mulligan, diz que você tem p.g.p. Ele está trabalhando lá na casinha dos doidos com o Conolly Norman. Paralisia geral progressiva.

Varreu com o espelho no ar um semicírculo por transmitir a boanova ao mundo com a luz do sol já radiante sobre o mar. Seus recurvos lábios glabros riam e as bordas dos brilhantes dentes brancos. O riso tomou todo o seu tronco forte e sólido.

—Olhe só pra você, ele disse, seu bardo horroroso!

Stephen se inclinou e examinou o espelho que lhe era oferecido, trincado por um talho torto. Cabelo em pé. Como ele e outros me veem. Quem escolheu este rosto para mim? Este irmãodasalmas cheio de vermes? Também ele me pergunta.

—Eu surripiei isso aí lá do quarto da arrumadeira, Buck Mulligan disse. Pra ela está ótimo. A tia sempre contrata umas criadas feiosas por causa do Malachi. Não o deixeis cair em tentação. E ainda se chama Ursula.

Rindo de novo, levou o espelho para longe dos olhos interrogativos de Stephen.

—A ira de Caliban ao não ver o seu rosto no espelho, ele disse. Ah, se o Wilde estivesse vivo pra te ver!

Recuando e apontando, Stephen disse com amargura:

— É um símbolo da arte irlandesa. O espelho rachado de uma criada.

Buck Mulligan repentinamente enganchou o braço no de Stephen e andou com ele à roda da torre, navalha e espelho entrechocando-se no bolso em que os tinha posto.

— Não é justo provocar você desse jeito, não é, Kinch? ele disse gentil. Deus sabe que você tem mais espírito que qualquer um deles.

Aparando de novo. Ele teme a lanceta de minha arte como eu temo a da sua. A gélida caneta de aço.

— Espelho rachado de uma criada. Diz isso pro oxfordianozinho bovino aí embaixo e arranca um guinéu dele. Ele é podre de rico e acha que você não é um cavalheiro. O velho dele fez o pèdemeia vendendo mezinha pros zulus ou sei lá que outro golpe safado desses aí. Meu Deus, Kinch, se a gente pudesse trabalhar junto dava pra fazer alguma coisa pela ilha. Helenizar.

O braço de Cranly. Seu braço.

— E pensar que você tem que mendigar com esses porcos. Eu sou o único que sabe o que você é. Por que você não confia mais em mim? O que é que você tem atrás da orelha contra mim? É o Haines? Se ele fizer qualquer barulhinho aqui eu vou buscar o Seymour e a gente vai dar uma coça nele, pior do que a que deram no Clive Kempthorpe.

Jovem grita de vozes endinheiradas nos aposentos de Clive Kempthorpe. Caraspálidas: seguram as costelas de tanto rir, um enlaçando o outro, Ai, eu vou bater as botas! Conta pra ela com cuidado, Aubrey! Eu vou morrer! Com tiras talhadas da camisa fustigando o ar ele saltita e coxeia à roda da mesa, calças pelas canelas, caçado pelo Ades do *Magdalen* com as cisalhas de alfaiate. Um rosto de novilho apavorado ornamentado de geleia. Eu não quero trote! Não me façam de bobo!

Grita da janela aberta espantando entardecer no gramado. Um jardineiro surdo, de avental, mascarado com o rosto de Matthew Arnold, empurra seu cortador pela grama sombria observando atentamente os tufos dançantes de erva.

Para nós próprios... neopaganismo... *omphalos*.

— Deixe que fique, Stephen disse. Não há nada de errado com ele, é só à noite.

— Então o que é? Buck Mulligan perguntou impaciente. Vomita de uma vez. Eu sou bem franco com você. O que é que você tem contra mim agora?

Eles se detiveram, olhando na direção do obtuso cabo de Bray Head que repousava na água como o focinho de uma baleia adormecida. Stephen libertou seu braço calmamente.

— Você quer mesmo que eu diga? ele perguntou.

—Quero, o que é? Buck Mulligan respondeu. Eu não me lembro de nada.

Olhava para o rosto de Stephen enquanto falava. Um vento leve cruzou-lhe a testa, soprando suave o cabelo claro em desalinho e agitando pontos prata de ansiedade em seus olhos.

Stephen, deprimido pela própria voz, disse:

—Você lembra o primeiro dia em que eu fui à sua casa depois da morte da minha mãe?

Buck Mulligan fechou rápido a cara e disse:

—O quê? Onde? Eu não me lembro de nada. Eu só recordo ideias e sensações. Por quê? o que foi que aconteceu pelo amor de Deus?

—Você estava fazendo chá, Stephen disse, e eu cruzei o patamar para buscar mais água quente. A sua mãe e uma visita saíram da sala de estar. Ela perguntou quem estava no seu quarto.

—É? Buck Mulligan disse. O que foi que eu disse? Eu não lembro.

—Você disse, Stephen respondeu, *Ah, é só o Dedalus; a mãe dele morreu que nem um bicho.*

Um rubor que o fez parecer mais jovem e mais atraente subiu à bochecha de Buck Mulligan.

—Eu disse isso mesmo? ele perguntou. E daí? o que é que tem?

Ele se livrava nervoso de seu constrangimento.

—E a morte é o quê, ele perguntou, a da tua mãe ou a tua ou a minha? Você viu só a tua mãe morrer. Eu vejo gente apagando todo dia na *Mater* e no *Richmond* e cortada em tripas na sala de vivissecção. É uma coisa animalesca e pronto. Simplesmente não importa. Você não quis se ajoelhar pra rezar pela tua mãe no leito de morte quando ela pediu. Por quê? Porque você tem o maldito do sangue jesuíta, só que injetado ao contrário. Pra mim é tudo uma piada, e estúpida. Os lobos cerebrais dela não estão funcionando. Ela chama o doutor sir Peter Teazle e colhe amoresperfeitos da colcha. É animar a coitada até tudo acabar. Você contrariou o último desejo dela à beira da morte e ainda assim se aborrece comigo porque eu não sou gemebundo que nem uma carpideira contratada no *Lalouette*. É um absurdo! Digamos que eu tenha dito isso. Eu não quis ofender a memória da tua mãe.

A fala lhe dera coragem. Stephen, cobrindo as feridas escancaradas que as palavras lhe deixaram no peito, disse muito friamente:

—Eu não estou pensando na ofensa à minha mãe.

—Em quê, então? Buck Mulligan perguntou.

—Na ofensa a mim, Stephen respondeu.

Buck Mulligan girou nos calcanhares.

—Ah, sujeitinho impossível! exclamou.

Ele se afastou veloz seguindo o parapeito. Stephen manteve seu posto, olhando por sobre o mar calmo na direção do promontório. Mar e terra escureciam. Seu sangue pulsava nos olhos, velando-lhes a vista, e ele sentia a febre de seu rosto.

Uma voz dentro da torre chamou alto:

—Você está aí em cima, Mulligan?

—Estou indo, Buck Mulligan respondeu.

Virou para onde estava Stephen e disse:

—Olhe o mar. Parece que ele liga pra essas ofensas? Esquece o Loyola, Kinch, e desce. O inglesinho quer o seu toucinho matinal.

Sua cabeça se deteve de novo por um momento no alto da escada, no nível do teto.

—Não fique se lamentando o dia inteiro por causa disso, ele disse. Eu sou um inconsequente. Larga mão dessa cisma casmurra.

Sua cabeça sumiu mas o zumbido de sua voz descendente troava da escadaria:

E já não mais cisme e desvie
Do amargo mistério do Amor
Pois Fergus tange os carros brônzeos.

Sombras vegetavam silentes na paz da manhã flutuantes da escada ao mar para onde olhava. Na praia e mais além embranquecia o espelho dágua, pisado por pés lépidos e leves. Seio branco do mar turvo. Parelhas de pulsos, dois a dois. Mão tangendo as cordas de harpa fundindo-lhe os acordes geminados. Palavras pálidas do pélago aos pares cintilando na turva maré.

Uma nuvem começou a cobrir o sol lenta, toldando a baía de um verde mais fundo. Restava atrás dele, vasilha de águas amargas. A canção de Fergus: eu cantei sozinho na casa, segurando os longos acordes sombrios. Sua porta estava aberta: ela queria ouvir minha música. Calado por pavor e pena fui até sua cabeceira. Ela chorava em seu leito miserável. Por causa daquelas palavras, Stephen: *o amargo mistério do Amor.*

Onde agora?

Seus segredos: velhos leques de plumas, cartões de dança debruados, polvilhados de almíscar, rosário de contas de âmbar em sua gaveta trancada. Uma gaiola pendurada na janela ensolarada de sua casa quando menina. Ela ouviu o velho Royce cantar na pantomima de Turko o terrível e riu com outros quando ele cantou:

Pois afinal
Eu tenho a tal
Invisibilidade.

Alegria fantasmática, recolhida redobrada: almiscarada.

E já não mais cisme e desvie.

Recolhida redobrada na memória da natureza com brinquedos que eram dela. Lembranças tomavam seu cérebro que cismava. O copo de água da torneira da cozinha quando ela recebera o sacramento. Uma maçã sem coração, recheada de açúcar mascavo, assando para ela no fogão numa noite escura de outono. Suas unhas desenhadas vermelhas do sangue dos piolhos esmagados das camisas das crianças.

Num sonho, calada, viera-lhe ela, o corpo gasto na mortalha larga exalando um odor de cera e de jacarandá, seu hálito curvado sobre ele com mudas palavras secretas, um vago odor de cinzas úmidas.

Seus olhos baços, fitando fixos, dentre os mortos, por abalar e dobrar minha alma. Só em mim. A velafantasma para iluminar sua agonia. Luz fantasmal sobre o rosto torturado. Seu hálito rouco ruidoso esbatendo-se em pânico, quando todos rezavam de joelhos. Seus olhos em mim por me fazer ao chão. *Liliata rutilantium te confessorum turma circumdet: iubilantium te virginum chorus excipiat.*

Assombração! Mascador de cadáveres!

Não, mãe. Deixe-me estar e me deixe viver.

— Kinch, ó de bordo!

A voz de Buck Mulligan cantava de dentro da torre. Ela se aproximou pela escadaria, chamando de novo. Stephen, tremendo ainda com o grito de sua alma, ouviu quente luz do sol corrente e no ar atrás de si palavras amigas.

— Dedalus, desce, como um bom lerdinho. O café da manhã está pronto. O Haines está pedindo desculpa por ter acordado a gente de noite. Está tudo bem.

— Já vou, disse Stephen, virando.

— Vem, pelo amor do bom Jesus, Buck Mulligan disse. Pelo meu amor e pelo amor de todo mundo.

Sua cabeça desapareceu e reapareceu.

— Eu contei pra ele o teu símbolo da arte irlandesa. Ele disse que é muito bem pensado. Arranca uma prata dele, certo? Um guinéu, melhor.

— Eu recebo hoje de manhã, Stephen disse.

— O michê da escola? Buck Mulligan disse. Quanto? Quatro pratas? Empresta uma aí.

— Se é o que você quer, Stephen disse.

— Quatro reluzentes soberanos, Buck Mulligan gritou de prazer. A gente vai tomar uma gloriosa carraspana de espantar os druidas droidos. Quatro onipotentes soberanos.

Ele lançou as mãos para o alto e desceu pisoteando os degraus de pedra, cantando desafinado com um sotaque popularesco:

Vamo se diverti um bocadinho
Bebeno uísque, cerveja e vinho
Na coroação
No dia da coroação!
Vamo se diverti um bocadinho
No dia da coroação!

Quente luz do sol gaudiante sobre o mar. A vasilha de barba niquelada brilhava, esquecida, no parapeito. Por que eu deveria levá-la para baixo? Ou deixá-la ali o dia todo, amizade esquecida?

Foi até ela, segurou-a nas mãos por um momento, sentindo-lhe o frio, cheirando a baba mole da espuma em que se cravava o pincel. Assim eu levei a naveta de incenso nos dias de Clongowes. Sou outro agora e no entanto o mesmo. Um criado também. Um servo de um criado.

Na sombria saladestar abobadada da torre a forma cingida de Buck Mulligan se movia ríspida em torno da lareira de um lado para outro, velando e revelando seu brilho amarelo. Dois feixes de leve luz do dia caíam das altas barbacãs pelo chão lajeado: e no encontro de seus raios boiava uma nuvem de fuligem e de fumos de gordura frita, girando.

— Nós vamos sufocar, Buck Mulligan disse. Haines, abre aquela porta, por favor?

Stephen depôs a vasilha no armário. Uma figura alta surgiu da rede onde estivera sentada, foi até a porta e abriu as folhas internas puxando-as para si.

— A chave está com você? uma voz perguntou.

— Está com o Dedalus, Buck Mulligan disse. Virgem, eu estou sufocando!

Ele urrou sem tirar os olhos do fogo:

— Kinch!

— Está na fechadura, Stephen disse, avançando.

A chave rodou arranhando feio duas vezes e, quando a porta pesada tinha sido entreaberta, entraram ar brilhante e luz benvinda. Haines ficou no limiar, olhando para fora. Stephen içou sua valise ereta para a mesa e sentou esperando. Buck Mulligan jogou a fritada na travessa a seu lado. Carregou então a travessa e um grande bule até a mesa, largou-os pesadamente e suspirou aliviado.

—Ai, que me derreto, ele disse, como declarou a vela quando... Mas, caluda. Nem mais uma palavra sobre o assunto! Kinch, acorda. Pão, manteiga, mel. Haines, vem pra dentro. O rancho está pronto. Abençoa, senhor, o que iremos comer. Cadê o açúcar? Cruzes, não tem leite.

Stephen pegou o pão e o pote de mel e a manteigueira no armário. Buck Mulligan sentou-se numa birra repentina.

—Que tipo de michê é essa dona? ele disse. Eu disse pra ela vir depois das oito.

—A gente pode tomar puro, Stephen disse. Tem um limão no armário.

—Ah, vá à merda, você e essas tuas modas parisienses! Buck Mulligan disse. Eu quero leite de Sandycove.

Haines veio da porta e disse tranquilo:

—Aquela mulher vem vindo com o leite.

—As bênçãos do senhor sobre você, Buck Mulligan gritou, saltando da cadeira. Senta. Serve aí esse chá. O açúcar está no saco. Dá aqui, será que alguém me alcança aqueles ovos, cacete. Ele partiu a fritada na travessa e a estatelou em três pratos, dizendo:

—*In nomine Patris et Filii et Spiritus Sancti.*

Haines sentou para servir o chá.

—Eu vou pôr dois torrões pra cada um, ele disse. Mas, olha, Mulligan, você faz um chazinho bem forte, hein?

Buck Mulligan, decepando grossas fatias do pão, disse na voz bajuladora de uma velhinha:

—Se cês quer chá, eu faço chá, como dizia a velha dona Grogan. Se cês quer xixi, eu faço xixi.

—Benza Deus, isso aqui é chá, Haines disse.

Buck Mulligan seguia decepando e bajulando:

—*Faço mesmo, Seora Cahill*, diz ela. *Virgem santa, dona*, diz a senhora Cahill, *Deus queira que a senhora não faça os dois no mesmo jarro.*

Ele estendeu a um de seus confrades por vez uma grossa fatia de pão, empalada na faca.

—Folclore, disse com toda a sinceridade, pro teu livro, Haines. Cinco linhas de texto e dez páginas de notas sobre o povo e os deusespeixes de Dundrum. Impresso pelas irmãs loucas no ano do vendaval.

Ele virou para Stephen e perguntou numa voz polida e intrigada, levantando as sobrancelhas:

— Consegues recordar, irmão, se o jarro de dona Grogan estaria mencionado no Mabinogion ou acaso será nos Upanixades?
— Tenho cá minhas dúvidas, disse Stephen sério.
— Deveras? Buck Mulligan disse no mesmo tom. Teus motivos, data vênia?
— Conjecturo, Stephen disse enquanto comia, que ela não exista no Mabinogion e nem fora dele. Dona Grogan, imagina-se, era uma parenta de Mary Ann.
O rosto de Buck Mulligan sorriu deleitado.
— Delicioso, ele disse numa doce voz refinada, mostrando os dentes brancos e piscando os olhos divertido. Achas mesmo que era? Deliciosíssimo.
Então, enfarruscando repentino os traços todos, ele urrou com uma voz rascante enrouquecida enquanto decepava nova e vigorosamente o pão:

— *Porque a velha Mariana*
Pouco se importa ou se dana,
Mas, levantando a anágua...

Entupiu a boca com os ovos e mastigava e cantarolava.
Escurecera o limiar uma forma que entrava.
— O leite, senhor.
— Entra, dona, Mulligan disse. Kinch, pega a jarra.
Uma velha adiantou-se e se pôs junto ao cotovelo de Stephen.
— Que manhã bonita, senhor, ela disse. Glória ao Senhor nosso Deus.
— Quem? Mulligan disse, lançando-lhe um olhar. Ah, lógico.
Stephen se esticou e tirou a jarra de leite do armário.
— Os ilhéus, Mulligan disse a Haines casualmente, mencionam com frequência o colecionador de prepúcios.
— Quanto, senhor? perguntou a velha.
— Um quartilho, Stephen disse.
Ele a observou que vertia na medida e dali para a jarra gordo leite branco, não seu. Peitos velhos mirrados. Verteu de novo uma medida e uma quebra. Secreta e velha, entrara vinda de um mundo matinal, talvez uma mensageira. Louvava a virtude do leite, ao verter. Agachada ao lado de uma vaca paciente na aurora do campo opulento, uma bruxa em seu cogumelo, velozes os dedos enrugados nas tetas que espirravam. Mugiam em volta dela, sua conhecida, gado sedosorvalhado. Seda da grei e pobre velhinha, nomes que ganhara nos tempos antigos. Uma velhusca errante, forma rebaixada de um imortal servindo seu conquistador e seu alegre traidor, ambos adúlteros seus, ela, núncio da manhã secreta. Servir ou vergastar, ele não sabia dizer qual: mas desdenhava implorar seu favor.

— É verdade, dona, Buck Mulligan disse, servindo o leite em suas xícaras.
— Prove, senhor, ela disse.
Ele bebeu instado por ela.
— Ah, se a gente pudesse viver de comida boa que nem essa, disse a ela meio alto demais, o país não ia estar cheio de dente podre e tripa podre. Morando num manguezal, comendo comida barata e com as ruas pavimentadas de pó, bosta de cavalo e escarro de tísico.
— O senhor é estudante de medicina, senhor? a velha perguntou.
— Sou sim, dona, Buck Mulligan respondeu.
— Nossa, ela disse.
Stephen ouvia em silêncio desdenhoso. Ela curva a cabeça envelhecida a uma voz que lhe fala alto, seu doutorzinho, seu xamã; de mim ela faz pouco. A voz que vai cingir e untar para a sepultura tudo o que nela não sejam impuras entranhas femininas, da carne do homem feitas não à semelhança de Deus, presa da serpente. E à voz alta que agora faz que se cale com vagos olhos esquivos.
— A senhora entendeu o que ele disse? Stephen perguntou-lhe.
— É francês que o senhor está falando, senhor? a velha disse a Haines.
Haines falou-lhe de novo, uma fala mais longa, confiante.
— Irlandês, Buck Mulligan disse. Há gaélico em ti?
— Eu achei que era irlandês, ela disse, pelo som. O senhor é do oeste, senhor?
— Eu sou da Inglaterra, Haines respondeu.
— Ele é inglês, Buck Mulligan disse, e acha que a gente devia falar irlandês na Irlanda.
— Claro que devia, a velha disse, e eu tenho vergonha que eu não falo. Me disseram que é uma grande língua, gente que sabe o que diz.
— Grande não é a palavra certa, disse Buck Mulligan. Toda maravilhas. Põe mais chá aí pra nós, Kinch. Aceita uma xícara, dona?
— Não, obrigada, senhor, a velha disse, deslizando a argola da lata de leite no antebraço e pronta para sair.
Haines lhe disse:
— A senhora está com a conta? Era melhor nós pagarmos, não é, Mulligan?
Stephen enchia as três xícaras.
— Conta, senhor? ela disse, detendo-se. Bom, é sete manhã uma caneca a dois pence é sete vez dois dá um xelim e mais dois pence e essas três manhã um quartilho a quatro pence é três quartilho. Dá um xelim com um e dois dá dois e dois, senhor.

Buck Mulligan suspirou e, tendo enchido a boca com um pedaço com muita manteiga dos dois lados, esticou as pernas e começou a vasculhar os bolsos da calça.
— Pague e não bufe, Haines lhe disse sorrindo.
Stephen encheu uma terceira xícara, uma colher colorindo tênue de chá o espesso leite gordo. Buck Mulligan fisgou um florim, girou-o nos dedos e gritou:
— Um milagre!
Ele o passou pela mesa para a velha, dizendo:
— Não me peças mais, querida. Tudo que posso eu te dou.
Stephen pousou a moeda em sua mão inane.
— Vamos ficar devendo dois pence, ele disse.
— Não tem pressa, senhor, ela disse, pegando a moeda. Não tem pressa. Bom dia, senhor.
Fez uma mesura e saiu, seguida pelo terno canto de Buck Mulligan:

— *Anjo, se fosse mais rico,*
Mais ouro depunha a teus pés.

Ele se virou para Stephen e disse:
— Sério, Dedalus. Eu estou liso. Corre lá pro teu michê da escola e me volta aqui com algum dinheiro. Hoje hão de beber os bardos, e celebrar. A Irlanda espera que cada homem neste dia cumpra com o seu dever.
— Por falar nisso, Haines disse, levantando, eu tenho que visitar a biblioteca nacional de vocês hoje.
— Primeiro o nosso mergulho, Buck Mulligan disse.
Ele se virou para Stephen e perguntou suave:
— É hoje o dia do teu banho mensal, Kinch?
Então disse a Haines:
— O bardo imundo faz questão de se banhar uma vez ao mês.
— Toda a Irlanda é banhada pela corrente do golfo, Stephen disse enquanto deixava o mel escorrer numa fatia do pão.
Haines do canto onde atava frouxo um lenço no colarinho solto da camisa de tênis falou:
— Eu pretendo fazer uma compilação dos seus ditos, se você me permitir.
Falando comigo. Eles se lavam e se limpam e se esfregam. Remorsura do inteleito. Consciência. E no entanto eis uma mancha.
— Aquela do espelho rachado da criada ser o símbolo da arte irlandesa é boa demais.

Buck Mulligan chutou o pé de Stephen por baixo da mesa e disse num tom cálido:

—Espera só até você ouvir o que ele tem a dizer sobre Hamlet, Haines.

—Mas olha, eu estou falando sério, Haines disse, ainda para Stephen. Eu estava justamente pensando nisso quando aquela pobre coitada entrou.

—Isso podia me dar dinheiro? Stephen perguntou.

Haines riu e, enquanto tirava o boné cinzento do gancho da rede, disse:

—Como é que eu vou saber.

Ele caminhou até a porta. Buck Mulligan curvou-se até Stephen e disse com ríspido vigor:

—Já meteu os pés pelas mãos. Pra que é que você foi me dizer aquilo?

—E daí? Stephen disse. O problema é conseguir dinheiro. De quem? Da leiteira ou dele? É um cara ou coroa, na minha opinião.

—Eu deixo o sujeito todo empolgado com você, Buck Mulligan disse, e aí você me vem com o teu pedantismo nojento e esses teus chistes jesuíticos soturnos.

—Eu vejo pouca esperança, Stephen disse, nela ou nele.

Buck Mulligan suspirou tragicamente e pousou a mão no braço de Stephen.

—Em mim, Kinch, ele disse.

Num tom subitamente modificado ele acrescentou:

—A bem da verdade eu acho que você está certo. Que se dane todo o resto das vantagens que eles têm. Por que você não usa esse pessoal que nem eu faço? Que vá todo mundo pro inferno. Vamos sair desse nosso michê.

Ele levantou, gravemente desatou o cíngulo e despojou-se do roupão, dizendo resignado:

—Mulligan é despido de suas vestes.

Esvaziou os bolsos sobre a mesa.

—Toma o teu portameleca, ele disse.

E colocando o colarinho duro e a gravata rebelde falava com eles, repreendendo-os, e com sua châtelaine pendulante. Suas mãos mergulharam e reviraram-lhe o colete no que demandava um lenço limpo. Remorsura do inteleito. Meu Deus, nós vamos ter que adotar o figurino. Eu preciso de umas luvas bordô e botas verdes. Contradição. Estou me contradizendo? Muito bem, então me contradigo. Malachi mercurial. Um flácido míssil negro voou-lhe das mãos loquazes.

—E toma o teu chapéu do *quartier latin*, ele disse.

Stephen o apanhou e o colocou. Haines os chamava da porta.

—Vocês vêm, meus camaradas?

—Eu estou pronto, Buck Mulligan respondeu, indo em direção à porta.

Vamos, Kinch. Já comeu tudo que a gente deixou, imagino. Resignado ele se foi com palavras e passo pesados, dizendo, beirando a mágoa:

— E saindo dali ele chupou a amarga menta.

Stephen, tirando seu paudefreixo de onde se apoiava, foi atrás deles e, enquanto desciam a escadinha, puxou a lenta porta de ferro, que trancou. Pôs a imensa chave no bolso interno.

Ao pé da escadinha Buck Mulligan perguntou:

— Você trouxe a chave?

— Está comigo, Stephen disse, precedendo-os.

Ele seguiu. Atrás de si ouvia Buck Mulligan fustigar com a pesada toalha de banho os brotos mais exaltados de capins ou ervas.

— De joelhos, senhor. Como ousa, senhor?

Haines perguntou:

— Vocês pagam aluguel por essa torre?

— Doze pratas, Buck Mulligan disse.

— Ao ministro da guerra, Stephen acrescentou por cima do ombro.

Eles se detiveram enquanto Haines examinava a torre e dizia por fim:

— Deve dar arrepios no inverno. Martello, vocês disseram?

— Billy Pitt mandou construir essas torres, Buck Mulligan disse, quando os franceses se fizeram ao mar. Mas a nossa é o *omphalos*.

— Qual é a sua ideia sobre o Hamlet? Haines perguntou a Stephen.

— Não, não, Buck Mulligan gritou dolorido. Eu não estou à altura do Tomás de Aquino e das cinquentecinco razões que ele me fabricou pra sustentar aquela coisa toda. Deixa só eu entornar umas cervejinhas primeiro.

Ele se virou para Stephen, dizendo enquanto puxava bem as pontas do colete amarelopálido:

— Você não dava conta com menos de três cervejas. Dava, Kinch?

— Já esperou tanto, Stephen disse lasso, pode esperar mais.

— Você está me deixando curioso, Haines disse cordial. É algum paradoxo?

— Bah! Buck Mulligan disse. Nós já deixamos Wilde e os paradoxos pra trás. É bem simples. Ele prova algebricamente que o neto de Hamlet é avô de Shakespeare e que ele mesmo é o fantasma do próprio pai.

— O quê? Haines disse, começando a apontar para Stephen. Ele mesmo?

Buck Mulligan atirou a toalha echarpicamente em torno do pescoço e, dobrando-se num riso solto, disse no ouvido de Stephen:

— Ó sombra de Kinch, o velho! Jafé em busca de um pai!

— Nós sempre estamos cansados de manhã, Stephen disse a Haines. E é meio longo de contar.

Buck Mulligan, caminhando de novo adiante, ergueu as mãos.

— Somente o sacro caneco pode soltar a língua de Dedalus, ele disse.

— É que, sabe, Haines explicou a Stephen enquanto seguiam, essa torre e esses penhascos aqui de alguma maneira me lembram Elsinore. *Lançando-se da base sobre o mar,* não é isso?

Buck Mulligan virou-se súbito por um instante para Stephen mas não falou. No brilhante instante silente Stephen viu sua própria imagem de um luto barato empoeirado entre seus figurinos alegres.

— É uma estória maravilhosa, Haines disse, fazendo de novo que se detivessem.

Olhos, pálidos como o mar que refrescara o vento, mais pálidos, firmes e prudentes. Dono do mar, ele olhava para o sul sobre a baía, vazia salvo pela fumácea pluma do barcopostal, vaga no claro horizonte, e uma vela errando pelas pedras dos Muglins.

— Eu li uma interpretação teológica em algum lugar, ele disse absorto. A ideia do Pai e do Filho. O Filho lutando por se redimir junto ao Pai.

Buck Mulligan imediatamente montou uma cara alegre de largo sorriso. Olhou para eles, boca bem desenhada toda aberta contente, olhos, de que súbito havia retirado completamente a sagacidade, piscando de louca alegria. Mexia uma cabeça engonçada para a frente e para trás, as abas do panamá estremecendo, e começou a entoar com uma voz calma leve tola:

— *Sou o tipo mais doido que a história anuncia.*
Papai é uma ave e mamãe é judia.
Do Zé marceneiro eu sou bem o contrário:
Um brinde aos discípulos, outro ao calvário.

Ergueu um indicador, um aviso.

— *Quem quer que duvide de mim como Deus,*
Ao vinho que eu faço, e que é bom, diga adeus.
Que beba só água, querendo cerveja,
E o vinho que fiz, mais que água não seja!

Deu um rápido puxão de despedida no freixo de Stephen e, correndo para uma penha, tremulava as mãos ao lado do corpo como barbatanas ou asas de alguém prestes a alçar voo, e entoava:

— *Tchau, tchau, vê se conta o que eu fiz e falei;*
A este e àquele diz: ressuscitei.
Meu sangue há de dar-me esse voo final
E venta bastante no Horto... tchau, tchau.

Saltarelava à frente deles descendo para o Fortyfoot Hole, batendo asasmãos, saltando ágil, chapéu de Mercúrio vibrando no vento que portava de volta a eles seus breves gritinhos piados.

Haines, que estivera rindo escusamente, caminhava ao lado de Stephen e disse:

— Nós não devíamos rir, imagino. Ele é bem blasfemo. Eu mesmo não tenho uma fé, quer dizer. Ainda assim a alegria dele de alguma maneira elimina a ofensa, não é? Que nome ele dava? José o marceneiro?

— A balada do Cristo Ridentor, Stephen respondeu.

— Ah, Haines disse, você já tinha ouvido?

— Três vezes ao dia, após as refeições, Stephen disse secamente.

— Você não tem fé, não é? Haines perguntou. Eu digo no sentido estrito da palavra. Criação a partir do nada e milagres e um Deus pessoal.

— Só existe um sentido da palavra, me parece, Stephen disse.

Haines parou para puxar um polido estojo de prata em que brilhava uma pedra verde. Ele o abriu de um golpe com o polegar e ofereceu.

— Obrigado, Stephen disse, aceitando um cigarro.

Haines se serviu e bateu a tampa do estojo. Ele o pôs de volta no bolso lateral e tirou do bolso do colete um isqueiro niquelado, abriu-o também de um golpe, e, aceso seu cigarro, levou até Stephen na concha das mãos o pavio chamejante.

— Sim, é claro, ele disse, ao novamente prosseguirem. Ou você acredita ou não acredita, não é? Eu pessoalmente não engulo a ideia de um Deus pessoal. Você não defende isso, imagino?

— Você contempla em mim, Stephen disse com amargo desprazer, um horrendo exemplo de livre pensar.

Ele seguiu, aguardando que se lhe dirigisse a palavra, arrastando o paudefreixo a seu lado. A ponteira trilhava leve seu caminho, guinchando em pós ele. Meu *daimon*, atrás de mim, chamando Steeeeeeeeephen. Linha trêmula na trilha. Vão pisá-la hoje à noite, vindo para cá no escuro. Ele quer a chave. É minha. Eu paguei o aluguel. Agora como seu pão e sal. Dar a chave também. Tudo. Ele vai pedir. Estava nos seus olhos.

— No fim das contas, Haines começou...

Stephen virou-se e viu que o olho frio que o tinha medido não era de todo hostil.

— No fim das contas, eu diria que você tem a capacidade de se libertar. Você é senhor de si, ao que me parece.

— Eu sou criado de dois senhores, Stephen disse, um inglês e um italiano.

— Italiano? Haines disse.

Uma rainha louca, velha e ciumenta. Ajoelha-te ante mim.
— E há um terceiro, Stephen disse, que me quer para serviços ocasionais.
— Italiano? Haines disse novamente. Como assim?
— O estado imperial britânico, Stephen respondeu, ganhando cor, e a santa igreja católica apostólica romana.

Haines desprendeu do lábio inferior algumas fibras de tabaco antes de falar:
— Eu bem posso entender isso, disse calmo. Eu diria que um irlandês tem que pensar assim. Nós sentimos na Inglaterra que fomos bem injustos com vocês. Parece que a história vai levar a culpa.

Os títulos solenes sonoros ecoaram na memória de Stephen o triunfo de seus dobres brônzeos: *et unam sanctam catholicam et apostolicam ecclesiam*: os lentos crescimento e mudança de rito e dogma como seus próprios ralos pensamentos, uma química de estrelas. Símbolo dos apóstolos na missa para o papa Marcelo, fundiram-se as vozes, cantando alto e sós a afirmação: e por trás de seu canto o vigilante anjo da igreja militante desarmava e ameaçava seus heresiarcas. Horda de heresias em fuga, mitras tortas: Fócio e a raça de bufões a que pertencia Mulligan, e Ário, guerreando a vida toda sobre a consubstancialidade do Filho com o Pai, e Valentino, desdenhando do corpo terreno de Cristo, e o sutil heresiarca africano Sabélio que sustentara que o Pai era Ele mesmo o próprio Filho. Palavras que Mulligan pronunciara havia pouco por rir-se do estrangeiro. Riso vão. O vácuo aguarda certo por todos os que tecem o vento: uma ameaça, um desarme e uma derrota pelos anjos aguerridos da igreja, hoste de Miguel, que a sempre defendem nos momentos de conflito em suas lanças, seus escudos.

Muito bem, muito bem! Aplauso prolongado. *Zut! Nom de Dieu!*
— É claro que eu sou inglês, disse a voz de Haines, e penso como inglês. Também não quero ver o meu país cair nas mãos dos judeus alemães. É o nosso problema nacional, eu acho, neste exato momento.

Dois homens de pé na beirada do penhasco, olhando: negociante, barqueiro.
— Está indo pro porto Bullock.

O barqueiro acenou com a cabeça em direção ao norte da baía com algum desdém:
— São cinco braças, lá, ele disse. Vai ser varrido praquele lado quando a maré encher lá pela uma. Dá nove dias hoje.

O homem que se afogou. Uma vela singrando pela baía vazia à espera de que uma trouxa inchada flutue, vire para o sol um rosto intumescido, branco de sal. Cheguei.

Seguiram a trilha sinuosa até o braço de mar. Buck Mulligan estava de pé numa pedra, em mangas de camisa, gravata desalfinetada marolante sobre o ombro. Um rapaz agarrado a uma ponta de pedra perto dele movia lenta e batraquiamente as pernas verdes na geleia funda da água.

—Teu irmão está com você, Malachi?
—Lá em Westmeath. Com os Bannon.
—Lá ainda? Eu recebi um cartão do Bannon. Diz que achou uma coisinha linda por lá. Garota da foto, diz ele.
—Instantânea, hein? Exposição rápida.

Buck Mulligan sentou para desamarrar as botas. Um homem mais velho projetou perto da ponta de pedra um arfante rosto vermelho. Subiu se atrapalhando com as pedras, com água rebrilhando na calva guirlandada de cabelos grisalhos, água ribeirando pelo peito e pela pança e jorrando em jatos do calção preto e murcho.

Buck Mulligan abriu caminho para que ele passasse aos tropeços e, lançando um olhar a Haines e Stephen, persignou-se pio com a unha do polegar na testa e nos lábios e no esterno.

—O Seymour voltou, disse o rapaz, agarrando de novo sua ponta de pedra. Largou a medicina e vai entrar pro exército.
—Ah, que vá com Deus, Buck Mulligan disse.
—Eu vou lá na semana que vem dar duro. Sabe aquela ruiva dos Carlisle, a Lily?
—Sei.
—Se agarrando com ele ontem de noite no píer. O pai é podre de rico.
—Vai dar barriga?
—Melhor perguntar pro Seymour.
—Puxa vida, o Seymour, oficial, quem diria. Buck Mulligan disse.

Fazia que sim para si próprio enquanto tirava a calça e levantava, repetindo lugarcomumente:

—Mulher ruiva trepa que nem cabrita.

Ele se interrompeu alarmado, com a mão por sob a camisa esvoaçante.
—A minha décimassegunda costela sumiu, ele gritou. Eu sou o Übermensch. Kinch banguela e eu, os superomens.

Ele se livrou da camisa e a arremessou para trás, onde estavam suas roupas.
—Você vai cair aqui, Malachi?
—Vou. Abram espaço na cama.

O rapaz se empurrou para trás pela água e alcançou o meio do esteiro em duas braçadas longas e limpas. Haines estava sentado numa pedra, fumando.

—Você não vai cair? Buck Mulligan perguntou.
—Mais tarde, Haines disse. Acabei de tomar café.
Stephen deu as costas.
—Estou indo, Mulligan, ele disse.
—Dá lá aquela chave, Kinch, Buck Mulligan disse, pra deixar a minha *chemise* esticada.

Stephen entregou-lhe a chave. Buck Mulligan pousou-a atravessada sobre as roupas empilhadas.
—E dois pence, ele disse, pra uma cerveja. Joga aqui.
Stephen jogou duas moedinhas na pilha macia. Vestindo-se, despindo-se. Buck Mulligan ereto, mãos postas a sua frente, disse solene:
—Quem rouba aos pobres empresta a Deus. Assim falou Zaratustra.
Seu corpo roliço mergulhou.
—A gente se vê, Haines disse, virando para Stephen que subia a senda e rindo desse idiotismo bronco dos irlandeses.
Chifre de touro, casco de cavalo, sorriso de saxão.
—No Ship, Buck Mulligan gritou. Meiodia e meia.
—Certo, Stephen disse.
Ele andava pela senda ascendente.

Liliata rutilantium.
Turma circumdet.
Iubilantium te virginum.

O nimbo cinza do padre num nicho em que discreto se vestia. Não durmo aqui hoje. Para casa também não posso ir.
Uma voz, melíflua e sustentada, chamava por ele vinda do mar. Dobrando a curva ele acenou com a mão. Chamava de novo. Cabeça nédia e marrom, de uma foca, bem longe na água, redonda.
Usurpador.

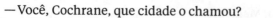

—Você, Cochrane, que cidade o chamou?
—Tarento, professor.
—Muito bem. O que mais?
—Teve uma batalha, professor.
—Muito bem. Onde?

Às cegas o rosto do menino perguntava à janela cega.

Fabulado pelas filhas da memória. E no entanto foi de algum modo se não como a memória fabulou. Uma frase, então, de impaciência, o baque das asas do excesso de Blake. Ouço a ruína de todo o espaço, vidro estilhaçado e alvenaria desmoronada, e o tempo uma lívida flama final. O que nos resta então?

— Eu não lembro o lugar, professor. 279 a.C.

— Ásculo, Stephen disse, lançando um olhar para o nome e a data no livro escornado de escaras.

— Foi, professor. E ele disse: *Outra vitória que nem essa e nós estamos perdidos.*

A frase o mundo guardara. Obtusa paz de espírito. Num morro sobre uma planície encadaverizada um general falando com seus oficiais, apoiado na lança. Qualquer general a oficiais quaisquer. Todouvidos.

— Você, Armstrong, Stephen disse. Qual foi o fim de Pirro?

— Fim de Pirro, professor?

— Eu sei, professor. Pergunte pra mim, professor, Comyn dizia.

— Espere. Você, Armstrong. Você sabe qualquer coisa sobre Pirro?

Um saco de bolachinhas de figo repousava aconchegado na mochila de Armstrong. Ele as rolava vez por outra entre as mãos e as engolia macio. Migalhas aderiam ao tecido de seus lábios. O hálito de um menino adoçado. Gentebem, orgulhosos por seu filho mais velho estar na marinha. Vico Road, Dalkey.

— Pirro, professor? Pirro, um píer.

Riram todos. Riso murcho alto e malicioso. Armstrong olhava à roda para seus colegas, sorriso tolo amarelo em perfil. Vão logo rir mais alto, cientes de minha falta de pulso e do preço que pagam seus pais.

— Diga então, Stephen disse, cutucando o ombro do menino com o livro, o que é um píer.

— Um píer, professor, Armstrong disse. Uma coisa lá nas ondas. Um tipo de ponte. O píer de Kingstown, professor.

Alguns riram de novo: emurchecida mas significativamente. Dois no banco de trás sussurravam. Sim. Sabiam: nunca aprenderam nem foram inocentes. Todos. Com inveja ele olhava seus rostos. Edith, Ethel, Gerty, Lily. Seus iguais: seus hálitos, também, adoçados de chá e geleia, suas pulseiras tilintando ao se esbaterem.

— O píer de Kingstown, Stephen disse. Isso mesmo, uma ponte desiludida.

As palavras perturbaram seus olhares.

— Como, professor? Comyn perguntou. Ponte é em cima de rio.

Para o espicilégio de Haines. Embora agora não houvesse quem ouvisse. Hoje à noite, hábil entre bebida e conversa pesadas, para furar a cota polida de sua mente. E daí? Um bufão na corte do mestre, tolerado e desestimado, levando as loas de um mestre clemente. Por que tinham todos escolhido esse papel? Não só pelo afago suave. Para eles também a história era uma estória como outra qualquer repisada demais na memória, sua terra, uma loja de penhores.

Não tivesse caído Pirro pela mão de uma megera em Argos ou Júlio César sido morto a facadas? Não se deve dispensá-las. O tempo as marcou a ferro e a ferros restaram na sala das infinitas possibilidades que expulsaram. Mas podem ter sido possíveis visto jamais terem sido? Ou era possível só o que veio a ser? Tece, tecelão do vento.

— Conte uma estória, professor.
— Isso mesmo, professor. Uma estória de fantasmas.
— Onde é que nós estamos aqui? Stephen perguntou, abrindo outro livro.
— *Não chores mais*, Comyn disse.
— Continue então, Talbot.
— E a aula de história, professor?
— Depois, Stephen disse. Continue, Talbot.

Um menino moreno abriu um livro e rápido o pôs preso sob as amuradas da mochila. Recitou rasgos de versos olhando o livro aqui e ali:

— *Não chores mais, pastor, não chores mais*
Pois Lícidas, teu pranto, não morreu,
Embora jaza no fundo das águas...

Tem de ser então um movimento, uma manifestação do possível como possível. A frase de Aristóteles formou-se dentro dos versos matraqueados e foi flutuando para o concentrado silêncio da biblioteca de Santa Genoveva onde lera, abrigado do pecado de Paris, noites a fio. A seu lado delicado siamês esmiuçava um manual de estratégia. Cérebros alimentados e se alimentando a minha volta: sob lâmpadas, incandescentes, com antenas que vagas pulsavam: e na escuridão de minha mente uma preguiça do ínfero mundo, relutante, ressabiada frente à luz, acomodando suas dobras escamosas de dragão. O pensamento é o pensamento do pensamento. Plácida luz. A alma é de certa forma tudo que existe: a alma é a forma das formas. Súbita, vasta, placidez incandescente: forma das formas.

Talbot declamava:

— *Pelo poder d'o que andou sobre as águas,*
Pelo caro poder...

— Pode virar, Stephen disse calmamente. Eu não estou vendo nada.
— O quê, professor? Talbot perguntou ingênuo, curvando-se para a frente.

Sua mão virou a página. Ele se recostou e continuou depois de lembrar de repente. Do que andou sobre as águas. Aqui também sobre esses peitos pusilânimes repousa sua sombra e no peito do escarninho e em seus lábios, e nos meus. Repousa no rosto cúpido dos que lhe ofereceram uma moeda do tributo. A César o que é de César, a Deus o que é de Deus. Olhar longo dos olhos escuros, uma sentença em charada a ser tecida e entretecida nos teares da igreja. Amém.

Pergunta e me engana, charada.
Meu pai me deu semente e enxada.

Talbot meteu seu livro fechado na mochila.
— Eu já ouvi tudo? Stephen perguntou.
— Sim, senhor. Hóquei às dez, professor.
— Meio período, professor. Quintafeira.
— Quem consegue matar uma charada? Stephen perguntou.

Eles entrouxaram seus livros, lápis estalando, folhas farfalhando. Aglomerando-se ataram e afivelaram as mochilas, tagarelando todos contentes:
— Charada, professor? Pergunte pra mim, professor.
— Ah, pergunte pra mim, professor.
— Uma difícil, professor.
— A charada é essa, Stephen disse.

O galo cantou,
O céu azulou,
E os sinos de bronze
Bateram as onze.
É hora do incréu
Seguir para o céu.

— Como é que é?
— O quê, professor?
— De novo, professor. A gente não escutou.

Seus olhos cresciam enquanto os versos se repetiam. Depois de um silêncio Cochrane disse:
— O que é, professor? a gente desiste.

Stephen, com a garganta coçando, respondeu:

—A raposa enterrando a avó embaixo de um azevinho.

Ele levantou e berrou uma gargalhada nervosa a que os gritos responderam frustração.

Um taco atacou o batente da porta e uma voz clamou no corredor:

—Hóquei!

Dispersaram, escorregando dos bancos, saltando-os. Logo não mais estavam e da cancha de madeira vinham o estalido dos tacos e o clamor de suas botas e línguas.

Sargent, único que restara, adiantou-se lento, mostrando um caderno aberto. O cabelo emaranhado e o pescoço esquálido prestavam testemunho de despreparo e atrás de seus óculos nevoentos olhos fracos erguiam-se, súplices. Em sua bochecha, fosca e exangue, repousava suave uma mancha de tinta, atamarada, úmida e recente qual leito de lesma.

Ele estendeu o caderno. A palavra *Equações* estava escrita no cabeçalho. Abaixo vinham cifras oblíquas e no pé uma assinatura torta com volteios esquivos e um borrão. Cyril Sargent: seu nome e selo.

—O senhor Deasy me disse pra escrever tudo de novo, ele disse, e pra mostrar pro senhor, professor.

Stephen tocou as bordas do caderno. Inutilidade.

—Você entendeu como é que se faz agora? ele perguntou.

—Do onze ao quinze, Sargent respondeu. O senhor Deasy falou que eu tinha que copiar do quadro, professor.

—Você consegue fazer sozinho? Stephen perguntou.

—Não, senhor.

Feio e inútil: pescoço ossudo e cabelo emaranhado e uma mancha de tinta, um leito de lesma. E no entanto alguém o havia amado, carregado nos braços e no coração. Não fosse por ela a raça do mundo o teria pisoteado, invertebrada lesma esmagada. Ela amara seu fraco sangue aguado drenado do seu próprio. Será que era isso então real? A única coisa verdadeira da vida? o corpo prostrado da mãe o inflamado Columbano em seu zelo sagrado saltou. Ela não era mais: o trêmulo esqueleto de um graveto queimado no incêndio, um odor de jacarandá e cinzas úmidas. Ela o salvara de ser pisoteado e havia ido, mal tendo sido. Uma pobre alma que se foi para o céu: e numa charneca sob estrelas piscantes uma raposa, catinga carmim da rapina no couro, com impiedosos olhos cintilantes raspava a terra, ouvia, raspava a terra, ouvia, raspava e raspava.

Sentado ao lado dele Stephen resolveu o problema. Ele prova por álgebra que o fantasma de Shakespeare é avô de Hamlet. Sargent espiava de esguelha pelos óculos inclinados. Tacos de hóquei estalavam na cancha de madeira: baque oco da bola e brados na cancha.

Pela página os símbolos mourejavam em dança grave, graciosos na arlequinada de suas letras, trajando bizarros gorros de quadrados e cubos. Deem-se as mãos, cruzem, saúdem o parceiro: assim: diabretes da imaginação dos mouros. Que também se foram do mundo, Averróis e Moisés Maimônides, homens de porte e movimento sombrios, resplendendo em seus espelhos derridentes a obscura alma do mundo, uma escuridão brilhando na luz que a luz não pôde compreender.

— Entendeu agora? Você consegue fazer o segundo sozinho?

— Sim, senhor.

Em longos traços turvos Sargent copiou os dados. À espera sempre de uma palavra, uma ajuda, sua mão movia fiel os símbolos instáveis, um tênue tom de vergonha rebrilhando por trás de sua pele opaca. *Amor matris*: genitivo subjetivo e objetivo. Com seu sangue fraco e seu leite soroazedo ela o havia alimentado e escondido da vista dos outros seus cueiros.

Como ele era eu, esses ombros caídos, essa falta de graça. Minha infância se curva a meu lado. Longe demais por que possa pôr-lhe a mão uma vez ou levemente. A minha está distante e a dele secreta como nossos olhos. Segredos, sílices silentes, repousam nos palácios escuros de ambos nossos corações: segredos exaustos de sua tirania: tiranos desejosos de se ver destronados.

A conta estava pronta.

— É muito simples, Stephen disse ao se levantar.

— Sim, senhor. Obrigado, Sargent respondeu.

Ele secou a página com uma folha rala de mata-borrão e carregou o caderno de volta a sua mesa.

— É melhor você pegar o taco e ir atrás dos outros, Stephen disse enquanto seguia até a porta a forma desgraciosa do menino.

— Sim, senhor.

No corredor ouviu-se seu nome, chamado do campo.

— Sargent!

— Corre, Stephen disse. O senhor Deasy está te chamando.

Ele parou na varanda e olhou o retardatário correr para a cancha ordinária onde vozes agudas rusgavam. Estavam divididos em times e o senhor Deasy veio pisando tufos de grama com pés polainados. Quando tinha alcançado o edifício da escola vozes de novo em disputa o chamavam. Virou para elas o bigode branco enfurecido.

— O que foi agora? Gritava continuamente sem ouvir.

— O Cochrane e o Halliday estão no mesmo time, senhor, Stephen gritou.

— O senhor pode esperar no meu escritório um minuto, o senhor Deasy disse, enquanto eu restauro a ordem por aqui?

E enquanto caminhava irritadamente de volta pelo campo sua voz de velho soltava dura:

— Qual é o problema? o que foi agora?

Suas vozes agudas gritavam em torno dele por todos os lados: suas múltiplas formas amontoavam-se em torno dele, com o sol exuberante descorando o mel de sua cabeça maltinta.

Um ar rançoso enfumaçado enchia o escritório do cheiro do grisalho couro gasto das cadeiras. Como no primeiro dia em que barganhou comigo aqui. Como foi no princípio, é agora. No aparador a baixela de moedas Stuart, tesouro vil de um pântano: e sempre será. E aconchegados no veludo púrpura de seu estojo de colheres, desbotado, os doze apóstolos depois de pregar a todos os gentios: mundo sem fim.

Um passo apressado pela varanda de pedra e no corredor. Soprando o bigode ralo o senhor Deasy fez alto junto à mesa.

— Primeiro, a nossa questãozinha financeira, ele disse.

Puxou de dentro do casaco uma carteira presa por uma tira de couro. Que se escancarou aberta e de onde retirou duas notas, uma de metades coladas, largando-as cuidadoso sobre a mesa.

— Duas, disse, recerrando e recolhendo a carteira.

E agora sua caixaforte para o ouro. A mão constrangida de Stephen movia-se sobre as conchas empilhadas na fria urna de pedra: búzios e conchas, conques, cauris e mariscos zebrados: e esta, vorticosa como o turbante de um emir, e esta, vieira de Santiago. Tesouro de um peregrino velho, tesouro morto, conchas ocas.

Um soberano caiu, novo e luzidio, na penugem macia do forro da mesa.

— Três, o senhor Deasy disse, revirando seu cofrinho na mão. São umas coisinhas bem úteis de se ter. Veja só. Aqui vão os soberanos. Aqui vão os xelins, as de seis pence, as meiascoroas. E aqui as coroas. Veja.

Fez pular dali duas coroas e dois xelins.

— Três e doze, ele disse. Acho que o senhor vai ver que está certinho.

— Obrigado, senhor, Stephen disse, recolhendo o dinheiro com uma pressa tímida e pondo tudo num bolso da calça.

— Mas não há de quê, o senhor Deasy disse. O senhor fez por merecer.

A mão de Stephen, livre outra vez, voltou às conchas ocas. Símbolos também de beleza e de poder. Calombo no bolso. Símbolos conspurcados por cobiça e miséria.

— Não carregue isso por aí desse jeito, o senhor Deasy disse. O senhor vai acabar metendo a mão no bolso e deixando cair. Compre uma dessas engenhocas. O senhor vai ver que elas são bem úteis.

Responda alguma coisa.

— A minha ia viver vazia, Stephen disse.

As mesmas, a sala e a hora, a mesma, a sabedoria: e eu o mesmo. Três vezes agora. Três laços que aqui me enredam. E daí. Posso rompê-los neste instante se quiser.

— Porque o senhor não poupa, o senhor Deasy disse, apontando com o dedo. O senhor ainda não sabe o que é o dinheiro. Dinheiro é poder, quando o senhor já viveu tanto quanto eu. Eu sei, eu sei. Ah, se a mocidade soubesse. Mas o que é mesmo que Shakespeare diz? *Apenas põe ouro em tua bolsa.*

— Iago, Stephen murmurou.

Ele ergueu os olhos das conchas inertes para a mirada do velho.

— Ele sabia o que era o dinheiro, o senhor Deasy disse. Ganhou dinheiro. Poeta, sim, mas inglês também. O senhor sabe qual é o orgulho dos ingleses? o senhor sabe qual a palavra mais orgulhosa que jamais se ouvirá da boca de um inglês?

O dono do mar. Seus olhos maresfrios por sobre a baía vazia: parece que a história vai levar a culpa: por sobre mim e minhas palavras, indetestante.

— Que em seu império, Stephen disse, o sol nunca se põe.

— Bah! o senhor Deasy gritou. Isso não é inglês. Foi um celta francês que disse isso. Batia o cofrinho contra a unha do polegar.

— Eu vou lhe dizer, ele disse solene, qual é o brado mais orgulhoso do inglês. *Não devo nada a ninguém.*

Bom menino, bom menino.

— *Não devo nada a ninguém. Nunca pedi um xelim emprestado na vida.* O senhor consegue sentir isso? *Não devo um tostão.* Consegue?

Mulligan, nove libras, três pares de meias, um par de borzeguins, gravatas. Curran, dez guinéus. McCann, um guinéu. Fred Ryan, dois xelins. Temple, dois almoços. Russell, um guinéu, Cousins, dez xelins, Bob Reynolds, meio guinéu, Kohler, três guinéus, senhora MacKernan, cinco semanas de estadia. O calombo que eu tenho é inútil.

— Por ora, não, Stephen respondeu.

O senhor Deasy riu com rico deleite, guardando o cofrinho.

— Eu sabia que não, ele disse prazeroso. Mas um dia o senhor há de sentir. Somos um povo generoso, mas temos também de ser justos.

— Eu tenho medo dessas palavras grandes, Stephen disse, que nos deixam tão infelizes.

O senhor Deasy encarou severo por algum tempo por sobre a lareira a forma benfeita de um homem com um kilt de tartã: Albert Edward, Príncipe de Gales.

— O senhor me considera um velho gagá e um velho tóri, sua voz pensativa disse. Eu vi três gerações desde o tempo de O'Connell. Eu me lembro da fome. O senhor sabe que a ordem de Orange trabalhou pela recusa da união vinte anos antes de O'Connell fazer isso ou de os prelados da sua confissão, senhor Dedalus, o denunciarem como demagogo? Vocês fenianos esquecem certas coisas.

Gloriosa, pia e imortal memória. O concílio de Diamond em Armagh, a esplêndida, cortinado de cadáveres de papistas. Ríspido, mascarado e armado, o pacto dos colonos. O norte negro e a bíblia em bom azul. Camponeses carecas ao chão.

Stephen esboçou um gesto breve.

— Eu também tenho sangue rebelde, o senhor Deasy disse. Por parte de mãe. Mas descendo de sir John Blackwood, que votou a favor da união. Somos todos irlandeses, todos filhos de reis.

— Ai de nós, Stephen disse.

— *Per vias rectas*, o senhor Deasy disse com firmeza, era o seu lema. Ele votou a favor e calçou as botas longas para vir a cavalo dos Ards de Down até Dublin para votar.

Larirarirá
A estrada pedregosa até Dublin.

Um escudeiro bronco a cavalo com brilhantes botas longas. Belo dia, sir John! Belo dia, vossa mercê!... Dia... Dia... Um par de botas longas trota gingante até Dublin. Larirarirá, larirariranda.

— Aliás, o senhor Deasy disse. O senhor pode me fazer um favor, junto a alguns dos seus amigos literatos. Eu tenho aqui uma carta para a imprensa. Espere um minutinho. Eu só preciso copiar o fim.

Ele foi até a mesa perto da janela, aproximou dela sua cadeira em dois puxões e leu em voz alta algumas palavras da folha no tambor da máquina de escrever.

— Sente-se. Perdão, ele disse por sobre o ombro, *os ditames do bom senso*. Só um minuto.

Mirava por sob as sobrancelhas desgrenhadas o manuscrito perto do cotovelo e, resmungando, começou a fustigar os botões emperrados do teclado com vagar, por vezes soprando quando voltava o tambor para apagar um erro.

Stephen sentou-se sem ruído ante a principesca presença. Emolduradas nas paredes imagens de cavalos idos restavam em tributo, cabeças cordatas no ar bem postadas: Repulsa de lorde Hastings, Disparada do duque de Westminster, Ceilão do duque de Beaufort, *prix de Paris*, 1866. Élficos peões montados, alerta por um sinal. Via sua velocidade, defendendo as cores do rei, e gritava com os gritos de plateias idas.

— E ponto final, o senhor Deasy solicitou às suas teclas. Mas que se ventile imediatamente esta questão sobremaneira importante...

Aonde Cranly me levou para enriquecer rápido, caçando seus favoritos entre as raias lamespingadas, entre o clamor dos corretores de apostas em seu assédio e fedor da cantina, sobre o charco variegado. Justo Rebelde um para um: dez para um o resto. Jogadores de dados e mágicos mãosleves sem nos deter ultrapassávamos atrás dos cascos, dos bonés e jaquetas competindo, e a mulher caradecarne, senhora de um açougueiro, fuçando sedenta seu gomo de laranja.

Gritos tiniram estrídulos da quadra dos meninos e um apito trinante.

De novo: um gol. Estou entre eles, entre seus corpos em conflito engalfinhados, justa da vida. Você está falando daquele filhinho da mamãe mijote que parece meio de ressaca? Justas. O tempo abalado rebate, abalo contra abalo. Justas, charco e estrondo de batalhas, cadavérica baba congelada dos que se foram, um grito de estoques lançantes açulados pelas tripas sangrentas dos homens.

— Então, o senhor Deasy disse, levantando-se.

Veio até a mesa, prendendo as folhas. Stephen pôs-se de pé.

— Fiz um resumo da minha ópera, o senhor Deasy disse. É sobre a febre aftosa. Dê só uma espiada. Não há mais o que se discutir.

Se me permitem que invada este valioso espaço. Tal doutrina de *laissez faire* que com tamanha frequência em nossa história. Nossa pecuária. Como toda nossa antiga indústria. A máfia de Liverpool que sabotou o projeto do porto de Galway. Conflagração europeia. Suprimento de grãos pelas águas estreitas do canal. A maisqueperfeita imperturbabilidade do departamento de agricultura. Com o perdão de uma referência aos clássicos. Cassandra. Por uma mulher que não valia um merréis de mel coado. Para tocar no assunto em tela.

— Eu não meço palavras, não é? o senhor Deasy perguntou enquanto Stephen seguia lendo.

Febre aftosa. Conhecido como preparado de Koch. Plasma e vírus. Percentagem de cavalos imunizados. Rinderpest. Os cavalos do imperador em Mürzsteg, baixa Áustria. Cirurgiões veterinários. O senhor Henry Blackwood Price. Cortesmente oferece um teste honesto. Ditames do bom senso. Questão sobremaneira importante. Em todos os sentidos da palavra agarrar o touro a unha. Agradecendo a hospitalidade de suas páginas.

— Quero isso impresso e lido, o senhor Deasy disse. O senhor vai ver que na próxima epidemia eles vão pôr um embargo no gado irlandês. E tem cura. Está sendo curada. Meu primo, Blackwood Price, me escreveu dizendo que lá na Áustria os médicos de gado estão tratando e curando normalmente. Eles estão se oferecendo para vir até aqui. Eu estou tentando conseguir algum apoio no departamento. Agora vou tentar a publicidade. Estou cercado de dificuldades, de... intrigas, de... manobras de bastidores, de...

Levantou o indicador e golpeou velhamente o ar antes que falasse sua voz.

— Pode escrever o que eu estou dizendo, senhor Dedalus, ele falou. A Inglaterra está nas mãos dos judeus. Em todos os postos mais altos: as finanças, a imprensa. E eles são a marca da decadência de uma nação. Em todo lugar em que se reúnem eles consomem a força vital da nação. Há anos eu estou vendo os prenúncios disso. Pode apostar que enquanto estamos nós aqui parados os mercadores judeus já estão no seu trabalhinho de destruição. A velha Inglaterra está morrendo.

Afastou-se de um passo rápido, seu olhar ganhando vida azul ao passar por um largo raio de sol. Olhou em torno e de volta.

— Morrendo, ele disse, se é que já não morreu.

A meretriz errante berra
E cava a cova da Inglaterra.

Seus olhos vidrados numa visão encaravam severos através do raio de sol em que se detivera.

— Um mercador, Stephen disse, é alguém que compra barato e vende caro, judeu ou gentio, não é?

— Eles pecaram contra a luz, o senhor Deasy disse grave. E dá para ver as trevas nos olhos deles. E é por isso que eles vagam sobre a terra até os dias de hoje.

Nos degraus da Bolsa de Paris os homens de peleouro cotando preços nos dedos de pedras preciosas. Matracas de gansos. Enxameavam alto, alheios ao templo, cabeças percomplotando sob cartolas enviesadas. Não seus: essas roupas, essa fala, esses gestos. Os lentos olhos plenos desmentiam o já dito, sequiosos e inofensivos os gestos, mas conheciam os rancores aglomerados a sua volta e sabiam serem vãos seus cuidados. Paciência vã de empilhar e entesourar. O tempo certamente espalharia tudo. Tesouro empilhado à beira da estrada: pisoteado e pilhado. Seus olhos conheciam os anos de errância e, pacientes, conheciam as desonras de sua carne.

— E quem não pecou? Stephen disse.

— O que é que o senhor quer dizer com isso? o senhor Deasy perguntou.

Adiantou-se de um passo e parou próximo à mesa. Sua mandíbula caiu de lado aberta incerta. Será isso a sabedoria da idade? Espera ouvir de mim.

— A história, Stephen disse, é um pesadelo de que eu estou tentando despertar.

Do campo os garotos ergueram um brado. Um apito trinante: gol. E se esse pesadelo te desse um chute pelas costas?

— Os caminhos do Criador não são os nossos, o senhor Deasy disse. Toda a história humana conduz a um único fim grandioso, a manifestação de Deus.

Stephen esticou o polegar para a janela, dizendo:
— Isso é Deus.
Urra! Ei! Vhrrvhi!
— O quê? o senhor Deasy perguntou.
— Um grito na rua, Stephen respondeu, dando de ombros.

O senhor Deasy baixou a cabeça e segurou por um momento as narinas beliscadas entre os dedos. Erguendo novamente os olhos ele as libertou.

— Eu sou mais feliz do que o senhor, ele disse. Nós cometemos muitos erros e muitos pecados. Uma mulher trouxe o pecado ao mundo. Por uma mulher que não valia um merréis de mel coado, Helena, a esposa fujona de Menelau, por dez anos os gregos guerrearam contra Troia. Uma mulher infiel trouxe os primeiros estrangeiros aqui às nossas praias, a esposa de MacMurrough e seu amásio O'Rourke, príncipe de Breffni. Uma mulher também derrubou Parnell. Muitos erros, muitos fracassos mas não o único pecado. Eu sou um lutador já no fim dos meus dias. Mas vou lutar pelo que é certo até o fim.

Por Ulster, peito aberto
E Ulster sempre é certo.

Stephen ergueu as folhas na mão.
— Bem, senhor, ele começou.
— Prevejo, o senhor Deasy disse, que o senhor não vai permanecer muito tempo aqui neste emprego. O senhor não nasceu para ensinar, acho eu. Talvez eu esteja errado.
— Para aprender, mais provável, Stephen disse.
E aqui o que mais há para você aprender?
O senhor Deasy balançava a cabeça.
— Vá saber? ele disse. Para aprender é preciso ser humilde. Mas a vida é que é a grande escola.

Stephen farfalhou de novo as folhas.
— E quanto a isso, ele começou.
— Pois é, o senhor Deasy disse. O senhor tem aí duas cópias. Se puder publicá-las imediatamente.
Telegraph. Irish Homestead.
— Vou tentar, Stephen disse, e lhe dou notícia amanhã. Eu conheço de passagem dois editores.

— Há de bastar, o senhor Deasy disse vivaz. Eu escrevi ontem à noite para o senhor Field, o deputado. Há uma reunião da associação de comerciantes de gado hoje no hotel City Arms. Eu pedi que ele apresentasse a minha carta à plenária. O senhor veja se consegue colocar nos seus dois jornais. Quais são eles?

— *The Evening Telegraph*...

— Há de bastar, o senhor Deasy disse. Não há tempo a perder. Agora eu preciso responder aquela carta do meu primo.

— Tenha um bom dia, senhor, Stephen disse, pondo as folhas no bolso. Obrigado.

— Não há de quê, o senhor Deasy disse enquanto vasculhava os papéis em sua mesa. Eu gosto de terçar armas com o senhor, por mais que esteja velho.

— Tenha um bom dia, senhor, Stephen disse de novo, curvando-se para suas costas recurvas.

Saiu pela varanda aberta e pela trilha de brita sob as árvores, ouvindo os gritos de vozes e estalos dos tacos no campo. Os leões saintes dos pilares enquanto ele cruzava o portão; terrores banguelas. Ainda assim vou ajudá-lo em sua luta. Mulligan vai me arranjar um apelido novo: o bardo acoitagado.

— Senhor Dedalus!

Correndo atrás de mim. Chega de cartas, espero.

— Só um momentinho.

— Sim, senhor, Stephen disse, voltando-se no portão.

O senhor Deasy deteve-se, respirando pesado e tomando fôlego.

— Eu só queria dizer, ele acrescentou. Dizem que a Irlanda tem a honra de ser o único país que nunca perseguiu os judeus. O senhor sabe disso? Não. E sabe por quê?

Fechou severo o rosto no ar iluminado.

— Por quê, senhor? Stephen perguntou, começando a sorrir.

— Porque nunca deixou eles entrarem, o senhor Deasy disse solene.

Uma bola tossida de riso saltou-lhe da garganta arrastando atrás de si uma cadeia chacoalhante de catarro. Virou rápido as costas, tossindo, rindo, braços alçados acenando ao ar.

— Nunca deixou eles entrarem, gritou novamente em meio ao riso enquanto pisava com pés polainados a trilha de brita. É por isso.

Sobre seus sábios ombros por entre o xadrez das folhas o sol lançava lentes, moedas dançantes.

Modalidade inelutável do visível: ao menos isso se não mais, pensada por meus olhos. Assinaturas de todas as coisas que estou aqui para ler, ovamarinha e algamarinha, a maré entrando, aquela bota enferrujada. Verderranho, pratazul, ferrugem: signos coloridos. Limites do diáfano. Mas ele acrescenta: nos corpos. Então ele os sabia corpos antes de sabê-los coloridos. Como? Metendo a cachola neles, claro. Vá com calma. Calvo ele era, e milionário, *maestro di color che sanno*. Limite do diáfano em. Por que em? Diáfano, adiáfano. Se você consegue meter os cinco dedos é um portão, se não uma porta. Feche os olhos e veja.

Stephen fechou os olhos para ouvir suas botas triturarem estralantes conchas e algas. Você está caminhando por ele de alguma maneira. Estou, um passo por vez. Um espaço de tempo muito curto através de tempos de espaço muito curtos. Cinco, seis: o *Nacheinander*. Exatamente: e isso é a modalidade inelutável do audível. Abra os olhos. Não. Jesus! Se eu cair de um penhasco lançando-se da base, cair através do *Nebeneinander* inelutavelmente. Estou indo direitinho no escuro. Minha espada de freixo pende a meu lado. Tateie com ela: eles tateiam. Os meus dois pés em suas botas estão na ponta das pernas dele, *Nebeneinander*. Soa sólido: feito pela marreta de *Los* demiurgo. Será que estou caminhando para a eternidade pela praia de Sandymount? Esmaga, esmigalha, estraga, estrala. Conques, dinheiro bárbaro do mar. Rector Deasy omnes scit.

Não virás a Sandymount?,
Madalena equina...

Começa o ritmo, está vendo. Eu estou ouvindo. Um tetrâmetro cataléctico de iambos em marcha. Não, agalope: *dalena equi...*

Abra os olhos agora. Vou abrir. Um momento. Será que tudo desapareceu depois? Se eu abrir e estiver para sempre no negro adiáfano. *Finito!* Vou ver se posso ver.

Ora, veja. O tempo todo lá sem você: e sempre será, mundo sem fim.

Desceram pela escada do Leahy's Terrace prudentes, *Frauenzimmer*: e pela praia em prateleiras flácidos seus pés espraiados na areia úmida sumindo. Como eu, como Algy, descendo a nossa mãe poderosa. A número um balançava pesada sua bolsa de parteira, a sombrinha da outra se espetava na areia. Vindas das Liberties, passando o dia fora. Senhora Florence MacCabe, viúva do falecido Patk MacCabe, uma perda lastimável, de Bride Street. Uma das de sua irmandade me guindou guinchante para a vida. Criação a partir do nada. O que ela tem na bolsa? Um aborto com o cordão umbilical dependurado, abafado em lã rude. Os cordões de todos se ligam na origem, entrefeixante cabo de toda a carne. É por isso que os monges místicos. Quer ser como os deuses? Olhe para o *omphalos*. Alô. É o Kinch. Me ligue com Edenville. Álef, alfa: zero, zero, um.

Esposa e parceira de Adão Kádmon: Heva, nua Eva. Não tinha umbigo. Olhe. Barriga imaculada, inchada cheia, um escudete de pergaminho teso, não, milho brancamontoado, radiante e imortal, de pé da eternidade à eternidade. Ventre do pecado.

Eventrado da escuridão pecada eu fui também, feito e não gerado. Por eles, o sujeito com minha voz e meus olhos e uma mulherfantasma com cinzas no hálito. Apertaram-se e apartaram-se, fizeram a vontade do pareador. Desde antes das eras fui Seu intento e agora Ele não pode intentar-me inexistente ou em qualquer outro momento. Uma *lex æterna* perdura a Seu lado. Será essa então a divina substância em que Pai e Filho são consubstanciais? Cadê o coitado do meu querido Ário para tentar conclusões? Guerreando a vida toda sobre a contransmagnifiquebraicabrumtancialidade. Malfadado heresiarca! Num banheiro grego soltou seu último alento: *euthanasia*. Com mitra adornada e com báculo, instalado em seu trono, viúvo de uma sé enviuvada, com omofórion ereto, retaguarda coagulada.

Ares traquinavam a sua volta, ares mordentes e cúpidos. Estão chegando, ondas. Crinalvos cavalosmarinhos, retensos, ventencilhados brilháveis, corcéis de Mananaan.

Não posso esquecer sua carta à imprensa. E depois? o Ship, meiodia e meia. Aliás vai com calma com aquele dinheiro como um bom imbecilzinho. É, preciso mesmo.

Seu passo ralentou. Aqui. Estou ou não estou indo até a casa da tia Sara? A voz do meu pai consubstancial. Vocês andaram sabendo alguma coisa do artista do seu irmão Stephen ultimamente? Não? Têm certeza que ele não está lá no Strasburg Terrace com a tia Sally? Será que ele não podia voar um pouquinho mais alto que isso, hein? E e e conta aí, Stephen, como é que está o tio Si? Ai, Cristo lamuriante, o tipo de coisa que eu me arranjei quando casei! Os minino lá do celêro. O tesoureirinho bêbado e o irmão dele, o corneteiro. Gondoleiros de muito respeito. E o zarolho do Walter senhoreando o pai, nada mais e nada menos! Senhor. Sim, senhor. Não, senhor. Jesus chorou lágrimas de sangue: e não é de se admirar, meu Deus!

Puxo a sineta chiante de sua cabana envenezianada: e espero. Me tomam por cobrador, espiam de um canto esconso.

—É o Stephen, senhor.

—Manda ele entrar. Manda o Stephen entrar.

Um trinco destrancado e Walter me recebe.

—A gente achou que você era outra pessoa.

Em seu leito largo o avúnculo Richie, travesseiro e cobertor, estende por sobre o morro dos joelhos um antebraço vigoroso. Peitolimpo. Lavou a parte de cima.

— Dia, sobrinho.

Põe de lado a prancheta em que esboça suas avaliações de custos para os olhos de Mestre Goff e Mestre Shapland Tandy, arquivando acordos e ações ordinárias e uma intimação de *Duces Tecum*. Uma moldura imitação de carvalho sobre sua cabeça calva: o *Requiescat* de Wilde. O zumbido de seu assovio subversivo traz de volta Walter.

— Pois não, senhor?

— Malte pro Richie e pro Stephen, diz lá pra mãe. Cadê ela?

— Dando banho na Crissie, senhor.

Companheirinha de cama do papai. Coisinha querida.

— Não, tio Richie...

— Me chame de Richie. Dane-se a tua água mineral. Aquilo brocha. Oísque!

— Tio Richie, de verdade...

— Senta aí, pelo humor do Cujo, senão eu já te achato.

Walter zarolhava em vão em busca de uma cadeira.

— Ele não tem onde sentar, senhor.

— Ele não tem onde botar, seu pateta. Traz a nossa poltrona chippendale. Quer comer alguma coisa? Nem me venha com o teu jeitinho casquilho aqui; banha de toucinho frita com arenque? Sério? Tanto melhor. A gente não tem nada em casa, só comprimido pra ciática.

All'erta!

Ele zumbe compassos da *aria di sortita* de Ferrando. O momento mais grandioso, Stephen, de toda a ópera. Escuta.

Seu assovio melodioso soa outra vez, finamente nuançado, nos ataques da ária, os punhos bumbando nos joelhos acolchoados.

Esse vento é mais doce.

Casas de decadência, a minha, a dele e todas. Você disse à aristocracia de Clongowes que tinha um tio juiz e um tio general do exército. Fuja deles, Stephen. A beleza não está ali. Nem na baía estagnada da biblioteca de Marsh onde você lia as profecias desbotadas de Joachim Abbas. Para quem? A ralé de cem cabeças da nave da catedral. Um seu irmão no ódio correu deles para o bosque da loucura, crina espumante à luz da lua, estrelas seus globos dos olhos. Houyhnhnm, com narinas de cavalo. Os rostos equinos ovais. Temple, Buck Mulligan, Campbell Matreiro. Queixada lampião. Abbas pai, deão furioso, que ofensa ateou fogo a seus cérebros? Paff! *Descende, calve, ut ne nimium decalveris*. Uma guirlanda de cabelo grisalho em sua cabeça cominada vejam-no-me tropeçar para a plataforma (*descende*), agarrado a um ostensório, basiliscolhos. Desce daí, ô careca! Um coro devolve ameaça e eco, assistindo nos cornos do altar, o latim bufado de padrecos que caminham vigorosos com suas albas, tonsurados e ungidos e castrados, plenos do pleno da polpa do trigo.

E no mesmo instante talvez um padre ali na esquina a esteja elevando. Dringdring! E duas quadras mais para lá outro a tranca num sacrário. Dringadring! E numa capela à Virgem um outro toma o ágape todo na própria boca. Dringdring! Pra baixo, pra cima, pra frente, pra trás. Dan Occam pensou isso, doutor invencível. Numa nevoenta manhã inglesa cutucou-lhe o cérebro o diabrete da hipóstase. Abaixando sua hóstia e se ajoelhando ele ouviu trançar-se ao seu segundo sino o primeiro sino no transepto (está erguendo a sua) e, levantando, ouviu (agora estou erguendo) seus dois sinos (ele está se ajoelhando) tinindo em ditongo.

Primo Stephen, tu jamais serás santo. Ilha de santos. Você era formidavelmente pio, não era? Você rezava à Virgem Santa para não ficar com o nariz vermelho. Você rezou ao diabo na Serpentine Avenue para a viúva atarracada ali da frente erguer ainda mais a roupa para evitar a rua molhada. *O si, certo!* Venda a alma por essas coisas, vamos, trapos tintos numa dona alfinetados. Mais conte, mais sempre! Em cima do bonde de Howth sozinho gritando para a chuva: *mulheres peladas!* E essa agora, hein?

E essa agora o quê? Afinal para que elas foram inventadas?

Lendo duas páginas de cada um de sete livros toda noite, hein? Eu era novo. Você fazia reverências pra tua imagem no espelho, um passo à frente para o aplauso todo sério, rosto marcante. Viva o idiota desgraçado! Vivaa! Ninguém viu: não conte a ninguém. Livros que você ia escrever com letras como títulos. Você já leu o F dele? Li, sim, mas prefiro o Q. É, mas o W é maravilhoso. Ah é, o W. Lembra das tuas epifanias em folhas ovais verdes, profundamente profundas, com cópias a serem enviadas caso você morresse a todas as grandes bibliotecas do mundo, inclusive Alexandria? Alguém as leria lá depois de uns meros milhares de anos, um mahamanvantara. À la Pico della Mirandola. É fato, lembra muito uma baleia. Quando se leem essas estranhas páginas de alguém que há muito se foi sente-se como se se sentisse uma unidade se formar entre si e esse outro ser que um dia se...

A areia granulosa sumira de sob seus pés. Suas botas pisavam de novo um forro úmido estralejante, conchasfacas, pedrisco triscante, que no pedrisco inumerável bate, madeira crivada por gusanos, Armada perdida. Baixios pestilentos de areia aguardavam por sugar suas solas andantes, soprando ao alto um hálito de esgoto. Cabotava, caminhando atento. Uma garrafa de pórter estava de pé, atolada até a cintura na massa sovada da areia. Uma sentinela:

ilha de sede terrível. Aros partidos na praia; em terra um labirinto de ardilosas redes escuras; mais longe portas dos fundos ragizcadas e na praia mais alta uma corda de varal com duas camisas crucificadas. Ringsend: arribanas de pilotos pardos e armadores. Conchas humanas.

Estacou. Passei do caminho da tia Sara. Eu não vou até lá? Parece que não. Ninguém por aqui. Virou para nordeste e cruzou a areia mais firme na direção da Pigeonhouse.

— *Qui vous a mis dans cette fichue position?*
— *C'est le pigeon, Joseph.*

Patrice, de licença em casa, sorvia leite quente comigo no bar Mac-Mahon. Filho do ganso selvagem, Kevin Egan de Paris. Meu pai é uma ave, sorvia o doce *lait chaud* com jovem língua rosa, cara de rato roliço. Sorve, *souris*. Tem esperança de ganhar nas *gros lots*. Sobre a natureza das mulheres ele leu em Michelet. Mas tem que me mandar *La vie de Jésus*, de M. Léo Taxil. Emprestou a um seu amigo.

— *C'est tordant, vous savez. Moi je suis socialiste. Je ne crois pas en l'existence de Dieu. Faut pas le dire à mon père.*
— *Il croit?*
— *Mon père, oui.*

Schluss. E sorve.

Meu chapéu do *quartier latin*. Meu Deus, nós vamos ter que adotar o figurino. Eu preciso de umas luvas bordô. Você era estudante, não era? De que mesmo, pelo amor do outro demônio? Peceên. P. C. N., sabe: *physiques, chimiques et naturelles.* Ah. Comendo um trocado de *mou en civet*, panelas de carne do Egito, acotovelado por cocheiros de praça e seus arrotos. Só diga no tom mais natural do mundo: quando eu estava em Paris, no *boul' Mich'*, eu costumava. Isso, costumava carregar bilhetes perfurados para provar um álibi se alguém te prendesse por assassinato em algum lugar. Justiça. Na noite de 17 de fevereiro de 1904 o prisioneiro foi visto por duas testemunhas. Foi outro sujeito: outro eu. Chapéu, gravata, capote, nariz. *Lui, c'est moi.* Parece que você se divertiu.

Caminhando orgulhoso. Você estava tentando andar como quem? Esqueça: um espoliado. Com a ordem de pagamento da mãe, oito xelins, a porta batente do guichê do correio cravada na tua cara pelo funcionário. Dor de dente da fome. *Encore deux minutes.* Olhe relógio. Preciso pegar. *Fermé.* Cachorro barnabé! Desfazê-lo em pedacinhos sangrentos com uma carabina bum, pedaços sujeito paredes respingadas tudo botões de latão. Pedaços todos no lugar khrrrrklak encaencaixam. Não está machucado? Ah, tudo bem. Aperta aqui. Entendeu o que eu estava dizendo, entendeu? Ah, tudo bem. Dá aqui um aperto. Ah, está tudo muitíssimo bem.

Você ia realizar maravilhas, não é? Missionário à Europa depois do inflamado Columbano. Fiacre e Scotus em seus tripés no céu derramavam dos canecos cervejeiros, latinaltogargalhosos: *Euge! Euge!* Fingindo falar inglês arrevesado enquanto arrastava a valise, carregador a três pence, pelo píer grudento em Newhaven. *Comment?* Belo butim, bucaneiro; *Le Tutu,* cinco números esfarrapados de *Pantalon Blanc et Culotte Rouge,* um telegrama francês azul, curiosidade para mostrar.

— Mãe morrendo volte pai.

A tia acha que você matou a tua mãe. É por isso que ela não quer.

Então saúde a essa tal tia
E vou lhe dizer a razão.
Foi da decência o guardião,
Naquela dita famili-a.

Seus pés marcharam em súbito ritmo orgulhoso sobre os sulcos da areia, seguindo pelos pedregulhos da parede sul. Encarava-os orgulhoso, crânios pétreos e gigantes empilhados. Luzouro sobre mar, sobre areia, sobre pedras. O sol está lá, as árvores esguias, as casas limão.

Paris despertando cruamente, crua a luz do sol em suas ruas limão. Cerne úmido de pães doces, artemísia verdessapo e seu incenso de matinas cortejam o ar. Belluomo levanta da cama da mulher do amante de sua mulher, a donadecasa enlençada está a postos, um pires de ácido acético nas mãos. No Rodot's Yvonne e Madeleine remaquiam suas belezas brunidas, partindo com dentes de ouro *chaussons* de confeitaria, bocas amarelas pelo *pus* do *flan breton*. Passam faces de homens parisienses, com suas benfavorecidas favoritas, donjuans cacheados.

Sono ao sol a pino. Kevin Egan enrola cigarros pólvoros entre dedos borrados de tinta de impressor, sorvendo a fada verde como Patrice a branca. Em volta garfam glutões goela abaixo feijões picantes. *Un demi setier!* Um jato de vapor de café do caldeirão areado. Ela me serve às ordens dele. *Il est irlandais. Hollandais? Non fromage. Deux irlandais, nous, Irlande, vous savez? Ah oui!* Ela achou que você queria um queijo *hollandais*. Seu pòsprandial, você conhece essa palavra? Pòsprandial. Tinha um sujeito que eu conheci uma vez em Barcelona, sujeitinho esquisito, que chamava isso de pòsprandial. Bom: *sláinte!* À roda das mesas de lajes entrançam-se alentos vinosos e gorjas, queixumes. Seu hálito paira sobre nossos pratos molhentados, as presas da fada verde forçando passagem pelos lábios. Da Irlanda, os dalcassianos, de esperanças, conspirações, de Arthur Griffith agora. Para me subjugar como um seu conjugado, nossos crimes nossa causa comum. Você puxou ao teu pai. Reconheci a voz. Sua camisa bombástica, floressangue, tremula seus pompons espanhóis ao ritmo de seus segredos. M. Drumont, jornalista famoso, o Drumont, sabe como que ele chamava a rainha Vitória? Megera velha de dente amarelo. *Vieille ogresse* com *dents jaunes*. Maud Gonne, linda, *La Patrie*, M. Millevoie, Félix Faure, sabe como foi que ele morreu? Uns sujeitos licenciosos. A *froeken, bonne à tout faire*, que esfrega a nudez masculina no banho em Upsala. *Moi faire*, dizia. *Tous les messieurs*. Não esse *Monsieur* aqui, eu disse. Costume mais licencioso. Banho é coisa das mais privadas. Não deixaria o meu irmão, nem o meu próprio irmão, coisa mais lasciva. Olhos verdes, te vejo. Presa, pressinto. Gente lasciva.

 O pavio azul arde mortal entre mãos arde claro. Tiras soltas de tabaco pegam fogo: uma flama e fumo acre iluminam nosso canto. Crus os ossos do rosto sob o chapéu dos *peep of day boys*. Como o chefão escapou, versão autêntica. Vestido de noivinha, meu amigo, véu e flordelaranjeira, foi pela estrada de Malahide. Foi mesmo. De líderes perdidos, os traídos, fugas loucas. Disfarces, intentados, mortos todos, aqui não.

 Amante repudiado. Eu era um guri sacudido naquela época, acredite, dia desses te mostro o meu retrato. Era mesmo. Amante, pelo amor dela se esgueirou com o coronel Richard Burke, epígono de seu clã, por sob os muros de Clerkenwell e, agachado, viu uma chama vingadora jogá-los alto na neblina. Vidro estilhaçado e alvenaria desmoronada. Na gaia Parri se esconde, Egan de Paris, improcurado por qualquer que não eu. Cumprindo as estações de seu dia, a caixa surrada dos tipos, suas três tabernas, o covil de Montmartre em que dorme noite curta, rue de la Goutte d'Or, adamascada pelos rostos mosquejados dos que foram. Senhamor, senterra, senhesposa. Ela está bem, feliz da vida, sem seu homempária, madame na rue Gît-le-Cœur, canarinho e inquilinos a dois tostões. Bochechas mimosas, de saia zebrada, espevitada como a de uma mocinha. Repudiado e indesesperante. Diga pro Pat que me viu, certo? Eu queria arrumar um emprego pro coitado do Pat uma hora dessas. *Mon fils*, soldado da França. Eu ensinei ele a cantar *Os rapazes de Kilkenny são bravos e fortes*. Conhece essa moda velha? Eu ensinei essa pro Patrice. Velha Kilkenny: São Canício, o castelo do Strongbow no Nore. É assim. O, O. Ele me leva, Napper Tandy, pela mão.

Ah, ah, os rapazes de
Kilkenny...

 Mão fraca e gasta na minha. Esqueceram Kevin Egan, ele a eles não. Lembrando de ti, ó Sião.

 Tinha se aproximado da beira do mar e areia molhada batia-lhe as botas. O novo ar o saudava, arpejando em nervos bárbaros, brisa de bárbaro ar de sementes de brilho. Aqui, não vou caminhar até o naviofarol Kish, não é? Parou de repente, pés começando a afundar lentos no solo trepidante. Volte.

Voltando-se, examinou a praia ao sul, seus pés de novo lentos afundando em cavidades mais recentes. A fria sala abobadada da torre aguarda. Pelas barbacãs os feixes de luz se movem permanentemente, lentamente e permanente como afundam meus pés, rastejando crepusculejantes pelo chão, mostrador. Crepúsculo azul, caianoite, funda a noite azul. Nas trevas da abóbada aguardam, suas cadeiras afastadas, minha valise obelisco, em torno de uma távola de travessas abandonadas. Quem há de limpar? A chave está com ele. Não vou dormir lá quando a noite chegar. Uma porta fechada de torre silente inumando seus corpos cegos, o *panthersahib* e seu pointer. Chamar: sem resposta. Ergueu os pés do vórtice e voltou pelo quebramar de pedregulhos. Pegue tudo, fique com tudo. Minha alma caminha comigo, forma das formas. Assim nos turnos da lua eu transponho a trilha sobre as pedras, em sable argentado, ouvindo a maré tentadora de Elsinore.

A maré está me seguindo. Posso ver passar daqui. Daí voltar pela Poolbeg Road para a praia mais além. Escalou o junco e as anguilídeas folhas largas e sentou num banco de pedra, pousando o paudefreixo numa fresta.

Uma carcaça inchada de cachorro apoiava-se lassa na bodelha. À frente dele as amuradas de um barco, afundado na areia. *Un coche ensablé*, Louis Veuillot chamou a prosa de Gautier. Estas areias pesadas são linguagem que maré e vento assorearam aqui. E ali, a pedrempilhada de construtores mortos, reduto de ratos doninhas. Esconder ouro ali. Tente. Você tem um pouco. Areias e pedras. Prenhes do passado. Brinquedos de sir Lout. Vê se não leva com uma na orelha. Eu que bem sou o gigantão que bem rolo os pedregão, osso pro meus degrau. Fi fó fum. Farrejo a zangue de um irrlandês.

Um ponto, cão vivo, tomou corpo aos olhos correndo pela extensão de areia. Senhor, ele vai me atacar? Respeitar sua liberdade. Não serás senhor de outros ou seu escravo. Eu tenho a minha bengala. Fique sentado; não se mexa. De mais longe, vindo praianamente da maré crestada, figuras, duas. As duas marias. Já o acomodaram a salvo entre os juncos. Tempo-será. Achei vocês. Não, o cachorro. Está correndo de volta para eles. Quem?

Galés dos Lochlanns corriam para cá para arribar, em busca de presa, suas proas de bicos sangrentos bem baixas cavalgando cristas de peltre derretido. Danovikings, torques de machadinhas rutilando no peito quando Malachi usava o colar de ouro. Corso de baleias turlehide encalhadas no calor a pino, esguichando, aleijadas no raso. E então da faminta cidade calabouçada uma horda de anões enjustilhados, meu povo, com facas de esfola, correndo, escalando, despedaçando a carne verde espermacenta de baleia. Fome, peste e chacinas. Seu sangue é meu, suas ânsias, minhas ondas. Andei entre eles sobre o Liffey congelado, aquele eu, trocado na maternidade, entre fogos de resina crepitantes. Falava com ninguém: ninguém comigo.

O latido do cão correu em sua direção, parou, voltou correndo. Cão de meu inimigo. Eu apenas simplesmente estaquei pálido, calado, acuado. *Terribilia meditans*. Gibão amarelopálido, fâmulo dos fados, sorriu de meu medo. É isso que você cobiça, o latido do aplauso deles? Pretendentes: viver as vidas deles. O irmão do Bruce, Thomas Fitzgerald, cavaleiro de seda, Perkin Warbeck, falso rebento de York, com calça de seda de marfim rosabranco, maravilha de seu tempo, e Lambert Simnel, com um cortejo de açafatas e provisioneiros, bujamé coroado. Todos filhos de reis. Paraíso dos pretendentes ontem e hoje. Ele salvou vítimas de afogamento e você treme diante do ganido de um viralatas. Mas os cortesãos que se riram de Guido em Or San Michele estavam em casa. Casa de... A gente não quer saber das tuas abstrusiosidades medievais. Você faria o que ele fez? Ia ter um bote por perto, uma boia salvavidas. *Natürlich*, postos ali pra você. Faria ou não faria? o homem que se afogou há nove dias em Maiden's Rock. Estão esperando por ele agora. A verdade, vomita de uma vez. Eu ia querer. Ia tentar. Eu não sou um grande nadador. Água fria mole. Quando pus o rosto nela na vasilha em Clongowes. Não estou enxergando! Quem está atrás de mim. Saia rápido, rápido! Está vendo a maré afluindo rápida por toda parte, amortalhando os baixios de areias, rápida, tondeconchacacau? Se eu tivesse terra embaixo dos pés. Quero que a vida dele seja ainda dele, minha a minha. Um homem que se afoga. Seus olhos humanos clamam a mim em meio ao terror de sua morte. Eu... com ele juntos para o fundo... eu não pude salvá-la. Águas: morte amarga: perdida.

Uma mulher e um homem. Estou vendo a sainha dela. Presa com alfinetes, aposto.

O cachorro deles vagueava por uma coroa de areia escasseante, trotando, farejando por toda parte. Procurando por algo perdido numa vida passada. Repentino disparou como lebre saltitante, orelhas jogadas para trás, caçando a sombra de uma gaivota que sobrebaixovoava. O assovio esganiçado do homem atingiu-lhe as orelhas murchas. Voltou-se, saltitou de volta, aproximou-se, trotou sobre tarsos trepidantes. Sobre campo sépia um gamo, passante, de carnação, sem chavelhos. Na borda rendilhada da maré estacou com rijos antecascos, orelhas oceanicamente orientadas. Seu focinho erguido latiu para o vagarruído, rebanhos de odobenídeos. Cobreavam para seus pés, coleando, desfraldando tantas cristas, de nove em nove, quebrando, jorrando, de longe, mais longe, ondas e ondas.

Vongoleiros. Vadearam via curta pela água e, curvando-se, ensoparam as sacolas, e, erguendo-as de novo, saíram vadeando. O cachorro ganiu correndo para eles, empinou-se e os patolava, caindo de quatro, de novo empinou-se para eles em tosca adulação muda. Despercebido ficava com eles enquanto vinham para a areia mais seca, um farrapo de língua de lobo vermelharfando em suas mandíbulas. Seu corpo salmilhado vagava à frente deles e depois rompeu no galope de um bezerro. A carcaça se estendia em seu caminho. Parou, farejou, espreitou à volta dela, irmão, fuçando mais perto, deu-lhe a volta, farejando rápido como um cão por todo o pelame empapado do cachorro morto. Caveira de cão, farejo de cão, olhos no chão, conduz-se a um único fim grandioso. Ah, pobre irmãodasalmas. Aqui jaz o corpo do pobre irmãodasalmas.

— Trapo! Sai daí, seu guapeca.

O grito trouxe-o cabisbaixando de volta a seu mestre e um chute grosso desembotado mandou-o ileso através de uma restinga de areia, encolhido na fuga. Esquivou-se de volta numa curva. Não me vê. Ao longo da beira da berma lapeou, lesou, cheirou uma rocha e por sob erguida patapé mijou-lhe contra. Trotou adiante e, erguendo a patapé, mijou curto veloz numa rocha incheirada. Os prazeres simples dos pobres. Suas pataspés então espalharam areia: depois as patasmãos patinharam e cavaram. Alguma coisa que enterrou ali, sua avó. Escavava a areia, patinhando, cavando e parou para ouvir o ar, raspou de novo a areia numa fúria das garras, cedo cessando, um pardo, pantera, gerado em drudaria, abutrando os mortos.

Depois que ele me acordou ontem à noite o mesmo sonho ou não? Espera. Corredor aberto. Rua de rameiras. Lembre. Harun al-Raschid. Está se quasificando. Aquele homem me levou, falava. Eu não estava com medo. O melão que tinha ele segurava no meu rosto. Sorria: aroma frutacreme. Era essa a regra, dita. Entra. Vem. Tapete vermelho estendido. Você vai ver quem.

Ombreando as sacolas se esfalfavam, os egípcios rubros. Seus pés azulados saindo da calça enrolada estapeavam a areia pegajosa, um cachecol tijolo fosco estrangulando-lhe o pescoço imbarbeado. Com passos mulhéreos seguia ela: o rufião e sua biraia desfilante. Despojos postos às costas dela. Areia solta e conchempó incrustavam-lhe os pés nus. Por seu rosto ventosfolado o cabelo trilhava. Atrás de seu senhor, sua ajudante, ide via, rumo Londra. Quando a noite encobre os defeitos de seu corpo chamando sob o xale marrom de uma arcada onde cães embarraram. Seu cáften está tratando com dois Royal Dublins no O'Loughlin de Blackpitts. Bus, chanfrar no calão calaveira da canalha, pois, ó minha meca cocota catita. Uma brancura de demônia por sob seus trapos rançosos. A Fumbally Lane naquela noite: os cheiros de curtume.

Brancas ganchorras, vermelha a buraca
Fizeste, e teu aspeto é já formoso.
Dormece esta vegada com teu raca,
No abraço da desora com seu gozo.

O barricudo Aquino, *frate porcospino*, chama a isso macambúzio deleite. Adão incaído brincou mas não bramou. Que fique chamando, ora: *teu aspeto é já formoso*. Linguagem pada alguma pior que a sua. Palavrasmonjas, contasmarias tagarelam em seus cíngulos: Palavraspárias, torrões duros tamborilam em seus bolsos.

Passando agora.

Uma olhadela para meu chapéu Hamlet. Se eu estivesse de repente nu aqui sentado. Não estou. Pelas areias do mundo todo, seguido por seu sabre em chamas do sol, ao oeste, por trilhas que levam a terras noturnas. Ela arrasta, schleppa, traina, draga, trascina sua carga. A maré que se oesta, lualçada, em seu encalço. Marés, milinsulares, dentro dela, sangue não meu, *oinopa ponton*, um mar vinhescuro. Ei-la, lacaia da lua. No sono o signo úmido anuncia sua hora, pede que acorde. Leitonoivo, leitonato, leito de morte, fantasmavelado. *Omnis caro ad te veniet*. E vem, vampiro pálido, pela tempesta seus olhos, suas velas morcegas sangrando o mar, lábios no beijo de seus lábios.

Aqui. Ponha um alfinete naquele camarada, sim? Minha lousa. Lábios no seu beijo. Não. Tem que ser dois. Colar direitinho. Lábios no beijo de seus lábios.

Seus lábios lamberam e libaram lábios de ar descarnados. Boca em sua booo. Uma ova, que tudo renova, rumo à cova. Sua boca moldava alento efluente, infalado: uiihah: rugido de planetas cataráticos, globulares, chamejantes, rugindoindoindoindoindo embora. Papel. As cédulas, porcaria. A carta do velho Deasy. Aqui. Agradecendo por sua hospitalidade rasgue fora o fim em branco. Virando as costas para o sol ele se inclinou bastante até uma mesa de pedra e rabiscou palavras. Com essa são duas vezes que eu esqueço de levar uns papeizinhos do balcão da biblioteca.

Sua sombra repousava sobre as pedras enquanto, curvo, terminava. Por que não infinda até o astro mais distante? Escuros, lá estão por trás da luz, escuridão brilhando na luz, delta de Cassiopeia, mundos. Eu está lá sentado com seu cajado de freixo de áugure, sandálias emprestadas, de dia junto a um lívido mar, incontemplado, na noite violeta caminhando sob um reino de estrelas estúrdias. Projeto esta sombra finada de mim, formumana inelutável, chame de volta. Infinda, seria minha, forma de minha forma? Quem me observa aqui? Quem em que mundo em que tempo lerá estas palavras escritas? Signos em campo branco. Em algum lugar para alguém com tua voz mais flautada. O bom bispo de Cloyne tirou o véu do templo de seu chapéu de prelado: véu de espaço com emblemas coloridos brocados em seu campo. Segure firme. Coloridos num plano: sim, assim está bom. Plano eu vejo, aí penso distância, perto, longe, plano eu vejo, leste, volta. Ah, ora vejo. Recai repentino, congelado estereoscópico. O truque é o clique. Você acha escuras as minhas palavras. A escuridão está na nossa alma, você não acha? Mais flautado. Nossas almas, lacerultrajadas por nossos pecados, agarram-se mais ainda a nós, uma mulher a seu amante agarrada, tanto mais, quanto mais.

Ela confia em mim, suave sua mão, os olhos ciliados longos. Agora para onde nos reinos do cão eu a estou levando além do véu? Para a modalidade inelutável da inelutável visualidade. Ela, ela, ela. Que ela? A virgem na vitrine da Hodges Figgis segundafeira procurando por um dos livrosalfabetos que você ia escrever. Olhar agudo o que você lhe lançou. Pulso pelo peó puído da sombrinha. Mora em Leeson Park, com uma mágoa e badulaques, senhora de letras. Diga isso pra outra pessoa, Stevie: levantadefunto. Aposto que ela usa aquela praga daqueles suspensórios de espartilho e meias amarelas, cerzidas com lã caroçuda. Fale de tortas de maçã, *piuttosto*. Cadê o teu juízo?

Tocar-me. Olhos doces. Mão doce doce doce. Estou sozinho aqui. Ah, tocar-me logo, agora. Qual é aquela palavra que todos os homens conhecem? Estou quieto aqui sozinho. Triste também. Toque, tocar-me.

Estendeu-se todo de costas sobre as pedras agudas, enfiando a nota rabiscada e o lápis num bolso, chapéu derrubado sobre os olhos. É o gesto do Kevin Egan o que eu fiz, cabeceando para a sua soneca, sono do sabbath. *Et vidit Deus. Et erant valde bona. Alo! Bonjour.* Benvinda como as flores de maio. Sob sua folha olhava por cílios trépidos de pavão o sol que suleava. Estou preso nesta cena ardente. Hora de Pan, o entardecer faunal. Entre serplantas gomapesadas, frutos leitexsudantes, onde nas águas abronzadas folhas pousam pandas. Longe vai a dor.

E já não mais cisme e desvie.

Seu olhar cismava em suas botas bicolargas, rejeitos de um buque *nebeneinander*. Contou as rachaduras do couro encarquilhado onde o pé de outro quente se aninhara. O pé que batia o chão em *tripudium*, pé que desamo. Mas você se deleitou quando o sapato de Esther Osvalt deu em você: uma menina que eu conheci em Paris. *Tiens, quel petit pied!* Amigo reto, uma alma irmã: o amor que não ousa dizer seu nome de Wilde. Ele agora vai me deixar. E a culpa? Como eu sou. Como eu sou. Tudo ou não de todo.

Em laços longos do lago Cock fluía a água cheia, cobrindo verdouradas lagunas de areia, montando, fluindo. Meu paudefreixo vai sair flutuando. Vou esperar. Não, vão passar direto, passando asperejando-se nas rochas baixas, rodando, passando. Melhor acabar logo com esse negócio. Ouça:

uma voz marulha quadripalávrea: sissu, hrss, rssiiss, uuus. Veemente alento das águas entre cobrasmarinhas, cavalos rampantes, rochas. Em taças de rochas derrama: derruba, derrama, derrega: saltava em barris. E, acabado, cessa sua fala. Flui rumorejando, ancho fluindo, espumempoça flutuante, flor desabrochando.

Sob a maré que sobremontava via as ervas seenroscantes subirem lânguidas e oscilar braços relutantes, levantando as anáguas, nas águas sussurrantes oscilando e soerguendo frondes tímidas de prata. Dia a dia: noite a noite: levantadas, afogadas e largadas. Senhor, estão exaustas; e, se lhes sussurram, suspiram. Santo Ambrósio ouviu, suspiros das frondes e ondas, esperando, à espera da consumação de seus tempos, *diebus ac noctibus iniurias patiens ingemiscit*. Para fim algum reunidas: em vão então libertas, fluindo em frente, atrás tornando: charrua da lua. Exausta também à vista de amantes, homens lascivos, mulher nua brilhando em suas cortes, ela colhe a labuta das águas.

Cinco braças lá. Cobrem teu pai cinco braças. À uma ele disse. Encontrado afogado. Maré alta na barra de Dublin. Levando a sua frente leva leve de pedrisco, cardumóveis de peixes, conchas tolas. Um corpo surgindo salbranco do refluxo, boiando para a terra, uma ia uma vinha uma toninha. Lá está ele. Enganchem rápido. Embora jaza no fundo das águas. Pegamos. Cuidado agora.

Saco de gascadáver encharcando na salmoura nauseabunda. Um tremor de peixotes, gordos de um pitéu esponjoso, irrupção pelas fendas da braguilha abotoada. Deus vira homem vira peixe vira barnacle vira montanha de plumas. Alentos mortos eu vivo respiro, passo pisando pó morto, devoro os despojos urinosos de todos os mortos. Içado rijo por sobre a amurada ele lança ao alto o hálito do fedor de sua cova verde, o leproso furo do nariz roncando para o sol.

Maroutro, aqui, olhos castanhos salazuis. Morrer no mar, a mais doce das mortes que o homem conhece. Velho pai Oceano. *Prix de Paris*: cuidado com as imitações. Só faça um teste honesto. Nós nos divertimos imensamente.

Venha. Tenho sede. Nublando. Nuvens negras nenhures, ou não? Trovoada. Todoluz ele cai, relâmpago orgulhoso do intelecto, *Lucifer, dico, qui nescit occasum*. Não. Meu chapéu de vieira e cajado e minhasdele alpercatas. Onde? Para terras crepusculares. A noite se há de achar.

Tomou a empunhadura de seu paudefreixo, esgrimindo com ele suave, distraindo-se ainda. Sim, o crepúsculo vai se achar em mim, sem mim. Todos os dias constroem seus fins. Por falar nisso o próximo é quando? Terçafeira vai ser o dia mais longo. De todo o contente anonovo, mãe, tará tá tararará. Lawn Tennyson, poeta cavalheiro. *Già*. Pela velha megera de dente amarelo. E Monsieur Drumont, cavalheiro da imprensa. *Già*. Os meus dentes estão muito ruins. Por que será? Sinta. Esse ali já vai também. Conchas. Será que eu devia ir ao dentista, com aquele dinheiro? Aquele. Kinch banguela, o superomem. Por que será, ou será que quer dizer alguma coisa talvez?

    Meu lenço. Ele jogou. Eu lembro. Não peguei do chão?

    Sua mão tateou em vão os bolsos. Não, não peguei. Melhor comprar um.

    Depositou a meleca seca retirada da narina numa ponta de pedra, cuidadoso. De resto olhe quem quiser.

    Atrás. Talvez haja alguém.

    Virou o rosto por sobre um ombro, olhando passante. Movendo-se pelo ar as vergas altas de um trimastro, adriçadas as velas nas cruzetas, arribante, a montante, silente semovente, navio em silêncio.

senhor Bloom comia com gosto as vísceras de aves e quadrúpedes. Gostava de sopa grossa de miúdos, moelas acastanhadas, um coraçãozinho recheado assado, fatias de fígado fritas com farinha de rosca, ovas de bacalhoa fritas. Acima de tudo gostava de rins de carneiro grelhados que lhe davam ao paladar um fino laivo de tênue perfume de urina.

Tinha rins na cabeça enquanto se movia delicadamente pela cozinha, ajustando as coisas do café da manhã dela na bandeja calombuda. Gélidos ar e luz estavam pela cozinha mas lá fora doce dia de verão por toda parte. Dava-lhe uma fominha.

As brasas vermelhavam.

Outra fatia de pão com manteiga: três, quatro: certo. Ela não gostava do prato cheio. Certo. Voltou-se da bandeja, ergueu a chaleira da boca e pousou-a de lado no fogo. Lá ficou, fosca e atarracada, de bico embeiçado. Xícara de chá logologo. Bom. Boca seca. A gata caminhava espevitada em torno de uma perna da mesa com o rabo para cima.

— Mqnhao!

— Ah, olha só você aí, o senhor Bloom disse, voltando-se do fogo.

A gata miou em resposta e espreitou de novo espevitada à roda de uma perna da mesa, miando. Bem como ela espreita por cima da minha escrivaninha. Prr. Coce a minha cabeça. Prr.

O senhor Bloom observava curioso, carinhoso, a maleável forma preta. Limpo de se ver: o brilho da pelagem luzidia, o tufo branco embaixo do rabo, os olhos verdes lampejantes. Curvou-se até ela, de mãos nos joelhos.

— Leite pra gatinha, ele disse.

— Mrqnhao! a gata gritou.

Tem gente que diz que eles são bobos. Entendem o que a gente diz melhor do que a gente entende eles. Ela entende tudo que quer. Vingativa também. Fico imaginando como é que ela me vê. Alto que nem uma torre? Não, ela consegue me pular.

— Medo das galinhas ah isso ela tem, ele disse zombando. Medo das cococós. Nunca vi uma gatinha tão boba quanto essa gatinha aqui.

Cruel. Da natureza dela. Engraçado que os ratinhos nunca dão um pio. Parece que gostam.

— Mrqrnhao! a gata disse alto.

Piscou-lhe do chão com seus ávidos olhos que se fechavam envergonhados, miando queixosamente e longa, mostrando-lhe os dentes brancos de leite. Ele assistia às negras fendas de seus olhos se estreitarem cúpidas até virarem verdes pedras seus olhos. Foi então até o armário, pegou o jarro que o leiteiro de Hanlon tinha acabado de encher para ele, serviu leite mornobolhoso num pires e pousou-o lento no chão.

— Gârrhr! ela gritou, correndo lamber.

Ele observava os bigodes brilhando aramados na luz fraca no que ela balançava três vezes a cabeça e lambia leve. Fico imaginando se é verdade que se a gente corta eles não pegam mais rato depois. Por quê? Vai ver que brilha no escuro, a pontinha. Ou meio que nem uma antena no escuro, quem sabe.

Ouvia líquidas longas lambidas. Ovo com presunto, não. Não tem ovo bom com essa estiagem. Tem que ter água fresca e pura. Quinta: também não é um dia bom pra um rim de carneiro no Buckley. Frito com manteiga, pitadinha de pimenta. Melhor um rim de porco no Dlugacz. Enquanto a água ferve. Ela sorvia mais lenta, limpando então o prato a lambidas. Por que a língua deles é tão áspera? Pra lamber melhor, cheia de buracos porosos. Nada que dê pra ela comer? Deu uma olhada em volta. Não.

Em botas cuidadosamente rangentes subiu a escada até o corredor, deteve-se à porta do quarto. Ela podia querer uma coisa gostosa. Pão fininho com manteiga ela gosta de manhã. Ainda assim quem sabe: uma vez de vez em quando.

Disse delicadamente no corredor vazio:

— Eu vou ali na esquina. Volto num instantinho.

E quando já tinha ouvido sua voz dizer isso acrescentou:

— Você não quer nada pro café?

Um muxoxo macio sonolento respondeu:

— Mn.

Não. Não queria mais nada. Ouviu então um suspiro quente pesado, mais macio, no que ela se virava e as argolas soltas de latão do estrado da cama tiniam. Preciso mesmo mandar arrumar isso aí. Pena. Lá de Gibraltar. Esqueceu completamente o pouco espanhol que sabia. Fico imaginando quanto que o pai dela pagou. Estilo antigo. Ah é, claro. Comprou no leilão do governador. Uma mãozinha do leiloeiro. Pechincheiro que nem velha na feira, o velho Tweedy. Sim, senhor. Foi em Plevna isso. Eu comecei como soldado raso, senhor, e me orgulho disso. Ainda assim teve cabeça pra se dar bem com aqueles selos. Agora isso é que foi enxergar longe.

Sua mão tirou o chapéu do cabide sobre o pesado sobretudo monogramado e seu impermeável de segunda mão do escritório de achados e perdidos. Selos: cromos de verso grudento. Eu diria que deve ter montes de funcionários metidos nisso também. Claro que sim. A inscrição suarenta na copa de seu chapéu lhe disse muda: Plasto's, alta qualidade em chap. Espiou rápido dentro da carneira de couro. Tirinha branca de papel. Não tem perigo.

No degrau da porta apalpou o bolso de trás em busca da chave. Ali não. Na calça que eu troquei. Tenho que pegar. A batata sim. Guardarroupa rangente. Pra que incomodar. Ela se virou toda sonolenta aquela hora. Fechou a porta da entrada ao sair muito silenciosamente, mais, até a folha se apoiar leve no batente, tampa inerte. Parecia fechada. Tudo bem até eu voltar, pelo menos.

Atravessou para o lado ensolarado, evitando a porta solta do porão do número setentecinco. O sol se aproximava do campanário da igreja de São Jorge. Acho que vai ser um dia quente. Principalmente com essa roupa preta eu sinto mais. O preto conduz, reflete (refrata será?), o calor. Mas eu não podia ir com aquele terno claro. Virava um convescote. Suas pálpebras desceram calmas várias vezes enquanto caminhava no calor contente. O carro de pão da Boland's entregando tabuleiros do nosso de cada dia mas ela prefere sobra de pão dormido crosta quente crocantinha. Faz a gente se sentir jovem. Em algum lugar no oriente: manhã cedo: partir ao nascer do sol, ir dando a volta na frente, ganhar um dia de vantagem. Fizesse isso pra sempre nunca ia ficar um só dia mais velho teoricamente. Caminhar por uma praia, terra estranha, chegar ao portão de uma cidade, o guarda ali, milico de carreira também, o bigode do velho Tweedy apoiado numa como que uma lança comprida. Vagar por ruas cobertas de toldos. Rostos passando em turbantes. Cavernas escuras de lojas de tapetes, homenzarrão, Turko o terrível, sentado pernacruzado fumando um cachimbo espiral. Gritos de vendedores na rua. Beber água aromatizada com ervadoce, sorbet. Vagar o dia todo por ali. Podia encontrar um ou outro ladrão. Bom, é um encontro. Seguindo para o pordossol. A sombra das mesquitas ao longo das colunas: sacerdote com um pergaminho enrolado. Um tremor das árvores, sinal, vento do entardecer. Eu sigo. Céu dourado desbotando. Uma mãe observa da porta de casa. Chama as crianças pra dentro no seu idioma escuro. Muro alto: mais além, cordas tangidas. Céu da noite e lua, violeta, cor das ligas novas da Molly. Cordas. Ouça. Uma menina tocando um daqueles instrumentos como é que chama: saltério. Eu passo.

Provavelmente nada a ver com isso na verdade. Tipo de coisa que a gente lê: na trilha do sol. O sol em degradê na capa. Sorriu, com prazer. O que o Arthur Griffith disse da vinheta em cima da manchete do *Freeman*: um solnascer de autonomia a noroeste surgindo da ruela atrás do banco da Irlanda. Prolongou seu sorriso satisfeito. Toquezinho brilhante esse: solnascer de autonomia a noroeste.

Se aproximava do pub de Larry O'Rourke. Da grade do porão fluía flutuante o jorro choco da pórter. Pela porta aberta o bar esguichava jatos de gengibirra, pó de chá, papa de bolacha. Mas uma casa boa: bem no fim do trânsito da cidade. Por exemplo o M'Auley lá embaixo: s.e. como ponto. Claro que se levassem uma linha de bonde pela Circular Norte do mercado de gado até o cais os preços iam subir que nem rojão.

Cabeça careca por sobre a cortina. Velhinho safado. Nem adianta tentar convencer a pagar um anúncio. Ainda assim quem conhece o negócio dele é ele mesmo. E olha ele lá, pode apostar, meu bravo Larry, apoiado no pote de açúcar em mangas de camisa olhando o funcionário de avental lavar tudo com balde e esfregão. O Simon Dedalus arremeda ele direitinho com o olhinho apertado. Quer saber uma coisa? o que é, senhor O'Rourke? Quer saber? Os russos, eles são cafèpequeno perto dos japoneses.

Parar e dar uma palavrinha: sobre o enterro quem sabe. Coisa mais triste o coitado do Dignam, senhor O'Rourke.

Virando para a Dorset Street ele disse viçosamente como cumprimento pela porta:

—Bom dia, senhor O'Rourke.

—Bom dia pro senhor.

—Tempo lindo, senhor.

—Pois é.

Onde é que eles arranjam dinheiro? Aparecem uns balconistas ruivos, lá do condado Leitrim, lavando cascos e restos de tragos na adega. Aí, sem mais nem por quê, florescem como Adams Findlaters ou Dans Tallons. E aí avalie a concorrência. Sede generalizada. Um bom quebracabeça ia ser atravessar Dublin sem passar por um bar. Poupar não dá. Dos bêbados quem sabe. Anotam três e levam cinco. Isso dá o quê? Um tostão aqui um ali, migalhas. Nos pedidos no atacado quem sabe. Mão dupla com os caixeirosviajantes. Resolve você com o chefe e a gente divide o bolo, sabe como?

Ia chegar a quanto isso com a cerveja por mês? Digamos dez barris da mercadoria. Digamos que ele consiga dez porcento por fora. Ah mais. Quinze. Ia passando pela Escola Nacional de São José. Clamor dos pirralhos. Janelas abertas. O ar fresco ajuda a memória. Ou cantarolar. Trintadias temnovembro essetembro vinteoitofevereiro todosmaistentrintaeum. Meninos esses? São. Inishturk. Inishark. Inishboffin. Na jogafria. A minha. O monte Bloom.

Deteve-se diante da vitrine do Dlugacz, encarando os rolos de salsichas, cracóvias, pretas e brancas. Cinquenta multiplicados por. As cifras empalideciam na cabeça dele, irresolvidas: descontente, deixou que se apagassem. Os elos brilhantes plenos de carne embutida alimentavam seu olhar e ele tragava tranquilo o hálito morno do sangue de porco temperado e cozido.

Um rim suava sangue em gotas no prato azulpombinho: o último. Ficou ao lado da moça do vizinho no balcão. Será que ela ia comprar também, ditando os itens de um papelzinho que tinha na mão. Gretada: barrilha. E uma libra e meia de salsicha da Denny's. Os olhos dele repousavam em suas ancas vigorosas. Woods é o nome dele. Fico imaginando o que ele faz. A esposa é velhusca. Sangue novo. Proibidos pretendentes. Par de braços fortes. Batendo um tapete no varal. E como bate, meu santo. O jeito que balança a saia torta a cada golpe.

O açougueiro olhodefurão enrolava as salsichas que tinha destacado com dedos manchados, rosassalsicha. Boas carnes ali que nem uma novilha de baia.

Apanhou uma página da pilha de folhas cortadas. A fazendamodelo em Kinnereth às margens do lago de Tiberíades. Pode tornar-se ideal sanatório de inverno. Moses Montefiore. Eu achava que ele era. Casagrande, muro em volta, gado embaçado pastando. Segurou a página mais longe: interessante: leu mais perto, o gado pastando embaçado, a página farfalhando. Uma novilha branca novinha. Aquelas manhãs no mercado de gado, os animais mugindo nos currais, as ovelhas marcadas, a queda e o baque do esterco, os criadores de bota ferrada pisando a forragem, estalando uma palmada nuns quartos traseiros prontos pro abate, essa é de primeira, toscos rebenques na mão. Segurou a página enviesada paciente, dobrando seus sentidos e seu desejo, seu olhar suave e assujeitado repousando. A saia torta balançando golpe a golpe a golpe.

O açougueiro arrancou duas folhas da pilha, embrulhou as salsichas de primeira qualidade da vizinha e fez uma careta vermelha.

— Muito bem, minha senhorita, ele disse.

Ela apresentou uma moeda, sorrindo largo, estendendo-lhe o pulso grosso.

— Muito obrigado, minha senhorita. E um xelim e três pence de troco. E o senhor, pois não?

O senhor Bloom apontou ligeiro. Para alcançá-la e andar atrás se ela fosse devagar, atrás daquele lombo semovente. Bom de ver assim logo de manhã cedo. Anda, desgraçado. É malhar o ferro enquanto está quente. Ela parou na frente da loja à luz do sol e vagueou preguiçosa rumo à direita. Ele suspirou pelo nariz: nunca entendem. Mão gretada da barrilha. Unha do pé também cascuda. Escapulários marrons esfarrapados, defendendo-a dos dois lados. O aguilhão do desdém incendia-se em fraco prazer em seu peito. Para um outro: agarrada por um policial de folga na Eccles Lane. Gostam delas de bom tamanho. Salsichas de primeira. Ai, por favor, seu guarda, eu estou perdida no bosque.

—Três pence, por favor.

Sua mão aceitou a tenra glândula úmida que escorregou para um bolso lateral. Ela então recolheu três moedas do bolso da calça e pousou-as nos pinos de borracha. Pousaram, foram lidas velozmente e velozes deslizaram, disco a disco, para o caixa.

—Obrigado, senhor. Até a próxima.

Um lampejo de um fogo ávido de olhos vulpinos lhe agradeceu. Ele baixou os olhos depois de um instante. Não: melhor não: outra hora.

—Tenha um bom dia, ele disse, afastando-se.

—Tenha um bom dia, senhor.

Nem sinal. Sumiu. E daí?

Ele voltou pela Dorset Street, lendo sério. Agendath Netaim: companhia de plantio. Para adquirir vastas áreas arenosas do governo turco e plantar eucalipto. Excelentes para sombra, combustível e construção. Laranjais e imensos meloais ao norte de Jaffa. Você paga oito marcos e eles te plantam uma *dunam* com azeitona, laranja, amêndoa ou cidra. Azeitona é mais barato: laranja precisa irrigação artificial. Todo ano você recebe uma remessa da colheita. Seu nome registrado por toda a vida como proprietário no livro da companhia. Dá pra pagar dez de entrada e o saldo em prestações anuais. Bleibtreustrasse, 34, Berlim, W. 15.

Até parece. Ainda assim tem uma ideia por trás.

Olhou para o gado, embaçado em calor prateado. Prateadas oliveiras empoadas. Dias longos e calmos: a poda, maturação. Mas e as azeitonas vêm em potes? Acho que eu tenho umas que sobraram. A Molly cuspindo fora. Agora conhece o gosto. As laranjas em papel de seda embaladas em caixotes. Cidras também. Cítricos. Fico imaginando se o coitado do Citron ainda está vivo lá na Saint Kevin's parade. E o Mastiansky com aquela cítara. Belas noitadas que a gente passou lá. A Molly na poltrona funda do Citron. Bom de segurar, fruto de cera fresco, segurar na mão, levar até o nariz e sentir o perfume. Bem assim, denso, doce, cheiro de mato. Sempre o mesmo, um ano depois do outro. E ainda pegavam um bom preço também, o Moisel me disse. Arbutus Place: Pleasants

Street: bons tempos. Têm que ser imaculadas, ele disse. Vindo lá de longe: Espanha, Gibraltar, Mediterrâneo, o Levante. Caixotes alinhados no cais de Jaffa, camarada marcando todas num livro, marujos que lidavam com elas nuns macacões emporcalhados. Ó lá o fulano de tal saindo. Mé que vai? Não está vendo. Camarada que você conhece só de acenar meio cacete. As costas dele são que nem as daquele capitão norueguês. Fico imaginando se vou topar com ele hoje. Carro borrifador. Pra provocar chuva. Assim na terra como no céu.

Uma nuvem pôs-se a cobrir o céu inteiro lenta inteiramente. Cinza. Longe.

Não, não é assim. Uma terra estéril, vazio baldio. Lago vulcânico, o mar morto: sem peixe nem alga, fundo afundado na terra. Vento algum ia ser capaz de erguer aquelas ondas, metal cinza, águas turvas venenosas. Enxofre invocaram chovendo: as cidades da planície: Sodoma, Gomorra, Edom. Todos nomes mortos. Um mar morto numa terra morta, cinza e velha. Velha agora. Gerou a mais antiga, a primeira raça. Uma bruxa curva atravessou vinda do Cassidy agarrando uma garrafinha pelo pescoço. O povo mais antigo. Vagaram longe por toda a terra, cativeiro em cativeiro, multiplicando, morrendo, nascendo em toda parte. Restava lá agora. Agora não podia mais gerar. Morta: de uma velha: boceta cinza enterrada do mundo.

Desolação.

Horrores cinzentos crestavam-lhe a carne. Dobrando a página bolso adentro ele virou para a Eccles Street, na pressa de chegar em casa. Frios óleos deslizavam por suas veias, gelando-lhe o sangue: a idade que o incrustava com uma capa de sal. Bom, estou aqui agora. Muito cedo, muito medo. Levantei com o pé esquerdo. Tenho que começar de novo aqueles exercícios do Sandow. De mãos no chão. Casas manchadas de tijolos marrons. O número oitenta ainda está pra alugar. Por que será? A avaliação foi só vinteoito. Towers, Battersby, North, MacArthur: as janelas da sala emplastradas de placas. Emplastros num olho doente. Pra sentir a doce fumaça do chá, fumos da panela, manteiga estralando. Ficar perto da carne dela, ampla, quente da cama. Sim, sim.

Velozquente luz do sol veio corrente da Berkeley Road, vivaz, com sandálias exíguas, pela trilha que se abrilhantava. Corre, ela corre me encontrar, uma menina de cabelo dourado ao vento.

Duas cartas e um cartão repousavam no piso da entrada. Ele parou e os recolheu. Senhora Marion Bloom. Seu coração veloz ficou de pronto lento. Letra segura. Senhora Marion.

—Poldy!

Entrando no quarto ele semicerrou os olhos e seguiu sob quente crepúsculo amarelo até a cabeça desgrenhada dela.

— Pra quem é que são as cartas?
Ele olhou. Mullingar. Milly.
— Uma carta pra mim da Milly, ele disse com cuidado, e um cartão pra você. E uma carta pra você.
Depôs o cartão e a carta dela na colcha de sarja perto da curva dos joelhos dela.
— Quer que levante a persiana?
Fazendo a persiana subir com puxões suaves até a metade seu olho retaguardado viu que ela espiava a carta e a metia debaixo do travesseiro.
— Bom assim? perguntou, virando-se.
Ela lia o cartão, apoiada no cotovelo.
— As coisas chegaram, ela disse.
Esperou até que ela tivesse posto o cartão de lado e se enrodilhado nova e lentamente com um suspiro aconchegado.
— Anda logo com esse chá, ela disse. Eu estou estorricada.
— A água está fervendo, ele disse.
Mas postergou para liberar a cadeira: sua anágua listrada, roupa de baixo jogada suja: e ergueu tudo numa braçada para o pé da cama.
No que ele descia a escada da cozinha ela chamou:
— Poldy!
— Quê?
— Escalde o bule.
Fervendo mesmo: uma pluma de vapor vindo do bico. Ele escaldou e enxaguou o bule e pôs quatro colheres de chá cheias, adernando então a chaleira para deixar a água inundar. Deixando-o descansar, tirou a chaleira e achatou a frigideira nas brasas vivas e observou o pedaço de manteiga deslizar e derreter. Enquanto desembrulhava o rim a gata miava esfaimada contra ele. É dar carne demais e ela não corre mais atrás dos ratos. Tem gente que diz que eles não comem porco. Kosher. Toma. Deixou o papel ensanguentado cair até ela e derrubou o rim entre molhos de manteiga estralejante. Pimenta. Salpicava pelos dedos, anularmente, da tacinha de ovo lascada.
Então rasgou seu envelope, espiando página abaixo e de volta. Obrigada: boina nova: senhor Coghlan: piquenique no lough Owel: um estudante: as meninas da praia do Rojão Boylan.
O chá estava pronto. Ele encheu sua própria xícara bigodeira, imitação de Crown Derby, sorrindo. Presente de aniversário da Millymelosa. Só cinco aninhos. Não, espera: quatro. Eu dei pra ela o colar falso de âmbar que ela quebrou. Colocando folhas de papel pardo dobradas na caixa do correio pra ela. Ele sorria, servindo.

Ó Milly Bloom, meu coração,
És meu espelho do começo ao fim.
Prefiro ter você sem um tostão,
Que Katey Keogh com burro e jardim.

Coitado do professor Goodwin. Um velho terrível. Mas que era um velhinho educado, lá isso era. O jeito antiquado que ele tinha de fazer uma reverência pra Molly sair da plataforma. E o espelhinho dentro da cartola. Aquela noite que a Milly trouxe pra sala. Ó o que eu achei no chapéu do professor Goodwin! Todo mundo riu. Já era o sexo aparecendo. Figurinha assanhada que ela era.

Espetou um garfo no rim e o estatelou virado: e ajeitou o bule na bandeja. Seu calombo corcoveou quando ele a levantou. Tudo ali? Pão com manteiga, quatro, açúcar, colher, o leite dela. Isso. Carregou para o andar de cima, polegar enganchado na asa do bule.

Empurrando a porta com o joelho ele entrou com a bandeja que arrumou na cadeira à cabeceira.

—Como você demorou, ela disse.

Fez tinir o latão soerguendo-se brusca, com um cotovelo no travesseiro. Olhos baixos, ele olhou calmo para o volume de seu corpo e entre seus grandes peitos macios, reclinados dentro da camisola como o úbere de uma cabra. O calor de seu corpo acamado subia no ar, entrançando-se à fragrância do chá que servia.

Uma tira de envelope rasgado apontava debaixo do travesseiro amarfanhado. No ato de ir ele ficou para ajeitar a colcha.

—De quem era a carta? ele perguntou.

Letra segura. Marion.

—Ah, o Boylan, ela disse. Ele vem trazer o programa.

—O que é que você vai cantar?

—*Là ci darem* com o J. C. Doyle, ela disse, e *A velha e doce canção do amor.*

Seus lábios cheios, bebendo, sorriram. Cheiro meio rançoso que o incenso deixa no dia seguinte. Como água de flor apodrecida.

—Quer que abra a janela um pouquinho?

Ela meteu uma fatia de pão dobrada na boca, perguntando:

—Que horas é o enterro?

—Às onze, eu acho, ele respondeu. Eu não vi o jornal.

Seguindo-lhe o dedo que apontava ele apanhou uma perna de suas calçolas sujas de cima da cama. Não? Então uma liga cinza retorcida enlaçada numa meia: amarrotada, sola brilhante.

—Não: aquele livro.
Outra meia. A anágua.
—Deve de ter caído, ela disse.
Ele tateou aqui e ali. *Voglio e non vorrei*. Fico imaginando se ela pronuncia isso direito: *voglio*. Na cama não. Deve ter escorregado pra baixo. Ele se abaixou e ergueu a sanefa. O livro, caído, estatelado contra o bojo do penico meandralaranjado.

—Deixa ver, ela disse. Eu deixei marcado. Tem uma palavra que eu queria te perguntar.

Ela engoliu um gole de chá da xícara segura pela nãoasa e, depois de limpar prontamente no cobertor as pontas dos dedos, começou a procurar no texto com o grampo até chegar à palavra.

—Mete em quê? ele perguntou.
—Aqui, ela disse. O que é que isso quer dizer?
Ele se inclinou para baixo e leu junto a seu polegar de unha pintada.
—Metempsicose?
—É. Como é que ela chama pros íntimos?
—Metempsicose, ele disse, cerrando o cenho. É grego: vem do grego. Quer dizer transmigração de almas.
—Com a breca! ela disse. Fala em língua de gente.

Ele sorriu, espiando de esguelha o olho irônico dela. Os mesmos olhos jovens. A primeira noite depois das charadas. Dolphin's Barn. Ele virou as páginas sujas. *Ruby: O orgulho do picadeiro*. Olá. Ilustração. Italiano feroz com um rebenque. Deve ser Ruby o orgulho do, nua ali no chão. Lençol cortesia da casa. *O monstro Maffei desistiu e arremessou de si sua vítima com uma imprecação*. Crueldade por trás disso tudo. Animais dopados. O trapézio no Hengler. Tive que olhar pro outro lado. Turba boquiaberta. Arrebente o pescoço que a gente arrebenta de rir. Famílias inteiras. Desossados desde jovens pra se metempsicosarem. Que a gente vive depois da morte. A nossa alma. Que a alma do homem depois que ele morre. A alma do Dignam...

—Você já terminou esse aqui? ele perguntou.
—Já, ela disse. Não tem nenhuma senvergonhice. Ela está apaixonada pelo primeiro sujeito desde o começo?
—Não li. Quer outro?
—Quero. Pega outro do Paul de Kock. Nome bonito que ele tem.
Ela pôs mais chá na xícara, observando seu fluxo inclinada.

Preciso renovar aquele livro da biblioteca da Capel Street ou eles vão escrever pro Kearney, o meu fiador. Reencarnação: é essa a palavra.

—Tem gente que acredita, ele disse, que a gente continua vivendo em outro corpo depois da morte, que a gente já viveu antes. Eles chamam isso de reencarnação. Que todo mundo já viveu na terra milhares de anos atrás ou em algum outro planeta. Eles dizem que a gente esqueceu. Tem quem diga que lembra das vidas passadas.

O leite estagnado tecia espirais talhadas por todo o chá dela. Melhor lembrá-la da palavra: metempsicose. Um exemplo é que ia ser melhor. Um exemplo.

O *Banho da ninfa* sobre a cama. Distribuído de brinde com o número de Páscoa da *Photo Bits*: esplêndida obra-prima em bela paleta de cores. Chá antes de você pôr o leite. Não muito diferente dela com o cabelo solto: mais esbelta. Três e seis eu paguei na moldura. Ela disse que ia ficar bonito em cima da cama. Ninfas nuas: Grécia: e por exemplo todo mundo que viveu naquela época.

Ele voltou as páginas.

— Metempsicose, ele disse, é como os gregos chamavam antigamente. Eles acreditavam que você podia virar um bicho ou uma árvore, por exemplo. O que eles chamavam de ninfas, por exemplo.

A colher dela parou de mexer o açúcar. Estava encarando direto em frente, inalando pelas narinas arqueadas.

— Tem um cheiro de queimado, ela disse. Você deixou alguma coisa no fogo?

— O rim! ele gritou de repente.

Ajeitou malmente o livro no bolso interno e, batendo o dedão do pé na cômoda quebrada, saiu correndo na direção do cheiro, passando apressado pela escada com as pernas de uma cegonha espaventada. Uma fumaça acre lançava-se num jato furioso de um lado da frigideira. Espetando um dente do garfo sob o rim ele o desgrudou e o virou tartarugo de costas. Só um pouquinho queimado. Ele o arremessou da frigideira para um prato e deixou o escasso molho marrom escorrer-lhe por cima.

Agora um chá. Sentou, cortou e amanteigou uma fatia de pão. Extraiu a carne queimada e jogou-a para a gata. Pôs então uma garfada na boca. Mastigando com discernimento a suculenta carne tenra. Bem no ponto. Um gole de chá. Então cortou cubinhos de pão, ensopou um no molho e pôs na boca. Que história era aquela de estudante e piquenique? Alisou a carta a seu lado, lendo lento ao mastigar, ensopando outro cubinho de pão no molho e erguendo-o até a boca.

> Queridíssimo pápi,
> Obrigadíssimo pelo lindo presente de aniversário. Ficou muito maravilhoso em mim. Todo o mundo diz que eu fiquei toda coquete com a minha boina nova. Eu recebi a linda caixa de bombom da mamãe e vou escrever. Foi

maravilhoso. Tudo está supimpa para mim no ramo da fotografia agora. O senhor Coghlan tirou uma de mim e a mulher dele manda quando revelarem. Ontem foi uma função! Dia lindo e todas as canelas grossas estavam lá. Nós vamos para o lago Owel segunda com uns amigos fazer um convescote. Meu carinho para a mamãe e para você um beijo grande e muitos obrigados. Eu estou ouvindo eles no piano lá embaixo. Vai ter um concerto no Greville Arms sábado. Tem um estudante que vem aqui às vezes chamado Bannon os primos dele ou alguma coisa assim são figurões ele canta a música do Boylan (eu estava à beira de escrever do Rojão Boylan) sobre aquelas meninas da praia. Diga para ele que a Millymelosa manda as minhas maiores considerações. Tenho que encerrar agora com todo o meu amor.

Sua filha amorosa,
Milly

P.S. Desculpa a carta mau escrita, estou apressada. Adeusinho.
M.

Quinze ontem. Engraçado, quinze do mês também. Primeiro aniversário dela longe de casa. Separação. Eu lembro a manhã de verão em que ela nasceu, correndo chamar a senhora Thornton na Denzille Street. Velhinha animada, ela. Deve ter posto montes de nenês no mundo. Ela sabia desde o começo que o coitadinho do Rudy não ia sobreviver. Enfim, Deus é bom, senhor. Ela percebeu imediatamente. Ia estar com onze agora se tivesse sobrevivido.

Seu rosto vazio encarava apiedado o pòsescrito. Desculpa a carta mau escrita. Apressada. Piano lá embaixo. Saindo da concha. A briga com ela no café XL por causa da pulseira. Não comia mais o bolo nem falava nem olhava. Pimentinha. Ele ensopava outros cubinhos de pão no molho e comia um pedaço do rim depois do outro. Doze e seis por semana. Não é muito. Mas podia estar pior. Teatro de revista. Um estudante. Bebeu um gole do chá já mais frio para empurrar a comida. E então releu a carta: duas vezes.

Ora: ela sabe se cuidar. Mas e se não? Não, não aconteceu nada. Claro que podia. Espere enfim até acontecer. Figurinha difícil. As pernas esbeltas dela subindo a escada correndo. Destino. Amadurecendo agora. Fútil: muito.

Sorriu com inquieto afeto para a janela da cozinha. O dia que eu peguei ela na rua beliscando a bochecha pra ficar vermelha. Meio anêmica. Mamou mais tempo do que devia. No Erin's King aquele dia em volta do Kish. O maldito enxabeque velho cabeceando prum lado e pro outro. Nadinha de medo. A echarpe azulzinha solta ao vento com o cabelo dela.

Com uma covinha que incomoda,
Nossa cabeça toda roda.

Meninas da praia. Envelope rasgado. Mãos metidas nos bolsos da calça, o cocheiro com um dia de folga, cantando. Amigo da família. Rrroda, ele diz. Píer com luzes, noite de verão, banda,

Essas meninas da praia
Lindas meninas da praia.

A Milly também. Jovens beijos: o primeiro. Passado agora longe. Senhora Marion. Lendo deitada agora, contando as meadas do cabelo, sorrindo, trançando.

Suave incômodo, arrependimento, escorreu-lhe pela espinha, aumentando. Vai acontecer, sim. Prevenir. Inútil: não posso agir. Lábios leves doces de menina. Vai acontecer também. Sentiu o incômodo que escorria espalhar-se sobre si. Inútil agir agora. Lábios beijados, beijando beijados. Lábios cheios pegajosos de mulher.

Melhor lá onde ela está: longe. Manter ocupada. Precisava de um cachorro pra passar o tempo. Podia dar uma passada lá. Feriado nacional em agosto, só dois e seis ida e volta. Mas faltam seis semanas. Podia conseguir uma credencial de imprensa. Ou com o M'Coy.

A gata, depois de limpar todo o pelo, voltou ao papel encarnado, fuçou nele e saiu se esgueirando para a porta. Voltou os olhos para ele, miando. Quer sair. Espere na frente de uma porta que uma hora ela acaba abrindo. Ela que espere. Está com comichão. Elétrica. Trovão no ar. Estava limpando a orelha de costas pro fogo também.

Estava pesado, cheio: e então veio um doce relaxamento do intestino. Levantou, soltando o cós da calça. A gata miou para ele.

— Miaou! ele disse em resposta. Só quando eu quiser.

Peso: dia quente pela frente. Muito esforço penar escada acima até o patamar.

Um jornal. Ele gostava de ler na latrina. Tomara que nenhum bocó me venha bater na porta bem quando eu estiver.

Na gaveta da mesa encontrou um número antigo da *Titbits*. Meteu-o dobrado debaixo do braço, foi até a porta e abriu. A gata subiu em saltos suaves. Ah, queria subir, ir se enroscar em cima da cama.

Escutando, ele ouviu a voz dela:

— Vem, vem, bichana. Vem.

Saiu pela porta dos fundos para o jardim: parou para esticar o ouvido para o jardim vizinho. Nenhum barulho. Vai ver está pendurando roupa. A empregada estava no jardim. Bela manhã.

Curvou-se para examinar uma estreita fileira de hortelã que crescia junto ao muro. Fazer um caramanchão aqui. Feijoca. Trepadeiras. Precisa adubar isso tudo, terra vagabunda. Uma camada de fígado de enxofre. Toda a terra fica assim sem bosta. Lavagem das casas. Marga, mas o que será que é isso? As galinhas no jardim do lado: o cocô delas é ótimo pra terminar o adubo. Mas melhor de todos mesmo é o de gado, especialmente quando comeram aquele bagaço. Cobertura de bosta. A melhor coisa pra limpar luva de pelica de senhora. Sujeira limpa. Cinzas também. Recuperar essa área toda. Plantar ervilha naquele canto ali. Alface. E aí ter sempre verdura fresca. Se bem que horta tem lá as suas desvantagens. Aquela abelha ou varejeira aqui na segundafeira de Pentecostes.

Ele seguiu em frente. Aliás, cadê o meu chapéu? Devo ter posto de volta no gancho. Ou ficou pelo chão. Gozado, não lembro. O cabide da entrada muito cheio. Quatro guardachuvas, a capa de chuva dela. Apanhar as cartas. A campainha da loja do Drago tilintando. Engraçado que eu estava pensando bem naquela hora. Cabelo castanho brilhantinado por cima do colarinho dele. Tinha acabado de se lavar e se escovar. Fico imaginando se dá tempo pra um banho hoje de manhã. Tara Street. O tipo lá do caixa sumiu com o James Stephens dizem. O'Brien.

Voz grave daquele Dlugacz. Agendath o que mesmo? Muito bem, minha senhorita. Entusiasta.

Abriu num chute a porta torta da casinha. Melhor cuidar pra não sujar essa calça pro enterro. Entrou, curvando a cabeça sob o lintel baixo. Deixando a porta entreaberta, entre o fedor da barrela mofada e as teias murchas ele soltou os suspensórios. Antes de sentar espiou por uma frincha as janelas do vizinho. O rei estava na sala do trono. Ninguém.

Acocorado no tamborete desdobrou seu jornal virando as páginas sobre os joelhos nus. Alguma coisa nova e fácil. Sem grandes pressas. Segurar um pouquinho. Nosso pitéu especial. *O golpe de mestre de Matcham*. Escrita pelo senhor Philip Beaufoy, do Playgoers' Club, Londres. Um pagamento à razão de um guinéu por coluna foi feito ao autor. Três e meia. Três libras e três. Três libras treze e seis.

Tranquilamente leu, contendo-se, a primeira coluna e, cedendo mas resistindo, começou a segunda. A meio caminho, cedendo suas últimas resistências, deixou o intestino se aliviar tranquilamente enquanto lia, lendo ainda paciente, bem curada aquela constipaçãozinha de ontem. Espero que não seja grande demais fazer voltar as hemorroidas. Não, bem certinho. Isso. Ah! Prisão de ventre. Um comprimido de cáscara sagrada. A vida podia ser assim. Nada emocionante e nem tocante para ele mas rápido e benfeito. Imprimem qualquer coisa hoje em dia. Época besta. Continuou lendo, sentado calmo sobre seu próprio odor que se elevava. Bem feitinho mesmo. *Matcham sempre pensa no golpe de mestre com o qual conquistou a feiticeira sorridente que agora.* Começa e termina moralmente. *De mãos dadas.* Esperto. Passou de volta os olhos pelo que tinha lido e, enquanto sentia sua urina escorrer calma, invejou cortesmente o senhor Beaufoy que tinha escrito aquilo e recebido um pagamento de três libras treze e seis.

Até podia fazer um esquete. Dos senhor e senhora L. M. Bloom. Inventar uma estória pra algum provérbio qual? Aquela vez que eu tentei rabiscar no punho da camisa o que ela ia dizendo enquanto se trocava. Não gosto de trocar de roupa junto. Me cortei fazendo a barba. Mordendo o lábio inferior, enganchando o colchete da saia. Cronometrando. 9.15. O Roberts já te pagou? 9.20. O que é que a Gretta Conroy estava usando? 9.23. Onde é que eu estava com a cabeça quando comprei esse pente? 9.24. Eu fiquei inchada com aquele repolho. Um grão de poeira no cromo da bota dela.

Esfregando prontamente uma giga por vez contra a panturrilha da meia. A manhã depois do baile do bazar quando a banda da May tocou a dança das horas de Ponchielli. Explicar que as horas da manhã, da tarde, depois o entardecer chegando, depois as horas da noite. Escovando os dentes. Foi a primeira noite. A cabeça dela dançando. As varetas do leque estalando. Esse Boylan é bem de vida? Ele tem dinheiro. Por quê? Eu notei que o hálito dele estava com um cheiro bom dançando. Não adiantava cantarolar depois. Aludia. Uma música esquisita aquela ontem de noite. O espelho estava na sombra. Ela esfregou o espelho de mão rispidamente no colete de lã contra o peito cheio boleante. Espiando lá dentro. Ruguinhas nos olhos dela. Não dava jeito, de alguma maneira.

Horas do entardecer, meninas de gaze cinza. Horas da noite daí pretas com adagas e meiasmáscaras. Ideia poética rosa, daí dourado, daí cinza, daí preto. E ainda é verossímil também. Dia, daí a noite.

Rasgou metade da estória especial bruscamente e se limpou com ela. Então ergueu a calça, abotoou-se e prendeu os suspensórios. Puxou a sacolejante porta balouçante da privada e surgiu das trevas para o ar.

Na luz clara, de corpo mais leve e mais fresco, examinou com cuidado a calça preta, a barra, o joelho, o jarrete do joelho. Que horas é o enterro? Melhor descobrir no jornal.

Um rangido e um zunido escuro no ar no alto. Os sinos da igreja de São Jorge. Batiam a hora: ferro alto escuro.

Belém! Belém!
Belém! Belém!
Belém! Belém!

Quinze pra. E de novo: o harmônico seguindo pelo ar, uma terça. Coitado do Dignam!

███████████

Por cabrilhas ao longo de sir John Rogerson's Quay o senhor Bloom passava sóbrio, pela Windmill Lane, a moagem de linhaça Leask's, a agência dos correios e telégrafos. Podia ter dado esse endereço também. E pelo retiro dos marujos. Desviou-se dos ruídos matinais do cais e caminhou pela Lime Street. Perto dos casebres de Brady um menino que catava pelancas zanzava, balde passado no braço, fumando uma guimba mascada. Uma menina menor com cicatrizes de eczema pela testa mantinha os olhos nele, segurando alheada um aro surrado de barril. Dizer que se ele fumar não vai crescer. Ah, que fume! A vida dele não é lá um mar de rosas! Esperando na porta dos bares pra trazer o paiê pra casa. Volta pra casa com a manhê, paiê. Hora morta: não vai ter muita gente lá. Atravessou a Townsend Street, passou pela cara fechada da fachada de Betel. El, isso: casa de: Álef, Beth. E pela funerária Nichols'. É às onze. Não tem pressa. Acho que o Corny Kelleher garfou esse serviço pra firma do O'Neill. Cantando de olho fechado. O Corney. No parque passei por ela. Noite singela. Oh, que bela. Alcagueta da polícia. Seu nome e endereço então me deu larirá larirá larirei. Ah, claro que garfou. Um enterro barato num comèquechama. E larirá, larirá, larirá, larirá.

Na Westland Row estacou ante a vitrine da Belfast and Oriental Tea Company e leu as legendas de embrulhos de papel laminado: mistura fina, altíssima qualidade, chá da família. Meio quente. Chá. Tenho que arranjar um pouco com o Tom Kernan. Mas pedir no enterro não dá. Enquanto ainda liam inertes seus olhos ele tirou o chapéu aspirando calmo a loção capilar e enviou com graça lenta a mão direita sobre testa e cabelo. Manhãzinha mais quente. Sob as pálpebras derrubadas seus olhos acharam o minúsculo lacinho da carneira de couro dentro de seu chap de alta qualidade. Bem ali. Sua mão direita desceu na copa do chapéu. Seus dedos logo acharam um cartão atrás da carneira e o transferiram para o bolso do colete.

Tão quente. A mão direita outra vez mais mais lenta passou de novo: mistura fina, feita das melhores variedades do Ceilão. O extremo oriente. Lugar lindo que deve ser: o jardim do mundo, folhonas preguiçosas pra você ficar boiando por aí, cactos, campinas floridas, lianas serpentinas dizem eles. Fico imaginando se é assim. Aqueles cingaleses se à toa sob o sol, no *dolce far niente*. Sem mexer uma palha o dia inteiro. Dormem seis meses em cada doze. Quente demais pra discutir. Influência do clima. Letargia. Flores do ócio. A maioria vive de ar. Azotos. A estufa dos jardins botânicos. Sensitivas. Nenúfares. Pétalas cansadas demais pra. Doença do sono no ar. Caminhar sobre folhas de rosas. Imagine só tentar comer bucho e calcanhardevaca. Onde é que estava o sujeito que eu vi naquela foto em algum lugar por aí? Ah é, no mar morto, boiando de costas, lendo um livro com um guardassol aberto. Você não consegue afundar nem que tente: de tão grossa de sal. Porque o peso da água, não, o peso do corpo na água é igual ao peso da. Ou será que é o volume que é igual ao peso? É uma lei mais ou menos assim. O Vance no colégio estralando os dedos, dando aula. Currículo universitário. Currículo de te quebrar os dedos. O que é o peso na verdade quando a gente diz o peso? Trintedois pés por segundo, por segundo. Lei dos corpos em queda: por segundo ao quadrado. Cai tudo no chão. A terra. É a força da gravidade da terra que é o peso.

    Ele se voltou e vagueou pela rua. Como é que ela andava com as salsichas? Assim mais ou menos. Andando tirou o *Freeman* dobrado do bolso do lado, desdobrou, enrolou-o de comprido num bastão que batia a cada passo levemente na perna da calça. Ar desinteressado: só aparecer pra dar uma olhada. Por segundo, ao quadrado. Ou seja, por segundo por segundo. Do meiofio lançou um olhar agudo pela porta do correio. Caixa pros atrasados. Postar aqui. Ninguém. Vamos.

    Entregou o cartão pela grade metálica.

—Alguma carta pra mim? perguntou.

    Enquanto a postalista vasculhava um escaninho ele encarava o cartaz de alistamento com soldados de todas as armas desfilando: e segurava contra as narinas a ponta do bastão, cheirando o papeljornal recenhimpresso. Sem resposta é provável. Fui longe demais da última vez.

    A postalista devolveu-lhe pela grade seu cartão com uma carta. Ele agradeceu e espiou rapidamente o envelope datilografado.

Henry Flower, Esq.
Posta-restante. Westland Row,
Nesta.

    Respondeu pelo menos. Meteu cartão e carta no bolso lateral, de novo passando em revista os soldados que desfilavam. Cadê o regimento do velho Tweedy? Soldado pária. Ali: chapéu de urso e penacho de plumas.

Não, é um granadeiro. Punhos pontudos. Olha ele ali: fuzileiros reais de Dublin. Casacasvermelhas. Muito espalhafatoso. Deve ser por isso que as mulheres ficam atrás deles. Uniforme. Mais fácil de alistar e treinar. A carta de Maud Gonne pedindo pra tirar os soldados da O'Connell Street à noite: vergonha para nossa capital irlandesa. O jornal do Griffith vai pelo mesmo caminho agora: um exército podre de doenças venéreas: império marítimo ou mareado. Umas caras meio bobas: como que hipnotizados. Olhos pra frente. Marcar o tempo. Um dois três quatro: quatro três dois um. Homens d'El Rei. Ele nunca aparece vestido de bombeiro ou de guardinha. Maçom isso sim.

Saiu do correio flanando e virou à direita. Conversar: como se fosse resolver. Sua mão entrou no bolso e um indicador penetrou tateante sob a aba do envelope, rasgando-o aos puxões. Até parece que as mulheres vão prestar muita atenção. Seus dedos sacaram a carta e amassaram o envelope dentro do bolso. Alguma coisa presa com alfinete: foto quem sabe. Cabelo? Não.

M'Coy. Dispense rápido. Me tirar do caminho. O sujeito não quer companhia quando.

—Oi, Bloom. Indo aonde?

—Oi, M'Coy. Só andando por aí.

—Como é que anda essa saúde?

—Bem. Como é que vai?

—Vou vivendo, M'Coy disse.

Com os olhos na gravata e na roupa pretas ele perguntou num tom baixo respeitoso:

—Algum... nenhum problema espero? Estou vendo que você está...

—Ah não, o senhor Bloom disse. O coitado do Dignam, sabe. O enterro é hoje.

—É verdade, coitado. É mesmo. Que horas?

Foto não é. Um distintivo quem sabe.

—O... onze, o senhor Bloom respondeu.

—Eu tenho que tentar dar uma passada lá, M'Coy disse. Às onze, então? Eu só fiquei sabendo ontem de noite. Quem foi que me disse? o Holohan. Sabe o Deixaqueuchuto?

—Sei.

O senhor Bloom mirava do outro lado da rua o docar encostado diante da porta do Grosvenor. O porteiro guindou a valise até o espaço entre os assentos. Ela esperava, imóvel, enquanto o homem, marido, irmão, seu igual, vasculhava os bolsos em busca de troco. Casaquinho chique com aquela gola enrolada, quente pra um dia desses, parece feito de cobertor. Postura descuidada a dela com as mãos naqueles bolsos de chapa. Que nem aquela criatura altiva lá no jogo de polo. Mulheres todas castas até você acertar o ponto justo. Quem ama bonito bonito parece. Reservada a ponto de ceder. A honrada senhora e Brutus é um homem honrado. Possuída uma vez perde a goma.

— Eu estava com o Bob Doran, ele anda numa daquelas bebedeiras de sempre, e o como é que chama o Garnizé, o Lyons. Bem ali no Conway a gente estava.

O Doran, o Lyons no Conway. Ela levou uma mão enluvada ao cabelo. E lá veio o Deixaqueuchuto. Tomando umas. Reclinando a cabeça e vendo longe além dos cílios velados ele viu a reluzente pele de cervato brilhar no esplendor, o dorso tramado. Com uma clareza eu estou vendo hoje. A umidade no ar dá vista longa quem sabe. Falando de uma coisa e de outra. Mão de dama. De qual lado ela vai subir?

— E ele disse: *Coisa mais triste com o coitado do nosso amigo Paddy! Que Paddy?* eu falei. *O coitadinho do Paddy Dignam*, ele falou.

Indo pro campo: Broadstone provavelmente. Botas longas marrons com os cadarços balançando. Pé bentorneado. Mas por que é que ele está se enrolando com aquele troco? Viu que eu estou olhando. De olho sempre em outros tipos. Boa provisão. Dois pássaros na mão.

— *Por quê?* eu falei. *O que é que tem ele?* eu falei.

Orgulhosa: rica: meias de seda.

— É, o senhor Bloom disse.

Foi um pouco para o lado da cabeça falante de M'Coy. Vai subir daqui a pouco.

— *O que é que tem ele?* ele falou. *Ele morreu*, ele falou. E, te juro, pediu mais uma. *Mas foi o Paddy Dignam?* eu falei. Eu não acreditei quando eu ouvi. Eu estava com ele não foi nem sexta passada ou foi quinta no Arch. *Foi*, ele falou. *Acabou pra ele. Morreu segunda, o coitado.*

Olha lá! Olha lá! Seda relance rica meia branca. Olha!

Um pesante bonde grasnando a campainha meteu-se entre.

Perdi. Maldito carachata barulhento. Parece que me trancafiaram. Morrer na praia. Anda sempre assim. Bem na hora. A moça naquela entrada na Eustace Street. Segundafeira acho que foi ajeitando a liga. A amiga cobrindo a exibição da. *Esprit de corps*. Então, está olhando o quê aí de boca aberta?

— Pois é, o senhor Bloom disse depois de um suspiro entediado. Mais um que vai embora.

— Um dos melhores, M'Coy disse.

O bonde passou. Eles partiram para a ponte Loop Line, sua rica mão enluvada no apoio de aço. Tremeluz, tremeluz: o rendilhado do chapéu ao sol: luz, tremeluz.

—Sua senhora vai bem, então? a mudada voz de M'Coy disse.
—Vai, sim. O senhor Bloom disse. Na ponta dos cascos, muito obrigado.
Ele desenrolou o bastão de jornal com ar vago e leu com ar vago:

O que é o lar sem
Carne enlatada Ameixeira?
Incompleto.
Com ela, um recanto de júbilo.

—A patroa acabou de conseguir um contrato. Quer dizer, não está bem certo ainda.
O esquema da maleta de novo. Aliás se não for incômodo. Estou fora dessa, obrigado.
O senhor Bloom virou seus palpebríssimos olhos com desapressada cordialidade.
—A minha mulher também, ele disse. Vai cantar num evento classudo no Ulster Hall, em Belfast, dia vintecinco.
—É mesmo? M'Coy disse. Fico feliz em saber, meu velho. Quem é que está montando?
Senhora Marion Bloom. Ainda não levantou. A rainha estava no quarto comendo pão com. Sem um livro. Figuras encardidas do baralho dispostas ao longo das pernas em grupos de sete. Mulher morena e homem louro. Gata bola preta peluda. Tira rasgada de envelope.

A velha
E doce
Canção
Do amor
Vem a velha e doce...

—É como uma *tournée*, sabe? o senhor Bloom disse atencioso. *Dooooce canção*. Formaram um comitê. Custos divididos e lucros divididos.
M'Coy fez que sim, cutucando o bigode que nascia.
—Puxa vida, ele disse. Boasnovas.
Fez menção de se afastar.
—Bom, fico feliz de ver você em forma, ele disse. A gente se topa por aí.
—É, o senhor Bloom disse.
—Quer saber uma coisa? M'Coy disse. Será que você podia botar o meu nome lá no enterro? Eu queria ir mas pode ser que eu não consiga, sabe. Tem um caso de afogamento em Sandycove que pode aparecer e aí o legista

e eu temos que ir até lá se o corpo for encontrado. Só mete lá o meu nome se eu não estiver, está certo?

— Pode deixar, o senhor Bloom disse, fazendo menção de se afastar. Sem problema.

— Muito bem, M'Coy disse animado. Obrigado, meu velho. Eu ia se tivesse como. Bom, até mais ver. Só C. P. M'Coy está ótimo.

— Pode contar com isso, o senhor Bloom respondeu com firmeza.

Não me pegou cochilando essa arapuca. Mão leve. Como quem não quer nada. Até parece. Maleta que é o meu xodó. Couro. Reforço nos cantos, borda rebitada, fechadura com lingueta de ação dupla. O Bob Cowley emprestou a dele pro concerto da regata Wicklow ano passado e nunca mais teve notícia dela daquele belo dia até hoje.

O senhor Bloom, caminhando tranquilo para a Brunswick Street, sorriu. A patroa acabou de. Soprano sardenta e fanhosa. Narizinho mirrado. Decente lá do jeito dela: pra uma baladinha. Sem colhão. Nós dois, sabe como? No mesmo barco. Vaselina. De dar nos nervos. Será que ele não consegue ouvir a diferença? Acho que ele é desses. Não me vai por algum motivo. Achei que Belfast ia acabar com ele. Espero que aquela varíola lá em cima não piore. Acho que ela não ia querer tomar vacina de novo. A sua esposa e a minha esposa.

Fico imaginando se ele está de tocaia.

O senhor Bloom parou na esquina, olhos vagando sobre cartazes multicoloridos. Gengibirra de Cantrell e Cochrane (Aromática). Liquidação de verão da Clery's. Não, está indo direto. Olha só. *Leah* hoje à noite: senhora Bandman Palmer. Ia gostar de ver ela nessa peça de novo. *Hamlet* ela representou ontem à noite. Faz papéis masculinos. Talvez ele fosse mulher. Por isso a Ofélia cometeu suicídio? Coitado do papai! O jeito como ele falava de Kate Bateman nessa peça. Na frente do Adelphi em Londres esperou a tarde inteira pra entrar. Foi um ano antes de eu nascer: sessentecinco. E a Ristori em Viena. Qualé que é mesmo o nome certo? É de Mosenthal. Rachel, será? Não. Aquela cena que ele falava o tempo todo quando o velho Abraão cego reconhece a voz e põe os dedos no rosto dele.

— A voz de Nathan! A voz de seu filho! Ouço a voz de Nathan que abandonou seu pai morrendo de mágoa e sofrimento em meus braços, que abandonou a casa de seu pai e abandonou o Deus de seu pai.

Cada palavra ali é tão profunda, Leopold.

Coitado do papai! Coitado! Foi bom eu não ter ido até o quarto olhar o rosto dele. Aquele dia! Que coisa! Que coisa! Ffuu! Bom, talvez tenha sido o melhor pra ele.

O senhor Bloom dobrou a esquina e passou pelos pangarés combalidos do ponto. Não adianta mais pensar nisso. Hora da cevadeira. Quem me dera não ter topado com o tal do M'Coy.

Ele se aproximou e ouviu um crocar de aveias douradas, os dentes tascando suaves. Seus cabríticos olhos cheios assistiam a sua passagem, por entre o doce fedor avenado do mijo de cavalo. O Eldorado deles. Papalvos coitadinhos! Não sabem e não ligam pra mais nada com o nariz comprido enfiado na cevadeira. Cheios demais pra falar. Pelo menos ganham comida direitinho e pousada. Castrados além disso: um toco de gutapercha preta balançando murcho entre as ancas. Pode ser que eles continuem felizes desse jeito. Uns coitados de uns bichos bonzinhos eles parecem. Ainda assim o relincho deles consegue ser bem irritante.

Sacou a carta do bolso e colocou-a dobrada dentro do jornal que carregava. Podia dar de cara com ela aqui. A alameda é mais segura.

Passou pelo abrigo do cocheiro. Esquisita a vida dos cocheiros de praça errantes, faça chuva ou faça sol, seja aqui seja acolá, por hora ou combinado antes, sem vontade própria. *Voglio e non.* Eu gosto de dar um cigarrinho de vez em quando. Sociáveis. Soltam umas sílabas volantes quando passam. Ele murmurava:

Là ci darem la mano
La la lalá la la.

Virou para a Cumberland Street e, seguindo alguns passos, deteve-se abrigado pelo muro da estação. Ninguém. Depósito de madeira Meade's. Pilhas de vigas. Ruínas e residências. Com passo cauteloso pisou um jogo de amarelinha com a pedra esquecida. Vou pro céu. Perto do depósito uma criança acocorada com bolinhas de gude, só, jogando a búrica com um peteleco. Um sábio gato listrado, esfinge piscante, observava de sua soleira aquecida. Pena incomodar esses bichos. Maomé cortou um pedaço do manto pra não acordar a gata. Abrir. E um dia eu já joguei bolinha de gude quando estava na escolinha daquela senhora. Ela gostava de resedàdecheiro. Senhora Ellis. E o senhor? Abriu a carta dentro do jornal.

Uma flor. Acho que. Uma flor amarela com pétalas achatadas. Não estava contrariada então? O que é que ela diz?

Caro Henry,
    Recebi a sua última carta e muito obrigada por ela. Desculpe que você não gostou da minha última carta. Por que você remeteu os selos? Estou brava demais com você. O que eu queria era poder te castigar por causa disso. Eu chamei você de menino levado porque não gosto daquele outro termo emun-

do. Por favor me diga o que aquele termo quer dizer de verdade. Você não está feliz em casa, meu menininho levado? o que eu queria era poder fazer alguma coisa por você. Por favor me diga o que você acha da coitadinha de mim. Eu vivo pensando no lindo nome que você tem. Caro Henry, quando é que nós vamos nos conhecer? Eu penso tanto em você que você nem imagina. Eu nunca me senti tão atraída por um homem quanto você. Eu me sinto tão mal. Por favor me escreva uma carta comprida e me diga mais coisas. Não esqueça que se você não escrever eu vou castigar você. Então agora você sabe o que eu vou fazer com você, seu menino levado, se você não me escreve. Ah como eu quero conhecer você. Henry, meu querido, não negue meu pedido antes que eu fique empaciente. Daí eu te digo tudo. Adeus agora, meu levadinho. Estou com uma tremenda dor de cabeça hoje e escreva *na volta do correio* a sua saudosa

Martha.

P.S. Mas me diga que tipo de perfume que a sua esposa usa. Eu quero saber.

Ele destacou solene a flor de seu alfinete cheirou seu quase nãocheiro e colocou-a no bolso do coração. Linguagem das flores. Elas gostam porque ninguém consegue ouvir. Ou um buquê de veneno pra nocautear o sujeito. Então, andando lento em frente, leu de novo a carta, murmurando uma palavra aqui outra ali. Tulipa brava com você, querido homenflor castigar o seu cacto se você não cuidar da coitadinha do amorperfeito como eu quero violetar e conhecer rosas quando nós em breve anemonemos e nos conhecermos a noitecaule inteira levadinho sua esposa perfume de Martha. Lida a carta toda ele a retirou do jornal e pôs de volta no bolso lateral.

Fraca alegria lhe abria os lábios. Mudada desde a primeira carta. Fico imaginando se foi ela mesma que escreveu. Se fazendo de indignada: uma moça de boa família feito eu, figura de respeito. Podíamos nos encontrar num domingo depois do terço. Muito obrigado: mas não, obrigado. A escaramuça amorosa de sempre. Depois todo cheio de dedos. Ruim que nem brigar com a Molly. Charuto tem efeito refrescante. Narcótico. Ir além na próxima vez. Menino levado: castigar: com medo das palavras, é claro. Bruto, por que não? Tentar pelo menos. Um pouco de cada vez.

Dedilhando ainda a carta no bolso tirou dela o alfinete. Alfinetinho comum, hein? Jogou-o na rua. Da roupa dela em algum lugar: alfinetadas. Maluco o tanto de alfinetes que elas sempre têm. Não há rosas sem espinhos.

Vozes fanhosas de Dublin berravam em sua cabeça. Aquelas duas putas aquela noite na Coombe, de braço dado na chuva.

Mariazinha perdeu o alfinete das calçolas.
E não sabia o que fazer
Pra ela não cair
Pra ela não cair.

Ela? Elas. Uma tremenda dor de cabeça. Está de paquete provavelmente. Ou sentada o dia inteiro batendo à máquina. Focar a vista é ruim pros nervos do estômago. Que tipo de perfume que a sua esposa usa? Agora dá pra entender uma coisa dessas?
Pra ela não cair.
Marta, Maria. Eu vi esse quadro em algum lugar não lembro agora mestre antigo ou falsificado por dinheiro. Ele está sentado na casa delas, falando. Misterioso. Até as duas putas na Coombe iam ouvir.
Pra ela não cair.
Uma sensação boa como de fim de dia. Chega de andar errante por aí. Só ficar lá encostado: crepúsculo silencioso: que tudo mais se dane. Esquecer. Falar dos lugares em que você já esteve, costumes estranhos. A outra, pote na cabeça, ia preparando a ceia: frutas, azeitonas, água fresca do poço deliciosa, uma pedra de gelo que nem o buraco na parede em Ashtown. Tenho que levar um copo de papel na próxima vez que eu for ver as corridas de trote. Ela escuta com suaves grandes olhos escuros. Dizer a ela: mais e mais: tudo. Depois um suspiro: silêncio. Longo longo longo repouso.

Passando por baixo do arco da ferrovia ele puxou o envelope, rasgou-o veloz em farrapos que espalhou pela rua. Os farrapos voaram trêmulos, afundaram no ar ensopado: um branco tremular e depois afundaram-se todos.

Henry Flower. Dá pra rasgar um cheque de cem libras do mesmo jeito. Mero pedaço de papel. O lorde Iveagh um dia descontou um cheque de sete dígitos no valor de um milhão no banco da Irlanda. Pra você ver o dinheiro que dá pra ganhar com cerveja. Mesmo assim o outro irmão, lorde Ardilaun, tem que trocar de camisa quatro vezes por dia, dizem. A pele cria piolho ou vermes. Um milhão de libras, espera um pouquinho. Dois pence a caneca, quatro pence o quartilho, oito pence o galão de cerveja, não, uma e quatro pence um galão de cerveja. Uma e quatro por vinte: coisa de quinze. É, exatamente. Quinze milhões de barris de cerveja.

O que é que eu estou falando de barris? Galões. Mais ou menos um milhão de barris mesmo assim.

Um trem que entrava estrondou pesado sobre sua cabeça, vagão por vagão. Barris se batiam em sua cabeça: a cerveja fosca jorrava agitada ali dentro. Saltaram as esquiças e imensa maré fosca vazou, fluindo junta, serpeando por baixios de lama sobre toda a terra chã, preguiçoso rodamoinho empoçado de bebida portando consigo flores folhamplas de sua espuma.

Tinha chegado à porta aberta dos fundos de Todos os Santos. Com um passo para o adro tirou o chapéu, tirou o cartão do bolso e acomodou-o outra vez atrás da carneira de couro. Droga. Podia ter tentado conseguir um passe pra Mullingar com o M'Coy.

O mesmo aviso na porta. Sermão do reverendíssimo John ConmeeS.J. sobre São Pedro Claver e a Missão Africana. Salvar os milhões da China. Fico imaginando como é que eles explicam pros ateus dos chins. Preferem uma onça de ópio. Os Celestes. Heresia infame pra eles. Orações pela conversão de Gladstone eles também organizaram quando ele estava quase inconsciente. A mesma coisa os protestantes. Converter o doutor William J. Walsh, teólogo, à verdadeira religião. Buda o deus deles deitado de lado no museu. Tranquilão com a mão embaixo da bochecha. Pauzinhos de incenso queimando. Não como o Ecce Homo. Coroa de espinhos e cruz. Ideia inteligente São Patrício o trevo. Palitinhos? Conmee: o Martin Cunningham conhece ele: cara distinta. Pena que eu não fui falar com ele sobre colocar a Molly no coro em vez daquele padre Farley que tinha cara de bobo mas não era. É tudo treinado. Ele é que não vai sair com a bitácula azulzinha e o suor escorrendo pra batizar os pretos, não é? Os óculos iam cair no gosto deles, rebrilhando. Queria ver eles sentados em círculo com aqueles beições, em transe, ouvindo. Natureza morta. Deve descer que nem leite.

O frio odor da pedra sacra o invocava. Subiu os degraus gastos, empurrou a porta de mola e entrou quieto pelos fundos.

Alguma coisa acontecendo: algum sodalício. Pena estar tão vazio. Um bom lugar discreto pra ficar perto de alguma moça. Quem é o meu próximo? Entupida de hora em hora ao som de música lenta. Aquela mulher na missa do galo. Sétimo céu. Mulheres ajoelhadas nos bancos com cabrestos carmesins em volta do pescoço, cabeças curvadas. Uma fieira se ajoelhava na balaustrada do altar. O padre foi passando por elas, murmurando, com a coisa na mão. Parava em cada uma, tirava uma comunhão, sacudia um pingo ou dois (elas ficam na água?) dela e colocava direitinho na boca da mulher. Chapéu e cabeça afundavam. Aí a próxima: uma velha pequenininha. O padre se curvou pra colocar naquela boca, murmurando o tempo todo. Latim. A próxima. Abra a boca e feche os olhos. O quê? *Corpus.* Corpo. Cadáver. Boa ideia o latim. Atordoa primeiro. Asilo dos moribundos. Parece que elas não mastigam; só engolem. Ideia estrambótica: comer pedaço de cadáver por isso que os canibais pegam gosto.

Ficou à parte observando suas máscaras cegas passarem pelo deambulatório, uma por uma, e procurarem seus lugares. Se aproximou de um banco e sentou no canto, chapéu e jornal no colo. Essas panelas que a gente tem que usar. Deviam moldar os chapéus na nossa cabeça. Elas estavam em torno dele aqui e ali, cabeças ainda curvadas com seus cabrestos carmesins, esperando que aquilo derretesse no estômago. Mais ou menos que nem aqueles mazzoth: é esse tipo de pão: schaubrot ázimo. Olha a cara delas. Mas aposto que elas ficam felizes com isso. Pirulito. Ficam sim. É, pão angélico eles dizem. Tem uma grande ideia por trás disso, meio que uma sensação de o reino de Deus estar em você. Primeiros comungantes. Um tostão de abracadabra por pedacinho. Daí todo mundo se sente que nem numa festa de família, mesma coisa no teatro, todo mundo no mesmo embalo. Sentem sim. Disso eu tenho certeza. Não tão sozinhos. Em nossa confraternidade. Daí saem meio empolgadinhos. Soltar os cachorros. O negócio é se você acredita mesmo. Cura de Lourdes, águas do oblívio, e a aparição de Knock, estátuas sangrando. Velhinho dormindo ali do lado daquela caixa de confissão. Daí os roncos. Fé cega. A salvo nos braços do venha a nós. Alivia toda a dor. Velório nessa hora no ano que vem.

Viu o sacerdote trancafiar a taça da comunhão, bem no fundo, e se ajoelhar um instante diante dela, mostrando uma grande sola de bota cinzenta por baixo do treco de renda que estava usando. E se ele perdesse o alfinete. Não ia saber o que fazer. Careca por trás. Letras nas costas I.N.R.I.? Não, I.H.S. A Molly me disse uma vez que eu perguntei. Infelizmente o homem sucumbe: ou não: infelizmente o homem sofre, é isso. E a outra? Indivíduo nu rasgado inteiro.

Um encontro num domingo depois do terço. Não negue o meu pedido. Aparece com um véu e uma bolsa preta. Luscofusco e a luz por trás dela. Podia estar aqui com uma fitinha no pescoço e fazer a outra coisa do mesmo jeito à socapa. É do caráter. Aquele camarada que depôs em favor da acusação contra os invencíveis recebia a, Carey era o nome dele, a comunhão toda manhã. Esta mesma igreja aqui. Peter Carey. Não, Peter Claver que eu estou pensando. Denis Carey. E imagine só essa. Mulher e seis filhos em casa. E tramando aquele assassinato o tempo todo. Esses ratosdessacristia, agora isso aí que é um nome bom pra eles, têm sempre um jeitinho meio traiçoeiro. E nem são negociantes direitos também. Ah não ela não está aqui: a flor: não, não. Aliás eu rasguei aquele envelope? Rasguei: embaixo da ponte.

O padre estava enxaguando o cálice: aí entornou rapidinho as sobras. Vinho. Fica mais aristocrático do que se por exemplo ele bebesse o que eles normalmente, Guinness ou alguma outra bebida de abstêmio bíter de lúpulo Dublin da Wheatley ou a Gengibirra de Cantrell e Cochrane (aromática). Eles não ganham nada: vinho eucarístico: só aquilo. Grande consolo. Fraude pia mas com razão: senão ia ficar um pinguço pior que o outro aparecendo por aí, pedinchando uma bebida. Esquisita a atmosfera toda da. Com razão. Com toda a razão isso sim.

    O senhor Bloom olhou para trás na direção do coro. Não vai ter música. Pena. Quem é o responsável pelo órgão aqui eu fico imaginando? o velho Glynn esse sim sabia como fazer o instrumento falar, o *vibrato*: cinquenta libras por ano dizem que ele ganhava na Gardiner Street. A Molly estava de voz boa naquele dia, o *Stabat Mater* de Rossini. O sermão do padre Bernard Vaughan primeiro. Cristo ou Pilatos? Cristo, mas não me leve a noite toda. Música eles queriam. Parou a bateção de pés. De ouvir um alfinete caindo. Eu falei pra ela projetar a voz naquele canto. Eu estava sentindo a empolgação no ar, a plenitude, as pessoas olhando pra cima:

    Quis est homo!

Tem umas coisas esplêndidas nessa música sacra antiga. Mercadante: as sete últimas palavras. A dècimassegunda missa de Mozart: o *Gloria* que tem ali. Aqueles papas antigos gostavam de música, de arte e de estátuas e pinturas de tudo quanto é tipo. Palestrina por exemplo também. Eles se divertiram a valer enquanto durou. Em forma também cantando, horas regulares, depois destilavam bebida. Bénédictine. Chartreuse verde. Ainda assim, eunucos no coro já foi um pouco demais. Que tipo de voz será? Deve ser engraçado de ouvir depois dos baixos fortes dos próprios. *Connaisseurs*. Acho que eles não deviam sentir mais nada depois. Um tipo de um plácido. Sem preocupações. Tomam corpo, não é? Glutões, altos, pernas compridas. Quem sabe? Eunuco. Uma saída.

    Ele viu o padre se curvar e beijar o altar e então olhar em volta e abençoar todas as pessoas. Fizeram todos o sinal da cruz e levantaram. O senhor Bloom espiou a sua volta e então levantou, olhando por sobre os chapéus erguidos. De pé no evangelho claro. Então todos se acomodaram de joelhos novamente e ele sentou em silêncio em seu banco. O padre desceu do altar, segurando a coisa longe de si, e ele e o menino da missa responderam um ao outro em latim. Aí o padre se ajoelhou e começou a ler de um cartão:

— Ó Deus, nosso refúgio e nossa força...

    O senhor Bloom esticou o pescoço para pegar as palavras. Inglês. Colher de chá. Eu lembro vagamente. Há quanto tempo não vem à missa? Gloriosa virgem imaculada. José seu marido. Pedro e Paulo. Mais interessante se você entendia do que é que se tratava. Uma organização maravilhosa com certeza, funciona que nem um relógio. Confissão. Todo mundo quer. Daí eu te digo tudo. Penitência. Me castigue, por favor. Grande arma nas mãos deles. Mais que doutor ou advogado. Mulher morrendo de vontade de. E eu schschschschsch.

E por acaso a senhora chachachachachá? E por quê? Olha pra aliança procurando uma desculpa. Galeria de eco as paredes têm ouvidos. Marido descobre pra sua surpresa. A peça que Deus pregou. E lá se vai ela. Arrependimento pra inglês ver. Vergonha encantadora. Reze num altar. Ave Maria e Santa Maria. Flores, incenso, velas derretendo. Esconder os rubores. Imitação deslavada o exército da salvação. Prostituta regenerada falará à assembleia. Como encontrei o Senhor. Sujeitinhos de cabeça boa que eles devem ter lá em Roma: organizam o negócio todo. E não metem a mão no dinheiro também? E os legados: para a paróquia neste meiotempo com a absoluta discrição do seu padre. Missas para o repouso de minha alma a serem rezadas publicamente com portas abertas. Mosteiros e conventos. O padre no caso do testamento de Fermanagh no banco das testemunhas. Nada de intimidar aquele ali. Tinha uma resposta na ponta da língua pra tudo. Liberdade e exaltação da nossa santa madre igreja. Os doutores da igreja: eles mapearam essa teologia toda.

O padre rezava:

—São Miguel Arcanjo, defendei-nos no combate. Sede nosso refúgio contra as maldades e as ciladas do demônio (Ordenai-lhe Deus, instantemente o pedimos): e vós, príncipe da milícia celeste, pela virtude divina precipitai ao inferno Satanás e a todos os espíritos malignos que andam pelo mundo para perder as almas.

O padre e o menino da missa levantaram e foram embora. Acabou. As mulheres ficavam para trás: açãodegraças.

Melhor eu ir zarpando. Irmão Sacomão. Aparecem com o pratinho quem sabe. Cumpra com o seu dever de Páscoa.

Levantou. Olha só. Será que esses dois botões do meu colete estavam abertos o tempo todo. As mulheres gostam. Irritadas se você não. Por que é que você não me avisou antes. Nunca te avisam. Mas nós. Com licença, senhorita, mas tem uma (pff!) só uma (pff!) penugem. Ou a saia atrás, colchete desenganchado. Vislumbres da lua. Ainda assim gostam mais de você desalinhado. Que bom que não era mais ao sul. Ele passou, abotoando-se discreto, pelo deambulatório e pela porta principal rumo à luz. Parou desenxergando por um momento junto à fria pia de pedra negra enquanto diante e atrás dele duas fiéis mergulhavam mãos furtivas na maré baixa de água benta. Bondes: um carro da tinturaria Prescott: uma viúva de burel. Eu noto porque também estou de luto. Ele se cobriu. Como é que andam as horas. E um quarto. Tem tempo ainda. Melhor mandar fazer aquela loção. Onde é que é? Ah é, da última vez. A Sweny's na Lincoln Place. Os farmacêuticos raramente se mudam. Aqueles potõesfaróis verdes e dourados são pesados demais pra carregar. A Hamilton Long, fundada no ano da enchente. Campossanto huguenote ali pertinho. Visitar dia desses.

Andava rumo sul pela Westland Row. Mas a receita está na outra calça. Ai, e eu esqueci aquela chave também. Troço chato isso do enterro. Enfim, coitado, não é culpa dele. Quando foi a última vez que eu mandei fazer? Espera. Eu troquei um soberano eu lembro. Primeiro do mês devia ser ou dia dois. Ah, ele pode procurar no livro de receitas.

O farmacêutico voltava uma folha depois da outra. Um cheiro arenoso encarquilhado parece que ele tem. Crânio murcho. E velho. Busca pela pedra filosofal. Os alquimistas. As drogas te envelhecem depois da excitação mental. Letargia depois. Por quê? Reação. Uma vida numa noite. Aos poucos vai te mudando o caráter. Passar o dia inteiro entre ervas, untos, desinfetantes. Todos aqueles potinhos de alabastro. Pilão e almofariz. Aq. Dist. Fol. Laur. Te Virid. O cheiro quase já te cura que nem a campainha da porta do dentista. Um doutor safanão. Ele tinha era que se medicar um pouquinho. Xarope ou emulsão. O primeiro sujeito que colheu uma erva pra se curar era do tipo comigoninguèmpode. Simplices. Tem que ter cuidado. Material suficiente aqui pra cloroformiar você. Teste: deixa azul o tornassol vermelho. Clorofórmio. Overdose de láudano. Beberagens hipnóticas. Filtros do amor. Paregórico papouloso ruim pra tosse. Entope os poros ou o catarro. Venenos a única cura. Alívio onde você menos espera. Esperta a natureza.

— Cerca de quinze dias atrás, senhor?

— Isso, o senhor Bloom disse.

Ele esperava no balcão, aspirando o odor acre das drogas, o cheiro seco granuloso de esponjas e buchas. Um monte de tempo perdido contando suas dores e mazelas.

— Óleo de amêndoa doce e tintura de benjoim, o senhor Bloom disse, e mais água de flor de laranjeira...

Tinha deixado mesmo a pele dela tão delicada branca como cera.

— E cera branca também, ele disse.

Realça o escuro dos olhos dela. Olhando pra mim, com o lençol puxado até os olhos, espanhola, se cheirando, quando eu estava ajeitando as abotoaduras nos punhos. Essas receitas caseiras são quase sempre as melhores: morango pros dentes: urtiga e água de chuva: aveia dizem de molho em leitelho. Nutrederme. Um dos filhos da velha rainha, o duque de Albany será? Tinha só uma pele. Leopold isso. Três que a gente tem. Verrugas, bolhas e espinhas pra piorar. Mas você quer um perfume também. Que tipo de perfume que a sua? *Peau d'Espagne*. Aquela água de flor. Sabonete purocreme. De laranjeira é tão fresca. Cheiro bom que têm esses sabonetes. Hora de tomar um banho ali na esquina. Hammam. Turco. Massagem. A sujeira faz rolinho no umbigo da gente. Melhor se uma moça boazinha fizesse. Também acho que eu. Isso eu. No banho. Vontade engraçada eu. À água voltará. Juntar dever e prazer.

Pena não ter tempo pra massagem. Sensação de limpo aí o dia inteiro. O enterro vai ser bem tristonho.

—Pois não, senhor, o farmacêutico disse. Ficou em dois e nove. O senhor trouxe frasco?

—Não, o senhor Bloom disse. Pode preparar, por favor. Eu volto mais tarde e vou levar um sabonete desses aqui. Quanto é?

—Quatro pence, senhor.

O senhor Bloom levou uma barra até as narinas. Doce cera alimonada.

—Vou levar esse aqui, ele disse. Aí fica três e um pêni.

—Muito bem, senhor, o farmacêutico disse. O senhor pode pagar tudo junto, quando voltar.

—Ótimo, o senhor Bloom disse.

Saiu tranquilo da loja, bastão de jornal debaixo do braço, sabonete recenhembrulhado na mão esquerda.

Em sua axila a voz e a mão do Garnizé Lyons disseram:

—Oi, Bloom, o que é que você me conta? Esse é de hoje? Deixa ver um minutinho.

Raspou o bigode de novo, cacilda! Lábio comprido e frio o de cima. Pra parecer mais novo. Ficou foi com cara de doido. Mais novo que eu.

Os dedos amarelos de unhas pretas do Garnizé Lyons desenrolaram o bastão. Precisa se lavar também. Tirar a sujeira mais grossa. Olá, freguesa, tem usado o sabonete Pear? Caspa pelos ombros. O couro cabeludo precisa de uma loção.

—Quero dar uma olhadinha naquele cavalo francês que corre hoje, o Garnizé Lyons disse. Cadê o desgraçado?

Farfalhava as páginas plissadas, espichando o queixo no colarinho alto. Comichão de barbeiro. Colarinho apertado vai perder cabelo. Melhor deixar o jornal com ele pra largar do meu pé.

—Pode levar, o senhor Bloom disse.

—Ascot. Taça de ouro. Espera, o Garnizé Lyons balbuciou. Só um segundinho. Máximo Seg.

—Eu estava justamente indo jogar fora, o senhor Bloom disse.

O Garnizé Lyons ergueu os olhos de repente e lançou um olhar fraco.

—Como é que é? sua voz aguda disse.

—Eu disse que você pode levar o jornal, o senhor Bloom respondeu. Eu estava indo jogar fora naquela horinha mesmo.

O Garnizé Lyons duvidou por um instante, olhando: depois empurrou as folhas esparramadas de volta aos braços do senhor Bloom.

—Vou arriscar, ele disse. Toma, obrigado.

Saiu apressado na direção da esquina do Conway. Vai com Deus, patureba.

O senhor Bloom dobrou as folhas novamente num bom quadrado e nelas alojou o sabonete, sorrindo. Boca boba daquele sujeito. Jogo. Está dando em árvore ultimamente. Mensageiros roubando pra fazer uma fezinha de seis pence. Rifa de grande peru macio. Sua ceia de natal por três pence. Jack Flemming afanando pra jogar e depois se mandando pra América. Cuidando de um hotel agora. Nunca voltam. Panelas de carne do Egito.

Caminhava animado rumo à mesquita do banho. Lembra uma mesquita, tijolos de barro vermelhinhos, os minaretes. Jogos universitários hoje pelo que eu estou vendo. Mirou a ferraduracartaz sobre o portão do parque universitário: ciclista dobrado que nem bacalhau na panela. Anúncio ruim de doer. Agora se tivessem feito redondo que nem uma roda. Aí os raios: jogos, jogos, jogos: e o mancal bem grande: universitários. Uma coisa que chamasse a atenção.

Olha lá o Hornblower de pé na guarita do porteiro. Ficar em bons termos com ele: posso entrar lá sem maiores. Como vai, senhor Hornblower? Como vai o senhor.

Tempo divino mesmo. Se a vida fosse sempre assim. Tempo de críquete. Ficar sentado com uns parassóis. *Over* depois de *over*. Fora. Eles não jogam direito aqui. Rebatedor em branco por seis rodadas. Ainda assim o capitão Buller quebrou uma vidraça no clube da Kildare Street com uma pancada direita no *square-leg*. A feira de Donnybrook é mais o negócio deles. E as cabeças que a gente rachou quando o M'Carthy assumiu. Onda de calor. Não vai durar. Sempre passando, o curso da vida, o que no curso da vida traçamos nos é mais caro que tudo.

Bom um banho agora: cuba de água clara, esmalte fresco, curso suave e tépido. Este é o meu corpo.

Ele anteviu seu corpo pálido reclinado nela todo, nu, em ventre cálido, ungido por fragrante sabonete derretido, leve lavado. Viu seu tronco e seus membros marolondulados sustentados, boiando leves à tona, amarelimão: seu umbigo, botão de carne: e viu os negros cachos emaranhados de seu tufo flutuantes, flutuantes cabelos do cursod'água em torno do murcho pai de milhares, uma lânguida flor flutuante.

■

Martin Cunningham, primeiro, meteu a cabeça encartolada na carruagem rangente e, entrando ágil, instalou-se. O senhor Power subiu depois dele, curvando cuidadoso a estatura.

— Vem, Simon.
— O senhor primeiro, o senhor Bloom disse.
O senhor Dedalus cobriu-se rápido e entrou, dizendo:
— Sim, sim.
— Já está todo mundo aqui? Martin Cunningham perguntou. Vem com a gente, Bloom.

O senhor Bloom entrou e sentou no lugar vago. Puxou a porta atrás de si e bateu-a bem até fechar bem. Passou um braço pela braçadeira e olhou sério pela janela aberta da carruagem para as persianas baixadas da avenida. Uma puxada de lado: uma velha espiando. Nariz empanquecado contra o vidro. Agradecendo a sua estrela ter perdido a vez. Extraordinário o interesse que elas têm por um cadáver. Felizes vendo a gente ir que incomodamos tanto vindo. O trabalho parece feito pra elas. À sorrelfa pelos cantos. Chapinhando em chinelas chicoteantes de medo que ele acorde. E aí preparar. Estender no leito. A Molly e a senhora Fleming arrumando a cama. Puxe mais pro seu lado. Nosso sudário. Nunca se sabe quem vai encostar em você morto. Banho e xampu. Acho que aparam as unhas e o cabelo. Guardar um pouquinho num envelope. Cresce mesmo assim depois. Trabalho impuro.

Esperavam todos. Nada era dito. Acomodando as coroas provavelmente. Eu estou sentado em alguma coisa dura. Ah, aquele sabonete no bolso de trás. Melhor tirar dali. Espere uma oportunidade.

Esperavam todos. Então rodas ouviram-se à frente, girando: então mais perto: então cascos de cavalos. Um tranco. Sua carruagem começava a se mover, rangendo e se embalando. Outros cascos e rodas rangentes largaram atrás. As persianas da avenida passaram e o número nove com sua aldrava envolta em crepes, porta entreaberta. A passo andante.

Esperaram ainda, joelhos sacudindo, até que tivessem virado e estivessem já junto dos trilhos do bonde. Tritonville Road. Mais rápido. As rodas chacoalhavam rolando sobre as pedras do caminho e os vidros frouxos sacudiam chacoalhando nos caixilhos.

— Pra que lado ele está levando a gente? o senhor Power perguntou a ambas as janelas.
— Irishtown, Martin Cunningham disse. Ringsend. Brunswick Street.
O senhor Dedalus assentiu, olhando para fora.
— Está aí um belo costume antigo, ele disse. Fico feliz de ver que não morreu.

Observaram todos um momento por suas janelas bonés e chapéus erguidos por passantes. Respeito. A carruagem derivou do trilho do bonde para a via mais lisa além da Watery Lane. O senhor Bloom de olhos fixos viu um rapaz delgado, trajando luto, chapéu largo.

—Acabou de passar um amigo seu, Dedalus, ele disse.
—E era quem?
—O seu filho e herdeiro.
—Cadê ele? o senhor Dedalus disse, esticando-se todo por sobre.

A carruagem, passando os bueiros abertos e montes de pavimento rasgado defronte aos cortiços, cambaleou pela esquina e, derivando de volta ao trilho do bonde, rolou ruidosa em rodas matraqueantes. O senhor Dedalus caiu para trás, dizendo:

—Aquele desaforado do Mulligan estava com ele? De *fidus Achates*?
—Não, o senhor Bloom disse. Ele estava sozinho.
—Lá com a tia Sally, imagino, o senhor Dedalus disse, a facção Goulding, o tesoureirinho bêbado e a Crissie, coisinha fedida do papai, a sábia criança que conhece o próprio pai.

O senhor Bloom sorriu sem graça para a Ringsend Road. A garrafaria: irmãos Wallace: ponte do Dodder.

Richie Goulding e a valise jurídica. Goulding, Collis e Ward ele chama a firma. As piadas dele estão ficando um pouco passadas. Grande figura que ele era. Valsando pela Stamer Street com o Ignatius Gallaher numa manhã de domingo, os dois chapéus da senhoria alfinetados na cabeça. Na farra a noite toda. Começando a sentir as consequências agora: aquela dor nas costas que ele tem, eu acho. A mulher apertando as costas dele. Acha que vai curar com pílulas. Aquilo é tudo miolo de pão. Coisa de seiscentos porcento de lucro.

—Ele tem andado com um pessoalzinho bem baixonível, o senhor Dedalus rosnou. Aquele Mulligan é um desgraçado de um rufiãozinho corrompido de quatro costados. O nome dele fede na cidade inteira. Mas com o auxílio de Deus e de Sua santa madre eu vou tomar as minhas providências e vou escrever uma carta um dia desses pra mãe dele ou a tia ou seja lá quem for que vai abrir o olho dela que nem portão. Vou acabar com a raça dele, vocês esperem só pra ver.

Ele gritava por sobre o estrondo das rodas.

—Eu que não vou ficar sentado vendo o bastardo do sobrinho dela estragar o meu filho. Filho de um caixeiro. Vendendo fita na loja do meu primo, Peter Paul M'Swiney. Não mesmo.

Cessou. O senhor Bloom olhava do seu bigode enfurecido para o rosto calmo de Jack Power e os olhos e a barba de Martin Cunningham, assentindo com seriedade. Gritalhão cabeçadura. Orgulho do filho. Ele tem razão. Alguma coisa que fica. Se o meu Rudy tivesse sobrevivido. Ver ele crescer. Ouvir a voz dele pela casa. Caminhando do lado da Molly com um terninho de Eton. Meu filho. Eu nos olhos dele. Sensação estranha ia ser. De mim. Só uma chance. Deve ter sido naquela manhã no Raymond Terrace que ela estava na janela, olhando os dois cachorros fazendo aquilo perto do muro do chegade-maldade. E o sargento sorrindo lá de baixo. Ela estava com aquele vestido creme com o rasgão que ela nunca remendou. Vamos brincar um pouquinho, Poldy. Meu Deus, eu estou morrendo de vontade. Como começa a vida.

Aí engordou. Teve que recusar o concerto em Greystones. O meu filho dentro dela. Podia ter ajudado ele na vida. Podia. Fazer ele ser independente. Aprender alemão também.

—Nós estamos atrasados? o senhor Power perguntou.

—Dez minutos, Martin Cunningham disse, olhando para o relógio.

Molly. Milly. A mesma coisa diluída. As expressões de menina arteira. Ô Santo Padre! Pelos deuses e os peixinhos! Ainda assim é uma gracinha. Logologo uma mulher. Mullingar. Queridíssimo pápi. Um estudante. Sim, sim: mulher também. Vida, vida.

A carruagem empinou e voltou, seus quatro torsos se embalando.

—O Corny podia ter dado uma cangalha melhorzinha pra nós, o senhor Power disse.

—Podia, o senhor Dedalus disse, não fosse aquela zarolhice que ele tem, se é que vocês me entendem.

Ele fechou o olho esquerdo. Martin Cunningham começou a espanar casquinhas de sob as pernas.

—Que negócio é esse, ele disse, pelo amor de Deus? Migalha?

—Parece que alguém andou fazendo um piquenique por aqui, o senhor Power disse.

Todos ergueram as pernas, miraram desgostosos o couro mofado e sem botões dos assentos. O senhor Dedalus, torcendo o nariz, olhou para baixo de cara fechada e disse:

—Ou eu muito me engano. O que é que você acha, Martin?

—A ideia me ocorreu também, Martin Cunningham disse.

O senhor Bloom repousou sua perna. Que bom que eu tomei aquele banho. Estou sentindo os pés bem limpinhos. Mas quem me dera que a senhora Fleming tivesse cerzido melhor essas meias.

O senhor Dedalus suspirou resignado.

—No final das contas, ele disse, é a coisa mais natural do mundo.

—O Tom Kernan apareceu? Martin Cunningham perguntou, retorcendo delicadamente a ponta da barba.

—Apareceu, o senhor Bloom respondeu. Ele está lá atrás com o Ned Lambert e o Hynes.

—E o próprio Corny Kelleher? o senhor Power perguntou.

—No cemitério, Martin Cunningham disse.

—Eu encontrei o M'Coy hoje de manhã, o senhor Bloom disse. Ele disse que ia tentar vir.

A carruagem súbito deteve-se.

—O que houve?

—A gente está parado.

—Onde é que a gente está?

O senhor Bloom pôs a cabeça para fora da janela.

—O grand canal, ele disse.

A usina de gás. Coqueluche, dizem que cura. Sorte que a Milly nunca teve. Coitadinhas das crianças! Ficam lá viradas do avesso de convulsão. De dar dó. Se safou bem com as doenças relativamente. Só sarampo. Chá de semente de linhaça. Escarlatina, epidemia de gripe. Contato com a morte. Não perca essa oportunidade. Refúgio de cães ali embaixo. Coitado do Athos! Seja bom com o Athos, Leopold, é o meu último desejo. Seja feita a vossa vontade. A gente obedece quem está no túmulo. Uma garatuja moribunda. Ele não aguentou, como sofreu. Bicho quieto. Os cachorros dos velhos normalmente são.

E pula plúvia cusparada em seu chapéu. Ele se afastou e viu um instante de chuva espargir pontos pelas pedras cinzentas. Separados. Engraçado. Como que por um crivo. Eu achei que ia. As minhas botas estavam rangendo agora eu estou lembrando.

—O tempo está virando, ele disse baixo.

—Pena que não aguentou bonito, Martin Cunningham disse.

—Precisa pro campo, o senhor Power disse. Lá vem o sol aparecendo de novo.

O senhor Dedalus, olhando pelos óculos na direção do sol velado, arremessou uma praga muda contra o céu.

—Mais traiçoeiro que traseiro de nenê, ele disse.

—Lá vamos nós de novo.

A carruagem girou de novo as rodas rijas e seus torsos se embalaram docemente. Martin Cunningham retorcia mais rápido a ponta da barba.

—O Tom Kernan estava estupendo ontem à noite, ele disse. E o Paddy Leonard arremedando bem na cara dele.

—Ah, dê corda, Martin, o senhor Power disse animado. Espere só, Simon, você ouvir ele falando do Ben Dollard cantando *O pequeno rebelde*.

—Estupendo, Martin Cunningham disse pomposamente. *Sua versão daquela singela balada, Martin, é a interpretação mais pungente que jamais ouvi em todo o percurso de minha experiência.*

—*Pungente*, o senhor Power disse rindo. Ele anda completamente maluco por essa. E o *arranjo retrospectivo*.

— Vocês leram o discurso do Dan Dawson? Martin Cunningham perguntou.

— Pois eu não li, o senhor Dedalus disse. Está onde?

— No jornal hoje cedo.

O senhor Bloom tirou o jornal do bolso interno. Aquele livro que eu tenho que trocar pra ela.

— Não, não, o senhor Dedalus disse rápido. Mais tarde, por favor.

O olhar do senhor Bloom viajou pela borda do jornal, perscrutando as mortes. Callan, Coleman, Dignam, Fawcett, Lowry, Naumann, Peake, que Peake é esse? Será que é o camarada que trabalhava no escritório de Crosbie e Alleyne? Não, Sexton, Urbright. Letras tintas desbotando velozes no papel puído que se desfazia. Graças à Florzinha. Tristes saudades. Com a dor imensurável dos seus. Aos 88 anos depois de longa e dolorosa doença. Um mês de falecimento. Quinlan. De cuja alma tenha piedade o bom Jesus.

Faz hoje um mês que Henry nos fugiu
Para encontrar sua casa no céu
E a família chora sua perda
Conta revê-lo, e aguarda fiel.

E eu rasguei o envelope? Rasguei. Onde foi que eu pus a carta dela depois que eu li no banho? Tateou o bolso do colete. Aqui certinho. Henry nos fugiu. Antes que eu fique empaciente.

Escola nacional. O depósito da Meade's. O ponto. Só dois ali agora. Concordando com a cabeça. Inchados que nem sapo. Osso demais no crânio deles. O outro trotando por aí com um passageiro. Uma hora atrás eu estava passando por ali. Os cocheiros ergueram seus chapéus.

As costas de um agulheiro se endireitaram de repente contra um estandarte de bonde perto da janela do senhor Bloom. Será que não podiam inventar alguma coisa automática pra que a própria roda bem mais prático? Bom mas aí esse sujeito ia perder o emprego? Bom mas aí um outro sujeito ia ganhar um emprego fabricando a invenção?

A sala de concertos Antient. Nada lá. Um sujeito com uma roupa marrom e uma braçadeira de crepe. Sem grandes lástimas ali. Quarto de luto. Parentes por afinidade, quem sabe.

Passaram pelo lúgubre púlpito da igreja de São Marcos, sob a ponte da estrada de ferro, pelo Queen's Theatre: em silêncio. Cartazes: Eugene Stratton, Senhora Bandman Palmer. Será que dava pra eu ir ver *Leah* hoje de noite, eu fico imaginando. Eu disse eu. Ou *O lírio de Killarney*? Companhia de ópera de Elster Grimes. Uma tremenda mudança. Cartazes brilhantes úmidos pra semana que vem. *Farra no Bristol.* O Martin Cunningham podia arranjar um passe pro Gaiety. Ia ter que bancar um drinque ou dois. Tão larga quanto longa.

Ele vem de tarde. As músicas dela.

Plasto's. A fonte com o busto em memória de sir Philip Crampton. Ele era o quê?

— Como vai? Martin Cunningham disse, levando a palma da mão à testa em saudação.

— Ele não está vendo a gente, o senhor Power disse. Está, está sim. Como vai?

— Quem? o senhor Dedalus perguntou.

— O Rojão Boylan, o senhor Power disse. Olha lá ele arejando o topete.

Bem naquela hora que eu estava pensando.

O senhor Dedalus curvou-se por sobre os outros para cumprimentar. Da porta do Red Bank o disco branco de um chapéu de palha transmitiu resposta: passou.

O senhor Bloom verificou as unhas da mão esquerda, depois as da direita. As unhas, isso. Será que ele tem alguma coisa a mais que elas ela vê? Fascínio. O pior homem de Dublin. Vive disso. Elas às vezes sentem o que uma pessoa é. Instinto. Mas um tipo desses. As unhas. Eu estou só olhando pra elas: bem aparadinhas. E depois: pensando sozinho. O corpo ficando meio mole. Eu haveria de perceber pela lembrança. O que é que provoca isso acho que a pele não consegue se contrair tão rápido assim quando a carne despenca. Mas a forma está lá. A forma está lá ainda. Ombro. Quadril. Roliça. A noite do baile se vestindo. Combinação atrás presa na bunda.

Juntou as mãos entre os joelhos e, satisfeito, lançou seu olhar vago sobre os rostos deles.

O senhor Power perguntou:

— Como é que vai indo a *tournée* de concertos, Bloom?

— Ah, muito bem, o senhor Bloom disse. Eu tenho ouvido grandes coisas a respeito. É uma ideia boa, sabe...

— Você vai também?

— Olha, não, o senhor Bloom disse. A bem da verdade eu tenho que ir pro condado Clare por causa de umas questões particulares. Sabe, a ideia é percorrer as principais cidades. O que você perde numa pode ganhar na outra.

— É bem verdade, Martin Cunningham disse. A Mary Anderson está por lá agora.

— Vocês estão com uns artistas bons?

— Ela está sendo empresariada pelo Louis Werner, o senhor Bloom disse. Estamos sim, só vamos levar gente de primeira. J. C. Doyle e John MacCormack eu espero e. Os melhores, na verdade.

— E *Madame*, o senhor Power disse, sorrindo. Não podemos esquecer.

O senhor Bloom soltou as mãos num gesto de discreta polidez e juntou-as. Smith O'Brien. Alguém pôs um buquê de flores ali. Mulher. Deve ser aniversário da morte dele. Muitas felicidades, muitos anos de. A carruagem rodando pela estátua de Farrell silenciosamente uniu seus joelhos irresistentes.

Ooot: um velho de roupa parda no meiofio oferecia sua mercadoria, boca se abrindo: ooota.

— Quatro cadarços de bota por um tostão.

Fico imaginando por que é que lhe impediram o exercício. Tinha lá o seu escritório na Hume Street. Na mesma casa que aquele que deve ser parente da Molly, Tweedy, advogado da coroa pra Waterford. Tem aquela cartola desde aquele tempo. Relíquias da antiga decência. De luto também. Tremenda degradação, pobre coitado! Mais perdido que cego em tiroteio. O'Calahan nas últimas.

E *Madame*. Onzevinte. De pé. A senhora Fleming chegou pra faxina. Arrumando o cabelo, cantarolando: *voglio e non vorrei*. Não: *vorrei e non*. Olhando as pontinhas do cabelo pra ver se está partido. *Mi trema un poco il*. Linda nesse *tre* a voz dela fica: tom lamurioso. Um tordo. Um melro. Existe essa palavra melro que significa bem isso.

Seus olhos passaram de leve pelo rosto de boa aparência do senhor Power. Grisalhando em cima das orelhas. *Madame*: sorrindo. Eu sorri de volta. Um sorriso abre muitas portas. Só educação quem sabe. Bom sujeito. Quem sabe será que é verdade aquilo da mulher que ele sustenta? Nada agradável pra esposa. Apesar que dizem, quem foi que me disse, que não é carnal. Era de imaginar que uma coisa dessas fosse cansar bem rápido. É, foi o Crofton que encontrou com ele uma tarde levando uma libra de lagarto pra ela. O que era mesmo que ela era? Garçonete no Jury's. Ou no Moira, será?

Eles passavam sob a enormencapada forma do Libertador.

Martin Cunningham cutucou o senhor Power.

— Da tribo de Rubem, ele disse.

Um vulto alto de barba preta, dobrado sobre uma bengala, bordejando pela esquina da casa Elefante de Elvery lhes mostrava uma mão curva aberta sobre a espinha.

— Em toda a sua prístina beleza, o senhor Power disse.

O senhor Dedalus procurou a figura bordejante e disse suavemente:

— Que o diabo te quebre os engonços das costas!

O senhor Power, desatando a rir, cobriu o rosto à janela enquanto a carruagem passava a estátua de Gray.

—Todos nós já sentimos na carne, Martin Cunningham disse genericamente.

Seus olhos encontraram os do senhor Bloom. Ele afagou a barba, acrescentando:

—Bom, quase todos.

O senhor Bloom começou a falar com súbita ansiedade para os rostos dos companheiros.

—É excelente aquela que andam contando sobre o Reuben J. e o filho.

—A do barqueiro? o senhor Power perguntou.

—É. Não é excelente?

—Mas que estória é essa? o senhor Dedalus perguntou. Eu não ouvi.

—Tinha lá uma garota em questão, o senhor Bloom começou, e ele resolveu mandar o rapaz pra ilha de Man pra escapar do perigo mas quando os dois estavam...

—O quê? o senhor Dedalus perguntou. Aquele completo badameco, por acaso?

—Isso mesmo, o senhor Bloom disse. Estavam os dois a caminho do barco e teve uma tentativa de afogamento...

—Afoguem Barrabás! o senhor Dedalus gritou. Juro por Deus que eu queria que ele tivesse se afogado de uma vez!

O senhor Power soltou uma risada comprida pelas narinas cobertas.

—Não, o senhor Bloom disse, o próprio filho...

Martin Cunningham cortou sua fala rudemente.

—Reuben J. e o filho estavam picando as suas mulinhas pelo cais perto do rio a caminho do barco da ilha de Man e o patifezinho de repente se soltou e lá se vai ele por cima do muro pra dentro do Liffey.

—Pelo amor de Deus! o senhor Dedalus exclamou assustado. E ele morreu?

—Morreu! Martin Cunningham gritou. Não aquele ali! Um barqueiro pegou uma vara e pescou ele pelos fundilhos da calça e içaram o camarada de volta pro pai no cais mais morto do que vivo. Meia cidade estava lá.

—Isso mesmo, o senhor Bloom disse. Mas a parte engraçada é que...

—E o Reuben J., Martin Cunningham disse, deu um florim pro barqueiro por ter salvado a vida do filho.

Um suspiro abafado surgiu de sob a mão do senhor Power.

—Ah, mas deu, Martin Cunningham afirmou. Como um herói. Um florim de prata.

—Não é excelente? o senhor Bloom disse ansioso.

—Um e oito pence além da conta, o senhor Dedalus disse seco.

O riso sufocado do senhor Power irrompeu silencioso na carruagem.

A coluna de Nelson.

—Oito ameixas por um tostão! Oito por um tostão!

—Era melhor a gente fazer uma cara um pouco mais séria, Martin Cunningham disse.

O senhor Dedalus suspirou.

—Mas e daí, ele disse, o coitadinho do Paddy não ia reclamar de a gente dar umas risadas. Ele mesmo contou muitas e boas.

—O Senhor que me perdoe! o senhor Power disse, enxugando os olhos úmidos com os dedos. Coitado do Paddy! Eu nem podia imaginar uma semana atrás quando a gente se viu pela última vez e ele estava com a saúde de sempre que eu ia estar no cortejo dele desse jeito. Ele foi embora.

—Das melhores criaturas que já usaram um chapéu neste mundo, o senhor Dedalus disse. Ele foi muito de repente.

—Colapso, Martin Cunningham disse. Coração.

Batia no peito, triste.

Cara luminosa: rubicundo. Muita água que passarinho não bebe. Cura pra nariz vermelho. Beber que nem o diabo até ficar adelita. Gastou uma montanha de dinheiro pra tingir desse jeito.

O senhor Power encarava em pesarosa apreensão as casas que passavam.

—Morreu de repente, o coitado, ele disse.

—A melhor morte, o senhor Bloom disse.

Os olhos esbugalhados de todos se voltaram para ele.

—Sem sofrimento, ele disse. Um instante e acabou tudo. Que nem morrer dormindo.

Ninguém falou.

Lado morto da rua esse. Uns negócios chatos durante o dia, corretores rurais, a casa de repouso, o guia ferroviário Falconer's, faculdade do funcionalismo público, a Gill's, clube católico, os cegos industriosos. Por quê? Algum motivo. Sol ou o vento. À noite também. Bagrinhos e criadas. Apadrinhados pelo falecido padre Mathew. Pedra fundamental pro Parnell. Colapso. Coração.

Cavalos brancos com penachos brancos vieram pela esquina da Rotunda, galopando. Um caixão diminuto passou num vislumbre. Correndo enterrar. Coche funerário. Solteiro. Preto pros casados. Pedrês pros solteirões. Fosco pras freiras.

—Triste, Martin Cunningham disse. Uma criança.

Um rosto de anão enrugado e malva como era o do meu Rudy. Corpo de anão, fraco igual massa de vidraceiro, numa caixa de pinho e forro branco. O enterro que a sociedade de amigos paga. Um pêni por semana por um torrão de terra. Nosso. Pequeno. Filhinho. Mendigo. Não significava nada.

Equívoco da natureza. Se é saudável vem da mãe. Se não do homem. Boa sorte na próxima.

—Coitadinho, o senhor Dedalus disse. Partiu dessa pra melhor.

A carruagem escalava mais lenta o morro da Rutland Square. Sacode essa ossada. Pela calçada. Pobre sem nada. De ninguém.

—No meio da vida, Martin Cunningham disse.

—Mas o pior de tudo, o senhor Power disse, é o homem que tira a própria vida.

Martin Cunningham sacou do relógio bruscamente, tossiu e guardou-o.

—A maior das desgraças pra uma família, o senhor Power acrescentou.

—Insanidade temporária, é claro, Martin Cunningham disse decisivo. Nós temos que pensar caridosamente no assunto.

—Dizem que o sujeito que se mata é covarde, o senhor Dedalus disse.

—Nós não devemos julgar, Martin Cunningham disse.

O senhor Bloom, prestes a falar, fechou a boca novamente. Os grandes olhos de Martin Cunningham. Desviando o rosto agora. Um homem humano e misericordioso é o que ele é. Inteligente. Como o rosto de Shakespeare. Sempre uma coisa boa pra dizer. Eles não têm piedade disso por aqui nem de infanticídio. Recusam enterro cristão. Antigamente enfiavam uma estaca de madeira no coração do sujeito no túmulo. Como se já não estivesse partido. Ainda assim às vezes eles se arrependem tarde demais. Encontrado no leito do rio agarrado aos juncos. Ele olhou pra mim. E aquela bêbada horrorosa da mulher dele. Montando uma casa depois da outra pra ela e depois ela vem e lhe penhora a mobília todo sábado quase. Fazendo ele comer o pão que o diabo amassou. É de tirar lágrima de pedra isso. Segunda de manhã começa tudo de novo. Mãos à obra. Meu senhor, ela deve ter sido uma cena aquela noite, o Dedalus me disse que estava lá. Bêbada pela casa e saltitando com o guardachuva do Martin:

E me chamam de joia da Ásia,
Da Ásia,
A Gueixa.

Ele desviou os olhos de mim. Ele sabe. Sacode essa ossada.

Aquela tarde do inquérito. O frasco de rótulo vermelho em cima da mesa. O quarto do hotel com os quadros de caça. Abafado que estava. O sol pelas frestas da veneziana. As orelhas do legista, grandes e peludas. O camareiro prestando testemunho. Eu pensei que ele estava dormindo primeiro. Aí vi como que uns riscos amarelos na cara dele. Tinha escorregado pro pé da cama. Veredito: intoxicação. Morte por desventura. A carta. Para meu filho Leopold.

Chega de dor. Não acordar mais. De ninguém.

A carruagem chacoalhava veloz pela Blessington Street. Pelas pedras.

— Estamos indo bem rápido, eu acho, Martin Cunningham disse.

— Queira Deus que ele não vire a gente na rua, o senhor Power disse.

— Espero que não, Martin Cunningham disse. Vai ser uma grande corrida essa de amanhã na Alemanha. A Gordon Bennet.

— Vai, ah vai, o senhor Dedalus disse. Essa vai valer a pena de se ver, de verdade.

No que viravam para a Berkeley Street um realejo perto do Tanque enviava sobre e atrás deles uma esfuziante e chacoalhante cantiga dos musicais. Alguém aqui viu Kelly? Ka ê éle éle ípsilon. A marcha da morte do *Saul*. Ele é tão mau quanto o velho Antônio. Que estragou o meu sônio. Pirueta! O *Mater Misericordiae*. Eccles Street. A minha casa ali embaixo. Lugar grande. Ala dos incuráveis ali. Muito encorajante. O Asilo de Nossa Senhora para os moribundos. Mortuário bem à mão no piso de baixo. Onde a velha senhora Riordan morreu. Elas ficam horrendas as mulheres. A xicarazinha de comida dela e ficar esfregando a boca com a colher. Aí o biombo em volta da cama pra ela morrer. Um estudantezinho muito simpático que tratou aquela mordida que a abelha me deu. Foi transferido pra maternidade me disseram. De um extremo ao outro.

A carruagem dobrou uma esquina a galope: parou.

— O que houve agora?

Um rebanho dividido de gado marcado passou pelas janelas, mugindo, cabisbaixante sobre cascos acolchoados, espanando as caudas lentas nos lombos ossudos empelotados. Por fora e em meio deles corriam ovelhas salmilhadas balindo de medo.

— Emigrantes, o senhor Power disse.

— Eia! A voz do zagal gritou, açoite ressoando em suas ancas. Eia! Sai daí!

Quinta, claro. Amanhã é dia de abate. Com as crias. O Cuffe vendia por coisa de vintessete pratas cada. Pra Liverpool provavelmente. Rosbife pra velha Inglaterra. Eles compram todas as suculentas. E depois o quinto quarto se perde: toda aquela matériaprima, couro, pelo, chifre. Dá bastante coisa num ano. Comércio de carne morta. Refugo dos matadouros pros curtumes, sabão, margarina. Fico imaginando se está dando certo agora aquele truque de tirar a carne xepa do trem lá em Clonsilla.

A carruagem se movia através do rebanho.

— Eu não consigo entender por que a Prefeitura não passa uma linha de bonde do portão do parque até o cais, o senhor Bloom disse. Esses animais todos podiam ir engaiolados até os barcos.

— Em vez de ficarem fechando a passagem, Martin Cunningham disse. Exatamente. Deviam mesmo.

— É, o senhor Bloom disse, e outra coisa que eu sempre pensei foi de ter vagões funerários municipais que nem eles têm em Milão, sabe. Levar a linha até o portão do cemitério e arranjar uns bondes especiais, rabecão, cortejo e tudo. Sabe como é?

— Nossa, mas que estória é essa, o senhor Dedalus disse. Carro pullman e vagão restaurante.

— Uma perspectiva desanimadora pro Corny, o senhor Power acrescentou.

— Por quê? o senhor Bloom perguntou, virando-se para o senhor Dedalus. Não ia ser mais decente que galopar apertados desse jeito?

— Bom, aí você tem certa razão, o senhor Dedalus concedeu.

— E, Martin Cunningham disse, a gente não ia mais ter cenas como aquela quando o rabecão capotou lá na Dunphy's e virou o caixão na rua.

— Foi um horror, disse o rosto chocado do senhor Power, e o corpo caiu pela rua. Um horror!

— O primeiro a contornar a Dunphy's, o senhor Dedalus disse, aquiescendo. Copa Gordon Bennett.

— Louvado seja Deus! Martin Cunningham disse piamente.

Bum! Virou. Um caixão solavancado na rua. Abrindo de uma pancada. Paddy Dignam arremessado pra fora e rolando duro na terra num traje marrom largo demais pra ele. Rosto vermelho: agora cinza. A boca caída aberta. Perguntando mas como é que vão as coisas. Muito adequado fecharem. Fica horrenda aberta. E aí apodrece dentro rapidinho. Muito melhor fechar os orifícios todos. Sim, também. Com cera. O esfíncter solto. Selar tudinho.

— Dunphy's, o senhor Power anunciou no que a carruagem virou à direita.

A esquina do Dunphy's. Carros fúnebres encostados, afogando suas mágoas. Uma pausa à beira da estrada. Ponto maravilhoso pra um bar. Imagino que a gente vai parar aqui na volta pra beber à saúde dele. Passe o consolo aí. Elixir da vida.

Mas vamos supor que acontecesse mesmo. Será que ele ia sangrar digamos se se cortasse num prego quando capotasse? Ia e não ia, acho eu. Depende de onde. A circulação para. Ainda assim um pouquinho podia brotar de uma artéria. Ia ser melhor enterrar de vermelho: um vermelhescuro.

Em silêncio seguiram pela Phibsborough Road. Um rabecão vazio passou a trote, vindo do cemitério: parece aliviado.

Ponte Crossguns: royal canal.

A água irrompia rugindo nas comportas. Um homem estava de pé em sua barca que baixava, entre fardos de turfa. À toa à margem junto da eclusa um cavalo de sirga frouxa. A bordo do *Bugabu*.

Os olhos deles o observavam. Pelo ervaçal do curso lento ele viera flutuando em seu bote litorante por toda a Irlanda puxado pela corda passando por canteiros de juncos, pela lama, garrafas subarrofocadas, cães putrefatos. Athlone, Mullingar, Moyvalley, eu podia fazer um passeio a pé pra ir ver a Milly seguindo o canal. Ou de bicicleta. Alugar um ferrovelho qualquer, segurança. O Wren tinha uma outro dia no leilão mas de mulher. Desenvolver as vias hídricas. O James M'Cann que se divertia me levando a remo até o ferry. Transporte mais barato. Estágios graduais. Casasflutuantes. Acampando. Rabecões também. Pro céu pela água. Talvez eu, sem nem escrever. Chegar de surpresa, Leixlip, Clonsilla. Descendo, eclusa por eclusa até Dublin. Com a turfa dos alagados do planalto central. Cumprimentem-se. Ele ergueu o chapéu marrom de palha, cumprimentando Paddy Dignam.

Passaram a Brian Boroimhe House. Agora está perto.

— Eu fico imaginando como é que vai indo o nosso amigo Fogarty, o senhor Power disse.

— Melhor perguntar pro Tom Kernan, o senhor Dedalus disse.

— Como assim? Martin Cunningham disse. Deixou ele na mão, então?

— Longe dos olhos, o senhor Dedalus disse, mas bem perto do coração.

A carruagem dobrou à esquerda para a Finglas Road.

O terreno do entalhador à direita. Última volta. Aglomeradas na restinga de terra sombras silentes surgiram, brancas, desgostosas, estendendo mãos calmas, compungidas de joelhos, apontando. Fragmentos de formas, lavrados. Em branco silêncio: um apelo. As melhores do mercado. Thos. H. Dennany, monumentos e esculturas.

Passaram.

No meiofio na frente da casa do sacristão Jimmy Geary, um velho vagabundo estava sentado, resmungando, esvaziando de pedras e de terra sua imensa bota boquiaberta marrompoeira. Depois da jornada da vida.

Jardins sombrios então vieram, um por um: sombrias casas.

O senhor Power apontou.

— Foi ali que o Childs foi assassinado, ele disse. A última casa.

— É mesmo, o senhor Dedalus disse. Um caso horripilante. O Seymour Bushe livrou a cara dele. Matou o irmão. Pelo menos foi o que disseram.

— A acusação não tinha provas, o senhor Power disse.

— Só circunstanciais, Martin Cunningham disse. É a máxima do direito. Melhor escaparem noventenove culpados do que um só inocente ser condenado injustamente.

Eles olhavam. Campo do assassino. Passou escura. Cerrada, vazia, jardim incarpido. A casa toda por água abaixo. Condenado injustamente. Assassinato. A imagem do assassino nos olhos do assassinado. Adoram ler sobre essas coisas. Cabeça de homem encontrada em jardim. A roupa dela consistia de. Como ela encontrou seu fim. Ultraje recente. A arma empregada. O assassino ainda está à solta. Pistas. Um cadarço. O corpo será exumado. Mentira tem perna curta.

Apertadinha esta carruagem. Ela podia não gostar de eu aparecer por lá sem avisar. Tem que tomar cuidado com as mulheres. É pegar com a calça na mão uma vez só. Nunca mais te perdoam. Quinze anos.

As grades altas do Prospect ondularam diante dos olhos deles. Choupos escuros, raras formas alvas. Formas mais frequentes, brancas aglomeradas entre as árvores, formas brancas e fragmentos fluindo mudos, sustendo no ar gestos vãos.

O aro rispidou o meiofio: parou. Martin Cunningham pôs o braço para fora e, alavancando a maçaneta para trás, empurrou a porta com o joelho. Desceu. O senhor Power e o senhor Dedalus seguiram.

Trocar aquele sabonete agora. A mão do senhor Bloom desabotoou ágil o bolso de trás e transferiu o sabonete grudado no papel para o bolso de lenço, interno. Ele desceu da carruagem, realocando o jornal que a outra mão ainda segurava.

Enterrinho fuleiro: rabecão e três carruagens. Dá na mesma. Carregadores, rédeas douradas, missa de réquiem, disparo de uma salva. Pompa da morte. Além da última carruagem um mascate parado com seu carrinho de bolos e frutas. Simnel, bolinhos de ameixa aqueles, grudados uns nos outros: bolos pros mortos. Biscoitos de cachorro. Quem comeu? Gente enlutada saindo.

Seguiu seus companheiros. O senhor Kernan e Ned Lambert seguiam, Hynes caminhando atrás deles. Corny Kelleher estava ao lado do rabecão aberto e tirou as duas coroas. Passou uma para o menino.

Pra onde é que se escafedeu o enterro daquela criança?

Uma parelha de cavalos passou vinda de Finglas em marcha esforçada arrastada, arrastando no funéreo silêncio uma carroça rangente em que um bloco de granito repousava. O carroceiro que marchava à frente cumprimentou.

Caixão agora. Chegou aqui antes de nós, mesmo morto. Cavalo olhando em torno pra ele com o penacho de fianco. Olho baço: a cernelha apertada no pescoço, comprimindo um vaso sanguíneo ou algo assim. Será que eles sabem o que trazem pra cá todo dia? Devem ser vinte ou trinta enterros por dia. E aí Mount Jerome pros protestantes. Enterros no mundo todo em toda parte a toda hora. Cobertos com pás de terra às carradas rapidinho. Milhares a cada hora. Sobrando no mundo.

Enlutados saíam pelos portões: mulher e uma menina. Harpia queixuda, mulherzinha pechincheira, touca torta. O rosto da menina manchado de sujeira e lágrimas, segurando no braço da mulher, olhando para cima à espera de um sinal para chorar. Cara de peixe, exangue e lívida.

Os tumbeiros ombrearam o caixão e levaram-no pelos portões. Só um peso morto. Eu mesmo me senti mais pesado saindo daquele banho. Primeiro o defunto: depois os amigos do defunto. Corny Kelleher e o menino seguiram com suas coroas. Quem é aquele ali do lado deles? Ah, o cunhado.

Todos seguiram atrás.

Martin Cunningham sussurrou:

— Eu estava sofrendo o diabo com vocês falando de suicídio na frente do Bloom.

— O quê? o senhor Power sussurrou. Como assim?

— O pai dele se envenenou, Martin Cunningham sussurrou. Era dono do hotel Queen's em Ennis. Vocês ouviram ele dizer que estava indo pra Clare. Aniversário da morte.

— Ai, Jesus! o senhor Power sussurrou. Nunca soube dessa. Se envenenou!

Espiou atrás de si para onde um rosto de meditativos olhos negros seguia em direção ao mausoléu do cardeal. Falando.

— Ele tinha seguro? o senhor Bloom perguntou.

— Acho que tinha, o senhor Kernan respondeu, mas a apólice estava com uma hipoteca pesada. O Martin está tentando conseguir uma vaga pro caçula no Artane.

— Quantos filhos ele deixou?

— Cinco. O Ned Lambert diz que vai tentar um emprego pra uma das meninas na Todd's.

— Estória mais triste, o senhor Bloom disse cordialmente. Cinco criancinhas.

— Um tremendo golpe pra coitada da esposa, o senhor Kernan acrescentou.

— É verdade mesmo, o senhor Bloom concordou.

Riu por último.

Ele olhava para baixo, para as botas que tinha engraxado e escovado. Ela sobreviveu a ele, perdeu o marido. Mais morto pra ela que pra mim. Um tem que sobreviver ao outro. Diz a voz da experiência. Tem mais mulher que homem no mundo. Dar-lhe as condolências. Sua terrível perda. Espero que o encontre em breve. Só pras viúvas hindus. Ela ia casar com outro. Ele? Não. Mas quem é que sabe depois? Viuvez não está mais na moda desde que a velha rainha morreu. Levado num carro da artilharia. Vitória e Alberto. Pranto no Frogmore Memorial. Mas ela acabou pondo umas violetas no chapéu. Vaidosa no fundo do coração. Tudo por uma sombra. Consorte nem é rei. O filho era a substância. Uma coisa nova em que se possa ter esperança não que nem o passado que ela queria de volta, esperando. Nunca vem. Um tem que ir primeiro: sozinho embaixo da terra: e não mais deitar na cama quente dela.

— Como vai, Simon? Ned Lambert disse baixo, apertando-lhe a mão. Tem um bocado de tempo que eu não te vejo.

— Cem porcento. Como vai todo mundo na grande cidade de Cork?

— Eu estive por lá pros páreos do parque de Cork na Segundafeira de Páscoa, Ned Lambert disse. Tudo como dantes no quartel de Abrantes. Topei com o Dick Tivy.

— E como é que vai o Dick, aquele sujeito sólido?

— Mais nada entre ele e o céu, Ned Lambert respondeu.

— Pela santa madre! o senhor Dedalus disse com espanto contido. Careca, o Dick Tivy?

— O Martin vai tentar organizar uma vaquinha pras crianças, Ned Lambert disse, apontando adiante. Uns tostões por cabeça. Só pra eles se aguentarem enquanto liberam o seguro.

— Sim, sim, o senhor Dedalus disse dubiamente. Aquele ali na frente é o menino mais velho?

— É, Ned Lambert disse, com o irmão da esposa. O John Henry Menton está atrás. Ele entrou com uma prata.

— Mas eu não tenho dúvida, o senhor Dedalus disse. Eu sempre disse pro coitado do Paddy que ele devia cuidar daquele emprego. O John Henry não é dos piores.

— Como foi que ele perdeu? Ned Lambert perguntou. Foi bebida?

— O pecado de muito sujeito bom por aí, o senhor Dedalus disse com um suspiro.

Detiveram-se perto da porta da capela mortuária. O senhor Bloom ficou atrás do menino com a coroa, olhando de cabeça baixa seu cabelo lustroso penteado e o pescoço esbelto vincado no colarinho novo em folha. Coitadinho! Será que ele estava lá quando o pai? Inconscientes os dois. Iluminação no último momento e reconhecer pela última vez. Tudo que podia ter feito. Eu estou devendo três xelins pro O'Grady. Será que ele ia entender? Os tumbeiros levaram o caixão para a capela. De que lado estará a cabeça.

Depois de um instante ele seguiu os outros, piscando na luz velada. O caixão descansava em seu catafalco à frente do cancelo, com quatro velas altas amarelas nos cantos. Sempre antes de nós. Corny Kelleher, depondo uma coroa em cada um dos cantos dianteiros, fez sinal para que o menino se ajoelhasse. Os enlutados ajoelharam aqui e ali em mesinhas de oração. O senhor Bloom ficou atrás perto da fonte e, quando todos tinham ajoelhado, derrubou cuidadoso o jornal desdobrado do bolso e nele ajoelhou o joelho direito.

Encaixou o chapéu preto delicadamente no joelho esquerdo e, segurando sua aba, curvou-se devoto.

Um criado, portando um balde de latão com alguma coisa dentro, surgiu por uma porta. O padre paramentalvado vinha atrás dele, ajeitando a estola com uma mão, equilibrando com a outra um livrinho contra a barriga de sapo. Quem lê o livro num sorvo? Sou eu, veja só, disse o corvo.

Eles se detiveram junto ao catafalco e o padre começou a ler de seu livro num fluente coachar.

Padre Coffey. *Coffin.* Sabia que o nome dele era que nem um caixão. *Domine-namine.* Tem uma fuça carazuda ele. Comanda o espetáculo. Cristão vigoroso. Ai do coitadinho que olhar torto pra ele: padre. Tu és Pedro. Recheado que nem ovelha no bembom diz o Dedalus. Com um barrigão que parece um cachorrinho envenenado. Aquele sujeito acha cada expressão mais engraçada. Hhhhn: ovelha no bembom.

—*Non intres in judicium cum servo tuo, Domine.*

Faz eles se sentirem mais importantes rezar pra eles em latim. Missa de réquiem. Carpideiras de crepe. Papel de recados de bordapreta. O teu nome na lista do altar. Lugarzinho gelado esse. Tem que comer direito, sentado lá a manhã inteira no escuro balançando os pezinhos e esperando o próximo por favor. Olho de sapo também. O que será que deixa ele inchado desse jeito? A Molly fica inchada com repolho. O ar do lugar talvez. Ele parece entupido de gás mefítico. Deve ter uma quantidade infernal de gás mefítico por aqui. Açougueiro por exemplo: eles ficam que nem bife cru. Quem é que estava me contando? o Mervyn Browne. Lá embaixo nas abóbadas daquele órgão antigo lindo da igreja de Santa Verburga centoecinquenta eles têm que fazer um buraco nos caixões de vez em quando pra deixar o gás mefítico sair e aí queimar. Sai num jorro: azul. Uma fungada naquilo e você já era.

A minha rótula está me doendo. Au. Melhor assim.

O padre tirou um palito com uma bola na ponta de dentro do balde do menino e sacudiu por cima do caixão. Aí andou até a outra ponta e sacudiu de novo. Aí voltou e colocou de volta no balde. Última forma antes de você descansar. Está tudo escrito: ele tem que fazer.

—*Et ne nos inducas in tentationem.*

O acólito flautava as respostas em tenor. Eu sempre achei que ia ser melhor ter meninos de criados. Até os quinze mais ou menos. Depois disso claro que...

Água benta aquilo, eu acho. Pra ver se ele acorda. Deve estar cheio desse trabalho, sacudir aquele negócio em cima de tudo quanto é cadáver que eles trazem a trote pra cá. Que mal teria se ele pudesse ver o que está molhando. A cada dia fatalmente uma fornada fresquinha: homens de meiaidade, velhas, crianças, mulheres que morreram no parto, homens de barba, negociantes carecas, menininhas tísicas com peitinho de pardoca. O ano inteiro ele rezava a mesma coisa em cima deles todos e sacudia água em cima deles: durma. Agora o Dignam.

—*In paradisum.*

Disse que ele foi pro paraíso ou que está no paraíso. Diz isso em cima de todo mundo. Trabalhinho cansativo. Mas tem que dizer alguma coisa.

O padre fechou o livro e saiu, seguido pelo criado. Corny Kelleher abriu as portas laterais e os coveiros vieram, ergueram de novo o caixão, carregaram-no para fora e o meteram em sua carreta. Corny Kelleher deu uma coroa ao menino e outra ao cunhado. Todos foram pelas portas laterais atrás deles para o ameno ar cinzento. O senhor Bloom veio por último, dobrando de novo o jornal que ia metendo no bolso. Ficou sério encarando o chão até a carreta rodar para a esquerda. As rodas de metal triscavam pedrisco em grito agudo estrepitoso e o rebanho de botas rombudas seguia o carrinho rebocado por uma fila de sepulcros.

Lari lará lari lararirá. Senhor, eu não posso cantarolar aqui.

—O círculo de O'Connell, o senhor Dedalus disse perto dele.

Os olhos suaves do senhor Power subiram ao vértice do cone imponente.

—Está descansando, ele disse, em meio ao seu povo, o velho Dan O'. Mas o coração dele está enterrado em Roma. Quantos corações partidos estão enterrados aqui, Simon!

—O túmulo dela é ali, Jack, o senhor Dedalus disse. Logo eu vou estar ali esticado com ela. Ele que venha me buscar quando quiser.

Sem resistir mais, ele começou a chorar sozinho em silêncio, tropeçando um pouco em seus passos. O senhor Power tomou seu braço.

—Ela está melhor lá onde está, ele disse bondoso.

—Eu acho que sim, o senhor Dedalus disse com um leve engasgo. Acho que ela está no paraíso se existe paraíso.

Corny Kelleher desviou-se de sua posição e permitiu que os enlutados passassem pesadamente.

—Ocasiões mais tristes, o senhor Kernan começou educado.

O senhor Bloom fechou os olhos e triste duas vezes curvou a cabeça.

—Os outros estão colocando o chapéu, o senhor Kernan disse. Acho que a gente também pode. Nós somos os últimos. Esse cemitério é um lugarzinho traiçoeiro.

Eles cobriram a cabeça.

—O reverendo cavalheiro leu o serviço rápido demais, você não acha? o senhor Kernan disse com desaprovação.

O senhor Bloom concordou sério com a cabeça, olhando nos olhos vivos injetados. Olhos secretos, olhos secretos inquiridores. Maçom eu acho: não tenho certeza. De novo do lado dele. Nós somos os últimos. No mesmo barco. Tomara que ele diga outra coisa.

O senhor Kernan acrescentou:

—O serviço da Igreja Irlandesa, que eles usam no Mount Jerome, é mais simples, mais comovente, isso eu tenho que reconhecer.

O senhor Bloom ofereceu prudente assentimento. A língua é claro era outra coisa.

O senhor Kernan disse com solenidade:

—*Eu sou a ressurreição e a vida.* Isto toca o mais fundo do coração de um homem.

—Toca mesmo, o senhor Bloom disse.

O teu coração quem sabe mas de que é que vale pro camarada a sete palmos comendo grama pela raiz? Não tem como tocar aquele ali. Sede dos afetos. Coração partido. Uma bomba afinal, bombeando milhares de galões de sangue todo dia. Um belo dia trava e lá se vai você. Uma montoeira espalhada por aqui: pulmões, corações, fígados. Bombas velhas enferrujadas: e dane-se. A ressurreição e a vida. Morreu está morto. Aquela coisa do juízo final. Arrancando todo mundo da cova. Adianta-te, Lázaro! E ele atrasou-se e perdeu o emprego. Acordem! Juízo final! E aí cada um fuçando atrás do fígado e das vistas e do resto dos pertences. E o danado tem que se achar inteirinho naquela manhã. Um pêni de pó cada crânio. Doze grãos num pêni. Medida antiga, sistema Troy.

Corny Kelleher acertou o passo com eles.

—Correu tudo tranquilo, ele disse. Não foi?

Olhava para eles com seu olho arrastado. Ombro de polícia. Com um Larirá larirei.

—Como era pra ser, o senhor Kernan disse.

—E não? Hein? Corny Kelleher disse.

O senhor Kernan o tranquilizava.

—Quem é o camarada ali atrás com o Tom Kernan? John Henry Menton perguntou. Eu conheço a cara dele.

Ned Lambert lançou um olhar para trás.

—Bloom, ele disse, Madame Marion Tweedy que era, é, quer dizer, soprano. É mulher dele.

—Ah, mas é claro, John Henry Menton disse. Faz tempo que eu não vejo. Era uma bela de uma mulher. Eu dancei com ela, espera aí, quinze dezessete anos dourados atrás, na casa do Mat Dillon, em Roundtown. E ela era de encher os braços.

Ele olhou para trás por entre os outros.

— Ele é o quê? perguntou. O que é que ele faz? Ele não estava no ramo de papelaria? Eu me estranhei com ele uma noite, eu lembro, no jogo de bocha.

Ned Lambert sorriu.

— É, estava sim, ele disse, na Wisdom Hely's. Caixeiro de mataborrão.

— Pelo amor de Deus, John Henry Menton disse, por que é que ela foi casar com um bolapreta desse tipo. Ela era cheia de amor pra dar na época.

— Ainda é, Ned Lambert disse. Ele é contato de reclames por aí.

Os grandes olhos de John Henry Menton encaravam à frente.

O carrinho virou para uma alameda lateral. Um homem corpulento, emboscado entre as plantas, ergueu o chapéu em homenagem. Os coveiros tocaram seus bonés.

— John O'Connell, o senhor Power disse, satisfeito. Nunca esquece um amigo.

O senhor O'Connell apertou as mãos de todos eles em silêncio. O senhor Dedalus disse:

— Vim lhe fazer outra visita.

— Meu caro Simon, o zelador respondeu com uma voz grave. Não quero você de frequentador por aqui.

Cumprimentando Ned Lambert e John Henry Menton ele seguiu ao lado de Martin Cunningham, embaraçando duas chaves compridas nas costas.

— Vocês ouviram aquela, ele perguntou, do Mulcahy lá da Coombe?

— Eu não, Martin Cunningham disse.

Curvaram concertados as cartolas e Hynes inclinou o ouvido. O zelador pendurou os polegares nos elos da châtelaine de ouro e disse num tom discreto para seus sorrisos vagos.

— Dizem por aí, ele disse, que dois bêbados vieram aqui numa tarde de neblina procurar o túmulo de um amigo deles. Eles perguntaram pelo Mulcahy lá da Coombe e disseram pra eles onde era que ele estava enterrado. Depois de borboletear pela neblina eles acabaram achando o túmulo. Um dos bêbados soletrou o nome: Terence Mulcahy. O outro bêbado estava piscando pra uma estátua do nosso Salvador que a viúva tinha mandado colocarem lá.

O zelador piscou para um dos sepulcros por que passavam. Retomou:

— E, depois de ficar piscando pra imagem sagrada, *Não parece nem um pouquinho com ele*, diz o bêbado. *Esse aí não é o Mulcahy*, ele falou, *por melhor que seja o escultor.*

Agraciado com sorrisos ele se deixou ficar e conversou com Corny Kelleher, aceitando os documentos que recebia, virando-os e perscrutando-os enquanto andava.

—Tudo isso é feito com um objetivo, Martin Cunningham explicava a Hynes.

—Eu sei, Hynes disse. Sei disso.

—Pra animar a gente, Martin Cunningham disse. É puro boncoração: e dane-se.

O senhor Bloom admirava a próspera corpulência do zelador. Todo mundo quer ficar de bem com ele. Sujeito decente, o John O'Connell, do melhor tipo. Chaves: que nem o anúncio do Shawes: sem medo de algum deles escapar, nada de licenças aqui. *Habeat corpus*. Tenho que ver a estória desse anúncio depois do enterro. Será que eu escrevi Ballsbridge no envelope que eu peguei pra encobrir quando ela me interrompeu escrevendo pra Martha? Tomara que não esteja engatada no escritório de correspondência extraviada. Precisava era fazer a barba. Barba cinza brotando. É o primeiro sinal quando os pelos vêm cinza e o humor enfezando. Prata pura em meio ao cinza. Imagine ser mulher dele. Fico imaginando como foi que ele teve a petulância de pedir a mão de uma mulher. Vem comigo morar no cemitério. Balançar isso na frente dela. Podia ficar acesa de início. Cortejar a morte... Tons da morte pairando aqui com todos os mortos esticados em volta. A sombra das tumbas quando bocejam os campossantos e o Daniel O'Connell deve ser descendente eu imagino quem era que dizia que ele era um sujeitinho pra lá de fértil um grande católico de toda maneira que nem um gigantão no escuro. Fogofátuo. Gás dos túmulos. Tem que manter a cabeça dela longe disso tudo pra poder até conceber. As mulheres especialmente são tão suscetíveis. Contar uma estória de fantasmas na hora de dormir pra ela pegar no sono. Você já viu um fantasma? Pra falar a verdade, já. Era uma noite negra como breu. O relógio batia meianoite. Ainda assim elas dão lá as suas beijocas desde que bem chaveadas. Prostitutas nos cemitérios turcos. Aprendem qualquer coisa se são levadas jovens. Dá pra você arranjar uma viúva moça aqui. Os homens gostam assim. Amor entre as lápides. Romeu. Tempero do prazer. No meio da morte estamos na vida. Atando as duas pontas. Tantalizante pros coitados dos mortos. Cheiro de bife grelhado pros famintos devorando as entranhas deles. Desejo de atiçar os outros. A Molly querendo fazer na janela. Mas ele tem oito filhos afinal.

Já viu uma bela parcela ir pra baixo da terra, deitadinhos em volta dele um campo atrás do outro. Campossantos. Mais espaço se enterrassem de pé. Sentados ou ajoelhados não dava. De pé? A cabeça podia aparecer um dia no chão num deslizamento de terra com a mão apontando. Todo colmeiado esse terreno deve ser: células oblongas. E ele deixa bem bonitinho também, a grama aparada e os canteiros. Seu jardim diz o major Gamble do

Mount Jerome. Bom e é mesmo. Tinha que ser flores do sono. Os cemitérios chineses com papoulas gigantes crescendo produzem o melhor ópio o Mastiansky me disse. O Jardim Botânico fica logo ali. É o sangue afundando na terra que dá vida nova. A mesma ideia daqueles judeus que dizem que mataram o menininho cristão. Todo homem tem o seu preço. Senhor cadáver gordo bem conservado, sibarita, inestimável para pomar. Uma pechincha. Pela carcaça de William Wilkinson, auditor e contador, recenfalecido, três libras dezesseis e seis. Agradecido.

Eu diria que o solo ia ficar bem gordo de adubo de cadáver, osso, carne, unha, nos carneiros. De dar medo. Ficando verde e corderosa, decompondo. Apodrecem rápido em terra úmida. Os velhos secos são mais duros. Aí meio que um ensebado meio que um rançoso. Aí começa a ficar preto, um melaço brotando deles. Aí resseca. Mariposas agourentas. Claro que as células ou sei lá o quê continuam vivendo. Mudando por aí. Vivem pra sempre praticamente. Não tendo o que comer se comem.

Mas eles devem criar uma montoeira infernal de vermes. O solo deve estar simplesmente fervilhando de vermes nessas covas. Com uma covinha que incomoda. Nossa cabeça toda rrroda. Ele parece bem animado vendo isso tudo. Fica com uma sensação de poder vendo todos os outros virem pra cá primeiro. Fico imaginando como é que ele vê a vida. Contando lá as suas piadas também: um calorzinho no coração. Aquela do boletim. Spurgeon foi para o céu às 4 da manhã de hoje. Onze da noite (hora de fechar). Ainda não chegou. Pedro. Os próprios mortos os homens pelo menos iam gostar de ouvir uma piada de vez em quando ou as mulheres de saber o que está na moda. Pera suculenta ou ponche para as senhoras, quente, forte e doce. Isola da umidade. A gente tem que rir às vezes então melhor rir assim. Os coveiros no *Hamlet*. Mostra o profundo conhecimento do coração humano. Não ousam rir dos mortos por dois anos pelo menos. *De mortuis nil nisi prius*. Sair do luto primeiro. Difícil imaginar o enterro dele. Parece um tipo de piada. Leia o teu próprio obituário e dizem que você vive mais. Redobra o ânimo. Um novo fôlego.

— Quantos você tem pra amanhã? o zelador perguntou.

— Dois, Corny Kelleher disse. Dez e meia e onze.

O zelador pôs os papéis no bolso. O carrinho cessara de rolar. Os enlutados se separaram e seguiram para cada um dos lados da cova, pisando com cuidado em volta dos túmulos. Os coveiros carregaram o caixão e pousaram seu nariz na beirada, enlaçando-o com as correias.

Enterrando. Viemos enterrar César. Os seus idos de março ou de junho. Ele não sabe quem está aqui e nem dá a mínima.

Agora quem é aquele indivíduo caresquálida ali com uma capa mackintosh? Mas quem é ele que eu quero saber? Mas eu dava um prêmio pra quem me dissesse. Sempre aparece alguém que você nem imaginava. Um sujeito podia viver sozinho da silva a vida inteira. Podia, sim. Ainda assim vai precisar de alguém pra tapar a cova quando ele morrer mesmo que cavar ele consiga sozinho. Nós todos. Só o homem enterra. Não as formigas também. Primeira coisa que todo mundo pensa. Enterrar os mortos. Digamos que Robinson Crusoé seja realista. Bom então SextaFeira enterrou ele. Toda Sextafeira enterra uma Quinta se você pensar direito.

Coitado do Crusoé,
Roubaram seu oboé!

Coitado do Dignam! A última morada dele na terra esse caixão. Quando você pensa neles todos acaba parecendo um desperdício de madeira. Tudo roído. Podiam inventar um belo de um ataúde com como que um painel deslizante pra cair por ali. É mas eles podiam reclamar de serem enterrados no de outro sujeito. São tão exigentes. Depositem-me em minha terra natal. Torrão de barro da terra santa. Só uma mãe e o filho natimorto é que são enterrados no mesmo caixão. Eu entendo o que isso representa. Entendo. Pra proteger a criança enquanto for possível até debaixo da terra. A casa de um irlandês é o seu caixão. Embalsamar nas catacumbas, múmias, a mesma ideia.

O senhor Bloom mantinha-se bem atrás, chapéu na mão, contando as cabeças expostas. Doze. Eu sou o treze. Não. O camarada da mackintosh é o treze. Número da morte. De onde que ele foi me aparecer, diacho? Que ele não estava na capela eu sou capaz de jurar. Superstição boba essa do treze.

Um belo tuíde macio o do Ned Lambert naquele terno. Tom de roxo. Eu tinha um assim quando a gente estava morando na Lombard Street West. Sujeito janota ele já foi. Trocava três ternos por dia. Preciso levar aquele meu terno cinza pro Mesias revirar. Olha só. É tingido. A mulher dele esqueci que ele não é casado ou a senhoria tinha que ter tirado aqueles fios pra ele.

O caixão mergulhou para longe dos olhos, abaixado pelos homens escanchados à beiratúmulo. Ergueram-se com esforço e com esforço saíram: e todos se descobriram. Vinte.

Pausa.

Se nós todos de repente fôssemos outra pessoa.

Longe um burro zurrou. Chuva. Não sou tão jumento assim. Nunca a gente vê um deles morto, dizem. Vergonha da morte. Se escondem. O coitado do papai foi pra longe também.

Doce ar suave soprou em torno das cabeças expostas num sussurro. Sussurro. O menino na cabeceira da cova segurava a coroa com ambas as mãos encarando em silêncio o negro espaço aberto. O senhor Bloom se movia por trás do corpulento zelador cordial. Casaca bem cortada. Sopesando quem sabe pra ver quem é o próximo. Bom é um longo descanso. Não sentir mais. É o momento que você sente. Deve ser desagradável pra danar. De início não acredita. Engano tem que ser: outra pessoa. Tente a casa da frente. Espera, eu queria. Eu ainda não. E aí a câmara mortuária escurecida. Luz eles querem. Sussurrando em volta de você. Quer que chame o padre? Daí alucinações e errâncias. Deliriando tudo que você escondeu a vida inteira. A luta da morte. O sono dele não está normal. Aperte a pálpebra inferior. Olhando se o nariz dele está pontudo se a queixada está caindo se a sola do pé amarelou. Arranca esse travesseiro e acaba com tudo aí no chão já que ele está condenado. O diabo naquele quadro da morte de um pecador mostrando uma mulher pra ele. Morrendo de vontade de agarrar de camisola. O último ato de *Lucia. Nunca mais te hei de contemplar?* Bum! Expira. Até que enfim. As pessoas falam de você um pouco: te esquecem. Não esqueçam de rezar por ele. Lembrem-se dele nas suas orações. Até o Parnell. O dia da hera vai morrendo. Depois eles seguem: caindo num buraco, um depois do outro.

    Rezamos agora pelo repouso de sua alma. Pelo seu êxtase eterno, e que não esteja no inferno. Bela mudança de ares. Pular da cruz da vida pra caldeirinha do purgatório.

    Será que ele pensa alguma vez na cova que está à espera dele? Dizem que quando você treme num dia de sol. Alguém passando por cima dela. O alerta do contrarregra. Perto de você. A minha lá perto de Finglas, o jazigo que eu comprei. A mamãe, coitadinha, e o meu Rudy.

    Os coveiros apanharam as pás e lançaram pesados montes de terra sobre o caixão. O senhor Bloom desviou o rosto. E se ele estivesse vivo o tempo todo? Ui! Pela mãe do guarda, ia ser horroroso! Não, não: ele está morto, é claro. É claro que está morto. Morreu segunda. Deviam fazer alguma lei pra atravessar o coração e garantir ou um despertador ou um telefone no caixão e algum tipo de tela de ventilação. Bandeira de perigo. Três dias. Meio longo de segurar ele no verão. Bem que a gente podia se livrar deles assim que tivesse certeza que não tem.

    Caía a terra mais macia. Começar a ser esquecido. Longe dos olhos, longe do coração.

    O zelador se afastou de alguns passos e colocou o chapéu. Chega disso. Os enlutados recobraram o ânimo, um a um, cobrindo-se sem chamar atenção. O senhor Bloom colocou o chapéu e viu a figura corpulenta abrir hábil caminho pelo labirinto de túmulos. Silencioso, conhecedor de seu terreno, ele atravessava os campos lúgubres.

O Hynes rabiscando alguma coisa no caderninho. Ah, os nomes. Mas ele conhece eles todos. Não: vindo pra cá.

— Eu estou só pegando os nomes, Hynes disse num sussurro. Qual é o seu nome de batismo? Eu não tenho certeza.

— L., o senhor Bloom disse. Leopold. E você pode pôr o nome do M'Coy também. Ele me pediu.

— Charley, Hynes disse escrevendo. Eu sei. Ele trabalhava no *Freeman*.

É verdade antes de conseguir o trabalho no necrotério com o Louis Byrne. Boa ideia um *post mortem* pros médicos. Descobrir o que eles acham que sabem. Morreu de terçafeira. Se mandou. Evaporou com o dinheiro de uns anúncios. Charley, menino levado. Foi por isso que ele me pediu. Enfim, mal não faz. Eu dei um jeito, M'Coy. Obrigado, meu velho: fico devendo. Deixar ele obrigado: não custa nada.

— Mas me conte, Hynes disse, você conhece aquele sujeito com a, sujeito que estava ali com a...

Ele olhava em volta.

— Mackintosh. É, eu vi, o senhor Bloom disse. Cadê ele agora?

— M'Intosh, Hynes disse, rabiscando, eu não sei quem ele é. É esse o nome dele?

Ele se afastou, olhando em torno.

— Não, o senhor Bloom começou, virando e se detendo. Escuta, Hynes!

Não ouviu. E daí? Pra onde foi que ele sumiu? Nem sinal. Bem justo o. Alguém aqui viu. Ka ê éle éle. Ficou invisível. Senhor meu, onde é que ele foi parar?

Um sétimo coveiro veio para ao lado do senhor Bloom catar uma pá largada.

— Ah, desculpa!

Saiu lépido de lado.

Terra, marrom, úmida, começava a ver-se na cova. Subia. Quase feito. Um morro de torrões úmidos subiu mais, subiu, e os coveiros descansaram as pás. Todos se descobriram novamente por alguns segundos. O menino encostou sua coroa a um canto: o cunhado a sua sobre um monte. Os coveiros vestiram os bonés e carregaram as pás terrosas na direção do carrinho. Então bateram as lâminas de leve sobre o solo: limpas. Um se curvou para arrancar do cabo um longo tufo de grama. Um, abandonando os camaradas, seguia lento, ombroarma, sua lâmina rebrilhazulando. Silenciosamente à cabeceira da sepultura um outro enrolava a correia do caixão. Seu cordão umbilical. O cunhado, desviando-se, pôs alguma coisa em sua mão livre. Agradecimento em silêncio. Lamento, senhor: trabalho. Cumprimento de cabeça. Eu sei. Pra vocês só uma.

Os enlutados se afastavam lentos, sem rumo, por caminhos tortuosos, detendo-se um pouco para ler algum nome numa sepultura.

— Vamos dar a volta até o túmulo do chefe, Hynes disse. A gente tem tempo.

— Vamos, o senhor Power disse.

Viraram para a direita, seguindo seus lentos pensamentos. Contrita a voz neutra do senhor Power falou:

— Há quem diga que ele nem está naquele túmulo. Que encheram o caixão de pedras. Que um dia ele vai voltar.

Hynes sacudia a cabeça.

— Parnell nunca vai voltar, ele disse. Ele está lá, tudo o que ele tinha de mortal. Paz pras cinzas dele.

O senhor Bloom caminhava sem ser visto por seu bosque entre anjos entristecidos, cruzes, pilares partidos, mausoléus de família, esperanças pétreas rezando com olhos voltados ao alto, as mãos e os corações da velha Irlanda. Mais razoável gastar o dinheiro em alguma caridade pros vivos. Rezem pelo repouso da alma de. Será que alguém de fato? Plantem o defunto e chega dessa coisa. Que nem uma calha de carvão. Depois amontoam todo mundo pra poupar tempo. Dia de finados. Dia vintessete eu vou estar junto do túmulo dele. Dez xelins pro jardineiro. Deixa sem mato. Velho ele também. Todo coroca com a tesoura podando. Perto da porta da morte. Que se foi. Que partiu desta vida. Como se fizessem por vontade própria. Ganharam o bilhete azul, todos. Que bateram as botas. Mais interessante se dissessem o que eles eram. Fulano de tal, borracheiro. Eu viajava vendendo linóleo. Eu paguei cinco xelins de cada libra. Ou a de uma mulher com uma panela de molho. Eu fazia um bom cozido irlandês. Elogia num cemitério camponês deve ser aquele poema de quem era Wordsworth ou Thomas Campbell. Descansou os protestantes dizem. E a do velho doutor Murren. O grande médico o chamou para casa. Bom, é a chácara do vigário pra eles. Bela casa de campo. Recenrebocada e pintada. Lugar ideal para saborear tranquilamente um cigarro e ler o *Church Times*. Anúncios de casamento eles nunca tentam embelezar. Coroas ferrugentas penduradas num gancho, guirlandas de folha de bronze. Essas compensam mais o dinheiro que a gente paga. Ainda assim, as flores são mais poéticas. A outra fica meio cansativa, nunca murcha. Não expressa nada. Semprevivas.

Um pássaro estava mansamente empoleirado num galho de choupo. Como empalhado. Que nem o presente de casamento que o edil Hooper deu pra nós. Xô! Não dá um pio. Sabe que não tem nenhum estilingue pra tacar pedra. Bicho morto é mais triste ainda. A Millymelosa enterrando o passarinho morto na caixa de fósforo da cozinha, uma corrente de margaridas e pedacinhos de porcelana quebrada na cova.

131

O Sagrado Coração aquilo ali: mostrando. Com o coração na mão. Tinha que estar de lado e de vermelho tinham que ter pintado que nem um coração de verdade. A Irlanda foi dedicada a ele ou o sei lá mais o quê. Parece tudo menos satisfeito. Por que infligir isso? Será que os pássaros iam vir picar que nem o menino com o cesto de frutas mas ele disse que não porque eles deviam ter ficado com medo do menino. Apolo esse aí.

Quantos! Todos esses aqui um dia andaram por Dublin. Fiéis que se foram. Como são vocês hoje um dia fomos nós.

Além disso como é que você ia poder lembrar de todo mundo? Olhos, andar, voz. Bom, a voz, sim: gramofone. Ter um gramofone em cada túmulo ou deixar em casa. Depois da janta num domingo. Coloque o coitadinho do bisavô Craahraarc! Oioioi toumuitcontent craarc toumuitcontenderrevervocês oioi toumuitr crptschs. Lembrar a voz que nem uma fotografia lembra o rosto. Senão não dava pra lembrar do rosto depois de quinze anos, digamos. Por exemplo quem? Por exemplo algum camarada que morreu quando eu estava na Wisdom Hely's.

Rtststr! Um chacoalhar de pedrinhas. Espere. Pare.

Ele baixou atento os olhos para dentro de uma cripta de pedra. Algum bicho. Espere. Lá vai ele.

Um rato cinza obeso engatinhava pelo flanco da cripta, mexendo as pedrinhas. Veterano: bisavô: ele conhece os caminhos. O cinza vivente achatou-se por sob o pedestal, rebolou-se para baixo dele. Bom esconderijo pra um tesouro.

Quem mora ali? Jazem os restos mortais de Robert Emery. O Robert Emmet foi enterrado aqui à luz de lanternas, não foi? Fazendo a ronda.

Foi-se o rabo agora.

Um desses sujeitos dava conta de um camarada em dois tempos. Limpam os ossos não importa quem ele tenha sido. Carne comum pra eles. Um cadáver é carne estragada. Bom e queijo é o quê? Cadáver do leite. Eu li naquele *Viagens* à *China* que os chineses dizem que os brancos têm cheiro de cadáver. Cremação é melhor. Os padres morrem de raiva. Trabalhando como o diabo pra outra empresa. Queimadores por atacado e vendedores de forno. Tempo da peste. Fossas ardentes de cal viva pra consumir com eles. Câmara letal. Ao pó voltarás. Ou sepultar no mar. Onde é que fica aquela torre do silêncio pársi? Comido por aves. Terra, fogo, água. Afogamento dizem que é o mais agradável. Vê a tua vida toda num lampejo. Mas ser trazido de volta à vida não. Já no ar não dá pra sepultar. Com uma máquina voadora. Fico imaginando se a notícia corre sempre que desce um fresquinho. Transmissão subterrânea. A gente aprendeu isso com eles. Não ia me surpreender. É a comida de todo dia deles. As moscas chegam antes de ele estar bem morto.

Farejaram o Dignam. Nem iam dar a mínima pro cheiro. Mingau branco de sal esboroante de cadáver: cheira, sabe a nabo branco cru.

Os portões cintilavam à frente: ainda abertos. De volta ao mundo novamente. Chega deste lugar. Te leva um pouquinho mais perto cada vez. Última vez que eu estive aqui foi o enterro da senhora Sinico. O coitado do papai também. Amor que mata. E até escavar a terra de noite com uma lanterna que nem naquele caso que eu li pra pegar mulheres recenhenterradas ou até putrefatas com umas chagas tumulares escorrendo. Você fica arrepiado depois de um tempo. Aparecerei para ti depois da morte. Verás meu fantasma depois da morte. Meu fantasma te assombrará depois da morte. Existe um outro lugar e mundo depois da morte chamado inferno. Não gosto daquele outro emundo, ela escreveu. Muito menos eu. Muita coisa ainda por ver e ouvir e sentir. Sentir seres quentes vivos perto de você. Eles que durmam nessa cama verminosa deles. Ainda não é nessa temporada que vão me pegar. Camas quentes: vida quente purossangue.

Martin Cunningham emergiu de uma trilha lateral, falando sério.

Advogado, acho. Eu conheço o rosto dele. Menton. John Henry, advogado, comissionado pra juramentos e testemunhos. O Dignam trabalhou no escritório dele. Na casa do Mat Dillon faz muito tempo. Grande Matt noitadas agradáveis. Frios, charutos, os decantadores malditos, tantalizantes. Um coração de ouro mesmo. Isso, Menton. Subiu nas tamancas aquela noite na cancha de bocha porque eu singrei pra dentro dele. Puro bambúrrio meu: o efeito. Por isso que ele pegou uma aversão tão grande por mim. Ódio à primeira vista. A Molly e a Floey Dillon de braço dado embaixo do lilás, rindo. Sujeito sempre assim, mortificado se tem mulher por perto.

Está com uma mossa no lado do chapéu. Carruagem provavelmente.

— Perdão, senhor, o senhor Bloom disse ao lado deles.

Eles pararam.

— O seu chapéu está um pouco achatado, o senhor Bloom disse, apontando.

John Henry Menton o encarou por um instante sem se mexer.

— Aqui, Martin Cunningham ajudou, apontando também.

John Henry Menton tirou o chapéu, desamassou a mossa e alisou a copa com cuidado na manga do casaco. Meteu de novo o chapéu na cabeça.

— Ficou bom agora, Martin Cunningham disse.

John Henry Menton espichou para baixo a cabeça em reconhecimento.

— Obrigado, disse seco.

Seguiram na direção dos portões. O senhor Bloom, de queixo caído, retardou-se de alguns passos de modo a não entreouvir. O Martin perorando. O Martin podia passar a perna num cabeçaoca desses que ele nem ia perceber.

Olhos de peixe morto. Esqueça. Vai lamentar depois quem sabe quando se der conta. Fico em vantagem com ele assim.

Obrigado. Como estamos magnânimos hoje.

NO CORAÇÃO DA METRÓPOLE HIBÉRNICA

Diante da coluna de Nelson bondes ralentavam, trocavam trilhos, mudavam troles, partiam para Blackrock, Kingstown e Dalkey, Clonskea, Rathgar e Terenure, Palmerston Park e Upper Rathmines, Sandymount Green, Rathmines, Ringsend e a torre de Sandymount, Harold's Cross. O controlador da Dublin United Tramway Company urrava rouco suas partidas:

— Rathgar e Terenure!

— Vamos, Sandymount Green!

À direita e à esquerda paralelos repicando ressoando um chopeduplo e um convencional partiam de seus terminais, dobravam para a linha descendente, deslizavam paralelos.

— Partida, Palmerston Park!

O PORTADOR DA COROA

Sob o portal do escritório geral dos correios engraxates clamavam, lustravam. Estacionados na North Prince's Street do correio de Sua Majestade os cinabrinos carros, levando nos flancos o real monograma, E. R., recebiam com estrépito arremessadas sacas de cartas, cartões-postais, cartões, embrulhos, segurados e pagos, para entrega local, provincial, britânica e transoceânica.

CAVALHEIROS DA IMPRENSA

Rudebotas de carrinhadores rolavam barris baqueocantes dos depósitos da Prince's e os largavam na carreta da cervejaria. Na carreta da cervejaria largavam-se baqueocantes barris rolados por rudebotas de carrinhadores dos depósitos da Prince's.

— Está aí, o Rufo Murray disse. Alexander Shawes.

— Só recorte pra mim, está bem? o senhor Bloom disse, que eu vou levar até o escritório do *Telegraph*.

A porta do escritório de Rutledge rangeu de novo. Davy Stephens, minúsculo com um grande capeirão, chapelinho de feltro coroando-lhe os cachos, passou com um rolo de papéis sob a capa, mensageiro do rei.

A longa tesoura do Rufo Murray cortou a fatia do anúncio do jornal em quatro talhes limpos. Recorta e cola.

— Eu vou passar pelas rotativas, o senhor Bloom disse, apanhando o quadrado cortado.

— É claro que se ele quiser um entrefilete, o Rufo Murray disse enfático, caneta atrás da orelha, nós podemos fazer pra ele.

— Certo, o senhor Bloom disse com um aceno de cabeça. Eu vou frisar isso. Nós.

O ILMO. SR. WILLIAM BRAYDEN DE OAKLANDS, SANDYMOUNT

O Rufo Murray tocou o braço do senhor Bloom com a tesoura e sussurrou:
— O Brayden.

O senhor Bloom se voltou e viu o porteiro de libré erguer seu quepe letrado à entrada de solene figura por entre as manchetes do *Weekly Freeman and National Press* e do *Freeman's Journal and National Press*. Barris de Guinness baqueocantes. Subiu solene pela escadaria guiado por um guardachuva, majestoso rosto barbemoldurado. As costas de pano grosso ascendiam cada degrau: pelas costas. Tudo que ele tem de miolo fica no cachaço do pescoço, o Simon Dedalus diz. Calombos de carne por trás dele. Fartas dobras de pescoço, gordura, pescoço, gordura, pescoço.

— Você não acha que o rosto dele lembra o Nosso Salvador? o Rufo Murray sussurrou.

A porta do escritório de Rutledge sussurrou: ii: crii. Eles sempre fazem uma porta na frente da outra pra que o vento. Entrada. Saída.

Nosso Salvador: rosto oval barbemoldurado: falando no crepúsculo Maria, Marta. Guiado por uma espada guardachuva até a ribalta: Mario, o tenor.

— Ou o Mario, o senhor Bloom disse.

— É, o Rufo Murray concordou. Mas diziam que o Mario era a cara do Nosso Salvador.

Jesus Mario com bochecha de ruge, gibão e pernas de varapau. Mão no coração. Em *Martha*.

Vee-eem, perdida
Vee-eem, querida.

—O reverendíssimo telefonou duas vezes hoje de manhã, o Rufo Murray disse sério.

Observavam joelhos, pernas, botas sumirem. Pescoço.

Um menino de telegramas entrou ágil, arremessou no balcão um envelope e saiu expedito com uma palavra.

—*Freeman!*

O senhor Bloom disse lentamente:

—Bom, ele é um dos nossos salvadores também.

Um sorriso manso o acompanhou enquanto levantava a aba do balcão, enquanto passava pela porta lateral e ao longo de escuras e quentes escada e passagem, dos lambris ora reverberantes. Mas será que ele vai salvar a circulação? Prensando, prensando.

Empurrou a portamola envidraçada e entrou, pisando por sobre espalhado papel de embrulho. Por uma aleia de tambores tinidos abriu caminho até a sala de leitura de Nannetti.

É COM AUTÊNTICO PESAR QUE VIMOS ANUNCIAR
O PASSAMENTO DE RESPEITADÍSSIMO CIDADÃO DE DUBLIN

O Hynes aqui também: relato do enterro provavelmente. Prensa prensando. Nesta manhã os restos mortais do falecido senhor Patrick Dignam. Máquinas. Reduziam um sujeito a uns átomos se pegassem de jeito. Governam o mundo hoje em dia. O maquinário dele também está lá se esfalfando. Que nem essas, ultrapassadas: fermentando. Lidando sempre, labutando sempre. E aquele rato cinza velho lidando pra entrar.

COMO SE FAZ UM GRANDE VEÍCULO DIÁRIO

O senhor Bloom estacou atrás do corpo parco do diretor de redação, admirando uma coroa lustrosa.

Estranho ele nunca ter visto o seu país de verdade. Irlanda meu país. Eleito pelo College Green. Ele bateu naquela tecla de trabalhador comum horário comercial o quanto pôde. São os anúncios e as manchetes secundárias que vendem um hebdomadário e não as notícias rançosas da gazeta oficial. A rainha Anne morreu. Publicado pelas autoridades no ano de um mil novecentos e. Propriedade sita na freguesia de Rosenallis, baronato de Tinnachinch.

A quem interessar possa arrolamento determinado por força de lei expondo as cifras referentes aos burros e mulas exportados de Ballina. Notas da natureza. Quadrinhos. A estória semanal de Pat e Bull do Phil Blake. A página do tio Toby pros pequeninos. Enquetes de capiaus. Caro senhor editor, qual é uma cura boa para a flatulência? Eu ia gostar dessa parte. Aprender bastante ensinando os outros. A coluna social Quase Só Fatos. Quase só fotos. Banhistas formosas em praia dourada. O maior balão do mundo. Celebrado o casamento duplo de irmãs. Dois noivos rindo solto um do outro. O Cuprani também, impressor. Mais irlandeses que os irlandeses.

As máquinas tilintavam em compasso três por quatro. Prensando, prensando, prensando. Agora se ele ficasse paralisado ali e ninguém soubesse como parar aquelas prensas elas iam continuar tilintando sem nem dar por isso, imprimir e comprimir e oprimir e deprimir. Bagunçar a coisa toda. Precisa ter cabeça fria.

— Enfim, coloque na edição da tarde, concelheiro, Hynes disse.

Logo vamos chamar ele de senhor prefeito. Está sendo apoiado pelo Long John, dizem.

O diretor, sem responder, rabiscou publicar num canto da folha e fez um sinal para um tipógrafo. Entregou a folha silenciosamente por cima do painel de vidro sujo.

— Certo: obrigado, Hynes disse afastando-se.

O senhor Bloom ficou no caminho dele.

— Se você quiser sacar o caixa está saindo daqui a pouquinho pra almoçar, ele disse, apontando para trás com o polegar.

— Você sacou? Hynes perguntou.

— Mm, o senhor Bloom disse. Anda logo que você ainda pega ele.

— Obrigado, meu velho, Hynes disse. Vou dar uma mordida também.

Apressou-se ansioso para o escritório do *Freeman's Journal*.

Três merréis que eu emprestei pra ele no Meagher. Três semanas. Terceira dica.

VEMOS O CONTATO PÔR MÃOS À OBRA

O senhor Bloom depôs seu recorte na mesa do senhor Nannetti.

— Com licença, concelheiro, ele disse. Este anúncio, sabe. O Shawes, o senhor se recorda.

O senhor Nannetti considerou o recorte por um momento e aquiesceu.

— Ele quer que entre pra julho, o senhor Bloom disse.

O diretor moveu o lápis na direção do anúncio.

— Mas espere, o senhor Bloom disse. Ele quer que mude. Shawes, sabe. Ele quer duas chaves em cima.

Uma bulha infernal que eles estão fazendo. Quem sabe ele entende o que eu.

O diretor se voltou para ouvir paciente e, erguendo um cotovelo, começou a coçar lentamente a axila do paletó de alpaca.

— Assim, o senhor Bloom disse, cruzando os indicadores na parte de cima.

Deixa ele assimilar primeiro.

O senhor Bloom, olhando de canto ao alto da cruz que fizera, viu o rosto ocre do diretor, acho que tem um tanto de icterícia, e além os rolos obedientes alimentando imensas teias de papel. Tilintando. Tilintando. Milhas desenroladas. O que acontece com ele depois? Ah, embrulhar carne, pacotes: vários usos, mil e uma coisas.

Metendo hábil suas palavras nas pausas do tinido ele desenhava veloz na madeira escarificada.

CASA DE SH(CH)AW(V)ES

— Assim, está vendo. Duas chaves cruzadas aqui. Um círculo. E aí o nome aqui. Alexander Shawes, mercador de chá, vinho e bebidas. Assim por diante.

Melhor não lhe ensinar o seu próprio trabalho.

— O senhor mesmo já sabe, concelheiro, exatamente o que ele quer. E aí em volta em cima entrelinhado: a casa de shawes. O senhor entendeu? O senhor acha que é uma boa ideia?

O diretor moveu a mão coçante para as costelas inferiores e por ali coçou quieto.

— A ideia, o senhor Bloom disse, é a casa das chaves. O senhor sabe, concelheiro, o parlamento manês. Insinuação de autonomia. Turistas, o senhor sabe, da ilha de Man. Chama atenção, está vendo. O senhor pode fazer isso?

Eu podia perguntar pra ele quem sabe sobre como se pronuncia aquele *voglio*. Mas aí se ele não soubesse só ia ficar constrangedor para ele. Melhor não.

— Nós podemos fazer, o diretor disse. Você está com a arte?

— Eu posso conseguir, o senhor Bloom disse. Saiu num jornal de Kilkenny. Ele tem uma loja lá também. Eu vou só dar uma corridinha lá e já peço pra ele. Enfim, o senhor pode fazer esse e um entrefiletezinho pra dar destaque. O senhor sabe o de praxe. Estabelecimento licenciado de alta classe. Carência há muito sentida. Assim por diante.

O diretor pensou por um instante.

—Nós podemos fazer, ele disse. Ele que ofereça uma renovação por três meses.

Um tipógrafo trouxe-lhe murcha uma prova de paquê. Ele se pôs a examiná-la silenciosamente. O senhor Bloom ficou por ali, ouvindo o alto pulsar dos virabrequins, observando os tipógrafos silentes com suas caixas.

SOLETRANDO

Quer ter certeza da grafia. Febre de provas. O Martin Cunningham esqueceu de dar o seu teste de ortografia pra nós hoje de manhã. É divertido ver o exce xis cê pcional mal hífen será? malestar de um pregoeiro exausto xis orçando cedilha a compensação esse depois cedilha do preço cedilha das peras sem acento naquela pensão esse. Bobo, né? A pensão entra é claro só pela compensação.

Eu podia ter dito quando ele enfiou a cartola. Obrigado. Eu devia ter dito alguma coisa sobre um chapéu velho ou algo assim. Não, eu podia ter dito. Ficou como novo agora. Ver a pinta dele depois.

Sllt. O cilindro inferior da primeira das máquinas projetou sua bandeja com sllt a primeira fornada de mãos de jornais dobradas. Sllt. Quase humano o jeito que ela fica slltando pra chamar atenção. Fazendo o melhor que pode pra falar. Aquela porta também estava slltando quando rangia, pedindo pra ser fechada. Ao seu modo tudo fala. Sllta.

DISTINTO RELIGIOSO É COLABORADOR OCASIONAL

O diretor devolveu súbito a prova de paquê, dizendo:

—Espera. Cadê a carta do arcebispo? É pra republicar no *Telegraph*. Cadê o fulano?

Voltou o olhar à volta de suas revoltas máquinas irresponsivas.

—O Monks, senhor? uma voz perguntou na caixa de composição.

—É. Cadê o Monks?

—Monks!

O senhor Bloom apanhou seu recorte. Hora de sair.

—Então eu vou buscar a arte, senhor Nannetti, ele disse, e o senhor vai dar um bom lugar, eu tenho certeza.

—Monks!

—Sim, senhor.

Renovação por três meses. Vou ter de soprar essa no ouvido dele. Tentar pelo menos. Frisar agosto: boa ideia: mês da exposição de cavalos. Ballsbridge. Turistas pra exposição.

ENCARREGADO DO DIA

Ele seguiu pela sala dos tipos passando por um velho, curvo, quatrolhos, aventalado. O velho Monks, o encarregado do dia. Deve ter mexido num belíssimo monte de coisa esquisita nessa vida: notas de obituário, anúncios de bares, discursos, processos de divórcio, encontrado afogado. Chegando ao fim da trilha agora. Sujeito sério sóbrio com um pouquinho na poupança eu diria. Mulher boa na cozinha e na lavanderia. Filha trabalhando com a máquina na sala. Mariamijona, sem gracinhas.

E ERA A FESTA DO PESSACH

Ele se deteve em sua caminhada para observar um tipógrafo distribuindo tipos com minúcia. Lê primeiro ao contrário. Faz rápido. Deve exigir alguma prática isso. Mangid. Kcirtap. O coitado do papai com o seu livro do hagadah, lendo de trás pra frente com o dedo pra mim. Pessach. Ano que vem em Jerusalém. Ah, que coisa! Toda aquela estória comprida de isso nos trouxe da terra do Egito para a casa da servidão *aleluia*. *Shema Israel Adonai Elohenu*. Não, esse é o outro. Depois os doze irmãos, os filhos de Jacó. E aí o cordeiro e o gato e o cachorro e o bastão e a água e o açougueiro e aí o anjo da morte mata o açougueiro e ele mata o boi e o cachorro mata o gato. Parece meio bobo até você olhar direitinho. Quer dizer justiça mas é todo mundo comendo todo mundo. É isso que é a vida no fim das contas. Como ele faz isso rápido. A prática leva à perfeição. Parece que enxerga com os dedos.

O senhor Bloom seguiu para além dos ruídos que tilintavam pela galeria para o patamar. Agora eu vou ter que fazer esse caminho todo de bonde e aí ele nem está lá quem sabe? Melhor dar uma ligada antes. O Número? o mesmo da casa do Citron. Vinteoito. Vinteoito quatro quatro.

SÓ MAIS UMA VEZ AQUELE SABONETE

Ele desceu as escadas da casa. Quem foi o infeliz que rabiscou essa parede inteirinha com fósforo? Parece que apostaram pra ver quem fazia. Cheiro pesado gordurento sempre nessas oficinas. Cola morna no Thom's logo ao lado quando eu trabalhei lá.

Tirou o lenço para enxugar o nariz. Cidralimão? Ah, o sabonete que eu pus ali. Cair daquele bolso. Devolvendo o lenço tirou o sabonete e o trancafiou abotoado no bolso de trás da calça.

Que tipo de perfume que a sua esposa usa? Eu podia ir pra casa ainda: bonde: alguma coisa que eu esqueci. Só pra ver antes de se vestir. Não. Aqui. Não.

Um repentino grasnar gargalhado veio do escritório do *Evening Telegraph*. Sei quem é esse aí. Quais são as novas? Só aparecer um minutinho pra telefonar. É o Ned Lambert.

Ele entrou discretamente.

ERIN, GEMA VERDE DO MAR ARGÊNTEO

—Chegou *l'argent*, o professor MacHugh murmurou suave e biscoitosamente para a janela empoeirada.

O senhor Dedalus encarava da lareira vazia o rosto inquisitivo de Ned Lambert, a quem perguntou azedo:

—Santa mãe de Deus, não é de dar azia no cu de um cristão?

Ned Lambert, sentado na mesa, continuou lendo:

—*Ou ainda, percebei os meandros d'um ribeiro murmurejante no que palra em seu caminho, abanado por dulcíssimo zéfiro conquanto 'steja em áspera refrega com os escolhos pedregosos, 'té as revolutas águas dos domínios de Netuno azuis, entre baixios musgosos, tangido pela gloriosa luz do sol ou sob as sombras projetadas sobre seu seio meditabundo pela folhagem arquelhada dos gigantes da floresta.* O que achou dessa, Simon? ele perguntou por sobre a borda do jornal. Que tal isso aqui como estilo elevado?

—Andou misturando as bebidas, o senhor Dedalus disse.

Ned Lambert, rindo, batia o jornal nos joelhos, repetindo:

—*O seio medita na bunda e a folhagem ai que nada.* Ai, ai, Jesus!

—E Xenofonte fitava Maratona, o senhor Dedalus disse, olhando de novo a lareira e a janela, e Maratona fitava o mar.

—Chega disso, o professor MacHugh gritou da janela. Eu não quero ouvir mais nada dessa coisa.

Ele comeu do crescente de biscoito de água e sal que vinha mordiscando e, esfaimado, preparou-se para mordiscar o biscoito da outra mão.

Matéria de alto jaez. Falastrões. O Ned Lambert está tirando o dia de folga pelo que eu estou vendo. Meio que acaba com o dia da gente isso do enterro. Ele tem influência dizem. O velho Chatterton, o vicechanceler, é tioavô dele, ou tiobisavô. Perto dos noventa dizem. O sublide pra morte dele já está escrito há um tempão quem sabe. Vivo só de birra. Pode acabar indo ele primeiro. Johnny, abre espaço pro tio. O honorabilíssimo Hedges Eyre Chatterton. Arrisco até dizer que assina um ou outro chequezinho trêmulo pra ele em tempos de maus ventos. Dia de sorte quando ele esticar. Aleluia.

— Só mais um espasmo, Ned Lambert disse.
— O que é isso? o senhor Bloom perguntou.
— Um fragmento recendescoberto de Cícero, o professor MacHugh respondeu com pompa na voz. *Nossa linda terra.*

CURTO E GROSSO

— Terra de quem? o senhor Bloom disse simplesmente.
— Questão das mais pertinentes, o professor disse entre suas mastigadas. Com ênfase no quem.
— A terra do Dan Dawson, o senhor Dedalus disse.
— É o discurso dele de ontem à noite? o senhor Bloom perguntou.
Ned Lambert fez que sim.
— Mas escuta só isso, ele disse.
A maçaneta atingiu o senhor Bloom bem no meio das costas no que a porta foi aberta.
— Desculpa, J. J. O'Molloy disse, entrando.
O senhor Bloom saiu lépido para o lado.
— Eu é que peço, ele disse.
— Bom dia, Jack.
— Entra. Entra.
— Bom dia.
— Como vai, Dedalus?
— Bem. E você?
J. J. O'Molloy sacudiu a cabeça.

TRISTE

A maior esperança dos tribunais ele era. Decadente o coitado. Aquele rubor enfebrado quer dizer *finis* pro sujeito. Só um empurrãozinho. Que ventos o trazem, eu fico imaginando. Problemas de dinheiro.

— *Ou ainda em apenas escalarmos os cerrados cumes.*
— Você está com uma cara ótima.

— Dá pra se ver o editor? J. J. O'Molloy perguntou, olhando para a porta interna.

— Com certeza, o professor MacHugh disse. Ver e ouvir. Ele está lá no sacrário com o Lenehan.

J. J. O'Molloy caminhou até a mesa inclinada e pôs-se a virar as páginas rosadas do arquivo.

Clientela minguando. Um frustrado. Perdendo ímpeto. Jogando. Dívidas de honra. Colhendo tempestade. Ganhava uns belos duns honorários com D. e T. Fitzgerald. As perucas deles pra mostrar a massa cinzenta. Miolos na mão que nem aquela estátua em Glasnevin. Se não me engano ele faz uns artigos literários pro *Express* com o Gabriel Conroy. Sujeito lido. O Myles Crawford começou no *Independent*. É engraçado como esses sujeitos da imprensa mudam de lado quando o vento vira. Biruta. Quente e frio no mesmo bafo. Não dá pra saber em que acreditar. Cada estória é boa até você ouvir a outra. Caem uns em cima dos outros sem cerimônia nos jornais e depois tudo vira ar. Olá como vai um minuto depois.

— Ah, ouçam só isso pelo amor de Deus, Ned Lambert suplicou. *Ou ainda em apenas escalarmos os cerrados cumes...*

— Palavrório! o professor irrompeu temperamental. Chega desse pastel de vento!

— *Cumes*, Ned Lambert continuou, *alçando-se sempre mais altos, por banhar-nos a alma, por assim dizer...*

— Banhar os beiços dele, o senhor Dedalus disse. Sangue de Deus imortal! Ou não? Ele está sendo medicado já?

— *Por assim dizer, no ímpar panorama da vitrina irlandesa, inigualável, malgrado a existência de seus decantados protótipos em outras incensadas e excelentes regiões, em cada beleza, de folhoso arvoredo e planície ondulante e pastagem exuberante de verde vernal, deitado no transcendente translúcido brilho de nosso doce crepúsculo irlandês misterioso...*

SEU VERNÁCULO

— A lua, o professor MacHugh disse. Ele esqueceu Hamlet.

— *Que vela a vista toda ao longe e espera por que o orbe luminoso da lua fulgure a irradiar sua argêntea efulgência...*

— Ai! o senhor Dedalus gritou, ventilando um lamento desesperançado, bosta com cebola! Chega, Ned. A vida é curta demais.

Ele tirou a cartola e, soprando impaciente o basto bigode, penteou o cabelo à galesa, com dedos forcados.

Ned Lambert jogou de lado o jornal, rindo de prazer. Um segundo depois um rouco riso latido eclodiu no rosto imbarbeado de óculos pretos do professor MacHugh.

—O Dan nosso de cada dia! ele gritou.

O QUE WETHERUP DIZIA

Muito bom de caçoar disso tudo agora na fria letra impressa mas desce que nem pão quente esse negócio. Ele trabalhava com panificação também não trabalhava? Por isso a brincadeira com o pão. Fez bem a cama pelo menos. A filha noiva daquele camarada no escritório da aduana que tem o automóvel. Agarrou direitinho esse aí. Recepções de casaberta. Grande alarde. O Wetherup sempre dizia isso. Pegar pelo estômago.

A porta interna foi aberta com violência e um rosto com bico escarlate, enfeitado por uma crista de cabelo emplumado, enfiou-se na sala. Olhos azulaudazes encararam-nos todos e a dura voz perguntou:

—O que é isso?
—E lá vem o cavaleiro de meiatigela em pessoa, o professor MacHugh disse em tom elevado.
—Vaitecatar, seu pedagogo do demônio! o editor disse em sinal de reconhecimento.
—Vem, Ned, o senhor Dedalus disse, colocando o chapéu. Eu preciso tomar um trago depois dessa.
—Trago! o editor gritou. Nada de bebidas antes da missa.
—E com muita razão, o senhor Dedalus disse, saindo. Vem, Ned.

Ned Lambert escorregou da mesa. Os olhos azuis do editor erraram até o rosto do senhor Bloom, toldado por um sorriso.

—Você vem com a gente, Myles? Ned Lambert perguntou.

EVOCADAS MEMORÁVEIS BATALHAS

—A milícia de North Cork! o editor gritou, marchando para a lareira. Vencemos todas as vezes! North Cork com oficiais espanhóis!

—Foi onde isso, Myles? Ned Lambert perguntou lançando um olhar reflexivo para a ponta dos sapatos.

—Em Ohio! o editor berrou.

—Foi mesmo, credo, Ned Lambert concordou.

Saindo, ele sussurrou para J. J. O'Molloy:

—Começo de *delirium tremens*. Casinho mais triste.

—Ohio! o editor cacarejava em agudo tenor com seu rosto escarlate elevado. Meu Ohio!

—Um crético perfeito! o professor disse. Longa, breve e longa.

Ó EÓLIA HARPA

Ele tirou um rolinho de fiodental do bolso do colete e, rompendo um pedaço, tangeu-o prontamente entre cada dois de seus ressoantes dentes sujos.

—Bingbang, bangbang.

O senhor Bloom, vendo a pista livre, dirigiu-se à porta interna.

—Só um momento, senhor Crawford, ele disse. Eu só quero fazer uma ligação a respeito de um anúncio.

Ele entrou.

—E aquela manchete de hoje à tarde? o professor MacHugh perguntou, vindo até o editor e pousando mão firme em seu ombro.

—Vai dar certo, Myles Crawford disse mais calmo. Não temais. Oi, Jack. Está tudo certo.

—Bom dia, Myles, J. J. O'Molloy disse, deixando as páginas que segurava reescorregarem murchas para o arquivo. Alguma coisa hoje sobre aquele caso do golpe do Canadá?

O telefone zumbia lá dentro.

—Vinteoito... Não, vinte... Quatroquatro... Isso.

ACERTE O VENCEDOR

Lenehan saiu do escritório interno com as folhas do *Sports*.

—Quem quer uma barbada pra Copa de Ouro? ele perguntou. Cetro montada por O. Madden.

Soltou-as soltas sobre a mesa.

Gritos de jornaleirinhos descalços no salão afluíram e a porta se abriu de um golpe.

—Silêncio, Lenehan disse. Uiço roúdos.

O professor MacHugh cruzou a sala a passos largos e pegou o moleque todo encolhido pelo colarinho enquanto os outros debandavam para o salão e escada abaixo. As folhas farfalharam na corrente, boiaram delicados pelo ar rabiscos azuis e sob a mesa vieram a terra.

— Não foi eu, senhor. Foi o grandão que me empurrou, senhor.
— Jogue ele pra fora e feche a porta, o editor disse. Está um furacão aqui dentro.

Lenehan pôs-se a patolar as folhas soltas pelo chão, grunhindo no que se curvava duas vezes.

— Esperando o especial do páreo, senhor, o jornaleiro disse. Foi o Pat Farrel que me empurrou, senhor.

Ele apontou para dois rostos que espiavam perto do caixilho da porta.
— Ele, senhor.
— Chega dessa estória, o professor MacHugh disse roufenho.

Botou o menino para fora e bateu a porta.

J. J. O'Molloy farfalhevirava as fichas, murmurando, procurando:
— Continua na página seis, coluna quatro.
— Sim... Aqui é do *Evening Telegraph*, o senhor Bloom telefonava do escritório interno. O patrão...? Isso, *Telegraph*... Pra onde?... Ãrrã! Qual casa de leilões?... Ãrrã! Sei... Certo. Eu alcanço ele.

SEGUE-SE UMA COLISÃO

A campainha zumbiu de novo no que ele desligava. Ele entrou rápido e trombou com Lenehan que lutava com a segunda folha.

— *Pardon, monsieur*, Lenehan disse, agarrando-o por um instante e fazendo uma careta.

— A culpa foi minha, o senhor Bloom disse, tolerando seu toque. Você se machucou? Eu estou com pressa.

— Jueio, Lenehan disse.

Fez uma cara cômica e choramingou, esfregando o joelho.

— O acúmulo dos *anno Domini*.

— Perdão, o senhor Bloom disse.

Ele foi para a porta e, segurando-a entreaberta, deteve-se. J. J. O'Molloy estapevirava as pesadas páginas uma a uma. O ruído de duas vozes estridentes, uma gaita de boca, ecoava no corredor nu dos jornaleiros agachados no umbral:

Somos os garotos de Wexford
Que lutaram com punho e coração.

SAI BLOOM

— Eu só vou dar uma corridinha até a Bachelor's Walk, o senhor Bloom disse, por causa desse anúncio do Shawes. Quero acertar tudo. Me disseram que ele está lá no Dillon.

Olhou indeciso um momento para seus rostos. O editor que, apoiado na lareira, tinha pousado a cabeça na mão, repentinamente esticou um braço amplamente.

— Ide, pois! ele disse. O mundo vos aguarda.

— Volto jàjá, o senhor Bloom disse, saindo apressado.

J. J. O'Molloy tirou as folhas das mãos de Lenehan e leu, soprando nelas suave por que desgrudassem, sem comentários.

— Ele vai atrás daquele anúncio, o professor disse, encarando pelos óculos de aro preto sobre a persiana. Olhem os diabretes atrás dele.

— Mostra! Onde? Lenehan gritou, correndo para a janela.

UM CORTEJO DE RUA

Ambos sorriram sobre a persiana para a fileira de jornaleiros saltitantes na cola do senhor Bloom, o último ziguezagueando branca na brisa uma pipa trocista, rabiola de lacinhos brancos.

— Olha só os tratantes atrás dele cuspido e escarrado, Lenehan disse, que você vai estourar. Ai, minha costela cosquenta! Arremedando as patas chatas e o jeito de andar. Saidinhos, eles. Roubam peixe de gato.

Pôs-se a mazurcar em fagueira caricatura pelo piso sobre pés deslizantes pela lareira até J. J. O'Molloy que lhe pôs as folhas nas mãos receptivas.

— O que é isso? Myles Crawford disse num sobressalto. Aonde é que foram os outros dois?

— Quem? o professor disse, voltando-se. Foram até o Oval tomar umas. O Paddy Hooper está lá com o Jack Hall. Apareceram aqui ontem de noite.

— Então vamos, Myles Crawford disse. Cadê o meu chapéu?

Foi espasmodicamente até o escritório atrás deles, abrindo a fenda do paletó, tinindo as chaves no bolso de trás. Elas tiniram então no ar e contra a madeira enquanto ele trancava a gaveta da mesa.

— Ele está bem adiantado, o professor MacHugh disse com voz baixa.

— Parece, J. J. O'Molloy disse, puxando de uma cigarreira em murmurante meditação, mas não é sempre o que parece. Quem é que está melhor de fósforos?

O CACHIMBO DA PAZ

Ofereceu um cigarro ao professor e ficou com um. Lenehan prontamente riscou-lhes um fósforo e acendeu seus cigarros um por um. J. J. O'Molloy abriu a cigarreira mais uma vez e a ofereceu.

— *Mercê bocu*, Lenehan disse, servindo-se.

O editor veio do escritório interno, palheta enviesada na testa. Declamava em cantilena, apontando severo para o professor MacHugh:

A ti tentaram fama e posição,
A ti seduziu o império.

O professor sorriu sengraça, cerrando os lábios longos.

— Hein? Esse imperiozinho romano desgraçado? Myles Crawford disse.

Ele tirou um cigarro do estojo aberto. Lenehan, acendendo-o para ele com álacre graça, disse:

— Silêncio para meu mais novo enigma!

— *Imperium romanum*, J. J. O'Molloy disse suave. Soa mais nobre que britânico ou bretão. A palavra por algum motivo lembra gordura no fogo.

Myles Crawford soprou sua primeira baforada violentamente para o teto.

— É isso, ele disse. Nós somos a gordura. Vocês e eu somos a gordura no fogo. Temos menos chance que uma bola de neve no inferno.

A GRANDIOSIDADE QUE FOI ROMA

— Espera um minuto, o professor MacHugh disse, erguendo duas garras silentes. Não podemos nos deixar levar por palavras, pelo som das palavras. Nós estamos pensando em Roma, imperial, imperiosa, imperativa.

Estendia elocutórios braços dos punhos puídos manchados da camisa, pausando:

— Qual era a civilização deles? Vasta, admito: mas vil. *Cloacæ*: fossas. Os judeus no deserto e no cimo das montanhas diziam: *Este lugar presta-se a nos acolher. Construamos um altar a Jeová*. O romano, como o inglês que lhe segue os passos, levou a cada nova praia em que pôs os pés (nas nossas nunca pôs) somente a sua obsessão cloacal. Ele olhava em volta toda togadinho e dizia: *Este lugar presta-se a nos acolher. Construamos um banheiro*.

— O que consoantemente executava de fato, Lenehan disse. Os nossos velhos ancestrais dantanho, como lemos no primeiro capítulo do Guinessis, eram favoráveis ao cursodágua.

— Eram cavalheiros da natureza, J. J. O'Molloy murmurou. Mas nós também temos o direito romano.

— E Pôncio Pilatos é o seu profeta, o professor MacHugh respondeu.

— Vocês conhecem aquela estória sobre o Palles, o presidente do tribunal? J. J. O'Molloy perguntou. Foi no jantar da Royal University. Tudo estava correndo às mil maravilhas...

— Primeiro o meu enigma, Lenehan disse. Estão prontos?

O senhor O'Madden Burke, alto em copioso cinza de tuíde de Donegal, veio do corredor. Stephen Dedalus, atrás dele, descobriu-se ao entrar.

— *Entrez, mes enfants!* Lenehan gritou.

— Acompanho um suplicante, o senhor O'Madden Burke disse melodiosamente. A Juventude guiada pela Experiência visita a Notoriedade.

— Como vai? o editor disse, estendendo uma mão. Entre. O seu genitor acabou de sair.

? ? ?

Lenehan disse a todos:

— Silêncio! Que ópera é casada com o arroz do castelo? Reflitam, ponderem, excogitem, repliquem.

Stephen entregou as folhas datilografadas, apontando para o título e a assinatura.

— Quem? o editor perguntou.

O pedaço rasgado.

— O senhor Garrett Deasy, Stephen disse.

— O velho bargante, o editor disse. Quem foi que rasgou? Ele ficou apertado?

Flamejando em vela leve
Desde o sul por ventos sábios
Vem, ó lívida vampira,
Lábios postos em meus lábios.

— Bom dia, Stephen, o professor disse, vindo espiar-lhes por cima dos ombros. Aftosa? Você virou...?

Bardo acoitagado.

GARBULHA EM CONHECIDO RESTAURANTE

— Bom dia, senhor, Stephen respondeu corando. A carta não é minha. O senhor Garrett Deasy pediu para eu...

— Ah, eu conheço, Myles Crawford disse, e conheci a mulher também. A quizilenta mais desgraçada que o Senhor meu Deus criou. Ave Maria, aquilo ali tinha febre aftosa sem sombra de dúvida! A noite que ela jogou a sopa na cara do garçom no Star and Garter. Oho!

Uma mulher trouxe o pecado para o mundo. Por Helena, a esposa fujona de Menelau, por dez anos os gregos. O'Rourke, príncipe de Breffni.

— Ele é viúvo? Stephen perguntou.

— É, viúvo por desquite, Myles Crawford disse, olhos correndo página abaixo. Cavalos do imperador. Habsburgo. Um irlandês salvou a vida dele nas barricadas de Viena. Não esqueçamos! Maximilian Karl O'Donnell, graf von Tirconnel na Irlanda. Mandou o herdeiro para fazer do rei um marechaldecampo austríaco agora. Vai ter encrenca por lá um dia. Gansos selvagens. Ah sim, toda vez. Não se esqueçam disso!

— O ponto em questão é será que ele esqueceu? J. J. O'Molloy disse baixo, revirando uma ferradura pesodepapel. Salvar príncipe é um trabalhinho que compensa bem.

O professor MacHugh virou-se para ele.

— E se não? ele disse.

— Eu vou contar pra vocês como é que foi, Myles Crawford começou. Um húngaro foi que um dia...

CAUSAS PERDIDAS
NOBRE MARQUÊS MENCIONADO

— Nós sempre fomos leais às causas perdidas, o professor disse. O sucesso pra nós é a morte do intelecto e da imaginação. Nunca fomos leais aos bensucedidos. Nós os servimos. Eu ensino a clamorosa língua latina. Eu falo a língua de uma raça que tem como ápice da sua mentalidade a máxima: tempo é dinheiro. Domínio material. *Dominus!* Senhor! Cadê a espiritualidade? Senhor Jesus! Senhor de Salisbury. Um sofá num clube do Westend. Mas os gregos!

KYRIE ELEISON!

Um sorriso de luz acendeu-lhe os olhos de bordas escuras, alongou-lhe os lábios longos.

—Os gregos! disse novamente. *Kyrios!* Palavra refulgente! As vogais que os semitas e os saxões desconhecem. *Kyrie!* A radiância do intelecto. Eu devia era lecionar grego, a língua da mente. *Kyrie eleison!* O banheirista e o cloaquista nunca serão senhores dos nossos espíritos. Somos os súditos servis da cavalaria católica da Europa que veio abaixo em Trafalgar e do império do espírito, não um *imperium*, que foi a pique com as esquadras atenienses em Egospótamos. Sim, sim. Eles foram a pique. Pirro, iludido por um oráculo, fez uma última tentativa de recuperar as fortunas da Grécia. Leal a uma causa perdida.

Caminhou para longe deles, para a janela.

—Eles seguiam para a batalha, o senhor O'Madden Burke disse cinzento, mas caíam sempre.

—Buá! Lenehan chorou com um barulhinho. Graças a um tijolaço que levou na segunda metade da *matinée*. Pobre, pobre, pobre ex-Pirro!

Suspirou então perto do ouvido de Stephen:

O LIMERICK DE LENEHAN

Eis um mestre que o mundo esqueceu
Que usa óculos pretos de breu.
Já que só vê dobrado,
Por que usá-los, coitado?
Eu sei lá. E você, já entendeu?

De luto por Salústio, Mulligan diz. A mãe dele morreu que nem um bicho.

Myles Crawford enfiava as folhas num bolso lateral.

—Vai dar certinho, ele disse. Eu leio o resto depois. Vai dar certinho.

Lenehan estendeu as mãos em sinal de protesto.

—Mas o meu enigma! ele disse. Que ópera é casada com o arroz do castelo?

—Ópera? Reenigmou o rosto esfíngico do senhor O'Madden Burke.

Lenehan anunciou contente:

—*A Rosa de Castela*. Viram a graça? Arroza de castela. A-ha!

Ele cutucou o senhor O'Madden Burke delicadamente no baço. O senhor O'Madden Burke caiu graciosamente por cima do guardachuva, fingindo um engasgo.

—Socorro! suspirava. Estou sentindo uma forte fraqueza.

Lenehan, erguendo-se nas pontas dos pés, abanava-lhe o rosto rapidamente com as folhas farfalhantes.

O professor, retornando via arquivo, varreu com a mão as gravatas soltas de Stephen e do senhor O'Madden Burke.
— Paris, passado e presente, ele disse. Vocês parecem saídos das comunas.
— Como sujeitos que tivessem explodido a bastilha, J. J. O'Molloy disse com calmo sarcasmo. Ou foram vocês dois que mataram o lorde lugartenente da Finlândia? Vocês têm cara de quem cometeu o ato. General Bobrikoff.

SACO DE GATOS

— Nós só estávamos pensando no assunto, Stephen disse.
— Todos os talentos, Myles Crawford disse. O direito, os clássicos...
— O turfe, Lenehan incluiu.
— A literatura, a imprensa.
— Se o Bloom estivesse aqui, o professor disse. A doce arte da publicidade.
— E Madame Bloom, o senhor O'Madden Burke acrescentou. A musa vocal. A grande favorita de Dublin.
Lenehan tossiu alto.
— Rm-rm! ele disse suavemente. Como eu queria um puro de ar pouco! Peguei um resfriado no parque. O portão estava aberto.

VOCÊ CONSEGUE!

O editor pousou uma mão nervosa no ombro de Stephen.
— Quero que você escreva uma coisa pra mim, ele disse. Alguma coisa com verve. Você consegue. Dá pra ver na tua cara. *No léxico da juventude...*
Dá pra ver na tua cara. Dá pra ver no teu olho. Pilantrinha preguiçoso inútil.
— Febre aftosa! o editor gritou em desdenhosa invectiva. Grandioso encontro nacionalista em Borris-in-Ossory. Tudo bobagem! Atropelando o público! Dá-lhe alguma coisa com verve. Ponha nós todos lá dentro, desgraça. Pai Filho e Espírito Santo e Retrete M'Carthy.
— Podemos todos fornecer o pábulo mental, o senhor O'Madden Burke disse.
Stephen levantou os olhos para o audaz olhar desatento.
— Ele te quer pra turma da imprensa, J. J. O'Molloy disse.

O GRANDE GALLAHER

—Você consegue, Myles Crawford repetiu, cerrando a mão enfático. Espere um minuto. Nós vamos paralisar a Europa como o Ignatius Gallaher dizia quando estava ao léu, jogando sinuca no Clarence. O Gallaher, isso é que era jornalista. Aquele ali escrevia. Você sabe como foi que ele fez o nome? Eu vou te contar. Foi a jogada jornalística mais esperta de todos os tempos. Foi em oitenteum, seis de maio, tempo dos Invencíveis, assassinato no parque Phoenix, antes de você nascer, eu imagino. Eu vou te mostrar.

Forçou passagem entre eles até o arquivo.

—Olhe aqui, ele disse, voltando-se. O *New York World* telegrafou pedindo uma especial. Vocês lembram dessa vez?

O professor MacHugh fez que sim.

—O *New York World*, o editor disse, empurrando empolgado a palheta para trás. Onde ocorreu. Tim Kelly, ou Kavanagh, quer dizer. Joe Brady e o resto deles. Por onde o Esfolabode levou o carro. A rota inteira, entende?

—O Esfolabode, o senhor O'Madden Burke disse. Fitzharris. Dizem que é dele o abrigo do cocheiro lá na ponte Butt. O Holohan me contou. Conhece o Holohan?

—Deixa que essa eu chuto, não é? Myles Crawford disse.

—E o coitado do Gumley está lá também, pelo que ele me disse, cuidando das pedras pra prefeitura. Vigianoturno.

Stephen virou-se surpreso.

—Gumley? ele disse. Você não está falando sério? Amigo do meu pai, não é?

—Deixa o Gumley pra lá, Myles Crawford gritou raivoso. Deixe o Gumley cuidar das pedras pra elas não fugirem. Olhe aqui. O que foi que o Ignatius Gallaher fez? Eu vou te contar. Lance de gênio. Telegrafou imediatamente. Vocês têm o *Weekly Freeman* de 17 de março? Certo. Têm esse?

Ele virou violento as páginas do arquivo e meteu o dedo num ponto.

—Pegue a página quatro, anúncio do café Bransome digamos. Já pegou? Certo.

O telefone zumbiu.

UMA VOZ DISTANTE

—Eu atendo, o professor disse, indo.

—B é o portão do parque. Isso.

Seu dedo saltava e golpeava ponto a ponto, vibrante.

— T são os aposentos do vicerrei. C é onde o assassinato ocorreu. K é o portão Knockmaroon.

A carne solta de seu pescoço balançava qual barbela de galo. Um peitilho malengomado eriçou-se e com um gesto rude ele o meteu de volta no colete.

— Alô? Aqui é do *Evening Telegraph*... Alô?... Quem fala?... Sim... Sim... Sim...

— De F a P é a rota por onde o Esfolabode levou o carro pra forjar um álibi. Inchicore, Roundtown, Windy Arbour, Palmerston Park, Ranelagh. F. A. B. P. Entendeu? X é o bar do Davy na Upper Leeson Street.

O professor veio até a porta interna.

— O Bloom está no telefone, ele disse.

— Diz pra ele ir pro inferno, o editor disse prontamente. X é o bar do Davy, entendeu?

SAGAZ, MUITO

— Sagaz, Lenehan disse. Muito.

— Entregou pra eles numa bandeja de prata, Myles Crawford disse, a merda todinha da história.

Pesadelo de que você jamais vai despertar.

— Eu vi, o editor disse orgulhoso. Eu estava presente. Dick Adams, o cidadão de Cork com o melhor coração em que o Senhor jamais soprou vida, e eu.

Lenehan fez uma reverência para uma forma no ar, anunciando:

— Ave, Eva. E socorram-me, subi no ônibus em Marrocos.

— História! Myles Crawford gritava. Os velhinhos da Prince's Street chegaram lá primeiro. Aquilo rendeu choro e ranger de dentes. Com um anúncio. Foi o Gregor Grey que fez aquela arte. Aquilo lhe deu um empurrão. Depois o Paddy Hooper convenceu o Tê Pê que levou ele pro *Star*. Agora ele está com o Blumenfeld. Isso que é jornalismo. Isso que é talento. Pyatt! Todo mundo devia chamar ele de pai.

— Pai do jornalismo sangrento, Lenehan confirmou, e cunhado do Chris Callinan.

— Alô?... Você está na linha?... Sim, ele está aqui ainda. Venha aqui você.

— Onde é que se pode achar um homem de imprensa desses agora, hein? o editor gritava. Largou as páginas na mesa.

— Sagais demaz, Lenehan disse ao senhor O'Madden Burke.

— Muito inteligente, o senhor O'Madden Burke disse.

O professor MacHugh veio do escritório interno.

— Por falar nos Invencíveis, ele disse, vocês viram que uns mascates compareceram diante do bailio...

— Verdade, J. J. O'Molloy disse ansioso. Lady Dudley estava indo pra casa a pé pelo parque pra ver todas as árvores que foram derrubadas por aquele ciclone no ano passado e pensou em comprar uma vista de Dublin. E acabou que era um postal em homenagem ao Joe Brady ou ao Número Um ou ao Esfolabode. Bem na frente dos aposentos do vicerrei, imagine só!

— Eles só tratam de bufarinhas, Myles Crawford disse. Pchá! A imprensa e o tribunal! Onde é que se acha hoje em dia um homem como aqueles no tribunal, como o Whiteside, como o Isaac Butt, como o melífluo O'Hagan? Hein? Ah, nem sonhando! Só os de meiapataca!

Sua boca continuava a convulsionar-se indizente em nervosas roscas de desdém.

Alguém seria capaz de desejar aquela boca para um beijo? Como é que você sabe? Por que você escreveu aquilo então?

RIMAS E RAZÕES

Lábios, sábios. Será que os lábios são sábios de alguma maneira? Ou os sábios são lábios? Devem ser. Sábio, astrolábio, lábil, hábil, alfarrábio. Rimas: dois homens com a mesma roupa, com a mesma aparência, dois a dois.

> ....*la tua pace*
> ....*che parlar ti piace*
> ......*mentre chè il vento, come fa, si tace.*

Ele as viu três a três, garotas vintes, de verde, de rosa, bordô, imbricando-se, *per l'aer perso* de malva, de roxo, *quella pacifica orifiamma*, em ouro de auriflama, *di rimirar fè piu ardenti*. Mas eu, uns velhos, penitentes, pèsdechumbo, subescuromersos na noite: lábios, sábios: ova cova.

— Manifeste-se em sua defesa, o senhor O'Madden Burke disse.

A CADA DIA BASTA...

J. J. O'Molloy, sorrindo pálido, aceitou o desafio.

— Meu caro Myles, ele disse, atirando de lado seu cigarro, você está dando um torneio falso às minhas palavras. Eu não defendo o caso, conforme orientado, da terceira das carreiras *qua* carreira mas as tuas pernas de Cork estão te levando longe demais. Por que não invocar Henry Grattan e Flood e Demóstenes e Edmund Burke? Ignatius Gallaher nós todos conhecemos assim como o chefe dele em Chapelizod, o Harmsworth da imprensa marrom, e aquele primo americano dele do pasquim do Bowery isso sem nem falar do *Paddy Kelly's Budget, Pue's Occurrences* e da nossa atenta companheira *The Skibereen Eagle*. Por que convocar um mestre da eloquência forense como o Whiteside? A cada dia basta o seu jornal.

ELOS COM DIAS IDOS DE OUTRORA

— O Grattan e o Flood escreveram pra esse mesmíssimo jornal aqui, o editor gritou na cara dele. Voluntários irlandeses. Por onde andam agora? Fundado em 1763. Dr. Lucas. Quem é que vocês têm agora como John Philpot Curran? Pchá!
— Bom, J. J. O'Molloy disse, Bushe, o conselheiro real, por exemplo.
— Bushe? o editor disse. Bom, está certo. Bushe, é verdade. Ele tem um pouco daquele sangue. Kendal Bushe ou quer dizer o Seymour Bushe.
— Já estaria de toga há muito tempo, o professor disse, se não fosse... Mas não vem ao caso.
J. J. O'Molloy virou para Stephen e disse calma e lentamente:
— Um dos períodos mais burilados que eu acho que ouvi na minha vida toda brotou da boca do Seymour Bushe. Foi naquele caso de fratricídio, o caso do assassinato Childs. O Bushe estava na defesa.

Vertendo nos portais de meu ouvido.

Por falar nisso como foi que ele descobriu? Ele morreu dormindo. Ou a outra estória, a besta de dois dorsos?
— Foi qual? o professor perguntou.

ITALIA, MAGISTRA ARTIUM

— Ele estava falando de direito probatório, J. J. O'Molloy disse, da justiça romana em comparação com o código mosaico antigo, a *lex talionis*. E citou o Moisés de Michelangelo no Vaticano.
— Ahn.
— Umas poucas palavras escolhidas a dedo, Lenehan prefaciou. Calados!

Pausa. J. J. O'Molloy puxou sua cigarreira.

Falsa bonança. Coisa muito da comum.

Mensageiro sacou pensativo sua caixa de fósforos e acendeu seu charuto.

Muitas vezes pensei posteriormente ao recordar aqueles tempos estranhos ter sido aquele pequeno ato, trivial por si próprio, o acender daquele fósforo, que determinou todo o curso subsequente de ambas nossas vidas.

UM PERÍODO BURILADO

J. J. O'Molloy retomou, esculturando suas palavras.

— Ele disse que ela era: *aquela pétrea efígie de música congelada, córnea e terrível, da divina humana forma, aquele eterno símbolo de sabedoria e profecia que se algo que o engenho ou a mão do escultor forjou no mármore que seja pela alma transfigurado ou que à alma transfigure merece viver, merece viver.*

Sua mão esguia com um gesto ornou eco e queda.

— Muito bom! Myles Crawford disse de imediato.

— O aflato divino, o senhor O'Madden Burke disse.

— Você gostou? J. J. O'Molloy perguntou a Stephen.

Stephen, com o sangue cortejado pela graça da linguagem e do gesto, corou. Ele tirou um cigarro do estojo. J. J. O'Molloy ofereceu sua cigarreira a Myles Crawford. Lenehan acendeu como antes os cigarros deles e pegou seu troféu, dizendo:

— Muitibus agradecimentibus.

UM HOMEM DE MORAL ELEVADO

— O professor Magennis estava me falando de você, J. J. O'Molloy disse a Stephen. O que é que você acha mesmo daquele pessoal hermético, os poetas da placidez opalina: A. E. O místicomestre? Foi a tal da Blavatsky que começou com isso. Era uma bela de uma velhinha cheia de truques. O A. E. andou contando a um repórter ianque que você foi atrás dele nas horas mortas da manhã pra perguntar sobre planos de consciência. O Magennis acha que você devia estar rindo da cara do A. E. Ele é um homem de um moral elevadíssimo, o Magennis.

Falando de mim. O que foi que ele disse? o que foi que ele disse? o que foi que ele disse de mim? Não pergunte.

— Não, obrigado, o professor MacHugh disse, afastando com um aceno a cigarreira para longe. Espere um momento. Deixe eu dizer uma coisa só. A mais bela exibição de oratória que eu ouvi na minha vida foi um discurso feito por John F. Taylor na sociedade histórica universitária. O juiz Fitzgibbon, o atual juiz de recursos, tinha falado e o artigo em tela era um ensaio (novo pra aqueles tempos), que advogava pelo renascimento da língua irlandesa.

Ele se virou para Myles Crawford e disse:

— Você conhece o Gerald Fitzgibbon. Então você pode imaginar o estilo do discurso dele.

— Ele ocupou uma cadeira junto com o Tim Healy, J. J. O'Molloy disse, dizem as más línguas, na comissão de propriedades do Trinity College.

— Ele ocupou uma cadeira com um coisinha linda que ainda usa cueiros, Myles Crawford disse. Continue. E daí?

— Foi o discurso, vejam bem, o professor disse, de um orador consumado, pleno de dignidade cortês e derramando numa fala castiça, eu não diria as taças do seu furor mas derramando a contumélia do orgulhoso sobre o novo movimento. Na época era um movimento novo. Nós éramos fracos e logo éramos desimportantes.

Ele fechou os longos lábios finos por um instante mas, ansioso por seguir, ergueu uma mão desfraldada até os óculos e, com trêmulos polegar e anular tocando leves os aros negros, acomodou-os em novo foco.

IMPROMPTU

Num tom feriado ele se dirigiu a J. J. O'Molloy:

— O Taylor tinha ido até lá, você deve saber, saindo de um leito de convalescença. Que ele tivesse preparado o discurso eu não acredito pois não tinha nem um único taquígrafo no salão. O rosto magro e estreito dele tinha uma barba dura aparecendo em volta. Ele estava com uma echarpe branca frouxa e no geral parecia (ainda que não fosse) um moribundo.

Seu olhar desviou-se imediata mas lentamente do de J. J. O'Molloy para o rosto de Stephen e depois curvou-se imediato para o chão, à procura. Seu colarinho branco fosco apareceu atrás da cabeça curva, conspurcado por cabelo murcho. Ainda à procura, ele disse:

— Quando o discurso do Fitzgibbon acabou John F. Taylor levantou pra responder. Sucintamente, tanto quanto eu posso lembrar, as palavras dele foram essas.

Ele ergueu firme a cabeça. Seus olhos ponderaram uma vez mais. Crustáceos tontos nadavam nas lentes grossas para lá e para cá, à procura de vazão.

Ele começou:

— *Senhor Presidente, senhoras e senhores: Foi grande minha admiração ao ouvir as considerações dirigidas à juventude da Irlanda agora há pouco por meu erudito companheiro. Pareceu-me ter sido transportado a um país distante deste país, a uma era afastada desta era, e que estava eu no antigo Egito, ouvindo o discurso de certo sumo sacerdote daquelas terras, dirigido ao jovem Moisés.*

Seus ouvintes mantinham no ar os cigarros para ouvir, sua fumaça subindo em caules frágeis que floriam com suas palavras. *E que nossos fumos retorcidos. Palavras nobres à vista. Atenção. Será que você podia tentar fazer isso também?*

— *E pareceu-me ouvir a voz daquele sumo sacerdote egípcio elevada num tom de semelhante altivez, de semelhante orgulho. Eu ouvi suas palavras e seu significado me foi revelado.*

PATRÍSTICA

Foi-me revelado serem boas as coisas que contudo são corrompidas pois que nem se fossem supremamente boas nem a menos que fossem boas poderiam ser corrompidas. Ah, maldito! Isso é Santo Agostinho.

— *Por que vós, judeus, não aceitais nossa cultura, nossa religião e nossa língua? Sois uma tribo de pastores nômades; nós, um povo poderoso. Não tendes cidades nem riqueza: nossas cidades são colmeias humanas e nossas galés, trirremes e quadrirremes, carregadas de toda sorte de mercadorias sulcam as águas do mundo conhecido. Mal emergistes de condições primitivas: nós temos uma literatura, um clero, uma história milenar e um sistema político.*

Nilo.

Criança, homem, efígie.

À margem do Nilo as Marias do bebê se ajoelham, berço de junco: um homem ágil em combate: chifrepétreo, barbapétrea, coração de pedra.

— *Vós orais a um ídolo local e obscuro: nossos templos, majestáticos e misteriosos, são morada de Ísis e Osíris, de Hórus e Amon Rá. Vossas, a servidão, a devoção e a humildade: nossos, o trovão e os mares. Israel é fraco e poucos são seus filhos: o Egito são hostes e terríveis são seus braços. Errantes e ajornalados sois chamados: o mundo treme ante o nosso nome.*

Um arroto surdo de fome clivou sua fala. Elevou a voz arrojado acima dele:

— *Mas, senhoras e senhores, tivesse o jovem Moisés ouvido e aceitado tal visão da vida, tivesse ele curvado a cabeça e curvado a vontade e curvado o espírito diante daquela arrogante admonição jamais haveria tirado o povo escolhido de sua casa de servidão e nem seguido a coluna de nuvem durante o dia.*

Jamais haveria falado com o Eterno entre relâmpagos no cume do monte Sinai e nem descido com a luz da inspiração brilhando em seu semblante e portando nos braços as tábuas da lei, gravadas na língua dos proscritos.
Cessou e olhou para eles, gozando o silêncio.

OMINOSO – PARA ELE!

J. J. O'Molloy disse, não sem lamentar:
— E no entanto ele morreu sem ter entrado na terra prometida.
— Um repentino-no-momento-conquanto-graças-a-persistente-enfermidade-frequentemente-expectorado-falecimento, Lenehan disse. E com um grande futuro pelas costas.

O tropel dos pés descalços fez-se ouvir apressado pelo corredor e tamborilando escada abaixo.
— Isso que é oratória, o professor disse, incontradito.
O vento levou. Hostes em Mullaghmast e Tara dos reis. Milhas de ouvidos de pórticos. As palavras do tribuno, urradas e espalhadas aos quatro ventos. Um povo abrigado em sua voz. Ruído morto. Registros acásicos de tudo que jamais em qualquer parte onde quer que tenha sido foi. Amai-o e louvai-o: a mim não mais.

Eu tenho dinheiro.
— Cavalheiros, Stephen disse. Como próximo ponto de pauta eu poderia sugerir que a sessão seja agora suspensa?
— Tiras-me o fôlego. Não seriam quiçá palavras vazias? o senhor O'Madden Burke perguntou. É este o momento, creio, em que o odre de vinho, metaforicamente falando, é-nos mais grato na taberna.
— Que assim seja e pelos poderes a mim outorgados fica resolutamente resolvido. Todos os que estiverem a favor digam sim, Lenehan anunciou. Os contrários não. Acompanhamos o relator. Pra qual bodega em particular?... Meu voto de Minerva é: Mooney's!

Ele seguiu na frente, advertindo:
— Vamo-nos recusar peremptoriamente a provar de águas fortes, não vamos? Sim, não vamos. De maneira algumíssima.

O senhor O'Madden Burke, seguindo perto, disse com uma estocada de aliado dada pelo guardachuva:
— Ao ataque, MacDuff!
— Quem puxa aos seus não degenera! o editor gritou, dando um tapa no ombro de Stephen. Vamos. Onde é que estão essas benditas chaves?

Ele remexia no bolso, puxando dali o datiloscrito embolado.

—Aftosa. Sei. Vai dar certinho. Vai entrar. Onde é que eles estão? Está certo.

Meteu de volta as folhas e foi para o escritório interno.

ESPEREMOS

J. J. O'Molloy, prestes a ir atrás dele, disse calmamente a Stephen:

—Eu espero que sua vida seja longa o suficiente pra você ver essa publicação. Myles, um minutinho.

Foi para o escritório interno, fechando a porta ao entrar.

—Vem com a gente, Stephen, o professor disse. É bonito, não é? Tem aquela visão profética. *Fuit Ilium!* O saque de Troia, cidade dos ventos. Reinos deste mundo. Os senhores do Mediterrâneo são hoje felás.

O primeiro jornaleiro desceu tamborilando pela escada nos calcanhares deles e saiu correndo para a rua, gritando:

—Especial do páreo!

Dublin. Eu tenho muito, muito que aprender.

Viraram à esquerda pela Abbey Street.

—Eu também tenho uma visão, Stephen disse.

—Sim, o professor disse, saltitando para entrar no passo. O Crawford vem depois.

Outro jornaleiro passou triscando por eles, gritando enquanto corria:

—Especial do páreo!

DOCE DESASSEADA DUBLIN

Dublinenses.

—Duas vestais de Dublin, Stephen disse, idosas e pias, viveram cinquenta e cinquentetrês anos na Fumbally's Lane.

—Onde fica isso? o professor perguntou.

—Pra lá de Blackpitts, Stephen disse.

Noite úmida prenhe do odor do pão faminto. Contra o muro. O rosto reluzindo sebo sob seu xale berrante. Corações frenéticos. Registros acásicos. Mais rápido, benhê!

Vamos agora. Arrisque. Faça-se a vida.

—Elas querem contemplar a vista de Dublin do alto da coluna de Nelson. Economizam três xelins e dez pence num cofrinho de caixa de correio vermelha de lata. Elas sacodem as moedinhas de três pence e uma de seis pence e puxam os tostões com a lâmina de uma faca. Dois e três de prata e um e sete em cobres. Elas vestem as toucas e a roupa de missa e levam os guardachuvas por medo de que acabe chovendo.

— Sábias virgens, o professor Machugh disse.

A VIDA A CRU

— Elas compram um xelim e quatro pence de bulho e quatro fatias de broa no restaurante North City na Marlborough Street com a senhora Kate Collins, proprietária... Adquirem vintequatro ameixas maduras de uma menina no pé da coluna de Nelson pra lavar a sede do bulho. Dão duas moedinhas de três pence pro cavalheiro da catraca e se põem a passinhar lentas pela escada caracol, bufando, uma encorajando a outra, com medo do escuro, de língua de fora, uma perguntando à outra o bulho está com você, louvando a Deus e à Santa Virgem, ameaçando descer, espiando pelas frestas de ventilação. Glória a Deus. Elas nem imaginavam que aquilo era tão alto.

Seus nomes são Anne Kearns e Florence MacCabe. Anne Kearns tem lumbago que massageia com a água de Lourdes que pegou com uma senhora que ganhou uma garrafada de um padre passionista. Florence MacCabe janta um pezunho com uma garrafa de Guinness XX todo sábado.

— Antítese, o professor disse, concordando com a cabeça duas vezes. Virgens vestais. Eu consigo até ver as duas. O que estará segurando o nosso amigo?

Ele se voltou.

Um bando de jornaleiros galopantes descia às pressas os degraus, galopando em todas as direções, gritando, jornais brancos farfalhando. Logo atrás deles Myles Crawford apareceu na escada, chapéu aureolando o rosto escarlate, conversando com J. J. O'Molloy.

— Vem com a gente, o professor gritou, acenando com o braço.

Ele seguiu novamente para andar ao lado de Stephen.

RETORNO DE BLOOM

— Isso mesmo, ele disse. Já estou até vendo.

O senhor Bloom, sem fôlego, apanhado num vórtice de jornaleiros alucinados perto dos escritórios do *Irish Catholic* e do *Dublin Penny Journal*, chamava:

—Senhor Crawford! Um momento!
— *Telegraph!* Especial do páreo!
—O que é? Myles Crawford disse, deixando-se ficar por um passo.
Um jornaleiro gritou na cara do senhor Bloom:
—Terrível tragédia em Rathmines! Criança mordida por um fole!

ENTREVISTA COM O EDITOR

—Só esse anúncio, o senhor Bloom disse, abrindo caminho até os degraus, resfolegando, e tirando o recorte do bolso. Eu acabei de falar com o senhor Shawes. Ele vai dar uma renovação de dois meses, ele disse. Depois ele vai ver. Mas quer um entrefilete pra chamar atenção no *Telegraph* também, a edição corderrosa de sábado. E ele quer se não for tarde demais eu disse ao concelheiro Nannetti copiar do *Kilkenny People*. Eu consigo acesso na biblioteca nacional. Casa das chaves, sabe como? o nome dele é Shawes. É um jogo com o nome. Mas ele praticamente prometeu que dava a renovação. Mas só quer sentir um pouco que o vento está soprando a favor dele. O que é que eu digo pra ele, senhor Crawford?

T. N. C.

—Voce diria pra ele ir tomar no cu? Myles Crawford disse, jogando o braço para cima enfaticamente. Diga isso como informação privilegiada.

Meio nervoso. Cuidado com o furacão. Todo mundo de saída pra beber. De braço dado. O boné de velejador do Lenehan esmolando mais pra lá. A lengalenga de sempre. Fico imaginando se aquele menino Dedalus é o motor da coisa. Está com umas botas boas hoje. Da última vez que eu vi ele estava com os calcanhares à mostra. Andou pisando na lama em algum lugar. Sujeito descuidado. O que é que ele estava fazendo em Irishtown?

—Bom, o senhor Bloom disse, com os olhos retornando, se eu conseguir a arte acho que até vale um paragrafinho. Ele dava o anúncio eu acho. Eu vou falar pra ele...

T. N. S. N. C. I.

—Que ele pode ir tomar no seu nobre cu irlandês, Myles Crawford berrou por sobre o ombro. Quando ele quiser, pode dizer.

Enquanto o senhor Bloom parou ponderando a questão e prestes a sorrir ele seguiu espasmodicamente.

DE VENTO EM POPA

— *Nulla bona*, Jack, ele disse, levando a mão ao queixo. Eu estou até aqui. Eu mesmo já andei no buraco. Eu estava procurando alguém pra me abonar uma promissória não tem nem uma semana. Desculpa, Jack. Você vai ter que se contentar com a boa intenção. De peito mais que aberto se eu estivesse de vento em popa.

J. J. O'Molloy fez uma cara triste e seguiu em silêncio. Eles alcançaram os outros e caminharam emparelhadamente.

— Quando já comeram o bulho e o pão e limparam os vinte dedinhos no papel em que o pão estava embrulhado, elas chegam mais perto da balaustrada.

— Um negócio pra você aqui, o professor explicou a Myles Crawford. Duas velhotas de Dublin no alto da coluna de Nelson.

QUE COLUNA! –
FOI O QUE DISSE A PASSINHADORA NÚMERO UM

— Essa é nova, Myles Crawford disse. Isso é material publicável. A caminho do piquenique das costureiras. Duas velhinhas safadas, é isso?

— Mas elas ficam com medo que a coluna caia, Stephen prosseguiu. Elas veem os telhados e discutem onde estão as diferentes igrejas: a abóbada azul de Rathmines, Adão e Eva, São Lourenço O'Toole. Mas ficam tontas de olhar e aí levantam as saias...

ESSAS SENHORAS MEIO EXIBIDINHAS

— Devagar com o andor, Myles Crawford disse, sem licença poética. Nós estamos na arquidiocese aqui.

— E se acomodam nas anáguas listradas, espiando lá em cima a estátua do adúltero monomãoníaco.

— Adúltero monomãoníaco! o professor exclamou. Gostei dessa. Estou entendendo a ideia. Estou entendendo o que você quer dizer.

DAMAS DOAM AOS ÍNCOLAS DE DUBLIN CELERIDRÁGEOS AERÓLITOS, DEVERAS

— Isso deixa as duas com um maujeito no pescoço, Stephen disse, e elas estão cansadas demais para olhar para cima ou para baixo ou para falar. Colocam o saco de ameixa entre elas e comem as ameixas uma depois da outra, limpando com os lencinhos o sumo de ameixa que lhes baba da boca e cuspindo lentamente os caroços pela balaustrada.

Ele soltou uma súbita gargalhada alta e jovem por desfecho. Lenehan e o senhor O'Madden Burke, ouvindo, voltaram-se, chamaram com sinais e seguiram na vanguarda na direção do Mooney's.

— Acabou? Myles Crawford disse. Desde que elas não façam coisa pior.

SOFISTA ESMURRA A ALTIVA HELENA DIRETO NA PROBÓSCIDE. ESPARTANOS RANGEM OS MOLARES. ITACENSES DECLARAM PEN CAMPEÃ.

— Você me lembra Antístenes, o professor disse, um discípulo de Górgias, o sofista. Dizem que ninguém conseguia saber se ele era mais amargo com os outros ou consigo mesmo. Era filho de um nobre e de uma serva. E escreveu um livro onde tirava a palma da beleza da argiva Helena e a entregava à pobre Penélope.

Pobre Penélope. Penelope Rich.

Eles se preparavam para atravessar a O'Connell Street.

Ó DE LÁ, CENTRAL!

Em vários pontos ao longo das oito linhas bondes com troles imóveis quedavam nos trilhos, na ida ou na vinda para ou de Rathmines, Rathfarnham, Blackrock, Kingstown e Dalkey, Sandymount Green, Ringsend e a torre de Sandymount, Donnybrook, Palmerston Park e Upper Rathmines, todos imóveis, na calmaria de um curtocircuito. Carros de frete, carros de praça, carroças de entrega, furgões de correio, berlindas particulares, carretas de água mineral gasosa com engradados chocalhantes de garrafas, chocalhavam, balançavam, tracionados por cavalos, rapidamente.

COMO? – E AO MESMO TEMPO – ONDE?

— Mas como é o título? Myles Crawford perguntou. Onde foi que elas arranjaram as ameixas?

VIRGILIANO, DIZ O PEDAGOGO.
SOFÔMORO MAISQUER VELHO MOISÉS

— Intitule, espere, o professor disse, abrindo bem os lábios longos para refletir. Intitule, deixa ver. Intitule: *deus nobis hæc otia fecit.*
— Não, Stephen disse, o meu título é *Do Pisga Vê-se a Palestina* ou a *Parábola das Ameixas.*
— Entendi, o professor disse.
Ele riu exuberantemente.
— Entendi, disse outra vez com renovado prazer. Moisés e a terra prometida. Nós demos essa ideia a ele, ele acrescentou para J. J. O'Molloy.

HORÁCIO É A CINOSURA NESTE BELO DIA DE JUNHO

J. J. O'Molloy enviou um olhar cansado enviesado na direção da estátua e ficou calado.
— Entendi, o professor disse.
Ele se deteve na ilha pavimentada de sir John Gray e mirou acima para Nelson pelas malhas do sorriso torto.

DÍGITOS DIMINUENTES VERIFICAM-SE TITILANTES
DEMAIS PARA VELHOTAS VIVAZES.
ANNE PORPENUJIA, FLO PERPENIQUEIA –
AINDA ASSIM PODES CULPÁ-LAS?

— Adúltero monomãoníaco, ele disse sombrio. Eu tenho que reconhecer que essa me pegou.
— Pegou as velhotas também, Myles Crawford disse, se a verdade de Deus Todopoderoso viesse à tona.

Bala de abacaxi, chupachupa de limão, caramelo. Uma menina grudenta de açúcar ensacando pazadas de doces para um irmão laico. Bela viola essa escola. Dá dor de barriga. Fabricante de confeitos e doces para Sua Majestade o Rei. Deus. Salve. Nosso. Sentado no trono, chupando jujubas rubras até embranquecerem.

Um rapaz casmurro da Associação Cristã de Moços, alerta entre os quentes fumos adocicados do Graham Lemon, pôs um volante numa mão que era do senhor Bloom.

Conversas francas.

Blo... Eu? Não.

Bloco Jovem do Sangue do Cordeiro.

Lentos, seus pés caminhavam-no riorrumante, lente. Você está salvo? Todos são banhados pelo sangue do cordeiro. Deus quer vítima de sangue. Parto, hímen, mártir, guerra, pedra fundamental, sacrifício, holocausto de rim, altares dos druidas. Elias está chegando. Dr. John Alexander Dowie, restaurador da igreja no Sião, está chegando.

Está chegando! Está chegando!! Está chegando!!!
Todos são muito benvindos.

Brincadeirinha lucrativa. Ano passado Torry e Alexander. Poligamia. A mulher dele vai dar um basta nessa estória. Onde é que estava aquele anúncio uma firma de Birmingham crucifixo luminoso? Nosso Salvador. Acordar nas horas mortas da noite e ver na parede pendurado. Que nem o fantasma de Pepper. Indivíduo Nu Rasgado Inteiro.

Fósforo deve ser que eles usam. Se você deixa um pouco de bacalhau por exemplo. Dava pra ver a prata azulada por cima. A noite que eu desci até a despensa na cozinha. Não gosto daqueles cheiros esperando pra sair voando. O que era que ela queria? As passas de Málaga. Pensando na Espanha. Antes do Rudy nascer. A fosforescência, aquele esverdeado meio que azulado. Muito bom pro cérebro.

Da esquina monumental da casa de Butler ele espiava pela Bachelor's Walk. A filha do Dedalus ainda lá na frente da casa de leilões do Dillon. Deve estar passando algum móvel velho nos cobres. Reconheci os olhos dela imediatamente por causa do pai. Matando tempo esperando por ele. A casa sempre cai quando a mãe se vai. Quinze filhos que ele teve. Um parto por ano quase. Está lá na teologia deles senão o padre não ministra a confissão à coitada, a absolvição. Crescei e multiplicai. Onde já se viu uma ideia dessas? Vai-se a casa e o lar do indivíduo em comida. Eles é que não têm família pra alimentar. Vivendo do bom e do melhor. Manteiga e toucinho estocados. Queria ver era eles fazerem o jejum negro do Yom Kipur. Pães pascoais. Uma refeição e uma colação de medo que ele desmaie no altar. A empregada de um desses sujeitos se desse pra arrancar dela. Nunca vai dar pra arrancar dela. Que nem tirar $ dele. Se trata bem. Sem convidados. Tudo pro figurão. Cuidando da água. Traga você o seu pão com manteiga. Nem uma palavra.

Meu Senhor, o vestido daquela coitadinha está que é um trapo. E parece desnutrida. Batata com margarina, margarina com batata. Depois é que eles sentem. No apagar da vela. Solapa a estrutura.

No que pisou a ponte O'Connell uma bola baforada de fumaça chaminou do parapeito. Balsa da cervejaria com *stout* tipo exportação. Inglaterra. O ar do mar azeda, pelo que eu ouvi dizer. Interessante ia ser um dia desses conseguir um passe com o Hancock pra ver a cervejaria. Um verdadeiro mundo. Tonéis de pórter, maravilha. Um ou outro rato também acaba entrando. Bebe até inchar do tamanho de um collie flutuando. Morto de bêbado de pórter. Bebem até vomitar que nem qualquer cristão. Imagine só beber aquilo! Rato: tonel: ratonel. Bom é claro que se a gente soubesse de tudo.

Olhando para baixo viu baterem fortes, girando entre os muros mirrados do cais, asas gaias. Gaivotas. Tempo ruim lá fora. Se eu me jogasse? o filho do Reuben J. Deve ter enchido a pança com esse esgoto. Um e oito pence além da conta. Hhhhm. É o jeito esquipático de ele vir com essas coisas. Sabe contar uma estória também.

Giravam mais baixo. Em busca de rancho. Espera.

Jogou entre elas uma bola de papel amassado. Elias trintedois pés p/ seg. Está vin. Nem um pouco. Sem que lhe dessem bola, boiava a bola na esteira das vagas, flutuava afundada pelos píeres da ponte. Não são tão imbecis. Também no dia que eu joguei aquele bolo velho do Erin's King pegaram lá no marulho cinquenta jardas à popa. Vivem de esperteza. Elas giravam, batendo as asas.

Faminta a magra gaivota
No rio revoa em triste rota.

É assim que os poetas escrevem, os sons parecidos. Mas aí Shakespeare não tem rima: verso branco. O fluir da língua, aquilo. Os pensamentos. Solenes.

Sou, Hamlet, o espírito de teu pai
Condenado a vagar por certo tempo.

— Duas maçãs por um tostão! Duas por um tostão!
Seu olhar passou pelas maçãs esmaltadas amontoadas no tabuleiro. Devem ser da Austrália nessa época do ano. Casca brilhante: esfrega com um trapo ou um lenço.
Espera. Aquelas coitadinhas.
Deteve-se de novo e comprou da velha das maçãs dois bolinhos por um tostão e partiu a massa friável e jogou os fragmentos no Liffey. Está vendo? As gaivotas adejaram silenciosas, duas, depois todas, de suas alturas, caindo sobre a presa. Foi-se. Cada migalhinha.
Cioso do quanto são ávidas e ardilosas ele sacudiu das mãos a massa em farelos. Por essa elas não esperavam. Maná. Vivem de carne mareada, todas as aves do oceano, gaivotas, mergulhões. Cisnes de Anna Liffey às vezes nadam até aqui pra se pavonear. Gosto pra tudo. Fico imaginando como será carne de cisne. O Robinson Crusoé teve que viver disso.
Giravam, batendo fracas as asas. Não vou jogar mais nada. Um tostão está mais do que bom. Nem pra agradecer. Nem um pio. Transmitem febre aftosa também. Se você entupir um peru, digamos, com castanhas ele vai ficar com o gosto delas. Coma porco vire porco. Mas e aí por que é que peixe de água salgada não fica salgado? Como pode?
Seus olhos pediram resposta ao rio e viram um barco a remo balançar ancorado no melaço das ondas preguiçoso sua placa emplastrada.

Kino's
11
Calças

Boa ideia essa. Fico imaginando se ele paga aluguel pra prefeitura. Como é que alguém ia poder ser dono da água? Está sempre correndo num curso, nunca a mesma, que no curso da vida traçamos. Porque a vida é um curso. Tudo quanto é tipo de lugar serve pra um anúncio. Aquele charlatão da cura de pingadeira andava grudado em tudo que era mictório. Nunca mais vi. Estritamente confidencial. Dr. Hy Franks. Não lhe custava um tostão que nem o Maginni o professor de dança autoanúncio. Arranjava uns camaradas pra colar ou colava ele mesmo afinal na calada quando ia tirar uma água. Mequetrefe. O lugar exato também. PROIBIDO COLAR CARTAZES. XXLIBIDO NOLAR XXRAPAZES. Sujeito com algum ardido.
Se ele...?

Ai!

Eh?

Não... Não.

Não, não. Eu não acredito. Claro não seria o caso dele?

Não, não.

O senhor Bloom seguiu adiante erguendo os olhos torturados. Não pense mais nisso. Passa da uma. A bola no mastro do ballast office caiu. Hora de Dunsink. Livrinho fascinante aquele de sir Robert Ball. Paralaxe. Nunca entendi direito. Olha lá um padre. Podia perguntar pra ele. Par é grego: paralelo, paralaxe. Mete em si e cose ela dizia até eu contar da transmigração. Ah, com a breca!

O senhor Bloom sorriu Ah com a breca para duas das janelas do ballast office. Ela tem razão no fim das contas. Só palavras grandes pra umas coisas comuns por causa do som. Ela não é exatamente espirituosa. Chega a ser grosseira também. Cuspi o que estava pensando. Mas, não sei não. Ela dizia que o Ben Dollard tinha uma voz de baixo barríltono. As pernas dele parecem um barril e dava pra pensar que ele canta pra dentro de um barril. E aí, isso não é espirituoso? Chamavam ele de big Ben. Nem de longe tão espirituoso quanto dizer que ele era baixo barríltono. Apetite de um albatroz. Acaba com um lombo de boi inteirinho. Era um sujeito poderoso pra enxugar aquela cerveja Bass. Tomava um barril. Está vendo? Funciona tudo direitinho.

Uma procissão de homensanduíches vestidos de branco marchava lenta rumo a ele na sarjeta, bandas escarlates cruzando suas placas. Ofertas. Que nem aquele padre eles hoje de manhã: infelizmente nós sofremos: infelizmente nós sucumbimos. Leu as letras escarlates nas cinco cartolas brancas: H. E. L. Y. S. Wisdom Hely's. O Y deixando-se ficar para trás tirou um naco de pão de sob a placa dianteira, meteu-o na boca e ia mastigando enquanto andava. Nosso alimento básico. Três merréis por dia, andando nas sarjetas, uma rua depois da outra. Só dá pra ficar de pé, pão e papa. Eles não são do Boyl: não: do M'Glade. Mas também não atrai os compradores. Eu sugeri pra ele uma carreta transparente em exposição com duas moças bonitas sentadas lá dentro escrevendo cartas, livros de registro, envelopes, mataborrão. Aposto que pegava. Moças bonitas escrevendo alguma coisa chamam a atenção na hora. Todo mundo morrendo de vontade de saber o que ela está escrevendo. Ficam vinte em volta se você ficar parado olhando pro nada. Meter o dedo no bolo. As mulheres também. Curiosidade. Coluna de sal. Não queria nem pensar é claro porque não foi ele que teve a ideia. Ou o vidro de tinta que eu sugeri com uma mancha falsa de celuloide preto. As ideias dele pros anúncios igual o Ameixeira embaixo dos obituários, seção de carnes frias. Está na ponta da língua. Quem? Nossos envelopes. Olá!

Jones, aonde você está indo? Não posso parar, Robinson, estou correndo comprar o único removedor de tinta confiável, *Kansell*, vendido pela Hely's Ltda. 85 Dame Street. Longe daquela balbúrdia agora. Trabalhinho do inferno que era conseguir as contas daqueles conventos. Convento de Tranquilla. Era uma freirinha simpática aquela, um rosto muito delicado. O toucado ia bem com a cabecinha dela. Irmã? Irmã? Pelo olhar dela garanto que tinha um amor não correspondido. Muito difícil negociar com esse tipo de mulher. Eu perturbei as devoções dela aquele dia de manhã. Mas feliz de se comunicar com o mundo exterior. Nosso grande dia, ela disse. A festa de Nossa Senhora do Monte Carmelo. Nome gostoso também: caramelo. Ela sabia, acho que sabia por causa do jeito que ela. Se tivesse casado tinha mudado. Imagino que elas realmente estivessem mal de dinheiro. Fritavam tudo na melhor manteiga mesmo assim. Nada de banha pra elas. Meu coração partiu comendo torresmo. Gostam de passar manteiga dos dois lados. A Molly provando, com o véu levantado. Irmã? Pat Claffey, filha do penhorista. Foi uma freira dizem que inventou o arame farpado.

Ele atravessou a Westmoreland Street quando o apóstrofo S passou com seu passo pesado. Bicicletaria Rover. Hoje é o dia daquelas corridas. Quanto tempo tem isso? o ano que o Phil Gilligan morreu. A gente estava na Lombard Street West. Espere, eu estava no Thom's. Arrumei o emprego na Wisdom Hely's no ano que a gente casou. Seis anos. Dez anos atrás: noventequatro ele morreu, é isso mesmo aquele incêndio enorme no Arnott. Val Dillon era o lorde prefeito. O jantar do Glencree. O edil Robert O'Reilly virando o vinho do Porto no prato de sopa antes da bandeira cair. O Bobbob mamando aquilo pra alimentar o edil interior. Não dava pra ouvir o que a banda estava tocando. Pelo que já recebemos que o Senhor nos. A Milly era menininha. A Molly estava com aquele vestido cinzelefante com os botões de prender nos alamares. Alfaiataria com botões cobertos do mesmo tecido. Ela não gostava daquele porque eu torci o tornozelo no primeiro dia que ela usou no piquenique do coro no Pão de Açúcar. Até parece. A cartola do velho Goodwin enfeitada com alguma coisa grudenta. Piquenique das moscas também. Nunca usou outro vestido que nem aquele. Caía que nem uma luva, ombro e quadril. Estava só começando a ficar bem cheinha. Torta de coelho a gente comeu aquele dia. As pessoas olhando pra ela.

Feliz. Mais feliz naquele tempo. Quartinho gostoso aquele com o papeldeparede vermelho. Da Dockrell's, um e nove pence a dúzia. Noite do banho da Milly. Sabonete americano que eu comprei: sabugueiro. Cheiro aconchegante da água do banho dela. Engraçadinha que ficava toda ensaboada. As curvas também. Agora fotografia. O ateliê de daguerreótipos do coitado do papai que ele me falou. Gosto hereditário.

Ele caminhava pelo meiofio.

Curso da vida. Como era o nome daquele camarada com cara de padre que sempre dava uma espiada quando passava? Vista ruim, mulher. Parou no Citron na Saint Kevin's parade. Pen alguma coisa. Pendennis? A minha memória está ficando. Pen...? Claro que faz tempo também. Provavelmente é o barulho dos bondes. Bom, se ele não conseguiu lembrar o nome do encarregado do dia que vê todo dia.

Bartell d'Arcy era o tenor, acabava de aparecer. Levando ela pra casa depois do ensaio. Sujeito vaidoso com aquele bigodinho encerado. Deu aquela música pra ela *Ventos que sopram do sul.*

Noite de vento que eu fui buscar ela teve aquela reunião do concílio sobre os tais bilhetes de loteria depois do recital do Goodwin na sala de jantar ou sala de carvalho da Mansion House. Ele e eu atrás. Folha da partitura dela ventou da minha mão lá pra grade alta da escola. Sorte que não. Coisa dessas estraga o efeito de uma noite pra ela. O Professor Goodwin de braço com ela na frente. Parafuso meio solto, velhinho bobo. Os recitais de despedida dele. Seguramente a última aparição em qualquer palco. Pode ser por meses e pode ser pra nunca. Lembro dela rindo do vento, com a gola pesada levantada. Esquina da Harcourt Road lembra aquela rajada? Brrfuu! Soprou todas as saias dela e a estola quase afogou o velho Goodwin. E ela corava de verdade com o vento. Lembro quando a gente chegou em casa atiçando o fogo e fritando aqueles pedaços de pernil de carneiro pra ceia dela com o molho chutney que ela gostava. E o quentão de rum. Da lareira dava pra ver ela no quarto soltando a barbatana do espartilho. Branco.

Suave sopro um som de seda do corpete caindo na cama. Sempre quente do corpo dela. Sempre gostou de se livrar. Sentada ali depois até quase duas, tirando os grampos do cabelo. A Milly enroscada no soninho. Feliz. Felizes. Naquela noite...

—Ah, senhor Bloom, como vai?

—Ah, como vai, senhora Breen?

—E o que é que eu ganho reclamando? Como é que anda a Molly? Faz décadas que eu não vejo ela.

—Supimpa, o senhor Bloom disse alegre, a Milly arrumou um emprego lá em Mullingar, sabia?

—Não me diga! Mas que maravilha!

—É, num ateliê de fotografia lá. Indo que nem fogo morro acima. E as crianças, como vão?

—Todo mundo vivo, a senhora Breen disse.

Quantos ela tem? Não se vê que venha outro.

—Mas o senhor está de preto. Não seria um...

— Não, o senhor Bloom disse. Acabei de voltar de um enterro.

Estou prevendo que vai ser o dia inteiro. Quem morreu, quando e morreu de quê? Que nem moeda falsa, sempre volta.

— Cruzes, a senhora Breen disse. Espero que não seja alguém muito chegado.

Também posso aproveitar o dó dela.

— O Dignam, o senhor Bloom disse. Um velho amigo meu. Morreu bem de repente, o coitado. Acho que problema de coração. O enterro foi hoje de manhã.

Teu enterro é amanhã
E tu caminhas pelo campo.
Lairiráiri damdam
Lairiráiri...

— Triste perder os velhos amigos, os feminolhos da senhora Breen disseram melancólicos.

Mas também já chega disso. Só de leve: marido.

— E o seu mestre e senhor?

A senhora Breen ergueu os dois grandes olhos. Isso ela não perdeu afinal.

— Ah, nem me fale, ela disse. Ele é de dar medo em cascavel. Está lá dentro agora com aqueles livros de direito pesquisando a lei da calúnia. Ele está me deixando em frangalhos. Espere só que eu já lhe mostro.

Vapor escaldante de caldo de escalpo de novilho com fumos mais doces de doce de frutas jorravam da Harrison's. O pesado cheiro meiodiurno provocava o topo da gorja do senhor Bloom. Tem que fazer massas boas, manteiga, a melhor farinha, açúcar demerara ou eles iam sentir o gosto com o chá quente. Ou será que vem dela? Um menino de rua descalço estava parado sobre a grade, aspirando exalações. Amortece a mordida da fome assim. É prazer ou dor? Refeição de um tostão. Garfo e faca acorrentados à mesa.

Abrindo a bolsa de mão, couro esfolado, alfinete de chapéu: tinha que ter uma proteção pra essas coisas. Meter no olho de algum sujeito no bonde. Revirando. Abriu. Dinheiro. Por favor aceite uma. Viram o diabo se perderem seis pence. Um inferno. O marido berrando. Cadê os dez xelins que eu te dei segunda? Você não anda dando comida pra família do teu irmão mais novo? Lenço sujo: vidro de remédio. Uma pastilha foi que caiu. O que é que ela está?...

— Deve ser lua nova, ela disse. Ele sempre fica mal na lua nova. Sabe o que ele fez ontem de noite?

Sua mão deixou de revirar. Seus olhos se fixaram nele largos alarmados, mas sorrindo.

—O quê? o senhor Bloom perguntou.

Deixe que fale. Olhe bem nos olhos dela. Eu acredito em você. Confie em mim.

—Me acordou de madrugada, ela disse. Um sonho lá que ele teve, um pesadelo.

Indiges.

—Disse que o ás de espadas estava subindo a escada.

—O ás de espadas! o senhor Bloom disse.

Ela tirou um cartãopostal dobrado da bolsa de mão.

—Dê uma lida nisso, ela disse. Ele recebeu hoje de manhã.

—O que é isso? o senhor Bloom perguntou, pegando o cartão. D.U.?

—D.u: deu, ela disse. Alguém tirando sarro dele. Quem fez isso não tem vergonha na cara.

—É mesmo, o senhor Bloom disse.

Ela pegou de volta o cartão, suspirando.

—E agora lá vai ele pro escritório do senhor Menton. Ele vai abrir um processo de dez mil libras, diz ele.

Meteu o cartão dobrado na bolsa bagunçada e bateu a trava.

O mesmo vestidinho de sarja azul que estava usando dois anos atrás, uma penugem desbotada. Já teve seu tempo. Uns cabelinhos desgrenhados por cima da orelha. E aquele chapelinho de matrona: três uvas velhas pra diminuir o estrago. Aristocrata maltrapilha. Ela era bem elegante. Rugas em volta da boca. Coisa de um ano só mais velha que a Molly.

A olhada que aquela mulher deu nela, passando. Cruel. O sexo ágil, nessas coisas.

Olhava fixo para ela, contendo atrás do olhar a insatisfação. Sopa pungente de rabo cabeça de boi. Também estou com fome. Farelo de massa na barra do vestido dela: lambrecada de farinha açucarada na bochecha. Torta de ruibarbo com recheios generosos, deliciosa camada de fruta. Era Josie Powell. No Luke Doyle muito tempo atrás. Dolphin's Barn, as adivinhas. D.u.: deu.

Mudar de assunto.

—Tem tido alguma notícia da senhora Beaufoy? o senhor Bloom perguntou.

—A Mina Purefoy? ela perguntou.

Philip Beaufoy eu estava pensando. Playgoers' Club. Matcham sempre pensa no golpe de mestre. Eu puxei a corrente? Puxei. Último ato.

—Isso.

—Eu passei por lá no caminho pra saber se acabou. Ela está na maternidade da Holles Street. O dr. Horne que internou. Está mal tem três dias já.

— Ah, o senhor Bloom disse. Lamento muito.
— É, a senhora Breen disse. E uma casa cheia de filho esperando por ela. Está um parto bem duro, a enfermeira me contou.
— Ah, o senhor Bloom disse.
Seu vago olhar pesado e pesaroso absorveu-lhe as notícias. Sua língua muxoxava compaixão. Dts! Dts!
— Lamento muito, ele disse. Tadinha! Três dias! Coisa mais terrível pra ela.
A senhora Breen fez que sim.
— Ela foi mal pra lá terçafeira...
O senhor Bloom tocou-lhe gentilmente o cotovelo, precavendo.
— Cuidado! Deixe esse homem passar.
Uma forma ossuda desfilou pelo meiofio vinda do rio mirando em transe o sol por um monóculo preso a pesado cordão. Justo como um elmo um minúsculo chapéu agarrava-lhe a testa. Do braço uma capa dobrada, uma bengala e um guardachuva pendiam seguindo seu passo.
— Fique de olho nele, o senhor Bloom disse. Ele sempre anda por fora dos postes. Olha!
— Quem é esse aí se não for querer saber demais? a senhora Breen perguntou. Maluco?
— O nome dele é Cashel Boyle O'Connor Fitzmaurice Tisdall Farrell, o senhor Bloom disse, sorrindo. Olha!
— Ele tem bastante nome, ela disse. O Denis vai ficar assim qualquer dia desses.
Sobressaltou-se subitamente.
— Olha ele ali, ela disse. Eu tenho que ir atrás dele. Até mais ver. Mande lembranças à Molly, sim?
— Mando sim, o senhor Bloom disse.
Observou-a se esquivar de passantes na direção das fachadas das lojas. Denis Breen de casaca mirrada e sapatos azuis de lona se arrastava para fora da Harrison's apertando dois pesados tomos contra as costelas. O vento trouxe da baía. Como nos velhos tempos. Deixou que ela o alcançasse sem se surpreender e espichou a barba cinza fosca na direção dela, papada frouxa sacudindo enquanto falava com seriedade.
Meshuggah. Lelé da cuca.
O senhor Bloom seguiu de novo calmamente, vendo diante de si na luz do sol o elmo justo, bengala, guardachuva e capa pendentes. Batendo pino. Olha! E lá vai ele de novo. É um jeito de levar a vida. E aquele outro lunático lerdo das ideias. Não deve ser fácil pra ela.
D.u.: deu. Eu sou capaz de jurar que é o Alf Bergan ou o Richie Goulding.

Escreveram por deboche no Scotch House, aposto qualquer coisa. Pro escritório do Menton. Olho de peixe morto encarando o postal. Ia ser um banquete dos deuses.

Passou pelo *Irish Times*. Pode ter mais respostas esperando lá. Ia ser bom responder todas. Bom sistema pros criminosos. Código. Hora do almoço agora. O funcionário de óculos ali não me conhece. Ah, que fiquem lá em banhomaria. Já basta o trabalho de dar conta das quarentequatro. Precisa-se de datilógrafa competente para auxiliar cavalheiro em obra literária. Eu chamei você de menininho levado porque não gosto daquele outro termo emundo. Por favor me diga o que quer dizer. Por favor me diga que tipo de perfume que a sua esposa. Me diga quem fez o mundo. O jeito que elas têm de soltar essas perguntas pra gente. E a outra Lizzie Twigg. Meus labores literários tiveram a feliz fortuna de receber a aprovação do eminente poeta A. E. (senhor Geo. Russell). Sem tempo de arrumar o cabelo tomando chá aguado com um livro de poemas.

O melhor jornal de longe pra um anúncio pequeno. Pegaram as províncias agora. Cozinheira e serviços gerais, coz. exc., casa com arrumadeira. Precisa-se de homem industrioso para bar de espíritos. Moça resp. (Cat.) Deseja saber de posto em loja de frutas ou carne de porco. O James Carlisle fez isso tudo. Dividendos de seis e meio porcento. Fez um grande negócio com as ações da Coates. *Ca'canny*. Tipões escoceses espertos. Todas as notícias de chapabranca. Nossa graciosa e popular vicerrainha. Compraram o *Irish Field* agora. Lady Mountcashel recupera-se bem depois de seu resguardo e cavalgou com a matilha da Guarda da União na caça à raposa de ontem em Rathoath. Raposa incomível. Caça de subsistência também. O medo injeta sumos deixa bem tenra pra eles. Cavalgando escanchada. Monta o cavalo que nem homem. Caçadora purossangue. Nada de silhão ou galapo pra ela, não pra essa cristã aqui. Primeira a se apresentar e presente durante o abate. Fortes que nem uma égua reprodutora algumas dessas mulheres cavalinas. Bazófia pelas estrebarias. Enxugam um copo de brandy puro antes de você dizer amém. Aquela no Grosvenor hoje de manhã. Upa, subindo no carro: farfarfalhafalha. Muro de pedra ou barreira de cinco traves ela faz a montaria encarar. Acho que aquele condutor carachata fez foi de maldade. Quem é que ela lembrava? Ah é. A senhora Miriam Dandrade que me vendeu as mantas velhas e a roupa de baixo preta no hotel Shelbourne. Hispanoamericana divorciada. Não deu a mínima pra eu mexer naquilo tudo. Como se eu fosse o burro de carga. Ela estava na festa do vicerrei quando o Stubbs o guardaflorestal me botou pra dentro com o Whelan do *Express*. Rapando as sobras da fidalguia. Chá de qualidade. A maionese que eu virei nas ameixas pensando que era creme. A orelha dela deve ter ficado quente por algumas semanas depois daquilo. Tem que ser um touro pra ela. Cortesã nata. Nada de trabalho de babá pra ela, muito obrigada.

Coitada da senhora Purefoy! Marido metodista. Método em sua loucura. Chineque de açafrão e leite com soda pro almoço na leiteria educacional. Comendo com um cronômetro, trinteduas mastigadas por minuto. Ainda assim as suíças redondas cresciam. Dizem que ele teria boas relações. O primo do Theodore lá no Dublin Castle. Pelo menos um parente grâfino em tudo quanto é família. Os anuários de Hardy que ele dá de presente pra ela. Estava lá no Three Jolly Topers marchando de cabeça descoberta e o menino mais velho carregando um outro numa sacola de mercado. Os pirralhos. Coitadinha! E aí ter que dar o seio entra ano sai ano em todas as horas da noite. Egoístas esses abstêmios. Cão na manjedoura. Só um torrão de açúcar no meu chá, se me fizer o favor.

Ele parou na esquina da Fleet Street. Intervalo pro lanche seis pence no Rowe's? Tenho que dar uma olhada naquele anúncio na biblioteca nacional. Oito pence no Burton. Melhor. É caminho.

Seguiu passando a sede Westmoreland da Bolton's. Chá. Chá. Chá. Esqueci de pedir pro Tom Kernan.

Sss. Dts, dts, dts! Três dias imagine gemendo numa cama com um lencinho com vinagre enrolado na testa, aquele barrigão inchado. Uff! Horror, puro e simples! A cabeça da criança grande demais: fórceps. Enroscado dentro dela tentando abrir caminho com a bunda às cegas, tateando pelo caminho. Me matava uma coisa dessas. Sorte que a Molly passou fácil pelos dela. Tinham que inventar alguma coisa pra acabar com isso. Trabalhos forçados de parto. A ideia da esponja soporífera: deram pra rainha Vitória. Nove ela teve. Boa poedeira. A velhinha que morava num sapato teve tantos, tantos filhos. Acho que ele era tuberculoso. Já era hora de alguém pensar nisso em vez de ficar matraqueando sobre o como é que era o seio meditabundo da argêntea efulgência. Baboseira pra boi dormir. Era bem fácil montarem umas instalações bem grandes. A coisa toda bem sem dor de todos os impostos dar cinco pratas pra cada criança que nasce com juros compostos até os vinteum cinco porcento são cem xelins sem esquecer cinco librinhas multiplica por vinte sistema decimal, encorajar as pessoas a guardar dinheiro poupar centedez e um troco vinteum anos tem que fazer no papel dá uma bela de uma soma, mais do que você imagina.

Não os natimortos claro. Eles nem são registrados. Trabalho à toa.

Engraçado de ver duas juntas, de barriga de fora. A Molly e a senhora Moisel. Encontro de mães. A tísica se recolhe por enquanto, depois volta. Como elas ficam achatadas depois assim de repente! Olhos tranquilos. Tiram um peso da cabeça. A velha senhora Thornton era uma criatura muito divertida. Todos os meus nenês, ela dizia. A colher de papinha na boca antes de dar pra eles. Mmm, gotoso. O filho do velho Tom Wall esmigalhou a mão dela. Sua primeira reverência pro público. Cabeça que nem uma abóbora premiada. O resmungão do dr. Murren. As pessoas batendo na porta deles a qualquer hora. Pelamordedeus, doutor. A patroa com as contrações. Aí eles ficam meses esperando o pagamento. Por cuidados para com sua esposa. As pessoas não têm gratidão. Médicos extremosos, quase todos.

Diante da imensa porta alta da casa do parlamento irlandês um bando de pombos voou. Sua festinha depois das refeições. Em quem é que a gente vai fazer? Eu fico com o sujeito de preto. Lá vai. Isso que é sorte. Deve ser empolgante lá no alto. O Apjohn, eu e o Owen Goldberg nas árvores perto da Goosegreen Avenue brincando de macaco. Escamoso eles me chamavam.

Um pelotão de guardas transbordou da College Street, marchando em fila indiana. Passo de ganso. Caras quentes barrigacheias, capacetes suarentos, batendo os cassetetes. Depois da ração com uma bela panelada de sopa gorda na pança. A sorte do polícia nem é das piores. Separaram-se em grupos e se dispersaram, continenciando, rumo a seus postos. Soltos pra pastar. Melhor hora pra atacar um deles é a da sobremesa. Um soco bem na janta. Um pelotão de outros, marchando irregular, circundava as grades da Trinity seguindo para a estação. Rumo da gamela. Preparar para receber cavalaria. Preparar para receber sopa.

Ele atravessou por baixo do dedo cafajeste de Tommy Moore. Fizeram bem de colocar ele em cima de um mictório: encontro das águas. Tinha que ter um lugar pras mulheres. Correndo pras confeitarias. Ajeitar o meu chapéu direito. *Não há nesse mundo um valeee*. Grande canção da Julia Morkan. Não perdeu a voz até o último momento. Aluna do Michael Balfe não era?

Ficou observando a saída da última túnica larga. Clientes ruins de encarar. O Jack Power um relato poderia expor: o pai era paisano. Se o sujeito dava trabalho na hora da prisão eles sentavam o braço no xilindró. Não dá pra culpar afinal de contas com o emprego que eles têm principalmente os guardinhas de rua. Aquele guardamontado no dia que o Joe Chamberlain recebeu o título na Trinity teve que suar. Ah mas teve! Os cascos do cavalo dele tinindo atrás da gente pela Abbey Street. Sorte que eu tive a presença de espírito de mergulhar no Manning's ou estava frito. E ele veio a galope, pela mãe do guarda! Deve ter rachado o crânio nas pedras do calçamento. Eu não devia ter me deixado levar por aqueles estudantes de medicina. E os calouros da Trinity com aquelas borlas. Procurando encrenca. Ainda assim acabei conhecendo aquele rapaz o Dixon que tratou aquela ferroada pra mim no Mater e agora ele está na Holles Street onde a senhora Purefoy. Uma coisa leva à outra. O apito da polícia no meu ouvido ainda. Todo mundo desembestado. Por isso que ele cismou comigo. Me deu voz. Bem aqui que começou.

— Viva os bôeres!

— Três urras para De Wet!

— Vamos enforcar o Joe Chamberlain num pé de couve.

Bobinhos: uma alcateia de filhotinhos pondo as tripas de fora de tanto berrar. Vinegar Hill. A banda da Butter Exchange. Em uns anos metade magistrados e funcionários públicos. Vem a guerra: desabalada carreira pro exército: os mesmos sujeitos que antes gritavam seja no alto patíbulo etc.

Você nunca sabe com quem você está falando. O Corny Kelleher tem Harvey Duff escrito na testa. Que nem aquele Peter ou Denis ou James Carey que jogou a isca pros Invencíveis. Trabalhava na prefeitura também. Cutucando jovenzinhos verdes pra conseguir informação. O tempo todo recebendo pagamento do serviço secreto do Castelo. Largado que nem uma batata quente. Por que é que esses paisanos andam sempre atrás das empregadinhas. Reparam mais fácil num homem que está acostumado com o uniforme. Casanoveando encostados numa porta de fundos. Amassar um pouquinho. Depois o próximo item no cardápio. E quem que é o cavalheiro que deu de vim aqui? O senhorzinho estava dizendo alguma coisa? Enxerido pelo buraco da fechadura. Chamariz. Estudante sangue quente bolinando os braços gordos dela enquanto passa roupa.

— Essas são tuas, Mary?

— Eu não uso essas coisa... Para que eu te entrego pra patroa. Até de madrugada na rua.

— Grandes coisas estão por vir, Mary. Espera e verás.

— Ah, vai passear com as tuas grandes coisas por vim.

Garçonetes também. Meninas de tabacaria.

A ideia do James Stephens era a melhor. Ele conhecia esse pessoal. Círculos de dez pro camarada não poder trair mais que o seu próprio grupo. Sinn Féin. Cai fora leva faca. Mão oculta. Fica onde está, o pelotão de fuzilamento. A filha do carcereiro tirou ele de Richmond, lá de Lusk. Se alojando lá no hotel Buckingham Palace bem debaixo do nariz deles. Garibaldi.

Tem que ter um certo fascínio: Parnell. O Arthur Griffith é um sujeito de cabeça boa mas não tem apelo pra multidão. Quer é matraquear sobre a nossa linda terra. Feijão com arroz. Salão de chá da Dublin Bakery Company. Sociedades de debates. Que o republicanismo é a melhor forma de governo. Que a questão da língua deve ter precedência sobre a questão econômica. Façam as suas filhas atraí-los pra casa de vocês. Entupam eles de comida e bebida. Ganso de São Miguel Arcanjo. Olha aqui um belo punhado de tempero de tomilho pra você por baixo do avental. Sirva-se de outro pedaço de gordura de ganso antes que esfrie demais. Entusiastas seminutridos. Um pãozinho de um tostão e um passeio com a banda. Não dão graças a quem trincha. Melhor molho do mundo a ideia de que o outro sujeito é que paga. Ficam bem à vontade. Passa lá aqueles abricós, querendo dizer pêssegos. O dia não tão distante. Sol nascer de autonomia surgindo no noroeste.

Seu sorriso murchou enquanto andava, uma nuvem pesada escondendo lenta o sol, sombreando a fachada macambúzia da universidade. Bondes passavam uns pelos outros, chegando, saindo, tilintando. Palavras inúteis. As coisas continuam na mesma; dia a dia: pelotões de polícia saem marchando, voltam: bondes entram, saem. Aqueles dois lunáticos borboleteando por aí. O Dignam levado no carrinho. A Mina Purefoy barriga inchada numa cama gemendo pra arrancarem uma criança de dentro dela. Nasce um a cada segundo em algum lugar. Outro morre a cada segundo. Desde que eu dei comida pras gaivotas cinco minutos. Trezentos bateram as botas. Outros trezentos nasceram, lavando o sangue, todos são banhados pelo sangue do cordeiro, balindo mééééé.

Uma cidadada de gente falecendo, outra cidadada chegando, falecendo também: outra chegando, indo embora. Casas, filas de casas, ruas, milhas de andares, pilhas de tijolos, pedras. Trocando de mãos. Esse dono, aquele. O senhorio nunca morre dizem. Outro toma o lugar quando ele recebe a ordem de despejo. Compram tudo com ouro e ainda assim ficam com todo o ouro. Tem um engodo em algum lugar. Empilhados nas cidades, consumidos por eras e eras. Pirâmides na areia. Feitas à base de pão com cebola. Escravos. Muralha da China. Babilônia. Grandes rochas abandonadas. Torres redondas. Resta caliça, subúrbios senfim, malfeitos às pressas, as casascogumelo do Kerwan, feitas de brisa. Abrigo pra uma noite.

Ninguém é coisa nenhuma.

Essa é a hora mais horrenda do dia. Vitalidade. Parada, melancólica: odeio essa hora. Parece que eu fui comido e vomitado.

A casa do preboste. O reverendo dr. Salmon: salmão em conserva. Bem enlatadinho ali. Não morava ali nem que me pagassem. Tomara que tenha fígado com bacon hoje. A natureza tem horror ao vácuo.

O sol se lentamente libertou e acendeu lampejos de luz por entre a prataria do outro lado da rua na vitrine da Walter Sexton's diante da qual John Howard Parnell passou, desapercebido.

Olha ele aqui: o irmão. A própria imagem. Rosto assombroso. Agora isso é que é coincidência. Claro que centenas de vezes você pensa numa pessoa e não encontra. Como alguém que anda dormindo. Ninguém conhece ele. Deve ser reunião da câmara hoje. Dizem que ele nunca vestiu o uniforme de oficial de justiça municipal desde que arrumou o emprego. O

Charley Boulger saía todo cheio de si, chapéu pra trás, cacheado, empoado e barbeado. Olha o passo miserável dele. Comeu ovo podre. Olhos estrelados no fantasma. Carrego uma dor. Irmão de um grande homem: irmão do seu irmão. Ele ia ficar bem num carro de parada. Passadinha na D.B.C. provavelmente pra um café, jogar xadrez ali. O irmão dele usava homens que nem peões. Que vão todos pra panela. Receio de lhe fazer um comentário. Congelava todo mundo com aquele olho que ele tinha. Esse é que é o fascínio: o nome. Todos um pouco tocados. Fanny, a louca, e a outra irmã dele a senhora Dickinson tocando por aí com arreios escarlates. Tesa e reta que nem o cirurgião M'Ardle. Ainda assim o David Sheehy ganhou dele em South Meath. Solicitar a sinecura dos Chiltern Hundreds e se aposentar na vida pública. O banquete do patriota. Comendo casca de laranja no parque. O Simon Dedalus disse quando colocaram ele no parlamento que o Parnell ia voltar do túmulo e levar ele pra fora da Casa dos Comuns pela mão.

— Do polvo de duas cabeças, uma das quais é a cabeça sobre a qual os fins do mundo esqueceram de vir enquanto a outra fala com sotaque escocês. Os tentáculos...

Eles passaram vindo de trás do senhor Bloom ao longo do meiofio. Barba e bicicleta. Moça.

E olha ele aqui também. Agora isso é que coincidência mesmo: segunda vez. Os eventos por vir projetam antes as suas sombras. A aprovação do eminente poeta o senhor Geo. Russell. Aquela ali podia ser a Lizzie Twigg com ele. A. E.: o que é que isso quer dizer? Iniciais quem sabe. Albert Edward, Arthur Edmund. Alphonsus Eb Ed El Esquire. O que ele estava dizendo? Os fins do mundo com sotaque escocês. Tentáculos: polvo. Alguma coisa oculta: simbolismo. Soltando o verbo. Ela está engolindo tudo. Sem dizer uma palavra. Para auxiliar cavalheiro em obra literária.

Seus olhos seguiram o vulto alto que trajava roupas feitas em casa, barba e bicicleta, uma mulher ouvinte a seu lado. Vindo do vegetariano. Só verdurinhâncias e frutas. Não comem um bifinho. Se você comer os olhos daquela vaca te hão de seguir por toda a eternidade. Eles dizem que é mais saudável. Gases e mijadeira, por outro lado. Eu tentei. Você fica o dia inteiro apertado. Pior que arenque defumado. Sonhando a noite toda. Como é que eles chamam aquela coisa que me deram bife de nozes? Nozarianos. Frutarianos. Pra dar a ideia que você está comendo lombinho. Absurdo. E ainda é salgado. Cozinham em soda. Você fica sentado a noite inteira na frente da torneira.

A meia dela está frouxa no tornozelo. Eu detesto isso: de uma falta de gosto. Esse pessoalzinho literário etéreo todos eles são. Sonhadores, nebulosos, simbolísticos. Estetas é o que eles são. Eu não ia ficar surpreso se fosse aquele tipo de comida que produz o seu igual ondas do cérebro o poético.

Por exemplo um daqueles policiais suando cozido irlandês na camisa; não dava pra espremer nem um versinho de poesia dali. Não sabem nem o que é poesia. Tem que estar num certo humor.

A nebulosa etérea gaivota
Nas ondas vaga em triste rota.

Atravessou na esquina da Nassau Street e deteve-se diante da vitrine da Yeates and Son, avaliando os binóculos. Ou será que eu vou dar uma passada no velho Harris e trocar uma palavrinha com o jovem Sinclair? Sujeito de bonsmodos. Provavelmente está no almoço. Preciso mandar consertar aqueles meus binóculos velhos. Lentes de Goerz, seis guinéus. Os alemães abrindo caminho por toda parte. Vendem em condições suaves pra tomar o mercado. Vendendo abaixo do mercado. Podia topar com uns desses no escritório de achados e perdidos da ferrovia. Impressionante as coisas que as pessoas deixam pra trás nos trens e nos guardavolumes. Onde é que estavam com a cabeça? As mulheres também. Incrível. Ano passado viajando pra Ennis eu tive que pegar a bolsa da filha daquele fazendeiro e entregar pra ela na conexão de Limerick. Dinheiro que ninguém reclama também. Tem um reloginho lá no teto do banco pra testar esses binóculos.

Suas pálpebras desceram às bordas mais baixas da íris. Não dá pra enxergar. Se você imagina que ele está lá você quase enxerga. Não dá pra enxergar.

Deu meiavolta e, parado entre os toldos, estendeu a mão direita com o braço esticado para o sol. Sempre quis tentar isso. É: completamente. A ponta de seu dedo mínimo apagava o disco solar. Deve ser o foco onde os raios se cruzam. Se eu tivesse óculos escuros. Interessante. Andavam falando muito daquelas manchas solares quando a gente estava na Lombard Street West. Umas explosões tremendas. Vai ter um eclipse total este ano: no outono em alguma época.

Se bem que aquela bola na verdade cai no horário de Greenwich. É o relógio que é operado por um cabo elétrico lá de Dunsink. Tenho que ir lá em algum primeiro sábado do mês. Se eu conseguisse ser apresentado ao professor Joly ou ficar sabendo alguma coisa sobre a família dele. Isso havia de bastar: o sujeito sempre se sente elogiado. A vaidade se satisfaz com cada coisa. Nobre orgulhoso de ser descendente de alguma amante do rei. Sua amantepassada. Entrando de sola. Devagar se vai ao longe. Não chegar e ir cuspindo o que você sabe que não deve: o que é paralaxe? Leve este cavalheiro até a porta.

Ah.

Sua mão caiu de novo a seu lado.

Nunca ia saber nada mesmo. Perda de tempo. Bolas de gás rodando por aí, cruzando uma com a outra, passando. A mesma lengalenga sempre. Gás, depois sólido, depois mundo, depois frio, depois casca morta vagando por aí, pedra congelada que nem aquela bala de abacaxi. A lua. Deve ser lua nova, ela disse. Acho que é.

Ele passou por la Maison Claire.

Espera. A lua cheia foi na noite que a gente foi domingo quinze dias exatamente é lua nova. Caminhando às margens do Tolka. Nada má pra uma lua de Fairview. Ela estava cantarolando. A lua de maio reluz, meu amor. Ele outro lado dela. Cotovelo, braço. Ele. A lu-uz do vagalume brilha, meu amor. Toque. Dedos. Perguntando. Resposta. Sim.

Pare. Pare. Se foi foi. Precisa.

O senhor Bloom, rápido respirando, mais lento caminhante passou Adam Court.

Com um alívio calaboca, seus olhos registraram: isso é a rua aqui meio do dia ombros de garrafa do Bob Doran. Na sua bebedeira anual, disse o M'Coy. Eles bebem pra dizer ou fazer alguma coisa ou *cherchez la femme*. Lá na Coombe com os camaradinhas e os vagabundos da rua e daí o resto do ano sóbrio que nem juiz.

É. Imaginei mesmo. Escorregando pro Empire. Foi. Soda pura lhe faria bem. Onde o Pat Kinsella tinha o seu teatro Harp antes do Whitbred pegar o Queen's. Um rapaz e meio. As coisas lá do Dion Boucicault com aquela cara de luacheia e um gorrinho ordinário. Três estudantes lindinhas. Como o tempo voa, hein? Umas calçolas vermelhas compridas aparecendo por debaixo da saia dele. Bêbados, bebendo, riam engrolando, a bebida contra o fôlego. Mais uísque, Pat. Vermelhão grosseiro: diversão de bebum: gargalhada com fumaça. Tire esse chapéu branco. Olhos pochés. Por onde ele anda hoje em dia? Mendigo em algum lugar. A harpa que um dia fez a gente morrer de fome.

Eu era mais feliz naquela época. Ou será que não era eu? Ou será que agora eu sou eu? Vinteoito anos eu tinha. Ela vintetrês quando a gente saiu da Lombard Street West alguma coisa mudou. Nunca mais consegui gostar depois do Rudy. Não dá pra fazer o tempo voltar atrás. Que nem segurar água na mão. Você voltaria àquele momento? Estava só começando. Voltaria? Você não está feliz, seu menininho levado? Quer pregar botões pra mim. Tenho que responder. Escrevo na biblioteca.

A Grafton Street gaia de toldos abrigados atraía-lhe os sentidos. Musselina estampada, seda, senhoras, nobreza de pai ou marido mortos, tinir dos arreios, cascos reboando em baques baixos na via calcinante. Pé grosso daquela mulher com a meia branca. Tomara que a chuva enlameie. Capiau do meio do mato. Todas as canelas grossas estavam lá. Sempre deixa a mulher com uns pés desajeitados. A Molly parece fora de prumo.

Ele passou, a esmo, pelas vitrines da Brown Thomas, mercadores de seda. Cascatas de fitas. Seda chinesa rala. Uma urna adernada derramava da boca um dilúvio de sanguínea popelina: sangue lustroso. Os huguenotes trouxeram isso aqui. *La causa è santa!* Tará tará. Grande coro esse. Tará. Tem que lavar com água da chuva. Meyerbeer. Tará: bum bum bum.

Alfineteiras. Faz tempo que eu estou ameaçando comprar uma. Enfia em tudo quanto é lugar. Agulhas pelas cortinas das janelas.

Ele descobriu um pouco o antebraço esquerdo. Arranhão: quase sumiu. Mas hoje não. Tenho que ir buscar aquela loção. No aniversário dela quem sabe. Junhojulhagossetembro, dia oito. Quase três meses. E também ela pode não gostar. As mulheres não pegam alfinete do chão. Diz que acaba o am.

Sedas reluzentes, anáguas em estreitas estantes metálicas, halos de meias de seda espichadas.

Inútil voltar. Tinha que ser. Diga tudinho.

Vozes altas. Seda solquente. Arreios tinindo. Tudo por uma mulher, o lar e as casas, teias de seda, prata, ricos frutos picantes de Jaffa. Agendath Netaim. Riqueza do mundo.

Uma humana e morna maciez pousou-lhe no cérebro. Seu cérebro cedeu. Perfume de abraços o todo assaltou. Com carne faminta ele obscuramente por adorar ardia mudo.

Duke Street. Chegamos. Tenho que comer. O Burton. Me sentir melhor depois.

Dobrou a esquina da Combridge, ainda perseguido. Baques de cascos tiniam. Corpos perfumados, quentes, cheios. Todobeijados, cederam: em fundos campos de verão, emaranhada grama achatada, em gotejantes corredores de cortiços, por sofás, camas rangentes.

—Jack, meu amor!
—Querida!
—Me beije, Reggy!
—Meu menino!
—Amor!

Coração desperto, ele empurrou a porta do restaurante Burton. Fedor agarrou-lhe o alento trêmulo: acre caldo de carne, lavagem de verduras. Veja os animais se alimentarem.

Homens, homens, homens.

Empoleirados em bancos altos no bar, chapéus empurrados para trás, nas mesas pedindo mais pão cortesia, entornando, abocanhando mancheias de comida gosmenta, olhos saltados, limpando bigodes molhados.

Um pálido rapaz com rosto de sebo esfregava martelo faca garfo e colher com guardanapo. Nova leva de micróbios. Um homem com o guardanapo sujo de molho de uma criancinha ajeitado a sua volta empurrava sopa borbulhante goela abaixo. Um homem cuspindo de volta no prato: pasta meio-mastigada: gengivas: sem dentes pra mascarcarcar. Costela tola da grelha. Correndo acabar logo. Olhos tristes de beberrão. Olho maior que a barriga. Será que eu sou assim? Se ver como os outros veem a gente. A fome faz a fúria. Dentes e queixadas à obra. Não! Ai! Um osso! Aquele último rei pagão da Irlanda Cormac no poemescolar morreu engasgado em Sletty ao sul do Boyne. Fico imaginando o que ele estava comendo. Alguma coisa deliriosa. São Patrício converteu ele ao cristianismo. Mas não deu pro sujeito engolir.

— Rosbife com repolho.
— Um ensopado.

Cheiros de homens. Ele ficou com ânsia. Serragem escarrada, fumaça adoçada de cigarros morna, fedor de fumo, cerveja derramada, mijo acervejado dos homens, o ranço do fermento.

Não ia conseguir comer nem uma migalha aqui. Sujeito afiando faca e garfo pra comer tudo que está pela frente, velho palitando os dentinhos. Leve espasmo, cheios, mascando o remoalho. Antes e depois. Bênção depois das refeições. Olhe essa figura e depois aquela. Devorando caldo de ensopado com pedacinhos de pão encharcados. Lambe direto do prato, homem! Para com isso.

Olhou em torno os comedores abancados e amesados, estreitando as narinas.

— Duas cervejas pretas aqui.
— Um charque com repolho.

Aquele camarada abocanhando uma facada de repolho como se a vida dele dependesse disso. Bela tacada. Me dá nos nervos só de ver. Mais seguro comer com as três mãos. Esquartejar a comida. Um talento nato dele. Nasceu em mesa de ouro. Espirituoso isso, eu acho. Ou não. O ouro quer dizer nascer rico. Nasceu numa mesa. Mas aí a alusão se perde.

Um criado malposto recolhia pegajosos pratos ressoantes. Rock, o primeiro bailio, de pé no bar soprava o colarinho de espuma do caneco. Bem alto: caiu-lhe amarelo perto da bota. Um comensal, faca e garfo eretos, cotovelos na mesa, pronto para uma segunda rodada encarava na direção do montacargas atrás de seu quadrado manchado de jornal. Outro sujeito contando-lhe alguma coisa de boca cheia. Ouvinte atencioso. Conversa de mesa. Nheu vi nhele nho banco enhundafêra. É? Jura mesmo?

O senhor Bloom levou dois dedos em dúvida aos lábios. Seus olhos disseram.

—Aqui não. Não estou vendo ele.
Fora. Odeio gente porca comendo.
Recuou para a porta. Fazer um lanchinho no Davy Byrne. Paliativo. Me manter de pé. Tomei um bom cafèdamanhã.
—Bife com purê aqui.
—Uma preta grande.
Cada um pelo seu, unhas e dentes. Gole. Grude. Gole. Gosma.
Saiu para um ar mais limpo e voltou para a Grafton Street. Coma ou te comem. Matar! Matar!
Imagino aquela cozinha comunitária daqui a anos quem sabe. Todo mundo trotando por ali de caneca e marmita vazia na mão. Devorar o conteúdo na rua. John Howard Parnell exemplo o reitor da Trinity todo filho de uma mãe não falem dos reitores e o reitor da Trinity mulheres e crianças, cocheiros, padres, pastores, marechais de campo arcebispos. Da Ailesbury Road, Clyde Road, moradas dos artesãos, sindicato do norte de Dublin, o lorde prefeito com o seu coche espalhafatoso a velha rainha numa cadeira de banho. Meu prato está vazio. O senhor primeiro, com a nossa taça corporativa. Como a fonte de sir Philip Crampton. Tirar os micróbios esfregando com o lenço. O próximo sujeito aplica uma nova leva com o dele. O padre O'Flynn engambelaria todos eles. Iam continuar brigando mesmo assim. Tudo pro figurão. Crianças se engalfinhando pela raspa do tacho. Ia precisar de um tacho de sopa do tamanho do parque Phoenix. Pescando toucinho e quartos traseiros com um arpão. Odeio ficar cercado de gente. Hotel City Arms *table d'hôte* ela dizia. Sopa, mistura e doce. Nunca se sabe de quem são as ideias que a gente mastiga. E depois quem é que ia lavar os pratos todos e os garfos? Pode estar todo mundo já vivendo de cápsulas nessa época. Os dentes ficando cada vez piores.
No fim das contas não é pouca coisa aquele sabor vegetariano refinado de coisa da terra alho, claro, fede os realejeiros italianos crocante de cebola, cogumelo trufa. Dor pro animal também. Depenar e estripar as aves. Os coitados dos bichos lá no mercado de gado esperando que a machadinha viesse partir o crânio. Muu. Os vitelos tremendo. Méé. Vitelo. Chucrute com vina. Baldes de magarefes frêmito de pleuras. Dá lá aquele pedaço de peito no gancho. Plop. O velho do saco de ossos. Ovelhas esfoladas com olhos de vidro penduradas pelas ancas, fuços ovelhos ensanguepapelados fungando geleia nasal na serragem. Bexigas saindo balões. Não me estrague esses pedaço, guri.
Sangue fresco e quente eles receitam pra quem está definhando. Sangue sempre a calhar. Insidioso. Lambe aí, fumaçando de quente, grosso de açúcar. Fantasmas famintos.

Ah, eu estou com fome.

Ele entrou no Davy Byrne. Pub de família. Não é de jogar conversa fora. Banca uma bebida de vez em quando. Mas em ano bissexto a cada quatro. Descontou um cheque pra mim uma vez.

O que é que eu vou tomar agora? Sacou do relógio. Deixa ver agora. Refresco de gengibirra?

—Oi, Bloom! o Cheirão Flynn disse de seu refúgio.

—Oi, Flynn.

—Tudo em ordem?

—Na ponta dos cascos... Deixa ver. Eu vou querer um copo de borgonha e... deixa ver.

Sardinhas pelas prateleiras. Quase dá pra sentir o gosto só de olhar. Sanduíche? Um caixão de sanduíches de presunto fresco pro velório. O que é o lar sem a carne enlatada Ameixeira? Incompleto. Que anúncio imbecil! Embaixo do obituário foram meter. Entre a cruz e a caldeirinha. A carne enlatada do Dignam. Canibais sim, com limão e arroz. Missionário branco salgado demais. Parece porco em conserva. Imagino que o chefe consuma as partes principais. Deve ser dura por causa dos exercícios. As esposas dele enfileiradas pra observar o efeito. *Havia um negro, era um nobre senhor. Que comeu, patati, patatá do reverendo pastor.* Com ela um recanto de júbilo. Sabe Deus que tipo de preparado. Redanho tripa mofada goela disfarçada e misturada. Quero ver é achar a carne. Kosher. Nada de leite e carne juntos. Era higiene isso que eles chamam hoje. Jejum do Yom Kipur faxina geral do interior. Paz e guerra dependem da digestão de algum fulano. Religiões. Perus e gansos de natal. Massacre dos inocentes. Comer beber e alegrar-se. Aí a emergência fica lotada. Cabeças enfaixadas. O queijo digere a tudo menos a si mesmo. Grãode queijo.

—Vocês têm sanduíche de queijo?

—Sim, senhor.

Iam bem umas azeitonas também se eles tivessem. Da Itália eu prefiro. Bom copo de borgonha; limpar aquilo. Lubrifica. Uma bela salada, resolvia o pepino. O Tom Kernan é que sabe temperar. Faz com gosto. Puro azeite de oliva. A Milly me serviu aquela costeleta com um raminho de salsa. Pegue uma cebola espanhola. Deus fez a comida, o diabo os cozinheiros. Comer num inferninho.

—E a esposa?

—Muito bem, obrigado... Um sanduíche de queijo, então. Gorgonzola, vocês têm?

—Sim, senhor.

O Cheirão Flynn bebericava seu grogue.

— Ela anda cantando?
Olha a boca dele. Consegue soprar na própria orelha. Orelha de abano pra combinar. Música. Ele entende tanto disso quanto o meu cocheiro. Ainda assim melhor dizer. Mal não faz. Publicidade grátis.
— Ela está com um contrato pra uma grande turnê no fim do mês. Talvez você já tenha ouvido falar até.
— Não. Puxa, isso que é classe. Quem é que está montando?
O rapaz serviu.
— Quanto é?
— Sete pence, senhor... Muito obrigado, senhor.
O senhor Bloom cortou seu sanduíche em fatias magrinhas. *Reverendo pastor.* Mais fácil que aquela coisa lírica onírica. *Suas quinhentas mulheres. Prepararam as colheres.*
— Mostarda, senhor?
— Obrigado.
Ele incrustou sob cada fatia erguida pingos amarelos. *As colheres.* Lembrei. *Esperando o sabor.*
— Montando? ele disse. Então, é que nem uma companhia, sabe. Despesas e lucros divididos.
— Ah é, agora eu lembrei, o Cheirão Flynn disse, pondo a mão no bolso para coçar a virilha. Quem era que estava me falando? o Rojão Boylan não está metido nessa?
Um cálido choque de ar calor da mostarda ratava o peito do senhor Bloom. Ele ergueu os olhos e encontrou o olhar fixo de um relógio azedo. Duas. Relógio de pub cinco minutos adiantado. Tempo seguindo. Ponteiros andando. Duas. Ainda não.
Seu diafragma anelou então subindo, desceu dentro dele, anelou mais morosa, demoradamente.
Vinho.
Ele bebericheirou o sumo cordial e, pedindo encarecidamente a sua garganta que o recebesse, pousou delicado seu copo de vinho.
— É, ele disse. Ele é o organizador a bem da verdade.
Não tema. Não pensa.
O Cheirão Flynn fungava e coçava. Pulga almoçando e jantando.
— Ele teve uma tremenda dose de sorte, o Jack Mooney estava me dizendo, com aquela luta de boxe que o Myler Keogh ganhou daquele soldado no quartel de Portobello. Jesus, ele guardou o crilazinho lá embaixo no condado Carlow ele estava me dizendo...
Espero que aquela gotinha de orvalho não acabe dentro do copo. Não, fungou pra dentro.

— Quase um mês, amigo, antes de sair. Chupando ovo de pata pela Santa Madre até segunda ordem. Deixar ele longe da bebida, sabe? Ai, pelo amor de Deus, que o Rojão é um sujeito liso.

Davy Byrne surgiu dos fundos em mangas de camisa presas a ponto de pence, limpando a boca com duas passadas do guardanapo. Rubor de arenque. Cujo sorrir em cada traço brinca com tal e tal repleta. Muita vaselina.

— E lá vem ele que nem pinto no lixo, o Cheirão Flynn disse. Você tem alguma boa pra Copa de Ouro?

— Eu saí dessa, senhor Flynn, Davy Byrne respondeu. Nunca aposto nada em cavalo.

— E com toda razão, o Cheirão Flynn disse.

O senhor Bloom comia suas fatias de sanduíche, pão fresco e limpo, com gosto da repugnância, mostarda acre, sabor chulé do queijo verde. Sorvos do vinho suavizavam-lhe o palato. Isso não é campeche. Tem um gosto mais cheio nesse clima sem aquele gelo.

Pub tranquilo e gostoso. Bela peça de madeira naquele balcão. Muito bem aplainado. Gostei do jeito daquela curva ali.

— Eu é que não vou me meter em nada nessa área, Davy Byrne disse. Levou muita gente à falência essa história de cavalo.

Aposta dos vinhateiros. Licenciado para a venda de cerveja, vinho e destilados para consumo no local. Cara eu ganho coroa você perde.

— Faz bem, o Cheirão Flynn disse. A não ser que você saiba pra onde o vento sopra. Hoje em dia não tem mais jogo limpo. O Lenehan consegue umas boas. Ele vai de Cetro hoje. Zinfandel é o favorito, do lorde Howard de Walden, ganhou em Epsom. O Morny Cannon vai montar. Eu podia ter conseguido sete pra um contra a Saint Amant tem quinze dias.

— É mesmo? Davy Byrne disse...

Ele foi para a janela e, apanhando o livro do caixa, examinava suas páginas.

— Podia, juro, o Cheirão Flynn disse, fungando. Aquilo era carne de cavalo de primeira. Era cria do Saint Frusquin. Ganhou que nem um raio, a potra do Rothschild, com cabelinho nas ventas. Blusa azul e boné amarelo. Maldito do Big Ben Dollard com aquele John O'Gaunt. Ele que me fez mudar de ideia. É.

Bebeu resignado de seu martelo, correndo os dedos pelos sulcos.

— É, ele disse, suspirando.

O senhor Bloom, mascando de pé, assistia a seu suspiro. Cheirão chapetão. Falo daquele cavalo que o Lenehan? Ele sabe já. Melhor deixar ele esquecer. Vai lá perder mais. O tolo e o seu dinheiro. Gotinha de orvalho descendo de novo. Deve ter um nariz frio pra beijar uma mulher. Ainda assim vai que elas gostam. Barba pinicando elas gostam. O nariz frio dos cachorros. A velha senhora Riordan com o skye terrier de barriga roncando no hotel City Arms. Ganhando carinho no colo da Molly. Ah, o cachorrãozãozão-auauauauau!

Vinho molhava e amaciado rolava miolo de pão mostarda um átimo insípido queijo. É um bom vinho. Estou sentindo melhor o gosto porque não estou com sede. O banho é claro faz isso. Uma mordida só ou duas. Daí lá pelas seis eu posso. Seis, seis. O tempo já vai ter passado aí. Ela...

Manso fogo de vinho acendia-lhe as veias. Eu estava precisando muito disso. Me sentindo tão sem cor. Seus olhos infamintamente viram prateleiras de latas: sardinhas, exuberantes pinças de lagostas. Tudo quanto é coisa esquisita que as pessoas catam pra comer. De conchas, pervincas vincadas, de árvores, lesmas do chão os franceses comem, do mar com isca no anzol. Os peixes estúpidos não aprendem nada em mil anos. Se você não soubesse arriscado pôr qualquer coisa na boca. Frutas venenosas. Pilritos. Redondo você acha que é bom. Cor exuberante te afasta. Um sujeito contou pro outro e assim por diante. Testar primeiro no cachorro. Guiado pelo cheiro ou pela aparência. Fruto tentador. Casquinhas de sorvete. Creme. Instinto. Laranjais por exemplo. Precisa irrigação artificial. Bleibtreustrasse. Tudo bem mas e as ostras? Repulsivas que nem uma bola de catarro. Conchas imundas. Difícil pra diabo de abrir também. Quem foi que descobriu? Lixo, esgoto é o que elas comem. Ostras do Red Bank com espumante. Efeito no sexual. Afrodis. Ele estava no Red Bank hoje de manhã. Será que estava ostras peixe velho na mesa. Quem sabe ele carne nova na cama. Não. Junho não tem érre não tem ostra. Mas tem quem goste de comida estragada. Lebre cozida. Primeiro cace uma lebre. Os chineses comendo ovos de cinquenta anos de idade, azuis e verdes de novo. Jantar de trinta pratos. Cada prato inofensivo pode misturar lá dentro. Ideia pra um policial de envenenamento. Aquele arquiduque Leopold não era ele? Não. Era, ou será que era o Otto um daqueles Habsburgo? Ou quem era que comia a carepa da própria cabeça? O almoço mais barato da cidade. É claro, aristocratas. Aí os outros copiam pra ficar na moda. A Milly também óleo de pedra com farinha. Eu mesmo gosto de massa crua. Metade da safra de ostras eles jogam de novo no mar pra manter o preço. Barato. Ninguém ia comprar. Caviar. Fazer de grãfino. Hock em copinhos verdes. Festança batuta. Lady sicrana. Colos empoados pérolas. A élite. *Crème de la crème*. Precisam de pratos especiais pra fingir que são. Eremita com uma bandejada de favas amainar os aguilhões da carne. Quer me conhecer vem comer comigo. O real esturjão. Alto xerife, Coffey, o açougueiro, direito à carne de caça da floresta de sua exc. Remeter-lhe de paga a metade de uma vaca. O cartaz que eu vi na área da cozinha do presidente da corte. *Chef* chapéu branco que nem rabino. Pato inflamável. Repolho enroscado à *la duchesse de Parme*. Bem podiam escrever na conta pra você saber o que comeu química demais estraga o caldo. Eu sei por conta própria. Batizando com a sopa desidratada da Edward's. Gansos entupidos até o gargalo pra eles. Lagostas cozidas vivas. Ptome uma sâmara de ptélea. Até que eu ia gostar de ser garçom num hotel chique. Gorjeta, traje de festa, damas seminuas. Posso lhe dar um pouco mais de filé de linguado com limão, senhorita Dubedat? Sim, dúbio, dê. E ela aceitou, do bidê! Nome huguenote esse eu imagino. Uma senhorita Dubedat morava em Killiney, eu lembro. *Du, de la*, francês. Ainda assim é o mesmo peixe quem sabe que o velho Micky Hanlon da Moore Street estripou ganhando dinheiro, com um pé nas costas, o dedo nas guelras dos peixes, não sabe escrever o nome num cheque, é de pensar que ele está pintando a paisagem com aquela boca retorcida. Moooikell A Agá Há. Burro que nem uma porta, patrimônio de cinquenta mil libras.

Grudadas na persiana zumbiam duas moscas, grudadas.

Cintilante vinho em seu palato engolido restava. Esmagadas nas prensas de vinho uvas da Borgonha. É o calor do sol isso. Parece que um toque secreto me contando lembranças. Tocado seu sentido umectado recordava. Escondidos sob o capim em Howth. Embaixo de nós o céu baía dormente. Som nenhum. O céu. O roxo da baía na Cabeça do Leão. Verde em Drumleck. Verdamarelado pro lado de Sutton. Campos de sobomar, as linhas marronclaras em ervas, cidades sepultas. O cabelo dela no meu casaco travesseiro, lacrainhas nas urzes a minha mão embaixo da sua nuca, você vai me bagunçar inteira. Ah maravilha! Friamacia de unguentos a mão dela me tocou, afagou: os olhos dela sobre mim não desviaram. Encantado sobre ela eu me deito, lábios cheios abertos em cheio, beijei a sua boca. Mm. Suave ela me deu na boca o bolo quente de cominho mastigado. Polpa insípida que a sua boca tinha murmurado agridoce com cuspe. Alegria: comi: alegria. Vida jovem, os seus lábios que me davam fazendo biquinho. Macios, quentes, grudentos lábios geleiatinosos. Flores os olhos dela eram, me tome, olhos dispostos. Caíram seixos. Ela fica deitada. Uma cabra. Ninguém. Bem alto no Ben Howth rododendros uma cabra pés seguros, semeando groselhas. Toldada sob o capim ela ria enrodilhada quente. Fogoso eu deitei sobre ela, beijei; olhos, os lábios, o pescoço esticado, pulsando, seios cheios de mulher na blusa de véu de freira, mamilos gordos eretos. Quente eu lhe dei a minha língua. Ela me beijou. Fui beijado. Cedendo-se toda desalinhava o meu cabelo. Beijada, me beijava.

A mim. E eu agora.

Grudadas, as moscas zumbiam.

Seus olhos rebaixados seguiam os veios silentes da tábua de carvalho. Beleza: faz curvas, as curvas são a beleza. Deusas bonitas, Vênus, Juno: curvas que o mundo admira. Posso ver biblioteca museu em pé no átrio redondo, deusas nuas. Ajuda na digestão. Elas não se importam com o que o homem vê. Tudo à vista. Sem nunca falar, eu quero dizer com um sujeito como o Flynn. E se falasse Pigmalião e Galateia o que será que ela ia dizer primeiro? Mortal! Te pôr no teu lugar. Enxugando seu néctar no refeitório dos deuses, pratos de ouro, tudo ambrosial. Nada a ver com o almoço de peão que a gente come, carneiro cozido, cenoura e rabanete, garrafa de Allsop. Néctar, imagine beber eletricidade: comida dos deuses. Junonianas esculpidas, lindas formas femininas. Lindas imortais. E a gente enfiando comida num buraco e saindo por trás: comida, quilo, sangue, bosta, terra, comida: tem que alimentar como quem abastece uma máquina. Elas não têm. Nunca olhei. Vou olhar hoje. O zelador nem vai ver. Me abaixar deixei cair alguma coisa ver se ela.

Gotejante veio uma mensagem de sua bexiga que fosse fizesse não fizesse ali fizesse. Homem e alerta ele virou o copo inteiro e seguiu, a homens também elas se entregavam, virilmente conscientes, deitavam com amantes homens, um jovem provou dela, para o pátio.

Cessados os sons de suas botas Davy Byrne disse de trás de seu livro:

— O que é mesmo que ele é? Ele não trabalha com seguros?

— Ele parou com isso faz tempo já, o Cheirão Flynn disse. Ele é contato de publicidade pro *Freeman*.

— Conheço de vista, Davy Byrne disse. Ele está com algum problema?

— Problema? o Cheirão Flynn disse. Não que eu saiba. Por quê?

— Percebi que ele estava de luto.

— Estava? o Cheirão Flynn disse. Estava mesmo, verdade. Eu perguntei como é que estava tudo em casa. Você tem razão, meu Deus. Ele estava de luto mesmo.

— Eu nunca toco no assunto, Davy Byrne disse piedoso, se vejo que um cavalheiro está com esse tipo de problema. Só faz voltar à lembrança deles.

— Não é a mulher, pelo menos, o Cheirão Flynn disse. Eu encontrei com ele anteontem e ele saindo daquela leiteria Irish Farm que a mulher do John Wyse Nolan tem lá na Henry Street com uma jarra de leite gordo na mão levando pra casa pra carametade. Ela é bem tratada, isso eu lhe digo. Peitão de peru.

— E então ele está bem no *Freeman*? Davy Byrne disse.

O Cheirão Flynn franziu os lábios.

— Ele não compra leite gordo com os anúncios que arranja. Isso é batata.

— Como assim? Davy Byrne perguntou, saindo do livro.

O Cheirão Flynn fez ágeis passes no ar com dedos de malabarista. Piscou.

— Ele é bodepreto, ele disse.
— Não me diga? Davy Byrne disse.
— E como, o Cheirão Flynn disse. Ordem livre antiga e aceita. Luz, vida e amor, pelo amor de Deus. Eles é que dão uma mãozinha pra ele. Quem me contou foi um, bom, eu não vou dizer quem.
— É verdade isso?
— Ah, é uma bela de uma ordem, o Cheirão Flynn disse. Não te abandonam quando você está na pior. Eu conheço um camarada que estava tentando entrar, mas eles são fechados pra burro. Meu Jesus, que eles fizeram bem de deixar as mulheres de fora.

Davy Byrne sorriubocejouconcordou de uma só vez:
— Iiiiiiiiichaaaaaaach!
— Teve uma mulher, o Cheirão Flynn disse, que se escondeu dentro dum relógio pra descobrir o que era que eles ficavam aprontando. Mas não é que os desgraçados farejaram ela e fizeram ela virar mestre maçom juramentada ali mesmo na hora. Era lá dos Saint Legers de Doneraile.

Davy Byrne, saciado depois do bocejo, disse com olhos lavos dágua:
— Verdade, isso, então? Sujeitinho quieto e direito. Sempre vejo ele por aqui e nem uma vez eu vi ele, o senhor sabe como, passando do limite.
— Nem Deus Todopoderoso botava esse aí bêbado, o Cheirão Flynn disse com firmeza. Cai fora quando a festa esquenta demais. Você não viu ele olhar o relógio? Ah, você não estava aqui. Se você oferece uma bebida pra ele a primeira coisa que ele faz é que ele me tira o relógio pra ver o que é que ele devia enxugar. Juro por Deus que ele faz isso mesmo.
— Tem gente assim, Davy Byrne disse. É um sujeito correto, eu diria.
— Ele não é tão ruim, o Cheirão Flynn disse, fungando o que escorria. Já chegou a estender a mão também pra ajudar um conhecido. Ao capeta o que é do capeta. Ah, o Bloom tem lá as suas qualidades. Mas tem uma coisa que ele nunca vai fazer.

Sua mão rabiscou uma assinatura de caneta seca ao lado do grogue.
— Eu sei, Davy Byrne disse.
— Nada preto no branco, o Cheirão Flynn disse.

Paddy Leonard e o Garnizé Lyons entraram. Tom Rochford vinha atrás deles, mão lamuriante no colete clarete.
— Dia, senhor Byrne.
— Dia, senhores.
Detiveram-se no balcão.
— Quem é que está bancando? Paddy Leonard perguntou.
— Eu estou banquinhando aqui sentado, o Cheirão Flynn respondeu.
— Bom, o que é que vai ser? Paddy Leonard perguntou.

— Eu vou tomar um stone ginger, o Garnizé Lyons disse.
— Tudo isso? Paddy Leonard exclamou. Desde quando, pelo amor de Deus? E pra você, Tom?
— Como é que andam as tubulações centrais? o Cheirão Flynn perguntou, num trago.
Como resposta Tom Rochford apertou a mão contra o esterno e soluçou.
— Seria incômodo pedir um copo de água fresca, senhor Byrne? ele disse.
— Pois não, senhor.
Paddy Leonard encarava seus concervejeiros.
— Jesusinho menino, ele disse, olha só pra que tipo de gente eu estou pagando bebida! Aguinha gelada e gengibirra! Dois camaradas que eram de chupar uísque de ferida. Ele está com uma merda de um cavalo na manga pra Taça de Ouro. Uma barbada certeira.
— Zinfandel, por acaso? o Cheirão Flynn perguntou.
Tom Rochford derramou pó de um papel retorcido na água posta a sua frente.
— Maldita dispepsia, disse antes de beber.
— Bicarbonato é muito bom, Davy Byrne disse.
Tom Rochford fez que sim e bebeu.
— É Zinfandel?
— Não diga nada, o Garnizé Lyons piscou. Eu vou meter cinco pratas por conta própria.
— Pois pode ir contando já se é macho e para com essa frescura, Paddy Leonard disse. Quem foi que te deu?
O senhor Bloom de saída ergueu três dedos num cumprimento.
— Até mais, o Cheirão Flynn disse.
Os outros se viraram.
— Pois eis o homem que me deu a dica, o Garnizé Lyons sussurrou.
— Prrfft! Paddy Leonard disse com desprezo. Senhor Byrne, nós vamos aceitar dois desses Jamesons pequenos depois disso e um...
— Stone ginger, Davy Byrne acrescentou polidamente.
— É, Paddy Leonard disse. Mamadeira pro nenê.
O senhor Bloom caminhava para a Dawson Street, língua lixando lisinhos os dentes. Tinha que ser alguma coisa verde: espinafre digamos. Daí com um daqueles holofotes de raios Röntgen ia dar.
Na Duke Lane um terrier voraz vomitava um quimo doente e caroçudo no pavimento e o lambia com prazer renovado. Empanturrado. Voltou pra dizer oi depois de já ter digerido completamente o conteúdo. Primeiro doce daí delícia. O senhor Bloom cabotava desconfiado. Ruminantes. Seu segundo prato. O maxilar superior é que eles mexem. Fico imaginando se o Tom

Rochford vai fazer alguma coisa com aquela invenção lá dele. Perdendo tempo explicando pra boca do Flynn. Gente magra boca larga. Tinha que ter um salão ou um lugar aonde os inventores pudessem ir e ficar inventando. Lógico que aí ia ficar cheio de maluco azucrinando.

Cantarolava, prolongando em eco solene, os fechos dos compassos:

Don Giovanni, a cenar teco
M'invitasti.

Estou melhor agora. Borgonha. Belo levantadefunto. Quem foi o primeiro destilador? Alguém acabrunhado. Coragem de bêbado. Aquele *Kilkenny People* na biblioteca nacional eu tenho agora que.

Latrinas nuas e limpas, à espera, na vitrine de William Miller, encanador, fizeram voltar seus pensamentos. Ia dar: e observar pelo caminho todo, engole um alfinete às vezes sai pelas costelas anos depois, um passeio pelo corpo, trocando de duto biliar, baço fígado esguichante, suco gástrico serpentinas intestinas como canos. Mas o coitado ia ter que ficar lá parado o tempo todo com as tripas à mostra. Ciência.

—*A cenar teco.*

O que será que quer dizer esse *teco*? Hoje à noite quem sabe.

Don Giovanni, me convidaste
Para jantar hoje à noite,
Ti dum ti dum dum.

Não dá certo.

Shawes: dois meses se eu conseguir que o Nannetti. Isso vai dar duas libras e dez, coisa de duas libras e oito. Três que o Hynes me deve. Duas e onze. O anúncio do Prescott. Duas e quinze. Cinco guinéus quase. Na melhor das hipóteses.

Podia comprar uma daquelas anáguas de seda pra Molly, da cor das ligas novas.

Hoje. Hoje. Não pensar.

Passear pelo sul depois. Que tal os balneários da Inglaterra? Brighton, Margate. Píeres enluarados. A voz dela flutuando no ar. Lindas meninas da praia. Encostado no John Long's um àtoa sonolentando perdido em sérios pensamentos, roendo a junta cascuda de um dedo. Pau pra toda obra procura trabalho. Salário pequeno. Come qualquer coisa.

O senhor Bloom dobrou na vitrine de tortas incompradas da confeitaria Gray e passou pela livraria do reverendo Thomas Connellan. *Por que deixei a igreja de Roma? Ninho de pássaro.* As mulheres é que mandam nele. Dizem que eles davam sopa pras criancinhas miseráveis pra virarem protestantes no tempo da carestia de batata. A sociedade lá na frente que o papai frequentou pra conversão dos judeus. Mesma isca. Por que deixamos a igreja de Roma?

Um rapazote cego estava parado taptapeando o meiofio com sua bengala fina. Nenhum bonde à vista. Quer atravessar.

— Você quer atravessar? o senhor Bloom perguntou.

O rapazote cego não respondeu. Seu rostoparede cerrou-se fraco. Movia incerto a cabeça.

— Você está na Dawson Street, o senhor Bloom disse. A Molesworth Street está do outro lado. Você quer atravessar? o caminho está livre.

A bengala afastou-se trêmula para a esquerda. O olho do senhor Bloom seguiu sua linha e viu de novo a carroça da tinturaria estacionada na frente do Drago. Onde eu vi o cabelo brilhantinado dele bem quando eu estava. Cavalo cabisbaixo. Cocheiro no John Long's. Matando a sede.

— Tem uma carroça ali, o senhor Bloom disse, mas não está andando. Eu te levo pro outro lado. Você quer ir pra Molesworth Street?

— Quero, o rapazote cego respondeu. South Frederick Street.

— Vamos, o senhor Bloom disse.

Ele tocou delicado o cotovelo magro: e então pegou a inerte mão vidente para guiá-la adiante.

Diga alguma coisa pra ele. Melhor não ficar dando de superior. Eles desconfiam do que você fala. Fazer uma observação normal:

— A chuva ficou na ameaça.

Nenhuma resposta.

Manchas pelo casaco. Deve babar comida. Tudo deve ter um gosto diferente pra ele. Tem que ganhar comida de colherinha primeiro. Igual a mão de uma criança a mão dele. Igual a da Milly era. Sensitiva. Me avaliando, eu diria, pela minha mão. Fico imaginando se ele tem nome. Carroça. Manter a bengala dele longe da pata do cavalo peão cansado tirar a sua soneca. Assim. Passou. Por trás de um touro: pela frente de um cavalo.

— Obrigado, senhor.

Sabe que eu sou homem. Voz.

— Certo agora? Primeira à esquerda.

O rapazote cego taptapeou o meiofio e seguiu seu caminho, recolhendo a bengala, tocando de novo.

O senhor Bloom caminhava atrás dos pés senholhos, um terno de corte reto de tuíde espinhadepeixe. Coitadinho desse moço! Como foi que ele soube que aquela carroça estava lá? Deve ter sentido. Veem as coisas com a testa quem sabe. Como que um sentido de volume. Peso. Será que ele ia sentir se tirassem alguma coisa? Sentir uma lacuna. Deve ter uma ideia bem estranha de Dublin, abrindo caminho a bengalada pelas pedras. Será que ele consegue andar em linha reta sem aquela bengala? Rosto pio lívido como de alguém que vai ser padre.

Penrose! Era esse o nome daquele sujeito.

Veja só todas as coisas que eles conseguem aprender a fazer. Ler com os dedos. Afinar piano. Ou é a gente que fica surpreso que eles não sejam estúpidos. Por isso que a gente acha esperta uma pessoa deformada ou um corcunda se diz alguma coisa que a gente podia ter dito. Claro que os outros sentidos são mais. Bordar. Tecer cesto. As pessoas tinham que ajudar. Cesto de artesanato podia comprar pro aniversário da Molly. Odeia costurar. Pode achar ruim. Amaurotizados eles dizem.

Olfato deve ser mais desenvolvido também. Cheiros por todo lado amontoados. Cada pessoa também. E daí a primavera, o verão: cheiros. Gostos. Dizem que não dá pra sentir o gosto do vinho com os olhos fechados ou com um resfriado. Também fumar no escuro dizem que não dá prazer.

E com uma mulher, por exemplo. Mais desavergonhados por não ver. Aquela moça passando pela instituição Stewart, cabeça erguida. Me olhe. Está tudo aqui. Deve ser estranho não ver a mulher. Como que uma forma na cabeça dele. A voz temperatura quando ele encosta nela com dedos deve quase ver as linhas, as curvas. Com as mãos no cabelo dela, por exemplo. Digamos que fosse preto, por exemplo. Muito bem. Nós chamamos de preto. Depois passando pela pele branca. Sensação diferente quem sabe. Sensação de branco.

Correio. Tenho que responder. Trabalheira hoje. Mandar uma ordem de pagamento dois xelins meia coroa. Aceite o meu pequeno presente. A papelaria é logo ali também. Espere. Pense bem.

Com um dedo delicado sentiu lentíssimo o cabelo penteado para trás por sobre as orelhas. De novo. Fibras de palha bem fina. Então delicado seu dedo sentiu a pele da bochecha direita. Cabelinho penugento ali também. Não tão macio. A barriga é o mais macio. Ninguém por perto. Lá vai ele pra Frederick Street. Quem sabe pro piano da academia de dança do Levenston. Podia estar ajeitando os suspensórios.

Passando pelo bar de Doran ele enfiou a mão entre calça e colete e, puxando de lado a camisa delicadamente, sentiu uma dobra frouxa da barriga. Mas eu sei que é amarelembranquecida. Tenho que tentar no escuro pra ver.

Ele retirou a mão e ajeitou a roupa.

Coitadinho! Praticamente um menino. Terrível. Terrível mesmo. Que sonhos será que ele tem, sem ver? A vida um sonho pra ele. Que justiça é essa nascer desse jeito? Aquelas mulheres e aquelas crianças todas da excursão piquenique queimadas e afogadas em Nova York. Holocausto. Carma eles chamam essa transmigração por pecados que você cometeu numa vida passada a reencarnação mete em si e cose. Puxa vida, puxa vida. Pena, claro: mas por algum motivo você não consegue sentir de verdade por eles de algum jeito.

Sir Frederick Falkiner entrando no salão dos maçons. Solene como o Troy. Depois do seu bom almoço em Earlsfort Terrace. Velhos chapinhas jurídicos estourando uma magnum. Estórias do banco dos jurados, de comissões e anais da escolinha protestante. Eu o sentenciei a dez anos. Imagino que ele fosse torcer o nariz praquela coisa que eu tomei. Vinhos antigos pra eles, ano marcado numa garrafa empoeirada. Ele tem as suas próprias ideias de justiça na corte correcional. Velhinho bem intencionado. Relatórios da polícia entupidos de casos eles ganham a sua percentagem fabricando crime. Virados pelo avesso. O diabo com os agiotas. Deu uma bela de uma lavada no Reuben J. Agora aquilo é bem o que eles chamam por aí de judeu sujo. O poder que esses juízes têm. Pausdáguas cascasgrossas de peruquinhas. Leões enjaulados. E que o senhor tenha piedade da sua alma.

Olha só, cartaz. Bazar Mirus. Sua excelência o lorde lugartenente. Dezesseis é hoje então. Beneficente, arrecadação para o hospital Mercer. O *Messias* foi apresentado originalmente pra isso. Isso mesmo Handel. Que tal passar por lá. Ballsbridge. Aparecer no Shawes. Não adianta nada ficar grudando nele que nem uma sanguessuga. Exagerar na mão. Sempre hei de conhecer alguém no portão.

O senhor Bloom chegou à Kildare Street. Primeiro eu tenho que. Biblioteca.

Chapéu de palha à luz do sol. Sapato marrom. Barra italiana. É sim. É sim.

Seu coração latejou mole. À direita. Museu. Deusas. Desviou para a direita.

Será. Quase certo. Não vou olhar. Vinho no rosto. Por que foi que eu? Muito tonto. É, é sim. O jeito de andar. Não veja. Continue.

Dirigindo-se ao portão do museu com longos passos volantes ele ergueu os olhos. Prédio elegante. Sir Thomas Deane projetou. Não está me seguindo?

Não me viu quem sabe. Luz nos olhos.

O trêmolo de sua respiração vinha à tona em suspiros curtos. Rápido. Estátuas frias: calmo lá. A salvo rapidinho.

Não, não me viu. Passa das duas. Bem no portão.

Meu coração!

Seus olhos pulsantes olhavam fixamente para curvas de pedra creme. Sir Thomas Deane era a arquitetura grega.

Procurar alguma coisa que eu.

Sua mão apressada entrou rápida num bolso, tirou, leu desdobrado Agendath Netaim. Onde será que eu?

Ocupado procurando.

Meteu de volta logo Agendath.

De tarde ela disse.
Eu estou procurando aquilo. Isso, aquilo. Tente em todos os bolsos. Lenç. *Freeman*. Onde foi que eu? Ah, sim. Calça. Carteira. Batata. Onde será que eu? Pressa. Andar devagar. Momentinho mais. Meu coração.
Sua mão à procura do onde será que eu pus achou no bolso do quadril sabonete loção tenho que ir lá buscar papel tépido grudado. Ah, sabonete aqui! Isso. Portão.
A salvo!

███████

Polido, por reconfortá-los, ronronava o bibliotecário quacre:
— E nós temos, ou acaso não teremos, aquelas inestimáveis páginas do *Wilhelm Meister*? Um grande poeta falando de um grande poeta irmão. Uma alma hesitante pegando em armas contra um mar de problemas, dilacerada por dúvidas conflitantes, como se vê na vida real.
Adiantou-se de um passo num passo sincopado em rangente couro bovino e retrocedeu sincopado de um passo no solo solene.
Um silente assistente, pondo aberta a porta um pouco só, fez-lhe silente sinal.
— É pra já, disse ele, rangente a caminho, conquanto ficante. O belo sonhador inócuo que fracassa diante do duro real. Sente-se sempre serem tão verazes os juízos de Goethe. Verazes numa análise mais ampla.
Rerrangentemente análise galhardo saiu. Calvo, zelosíssimo à porta cedeu a orelha larga inteira às palavras do funcionário: ouviu-as: e se foi.
Restaram dois.
— Monsieur de la Palisse, Stephen rezingava, estava vivo quinze minutos antes da sua morte.
— Você encontrou aqueles seis bravos estudantes de medicina, John Eglinton perguntou com o fel dos mais velhos, pra escrever *O Paraíso perdido* enquanto você dita? *As mágoas de Satã*, ele intitula.
Sorriso. Sorrir o sorriso de Cranly.

Primeiro ele a cutuca
Depois alisa bem
Depois passa o cateter feminino.
Pois estudava medicina,
Um estudante das anti...

— Eu sinto que você ia precisar de um a mais pro *Hamlet*. O sete é muito caro à mente mística. Os reluzentes sete nas palavras de W. B.

Reluzolhos, seu crânio rufo perto da lâmpada coberta verde buscava o rosto, barbado entre a sombra mais verdescura, um ollav, sacrosolhos. Ria baixo: riso de bolsista da Trinity: irrespondido.

Satã orquestral, chorando muitas cruzes
Quais lágrimas angélicas.
Ed egli avea del cul fatto trombetta.

Mantém reféns minhas tolices.

Os onze leais homens de Wicklow que Cranly queria para salvar sua pátria. Kathleen diastema, seus quatro belos campos verdes, o estranho em sua casa. E mais um para saudá-lo: *ave, rabbi*. Os doze de Tinahely. À sombra da comba convoca-os columbando. A juventude da minha alma eu lhe dei, noite a noite. Vá com Deus. Boa caça.

O Mulligan está com o meu telegrama.

Tolice. Persista.

— Os nossos jovens bardos irlandeses, John Eglinton censurou, ainda têm que criar uma figura que o mundo ponha lado a lado com o Hamlet do saxão Shakespeare embora eu o admire, como o velho Ben admirava, sem chegar à idolatria.

— Essas questões todas são puramente acadêmicas, Russell oraculou de sua sombra. Quer dizer, se Hamlet é Shakespeare ou Jaime I ou Essex. Discussões do baixo clero sobre a historicidade de Jesus. A arte tem que nos revelar ideias, essências espirituais amorfas. A suprema questão para uma obra de arte é a profundidade da vida de onde ela brota. A pintura de Gustave Moreau é a pintura das ideias. A mais profunda poesia de Shelley, as palavras de Hamlet colocam nossa mente em contato com a sabedoria eterna, o mundo das ideias de Platão. Todo o resto é especulação de aprendizes para aprendizes.

A. E. Andou dizendo a um repórter ianque. Puxa, macacos me mordam!

— Os mestres foram primeiro aprendizes, Stephen disse ultraeducadamente. Aristóteles foi um dia o aprendiz de Platão.

— E continuou sendo, ou era de se esperar, John Eglinton sereno disse. Dá pra ver, o aprendiz modelo com o seu diplominha debaixo do braço.

Riu novamente do rosto barbado que agora sorria.

Espirituais amorfas. Pai, Verbo e Alento Santo. Todopai, o homem divino. Hiesos Kristos, mago do belo, o Logos que sofre em nós a todo momento. Isto em verdade é aquilo. Eu sou o fogo sobre o altar. Sou o óleo sacrificial.

Dunlop, Judge, o mais nobre de todos os romanos, A. E., Arval, o Nome

Inefável, no céu nominado: K. H., mestre de todos eles, cuja identidade não é segredo para os adeptos. Irmãos do grande concílio branco sempre alerta pra ver se podem ajudar. O Cristo com a irmãnoiva, umidade de luz, nascido de uma virgem almada, sophia arrependida, que partiu para o plano de buddhi. Esotérica existência não para pessoa comum. P. C. Tem que eliminar mau karma primeiro. A senhora Cooper Oakley certa vez viu de relance o elemental de nossa ilustríssima irmã H. P. B.

Ah, fu! Fora com isso! *Pfuiteufel!* A senhorita não devia de olhar, mocinha, não devia não quando uma senhora está mostrando os elementais.

Entra o senhor Best, jovem, alto, alvo, brando. Trazia à mão com graça um caderno, novo, limpo, lindo, grande.

— Esse aprendiz modelo, Stephen disse, diria que as divagações de Hamlet sobre a vida após a morte da sua alma principesca, o improvável, insignificante e adramático monólogo, são rasas como as de Platão.

John Eglinton, cenho cerrado, disse, iracundizado:

— Palavra de honra que me faz ferver o sangue ouvir alguém comparar Aristóteles a Platão.

— Qual dos dois, Stephen perguntou, me baniria da sua comunidade?

Desembainhe as suas definições adagas. Cavalidade é a quididade do todocavalo. Fluxos de tendências e os éons que eles adoram. Deus: ruído na rua: muito peripatético. Espaço: o que está bem na sua cara, idiota. Por espaços menores que os glóbulos vermelhos do sangue do homem eles sorrastejam atrás da bunda de Blake para a eternidade de que este mundo vegetal é mera sombra. Mantenha-se no agora, no aqui, pelo qual todo futuro mergulha para o passado.

O senhor Best se adiantou, amigável, até o colega.

— O Haines foi embora, ele disse.

— Foi?

— Eu estava mostrando o livro do Jubainville pra ele. Ele está bem entusiasmado, não é mesmo, com as *Canções de amor de Connacht* do Hyde. Eu não consegui trazer ele aqui pra ouvir a discussão. Ele foi até a Gill's pra comprar o livro.

Envio-te, livro mirrado,
A todo leitor calejado,
Escrito, à falta de altivez,
Em parco, feio e pobre inglês.

— A fumaça da turfa está subindo à cabeça dele, John Eglinton opinou.

Nós sentimos na Inglaterra. Ladrão penitente. Foi-se. Eu fumei o tabaco dele. Pedra verde cintilante. Uma esmeralda engastada no anel do mar.

— As pessoas não sabem o quanto as canções de amor podem ser perigosas, o ovo áurico de Russell ocultamente preveniu. Os movimentos que operam revoluções no mundo nascem dos sonhos e das visões do coração de um camponês nas encostas de um morro. Para eles a terra não é solo a ser explorado mas a mãe viva. O ar rarefeito da academia e a arena produzem o romance de seis xelins, a canção de teatro de revista, a França produz a mais fina flor de corrupção em Mallarmé mas a vida desejável se revela somente aos pobres de coração, a vida dos feácios de Homero.

Dessas palavras para Stephen o senhor Best virou seu rosto mansueto.

— Mallarmé, não é mesmo, ele disse, escreveu aqueles maravilhosos poemas em prosa que o Stephen MacKenna lia pra mim em Paris. Aquele sobre o *Hamlet*. Ele diz: *il se promène, lisant au livre de lui-même*, não é mesmo, *lendo o livro de si mesmo*. Ele descreve uma montagem de *Hamlet* numa cidadezinha francesa, não é mesmo, uma cidade de província. Eles anunciaram.

Sua mão livre grafou graciosa minúsculos signos no ar.

HAMLET
Ou
LE DISTRAIT
Pièce de Shakespeare

Ele repetiu para a testa recenfranzida de John Eglinton:

— *Pièce de Shakespeare*, não é mesmo. É tão francês, o ponto de vista francês. *Hamlet ou...*

— O vagabundo desleixado, Stephen completou.

John Eglinton riu.

— É, imagino que seria isso mesmo, ele disse. Um povo excelente, sem dúvida, mas irritantemente estreito em alguns assuntos.

Suntuoso e estagnado exagero de um assassinato.

— Matador da alma era como Robert Greene o chamava, Stephen disse. Não é por nada que ele era filho de um açougueiro que brandia os machados polacos e cuspia na mão. Nove vidas são tomadas em troca da vida do pai dele. Pai nosso que estais no purgatório. Hamlets cáquis atiram sem pensar duas vezes. A balbúrdia a ferro e sangue do quinto ato é um presságio do campo de concentração decantado pelo senhor Swinburne.

Cranly, eu seu ordenança mudo, seguindo batalhas de longe.

Crias e rameiras de inimigos assassinos que ninguém
Além de nós pouparia...

Entre o sorriso saxão e o ganido ianque. A cruz e a caldeirinha.
— Ele defende que *Hamlet* é uma estória de fantasmas, John Eglinton disse por iluminar o senhor Best. Como o gordinho no Pickwick ele quer fazer a nossa carne se arrepiar.

Ouça! Ouça! Ah, ouça!

Minha carne ouve: arrepiando-se, ouve.

Se algum dia amaste...

— O que é um fantasma? Stephen disse com formigante energia. Alguém que desapareceu na impalpabilidade através da morte, através da ausência, através de uma mudança de hábitos. A Londres elisabetana está tão longe de Stratford quanto da corrompida Paris a virginal Dublin. Quem é o fantasma vindo do *limbo patrum*, que volta ao mundo que o esqueceu? Quem é o rei Hamlet?

John Eglinton mudou seu corpo exíguo de posição, reclinando-se para julgar.

Sobe.

— É este horário de um dia de meados de junho, Stephen disse, implorando num olhar rápido por sua atenção. A bandeira está hasteada no teatro à margem do rio. O urso Sackerson rosna no poço perto dali, Paris Garden. Escaladores de velames que navegaram com Drake mastigam suas salsichas em meio à plateia.

Cor local. Inclua tudo o que você sabe. Torne-os cúmplices.

— Shakespeare saiu da casa do huguenote na Silver Street e está passando pelas gaiolas de cisnes ao longo da margem do rio. Mas não se detém para alimentar a fêmea que leva seu bando de filhotes para os juncos. O cisne de Avon medita outras coisas.

Composição do cenário. Inácio de Loyola, vem correndo me ajudar!

— Começa a peça. Um ator surge entre as sombras, paramentado com os despojos das cotas do comandante de algum buque, um homem forte com voz de baixo. É o fantasma, o rei, um rei e rei nenhum, e o ator é Shakespeare, que estudou *Hamlet* durante todos os anos da sua vida que não foram vaidade com a finalidade de representar o papel do espectro. Ele diz as falas para Burbage, o jovem ator de pé à sua frente além do firmamento amortalhado, chamando-o por um nome:

Hamlet, sou o espírito de teu pai

pedindo que escute. A um filho se dirige, o filho da sua alma, o príncipe, o jovem Hamlet e ao filho do seu corpo, Hamnet Shakespeare, que morreu em Stratford para que seu outro pudesse viver para sempre.

—Será possível que aquele ator Shakespeare, fantasma por ausência e, com os ornamentos da inumada Dinamarca, fantasma por morte, dizendo suas próprias palavras ao nome de seu próprio filho (tivesse Hamnet Shakespeare sobrevivido seria irmão gêmeo do príncipe Hamlet), será possível, eu gostaria de saber, ou provável que ele não tenha tirado ou previsto a conclusão lógica dessas mesmas premissas: você é o filho esbulhado: eu sou o pai assassinado: sua mãe é a rainha culpada. Ann Shakespeare, em solteira Hathaway?

—Mas essas intromissões na vida familiar de um grande homem, Russell começou impaciente.

Estás aí, companha meu?

—Só interessam aos barnabés paroquianos. Quer dizer, nós temos as peças. Quer dizer, quando nós lemos a poesia do *Rei Lear* o que representa para nós o modo de vida do poeta? Quanto a viver, nossos criados podem fazê-lo por nós, Villiers de L'Isle já disse. Espiar e se intrometer nas fofocas frescas da época, as bebedeiras do poeta, as dívidas do poeta. Nós temos o *Rei Lear*: e isso é imortal.

O rosto do senhor Best, convocado, acedia.

Flui sobre eles com tuas ondas, tuas águas,
Mananaan, Mananaan maclir...

Com que então, biltre, aquela libra que emprestou-vos quando faminto estáveis?

Pardelhas, eu precisava.

Tomai este maravedi.

Apre! Gastastes quase tudo na casa de Georgina Johnson, a filha do clérigo. Remorsura do inteleito.

Pretendeis devolver-lhas?

Ah, sim!

Quando? Agora?

Ora... não.

Quando, então?

Nada devo. Devo nada.

Em frente. Ele vem d'além Boyne. O extremo nordeste. Você lhe deve.

Espere. Cinco meses. Moléculas todas mudam. Eu sou outro eu agora. Outro eu pegou libra.

Pfuit, os artistas estão aqui.

Mas eu, enteléquia, forma das formas, sou-me de memória porque sob formas sempremutáveis.
Eu que pequei e rezei, jejuei.
Uma criança que Conmee salvou da palmatória.
Eu, eu e eu. Eu.
A.E.I.O.U.
A.E. e/ou eu, ai. Eia.
— Você pretende atacar frontalmente uma tradição de três séculos? a voz resmunguenta de John Eglinton perguntou. O fantasma dela pelo menos repousou para sempre. Ela morreu, para a literatura pelo menos, antes de ter nascido.
— Ela morreu, Stephen retorquiu, sessentessete anos depois de ter nascido. Ela o viu entrar e sair do mundo. Aceitou seus primeiros abraços. Carregou os filhos dele e depositou moedinhas em seus olhos para manter-lhe as pálpebras cerradas quando estava no leito de morte.
O leito de morte da mãe. Vela. O espelho com um lençol. Quem me trouxe a este mundo ali repousa, palpebrônzea, sob poucas flores pobres. *Liliata rutilantium.*
Chorei sozinho.
John Eglinton olhava o verme fosforenroscadescente de sua luminária.
— O mundo acredita que Shakespeare cometeu um engano, ele disse, e livrou-se dele o mais rápido e o melhor que pôde.
— Asneira! Stephen disse rudemente. Um homem de gênio não comete enganos. Seus erros são volitivos e são os portais da descoberta.
Portais da descoberta se abriram para fazer entrar o bibliotecário quacre, calçado de rangidos leves, calvo, orelhado e aplicado.
— Uma megera, John Eglinton disse megero, não é um portal de descoberta dos mais úteis, pelo que se possa conceber. Que descoberta útil aprendeu Sócrates com Xantipa?
— A dialética, Stephen respondeu: e com a mãe, como dar ideias à luz. O que ele aprendeu com sua outra esposa Myrto (*absit nomen!*) A Epipsychidion do Socratididion, homem algum, nem mulher, jamais saberá. Mas nem a sabedoria da parteira, nem a prudência e os caldos de galinha puderam salvá-lo dos arcontes do Sinn Féin com seu traguinho de cicuta.
— Mas e Ann Hathaway? a voz calma do senhor Best disse desmemoriadamente. Sim, parece que estamos nos esquecendo dela como o próprio Shakespeare esqueceu.
Seu olhar vagou da barba que cismava ao crânio resmungante, para lembrar, para repreendê-los não sem cordialidade, e então ao cocoruto calvo e rubro do lolardo, inocente conquanto maldado.

— Ele tinha uma bela nonada de espírito, Stephen disse, e uma memória nada tunante. Levava no alforje uma lembrança quando rumou a Romeville assoviando *A garota que deixei para trás*. Não fosse o terremoto ter datado saberíamos onde pôr o pobre láparo, sentado em sua lura, o vozario dos cães, as rédeas cravejadas e as janelas azuis. Aquela lembrança, *Vênus e Adônis*, repousava na alcova de toda vulgívaga de Londres. Seria Catarina, a megera, malposta? Hortênsio a diz bela e jovem. Vocês acham que o autor de *Antônio e Cleópatra*, peregrino apaixonado, era cego de nascença para escolher a mais horrenda donzela de Warwickshire para seu leito? Muito bem: ele a abandonou e ganhou o mundo dos homens. Mas suas mulheresmeninos são as mulheres de um menino. Sua vida, suas ideias, sua fala lhes são dadas por homens. Ele escolheu mal? Foi escolhido, ao que me parece. Se com outras conjugou-se o cônjuge à espera a esposa posava após. Com mil pintos e galinhas, a culpa foi dela. Pôs-lhe a brida, aos meros vinteseis. A deusa de olhos gris que se curva sobre Adônis menino, cedendo para conquistar, como prólogo ao ato que se erige, é uma rapariga descarada de Stratford que derruba num milharal um amante mais moço.

E a minha vez? Quando?

Venha!

— Centeal, o senhor Best disse brilhante, contente, erguendo o caderno novo, contentebrilhantemente.

E murmurou então em louro deleite para todos:

— *Por entre os acres do centeio*
Os camponeses, sem receio...

Páris: benfavorecido favorito.

Uma figura alta com barbada roupa feita em casa surgiu da sombra e desvelou seu relógio cooperativo.

— Receio que já estejam me esperando no *Homestead*.

Algures? Solo explorável.

— Você já está de saída? as ativas sobrancelhas de John Eglinton perguntaram. A gente se vê no Moore hoje à noite? O Piper provavelmente aparece por lá.

— Piper! o senhor Best apitou. O Piper pôs os pés por cá?

O peito do pé de Predo é Pedro é peto é petro é preto.

— Não sei se eu consigo. Quinta-feira. Nós temos o nosso encontro. Se eu conseguir me livrar em tempo.

Festa dos monstros monges em Dawson Chambers. Ísis *seu véu*. O livrinho páli deles que tentamos penhorar. Pernacruzado sob uma umbela parteira ele entrona um logos asteca, operando em níveis astrais, a superalma deles todos, mahamahatma. Os fiéis hermetistas esperam pela luz, maduros para o chelado, agrupanelados à roda dele. Louis H. Victory. T. Caulfield Irwin. As senhoras do lótus servem seus olhares, com as glândulas pineais reluzindo. Pleno de seu deus ele entrona, Buddh sob a tanchagem. Portador de almas, porto. Almas, almos, palmas de almas aos palmos. Aportadas entre gritos piados, revolutas, revolvendo, elas ululam.

Quintessência da trivialidade:
Por anos viveu nele uma alma fêmea.

— Dizem que teremos uma surpresa literária, o bibliotecário quacre disse, amigável e franco. O senhor Russell, dizem as más línguas, está preparando um ramalhete dos versos dos mais jovens de nossos poetas. Estamos todos aguardando ansiosos.

Ansioso ele espiou no cone luzminário onde três rostos, luminados, reluziam.

Veja isto. Lembre.

Stephen baixou os olhos sobre um largo casquete decapitado, pendente do cabo do paudefreixo em seu joelho. Meu elmo, minha espada. Toque leve com dois indicadores. O experimento de Aristóteles. Um ou dois? Necessidade é aquilo em virtude de que é impossível sermos de outra maneira. *Argal*, um chapéu apenas é um só chapéu.

Ouça.

O jovem Colum e Starkey. George Roberts está cuidando da parte comercial. O Longworth vai lhes dar uma bela mão no *Express*. Ah, vai? Eu gostei do *Drover* do Colum. É, acho que ele tem aquela coisa esquisita chamada gênio. Você acha mesmo que ele é dotado de gênio? o Yeats admirou o seu verso: *Qual urna grega em solo hostil.* Mesmo? Espero que você consiga ir hoje à noite. O Malachi Mulligan também vai. O Moore pediu pra ele levar o Haines. Você ouviu a piada da senhorita Jones sobre o Moore e o Martyn? Que o Moore é vento que o Martyn semeia? Inteligente a valer, não é? Eles fazem lembrar Dom Quixote e Sancho Pança. Nosso épico nacional ainda está por ser escrito, diz o dr. Sigerson. O Moore é o homem à altura. Um cavaleiro da triste figura aqui em Dublin. Com um kilt amarelopálido? O'Neill Russell? Ah, sim, ele deve falar a grandiosa língua de outrora. E a sua Dulcineia? o James Stephens anda produzindo uns textos interessantes. Estamos ficando importantes, ao que parece.

Cordelia. *Cordoglio.* A filha mais solitária de Lir.

Cotó. E agora sua melhor laca Luís xv.

—Muito obrigado, senhor Russell, Stephen disse, levantando. Se o senhor puder fazer a gentileza de dar a carta ao senhor Norman...

—Ah, sim. Se ele considerar importante vai entrar. Nós temos tanta correspondência.

—Eu compreendo, Stephen disse. Obrigado.

Deus lhe pague. O jornal do porco. Acoitagado.

—O Synge me prometeu um artigo para a *Dana* também. Será que seremos lidos? Pressinto que sim. A liga gaélica quer alguma coisa em irlandês. Espero que apareça por lá hoje à noite. Leve o Starkey.

Stephen sentou.

O bibliotecário quacre vinha dos sedespedintes. Corando sua máscara disse:

—Senhor Dedalus, suas opiniões são extremamente esclarecedoras.

Rangia indo e vindo, na ponta dos pés aproximava-se do paraíso como voa um chapim e, coberto pelo ruído das saídas, disse baixo:

—É sua opinião, então, que ela não era fiel ao poeta?

Rosto sobressaltado me interroga. Por que veio? Cortesia ou uma luz interior?

—Onde há reconciliação, Stephen disse, há de ter havido uma separação.

—Sim.

Raposacristo de calça justa de couro, escondido, um fugitivo nos ramos nus encruzilhados do vozeiro dos acusadores. Sem conhecer fêmea, andando só na caça. Mulheres que conquistou para si, gente mansa, uma prostituta da Babilônia, senhoras de juízes, esposas valentonas de birosqueiros. Raposa e gansos. E em New Place um corpo frouxo desonrado que um dia foi formoso, um dia doce, e fresco como canela, agora perdendo as folhas, todas, nua, temendo a cova estreita e imperdoada.

—Sim. Então sua ideia é que...

Fechou-se a porta por trás de quem saía.

Repouso pousou repentino na cela discreta de abóbada, repouso de um ar morno e pensativo.

A lâmpada de uma vestal.

Aqui ele pondera o que não foi: o que teria César vivido para realizar tivesse acreditado no adivinho: o que poderia ter sido: possibilidades do possível enquanto possível: coisas não sabidas: que nome usou Aquiles quando viveu entre as mulheres.

Pensamentos entumbados a minha volta, ensarcofagados, ungidos das especiarias das palavras. Tot, deus das bibliotecas, um deuspássaro, enluacorolado. E ouvi a voz daquele alto sacerdote egípcio. *Em câmaras pintadas lotadas de pergaminhos.*

São ainda. Antes vivos nos cérebros dos homens. Ainda: mas um prurido de morte existe neles, por contar no meu ouvido uma estória melíflua, instar-me a consumar suas vontades.

—Certamente, John Eglinton divagava, de todos os grandes homens ele é o mais enigmático. Nada sabemos dele que não seja ter vivido e sofrido. Nem mesmo isso. Outros suportam nossas interrogações. Uma sombra cobre todo o resto.

—Mas *Hamlet* é tão pessoal, não é? defendia o senhor Best. Quer dizer, como que um texto particular, não é mesmo, da sua vida particular. No fim das contas, pouco se me dá, não é mesmo, quem é morto ou quem é culpado...

Apoiou um livro inocente na borda de uma mesa, sorrindo seu desafio. Seus textos particulares no original, *Ta an bad ar an tir. Taim imo shagart.* Meta *beurla* neles, joãozinho.

Disse o joãozinho Eglinton:

—Eu estava preparado para paradoxos pelo que o Malachi Mulligan tinha dito mas bem posso avisá-lo que se você pretende abalar a minha crença de que Shakespeare é Hamlet você tem uma árdua tarefa pela frente.

Tende paciência.

Stephen suportou o acúleo dos olhos ímpios mirando severos de sob um cenho cerrado. Um basilisco. *E quando vede l'uomo l'attosca.* Messer Brunetto, agradeço-vos o termo.

—Como nós, ou a mãe Dana, tecemos e desfiamos nossos corpos, Stephen disse, de um dia a outro, da trama para a urdidura lançadas e relançadas suas moléculas, tece e desfia o artista a sua imagem. E como a pinta no meu peito direito está onde estava quando nasci, embora meu corpo inteiro tenha sido tecido e retecido de matéria nova o tempo todo, assim através do fantasma do pai que não repousa a imagem do filho que não vive olha adiante. No intenso instante da imaginação, quando a mente, Shelley diz, é uma brasa que se apaga, o que fui é o que sou e o que em potencialidade eu possa vir a ser. Assim, no futuro, irmã do passado, posso ver a mim mesmo como estou aqui agora somente como reflexo do que então serei.

Drummond de Hawthornden te ajudou nessa passagem.

—Sim, o senhor Best disse moçamente, eu sinto Hamlet bem moço. A amargura pode ser do pai mas os trechos com Ofélia são seguramente do filho.

Gato por lebre. Ele é meu pai. Eu sou seu filho.

—Essa pinta é a última a sair, Stephen disse, rindo.

John Eglinton esboçou um esgar nada agradável.

—Se fosse essa a marca de nascença do gênio, ele disse, gênio seria uma droga à venda. As peças da maturidade de Shakespeare que Renan tanto admirava respiram um outro espírito.

— O espírito da reconciliação, o bibliotecário quacre respirou.

— Não pode haver reconciliação, Stephen disse, se não houve uma separação.

Disse isso.

— Se você quer saber quais são os eventos que lançam suas sombras sobre o inferno de tempo do *Rei Lear, Otelo, Hamlet, Tróilo e Créssida*, procure ver quando e como a sombra some. O que amacia o coração de um homem, Naufragado em tempestades rijas, testado, como um outro Ulisses, Péricles, príncipe de Tiro?

Cabeça, gorroconerrubro, esbofeteada, salcegada.

— Uma criança, uma menina, posta em seus braços, Marina.

— A inclinação dos sofistas pelos desvios da apocrifia é uma constante, John Eglinton detectou. As vias principais são penosas mas levam à cidade.

Bom Bacon: rançado. Shakespeare, o vento de Bacon. Malabalgarismos pelas estradas. À procura na grande demanda. Que cidade, bons mestres? Cifrados em nomes: A. E., éon: Magee, John Eglinton. A leste do sol, a oeste da lua: *Tir na n-og*. Botas, nos dois, e cajados.

Quantas milhas para Dublin?
Setenta delas, meu senhor.
Lá estaremos à hora das velas?

— O senhor Brandes a aceita, Stephen disse, como a primeira peça do período final.

— De fato? O que o senhor Sidney Lee, ou o senhor Simon Lazarus, como alguns declaram ser seu nome, diz disso?

— Marina, Stephen disse, uma filha da tormenta, Miranda, um prodígio, Perdita, a que se perdeu. O que foi perdido lhe é devolvido: a filha da sua filha. *Minha caríssima esposa*, Péricles diz, *era como esta donzela*. Poderá qualquer homem amar a filha se não amou a mãe?

— A arte de ser avô, o senhor Best a murmurar se põe. *L'art d'être grand...*

— A sua própria imagem para um homem com aquela coisa esquisita que é o gênio é o padrão de toda experiência, material e moral. Um tal apelo o tocará. As imagens de outros machos de seu sangue lhe serão repulsivas. Verá neles grosseiras tentativas da natureza de prevê-lo ou repeti-lo.

A benigna testa do bibliotecário quacre incendeu-se rosamente em esperança.

— Espero que o senhor Dedalus desenvolva sua teoria para esclarecimento do público. E temos de mencionar outro comentador irlandês, o senhor George Bernard Shaw. Nem podemos esquecer o senhor Frank Harris. Seus artigos sobre Shakespeare na *Saturday Review* foram certamente brilhantes. Curiosamente ele também nos esboça uma relação infeliz com a dama negra dos sonetos. O rival favorecido é William Herbert, duque de Pembroke. Concedo que, se o poeta tem de ser rejeitado, uma rejeição como essa pareceria mais em harmonia com — como direi? — nossas noções do que não deveria ter acontecido.

Prazerosamente ele cessou e deteve entre eles a cabeça mansa, ovo de dodó, prêmio da liça.

Ele a enche de tus e tis com graves palavresposas. Amas, Miriam? Amas teu homem?

— Pode ser também, Stephen disse. Há uma frase de Goethe que o senhor Magee gosta de citar. Cuidado com o que deseja na sua juventude porque você vai obtê-lo quando maduro. Por que ele manda a alguém que é uma *buonaroba*, uma baia em que cavalgam todos, uma dama de honra com uma escandalosa meninice, um lordezinho para cortejar em seu nome? Ele próprio era um lorde da língua e se tinha feito cavalheiro argamandel e tinha escrito *Romeu e Julieta*. Por quê? A crença em si próprio foi prematuramente morta. Ele foi sobrepujado num avenal primeiro (centeal, eu devia dizer) e nunca mais será um vencedor a seus próprios olhos nem jogará vitoriosamente o jogo de rir-se e deitar-se. Dongiovannismo putativo não o salvará. Nenhuma desfeita posterior desfará a primeira desfeita. A presa do javali o feriu onde jaz o amor sangrando. Se a megera é derrotada contudo ainda lhe resta a arma invisível da mulher. Existe, eu sinto nas palavras, certo acicate da carne que o conduz a uma nova paixão, uma sombra mais negra da primeira, obscurecendo até a sua própria compreensão de si. Destino igual o aguarda e as duas fúrias se mesclam num vórtice.

Eles ouvem. E nos átrios de seus ouvidos eu derramo.

— A alma fora antes atingida mortalmente, um veneno derramado no átrio de um ouvido adormecido. Mas aqueles que são postos à morte dormindo não podem conhecer o modo de sua ocisão a não ser que seu Criador lhes dote a alma desse conhecimento na vida por vir. Do envenenamento e da besta de dois dorsos que o incitou o fantasma do rei Hamlet se não fosse dotado de conhecimento por seu criador não poderia saber. É por isso que a fala (seu parco, feio e pobre inglês) está sempre dirigida a algum outro lugar, para trás. Violentador e violentado, o que ele quis mas não diz, segue com ele dos globos ebúrneos azulcontornados de Lucrécia ao seio de Imogênia, nu, com sua pinta cincopontas. Ele retorna, cansado da criação que acumulou para esconder-se de si próprio, velho cão lambendo chaga antiga. Mas, como a perda é seu ganho, ele passa para a eternidade com a personalidade inabalada, ineducado pela sabedoria que escreveu ou pelas leis que revelou. Sua viseira está erguida. Ele é um fantasma, uma sombra agora, o vento pelas pedras de Elsinore ou o que quiserdes, a voz do mar, uma voz ouvida apenas no peito daquele que é a substância de sua sombra, o filho consubstancial com o pai.

— Amém! Responsoriava-se à porta.

Então me encontraste, ó inimigo meu?

Entr'acte.

Cara de ribaldo, sombria como o de um deão, veio Buck Mulligan até eles, então gaio variegado, na direção da saudação de seus sorrisos. Meu telegrama.

— Vocês estavam falando do vertebrado gasoso, se eu não estou enganado? ele perguntou a Stephen.

Amarelocoletepálido ele saudou alegre com seu panamá na mão como se um cetro bufo.

Eles o recebem benvindo. *Was Du verlachst wirst Du noch dienen.*

Raça de bufões: Fótio, pseudomalaquias, Johann Most.

Ele Que a Si Próprio gerou, por intermediário o Espírito Santo, e Ele Mesmo mandou a Si Mesmo, *Agenbuyer*, entre Si Próprio e os outros, Que rebaixado por Seus inimigos, desnudado e verberado, foi pregado qual morcego em porta de celeiro, morreu de fome à àrvorecruz, Que deixou-se enterrar, levantou, devastou o inferno, vagou aos céus e lá por estes mil e novecentos anos senta-se à direita de Sua Própria Pessoa e contudo virá no último dia para danar os vivos e os mortos quando todos os vivos hão já de estar mortos.

Glo-o-ria in ex-cel-sis De-o

Ele eleva mãos. Desvelam-se véus. Ah, flores! Sinos e sinos com sinos acrescem.

—Sim, de fato, o bibliotecário quacre disse. Discussão das mais instrutivas. Sou capaz de apostar que o senhor Mulligan tem lá também sua teoria sobre a peça e sobre Shakespeare. Todos os lados da vida devem estar representados.

Ele sorria para os dois lados igualmente.

Buck Mulligan pensava, intrigado:

—Shakespeare? ele disse. O nome me parece familiar.

Um sorriso solar passageiro raiou em seus traços lassos.

—Ah, claro, ele disse, lembrando-se contente. O sujeito que escreve que nem o Synge.

O senhor Best virou-se para ele:

—Por pouco você não encontra o Haines. Você passou por ele? ele vai te encontrar mais tarde na D. B. C. Ele foi até a *Gill's* pra comprar as *Lovesongs of Connacht* do Hyde.

—Eu vim pelo museu, Buck Mulligan disse. Ele esteve aqui?

—Os compatriotas do bardo, John Eglinton respondeu, estão algo cansados talvez dos nossos brilhantismos teóricos. Ouvi dizer que uma atriz representou Hamlet pela quadricentèsimoitava vez ontem à noite em Londres. Vining sustentava que o príncipe era uma mulher. Será que ninguém fez dele um irlandês? O juiz Barton, se não me engano, está procurando umas pistas. Ele jura (Sua Alteza, não o Meritíssimo) por São Patrício.

—A mais brilhante de todas é aquela estória de Wilde, o senhor Best disse, erguendo seu caderno reluzente. Aquele *Retrato do senhor W. H.* Onde ele prova que os sonetos foram escritos por certo Willie Hughes, *a man of all hues.*

—Para Willie Hughes, não seria? o bibliotecário quacre perguntou.

Ou Hughie Wills. O próprio William Habilmente. W. H.: quem sou eu?

—Quer dizer, para Willie Hughes, o senhor Best disse, emendando facilmente seu soneto. É claro que é tudo um paradoxo, sabe?, Hughes e *hews* e *hues*, entalhes e matizes, mas é tão típica a maneira com que ele desenvolve isso tudo. É a mais profunda essência de Wilde, sabe? o toque leve.

Seu olhar tocou-lhes leve os rostos enquanto sorria, efebo louro. Essência domesticada de Wilde.

És esperto pra dedéu. Três bocados de usquebaugh bebeste com os ducados de Dan Deasy.

Quanto eu gastei? Ah, uns xelins.

Pra um magote de gazetistas. Humor úmido e seco.

Espírito. Darias teu espírito pela altiva libré de juventude com que ele se atavia. Feições do desejo satisfeito.

Mui numerosos serão. Tomá-la para mim. No tempo do acasalamento. Jove, envia-lhes uma brama amena. Deveras, pombarrole com ela.

Eva. Pecado nu ventrigueiral. Uma serpente a enrodilha, a presa em seu beijo.

— Você acha que é só um paradoxo, o bibliotecário quacre perguntava. O bufão nunca é levado a sério quando age com toda a seriedade.

Falavam a sério da bufa seriedade.

O novamente rosto grave de Buck Mulligan pôs olhos em Stephen por um momento. Depois, com a cabeça balançando, ele se aproximou, sacou de um telegrama dobrado do bolso. Seus móveis lábios leram, sorrindo de novo deleite.

— Telegrama! ele disse. Que inspiração maravilhosa! Telegrama! Uma bula papal!

Sentou-se na borda de uma mesa escura, lendo em voz alta jubiloso:

— *O sentimentalista é alguém que quer aproveitar sem incorrer na imensa dívida por algo feito.* Assinado: Dedalus. De onde foi que você enviou? Do michê? Não. College Green. Você bebeu as quatro pratas? A tia vai telefonar pro teu pai insubstancial. Telegrama! Malachi Mulligan, no Ship, Lower Abbey Street. Ah, seu gracioso sem par! Ah, seu kinchita sacerdotado!

Animado ele meteu mensagem e envelope num bolso mas trenodiou em resmungão vernáculo:

— É o que eu estou te dizendo, meu querido, era bem virado e doente que a gente estava, o Haines e euzinho aqui, na hora que o dito chegou. A gente já estava de chupar marafa de ferida de defunto, eu ali pensando, e ele torto de seco. E a gente uma hora e duas hora e três hora sentado bonitinho no Connery esperando uns caneco cada um.

E como carpia!

— E nós lá, mavrone, e você aí mandando as tuas conglomeração botando a gente de língua dois metro de fora que nem os padre carente desmaiando de querer uma zezinha.

Stephen riu.

Rápido, advertindo, Buck Mulligan se curvou:

— O viandante do Synge está atrás de você, ele disse, pra te matar. Ele ouviu dizer que você mijou na porta da entrada deles em Glasthule. Ele saiu de borzeguim de campônio pra te matar.

— Eu! Stephen exclamou. Essa foi a tua contribuição à literatura.

Buck Mulligan endireitou-se contente, rindo para o teto escuro com ouvidos.

— Te matar! ele ria.

Rosto ríspido de gárgula que guerreou contra mim por sobre a nossa pratada de bofes na rue Saint-André-des-Arts. Em palavras de palavras por palavras, *parole*. Oisin com Patrício. O faunomem que ele encontrou no bosque de Clamart, brandindo uma garrafa de vinho. *C'est vendredi saint!* Irlandês assassino. Sua imagem, vagueando, ele encontrou. Eu, a minha. Topei com um tolo na floresta.

— Senhor Lyster, um assistente disse da porta entreaberta.

— ... em que cada um pode encontrar a sua própria. Assim o juiz Madden em seu *Diário do senhor William Silence* encontrou os termos de caça... Sim? o que é?

— Tem um cavalheiro aqui, senhor, o funcionário disse, adiantando-se e oferecendo um cartão. Do *Freeman*. Ele quer ver os arquivos do *Kilkenny People* do ano passado.

— Mas claro, mas claro, mas claro. O cavalheiro está?...

Pegou o ávido cartão, espiou, não viu, largou inespiado, olhou, perguntou, rangeu, perguntou:

— Ele está?... Ah, ali!

Brusco em galharda partiu e se foi. No corredor à luz do dia conversava com loquazes esforços zelosos, ao dever obrigado, corretíssima, gentílima, honestíssima abalarga.

— Este cavalheiro? *Freeman's Journal*? *Kilkenny People*? Com certeza. Bom dia, senhor. *Kilkenny*... Mas claro que temos...

Paciente silhueta aguardava, escutando.

— Todos os principais veículos do... *Northern Whig, Cork Examiner, Enniscorthy Guardian*, 1903... O senhor poderia?... Evans, conduza este cavalheiro... Se o senhor tiver a bondade de seguir o fun... Ou por favor me permita... Por aqui... Por favor, senhor...

Loquaz, prestativo, mostrou o caminho até todos os jornais do interior, com escura figura reverente seguindo seus pés apressados.

A porta se fechou.

— O judengo! Buck Mulligan gritou.

Ele saltou e agarrou o cartão.

— Como é o nome dele? Ikey Moses? Bloom.

E prosseguiu tagarelando.

— Jeová, coletor de prepúcios, deixou de existir. Eu encontrei com ele no museu quando fui saudar a espuminata Afrodite. Gregos lábios que jamais se retorceram em oração. Todos os dias devemos prestar homenagem a ela. *Vida da vida, inflama teus lábios.*

Repentinamente ele se virou para Stephen:

— Ele te conhece. Conhece o teu velho. Ah, receio ser ele mais grego que os gregos. Seus pálidos olhos galilaicos estavam no sulco medial da deusa. Vênus Calipígia. Ah, o trovão de tais entranhas! *O deus perseguindo a escondida donzela.*

— Nós queremos ouvir mais, John Eglinton decidiu com a aprovação do senhor Best. Estamos começando a ficar interessados na senhora S. Até agora nós pensávamos nela, se é que pensávamos, como uma paciente Griselda, uma Penélope borralheira.

— Antístenes, discípulo de Górgias, Stephen disse, tirou a palma da beleza da fêmea de Kyrios Menelau, Argiva Helena, a égua de Troia onde dúzias de heróis dormiram, e entregou-a à pobre Penélope. Por vinte anos ele viveu em Londres e, por parte desse tempo, recebeu um salário igual ao do lorde chanceler da Irlanda. Sua vida era rica. Sua arte, mais do que a arte do feudalismo, como Walt Whitman a chamou, é a arte do excesso. Tortas quentes de arenque, verdes canecos de vinho espanhol, molhos de mel, açúcar de rosas, marzipã, pombos com groselhas, gengibirra. Sir Walter Raleigh, quando o prenderam, trajava meio milhão de francos incluindo um par de ligas finas. A *gombeen* Eliza Tudor tinha lingerie suficiente para competir com a de Sabá. Por vinte anos ele deixou-se estar por lá entre o amor conjugal e seus castos deleites e o amor escortatório e seus prazeres impuros. Vocês conhecem a história de Manningham sobre a esposa do burguês que convidou Dick Burbage à sua cama depois de tê-lo visto em *Ricardo III* e de como o grande William Shakespeare, tendo entreouvido, sem mais barulho por nada pegou a vaca a unha e, quando Burbage veio bater ao portão, respondeu de dentre os cobertores do castrado: *Guilherme o conquistador veio antes de Ricardo III.* E a gaia meninota, senhora Fitton, montaria exultitante, e sua formosa benhamada, lady Penelope Rich, uma mulher limpa e de qualidade serve bem a um ator, e as bebenas da margem do rio, um pêni por vez.

Cours-la-Reine. *Encore vingt sous. Nous ferons de petites cochonneries. Minette? Tu veux?*

— A fina flor da sociedade. E a mãe de sir William Davenant de Oxford com seu copo de vinho das canárias para o primeiro galo que cantar.

Buck Mulligan, olhos pios elevados, rezava:

— Beata Margarida Maria Alfarricoque!

— E a filha do Harry das seis esposas. E outras amigas das cadeiras vizinhas, como canta Lawn Tennyson, poeta cavalheiro. Mas por todos esses vinte anos o que vocês imaginam que a pobre Penélope em Stratford estava fazendo por trás das gelosias?

Fazer e fazer. Feito. Num rosário da Fetter Lane de Gerard, herbolário, ele caminha, castanhencanecido. Flor celeste como as veias dela. Pálpebras dos olhos de Juno, violetas. Caminha. Uma vida é tudo. Um corpo.

Fazer. Fazer e pronto. Além, num fedor de luxúria e sordidez, deitam-se mãos à brancura.

Buck Mulligan bateu ríspido na mesa de John Eglinton.

— De quem você suspeita? ele desafiava.

— Digamos que ele seja o amante rejeitado dos sonetos. Uma vez rejeitado, rejeitado duas vezes. Mas a lasciva da corte o rejeitou por um lorde, o meucaroamor dele.

Amor que não ousa dizer seu nome.

— Inglês que era, você quer dizer, John firme Eglinton acrescentou, ele amava um lorde.

Muro velho onde repentinos irrompem lagartos. Em Charenton eu os observei.

— Parece que sim, Stephen disse, quando quer fazer por ele, e por cada um e todos os outros ventres por fertilizar, o santo ofício que o cavalariço faz para o garanhão. Talvez, como Sócrates, ele tivesse uma parteira por mãe como tinha uma megera por esposa. Mas ela, a lasciva promíscua, não quebrava uma jura de alcova. Dois feitos fedem na mente daquele fantasma: uma jura quebrada e o labrego estúpido sobre quem recaíram os favores dela, irmão do marido morto. A doce Ann, acho eu, era de sangue quente. Uma vez galanteadora, galanteadora duas vezes.

Stephen virou-se ousado em sua cadeira.

— O ônus da prova está com vocês e não comigo, ele disse, fechando o rosto. Se vocês negam que na quinta cena do *Hamlet* ele a marcou com o ferro quente da infâmia, me digam por que não há qualquer menção a ela durante os trintequatro anos entre o dia em que ela o leva para a cama e o dia em que o leva para a cova. Todas aquelas mulheres puseram os seus homens a sete palmos: Mary, o seu bom homem John, Ann, o seu pobre e velho Willun, quando não é que ele me morre lá daquele jeito, enfurecido por ser o primeiro a ir, Joan, seus quatro irmãos, Judith, seu marido e todos os seus filhos, Susan, seu marido também, enquanto a filha de Susan, Elizabeth, para empregar as palavras do vovô, casou com seu segundo, tendo matado o primeiro.

Ah, sim, menção existe. Nos anos em que ele vivia à larga na Londres da realeza para pagar uma dívida ela teve que emprestar quarenta xelins de um pastor de seu pai. Expliquem vocês então. Expliquem também o canto do cisne por meio do qual ele a recomendou à posteridade.

Ele encarava o silêncio deles.

A quem desta maneira Eglinton:

Você se refere ao testamento.
Cabia a ela o dote de viúva

> *Pelo direito consuetudinário,*
> *Que ele conhecia muito bem,*
> *Dizem-nos bons juízes.*
> *Dele escarnece Satã,*
> *Bufão:*
> *E assim ele esqueceu seu nome*
> *Na primeira versão, mas mencionou*
> *Presentes para a neta, para as filhas,*
> *Para a irmã e os camaradas de Stratford*
> *E Londres. E depois sendo ele instado,*
> *Creio eu, a citá-la*
> *Entregou-lhe sua*
> *Segundamelhor*
> *Cama.*
> *Punkt*
> *Entregoulhessua*
> *Segundamelhor*
> *Entregoulhessua*
> *Camelhor*
> *Suacama*
> *Camegunda.*

Epa!

— A gente da província tinha poucas posses naqueles tempos, John Eglinton observou, como tem ainda hoje se nossas peças camponesas são fiéis.

— Ele era um rico cavalheiro da província, Stephen disse, com um brasão e propriedade de terras em Stratford e uma casa no Ireland yard, um sócio capitalista, um promotor de petições, um fazendeiro cotista. Por que não lhe deixou sua melhor cama se queria que ela roncasse em paz pelo resto das suas noites?

— Fica claro que havia duas camas, uma melhor e uma segunda melhor, o senhor Bestunto Best disse com fineza.

— *Separatio a mensa et a thalamo*, desembestou Buck Mulligan e recebeu sorrisos.

— A antiguidade menciona leitos famosos, o Segundo Eglinton sorriu, criando alcovinhas em seu rosto. Deixem-me pensar.

— A antiguidade menciona aquele aluninho estagirita e calvo sábio do paganismo, Stephen disse, que ao morrer no exílio liberta e lega a seus escravos, paga tributo aos antepassados, deseja ser deposto na terra próximo aos ossos da esposa morta e insta os amigos a serem bondosos para com uma antiga amante (não esqueça Nell Gwynn Herpyllis) e deixarem-na viver na sua herdade.

— Você quer dizer que ele morreu assim? o senhor Best perguntou ligeiramente consternado. Veja bem...

— Ele morreu morto de bêbado, Buck Mulligan pontificou. Um caneco de cerveja é um prato pra um rei. Ah, eu tenho que contar pra vocês o que o Dowden disse!

— O quê? perguntou Besteglinton.

William Shakespeare e companhia limitada. O William do povo. Para o regulamento, dirigir-se a: E. Dowden, Highfield House...

— Um encanto! Buck Mulligan suspirava amoroso. Eu lhe perguntei o que ele achava da acusação de pederastia levantada contra o bardo. Ele ergueu as mãos e disse: *Tudo o que podemos dizer é que a vida corria solta naqueles dias*. Um encanto!

Catamito.

— O sentimento da beleza nos desvia do caminho, disse o belonatristeza Best ao feiejante Eglinton.

O esteio John replica severo:

— O doutor pode nos dizer o que significam essas palavras. Não se pode fazer uma omelete sem quebrar os ovos.

Afirma-lo, deveras? Arrancarão de nós, de mim, a palma da beleza?

— E o sentimento de propriedade, Stephen disse. Ele buscou Shylock no fundo do seu próprio bolso. Filho de um atacadista de malte e usurário ele próprio foi atacadista de grãos e usurário com dez medidas de grãos entesouradas durante as rebeliões do período da fome. Aqueles que a ele recorriam eram sem dúvida os de diversas confissões mencionados por Chettle Falstaff que atestou a lisura das suas práticas comerciais. Ele processou um colega ator pelo preço de umas sacas de malte e cobrou sua libra de carne em juros para cada dinheirinho emprestado. De que outra maneira poderia o cavalariço e pajem de Aubrey ter enriquecido rápido? Todos os eventos traziam lenha para sua fogueira. Shylock ecoa a judiaria que se seguiu ao enforcamento e esquartejamento de Lopez, sanguessuga da rainha, o coração hebraico arrancado enquanto o judeu estava ainda vivo: *Hamlet* e *Macbeth*, a chegada ao trono de um filosofastro escocês com uma queda por churrasquinho de bruxa. A armada perdida é o alvo do seu humor em *Trabalhos de amor perdidos*. Seus desfiles cívicos, as peças históricas, navegam a velas anchas numa maré de entusiasmo ufanista à la Mafeking. Jesuítas de Warwickshire são julgados e vemos a teoria dos duplos sentidos de um porteiro. O *Sea Venture* volta das Bermudas e a peça que Renan admirava é escrita com Patsy Caliban, nosso primo americano. Os sonetos açucarados seguem os de Sidney. Quanto à fada Isabel, também conhecida como Bess cenourinha, a virgem nojenta que inspirou *As alegres comadres de Windsor*, que algum meinherr tudesco fuce a vida inteira atrás de profundos sentidos escondidos no fundo do cesto de roupa suja.

Eu acho que você está se saindo muito bem. Só misture uma miscelânea teolologicofilolológica. *Mingo, minxi, mictum, mingere.*

— Prove que ele era judeu, John Eglinton desafiou, ansiosamente. O seu deão de estudos sustenta que ele era um apostólico romano.

Sufflaminandus sum.

— Ele foi fabricado na Alemanha, Stephen respondeu, como o maior dos laqueadores franceses de escândalos italianos.

— Um homem de miríades de mentes, o senhor Best lembrou. Coleridge o chamou de myriadminded.

Amplius. In societate humana hoc est maxime necessarium ut sit amicitia inter multos.

— São Tomás, Stephen começou...

— *Ora pro nobis*, o Monge Mulligan resmungou, afundando numa cadeira.

Lá carpiu uma canção de lamento.

— *Pogue mahone! Acushla machree!* É hoje que a gente se acaba! É hoje que é o nosso fim!

Sorriram todos seus sorrisos.

— São Tomás, Stephen, sorrindo, disse, cuja pançuda obra eu tenho o prazer de ler no original, escrevendo sobre o incesto de um ponto de vista diferente do da nova escola vienense de que falava o senhor Magee, compara-o a sua maneira sábia e curiosa a uma avareza das emoções. Ele quer dizer que o amor de tal maneira entregue a alguém próximo por sangue é cupidamente negado a algum estranho que pode bem ser que anseie por ele. Os judeus, que os cristãos tacham de avaros, são entre todos os povos o mais dado ao casamento intrarracial. Acusações surgem da raiva. As leis cristãs que construíram os tesouros dos judeus (para quem, como para os lolardos, era abrigo a tempestade) prenderam também seus afetos com aros de aço. Se serão pecados ou virtudes tais coisas o velho Nobodaddy nos há de contar na audiência do Juízo. Mas um homem que se aferra tanto ao que chama de seus direitos sobre o que chama de suas dívidas vai também se aferrar a seus direitos sobre aquela que chama de sua esposa. Nenhum senhor vizinho sorriso cobiçará seu boi ou sua esposa ou seu criado ou sua criada ou seu jumento.

— Ou sua jumenta, antifonou Buck Mulligan.

— O doce Will está sendo tratado com certo azedume, o doce senhor Best disse doce.
— Que tratado? Engasgou-se candidamente Buck Mulligan. Estamos misturando as coisas.
— O tratado de toda uma vida, John Eglinton filosofou, para a pobre Ann, viúva destratada, é um tratado de morte.
— *Requiescat!* Stephen orava.

E a vontade contratada?
De há muito foi calada...

— Ela jaz estendida em rígido rigor naquela segundamelhor cama, rainha amordaçada, mesmo que vocês provem que uma cama naquele tempo era tão rara quanto um automóvel é hoje e que os seus entalhes eram o encanto de sete paróquias. Em sua velhice ela se meteu com puritanos (um ficou em New Place e bebeu um quartilho de vinho que a cidade pagou mas em qual cama ele dormiu não compete perguntar) e ouviu dizer que tinha uma alma. Ela leu ou leram para ela seus libelos beatos e achou-os melhores que as *Alegres comadres* e, perdendo suas águas noturnas no calhandro, meditou sobre *Ganchos e ilhós para as bragas dos fiéis* e *A mais espiritual das cheiradeiras para fazer espirrar as mais devotas almas*. Vênus contorcera seus lábios numa oração. Remorsura do inteleito: remorso de consciência. É uma era de meretrício exausto tateando por seu deus.
— A história prova que isso é verdade, *inquit Eglintonus Chronolologos*. As eras sucedem-se umas às outras. Mas sabemos por alta autoridade que os piores inimigos de um homem serão os da sua própria casa e da sua própria família. Eu acho que Russell tem razão. O que é que nos importam a mulher e o pai dele? Eu diria que só poetas de família têm vidas de família. Falstaff não era um homem de família. Eu acho que o cavaleiro gordo é sua mais alta criação.

Ressequido, reclinou-se. Relega, renega teus pares, *the unco guid*. Relegado ceando com os sendeus, ele furta a taça. Um senhor de terras na Antrim de Ulster pediu-lhe que. Visita-o aqui uma vez a cada trimestre. Seo Magee, meu senhor, tem um cavalheiro aqui pra ver o senhor. Eu? Diz que é seu pai, senhor. Dê-me meu Wordsworth. *Enter* Magee Mor Matthew, um cabeludo carapinha descabelado de um patrício, de calçolas de braguilha abotoada, com as meias enlameadas do lodo de dez florestas, uma vara de macieira selvagem na mão.

Os seus? Ele conhece o teu velho. O viúvo.

Correndo para seu esquálido covildefunto desde a gaia Paris no cais eu toquei sua mão. A voz, calor novo, falando. O dr. Bob Kenny está cuidando dela. Os olhos que querem meu bem. Mas não me conhecem.

— Um pai, Stephen disse, combatendo desesperançoso, é um mal necessário. Ele escreveu a peça nos meses que se seguiram à morte do pai. Se vocês sustentam que ele, um homem grisalho com duas filhas núbeis, com trintecinco anos de vida, *nel mezzo del cammin di nostra vita*, com cinquenta de experiência é o aluno imberbe de Wittenberg então vocês têm que sustentar que sua mãe septuagenária é a rainha lúbrica. Não. O cadáver de John Shakespeare não erra pela noite. A cada hora ele apodrece mais. Ele repousa, desarmado da paternidade, tendo legado este estatuto místico a seu filho. O Calandrino de Boccaccio foi o primeiro e o último homem a sentir-se grávido. A paternidade, no sentido de uma geração consciente, é desconhecida do homem. É um estatuto místico, uma sucessão apostólica, de único genitor a único gerado. É neste mistério e não na madona que a sagacidade do intelecto italiano arremessou para a malta da Europa que se funda a igreja e funda-se inamovivelmente porque fundada, como o mundo, macro e microcosmo, sobre o vácuo. Sobre a incerteza, sobre a improbabilidade. *Amor matris*, genitivo subjetivo e objetivo, pode ser a única coisa verdadeira na vida. A paternidade pode ser uma ficção legal. Quem é o pai de qualquer filho que qualquer filho deva amá-lo ou ele a qualquer filho?

O que diabos você está tentando fazer?

Eu sei. Cale a boca. Dane-se! Eu tenho as minhas razões.

Amplius. Adhuc. Iterum. Postea.

Você está condenado a fazer isso?

— Estão apartados por uma vergonha carnal tão inflexível que os anais do crime do mundo, manchados por todos os outros incestos e bestialidades, mal registram essa infração. Filhos com mães, senhores com filhas, irmãs lésbicas, amores que não ousam dizer seu nome, sobrinhos com avós, presidiários com buracos de fechaduras, rainhas com touros premiados. O filho não nascido conspurca a beleza: nascido, traz dor, divide afetos, aumenta cuidados. É um macho: seu crescimento é o declínio do pai, sua juventude a inveja do pai, seu amigo o inimigo do pai.

Na rue Monsieur-le-Prince eu pensei isso tudo.

— O que os liga na natureza? Um instante de cio cego.

Eu sou pai? E se fosse?

Mão incerta mirada.

— Sabélio, o africano, mais sutil heresiarca entre todas as bestas do campo, sustentava que o Pai era Ele Mesmo Seu Próprio Filho. O buldogue de Aquino, com quem palavra alguma será impossível, refuta-o. Bem: se o pai que não tem filho não for pai pode o filho que não tem pai ser filho? Quando Rutlandbaconsouthamptonshakespeare ou outro poeta do mesmo nome na comédia dos erros escreveu *Hamlet* ele não era o pai do seu próprio filho meramente mas, não mais sendo filho, era e se sentia pai de toda a sua raça, o pai do próprio avô, o pai de seu neto por nascer que, por isso mesmo, jamais nasceu pois a natureza, como o senhor Magee a compreende, abomina a perfeição.

Eglintonolhos, vivos de prazer, olharam acima brilhantímidos. Mirando admirado, puritano alegre, pela rosamosqueta retorcida.

Lisonjeie. Raro. Mas lisonjeie.

— Ele mesmo o seu próprio pai, o Filhomulligan disse a si próprio. Esperem. Emprenhei. Estou com uma criança não nascida no cérebro. Palas Atena! Uma peça! A peça é a receita! Me deixem parturejar!

Ele abraçou seu ventrecenho com ambas as mãos parteiras.

— No que se refere à família dele, Stephen disse, o nome de sua mãe vive na floresta de Arden. Sua morte fez surgir nele a cena com Volúmnia em *Coriolano*. A morte de seu filhomenino é a cena da morte do jovem Arthur em *Rei João*. Hamlet, o príncipe negro, é Hamnet Shakespeare. Quem são as meninas em *A tempestade*, em *Péricles*, no *Conto de inverno* nós sabemos. Quem são Cleópatra, panela de carne do Egito, e Créssida e Vênus nós podemos imaginar. Mas há um outro membro da família que é registrado.

— Agora é que vai ficar interessante, John Eglinton disse.

O bibliotecário quacre, álacre, adentrou nas pontinhas, alas, sua máscara, alada, apressado, ala, charla. Tão.

Porta fechada. Cela. Dia.

Eles ouvem. Três. Eles.

Eu você ele eles.

Venha, bagunce.

STEPHEN: Ele tinha três irmãos, Gilbert, Edmund, Richard. Gilbert na velhice disse a uns cavalheiros da cidade que não é que ele pegou um passe grátis do porteiro uma vez, Virgem Santíssima, pegou mesmo, e viu o mano Maister Wull que era escritor lá em Londs numa peça de luta livre com um sujeito na cacunda. A salsicha do teatro enchia a alma desse Gilberto. Ele está em parte alguma: mas um Edmundo e um Ricardo estão registrados nas peças do doce William.

MAGEEGLINJOHN: Nomes! O que há num nome?

BEST: É o meu nome, Richard, sabe? Espero que você ainda diga uma palavra a favor do Richard, não é mesmo, em meu nome.

(*Risos*)

BUCK MULLIGAN: (*Piano, diminuendo*)

E então bazofia o Dick medicina
A seu camarada Davy medicina...

STEPHEN: Na sua trindade de desejos negros, os xeiquespirados da vilania, Iago, Ricardo corcunda, Edmundo em *Rei Lear*, dois carregam os nomes dos tios perversos. Não só, a última peça foi escrita ou estava sendo escrita enquanto seu irmão Edmundo jazia no leito de morte em Southwark.

BEST: Espero que acabe sobrando pro Edmund. Eu não quero Richard, o meu nome...

(*Risos*)

QUACRELYSTER: (*A tempo*) Mas aquele que me escorcha de meu bom nome...

STEPHEN: (*Stringendo*) Ele escondeu seu próprio nome, um belo nome, William, nas peças, um faxineiro aqui, um palhaço ali, como um pintor da antiga Itália coloca o rosto num canto escuro da tela. Ele o revelou nos sonetos onde há excesso de Wills. Como para John O'Gaunt, seu nome lhe é caro, tão caro quanto o brasão pelo qual sorrabou, em banda sable, lança ouro ponta argentada, honorificabilitudinitatibus, mais caro que sua glória de maior *shakescene* do país. O que há num nome? Isso é o que nos perguntamos na infância quando escrevemos o nome que nos dizem ser nosso. Uma estrela, uma estrela da tarde, uma pedraderraio nasceu quando ele. Brilhou durante o dia no firmamento solitária, mais clara que Vênus na noite, e à noite brilhava sobre o delta em Cassiopeia, a constelação reclinada que é a assinatura da sua inicial entre os astros. Os olhos dele a observaram, postabaixa no horizonte, a leste da Ursa, enquanto ele vinha pelos sonolentos campos de verão à meianoite, voltando de Shottery e dos braços dela.

Ambos satisfeitos. Eu também.

Não lhes diga que ele tinha nove anos quando ela se extinguiu.

E dos braços dela.

Espere pela corte, espere pela conquista. Sim, mulherico. Quem a ti cortejará?

Ler os céus. *Autontimorumenos. Bous Stephanoumenos.* Cadê teus quadrantes? Stephen, Stephen, onde estão os que vivem. S.D.: *sua donna. Già: di lui. Gelindo risolve di non amar S.D.*

—De que se trata, senhor Dedalus? o bibliotecário quacre perguntava. Era um fenômeno celeste?

—Uma estrela à noite, Stephen disse, uma coluna de nuvem durante o dia.

O que mais há para dizer?

Stephen olhava seu chapéu, sua bengala, suas botas.

Stephanos, minha coroa. Minha espada. As botas dele estão estragando o formato dos meus pés. Comprar um par. Furos nas meias. O lenço também.

—Você está usando bem o nome, John Eglinton concedeu. O seu próprio nome já é bem estranho. Suponho que ele explique os seus humores fantásticos.

Eu, Magee e Mulligan.

Fabuloso artífice, o homem aquilino. Você voou. Para onde? Newhaven-Dieppe, passageiro de porão. Paris ida e volta. Galeirão. Ícaro. *Pater, ait*. Marasperso, caído, encharcando-se. Galeirão és. Galeirão ele.

O senhor Best calmansiosamente ergueu seu caderno para dizer:

—Isso é muito interessante porque esse motivo do irmão, não é mesmo, nós o encontramos também nos antigos mitos irlandeses. Exatamente isso de que você está falando. Os três irmãos Shakespeare. Em Grimm também, não é mesmo, os contos de fadas. O terceiro irmão que se casa com a bela adormecida e ganha o maior dos prêmios.

O melhor dos irmãos Best. *Good, better, best.*

O bibliotecário quacre pulestacou próximo.

—Eu gostaria de saber, ele disse, qual dos irmãos o senhor... Eu compreendo que tenha sugerido a existência de um desvio de conduta envolvendo um dos irmãos... Mas talvez eu esteja me adiantando?

Ele apanhou-se no ato: olhou para todos: recolheu-se.

Um funcionário da porta chamou:

—Senhor Lyster! O padre Dineen quer...

—Ah! O padre Dineen! Imediatamente.

Veloz prajá rangente já prajá prajá saiu jàjá.

John Eglinton tocou seu florete.

—Então, ele disse. Ouçamos o que você tem a dizer sobre Richard e Edmund. Você deixou os dois pro fim, não foi?

—Pedindo que vocês recordassem aqueles dois nobres parentes o avúnculo Richie e o avúnculo Edmund, Stephen respondeu, eu sinto que estou talvez pedindo demais. Um irmão é esquecido com a facilidade com que se esquece um guardachuva.

Galeirão.

Cadê o teu irmão? Apothecaries' Hall. Minha pedra de amolar. Ele, depois Cranly, Mulligan: agora estes aqui. Fala, fala. Mas ato. Fala em ato. Derridem para testar você. Ato. Receba a ação.

Galeirão.

Estou cansado da minha voz, a voz de Esaú. Meu reino por um trago.

Em frente.

—Vocês vão dizer que esses nomes já constavam das crônicas de que ele retirou a matéria das peças. Por que ele pegou esses e não outros? Ricardo, um corcunda filho de uma puta, um aborto, corteja uma Aninha enviuvada (o que há num nome?), corteja e conquista, uma viúva alegre filha de uma puta. Ricardo o conquistador, terceiro irmão, veio depois de Guilherme o conquistado. Os quatro outros atos da peça pendem murchos deste primeiro. De todos os seus reis, Ricardo é o único rei não escudado pela reverência de Shakespeare, o anjo do mundo. Por que a subtrama de *Rei Lear* em que figura Edmundo é arrancada da *Arcadia* de Sidney e ensanduichada numa lenda céltica mais velha que a história?

— Era o estilo de Will, John Eglinton defendeu. Nós não deveríamos hoje combinar uma saga escandinava com um excerto de um romance de George Meredith. *Que voulez-vous?* Moore diria. Ele põe a Boêmia no litoral e faz Ulisses citar Aristóteles.

— Por quê? Stephen respondeu ele mesmo. Porque o tema do irmão falso ou usurpador ou adúltero ou os três ao mesmo tempo está em Shakespeare, como os pobres não estão, sempre com ele. A nota de ostracismo, ostracismo do coração, ostracismo do lar, soa ininterrupta desde *Os dois cavalheiros de Verona* em diante até que Próspero quebre o seu cajado, enterre-o a certas braças da superfície da terra e afunde o seu livro. Ela se dobra no meio da vida dele, reflete-se em outra, repete-se, prótase, epítase, catástase, catástrofe. Repete-se novamente quando está próximo do túmulo, quando sua filha casada, Susan, farinha do mesmo saco, é acusada de adultério. Mas foi o pecado original que obscureceu-lhe a compreensão, enfraqueceu sua vontade e deixou nele uma forte inclinação para o mal. As palavras são as de meus senhores os bispos de Maynooth: um pecado original e, enquanto pecado original, cometido por um outro em cujo pecado pecou também ele próprio. Está entre as linhas das últimas palavras que escreveu, está petrificado em sua lápide sob a qual a caveira dela não há de ser deposta. Não feneceu com a idade. A beleza e a paz não o desfizeram. Está em infinita variedade por toda parte no mundo que ele criou, em *Muito barulho por nada*, duas vezes em *Como gostais*, em *A tempestade*, em *Hamlet*, em *Medida por medida*, e em todas as outras peças que eu não li.

Ele riu por libertar sua mente da servidão de sua mente.

O juiz Eglinton sumariou.

— A verdade está no meio, ele afirmou. Ele é o fantasma e o príncipe. Ele é tudo em todos.

— Ele é, Stephen disse. O menino do primeiro ato é o homem maduro do quinto. Tudo em todos. Em *Cimbeline*, em *Otelo* ele é cáften e corno. Ele age e recebe ação. Amante de um ideal ou de uma perversão, como José ele mata a Carmen real. Seu intelecto contumaz é o loucornudo Iago incessantemente desejando que sofra o Mouro que traz em si.

— Cuco! Cuco! Cuck Mulligan cacarejou obsceno. Oh palavra de medo! Abóbada abetumada recebeu, reverberou.
— E que personagem é o Iago! o intrépido John Eglinton exclamou. No final das contas, Dumas *fils* (ou será Dumas *père*?) é quem tem razão. Depois de Deus Shakespeare foi quem mais criou.
— O homem não o encanta nem a mulher, Stephen disse. Ele retorna depois de uma vida de ausência para o ponto da terra em que nasceu, onde foi sempre, homem e menino, testemunha silenciosa e lá, finda sua jornada de vida, planta na terra sua amoreira. E então morre. Encerrou-se o movimento. Coveiros enterram Hamlet *père* e Hamlet *fils*. Rei e príncipe finalmente na morte, com música incidental. E, conquanto assassinados e traídos, chorados por todos os tenros e frágeis peitos pois, dinamarqueses ou dublinenses, a lástima pelos mortos é o único esposo de que recusam se divorciar. Se vocês gostam do epílogo olhem bem para ele: o próspero Próspero, o bom homem recompensado, Lizzie, a coisinha querida do vovô, e o avúnculo Richie, o homem mau removido por justiça poética para o lugar onde vão parar os pretos malvados. Cortina enfática. Ele encontrou no mundo exterior como real o que havia no seu mundo interior como possível. Maeterlinck diz: *Se Sócrates deixar hoje sua casa ele encontrará o sábio sentado em seu limiar. Se Judas sair nesta noite é a Judas que seus passos tenderão.* Toda vida é muitos dias, dia após dia. Caminhamos por nós mesmos, encontrando ladrões, fantasmas, gigantes, velhos, rapazes, esposas, viúvas, bonscunhados. Mas sempre encontrando a nós mesmos. O dramaturgo que escreveu o fólio deste mundo e escreveu mal (ele nos deu a luz primeiro e o sol dois dias mais tarde), o senhor das coisas como são a quem os mais romanos dos católicos chamam *dio boia*, deus carrasco, é indubitavelmente tudo de todos em todos nós, cavalariço e açougueiro, e seria cáften e corno também não fosse o fato de que na economia do paraíso, predita por Hamlet, não há mais casamentos, sendo o homem glorificado, anjo andrógino, a esposa de si próprio.
— *Eureka!* Buck Mulligan gritou. *Eureka!*
Repentinamente alegrado ele saltou e alcançou de uma passada a mesa de John Eglinton.
— Posso? ele disse. O Senhor falou a Malaquias.
Pôs-se a rabiscar uma tira de papel.
Levar uns papéis do balcão na saída.
— Aqueles que estão casados, o senhor Best, dulcíssimo arauto, disse, todos menos um, hão de viver. O resto se manterá como está.
Riu, incasado, para Eglinton Johannes, das artes bacharel.
Inesposados, incobiçados, cientes das ciladas, eles ponderam digital, e noturna, mente cada um sua edição *variorum* de *A megera domada*.

—Você é uma decepção, disse abertamente John Eglinton para Stephen. Você nos fez dar essa volta imensa pra nos mostrar um triângulo amoroso. Você acredita na sua própria teoria?

—Não, Stephen disse prontamente.

—Vai escrevê-la? o senhor Best perguntou. Você devia transformar em diálogo, não é mesmo, como os diálogos platônicos que o Wilde escreveu.

John Eclecticon duplissorriu.

—Bom, nesse caso, ele disse, você não deve imaginar que vai ser pago visto que nem você mesmo acredita nela. O Dowden acredita que há algum mistério no *Hamlet* mas não diz outra palavra. Herr Bleibtreu, o homem que o Piper conheceu em Berlim, que está desenvolvendo aquela teoria do Rutland, acredita que o segredo esteja escondido no monumento de Stratford. Ele vai fazer uma visita ao atual duque, diz o Piper, pra provar que o seu ancestral escreveu as peças. Será uma surpresa pra sua graça. Mas ele acredita na teoria dele.

Eu creio, ó Deus, ajuda minha incredulidade. Isto é, ajuda-me a crer ou ajuda-me a descrer? Quem ajuda a crer? *Egomen.* Quem a descrer? Outro sujeito.

—Você é o único colaborador da *Dana* que pede peças de prata. E depois eu nem sei do próximo número. O Fred Ryan quer espaço pra um artigo sobre economia.

Freidráin. Duas peças de prata ele me emprestou. Dar uma mão. Economia.

—Por um guinéu, Stephen disse, vocês podem publicar essa entrevista.

Buck Mulligan levantou-se de seu risonho rabisco, rindo: e então disse seriamente, açucarando a malícia:

—Eu me dirigi ao bardo Kinch em sua residência de verão na Upper Mecklenburgh Street e o encontrei afundado no estudo da *Summa contra gentiles* na companhia de duas damas gonorreicas, Nelly Fresquinha e Rosalie, a puta do cais de carvão.

Ele desgarrou.

—Vem, Kinch. Vamos, Ængus errante dos pássaros.

Vamos, Kinch, você já comeu tudo que a gente deixou. Sim, servirei tuas migalhas e tuas vísceras.

Stephen levantou-se.

A vida é muitos dias. Este vai acabar.

—A gente vê você hoje à noite, John Eglinton disse. *Notre ami* Moore diz que Malachi Mulligan há de estar lá.

Buck Mulligan acenou com papel e panamá.

—Monsieur Moore, ele disse, palestrante de letras francesas para a juventude irlandesa. Eu estarei lá. Vem, Kinch, hão de beber os bardos. Você consegue andar em linha reta?

Rindo, ele...
Entornar até as onze. Diversão noturna na Irlanda.
Palhaço...
Stephen seguia um palhaço...
Um dia na biblioteca nacional nós tivemos uma discussão. Shakes. Depois. Sua palhaçada na volta: eu segui. Mordo-lhe os calcanhares.

Stephen, cumprimentando, depois em seus estertores, seguia um palhaço bufo, uma cabeça cabeleireirada, recembarbeada, saindo da cela abobadada para sob estraçalhante sol desprovido de ideias.
O que foi que eu aprendi? Com eles? Comigo?
Andar como o Haines agora.

A sala dos leitores constantes. No livro de leitores Cashel Boyle O'Connor Fitzmaurice Tisdall Farrell adorna seus polissílabos. Item: Hamlet estava louco? A cabeçorra do quacre pia com um padreco falando de livros.
— Ah, sim, por favor, senhor... Isso me agradaria muitíssimo...

Divertido Buck Mulligan divagava num sussurro divertido consigo mesmo, autoaquiescendo:
— Um Bottom satisfeito.
A catraca.
Será?... Chapéu fitazul... escrevendo à toa... O quê? Olhou?...
A balaustrada curva; deslizaleve Míncio.
Puck Mulligan, de capacetepanamá, seguia degrau por degrau, aos iambos, em trenos.

John Eglinton, meu Jo, John.
Por que não tens esposa?

Perdigotava para o ar:
— Ó o chim chinfrim! Chin Chong Eg Lin Ton. Nós fomos até o palco deles, eu e o Haines, o salão dos funileiros. Os nossos atores estão criando uma nova arte para a Europa como os gregos ou M. Maeterlinck. Abbey Theatre! Já sinto o suor pubiano dos monges.
Cuspiu em branco.
Esqueceu: tanto quanto esqueceu as chibatadas que lhe deu o seboso Lucy. E deixou a *femme de trente ans*. E por que nenhuma outra criança nascida? E o seu primeiro filho uma filha?
Esprit de l'escalier. Volta.
A reclusa obstinada ainda lá (ele não quebrou os ovos) e a jovenzinha dulcíssima, fetiche de prazer, o brincável cabelo louro de Fedo.
Hã.. Eu só hã... queria... esqueci... ele...

229

— Longworth e M'Curdy Atkinson estavam lá...
Puck Mulligan pisava bizarro, em trilos:

Eu mal escuto a cidade gritar
Ou, quando passo, a voz de um militar,
E já meus pensamentos vão ter com
O velho F. M'Curdy Atkinson,
Aquele que tinha a perna de pau,
E aquele outro flibusteiro mau,
Que nunca à sua sede punha fim,
Magee, que tem um queixo tão chinfrim.
Temendo acima de tudo casar-se,
Os dois passavam o dia a masturbar-se.

Segue, bufão. Conhece-te a ti mesmo.
Detido, embaixo de mim, um excêntrico me olha. Detenho-me.
— Gracioso queixoso, Buck Mulligan gemia. O Synge deixou de usar preto pra ser como a natureza. Só os corvos, os padres e o carvão inglês são pretos.
Uma risada saltitou-lhe sobre os lábios.
— O Longworth está terrivelmente doente, ele disse, depois do que você escreveu sobre a velha mexeriqueira da Gregory. Ah, seu judeusuíta bêbado inquisitivo! Ela te arranja trabalho no jornal e daí você solta todos os cachorros em cima dela. Será que você não podia agir à la Yeats?
Ele seguia e descia, espanando, cantarolando e acenando braços graciosos:
— O mais belo livro publicado em nossa terra desde que estou no mundo. Faz pensar em Homero.
Ele parou no pé da escada.
— Concebi uma peça para os graciosos, ele disse solene.
O átrio mourisco encolunado, sombras entrançadas. Foi-se o mourejar dos nove com gorras de expoentes.
Em vozes docemente variantes Buck Mulligan lia sua tábua:

Cada um sua própria esposa
ou
A luademel em suas mãos
(uma imoralidade nacional em três orgasmos)
de
Maluco Mulligan

Ele voltou para Stephen um feliz sorriso amarelo de histrião, dizendo:
— O disfarce, eu receio, é frágil. Mas ouça.
Ele leu, *marcato*:
— Personagens:

TOBY MOLÍCIA (*um paudágua*)
CHATO (*um guarda arbustal*)
DICK MEDICINA
e   } (*dois coelhos com uma cajadada*)
DAVY MEDICINA
DONA GROGAN (*uma aguadeira*)
NELLY FRESQUINHA
e
ROSALIE (*a puta do cais do carvão*).

Ele ria, balançando uma cabeça vaivém, caminhando, seguido por Stephen: e regozijante contava às sombras, almas dos homens:
— Ah, aquela noite no Camden Hall quando as filhas do Eire tiveram que erguer as saias pra passar por cima de você ali caído no teu vômito multitudinoso, multicolorido, framboesotinto!
— O mais inocente dos filhos do Eire, Stephen disse, por quem jamais as ergueram.
A ponto de passar pela porta, sentindo alguém por trás, ele pôs-se de lado.
Separação. O momento é agora. Onde então? Se Sócrates deixar sua casa hoje, se Judas sair hoje à noite. Por quê? Jaz no espaço o que a seu tempo me espera, inelutavelmente.
Minha vontade: a vontade dele que me arrosta. Mares por entre.
Um homem saiu por entre eles, curvando-se, cumprimentando.
— Bom dia de novo, Buck Mulligan disse.
O pórtico.
Aqui observei os pássaros em busca de augúrios. Ængus dos pássaros. Vão, vêm. Ontem à noite eu voei. Voei fácil. Homens espantados. Rua de rameiras depois. Um melão frutacreme ele me estendia. Entre. Você vai ver.
— O judeu errante, Buck Mulligan sussurrou com um pavor de histrião. Você viu o olhão dele? Ele te olhou cheio de cobiça. Temo por ti, óh nauta ancião. Ah, Kinch, estás em perigo. Arranja calças mais grossas.
O estilo de Oxenford.
Dia. Sol de carrinho de mão sobre arco de ponte.

Costas escuras seguiam à frente deles, passo de pardo, descendo, sair pelo portão, sob farpas levadiças.

Eles seguiram.

Me ofenda mais. Continue falando.

Gentis ares definiam as quinas das casas na Kildare Street. Sem pássaros. Frágeis das cumeeiras duas plumas de fumaça ascendiam, emplumando-se, e numa lufada de suavidade suaves se sopravam.

Deixar de lutar. Paz dos sacerdotes druidas de *Cimbeline*, hierofânticos: da terra imensa um altar.

Louvamos os deuses
E suba a suas narinas o fumo
Retorcido de nossas sacras aras.

▄▄▄▄▄▄▄

O superior, o reverendíssimo John Conmee, S.J., arrumava o relógio polido no bolso interno ao descer os degraus do presbitério. Cinco para as três. Dá tempo direitinho de caminhar até o Artane. Como era mesmo o nome daquele rapaz? Dignam, isso. *Vere dignum et iustum est*. O irmão Swan era a pessoa indicada. A carta do senhor Cunningham. Isso. Fazer por ele, se possível. Um bom católico pragmático: útil em tempo de missões.

Um marujo perneta, pendulando-se adiante aos trancos preguiçosos das muletas, rugiu algumas notas. Estacou num tranco defronte ao convento das irmãs de caridade e estendeu um gorro pontudo de esmoler na direção do reverendíssimo John Conmee, S.J. o padre Conmee abençoou-o sob o sol pois sua bolsa continha, ele sabia, uma coroa de prata.

O padre Conmee atravessou para a Mountjoy Square. Ele pensou, mas não por muito tempo, em soldados e marujos, cujas pernas foram arrancadas por bolas de canhão, terminando os dias em alguma ala de indigentes, e nas palavras do cardeal Wolsey: *Se tivesse servido meu Deus como servi meu rei ele não teria me abandonado em minha velhice.* Caminhava pela arbórea sombra solpiscada inteirinha de folhas e em sua direção veio a esposa do senhor David Sheehy, o deputado.

— Muito bem, muito bem mesmo, padre. E o senhor, padre?

O padre Conmee estava mesmo maravilhosamente bem. Ele iria até Buxton provavelmente por causa das águas. E os meninos dela, estavam se dando bem no Belvedere? De verdade? O padre Conmee ficava mesmo muito feliz de ouvir isso. E o senhor Sheehy? Ainda em Londres. O parlamento ainda estava reunido, é claro que estava. Um tempo lindo, esse, delicioso mesmo. Sim, era muito provável que o padre Bernard Vaughan viesse novamente para pregar. Ah, sim: um enorme sucesso. Um homem realmente maravilhoso.

O padre Conmee estava muito contente de ver a esposa do senhor David Sheehy, o deputado, com tão boa aparência e insistiu em ser lembrado ao senhor David Sheehy, o deputado. Sim, é lógico que ele iria aparecer.

— Boa tarde, senhora Sheehy.

O padre Conmee tirou a cartola, ao se despedir, para as contas de azeviche atrás do xale dela, tintilantes sob o sol. E sorriu ainda outra vez ao se afastar. Havia limpado os dentes, e sabia, com pasta de nozdeareca.

O padre Conmee caminhou e, caminhando, sorriu pois pensou nos olhos gaiatos e no sotaque do padre Bernard Vaughan.

— Pilátus! Pur qui não siguras a malta insandicida?

Um homem reto, no entanto. Era mesmo. E fazia mesmo muito bem lá à sua maneira. Indubitavelmente. Ele amava a Irlanda, ele dizia, e amava os irlandeses. De boa família também quem diria? Galeses, não eram?

Ah, antes que ele esqueça. Aquela carta ao provincial.

O padre Conmee parou três estudantezinhos na esquina da Mountjoy Square. Sim: eles eram do Belvedere. Do primário. Arrá. E eram meninos bonzinhos na escola? Ah. Mas isso era muito bom. E qual era o nome dele? Jack Sohan. E o dele? Ger. Gallaher. E o outro rapazinho? o nome dele era Brunny Lynam. Ah, que nome mais bonito.

O padre Conmee puxou do peito uma carta que deu ao senhorzinho Brunny Lynam e apontou para a caixacoluna na esquina da Fitzgibbon Street.

— Mas cuidado pra não acabar você mesmo dentro da caixa, rapazinho, ele disse.

Os meninos seisolharam o padre Conmee e riram.

— Ah, padre.

— Bom, deixa só ver se você sabe postar uma carta, o padre Conmee disse.

O senhorzinho Brunny Lynam atravessou a rua correndo e pôs a carta do padre Conmme para o provincial na boca da caixa vermelha de correio brilhante, o padre Conmee sorriu e acenou e sorriu e caminhou pelo lado leste da Mountjoy Square.

O senhor Denis J. Maginni, professor de dança &c., de cartola, casaca tijolo debruada de seda, gravata de lenço branca, calça justa lavanda, luvas canário e botas pontudas de verniz, caminhando com maneiras graves respeitosissimamente tomou o lado do meiofio ao passar por lady Maxwell na esquina do jardim de Dignam.

Aquela ali não era a senhora M'Guinness?

A senhora M'Guinness, solene, pratencanecida, fez uma reverência para o padre Conmee da calçada oposta ao longo da qual sorria. E o padre Conmee sorriu e cumprimentou. Como ela estava passando?

Um belo talhe, o dela. Como Maria rainha da Escócia, algo assim. E pensar que era penhorista. Ora, ora! Um... como ele poderia dizer?... um garbo de rainha.

O padre Conmee desceu a Great Charles Street e lançou um olhar para a igreja livre trancada a sua esquerda. O reverendo T. R. Green, B.A., fala (D. V.) hoje. O incumbência, era o apelido dele. Ele sentia a incumbência de dizer algumas palavras. Mas devemos ser caridosos. A invencível ignorância. Eles agiam segundo as suas luzes.

O padre Conmee virou a esquina e caminhou pela North Circular Road. Era de admirar que não houvesse uma linha de bonde numa via comercial tão importante. Certamente, deveria haver.

Um bando de estudantes mochilados atravessou vindo da Richmond Street. Ergueram todos bonés encardidos. O padre Conmee cumprimentou-os mais de uma vez benignamente. Meninos dos Irmãos Cristãos.

O padre Conmee sentiu cheiro de incenso a sua direita enquanto andava. Igreja de São José, Portland Row. Para mulheres de idade e virtuosas. O padre Conmee ergueu o chapéu para o Santo Sacramento. Virtuosas: mas vez por outra eram malumoradas também.

Perto da Aldborough house o padre Conmee pensou naquele membro pródigo da nobreza. E agora era um escritório ou coisa assim.

O padre Conmee pôs-se a andar pela North Strand Road e foi cumprimentado pelo senhor William Gallagher que estava postado à entrada de sua loja. O padre Conmee cumprimentou o senhor William Gallagher e percebeu os odores que vinham de mantas de toucinhos e amplos potes de manteiga. Passou pela tabacaria Grogan contra a qual se apoiavam as manchetes que contavam de uma catástrofe terrível em Nova York. Na América essas coisas aconteciam o tempo todo. Gente infeliz, morrer desse jeito, despreparada. Ainda assim, um ato de perfeita contrição.

O padre Conmee passou pelo pub de Daniel Bergin contra cuja janela dois homens sem trabalho matavam tempo. Eles o cumprimentaram e foram cumprimentados.

O padre Conmee passou pelo estabelecimento funerário de H. J. O'Neill onde Corny Kelleher adia cifras no livrodiário enquanto mascava uma palhinha. Um guarda em sua ronda cumprimentou o padre Conmee e o padre Conmee cumprimentou o guarda. No Youkstetter's, o açougue de porcos, o padre Conmee observou chouriços de porco, brancos e negros e rubros, com esmero expostos enroscados em seus tubos.

Fundeada sob as árvores do Charleville Mall o padre Conmee viu uma barca de turfa, um cavalo de toa de cabeça pendente, um barqueiro com um chapéu de palha sujo sentado a meio convés, fumando e encarando um ramo de choupo sobre si. Era idílico: e o padre Conmee refletiu sobre a providência do Criador que fizera a turfa jazer nos charcos onde os homens pudessem escavar por trazê-la a cidade e vilarejo para fazer o fogo nas casas dos pobres.

Na ponte Newcomen o reverendíssimo John Conmee, S.J., da igreja de São Francisco Xavier, Upper Gardiner Street, subiu num bonde sentido bairro.

De um bonde sentido centro desceu o reverendo Nicholas Dudley, C. C., da igreja de Santa Ágata, North William Street, vindo para a ponte Newcomen.

Na ponte Newcomen o padre Conmee subiu num bonde sentido bairro pois lhe desagradava atravessar a pé o caminho churdo lá dos charcos.

O padre Conmee sentou a um canto do bonde, um bilhete azul metade metido no olho de roliça luva de pelica, enquanto quatro xelins, uma moeda de seis pence e cinco de um pêni precipitaram-se de sua outra roliça palmenluvada para a bolsa. Passando pela igreja da hera ele refletiu sobre o fato de o inspetor que checava os bilhetes normalmente fazer sua visitinha quando já se tinha descuidadamente jogado fora o bilhete. A solenidade dos ocupantes do carro parecia ao padre Conmee excessiva para uma viagem tão curta e barata. O padre Conmee apreciava um decoro animado.

Era um dia tranquilo. O cavalheiro de óculos à frente do padre Conmee acabara de explicar e olhava para baixo. Sua esposa, o padre Conmee supunha. Um bocejo minúsculo abriu a boca da esposa do cavalheiro de óculos. Ela ergueu o pequeno punho enluvado, bocejou sutílima, com tatatapinhas do pequeno punho enluvado sobre a boca aberta e sorriu minúscula, docemente.

O padre Conmee percebia o perfume dela pelo carro. Percebeu também que o homem desajeitado do outro lado dela estava sentado na beira do banco.

O padre Conmee no frontal do altar punha a hóstia com dificuldade na boca do velho desajeitado da cabeça trêmula.

Na ponte Annesley o bonde se deteve e, quando estava a ponto de partir, uma velha levantou repentina do banco para desembarcar. O motorneiro puxou a corda do sino para deter o carro para ela. Ela passou para fora com seu cesto e uma sacola de feira: e o padre Conmee viu o motorneiro ajudar a ela e a sacola e o cesto a descer: e o padre Conmee pensou que, como estava quase passando o limite da passagem de um pêni, ela seria uma daquelas boas almas que tinham sempre que ouvir duas vezes *Deus te abençoe, minha filha*, que foram perdoadas, *reza por mim*. Mas elas tinham tantas preocupações na vida, tantos problemas, coitadinhas.

Dos cartazes o senhor Eugene Stratton sorria amarelo com seus beiços de negro para o padre Conmee.

O padre Conmee pensou nas almas dos negros e pardos e amarelos e em seu sermão sobre São Pedro Claver, S.J., e a missão africana e na propagação da fé e nos milhões de almas negras e pardas e amarelas que não tinham recebido o batismo da água quando seu último momento chegou como um ladrão no meio da noite. Aquele livro do jesuíta belga, *Le nombre des élus*, parecia ao padre Conmee um pleito razoável. Eram milhões de almas humanas criadas por Deus a Sua semelhança a quem a fé não tinha (D. V.) sido trazida. Mas eram almas de Deus criadas por Deus. Ao padre Conmee parecia uma pena que devessem ser todas perdidas, um desperdício, se é que se pode falar assim.

Na parada da Howth Road o padre Conmee desembarcou, foi cumprimentado pelo motorneiro e o cumprimentou por sua vez.

A Malahide Road estava calma. Ela agradava ao padre Conmee, rua e nome. Os sinos da alegria dobravam na feliz Malahide. Lorde Talbot de Malahide, lorde almirante hereditário imediato de Malahide e dos mares circunstantes. Então veio o chamado das armas e ela foi virgem, esposa e viúva num mesmo dia. Eram dias do velho mundo, tempos leais em terras jubilosas, tempos antigos no baronato.

O padre Conmee, caminhando, pensou em seu livrinho *Tempos antigos no baronato* e no livro que poderia ser escrito sobre as casas jesuítas e em Mary Rochfort, filha do lorde Molesworth, primeira condessa de Belvedere.

Uma senhora apática, não mais jovem, caminhava pela beira do lago Ennel, Mary, primeira condessa de Belvedere, apaticamente caminhando pela tarde, sem sobressaltar-se com o mergulho de uma lontra. Quem poderia saber a verdade? Não o ciumento lorde Belvedere e não o confessor dela se tinha ou não cometido o adultério integralmente, *eiaculatio seminis inter vas naturale mulieris*, com o irmão de seu marido? Ela confessaria pela metade se não tivesse pecado inteira, como fazem as mulheres. Só Deus sabia e ela e ele, irmão de seu marido.

O padre Conmee pensou naquela tiranizante incontinência, necessária contudo para a raça dos homens sobre a terra, e nos caminhos de Deus que não eram os nossos.

Dom John Conmee caminhava e se movia por tempos dantanho. Ele era misericordioso e honrado ali. Trazia na mente segredos confessos e sorria para sorridentes rostos nobres numa saladestar lustrada com cera de abelhas, sancada de cachos cheios de frutas. E as mãos de uma noiva e de um noivo, nobre com nobre, foram empalmadas por Dom John Conmee.

Era um dia encantador.

O portão coberto de um campo mostrava ao padre Conmee fileiras de repolhos, que lhe faziam reverências com amplas folhas chãs. O céu lhe mostrava um rebanho de pequenas nuvens brancas descendo o vento lentas. *Moutonner*, os franceses diziam. Uma palavra familiar e justa.

O padre Conmee, lendo seu ofício, observava um rebanho de nuvens mutáveis sobre Rathcoffey. Seus tornozelos de meiasfinas titilados pelos talos restantes do campo de Clongowes. Lá caminhara, lendo à tardinha, e ouvira os gritos das turmas dos meninos que brincavam, gritos jovens na calma do entardecer. Ele era seu reitor: era leve seu jugo.

O padre Conmee tirou as luvas e sacou do breviário bordarrubro. Um marcador ebúrneo lhe disse qual página.

Nonas. Ele devia ter lido isso antes do almoço. Mas a Senhora Maxwell tinha aparecido.

O padre Conmee leu em segredo *Pater* e *Ave* e persignou-se. *Deus in adiutorium.*

Caminhava lento e lia mudo as nonas, caminhando e lendo até chegar a *Res* em *Beati immaculati: Principium verborum tuorum veritas: in æternum omnia iudicia iustitiæ tuæ.*

Um rapaz afogueado surgiu de uma fenda numa sebe e atrás dele veio uma moça com reverentes margaridas do campo na mão. O rapaz ergueu abrupto o boné: a moça abrupta curvou-se e com lenta atenção soltou da saia leve um graveto agarrado.

O padre Conmee abençoou a ambos com gravidade e virou uma página delgada de seu breviário. *Sin: Principes persecuti sunt me gratis: et a verbis tuis formidavit cor meum.*

———

Corny Kelleher fechou seu longo livrodiário e espiou com o olho murcho uma tampa de caixão de pinho sentinelando a um canto. Pôs-se ereto, foi a ela e, girando-a em seu eixo, contemplou-lhe a forma e os ornatos de bronze. Mascando sua palhinha largou a tampa de lado e foi até a porta. Ali baixou a aba do chapéu para dar sombra aos olhos e encostou-se no caixilho, olhando à toa para fora.

O padre John Conmee subiu no bonde de Dollymount na ponte Newcomen.

Corny Kelleher bateu as botas pèsgrandes e ficou olhando, chapéu baixado, mascando sua palhinha.

O guarda 57C, em sua ronda, deu uma parada rápida.

—Está um belo dia, senhor Kelleher.

—É, Corny Kelleher disse.

— Está muito abafado, o guarda disse.

Corny Kelleher lançou um jato silente de sumodepalha num arco jorrado de sua boca enquanto um branco braço generoso de uma janela na Eccles Street lançava uma moeda.

— Quais são as boasnovas? ele perguntou.

— Eu vi aquele determinado indivíduo ontem à noite, o guarda disse num alento contido.

———

Um marujo perneta muletava-se pela esquina da loja de MacConnel, desviando o carro de sorvete de Rabaiotti, e aos trancos subia a Eccles Street. Perto da loja de Larry O'Rourke, em mangas de camisa parado à porta, ele rugiu desamistoso:

— *Pela Inglaterra...*

Pendulou-se violento adiante passando Katey e Boody Dedalus, estacou e rugiu:

— *lar e beleza.*

O rosto branco maltratado de J. J. O'Molloy ouviu que o senhor Lambert estava no armazém com um visitante.

Uma senhora severa parou, tirou uma moeda de cobre da bolsa e largou-a no gorro que lhe era estendido. O marujo resmungou obrigado e lançou um olhar amargo às janelas desatentas, afundou o queixo no peito e pendulou-se adiante quatro passos.

Estacou e rugiu raivoso:

— *Pela Inglaterra...*

Dois moleques descalços, chupando longas barras de alcaçuz, estacaram perto dele, boquiabertos olhando seu coto, babadamarelos.

Ele pendulou-se adiante em trancos vigorosos, estacou, ergueu a cabeça para uma janela e uivou profundamente:

— *lar e beleza.*

O doce assovio alegre trilante de dentro seguiu por um ou dois compassos, cessou. A persiana da janela foi puxada para o lado. Um cartão *Aposentos sem mobília* escorregou da soleira e caiu. Um braço nu generoso roliço brilhou, foi visto, estendido de corpetanágua branca e tesas alças de combinação. A mão de uma mulher lançou uma moeda sobre a cerca baixa. Caiu na calçada.

Um dos moleques correu até ela, apanhou-a e largou-a no gorro do menestrel, dizendo:

— Tá, moço.

Katey e Boody Dedalus entraram abrindo a porta da cozinha vaporadamente abafada.

— Pôs os livros no prego? Boody perguntou.

Maggy na trempe empurrou uma massa cinzenta para baixo de uma escuma borbulhante duas vezes com sua colher de pau e enxugou a testa.

— Eles não quiseram dar nada, ela disse.

O padre Conmee caminhava pelos campos de Clongowes, tornozelos de meiasfinas titilados pelos talos.

— Onde foi que você tentou? Boody perguntou.

— Na M'Guinness.

Boody bateu o pé e jogou a sacola na mesa.

— Maus ventos levem aquela cara gorda dela! gritou.

Katey foi até a trempe e espiou com olhos apertados.

— Que é que tem na panela? ela peguntou.

— Umas camisas, Maggy disse.

Boody gritou raivosa:

— Virgem santa, não tem nada pra gente comer?

Katey, levantando a tampa da chaleira com uma ponta da saia manchada, perguntou:

— E que é que tem aqui?

Um fumo denso jorrou em resposta.

— Sopa de ervilha, Maggy disse.

— Onde foi que você arranjou? Katey perguntou.

— Com a irmã Mary Patrick, Maggy disse.

O lacaio batia seu sino.

— Barang!

Boody sentou à mesa e disse esfomeada:

— Dá lá um pouco!

Maggy serviu a sopa amarela grossa da chaleira numa tigela. Katey, sentada à frente de Boody, disse calma, enquanto a ponta de seu dedo erguia até a boca migalhas quaisquer.

— E que bom que a gente tem pelo menos isso. Cadê a Dilly?

— Foi ver o pai, Maggy disse.

Boody, partindo grandes nacos de pão na sopa amarela, acrescentou:

— Pai nosso que não estais no céu.

Maggy, servindo sopa amarela na tigela de Katey, exclamou:

— Boody! Coisa mais feia!

Um esquife, panfleto jogado fora, Elias está chegando, leve descia pelo

Liffey, sob a ponte Loopline, voando pelas corredeiras onde a água batia em torno dos pierespontes, navegando para leste por quilhas e correntes de âncoras, entre a velha doca da aduana e George's Quay.

———

A loura da Thornton's forrava o cestinho de vime com fibra aos farfalhos. O Rojão Boylan passou-lhe a garrafa vestida em papel de seda rosa e um pote pequeno.

— Ponha isso primeiro, está bem? ele disse.
— Sim, senhor, a loura disse, e as frutas por cima.
— Maravilha, melhor que a encomenda, o Rojão Boylan disse.

Ela depôs cuidadosa peras gordas, ponta com bola, e entre elas maduros pêssegos pudibundos.

O Rojão Boylan andava de um lado e de outro com sapatos novos castanhos pela loja frutaromática, erguendo frutos, novos suculentos enrugados e roliços tomates vermelhos, farejando cheiros.

H. E. L. Y. 'S. Marcharam diante dele, brancartolados, passando Tangier Lane, arrastando-se até seu destino.

Ele se desviou repentinamente de uma caixinha de morangos, tirou um relógio de ouro do bolso do relógio e segurou-o com a corrente esticada.

— Você pode mandar entregar de bonde? Agora?

Uma figura dorsescura sob o Merchant's Arch conferia livros no carrinho do mercador.

— Com certeza, senhor. É na cidade?
— É, sim, o Rojão Boylan disse. Dez minutinhos.

A loura entregou-lhe uma agenda e um lápis.

— O senhor podia escrever o endereço?

O Rojão Boylan no balcão escreveu e empurrou-lhe a agenda.

— Mas ande já, tudo bem? ele disse. É pra um inválido.
— Pois não, senhor. Vou mandar, senhor.

O Rojão Boylan chocalhava dinheiros contentes no bolso da calça.

— Qual é o prejuízo? ele perguntou.

Os dedos esguios da loura contaram as frutas.

O Rojão Boylan olhava para dentro da fenda da blusa dela. Franguinha nova. Ele tirou um cravo vermelho do vaso de pescoço alto.

— Isso é pra mim? perguntou galante.

A moça loura olhou de canto para ele, todo janota, de gravata um tanto torta, corando.

— Sim, senhor, ela disse.

Curvada arcadamente ela contava novamente peras gordas e pêssegos enrubescidos.

Rojão Boylan olhava dentro da blusa dela com mais afinco, o talo da flor vermelha entre os dentes, sorridente.

— Eu podia dar uma palavrinha com o seu telefone, menina? perguntou velhaco.

———

— *Ma!* Almidano Artifoni disse.

Ele mirava por sobre o ombro de Stephen o cachaço calombudo de Goldsmith.

Duas carradas de turistas passaram lentas, mulheres à frente, abertamente agarradas aos apoios. Caraspálidas. Os braços dos homens abertamente em torno de suas formas recurvadas. Olhavam da Trinity o átrio cego encolunado do banco da Irlanda onde os pombos arrulhulhavam.

— *Anch'io ho avuto di queste idee,* Almidano Artifoni dizia, *quand'ero giovine come Lei. Eppoi mi sono convinto che il mondo è una bestia. È peccato. Perchè la sua voce... sarebbe un cespite di rendita, via. Invece, Lei si sacrifica.*

— *Sacrifizio incruento,* Stephen disse sorridente, balançando o paudefreixo em lento pendulondulante pelo meio, levemente.

— *Speriamo,* o rosto redondo embigodado disse brincalhão. *Ma, dia retta a me. Ci rifletta.*

À dura mão pétrea de Grattan, fazendo alto, um bonde de Inchicore descarregava soldados tresmalhados das Highlands, de uma banda.

— *Ci rifletterò,* Stephen disse, correndo os olhos sólida perna de calça abaixo.

— *Ma, sul serio, eh?* Almidano Artifoni disse.

Sua mão pesada pegou com firmeza a de Stephen. Olhos humanos. Eles se olharam curiosamente por um instante e rápidos desviaram os olhos para um bonde de Dalkey.

— *Eccolo,* Almidano Artifoni disse com pressa amistosa. *Venga a trovarmi e ci pensi. Addio, caro.*

— *Arrivederla, maestro,* Stephen disse, erguendo o chapéu quando sua mão foi liberada. *E grazie.*

— *Di che?* Almidano Artifoni disse. *Scusi, eh? Tante belle cose!*

Almidano Artifoni, dando o sinal com uma batuta de partituras enroladas, saiu a passo largo em calças bastas atrás do bonde de Dalkey. Em vão correu, sinalizando em vão entre a malta de escoceses de joelhos de fora intrometendo implementos musicais pelos portões da Trinity.

A senhorita Dunne escondeu a cópia da biblioteca da Capel Street de *A mulher de branco* bem no fundo da gaveta e colocou uma folha de um extravagante papel ofício em sua máquina de escrever.

Mistério demais nessa história toda. Ele está apaixonado por aquela uma, a tal da Marion? Trocar e pegar um outro da Mary Cecil Haye.

O disco correu pelo sulco, tremeu um momento, parou e lançou-lhes um olho lúbrico: seis.

A senhorita Dunne dedilhou no teclado:

— 16 de junho, 1904.

Cinco homensanduíches brancartolados entre a esquina do Monypeny e o plinto em que a estátua de Wolfe Tone não estava, enguiaram-se virando H. E. L. Y. 'S. e se arrastaram de volta como vieram.

Ela encarou então o grande cartaz de Marie Kendall, charmosa *soubrette*, e, espairecendo apática, rabiscou no rascunho dezesseis e ésses maiúsculos. Cabelo mostarda e bochechas emplastradas. Ela não é bonita, né? O jeito dela segurar aquele saiotinho. Fico imaginando se aquele camarada vai estar na banda hoje de noite. Se eu conseguisse que aquela costureira me fizesse uma saia plissada que nem a da Suzy Nagle. Aquilo é ótimo pro cancã. O Shannon e os figurões todos lá do clube de regatas nem tiraram o olho dela. Deus queira que ele não me segure aqui até as sete.

O telefone tocou rude perto de sua orelha.

— Alô. Sim, senhor. Não, senhor. Sim, senhor. Eu ligo pra eles depois das cinco. Só aqueles dois, senhor, pra Belfast e Liverpool. Tudo bem, senhor. Então eu posso sair depois das seis se o senhor não voltar. Seis e quinze. Sim, senhor. Vintessete e seis. Eu digo pra ele. Sim: uma, sete, seis.

Ela rabiscou três cifras num envelope.

— Senhor Boylan! Alô! Aquele cavalheiro do *Sport* esteve aqui procurando o senhor. Isso, o senhor Lenehan. Ele disse que vai estar no Ormond às quatro. Não, senhor. Sim, senhor. Eu ligo pra eles depois das cinco.

———

Dois rostos rosa viraram-se no clarão da minúscula lanterna.

— Quem é? Ned Lambert perguntou. É o Crotty?

— Ringabella e Crosshaven, uma voz replicou, tateando por um pé de apoio.

— Oi, Jack, é você? Ned Lambert disse, erguendo numa saudação sua ripa flexível entre os arcos cintilantes. Vem. Olha onde pisa aí.

O lume na mão alçada do clérigo se consumia em longa chama suave e foi solto ao chão. A seus pés morreu seu grão vermelho: e ar rançoso cerrou-se em torno a eles.

— Que interessante! um sotaque refinado disse no escuro.

— Sim, senhor, Ned Lambert disse empolgado. Nós estamos na histórica sala do concelho da abadia de Santa Maria onde Thomas, o cavaleiro de seda, proclamou-se rebelde em 1534. É o ponto mais histórico de toda Dublin. O'Madden Burke está pra escrever alguma coisa sobre ele qualquer dia desses. O antigo banco da Irlanda ficava logo ali até a época da união e o templo original dos judeus era aqui também antes de eles construírem a sinagoga lá na Adelaide Road. Você nunca tinha vindo aqui, Jack, não é mesmo?

— Não, Ned, não tinha não.

— Ele veio a cavalo pelo Dame Walk, o sotaque refinado disse, se não me falha a memória. A mansão dos Kildare era em Thomas Court.

— Isso mesmo, Ned Lambert disse. É exatamente isso, senhor.

— Se o senhor tiver a gentileza, o clérigo disse, de na próxima vez permitir que eu quem sabe...

— Certamente, Ned Lambert disse. Traga a câmera quando quiser. Eu vou mandar tirarem aquelas sacas da janela. O senhor pode tirar daqui ou dali.

Na luz ainda tênue ele andava à roda, batendo com sua ripa nas sacas empilhadas de sementes e nos bons lugares para fotos pelo chão.

De uma cara séria uma barba e um olho fixo pendiam sobre um tabuleiro de xadrez.

— Fico imensamente grato, senhor Lambert, o clérigo disse. Não vou abusar de seu tempo precioso...

— O senhor é benvindo, padre, Ned Lambert disse. Apareça quando quiser. Semana que vem, quem sabe. Está enxergando bem?

— Estou, sim. Boa tarde, senhor Lambert. Foi um grande prazer conhecer o senhor.

— O prazer é meu, padre, Ned Lambert respondeu.

Seguiu seu convidado até a saída e então arremessou sua ripa por entre as colunas. Com J. J. O'Molloy ele veio lentamente para a Mary's Abbey onde carregadores carregavam carretas com sacas de alfarroba e de bagaço de coco, O'Connor, Wexford.

Parou para ler o cartão que tinha na mão.

— Reverendo Hugh C. Love, Rathcoffey. Endereço atual: Casa São Miguel, Sallins. Um bom rapaz. Está escrevendo um livro sobre os Fitzgerald, pelo que ele me disse. Ele é bem entendido em história, mesmo.

A moça com lento cuidado soltou da saia leve um graveto agarrado.

— Eu achei que você estava num novo complô da pólvora, J. J. O'Molloy disse.

Ned Lambert estalou os dedos no ar.

— Meu Deus, gritou. Esqueci de contar aquela do duque de Kildare depois de incendiar a catedral de Cashel. Você conhece essa? *Eu lamento muito ter feito isso, diz ele, mas juro por Deus que eu achava que o maldito do arcebispo estava lá dentro.* Mas pode ser que ele não gostasse. Ora essa! Meu Deus, eu vou é contar mesmo assim. Aquele é que era o grande duque, o Fitzgerald Mor. Eram uns deputados bem cabeçaquente eles todos, os Geraldines.

Os cavalos por que passava assustaram-se nervosos sob a rédea frouxa. Deu um tapa numa anca malhada que estremecia perto dele e gritou:

— Ô, menino!

Ele se virou para J. J. O'Molloy e perguntou:

— Bom, Jack. O que é que há? Qual é o problema? Espera um minuto. Aguenta aí.

Com a boca escancarada e a cabeça jogada para trás ele ficou parado e, depois de um instante, espirrou com estrépito.

— Tchu! ele disse. Deus te chie!

— O pó daquelas sacas, J. J. O'Molloy disse educadamente.

— Não, Ned Lambert engasgou, eu peguei um... resfriado anteontem... maldição... anteontem à noite... e tinha um vento encanado dos diabos...

Segurava o lenço pronto para o próximo...

— Eu fui... Glasnevin hoje de manhã... coitadinho... como é que chama... Tchu!... Santa mãe de Moisés!

———

Tom Rochford apanhou o primeiro disco da pilha que apertava contra o colete bordô.

— Estão vendo? ele disse. Digamos que seja o sexto número. Aqui, estão vendo? Número Em Curso.

Ele o meteu para eles na fenda da esquerda. Correu pelo sulco, oscilou de leve, cessou, lançou-lhes um olho lúbrico: seis.

Advogados do passado, altivos, perorando, contemplaram a passagem do escritório de cobranças unificado à corte Nisi Prius de Richie Goulding carregando a pastalegal de Goulding, Collis e Ward e ouviram farfalhar da divisão do almirantado do tribunal do rei até a corte de recursos uma mulher de idade com dentes postiços sorrindo incrédula e uma negra saia de seda de imensa amplidão.

—Estão vendo? ele disse. Viu, aí o último que eu coloquei está aqui. Vira. O impacto. Alavanca, vocês estão vendo?

Mostrou-lhes a coluna crescente de discos à direita.

—Esperto, o Cheirão Flynn disse, fungando. Daí o sujeito que entrar atrasado pode ver qual número está no palco e quais já acabaram.

—Está vendo? Tom Rochford disse.

Ele enfiou um disco por sua própria conta: e observou-o correr, oscilar, mirar, parar: quatro. Número Em Curso.

—Eu vou encontrar com ele agora no Ormond, Lenehan disse, e sondar um pouco. Um anão lava o outro.

—Vá sim, Tom Rochford disse. Diz pra ele que eu estou soltando rojões de ansiedade aqui.

—Boa noite, M'Coy disse abrupto, quando vocês dois começam...

O Cheirão Flynn curvou-se até a alavanca, fungando para ela.

—Mas como é que funciona isso, Tommy? ele perguntou.

—Tchauzim, Lenehan disse, até mais tarde.

Ele foi atrás de M'Coy pelo quadrado ínfimo de Crampton Court.

—Ele é um herói, disse simplesmente.

—Eu sei, M'Coy disse. A manilha, não é?

—Manilha? Lenehan disse. Foi num bueiro.

Passavam pelo teatro de variedades de Dan Lowry onde Marie Kendall, charmosa *soubrette*, de um cartaz lhes sorria um sorriso emplastrado.

Descendo a trilha da Sycamore Street junto do teatro de variedades Empire Lenehan mostrava a M'Coy como foi a coisa toda. Um daqueles malditos bueiros que parecem um cano de gás e o pobre coitado estava lá entalado no meio do caminho e quase sufocando com gás de esgoto. E lá foi o Tom Rochford mesmo assim, com o colete de corretor de apostas e tudo mais, com a corda amarrada nele. E pode crer que ele me conseguiu amarrar a corda no pobre coitado e os dois foram içados até lá em cima.

—Um ato de heroísmo, ele disse.

No Dolphyn eles se detiveram para deixar que o carro da ambulância galopasse por eles para a Jervis Street.

—Por aqui, ele disse, caminhando para a direita. Eu quero dar uma espiada no Lynam pra ver quanto sai pagando a Cetro. Que horas são segundo o seu relógio de corrente de ouro?

M'Coy olhou para dentro do escritório escuro de Marcus Tertius Moses, e então para o relógio da O'Neill's.

—Passa das três. Quem é que vai montar?

—O. Madden, Lenehan disse. E é uma bela égua.

Enquanto esperava no Temple Bar M'Coy esquivou-se de uma casca de banana com empurrõezinhos do bico do sapato da calçada à sarjeta. O sujeito bem pode arranjar um tombo feio por aqui se passar meio tonto no escuro.

Os portões do parque se abriram largos para o egresso da cavalgada vicerreal.

— Um pra um, Lenehan disse ao voltar. Trombei com o Garnizé Lyons lá dentro indo jogar num maldito de um cavalo que alguém assoprou para ele e que não tem a mais mínima. Por aqui.

Subiram os degraus e atravessaram o Merchant's Arch. Uma figura dorsescura conferia livros no carrinho do mercador.

— Olha ele ali, Lenehan disse.

— Fico imaginando o que ele está comprando, M'Coy disse, espiando para trás.

— *Leopoldo* ou *Brota o Centeio*, Lenehan disse.

— Ele é completamente maluco por essas ofertas, M'Coy disse. Eu estava com ele um dia e ele comprou um livro de uma velha lá na Liffey Street por duas pratas. Tinha umas pranchas lindas que valiam o dobro do preço, as estrelas e a lua e uns cometas de cauda comprida. Era astronomia.

Lenehan riu.

— Eu já te conto uma muito boa de cauda de cometa, ele disse. Vem pro sol.

Eles foram para a ponte de metal e seguiram o Wellington Quay pelo muro do rio.

O senhorzinho Patrick Aloysius Dignam saiu do Mangan's, antigo Fehrenbach's, trazendo uma libra e meia de carne de porco.

— Era um festim enorme lá no reformatório Glencree, Lenehan disse avidamente. O jantar anual, você sabe como é. Função de camisa engomada. O lorde prefeito estava lá, o Val Dillon na época, e sir Charles Cameron e o Dan Dawson falou e tinha música. O Bartell D'Arcy cantou e o Benjamin Dollard...

— Eu sei, M'Coy invadiu. A patroa cantou lá uma vez.

— Foi mesmo? Lenehan disse.

Um cartão *Aposentos sem mobília* ressurgiu na esquadria da janela do número 7 da Eccles Street.

Ele perdeu o fio por um momento mas rompeu numa gargalhada chiada.

— Mas deixa só eu te contar, ele disse. O Delahunt da Camden Street estava cuidando do bufê e este que vos fala era enxugador de garrafa chefe. O Bloom e a senhora estavam lá. Um despropósito de coisa que eles estavam servindo: vinho do Porto e xerez e curaçau que a gente tratou com o devido reconhecimento. A coisa ia que era um embalo só. Depois dos bebes vieram os comes. Catadupas de vacas frias e tortas salgadas...

— Eu sei, M'Coy disse. No ano em que a patroa esteve lá...

Lenehan deu-lhe o braço calorosamente.

— Mas deixa só eu te contar, ele disse. A gente fez um lanchinho da meia-noite também depois de todo o regozijo e quando a gente zarpou eram pretas horas da manhã seguinte à noite anterior. Na vinda pra casa estava uma noite linda de inverno na montanha Featherbed. O Bloom e o Chris Callinan estavam de um lado do carro e eu com a senhora do outro. A gente começou a cantar recitativos e duetos: *Olhai, o raio primeiro do dia*. Ela estava de guarda baixa com uma bela carga de porto do Delahunt na barriga. A cada sacudão que o maldito do carro dava lá vinha ela trombando comigo. Delícias do inferno! Ela tem um belo par, que Deus abençoe. Assim, ó.

Ele estendia as mãos côncavas a um côvado de si, franzindo as sobrancelhas:

— E eu lá ajeitando o tapetinho embaixo dela e arrumando o boá dela o tempo todo. Sabe como?

Suas mãos moldavam amplas curvas de ar. Ele fechou os olhos apertados em delícias, o corpo encolhendo-se, e soltou um pio doce pelos lábios.

— O amiguinho aqui ficou em posição de sentido de qualquer maneira, ele disse com um suspiro. É uma bela de uma égua não há o que duvidar. O Bloom estava apontando todas as estrelas e os cometas nos céus pro Chris Callinan e o cocheiro: a ursa maior e Hércules e o dragão e aquele povo todo. Mas, pelo amor de Deus, eu estava era perdido, digamos assim, na via láctea. Ele conhece elas todas, de verdade. Até que uma hora ela viu uma coisiquinha ridícula a milhas de distância. *E que estrela é aquela lá, Poldy? ela falou*. E pelo amor de Deus não é que ela pegou o Bloom de calça curta. *Aquela ali? o Chris Callinan falou, mas aquilo mal é o que se poderia chamar de uma pintinha*. Santo Deus, ele não estava tão longe do alvo.

Lenehan parou e se apoiou no muro do rio, arfando com uma gargalhada suave.

— Fraqueza, ele engasgou.

O rosto branco de M'Coy sorria disso em alguns momentos e ficava sério. Lenehan voltou a caminhar. Ele ergueu o boné de marinheiro e coçou a nuca rapidamente. Olhou de canto sob a luz do sol para M'Coy.

— É um sujeito culto e versátil, esse Bloom, ele disse seriamente. Não é desses que a gente vê todo dia... sabe... Tem um quê de artista o velho Bloom.

O senhor Bloom virava à toa páginas de *As terríveis revelações de Maria Monk*, depois de *A obra-prima* de Aristóteles. Impressão torta e borrada.

Pranchas: bebês enrodilhados em úteros vermelhossangue que nem fígados de vaca no matadouro. Montes deles assim neste momento no mundo inteiro. Todos forçando com o crânio pra sair dali. Uma criança nasce a cada minuto em algum lugar. A senhora Purefoy.

Pôs de lado ambos os livros e examinou um terceiro: *Estórias do gueto de Leopold von Sacher Masoch*.

— Esse eu peguei, ele disse, empurrando-o de lado.

O vendedor deixou dois volumes caírem no balcão.

— Esses são dos bom, ele disse.

Cebolas de seu hálito atravessaram o balcão saindo-lhe da boca arruinada. Ele se curvou para fazer dos outros livros um fardo, abraçou-os contra o colete desabotoado e os levou dali para trás da cortininha encardida.

Na ponte O'Connell muitas pessoas observavam os modos formais e o figurino alegre do senhor Denis J. Maginni, professor de dança, &c.

O senhor Bloom, só, olhava os títulos. *Belas tiranas* de James Lovebirch. Conheço o tipo desse aí. Já peguei? Já.

Abriu o livro. Bem que eu achei.

A voz de uma mulher por trás da cortininha encardida. Ouça: O homem.

Não: ela não ia gostar tanto. Já levei uma vez pra ela.

Leu o outro título: *Doçuras do pecado*. Mais o estilo dela. Vejamos.

Leu onde caiu-lhe o dedo.

— *Todos os dólares que lhe dava seu marido eram gastos nas lojas em vestidos maravilhosos e babados caríssimos. Para ele! Para Raoul!*

Isso. Esse. Aqui. Tente.

— *Sua boca colou-se à dele num voluptuoso beijo ardente enquanto as mãos dele buscavam suas opulentas curvas dentro do penhoar.*

Isso. Levar esse. E ponto final.

— *Estás atrasada, ele disse rispidamente, encarando-a com um penetrante olhar de suspeita. A bela mulher deixou cair a manta forrada de negro, exibindo seus ombros de rainha e suas carnes ofegantes. Um sorriso imperceptível brincava em torno de seus lábios perfeitos no que ela virou-se para ele calmamente.*

O senhor Bloom leu novamente: *A bela mulher...*

Doce um calor banhou-lhe o corpo, intimidando sua carne. Carne cedia entre roupas amarfanhadas: brancos dos olhos desvanecendo para o alto. Suas narinas se arquearam em busca da presa. Untos para os seios derretendo-se (*para ele! Para Raoul!*). Suor acebolado de axilas. Visgo grudepeixe (*suas carnes ofegantes!*). Sinta! Aperte! Esmagados! Esterco sulfúrico de leões!

Jovem! Jovem!

Uma senhora de idade, não mais jovem, deixava o edifício das cortes de chancelaria, tribunal do rei, tesoureiro e pleitos ordinários, depois de ouvir na corte do lorde chanceler o caso de insanidade de Potterton, na divisão do almirantado a convocação, moção *ex parte*, dos proprietários do Lady Cairns contra os proprietários da barca Mona, na corte de recursos a decisão de julgamento reservado no caso de Harvey contra a Ocean Accident and Guarantee Corporation.

Tosses encatarradas sacudiram o ar da livraria, inflando as cortininhas encardidas. A cabeça cinza impenteada do vendedor apareceu e seu rosto avermelhado e por barbear, tossindo. Limpou rude a garganta, cuspiu catarro ao chão. Pôs a bota no que cuspiu, esfregando a sola por cima, e se curvou, mostrando uma coroa pelenua, parcamente encabelada.

O senhor Bloom a contemplava.

Dominando seu alento perturbado, ele disse:

— Eu vou levar esse aqui.

O vendedor ergueu olhos baços de velhas secreções.

— *Doçuras do pecado*, ele disse, batendo no livro. Esse é dos bom.

O lacaio à porta da casa de leilões Dillon's sacudiu mais duas vezes a sineta de mão e se viu no espelho gizado do gabinete.

Dilly Dedalus, escutando parada no meiofio, ouviu as batidas do sino, os gritos do leiloeiro do lado de dentro. Quatro e nove. Aquelas cortinas mais lindas. Cinco xelins. Cortinas aconchegantes. Novas estão custando dois guinéus. Alguém dá mais que cinco xelins? Cinco xelins, dou-lhe uma.

O lacaio ergueu o sino e sacudiu:

— Barang!

Bang o badalo do sino da volta final incitou os ciclistas da meiamilha a um último impulso. J. A. Jackson, W. E. Wylie, A. Munro e H. T. Gahan, balançando os pescoços esticados, traçavam a curva perto da biblioteca da universidade.

O senhor Dedalus, puxando um bigode longo, voltava pela Williams's Row. Deteve-se perto da filha.

— Agora o senhor não escapa, ela disse.

— Arruma essa postura pelo amor do Senhor Bom Jesus, o senhor Dedalus disse. Por acaso você está tentando imitar o teu tio John o corneteiro, com a cabeça enterrada no peito? Meu Deusinho tristonho!

Dilly deu de ombros. O senhor Dedalus pôs neles suas mãos e os empurrou para trás.

— Fica reta, menina, ele disse. Você vai arranjar um desvio de espinha. Sabe como que você fica?

Ele deixou a cabeça afundar de repente para baixo e para a frente, dobrando os ombros e largando a mandíbula.

— Deixa disso, pai, Dilly disse. Está todo mundo olhando pro senhor.

O senhor Dedalus ficou reto e puxou de novo o bigode.

— O senhor arrumou algum dinheiro? Dilly perguntou.

— Onde é que eu ia arrumar dinheiro? o senhor Dedalus disse. Não tem um cristão em Dublin que me empreste quatro pence.

— O senhor arrumou sim, Dilly disse, olhando nos olhos dele.

— Como é que você sabe? o senhor Dedalus perguntou, sarcástico.

O senhor Kernan, satisfeito com o pedido que fechara, caminhava cheio de si pela James's Street.

— Eu sei que arrumou, Dilly respondeu. O senhor estava no Scotch House?

— Mas não mesmo, o senhor Dedalus disse, sorrindo. Será que foram as freirinhas que te ensinaram a ser tão impertinente? Toma.

Ele lhe entregou um xelim.

— Vê o que você consegue fazer com isso, ele disse.

— Eu acho que o senhor arrumou cinco, Dilly disse. Dê mais do que isso.

— Espera aí, o senhor Dedalus disse ameaçador. Você é que nem as outras, não é? Um bando de cadelinhas insolentes desde que a coitada da mãe de vocês morreu. Mas espera aí. Enquanto vocês vão com o trigo eu já estou voltando com o pão que o diabo amassou! Coisa mais traiçoeira! Eu vou me livrar de vocês. Nem iam se importar se eu esticasse as canelas. Morreu. O sujeito do andar de cima morreu.

Ele deixou-a e seguiu andando. Dilly seguiu veloz e puxou-lhe o casaco.

— Mas o que é isso? ele disse, parando.

O lacaio bateu seu sino por trás deles.

— Barang!

— Vai ver se já está no inferno essa tua alminha de merda, o senhor Dedalus gritou, virando-se contra ele.

O lacaio, consciente de comentários, sacudiu o badalo oscilante de seu sino pouco mais que levemente:

— Bang!

O senhor Dedalus o encarou.

— Olha bem esse aí, ele disse. É instrutivo. Fico imaginando se ele vai deixar a gente falar.

— O senhor tem mais do que isso, pai, Dilly disse.

— Eu vou te mostrar um truquezinho que eu sei, o senhor Dedalus disse. Eu vou deixar vocês todas lá onde Jesus largou os judeus. Olha, eu não tenho mais nada. Eu peguei dois xelins com o Jack Power e gastei dois pence pra fazer a barba pro enterro.

Ele sacou um punhado de moedas de cobre, nervoso.

— O senhor não pode procurar algum dinheiro em algum lugar? Dilly disse.

O senhor Dedalus pensou e fez que sim.

— Eu vou procurar, ele disse sério. Já procurei pela sarjeta na O'Connell Street. Vou tentar essa aqui agora.

— O senhor é tão engraçado, Dilly disse, sorriso amarelo.

— Toma, o senhor Dedalus disse, entregando-lhe dois pence. Toma um copo de leite e come um chineque ou sei lá o quê. Eu já vou pra casa.

Pôs as outras moedas no bolso e se pôs a caminho.

A cavalgada vicerreal passou, saudada por policiais obsequiosos, saindo de Parkgate.

— Eu tenho certeza que o senhor tem mais um xelim, Dilly disse.

O lacaio badalou alto.

O senhor Dedalus por entre o alarido se afastava, murmurando para si próprio fazendo biquinho e revirando os lábios:

— As freirinhas! Umas santas! Ah, mas claro que elas jamais fariam uma coisa dessas! Ah, claro que não, jamais! Não é verdade, irmãzinha Monica!

Do relógio de sol para James's Gate seguia o senhor Kernan satisfeito com o pedido que fechara para a Pulbrook Robertson cheio de si pela James's Street, passando pelos escritórios da Shackleton's. Dei a volta nele direitinho. Como vai, senhor Crimmins? Nota dez, senhor. Eu estava com medo que o senhor estivesse no seu outro estabelecimento em Pimlico. Como é que vão as coisas? Vou levando. Tempo lindo que anda fazendo. É mesmo. Bom pro campo. Esses fazendeiros vivem resmungando. Eu vou só tomar um dedinho do seu melhor gim, senhor Crimmins. Um gim pequeno, por favor. Pois não, senhor. Coisa horrorosa aquela explosão do *General Slocum*. Um horror, um horror! Mil mortes. E umas cenas de cortar o coração. Homens pisoteando mulheres e crianças. Que coisa mais terrível. Qual foi a causa que eles disseram? Combustão espontânea: que revelação mais escandalosa. Nem um só dos botes salvavidas flutuava e a mangueira de incêndio toda estropiada. O que eu não consigo entender é como é que os inspetores puderam deixar um barco daqueles... Agora o senhor tocou na ferida, senhor Crimmins. O senhor sabe por quê? Mãos molhadas. De verdade? Sem sombra de dúvida. Olha só, quem diria. E dizem que a América é a terra da liberdade. Eu achava que a gente estava mal por aqui.

Eu sorri pra ele. *A América*, eu disse, tranquilo, bem assim. *O que é que eles são? O rebotalho de tudo quanto é país, inclusive o nosso. Não é verdade?* Não há dúvida.

Suborno, meu caro senhor. Bom, é claro, onde tem dinheiro entrando tem sempre alguém pra pegar o seu.

Vi que ele estava olhando a minha casaca. É a roupa que resolve. Nada como estar bem vestidinho. Passa uma rasteira neles.

— Oi, Simon, o Padre Cowley disse. Como vão as coisas?

— Oi, Bob, meu velho, o senhor Dedalus respondeu detendo-se.

O senhor Kernan estacou e se exibiu diante do espelho inclinado de Peter Kennedy, cabeleireiro. Casaco chique, sem sombra de dúvida. O Scott da Dawson Street. Bem vale o meio soberano que eu paguei pro Neary. Nunca fazem por menos de três guinéus. Me cai que nem uma luva. De algum janota do clube da Kildare Street provavelmente. O John Mulligan, gerente do Hibernian Bank, me deu uma bela de uma olhada ontem na ponte Carlisle como se lembrasse de mim.

Hm-hm! O negócio é adotar o figurino com esses tipos. Cavaleiro das estradas. Cavalheiro. E agora, senhor Crimmins, o senhor pode nos honrar com mais um pedido? A taça que anima sem inebriar, como reza o velho ditado.

Por North Wall e Sir John Rogerson's Quay, com quilhas e correntes de âncoras, navegando rumo oeste, navegava um esquife, panfleto jogado fora, agitado pela esteira do ferry, Elias está chegando.

O senhor Kernan lançou um olhar de despedida para sua imagem. Bronzeado, é claro. Bigode encanecido. Um oficial de volta da Índia. Bravamente carregou adiante seu corpo atarracado sobre pés polainados, endireitando os ombros. Aquele ali é o irmão do Ned Lambert, o Sam? Será? É. Cara de um focinho do outro. Não. O parabrisa daquele automóvel no sol ali. Só um clarão assim. Muito parecido.

Hm-Hm! Álcool cálido de sumo de zimbro aquecia-lhe entranhas e hálito. Um belo dedo de gim, aquele. As abas de sua casaca coruscavam à luz do sol brilhante com sua marcha gorda.

Logo ali o Emmett foi enforcado, estripado e esquartejado. Corda preta sebosa. Os cachorros lambendo o sangue na rua quando a esposa do lorde lugartenente passava em sua sege.

Deixa ver. É em São Michan que ele está enterrado? Ou não, teve um enterro em Glasnevin à meianoite. Trouxeram o cadáver por uma porta secreta no muro. O Dignam está lá agora. Foi-se num estalo. Ora, ora. Melhor dobrar aqui. Fazer um desvio.

O senhor Kernan virou e seguiu ladeira abaixo pela Watling Street passando pela esquina da sala de visitantes da Guinness. Na frente dos armazéns da Dublin Distillers Company um docar sem cocheiro ou passageiro esperava, rédeas atadas à roda. Coisa mais perigosa. Algum joãoninguém capiau de Tipperary arriscando a vida dos cidadãos. Cavalo em disparada.

Dennis Breen com seus tomos, exausto por ter esperado uma hora no escritório de John Henry Menton, conduzia sua esposa pela ponte O'Connell, rumo ao escritório dos senhores Collis e Ward.

O senhor Kernan se aproximava da Island Street.

Tempos dos tumultos. Tenho que pedir pro Ned Lambert me emprestar aquelas reminiscências de sir Jonah Barrington. Quando olhamos para tudo aquilo agora como que num arranjo retrospectivo. Jogando no Daly's. Nada de ases na manga naquela época. Um daqueles sujeitos acabou com a mão pregada na mesa com uma adaga. Em algum lugar por aqui lorde Edward Fitzgerald escapou do major Sirr. Os estábulos atrás da casa Moira.

Era um ginzinho muito do bom.

Belo rapaz nobre impetuoso. Linhagem boa, é claro. Aquele rufião, aquele escudeiro de meiatigela, com as luvinhas violeta é que entregou ele. Está certo que eles estavam do lado errado. Surgiram em dias maus e negros. Belo poema, esse: Ingram. Eles eram cavalheiros. O Ben Dollard canta aquela canção de uma maneira tão tocante. Uma interpretação de mestre.

Lá no cerco de Ross tombou meu pai.

Uma cavalgada em trote manso ao longo do Pembroke Quay passava, batedores saltitando, saltitando sobre, sobre as selas. Casacas. Parassóis cor de creme.

O senhor Kernan adiantou-se correndo, soprando com lábios cerrados.

Excelência! Que azar! Perdi por um triz. Droga! Que pena!

―――

Stephen Dedalus via através das tramas da janela provarem os dedos do lapidário uma corrente fosquenvelhecida. Pó tramava janela e mostruários. Pó escurecia os dedos ativos de unhas vulturinas. Pó pousava em opacas espirais de bronze e de prata, losangos de zinabre, em rubis, leprosas pedras vinhescuras.

Nascidas todas na terra escura verminada, frias fagulhas, malévolas luzes brilhando nas trevas. Onde arcanjos caídos arremessaram as estrelas de seus cenhos. Fuças suínas enlameadas, mãos, raiz com raiz, agarrar e desvirtuá-los.

Ela dança numa obscuridade impura onde arde a borracha com o alho. Um marujo, barbarrubra, sorve de um cálice rum e nela tem olhos. Brama longa oceanada. Ela dança, saltarela, balançando as ancas de porca e os quadris, em sua barriga nojenta batendo um ovo rubi.

O velho Russell com um trapo ordinário manchado polia sua gema novamente, que revirava e segurava na ponta da barba de Moisés. Vovô macaco devorando com olhos lúbricos um butim.

E você que deturpa imagens antigas da terra sepulcral! As palavras dementes dos sofistas: Antístenes. Sabença de drogas. Trigo radiante e imortal de pé da eternidade à eternidade.

Duas velhas recenchegadas da maresia arrastavam-se por Irishtown ao longo da London Bridge Road, uma com uma sombrinha arenosa, uma com uma sacola de parteira em que onze vieiras rolavam.

O zumbido de tiras de couro batendo o ar e o zunido dos dínamos da casa de força urgiam Stephen a estar a postos. Seres sem ser. Pare! Pulsar fora de você sempre e sempre dentro o pulsar. Teu coração que descantas. Eu em meio a eles. Onde? Entre dois mundos urlantes onde espiralam, eu. Esmigalhe-os, um e ambos. Mas me atordoo também com o golpe. Me esmigalhe você que pode. Cáften e carniceiro, foram as palavras. Eu digo! Não ainda por enquanto. Uma olhada em volta.

Sim, de fato. Muito grande e maravilhoso e de uma precisão proverbial para marcar as horas. O senhor tem razão, senhor. Uma segundafeira de manhã, foi deveras, deveras.

Stephen descia a Bedford Row, o punho do freixo estalando contra a omoplata. Na vitrine da Clohyssey uma gravura desbotada de 1860 de Heenan lutando contra Sayers prendeu seu olhar. Torcedores olhosfixos com cartolas de pé em torno ao ringue encordoado. Os pesospesados com leves calções propunham um ao outro docemente seus punhos bulbosos. E estão pulsando: corações de heróis.

Ele virou e estacou próximo ao carro de livros adernado.

— Dois pence cada, disse o alfarrabista. Quatro por seis pence.

Páginas desfeitas. *O apicultor irlandês. Vida e milagres do Cura d'Ars. Guia de bolso de Killarney.*

Eu podia achar aqui um dos meus prêmios escolares penhorados. *Stephano Dedalo, alumno optimo, palmam ferenti.*

O padre Conmee, lidas já suas pequenas horas, caminhava pelo vilarejo de Donnycarney, murmurando vésperas.

Encadernação boa demais provavelmente, o que é isso? Oitavo e nono livros de Moisés. Segredo dos segredos. Selo do rei Davi. Páginas digitadas: lidas e relidas. Quem passou por aqui antes de mim? Como amaciar mãos gretadas.

Receita de vinagre de vinho branco. Como ganhar o amor de uma mulher. Para mim, essa. Recite o seguinte talismã três vezes com as mãos postas.

— *Se el yilo nebrakada femininum! Amor me solo! Sanktus! Amen.*

Quem escreveu isso? Encantos e invocações do beatíssimo abade Peter Salanka a todos os verdadeiros crentes divulgados. Tão bons quanto os encantos de qualquer outro abade, quanto os do Joachim resmungante. Desce, cocorutocareca, ou a gente carda a tua lã.

— O que é que você está fazendo aqui, Stephen?

Os ombros altos e o vestido ordinário de Dilly.

Feche rápido o livro. Não deixe ver.

— O que você está fazendo? Stephen disse.

Um rosto Stuart do celebérrimo Carlos, cachos escassos caindo dos lados. Brilhava quando acocorada alimentava o fogo com botas rachadas. Eu lhe falei de Paris. Dorminhoca já tarde sob uma colcha de sobretudos, remexendo um bracelete de pechisbeque, presente de Dan Kelly. *Nebrakada femininum*.

— O que é que você tem aí? Stephen perguntou.

— Eu comprei no outro carrinho por um tostão, Dilly disse, rindo nervosa. Presta?

Meus olhos, dizem que ela tem. Os outros me veem assim? Veloz, remota e ousada. Sombra da minha mente.

Tirou o livro sem capa de suas mãos. A cartilha de francês de Chardenal.

— Pra que você comprou isso? ele perguntou. Pra aprender francês?

Ela aquiesceu, enrubescendo e cerrando bem os lábios.

Não mostre surpresa. Muito normal.

— Toma, Stephen disse. É bem decente. Cuidado pra Maggy não te penhorar esse também. Eu imagino que todos os meus livros já tenham ido.

— Alguns, Dilly disse. A gente foi obrigada.

Ela está se afogando. Remorsura. Salvá-la. Remorsura. Tudo contra nós. Ela vai me afogar com ela, olhos e cabelo. Espirais escassas de cabelo algamarinho à minha volta, meu coração, minha alma. Morte verde sal.

Nós.

Remorsura do inteleito. Inteleito remorsurado.

Desgraça! Desgraça!

———

— Oi, Simon, O Padre Cowley disse. Como vão as coisas?

— Oi, Bob, meu velho, o senhor Dedalus respondeu detendo-se.

Apertaram-se as mãos estrondosamente do lado de fora do Reddy and

Daughter. O Padre Cowley escovava para baixo seu bigode o tempo todo com mão enconcavada.

— E quais são as boasnovas? o senhor Dedalus disse.

— Olha que nem é muita coisa, o Padre Cowley disse. Eu estou sitiado, Simon, com dois sujeitos espreitando em volta da casa tentando furar o cerco.

— Ora essa, o senhor Dedalus disse. Quem é?

— Ah, o Padre Cowley disse. Um certo *gombeen* que a gente conhece.

— De costas quebradas, por acaso? o senhor Dedalus perguntou.

— O próprio, Simon, o Padre Cowley respondeu. Reuben das terras do mesmo nome. Eu só estou esperando o Ben Dollard. Ele vai ter uma palavrinha com o Long John pra fazer ele tirar aqueles dois sujeitos de lá. Eu só preciso de um pouco de tempo.

Olhava em esperança vaga acima e abaixo pelo cais, um grande pomo saltando no pescoço.

— Eu sei, o senhor Dedalus disse, aquiescendo. Coitadinho do nosso velho Ben borquilho! Sempre aprontando alguma coisa boa por alguém. Aguente firme aí!

Ele pôs os óculos e mirou a ponte metálica por um instante.

— Lá está ele, credo em cruz, ele disse, o cheiro e o risco.

A casaca larga azul de Ben Dollard e sua cartola sobre grandes bragas cruzavam o cais a passo firme vindas da ponte metálica. Ele veio na direção deles a passo lento, coçando ativamente por trás da cauda do casaco.

No que se aproximava ele o senhor Dedalus saudou:

— Segurem aquele camarada da calça feia.

— Segurem já, Ben Dollard disse.

O senhor Dedalus media com frio desdém errante vários pontos da figura de Ben Dollard. Então, virando para o Padre Cowley com um aceno, resmungou rezingante:

— É um belo traje, não é, pra um dia de verão?

— Ora, que Deus condene a tua alma por toda a eternidade, Ben Dollard rugiu furioso, eu já joguei fora mais roupa do que você viu na vida.

Restava ao lado deles sorrindo radiante para eles primeiro e para suas roupas espaçosas de onde, aqui e ali, o senhor Dedalus petelecava fiapos, dizendo:

— Pelo menos foi feita pra um homem em plena saúde, Ben.

— Que se dane o judeu que fez, Ben Dollard disse. Graças a Deus que eu ainda não paguei.

— E como anda aquele *basso profondo*, Benjamin? o Padre Cowley perguntou.

Cashel Boyle O'Connor Fitzmaurice Tisdall Farrell, murmurante, quatrolhos, passou pelo clube da Kildare Street.

Ben Dollard franziu o rosto e, entortando repentino uma boca de cantador, soltou uma nota pesada.

— Ooo! ele disse.

— É assim que se faz, o senhor Dedalus disse, balançando a cabeça ao som de seu zumbido.

— Que tal essa? Ben Dollard disse. Muito enferrujada? E aí?

Virou para os dois.

— Quebra um galho, o Padre Cowley disse, balançando também a cabeça.

O reverendo Hugh C. Love caminhou desde a velha casa do capítulo da abadia de Santa Maria passando pela loja de James e Charles Kennedy, destiladores, assistido por Geraldines altos e agradáveis, na direção do Tholsel para além do Vau das Barreiras.

Ben Dollard em pesada pulsão dirigiu-os às vitrines, de dedos contentes no ar.

— Vamos comigo até o escritório do subxerife, ele disse. Quero mostrar a nova belezinha que o Rock arrumou pra bailio. É um filhote de cruzcredo, uma cruza de Lobengula com Lynchehaun. Bem vale uma espiada, acreditem. Vamos comigo. Eu vi o John Henry Menton no Bodega agorinha mesmo e vou me danar se eu não... espera aí... Nós estamos rezando pro santo certo, Bob, vai por mim.

— Só por uns dias, fala pra ele, o Padre Cowley disse ansioso.

Ben Dollard estacou atônito, aberto seu orifício falante, um botão pendurado da casaca balançando seu dorso brilhante na ponta da linha enquanto ele esfregava a remela pesada que entupia-lhe os olhos para ouvir direito.

— Que uns dias? ele troou. O teu senhorio não pediu o aluguel em juízo?

— Pediu, o Padre Cowley disse.

— Então o mandado do nosso amigo não vale o papel em que está escrito, Ben Dollard disse. O senhorio tem prioridade. Eu dei todos os detalhes pra ele. 29 Windsor Avenue. Love é o nome dele?

— Isso mesmo, o Padre Cowley disse. O reverendo Love. Ele é ministro em algum lugar no interior. Mas você tem certeza disso?

— Pode mandar dizer pro Barrabás, Ben Dollard disse, que eu disse que ele pode levar aquele mandado lá pra onde o Judas perdeu as calças.

Levava o Padre Cowley corajosamente adiante, abraçado a seu tronco.

— Acho que eram as botas, o senhor Dedalus disse, derrubando os óculos no peito do casaco, seguindo-os.

———

— O menino vai ficar bem, Martin Cunningham disse, no que saíam pelo Castleyard Gate.

O policial tocou a testa.

— Deus te abençoe, Martin Cunningham disse, animado.

Fez sinal ao cocheiro à espera que fez um muxoxo para as rédeas e pôs-se a caminho da Lord Edward Street.

Bronze junto a ouro, a cabeça da senhorita Kennedy junto à cabeça da senhorita Douce, surgiram sobre a persiana do hotel Ormond.

— É, Martin Cunningham disse, dedilhando a barba. Eu escrevi pro padre Conmee e lhe expus todo o caso.

— Você podia tentar com o nosso amigo, o senhor Power sugeriu para trás.

— O Boyd? Martin Cunningham disse curto. Nãometoques.

John Wyse Nolan, retardatário, lendo a lista, vinha atrás deles rapidamente descendo a Cork Hill.

Nos degraus da prefeitura o concelheiro Nannetti, escadabaixo, saudava o edil Cowley e o concelheiro Abraham Lyon escadacima.

O carro do castelo rodou vazio para a Upper Exchange Street.

— Olha só, Martin, John Wyse Nolan disse, alcançando-os no escritório do *Mail*. Estou vendo que o Bloom botou cinco xelins aqui no nome dele.

— Exatamente, Martin Cunningham disse, pegando a lista. E botou os cinco xelins também.

— E sem nem mais um pio, o senhor Power disse.

— Por incrível que pareça, Martin Cunningham acrescentou.

John Wyse Nolan abriu bem os olhos.

— Eu diria que há muita bondade no judeu, citou com elegância.

Desciam a Parliament Street.

— Olha lá o Jimmy Henry, o senhor Power disse, direto pro Kavanagh's.

— Na mosca, Martin Cunningham disse. Lá vai ele.

Diante de la Maison Claire o Rojão Boylan tocaiava o cunhado de Jack Mooney, bossudo, teso, na direção das Liberties.

John Wyse Nolan deixou-se ficar com o senhor Power, enquanto Martin Cunningham pegava o braço de um janotinha com um terno de tuíde pintalgado que andava inseguro com passo apressado passando pelos relógios de Micky Anderson.

— Os calos do funcionário municipal assistente andam lhe dando problemas, John Wyse Nolan informou ao senhor Power.

Seguiram dobrando a esquina para as adegas de James Kavanagh. O carro do castelo vazio encarou-os de seu repouso no Essex Gate. Martin Cunningham, falando sempre, mostrava o tempo todo a lista que Jimmy Henry nem olhava.

— E o Long John Fanning está aqui também, John Wyse Nolan disse, em tamanho natural.

A forma alta de Long John Fanning preenchia o limiar em que ele estava.

— Bom dia, senhor subxerife, Martin Cunningham disse, no que pararam todos e cumprimentaram.

Long John Fanning não abriu passagem para eles. Retirou o grande charuto Henry Clay decisivamente e seus grandes olhos ferozes franziram-se inteligentes sobre todos os rostos deles.

— Estariam os pais conscritos seguindo suas pacíficas deliberações? ele disse com rica enunciação acre ao funcionário municipal assistente.

Estavam era discutindo os quatro cantos do inferno, Jimmy Henry disse mesquinho, sobre a maldita língua irlandesa lá deles. Onde estava o oficial de justiça, ele queria saber, pra manter a ordem na sala do concelho. E o velho Barlow o portador da maça esticado com asma, sem maça na mesa, nada em ordem, nem quórum tinha e o Hutchinson, o lorde prefeito, em Llandudno e aquele Lorcan Sherlock fazendo de *locum tenens* por ele. Maldita língua irlandesa, dos nossos antepassados.

Long John Fanning soprou uma pluma de fumo dos lábios.

Martin Cunningham falava alternadamente, retorcendo a ponta da barba, com o funcionário municipal assistente e o subxerife, enquanto John Wyse Nolan mantinha-se quieto.

— Que Dignam era esse? Long John Fanning perguntou.

Jimmy Henry fez uma careta e levantou o pé esquerdo.

— Ai, os meus calos! ele disse queixoso. Subam pelo amor de Deus pra eu sentar em algum lugar. Uff! Uuu! Cuidado!

Irritadiço abriu-se um espaço junto ao flanco de Long John Fanning e entrou e subiu as escadas.

— Suba com a gente, Martin Cunningham disse ao subxerife. Acho que você não conhecia não, mas vai que conhecia.

Com John Wyse Nolan o senhor Power entrou atrás deles.

— Era um sujeitinho decente, o senhor Power disse para as costas vigorosas de Long John Fanning que subiam em direção a Long John Fanning no espelho.

— Meio baixinho. O Dignam do escritório do Menton, sabe? Martin Cunningham disse.

Long John Fanning não estava conseguindo se lembrar dele.

Estrépito de cascos de cavalos soou do ar.

— O que é isso? Martin Cunningham disse.

Todos viraram onde estavam; John Wyse Nolan desceu de volta. Da sombra fresca do limiar viu os cavalos passarem a Parliament Street, arreios e jarretes luzidios à luz do sol reluzindo. Alegres passaram por sob seus olhos frescos inamistosos, não velozes. Nas selas dos primeiros, primeiros aos pulos, batiam batedores.

— O que era? Martin Cunningham perguntou, enquanto seguiam escadaria acima.

— O lorde lugartenentegeneral e governadorgeral da Irlanda, John Wyse Nolan respondeu do pé da escada.

———

No que pisavam o carpete espesso Buck Mulligan sussurrou por trás de seu panamá para Haines.

— O irmão do Parnell. Ali no canto.

Escolheram uma mesa pequena perto da janela em frente a um homem de cara séria cujos barba e olhar pendiam concentrados sobre um jogo de xadrez.

— É ele? Haines perguntou, retorcendo-se na cadeira.

— É, Buck Mulligan disse. É o John Howard, irmão dele, nosso oficial de justiça.

John Howard Parnell trasladou um bispo branco suavemente e sua garra cinzenta subiu de novo à testa, onde descansou.

Um instante depois, por sob sua aba, seus olhos olharam velozes, fantasmacesos, para seu adversário e inimigo e caíram novamente no canto em questão.

— Eu vou querer uma *mélange*, Haines disse à garçonete.

— Duas *mélanges*, Buck Mulligan disse. E traga uns *scones* e manteiga e uns bolos também.

Quando ela se foi ele disse, rindo:

— Nós chamamos isso aqui de D.B.C. porque eles têm deploráveis bolos de chocolate. Ah, mas você perdeu o Dedalus falando de *Hamlet*.

Haines abriu seu livro recenhadquirido.

— Eu sinto muito, ele disse. Shakespeare é o Eldorado de todas as cabeças que perderam o equilíbrio.

O marujo perneta urrava na área do 14 da Nelson Street:

— *A Inglaterra espera...*

O colete amarelopálido de Buck Mulligan agitou-se alegre com sua risada.

— Você tinha que ver, ele disse, é quando o corpo dele perde o equilíbrio. Ængus errante é como eu o chamo.

— Eu estou bem certo de que ele tem uma *idée fixe*, Haines disse, beliscando o queixo pensativamente com indicador e polegar. Agora eu fico especulando qual poderia ser essa ideia. Esse tipo de gente sempre tem.

Buck Mulligan curvou-se sobre a mesa seriamente.

— Eles desencaminharam a cachola dele, ele disse, com visões do inferno. Ele jamais vai captar o tom ático. O tom de Swinburne, de todos os poetas, a fera morte e o duro parto. Essa que é a tragédia dele. Ele jamais vai poder ser poeta. O prazer da criação...

— Castigo eterno, Haines disse, aquiescendo sucinto. Estou entendendo. Eu ataquei ele hoje de manhã sobre o tema da fé. Alguma coisa estava incomodando ele, eu pude ver. É até interessante porque o professor Pokorny de Viena chega a uma conclusão interessante a respeito disso.

Os olhos alerta de Buck Mulligan viram chegar a garçonete. Ele a ajudou a descarregar a bandeja.

— Ele não conseguiu encontrar qualquer vestígio de um inferno nos antigos mitos irlandeses, Haines disse, entre xícaras animadas. A ideia moral parece faltar, a noção de destino, de punição. É bem estranho que ele venha a ter exatamente essa ideia fixa. Ele escreve alguma coisa pro movimento de vocês?

Ele afundou dois torrões de açúcar habilmente ao comprido em meio ao chantili. Buck Mulligan fatiou um *scone* fumegante em dois e rebocou manteiga sobre seu miolo fumarento. Mordeu um pedaço macio esfaimado.

— Dez anos, ele disse, rindo e mastigando. Ele vai escrever alguma coisa daqui a dez anos.

— Parece bem longe, Haines disse, erguendo pensativo a colher. Mas eu não estranharia se ele acabasse escrevendo mesmo.

Provou uma colherada do cone cremoso de sua xícara.

— Este é o verdadeiro creme irlandês, eu suponho, ele disse leniente. Não quero que tirem vantagem de mim.

Elias, esquife, leve panfleto jogado fora, navegava para leste por flancos de navios e pescadores com puças, por entre um arquipélago de rolhas, além da New Wapping Street passando pelo ferry de Benson, e pelo trimastro *Rosevean*, escuna de Bridgwater com tijolos.

Almidano Artifoni passou pela Holles Street, pelo Sewell's Yard. Atrás dele Cashel Boyle O'Connor Fitzmaurice Tisdall Farrell, benguardachucapa pendente, evitou o poste diante da casa do senhor Law Smith e, atravessando, caminhou pela Merrion Square. Distante atrás dele um rapazote cego seguia taptapeando seu caminho junto ao muro do parque da universidade.

Cashel Boyle O'Connor Fitzmaurice Tisdall Farrell caminhou até as vitrines alegres do senhor Lewis Werner, então virou e desfilou de volta pela Merrion Square, com benguardachucapa pendente.

Na esquina dos Wilde ele se deteve, fechou o rosto para o nome de Elias anunciado no Metropolitan Hall, fechou o rosto para o distante jardim do Duque. Seu monóculo reluziu fechando o rosto ao sol. Com dentesderrato expostos murmurava:
— *Coactus volui.*
Seguiu marchando para a Clare Street, remoendo seu verbo feroz.
Ao marchar pela fachada odontológica do senhor Bloom o balanço de sua capa esfregou-se rudemente, desviando-a, numa exígua bengala que tateava e seguiu sua varredura, tendo esbofeteado um corpo raquítico. O rapazote cego virou seu rosto débil para a forma que desfilava.
— O diabo que te carregue, desgraçado, ele disse amargamente, seja quem for! É mais ruim das vista que eu, seu filho bastardo de uma puta!

Na frente do bar de Ruggy O'Donohoe o senhorzinho Patrick Aloysius Dignam, agarrado à libra e meia de carne de porco do açougue Mangan, antigo Fehrenbach's, que o tinham mandado buscar, seguia borboleteando pela cálida Wicklow Street. Era muito chato ficar sentado no salão com a senhora Stoer e a senhora Quigley e a senhora MacDowell com a porcaria da persiana puxada e elas tudo fungafungando e tomando golinhos do xerez tawny de qualidade superior que o tio Barney comprou no Tunny's. E elas comendo migalhinhas daquela porcaria daquele bolo de fruta matraqueando o tempo todo e suspirando.
Depois da Wicklow Lane a vitrine de Madame Doyle, chapeleira costureira da corte, deteve-o. Ficou olhando para os dois *boxeurs* nus em pelo e de guardas altas. Dos espelhos laterais dois senhorezinhos Dignam enlutados espiavam mudos boquiabertos. Myler Keogh, mascote de Dublin, enfrentará o sargentoajudante Bennett, o valentão de Portobello, por uma bolsa de cinquenta soberanos, Jesus, essa ia ser uma bela peleja de se ver. Myler Keogh, esse é que é aquele sujeitinho ali de *sparring* com a faixa verde. Dois tostões a entrada, soldado paga meia. Eu podia enrolar a mãe facinho. O senhorzinho Dignam a sua esquerda virou quando ele virou. Olha eu de luto. Quando que é? Vintedois de maio. Lógico, a porcaria já foi. Virou para a direita e a sua direita o senhorzinho Dignam virou, boné enviesado, colarinho espetado para cima. Abotoando-o, de queixo erguido, viu a imagem de Marie Kendall, charmosa *soubrette*, ao lado dos dois *boxeurs*. Uma daquelas biscates que tem naquelas carteiras de cigarro que o Stoer fuma e que o velho dele uma vez tirou até lasca dele porque uma vez achou uma.

O senhorzinho Dignam prendeu seu colarinho e seguiu borboleteando. O melhor *boxeur* em matéria de força era o Fitzsimons. Uma pancada nas ventas que aquele camarada te desse e você ia acordar era no meio da semana que vem, amigo. Mas o melhor *boxeur* em matéria de técnica era o Jem Corbet antes do Fitzsimons arrancar os miolos dele, sem nem se incomodar com aquelas esquivas e tal e coisa.

Na Grafton Street o senhorzinho Dignam viu uma flor vermelha na boca de um almofadinha e um belo par de breques que ele estava usando e ele escutando o que o bêbado dizia e sorrindo amarelo o tempo todo.

Nada do bonde de Sandymount.

O senhorzinho Dignam seguia pela Nassau Street, mudou a carne de porco para a outra mão. Seu colarinho saltou de novo e ele o enfiou para baixo. A porcaria do botão era pequeno demais pra casa da camisa, grande porcaria. Encontrou estudantes com mochilas. Eu não vou amanhã também, ficar em casa até segunda. Encontrou outros estudantes. Será que eles percebem que eu estou de luto? O tio Barney disse que ia colocar no jornal de noite. Daí todo mundo vai ver no jornal e ler o meu nome impresso e o nome do pai.

O rosto dele ficou inteiro cinza em vez de vermelho que nem era e tinha uma mosca andando até o olho dele. O rangido que fez quando eles estavam parafusando os parafusos no caixão: e os trancos quando eles estavam descendo com ele pela escada.

O pai estava lá dentro e a mãe gritando no salão e o tio Barney dizendo pros homens como fazer a curva com ele. Era um caixão dos grandes, e alto e com jeito de pesado. Como é que podia? Na última noite que o pai estava chumbado ele estava parado no alto da escada lá berrando por causa das botas pra sair pra ir no Tunny pra ficar mais chumbado e estava com um jeito atarracado e baixote ali de camisa. Nunca mais ver ele. Ou seja, morte. O pai morreu. O meu pai está morto. Ele me disse pra ser um bom filho pra mãe. Eu não consegui escutar as outras coisas que ele disse mas eu vi a língua dele e os dentes tentando dizer melhor. Coitado do pai. Aquele era o senhor Dignam, o meu pai. Espero que ele esteja no purgatório agora porque ele foi se confessar com o padre Conroy sábado de noite.

———

William Humble, conde de Dudley, e lady Dudley, acompanhados pelo tenentecoronel Heseltine, saíram depois do almoço dos alojamentos vicerreais. Na carruagem seguinte iam as honoráveis senhora Paget e senhorita de Courcy, e o honorável Gerald Ward, Aj. O. de serviço.

A cavalgada passou pelo portão baixo do Phoenix Park saudada por obsequiosos policiais e procedeu para Kingsbridge seguindo os cais do norte. O vicerrei foi cordialissimamente saudado em seu caminho por toda a metrópole. Na ponte Bloody em vão o senhor Thomas Kernan do outro lado do rio cumprimentou-o de longe. Entre as pontes Queen e Whitworth as carruagens vicerreais de lorde Dudley passaram incumprimentadas pelo senhor Dudley White, B. L., M. A., parado no Arran Quay diante da loja da senhora M. E. White, penhorista, na esquina da Arran Street West alisando o nariz com o indicador, indeciso quanto a poder chegar mais rápido a Phibsborough fazendo uma tripla baldeação ou tomando um coche ou a pé por Smithfield, Constitution Hill e o terminal Broadstone. No átrio das Quatro Cortes Richie Goulding com a pastalegal de Goulding, Collis e Ward o viu com surpresa. Depois da ponte Richmond à porta do escritório de Reuben J. Dodd, advogado, agente da Patriotic Insurance Company, uma mulher de idade a ponto de entrar mudou de planos e voltando atrás passando pelas vitrines da King's sorriu credulamente para o representante de Sua Majestade. De sua eclusa no muro do Wood Quay sob o escritório de Tom Devan o rio Poddle pendurava em fealdade uma língua de líquido esgoto. Sobre a persiana do hotel Ormond, ouro junto a bronze, a cabeça da senhorita Kennedy junto à cabeça da senhorita Douce observava e admirava. No Ormond Quay o senhor Simon Dedalus, seguindo seu caminho desde a estufa até o escritório do subxerife, deteve-se imóvel no meio da rua e trouxe abaixo seu chapéu. Sua Excelência graciosamente retribuiu o cumprimento do senhor Dedalus. Da esquina da Cahill's o reverendo Hugh C. Love, M. A., prestou despercebida obediência, atento a lordes deputados cujas benignas mãos detiveram outrora ricos direitos de investidura. Na ponte Grattan Lenehan e M'Coy, despedindo-se um do outro, observaram passar as carruagens. Passando pelo escritório de Roger Greene e pela grande casa vermelha da impressora de Dollard Gerty MacDowell, carregando as cartas do oleado de Cork de Catesby para seu pai que estava acamado, soube pelo estilo serem o lorde e a lady lugartenentes mas não conseguiu ver o que trajava Sua Excelência porque o bonde e a imensa carroça amarela de mobília da Spring's tiveram que parar na frente dela devido ao fato de se tratar do lorde lugartenente. Além da Lundy Foot's, da porta sombreada das adegas de Kavanagh, John Wyse Nolan sorriu com frieza despercebida para o lorde lugartenentegeneral e governadorgeral da Irlanda. O honorabilíssimo William Humble, conde de Dudley, G. C. V. O., passou pelos relógios pulsantes de todas as horas de Micky Anderson e pelos modelos benvestidos bencorados de cera da Henry and James's, o cavalheiro Henry, *dernier cri* James. Já junto do Dame Gate Tom Rochford e o Cheirão Flynn observavam a aproximação da cavalgada. Tom Rochford, vendo em si os olhos de lady Dudley, puxou presto os polegares dos bolsos do colete bordô e tirou-lhe o boné. Uma charmosa *soubrette*, a grande Marie Kendall, com bochechas emplastradas e saia levantada, sorriu emplastradamente de seu cartaz para William Humble, conde de Dudley, e para o tenentecoronel Hesseltine e também para o honorável Gerald Ward Aj. O. Da janela da D. B. C. Buck Mulligan alegre e Haines, seriamente, miraram para baixo para a *entourage* vicerreal por sobre os ombros de fregueses ansiosos, cuja massa de formas escurecia o tabuleiro para o qual John Howard Parnell olhava concentrado. Na Fownes Street, Dilly Dedalus, apertando os olhos erguidos da primeira cartilha de francês de Chardenal, viu parassóis abertos e raios de roda no solo rodando num raio de sol. John Henry Menton, ocupando inteira a porta dos Commercial Buildings, encarou com olhosostras inchados pelo vinho, segurando um gordo relógio de caça de ouro despercebido em sua gorda mão esquerda que não o percebia. Onde a patamão do cavalo do rei Billy pateava no ar a senhora Breen arrancou seu marido apressado de sob os cascos dos batedores. Ela gritou em seu ouvido as novidades. Compreendendo, ele mudou seus tomos para o lado esquerdo do peito e saudou a segunda carruagem. O honorável Gerald Ward Aj. O., agradavelmente surpreso, apressou-se em responder. Na esquina da Ponsonby's um frasco branco gasto H. Estacou e quatro frascos cartolados estacaram atrás dele, E. L. Y. 'S., enquanto os batedores desfilavam, e as carruagens. Na frente da loja de música Pigott's o senhor Denis J. Maginni professor de dança &c., com alegre figurino, caminhava sério, ultrapassado por um vicerrei e despercebido. Junto ao muro do preboste vinha estilosamente o Rojão Boylan, pisando sapatos castanhos e meias com relógios celestes ao som do refrão de *Minha garota é de Yorkshire*.

O Rojão Boylan apresentou às testeiras celestes e ao porte altivo dos batedores uma gravata celeste, um chapéu de palha abalargo num ângulo dandyesco e um terno de sarja cor índigo. Suas mãos nos bolsos do paletó esqueceram de cumprimentar mas ele ofereceu às três senhoras a audaciosa admiração de seus olhos e a flor vermelha entre seus lábios. No que passavam pela Nassau Street Sua Excelência chamou a atenção de sua reverenciante consorte para o programa musical que se desenrolava no parque da Universidade. Despercebidos denodados camaradas escoceses estrondeavam e tamboreavam atrás do *cortège*:

Mesmo sendo uma trabalhadora
Que nunca usa roupas mais finas.
Baraabum.

Tenho uma quedinha
Pelo tempero de Yorkshire,
Da minha rosinha de Yorkshire.
Baraabum.

Além muros os *handicappers* do quarto de milha, M. C. Green, H. Thrift, T. M. Patey, C. Scaife, J. B. Jeffs, G. N. Morphy, F. Stevenson, C. Adderly, e W. C. Huggard largaram em perseguição. Marchando pelo hotel Finn's, Cashel Boyle O'Connor Fitzmaurice Tisdall Farrell olhou por um monóculo feroz através das carruagens para a cabeça do senhor E. M. Solomons na janela do viceconsulado austroúngaro. No fundo da Leinster Street, junto ao portão dos fundos da Trinity, um leal homem d'El-Rei, Hornblower, tocou seu quepe de caçador de raposa. Ao desfilarem os cavalos lustrosos pela Merrion Square o senhorzinho Patrick Aloysius Dignam, aguardando, viu saudações sendo feitas para o sujeito de cartola e ergueu igualmente seu novo boné preto com dedos engordurados do papel da carne de porco. Seu colarinho levantou-se também. O vicerrei, a caminho de inaugurar o bazar beneficente Mirus com renda revertida para o hospital Mercer, seguiu com seu séquito para a Lower Mount Street. Passou por um rapazote cego na frente da Broadbent's. Na Lower Mount Street um pedestre com uma capa mackintosh marrom, comendo pão seco, passou ligeiro e intocado pelo caminho do vicerrei. Na ponte do Royal Canal, de seu cartaz, o senhor Eugene Stratton, lábios negros sorrindo amarelo, recebia todos os benvindos visitantes no distrito de Pembroke. Na esquina da Haddington Road duas mulheres arenosas estacaram, sombrinha e sacola em que onze vieiras rolavam para ver pasmadas o lorde prefeito e a lady primeiradama, ele sem a corrente de ouro. Em Northumberland e Landsdowne Roads Sua Excelência recebeu saudações pontuais de raros passantes homens, a saudação de dois menininhos no portão do jardim da casa que se dizia ter sido admirada pela falecida rainha quando de visita à capital irlandesa com seu marido, o príncipe consorte, em 1849, e a saudação das calças robustas de Almidano Artifoni engolidas por uma porta que se fechava.

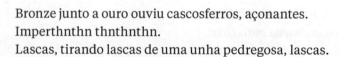

Bronze junto a ouro ouviu cascosferros, açonantes.
Imperthnthn thnthnthn.
Lascas, tirando lascas de uma unha pedregosa, lascas.

Horrenda! E ouro mais corou.
Nota rouca um floreio um flautim.
Floreio. Afloram flores no
Cabelouro pinacular.
Uma rosa aos saltos em cetinados seios de cetim, rosa de Castela.
Trinando, trinando: Idolores.
Cadê! Quem tá no... ourocadê?
Chorou o sino para bronze apiedada.
E um chamado, puro, longo e soluçante. Chamado falecelento.
Chamariz. Palavra doce. Mas vejam: estrelas brilhantes fenecem. Notas trilando resposta. Castela. Está rompendo a alba.
Tine, tine ginga tinindo.
Ressoa moeda. Relógio roda.
Declaração. *Sonnez*. Eu poderia. Repique de liga. Não te mais leixar. Beija. *La cloche!* Beijacoxa. Declaração. Quente. Querida, adeus!
Tine. Bloo.
Bombaram estrondos de acordes. Quando o amor absorve. Guerra! Guerra! O tímpano.
Vela! Ondula um véu velando as ondas.
Perdido. Tordo flautava. Agora tudo está perdido.
Duro. Duduro.
Na vez primeira em que viu. *Ai de mim!*
Lá teso. Latejo.
Ornamentando. Remata! Ah rebata.
Martha! Vem!
Clapclap. Clipclap. Aplaplauso.
Meussan todeus masê lenun catinh aouvi.
Pat põe papel faca pegos.
Um chamado noturno aluado: longe: longe.
Estou tão triste. P. S. Tão só florindo.
Escuta!
Corno marinho de frios aguilhões convoluto. Está? Por si e cada um marulho e rugido silente.
Pérolas: quando ela. Rapsódias de Liszt. Ssssilvo.
Não ouse?
Não fez: não, não: credite: Lidlyd. Com carcaracock.
Negros.
Somprofundo. Vai, Ben, vai.
Espera enquanto espera. Rii rii. Espera enquanto rii.
Mas espera!

Baixo na escura terra média. Veio enfronhado.

Naminedamine. Todos mortos. Caíram todos.

Minúsculos, seus trêmulos talos de relva cabelo donzelo.

Amém! ele remoía furioso.

Pra lá. Pra cá, pra lá. Fresco bastão protuberando.

Bronzelydia junto a Minaouro.

Junto a bronze, junto a ouro, num verdoceano só de sombras. Bloom. Velho Bloom.

Tapa batido, bate altivo, cacareja, cocococock.

Rezai por ele! Rezai, boa gente!

Seus dedos gotosos tamborilando.

Big Benaben. Big Benben.

Última rosa Castela do verão sobrou Bloom estou tão triste só.

Pfuí! Um ventinho soprou iii.

Homens de bem. Lid Ker Cow De e Doll. É, é. Homens que nem. Levantarão seus clins com clans.

Fff! Uu!

Onde bronze logo ali? Onde ouro longe lá? Onde os cascos?

Rrrpr. Kraa. Kraandl.

Então, e não antes. Meu eppripfftáfio. Seja pfrscrito.

Dito.

Comece!

Bronze junto a ouro, a cabeça da senhorita Douce junto à cabeça da senhorita Kennedy, por sobre a persiana do bar Ormond ouviram os cascos do vicerrei passar, soando em aço.

—É ela? perguntou a senhorita Kennedy.

A senhorita Douce disse sim, sentada com sua excê, cinza pérola, *eau de Nil*.

—Que contraste invulgar, a senhorita Kennedy disse.

Quando então entusiasmada, a senhorita Douce disse animada:

—Olha só o encartolado.

—Quem? Onde? Ouro perguntou mais animada.

—Na segunda carruagem, disseram os lábios úmidos da senhorita Douce, rindo sob o sol. Ele está olhando. Deixa ver.

Disparou, bronze, para o canto mais fundo, achatando o rosto contra o vidro num halo de alento apressado.

Seus lábios úmidos em risota:

—Vai quebrar o pescoço de tanto olhar pra trás.

Ela ria:

—Cruzes! Os homens não são uns idiotas completos?

Com tristeza.

A senhorita Kennedy saltou triste da luz clara, retorcendo um cabelo solto para trás de uma orelha. Saltando triste, ouro já não mais, ela torcia e retorcia um seu cabelo. Triste retorcia ao saltar cabelo ouro por trás de curva orelha.

— É eles que se divertem, triste então disse.

Um homem.

Umbloom passava pelos tubos da Moulang's, portando no peito as doçuras do pecado, pelas antiguidades da Wine's, na memória portando pecaminosas e doces palavras, pela salva surrada e escura da Carroll's, para Raoul.

O engraxate a elas, elas no bar, no bar às moças do bar veio. Para elas a ele desatentas bateu ele no balcão sua bandeja de porcelana sacolejante. E

— Ó o chá de vocês, ele disse.

A senhorita Kennedy com bons modos transpôs a bandeja de chá mais abaixo a um engradado invertido de Lithia, longe dos olhos, baixo.

— Que que é isso aí? o engraxate gritão desmodadamente perguntou.

— Descubra, a senhorita Douce replicou, abandonando seu ponto de espia.

— É o teu amado, né?

Um bronze altivo respondeu:

— Eu vou reclamar de você com a senhora de Massey se eu ouvir qualquer coisinha mais dessa tua insolência impertinente.

— Imperthnthn thnthnthn, um focinho engraxato fungou grosseirão, no que recuava, no que ela o acuava, no que ele ali viera.

Bloom.

Para a flor franzindo o rosto a senhorita Douce disse:

— Como é irritante esse piazinho. Se ele não se comportar eu vou-lhe dar uma torcida na orelha dele até ficar com mais de metro.

Qual vera dama em contraste singular.

— Não dê bola, a senhorita Kennedy retrucou.

Ela verteu numa xícara chá, depois de volta ao bule chá. Protegeram-se sob seu recife balcônico, esperando sobre os escabelos, engradados invertidos, esperando que seus chás ficassem prontos. Pateavam suas blusas, ambas de negro cetim, dois e nove a jarda, esperando que seus chás ficassem prontos, e dois e sete.

Sim, bronze logo ali, junto a ouro longe lá, ouve aço logo ali, soam cascos longe lá, e ouviram cascos áceos soacascos açoar.

— Eu estou queimada demais?

A senhorita bronze desblusou o pescoço.

— Não, disse a senhorita Kennedy. Fica bronzeado depois. Você experimentou aquele bórax com água de lourocereja?

A senhorita Douce semilevantou para ver sua pele de esguelha no espelho de letras douradas do bar onde copos de hock e clarete luziam e em meio a eles uma concha.

— E deixe nas minhas mãos, ela disse.

— Experimente com glicerina, a senhorita Kennedy aconselhou.

Dando adeus a seu pescoço e suas mãos a senhorita Douce

— Essas coisas só dão um vermelhão, replicou, ressentada. Eu pedi alguma coisa pra minha pele praquele velho gagá lá da Boyd's.

A senhorita Kennedy, servindo agora um chá já forte, careteava e suplicava:

— Ai, nem me lembre dele pelo amor de Deus!

— Mas espera só eu te contar, a senhorita Douce instigava.

Doce chá tendo servido a senhorita Kennedy com leite tapou ambos dois ouvidos com dedinhos.

— Não, por favor, ela gritava.

— Eu não vou ouvir, ela gritava.

Mas e o Bloom?

A senhorita Douce grunhiu no tom do gagá rabugento:

— Pra sua o quê? diz ele.

A senhorita Kennedy destapou os ouvidos por ouvir, por falar: mas disse, mas de novo suplicou:

— Não me faça pensar nele que eu estouro. Velho desgraçado! Aquela noite na sala de concertos Antient.

Sorveu com mau gosto a beberagem, chá quente, um sorvo, sorvia chá doce.

— E lá estava ele, a senhorita Douce disse, inclinando três quartos a cabeça bronze, eriçando as narinas. Ruff! Ruff!

Riso em pio estrídulo saltou da garganta da senhorita Kennedy. A senhorita Douce bufarroncava pelo nariz que estremecia imperthnthn como fuça em pós.

— Ui! Piando, a senhorita Kennedy gritou. E dá pra esquecer aquele olho estalado?

A senhorita Douce acresceu em profundo riso bronze, gritando:

— E o outro olho!

Dumbloom um olhescuro lia o nome de Aaron Figatner. Por que é que eu sempre penso em Figadner? Figada eu acho. E o nome huguenote do Prosper Loré. Passando as belas beatas de Bassi os olhos escuros de Bloom passavam. Vestidazul, sobre branco, vem a mim. Deus eles creem que ela é: ou deusa. Aquelas hoje. Não consegui ver. Aquele sujeito falou. Estudante. Depois com o filho do Dedalus. Deve ser o tal do Mulligan. Todas virgens formosas. Isso que atrai aquela montoeira de homens: a brancura.

Passaram os olhos. As doçuras do pecado. São doces as doçuras.

Do pecado.

Em rirridente carrilhão as jovens vozes ourobronze se fundiram, Douce com Kennedy o outro olho. Jogaram para trás cabeças jovens, bronze rirrisouro, por soltarem livres seu riso, berrando, o outro, sinais de uma à outra, notas altas penetrantes.

Ah, ofegando, suspirando. Suspirando, ah, exausto seu gozo morria.

A senhorita Kennedy tomou de novo a embocadura da xícara, ergueu, bebeu um gole e rirrirriu. A senhorita Douce, curvando-se de novo por sobre a bandeja, eriçou novamente o nariz e revirava humorosos olhos inchados. Novamente Kennyrrisos, dobrando os louros pináculos de cabelos, dobrada, seu pente tartarugo aparecendo na nuca, perdigotou da boca o chá, afogada em riso e chá, tossindo de afogo, chorando:

— Ah olho seboso! Imagine ser casada com um sujeito desses, ela gritava. Com aquele espirro de barba!

Douce deu livre curso a um urro esplêndido, urro pleno de mulher plena, delícia, alegria, indignação.

— Casada com o nariz seboso! ela urrou.

Estrídulas, com riso grave, depois de bronze em ouro, incitavam uma cada uma a carrilhão depois do outro em carrilhão, dobrando sem dó, bronzeouro ourobronze, gravestrídulas, a gargalhada após a outra. E riam então mais. Seboso que eu sei. Cansadas, sem ar as cabeças aturdidas apoiaram, trançada pinacular junto a pentelustrosa, contra a beira do balcão. Coradas inteiras (Ah!), arfando, suando (Ah!), todas sem ar.

Casada com Bloom, sebondosobloom.

— Jesus menino! a senhorita Douce disse, suspirado sobre a rosa aos saltos nela. Quem manda rir desse jeito. Fiquei toda molhada.

— Ah, senhorita Douce! a senhorita Kennedy protestou. Sua coisinha horrenda!

E ainda mais corou (horrenda!), ouromais.

Por perto dos escritórios da Cantwell's errava Sebondosobloom, pelas virgens de Ceppi, brilhantes em óleos. O pai do Nanneti mercadejava essas coisas por aí, bajulando de porta em porta que nem eu. A religião compensa. Tenho que falar com ele sobre o entrefilete do Shawes. Comer antes. Eu quero. Ainda não. Às quatro, ela disse. O tempo não para. Ponteiros girando. Adiante. Onde como? o Clarence, Dolphin. Adiante. Para Raoul. Comer. Se eu tirar cinco guinéus limpos com aqueles anúncios. A anágua de seda violeta. Ainda não. As doçuras do pecado.

Corada menos, ainda menos, ouromente pálida.

Em seu bar entrou andante o senhor Dedalus. Lascas, tirando lascas de umas unhas pedregosas. Lascas. Andante.

— Ah, benvinda de volta, senhorita Douce.
Segurou-lhe a mão. Tinha aproveitado as férias?
— Supimpas.
Ele esperava que tivesse feito tempo bom em Rostrevor.
— Lindo, ela disse. Olhe o estado em que fiquei. Esticada na areia o dia inteiro.
Brancura bronze.
— Isso foi muita maldade da sua parte, o senhor Dedalus lhe disse e apertou-lhe a mão, indulgente. Ficar tentando aqueles homens simples, coitadinhos.
A senhorita Douce seu cetim tirava doce o braço docemente.
— Ah, pare com isso, ela disse. O senhor não tem nada de simples, pelo que eu saiba.
Ele tinha.
— Ora, ora, tenho muito, meditou. Eu tinha tanta cara de simplório no berço que me batizaram como Simão mandou.
— O senhor deve ter sido um mimo, a senhorita Douce disse em resposta. E o que é que o doutor recomendou hoje?
— Ora, ora, meditou, o que a senhorita mandar. Se não for incômodo eu acho que eu queria um copo dágua e meio copinho de uísque.
Tine.
— Com a maior alacridade, a senhorita Douce concordou.
Com álacre graça para o espelho dourado de Cantrell e Cochrane ela virou-se. Com graça drenou uma medida de uísque ouro de seu barril de cristal. Da barra da saia de seu paletó o senhor Dedalus puxou saquitel e cachimbo. Alacridade ela serviu. Ele soprou pela campânula notas roucas duas poucas de um flautim.
— Ave Maria, ponderava. Eu sempre quis ver os montes Mourne. Deve ser um belo tônico o ar daquelas bandas. Mas quem espera sempre alcança, como se diz. Sim, sim.
Sim. Dedilhava fiapos de cabelo, cabelo da bela donzela, da sereia, na tigela. Lascas. Fiapos. Meditando. Em surdina.
Ninguém não disse nada. Sim.
Alegre a senhorita Douce limpava um copo, trinando:
— Ó Idolores, rainha dos mares do oriente!
— O senhor Lidwell apareceu hoje?
E lá veio Lenehan. À roda de si mirou Lenehan. À ponte de Essex o senhor Bloom chegou. Sim, à ponte de És Sexo senhor Bloom chegou. Pra Martha eu tenho que escrever. Comprar papel. Daly's. Educada a menina de lá. Bloom. O velho Bloom. Afloram flores no centeio.

— Ele apareceu na hora do almoço, a senhorita Douce disse.
Lenehan se adiantou.
— O senhor Boylan esteve procurando por mim?
Ele perguntou. Ela respondeu:
— Senhorita Kennedy, o senhor Boylan esteve por aqui enquanto eu estava lá em cima?
Ela perguntou. A senhorita voz de Kennedy respondeu, uma segunda xícara de chá no ar, olhar sobre uma página.
— Não. Não esteve.
A senhorita olhar de Kennedy, ouvida invisível, lia ainda. Lenehan rondando a cúpula dos sanduíches entortava o corpo rondo em torno.
— Cadê! Quem tá aí no cantinho?
Olhar algum de Kennedy recompensando-o ele contudo ainda tentava incertas. Para prestar atenção naqueles pontos. Ler só os pretos: ô redondo e ésse torto.
Tine ginga tine.
Moçaouro ela lia e não olhava. Não dê bola. Ela não deu bola enquanto ele lia de cor para ela uma fábula fácil de solfa, rebaixando-se abemolado:
— Uma rraposa encontrou uma cegonha. Disse a rraposa aa cegonha: você poderia pôr seu bico na minha galganta para tirar um osso?
Zumbia em vão. A senhorita Douce virou para o chá à parte.
Ele sus! Pirou, ah! Aparte:
— Ai, ai, ai de mim!
Cumprimentou o senhor Dedalus e recebeu um aceno.
— Saudações do célebre filho de um célebre pai.
— E quem seria? o senhor Dedalus perguntou.
Lenehan abriu simpaticíssimos braços. Quem?
— E quem seria? perguntou. E ainda pergunta? Stephen, o bardo juvenil.
Seco.
O senhor Dedalus, célebre lutador, pôs de lado seu cachimbo seco cheio.
— Sei, ele disse. Não reconheci de pronto. Ouvi dizer que ele anda nas mais finas companhias. Você tem falado com ele por esses dias?
Ele tinha.
— Embriaguei-me de hidromel com ele ainda hoje, disse Lenehan. No Mooney's *en ville* e no Mooney's *sur mer*. Ele tinha recebido o galardão pelos labores da sua musa.
Sorriu para os lábios de bronze banhados de chá, para lábios ouvintes e olhos.
— A *crème de la crème* de Erin sorvia-lhe as palavras. O opressivo pân-

dita, Hugh MacHugh, o mais brilhante dos escritores e editores de Dublin, e aquele garoto, menestrel do oeste selvagem e encharcado, que é conhecido pelo eufônico agnome dos O'Madden Burke.

Depois de um intervalo o senhor Dedalus ergueu seu grogue e
— Deve der sido imensamente aprazível, disse ele. Sei.

O sei seu. Bebeu. Com olho distante de montanha matutina. Pousou o copo.

Olhou na direção da porta do salão.
— Estou vendo que vocês mudaram o piano de lugar.
— O afinador veio hoje, a senhorita Douce replicou, afinar pro concerto do *fumoir* e eu nunca ouvi um pianista tão invulgar.
— Verdade?
— Não era, senhorita Kennedy? Os clássicos mesmo, sabe? E cego ainda, coitado. Não dou nem vinte anos.
— Verdade? o senhor Dedalus disse.

Ele bebeu e dali foi saindo.
— Tão triste olhar o rosto dele, a senhorita Douce se condoía.

Deus pague o filho bastardo de uma puta.

Tlinc ah que pena clamou o sino de um cliente. À porta do bar e salão de jantar veio o calvo Pat, veio o mouco Pat, veio Pat, garçom do Ormond. Lager para cliente. Lager sem alacridade serviu.

Paciente Lenehan esperava por Boylan impaciente, pelo tininte gingante rojão boy.

Sustendo erguida a tampa ele (quem?) olhava no caixão (caixão?) As cordas (de piano!) triplas e oblíquas. Ele apertou (o mesmo que indulgente apertou a mão dela), abafando com pedal uma tercina de teclas por sentir a espessura do feltro avançar, ouvir agir martelos em surdina.

Duas folhas papel creme pergaminho uma de lambuja dois envelopes quando eu estava na Wisdom Hely's sábio Bloom na Daly's comprou Henry Flower. Você não está feliz em casa? Flor pra me consolar e alfinete acaba o am. Quer dizer alguma coisa, linguagem das flo. Era uma margarida? Inocência, quer dizer. Garota de respeito encontro após a missa. Muitíssimo brigadíssima. O sábio Bloom olhava na porta um cartaz, sereia estirada fumando onde as ondas são belas. Fume Sereia, a mais refrescante tragada. Cabelo flui: desamada. Para algum homem. Para Raoul. Olhava e viu longe na ponte de Essex um gaio chapéu passeando em gingante docar. É ele. Terceira vez. Coincidência.

Tinindo em borracha macia gingava da ponte ao Ormond Quay. Seguir. Arrisque. Corra. Às quatro. Perto já. Fora.
— Doispence, senhor, ousou dizer a menina da loja.

—Aha... Eu já ia esquecendo... Perdão...
E quatro.
Às quatro ela. Atraente ela a Umbloomcomum sorria. Bloo sorr ráp ir. Astardes. Acha que é a única andorinha do verão? Faz isso com todo mundo. Para os homens.

Em silêncio sonolento curvava-se ouro sobre a página.

Do salão veio um chamado, falece lento. Que era um diapasão que o afinador tinha que esqueceu que ele agora batia. Um novo chamado. Que ele ora sustinha que latejava. Está ouvindo? Latejava, puro, mais puro, suave e mais suavemente, suas hastes zumbintes. Chamado que mais lento falece.

Pat pagou a garrafa rolhespoucada do cliente: e por sobre bandeja de copos e rolhespoucada garrafa mas antes que fosse sussurrou, calvo e mouco, com a senhorita Douce.

—*Estrelas brilhantes fenecem...*

Cantou vindo de dentro um canto sem voz, cantando:

—*... está rompendo a alba.*

Dupla hemiólia de notas passaris gorjeou resposta clara nos agudos sob mãos sensitivas. Claras as teclas, cintilando todas, em roda, cravejantes todas, chamaram uma voz que cantasse a melodia da alba orvalhada, juventude, despedida do amor, da vida, da alba da vida.

—*As gotas pérolas de orvalho...*

Os lábios de Lenehan por sobre o balcão cecearam suave assovio chamariz.

—Só olhe pra cá, ele disse, rosa de Castela.

Tine ginga ao meiofio parou.

Rosada se ergueu encerrou a leitura, rosa de Castela. Estremecia abandonada, etérea rosada.

—Ela caiu ou foi empurrada? ele lhe perguntou.

Ela respondeu, fazendo pouco:

—Quem não pergunta não ouve mentira.

Como dama, adamada.

Elegantes sapatos castanhos do Rojão Boylan rangeram no chão do bar por onde marchava. Sim, bronze logo ali junto a ouro longe lá. Lenehan ouviu e soube e saudou:

—Vejam que vem o herói conquistador.

Entre carro e janela, andando alerta, vinha Bloom, herói inconquistado. Me ver talvez. O banco em que sentou: quente. Gato preto alerta foi à pasta jurídica de Richie Goulding, alçada alta em cumprimento.

—*E eu de ti...*

—Me disseram que você estava por aqui, disse o Rojão Boylan.

Tocou para a loura senhorita Kennedy uma borda da palheta enviesada. Ela sorriu para ele. Mas a irmã bronze sorriu ainda mais, exibindo-lhe o cabelo de mais cores, um colo e uma rosa.

Boylan pedia poções.

— Qual é a sua pedida? Um copo de bíter? Um copo de bíter, por favor, e um sloegin pra mim. Algum telegrama, já?

Ainda não. Às quatro ele. Todos disseram às quatro.

Os nambis vermelhos de Cowley e o pomodeadão na porta do escritório do xerife. Evitar. O Goulding é uma chance. O que ele está fazendo no Ormond? Carro esperando. Espere.

Oi. Vai pra onde? Comer alguma coisa? Eu também estava justamente. Aqui mesmo. O quê, o Ormond? Melhor custobenefício de Dublin. É mesmo? Salão de jantar. Ficar lá sentado bem quietinho. Ver sem ser visto. Acho que eu vou com você. Vamos. Richie abriu caminho. Bloom seguia pasta. Refeição digna de um príncipe.

A senhorita Douce esticou-se toda por chegar a um jarro, espichando o braço cetim, o busto, bem justo, basta um susto, assim tão alto.

— Ai! Ai! Lenehan aos espasmos, arfando a cada vez que ela esticava. Ai!

Mas facilmente ela colheu sua presa e a trouxe abaixo triunfante.

— Por que é que você não cresce? perguntou o Rojão Boylan.

Elabronze, servindo de seu jarro bebida espessa viscosa para os lábios dele, olhava seu fluir (flor no casaco: quem lhe deu?), e viscosava em sua voz:

— Perfume bom vem em vidro pequeno.

Ou seja ela. Cuidosa vertia viscosa a bebida.

— À sorte, o Rojão disse.

Lançou uma moeda larga. Moeda soou.

— Espera só, Lenehan disse, eu te...

— Sorte, ele desejou, erguendo sua cerveja borbulhada.

— Cetro vai levar a trote largo, ele disse.

— Eu fiz a minha fezinha, disse Boylan piscando um olho e bebendo. Não por minha conta, se é que você me entende. Coisa de uma amiga minha.

Lenehan bebia ainda e sorria amarelo para sua cerveja inclinada e para os lábios da senhorita Douce que quase cantarolavam, nãofechados, a cançãoceano que seus lábios trinaram. Idolores. Os mares do oriente.

Relógio ruflou. A senhorita Kennedy passou por eles (flor, quem teria dado), levando elevada a bandeja de chá. Tique.

A senhorita Douce apanhou a moeda de Boylan, bateu firme no caixa. A campainha bateu. Taque. A bela do Egito conferiu e controlou na gaveta e cantarolou e confirmou e estendeu as moedas do troco. Olhar para o oeste. Um tique. Para mim.

— Que horas são? perguntou Rojão Boylan. Quatro?

No taque.

Lenehan, pequenos olhos cúpidos no cantarolar da garota, busto cantante, puxou o cotovelo da manga de Rojão Boylan.

— Ouçamos os sinos darem a hora, ele disse.

A pasta de Goulding, Collis, Ward levava Bloom por mesas centeiofloridas. Despropositadamente escolheu com agitados propósitos, estando atento o calvo Pat, uma mesa bem perto da porta. Ficar perto. Às quatro. Será que ele esqueceu? Quem sabe um ardil. Não ir: aguçar o apetite. Eu não conseguiria. Esperar, espere. Pat, à espera, esperava.

Bronze refulgente celestolhou a borboleta e os olhos celestes de Blazul.

— Ah, vai, pressionou Lenehan. Não tem mais ninguém. Ele nunca ouviu.

— *... aos lábios de Flora acorreu.*

Alta, uma nota alta dobrou nos agudos, clara.

Bronzedouce, comungando com a rosa que afundava e vinha à flor, buscava a flor e os olhos de Rojão Boylan.

— Por favor, por favor.

Expunha seu pleito com frases de declarações que retornavam.

— *Jamais te leixaria...*

— Apusteriore, a senhorita Douce prometeu pudica.

— Não, agora, urgia Lenehan. *Sonnezlacloche!* Ah, por favor! Não tem ninguém.

Ela olhou. Rápido. A senhorita Kenn não podia ouvir. Repentina dobrou. Dois rostos inflamados observavam-na dobrar-se.

Com fusas as notas fugiram da ária, outra vez a encontraram, acorde perdido, e perderam-na e encontraram vacilantes.

— Vai! Por favor! *Sonnez!*

Dobrando-se, içou beliscada uma ponta de saia por sobre o joelho. Retardou. Debochava ainda deles, dobrada, suspendendo, com olhos decisos.

— *Sonnez!*

Estalo. Soltou repentina em repique a liga elástica beliscada quentestalo em sua coxa estalada de mulher vestida quente em meiascalças.

— *La cloche!* Exclamava o exultante Lenehan. Treinada pelo proprietário. Nada de picadeiros aqui.

Ela pernóstica sorriu em careta (Cruzes! Os homens não são?), mas, deslizando até a luz, só risos, sorriu para Boylan.

— O senhor é a essência da vulgaridade, em deslizando declarou.

Boylan, mirado, mirava. Lançou a lábios cheios o cálice, secou seu minúsculo cálice, sugando finais gotas gordas viscosas, violeta. Ele olhos encantados foi atrás, atrás da cabeça deslizante que descia pelo bar nos espelhos, arco dourado gengibirra, reluzentes copos de hock e clarete, uma concha de aguilhões onde concertou-se, espelhada, bronze com bronze mais solar.

Sim, bronze ao lado logo ali.

—... *Querida, adeus!*

—Eu vou indo, disse Boylan com impaciência.

Empurrou para longe de si rude o cálice, agarrou seu troco.

—Espera um segundinho, implorava Lenehan, bebendo rápido. Eu queria te contar. O Tom Rochford...

—Vamos comigo, disse Boylan consigo, saindo.

Lenehan engoliu para ir.

—Está de pau duro ou o quê? ele disse. Espera. Já vou.

Seguiu apressados sapatos rangentes mas saiu de lado ágil na soleira, saudando formas, basta com exígua.

—Como vai, senhor Dollard?

—Ãh? Movai? Movai? o vago baixo de Ben Dollard respondeu, desviando-se um instante dos lamentos do Padre Cowley. Ele não vai te incomodar, Bob. O Alf Bergan vai falar com o Long. A gente vai pôr uma coisinha atrás da orelha daquele Judas Iscariotes dessa vez.

Suspirando, o senhor Dedalus atravessou o salão, alisando com um dedo uma pálpebra.

—Hoho, ah se vamos, Ben Dollard arpejou caloroso. Vamos, Simon, dê uma palinha, a gente ouviu o piano.

O calvo Pat, mouco garçom, à espera esperava os pedidos de bebidas, tônica pro Richie. E o Bloom? Deixa ver. Não fazer ele andar duas vezes. Os calos. Quatro já. Como é quente esse preto. Claro que os nervos meio. Refrata (será?) O calor. Deixa ver. Sidra. Isso, uma garrafa de sidra.

—O que é isso? o senhor Dedalus disse. Eu estava só improvisando, gente.

—Ora, vamos, Ben Dollard clamava. Adeus, pesados cuidados. Vem, Bob.

Dollardava a passo, bragas largas, ante eles (segurem aquele camarada da: segurem já) para o salão. Aconchegou-se Dollardo no banquinho. Suas patas gotosas incharam acordes. Inchado, abrupto parou.

O calvo Pat no limiar cruzou com ouro senchá que voltava. Mouco queria uísque e sidra. Bronze à janela olhava, bronze longe lá.

Tine retine gingava.

Bloom ouviu um tin, um barulhinho. Ele já foi. Leve soluço de alento suspira Bloom lento em silentes flores azulmatizadas. Tinindo. Foi embora. Tine. Escute.

—Amor e Guerra, Ben, o senhor Dedalus disse. Deus abençoe os velhos tempos.

Bravos olhos da senhorita Douce, nãonotados, desviaram-se da persiana, arrasados pela luz da luz do sol. Foi-se. Pensativa (quem saberia?), arrasada (a luz arrasante), ela baixou a cortina com um cordão que corria. Recolheu-se pensativa (por que ele saiu tão rápido quando eu?) a seu bronze sobre o bar onde calvo restava junto à irmã ouro, contraste desinvulgar, contraste desinvulgar antinvulgar, profundeza de sombra lenta fresca verdeoceano fosca deslizante, *eau de Nil*.

— O coitado do velho Goodwin era o pianista naquela noite, o Padre Cowley lembrava a eles. Havia uma ligeira divergência de opiniões entre ele e o Collard de cauda.

Havia.

— Um simpósio de um homem só, o senhor Dedalus disse. Nem o diabo era capaz de parar aquele indivíduo. Era um velhinho temperamental no primeiro estágio da bebida.

— Meu Deus, vocês lembram? Ben basto Dollard disse, erguendo os olhos do teclado castigado. E, meu santinho, eu nem tinha uma roupa de ver Deus.

Eles riram todos três. Ele não tinha rou. Riu todo o trio. Não tinha roupa de ver Deus.

— O nosso amigo Bloom é que veio a calhar naquela noite, o senhor Dedalus disse. Aliás cadê o meu cachimbo?

Ele vagou de volta ao bar rumo ao cachimbo acorde perdido. O calvo Pat levava as bebidas de dois clientes, Richie e Poldy. E o Padre Cowley ria mais.

— Acho que fui eu que salvei a situação, Ben.

— Salvou mesmo, confirmou Ben Dollard. Eu me lembro daquela calça justa também. Foi uma ideia maravilhosa, Bob.

O Padre Cowley corou até seus lóbulos brilhantes arroxeados. Ele salvou a situa. Calça jus. Ideia mar.

— Eu sabia que ele estava duro, ele disse. A patroa andava tocando piano no Coffee Palace no sábado por uma paga das mais michas e não sei quem me deu a dica de que ela estava fazendo a outra coisa? Vocês lembram? A gente teve que vasculhar a Holles Street inteirinha pra encontrar os dois até aquele camarada na Keogh's dar o número. Lembram?

Ben lembrava, larga face recordando.

— Meu Deus, ela tinha umas capas de ópera e coisa e tal bem magníficas por lá.

O senhor Dedalus vagou de volta, cachimbo à mão.

— À la Merrion Square. Vestidos de baile, santo Deus. E vestidos de corte. E ele não queria receber nadinha. Não era? Tudo quanto era tricorne e bolero e calçola. Não era?

—Era, era sim, o senhor Dedalus aquiescia. A senhora Marion Bloom tem roupas usadas de toda espécie.

Tinido gingava no cais. Rojão estirado sobre rodas saltitantes.

Fígado com bacon. Torta de rim com carne. Certo, senhor. Certo, Pat.

Senhora Marion. Mete em si e cose. Cheiro de queimado do Paul de Kock. Nome bonito que ele.

—Como é que era o nome dela? Uma menina espigaitada. Marion...
—Tweedy.
—Isso. Ela está viva?
—Da silva.
—Ela era filha de um...
—Filha do regimento.
—Isso, credo. Eu me lembro do velho major da banda.

O senhor Dedalus riscou, triscou, acendeu, baforou saborosa baforada e mais.

—Irlandesa? Eu não sei mesmo. Ela é irlandesa, Simon?

Outra e mais firme, baforada, forte, saborosa, estralejante.

—O bucinador está... O quê?... Meio enferrujado... Ah, é sim... *Minha Molly irlandesa, oh.*

Soprou pungente explosão plumada.

—Do rochedo de Gibraltar... lá de longe.

Pranteavam nas profundezas sombrias do oceano, ouro no barril de chope, bronze no marraschino, pensativas ambas duas, Mina Kennedy, 4 Lismore Terrace, Drumcondra com Idolores, rainha, Dolores, silente.

Pat servia pratos expostos. Leopold cortava fatias de fígado. Como dito anteriormente ele comia com gosto as vísceras, moelas amendoadas, ovas fritas de bacalhoa enquanto Richie Goulding, Collis, Ward comia carne e rim, carne depois rim, mordida por mordida aquela torta ele comia Bloom comia eles comiam.

Bloom com Goulding, casados em silêncio, comiam. Refeições dignas de príncipes.

Pela Bachelor's Walk, passeio dos Solteirões, balanginga tine o Rojão Boylan, solteiro, ao sol, no cio, os quartos luzidios da égua a trote, chapada do chicote, sobre rodas saltitantes: estirado, bensentado, rojão de impaciência, ousadardente. Duro. Está de pau duro? Duro. Você está de pau duro? Dududuro.

Sobre suas vozes Dollard fagoteava o ataque, ribombando sobre acordes bombardeantes:

—*Quando o amor absorve minhalma ardente...*

Escalas de Benalmabenjamin rolaram até ao trêmulo amoroso frêmito das janelas lá do teto.

— Guerra! Guerra! gritava o Padre Cowley. Você é o guerreiro.

— E sou mesmo, Ben Guerreiro riu. Eu estava pensando no teu senhorio. Love que leva.

Ele parou. Balançou imensa barba, rosto imenso sobre imenso equívoco.

— Claro, você ia acabar estourando o tímpano da orelha da moça, meu amigo, o senhor Dedalus disse através do aroma fumáceo, com um órgão como o seu.

Em barbado abundante gargalho balançava sobre as teclas Dollard. Estourava mesmo.

— Isso pra nem falar de uma outra membrana, o Padre Cowley acrescentou. Dois por dois, Ben. *Amoroso ma non troppo*. Deixa que eu assumo.

A senhorita Kennedy servia dois cavalheiros com copázios de stout fria. Ela fez um comentário. Estava mesmo, disse o primeiro cavalheiro, um tempo lindo. Eles bebiam a stout gelada. Ela sabia aonde estava indo o lorde lugartenente? E ouviu cascos áceos soacascos açoar. Não, ela não sabia dizer. Mas devia estar no jornal. Ah, ela não precisava se incomodar. Incômodo nenhum. Ela acenou seu *Independent* escancarado, procurando o lorde lugartenente, seus pináculos de cabelo móveis lentos, lorde lugarte. É muito incômodo, disse o primeiro cavalheiro. Ah, não mesmo. Jeito que ele olhou aquele. Lorde lugartenente. Ouro junto a bronze ouviu aço ferro.

— ....*minhalma ardente*
Não me impo-orta o amanhecer.

Em molho figadal Bloom depurava o purê de batatas. Amor e guerra alguém está. Especial do Ben Dollard. A noite que ele correu lá em casa pedir uma roupa de gala emprestada praquele concerto. Calça apertada que nem couro de tambor nele. Leitões musicais. Como ria a Molly quando ele saiu. Se atirou na cama atravessada, gritando, esperneando. Com todos os documentos à mostra. Ai, santo protetor, eu estou empapada! Ah, as mulheres da primeira fila! Ai, eu nunca que ri tanto! Bom, claro, é isso que dá o baixo barríltono. Por exemplo os eunucos. Fico imaginando quem está tocando. Belo toque. Deve ser o Cowley. Musical. Sabe qualquer nota que você toque. Mau hálito, o coitado. Parou.

A senhorita Douce, provocante, Lydia Douce, fez reverência ao refinado solicitador, Geoge Lidwell, cavalheiro, que entrava. Boa tarde. Deu a úmida, adamada, mão a seu aperto firme. Tarde. É, ela estava de volta. No velho ramerrão de novo.

— Os seus amigos estão lá dentro, senhor Lidwell.

George Lidwell, refinado, solicitado, segurava a lydiamão.

Bloom comia fíg como dito anteriormente. Limpo aqui pelo menos. Aquele camarada no Burton, grudento de sebo. Ninguém aqui: Goulding e eu. Mesas limpas, flores, mitras de guardanapo. Pat pra lá e pra cá, calvo Pat. Nada a fazer. O melhor custobenefício de Dub.

Piano de novo. É o Cowley mesmo. O jeito que ele tem de sentar ao piano, uma só coisa, compreensão mútua. Aqueles sujeitinhos tediosos arranhando um violino, olho no talão, serrando o cello, faz lembrar dor de dente. O ronco longo agudo dela. A noite que a gente ficou no camarote. O trombone embaixo soprando que nem uma toninha, entre os números, outro camarada dos metais desparafusando, esvaziando saliva. As pernas do regente também, calçalarga, balança balança. Fazem bem de esconder.

Balança tine ginga ginga.

Só a harpa. Linda a luz dourada rutilante. Uma menina encostou. Castelo de popa de um lindo. Molho bem bom digno de um. Navio dourado. Erin. A harpa que um dia ou dois. Mãos frias. Ben Howth, os rododendros. Nós somos harpas delas. Eu. Ele. Velho. Novo.

—Ah, não tenho como, meu amigo, o senhor Dedalus disse, tímido, inane.

Fortemente.

—Ah, vai, safado! Ben Dollard rugiu. Faça aos pedacinhos.

—*M'appari*, Simon, o Padre Cowley disse.

Desfilou de alguns passos à boca do palco, grave, alto em aflição, os braços longos estendidos. Rouco o pomo do pescoço roucou-lhe suave. Suave cantou a uma paisagem marítima ao lado coberta de pó: *Um* último *adeus*. Um farelhão, um barco, uma vela sobre as vagas. Adeus. Uma menina linda, seu véu voando ao vento sobre a terra, vento em volta.

Cowley cantava:

—*M'appari tutt amor:*

—*Il mio sguardo l'incontr...*

Ela acenava, inouvindo Cowley, seu véu a alguém que partia, querido, ao vento, amor, vela veloz, retorna.

—Anda, Simon.

—Ah, está certo que os meus melhores dias já vão longe, Ben... Bem...

O senhor Dedalus depôs em repouso o cachimbo ao lado do diapasão e, sentando, tocou nas teclas dóceis.

—Não, Simon, o Padre Cowley virou. Toque no original. Um bemol.

As teclas, dóceis, subiram mais, disseram, hesitaram, confessaram, confusas.

À boca do palco subiu o Padre Cowley.

—Deixa, Simon. Eu te acompanho, ele disse. Levanta.

Pela bala de abacaxi da Graham Lemon's, pelo elefante de Elvery o tine e sacode. Carne, rim, fígado, em purê em repasto de pratos dignos de príncipes sentados príncipes Bloom e Goulding. Príncipes com pratos eles ergueram e beberam uísque com sidra.

A ária de tenor mais bonita de todos os tempos, Richie disse: *Sonnambula*. Ele ouviu Joe Maas cantar aquilo uma noite. Ah, como o M'Guckin! É. À sua maneira. Jeito de menino do coro. Maas merecia uma coroa. Coroinha. Isso que era tenor lírico. Nunca vou esquecer. Nunca.

Terno Bloom sobre bacon desfigadado viu os traços rijos endurecerem. Lumbago, ele. Olhos brilhantes, mal de Bright. Próximo item do programa. Músicos a pé. Comprimidos, pão esmigalhado, um guinéu por caixa. Afasta um pouco. Canta também: *Lá entre os mortos*. Adequado. Torta de rim. Uma flor pra uma. Não está fazendo muitas honras. Melhor custobenefício de. Bem característico dele. Tônica. Exigente com o que bebe. Trinca no copo, água fresca do Vartry. Bispando fósforo dos balcões pra economizar. Aí torra um soberano em porcaria. E quando precisam dele nem um tostão. Torto e se negando a pagar a passagem. Tipinhos curiosos.

Nunca iria Richie esquecer aquela noite. Enquanto estivesse vivo: nunca. Nas torrinhas do old Royal com o baixote do Peake. E quando a primeira nota.

A fala pausou sobre os lábios de Richie.

Saindo com alguma lorota agora. Inventa moda sobre tudo. Acredita nas próprias mentiras. De verdade. Belíssimo mentiroso. Mas precisa ter uma boa memória.

— Que ária é essa? perguntou Leopold Bloom.

— *Agora tudo está perdido.*

Richie esticou os beiços em bico. Incipiente nota baixa banshee doce tudo murmurava. Um tordo. Um melro. Seu hálito, avedoce, dentes bons de que se orgulha, flautava em queixoso pesar. Está perdido. Som rico. Duas notas numa só ali. Melropreto que eu ouvi no vale dos pilriteiros. Pegando os meus motivos e torcia e revirava. Tudo um chamado em tudo tão novo perdido por tudo. Eco. Como era doce a resposta. Como é que se faz isso? Agora tudo perdido. Carpindo cantava. Queda, rendição, perdido.

Bloom curvou leopolda orelha, virando uma franja de toalhete para embaixo do vaso. Ordem. Sim, eu lembro. Ária linda. Dormindo ela foi até ele. Inocência à luz da lua. Detê-la ainda. Coragem, não sabem do perigo. Chamar o nome. Tocar água. Tine ginga. Tarde demais. Ela desejava ir. É por isso. Mulher. Mais fácil deter o mar. Sim: tudo está perdido.

— Uma bela ária, disse Bloom perdido Leopold. Conheço bem.

Nunca em toda a sua vida havia Richie Goulding.

Ele conhece bem também. Ou sente. Ainda matraqueando sobre a filha. Sábia criança que conhece o próprio pai, o Dedalus disse. Eu?

Bloom de esguelha sobre desfigadado via. Rosto de tudo está perdido. Um dia foi Richie risonho. Piadas velhas agora rançosas. Balançando a orelha. Anel de guardanapo no olho. Agora as cartas suplicantes que manda o filho trazer. Walter vesgo senhor eu levei sim senhor. Não viria incomodar só que eu estava esperando um dinheiro. Desculpas.

Piano de novo. Soando melhor que da última vez que eu ouvi. Afinado provavelmente. Parou de novo.

Dollard e Cowley ainda incitavam o cantor recalcitrante a andar com aquilo.

—Anda com isso, Simon.

—Anda, Simon.

—Senhoras e senhores, fico-lhes profundissimamente grato por seus gentis pedidos.

—Anda, Simon.

—Não tenho dinheiro mas se me cederem um momento de sua atenção eu tentarei cantar a estória de um coração curvado em reverência.

Junto à cúpula dos sanduíches em biomba sombra Lydia, seus bronze e rosa, graça de dama, dava e recusava: como em glauca e fresca *eau de Nil* Mina a copázios dois seus pináculos de ouro.

Fecharam os acordes arpejantes do prelúdio. Um acorde lentoextraído, expectante, extraiu uma voz.

—*Quando primeiro vi aquela forma cativante.*

Richie se virou.

—A voz do Si Dedalus, ele disse.

Cerebrêbados, bochechas tocadas de chama, ouviam sentindo tal fluxo cativante fluxo sobre pele membros peito humano e alma espinha. Bloom sinalizou a Pat, calvo Pat é um garçom ruim do ouvido, para entreabrir a porta do bar. A porta do bar. Assim. Está ótimo. Pat, garçom à espera, esperava, esperando ouvir, pois era ruim do ouvido junto à porta.

—*A mágoa de mim vi partir.*

Pela placidez do canto uma voz lhes cantava, grave, não chuva, não folhas em murmúrio, em nada como voz de cordas ou palhetas ou comèquechama saltérios, tocando seus ouvidos poucos com palavras, pouco o coração de cada um sua vida relembrada. Bom, bom de ouvir: a mágoa de cada um parecia de ambos partir quando primeiro ouviram. Quando primeiro viram, Richie perdido Poldy, mercê da beleza, ouviram de uma pessoa que não poderiam jamais esperar, a jura inteira e pura primeira maduramor.

É o amor que está cantando: a velha e doce canção do amor. Bloom desenrolou lento o elástico de seu pacote. A velha e doce *sonnez la* ouro do amor. Bloom enrolou uma meada em quatro dedosgarfos, esticou, afrouxou, e enrolou seu duplo confuso, em quatro, in oitava, embaraçando bem.

— *Pleno de esperança e deleitoso...*

Os tenores ganham mulher sem nem precisar cantada. Aumenta o fluxo. Jogam flores aos pés deles quando a gente pode se encontrar? Minha cabeça toda. Tine todo deleitoso. Ele não pode cantar pras cartolas. Sua cabeça toda rroda. Perfumada pra ele. Que tipo de perfume que a sua esposa? Eu quero saber. Tin. Para. Bate. Última olhada no espelho sempre antes de ela abrir a porta. A sala. Lá? Como vai? Eu vou bem. Lá? o quê? Ou? Balinhas de menta, beijos doces, na bolsa. Sim? Mãos buscavam opulentas.

Ai de mim! a voz subia, um suspiro, mudada: alta, cheia, clara, orgulhosa.

— *Mas, ai de mim!, era um sonho vão...*

Um timbre esplendoroso ele tem ainda. Ar de Cork mais suave e o sotaque deles também. Sujeitinho bobo! Podia ter ganhado oceanos de dinheiro. Cantando a letra errada. Consumiu a esposa: agora canta. Mas difícil de dizer. Só mesmo os dois. Se ele não desmontar. Manter um trote pro desfile. As mãos e os pés dele cantam também. Bebida. Nervos tensos como corda de violino. Tem que ser abstêmio pra cantar. Sopa Jenny Lind: brodo, sálvia, ovo cru, uma xícara de leite. Para o lírico onírico.

Em ternura acrescia: lenta, crescente. Cheia latejava. Isso é que é. Ah, dá! Toma! Lateja, um latejo um orgulho pulsando ereto.

Letra? Música? Não: é o que está por trás.

Bloom enlaçava, desenlaçava, enodava, desenodava.

Bloom. Influxo de cálido segredo lambível maravilha fluía por fluir canção afora, em desejo, escuro por lamber fluía, invadindo. Um som um sim unção um seio. Cio. Poros por se dilatar se dilatando. Cio. Amor ardor calor o. Cio. Escorrer por eclusas jorrando seus jatos. Reflui, jorra, flui, jorramor, ciosseio. Agora! Linguagem do amor.

— *... raio de esperança...*

Luzindo. Lydia para Lidwell um pio mal se ouviu tão adamada a musa despiava um raio esperança.

É *Martha*. Coincidência. Estava pra começar a escrever. A canção de Lionel. Lindo nome que você tem. Não posso escrever. Aceite meu pequeno pres. Brincar com as cordas do coração dela cordas da bolsa também. Ela é uma. Eu te chamei de menino levado. Ainda assim o nome: Martha. Que estranho! Hoje.

A voz de Lionel retornava, mais fraca não exausta. Cantou de novo a Richie Poldy Lydia Lidwell também cantou a Pat boca aberta ouvido à espera, esperando. Como ele primeiro viu aquela forma cativante, como a mágoa viu partir, como olhar, forma, palavra enfeitiçaram-no Gould Lidwell, ganharam o coração de Pat Bloom.

Mas eu queria era poder ver o rosto dele. Explicar melhor. Por isso o barbeiro na Drago's olhava sempre o meu rosto quando eu falava o dele no espelho. Ainda assim dá pra ouvir melhor daqui do que no bar mesmo mais longe.

— *Cada olhar gracioso...*

A primeira noite na vez primeira que eu pus os olhos nela na casa do Mat Dillon em Terenure. Amarelo, renda negra que ela estava usando. Dança das cadeiras. Nós dois no fim. Destino. Ela primeiro. Destino. Rodando e rodando lentos. Rodada ligeira. Nós dois. Olhavam todos. Alto. Sentou. Olhavam todos desbancados. Lábios sorrisos. Joelhos amarelos.

— *Enfeitiçou meu olho...*

Cantando. *Esperando* ela cantou. Eu virava as páginas da partitura. Cheia voz de perfume de que perfume usa a sua flor de lilás. O colo eu vi, cheios ambos, garganta ornamentando. Primeiro eu vi. Ela me agradeceu. Por que ela me? Destino. Olhos espanholados. Sob uma pereira a sós pátio a esta hora na velha Madri um lado à sombra Dolores eladolores. Pra mim. Remata. Ah, arrebata.

— *Martha! Ah, Martha!*

Abandonando todo o langor gritava Lionel sua dor, em grito de paixão dominante por amar por voltar com aprofundamento mas acordes elevantes de harmonia. Em grito de solitude lionela por que soubesse ela, há de Martha sentir. Por só ela ele esperava. Onde? Aqui ali tente ali aqui todos tentam onde. Algum lugar.

— *Ve-em, perdida!*

— *Ve-em, querida!*

Só. Um só amor. Só uma esperança. Um só conforto eu. Martha, de peito, retorna.

— *Vem!*

Pairou, uma ave, susteve seu voo, veloz um grito puro, paira argênteo orbe sereno saltou, crescendo, sustentado, por vir, gozar, não gire assim tanto tanto alento longo ele alento longa a vida, paira alto, alto resplende, aceso em chama, coroado, alto em simbolística efulgência, alta, do etéreo seio, alto, da alta vasta irradiação em toda parte tudo paira em toda a volta entorno ao todo, o finsenfinssenfins...

— *A mim!*

Siopold!

Consumado.

Vem. Cantou bem. Aplaudiram todos. Ela devia. Vir. A mim, a ele, a ela, você também, eu, nós.

— Bravo! Clapclap. Bom menino, Simon. Clapavam clapclap. Bis! Clapclipclap clap. Na ponta da língua. Bravo, Simon! Clapclopclap. Bis, clapis, dito, gritado, palmavam todos, Ben Dollard, Lydia Douce, George Lidwell, Pat, Mina, dois cavalheiros com dois copázios, Cowley, primeiro cav com copaz e bronze a senhorita Douce e ouro a senhorita Mina.

Elegantes sapatos castanhos do Rojão Boylan rangeram no chão do bar, dito anteriormente. Tine junto a monumentos de sir John Gray, Horatio monomãoníaco Nelson, o reverendo padre Theobald Matthew, gingou conforme dito anteriormente agora há pouco. A trote, no cio, sentadocioso. *Cloche. Sonnez la. Cloche. Sonnez la.* Mais lenta a égua subia a colina junto à Rotunda, Rutland Square. Lenta demais para Boylan, Rojão Boylan, impaciência Boylan, jogava a égua.

Um pòsribombo de acordes de Cowley cerrou, morreu no ar de ária enriquecido.

E Richie Goulding bebia seu uísque e Leopold Bloom sua sidra bebia, Lidwell sua Guinness, segundo cavalheiro disse que aceitariam mais dois copázios se ela pudesse. A senhorita Kennedy sorriu torto, desserviu, lábios corais, ao primeiro, ao segundo. Ela podia.

—Sete dias na cadeia, Ben Dollard disse, a pão e água. Aí sim você ia cantar, Simon, que nem um tordo de jardim.

Lionel Simon, cantor, serria. O Padre Bob Cowley tocava. Mina Kennedy servia. Segundo cavalheiro pagava. Tom Kernan entrava a passo. Lydia, admirada, admirava. Mas Bloom canção sem som.

Admirando.

Richie, admirando, decantava a voz esplendorosa daquele sujeito. Ele lembrava uma noite há muito tempo. Nunca esqueceria aquela noite. Si cantou *Foram fama e posição*: na casa do Ned Lambert isso. Meu santo Deus mas ele nunca tinha ouvido em toda a sua vida uma nota como aquela nunca ouvira *então, falsa, melhor nos separarmos* tão clara tão Jesus ele nunca ouviu *vivendo não mais o amor* uma voz límpida pergunte pro Lambert ele pode te dizer também.

Goulding, um rubor batalhando em seu pálido, contou ao senhor Bloom, rosto sobre a noite, em que Si na casa de, Dedalus, Lambert, cantou *Foram fama e posição*.

Ele, o senhor Bloom, escutava enquanto ele, Richie Goulding, contava a ele, o senhor Bloom, sobre a noite em que ele, Richie, ouviu a ele, Si Dedalus, cantar *Foram fama e posição* na casa dele, Ned Lambert.

Cunhados: parentes. Nunca nos falamos quando passamos um pelo outro. Gato na tuba eu acho. Trata ele com desprezo. Veja. Ele o admira ainda mais. As noites em que o Si cantou. A voz humana, duas cordinhas sedosas minúsculas. Maravilha, maior que todas as outras.

Aquela voz era um lamento. Mais calmo agora. É no silêncio que você sente que ouve. Vibrações. Agora ar silente.

Bloom desemaranhou as mãos embaraçadas e com dedos frouxos tangeu a estreita correia de categute. Puxava e tangia. Zumbe, vibrava. Enquanto Goulding falava da emissão de voz de Barraclough, enquanto Tom Kernan, martelando um arranjo como que retrospectivo, falava a um ouvinte Padre Cowley, que tocava uma cadência, que aquiescia enquanto tocava. Enquanto Big Ben Dollard falava com Simon Dedalus acendendo, que aquiescia enquanto fumava, que fumava.

Perdida. Todas as músicas são sobre este tema. Ainda mais Bloom esticava sua corda. Cruel parece. Deixar que as pessoas se atraiam umas pelas outras: dar corda. Depois separar. Morte. Explos. Pancada na cabeça. Proinfernopralongedaqui. A vida humana. Dignam. Argh, o rabo daquele rato se contorcendo! Cinco pratas eu dei. *Corpus paradisum*. Rabiscoelha coaxante: barrigão que nem um cachorrinho envenenado. Foi-se. Eles cantam. Esquecido. Eu também. E um dia ela com. Deixe ela: cansaço. Na hora eu sofro. Fungar. Grandes olhões espanholados encarando o nada. E o cabelo dela pesadoadoanduondulado des pent':ado.

Mas ainda muitos chatos felizes. Ele esticava mais, mais. Você não está feliz, hein? Estalo. Estourou.

Tine para a Dorset Street.

A senhorita Douce puxou seu braço acetinado, reprovadora, satisfeita.

— Não se dê nem meias liberdades, disse ela, até a gente se conhecer melhor.

George Lidwell disse-lhe verdadeira e veramente: mas ela não acreditou.

Primeiro cavalheiro disse a Mina que era mesmo. Ela perguntou se era mesmo. E segundo copázio lhe disse o mesmo. Que era mesmo.

A senhorita Douce, senhorita Lydia, não acreditou: a senhorita Kennedy, Mina, não acreditou: George Lidwell, não: não a senhorita Dou: primeir, o primei: cavalhei com copaz: creditar, não, não: não acr, orita Kenn: Lidlydiawell: o copaz.

Melhor escrever aqui. As penas no correio mascadas e entortadas.

Calvo Pat sinalizado apropinquou. Uma caneta e tinta. E foi. Borrão. E foi. Borrão para não. Ouviu, o mouco Pat.

— Sim, o senhor Bloom disse, retesando o categute cacheado bem direito. Está mesmo. Umas poucas linhas resolvem. Meu presente. Toda aquela flórida música italiana é. Quem isso escreveu? Saber o nome conhece melhor. Tirar folha bloco de notas, envelope: desinteressado. É tão característico.

— O mais grandioso número de toda a ópera, Goulding disse.

— É, Bloom disse.

Números é o que é. Toda a música quando você para pra pensar. Dois multiplicados por dois divididos por meio é duas vezes um. Vibrações:

acordes isso. Um mais dois mais seis é sete. Fazer o que você quiser com malabarismos de cifras. Sempre você descobre isso igual àquilo, compensação da pensão com esse. Nem está vendo o meu luto. Calejado: tudo pelo seu próprio umbigo. Matemàticamusa. E você acha que está ouvindo o etéreo. Mas vamos imaginar que você dissesse assim: Martha, sete vezes nove menos x são trintecinco mil. Nem o menor interesse. É por causa dos sons que é.

Exemplo o que ele está tocando agora. Improvisando. Pode ser o que você quiser até você ouvir a letra. Tem que prestar a maior atenção. Ouvir bem. Começo certinho: aí ouvir uns acordes meio fora: sensação um pouco de perdido. Entressai de sacos, pulando barris, passando cercas de arame, corrida de obstáculos. O treino faz o treno. Depende do humor em que você está. Ainda assim sempre bom de ouvir. A não ser escalas sobedesce, menininhas aprendendo. Duas juntas vizinhas de parede. Tinham que inventar um piano de surdina pra isso. O *Blumenlied* que eu comprei pra ela. O nome. Tocando devagar, uma menina, na noite que eu cheguei em casa, a menina. Porta do estábulo perto da Cecilia Street. A Milly nem gosta. Esquisito porque nós dois quer dizer.

Calvo mouco Pat põe plano papel pegatinta. Pat pôs pena pôs tinta borrão todo plano. Pat leva prato leva salva garfo faca. Foi-se Pat.

Era a única língua o senhor Dedalus dizia a Ben. Ele os ouvira quando menino em Ringabella, Crosshaven, Ringabella, cantando aquelas barcarolas. Porto de Queenstown cheio de navios italianos. Caminhando, sabe, Ben, sob a luz da lua com aqueles chapéus de vime. Entrançando as vozes. Meu Deus, que música, Ben. Ouvi quando menino. Aporto Ringabella barcalua.

Cachimbo azedo removido ergueu um escudo de mão ao lado dos lábios que arrulhavam um chamado noturno aluado, claro logo ali, chamado longe lá, respondendo.

À borda de sua batuta *Freeman* sondava o outro olho de Bloom, buscando o onde foi que eu vi aquele. Callan, Coleman, Dignam Patrick. Belém! Belém! Fawcett. Arrá! Bem estava procurando...

Tomara que ele não esteja olhando, metido que nem um rato. Segurou desfraldado seu *Freeman*. Agora não pode ver. Lembrar de escrever Es gregos. Bloom molh, Bloo mur: caro senhor. O caro Henry escreveu: cara Mady. Recebi car e fl. Diabos eu enfiei? Um bols ou out. É definit imposs. Sublinhar *imposs*. Escrever hoje.

Aborrecido isso. Bloom aborrecido batucava suave com dedos estou só refletindo no borrão todo plano que Pat lhe trouxe.

Em frente. Sabe o que eu quero dizer. Não, mudar aquele E. Aceite meu ínfimo pres aqui incl. Não pedir resp. Espera. Cinco Dig. Dois mais ou menos aqui. Tostão gaivotas. Elias está cheg. Sete Davy Byrne. Dá oito mais ou menos. Meia coroa digamos. Meu ínfimo pres: v. p. dois e seis. Escreva-me uma carta comprida. Você despreza? Tine, está de pau duro? Tão excitado. Por que você me chama de lev? Também é levada? Ah, Mariazinha perdeu o alfinete das. Adeus por hoje. Sim, sim, vou dizer. Quero. Pra ela não cair. Me chame daquele outro ter. Emundo ela escreveu. Ficar empaciente. Pra ela não cair. Você precisa acreditar. Acredite. Copaz. É. Ver. Dade.

Loucura estar escrevendo? Maridos não. É o casamento que faz, as esposas. Por que eu estou longe de. Imagine. Mas como? Ela tem que. Se manter jovem. Se ela descobrisse. O cartão no meu chap de alta qualidade. Não, não contar tudo. Dor inútil. Se elas não veem. Mulher. A tais beiços tais alfaces.

Um carro de praça, número trezentos e vintequatro, conduzido por Barton James residente do número um Harmony Avenue, em Donnybrook, em que ia um passageiro, um jovem cavalheiro, vestido com elegância num terno azulíndigo de sarja feito por George Robert Mesias, corte e costura, estabelecido no número cinco Eden Quay, e usando um chapéu de palha muito *chic*, comprado de John Plasto, número um Great Brunswick Street, chapeleiro. Ãh? É ele que tine que joga e retine. Perto dos tubos luzidios de Agendath da loja de porco de Dlugacz trotava uma égua de quartos galantes.

— Respondendo a um anúncio? Os olhos argutos de Richie perguntaram a Bloom.

— É, o senhor Bloom disse. Caixeiroviajante. Não dá em nada, imagino.

Bloom mur: melhores referências. Mas Henry escreveu: isso vai me deixar todo aceso. Você sabe agora. Apressado. Henry. E grego. Melhor acrescentar pòsescrito. O que ele está tocando agora? Improvisando intermezzo. P. S. Turum tum tum. Como você vai me cast? Vai me castigar? Saia torta balançando, golpe a. Diga eu quero. Saber. Ah. Claro se eu não quisesse não perguntava. La la lari. Descanta ali triste menor. Por que menor triste? Assinar H. Elas gostam de um rabinho triste no fim. P. P. S. La la lari. Estou tão triste hoje. Lari. Tão só. Liri.

Apertou veloz borrão de Pat. Envel. Endereço. Só copiar do jornal. Murmurou: Senhores Callan, Coleman e Cia. Ltda. Henry escreveu:
Senhorita Martha Clifford
A/c P.R.
Dolphin's barn lane
Dublin.

Apertar em cima do outro pra ele não poder ler. Muito bem. Ideia pitéu especial. Alguma coisa que detetive leu de mataborrão. Pagamento à razão de guinéu por col. Matcham pensa sempre a feiticeira sorridente. Coitada da senhora Purefoy. D.U.: deu.

Poético demais aquilo do triste. A música fez aquilo. A música tem feitiços Shakespeare disse. Citações a cada dia do ano. Ser ou não ser. Sabedoria na sala de espera.

Num rosário da Fetter Lane de Gerard, herbolário, ele caminha, castanhencanecido. Uma vida é tudo. Um corpo. Fazer. Fazer e pronto.

Feito pelo menos. Vale postal, selo. Correio mais lá embaixo. Andar agora. Chega. No Barney Kiernan's eu prometi encontrar com eles. Não gosto dessa função. Casa enlutada. Andar. Pat! Não me ouve. Porta surda que ele é.

Carro perto de lá agora. Conversa. Conversa. Pat! Não me. Ajeitando aqueles guardanapos. Deve cobrir um belo terreno num dia. Pintar um rosto atrás dele aí seria dois. Queria que eles cantassem mais. Me faz não pensar em.

O calvo Pat que é mouco mitrava os guardanapos. Pat é um garçom ruim das oiças. Pat é um garçom que só serve para servir. Rii rii rii rii. Ele serve para servir. Rii rii. Um servo só serve. Rii rii rii rii. Ele só serve para servir. Serve para servir como um serve que serve. Rii rii rii rii. Rô! Servir como um servo.

Douce agora. Douce Lydia. Bronze e rosa.

Ela se divertira muitíssimo, muitíssimo mesmo. E olha a linda concha que trouxe.

Até o fim do bar até ele ela leva de leve o duro corno marinho de aguilhões convoluto por que ele, George Lidwell, solicitador, possa ouvir.

— Escute! ela pediu.

Sob as palavras ginquentes de Tom Kernan o acompanhador tecia música lento. Estória verídica. Como Walter Bapty perdeu a voz. Bom, meu senhor, o marido pegou ele pela garganta. *Canalha*, ele falou, *não vai mais cantar músicas de amor.* Pegou mesmo, meu senhor Tom. Bob Cowley tecia. Tenores arrumam mulh. Cowley recostado.

Ah, agora ele estava escutando, com ela segurando na sua orelha. Escuta! ele escutava. Maravilhoso. Ela segurou na sua própria. E pela luz crivada ouro pálido em contraste deslizou. Para ouvir.

Tap.

Bloom pela porta do bar viu uma concha segurada em suas orelhas. Ouviu mais vagamente o que ouviam elas, cada uma por si própria só, e então cada uma pela outra, ouvindo o marulho das ondas, alto, um rugido silente.

Bronze junto de um ouro cansado, logo ali, longe lá, elas ouviam.

A orelha dela é uma concha também, o lóbulo surgindo ali. Esteve na praia. Meninas da praia. Bronzeada em pele viva. Devia ter posto um creme primeiro pra ficar dourada. Torrada com manteiga. Ah e aquela loção não posso esquecer. Enfebrada em volta da boca. Sua cabeça toda. Cabelo trançado por cima: concha com algas. Por que elas escondem a orelha com cabelo de algas? E as turcas a boca, por quê? Os olhos dela sobre o lençol, um borgo. Encontre a entrada. Uma caverna. Entrada proibida a não ser a negócios.

O mar eles acham que escutam. Cantando. Um rugido. O sangue será. Salmoura no ouvido às vezes. Bom, é um mar. Ilhas de corpúsculos.

Maravilhoso mesmo. Tão nítido. De novo. George Lidwell segurava seu murmúrio, ouvindo: depois pousou-a, delicado.

— O que dizem as ondas indomadas? ele perguntou a ela, sorriu.

Encantadora, sorrisoceano e senresposta Lydia a Lidwell sorriu.

Tap.

Pelo Larry O'Rourke's, pelo Larry, grande Larry O', Boylan sacudiu e Boylan dobrou.

Da concha abandonada a senhorita Mina deslizou a seu copázio à espera. Não, ela não ficou assim tão só arqueadamente a cabeça da senhorita Douce deu a saber ao senhor Lidwell. Passeios ao luar junto ao mar. Não, não sozinha. Com quem? ela nobre respondeu: com um cavalheiro amigo meu.

Os dedos bruxuleantes de Bob Cowley nos agudos tocaram de novo. O senhorio tem prior. Um tempinho. Long John. Big Ben. Leve tocou num leve compasso tintinabulante para damas saltitantes, arco e sorriso, e seus galantes cavalheiros, amigos seus. Um: um, um, um: dois, um, três, quatro.

Mar, vento, folhas, trovão, águas, vacas mugindo, o mercado de gado, galos, galinha não cacareja, cobras ssssibilam. Tem música em tudo. A porta do Ruttledge: ii rangendo. Não, isso é barulho. O minueto do *Don Giovanni* ele está tocando agora. Vestidos de corte de toda espécie dançando em câmaras de castelos. Miséria. Camponeses do lado de fora. Rostos verdes esfaimados comendo folhas de azeda. Bonitinho isso. Olha: olha, olha, olha, olha, olha: vocês nos olham.

É alegre eu sinto que é. Nunca escrevi. Por quê? Minha alegria é outra alegria. Mas são ambas alegrias. É, alegria há de ser. O simples fato da música prova que você é. Várias vezes eu achei que ela estivesse no buraco até que começou a cantarolar. Aí se sabe.

M'Coy, valise. A minha esposa e a sua esposa. Gato berrando. Que nem rasgar seda. Quando ela fala que nem a aba de um fole. Elas não alcançam os intervalos dos homens. Um vazio na voz delas também. Me preencha. Eu sou quente, escura, aberta. A Molly no *quis est homo*: Mercadante. Eu de orelha na parede pra escutar. Precisa uma mulher que dê conta do recado.

Tin tom topa parou. Sapato dândi castanho do dândi Boylan meias celestes relógios prestes já descem à terra.

Ah, veja nós estamos tão! Música de câmara, récita privada. Podia fazer como que um trocadilho com isso. Privada. É um tipo de música eu pensei várias vezes quando ela. Acústica é o que é. Pipilante. Vasos vazios fazem mais barulho. Porque a acústica, a ressonância muda de acordo no que o peso da água é igual à lei das águas em queda. Como aquelas rapsódias de Liszt, húngaras, olhosciganos. Pérolas. Gotas. Chuva. Plim plum plem plem plom plum. Sssilvo. Agora. Quem sabe agora. Antes.

Estapeia uma porta, de um tapa batido, bateu o bastante, bate alto o bastão bate altivo, carcará cacareja, cacareja bicho macho. Cococock.

Tap.

— *Qui sdegno*, Ben, disse o Padre Cowley.

— Não, Ben, Tom Kernan interferiu, *O menino camponês*. Nosso vernáculo.

— É, canta, Ben, o senhor Dedalus disse. Bom homem de palavra.

— Canta, canta, imploraram uníssonos.

Eu vou. Aqui, Pat, volta. Vem. Ele veio, ele veio, eu fiquei na mão. Pra mim. Quanto?

— Que tom? Seis sustenidos?

— Fá sustenido maior, Ben Dollard disse.

As garras estendidas de Bob Cowley cravaram os negros acordes de som profundo.

Eu tenho que ir príncipe Bloom disse a Richie príncipe. Não, Richie disse. Tenho, sim. Ganhou dinheiro em algum lugar. Está querendo uma festa de lumbago. Muito? Ele ouvê falábios. Um e nove. Tostão pra você. Toma. Dar uma gorjeta de dois tostões. Surdo, mouco. Mas quem sabe tem mulher e família esperando, esperando o Patty voltar pra casa. Rii rii rii rii. Surdo serve para servi-los.

Mas espera. Mas ouve. Escuros acordes. Lugugugubremente. Graves. Numa caverna da escura terra média. Veio enfronhado. Torrão de música.

Uma voz de escuras eras, desamor, de fadiga da terra feita grave abordagem, e dolorosa, vinda lá de longe, de montanhas ancestrais, clamava por bons homens de palavra. O padre ele queria, a ele diria uma palavra.

Tap.

A voz de Ben Dollard barríltona. Fazendo o melhor que pode por dizê-lo. Coaxo de vasto charco sem nus sem lua sem lunuas. Outra decadência. Grandes barcos negócios de provisioneiro que ele um dia fez. Lembre: cordas breadas, lanternas de barcos. Faliu ouvindo o canto de dez mil libras. Agora no retiro Iveagh. Cubículo número tal. A Bass número um fez isso por ele.

O padre está em casa. Um falso criado do padre lhe deu boasvindas. Pode entrar. O santo padre. Com reverências um criado traidor. Arabescos de acordes.

Arruínam com eles. Acabam com a vida deles todos. Aí constroem cubículos pra passarem os últimos dias. Acalenta. Acalanto. Morre, cão. Cachorrinho, morre.

A voz da advertência, solene advertência, disse-lhes ter o jovem adentrado um salão solitário, disse-lhes quão solene tombou ali seu passo, disse-lhes da câmara sombria, do padre paramentado sentado para ouvir a confissão.

Uma boa alma. Meio pasmado agora. Acha que vai vencer na charada da figura do poema da *Answers*. Nós lhe entregamos nota de cinco libras estalando. Pássaro sentando chocando num ninho. O lai do último menestrel ele achou que fosse. Gê espaço tê espaço qual animal doméstico? Ene traço U antiga embarcação. Voz boa tem ainda. Nada eunuco contudo com todos os documentos.

Ouça. Bloom ouvia. Richie Goulding ouvia. E junto à porta o surdo Pat, o calvo Pat, o gorjetado Pat, ouvia.

Arpejavam mais lentos acordes.

A voz penitente e de mágoa vinha lenta, ornamentada, tremulando. A barba contrita de Ben confessava: *in nomine Domini*, em nome de Deus. Ajoelhou-se. Bateu a mão no peito, confessando: *mea culpa*.

Latim de novo. Grudam nisso que nem visgueira. O padre com o corpus da comunhão pra aquelas mulheres. Camarada na mortuária, coffin ou coffey, *corpusnomine*. Fico imaginando onde aquele rato pode estar a essa altura. Raspa.

Tap.

Eles ouviam: copázios e a senhorita Kennedy. George Lidwell gorja em lide com um nó, cetim seioscheios. Kernan. Si.

Da dor o suspiro da voz lhes cantava. Seus pecados. Desde a Páscoa blasfemara três vezes. Bastardo de uma pu. E uma vez na hora da missa saíra a brincar. Uma vez pelo cemitério passara e pelo repouso de sua mãe não rezara. Um menino. Um menino camponês.

Bronze, ouvindo, junto à alavanca de chope mirava ao longe. Concoraçãomente. Nem sonha que estou. A Molly é cobra em ver alguém olhando.

Bronze mirava longe de canto. Espelho lá. Será que o melhor lado do rosto? Elas sempre sabem. Batida na porta. Um último toque de retoque.

Carcaracock.

O que será que elas pensam quando escutam música? Um jeito de pegar cascavéis. A noite que o Michael Gunn deu o camarote pra nós. Afinando. O xá da Pérsia achava a melhor parte. Lembra-lhe o lar doce lar. Limpava o nariz na cortina também. Costume terra dele quem sabe. É música também. Não tão ruim quanto parece. Buzinando. Metais meus tais asnos zurrando por trombas em riste. Contrabaixos, cabisbaixos, com chagas nos flancos. As madeiras as vacas mugindo. Meiacauda crocodilo aberto a música tem dentiços. Madeira, um sobrenome.

Ela estava bonita. O vestido açafrão que ela estava usando, decotado, documentos à mostra. De cravo o hálito dela sempre no teatro quando se curvava pra fazer uma pergunta. Contei a ela o que o Spinoza diz naquele livro do coitado do papai. Hipnotizada, ouvindo. Olhos deste tamanho. Ela se curvou. Camarada nas frisas, com o binóculo de ópera cravado nela até não poder mais. O belo da música tem que ouvir duas vezes. Natureza mulher meia olhada. Deus escreve certo e o homem compõe por linhas tortas. Mete em si e cose. Filosofia. Com a breca!

Todos mortos. Caíram todos. No cerco de Ross seu pai, em Gorey caíram todos os seus irmãos. Para Wexford, somos os rapazes de Wexford, ele iria. Último de seu nome e sua raça.

Eu também, último da minha raça. Milly estudante. Bom, culpa minha quem sabe. Sem filho. Rudy. Tarde demais agora. Mas e se não? Senão? Se ainda?

Ele não guardava ódio.

Ódio. Amor. São nomes. Rudy. Logo eu estou velho.

Big Ben sua voz desfraldou. Grande voz, Richie Goulding disse, um rubor batalhando em seu pálido, a Bloom, logo velho mas quando jovem.

A Irlanda vem agora. Meu país acima do rei. Ela ouve. Quem teme falar de novecentos e quatro? Hora de afundar no mundo. Olhei o bastante.

— *A bênção, padre*, Dollard o camponês gritava. *A bênção e deixe-me ir.*

Tap.

Bloom olhava, inabençoado por partir. Vestida para arrasar: com dezesseis pratas por semana. Os camaradas desembolsam as felpas. Há que se ficar com um olho aberto pra chuva. As meninas, as lindas. Junto às ondas dolentes do mar. Romance de dançarina. Cartas lidas em público por rompimento de jura. Do fofuchinho da mimosa. Riso na corte. Henry. Eu nunca assinei. Que lindo nome você.

Grave decresceu a música, ária e palavras. Depois se apressou. O falso padre farfalhante um soldado de sob a sotaina. Um capitão da guarda. Sabem inteira de cor. A comichão que sentem por esse arrepio. Capitão da guar.

Tap. Tap.

Arrepiada, ela ouvia, curvando-se apiedada para ouvir.

Rosto em branco. Virgem, diria: ou somente digitada. Escrever alguma coisa nela: página. Se não o que acontece com elas? Declínio, desespero. Deixa elas jovens. Até se admiram. Veja. Toque nela. Embocadura. Corpo de mulher branco, flauta viva. Soprar suave. Alto. Três buracos todas as mulheres. A deusa eu não vi. Elas querem: não muito educado. É por isso que ele consegue elas. Bolso de ouro, cara de pau. Com olhos olhar: canções sem palavras. A Molly, aquele menino do realejo. Ela sabia que ele queria

dizer que o macaco estava doente. Ou porque tão parecido com o espanhol. Entende os animais também desse jeito. Salomão entendia. Dom natural.
Ventriloquar. Minha boca fechada. Pensar com o estôm. O quê?
Você? Vai? Eu. Quero. Que. Você.
Com fúria rude ríspida xingava o capitão. Crescendo em apoplético bastardo de uma puta. Boa ideia, menino, vir aqui. Uma hora é teu tempo de vida, tua última.
Tap. Tap.
O arrepio agora. Dó eles sentem. Enxugar uma lágrima pelos mártires. Por todas as coisas que morrem, querem, morrendo de vontade de, morrer. Por todas as coisas que nascem. A coitada da senhora Purefoy. Tomara que tenha acabado. Porque os úteros delas.
Um líquido de útero de mulher pupila olhava por sob uma cerca de cílios, calma, ouvintemente. Ver real a beleza do olho quando ela fala nada. Sobre aquele rio. A cada lenta acetinada onda do seio ofegante (suas carnes ofe) rubra a rosa sobe lenta, desce rosa e rubra. Coração no alento dela: alento que é vida. E todos os míni minúsculos talos de relva tremiam donzelo cabelo.
Mas olhe. Fenecem brilhestrelas. Ah rosa! Castela. A alba. Ah. Lidwell. Para ele então não para. Apaixonado. Eu assim? Mas vejo ela daqui. Rolhas espoucadas, espirros de espuma de cerveja, e pilhas de cascos.
Junto à lisa alavanca de chope que protuberava pousava uma Lydia mão, de leve, roliçosa, deixe em minhas mãos. Perdida toda de dó camponesa. Pra cá, pra lá: pra lá, pra cá: por polido bordão (ela sabe que os olhos, dele, meus, dela) dedo e polegar dela passavam com dó: passavam, repassavam e, tocando leves, depois deslizaram tão doces, docemente abaixo, um fresco firme branco bastão esmaltado protuberando atravessa-lhe o anel deslizante.
Com um galo um carcará.
Tap. Tap. Tap.
Tomei esta casa. Amém. Remoía enfurecido. Traidores à forca.
Os acordes consentiam. Coisa das mais tristes. Mas tinha que ser.
Sair antes do fim. Obrigado, foi divino. Cadê o meu chapéu. Passar por ela. Posso deixar aquele *Freeman*. Carta comigo. Imagine se ela fosse a? Não. Andar, andar, andar. Como Cashel Boylo Connoro Coylo Tisdall Maurice Bomrice Farrell, Andaaaaaar.
Bom, eu tenho que. Já vai? Dvmdspdir. Blmslvtou. Sobre azul centeio alto. Bloom se levantou. Au. Sabão meio grudento atrás. Devo ter suado: música. Aquela loção, lembre. Bom, até mais. Alta qualidade. Cartão dentro, sim.
Pelo surdo Pat no limiar, ouvido esticado, Bloom passou.
Na caserna Genebra aquele rapaz morreu. Em Passage depositaram

seu corpo. Dolor! Ah, eledolores! a voz do enlutado chantre conclama a dolorosas rezas.

Junto a rosa, junto a seio acetinado, junto a mão carícia, junto a bragas, aos cascos, a rolhaspoucadas, saudando saindo, pelos olhos e cabelo donzelo, bronze e vago ouro em fundassombroceano, passou Bloom, suave Bloom, Bloom estou tão só.

Tap. Tap. Tap.

Orai por ele, orava o baixo de Dollard. Vocês que ouvem em paz. Dizei uma oração, chorai uma lágrima, homens bons, boa gente. Ele era o menino camponês.

Assustando entreouvinte engraxate camponês engraxato Bloom no corredor do Ormond ouviu urros e rugidos de bravo, gordo estapear de ombros, suas botas engraxadas marchando, engraxadas não pelo menino, o engraxate. Coro generalizado de um gole para arrematar. Que bom evitei.

— Vem cá, Ben, Simon Dedalus disse. Pelo amor de Deus, você está melhor do que nunca.

— E muito, disse Tomgin Kernan. A mais pungente interpretação dessa balada, juro pela minha alma e a minha honra que é.

— Lablache, disse o Padre Cowley.

Ben Dollard bastamente cachuchava na direção do bar, poderosamente glorialimentado e todo grande roseado, sobre pés de pés pesados, os dedos gotosos tamborilando castanholas no ar.

Big Benaben Dollard. Big Benben. Big Benben.

Rrr.

E fundocomovidos todos, Simon trompeteando compaixão por um nariz de sirene de neblina, rintes todos o trouxeram adiante, Ben Dollard, com devidas loas.

— Você está rubicundo, George Lidwell disse.

A senhorita Douce compôs sua rosa à espera.

— Ben *machree*, disse o senhor Dedalus, batendo na gorda omoplata nas costas de Ben. Em plena forma sonata, é só que ele tem bastante tecido adiposo escondido na sua pessoa.

Rrrrrrsss.

— Gordura da morte, Simon, Ben Dollard rugiu.

Richie gato na tuba sozinho sentado: Goulding, Collis, Ward. Incerto esperava. Pat nãopago também.

Tap. Tap. Tap. Tap.

A senhorita Mina Kennedy trouxe próximos seus lábios da orelha de copázio um.

— O senhor Dollard, murmuraram baixo.

— Dollard, murmurou copázio.

Copaz um acreditou: na senhorita Kenn quando ela: era bom esse Ben: meu bem: o copaz.

Ele murmurou que conhecia o nome. O nome lhe era familiar, quer dizer. Isso queria dizer que ele havia ouvido o nome de Dollard, então? Dollard, sim.

Sim, lábios dela disseram mais alto, o senhor Dollard. Ele cantava aquela música tão lindo, murmurava Mina. E *A* última *rosa do verão* era uma música linda. Mina adorava aquela música. Copázio adorava a canção que Mina.

É a última rosa do verão Dollard sobrou Bloom sentia vento dentro quente.

Coisa gasosa aquela sidra: prende além disso. Esperar. Correio perto do Reuben J um e oito pence também. Me livrar disso. Desviar pela Greek Street. Queria não ter prometido me encontrar. Mais livre no ar. Música. Dá nos nervos. Alavanca de chope. Sua mão que balança o berço governa o. Ben Howth. Que governa o mundo.

Lá. Lá. Lá. Lá.

Tap. Tap. Tap. Tap.

Cais acima seguia Lionelleopold, Henry levado com carta para Mady, com doçuras do pecado com mimos para Raoul com mete em si e cose seguia Poldy em frente.

Tap cego seguia tapeando o bueiro tapado, de tap em tap.

O Cowley, ele se aleija com isso; como que uma bebedeira. Melhor ceder se der só pouco, como cede um senhor com uma criada. Entusiastas por exemplo. Todouvidos. Não perder uma fusa. Olhos fechados. Cabeça balançando no compasso. Doido. E você sem ousar mexer uma palha. Pensar estritamente proibido. Sempre falando de negócios. Inventando moda sobre notas.

Tudo meio que uma tentativa de falar. Desagradável quando para porque você nunca sabe exat. O órgão na Gardiner Street. O velho Glynn cinquentinha por ano. Esquisito lá em cima no pombal sozinho com registros e travas e teclas. Sentado o dia inteiro no órgão. Borboleteando horas a fio, falando sozinho ou com o outro sujeito que sopra os foles. Ruge raivoso, depois pia xingando (precisava de um estofo ou uma coisa assim na não por favor ela gritou), e então de relevepentemente diminuto pequeninho diminuto apitinho de gás.

Pfuí! Um ventinho diminuto soprou iii. Do diminutinho de Bloom.

— Estava mesmo? o senhor Dedalus disse, retornando, com cachimbo apanhado. Eu estive com ele hoje de manhã por causa do coitadinho do Dignam, no...

— É, que o Senhor tenha piedade dele.
— Falando nisso tem um diapasão ali no...
Tap. Tap. Tap. Tap.
— A esposa tem uma bela voz. Ou tinha. Como? Lidwell perguntou.
— Ah, deve ser o afinador, Lydia disse a Simonlionel primeiro vi, ele esqueceu quando veio aqui.

E era cego ela disse a George Lidwell segundo vi. E tocava de uma maneira tão invulgar, uma dádiva ouvir. Contraste invulgar: bronzely minaouro.

— Gritai! Ben Dollard gritou, servindo. Cantai!
— Tá bom! gritou o Padre Cowley.
Rrrrrr.
Eu estou sentindo que preciso...
Tap. Tap. Tap. Tap. Tap.
— Deveras, o senhor Dedalus disse, encarando fixo uma sardinha decapitada.

Sob a cúpula dos sanduíches em ataúde de pão repousava uma última, uma solitária, última sardinha do verão. Bloom só.

— Deveras, ele encarava. O registro grave, melhor.
Tap. Tap. Tap. Tap. Tap. Tap. Tap. Tap.

Bloom passava pelo Barry's. Quem dera eu pudesse. Espera. Aquele Milagreiro se eu tivesse. Vintequatro advogados só naquela casa. Litígio. Amai-vos uns aos outros. Pilhas de pergaminho. Os senhores Tunga e Punga têm poderes de promotores. Goulding, Collis, Ward.

Mas por exemplo o camarada que marreta o bumbo. Sua vocação: a banda do Micky Rooney. Fico imaginando como foi que ele pensou. Sentado em casa depois de um quarto de porco com repolho ninandinho na poltrona. Ensaiando a sua parte na banda. Pom. Pompapum. Feliz da esposa. Couro de burro. No chicote a vida toda e na marreta após a morte. Pom. Marretam. Parece ser como é que chama fato ou quer dizer fado. Destino.

Tap. Tap. Um rapazote, cego, com uma bengala tateante, vinha taptaptapeando pela vitrine da Daly's onde uma sereia, cabelo todo em ondas (mas ele não podia ver), soprava baforadas de um Sereia (cego não podia), Sereia, a mais refrescante tragada.

Instrumentos. Uma folha de grama, a concha das mãos dela, e soprar. Até pente e papel servem pra tirar uma musiquinha. A Molly de combinação na West Lombard Street, cabelo solto. Eu acho que cada tipo de ofício fazia a sua, não está vendo? O caçador com um corno. Corno. Está de pau duro ou o quê? *Cloche. Sonnez la!* O pastor a sua avena. Policial um apito. Chaves de fechaduras! Varredura! Quatro horas e tudo em ordem! Recolher!

Agora está tudo perdido. Bumbo? Pompapum. Espera. Eu sei. Arauto, bailio. Long John. Acordar os mortos. Pom. Dignam. Coitadinho do *nomine-domine*. Pom. É música, quer dizer é claro que é tudo pom pom pom bem o que eles chamam de *da capo*. Ainda assim dá pra você ouvir. Ao marcharmos marchamos, marchamos. Pom.

Eu tenho mesmo que. Fff. Agora se eu fizesse isso num banquete. Só questão de costume o xá da Pérsia. Dizei uma oração, soltai uma lágrima. Mas a bem da verdade ele há de ter sido meio devagar pra não ver que era um cap. Embuçado. Fico imaginando quem era aquele sujeito na beira da cova com a mackintosh marr. Ui, a puta da alameda!

Uma puta rançosa com um chapéu de marinheiro de palha preta enviesado vinha lustrosa dia afora cais adentro na direção do senhor Bloom. Quando primeiro viu aquela forma encantadora. É, é ela. Estou tão só. Noite úmida na alameda. Duro. Quem estava? Unzurro. Aí ó. Fora da jurisprudência dela por aqui. O que é que ela? Espero que ela. Psst! Cavalheiro precisa de lavadeira. Conhecia a Molly. Me derrubou. Aquela senhora cheinha de roupa marrom que tava com você . Te pega no contrapé. Aquele encontro que a gente marcou. Sabendo que nós nunca, bem, quase nunca. Perto demais do meu caro demais o meu lar doce lar. Está me vendo, ou não? Feia de dar medo à luz do dia. Rosto de patê. Dane-se! Ah, bom, ela tem que viver que nem todo mundo. Olhar aqui pra dentro.

Na vitrine do antiquário de Lionel Mark altivo Henry Lionel Leopold caro Henry Flower sinceramente o senhor Leopold Bloom contemplava vela harmônio brotando bolsas de vermes. Pechincha: seis tostões. Podia aprender a tocar. Barato. Deixe ela passar. Claro que tudo é caro se você não quer. Isso que um bom vendedor é. Faz você comprar o que ele quer vender. Camarada que me vendeu a navalha sueca que usou pra fazer a minha barba. Queria me cobrar pela afiação. Ela está passando agora. Seis tostões.

Deve ser a sidra ou quem sabe o borg.

Junto a bronze logo ali junto a ouro longe lá estaliam eles seus copos estalantes todos, olhos brilhantes e galantes, diante de bronze da de Lydia tentadora última rosa do verão, rosa de Castela. Primeiro Lid, De, Cow, Ker, Doll, dominante: Lidwell, Si Dedalus, Bob Cowley, Kernan e Big Ben Dollard.

Tap. Um jovem adentrava um solitário salão Ormond.

Bloom examinava um herói retratado galante na vitrine de Lionel Mark. Últimas palavras de Robert Emmet. Sete últimas palavras. De Meyerbeer isso.

—Homens de bem que nem vocês, homens.

—É, é, Ben.

—Levantarão seus copos conosco.

Eles levantaram.
Clins. Clans.
Tip. Um moço senvista detinha-se à porta. Bronze não via. Ouro não via. Nem Ben nem Bob nem Tom nem Si nem George nem copázios nem Richie nem Pat. Rii rii rii rii. Não via não.
Ondosobloom, sebondosobloom examinava últimas palavras. Suavemente. *Quando meu país assumir seu lugar entre.*
Prrprr.
Deve ser o bor.
Fff! Uu. Rrpr.
Nações da terra. Ninguém atrás. Ela já passou. *Então e somente então.* Bonde. Kran, kran, kran. Boa oport. Está vindo. Krandlkrankran. Certeza que é o borgon. Sim. Um, dois. *Que meu epitáfio seja.* Karaaaaaaa. *Escrito. Tenho.*
Pprrpffrrppfff.
Dito.

███████████████

Eu estava só lá de papo com o meu amigo Troy, o guardinha, ali na esquina da Arbour Hill e não é que o filho de uma puta de um limpador de chaminé me aparece e quase que me enfia aquele treco no olho. Eu virei pra soltar o verbo no lombo dele quando quem é que eu vejo se enfiando pela Stony Batter, se não é o grande Joe Hynes.

— Viva, Joe, eu falei. Como é que anda? Viu que aquele fumacento desgraçado quase me esbugalha o olho com a escova?

— Quase te escova, o Joe falou. Quem é o palerma que estava conversando com você?

— O meu amigo Troy, eu falei, que era polícia. Eu estou pertinho assim de mandar processar aquele sujeito por obstrução de via pública com aquele monte de vassoura e de escada lá dele.

— O que é que você está fazendo por esses lados? o Joe falou.

— Coisa pra diabo, eu falei. Tem um puto safado de um senhor ladrão pra lá da igreja da guarnição na esquina com a Chicken Lane — o meu amigo Troy estava justamente me dando uma pala sobre o dito — que sacou uma santa pacoteira de chá ou de açúcar pra pagar a três pratas por semana que disse que tinha umas terras no condado Down de um joãoninguém que atende pelo nome de Moses Herzog lá pertinho da Heytesbury Street.

— Circunciso! o Joe falou.

— É, eu falei. Da pontinha. Encanador. O nome dele é Geraghty. Eu estou na cola do disgramado tem já uns quinze dias e não consigo arrancar uma moedinha dele.
— O teu biscate agora é esse? o Joe falou.
— É, eu falei. Como decaíram os grandes! Cobrador de dívidas más e duvidosas. Mas é o ladrãozinho mais descarado que você ia achar se andasse um dia inteiro pela cidade e aquela cara dele toda cheia de marca de bexiga que dava pra segurar uma pancada de chuva inteira. *Diz pra ele, ele falou, que eu desafio ele, ele falou, e cuspo no chão pra ver ele te mandar de novo aqui e se mandar mesmo, ele falou, eu vou intimar ele diante de um juiz, ah, se vou, por vender sem ter licença.* E ele lá se entupindo até ficar a ponto de estourar. Jesus, eu tive que rir da cara do judeuzinho rodopiando de raiva. *Ele me tomou tudo o meus chá. Ele me comeu tudo o meu açúcar. Por que que ele não me paga o meus dinheirro?*

Por bens nãoperecíveis adquiridos junto a Moses Herzog, estabelecido ao número 13 Saint Kevin's Parade, vara do Wood Quay, mercador, doravante dito vendedor, e vendidos e entregues a Michael E. Geraghty, Esquire, estabelecido ao número 29 da Arbour Hill Street na cidade de Dublin, vara do Arran Quay, cavalheiro, doravante dito comprador, *videlicet*, cinco libras avoirdupois de chá de primeira qualidade ao preço de três xelins e nenhum pence por libra avoirdupois e quarenteduas libras avoirdupois de açúcar, cristal moído, a três pence por libra avoirdupois, ficando o supracitado comprador devedor de uma libra cinco xelins e seis pence esterlinos ao supracitado vendedor por bens recebidos quantia que deverá ser paga pelo supracitado comprador ao supracitado vendedor em prestações semanais a cada sete dias no valor de três xelins e zero pence esterlino: não devendo os supracitados bens nãoperecíveis ser penhorados ou pleiteados ou vendidos ou de qualquer outra maneira alienados pelo supracitado comprador, mas devendo ser e permanecer e permanecer considerados como de única e exclusiva propriedade do supracitado vendedor que pode deles dispor a seu talante e sua vontade até ter sido devidamente paga a dita quantia pelo supracitado comprador ao supracitado vendedor do modo aqui exposto conforme no dia de hoje acordado entre o supracitado vendedor, seus herdeiros, sucessores, administradores e legatários de um lado e o supracitado comprador, seus herdeiros, sucessores, administradores e legatários do outro.

— Anda estritamente abstêmio? o Joe falou.
— Não estou mais bebendo entre os drinques, eu falei.
— Que tal uma visitinha lá pro nosso amigo? o Joe falou.
— Quem? eu falei. Claro, ele está fora da casinha, coitado.
— Andou bebendo do que ele mesmo fabrica? o Joe falou.

—É, eu falei. Uísque com água nos miolos.
—Vamos comigo no Barney Kiernan, o Joe falou. Eu quero ver o cidadão.
—Barney *mavourneen* então será, eu falei. Alguma coisa estranha ou incrível, Joe?
—Nem um pio, o Joe falou. Eu estava lá na reunião no City Arms.
—E era o quê isso, Joe? eu falei.
—Pecuaristas, o Joe falou, sobre febre aftosa. Eu quero passar pro cidadão a palavra de quem esteve lá.

Aí a gente contornou o quartel de Linnehall e os fundos do tribunal jogando conversa fora. Sujeitinho decente o Joe quando está sóbrio mas pode apostar que ele nunca está sóbrio. Jesus, eu não conseguia esquecer aquele maldito daquele safado do Geraghty, ladrãozinho descarado. Por vender sem ter licença, ele falou.

Em Inisfail formosa há certa terra, a terra de Michan, o santo. Ergue-se lá uma torre, sentinela, admirada por homens que de longe a veem. Lá dormem os mortos poderosos como na vida dormiram, guerreiros e príncipes de nomeada. É terra deveras aprazível com murmurejantes águas, piscosos regatos onde folgam a cabrinha, o halibute, a carpa, o hipoglosso, o prognato hadoque, o salmão peregrino, o linguado, o clérigo de singular denominação, a solha, os peixes vários menos raros em geral e outros ádvenas do reino aquoso, numerosos por demais para ser enumerados. Às doces brisas de leste e oeste as altivas árvores acenam em diversas direções sua folhagem de primeira classe, o sicômoro ondulante, o cedro libanês, o alabado bordo, o eugênico eucalipto e outros ornatos do mundo arbóreo com pletora dos quais conta tal região. Lindas donzelas sentam-se bem próximas às raízes das lindas árvores cantando as mais lindas cantilenas enquanto brincam com toda sorte de lindos objetos como por exemplo áureos lingotes, argênteos peixinhos, cubas de arenques, magotes de enguias, minúsculas abróteas, cestos de alevinos, purpúreas gemas marinhas e insetos brejeiros. E heróis encetam longas jornadas por vir cortejá-las, de Eblana a Slievemargy, os príncipes sem par do Munster sem grilhões e de Connacht a justa e da suave e esguia Leinster e da terra de Cruachan e de Armagh a esplêndida e do nobre distrito de Boyle, príncipes, filhos de reis.

E ali soergue-se reluzente palácio cujo teto cintilante de cristal é avistado por nautas que cruzam o oceano mar de largo em naves apenas para tal fim construídas, e para lá adejam todos os rebanhos e novilhos e primeiros frutos daquela terra pois O'Connell Fitzsimon cobra-lhes o quinto, um líder provindo de linhagem de líderes. Para lá as amplíssimas carroças trazem a flor daqueles campos, cargas de couves, alguidares de espinafres, nacos de ananases, cantalupos gigantes, rencas de tomates, barricas de figos, araduras de rutabagas, batatas esferoides e listas de murcianas, crespas e de adorno, e salvas de cebolas, que da terra são as pérolas, e açafates de cogumelos e cremes finíssimos e a gorda alfafa e cevada e colza e rubras, glaucas, auricastanhocarmesins, doces, grandes amargas, maduras, pomíferas maçãs e caixinhas de morangos e crivos de groselhas, suculentas e peluginosas, e morangos dignos de príncipes e amoras de seus caules.

—*Eu desafio ele,* ele falou, *e cuspo no chão.* Vem cá, Geraghty, seu salteador vagabundo de beira de estrada!

E por tal trilha seguiam os rebanhos incalculáveis de cincerros e ovelhas cevadas e carneiros de samarra e cordeiros e gansos aos grupos e almalhos medianos e éguas de rela e novilhos mochos e ovinos lanosos reservados e o gado reprodutor de primeira qualidade de Cuffe e esmadrigados e porcas castradas e leitões de toucinho e as múltiplas variedades diferentes de suínos destacadíssimos e bezerros de Angus e vitelos sem cornos de imaculado pedigree junto de excelentes e laureadas vacas leiteiras e de corte: e ouve-se sempre um tropel, um cacarejar, um rugir, um mugir, um balir, um bramir, um bramar, um roncar, um mascar, um ruminar de ovelhas e porcos e do vacum de graves cascos dos pastos de Lusk e Rush e de Carrickmines e dos vales aquíferos de Thomond, dos morros de M'Gillicuddy inacessíveis e do augusto Shannon o insondável, e dos doces aclives da região da raça de Kiar, com os úberes tensos pela abundância do leite e pipas de manteiga e coalhos de queijo e tonéis dos fazendeiros e cortes de carneiro e arráteis de milho e ovos oblongos, às grandes centenas, de vários tamanhos, dos baios e brancos.

Aí a gente mirou pro Barney Kiernan e óbvio que lá estava o cidadão sentado na esquina trocando grandes ideias com a sua própria pessoa e com aquele desgraçado daquele viralata sarnento, o Garryowen, e esperando pra ver qual bebida que ia cair do céu.

—Olha lá ele, eu falei, no cantinho de sempre, com a coisinha querida e uma puta papelada, trabalhando pela causa.

O viralata desgraçado deixou escapar um gemido que era de arrepiar um cristão. Ia ser uma obra de caridade se alguém me sacrifica aquele cachorro desgraçado. Eu andei ouvindo dizer que ele comeu um belo de um pedaço da calça de um sujeito da guarda lá em Santry que apareceu uma vez com um papelzinho azul de uma coisa de licença.

—Por quem sois, ele falou.

—Tudo bem, cidadão, o Joe falou. Amigos aqui.

—Adentrem, amigos, ele falou.

Aí ele esfrega a mão no olho e ele falou:

—O que você me diz da situação?

Fazendo de bandoleiro e de Rory das montanhas. Mas, credo em cruz, o Joe estava à altura da situação.

— Eu acho que os preços estão em alta, ele falou, escorregando a mão forquilha abaixo.

Aí não é que o cidadão estala uma patada no joelho e fala:

— As guerras no estrangeiro é que são o motivo.

E o Joe falou, com o dedão no bolso:

— São os russos com essa vontade de tiranizar.

— Arre, para com essa porra dessa arenga, Joe, eu falei, eu estou com uma sede que eu não vendo nem por meia coroa.

— Pois dê nome aos bois, cidadão, o Joe falou.

— Vinho da terra, ele falou.

— E você? o Joe falou.

— Idem ibidem, eu falei.

— Três canecos, Terry, o Joe falou. E como é que anda esse coração, cidadão? ele falou.

— Melhor do que nunca, *a chara*, ele falou. Como que é, Garry? A gente vai ganhar? Hein?

E com isso ele pegou o desgraçado do bicho velho pelas pelancas do pescoço e, virgem santa que ele quase me estrangula o cachorro.

Sentado em imenso rochedo ao pé de torre circular, ele tinha o vulto, ombrolargo, peitofundo, membrosfirmes, olhofranco, pelorruivo, sardasmuitas, barbirsuta, boquimensa, ventasgrandes, longocrânio, vozprofunda, pernasnuas, mãosselvagem, pèpiloso, rostorrubro, braçoforte de um herói. De ombro a ombro media vários côvados e seus joelhos montanhosos quase pétreos estavam recobertos, como de resto recobria-se todo o seu corpo onde quer que visível, de bastos tufos de eriçado pelo avermelhado em matiz e rigidez em tudo e por tudo semelhante ao do tojo montanhês (*Ulex europæus*). As narinas deasaslargas, das quais se projetavam cerdas do mesmo avermelhado matiz, eram de uma tal amplidão que dentro de sua cavernosa obscuridade a calhandra do campo poderia com facilidade instalar seu ninho. Os olhos em que perenemente uma lágrima e um sorriso se digladiavam por supremacia eram das dimensões de uma couveflor de bom tamanho. Poderosa corrente de cálido alento surgia a intervalos regulares da profunda cavidade de sua boca enquanto em rítmica ressonância as altas e fortes reverberações saudáveis de seu peito formidando trovejavam com estrépito, gerando no chão, no cimo da altiva torre e nas ainda mais altivas paredes da caverna, um tremor de vibração.

Portava longo traje sem mangas de um couro bovino recenhescorchado que lhe chegava aos joelhos em solto saiote que este cingia-se-lhe pelo meio por faixa de palha trançada e de juncos. Por sob tal peça trajava justas bragas de pele de cervo, rudemente cosidas com tripa. Suas extremidades inferiores estavam envoltas por borzeguins de picta trama tintos pela púrpura que dos líquenes se extrai, estando seus pés calçados de alpercatas do couro salgado das reses e que tinham por cadarço a traqueia das mesmas alimárias. De seu cíngulo pendia uma enfiada de seixos marinhos que a cada movimento de seu portentoso porte oscilavam e que em si traziam gravadas com bruta conquanto impactante artesania as imagens tribais de muitos antigos heróis e heroínas de Irlanda, Cuchulin, Conn das cem refregas, Niall dos nove reféns, Brian de Kincora, o Ardri Malachi, Art MacMurragh, Shane O'Neill, o Padre John Murphy, Owen Roe, Patrick Sarsfield, o Rufo Hugh O'Donnell, o Rufo Jim MacDermott, Soggarth Eoghan O'Growney, Michael Dwyer, Francy Higgins, Henry Joy M'Cracken, Golias, Horace Wheatley, Thomas Conneff, Peg Woffington, o Ferreiro do Vilarejo, o Capitão Rebelde, o Capitão Boycott, Dante Alighieri, Cristóvão Colombo, São Fursa, São Brandão, o Marechal MacMahon, Carlos Magno, Theobald Wolfe Tone, a Mãe dos Macabeus, o Último dos Moicanos, a Rosa de Castela, o Homem para Galway, o Homem que Quebrou a Banca em Montecarlo, o Homem na Brecha, a Mulher que Não, Benjamin Franklin, Napoleão Bonaparte, John L. Sullivan, Cleópatra, Savourneen Deelish, Júlio César, Paracelso, Sir Thomas Lipton, Guilherme Tell, Michelangelo Hayes, Maomé, a Noiva de Lamermoor, Pedro o Eremita, Pedro Pé Preto, Rosalina Dama Negra, Patrick W. Shakespeare, Brian Confúcio, Murtagh Gutenberg, Patricio Velasquez, Capitão Nemo, Tristão e Isolda, o primeiro Príncipe de Gales, Thomas Cook & Filho, o Bravo Soldadinho, Arrah na Pogue, Dick Turpin, Ludwig Beethoven, a Colleen Bawn, Healy Passocurto, Angus o Culdee, Dolly Mount, Sidney Parade, Ben Howth, Valentine Greatrakes, Adão e Eva, Arthur Wellesley, Crocker o Chefão, Heródoto, Jack o Giganticida, Gautama Buda, Lady Godiva, o Lírio de Killarney, Balor do Mau Olhado, a Rainha de Sabá, Acky Nagle, Joe Nagle, Alessandro Volta, Jeremiah O'Donovan Rossa, Don Philip O'Sullivan Beare. Uma lança entalhada de granito acuminado repousava a seu lado enquanto a seus pés descansava selvático animal da canina tribo, cujos arquejos estertorantes anunciavam estar afundado em sono intranquilo, suposição confirmada por grunhidos roufenhos e movimentos espasmódicos que seu senhor reprimia vez por outra por meio de lenitivos golpes de poderosa borduna rudemente cinzelada de rocha paleolítica.

    Mas aí no fim das contas o Terry trouxe os três canecos que o Joe estava bancando e juro por Deus que eu quase morro de susto quando vi que ele estava puxando uma libra. Ah, com esses olhos que a terra há de comer. Um formoso soberano.

— E tem mais lá de onde veio esse, ele falou.
— Andou roubando a caixa de esmola, Joe? eu falei.
— Com o suor do meu rosto, o Joe falou. Foi o membro prudente que me deu o palpite.
— Eu passei por ele logo antes de topar com você, eu falei, se esgueirando pela esquina da Pill Lane com a Greek Street com aquele olho de peixe morto contabilizando cada espinha do peixe.

Quem vem pela terra de Michan, armado de negras couraças? O'Bloom, o filho de Rory: é ele. Impérvio ao temor é o filho de Rory: o de alma prudente.

— Pros velhinhos da Prince Street, o cidadão falou, o pasquim chapabranca. O partido juramentado no parlatório da assembleia. E olha só esse trapo nojento, ele falou. Olha só, ele falou. *The Irish Independent*, faça-me o favor, fundado por Parnell pra ser o amigo do trabalhador. Escutem só os partos e as mortes no *Irlandeses Todos pela Irlanda Independente* e eu lhes serei eternamente grato e os casamentos.

E ele começa a ler em voz alta.

— Gordon, Barnfield Crescent, Exeter; Redmayne de Iffley, Saint Anne's on Sea, esposa de William T. Redmayne, um menino. E essa, hein? Wright e Flint, Vincent e Gillet com Rotha Marion, filha de Rosa e do falecido George Alfred Gillet, 179 Clapham Road, Stockwell, Playwood e Ridsdale na igreja de São Judas, Kensington, pelo reverendíssimo doutor Forrest, reitor de Worcester, hein? Mortes. Bristow, na Whitehall Lane, Londres: Carr, Stoke Newington, de gastrite e doença cardíaca: Gonne O'Rea, na Moat house, Chepstow.

— Esse aí eu conheço, o Joe falou, por triste experiência própria.

— Gonne O'Rea. Dimsey, esposa de Davie Dimsey, falecido, do almirantado: Miller, Tottenham, aos oitentecinco: Welsh, aos 12 de junho, 35 Canning Street, Liverpool, Isabella Helen. Isso que é imprensa nacional, hein, meu amiguinho careca? É ou não é o nosso amigo Martin Murphy, o pulha de Bantry?

— Enfim, o Joe falou, passando a cerveja à roda. Graças a Deus que eles largaram na frente. Bebe aí, cidadão.

— Bebê-lo-ei, ele falou, respeitável camarada.

— Saúde, Joe, eu falei. E a todo mundo em volta do catafalco.

Ah! Ai! Para com isso! Eu já estava mofando sem aquele caneco. Juro diante de Deus que deu pra ouvir o eco quando bateu no meu estômago.

E eis que enquanto sorviam suas taças de júbilo, divino mensageiro adentrou velocíssimo o recinto, radiante como o olho do firmamento, formoso mancebo, e por trás dele passou um ancião de nobre porte e passo nobre, levando os sacros rolos que proclamavam a lei, e com ele a senhora sua consorte, dama de ascendência sem igual, a mais bela de sua raça.

O baixinho do Alf Bergan meteu a cara lá pela porta e se escondeu no reservado do Barney, se torcendo de rir, e quem é que me estava sentado lá no cantinho que eu nem tinha visto babando de bêbado, completamente apagado, se não era o Bob Doran. Eu não sabia o que estava acontecendo e o Alf continuava apontando pra porta. E virgem santa não é que era aquele velho pantaleão desgraçado do Denis Breen de chinelinha com dois catataus do tamanho de um bonde metidos embaixo do sovaco e a mulher grudada na rabeira dele, mulherzinha desgracida coitadinha, trotando que nem um poodle. Eu achei que o Alf ia estourar.

— Olha só ele, ele falou. O Breen. Está zanzando pela cidade inteira com um cartãopostal que alguém mandou pra ele com D.U.: deu escrito pra abrir um pro...

E ele se retorcia.

— Abrir um o quê? eu falei.

— Processo por calúnia, ele falou, dez mil libras.

— Ô diabo! eu falei.

O viralata desgraçado começou a resmungar que era de te fazer mijar de medo vendo que alguma coisa estava acontecendo mas o cidadão meteu-lhe um chute nas costelas.

— *Bi i dho husht*, ele falou.

— Quem? o Joe falou.

— O Breen, o Alf falou. Ele passou no John Henry Menton e aí foi na Collis e Ward e aí o Tom Rochford topou com ele e mandou ele pro subxerife só de sarro. Ai, meu Deus, está me doendo de tanto rir. D.U.: deu. O Long John deu-lhe só uma olhada que valia um processo e agora o maluco filho de uma puta foi até a Green Street procurar um paisano.

— Quando é que o Long John vai enforcar aquele camarada em Mountjoy? o Joe falou.

— Bergan, o Bob Doran falou, acordando. É o Alf Bergan?

— Isso, o Alf falou. Enforcar? Deixa só eu te mostrar. Aqui, Terry, manda uma cervejinha. Velho imbecil! Dez mil libras. Vocês tinham que ter visto o olho do Long John. D.U. ...

E ele começou a rir.

— De quem que vocês estão rindo? o Bob Doran falou. É o Bergan?

— Anda logo, seu Terry, o Alf falou.

Terence O'Ryan ouviu-lhe o chamado e pronto trouxe-lhe uma copa de cristal plena da ebânea escumosa cerveja que fermentam os nobres gêmeos Bungiveagh e Bungardilaun em seus divinos tonéis de brassagem, astutos quais os filhos de Leda intocada pela morte. Pois recolhem as suculentas bagas do lúpulo e empapam, peneiram, e secam e fervem e a elas então acrescem amaros sumos e o mosto ao fogo sacro levam e não interrompem, dia ou noite, sua lida, os astutos irmãos, lordes do tonel.

Então tu, senhoril Terence, passaste, qual se soído isto te fosse, a nectárea beberagem e ofereceste a copa de cristal a quem a sede assolava, tu, a alma da cavalaria, que aos imortais por tua beleza semelhas.

Mas ele, jovem líder dos O'Bergans, mal concebia ser superado em feitos generosos e entregou portanto com gesto gracioso um dobrão de valiosíssimo bronze. Sobre ele burilada com superna artesania via-se a imagem de uma rainha de talhe majestoso, herdeira da casa de Brunswick, de nome Vitória, Sua Excelentíssima Majestade, pela graça de Deus do Reino Unido da Grãbretanha e da Irlanda e dos Domínios Britânicos dalènmar, rainha, defensora da fé, Imperatriz da Índia, ela, que exercia o comando, vitoriosa de tantos povos, a benhamada, pois eles a conheciam e a amavam do nascer do sol a seu ocaso, os pálidos e os fuscos, os rubros e os etíopes.

— O que é que esse filho de uma puta desse maçom está fazendo, o cidadão falou, pombeando de um lado pro outro aí fora?

— Como é que é? o Joe falou.

— Olha só, o Alf falou, enquanto passava o arame. Por falar em enforcado, eu vou mostrar uma coisa que vocês nunca viram. Cartas de carrascos. Olha aqui.

Aí ele puxou do bolso um maço de uns fiapos de carta e de envelopes.

— Isso é grupo? eu falei.

— Mim honesto, carapálida, o Alf falou. Leiam.

Aí o Joe pegou as cartas.

— De quem é que vocês estão rindo? o Bob Doran falou.

Aí eu vi que isso não ia acabar bem. O Bob é meio esquisitão quando está bebinho e aí eu falei só pra puxar conversa:

— Como é que anda o Willy Murray, Alf?

— Não sei, o Alf falou. Eu acabei de passar por ele na Capel Street com o Paddy Dignam. Só que eu estava atrás daquele...

— Você o quê? o Joe falou, largando as cartas. Com quem?

— Com o Dignam, o Alf falou.

— O Paddy, por acaso? o Joe falou.

— É, o Alf falou. Por quê?

— Você não soube que ele morreu? o Joe falou.

— O Paddy Dignam morreu? o Alf falou.

— É, o Joe falou.

— Mas eu acabei de ver o dito não tem nem cinco minutos, o Alf falou, lépido e fagueiro.

— Quem é que morreu? o Bob Doran falou.

— Você viu foi o fantasma dele, então, o Joe falou, que o bom Deus nos guarde e nos mantenha.
— O quê? o Alf falou. Jesusinho, não tem nem cinco... O quê?... E o Willy Murray lá com ele, os dois lá pertinho do comèquechama... O quê? o Dignam morreu?
— Que que tem o Dignam? o Bob Doran falou. Quem é que está falando do...?
— Morreu! o Alf falou. Ele está tão vivo quanto vocês.
— Pode até ser, o Joe falou. Mas tomaram a liberdade de enterrar o coitado hoje de manhã.
— O Paddy? o Alf falou.
— É, o Joe falou. Passou dessa pra melhor, que Deus tenha piedade da alma dele.
— Santo Deus! o Alf falou.
Juro por Deus que ele estava que nem falam por aí estupefato.
Na escuridão sentiram-se os estremecimentos de mãos espirituais e quando as orações tântricas foram dirigidas ao quadrante adequado uma tênue mas crescente luminosidade de luz rubi tornou-se gradualmente visível, sendo a aparição do duplo etéreo particularmente idêntica ao natural graças à descarga de raios de Jiva do topo da cabeça e do rosto. A comunicação se efetuava através do corpo pituitário e também por meio dos raios de tonalidade laranjafogo e escarlate que emanavam da região sacra e do plexo solar. Abordado por seu nome terreno e questionado quanto a seu paradeiro no mundocéu, ele declarou estar agora no caminho do prālāyā ou retorno mas estar ainda exposto a julgamento nas mãos de certas entidades sanguinárias de níveis astrais inferiores. Respondendo a uma pergunta a respeito de suas primeiras sensações na grande fronteira do além declarou que antes enxergara como que num espelho por enigmas mas que àqueles que passaram para o outro lado abriam-se possibilidades extremadas de desenvolvimento atômico. Interrogado sobre as semelhanças ou dessemelhanças entre a vida naquele plano e nossa experiência carnal declarou haver ouvido de seres já mais favorecidos em espírito que suas moradas estavam equipadas com todos os confortos do lar moderno como tālāfānā, ālāvādār, āqāçādār, prāvādā e que os fiéis mais elevados estavam imersos em ondas de volúpcia da mais pura natureza. Tendo ele pedido um quartilho de leitelho este foi trazido e proporcionou evidente alívio. Ao lhe perguntarem se trazia qualquer mensagem aos vivos ele incitou todos os que ainda estavam do lado errado de Māyā a reconhecer o verdadeiro caminho pois contava-se nos círculos devânicos que Marte e Júpiter estavam arrumando encrenca no quadrante leste onde reina o carneiro. Demandou-se então por desejos especiais de parte do falecido e a resposta foi: *Nós vos saudamos, amigos da terra, que ainda estais*

na carne. Não deixeis o C. K. empilhar. Estabeleceu-se que a referência era ao senhor Cornelius Kelleher, gerente do popular estabelecimento funerário do senhor H. J. O'Neill, amigo pessoal do falecido, que havia sido responsável por dispor das questões relativas ao enterro. Antes de partir ele solicitou que se dissesse a seu querido filho Patsy que a outra bota que ele estivera procurando estava no presente momento sob a cômoda, no puxadinho, e que o par deveria ser enviado à Cullen's para trocar somente as solas já que os saltos estavam bons. Declarou que isso lhe havia perturbado consideravelmente a tranquilidade na outra região e pediu com afinco que se fizesse conhecer seu desejo.

Assegurou-se-lhe que o assunto seria objeto de cuidados e depreendeu-se que isso proporcionara satisfação.

Ele partiu dos recantos mortais: O'Dignam, sol de nossa aurora. Prestos pisavam seus pés pelas plantas: Patrick do cenho cintilante. Lamenta, Banba, com teu vento, lamenta: e lamenta, ó oceano, e relamenta com teu remoinho.

— Olha lá ele de novo, o cidadão falou, olhando pra fora.
— Quem? eu falei.
— O Bloom, ele falou. Ele está fazendo ronda de lá pra cá tem já uns dez minutos.

E, virgem santa, eu vi a fuça dele dar uma espiadinha pra dentro e aí bater em retirada de novo.

O nosso amigo Alf estava mais perdido que cego em tiroteio. Juro, estava mesmo.

— Meu bom Jesus! ele falou. Eu era capaz de jurar que era ele.

E o Bob Doran falou, com o chapéu derrubado atrás da moringa, maior cafajeste de Dublin quando está bebido:

— Quem que disse que Jesus é bom?
— Peço peidão, o Alf falou.
— Por acaso é bom esse Jesus, o Bob Doran falou, que levou embora o coitadinho do Willy Dignam?
— Enfim, o Alf falou, tentando não dar por isso. Todos os problemas dele acabaram.

Mas o Bob Doran me vem com um berro.

— É um bandido desgraçado pra mim, de levar o coitadinho do Willy Dignam embora.

O Terry apareceu e deu a deixa pra ele ficar quieto, que eles não queriam esse tipo de conversa num recinto respeitável e licenciado. E o Bob Doran começa a dar uma de carpideira pelo Paddy Dignam, de verdade.

— O melhor sujeito, ele falou, fungando, o melhor caráter, o mais puro.

A porra da lágrima está bem pertinho do olho, amigo. Não paga imposto pra falar bobagem. Melhor era ele ir de uma vez pra casa, pra vaquinha sonâmbula da mulher dele, a Mooney, filha do bailio, a mãe cuidava de uma pensão na Hardwicke Street, que ela atravessava de piso em piso foi o Garnizé Lyons que me disse parada lá às duas da manhã peladinha, expondo a sua pessoa, um convite pra tudo quanto era visitante, jogo limpo, sem favoritos.

— O mais nobre, o mais verdadeiro, ele falou. E ele foi embora, o coitadinho do Willy, coitadinho do Paddy Dignam.

E enlutado e com peso no peito pranteava a extinção de tal raio dos céus.

O nosso amigo Garryowen começou a grunhir de novo pro Bloom que estava lupando ali na porta.

— Entra, anda, ele não vai te comer, o cidadão falou.

Aí o Bloom se esgueira lá com aquele olhão de peixe morto vidrado no cachorro e pergunta pro Terry se o Martin Cunningham estava por lá.

— Ai, Jesus Maria José, o Joe falou, lendo uma das cartas. Escuta só aqui, por favor.

E ele começa a ler uma delas em voz alta.

7, Hunter Street, Liverpool.

Ao Alto Xerife de Dublin, em Dublin.

Honrado senhor eu peço favor de oferecer meus serviços no supramencionado caso doloroso eu enforquei o Joe Gann no presídio de Bootle no dia 12 de fevereiro de 1900 e enforquei...

— Mostra aí, Joe, eu falei.

— *... o soldado Arthur Chace por terrível homecídeo de Jessie Tilsit na prisão de Pentonville e fui assistente quando...*

— Jesus, eu falei.

— *... Billington executou o horrendo assassino Smith, o Sapo...*

O cidadão quis arrancar a carta dele.

— Aguenta aí, o Joe falou, *eu tenho um jeitinho especial de fazer o nó que depois que põe não tira mais esperando contar com a sua escolha permaneço, honrado senhor, minhas condições é cinco guenéus.*
H. Rumbold,
Mestre Barbeiro.

— E um filho de uma puta de um facínora facinoroso além disso, o cidadão falou.

— E a garatuja nojenta do miserável, o Joe falou. Toma, ele falou, leve isso tudo pros quintos dos infernos, longe da minha vista, Alf. Oi, Bloom, ele falou, vai tomar o quê?

Aí eles começaram a discutir o assunto, o Bloom dizendo que não e que imagina e perdão não me leve a mal e essa coisarada toda e aí ele disse bom que ia aceitar só um charuto. Cruzes, aquilo é que é um membro prudente.

— Dá aí um defumador fedorento de alta qualidade daqueles que você tem, Terry, o Joe falou.

E o Alf estava contando que teve um sujeito que mandou um cartão de condolência de borda preta.

— Tudo uns barbeiros mesmo, ele falou, lá da terra negra, tudo capaz de enforcar os próprios pais por cinco pratas à vista mais despesas de viagem.

E ele estava contando pra gente que tem dois camaradas que ficam esperando pra puxar o dito pelo tornozelo quando ele leva o tombo e sufocar direitinho e aí eles picam a corda depois e vendem os pedaços por umas quantas pratas por caveira.

Na terra das trevas residem, os vingativos cavaleiros da navalha. Fatal afã acatam: sim, e com ele conduzem ao Érebo todo o mortal que haja realizado ação sangrenta pois de modo algum aceitarei tal comportamento foi bem o que disse o Senhor.

Aí eles começaram a falar da pena capital e é claro que o Bloom me aparece com o por quê e o pra quê e toda a peixemortice do negócio todo e o cachorro velho cheirando a perna dele o tempo todo dizem que esses judeuzinhos têm lá um tipo de um cheiro estranho pros cachorros que sai deles sobre sei lá qual efeito inibitório e por aí vai.

— Tem uma coisa que não sofre efeito inibitório, o Alf falou.

— Como assim? o Joe falou.

— O instrumento do infeliz que está sendo enforcado, o Alf falou.

— É mesmo? o Joe falou.

— Juro por Deus, o Alf falou. Quem me disse foi o carcereiro chefe que estava lá em Kilmainham quando enforcaram o Joe Brady, o invencível. Ele me disse que quando tiraram ele de lá o treco estava de pé na cara deles que nem um atiçador.

— Paixão dominante vigora na morte, o Joe falou, como disse o poeta.

— Isso tem uma explicação científica, o Bloom falou. É só um fenômeno natural, sabe como, porque em função da...

E lá vai ele com aqueles travalínguas sobre fenômenos e ciências e esse fenômeno e o outro fenômeno.

O destacado cientista Herr Professor Luitpold Blumenduft apresentou argumentos médicos que demonstravam que a fratura instantânea das vértebras cervicais e a consequente cisão da medula espinhal deveria, de acordo com as mais reconhecidas tradições da ciência médica, inevitavelmente produzir no indivíduo observado um violento estímulo gangliônico sobre os centros nervosos, provocando assim nos poros dos *corpora cavernosa* uma rápida dilatação que vem a permitir instantaneamente o fluxo do sangue àquela parte da anatomia humana conhecida como pênis ou órgão masculino resultando no fenômeno que foi denominado pelos colegas de ereção filoprogenitiva mórbida ascendente e egrediente *in articulo mortis per diminutionem capitis*.

Aí é claro que o cidadão estava só esperando a menor menção e me começa a arrotar os invencíveis e a velha guarda e os homens de sessentessete e quem tem medo de falar de noventeoito e o Joe lá com ele sobre todo mundo que foi enforcado, estripado e banido por amor à causa na corte marcial de campanha e uma nova Irlanda e um novo isso, aquilo e aquilo outro. Por falar em nova Irlanda ela devia era ir arrumar um novo cachorro isso sim. Bicho sarnento esganado cheirando e bufando por tudo e coçando as perebas e lá vai ele pro Bob Doran que estava bancando uma meia dose pro Alf puxando saco pra ver o que conseguia arranjar. Aí é claro que o Bob Doran começa a fazer papel de estúpido com ele:

— Dá a patinha! Dá a patinha, cassoio! Cassoinho bonzinho! Dá a patinha aqui! Dá a patinha!

Arre! Lá patolando a patinha sem parar e o Alf tentando segurar pra ele não cair da merda do banquinho em cima da merda do cachorro e ele falando tudo quanto era asneira de adestramento com carinho e cachorro purossangue e cachorro inteligente: chega dava nojo. Aí ele começa a raspar um restinho de bolacha velha no fundo de uma lata da Jacobs' que ele disse pro Terry trazer. Credo em cruz, o bicho papou tudo como se não fosse nada e de linguona meio metro pra fora pedindo mais. Quase comeu lata e tudo, viralata esganado desgraçado.

E o cidadão e o Bloom discutindo o assunto, os irmãos Sheares e o Wolfe Tone pra lá da Arbour Hill e Robert Emmet e morra pela pátria, e o toquezinho Tommy Moore sobre a Sara Curran e ela vai longe da terra. E o Bloom, é claro, com aquele nocaute daquele charuto dando uma de janota com a cara gordurenta lá dele. Fenômeno! A coisinha gorda que casou com ele é um belo de um fenômeno com um lombo que nem uma balalaica. Aquela época que eles passaram no City Arms o Burke, o Paudágua, me disse que tinha lá uma velhota com um sobrinho maluco *loodheramaun* e o Bloom tentando conquistar a velha bancando o adelaide jogando besigue pra entrar na partilha dos contados no testamento dela e sem comer carne na sexta porque a velha estava sempre bajulando algum padre e levando o tapado pra passear. E uma vez ele deu a volta inteira em Dublin com ele e, pelo santo podre, não abriu o bico até chegar com o indivíduo em casa mais bêbado que um gambá cozido e disse que tinha feito aquilo pra ensinar sobre os perigos do álcool e foi por muito pouco que as três não fritaram o judeu estorinha engraçada, a velha, a mulher do Bloom e a senhora O'Dowd que cuidava do hotel. Jesus, eu tive que rir do Paudágua arremedando o jeito deles jogarem conversa fora. E o Bloom com aqueles *mas sabe como*? E *mas por outro lado*. E lógico, uma coisa leva a outra, me disseram que o tapado estava no Power's depois, a destilaria, lá na Cope Street indo pra casa trançando os pezinhos de táxi cinco vezes por semana depois de provar todo o estoque da desgraça do estabelecimento. Fenômeno!

—À lembrança dos mortos, o cidadão falou pegando o canecão e encarando o Bloom.

—É, é mesmo, o Joe falou.

—Vocês não estão compreendendo, o Bloom falou. O que eu queria dizer...

—*Sinn Féin!* o cidadão falou. *Sinn Féin amháin!* Os amigos que nós amamos estão do nosso lado e os inimigos que odiamos estão à nossa frente.

O último adeus foi tocante ao extremo. Do alto dos campanários próximos e distantes badalava incessante o funéreo sino enquanto por todo o sombrio distrito rolava o alerta ominoso de uma centena de tambores abafados pontuado pelo oco estrondo das peças de artilharia. Os ensurdecedores impactos do trovão e os estonteantes clarões dos relâmpagos que acendiam toda a cena atroz testemunhavam que as armas dos céus haviam cedido sua pompa sobrenatural ao espetáculo já por si hediondo. Uma chuva torrencial se derramava das comportas dos céus furiosos sobre as cabeças desnudas da multidão reunida que nas mais baixas estimativas chegava a quinhentas mil pessoas. Um destacamento da polícia metropolitana de Dublin comandado pelo Altocomissário em pessoa mantinha a ordem da vasta turba para a qual a Banda Musical da York Street preenchia o tempo intermédio com magistral interpretação em seus instrumentos enlutados da melodia inigualável a que nos afeiçoamos desde o berço graças à musa lamuriosa de Speranza. Velozes trens especiais de turismo e charabãs estofados haviam sido providenciados para o conforto de nossos irmãos do interior, dos quais havia grandes contingentes. Considerável diversão proporcionaram os cantores de rua favoritos de Dublin, L-n-h-n e M-ll-g-n, que cantaram *Na noite antes do Larry bater as botas* com seu habitual estilo jucundo. Nossos dois inimitáveis cômicos venderam catadupas de seus pasquins entre os amantes do elemento burlesco e ninguém que tenha um cantinho reservado no coração para a boa galhofa irlandesa desprovida de vulgaridade será capaz de lhes negar aqueles tostões laboriosamente ganhos. As crianças do hospital de enjeitados e enjeitadas que lotavam as janelas que davam para tal cena deliciaram-se com este inesperado acréscimo às diversões do dia e deve-se uma palavra elogiosa às Irmãzinhas dos Pobres pela excelente ideia de proporcionar às pobres criancinhas órfãs de pai e mãe um mimo tão genuinamente instrutivo. A comitiva da família do vicerrei que incluía muitas damas sobejamente conhecidas foi conduzida por Suas Excelências às mais favoráveis posições no grande palanque enquanto a pitoresca delegação estrangeira conhecida como Amigos da Ilha Esmeralda se acomodava numa tribuna exatamente à frente daquela. A delegação, presente com todo o seu elenco, consistia do Commendatore Bacibaci Beninobenone (o hemiplégico *doyen* do grupo que teve de ser conduzido a seu assento com o auxílio de poderoso guindaste a vapor), Monsieur Pierrepaul Petitépatant, o Grãobufão Vladimirado Saudeatchinski, o Arquibufão Leopold Rudolph von Schwanzenbad-Hodenthaler, a Condessa Marha Virága Pushaszáco Putrápesthi, Hiram Y. Bombust, o Conde Athanatos Karamelopoulos. Ali Babá Bakchich Rahat Lokum Effendi, Señor Hidalgo Caballero Don Pecadillo y Palabras y Paternoster de la Malora de la Malaria, Hokopoko Harakiri, Ming Nun Teng, Olaf Kobraskeddelsen, Mynheer Truk van Tromps, Pan Poleaxe Paddyrisky, Gaspodim Prhklstr Kratchinabritchisitch, Herr Hurhausdirektorpräsident Hans Chuechli-Steuerli, Nationalgymnasiummuseumsanatoriumundsuspensoriumordinariumprivatdocentundhistoriageneralistitularprofessordoktor Kriegfried Ueberallgemein. Todos os delegados sem exceção se expressaram nos mais fortes e heterogêneos termos possíveis a respeito da inominável barbárie que haviam sido convocados a testemunhar. Animada altercação (de que todos tomaram parte) seguiu-se entre os A. d. I. E quanto a ser o oito ou o nove de março a data correta do nascimento do santo padroeiro da Irlanda. No decorrer da discussão recorreu-se a balas de canhão, cimitarras, bumerangues, arcabuzes, bombas de fedor, cutelos de carne, guardachuvas, catapultas, socosingleses, sacos de areia, toletes de ferrogusa e todos se estapearam a contento. O policial mirim, guarda MacFadden, convocado por um mensageiro especial enviado a Booterstown, rapidamente restaurou a ordem e com resoluta prontidão propôs o dia dezessete do mesmo mês como solução igualmente honrosa para os dois lados da contenda. A sugestão do sagaz arganaz de pronto agradou a todos e foi aceita por unanimidade. O guarda MacFadden foi empolgadamente congratulado por todos os A. d. I. E., vários dos quais sangravam profusamente. Depois de extraído o Commendatore Beninobenone de sob a poltrona presidencial, seu conselheiro jurídico Avvocato Pagamimi explicou que os diversos artigos ocultados em seus trintedois bolsos haviam sido subtraídos por ele durante a refrega dos bolsos de seus colegas juniores na esperança de fazê-los tomar juízo. Os objetos (que incluíam centenas de relógios masculinos e femininos de ouro e de prata) foram imediatamente devolvidos a seus proprietários de direito e a harmonia geral reinou suprema.

Tranquilo, o despretensioso Rumbold subiu ao cadafalso com irrepreensível traje matutino e usando sua flor de predileção, o *Gladiolus cruentus*. Ele anunciou sua presença por meio da suave tosse rumboldiana que tantos já tentaram (em vão) imitar — curta, meticulosa e não obstante tão característica daquele profissional. A chegada do verdugo de reputação internacional foi saudada por um troar de aclamação provindo da imensa assembleia, as senhorinhas vicerreais excitadas acenando com seus lenços enquanto os ainda mais excitadiços delegados estrangeiros vociferavam animados num *pot-pourri* de jaculações, *hoch, banzai, eljen, zivio, chinchin, polla kronia, hiphip, vive, Allah*, entre as quais os sonoros *evviva* do delegado da terra da canção (um duplo fá agudo que evocava as lindas notas finíssimas com as quais o *glamour* do eunuco Catalani seduziu nossas tataratataravós) distinguiam-se com clareza. Eram exatamente dezessete horas. O sinal para a oração foi então prontamente dado por megafone e num instante estavam todas as cabeças descobertas, tendo sido removido o sombreiro patriarcal do commendatore, que está com sua família desde a revolução de Rienzi, por seu conselheiro médico de plantão, dr. Pippi. O erudito prelado que ministrava os últimos consolos da santa religião ao mártir herói prestes a pagar a penalidade capital ajoelhou-se em cristianíssimo espírito sobre uma poça de água da chuva, com a batina por cima da cabeça encanecida, e ofereceu ao trono da graça férvidas orações de súplica. Ao lado do cepo restava a sombria figura do carrasco, com o rosto ocultado por um pote de quarenta litros com duas aberturas circulares perfuradas através das quais brilhavam-lhe em fúria os olhos. Enquanto aguardava o sinal fatal ele testava o fio de sua horrenda arma amolando-a no hirsuto antebraço ou decapitava em rápida sucessão de golpes um alfeire de ovelhas providenciadas pelos admiradores de seu lúgubre mas necessário ofício. Sobre bela mesa de mogno próxima dele estavam cuidadosamente arranjados a faca de esquartejar, os diversos instrumentos de evisceração com sua fina têmpera (especialmente fornecidos pela mundialmente famosa firma de cutelaria dos senhores John Round & Sons, de Sheffield), uma molheira de terracota para receber duodeno, cólon, apêndice vermiforme e cecal etc. quando devidamente extraídos e duas amplas jarras de leite destinadas à recepção do preciosíssimo sangue da preciosíssima vítima. O mordomo do refúgio conjunto de cães e gatos estava de plantão para transportar tais vasos quando cheios à dita instituição beneficente. Um desjejum mais do que satisfatório que consistia de costeletas com ovos, bife frito com cebolas, bem ao ponto, deliciosos pãezinhos quentes matinais e chá revigorante fora atenciosamente providenciado pelas autoridades para ser consumido pelo vulto central da tragédia que estava em excelente estado de espírito ao ser preparado para a morte e demonstrou o mais agudo interesse nos procedimentos do começo ao fim mas ele, com uma abnegação rara nestes nossos dias, mostrou-se à altura da ocasião e expressou o último desejo (imediatamente atendido) de que fosse dividida a refeição em partes iguais entre os membros da associação dos zeladores doentes e indigentes como mostra de suas consideração e estima. O *nec* e o *non plus ultra* da emoção foram atingidos quando a ruborizada noiva escolhida irrompeu por entre as cerradas colunas dos espectadores e se atirou sobre o peito musculoso daquele que se estava por lançar na eternidade em seu nome. O herói envolveu-lhe a longilínea silhueta em carinhoso amplexo murmurando afetuoso *Sheila, meu amor*. Encorajada por tal emprego de seu nome de batismo ela beijou apaixonadamente todas as várias regiões adequadas da pessoa do herói que as decências do figurino de presidiário permitiam que seu ardor alcançasse. Jurou-lhe enquanto fundiam-se os ribeiros salgados de suas lágrimas que acalentaria sempre sua memória, que jamais esqueceria seu herói menino que caminhara para a morte com um sorriso nos lábios como se estivera somente se dirigindo a uma partida de *hurling* no parque Clonturk. Fez voltar-lhe à lembrança os dias felizes da extasiante infância que juntos passaram às margens de Anna Liffey quando haviam cedido aos inocentes passatempos dos jovens e, olvidando o terrível momento presente, riram ambos animados, juntando-se os espectadores todos, incluindo o venerável pastor, ao regozijo geral. Aquela audiência monstro simplesmente pulsava de felicidade. Mas subitâneo soçobrou o entusiasmo e com pesar cingiram-se as mãos pela última vez. Renovada torrente de pranto prorrompeu de seus dutos lacrimais e a vasta aglomeração, tocada em seus mais imos sentimentos, prorrompeu em soluços merencórios, estando não menos afetado o próprio idoso prebendeiro. Grandes homens vigorosos, mantenedores da ordem, sorridentes gigantes da real polícia irlandesa serviam-se abertamente de seus lenços e é seguro afirmar não haver em tal momento um só olho seco em toda aquela inédita aglomeração. Incidente dos mais românticos ocorreu quando um belo latagão, aluno da universidade de Oxford, reconhecido por seu cavalheirismo para com as representantes do sexo mais doce, adiantou-se e, apresentando seu cartão de visitas, sua caderneta bancária e sua árvore genealógica, requisitou a mão da miserável senhorita, dizendo que escolhesse uma data, e foi aceito ali mesmo. Cada senhora ali presente recebeu uma lembrança de muito bom gosto da ocasião na forma de um broche com um crânio e ossos cruzados, gesto generoso e propositado que evocou renovada eclosão de emoção: e quando o galante jovem oxoniano (portador, vale dizer, de um dos mais honrados e antigos nomes da história de Álbion) ajustou no dedo de sua ruborizada *fiancée* dispendioso anel de noivado com esmeraldas encravadas na forma de um trevo de quatro folhas o entusiasmo ultrapassou todos os limites. Não, nem mesmo o severo prebostemáximo, tenentecoronel Tomkin-Maxwell ffrenchmullan Tomlinson, que presidia a triste ocasião, nem ele, que havia lançado considerável número de sipaios da boca de um canhão sem sequer pestanejar, podia agora conter a emoção que lhe era natural. Com seu guante de cota de malha limpou uma furtiva lágrima e os privilegiados burgueses que calhavam estar em sua *entourage* imediata entreouviram-no murmurar para si próprio em vacilante sussurro:

— Deus que me perdoe mas é uma belezura, essa vaca desgracida. Puta que pariu que me dá uma vontade danada de chorar, ah, mas dá, só de ver aquela ali e pensar no traste velho que está me esperando lá em Limehouse.

E aí o cidadão começa a falar da língua irlandesa e da reunião da prefeitura e tudo mais e dos *shoneens* que não sabem falar a própria língua e o Joe matraqueando porque tinha passado a perna em alguém por causa de uma libra e o Bloom sapecando aquela lenga lá dele com o tal toco de dois tostões que arrancou do Joe e falando da liga gaélica e daquela liga que quer proibir o sujeito de oferecer cerveja pros outros e da bebida, a praga da Irlanda. Essa estória é bem a cara dele. Virgem, ele era capaz de te deixar entornar tudo que era bebida na garganta dele até o dia do juízo antes de você poder ver a cor da espuma da cerveja dele. E uma noite eu fui com um camarada num sarau deles, música e dança sobre se ela conseguia subir num feixe de palha ah conseguia sim minha Maureen não falha, e tinha lá um sujeito com um distintivo de uma fita azul escandalosa se exibindo em irlandês e uma pá de *colleen bawns* de lá pra cá com umas bebidas sem álcool e vendendo medalhinha e laranjinha e limonadinha e uns bolinhos velhos, credo, coisa de gente grande, pode crer. Irlanda sóbria é Irlanda livre. E aí um velhote me começa a soprar lá uma gaita de foles e toda a canalhada arrastando o pezinho ouvindo a música que matou o padre. E um ou outro cabeçarrapada de olho em volta pra ver se nada sucedia com a mulherada, golpe baixo.

Aí de um jeito ou de outro, como eu ia dizendo, o cachorro velho quando vê que a lata está vazia começa a fuçar ali em volta de mim e do Joe. Ah, que eu era capaz de adestrar ele com muito carinho, ah era, se fosse meu cachorro. Dava-lhe um belo de um chute de vez em quando pra ele acordar, lá onde não cega.

— Está com medo de ele te morder? o cidadão falou, com uma risadinha sacana.

— Não, eu falei. Mas ele pode confundir a minha perna com um poste. Aí ele chama o cachorrro velho.
— Que é que te deu, Garry? ele falou.

Aí começa aos trancos e barrancos a falar com ele em irlandês e o vira-lata velho resmungando, fazendo que respondia, que nem um dueto numa ópera. Uma resmungueira que você nunca ouviu na vida eles ficaram lá soltando. Alguém que não tivesse nada melhor pra fazer devia escrever uma carta *pro bono publico* pros jornais sobre a obrigatoriedade da focinheira pra um cachorro que nem aquele. Resmungando e gemendo e com aquele olhão injetado de seco e com hidrofobia escorrendo queixada abaixo.

Todos os interessados na divulgação da cultura humana entre os animais inferiores (e seu nome é legião) deveriam fazer questão de estar presentes à sensacional exibição de cinantropia que propicia nosso famoso *red setter* irlandês de caça anteriormente conhecido pelo *sobriquet* de Garryowen e recentemente rebatizado por seu amplo círculo de amigos e conhecidos como Owen Garry. A exibição, resultado de anos de adestramento carinhoso e de um sistema nutricional cuidadosamente planejado, compreende, entre outros feitos, uma récita de poesia. Nosso maior especialista fonético vivo (seu nome morre conosco!) revirou mundos e fundos em seus esforços para delucidar e cotejar o poema recitado e descobriu que ele tem *notável* semelhança (o grifo é nosso) com as *ranns* dos antigos bardos celtas. Não pensamos tanto naquelas deliciosas canções de amor com as quais o autor que oculta seu nome sob o gracioso pseudônimo de Raminho Delicado familiarizou o mundo letrado mas sim (como um colaborador X. T. aponta em interessante comunicação publicada por um vespertino nosso coetâneo) na nota mais ríspida e pessoal que ressoa na produção satírica do notório Raftery e de Donald MacConsidine isso para sequer mencionar um vate mais moderno, no momento sob todos os holofotes. Apendemos um exemplar que foi trasladado por eminente erudito cujo nome pelo momento não estamos livres para divulgar conquanto acreditemos que nossos leitores possam ver na tópica alusão muito mais que mera indicação. O sistema métrico do original canino, que evoca as intricadas regras aliterativas e isossilábicas do *englyn* galês, é infinitamente mais complexo mas acreditamos que nossos leitores possam concordar que o espírito foi bem captado. Talvez se deva acrescentar que o efeito é bastante realçado se os versos de Owen forem pronunciados com alguma lentidão e pouca nitidez num tom que sugira rancor contido.

A praga das pragas
Todo dia e semana
Cinco secas quintas

A ti, Barney Kiernan,
Sem pote de água
Que esfrie meu peito
Oco rubro em chamas
À luz da ribalta.

Aí ele disse pro Terry trazer um pouco dágua pro cachorro e, cruzes, dava pra ouvir ele lambendo aquilo a uma milha dali. E o Joe perguntou se ele queria outra.

— Quero, ele falou, *a chara*, só pra mostrar que não guardo rancor.

Credo, ele de bobo só tem a carinha e o jeito de andar. Arrastando a caveira de um bar pro outro, deixando a conta na cacunda dos outros, com o cachorro do velho Giltrap a tiracolo e comendo às custas dos contribuintes e dos dizimistas. Bom pro dono e pro bicho. E o Joe falou:

— Consegue secar mais um caneco?

— O católico é papa? eu falei.

— Mais uma rodada, Terry, o Joe falou. Tem certeza que não aceita nada da família dos refrigérios líquidos? ele falou.

— Obrigado, mas não, o Bloom falou. Pra dizer a verdade eu só queria encontrar o Martin Cunningham, sabe como, sobre aquilo do seguro do coitado do Dignam. O Martin me pediu pra ir visitar a família. Sabe, ele, o Dignam, quer dizer, não comunicou a transação formalmente à companhia na época e por força de lei o credor não pode resgatar a apólice.

— Caramba, o Joe falou rindo, essa é boa, se não é que o velho do Shylock provou do próprio remédio. Aí a mulher dele é que se dá bem, então?

— Bom, eis um belo assunto, o Bloom falou, pros admiradores do futuro da esposa.

— Admirando o quê? o Joe falou.

— Administradores do futuro da esposa, quer dizer, o Bloom falou.

Aí ele se enrola todo com esse negócio de matraquear sobre o hipotecador por força de lei que parecia o lorde chanceler vomitando na corte e em benefício da esposa e que se estabeleceu um conselho tutelar mas por outro lado que o Dignam devia o dinheiro pro Bridgeman e que se agora a esposa ou a viúva contestasse os direitos do hipotecário até que ele quase me virou as ideias do avesso com aquele hipotecador por força de lei. Ele fez tudo direitinho o desgraçado pra não ir em cana ele mesmo por força de lei aquela vez de pilantra e vagabundo que era só porque tinha um amigo no tribunal. Vendendo bilhete de bazar ou aquela coisa de loteria húngara com privilégio real. Pode acreditar. Ah, recomenda-me junto a um israelita! Ladroeira húngara da boa.

Aí o Bob Doran vem todo torto pedir pro Bloom dizer pra senhora Dignam que ele lamentava a dor dela e lamentava muito o enterro e pra dizer que ele disse e que todo mundo que conhecia ele dizia que nunca existiu ninguém mais confiável, mais bonzinho que o coitado do falecido Willy, pra contar pra ela. Cuspindo estupidez o imbecil. E apertando a mão do Bloom fazendo papel de trágico pra dizer tudinho pra ela. Aperta aqui, irmão. És canalha, eu sou vilão.

— Permita-me, disse ele, confiar em nossa amizade que, embora possa parecer superficial se julgada pelos meros padrões do tempo, funda-se, como creio e espero, em sentimentos de mútua consideração, a ponto de lhe demandar este favor. Mas, se acaso ultrapassei os limites da reserva, que a sinceridade de meus sentimentos excuse minha audácia.

— Não, adiu o outro, aprecio integralmente os motivos que regeram sua conduta e hei de levar a cabo a tarefa que me confia consolado pela ideia de que, conquanto seja de pranto a missão, essa prova de sua confiança adoça em certa medida o azedo da taça.

— Então conceda-me apertar-lhe mão, disse ele. A bondade de seu coração, tenho certeza, ditar-lhe-á melhor que minhas ineptas palavras as expressões mais adequadas à transmissão de uma emoção cuja pungência, ventilasse eu meus veros sentimentos, roubar-me-ia a fala.

E lá vai ele porta afora fazendo toda a força pra andar reto. Chumbado às cinco da tarde. Aquela noite que ele estava a ponto de ir dormir no xilindró não fosse o Paddy Leonard conhecer o polícia, 14A. Apagado enfiado numa *shebeen* na Bride Street depois da hora de fechar, fornicando com duas rameiras e um brutamontes lá montando guarda, bebendo pórter em xicrinha de chá. E dizendo pras rameiras que era francesinho, Joseph Manuo, e falando contra a igreja católica e olha que ele ajudava na missa na igreja de Adão e Eva quando era menino de olho fechado quem escreveu o novo testamento e o velho testamento e apertando e apalpando. E as duas rameiras morrendo de tanto rir, limpando os bolsos do imbecil e ele derramando pórter pela cama toda e as duas rameiras guinchando e gargalhando uma pra outra. *Como é que vai o teu testamento? O testamentinho está de pé?* Não fosse o Paddy estar passando por ali, vou te contar. Aí você vê o sujeito todo domingueiro com a concubininha da mulher dele, e ela balançando o rabo no meio dos bancos da capela, com aquela botinha de verniz, ah sim, e com as violetas, bela e formosa, bancando a senhora. Irmã do Jack Mooney. E a puta velha da mãe dela arranjando quarto pros casais da rua. Cruzes, o Jack fez ele andar na linha. Disse que se aquilo não fosse direto pro altar, meu santo Deus, que ele ia apanhar mais que cachorro de bêbado.

Aí o Terry trouxe os três canecos.

— Tó, o Joe falou, fazendo as honras da casa. Toma, cidadão.
— *Slan leat*, ele falou.
— Dinheiro, Joe, eu falei. Saúde, cidadão.

Virgem santa, que ele já estava com a boca enfiada metade pra dentro do copo. Precisava uma fortuna pra sustentar aquele ali com birita.

— Quem é que o Long John está apoiando pra prefeito, Alf? o Joe falou.
— Um amigo seu, o Alf falou.
— O Nannan? o Joe falou. O deputranhado?
— Não hei de revelar nomes, o Alf falou.
— Bem que eu imaginei, o Joe falou. Eu passei por ele agorinha lá na reunião com o deputado William Field, os pecuaristas.
— Iopas Peludo, o cidadão falou, aquele vulcão estourado, o queridinho de todas as nações e ídolo da sua.

Aí o Joe começa a falar pro cidadão da febre aftosa e dos pecuaristas e de tomar posição a respeito e o cidadão nem dando a mínima e o Bloom vindo de banho contra rela pras ovelhas e superdosagem pra bronquite verminosa até que a vaca pare de tossir e remédio garantido pra língua de pau. Só porque ele uma época trabalhou com um esquartelador. Andando por aí com um livro e um lápis com uma meiadúzia de pés esquerdos até que o Joe Cuffe lhe deu uma ordem com a sola da bota por ter engrossado com um peão. Senhor Sabetudo. Capaz de ensinar a tua avó a ordenhar pato. O Paudágua, o Burke, estava me dizendo que a patroa no hotel vivia em rios de lágrimas de vez em quando com a senhora O'Dowd chorando que nem uma condenada com aqueles trinta centímetros de banha tudo caído em volta dela. Não conseguia fazer funcionar aquela máquina de peidar mas mesmo assim o nosso amigo olho de peixe morto ficava lá valsando em volta dela mostrando como que era. Qual é a programação pra hoje? É. Métodos humanitários. Porque os coitados dos bichinhos sofrem e os especialistas dizem e o melhor remédio que se conhece que não provoca dor no animal e no ponto ferido administrar com cuidado. Cruzes, ele há de ter uma mão leve embaixo de uma galinha.

Ga ga gará. Clu clu clu. A Preta Liza é a nossa galinha. Ela bota ovo pra nós. Quando bota ovo ela fica tão feliz. Gará. Clu clu clu. Aí vem o tio Leo bonzinho. Ele põe a mão embaixo da Preta Liza e tira ovo fresquinho. Ga ga ga ga gará. Clu clu clu.

— Enfim, o Joe falou. O Field e o Nannetti vão hoje de noite pra Londres pra verificar o assunto na assembleia da Casa dos Comuns.
— Você tem certeza, o Bloom falou, o concelheiro vai mesmo? É que eu ainda queria falar com ele.
— Bom, ele vai com o barco do correio, o Joe falou, hoje de noite.

— Que pena, o Bloom falou. Eu queria muito. Quem sabe só o senhor Field esteja indo. Eu não ia poder telefonar. Não. Certeza?

— O Nannan vai também, o Joe falou. A liga pediu pra ele perguntar amanhã sobre essa decisão do comissário de polícia de proibir os esportes irlandeses no parque. O que é que você acha disso, cidadão? o *Sluagh na h-Eireann*.

Senhor Bovo Conacre (P.Nac., Multifarnham): Aproveitando o gancho proporcionado pela pergunta do meu honrado amigo, o deputado de Shillelagh, eu poderia perguntar ao honorabílimo cavalheiro se acaso teria o Governo emitido ordens para que esses animais fossem sacrificados apesar da inexistência de indícios médicos diretos a respeito de sua condição patológica?

Senhor Quadrupo (P.Cons., Tamoshant): Os honrados membros estão já de posse das provas apresentadas diante de um comitê representativo de toda a assembleia. Sinto que não posso acrescentar qualquer coisa útil a tal ponto. A resposta à pergunta do honrado membro é afirmativa.

Senhor Orelli (P.Nac., Montenotte): Acaso teriam sido emitidas ordens semelhantes para que fossem sacrificados os animais humanos que ousassem praticar esportes irlandeses no parque Phoenix?

Senhor Quadrupo: A resposta é negativa.

Senhor Bovo Conacre: Teria o famoso telegrama de Mitchelstow emitido pelo honorabílimo cavalheiro inspirado a política dos cavalheiros responsáveis pelo Tesouro? (Oh! Oh!)

Senhor Quadrupo: Preciso me informar sobre tal questão.

Senhor Tatutapado (Ind., Buncombe): Não hesitem em atirar.

(A oposição irônica ovaciona.)

Presidente da sessão: Ordem! Ordem!

(Sessão suspensa. Ovações.)

— Eis o homem, o Joe falou, que gerou o renascimento dos esportes gaélicos. Aqui está ele sentado com a gente. O homem que sumiu com o James Stephens. O campeão de toda a Irlanda no arremesso da pedra de dezesseis libras. Qual foi o seu melhor arremesso, cidadão?

— *Na bacleis*, o cidadão falou, fazendo de modesto. Houve tempos em que eu não era de se jogar fora, pelo menos.

— Deixa disso, cidadão, o Joe falou. Você era muito mais que isso.

— Isso é verdade mesmo? o Alf falou.

— É, o Bloom falou. É um fato bem conhecido. Você não sabe?

E aí toca eles falarem de esporte irlandês e aqueles jogos dos *shoneens* que nem o tal do tênis e *hurley* e arremesso de pedra e coisas da terra e reconstruir uma nação e tudo isso. E lógico que o Bloom tinha que meter a sua colherzinha torta também que se o sujeito tinha coração fraco exercício violento fazia mal. Eu juro pelo chapéu que me protege que se você pegasse uma merda de uma palhinha do chão e dissesse pro Bloom: *Olha só, Bloom. Está vendo essa palhinha? Isso é uma palhinha*. Juro pela minha tia que ele ia falar da tal da palhinha uma hora inteira, ah se ia, e sem parar.

Uma discussão das mais interessantes ocorreu no antigo salão de *Brian O'Ciarnain* na *Sraid na Bretaine Bheag*, sob os auspícios do *Sluagh na h-Eireann*, sobre a retomada dos antigos esportes gaélicos e a importância da cultura física, conforme concebida na Grécia antiga, na Roma antiga e na Irlanda antiga, para o desenvolvimento da raça. O venerável presidente desta nobre ordem presidia a mesa e o público era de grandes dimensões. Depois de instrutivo discurso do presidente, magnífica alocução enfática e eloquentemente vazada, seguiu-se interessantíssima e instrutiva discussão no elevado padrão de excelência de sempre a respeito da desejabilidade da resgatabilidade dos antigos jogos e esportes de nossos antigos pancélticos ancestrais. Insigne e respeitadíssimo obreiro da causa de nossa velha língua, o senhor Joseph M'Carthy Hynes teceu eloquente apelo em favor da ressuscitação dos antigos esportes e passatempos gaélicos, praticados noite e dia por Finn MacCool, claramente destinados a reviver as melhores tradições de força viril e poder físico herdadas por nós das eras antigas. Tendo L. Bloom, que encontrou recepção mista de aplausos e apupos, respondido pela negativa, o canoro presidente da sessão encerrou a discussão, em resposta a repetidas rogativas e apaixonadas aclamações de todas as partes de uma assembleia transbordante, recitando de maneira notoriamente notável os imorredouros versos do imortal Thomas Osborne Davis (felizmente familiares demais para aqui necessitarem uma rememoração) *Novamente uma nação* em cuja execução pode-se dizer sem temer contradição que o veterano defensor da pátria superou a si próprio. O Caruso-Garibaldi irlandês estava em épica forma e suas estentóreas notas fizeram-se ouvir com ainda maior qualidade no hino louvado por gerações, cantado como apenas pode cantá-lo nosso cidadão. Seu soberbo vocalismo refinado, que por suas superlativas qualidades aumentou grandemente sua reputação já internacionalizada, foi vociferantemente aplaudido pelo grande público entre o qual se faziam notar muitos proeminentes membros da cleresia bem como representantes da imprensa e da corte e de outros eruditos misteres. As atividades então se encerraram.

Entre a cleresia presente estavam o Rev.mo Dom William Delany, S.J., L.L.D.; o Rev.mo Dom Gerald Molloy, D.D.; o Rev. P. J. Kavanagh, C.S. Sp.; o Rev. T. Waters, C.C.; o Rev. John M. Ivers, P.P.; o Rev. P. J. Clea-ry, O.S.F.; o Rev. L. J. Hickey, O.P.; o Rev.mo Sr. Fr. Nicholas, O.S.F.C.; o Rev.mo Dom B. Gorman, O.D.C.; o Rev. T. Maher, S.J.; o Rev.mo Dom James Murphy, S.J.; o Rev.

John Lavery, V.F.; o Rev^mo Dom William Doherty, D.D.; o Rev. Peter Fagan, O.M.; o Rev. T. Brangan, O.S.A.; o Rev. J. Flavin, C.C.; o Rev. M. A. Hackett, C.C.; o Rev. W. Hurley, C.C.; o Rev^mo. Sr. Mons. M'Manus, V.G.; o Rev. B. R. Slattery, O.M.I.; o Rev^mo Dom M. D. Scally, P.P.; o Rev. F. T. Purcell, O.P.; o Rev^mo Sr. Côn. Timothy Gorman, P.P.; o Rev. J. Flanagan, C.C. O laicato incuía P. Fay, T. Quirke etc. etc.

— Mas por falar em exercício violento, o Alf falou, você estava na luta do Keogh contra o Bennett?

— Não, o Joe falou.

— Eu ouvi dizer que um certo alguém ganhou cenzinho limpo, o Alf falou.

— Quem? o Rojão? o Joe falou.

E o Bloom falou:

— O que eu estava falando do tênis, por exemplo, é da agilidade e do treinamento pro olhar.

— É, o Rojão, o Alf falou. Ele soltou uma estória que o Myler andava pelos botecos pra aumentar o handicape e ele só labutando o tempo todo.

— A gente conhece esse aí, o cidadão falou. O filho do traidor. A gente sabe o que é que pôs o ouro dos ingleses no bolso dele.

— Bem verdade, o Joe falou.

E o Bloom se mete de novo com o tal do tênis e a circulação do sangue, e pergunta pro Alf:

— Mas e você não acha, Bergan?

— O Myler limpou o chão com a cara dele, o Alf falou. Aquela do Heenan e do Sayers foi uma bobagem na comparação. Surrou cinco gerações do coitado. Era de ver, o gurizinho nem dava no umbigo dele e o grandalhão largando as patadas. Meu Deus, ainda soltou uma última nas ventas, com regra de Queensberry e tudo, que fez o sujeito vomitar o que nem tinha comido.

Foi um histórico e impressionante combate quando Myler e Percy foram convocados a calçar as luvas pela bolsa de cinquenta soberanos. Mesmo em desvantagem por falta de peso, o mascote de Dublin compensou com sua imensa habilidade na nobre arte. A última rodada de golpes foi uma prova para ambos os campeões. O sargentoajudante meiomédio fizera correr farto vinho tinto na refrega anterior durante a qual Keogh fora recebedorgeral de direitas e esquerdas, com o artilheiro aplicando um belo estrago no nariz do mascote, e Myler saindo com aparência grogue. O soldado mostrou a que vinha abrindo os trabalhos com um poderoso *jab* de esquerda que o gladiador irlandês retaliou arremessando rijo murro direto na ponta do queixo de Bennett. O casacavermelha esquivou mas o dublinense o ergueu do chão com um gancho de esquerda, contando com todo o peso do corpo. Os homens caíram em corpoacorpo. Myler prontamente pôs mãos à obra e dominou seu desafeto, terminando o assalto com o mais encorpado encostado às cordas, castigado por Myler. O inglês, cujo olho direito estava quase fechado, seguiu para seu córner onde foi lautamente encharcado de água e, quando soou o sino, ressurgiu lépido e pleno de élan, confiando nocautear o pugnaz eblanita em dois tempos. Era uma peleja para acabar na lona, levada pelo melhor. Ambos lutavam como tigres e a empolgação ganhou contornos de frenesi. O árbitro por duas vezes advertiu o querelante Percy por segurar seu adversário mas o mascote era ardiloso e seu jogo de pernas era de encher os olhos. Depois de breve troca de gentilezas durante a qual um ligeiro *upper cut* do homem de armas fez jorrar abundantemente o sangue da boca de seu oponente o favorito de Dublin súbito penetrou as defesas de seu alvo e encaixou uma tremenda esquerda no estômago do belígero Bennett, levando-o estendido à lona. Era um claro e nítido nocaute. Em meio a tensa expectativa o carrasco de Portobello recebia a contagem quando o segundo de Bennett, Ole Pfotts Wettstein, jogou a toalha e o rapaz de Santry foi declarado vencedor do prélio ao som da enlouquecida aclamação do público que irrompeu pelas cordas do ringue e praticamente o soterrou em seu júbilo.

— Ele sabe de que lado o vento sopra, o Alf falou. Ouvi dizer que ele está cuidando de uma *tournée* de concertos lá pro norte agora.

— E está mesmo, o Joe falou. Não está?

— Quem? o Bloom falou. Ah, sim. É bem verdade. Isso, como que uma *tournée* de verão, sabe? Só férias.

— A senhora B. É a grande estrela particular, não é? o Joe falou.

— A minha mulher? o Bloom falou. Ela vai cantar, sim. Acho que vai ser um sucesso também. Ele é um tipo excelente como organizador. Excelente.

Ohoh credo em cruz eu falei comigo eu falei. Isso explica o leite no coco e a falta de pelo no peito do animal. O Rojão tocando de acordo com a melodia. *Tournée* de concertos. O filho do Dan Sujeira aquele fingido lá na ponte Island que vendia cada cavalo duas vezes pro governo pra combater os bôeres. O velho oqueoquê. Eu vim por causa da taxa dos pobres e da água, senhor Boylan. Você o quê? A taxa da água, senhor Boylan. Você oqueoquê? Está aí a figura que vai organizar a sua senhora, vai por mim. Cá entre nós *Caddareesh*.

Orgulho do monte pedregoso de Calpe, a filha de Tweedy de cabelos negros como as asas da graúna. Ali crescera e atingira beleza ímpar, onde nêspera e amêndoa perfumam o ar. Os jardins de Alameda reconheciam seus passos: os canteiros de olivas reconheciam e se curvavam. Casta esposa de Leopold é ela: Marion dos seios fartos.

E eis que adentrou um dos do clã de O'Molloy, formoso herói de face pálida mas no entanto algo fulva, do conselho de sua majestade e lido nas leis, e com ele o príncipe e herdeiro da nobre linhagem de Lambert.

— Oi, Ned.
— Oi, Alf.
— Oi, Jack.
— Oi, Joe.
— Que Deus esteja contigo, o cidadão falou.
— E que te trate bem, o J. J. falou. O que vai ser, Ned?
— Meia, o Ned falou.

Aí o J. J. pediu as bebidas.

— Vocês passaram no tribunal? o Joe falou.
— Passamos, o J. J. falou. Ele vai resolver aquilo, Ned, ele falou.
— Espero que sim, o Ned falou.

Mas no que é que esses dois estavam metidos? O J. J. tirando ele da lista do júri e o outro lhe dá um empurrãozinho. Com o nome na Stubb's. Jogando baralho, circulando entre os janotinhas de lente colorida no olho, tomando água tônica e ele ali quase atolado de mandados e de ordens de arresto. Penhorando o relógio de ouro no Cummins da Francis Street onde ninguém ia reconhecer ele na salinha privada quando eu fui lá com o Paudágua tirar as botas dele do prego. Seu nome, senhor? Finn, ele falou. É, e fim, eu falei. Credo, vocês vão acabar comendo o pão que o diabo amassou, eu fico aqui pensando.

— Vocês viram aquele lunático desgraçado do Breen por aqui, o Alf falou. D.U. deu.
— Vimos, o J. J. falou. Procurando um detetive particular.
— É, o Ned falou, e ele queria porque queria abrir um processo só que o Corny Kelleher deu a volta nele e convenceu o desgraçado a mandar analisar a caligrafia antes.
— Dez mil libras, o Alf falou rindo. Meu Deus, que eu dava tudo pra ouvir o sujeito diante de um juiz e um júri.
— Foi você, Alf? o Joe falou. A verdade, toda a verdade e nada mais que a verdade, com a graça de Jimmy Johnson.
— Eu? o Alf falou. Não venha me julgar pela tua régua.
— Quaisquer declarações que o senhor faça, o Joe falou, serão anotadas como provas contra a sua pessoa.
— É claro que tem base pra um processo, o J. J. falou. Tem uma insinuação de que ele não esteja *compos mentis*. D.U. deu.
— *Compos* o cacete! o Alf falou, rindo. Vocês não sabem que ele é tantã? É só olhar a cabeça dele. Vocês sabiam que às vezes de manhã ele tem que colocar o chapéu com uma calçadeira de sapato?

— É, o J. J. falou, mas a verdade de um libelo não é defesa numa ação contra a publicação aos olhos da lei.

— Rá, rá, Alf, o Joe falou.

— Ainda assim, o Bloom falou, por conta da coitada da mulher, eu estou falando da esposa.

— Coitada dela, o cidadão falou. Ou qualquer outra mulher que casa com um meio a meio.

— Como assim meio a meio? o Bloom falou. Você quer dizer que ele...

— Eu quero dizer um meio a meio, o cidadão falou. Um camarada que não é nem peixe nem carne.

— Nem touro nem vaca, o Joe falou.

— Bem isso, o cidadão falou. Um *pishogue*, se é que vocês me entendem.

Virgem santa, que eu vi que lá vinha encrenca. E o Bloom explicou que estava só querendo dizer que era cruel pra mulher ter que ficar andando atrás do velho bobo e tremelicante. Crueldade com os animais isso é que é deixar aquele miserável desgraçado do Breen a céu aberto tropeçando na própria barba, fazendo até o céu chorar. E ela de narizinho empinado depois que casou porque um primo do velho dele cuidava da porta da catedral do papa. Retrato dele na parede com o bigodinho irlandês arrasaquarteirão. O *signor* Brini, de Summerhill, o leitaliano, zuavo papal do Santo Padre, deixou o cais e foi para a Moss Street. E quem era ele, conta aí? Um ninguém, dois quartinhos de fundos, a sete xelins por semana, e ele coberto com tudo quanto era tipo de couraça desafiando o mundo inteiro.

— E além disso, o J. J. falou, um cartãopostal é um tipo de publicação. Defenderam que era prova suficiente de dolo no caso de Sadgrove contra Hole. Na minha opinião ele tem base pra uma ação.

Seis libras e oito pence, por favor. Quem é que quer a tua opinião? Deixa a gente tomar o nosso caneco em paz. Credo, não deixam mais nem isso.

— Bom, saúde, Jack, o Ned falou.

— Saúde, Ned, o J. J. falou.

— E lá vem ele de novo, o Joe falou.

— Onde? o Alf falou.

E, Jesus amado, lá vinha ele passando pela porta com os livros debaixo do sovaco e a mulher do lado e o Corny Kelleher com o olhão destamanho espiando pra dentro quando eles passaram, falando com ele que nem pai, tentando vender um caixão usado.

— Como foi que acabou aquele caso do golpe do Canadá? o Joe falou.

— Devolvido, o J. J. falou.

Era um dos membros da fraternidade nariguda que atendia pelo nome James Wought vulgo Shapiro vulgo Spark e Spiro, que pôs um anúncio no jornal dizendo que dava uma passagem pro Canadá por vinte pratas. Como? Está escrito otário na minha testa? Lógico que era uma bosta de um engodo. Como? Contrabandeou todo mundo pra lá, umas empregadinhas e uns *badhachs* do condado Meath, é, e o sangue do seu sangue também. O J. J. estava contando que tinha um hebreu velhusco Zaretsky ou coisa assim chorando no banco das testemunhas sem tirar o chapéu, jurando pelo santo Moisés que tinha perdido duas pratas com a estória.

— Quem julgou o caso? o Joe falou.

— Bailio, o Ned falou.

— Coitadinho do sir Frederick, o Alf falou, dá pra engambelar o sujeito bem na cara dele.

— Um coração do tamanho de um leão, o Ned falou. É só contar uma estória triste de atraso no aluguel com uma esposa doente e uma tropa de filhos e, juro, ele se desmancha em lágrimas no estrado.

— É, o Alf falou. O Reuben J. Teve muita sorte de não acabar *sub judice* outro dia por ter processado o pobrezinho do Gumley que está cuidando de pedra pra prefeitura lá perto da ponte Butt.

E ele começa a macaquear o velho bailio fazendo que estava chorando:

— Coisa mais escandalosa! Esse pobre homem trabalhador! Quantos filhos? Dez, o senhor disse?

— Isso, meritíssimo. E a minha esposa com tifoide!

— E uma esposa com febre tifoide! Um escândalo! Saia imediatamente do tribunal, senhor. Não, senhor, eu não vou emitir ordem de pagamento alguma. Como o senhor ousa se apresentar diante de mim e pedir que eu emita uma ordem! Um pobre de um trabalhador esforçado! Caso encerrado.

E no transcorrer do dècimossexto dia do mês da deusa de olhos bovinos e na terceira semana depois da festa da Santíssima Trindade, filha dos céus, estando a casta lua então em seu primeiro quarto, sucedeu que aqueles cultos juízes retornaram às cortes da justiça. Ali o mestre Courtenay, presidindo em sua própria câmara, forneceu seu relato e o mestre juiz Andrews, presidindo sem júri na corte de homologação, bem pesou e ponderou os argumentos do primeiro concernentes à propriedade conforme exposta no desejo exposto e última disposição testamentária *in re* o espólio real e pessoal do falecido e pranteado Jacob Halliday, vinhateiro, falecido, contra Livingstone, menor, de capacidades mentais questionáveis, e um terceiro. E à corte solene da Green Street veio sir Frederick o Falcoeiro. E instalou-se ali cerca das dezessete horas para administrar a lei dos *brehons* na comissão para toda a região e as áreas por ela contidas e para o condado da cidade de Dublin. E lá se instalou com ele o alto sinédrio das doze tribos de Iar, de cada tribo um homem, da tribo de Patrick e da tribo de Hugh e da tribo de

Owen e da tribo de Conn e da tribo de Oscar e da tribo de Fergus e da tribo de Finn e da tribo de Dermot e da tribo de Cormac e da tribo de Kevin e da tribo de Caolte e da tribo de Ossian, havendo ali ao todo doze bons homens e verazes. E ele os conjurou em nome daquele que morreu no lenho porque bem e veramente julgassem e sentença vera pronunciassem na questão formada entre seu soberano senhor o rei e o prisioneiro encarcerado e veraz veredito emitissem de acordo com as provas com a graça de Deus e beijassem os livros. E eles se ergueram de onde estavam sentados, os doze de Iar, e juraram pelo nome daquEle Que existe desde a eternidade que executariam Sua justeza. E de pronto os acólitos da lei conduziram de sua masmorra um que os cães farejadores da justiça apreenderam em consequência de informações recebidas. E manietaram-no e ataram-lhe os pés e dariam conta dele sen fidâça hou custode mas preferiram acusá-lo na letra da lei pois era ele um malfeitor.

— Muito bonito isso, o cidadão falou, ficarem vindo aqui pra Irlanda encher o país de carrapato.

Aí o Bloom faz que não ouviu nada e começa a conversar com o Joe dizendo que ele não precisava se incomodar com aquele probleminha até o dia primeiro mas que se pudesse dizer só uma palavrinha pro senhor Crawford. E aí o Joe jurou por todos os santos e por mais isso e aquilo que ia fazer o diabo e tudo mais.

— Porque você sabe, o Bloom falou, pra um anúncio tem que ter repetição. É o grande segredo.

— Pode contar comigo, o Joe falou.

— Passar a perna nos camponeses, o cidadão falou, e nos pobres da Irlanda. Nós não queremos mais estranhos na nossa casa.

— Ah, eu tenho certeza que vai dar tudo certo, Hynes, o Bloom falou. É só isso do Shawes sabe.

— Nem se preocupe, o Joe falou.

— Muita bondade sua, o Bloom falou.

— Os estrangeiros, o cidadão falou. E a culpa foi nossa. Nós deixamos eles entrarem. Nós trouxemos eles todos pra cá. A adúltera e o seu benhamado trouxeram os ladrões saxões pra cá.

— Decreto *nisi*, o J. J. falou.

E o Bloom fazendo que estava imensamente profundamente interessado em coisa nenhuma, uma teia de aranha num canto atrás do barril, e o cidadão fechando a cara pra ele e o cachorro velho deitado perto olhando pra cima pra saber quem é que ia morder e quando.

— Uma esposa desonrada, o cidadão falou, essa que é a causa de todos os nossos infortúnios.

— E ei-la aqui, o Alf falou, que estava de risadinhas enquanto olhava a *Police Gazette* com o Terry no balcão, toda pintada pra guerra.

— Mostra aqui, eu falei.

E não é que só podia ser mais um pasquim daqueles de baixo nível dos ianques que o Terry pega emprestado do Corny Kelleher. Segredos pra aumentar as partes íntimas. Indiscrição de dama da sociedade. Norman W. Tupper, abastado empreiteiro de Chicago, encontra bela mas infiel esposa no colo do policial Taylor. Dama de cintaliga cometendo indiscrição e o seu amado cutucando-lhe as coisas e Norman W. Tupper salta em cena com a espingardinha bem na hora de chegar atrasado depois de ela brincar de bilboquê com o policial Taylor.

— Caramba, querida, o Joe falou, que camisola mais curtinha!

— E que cabeleira, Joe, eu falei. Dava pra tirar um belo de um quarto de bife dessa aí, ou vai dizer que não?

Mas aí então me aparece o John Wyse Nolan e o Lenehan com ele com uma cara mais emburrada que mulher de militar.

— Bom, o cidadão falou, quais são as novas no front de guerra? O que foi que os vagabundos lá da prefeitura decidiram naquela reuniãozinha de compadres sobre a língua irlandesa?

O'Nolan, cingido por brilhante armadura, curvando-se ao chão prestou reverência ao potente e altaneiro e poderoso chefe de toda Erin e deu-lhe a saber o que se havia passado, de como os graves anciãos da mais que obediente urbe, segunda no reino, haviam com eles se encontrado no Tholsel, e lá, depois das devidas orações aos deuses que habitam o éter superno, reuniram-se em solene conselho por meio do qual conseguissem, se tal possibilidade houvesse, fazer uma vez mais entre os homens mortais honrada a fala alada dos gaels cindidos pelo pélago.

— Está chegando o dia, o cidadão falou. Que os merdas dos *sassenachs* e aquele dialeto deles corram direto pros quintos dos infernos!

Aí o J. J. diz uma coisinha bancando o figurão sobre uma estória sempre ser boa até a gente ouvir a outra e os fatos renegados e a tática de Nelson de pôr o olho cego na luneta e redigir uma nota de repúdio e deter uma nação, e o Bloom tentando endossar a tese com moderação e foderação e as colônias e a civilização do continente.

— Sifilização, você quer dizer, o cidadão falou. Que vão pro inferno! Que a praga de um Deus inútil caia de atravessado nesses desgraçados desses filhos de umas putas, orelhudos imbecis! Não têm música, nem arte, nem literatura digna do nome. O que eles puderem chamar de civilização foi o que roubaram da gente. Filhos pasmados de uns fantasmas de bastardos.

— A família europeia, o J. J. falou...

— Eles não são europeus, o cidadão falou. Eu estive na Europa com Kevin Egan de Paris. Você não encontra um vestígio que seja deles ou da língua deles em nenhum lugar da Europa a não ser num *cabinet d'aisance*.

E o John Wyse falou.

— São várias as flores nascidas de brotos não vistos.

E falou o Lenehan que sabe um pouco do charabiá:

— *Conspuez les anglais! Perfide Albion!*

Disse e então ergueu ele em suas rudes e largas mãos rijas o acetábulo de escura e forte cerveja escumante e, enunciando seu lema tribal *Lamh Dearg Abu*, bebeu à perdição de seus inimigos, raça de poderosos heróis valerosos, regentes das ondas, que se sentam em tronos alabastrinos silentes como os deuses imortais.

— Que é que te deu, eu falei pro Lenehan. Você está parecendo um sujeito que perdeu uma prata e achou um tostão.

— A Copa de Ouro, ele falou.

— Quem ganhou, senhor Lenehan? o Terry falou.

— *Jogafora*, ele falou, pagando vinte pra um. Um tremendo azarão. E o resto nenhures.

— E a égua do Bass? o Terry falou.

— Ainda está correndo, ele falou. Está todo mundo no mesmo barco. O Boylan casou duas pratas na minha dica da *Cetro* em nome dele e de uma amiga.

— Eu mesmo pus meia coroa, o Terry falou, no *Zinfandel* que o senhor Flynn me passou. Do lorde Howard de Walden.

— Vinte pra um, o Lenehan falou. Essa é que é a vida no buraco. *Jogafora*, ele falou. Ganhou o doce, e por falar no diabo. Fraqueza, teu nome é *Cetro*.

Aí ele foi até a lata de biscoito que o Bob Doran tinha deixado pra ver se tinha alguma coisa que pudesse levar de brinde, com o bicho velho atrás dele torcendo por ele com aquela fuça sarnenta erguida. A dona aranha subiu na prateleira.

— Aqui não, criança, ele falou.

— Não desanime, o Joe falou. Ela ia ter levado o prêmio se não fosse pelo outro pangaré.

E o J. J. e o cidadão discutindo sobre história e direito com o Bloom metendo o bedelho de quando em vez.

— Tem gente, o Bloom falou, que repara no cisco no olho dos outros mas não consegue ver a trave que está no seu próprio olho.

— *Raimeis*, o cidadão falou. O pior cego é o que não quer ver, se é que vocês me entendem. Cadê os nossos vinte milhões de irlandeses perdidos que deviam estar hoje aqui em vez de meros quatro, as nossas tribos perdidas?

E a nossa cerâmica e os nossos têxteis, os melhores do mundo inteiro! E a nossa lã que era vendida em Roma no tempo de Juvenal e o nosso linho e o nosso damasco dos teares de Antrim e a nossa renda de Limerick, os nossos curtumes e o nosso vidro flint branco lá perto de Ballybough e a nossa popelina huguenote que nós temos desde Jacquard de Lyon e os nossos tecidos de seda e os nossos tuídes de Foxford e o nosso crochê ebúrneo do convento carmelita de New Ross, sem igual no mundo inteiro! Cadê os mercadores gregos que atravessavam as colunas de Hércules, a Gibraltar hoje sob domínio do inimigo da humanidade, com ouro e púrpura, o tiro, pra vender em Wexford na feira de Carmen? Leiam Tácito e Ptolomeu, até Giraldus Cambrensis. Vinho, peles, mármore de Connemara, prata de Tipperary, a melhor, os nossos célebres cavalos até os dias de hoje, os pôneis irlandeses, com o rei Filipe de Espanha se oferecendo pra pagar direito de usufruto pra pescar nas nossas águas. O que é que os imundos da Ânglia nos devem pelo nosso comércio arruinado e os nossos lares arruinados? E os leitos do Barrow e do Shannon que eles não querem aprofundar com milhões de acres de pântano e de alagados pra fazer todo mundo aqui morrer de consumpção.

—Logo a gente vai estar com menos árvore que Portugal, o John Wyse falou, ou Heligoland com a sua única arvorezinha se não fizerem nada pra reflorestar essa terra. O lariço, o abeto, todas as árvores da família das coníferas estão desaparecendo depressa. Eu estava lendo um relatório do lorde Castletown...

—Salvem as árvores, o cidadão falou, o freixo gigante de Galway e o olmo guerreiro de Kildare com um tronco de quarenta pés e um acre de folhagem. Salvem as árvores da Irlanda pros futuros Irlandeses sobre as belas colinas do Eire, Oh.

—A Europa está de olho em vocês, o Lenehan falou.

O mundo da alta sociedade internacional compareceu *en masse* na noite passada ao casamento do *chevalier* Jean Wyse de Neaulan, grande chefe magno da guarda florestal nacional da Irlanda, com a senhorita Larissa Conífera do Vale dos Pinhais. A senhora Silvestre Umbelolmo, a senhora Bárbara Betulamor, a senhora Poda Freixoso, a senhora Azevinha Avelolhos, a senhorita Dafne Laura, a senhorita Dorothy Canabrava, a senhora Cleide Dozetílias, a senhora Gláucia Cornogodinho, a senhora Helena Vinhavindo, a senhorita Trepadeira Maravilha, a senhorita Gladys Faia, a senhorita Olívia Quintaes, a senhorita Blanche Bordo, a senhora Maud Mogno, a senhorita Myra Mirto Murtinho, a senhorita Priscilla Amieiro Flores, a senhorita Deborah Madressilva, a senhorita Graça de los Alamos, a senhorita O. Mimosa San, a senhorita Rachel Cedro Frondoso, as senhoritas Lilian e Viola Lilás, a senhorita Timidade Salgueiro, a senhora Catleia

Musgorvalho, a senhorita Macela Cratego, a senhora Gloriana Palmas, a senhora Liana Silveira, a senhora Acácia Arabella e a senhora Norma Carvalho Quércia de Oakholme Regis agraciaram a cerimônia com suas presenças. A noiva que foi entregue por seu pai, o M'Conifer das Glandes, estava invulgarmente encantadora com uma criação executada em seda verde mercerizada, moldada sobre anágua de um cinza luscofusco, cingida por larga faixa esmeralda e arrematada por triplo aplique de babados mais escuros, sendo o esquema todo iluminado por alças e um bordado castanho na cintura. As damas de honra, senhoritas Abete e Pícea Conífera, irmãs da noiva, trajavam costumes que lhes caíam muito bem, confeccionados no mesmo tom, um alegre *motif* de rosas e plumas traçado nas pregas em risca de giz e caprichosamente repetido nos chapelinhos em verdejade com forma de plumas de garça de clarocoral. O senhor Enrique Flor presidia ao órgão com sua notória habilidade e, em acréscimo aos números prescritos para a missa de núpcias, executou um novo e surpreendente arranjo de *Lenhador, poupa esta árvore* na conclusão do serviço. Ao deixar a igreja de São Fiacre *in Horto* depois da bênção papal o feliz casal foi submetido a jocoso fogocruzado de avelãs, cápsulas de faias, folhas de louro, amentilhos de salgueiro, touças de hera, drupas de azevinho, brotos de visco e mudas de sorveirabrava. O senhor e a senhora Wyse Conífera Neaulan passarão tranquila luademel na Floresta Negra.

— E nós estamos de olho na Europa, o cidadão falou. Nós tínhamos o nosso comércio com a Espanha e a França e com os flamengos antes daqueles viralatas serem paridos, cerveja espanhola em Galway, a barca de vinho no vinho do rio que nos abarca.

— E isso tudo há de voltar, o Joe falou.

— E com a ajuda da santa mãe de Deus isso tudo há de voltar, o cidadão falou, batendo a mão na coxa. Os nossos portos que hoje estão vazios hão de se encher de novo, Queenstown, Kinsale, Galway, Blacksod Bay, Ventry no reino de Kerry, Killybegs, o terceiro maior porto do mundo todo com uma esquadra de velas dos Lynch de Galway e dos O'Reilly de Cavan e dos O'Kennedy de Dublin quando o duque de Desmond podia assinar um tratado com o próprio imperador Carlos V. E tudo isso há de voltar, ele falou, quando o primeiro buque de guerra irlandês for visto cortando as ondas com a nossa própria bandeira tremulando, e nada dessas harpas do Henrique Tudor, não, a mais antiga das bandeiras do mar, a bandeira da província de Desmond e Thomond, três coroas em campo azul, os três filhos de Milésio.

E ele chupou a última gota do caneco, *Moya*. Inútil que nem gato de curtume. Água é uma coisa molhada. Ele vale tanto quanto vale a vida dele se resolver ir com esse falatório lá em Shanagolden onde ele não ousa mostrar a fuça com os Molly Maguires atrás dele pra fazer ele comer grama pela raiz por ter tomado posse do terreno de um colono despejado.

—Amém, amém, o John Wyse falou. Vão querer o quê?

—Águabenta dos homens d'El-Rei, o Lenehan falou, pra celebrar a ocasião.

—Meia, Terry, o John Wyse falou, e uma gelada. Terry! Está dormindo?

—Pois não, senhor, o Terry falou. Uísque pequeno e garrafa de Alsop. Pois não, senhor.

Pendurado lá na merda do jornal com o Alf procurando estórias picantes em vez de atender a clientela. Foto de uma luta, tentando rachar as caveiras, um dando no outro com a cabeça abaixada que nem um touro no portão. E uma outra: *Monstro Negro Queimado em Omaha, Ga*. Um monte de capiau de chapéu caído ali atirando num preto pendurado numa árvore com a língua de fora e uma fogueira embaixo. Credo, deviam afogar o sujeito no mar e aí eletrocutar e depois crucificar pra garantir o serviço.

—Mas e a marinha de guerra, o Ned falou, que mantém ao largo os inimigos?

—Eu já vou te falar deles, o cidadão falou. Aquilo é o inferno na terra. Leia as revelações que andaram saindo na imprensa sobre os açoites nos naviosescolas em Portsmouth. Foi um sujeito que se assinou *O Enojado* que escreveu.

Aí ele começa a falar do castigo físico e da tripulação de taifeiros e oficiais e contralmirantes vestidinhos com tricornes e o pastor com a bíblia protestante pra testemunhar o castigo e um rapazinho puxado pro convés, chamando a mamãe, e eles amarram o sujeito na culatra de um canhão.

—Serviço completo, o cidadão falou, era assim que o canalha do sir John Beresford chamava o castigo mas o moderno inglês de Deus chama de sova de vara.

E o John Wyse falou:

—Trata-se de um costume que é mais honrado renegar que seguir.

Aí ele já estava falando que o mestredarmas vem com uma vara comprida e se prepara e chicoteia o lombo do desgraçado do rapaz até ele gritar *meila*.

—Esta é a tal gloriosa marinha britânica, o cidadão falou, que manda no mundo. Os camaradas que nunca serão escravos, com o único parlamento hereditário na face desse mundão de meu Deus e com a terra na mão de uma dúzia de porcalhões e barões de meiatigela. Esse é o grande império de que eles se vangloriam, de peões e de chibatas.

—Onde o sol nunca nasce, o Joe falou.

—E a tragédia, o cidadão falou, é que eles acreditam nisso. Os yahoos infelizes acreditam.

Creem em Dê os Paus todolaceroso, criador do inferno na terra e em Marujo Tristo, esse filho da luta, que foi concebido pelo escândalo tanto, nasceu da viagem marinha, padeceu o serviço completo, foi cicatrizado, exposto e bem sovado, gritou como um danado, e no terceiro dia relevantou da cama, voltou aos seus, está sentado a boreste de seu país de onde há de vir penar na vida e a postos.

— Mas, o Bloom falou, disciplina não é a mesma coisa em qualquer lugar? Quer dizer, não ia ser a mesma coisa aqui se vocês respondessem à violência com mais violência?

Não falei? Tão certo como dois e dois são quatro até estrebuchando ele ia tentar te convencer que morrer era viver.

— Nós vamos responder com mais violência, o cidadão falou. Nós temos a nossa Irlanda Maior de alènmar. Eles foram expulsos da casa e do lar no negro ano de 47. Os casebres e as cabanas deles à beira da estrada foram arrasados pelo aríete e o *Times* esfregou as mãozinhas e falou pros saxões cagões que logo ia sobrar tão pouco irlandês na Irlanda quanto pelevermelha na América. Até o Grãoturco mandou as suas piastras pra nós. Mas os *sassenachs* tentaram matar a nação de fome enquanto as plantações estavam cheias de comida que as hienas inglesas compravam e vendiam no Rio de Janeiro. É, eles expulsaram hordas de camponeses. Vinte mil morreram nos tumbeiros. Mas aqueles que chegaram à terra da liberdade se lembram da terra da servidão. E hão de voltar e de voltar multiplicados, e de cabeça erguida, os filhos de Granuaile, os campeões de Kathleen ni Houlihan.

— Exatamente, o Bloom falou. Mas o que eu estava dizendo...

— Nós estamos há muito tempo esperando esse dia, cidadão, o Ned falou. Desde que a pobre velhinha nos disse que os franceses se fizeram ao mar e atracaram em Killala.

— É, o John Wyse falou. Nós lutamos pela casa dos Stuart que nos renegaram contra os williamitas e eles nos traíram. Não esqueçam de Limerick e da quebra da pedra do tratado. Nós demos o nosso melhor sangue pra França e pra Espanha, os gansos selvagens. Fontenoy, hein? E Sarsfield e O'Donnell, duque de Tetuan na Espanha, e Ulysses Browne de Camus que foi marechal-decampo de Maria Teresa. Mas o que foi que a gente ganhou com isso?

— Os franceses! o cidadão falou. Bando de professorzinhos de dança! Vocês sabem o que é isso? Eles nunca valeram um peido podre perto da Irlanda. Eles não estão tentando montar uma entente cordial agora mesmo no jantar do Tê Pê com a pérfida Álbion? Bucha de canhão da Europa que eles sempre foram!

— *Conspuez les français*, o Lenehan falou, agarrado na cerveja.

— E quanto aos prússios e os hanoverianos, o Joe falou, já não chega desses comedores de salsicha filhos lá das putas deles no nosso trono, desde Jorge o eleitor até o alemãozinho e a vaca velha peidorrenta que morreu?

Jesus, eu tive que rir do jeito dele inventar aquela sobre a velha das pestanas lá torta de bêbada no palácio real toda santa noite, *old Vic*, com um coparrão de água que passarinho não bebe e o cocheiro arrastando sua real carcaça pra cama e ela puxando o sujeito pelas suíças e cantando pedacinhos de músicas velhas de *Ehren sobre o Reno* e oh vinde aonde a bebida é mais barata.

— Bom! o J. J. falou. Agora a gente ficou com Eduardo o pacificador.

— Conte essa pra outro, o cidadão falou. Tem muito mais pus que paz no guri. Eduardo Guelph-Wettin!

— E o que é que você acha, o Joe falou, dos meninos de Deus, os padres e os bispos da Irlanda enfeitando o quarto dele em Maynooth com as cores hípicas de Sua Satânica Majestade e colando retratos de todos os cavalos que os jóqueis deles montaram. E ainda é duque de Dublin.

— Deviam ter colado lá todas as mulheres que ele montou também, o baixinho do Alf falou.

E o J. J. falou:

— Considerações de espaço influenciaram a decisão de sua senhoria.

— Vai arriscar mais uma, cidadão? o Joe falou.

— Sim, senhor, ele falou. Hei de.

— E você? o Joe falou.

— Em consideração a você, Joe, eu falei. Que a tua sombra jamais diminua.

— Repita essa dose, o Joe falou.

O Bloom estava falando sem parar com o John Wyse e todo empolgadinho com aquela careta cordeburroquandofoge lá dele e com o olho de ameixa revirando.

— Perseguição, ele falou, toda a história do mundo está cheia de perseguição. Perpetuando o ódio nacional entre as nações.

— Mas e você sabe o que significa uma nação? o John Wyse falou.

— Sei, o Bloom falou.

— E o que é? o John Wyse falou.

— Uma nação? o Bloom falou. Uma nação é o mesmo povo vivendo no mesmo lugar.

— Santo Deus, então, o Ned falou, rindo, se é assim eu sou uma nação porque estou morando no mesmo lugar tem cinco anos.

Aí é claro que todo mundo riu da cara do Bloom e ele falou, tentando sair da esparrela:

— Ou vivendo em lugares diferentes também.

— O que já cobre o meu caso, o Joe falou.
— Qual é a sua nação se não for demais perguntar? o cidadão falou.
— A Irlanda, o Bloom falou. Eu nasci aqui. A Irlanda.

O cidadão não disse nada só limpou o cuspe da goela e, cruzes, cuspiu uma ostra afrodisíaca que saiu lá do fundo dele bem prum cantinho do bar.

— Estou indo no embalo aqui, Joe, ele falou, tirando o lenço pra se enxugar.

— Tome, cidadão, o Joe falou. Segure isso aqui com a mão direita e repita as seguintes palavras.

O celebérrimo e ancestral sudário irlandês intricadamente bordado atribuído a Salomão de Droma e Manus Tomaltach og MacDonogh, autores do livro de Ballymote, foi então cuidadosamente exposto evocando prolongada admiração. Não é mister alongarmo-nos na lendária beleza dos bicos, acme de artesania, onde se pode nitidamente discernir cada um dos quatro evangelistas apresentando por sua vez a cada um dos quatro mestres seu símbolo evangélico, um cetro imitação de carvalho, um puma norteamericano (um rei dos animais muito mais nobre que o similar britânico, diga-se de passagem), um novilho de Kerry e uma águia dourada de Carranthuoil. As cenas representadas no campo emunctório, representando nossos antigos *duns* e *raths* e dolmens e *grianauns* e sedes do saber e pedras maledictivas, são tão maravilhosamente belas e seus pigmentos tão delicados como no momento em que os iluminadores de Sligo deram asas a sua fantasia artística há muito muito tempo na época dos Barmécidas. Glendalough, os lindos lagos de Killarney, as ruínas de Clonmacnois, a abadia de Cong, Glen Inagh e as Doze Agulhas, o Olho da Irlanda, as Verdes Colinas de Tallaght, Croagh Patrick, a cervejaria dos senhores Arthur Guinness, Filho e Companhia (Limitada), as margens do lago Neagh, a valura do Ovoca, a torre de Isolda, o obelisco de Mapas, o hospital de sir Patrick Dun, O cabo Clear, o vale de Aherlow, o castelo de Lynch, a Casa Escocesa, o abrigo do sindicato de Rathdown em Loughlinstown, o presídio de Tullamore, as corredeiras de Castleconnel, Kilballymacshonakill, a cruz em Monasterboice, o Hotel do Júri, o Purgatório de São Patrício, o Salto do Salmão, o refeitório da Universidade de Maynooth, o buraco de Curley, os três lugares em que nasceu o primeiro duque de Wellington, o rochedo de Cashel, o alagado de Allen, o depósito da Henry Street, a gruta de Fingal — todas essas cenas tocantes estão ainda lá hoje para nós tornadas inda mais belas pelas águas do pranto que por elas correram e pelas ricas incrustações do tempo.

— Mostra aí o caminho do copo, eu falei. Qual é qual?
— Esse é meu, o Joe falou, como disse o diabo pro guarda morto.
— E eu também pertenço a uma raça, o Bloom falou, que é odiada e perseguida. Ainda hoje. Agora mesmo. Neste mesmo instante.

Virgem, ele estava quase queimando o dedo com a guimba do charutão.

— Roubada, ele falou. Pilhada. Insultada. Perseguida. Tomando o que é nosso por direito. Agora mesmo, ele falou, erguendo o punho, vendidos em leilão no Marrocos como escravos ou gado.

— Por acaso você está falando da nova Jerusalém? o cidadão falou.

— Eu estou falando de injustiça, o Bloom falou.

— Certo, o John Wyse falou. Enfrentem então a injustiça com vigor, como homens.

Está aí uma figura de almanaque. Alvo pra bala dundum. O nosso cara gosmenta encarando a ponta mais feia de uma carabina. Jesus, ele caía bem era com uma vassourinha, isso sim, era só meterem um avental de enfermeira no sujeito. E aí ele desmonta de repente, vira completamente pelo avesso, frouxo que nem trapo molhado.

— Mas não adianta, ele falou. Força, ódio, história, isso tudo. Isso não é vida pros homens e pras mulheres, ódio e xingamento. E todo mundo sabe que é exatamente o contrário disso que é a vida de verdade.

— O quê? o Alf falou.

— Amor, o Bloom falou. Ou seja, o contrário do ódio. Eu tenho que ir agora, ele falou pro John Wyse. Só ali no tribunal um minuto pra ver se o Martin está lá. Se ele aparecer só diga que eu volto rapidinho. É só um minuto.

E quem é que está te segurando? E lá vai ele com sebo nas canelas.

— Um novo apóstolo dos gentios, o cidadão falou. Amor universal.

— Bom, o John Wyse falou. Mas não é isso que dizem pra gente? Amar o próximo.

— Aquele indivíduo? o cidadão falou. Dane-se o próximo é o lema dele. Amor, *Moya!* Ele é um belo modelo de Romeu e Julieta.

O amor ama amar o amor. A enfermeira ama o novo farmacêutico. O guarda 14A ama Mary Kelly. Gerty MacDowell ama o menino que tem uma bicicleta. M. B. ama louro cavalheiro. Li Chi Han amô bê ji nho Cha Pu Chow. Jumbo, o elefante, ama Alice, a elefanta. O velho senhor Verschoyle da corneta acústica ama a velha senhora Verschoyle do olho zarolho. O homem da capa mackintosh marrom ama uma mulher que está morta. Sua Majestade o Rei ama Sua Majestade a Rainha. A senhora Norman W. Tupper ama o policial Taylor. Você ama uma certa pessoa. E essa pessoa ama aquela outra pessoa porque todo mundo ama alguém mas Deus ama todo mundo.

— Bom, Joe, eu falei, à sua ótima saúde e cantoria. Mais Power, cidadão.

— Viva, então, o Joe falou.

— As bênçãos de Deus, Maria e Patrício sobre você, o cidadão falou.

E lá vai ele virando o copo pra limpar a garganta.

— A gente conhece esses charlatões de Deus, ele falou, pregando sermão e passando a mão no nosso dinheiro. O que é que vocês me dizem do santodepauoco que era o Cromwell com aqueles asseclas que passaram as mulheres e as crianças de Drogheda no fio da espada com o texto da bíblia *Deus é amor* colado em volta da boca do canhão? A bíblia! Vocês leram aquele negócio no *United Irishman* de hoje sobre aquele chefe zulu que está visitando a Inglaterra?

— Como é que é? o Joe falou.

Aí o cidadão me pega um papel da montoeira que está com ele e começa a ler em voz alta:

— Uma delegação dos principais magnatas do algodão de Manchester foi ontem apresentada a Sua Majestade o Alaki de Abeakuta pelo Capitão do Bastão Dourado, lorde Piza de Pizenhovos que manifestaria a Sua Majestade a sincera gratidão dos comerciantes britânicos pelas facilidades que lhes foram propiciadas em seus domínios. A delegação provou da ceia, em cuja conclusão o mauro potentado, no decorrer de feliz pronunciamento, livremente traduzido pelo capelão britânico, o reverendo Ananias Louvadeus Carniosso, manifestou seus maiores agradecimentos ao sinhô Piza e enfatizou as cordiais relações que reinam entre Abeakuta e o Império Britânico, declarando estimar como uma de suas mais valiosas posses uma bíblia iluminada, volume da palavra de Deus e segredo da grandeza de Inglaterra, que lhe foi graciosamente oferecida pela líder branca, a grande cariúa Vitória, com uma dedicatória pessoal do próprio punho da Real Presenteadora. O Alaki então bebeu uma copa de *usquebaugh* de primeira qualidade num brinde *Black and White* empregando para tanto o crânio de seu imediato antecessor na dinastia Cacatchacatchac, apodado Quarenta Verrugas, depois do quê, visitou a principal fábrica de Algodonópolis e assinou sua marca no livro de visitantes, subsequentemente executando encantadora dança marcial abeakútica antiga, durante a qual engoliu vários garfos e facas, entre aplausos hilários das mãos feminis.

— Viúva, o Ned falou, eu não duvidaria dela. Fico imaginando se ele fez com a tal bíblia o que eu faria.

— O mesmo, mas mais, o Lenehan falou. E posteriormente naquela frugífera terra a manga de largas folhas floresceu sobejamente.

— Isso é do Griffith? o John Wyse falou.

— Não, o cidadão falou. Não está assinado Shanganagh. Só tem uma inicial: P.

— E uma belíssima inicial também, o Joe falou.

— É assim que funciona, o cidadão falou. O comércio segue a bandeira.

— Bom, o J. J. falou, se eles forem um tiquinho piores que aqueles belgas do Estado Livre do Congo já não devem prestar. Vocês leram aquela reportagem de um sujeito como é que era mesmo o nome dele?

— Casement, o cidadão falou. Ele é irlandês.
— Isso, esse mesmo, o J. J. falou. Estuprando as mulheres e as meninas e açoitando os nativos na barriga pra arrancar deles toda a borracha vermelha que conseguirem.
— Eu sei aonde ele foi, o Lenehan falou, estalando os dedos.
— Quem? eu falei.
— O Bloom, ele falou, o negócio do tribunal é fachada. Ele botou umas moedas no *Jogafora* e foi recolher os shekels.
— Aquele cafre de olho branco? o cidadão falou, que nunca apostou num cavalo só de raiva.
— É pra lá que ele foi, o Lenehan falou. Eu encontrei o Garnizé Lyons indo apostar naquele cavalo só que fiz ele desistir e ele me disse que o Bloom que deu a dica. Eu aposto o que vocês quiserem que ele levou cem xelins pra cinco com essa. Ele é o único sujeito de Dublin que se deu bem. Um azarão.
— Ele é que é um merda de um azarão, o Joe falou.
— Por favor, Joe, me mostra aí a entrada da saída.
— Por aqui, o Terry falou.
Adeus, Irlanda, eu vou pro norte. Aí eu dei uma saidinha até os fundos do quintal pra tirar água do joelho e cacete (cinco xelins pra cinco) enquanto eu estava aliviando o (*Jogafora* vinte pra) aliviando o lastro puta que o pariu eu falei pra mim mesmo eu sabia que ele estava esquisito lá na (dois canecos do Joe e um no Slattery's mais) na cabeça dele pra se mandar dali (cem xelins dá cinco pratas) e quando eles estavam no (azarão) o Paudágua estava me contando um grupo de carteado e fazendo que a criança estava doente (Jesus, deve ter saído um galão) a bunda mole da mulher dele falando pelo tubo *ela está melhor* ou *ela* (ai!) Tudo um plano pra ele poder escapulir com o bolo se ganhasse ou (virgem, eu estava entupido) negociar sem licença (ai!) Irlanda minha nação diz ele (uica! Ftu!) A gente nunca vai estar à altura desses merdas desses (só o finzinho) jerusaléns (ah!) malucos.
Mas aí, enfim, quando eu voltei eles estavam num tremendo falatório, o John Wyse dizendo que foi o Bloom que deu a ideia do Sinn Féin pro Griffith pra pôr no jornal dele tudo quanto era casuísmo, júris comprados e desvio de impostos do governo e nomeação de embaixadores no mundo inteiro pra sair vendendo as indústrias irlandesas. Despindo um santo pra vestir o outro. Cruzes, meio que põe um cabresto na coisa toda se o nosso velho amigo do olho melecado está arruinando o espetáculo. Uma chancezinha, por favor. Deus salve a Irlanda dos semelhantes daquele desgraçado daquele verme. O senhor Bloom e o seu lerolero. E o velho dele já antes com aquelas fraudes, o velho Matusalém Bloom, o caixeiro assaltante, que se envenenou com ácido prússico depois de encher o país

com as continhas e os diamantes de um tostão que ele vendia. Empréstimos pelo correio com condições suaves. Qualquer quantia adiantada contra promissória. Distância não é empecilho. Sem seguro. Credo, ele é que nem o famoso bode do Lanty MacHale que anda um pedaço do caminho com cada um.

— Bom, mas é verdade, o John Wyse falou. E está o aí homem que vai contar tudinho sobre isso pra vocês, Martin Cunningham.

E não é que a carruagem do castelo encostou mesmo com o Martin dentro e o Jack Power com ele e um sujeito chamado Crofter ou Crofton, aposentado do escritório do coletor geral, um orangista que o Blackburn acoitou no registro e ele sacando os seus chequinhos ou Crawford batendo perna pelo interior às custas do rei.

Nossos viajores alcançaram a rústica hospedaria e apearam de seus palafréns.

— Ó de lá, valete! gritou aquele que por seu talhe semelhava ser o líder do grupo. Vilão cabotino! Já para cá!

E assim falando bateu forte com a empunhadura da espada na gelosia aberta.

Nosso anfitrião surgiu atendendo ao chamado cingindo-se com seu pelote.

— Em boa hora vindes, meus mestres, disse ele com obsequiosa reverência.

— Apresta-te, rapaz! gritou o que havia batido. Cuida de nossos corcéis. E a nós dá do que de melhor tiveres pois, pardelhas, que estamos necessitados.

— Guai, bons mestres meus, disse o taberneiro, minha casa pobre tem somente uma despensa vazia. Não sei o que ofereça a vossas senhorias.

— Com que então, camarada? gritou o segundo do grupo, homem de figura agradável, é assim que serves aos mensageiros do rei, Mestre Tenbernoeiro?

Instantânea mudança obnubilou os traços do senhorio.

— Suplico-vos misericórdia, cavalheiros, disse humilde. Se mensageiros sois do rei (Deus guarde Sua Majestade!) nada vos há de faltar. Os amigos do rei (Deus abençoe Sua Majestade!) não passarão jejunos por minha morada, empenho-vos palavra.

— Então desanda! gritou o cavaleiro que até então silenciara, um cúpido sanguessuga por sua aparência. Nada tens que nos dês?

Nosso anfitrião fez nova reverência entanto respondia:

— Como vos parece, bons mestres, uma torta de pombo borrefo, umas peças de carne de caça, um lombo de vitela, pato selvagem com toucinho de

porco crocante, uma cabeça de javali com pistache, um conceptáculo de bom creme, uma omelete de tasneira e um odre de vinho renano envelhecido?
— Carago! exclamou o último a usar da palavra. Que isso muito me apraz. Pistache!
— Arre! exclamou o de agradável figura. Casa pobre e despensa vazia, diz ele! Trata-se de um belo biltre!
Aí me entra o Martin perguntando onde é que estava o Bloom.
— Onde é que ele está? o Lenehan falou. Esbulhando viúvas e órfãos.
— Não é verdade, o John Wyse falou, o que eu estava contando pro cidadão sobre o Bloom e o Sinn Féin?
— Isso mesmo, o Martin falou. Ou pelo menos é o que se alega.
— E quem é que alega? o Alf falou.
— Eu, o Joe falou. Eu sou o aligátor.
— E no fim de contas, o John Wyse falou, por que é que um judeu não pode amar o seu país como qualquer outro?
— Por que não? o J. J. falou, desde que saiba direito qual país.
— Mas ele é judeu ou gentio ou apostólico ou crente ou que inferno que ele é? o Ned falou. Ou quem é que ele é? Sem ofensa, Crofton.
— A gente não quer nada com ele, o orangista ou presbiteriano do Crofter falou.
— Quem é Junius? o J. J. falou.
— Ele é judeu pervertido, o Martin falou, de algum lugar na Hungria e foi ele que traçou todos os planos segundo o sistema húngaro. A gente sabe disso no castelo.
— Ele não é primo daquele Bloom dentista? o Jack Power falou.
— Não mesmo, o Martin falou. Só o mesmo nome. O nome dele era Virag. O nome do pai que se envenenou. Ele trocou o nome por escritura pública, o pai.
— Eis o novo messias para a Irlanda! o cidadão falou. Ilha de santos e de sábios!
— Bom, eles ainda estão esperando o seu redentor, o Martin falou. A bem da verdade, nós também.
— É, o J. J. falou, e cada menino que nasce eles acham que pode ser o messias. E todo judeu fica numa tremenda empolgação, acho eu, até saber se é pai ou mãe.
— Esperando que cada momento seja o próximo, o Lenehan falou.
— Ah, meu Deus, o Ned falou, vocês precisavam ter visto o Bloom antes de nascer aquele filho dele que morreu. Eu encontrei com ele um dia na feira do sul da cidade comprando uma lata de papinha da Neave seis semanas antes do parto.

— *En ventre sa mère*, o J. J. falou.
— E vocês chamam isso de homem? o cidadão falou.
— Eu fico imaginando se ele já chegou a afogar o ganso, o Joe falou.
— Bom, nasceram duas crianças, pelo menos, o Jack Power falou.
— E de quem é que ele suspeita? o cidadão falou.
Cacete, tem piada que acerta mais que conversa séria. Um daqueles nem lá nem cá é o que ele é. Esticado lá no hotel o Paudágua estava me contando uma vez por mês com dor de cabeça que nem uma franguinha com as regras. Vocês sabem do que eu estou falando? Ia ser uma ação de divina misericórdia pegar um merdinha desses e jogar no fundo do mar. Homicídio justificável, ah ia. Aí se escafede com as cinco pratas sem bancar uma cerveja como um homem de verdade. Sua bênção, por favor. Não ia arrancar pedaço, ora. Olho por olho.
— Caridade para com o seu vizinho, o Martin falou. Mas cadê ele? A gente não pode ficar esperando.
— Um lobo em pele de cordeiro, o cidadão falou. Isso é que ele é. Virag da Hungria! Ahasverus é o meu nome pra ele. Amaldiçoado por Deus.
— Você tem tempo pra uma breve libação, Martin? o Ned falou.
— Uma só, o Martin falou. A gente tem que correr. J. J. e S.
— Você, Jack? Crofton? Três meias doses, Terry.
— São Patrício tinha que aportar de novo em Ballykinlar pra converter a gente, o cidadão falou, depois de deixar esse tipo de coisa contaminar as nossas costas.
Bom, o Martin falou, catando o copo. Que Deus abençoe a todos os presentes é a minha oração.
— Amém, o cidadão falou.
— E eu tenho certeza que vai abençoar, o Joe falou.
E ao som do sino consagrante, liderada por um crucífero com acólitos, turibulários, portadores de naveta, leitores, ostiários, diáconos e subdiáconos, aproximou-se a abençoada companhia, de abades mitrados e priores e guardiães e monges e frades: os monges de Benedito de Spoleto, cartuxos e camáldulos, cistercienses e olivetanos, oratorianos e valombrosanos, e os frades de Agostinho, brigitinas, premonstratenses, servitas, trinitários, e os filhos de Pedro Nolasco: e ulteriormente do monte Carmelo as filhas de Elias o profeta conduzidas pelo bispo Alberto e por Teresa d'Ávila, as descalças e as outras: e frades, marrons e cinzentos, filhos de Francisco, o pobrezinho, capuchinhos, regulares, mínimos e observantes e as filhas de Clara: e os filhos de Domingos, os frades pregadores, e os filhos de Vicente: e os monges de São Wolstan: e as crianças de Inácio: e a confraternidade dos irmãos cristãos liderada pelo reverendo irmão Edmund Ignatius Rice. E depois vieram todos os santos e

mártires, virgens e confessores: São Ciro e Santo Isidoro Arator e São Tiago Menor, e São Focas de Sinope e São Julião Hospitaleiro e São Félix de Cantalice e São Simão Estilita e Santo Estêvão protomártir e São João de Deus e São Ferreol e Santa Leugarda e São Teodoto e São Vulmar e São Ricardo e São Vicente de Paulo e São Martinho de Todi e São Martinho de Tours e Santo Alfredo e São José e São Dênis e São Cornélio e São Leopoldo e São Bernardo e São Terêncio e Santo Eduardo e Santo Owen Caniculus e Santo Anônimo e Santo Epônimo e São Pseudônimo e Santo Homônimo e São Parônimo e São Sinônimo e São Laurêncio O'Toole e São Tiago de Dingle e Compostela e São Columcille e São Columba e São Celestino e São Colman e São Kevin e São Brandão e São Frigidiano e São Senan e São Fachtna e São Columbano e São Gall e São Fursey e São Fintan e São Fiacre e São João Nepomuceno e São Tomás de Aquino e Santo Ives da Bretanha e São Michan e Santo Hermano-José e os três patronos da santa juventude Santo Aloísio Gonzaga e Santo Estanislau Kostka e São João Berchmans e os santos Gervásio, Servásio e Bonifácio e Santa Brida e São Kieran e São Canício de Kilkenny e São Jarlath de Tuam e São Finnbar e São Pappin de Ballymun e o Irmão Aloísio Pacífico e o Irmão Luís Belicoso e as santas Rosa de Lima e de Viterbo e Santa Marta de Betânia e Santa Maria Egipcíaca e Santa Luzia e Santa Brígida e Santa Attracta e Santa Dympna e Santa Ita e Santa Marion Calpense e a Beata Irmã Teresinha do Menino Jesus e Santa Bárbara e Santa Escolástica e Santa Úrsula com onze mil virgens. E vieram todos com nimbos e auréolas e glórias, portando palmas e harpas e espadas e coroas de oliveira, em túnicas em que estavam entretecidos os santos símbolos de suas eficácias, tinteiros, setas, pães, ampolas, grilhões, machados, árvores, pontes, bebês em banheiras, conchas, carteiras, tenazes, chaves, dragões, lírios, chumbogrosso, barbas, porcos, lâmpadas, foles, colmeias, conchas de sopa, estelas, serpentes, bigornas, caixas de vaselina, sinos, muletas, fórceps, cornos de cervos, botas impermeáveis, falcões, mós, olhos sobre um pires, velas de cera, hissopes, unicórnios. E enquanto dirigiam seus passos passando pela coluna de Nelson, Henry Street, Mary Street, Capel Street, Little Britain Street, cantando o introito da *Epiphania Domini* que se inicia por *Surge, illuminare* e subsequente e dulcissimamente o gradual *Omnes* que diz *de Saba venient* realizaram diversos prodígios tais como expulsar demônios, trazer de volta à vida os mortos, multiplicar peixes, curar os coxos e os cegos, descobrir vários artigos que não se sabia onde estavam, interpretar e cumprir as escrituras, abençoar e profetizar. E por último sob um dossel de tecido de ouro veio o reverendo padre O'Flynn assistido por Malaquias e Patrício. E quando os bons padres chegaram ao local determinado, a casa de Bernard Kiernan e Cia. Ltda., 8, 9 e 10 Little Britain Street, atacadistas, entregadores de vinho e brandy, licenciados para venda de cerveja, vinho e

destilados para consumo no estabelecimento, o celebrante abençoou a casa e incensou as janelas de estreitos painéis e os entrecortes e as cúpulas e as arestas e os capitéis e as empenas e as cornijas e os arcos recortados e os pináculos e as abóbadas e aspergiu os lintéis do edifício com água benta e rezou por que pudesse Deus abençoar aquela casa como abençoara a de Abraão e de Isaac e de Jacó e fazer com que os anjos de Sua luz tal lugar habitassem. E entrando abençoou as viandas e as beberagens e a companhia de todos os beatos respondeu a suas preces.
— *Adiutorium nostrum in nomine Domini.*
— *Qui fecit cœlum et terram.*
— *Dominus vobiscum.*
— *Et cum spiritu tuo.*
E depôs as mãos sobre os beatos e deu graças e orou e eles todos com ele oraram:
— *Deus, cuius verbo sanctificantur omnia, benedictionem tuam effunde super creaturas istas: et præsta ut quisquis eis secundum legem et voluntatem Tuam cum gratiarum actione usus fuerit per invocationem sanctissimi nominis Tui corporis sanitatem et animæ tutelam Te auctore percipiat per Christum Dominum nostrum.*
— E todos nós dizemos o mesmo, o Jack falou.
— Mundo sem fim, Lambert, o Crofton ou Crawford falou.
— Justo, o Ned falou, tomando o seu John Jameson. E mesa farta.
Eu estava só olhando em volta pra ver quem teria a brilhante ideia quando não é que o filho de uma puta me aparece de novo fazendo que estava com a maior pressa.
— Acabei de passar lá no tribunal, ele falou, procurando vocês. Espero que eu não esteja...
— Não, o Martin falou, nós estamos prontos.
Tribunal uma vírgula com o teu bolsinho esturricado de ouro e de prata que eu estou de olho. Comequieto dos infernos. Paga aí uma bebida pra gente. Até parece! Aquilo ali é que é judeu! Olho maior que a barriga. Feliz que nem pinto no lixo. Cem pra cinco.
— Não conte pra ninguém, o cidadão falou.
— Como assim, ele falou.
— Vamos, rapazes, o Martin falou, vendo que a coisa estava ficando preta. Vem com a gente, vamos.
— Não conte pra ninguém, o cidadão falou, soltando um berro. É segredo.
E o cachorro desgraçado acordou e soltou um resmungo.
— Tchau pra todo mundo, o Martin falou.

E tirou eles dali o mais rápido que pôde, o Jack Power e o Crofton ou sei lá eu o nome e ele no meio deles se fazendo de perdido total e toca subir com eles na merda do docar.
— Vamos então, o Martin falou pro cocheiro.
A alva toninha agitou sua crina e, surgindo no tombadilho dourado, o timoneiro abriu a vela ancha ao vento e se pôs adiante com todo o velame agarruchado, a vela de fortuna a bombordo. Diversas formosas ninfas aproximaram-se a estibordo e a bombordo e, agarrando-se aos flancos da nobre nau, entrelaçaram suas brilhantes figuras como faz o astuto construtor de rodas quando ajusta no coração de sua roda os equidistantes raios que entre si são todos irmãos e os prende todos com um anel externo e dá ímpeto aos pés dos homens no momento em que correm a atender uma convocação ou resolver uma contenda pelos sorrisos de pulcras donzelas. Assim chegaram elas e se acomodaram, as ninfas benevolentes, irmãs imortais. E riram, brincando num círculo de sua espuma: e a nau fendia as ondas.
Mas puta que pariu que eu estava acabando de enxugar o copo quando vi o cidadão levantar pra se arrastar até a porta, bufando e babando de hidrofobia e rogando a praga de Cromwell no sujeito com todas as letras, em irlandês, cuspindo e cuspilhando e o Joe e o baixinho do Alf em volta dele que nem um duende tentando acalmar o sujeito.
— Me deixem em paz, ele falou.
E juro por Deus que ele foi até a porta com eles segurando e ele me berra na porta:
— Três vivas pra Israel!
Arre, larga essa bunda de selvagem na cadeira pelo amor de Deus e não fique me dando escândalo na rua. Jesus, sempre tem um palhaço de merda pra chamar a merda da polícia por causa de uma merdinha de nada. Credo, era de botar a cerveja choca na barriga, de verdade.
E tudo quanto era maltrapilho e vadia dessa nação já ali pertinho da porta e o Martin dizendo pro cocheiro seguir em frente e o cidadão berrando e o Alf e o Joe pssstando e ele de capa e espada contra todos os judeus e os vagabundos pedindo discurso discurso e o Jack Power tentando fazer ele sentar na porcaria do carro e juntar o queixo caído e um vagabundo com uma venda no olho me começa a cantar *Se o homem da lua fosse judeu, judeu, judeu*, e uma vadia me grita a plenos pulmões:
— Ei, senhor! A sua braguilha está aberta, senhor!
E ele falou:
— Mendelssohn era judeu e Karl Marx e Mercadante e Spinoza. E o Salvador era judeu e o pai dele era judeu. O seu Deus!
— Ele não teve pai, o Martin falou. Agora chega. Siga em frente.

—Deus de quem? o cidadão falou.

—Bom, o tio dele era judeu, ele falou. O seu Deus era judeu. Cristo era judeu como eu.

E, juro, o cidadão pulou de volta pra dentro do bar.

—Juro por Deus, ele falou, que eu vou arrancar os miolos desse bosta desse judeuzinho por usar o santo nome. Juro por Deus, eu vou crucificar ele, ah se vou. Dá lá aquela lata de biscoito.

—Pare! Pare com isso! o Joe falou.

Um grande e amistoso grupo de amigos e conhecidos da metrópole e da grande Dublin se reuniu aos milhares para dizer adeus a Nagyasàgos uram Lipóti Virag, exfuncionário da firma do senhor Alexander Thom, impressores de Sua Majestade, na ocasião de sua partida para os distantes ares de Százharminczbrojúgulyás-Dugulás (Campinas das Águas Murmurejantes). A cerimônia que transcorreu com grande éclat caracterizou-se pela mais amistosa cordialidade. Um rolo iluminado de antigo pergaminho irlandês, obra de artistas irlandeses, foi oferecido ao notório fenomenologista em nome de largo setor da comunidade e foi acompanhado pelo oferecimento de um pequeno baú de prata, lavrado com extremo bom gosto no estilo dos antigos ornamentos célticos, obra que em muito abrilhanta a reputação dos fabricantes, os senhores Jacob *agus* Jacob. O convidado que partia foi alvo de calorosa ovação, com muitos dos presentes mostrando visíveis sinais de emoção quando a seleta orquestra de gaitas irlandesas atacou os célebres compassos de *Volte a Erin*, seguida imediatamente pela *Marcha Rakoczky*. Barris de piche e fogueiras arderam em chamas ao longo da linha da praia dos quatro mares nos picos do morro de Howth, da montanha Three Rock, do Pão de Açúcar, do cabo Bray, das montanhas de Mourne, das Galtees, das Ox e de Donegal e dos picos de Sperrin, das Nagles e das Bograghs, das colinas de Connemara, dos morros de M'Gillicuddy, Slieve Aughty, Slieve Bernagh e Slieve Bloom. Por entre vivas que cindiam o firmamento, ecoados por responsivos vivas vindos de uma súcia de brutamontes nas distantes colinas Cambrianas e Caledônias, a mastodôntica nau de prazeres lenta zarpou saudada por um último tributo floral das representantes do sexo frágil que estavam presentes em grande número enquanto, ao seguir caminho rio abaixo, escoltada por flotilha de barcaças, as bandeiras do escritório Ballast e da Custom House foram desfraldadas em saudação como também o foram as da estação de força e luz na Pigeonhouse. *Viszontlàtàsra, kedevs baràton! Viszontlàtàsra!* Partiu mas deixou lembranças.

Jesus, nem o diabo era capaz de segurar o cidadão pra pegar a merda da lata e lá se vai ele com o baixinho pendurado no cotovelo e ele gritando que nem porco entalado, melhor que peça no teatro real da rainha.

—Cadê ele que eu mato?

E o Ned e o J. J. incapacitados de tanto rir.

—Isso é guerra, eu falei, eu quero é chegar antes do último evangelho.

Mas o negócio é que o cocheiro virou a cabeça do pangaré pro outro lado e lá se foi ele.

—Calma, cidadão, o Joe falou. Pare.

Juro por Deus que ele armou o braço soltou e arremessou. Pela graça do Senhor que o sol estava na cara dele senão ele tinha acabado com o sujeito. Jesus, ele quase mandou a lata pro condado Longford. O pangaré desgraçado se assustou e o viralata velho atrás do carro que nem o diabo e o povo todo gritando e gargalhando e a dita da lata rolando pela rua.

A catástrofe foi terrível e instantânea em seus efeitos. O observatório de Dunsink arrolou ao todo onze impactos, todos do quinto grau da escala de Mercalli, e não há registros remanescentes de abalo sísmico semelhante em nossa ilha desde o terremoto de 1534, o ano da rebelião de Thomas, o cavaleiro de seda. O epicentro parece ter sido aquela parte da metrópole que constitui a freguesia do Inn's Quay e paróquia de São Michan, cobrindo uma superfície de quarenteum acres, dez ares e quase três toesas quadradas. Todas as aristocráticas residências nas vizinhanças do palácio da justiça foram demolidas e mesmo o nobre edifício, no qual quando da ocorrência da catástrofe importantes debates jurídicos ocorriam, é agora literalmente um amontoado de ruínas por sob as quais devemos temer terem sido enterrados vivos todos os ocupantes. Dos relatos de testemunhas oculares depreende-se terem sido acompanhadas as ondas sísmicas de violenta perturbação atmosférica de caráter ciclonal. Um artigo de chapelaria que depois se esclareceu pertencer ao respeitadíssimo funcionário da Coroa e juiz de paz senhor George Fottrell e um guardachuva de seda com cabo de ouro trazendo gravadas as iniciais, o escudo e o número da casa do erudito e pio presidente do tribunal de primeira instância sir Frederick Falkiner, bailio de Dublin, foram descobertos por grupos de busca em cantos remotos da ilha, respectivamente aquele, na terceira escarpa basáltica da Trilha do Gigante, e este, incrustado à profundidade de um pé e três polegadas na praia arenosa da baía de Holeopen próximo do velho cabo de Kinsale. Outras testemunhas oculares declaram ter observado um objeto incandescente de enormes proporções cortando a atmosfera em aterradora velocidade numa trajetória orientada a oés-sudoeste. Mensagens de pêsames e de condolências estão sendo recebidas a todo momento vindas de todas as partes dos vários continentes e o sumo pontífice graciosamente acedeu em decretar que uma especial *missa pro defunctis* seja celebrada simultaneamente pelos ordinários de cada uma das igrejas catedrais de todas as dioceses episcopais sujeitas à autoridade espiritual da Santa Sé em sufrágio pelas almas dos fiéis que partiram e que tão inesperadamente foram chamados de entre nós. O trabalho de resgate, remoção de destroços, restos humanos etc. foi confiado aos senhores Michael Meade e Filho, 159, Great Brunswick Street e aos senhores da empresa de T.C. Martin, 77, 78, 79 e 80, North Wall, assistidos pelos homens e oficiais da infantaria ligeira do duque de Cornualha sob a supervisão geral de S.A.R. o honorabilíssimo contralmirante sir Hércules Hannibal Habeas Corpus Anderson K.G., K.P., K.T., P.C., K.C.B., M.P., J.P., M.B., D.S.O., P.Q.P., M.F.H., M.R.I.A., B.L., Mus. Doc., P.L.G., F.T.C.D., F.R.U.I., F.R.C.P.I. e F.R.C.S.I.

Vocês nunca viram uma dessas na vida inteirinha de vocês. Credo, se estivesse com aquele bilhete de loteria do lado da cachola ele ia lembrar da Copa de Ouro, ah ia, mas puta que pariu que o cidadão ia acabar preso por lesões corporais e o Joe por cumplicidade no delito. O cocheiro salvou a vida dele tocando numa correria que nem Moisés descendo o morro. Como? Ah, meu Deus, foi sim. E largou uma rajada de xingamento atrás dele.

— Matei, ele falou, ou o quê?

E ele gritando pro desgraçado do cachorro:

— Pega, Garry! Pega, menino!

E a última coisa que a gente viu foi a merda do carro dobrando a esquina e o nosso amigo cara de cordeiro lá dentro gesticulando e o viralata desgraçado correndo atrás dele de orelha pra trás que nem um alucinado pra arrancar cada pedacinho do sujeito. Cem pra cinco! Jesus, que ele fez valer cada centavo, isso eu te juro.

Quando eis que surgiu sobre eles grande esplendor e contemplaram a ascensão até aos céus da carruagem em que Ele estava. E contemplaram-nO na carruagem, trajando a glória do esplendor, vestido como o sol, belo como a lua e tão formidável que, apavorados, não ousavam olhar direto sobre Ele. E veio dos céus uma voz, que clamava: *Elias! Elias!* E ele respondeu com potente brado: *Abba! Adonai!* E eles O contemplaram, Ele Próprio, ben Bloom Elias, por entre nuvens de anjos ascender à glória do esplendor num ângulo de quarenta e cinco graus por cima do bar do Donohoe na Little Green Street igual pedrada de estilingue.

O entardecer estival começara a envolver o mundo em seu misterioso abraço. Longe no oeste o sol se punha e o último reluzir do dia fugaz brilhava ainda encantador sobre mar e areia, o altivo promontório do nosso querido Howth, vigilante como sempre sobre as águas da baía, as pedras cobertas de algas da praia de Sandymount e, com não menos importância, sobre a tranquila igreja de onde por vezes brotava no silêncio do ar em torno a voz das preces a ela que em sua pura radiância é um farol para o coração do homem, fustigado pelas tormentas, Maria, estrela do mar.

As três amiguinhas estavam sentadas nas pedras, desfrutando o espetáculo do crepúsculo e a brisa que estava fresca mas não fria demais. Muitas e muitas vezes vinham até tal ponto, recanto favorito, para um dedo de prosa junto às ondas rebrilhantes e para discutir questões feminis, Cissy Caffrey e Edy Boardman com o bebê no carrinho e Tommy e Jacky Caffrey, dois menininhos de cabelos cacheados, com roupinhas de marinheiro e bonés combinando e o nome H.M.S. Belleisle gravado em ambos. Pois Tommy e Jacky Caffrey eram gêmeos, mal haviam completado seus quatro aninhos e eram gêmeos muito barulhentos e mimados às vezes mas apesar de tudo uns menininhos muito queridos com rostos animados e felizes e um jeitinho todo cativante. Estavam mexendo na areia com as pazinhas e os baldes, construindo castelos como fazem as crianças, ou brincando com a grande bola colorida que tinham, contentes a mais não poder. E Edy Boardman balançava o bebezinho gorducho para lá e para cá no carrinho enquanto o jovem cavalheiro ria que era um encanto. Tinha ele apenas onze meses e nove dias e, mesmo sem nem saber andar, já estava começando a tentar pronunciar suas primeiras palavras pueris. Cissy Caffrey se abaixou para cutucar-lhe as bochechinhas gordas e a graciosa covinha de seu queixo.

— Agora, neném, Cissy Caffrey disse. Diga bem, mas bem alto mesmo. Eu quero um gole dágua.

E o bebê balbuciou em resposta:

— U dói u dói duaba.

Cissy Caffrey apertou o pequenino pois era louca por crianças, tão paciente com os coitadinhos e nunca conseguiam fazer Tommy Caffrey tomar seu óleo de rícino a não ser que Cissy Caffrey estivesse lá para segurar seu narizinho e prometer-lhe a ponta crocante do pão preto com aquele melado dourado. Que poder de persuasão tinha aquela garota! Mas a verdade é que o bebê valia ouro, um perfeito mimozinho com seu elegante avental novo. Longe de ser uma dessas moças bonitas de nariz empinado, à la Flora MacFlimsy, nossa Cissy Caffrey. Moça de coração mais honesto jamais viveu neste mundo, sempre com um sorriso nos olhos aciganados e uma palavra faceciosa nos lábios vermelhos de cereja, uma garota adorabilíssima. E Edy Boardman riu também da exótica língua que falava o caçula.

Mas bem nesse momento houve ligeira altercação entre o pequeno

Tommy e o pequeno Jacky. Há coisas de meninos, e nossos gêmeos não configuravam exceção a tal regra de ouro. O pomo da discórdia foi certo castelo de areia que o pequeno Jacky construíra e que o pequeno Tommy queria por bem ou por mal ver arquitetonicamente aprimorado por uma porta de entrada como a que tinha a torre Martello. Mas se o pequeno Tommy era cabeçadura, o pequeno Jacky era também opiniático e, fiel à máxima que reza ser a casa de todo irlandesinho seu castelo, jogou-se sobre seu abominado rival, e com tal determinação que levaram a pior o pretenso invasor e (triste relatá-lo!) também o cobiçado castelo. Desnecessário dizer que os gritos de um contrafeito pequeno Tommy chamaram a atenção das amigas.

— Vem cá, Tommy, chamou imperativa sua irmã, e é pra já! E você, Jacky, que vergonha jogar o coitadinho do Tommy na areia suja. Pode deixar que eu já te pego.

De olhos embaçados por lágrimas contidas, o pequeno Tommy atendeu a seu chamado pois a palavra da irmã mais velha era lei para os gêmeos. E era triste sua situação depois dessa desventura. Sua blusinha de marujo e sua roupa de baixo estavam cheias de areia mas Cissy era mestra acabada na arte de aparar as pequenas arestas da vida e muito rapidamente não se via um só grão de areia em sua roupinha alinhada. Ainda brilhavam contudo os olhinhos azuis com cálidas lágrimas prestes a correr e ela então curou o dodói com beijinhos e sacudiu a mão na direção do pequeno Jacky o vilão e disse que ele que se cuidasse se ela passasse por perto dele, revirando os olhos em admoestação.

— Jacky feio malvado! ela gritou.

Passou um braço em volta do pequeno marinheiro e o adulou aliciante:

— Quem é você? O gato chinês?

— Conta pra nós quem que é a tua namoradinha, falou Edy Boardman. A Cissy é a tua namoradinha?

— Nááu, o lacrimoso Tommy disse.

— A Edy Boardman é a tua namoradinha? Cissy interrogou.

— Nááu, Tommy disse.

— Eu sei, Edy Boardman disse nada delicada com uma expressão marota nos olhos míopes. Eu sei quem é a namoradinha do Tommy, a namoradinha do Tommy é a Gerty.

— Nááu, Tommy disse à beira das lágrimas.

O rápido instinto maternal de Cissy percebeu o que estava errado e ela sussurrou a Edy Boardman que o levasse lá atrás do carrinho onde o cavalheiro não pudesse vê-lo e que cuidasse para ele não molhar os sapatinhos castanhos novos.

Mas quem era Gerty?

Gerty MacDowell, que estava sentada junto de suas companheiras, absorta em seus pensamentos, olhar perdido longe na distância, era com toda justiça o mais belo espécime da cativante feminilidade irlandesa que se pode desejar. Era declarada linda por todos que a conheciam muito embora, como sempre dissessem, tivesse mais de Giltrap que de MacDowell. Seu talhe era esguio e gracioso, tendendo até à fragilidade mas aquelas cápsulas de ferro que andava tomando fizeram-lhe um bem incrível muito melhor que as pílulas para senhoras da viúva Welch e ela estava muito melhor dos corrimentos que tinha antes e daquela sensação de canseira. A palidez de cera de seu rosto era quase espiritual em sua pureza ebúrnea embora o botão de rosa de sua boca fosse um legítimo arco de Cupido, helenicamente perfeito. Suas mãos eram de um alabastro finamente riscado pelos traços das veias com dedos longos e finos tão brancos quanto o sumo de limão e a rainha dos unguentos podiam fazê-los embora não fosse verdade que ela usasse luvas de pelica para dormir ou fizesse escaldapés com leite. Bertha Supple disse um dia essas coisas a Edy Boardman, deliberada mentira, quando em pé de guerra com Gerty (essas boas amigas tinham também suas rusgas vez por outra como o resto dos mortais) e ela lhe disse para não deixar escapar acontecesse o que acontecesse que fora ela que lhe havia contado senão jamais falaria com ela novamente. Não. Justiça seja feita. Havia um refinamento inato, um lânguido *hauteur* de rainha em Gerty que se manifestava inequivocamente nas mãos delicadas e na curva alta da planta do pé. Tivessem apenas os doces fados determinado que nascesse dama de alta qualidade por seu próprio direito e tivesse ela apenas recebido a bênção de uma boa educação e Gerty MacDowell não teria dificuldade em sair-se galhardamente lado a lado com qualquer senhora da sociedade desta terra e em ver-se vestida com primor e ornada de joias cheia de pretendentes aristocráticos a seus pés competindo uns contra os outros para render-lhe homenagens. Quiçá fosse isso, o amor que poderia ter sido, o que dava a seu rosto de traços suaves por vezes um olhar, tensionado por significados contidos, que emprestava uma estranha tendência anelante aos lindos olhos, um encanto a que poucos podiam resistir. Por que têm as mulheres tais olhos feiticeiros? Os de Gerty eram do tom do mais azul dos azuis irlandeses, destacado por cílios lustrosos e escuras sobrancelhas expressivas. Houve tempos em que essas sobrancelhas não eram tão sedosamente sedutoras. Foi Madame Vera Verity, diretora da página de Beleza da Mulher no folhetim Princesa que primeiramente a aconselhou a experimentar aquele Sobrancelinda que deu a seu olhar tal expressão misteriosa, que cai tão bem nas moças que ditam os caminhos da moda, e ela jamais se arrependera. E havia também aquela cura científica para o enrubescimento e como ser alta aumente sua altura e você tem um rosto lindo mas e seu nariz? Esse serviria para a senhora Dignam porque o dela era de bolinha. Mas o píncaro da glória de Gerty eram seus maravilhosos cabelos fartos. Eram castanhoescuros com uma ondulação natural. Ela os havia cortado naquela mesma manhã em função da lua nova e eles se acomodavam em torno de sua bela cabeça numa pletora de mechas luxuriantes e aparou as unhas também, quintafeira garante fortuna. E neste preciso momento, diante das palavras de Edy, enquanto um rubor lhe subia delator, delicado como o mais sutil botão de rosa, até suas faces, ela estava tão adorável em sua doce pudicícia de menina que certamente a bela terra da Irlanda abençoada por Deus não lhe tinha par.

Por um instante ficou silente com olhos baixos um tanto tristes. Estava a ponto de replicar mas algo lhe deteve as palavras na garganta. Seu natural a incitava a se manifestar: a dignidade comandava seu silêncio. Os belos lábios se franziram por um momento mas ela então olhou para o alto e irrompeu num risinho feliz que em si trazia todo o frescor de uma jovem manhã de maio. Ela sabia muito bem, melhor que ninguém, o que fazia a cegueta da Edy dizer aquilo em função de ele ter arrefecido em seu zelo quando era apenas uma briguinha de amor. Como de soído alguém estava torcendo o nariz por causa do rapaz da bicicleta andando sem parar para cima e para baixo diante da janela dela. Só que agora o pai dele o retinha à tarde para só ficar estudando e conseguir uma bolsa que estava sendo oferecida no propedêutico e ele ia para a faculdade Trinity estudar para ser doutor quando saísse do científico como seu irmão W. E. Wylie que estava correndo nas corridas de bicicletas no Trinity College. Talvez ele pouco se importasse com o que ela sentia, aquele triste oco dolorido em seu coração vez por outra, pungindo-a até ao âmago. Contudo era jovem e quem sabe pudesse aprender a amá-la com o tempo. Eles eram protestantes na família dele e é claro que Gerty sabia Quem vinha antes e depois dele a Virgem e depois São José. Mas ele era inegavelmente bonito com um nariz lindo e não desmentia as aparências, um cavalheiro da cabeça aos pés, o formato da cabeça também atrás quando estava sem o boné que ela seria capaz de reconhecer em qualquer lugar algo fora do comum e o jeito que tinha de contornar o poste com a bicicleta sem as mãos no guidão e o perfume agradável também daqueles cigarros de qualidade e além disso eles eram do mesmo tamanho e era por isso que Edy Boardman achava que era tão tremendamente esperta porque ele não ia passear para cima e para baixo na frente daquele jardinzinho lá dela.

Gerty trajava com simplicidade mas com o bom gosto instintivo de uma devota da Senhora Moda pois sentia no ar um leve talvez de que ele talvez estivesse na rua. Uma bela blusa de um azul cintilante que ela mesma tingira com pigmentos Dolly (porque segundo a *Lady's Pictorial* o azul cintilante deveria ser muito usado), com uma elegante abertura em Vê até a divisão e bolso para lenço (no qual ela mantinha sempre um chumaço de algodão com a fragrância de seu perfume favorito porque o lenço estragava o caimento) e uma saia marinho tresquartos aberta do lado exibiam à perfeição sua graciosa silhueta esguia. Estava usando uma gracinha de um chapéu faceiro de larga palha negra forrado por baixo da aba em *chenille* azulzinho contrastante tendo na lateral um laço borboleta de seda no mesmo tom. Ficou toda a terçafeira passada revirando as lojas para encontrar algo que combinasse com aquele *chenille* mas acabou achando exatamente o que queria na liquidação de verão da Clery's, um pouquinho sujo do mostruário mas ninguém nem reparava, meio palmo a dois e um. Fez depois tudo sozinha e qual não foi sua alegria ao provar o chapéu, sorrindo para o adorável reflexo que o espelho lhe devolvia! E quando o pôs no jarro dágua para manter o formato ela soube que aquilo ia meter no chinelo certas pessoas que conhecia. Seus sapatos eram o último grito em calçados (Edy Boardman se orgulhava de ser muito *mignonne* mas nunca teve um pezinho como o de Gerty MacDowell, tamanho cinco, e jamais teria, faça chuva ou faça sol) com bico de verniz e somente uma elegante fivela sobre a acentuada curva do peito de seu pé. O tornozelo bem torneado exibia suas perfeitas proporções por sob a saia e apenas a porção justa, e não mais, de seus formosos membros cobertos por meiascalças de trama fina com calcanhares reforçados e jarreteiras largas. Quanto à roupabranca era ela o principal cuidado de Gerty e quem conhecendo as trêmulas esperanças e medos da doçura dos dezessete anos (embora Gerty jamais pudesse voltar aos dezessete) terá coração para censurá-la? Tinha quatro conjuntinhos, cerzidos muito delicadamente, três peças e camisolinhas extras, e cada conjunto marcado com fitas de cores diferentes, rosaclaro, azulbebê, bordô e verdervilha e ela mesma os quarava e alvejava quando voltavam da lavadeira e os passava a ferro e tinha um tijolinho para largar o ferro porque não seria capaz de confiar nessas lavadeiras até porque já as vira queimar as tais peças. Estava usando o conjunto azul para dar sorte, com uma esperança que quase se sabia vã, sua própria cor e a cor da sorte para as noivas também para usarem um pouquinho de azul em algum lugar porque o verde que usara na semana passada lhe trouxera mágoa porque o pai dele o chamou para dentro para estudar para a bolsa do propedêutico e porque ela achava que talvez ele pudesse estar na rua porque quando estava se vestindo pela manhã ela quase vestiu o conjuntinho usado pelo avesso e isso dava sorte e era para encontros amorosos se você veste essas peças de roupa pelo avesso desde que não fosse sextafeira.

Mas... ai, ai, ai! Aquela aparência tensa em seu olhar! Uma mágoa está ali a roê-la o tempo todo. Sua alma está exposta nos olhos e ela daria mundos e fundos para estar no recôndito de seu próprio recinto familiar onde, dando livre curso às lágrimas, poderia chorar a valer e aliviar seus sentimentos reclusos mas não demais porque sabia chorar bem direitinho diante do espelho. Você é linda, Gerty, ele dizia! A pálida luz do entardecer põe-se sobre um rosto infinitamente triste e anelante. Gerty MacDowell suspira em vão. Sim, soubera desde o início que seus sonhos de um casamento arranjado com os sinos nupciais tilintando para a senhora Reggy Wylie, T.C.D. (porque quem se casasse com o irmão mais velho seria a senhora Wylie), e no mundo da moda a senhora Gertrude Wylie portava suntuoso traje em cinza barrado de caríssima pele de raposa azul, não haveriam de se realizar. Ele era jovem demais para compreender. Não queria acreditar no amor, direito de nascença da mulher. Na noite da festa há tanto tempo na casa dos Stoer (ele ainda usava calças curtas) quando ficaram a sós e ele lhe insinuou um braço em torno da cintura ela empalideceu até os lábios. Ele a chamou de pequenina com uma voz estranhamente enrouquecida e roubou um meio beijo (o primeiro!) mas foi apenas na ponta do nariz e ele depois saiu apressado da sala dizendo algo sobre a merenda. Camaradinha impetuoso! Força de caráter jamais fora o ponto forte de Reggy Wylie e aquele que acabasse por cortejar e conquistar Gerty MacDowell haveria de ser um modelo entre seus pares. Mas à espera, à espera o tempo todo de uma proposta e ainda era ano bissexto e logo chegaria ao fim. Seu ideal de admirador não era algum príncipe encantado que depusesse um raro e fantástico amor a seus pés mas sim um homem viril com um rosto forte e tranquilo que não houvesse encontrado seu ideal, talvez de cabelos levemente riscados de fios grisalhos, e que a compreenderia, tomá-la-ia em seus braços protetores, a apertaria contra si com toda a força de sua profunda natureza passional para consolá-la com um beijo bem longo. Seria o paraíso. Por alguém assim ela suspira neste ameno crepúsculo de verão. Com todo o seu coração deseja ser sua querida, sua noiva prometida na riqueza da pobreza, na doença da saúde, até que a morte não separe, daqui até de hoje em diante.

E enquanto Edy Boardman estava com o pequeno Tommy atrás do carrinho ela ficava lá pensando se o dia jamais chegaria em que poderia se dizer sua noivinha futura. Aí podiam falar dela até ficarem azuis de raiva, Bertha Supple também, e Edy, a paviocurto, porque faria vintedois em novembro. Ela tomaria conta dele com cuidados materiais também pois Gerty tinha a sabedoria feminina e sabia que um simples homem gostava dessa sensação doméstica. Suas panquecas fritas até atingirem uma tonalidade de ouro castanho e o pudim da rainha Ana de deliciosa cremosidade haviam recebido de todos cintilantes elogios porque tinha ela também uma boa mão para acender o fogo, revolver a finíssima farinha para pães e sempre mexer no mesmo sentido, depois reduzir o leite com açúcar e bater bem as gemas de ovo embora não gostasse da parte relativa a comer quando havia qualquer um que a deixasse senjeito e com frequência se perguntasse porque não se podia comer algo poético como violetas ou rosas e eles teriam uma saladestar com uma decoração linda com retratos e gravuras e a fotografia do belo cão do vovô Giltrap, Garryowen que só faltava falar, de tão humano que era e mantas de chintz para as cadeiras e aquela cesta para torradas da liquidação de verão da Clery's tal qual nas casas de gente rica. Ele seria alto de ombros largos (ela sempre havia admirado homens altos para marido) com dentes brancos reluzentes sob o bigode largo cuidadosamente aparado e eles iriam para o continente na luademel (três semanas maravilhosas!) e então, quando se acomodassem numa bela casinha simples, cômoda e aconchegante, toda manhã tomariam seu *déjeuner*, singelo mas servido de maneira perfeita, apenas para os dois pombinhos e antes de sair para trabalhar ele daria um belo abraço sincero em sua querida mulherzinha e miraria por alguns instantes bem no fundo de seus olhos.

Edy Boardman perguntou a Tommy Caffrey se ele havia acabado e ele disse que sim e então ela abotoou para ele sua calça de caçadorzinho e lhe disse para ir correndo brincar com o Jacky e para ser bonzinho agora e não brigar. Mas Tommy disse que queria a bola e Edy lhe disse que não que o bebê estava brincando com a bola e se ele pegasse ia ser uma cena mas Tommy disse que a bola era dele e que ele queria sua bola e bateu os pezinhos no chão, ora vejam só. Que temperamento! Ah, que já era um homenzinho o pequeno Tommy Caffrey desde que deixara as fraldas. Edy disse que não e não e que ele parasse com isso e disse a Cissy Caffrey para não fazer a vontade dele.

— Você não é minha irmã, Tommy levado disse. A bola é minha.

Mas Cissy Caffrey disse para o bebê Boardman olhar para cima, olhar bem no alto, para o dedo dela e roubou a bola bem rápido e a arremessou pela areia e Tommy atrás dela a toda a velocidade, com o dia ganho.

— Tudo por uma vida tranquila, riu Ciss.

E ela cutucou as duas bochechinhas do neném para fazê-lo esquecer e brincou de janela, janelinha, porta, campainha, dindom. Mas Edy amarrou um burro enorme por ele conseguir suas vontades assim e todo mundo sempre mimando aquele menino.

— Eu queria dar uma coisinha pra ele, ela disse, queria mesmo, nem digo onde.

— Na bumpundapá, riu Cissy divertida.

Gerty MacDowell abaixou a cabeça e fez-se carmesim diante da ideia de ouvir Cissy dizer uma coisa nada delicada como aquela assim em voz alta que ela ia morrer de vergonha de dizer, corando num vermelho rosado escuro, e Edy Boardman disse que tinha certeza que o cavalheiro do outro lado ouvira o que ela dissera. Mas Ciss não dava a mínima.

— Pois que ouça! ela disse com um atrevido meneio da cabeça e um petulante nariz arrebitado. Pois eu lhe aplicava também no mesmíssimo lugar na horinha que ele desse as caras.

A doida da Ciss com aqueles cachinhos de boneca de piche. Às vezes você tinha que rir dela. Por exemplo quando ela perguntava se você queria mais chá chinês e meleia de jorango ou quando pintou os peitos também e as carinhas com tinta vermelha nas unhas era de rolar de rir ou quando queria ir você sabe onde ela dizia que queria fazer uma visita à senhorita Branca. Isso era o retrato da Cissy. Ah, e como se há de conseguir esquecer algum dia aquela noite em que ela se vestiu com o terno e o chapéu do pai com o bigode de rolha queimada e desceu a Tritonville Road, fumando um cigarro? Ninguém era divertido igual a ela. Mas era a própria sinceridade, um dos mais firmes e mais verdadeiros corações que o paraíso já engendrou, não uma dessas duascaras, doces demais para fazer bem.

E então surgiu pelo ar o som das vozes e o hino invocatório do órgão. Era o retiro de temperança para cavalheiros conduzido pelo missionário, o reverendo John Hughes, S.J., rosário, sermão e bênção do Santíssimo Sacramento. Estavam ali reunidos sem distinção de classe social (e era espetáculo dos mais edificantes de se ver) naquele singelo fano junto às ondas, depois das tempestas deste mundo atribulado, ajoelhados aos pés da imaculada, recitando a litania de Nossa Senhora de Loreto, suplicando que intercedesse por eles, as velhas palavras tão familiares, Santa Maria, santa virgem entre as virgens. Como era triste aos ouvidos da pobre Gerty! Tivesse seu pai conseguido evitar as garras do demônio da bebida, fazendo um voto ou tomando aqueles pós para a cura do vício da bebida do hebdomadário Pearson's, ela poderia agora estar rodando em sua carruagem, elevada acima de todas. Tantas e tantas vezes se dissera tais coisas ao refletir junto a brasas que morriam em melancólicas meditações sem a luminária porque ela odiava duas luzes ou frequentemente mirando pela janela sonhadora por horas a fio a chuva caindo no balde enferrujado, pensando. Mas aquela vil decocção que tantos lares e famílias destruíra lançara sua sombra sobre a infância da menina. E não só, pois ela chegara mesmo a presenciar no círculo doméstico cenas de violência causadas pela intemperança e vira seu próprio pai, presa dos fumos da inebriação, sair completamente de si pois se havia uma coisa dentre todas as outras que Gerty sabia era que o homem que levanta a mão para uma mulher a não ser de modo gentil merece ser marcado a ferro como o mais vil dentre os vis.

E cantavam ainda as vozes numa súplica à poderosíssima Virgem, Virgem misericordiosíssima. E Gerty, perdida em pensamentos, mal ouvia ou via suas companheiras ou os gêmeos em suas traquinagens ou o cavalheiro do outro lado de Sandymount Green que Cissy Caffrey chamou de aquele sujeito que era a cara dele mesmo passando pela praia passeando um pouco. Você jamais o veria nem um pouquinho chumbado mas ainda assim e mesmo com tudo isso ela não gostaria de tê-lo como pai porque ele era velho demais ou algum outro motivo ou por causa do rosto (era um caso claro de mal-me-quer) ou o nariz carbunculoso com aqueles cravos e o bigode amarelado um pouco grisalho debaixo do nariz. Pobre papai! Com todos os seus defeitos ela ainda o amava quando ele cantava *Diga Mary como te conquistar* ou *Meu amor e meu chalé perto de Rochelle* e eles comiam vôngole ensopado e alface com o molho de salada Lazenby na ceia e quando ele cantava *A lua ergueu* com o senhor Dignam que morreu de repente e foi enterrado, Deus tenha piedade dele, de um derrame. Foi no aniversário da mãe dela e o Charley estava em casa de férias e o Tom e o senhor Dignam e sua senhora e o Patsy e o Freddy Dignam e eles queriam tirar um retrato de todos. Ninguém teria imaginado que o fim estava tão próximo. Agora ele tinha descansado. E a mãe dela disse para ele tomar aquilo como um aviso para o resto de sua vida e ele nem sequer conseguiu ir ao enterro por causa da gota e ela precisou ir até a cidade para trazer-lhe cartas e amostras do escritório a respeito do linóleo de Catesby, desenhos artísticos padronizados, dignos de um palácio, dá uma cobertura perfeita e sempre alegra e ilumina o lar.

Uma joia de filha era Gerty, bem uma segunda mãe em casa, um anjo de candura também com um coraçãozinho que valia seu peso em ouro. E quando sua mãe tinha aquelas terríveis dores de cabeça dilacerantes quem era que esfregava o cone de mentol em sua testa senão Gerty ainda que não gostasse de ver sua mãe tomando pitadas de rapé e essa fosse a única coisa no mundo que às vezes gerava palavras acerbas entre elas, o rapé. Todos a tinham na mais alta conta por seus doces modos. Era Gerty quem desligava o gás no registro geral toda noite e foi Gerty quem pendurou na parede daquele lugar onde nunca esquecia de quinze em quinze dias do clorato de sódio a figura do almanaque de natal do senhor Tunny o merceeiro, dos tempos dantanho em que um jovem cavalheiro com os trajes que eles usavam naqueles dias e de tricorne oferecia um ramalhete de flores a sua benhamada com o cavalheirismo dos velhos tempos através da gelosia de sua janela. Podia-se ver que havia uma estória por trás daquilo. As cores eram de encher os olhos. Ela vestia um branco justo em estudada atitude e o cavalheiro trajava roupas cor de chocolate e tinha toda a aparência de um aristocrata. Ela sempre olhava sonhadora para eles quando estava ali para fazer uma certa coisa e sentia seus próprios braços que eram brancos e macios como os dela com as mangas puxadas e pensava naqueles tempos porque descobrira no dicionário de Walker que pertencera ao vovô Giltrap tudo sobre os tempos dantanho e o que representavam.

Os gêmeos estavam agora brincando no melhor dos espíritos fraternais até que o pequeno Jacky que era mesmo audacioso como o quê não havia como negar deliberadamente chutou a bola com toda a sua forcinha lá para longe na direção das pedras cobertas de algas. Desnecessário dizer que o coitado do Tommy não demorou em manifestar seu desapontamento mas por sorte o cavalheiro de preto que estava sentado lá sozinho veio galante salvar o dia e interceptou a bola. Nossos dois paladinos reclamavam seu brinquedo com desabrida grita e para evitar confusão Cissy Caffrey gritou ao cavalheiro que arremessasse a bola para ela por favor. O cavalheiro mirou uma ou duas vezes e então arremessou a bola praia acima na direção de Cissy Caffrey mas ela rolou pelo chão inclinado e parou justo sob a saia de Gerty perto da pequena piscina junto à rocha. Os gêmeos clamavam de novo por ela e Cissy lhe disse que a mandasse dali com um chute e eles que brigassem por ela portanto Gerty preparou seu pé mas desejou que aquela bola idiota não tivesse vindo rolando até ela e deu um chute mas errou e Edy e Cissy riram.

— Errar é humano, mas se errar tente de novo, Edy Boardman disse.

Gerty assentiu com um sorriso e mordeu o lábio. Um rosa delicado subiu a sua bela face mas ela estava determinada a lhes mostrar e portanto levantou um pouco a saia mas só o bastante e fez pontaria direitinho e deu um belo chute na bola e ela foi parar lá longe e os dois gêmeos atrás dela indo para os seixos. Puro ciúme é claro que era só isso para chamar atenção por causa do cavalheiro do outro lado olhando. Ela sentiu o calorão, sempre um sinal de perigo com Gerty MacDowell, surgindo e inflamando suas bochechas. Até aquele momento haviam apenas trocado olhares dos mais casuais mas agora por sob a aba de seu novo chapéu ela arriscou lançar-lhe um olhar e o rosto que seus olhos encontraram no crepúsculo, lânguido e estranhamente tenso, pareceu-lhe o mais triste que jamais vira.

Pela janela aberta da igreja flutuavam fumos de fragrante incenso e com eles os nomes fragrantes daquela que fora concebida sem mácula de pecado original, vaso espiritual, orai por nós, vaso digno de honra, orai por nós, vaso insigne de devoção, orai por nós, rosa mística. E corações carcomidos de cuidados lá estavam e que suavam pelo pão de cada dia e muitos que erraram e vaguearam, olhos úmidos contritos mas apesar de tudo brilhantes de esperança pois o reverendo padre Hughes lhes contara o que o grande São Bernardo disse em sua famosa oração de Maria, o poder intercessório da virgem pientíssima que não estava registrado em qualquer época que aqueles que a ela imploraram por sua poderosa proteção fossem jamais por ela abandonados.

Os gêmeos estavam agora brincando novamente muito alegres pois as atribulações da infância são não mais que fugazes chuvas de verão. Cissy Caffrey brincava com o bebê Boardman até ele gritar de júbilo, batendo palminhas pueris no ar. Achou, ela gritava por trás da cobertura do carrinho e Edy perguntava cadê a Cissy e então a cabeça de Cissy saltava e ela lhe dizia ah! E, palavra, como o amiguinho gostava! E então ela lhe pediu que dissesse papai.

— Diz papai, neném. Diz pa pa pa pa pa pa pai.

E o bebê fez tudo o que podia para dizê-lo pois era muito inteligente para onze meses todo mundo dizia e grande para a idade e a imagem da saúde, uma coisinha mais querida, e ele certamente acabaria sendo grande coisa, diziam.

— Ajá ja ja ajá.

Cissy enxugou-lhe a boquinha com o babeiro e quis que ele sentasse direito e dissesse pa pa pai mas quando desafivelou a correia ela exclamou, santa madre, que ele estava encharcado e para virarem a manta do outro lado embaixo dele. É claro que sua infantil majestade era desregradíssima quanto a essas formalidades higiênicas e espalhou o fato aos quatro ventos:

— Habaa baaaahabaaa baaaa.

E duas grandes lindas lágrimas lhe escorrendo rosto baixo. De nada servia consolá-lo com não, não não, neném, não e lhe falar do pipi e onde estava o cachinho mas Ciss, sempre astuta, deu-lhe na boca o bico da mamadeira e o pagãozinho logo se tranquilizou.

Gerty pedia aos céus que elas levassem aquele bebê gritalhão para casa de uma vez e não lhe dessem nos nervos, isso lá era hora de estar fora de casa com os pirralhinhos daqueles gêmeos. Mirava longe sobre o mar distante. Era como as pinturas que aquele homem fazia na calçada com um monte de giz colorido e um dó tão grande também deixá-las ali para sumirem todas borradas, a noite e as nuvens surgindo e o farol Bailey em Howth e ouvir a música daquele jeito e o perfume que eles queimavam naquele turíbio da igreja como uma nuvem de aroma. E enquanto mirava seu coração pôs-se aos pulos. Sim, era para ela que ele olhava e era prenhe de significados seu olhar. Seus olhos penetravam-na queimando como por perscrutá-la inteira, ler o mais fundo de sua alma. Olhos magníficos ele tinha, soberbamente expressivos, mas podia-se neles confiar? As pessoas eram tão esquisitas. Ela pôde ver de pronto por seus olhos negros e pálido rosto intelectual que ele era estrangeiro, idêntico à foto que ela tinha de Martin Harvey, o ídolo das matinês, a não ser pelo bigode que ela preferia porque não era frenética por teatro como Winny Rippingham que queria que elas duas usassem sempre roupas iguais por causa de uma peça mas ela não conseguia ver se ele tinha um nariz aquilino ou algo *retroussé* dali de onde estava sentada. Estava de luto fechado, isso ela podia ver, com a estória de uma dor perturbadora gravada em seu rosto. Teria dado mundos e fundos para conhecê-la. Ele olhava com tamanha intensidade, tão imóvel e ele a viu chutar a bola e talvez pudesse ver as brilhantes fivelas de aço de seus sapatos se ela os balançasse assim pensativa com os dedos apontando pra baixo. Estava feliz por algo ter-lhe dito para pôr as meias transparentes pensando que Reggy Wylie podia estar na rua mas isso já era passado. Aqui estava aquilo com que tanto sonhara. Era ele o que importava e havia alegria em seu rosto porque o desejava por ter instintivamente sentido que ele era diferente de todos. O coração da meninamoça corria todo para ele, seu marido ideal, porque ela soube de pronto que era ele. Se ele sofrera, mais vítima do pecado que pecador, ou até mesmo, atémesmo, se houvesse ele próprio pecado, sido um homem perverso, ela não se importava. Mesmo se fosse protestante ou metodista ela poderia facilmente convertê-lo se ele a amasse de fato. Havia chagas que requisitavam uma cura com bálsamos do coração. Ela era uma mulher feminil diferente de outras meninas volúveis nada femininas que ele conhecera, aquelas ciclistas que exibiam o que nem tinham e ela apenas ansiava por tudo conhecer, por tudo perdoar se pudesse fazê-lo se apaixonar por ela, fazê-lo esquecer a lembrança do passado. Então quiçá ele a pudesse abraçar carinhoso, como um homem de verdade, apertando seu corpo macio contra o torso, e amá-la, sua menininha mais queridinha, apenas pelo que ela era.

Refúgio dos pecadores. Consoladora dos aflitos. *Ora pro nobis.* Já se disse bem que quem quer que ore para ela com fé e constância não pode jamais ver-se perdido ou renegado: e também adequadamente é ela um porto de refúgio para os aflitos em função das sete dores que transpassaram seu próprio coração. Gerty podia imaginar toda a cena na igreja, as janelas de vitrais iluminadas, as velas, as flores e os estandartes azuis da irmandade da Virgem e o padre Conroy estava ajudando o cônego O'Hanlon no altar, levando e trazendo coisas com os olhos baixos. Ele parecia quase um santo e seu confessionário era tão quieto, limpo e escuro e as mãos dele eram iguaizinhas a cera branca e se algum dia ela se tornasse uma freira dominicana com seu hábito branco talvez ele fosse até o convento para a novena de São Domingos. Ele lhe disse aquela vez quando ela lhe contou sobre aquilo na confissão corando até as raízes dos cabelos de medo que ele pudesse ver, para não se preocupar porque aquilo era apenas a voz da natureza e estávamos todos sujeitos às leis da natureza, ele disse, nesta vida e que aquilo não era pecado porque provinha da natureza da mulher instituída por Deus, ele disse, e que Nossa Santa Senhora ela mesma disse ao arcanjo Gabriel faça-se em mim segundo a Tua Palavra. Ele era tão bondoso e pio e várias e várias vezes ela pensou e repensou se podia fazer uma cobertura para bule de chá de babados com um padrão floral bordado para ele de presente ou um relógio mas eles tinham um relógio ela percebeu sobre a lareira branco e dourado com um canário que saía de uma casinha para dizer as horas no dia em que foi lá tratar das flores para a adoração das quarenta horas porque era difícil pensar que tipo de presente dar ou quem sabe um álbum de vistas iluminadas de Dublin ou de algum outro lugar.

Os pirralhinhos irritantes dos gêmeos começaram a brigar de novo e Jacky arremessou a bola para o mar e ambos correram atrás dela. Macaquinhos mais vulgares que carne de vaca. Alguém tinha que ir lá pegar os dois e dar-lhes uma boa de uma surra para colocá-los no seu lugar, os dois. E Cissy e Edy gritaram para voltarem porque temiam que a maré pudesse subir logo e que eles se afogassem.

— Jacky! Tommy!

Mas não aqueles ali! Como eram birrentos! Então Cissy disse que era a última vez que saía com eles. Ela ergueu-se de um salto e chamou-os e correu lá para baixo passando por ele, jogando o cabelo para trás que tinha uma cor bem boa se fosse mais abundante mas nem com todos os trecos que vivia esfregando ela conseguia fazer o cabelo crescer porque não era natural então só podia ir lá esfregar na cara dele. Corria com longos passos de ganso que era de admirar que não rasgasse a saia pelo lado que estava justa demais nela porque Cissy Caffrey tinha muito de arteira e era bem saidinha quando achava que tinha uma boa oportunidade de se exibir e só porque corria bem ela saía correndo daquele jeito para ele poder ver toda a barra de sua anágua correndo e ver o mais possível daquelas canelinhas finas. Teria sido bem feito se tivesse tropeçado em alguma coisa sem querer querendo com aqueles grandes saltos Luís xv retorcidos para deixá-la alta e tomado um belo de um tombo. *Tableau!* Teria sido um encantador *exposé* de ser presenciado por um cavalheiro como aquele.

Rainha dos anjos, rainha dos patriarcas, rainha dos profetas, de todos os santos, eles rezavam, rainha do sacratíssimo rosário e então o padre Conroy entregou o turíbulo ao cônego O'Hanlon e ele colocou o incenso e incensou o Santo Sacramento e Cissy Caffrey pegou os dois gêmeos e estava louca para dar-lhes um belo de um tapão nas orelhas mas não o fez porque achou que ele pudesse estar olhando mas ela jamais cometeu engano maior em sua vidinha porque Gerty podia ver sem olhar que ele não tirou por um só momento os olhos dela e então o cônego O'Hanlon devolveu o turíbulo ao padre Conroy e se ajoelhou com os olhos erguidos para o Santo Sacramento e o coro começou a cantar *Tantum ergo* e ela só balançava o pé para dentro e para fora no compasso enquanto a música subia e caía ouvindo o *Tantumer gossa cramen tum*. Três e onze ela pagara por aquelas meias na Sparrow's perto da George Street na terçafeira, não, segundafeira antes da Páscoa e não tinham um só fio corrido e era isso que ele estava olhando, transparentes, e não as insignificantes que ela usava e que não tinham forma nem desenho (que audácia dela!) porque ele tinha um par de olhos para enxergar por si próprio a diferença.

 Cissy voltava pela praia com os dois gêmeos e a bola deles com o chapéu de qualquer jeito na cabeça caído de um lado depois de sua disparada e parecia mesmo uma desmazelada arrastando os dois meninos com a blusinha fuleira que comprou faz quinze dias que nem um trapo nas costas dela e uma ponta da anágua de fora como uma caricatura. Gerty apenas tirou o chapéu por um momento para ajeitar o cabelo e cabeleira mais bela, mais garrida em suas tranças castanhas jamais foi vista sobre os ombros de uma jovem — uma imagenzinha radiante, deveras, quase enlouquecedora em sua doçura. Você teria de viajar por muitas longas milhas antes de encontrar uma cabeça com quejandos cabelos. Ela quase podia ver a veloz onda de admiração provocada nos olhos dele que fazia vibrar cada um de seus nervos. Colocou o chapéu para que pudesse ver por sob a aba e agitou o sapato de fivela mais rápido pois perdera o fôlego ao ver o olhar que lhe lançava. Ele a mirava como a serpente mira sua presa. Seus instintos femininos lhe diziam que ela havia acordado o demônio que nele residia e diante dessa ideia um flamejante escarlate varreu-a do pescoço à testa até tornar-se um rosa glorioso a linda cor de seu rosto.

 Edy Boardman percebia também porque apertava os olhos para olhar para Gerty, com um meio sorriso, com seus oclinhos, como uma velha senhora, fingindo cuidar do bebê. Coisinha quizilenta que era e para sempre seria e era por isso que ninguém conseguia se dar com ela, metendo o nariz onde não era chamada. E ela disse a Gerty:

—Um tostão pra saber o que você está pensando.

—O quê? replicou Gerty com um sorriso reforçado pelos mais brancos dos dentes. Eu estava só imaginando se já era tarde.

 Porque pedia aos céus que elas levassem os gêmeos ranhentos e aquele bebê para casa para os quintos, longe dali, e foi por isso que apenas insinuou levemente que era tarde. E quando Cissy chegou Edy lhe perguntou as horas e a senhorita Cissy, gaiata que só ela, respondeu que era beijodia e meia, hora de beijar de novo. Mas Edy queria saber porque lhes haviam dito para voltar cedo.

— Espera, disse Cissy, eu vou perguntar pro tiozinho mais ali que horas que o bobo dele está marcando.

E lá foi ela e quando ele a viu chegando ela o pôde ver tirando a mão do bolso, ficando nervoso, e começando a brincar com a châtelaine, olhando para a igreja. Naturalmente passional como ele fosse, Gerty podia ver que tinha enorme controle sobre si próprio. Num momento estava lá, fascinado por uma beleza que prendia seus olhos, e no momento seguinte já era o taciturno cavalheiro tranquilo, com o autocontrole à mostra em cada linha de seu vulto de aparência distinta.

Cissy disse com licença se ele poderia dizer-lhe a hora certa e Gerty pôde vê-lo puxar de seu relógio, ouvi-lo e consultá-lo e limpar a garganta e ele disse que sentia muito que seu relógio estava parado mas que ele achava que devia passar das oito pois o sol estava posto. Sua voz tinha um tom refinado e embora falasse com medida modulação havia a suspeita de um tremor nos tons suaves. Cissy disse obrigada e voltou com a língua de fora e disse que o tio disse que o seu badalo estava estragado.

Então eles cantaram a segunda estrofe do *Tantum ergo* e o cônego O'Hanlon levantou novamente e incensou o Santo Sacramento e ajoelhou e disse ao padre Conroy que uma das velas estava a ponto de queimar as flores e o padre Conroy levantou e ajustou-a e ela pôde ver o cavalheiro dar corda ao relógio e ouvir o ofício e ela balançava a perna mais ainda para dentro e para fora no compasso. Estava escurecendo mas ele podia ver e estava olhando o tempo todo em que dava corda ao relógio ou o que quer que estivesse fazendo com ele e então ele o guardou e meteu de novo as mãos nos bolsos. Ela tomou consciência de uma certa sensação que a percorria toda e soube pelo arrepio de seu couro cabeludo e por aquela irritação junto ao corpete que aquela coisa devia estar chegando porque a última vez também foi quando ela cortou o cabelo em função da lua. Os olhos negros do cavalheiro fixaram-se nela novamente bebendo cada contorno, literalmente em adoração diante daquele ícone. Se um dia pôde haver uma admiração indisfarçada no apaixonado olhar de um homem lá estava ela exposta no rosto daquele homem. É por você, Gertrude MacDowell, e você sabe.

Edy começou a se preparar para ir e já não era sem tempo e Gerty percebeu que a ligeira insinuação tivera o efeito desejado porque era um longo caminho pela areia até onde havia como empurrar o carrinho e Cissy tirou os bonés dos gêmeos e arrumou o cabelo deles para se fazer atraente é claro e o cônego O'Hanlon pôs-se de pé com a samarra cutucando o pescoço e o padre Conroy entregou-lhe o cartão com as leituras e ele leu *Panem de cœlo præstitisti eis* e Edy e Cissy estavam falando do tempo o tempo todo e fazendo perguntas a ela mas Gerty sabia pagar-lhes em sua própria moeda e apenas respondeu com cáustica polidez quando Edy perguntou se ela estava com o coração partido por seu preferido ter largado dela. Gerty acusou o golpe. Um breve e gélido rojão brilhou-lhe nos olhos denotando imensuráveis quantidades de desprezo. Aquilo doera. Ah, sim, cortara fundo porque Edy tinha lá seu jeito manso de dizer coisas como essa que sabia que lacerariam sendo ela a felina maldita que era. Os lábios de Gerty se abriram velozes para ventilar a palavra mas ela resistiu ao soluço que lhe subiu à garganta, tão esbelta, tão magnífica, tão formosamente moldada que se poderia pensar ser ela como o sonho de um artista. Ela o amara mais do que ele sabia. Enganador leviano e fútil como todos os de seu sexo, ele jamais compreenderia o que representara para ela e por um instante houve nos olhos azuis uma ligeira farpa de pranto. Os olhos das duas devassavam-na impiedosos mas com bravo denodo ela reluziu novamente comiserada ao lançar um olhar a sua nova conquista para que elas não deixassem de ver.

—Ah, replicou Gerty, veloz como um raio, rindo, e a altiva cabeça jogou-se para trás, eu posso escolher quem eu quiser porque é ano bissexto.

Suas palavras retiniram cristalinas, mais musicais que o arrulho da pombapedrês, mas talharam gélidas o silêncio. Havia em sua jovem voz algo que dizia não ser ela alguém com quem se brinca impunemente. Quanto ao senhor Reggy com seu narizinho empinado e sua pouca de dinheiro ela podia simplesmente botá-lo de lado como se fosse a escória da escória e jamais voltaria a pensar sequer meia vez a seu respeito e rasgar seu postalzinho bobo numa dúzia de pedacinhos. E se dali em diante ele ousasse presumir-se ela bem podia dar-lhe um premeditado olhar de desdém que o faria se recolher a seu lugarzinho na mesmíssima hora. A empáfia da dona Edy mesquinha veio abaixo significativamente e Gerty podia ver por seu rosto fechado como uma tempestade que ela estava simplesmente enlouquecida de raiva embora escondesse, a cadelinha, porque aquele dardo atingira seu alvo por causa de sua inveja pusilânime e ambas sabiam que ela era algo à parte, separada em outra esfera, que não era uma delas e jamais seria e havia mais alguém que sabia e via isso portanto elas que ensacassem suas violinhas e metessem o rabo no meio das pernas.

Edy ajeitou o bebê Boardman para irem para casa e Cissy acomodou a bola e as pazinhas e os baldes e já não era sem tempo porque era hora de nanar para o pequeno Boardman júnior e Cissy lhe disse também que o sono já vinha e que o neném tinha que ir fazer naninha e o bebê fez uma cara tão fofa, rindinho com os olhos satisfeitos, e Cissy o cutucou bem assim por brincadeira na pancinha gorda e o bebê, sem sequer pedir licença, soltou seus cumprimentos no babeiro novinho em folha.

—Ai, pecadinho! protestou Ciss. Ele acabou com o babeiro.

O ligeiro *contretemps* reclamava sua atenção mas em dois tempos ela ajeitou toda a situação.

Gerty sufocou uma exclamação abafada e soltou uma tosse nervosa e Edy perguntou o que foi e ela estava a ponto de dizer para ela ir cuidar da própria vida mas era sempre adamada em seu proceder e portanto simplesmente contornou o dilema com consumada diplomacia dizendo que se tratava da bênção porque bem naquele momento o sino soou vindo do campanário por sobre a praia tranquila porque o cônego O'Hanlon estava no altar com o véu que o padre Conroy pusera nos ombros dele dando a bênção com o Santo Sacramento nas mãos.

Quão comovente era o quadro ali nos albores do crepúsculo, uma última visão de Erin, o tocante bimbalhar daqueles sinos vesperais e ao mesmo tempo um morcego saiu voando do campanário coberto de hera atravessando o luscofusco, para cá, para lá, com um gritinho perdido. E ela conseguia ver na distância as luzes dos faróis tão pitorescas que adoraria fazê-las com uma caixa de tintas porque era mais fácil do que fazer um homem e logo o acendedor de lampiões faria sua ronda passando pelo campossanto da igreja presbiteriana e ao longo da ensombrecida Tritonville Avenue onde caminhavam os casais e acendendo o lampião próximo à janela dela onde Reggy Wylie costumava rodar com sua bicicleta nova como ela leu naquele livro *O acendedor de lampiões* da senhorita Cummins, autora de *Mabel Vaughan* e outras estórias. Pois Gerty tinha seus sonhos de que ninguém suspeitava. Adorava ler poesia e quando ganhou de lembrança de Bertha Supple aquele álbum de confidências com a capa em rosacoral para escrever seus pensamentos ela o depôs na gaveta de sua penteadeira que, ainda que não tendesse ao luxo, era escrupulosamente organizada e limpa. Era ali que guardava sua arca do tesouro de menina, os pentes de casco de tartaruga, seu distintivo das filhas de Maria, a fragrância de rosas brancas, o Sobrancelinda, seu bauzinho de alabastro e as fitas para trocar quando suas coisas voltavam da casa da lavadeira e havia lindos pensamentos lá inscritos numa tinta violeta que ela comprara no Hely's da Dame Street pois sentia que também ela seria capaz de escrever poesia se apenas pudesse se expressar como aquele poema que lhe calara tão fundo que chegara a copiá-lo do jornal que encontrou certa noite junto aos vasos de plantas. És real, meu ideal? Era o título de Louis J. Walsh, de Magherafelt, e depois vinha uma coisa de *crepúsculo, virás um dia?* E amiúde a beleza da poesia, tão triste em sua delicadeza transitória, nublara seus olhos com lágrimas silentes porque os anos já se lhe escapavam, um a um, e não fosse por aquele pequeno contratempo ela sabia que não precisava temer quaisquer competidoras e aquilo tinha sido um acidente descendo a colina Dalkey e ela sempre tentava esconder. Mas havia de acabar ela sentia. Se ela visse aquela mágica atração nos olhos dele não haveria o que pudesse detê-la. Ri-se o amor dos cadeados. Ela faria o grande sacrifício. Todos os seus esforços seriam para compartilhar dos pensamentos dele. Mais preciosa do que tudo neste mundo ela seria para ele e douraria seus dias de felicidade. Havia a questão de maior monta e ela morria de vontade de saber se ele era casado ou um viúvo que perdera a esposa ou alguma tragédia como o nobre com nome estrangeiro vindo da terra da canção que teve de levá-la a um hospício, cruel somente por ser bom. Mas mesmo se — e daí? Faria alguma grande diferença? De tudo de minimamente indelicado sua natureza refinada se afastava por instinto. Detestava tal tipo de pessoa, as mulheres rebaixadas da rua de tolerância perto do Dodder que iam com os soldados e os homens brutos sem respeito pela honra de uma moça, degradando o sexo frágil e sendo levadas à delegacia de polícia. Não, não: isso não. Seriam somente bons amigos como um irmão mais velho e sua irmã sem todo o resto apesar das convenções da Sociedade com Ésse maiúsculo. Talvez fosse uma velha paixão por quem agora estivesse de luto, de dias já perdidos à lembrança. Ela achava que compreendia. Tentaria compreendê-lo porque os homens eram tão diferentes. O amor, seu conhecido, estava à espera, esperando com mãozinhas brancas estendidas, com atraentes olhos azuis. Meu coração! Ela seguiria seu sonho de amor, os ditames de seu coração que lhe dizia ser ele todo seu, o único homem em todo o mundo para ela pois o amor era o grande guia. Nada mais importava. Acontecesse o que acontecesse ela seria louca, incontida, livre.

 O cônego O'Hanlon pôs de volta no tabernáculo o Santo Sacramento e o coro cantou *Laudate Dominum omnes gentes* e então ele trancou a porta do tabernáculo porque acabara a bênção e o padre Conroy passou-lhe o chapéu por que o vestisse e a gata arisca da Edy perguntou-lhe se ela vinha mas Jacky Caffrey gritou:

—Ó lá, Cissy!

E todos olharam se era o reflexo de um relâmpago mas Tommy viu também sobre as árvores perto da igreja, azuis e depois verdes e roxos.

—É queima de fogos, Cissy Caffrey disse.

E eles todos correram pela areia para olhar por cima das casas e da igreja, em desabalada carreira, Edy com o carrinho que levava o bebê Boardman e Cissy segurando Tommy e Jacky pela mão para que não caíssem na corrida.

—Vem, Gerty, Cissy gritou. São os fogos do bazar.

Mas Gerty foi inflexível. Não tinha intenção alguma de se pôr às ordens delas. Se elas podiam correr como quem não se dava ao respeito ela podia ficar sentada portanto disse que conseguia ver de onde estava. Os olhos que nela estavam fixados faziam seus pulsos palpitar. Fitou-o por um instante, retribuindo seus olhares, e uma luz eclodiu sobre ela. Uma lívida e férvida paixão estava naquele rosto instalada, paixão silente como um túmulo, e que fizera que ela se tornasse sua. Finalmente foram deixados sós sem as outras para bisbilhotar e fazer comentários e ela viu que poderia confiar nele até a morte, inabalável, um homem de verdade, um homem de honra irretocável da cabeça aos pés. As mãos e o rosto dele se moviam e um tremor tomou o corpo dela. Ela se reclinou para trás inteira para olhar para cima onde espoucavam os fogos e segurou o joelho com as mãos para não cair para trás ao olhar para cima e ninguém estava lá para ver somente ele e ela quando ela revelou todinhas daquele jeito suas graciosas pernas lindamente torneadas, sedosas e suaves, delicadamente redondas, e ela parecia poder ouvir o arquejar de seu coração, seu alento ríspido, porque sabia da paixão de homens como aquele, de sangue quente, porque Bertha Supple um dia lhe contara como segredo mortal e fez que jurasse que nunca sobre o inquilino que ficou na casa deles da Câmara dos Distritos Populosos que tinha fotos recortadas de jornais daquelas bailarinas e dançarinas de cancã e ela disse que ele fazia uma coisa que não era das mais bonitas que dava para imaginar por vezes na cama. Mas isso era completamente diferente de uma coisa daquelas porque havia uma enorme diferença porque ela quase podia senti-lo puxar seu rosto para junto dele e o primeiro leve toque cálido de seus belos lábios. Além disso haveria absolução desde que você não fizesse aquela outra coisa antes de casar e devia haver mulheres padres que entenderiam sem que você se delatasse e Cissy Caffrey também às vezes tinha aquele ar sonhador meio sonhador de modo que ela também, minha querida, e Winny Rippingham tão frenética pelas fotografias dos atores e além disso era em função daquela outra coisa estar começando como estava.

 E Jacky Caffrey gritou para olharem, lá estava outro e ela se reclinou e as ligas eram azuis para combinar em função do transparente e todos eles viram e eles todos gritaram para olhar, olhem, olha ali, e ela se reclinava mais e mais para trás para ver os fogos e algo estranho revoava pelo ar, algo macio, para cá e para lá, escuro. E ela viu uma longa bengala de fogos subindo por sobre as árvores, subindo, subindo, e, no tenso silêncio, estavam todos sem fôlego, excitados, enquanto subia mais e mais alto e ela tinha de se reclinar mais e mais para segui-la com os olhos, alto, alto, quase fora do campo de visão, e seu rosto era tomado por um divino, um enfeitiçante rubor, de tanto se inclinar e ele podia ver as outras coisas dela também, calçolas de organdi, o tecido que afaga a pele, melhores do que aquelas outras Pettiwidth, as verdes, quatro e onze, em função de serem brancas e ela deixou e viu que ele via e então subiu tão alto que saiu do campo de visão por um momento e todos os seus membros tremiam por se curvar tanto assim ele tinha plena visão bem alto além dos joelhos dela ninguém antes nem na balança ou vadeando e ela não sentia vergonha e nem ele sentia por olhar daquela maneira impudica daquele jeito porque ele não podia resistir à visão da formidável revelação semioferecida como aquelas bailarinas se comportando tão impudicas diante dos cavalheiros que olhavam e ele continuava olhando, olhando. Ela estava disposta a gritar para ele, embargada, estender-lhe os esbeltos braços níveos por que viesse, para sentir-lhe os lábios pousados em seu cenho alvo o grito do amor de uma jovem, um gritinho estrangulado, arrancado dela, o grito que ressoa através dos séculos. E então um foguete saltou e troa estrondo brilho brasa e Oh! então a bengala estourou e foi como um suspiro de Oh! e todos gritaram Oh! Oh! em êxtases e jorrou dela uma corrente de fios de cabelo de chuva dourada e se espalharam e Ah! eram estrelas verdejantes de orvalho e dourado, Oh, tão lindas! Oh, suaves, delicadas, suaves!

    Então todas se derreteram róridas no ar cinzento: tudo silente. Ah! ela lançou-lhe um olhar no que se dobrou rápida para a frente, um patético olharzinho de protesto pio, de tímida censura sob o qual ele corou como uma moça. Estava recostado à rocha atrás de si. Leopold Bloom (pois é ele) está calado, de cabeça baixa diante desses jovens olhos cândidos. Mas que monstro havia sido! De novo com isso! Uma alma pura imaculada o havia invocado e, desgraçado que era, como respondera? Um completo canalha! Logo ele! Mas havia um infinito sortimento de misericórdia naqueles olhos, também para ele uma palavra de perdão mesmo tendo ele errado, pecado e se extraviado. Uma mocinha tem de contar? Não, mil vezes não. Era o segredinho deles, só deles, sós sob o manto do crepúsculo e não havia quem soubesse ou contasse senão pelo pequeno morcego que voava tão delicado pelo entardecer para lá e para cá e morceguinho não fala.

    Cissy Caffrey assoviou, imitando os meninos no campo de futebol para mostrar como ela era importante: e então ela gritou:

— Gerty! Gerty! Nós estamos indo. Vem. Dá pra ver mais lá de cima.

    Gerty teve uma ideia, um dos pequenos ardis do amor. Meteu uma mão no bolso do lenço e tirou o chumaço e acenou em resposta é claro sem deixar que ele e então o meteu de novo. Fico imaginando se ele está longe demais para. Ela se ergueu. Era um adeus? Não. Tinha que ir mas eles se encontrariam novamente, ali, e ela sonharia com isso até que chegasse o momento, amanhã, seu sonho da noite passada. Empertigou-se, revelando sua real estatura. Suas almas se encontraram num último olhar demorado e os olhos que atingiram seu coração, plenos de um brilho estrangeiro, fixaram-se encantados em seu doce rosto de flor. Ela concedeu-lhe um meio sorriso vago, um doce sorriso de perdão, um sorriso que beirava as lágrimas, e então se separaram.

Lentamente, sem olhar para trás ela desceu pela praia irregular até Cissy, até Edy, até Jacky e Tommy Caffrey, até o bebezinho Boardman. Estava já mais escuro e havia pedras e pedaços de pau na areia e algas escorregadias. Ela caminhava com certa dignidade tranquila característica sua mas com cuidado e muito lentamente porque Gerty MacDowell era...

Bota apertada? Não. Ela é coxa! Oh!

O senhor Bloom ficou olhando enquanto ela saía coxeando. Tadinha! Por isso que ficou largada e as outras saíram correndo. Achei que tinha alguma coisa errada pelo jeito dela. A bela desprezada. Um defeito é dez vezes pior numa mulher. Mas ficam educadas. Que bom que eu não sabia quando ela estava se exibindo. Diabinha assanhada mesmo assim. Não ia me importar. Curiosidade como uma freira ou uma negra ou uma moça de óculos. Aquela de olhinho apertado é delicada. Perto das regras, imagino, ficam todas sensíveis. Estou com uma tremenda dor de cabeça hoje. Onde foi que eu pus a carta? Sim, tudo bem. Tudo quanto é desejo louco. Lamber moedinha. A menina no convento Tranquilla aquela freira me contou que gostava de cheirar óleo de pedra. Acho que as virgens acabam ficando loucas. Irmã? Quantas mulheres em Dublin estão assim hoje? Martha, ela. Alguma coisa no ar. É a lua. Mas aí por que é que as mulheres todas não menstruam ao mesmo tempo com a mesma lua, quer dizer? Depende de quando elas nasceram, imagino. Ou começam todas juntas e aí perdem o passo. Às vezes a Molly e a Milly juntas. Enfim eu é que me dei bem ali. Que maravilha que eu não fiz no banho hoje de manhã por causa daquela carta boba de vou te castigar que ela mandou. Compensou aquele motorneiro de hoje de manhã. Aquele chupim do M'Coy me parando pra dizer nada. E a mulher dele compromisso no interior maleta, voz de taquara rachada. Feliz com pouca coisa. E vulgar também. Só pedir. Porque elas mesmas é que querem. Uma necessidade da natureza delas. Catadupas delas toda noite jorrando dos escritórios. Reservar as melhores. Não quer elas jogam na sua cara. Pegar vivas, lararrá. Pena que elas não conseguem se ver. Um sonho de meia bem recheadinha. Onde foi? Ah, é. No biofantascópio da Capel Street: homens somente. Só uma espiadinha. O chapéu do Willy e o que as mocinhas fizeram com ele. Será que eles batem mesmo os instantâneos daquelas meninas ou é tudo fingido? É a *lingerie* que faz isso. Sentiu as curvas dentro de seu *peignoir*. Elas também ficam excitadas quando estão. Estou toda limpinha vem me sujar. E gostam de uma vestir a outra pro sacrifício. A Milly encantada com a blusa nova da Molly. De início. Põe tudo aquilo pra tirar aquilo tudo. A Molly. Por isso que eu comprei as ligas violeta pra ela. Nós também: a gravata que ele estava usando, aquelas meias bonitinhas e a calça de barra italiana. Ele estava de polaina quando a gente se conheceu. A camisa bonitinha reluzindo debaixo da o quê? De azeviche. Larirá. Dizem que a mulher perde um encanto com cada alfinete que tira. Presas com alfinete. Ah, Mariazinha perdeu o alfinete das. Vestida toda aprumada pra alguém. A moda faz parte do charme delas. Muda bem quando você está pra pegar o jeito. A não ser no oriente: Maria, Marta: agora como antes. Nenhuma oferta razoável será recusada. Ela também não estava com pressa. Sempre atrás de algum sujeito quando estão. Nunca esquecem um compromisso. Na tocaia provavelmente. Elas acreditam no acaso porque elas também. E as outras inclinadas a lhe dar uma ou outra cutucada. Amiguinhas na escola, braço em volta do pescoço uma da outra ou com os dez dedinhos enlaçados, beijandinho e sussurrando segredos sobre coisa nenhuma no jardim do convento. Freiras de cara caiada, coifa fresca e os rosários pra cima e pra baixo, vingativas também pelo que não podem ter. Arame farpado. Mas não esqueça de me escrever. E eu vou escrever pra você. Você vai, não vai? A Molly e a Josie Powell. Até o príncipe encantado aparecer e aí se veem uma vez na vida outra na morte. *Tableau!* Ah, olha só quem está aqui pelo amor de Deus! Mas como é que você está? o que é que você andou fazendo? Beijinho e foi um prazer te, beijinho, te ver de novo. Uma procurando defeito na aparência da outra. Você está linda. Almas irmãs mostrando os dentes uma pra outra. Quantos te sobraram? Não seria capaz de emprestar uma pitadinha de sal pra outra.

Ah!

São uns diabos quando está pra vir. Uma aparência sombria de demônio mesmo. A Molly me disse várias vezes sente as coisas pesarem uma tonelada. Coça a sola do meu pé. Ah assim! Ai, que maravilha! Eu sinto também. Bom descansar pra variar. Fico imaginando se aí é ruim ficar com elas. Seguro por um lado. Coalha leite, arrebenta corda de violino. Alguma coisa sobre murchar plantas eu li do jardim. Além disso dizem que se a flor murcha que ela está usando ela é assanhada. Todas são. Eu diria que ela sentiu que eu. Quando você se sente assim às vezes acaba encontrando aquilo que sente. Gostou de mim será? Pra roupa é que elas olham. Sempre reconhecem um camarada flertando: colarinho e abotoadura. Bom os galos e os leões fazem a mesma coisa e os garanhões. Mesmo tempo podem preferir uma gravata frouxa ou coisa assim. Calça? Será que eu quando eu? Não. Com jeitinho. Nada de agarragarra. Beijo no escuro e nunca mencione. Viu alguma coisa em mim. Fico imaginando o quê. Melhor ficar comigo como eu sou do que algum poeta desses com cabelo de brilhantina, cachinho de cabelo emplastrado em cima da vista destra. Para ajudar cavalheiro em trabalho. Tinha que cuidar da aparência na minha idade. Não deixei ela me ver de perfil. Ainda assim, nunca se sabe. Moças bonitas e homens feios casando. A bela e a fera. Além disso eu não posso ser tão se a Molly. Tirou o chapéu pra mostrar o cabelo. Aba larga comprou pra esconder o rosto, encontrasse alguém que pudesse conhecer, abaixa a cabeça ou carrega um buquê de flor pra cheirar. Cabelo forte no cio. Dez tostões eu consegui pelos fios no pente da Molly quando a gente estava na pior na Holles Street. Por que não? E se ele deu dinheiro pra ela. Por que não? Tudo preconceito. Ela vale dez, quinze, mais, uma libra. Tudo à toa. Letra segura. Senhora Marion. Será que eu esqueci de escrever o endereço naquela carta que nem o cartão que eu mandei pro Flynn? E o dia que eu fui no escritório da Drimmie's sem gravata. Rusga com a Molly foi que me atrapalhou. Não, eu lembro. Richie Goulding. Esse é outro. Pesa na consciência dele. Engraçado o meu relógio ter parado às quatro e meia. Pó. Óleo de fígado de tubarão eles usam para limpar podia fazer eu mesmo. Poupava. Será que foi bem quando ele, ela?

Oh, ele fez. Dentro dela. Ela fez. Feito.

Ah!

O senhor Bloom com mão cuidadosa recompôs a camisa molhada. Ah, Senhor, aquela diabinha coxa. Começando a ficar frio e melado. Efeitocolateral desagradável. Ainda assim você tem que se livrar disso de algum jeito. Elas não se importam. Lisonjeadas quem sabe. Vão pra casa pra um belo de um pãozinho com leite e rezar de noite com as criancinhas. Bom, e elas não são? Enxergar ela como é estraga tudo. Tem que ter o cenário, o batom, o figurino, a posição, a música. O nome também. *Amours* das atrizes. Nell Gwynn, a senhora Bracegirdle, Maud Branscombe. Sobe o pano. Efulgência argêntea do luar. Donzela descoberta com colo meditativo. Queridinho vem me dar um beijo. Ainda estou sentindo. A força que dá pro homem. Esse que é o segredo. Que bom que eu me aliviei ali atrás quando saí da casa do Dignam. Foi a sidra. Senão eu não ia ter. Dá vontade de cantar depois. *Lacaus esant taratará*. E se eu tivesse falado com ela? Sobre o quê? Mas um péssimo plano se você não sabe como terminar a conversa. Faça uma pergunta que elas fazem outra. Ótima ideia pra quem não sabe o que fazer. Maravilhoso é claro se você diz: boa noite, e percebe que ela está disposta: boa noite. Ai mas aquela noite escura na Appian Way que eu quase falei com a senhora Clinch ai pensando que ela era. Ui! A menina na Meath Street aquela noite. A sujeirada toda que eu fiz ela dizer tudo errado claro. Minha bounda ela dizia. É tão difícil encontrar uma que. Alto lá! Se você não responde quando elas abordam deve ser horrível pra elas até endurecerem. E beijou a minha mão quando eu dei os dois xelins a mais. Papagaios. Aperte o botão que a ave pia. Queria que ela não tivesse me chamado de senhor. Ah, aquela boca no escuro! E você um sujeito casado com uma filha única! É disso que elas gostam. Tirar um homem de outra mulher. Ou até ouvir falar disso. Diferente comigo. Feliz de me livrar da mulher de outro sujeito. Comendo os restos dele. O camarada no Burton hoje cuspindo sebo mascado com a gengiva. Camisadevênus na minha carteira ainda. Causa de metade dos problemas. Mas pode acontecer em algum momento, acho que não. Entra, está tudo preparado. Eu sonhei. O quê? o pior é começar. Como mudam de cena se não é o que elas gostam. Perguntam se você gosta de cogumelo porque ela uma vez conheceu um cavalheiro que. Ou perguntam o que alguém ia dizer quando mudou de ideia e parou. E no entanto se eu fosse até o fim, digamos: eu quero, uma coisa assim. Porque eu queria. Ela também. Ficar ofendida. Depois faz as pazes. Fingir que quer terrivelmente alguma coisa, aí desistir por causa dela. Ficam lisonjeadas. Ela devia estar pensando em outra pessoa o tempo todo. E que mal? Deve desde que se conhece por gente, ele, ele e ele. O primeiro beijo é o que basta. O momento propício. Alguma coisa dentro delas estala. Meio piegas, via pela expressão dela, à sorrelfa. As primeiras ideias são as melhores. Não esquecem nem no leito de morte. A Molly, o tenente Mulvey que beijou ela embaixo do muro mourisco ao lado dos jardins. Quinze ela me disse. Mas os seios estavam desenvolvidos. Aí caiu no sono. Depois do jantar do Glencree foi isso voltando pra casa. O monte Featherbed. Ela rilhando os dentes dormindo. O lorde prefeito estava de olho nela também. Val Dillon. Apoplético.

Lá vai ela lá na frente com as outras pros fogos. Os meus fogos. Sobe que nem foguete, desce que nem um pau. E as crianças, devem ser gêmeos, esperando alguma coisa acontecer. Querem ser adultos. Vestindo as roupas da mãe. Tem tempo, entender como o mundo funciona. E a morena com a cabeleira ouriçada e a boca de negra. Eu sabia que ela sabia assoviar. Boca feita pra isso. Que nem a Molly. Por isso aquela puta de alta classe no Jammet's usava o véu só até o nariz. O senhor se incomodaria, por favor, de me dizer a hora certa? Eu já te digo a hora certa num beco escuro. Dizer prunos e prismas quarenta vezes toda manhã, cura pra beiço grosso. Fazendo carinho no menininho também. Quem olha vê quase o jogo todo. É lógico que elas entendem passarinhos, animais, nenéns. É o que elas fazem.

Não olhou pra trás quando estava descendo a praia. Não ia dar esse gostinho. Essas meninas, essas meninas, essas lindas meninas da praia. Belos olhos, ela tinha, brilhantes. É o branco do olho que realça isso não tanto a pupila. Será que ela sabia o que eu? Claro. Que nem um gato sentado além do alcance do pulo de um cachorro. As mulheres nunca encontram alguém que nem aquele Wilkins no desenho do científico um desenho de

Vênus com todos os documentos dele à mostra. Isso é de inocência? Coitado do imbecil! A mulher dele está no emprego ideal. Nunca vai ver uma delas sentar num banco marcado *Tinta Fresca*. Olhos por toda parte. Olham embaixo da cama procurando o que não está lá. Ansiosas pra tomar o maior susto da vida. Espertas como o quê. Quando eu disse pra Molly que o homem na esquina da Cuffe Street era benhapessoado, achei que ela podia gostar, bispou na hora que ele tinha um braço falso. Tinha mesmo. De onde é que elas tiram isso? A datilógrafa subindo as escadas do escritório do Roger Greene de dois em dois pra mostrar os dotes profissionais. Herdado de pai pra mãe pra filha, quer dizer. Do berço. A Milly por exemplo secando o lenço no espelho pra não ter que passar a ferro. Melhor lugar pra um anúncio pra chamar atenção de uma mulher um espelho. E quando eu mandei ela buscar o xale com estampa de caxemira da Molly na Prescott's, aliás aquele anúncio eu tenho que, levando o troco pra casa na meia. Ardilosinha ela! Nunca contei pra ela. Carregava pacotes também de um jeito bonitinho. Atrai os homens, uma coisinha pequena daquelas. Erguendo a mão, sacudindo, pra fazer o sangue fluir de volta quando estava vermelha. Com quem foi que você aprendeu isso? Ninguém. Coisa que a babá me ensinou. Ah, como elas sabem! Três anos de idade estava na frente da penteadeira da Molly logo antes de a gente sair da Lombard Street West. Eu bunitinha. Mullingar. Quem pode saber? o mundo. Um estudante. Com os dois pés no chão pelo menos não que nem a outra. Ainda assim ela estava disposta. Meu Senhor, como eu estou molhado. Sua diaba. A curva da panturrilha dela. Meia transparente, esticada a ponto de rasgar. Não que nem aquela desmazelada hoje. A. E. Meia amarfanhada. Ou aquela na Grafton Street. Branca. Nossa! Canela grossa.

    Um foguete de coroas estourou, espocando em estalidos dardejantes. Zrads e zrads, zrads, zrads. E Cissy e Tommy correram atrás para ver e Edy atrás com o carrinho e então Gerty para lá da curva das pedras. Será que ela? Olhe! Olhe! Veja! Olhou em volta. Caidinha. Querida, eu vi, a sua. Eu vi tudo.

    Senhor!

    Mas me fez bem mesmo assim. Meio murcho depois do Kiernan, dos Dignam. Por este alívio muitas graças. No *Hamlet*, é isso. Senhor! Foi todo tipo de coisa junto. Excitação. Quando ela se reclinou pra trás eu senti uma dor na raiz da língua. Sua cabeça toda roda. Ele tem razão. Mas podia ter feito um papel de bobo até pior. Em vez de falar sobre nada. Aí eu te digo tudo. Ainda assim era um tipo de linguagem entre nós. Mas não podia ser? Não, Gerty elas disseram. Mas podia ser um nome falso como o meu e o endereço Dolphin's Barn cortina de fumaça.

Seu nome de solteira era Jemina Brown
E morava com a mãe em Irishtown.

O lugar me fez pensar nisso, acho. Todas feitas na mesma fôrma. Limpando penas na meia. Mas a bola rolou pra ela como se tivesse entendido. Certa por linhas tortas. Está certo que eu nunca consegui arremessar nada reto na escola. Torto que nem chifre de carneiro. Mas é triste porque dura só uns anos até elas se acomodarem a esquentar a barriga no fogão e logo a calça do papai vai servir no Willy e talco pro neném quando seguram ele pra fazer ah ah. Trabalhinho duro. Poupadas. Não correm riscos. Natureza. Lavar criança lavar cadáver. O Dignam. Mãos das crianças sempre em volta delas. Caveiras de casca de coco, macaquinhos, não vêm nem fechadas, leite azedo nos cueiros e com mancha de coalhada. Não deviam ter dado um bico vazio pra aquela criança chupar. Enche de gases. A senhora Beaufoy, Purefoy. Tenho que passar no hospital. Fico imaginando se a enfermeira Callan está lá ainda. Ela ficava cuidando pra nós às vezes de noite quando a Molly estava no Coffee Palace. Aquele médico mais novo o doutor O'Hare eu vi que ela estava escovando o paletó dele. E a senhora Breen e a senhora Dignam um dia foram assim também, casadeiras. Pior de tudo é de noite a senhora Duggan me disse no City Arms. O marido chegando torto de bêbado fedor de boteco nele que nem gambá. E fique com isso embaixo do nariz no escuro, bufa de bebida rançosa. Aí pergunta de manhã: eu estava bêbado ontem de noite? Mas não é prudente culpar o marido. As galinhas voltam pra casa pra achar o poleiro. Ficam unidas como se estivessem grudadas. Talvez culpa das mulheres também. Aí é que a Molly pode passar a perna nelas. É o sangue do sul. Mourisca. Também as formas, o corpo. Mãos buscavam as opulentas. Só comparar por exemplo com essas outras. Esposa trancafiada em casa, mil podres guardados com os cristais. Permita-me apresentar minha. Aí eles te sacam do bolso uma qualquer, não ia nem saber de que chamar. Sempre dá pra ver o ponto fraco de um camarada na mulher dele. Ainda assim tem uma parte que é destino, nisso de se apaixonar. Ter seus segredinhos entre eles. Uns sujeitos que iam ser jogados pros cachorros se alguma mulher não tivesse estendido a mão pra eles. Daí menininhas pequerruchas, da altura de uma pilha de moedas, com os maridinhos. Como Deus os fez Ele os reuniu. Às vezes os filhos acabam saindo direitinho. Duas vezes zero dá um. Ou sujeito velho e rico de setenta e uma noivinha enrubescida. Casa em maio e se arrepende em dezembro. Esse molhado é muito desagradável. Grudou. Bom o prepúcio ainda não voltou. Melhor descolar.

Au!

Outro lado um latagão com uma mulherzinha que lhe bate no bolso do relógio. Altos e baixos. Elezão e elazinha. Muito estranho isso do meu relógio. Relógio de pulso vive dando problema. Fico imaginando se tem alguma influência magnética entre a pessoa porque foi mais ou menos na hora que ele. É acho que imediatamente. Sai o gato brinca o rato. Eu me lembro de olhar na Pill Lane. Agora aquilo também é magnetismo. Por trás de tudo o magnetismo. A terra por exemplo puxando uma coisa e sendo puxada. O que provoca o movimento. E o tempo? Bom é o tempo que o movimento leva. Aí se uma coisinha parasse a parada toda parava pouco a pouco. Porque está concertado. Agulha magnética te mostra o que está acontecendo no sol, nas estrelas. Pedacinho de aço ferro. Quando você estende o garfo. Venha. Venha. Só a pontinha. Mulher e homem isso. Garfo e agulha. A Molly, ele. Se enfeitam e olham e sugerem e te deixam ver e ver mais e te desafiam se você for homem pra ver aquilo e, que nem um espirro chegando, pernas, olhe, olhe e se você tem colhão. Só a pontinha. Tem que se deixar levar.

Fico imaginando como ela está se sentindo naquela região. Vergonha só afetação na frente de um terceiro. Mais contrariada por um furo na meia. A Molly, de queixo caído e cabeça pra trás, por causa do fazendeiro com bota de cavalaria e esporas na exposição de cavalos. E quando os pintores estavam na Lombard Street West. Bela voz que tinha aquele sujeito. Como Giuglini começou. Cheirar eu cheirei, como de flores. E era mesmo. Violetas. Vinha da terebintina provavelmente na tinta. Fazem lá o seu uso de todo tipo de coisa. Ao mesmo tempo que a gente fazia ela raspava o chinelo no chão pra eles não ouvirem. Mas muitas delas não conseguem ir às nuvens, eu acho. Ficam com aquilo por horas. Meio que uma generalizada no meu corpo inteiro e pelas costas até a metade.

Espera. Hm. Hm. É. É o perfume dela. Por isso que ela acenou com a mão. Eu te deixo isso pra você pensar em mim quando eu estiver bem longe no travesseiro. E é o quê? Heliotrópio? Não, jacinto? Mmm. Rosas, eu acho. Ela ia gostar de um perfume desse tipo. Doce e barato: logo azeda. Por isso que a Molly gosta de opopânax. Combina com ela com um pouquinho de jasmim misturado. As notas agudas e as graves dela. Na noite do baile em que ela conheceu ele, dança das horas. O calor fez vir à tona. Ela estava com o preto e ele estava com o cheiro da vez passada. Bom condutor, não é? Ou mau? A luz também. Deve ter alguma relação. Por exemplo se você entra num porão que está escuro. Coisa misteriosa também. Por que só agora eu senti o cheiro? Demorou pra chegar que nem ela, lenta mas inevitável. Imagino que sejam milhões e milhões de grãozinhos que vêm soprados. Sim, é isso. Porque aquelas ilhas das especiarias, o cingalês hoje de manhã, você fareja a léguas de distância. Vou te contar o que é. É que nem um véu fino ou uma teia que elas têm sobre a pele toda, fina que nem comèquechama filandras e elas soltando mais sem parar, tão fininha, as cores do arcoíris sem saber. Fica em tudo que ela tira. Os pés das meias. Sapato quente. Corpete. Calçolas: chutinho, pra tirar. Adeusinho até a próxima. O gato também gosta de cheirar a roupa dela na cama. Conhece o cheiro dela entre mil. Água do banho também. Me lembra morango com creme. Fico imaginando onde é que fica de verdade. Lá ou as axilas ou embaixo do pescoço. Porque você sente vindo de todos os buracos e de todos os cantos. Perfume de jacinto feito de óleo ou éter ou outra coisa. Civeta. Bolsa embaixo do rabo um grãozinho solta odor por anos. Cachorros um no rabo do outro. Boa noite. Boas. Como tem cheirado? Hm. Hm. Muito bem, obrigado. Os animais se guiam por isso. Isso agora, vendo assim. A gente é igual. Algumas mulheres, exemplo, mandam uma mensagem de alerta quando estão menstruadas. Chega mais perto. Aí vem um trescalo que dava pra pendurar o chapéu. Como o quê? Conserva de arenque estragada ou. Uf! Por favor não pise na grama.

Quem sabe elas não sentem um cheiro de homem na gente? Mas qual? Luva cigarrenta na mesa do Long John no outro. Hálito? o que você come e bebe é que dá. Não. Cheiro másculo é o que eu quero dizer. Deve estar ligado àquilo porque os padres que se espera que sejam são diferentes. As mulheres se aglomeram em volta que nem mosca em volta do melado. Se não tivesse a cerca em volta do altar. A árvore dos padres proibidos. Ai, padre, por favor? Deixa eu ser a primeira a. E se difunde pelo corpo todo, se entranha. Fonte da vida e é extremamente curioso o cheiro. Molho de aipo. Espera.

O senhor Bloom inseriu o nariz. Hm. Na. Hm. Abertura do colete. Amêndoa ou. Não. Limão isso sim. Ah, não, é o sabonete.

Ah por falar nisso aquela loção. Sabia que alguma coisa estava na minha cabeça. Não voltei e o sabonete sem pagar. Não gosto de ficar carregando frasco que nem aquela megera hoje de manhã. O Hynes bem podia ter me pagado os três xelins. Eu podia mencionar o Meagher's só pra lembrar. Ainda assim se ele me conseguir aquele parágrafo. Dois e nove. Má opinião sobre mim, é o que ele vai ter. Amanhã apareço lá. Quanto eu lhe devo? Três e nove? Dois e nove, senhor. Ah. Pode fazer ele parar de vender fiado na próxima vez. Perde os clientes assim. Os bares perdem. Camarada deixa uma nota pendurada e aí sai se esgueirando pelas ruelas mais desconhecidas até outro canto.

Por aqui passou já tal nobre. Trazido pelo vento da baía. Só foi um pouco e se virou. Sempre em casa pro jantar. Parece contrariado: já se fartou. Aproveitando a natureza agora. Oração depois das refeições. Depois da ceia caminhar uma milha. Claro que ele tem uma cadernetinha bancária em algum lugar, sinecura. Andar atrás dele agora e ele fica constrangido que nem hoje com aqueles jornaleiros eu. Ainda assim você aprende alguma coisa. Nos ver como os outros nos veem. Desde que as mulheres não riam da nossa cara que diferença faz? É assim que se descobre. Pergunte-se quem seria ele. *O homem misterioso na praia*, pitéu especial do senhor Leopold Bloom. Pagamento à razão de um guinéu por coluna. E aquele camarada hoje junto da cova com a mackintosh marrom. Mas com pesca aleijados, kismet. Saudável quem sabe absorver todos os. Apito traz chuva dizem. Deve ter algum em algum lugar. Sal no Ormond úmido. O corpo sente a atmosfera. Vento norte chuva forte. A profecia da Mãe Shipton é que estava me ocorrendo sobre navios à volta voam num piscar. Não. Sinais de chuva, isso é que era. A antologia real. E os morros distantes dir-se-ia vê-los cá.

Howth. Farol Bailey. Dois, quatro, seis, oito, nove. Olha. Tem que mudar ou eles podem pensar que é uma casa. Salvádegos. Grace Darling. Gente com medo do escuro. Vagalumes também, ciclistas: acender os faróis. Joias diamante reluz mais. Mulheres. A luz como que tranquiliza. Não vai te machucar. Melhor agora claro que antigamente. Estradas do interior. Te atravessam pelas tripas por uma ninharia. Ainda assim dois tipos que você topa. Sorriso ou sem riso. Perdão! Imagina. Melhor hora de regar as plantas também na sombra depois do sol. Ainda uma luz. Raios vermelhos são os mais longos. Rulamavazaniv o Vance ensinava: rubro, laranja, amarelo, verde, azul, anil, violeta. Uma estrela eu estou vendo. Vênus? Não sei dizer ainda. Duas, quando três é noite. Aquelas nuvens noturnas estiveram ali o tempo todo? Parece um navio fantasma. Não. Espera. Árvores melhor. Uma ilusão de óptica. Miragem. Terra do sol poente aqui. Sol de autonomia pondo-se a sudeste. Minha terra natal, boa noite.

Sereno caindo. Faz mal, querida, ficar aí sentada nessa pedra. Provoca floresbrancas. Nunca vai ter neném daí a não ser que ele seja grande e forte e consiga se agarrar. Posso arranjar hemorroidas eu também. Gruda ainda que nem um resfriado de verão, ferida na boca. Corte de grama ou de papel é o pior. Atrito da posição. Queria ser aquela pedra em que ela estava sentada. Ah, lindinha, você não sabe que bela imagem você era. Começo a gostar delas naquela idade. Maçãs verdes. Escolher dentre toda a oferta. Acho que é a única hora que a gente cruza as pernas, sentados. A biblioteca hoje também: aquelas universitárias. Felizes das cadeiras embaixo delas. Mas é a influência da noite. Elas sentem isso tudo. Abrem que nem flor, é saber as horas delas, girassol, alcachofradejerusalém, em salões de baile, candelabros, avenidas sob os postes. A mostarda noturna no jardim do Mat Dillon onde eu beijei o ombro dela. Queria era ter um retrato a óleo em tamanho natural dela naquela época. Era junho também que eu cortejei. O ano retorna. A história se repete. Penhas e rochedos eis-me aqui de volta convosco. Vida, amor, viagem pelo teu próprio mundinho. E agora? Triste de ela ser coxa mas você tem que estar alerta pra não sentir pena demais. Elas se aproveitam.

Tudo calmo no Howth agora. Os morros distantes dir-se-ia. Onde a gente. Os rododendros. Vai ver eu sou um bobo. Ele fica com as ameixas e eu com o caroço. Onde entro eu. Tudo que aquela velha colina já viu. Mudam os nomes: só isso. Amantes: delícia.

Cansaço senti agora. Levanto? Ah espera. Sugou a minha virilidade toda, safadinha. Ela me beijou. A minha juventude. Nunca mais. Só uma vez acontece. Ou a dela. Pegar o trem até lá amanhã. Não. Voltar diferente. Que nem crianças quando você visita pela segunda vez. A nova que eu quero. Nada de novo sob o sol. Aos cuidados da postarrestante Dolphin's Barn. Você não está feliz? Meu levadinho. Em Dolphin's Barn adivinhas na casa do Luke Doyle. O Mat Dillon e aquela fieira de filhas: Tiny, Atty, Floey, Maimy, Louy, Hetty. E a Molly também. Oitentessete foi isso. Um ano antes de a gente. E o velho major adepto de uma bebidinha. Engraçado ela filha única, eu filho único. Assim retorna. Você pensa que está fugindo e dá de cara com você mesmo. A maior volta possível é o caminho mais curto pra casa. E bem quando ele e ela. Cavalo de circo andando num picadeiro. Rip van Winkle a gente fez. Rip: uma tábua, uma ripa cortada. Van: uma moça se olhando no espelho, vaidade. Winkle: difícil. Daí eu fiz o Rip van Winkle voltando. Ela apoiada no aparador assistindo. Olhos mouriscos. Vinte anos dormindo em Sleepy Hollow. Tudo mudou. Esquecido. Os jovens estão velhos. Sua arma enferrujada pelo orvalho.

Mão. O que é aquilo voando por aí? Andorinha? Morcego provavelmente. Pensa que eu sou uma árvore, de tão cego. Os pássaros não têm olfato? Metempsicose. Eles acreditavam que você podia se transformar em árvore de tanto sofrer. Salgueiro chorão. Mão. Lá vai ele. Coisinha esquisita. Fico imaginando onde é que ele mora. Campanário lá em cima. Bem provável. Pendurado pelos pés em odor de santidade. O sino espantou ele dali, imagino. Parece que a missa acabou. Dava pra ouvir todo mundo junto. Orai por nós. E orai por nós. E orai por nós. Boa ideia a repetição. Mesma coisa com os anúncios. Comprai de nós. E comprai de nós. É, está lá a luz na casa do padre. A sua consoada. Lembra o engano de avaliação quando eu estava no Thom's. Vinteoito, isso. Têm duas casas, eles. O irmão do Gabriel Conroy é cura. Mm. De novo. Fico imaginando por que eles saem por aí de noite que nem rato. São uma raça viralata. Os pássaros são como que ratos saltitantes. O que será que assusta eles, a luz ou o barulho? Melhor ficar paradinho. Tudo instinto que nem o pássaro na seca que conseguiu pegar água no fundo de um jarro jogando pedrinha lá dentro. Parece um homenzinho de capa com umas mãozinhas minúsculas. Ossinhos finos. Quase dá pra ver eles cintilarem, como que um brancoazulado. As cores dependem da luz que você vê. Encarar sol por exemplo que nem a águia daí olhar pra um sapato vê um borrão mancha amarelenta. Quer colocar sua marca registrada em tudo. Exemplo, aquele gato hoje de manhã na escada. Cor de turfa castanha. Dizem que você nunca vai ver um de três cores. Não é verdade. Aquela meio branca malhada com casco de tartaruga no City Arms com a letra Eme na testa. Corpo de cinquenta cores diferentes. Howth agora há pouco ametista. Espelho reluzindo. Foi assim que aquele sábio como que era o nome dele com o espelho que queimava. Daí a urze pega fogo. Não pode ser fósforo de turistas. O quê? Quem sabe os gravetos secos se esfregam com o vento e a luz. Ou garrafas quebradas no tojo fazem que nem os espelhos no sol. Arquimedes. Descobri! A minha memória não está tão mal.

Mm. Quem sabe dizer atrás do que eles ficam voando o tempo todo. Insetos? Aquela abelha semana passada entrou no quarto brincando com a própria sombra no teto. Podia ser a que me picou, voltou pra ver. Os pássaros também a gente nunca sabe o que eles dizem. Que nem a nossa conversa à toa. E disse ela e disse ele. Audácia? Eles têm que atravessar o oceano de um lado pro outro. Devem morrer vários em tempestades, cabos de telégrafo. Vida terrível os marinheiros também. Uns monstros imensos de uns vapores transoceânicos tateando no escuro, mugindo que nem umas vacas-marinhas. *Faugh a ballagh*. Sai daí, desgraçado maldito. Outros em barcos menores, uma velinha de lenço, jogados pra lá e pra cá que nem rapé em funeral quando sopram os ventos de tempestade. Casados também. Às vezes anos longe no fim do mundo em algum lugar. Fim não na verdade porque é redondo. Esposa em cada porto dizem. Ela tem um bom emprego se prestar atenção até o Johnny voltar pra casa marchando. Se um dia ele voltar. Farejando os fundos dos portos. Como é que eles podem gostar do mar? Mas gostam. Levantam âncora. E lá vai ele com um escapulário ou uma medalhinha pra dar sorte. E daí? E o tefilim não como é que eles chamam que o pai do coitado do papai tinha na porta pra encostar. O que nos tirou da terra do Egito e nos trouxe à casa de servidão. Alguma coisa tem em cada uma dessas superstições porque quando você sai nunca sabe que perigos. Agarrado numa tábua ou montado numa viga pra salvar a vida amarga, boia atada em volta dele, engolindo água salgada, e é só o que sobra dele até os tubarões darem conta. Será que os peixes nunca ficam mareados?

Daí vem uma calmaria linda sem uma nuvem sequer, mar de almirante, plácido, tripulação e carga espalhadas pelo mar, o cofre de Netuno. A lua espiando lá de cima. Nem me culpe, capadócio.

Uma última bengala perdida errava pelo céu vinda do bazar Mirus que arrecadaria fundos para o hospital Mercer e rompeu-se, murchando, e largou de si uma bola de roxas mas uma branca estrelas. E flutuam, logo fanam: e fenecem. A hora do pastor: hora de amalhar: hora dos amantes. De casa em casa, dando suas sempre benvindas batidas duplas nas portas, seguia o carteiro das nove, a lâmpada de vagalumes em seu cinto cintilando aqui e ali pelas sebes de louros. E por entre as cinco jovens árvores uma vara alçada com a isca acendia o poste no Leahy's Terrace. Pelos véus das janelas acesas, por jardins iguais seguia gritando uma estrídula voz, gemia: *Evening Telegraph, edição extra! Resultado do páreo da Copa de Ouro!* E da porta da casa de Dignam um menino saiu correndo e gritando. Pipilando o morcego voava aqui, ali voava. Na distância por sobre o areal as ondas que vinham montavam, cinzentas. Howth se acomodava para o sono cansado de dias longos, de rododendros delícia (estava velho) e sentia contente a brisa noturna se erguer, arrepiar seu couro de ervas. Estendia-se mas abria um olho rubro insone, funda e lentamente respirando, sonolento conquanto desperto. E longe na margem do Kish o naviofarol ancorado cintilava, piscava para o senhor Bloom.

    A vida que aqueles camaradas lá devem levar, presos no mesmo lugar. Câmara dos Faróis da Irlanda. Castigo pelos pecados. Guardascosteiros também. Foguete e calça curta boia e bote. O dia que a gente saiu pro passeio no Erin's King, jogando o saco de papéis velhos pra eles. Ursos no zoológico. Viagem nojenta. Os bebuns lá pra dar uma sacudida no fígado. Vomitando pela amurada pra dar comida pros arenques. Náusea. E as mulheres, caras de mortas de medo. A Milly, nenhum medinho. A echarpe azul solta, rindo. Não sabem o que é a morte naquela idade. E também o estômago está limpo. Mas de ficar perdidos eles têm medo. Quando a gente se escondeu atrás da árvore em Crumlin. Eu não queria. Mamãe! Mamãe! Criancinhas no bosque. Dando susto neles com máscaras também. Jogando pra cima pra pegar de novo. Vou matar você. Será que é só metade brincadeira? Ou crianças brincando de soldado. Se matando de rir. Como é que as pessoas podem mirar uma arma na cara da outra? As armas às vezes disparam. Coitadinhos. Únicos incômodos erisipela e urticária. Purga de calomelano que eu comprei pra ela por causa disso. Depois de melhorar pegou no sono com a Molly. Dentes idênticos aos dela. O que é que elas amam? Outras de si mesmas? Mas aquela manhã que ela correu atrás dela com o guardachuva. Quem sabe não fosse pra machucar. Eu senti o pulso dela. Batendo. Mãozinha pequena que era: agora grande. Queridíssimo pápi. Tudo que a mão diz quando você toca. Adorava contar os meus botões do colete. O primeiro corpete dela eu lembro. Me fez rir de ver. Peitinhos pequenos pra começar. O esquerdo é mais sensível, eu acho. O meu também. Mais perto do coração. Colocando enchimentos se as gordas estão na moda. As dores do crescimento de noite, chamando, me acordando. Assustada quando as regras vieram pela primeira vez ela ficou. Coitada! Momento estranho pra mãe também. Traz de volta o tempo de menina. Gibraltar. Olhando de Buena Vista. Torre de O'Hara. As aves marinhas gritando. O velho macaco que devorou a família inteira. Pordossol, salva pros homens cruzarem as linhas. Olhando pro mar ela me disse. Uma noite que nem essa, mas limpa, sem nuvens. Eu sempre achei que ia casar com um lorde ou um cavalheiro com um iate particular. *Buenas noches, señorita. El hombre ama la muchacha hermosa.* Por que eu? Porque você era tão estrangeiro comparado aos outros.

Melhor não ficar grudado a noite inteira aqui que nem uma lapa. Esse clima deixa leso. Já deve estar perto das nove pela luz. Vá pra casa. Tarde demais pra *Leah, Lírio de Killarney*. Não. Pode estar acordada ainda. Passar no hospital pra ver. Tomara que já tenha acabado. Dia comprido que eu tive. Martha, o banho, enterro, casa de Shawes, o museu com aquelas deusas, a música do Dedalus. Daí aquele gritalhão no Barney Kiernan. Consegui retribuir lá. Bêbados bocudos. O que eu falei do Deus dele pegou o sujeito no contrapé. Um erro devolver o ataque. Ou? Não. Deviam ir pra casa e rir da própria cara. Querem sempre estar entornando entre amigos. Medo de ficar sozinhos igual uma criança de dois anos. E se ele me acertasse. Veja pelo outro lado. Não tão ruim daí. Quem sabe não tenha sido pra machucar. Três vivas para Israel. Três vivas pra cunhada que ele desfilava à venda por aí, três dentes na boca. O mesmo estilo de beleza. Grupinho especialmente agradável pra uma xícara de chá. A irmã da esposa do homem selvagem de Bornéu acaba de chegar à cidade. Imagine só aquilo de manhã cedo a dois palmos de distância. O que é de gosto é regalo da vida, como disse o Morris quando beijou a vaca. Mas a dos Dignam foi o fundo do poço. Uma casa enlutada é tão deprimente porque você nunca sabe. Mas enfim ela quer o dinheiro. Tenho que passar naquelas viúvas escocesas como eu prometi. Nome estranho. Dá de barato que a gente vai esticar as canelas primeiro. Aquela viúva será que foi segundafeira na frente do Cramer's que olhou pra mim. Enterrou o coitado do marido mas caminha a passos largos com o dinheiro da pensão. Moedas de viúva. Ora? Vocês esperavam que ela fizesse o quê? Tem que se virar daqui pra frente. Viúvo é que eu odeio ver. Parece tão desamparado. O coitado do O'Connor mulher e os cinco filhos com intoxicação por causa de mexilhão bem aqui. O esgoto. Não tem remédio. Alguma matrona boazinha com um chapéu desajeitado pra cuidar dele que nem mãe. Levar o sujeito a reboque, cara de tacho e aventalão. Calçolas femininas de flanela cinza, três xelins o par, pechincha incrível. Feiosa e amada, amada pra sempre, dizem. Feia: mulher nenhuma acha que é. Amem, mintam e sejam belos pois amanhã morreremos. Ver ele às vezes andando por aí tentando descobrir quem lhe pregou a peça. D.U.: deu. Destino é o que é. Ele, não eu. Loja também percebida várias vezes. Parece praga. Sonhei ontem à noite? Espera. Alguma coisa confusa. Ela estava com uma chinela vermelha. Turca. De calça curta. E se ela usasse? Será que eu ia gostar dela de pijama? Difícil como o diabo de saber. O Nannetti já foi. Barcopostal. Perto de Holyhead a essa altura. Preciso garantir aquele anúncio do Shawes. Pressionar o Hynes e o Crawford. Anágua pra Molly. Ela tem com o que rechear. O que é isso? Pode ser dinheiro.

O senhor Bloom se curvou e desvirou um papel na areia. Ele o aproximou dos olhos e olhou bem. Carta? Não. Não dá pra ler. Melhor ir. Melhor. Estou cansado pra me mexer. Página de um caderno velho. Montes de buracos e pedrinhas. Quem é que ia contar quantas? Você nunca sabe o que vai encontrar. Garrafa com estória de um tesouro dentro jogada de um naufrágio. Pacote de encomenda. As crianças sempre querem jogar coisas no mar. Confiança? Pão lançado sobre as águas. O que é isso? Pedaço de pau.

Ah! Acabou comigo aquela mulher. Não tão moço mais. Será que ela vem aqui amanhã? Esperar por ela em algum lugar pra sempre. Preciso voltar. Os assassinos sempre. Eu vou?

O senhor Bloom com seu pau suave remexia a areia grossa a seus pés. Escrever uma mensagem pra ela. Pode ser que fique. O quê?

Eu.

Algum pèchato pisoteia de manhã. Inútil. A água apaga. A maré vem até aqui uma pocinha perto do pé dela. Me abaixar, ver o meu rosto ali, espelho escuro, respirar nele, se mexe. Esse monte de pedras com riscos e escaras e letras. Ah, a transparente! Além disso elas não sabem. Qual é o sentido daquele outro termo emundo. Eu chamei você de levado porque não gosto.

Sou. Um.

Acabou o espaço. Largue mão.

O senhor Bloom apagou as letras com sua bota lenta. Coisa mais inútil a areia. Não cresce nada. Tudo murcha. Não tem por que temer grandes barcos vindo até aqui. A não ser as barcaças da Guinness. A volta ao Kish em oitenta dias. Feito meio de propósito.

Lançou longe sua caneta de madeira. O pedaço de pau caiu na areia grossa, espetado. Agora se você ficasse uma semana a fio tentando fazer isso não conseguia. Acaso. A gente nunca mais vai se encontrar. Mas foi lindo. Adeus, querida. Obrigado. Fez eu me sentir tão jovem.

Uma sonequinha agora se eu tirasse. Devem ser quase nove. O barco de Liverpool já saiu faz tempo. Nem a fumaça. E ela pode fazer a outra coisa. E fez. E Belfast. Eu não vou. Correr pra lá, correr de volta pra Ennis. Ele que. Só fechar o olho um minutinho. Mas não vou dormir. Metade sonho. Nunca volta igual. Morcego de novo. Não dá nada. Só um tiquinho.

Ah lindinha toda a tua brancurinha menina até em cima eu vi liga suja me obrigou a fazer amor grudento nós dois levados Graça querida ela nele cama e meia mete em si e cose mimos para Raoul para perfume a sua esposa cabelo preto ofega por baixo carnes *señorita* olhos jovens Mulvey anos roliços sonhos volta lado de trás fim Agendath extático amorzinho me mostrou seu ano que vem de calçolas voltar no próximo no próximo dela próximo dela.

Um morcego voava. Aqui. Ali. Aqui. Longe no cinza dobrou um sino. O senhor Bloom de boca aberta, bota esquerda enterrada de lado na areia, recostou-se, respirou. Só um tiquinho

Cuco
Cuco
Cuco

O relógio na lareira da casa do padre piava onde o cônego O'Hanlon e o padre Conroy e o reverendo John Hughes, S.J., tomavam chá e comiam pão de soda com manteiga e costeletas fritas de carneiro com ketchup e falavam de

Cuco
Cuco
Cuco

Porque era um canarinho pequeninho que saiu da casinha pra dizer as horas que Gerty MacDowell percebeu na vez que esteve lá porque era rápida como o quê a respeito desse gênero de coisas, ah se era, nossa Gerty MacDowell, e percebeu imediatamente que aquele cavalheiro estrangeiro que estava sentado nas pedras olhando era

Cuco
Cuco
Cuco.

▬▬▬▬▬▬▬

Deshil Holles Eamus. Deshil Holles Eamus. Deshil Holles Eamus.
Dai-nos, leve, luzente, Horhorn, fertilidade e frútero. Dai-nos, leve, luzente, Horhorn, fertilidade e frútero. Dai-nos, leve, luzente, Horhorn, fertilidade e frútero.

Upa, meninim, upa! Upa, meninim, upa! Upa, meninim, upa.

Universalmente o daquela pessoa acume é estimado muito pouco percuciente no tocante a quaisquer questões que estejam sendo sustentadas como as que com mais utilidade por mortais de sapiência dotados se podem estudar que se mantém ignorante daquilo que os mais em doutrina eruditos e certamente em razão desse neles alto da mente ornamento de veneração meritório constantemente sustentam quando por geral consenso afirmam que sendo iguais circunstâncias outras por nenhum exterior esplendor é mais eficazmente a prosperidade de uma nação afirmada que pela mensuração de quão adiante possa ter progredido o tributo de sua solicitude para com aquela prolífera continuidade que dos males origem se ausente quando felizmente presente constitui certo sinal da incorrupta benevolência da onipolente natura. Pois quem haveria que algo de alguma monta apreendera que não estivesse cônscio de que tal externo esplendor pode ser a superfície de uma lutulenta realidade inferorientada ou pelo contrário alguém de tão existe iniluminado que não perceba que como dom de natura algum pode rivalizar com a prodigalidade de progenitura a cada um dos cidadãos cabe mais justos tornar-se exortador e admonitor de seus semelhantes e tremer diante da possibilidade de que o que foi no passado pela nação excelentemente iniciado seja no futuro não com similar excelência acabado se inverecundo hábito houver gradualmente degradado os honrosos pelos ancestrais transmitidos costumes a tal de vileza grau que seria audaz aquele em excesso que sustentara a intrepidez de surgir afirmando não mais odiosa ofensa poder para qualquer haver que a de obliviante a observação do evangelho negligenciar de simultâneas ordem e promessa que sobre todos os mortais com profecia de abundância ou de coarctação ameaça da exalçada reiteradamente função procriativa pela eternidade irrevogavelmente injungida?

Não há portanto por que admirarmos se, como relatam os melhores historiadores, entre os celtas, que nada que não fosse por sua natureza admirável admiravam, à arte da medicina grande honra se tenha dado. Para nem falar de albergues, lazaretos, suadoiros, da peste as covas, os maiores doutores seus, O'Shiels, O'Hickeys, O'Lees, que sédulos os múltiplos métodos expuseram por que os doentes e os recidivos a sanidade reencontrassem fora a doença coreia ou a reira de boyconnell. Decerto em toda pública obra que em si algo de gravidade contenha a preparação há de ser com a importância comensurável e subsequentemente foi um plano por eles adotado (se por prévia consideração ou como maturação da experiência é difícil de se dizer sendo que as discrepantes opiniões dos ulteriormente interrogados ainda não até agora a um juízo confluíram por que se o manifestasse) porquanto a maternidade foi tão remotamente de qualquer possível acidência afastada que quaisquer cuidados que a paciente naquela sobressevera das horas feminis mais requeresse e não somente para as copiosamente opulentas mas também para aquela que sem ser suficientemente provida de pecúlio mal podia e frequentemente nem mal podia subsistir bravamente e que por inconsiderável emolumento era atendida.

A ela nada já então e dali por diante podia de qualquer maneira ser molesto pois mais sentiam os todos cidadãos que exceto com mães proliferentes prosperidade de todo não pudesse ser e como houvessem recebido a eternidade os deuses os mortais a geração que lhes cabia tocante ela, quando se o caso assim tinha, parturiente em veículo para ali portando desejo imenso entre todos um ao outro impelia por que naquele domicílio ela ali fosse atendida. Oh coisa de prudente nação não meramente em ser vista mas também e mesmo em ser relatada merecedora de ser alabada que eles a ela por antecipação fossem vendo mãe, que ela por eles repentina estar prestes a ser querida a sentir começasse!

Gaio o menino na madre. Pois era sobejo amado. Pois era sobejo amado. Na madr'era, pequenino. Tôdalas cousas naquela vegada feitas, feitas foram bem feitas. Um carro seguido por parteiras com boas comidas prazeiras cueiros louções os mais limpos como se prenhez já fosse a cabo e se homem avisado tudo guarnecera: mas tão bem com mezinhas avondo que necessárias eram e estormentos de cirurgia convinháveis a seu caso dela sem esquecer de rem dos brincos que trazem solaz ofertos nos diferentes lugares de nosso globo terreal com imagens, humanas e divinais, que só de nelas pensar as mulheres apartadas são mais asinha emprenhadas ou que fazem mais quedas as cousas no fermoso e alto e claro lar das madres quando, sabidamente adiantada e já pronta, chega lhe a hora de parir, findo dela o seu termo.

Certo homem que viandante era esteve então à porta ao poer do sol. Da gente de Israel era o homem que sôbela terra errando longes terras viajara. Por pura mercê era ali. E vinha só até à casa. E vinha só até à casa, sem ter companha por vir i.

Daquela casa A. Horne é senhor. Setenta leitos ele i mantém por que as madres na sua hora delas i venham parir e dar à luz crias sãs como o anjo de Deus a Maria disse. Cuidosas cuidam i duas, seguem espertas. Seguiam espertas na ala irmãs brancas. Maladias pensavam dando gasalhado aos enfermos: em doze luas três vezes um cento. Ambas as duas excelentes guardiãs dos leitos eram, para Horne guardando a ala cuja dele era.

Na ala queda a guardiã atenta vir oiu aquele mansomem e com cachaço toucado lhe abriu inteiro seu portão dela. Mira! O corisco corusca no céu! Corusca no céu como um risco! Na Hibérnia no oeste. Temeu ela muito que

Deus o estruidor toda a gente acabasse com água pelos pecados dele negros. O cruzeiro do Cristo fez ela no peito e por ele puxou, que aginha viesse debaixo de seu teto. O homem sabedor de sua vontade dino penetrou a casa de Horne. Dino penetrou a casa de Horne.

Aficado em não causar nojo no salão de Horne chapéu na mão foi o visitador. Com a esposa querida vivera em casa dela. Vivera em casa dela com a filha velida. Ele que então por nove longos anos sôbela terra vagara e polos mares. Um dia ela sendo na angra da cidade ele lhe não havia prestada a reverência. Perdão pedia agora e a ela acrescia de seu talante que aquele rosto por ele a penas divisado, cujo o seu era dela, tão viçoso lhe então parecera. Luz lhe veloz os olhos inflama, rubores, coradas coroas de flores, ganhou a voz dele.

Ai Deus, temeu a dor do amigo, pois trazia o luto consigo: mas depois foi contenta. Pois trazia o luto consigo, temeu o pesar imigo: mas depois foi contenta. Ele perguntou-a se O'Hare o físico enviara mandado do porto distante e ela com acuitado suspiro respondeu que O'Hare o doutor no paraíso era. Desditoso foi o homem de esso ouvir que lhe era pesaroso e sentia o peito piadoso. Tôdalas cousas lhe ela ali contava, pranteando a morte de tão jovem conhecido, entanto sempre anojada sem a justeza de Deus querer ver desdita. Ela disse que ele boa morte mansa houvera pela bondade de Nosso Senhor com crélgo que lhe dera gasalhado, a santa hóstia e o unto dos enfermados em seus membros. O homem pois direito perguntou a irmã sôbela morte que morrera o morto e a irmã respondeu e disse que morreu em na ilha Mona por uma ferida braba no ventre três anos haveria já acabados viera o Natal e rezou a Deus misericordioso que houvesse a sua alma dele na imortalidade divinal. Ele as palavras dela tristes ouviu, premendo o chapéu mirando triste. E assim estiveram ambos ali desconsolados, lamentando o um com o outro.

Portanto, ó vós que ouvis, pensai no postumeiro fim que é vossa morte e no pó que agarra a todo o homem que de mulher é nato pois como do ventre de sua mãe veio ele em pelo, assim desnudo há de ser guiado ao cabo por que saia como veio.

O homem que à casa viera falou então à enfermeira e perguntou-a uma pergunta. Que desejava saber como calhasse estar a mulher que no leito de parto jazia i. A enfermeira respondeu e disse que, eramá, a mulher estava lidando havia já três dias inteiros e que um duro parto seria e fero de se aturar mas que ora seria mui muito prestes. Ela disse pois que havia vistos muitos partos de mulheres mas nunca nenhum tão duro como o parto daquela mulher, bofé. Então ela todo expôs a ele que sabia que outrora vizinho à casa aquela já vivera. Lhe o homem prestava atenção pois sentia aficadamente e à maravilha a dor das mulheres nas coitas que têm para parir e olhava espantado seu rosto dela como jovem fosse e bela para qualquer homem ver mas porém, eramá, fora ela deixada depois de longos anos para criada. Nove vezes doze mênstruos remocando-a não parida.

 E em quanto falavam a porta do castelo abriu-se e se deles aproximou tamanho arruído como se de muitos que ali ceassem. E ali veio até onde eram um jovem cavalheiro aprendiz de nome Dixon. E o viandante Leopoldo lhe era humildosamente grato porquanto acaecera que se houveram encontrados na casa de misericórdia onde restava o dito cavalheiro aprendiz porque o viandante Leopoldo i estivera por que dele curassem pois era mui mazelado em seu peito por uma lança cuja era de um horrendo e pavoroso dragão que com ela o lazerou para qual fez ele um cataplasma de sais aromáticos e crisma o quanto bastasse. E disse ora que precisava ele de ir naquele castelo por celebrar com os que i eram. E o viandante Leopoldo disse que alhures precisava de ir pois era homem de chus cautelas e sutil. Aa enfermeira lhe também semelhava assim e ela reprovou o cavalheiro aprendiz mesmo crendo bem que o viandante a sabendas dissera cousa que não era, por sua sutileza dele. Mas o cavalheiro aprendiz não queria nenhumas discórdias ouvir nem fazer o que mandava nem lhe semelhava poder o viandante em rem contrariá-lo e começou de dizer como era belo o castelo à maravilha. E o viandante Leopoldo entrou no castelo por se repousar entrementes mal podendo já aturar o peso dos membros depois de muitas marchas em torno de terras várias e algum goivo venéreo.

 E no castelo havia uma távola que da bétula de Finlândia era e que sustida de quatro anões daquela terra mas que se não podiam mexer pois eram cativos de um encantamento. E sôbela távola estavam pavorosas espadas e facas que fazem numa grande caverna diabos escravos com brancas flamas e que pois prendem eles aos cornos de búfalos e cervos que i existem em grã quantidade. E havia i copas criadas por mágica de Mafoma com areia da mar e com o ar da terra por um feiticeiro com seu alento que lhes assopra como fossem bolhas. E tanta cousa e tão boa jouve naquela távola que homem não podia pola ventura imaginar melhor nem mais ricas. E era i um barril de prata que por feitiços se fazia abrir e nele repousavam estranhos peixes sem cabeças embora homens incréus neguem que isso se possa sem antes terem visto no entanto assim são tais peixes. E esses peixes repousam i numa água oleosa trazida da terra do Portugal por causa da gordura que i é semelha aos sumos das olivas na prensa. E era também maravilha de se ver naquele castelo como por magia faziam um composto de fecundos grãos de trigo de Caldeia que com ajuda de uns espíritos ferozes que eles i metem crescem à maravilha como uma montanha imensa. E ensinam as serpes a se enrodilhar em longos paus chantados na terra e das escamas dessas ditas serpes fazem uma beveragem que semelha o hidromel.

E o cavalheiro aprendiz filhou uma botelha e verteu para o fidalgo Leopoldo um trago e serviu entrementes a todos que i eram dando a senhos seu gole que beberam. E o fidalgo Leopoldo ergueu sua viseira para agradá-lo e filhou de praça um pouco da bebida pois nunca bebia nenhum hidromel que então pôs de lado e toste encobertamente esvaziou o mais da bebida no copo de seu vizinho e seu vizinho não soube de seu ardil do fidalgo. E jouve i naquele castelo com eles para se repousar entrementes. Graças sejam dadas a Deus Todopoderoso.

Entanto isso essa boa irmã leixou-se ficar ao pé da porta e implorava-lhes por a reverência de Jesu que a todo conduz que seu goivo abrandassem, pois era lá em cima deles uma donzela em grã coita de parto, e sua hora dela era sobejo vizinha. Dom Leopoldo ouviu que vinha de sôbelo teto um grito alto que era maravilha e considerou cujo seria aquele grito, se de criança ou de mulher e muito me espanta, dizia, que já não lhe seja hora. Parece me pela ventura que lhe já demasiado dura. A todo era alerta e viu um liberto que tinha por nome Lenehan do outro lado da mesa que era mais velho que qualquer e como eram âmbolos dois cavalheiros de muita virtude e seguiam na mesma lida e também por ser o mais velho dentre eles perguntou-o com toda cortesia. Mas, disse, não crês que antes de muito há de ela parir pela graça de Deus e ser leda de seu filho pois que tanto restou malandante? E o fazendeiro que muitas taças havia bebidas disse, Esperando que todo momento seja o próximo. Também ele pegou da copa que era diante ele pois nunca não precisou que ninguém dissesse ou pedisse para ele beber e, Ora é beber, disse ele, com pleno deleite, e sorveu quanto podia a senhos saúdes pois era homem mui muito bom em os prazeres todos. E dom Leopoldo que era o mais bondoso de todos hóspedes que já foram no salão dos sábios e que era a mais mansa criatura e o mais sutil para meter mãos maritais embaixo de uma galinha e que era honesto como nenhum outro no mundo cavaleiro e que sempre serviços devotos fazia a senhoras gentis brindou desta guisa com ele. Ponderando com espanto o pesar feminil.

E agora fala a estória dos amigos que i eram para beber quanto pudessem. Certas, eram i sábios de cada lado da mesa, sejam, Dixon, dito aprendiz na Santa Maria das Mercês com outros seus colegas Lynch e Madden, que estudavam a medicina, e o liberto chamado Lenehan e um que de Alba Longa era, um Crotthers, e o jovem Estêvão que se portava como clérigo e à cabeça da mesa era Costello que homem chama Ponche Costello que um dia fez um feito que ganhou esse nome (e de todos, senão o jovem Estêvão, era o mais embriagado que pedia sempre mais da beveragem que i bebiam) e junto deles o manso dom Leopoldo. Mas pelo jovem Malaquias esperavam pois que havia prometido vir i e alguns que nada de bom não desejavam disseram que ele havia quebrado sua palavra. E dom Leopoldo ficou-se entre eles que havia grã sabor da amizade de dom Simão e desse seu filho o jovem Estêvão e que sua fadiga o havia i aduzido em calmaria depois de mui grandes jornadas catar pois que o haviam celebrado naquela feita de maneira mui honrosa. Pois vinha pio, amor o fazia errar mundos, sair não queria.

Que eram eles estudantes mui sábios. E ele ouvia as arengas que diziam um contra o outro que eram sobre a nascença e a justeza, sustendo o jovem Madden que tanto que se desse que fosse difícil o parto que a mulher devia de morrer (que assim havia acaecido antano com uma mulher de Eblana na casa de Horne que hoje já não mais neste mundo era e que na noite antes da morte dela havia filhadas todas sangrias e mezinhas que i eram). E mais diziam que ela havia de viver porque no princípio eles diziam a mulher havia de parir com dor e assim todos que haviam essa opinião afirmavam quanto dizia verdade o jovem Madden que havia a consciência de leixá-la morrer. E poucos não eram e entre eles era o jovem Lynch que temia que o mundo fosse ora regido pelo mal e mal regido como sempre fosse mesmo que houveram outros juízos por entre os maus mas que a lei nem os juízes não davam solução. Deus garanta a paga. Assim que houve isto dito gritaram todos a uma voz não, pardês, havia a mãe de viver e morrer o infante, pela nossa Virgem Mãe. E assim cresceu neles a sanha do arrazoado pelo que diziam e pela bebida que i bebiam, mas o liberto de nome Lenehan estava alerta para dar senhos de beber que pelo menos a ledice não houvesse de falecer. E então o jovem Madden mostrou-lhes todos a toda questão e disse como ela foi morta e como pela santa religião por conselho de romeiro e rezadeira e por promessa que havia feita a Santo Ultão de Arbraccan o bom homem seu marido dela não queria aceitar a sua morte e foram mui mazelados e chagados à maravilha. E o jovem Estêvão teve então contra eles estas vozes, O rumor, senhores, corre também por entre os homens leigos. Ambos o infante e a madre ora glorificam seu Criador, um no pesar do limbo e a outra na purga pelo fogo. Mas, por a mercê de Deus, o que dizer das almas possibilitadas por Deus que nós a cada noite impossibilitamos, que é pecado contra o Espírito Santo, o Próprio Deus, Senhor e Doador de Vida? Pois senhores, ele disse, é breve nossa luxúria. Somos meros meios para essas pequenas criaturas que trazemos por dentro e a natureza tem fins diferentes de nós. E então disse Dixon o aprendiz a Ponche Costello que sabe ele quais fins. Mas ele havia sobejo bebido e a melhor palavra que se dele conseguiu foi dizer que desonraria qual mulher quer, que não cataria saber de quem era mulher ou se donzela ou amante era, se lhe calhasse, para se livrar de uma sua sanha de luxúria. Ao que Crotthers de Alba Longa cantou o louvor do jovem Malaquias à besta unicórnia de como a cada mil anos encontra seu corno os outros todos entrementes açulados por suas zombarias, que com elas riam dele, jurando todos e cada um pelos engenhos de São Fodino que todo podiam fazer que a homem fazer cabia. Ao que riram todos e foram mui ledos mas não o jovem Estêvão e dom Leopoldo que jamais ousava rir a sabendas por causa de um estranho humor que não declarava e também que penava por todas mulheres prenhas, quem quer que fossem ou onde quer. Então falou o jovem Estêvão soberboso da madre Igreja que o lançaria de seu seio, da lei dos cânones, de Lilith, padroeira dos abortos, do embaraço azado por vento de sementes de brilho ou por potência de vampiros boca a boca ou, como Vergílio diz, por influência do ocidente ou pelo fedor da flor da lua ou se jouvera ela com mulher que se deitara com seu marido pouco antes, *effectu secuto,* ou quiçá no banho de acordo com as opiniões de Averróis e Moisés Maimônides. Disse também de como ao cabo do segundo mês vertia-se uma alma humana e como sempre nossa santa madre contém todas almas para maior glória de Deus enquanto que a terrena madre que era apenas reprodutora para gerar que nem um bicho devia de morrer conforme os cânones pois que assim diz ele que ostenta o selo do pescador, o mesmo Pedro santo que foi pedra em que a santa igreja foi por todas as idades fundada. Todos novéis cavaleiros então perguntaram dom Leopoldo, que demandavam saber se ele num caso parelho tanto arriscaria sua pessoa dela a ponto de arriscar de uma vida para salvar uma vida. Alerta cousa mais que todos ele queria responder como a todos calhasse e, deitando a queixada sobre a mão, disse como quem al pondera, como sempre fazia, que conforme se lhe havia dito, a ele que tanto amava a arte dos físicos quanto a leigo se permite, e também de acordo com sua experiência de um fato tão pouco soído era pola ventura bom para a Madre Igreja de uma só vez receber os tributos de morte e de nascença e por amor de tal resposta conseguiu escapar as demandas deles. Certas, pardês, disse Dixon, e, ou me engano, um juízo grávido de sabença. Tendo ouvidas essas palavras o jovem Estêvão foi ledíssimo que era maravilha e afirmou que quem rouba aos pobres empresta a Deus pois que tinha uma disposição sandia quando bebia e que ora estava já assim mostrou-se cedo.

Mas dom Leopoldo era mui mal andante apesar de seu dito porque ainda era teúdo de sentir mercê pela grita formidável das mulheres que davam altas vozes durante o parto e porque lembrava de sua boa senhora dele que tinha nome Marion que lhe dera um único filho homem que no seu dia décimo primeiro na vida havia morrido e nenhum homem de arte podido salvar, tão tristos são os fados. E foi ela mazelada à maravilha por tão terrível cousa e para o enterro do infante vestiu-o de formoso gasalho de lã de carneiro, a flor do redil, por que não perecesse de todo e restasse gelado (pois era então cerca do meio do inverno) e ora dom Leopoldo que de seu corpo não tinha filho por herdeiro olhava em torno si o filho de seu amigo e foi fechado em seu pranto por sua ledice passada e por tristo que fosse que lhe falecia um filho de tamanha coragem tão nobre (que todos o diziam assim de veras) lamentava ele também não menos por o jovem Estêvão, que vivia baldoso entre aqueles sandeus e consumia seus haveres com rameiras.

Obra daquele mesmo momento o jovem Estêvão encheu tôdolos copos que vazios estavam sendo que então muito pouco restaria por servir se o mais prudente não se houvesse recatado de sua vinda, dele que mui rijo se aplicava a servir rezando em intenção do pontífice soberano, ouviram-no dizer que bebessem pelo vigário de Cristo que tão bem é o vigário de Bray. Ora bebamos, disse ele, desta cratera e secai vós esta beberagem que não é deveras parte de meu corpo mas dá corpo a minhalma. Deixai fração do pão aos que vivem só de pão. E não temais nenhuma escassez conquanto isto mais conforta do que o outro fragiliza. Vede cá. E mostrou-lhes moedas cintilantes do tributo e notas de ourives que duas libras e dezenove xelins valiam que recebeu, ele disse, por azo de uma canção que escreveu. Todos admiraram ver as sobreditas riquezas em tamanha paixão de falta de dinheiros como antes havia. Suas palavras então foram estas que se seguem: Sabei, homens todos, que as ruínas do tempo erguem os palácios da eternidade. O que quer isto dizer? O vento do desejo estrói o espinheiro mas despois ele se torna rosa no cajado do tempo, de sarça que era. Ouvi-me agora. Na madre da mulher o verbo faz-se carne mas no espírito do criador tôdala carne que passa torna a ser verbo que não míngua. Eis a pós-criação. *Omnis caro ad te veniet.* Não há dúvida que é potente estoutro nome que insuflou o caro corpo de nosso Servador, Pasto e Pastor, nossa mãe poderosa e mãe venerabilíssima e Bernardo diz com justeza que ela tem uma *omnipotentiam deiparae supplicem*, ou seja, a saber, um poder absoluto de petição por azo de ser ela a segunda Eva e de nos ter reconquistado, diz Agostinho também, enquanto que a outra, nossa anteparente, com a qual estamos ligados um a um por anastomose dos cordões umbilicais nos vendeu a todos, semente, gente e gerações, por um pomo de feira. Mas eis aqui a questão. Ou ela o sabia, esta segunda de que falo, e foi apenas criatura de sua criatura, *vergine madre figlia di tuo figlio* ou não o sabia e então resta na mesma e única negação ou ignorância junto de Pedro Piscator que mora na casa que a dona formiga construiu e de José o carpinteiro patrono do feliz falecimento de todos os casamentos infelizes *parce que M. Léo Taxil nous a dit que qui l'avait mise dans cette fichue position c'était le sacré pigeon, ventre de Dieu! Entweder* transubstancialidade *oder* consubstancialidade mas de maneira alguma subsubstancialidade. E todos gritaram uns entre os outros dizendo nefanda a palavra. Uma gravidez desprovida de gozo, ele disse, um parto sem pena, um corpo sem mácula, um ventre sem volume. Que adorem os lascivos com fervor e com fé. Resolutos resistimos, insistimos sem temor.

 Abasta que isso foi dito Ponche Costello surgiu a mão e pô-la com força sobre a mesa e quis cantar uma canção de folguedo *Farilu Farinela* sobre uma rapariga que foi embuchada por um aventureiro loução tedesco que ele ora começava de entoar: — *Os primeiros três meses não foram tão bem, Farilu*, quando a enfermeira Quigley à porta, maneira de irritada, lhes pede que calem deviam ter vergonha e nem era possível de ser pelo que deles lembrava que pensava de ir de frecha tudo contar ao lorde André porquanto havia acatamento por seu trabalho e não queria que algum tumulto horrendo diminuísse a honra de sua vigília. Era velha e triste senhora de aparência pacata e de passo cristão, trajava pardo que lhe ia bem com seu ar merencório e seu rosto engelhado e nem sua exortação calhou de restar sem ter efeito porquanto imediatamente Ponche Costello foi por todos contido e trataram-no de vilão, deles com polida rudeza e deles com ameaças de blandícias, enquanto que o censuravam todos, que uma peste carregue o parvalhão, com que diabos andaria, falpórria, esmifra, concebido na palha de arapatão, sáfaro, lorpa, filho de um vagabundo, parto de valeta, aborto, por que calasse sua língua ébria e a mantivesse imóvel como uma praga de Deus macaco, o bom dom Leopoldo que tinha por insígnia a flor do silêncio, doce manjerona, advertindo ser também a ocasião sacrérrima e muitíssimo merecedora de ser sacrérrima. Haveria na casa de Horne de o repouso reinar.

 Por que sejamos curtos tal passagem mal havia transcorrido quando mestre Dixon de Maria de Eccles, sorrindo franco, perguntou ao jovem Estêvão qual teria sido a razão de sua decisão de não tomar os santos votos ao que lhe ele respondeu, obediência uma ova e castidade só na cova mas pobreza involuntária a vida inteira. Mestre Lenehan então retorquiu haver ouvido sobre tais nefandos feitos e como, assim ouvira relatado, havia ele conspurcado a cândida virtude de uma confidente o que era corrupção de menores e eles todos interdemonstraram parelha disposição, crescendo em gáudio e brindando ao reverendo. Mas, oh, que ele disse abertamente ser claro o contrário do que dele supunham, pois que era ele o filho eterno e sempre virgem. Ao ouvi-lo podia ser maior a alegria deles? E ensaiaram-lhe então seu curioso rito de bodas como os sacerdotes soem fazer na ilha de Madagascar, devendo ela estar paramentada de branco e açafrão, seu noivo de branco e grã, ardendo o nardo e os círios sobre o tálamo enquanto clérigos cantavam kyries e o hino *Ut novetur sexus omnis corporis mysterium* até que jazesse ela deflorada.

Concedeu-lhes ele então um admirabilíssimo trilo do hímen de autoria dos delicados poetas mestre João Fletcher e mestre Francisco Beaumont que está em sua *Tragédia da donzela* e que foi escrito para uma tal união de amantes: *Ao leito, ao leito,* era seu refrão, cantado concertado com acompanhamento de virginais. Dulcíssimo e raro epitalâmio de molificante suasão para juvenis amadores que as flamas olorosas dos paraninfos acompanharam ao quadrupedal proscênio da comunhão conubial. Bela parelha, disse mestre Dixon, garrido, mas, ouvi, jovem senhor, melhor seria fossem chamados Boa Monta e Fresta pois, de veras atesto, de tal mescla muito se poderia esperar. O jovem Estêvão disse que de fato por tudo que lhe era dado recordar tinham uma única barregã entre eles e as dos lupanares para que se revezassem nos regalos do amor pois a vida corria solta naqueles dias e o costume da terra o aprovava. Maior amor que esse, ele disse, tem homem algum que o homem que sua esposa abandone pelo amigo. Ide e fazei o mesmo. Assim, ou coisa que o valha, falou Zaratustra, outrora régio docente de Letras Francesas na Universidade de Oxfode e jamais sentiu-se no mundo o alento de alguém a quem mais devesse a humana gente. Trazei um estranho a vossa torre e não demora tereis o segundo melhor leito. *Orate, fratres, pro memetipso.* E toda a gente dirá, Amém. Lembrai, ó Erin, vossas gerações e vossos dias passados, quão pouco me destes ouvidos e a minhas palavras e como trouxestes a meus portões um estranho para cometer fornicação a minha vista e engordar e dar coices como Yeshurum. Portanto pecastes contra a luz e fizestes de mim, vosso senhor, escravo de servos. Voltai, voltai, Clan Milly: não me esqueçais, ó Milésios. Por que cometestes diante de mim tal abominação, que me desdenhastes como um mercador de mezinhas e me renegastes pelos romanos e os indianos de negra voz com quem vossas filhas se deitam lascivas? Olhai agora adiante, meu povo, para a terra da Promissão, aqui de sobre o Horeb e o Nebo e o Pisga e desde os Cornos de Hatten para uma terra que mana leite e mel. Mas vós me amamentastes com um leite amargo: minha lua e meu sol sufocastes para sempre. E para sempre me deixastes só nas trevas de minha amargura: e com um beijo de cinzas beijastes minha boca. Tal tenebrosidade do interior, seguiu dizendo, não foi iluminada pelo discernimento da septuaginta e nem sequer mencionada pois o Oriente que vindo do alto rompeu os portais do inferno visitou uma escuridão que lhe era forânea. A assuefação minora as atrocidades (como disse Cícero de seus queridos estoicos) e Hamlet o pai mostra ao príncipe bolha alguma da combustão. O adiáfano no crepúsculo da vida é uma praga do Egito que nas noites da prenatividade e da postmortemidade é-lhe os mais adequados *ubi* e *quomodo*. E como os fins e os destinos de todas as coisas estão em alguma medida e de alguma maneira de acordo com suas incepções e origens, essa mesma multíplice harmonia que leva adiante o crescimento desde o parto realizando através de regressiva metamorfose a diminuição e a ablação em direção ao final que agrada a Natura também se sucede com nosso ser subsolar. As envelhecidas irmãs nos puxam para a vida: nós uivamos, nos cevamos, corcovamos, cativamos, depravamos, derivamos, entrevamos e nos vamos: sobre nossos corpos se curvam. Primeiro, salvos das águas do Nilo velho, por entre os juncos, leito de vime fasciado: enfim o côncavo de uma montanha, sepulcro oculto entre a conclamação do gato montês e do ossífrago babuzar. E como homem nenhum conhece a ubicidade de seu túmulo nem por quais processos seremos guiados até lá nem mesmo se a Tofé ou Edenville da mesma maneira está tudo oculto quando olharmos para trás de que região de longinquidade a oquezidade de nossa quenzidade apanhou sua deondidade.

Aqui Ponche Costello urrou o que seria *Étienne chanson* mas aos brados pediu-lhes atenção, pois que a sabedoria ergueu para si uma casa, esta vasta e majestosa abóbada anciã, palácio de cristal do Criador tudo na mais perfeita ordem, um tostão para quem encontrar a ervilha.

Eis a casa do dedáleo Juvenal,
Eis o malte armazenado no quintal,
No belo circo em sua lona especial.

Atro estalido, ruído na rua, ali troou, ressoa atroz. Um estrondo à esquerda, trovejava Thor: feroz, enfurecido o atirador do martelo. Veio então a tempesta que lhe ergueu no peito o coração. E mestre Lynch pediu que tivesse cuidado ao desdenhar e verberar pois que o mesmo Deus se enfurecia com sua demonolalia, e tal paganismo. E ele que se antes gabara de audacíssimo fez-se pálido como podiam todos perceber e se encolheu, e se dobrou, e seu tom que fora antes tão altivo e elevado era agora repentinamente posto baixo e seu coração tremia dentro da jaula de seu peito no que provava do rumor da procela. E então escarneceram alguns e zombaram outros e Ponche Costello de novo atacou sua toada, o que mestre Lenehan declarou que faria depois, e ele era de fato não mais que palavras ao vento sem qualquer efeito possível. Mas o vão blasonador gritava que se o velho Nobodaddy estivesse de porre isso muito pouco se lhe daria e que não se deixaria ficar atrás. Entretanto isso apenas servia a tingir seu desespero no que acovardado se acocorava no salão de Horne. E bebia de fato de um só gole o que bastasse por ganhar um qualquer consolo pois trovoava em longo estrondo sobre o céu inteiro de modo que mestre Madden, pio vez por outra, cutucou-lhe nas costelas ao ouvir tal estalo de danação e mestre Bloom, junto do blasonador, falou-lhe palavras calmantes por adormecer seu medo ingente, proclamando ser não mais que um ruído tumultuoso o que ouvira, tendo ocorrido, mire e veja, descarga de fluidos da divindade do trovão, e tudo da ordem de um fenômeno natural.

Mas foi o medo de Blaz O. Nador vencido pelas palavras de A. Calmador? Não, pois tinha ele em seu seio um acúleo chamado Amargor que não podia por palavras ser dissolvido. E fez-se ele então calmo como um ou pio como o outro? Nenhum dos dois, por mais que qualquer deles de fato quisera ele ser. Mas não podia ele ter se esforçado por tentar novamente como em sua juventude encontrar a garrafa chamada Santidade de que então vivera? Na verdade não, pois lá não estava Graça para mostrar-lhe tal garrafa. Ouviu ele naquele estalido a voz do deus Parturiente ou, como disse Calmador, um tumulto de Fenômeno? Ouvir? Ora, não poderia deixar de ouvir a menos que houvera fechado o tubo Entendimento (o que não havia feito). Pois por tal tubo viu estar na terra de Fenômeno onde deveria por certeza dado dia vir a morrer sendo ele também como o resto faúlha passageira. E não queria ele aceitar morrer como o resto e desaparecer? De modo algum e nem faria outras faúlhas como fazem os homens com as esposas como Fenômeno ordenou que fizessem no livro Lei. Então nada sabia ele daquela outra terra que se chama Creia-em-Mim, que é a terra da promessa que pertence ao rei Deleitoso e existirá para sempre onde não há morte e parto alguns nem casamento ou maternidade e à qual virão tantos quantos os que nela crerem? Sim, Devoto lhe havia contado de uma tal terra e Casto lhe havia mostrado o caminho mas a razão foi ter ele topado no caminho com certa prostituta de exterior agradável aos olhos, cujo nome, ela disse, é Passar Onamão e ela com ardis o desviou do vero caminho por meio das lisonjas que lhe dizia, como, ó de lá, belo homem, vira teus passos para cá que te vou mostrar um belo lugar, e se mostrava a ele tão lisonjeira que o atraiu a sua gruta que tem por nome Doisvoando ou, segundo alguns eruditos, Concupiscência Carnal.

Era bem isso o que todo aquele grupo que ali se dispunha no Recinto das Mães mais cobiçava e se dessem eles com tal prostituta Passar Onamão (que dentro de si era todas as pragas vis, monstros e um demônio perverso) lutariam até o fim mas iriam a ela e conhecê-la-iam. Pois a propósito de Creia-em-Mim eles diziam ser nada além de quimera e que não lhe dispensariam um momento de consideração pois, primeiro, Doisvoando para onde os atraía ela era a melhor das grutas e havia lá quatro travesseiros em que se viam quatro etiquetas que portavam as seguintes palavras, Hálito na Nuca e Pés ao Alto e Pudibunda e Lado a Lado e, segundo, da praga vil da Peste e dos monstros não tinham receio algum, pois Preservativo lhes dera firme capacete de tripabovina e, terceiro, que não corriam risco de sofrer ferimentos nem de Rebento que era o tão perverso demônio em virtude desse mesmo capacete, que tinha por nome Matinfante. Portanto estavam todos em sua cega algazarra, o senhor Caviloso e o senhor Porvezes Pio, senhor Enxuga Birra, senhor Liberto Dissimulado, senhor Fresco Dixon, o Jovem Blaz O. Nador e o senhor Cauteloso A. Calmador. E quanto a isso, ó miserável grupo, estáveis todos enganados pois era a voz do deus que se encontrava em dolorosa ira e que imediatamente ergueria o braço e destruiria vossas almas por seus abusos e pela destruição que houvessem perpetrado contrariamente a sua palavra que multiplicar mandava ardente.

Assim na quintafeira dezasseis de Junho, deposto Patk. Dignam em terra por uma apoplexia e depois de terrível seca, praza a Deus, choveu, dizendo um barqueiro vindo por via fluvial a cinquenta milhas ou perto disso com turfa que as sementes não brotarão, sedentos os campos, em cores mui tristes e fedendo forte, pântanos e várzeas também. Difícil de respirar e todos os jovens latagões consumidos integralmente sem precipitação por tanto tempo quanto homem algum recorda ter visto. Os róseos botões todos marrons e polvilhados de manchas e sobre os morros nada além da Íris seca e gravetos que arderiam ao primeiro lume. Toda a humana gente dizendo, pelo quanto sabiam, ter sido o grande vendaval que um ano completou em fevereiro último e que tão desgraçadamente arrasou a terra coisa pequena diante desta esterilidade. Mas dentro em breve, conforme ficou dito, hoje à noite depois do sol poente, havendo vento estável de oeste, nuvens plenas de considerável tamanho se fizeram à vista no que a noite escurecia e aqueles versados no clima minuciosamente as estudaram e de início alguns relâmpagos e, depois, passadas as dez horas da noite, uma grande rajada com um longo trovão e num piscar de olhos correm todos em grande confusão para dentro das casas fugindo da trombadágua enfurecida, os homens fabricando cobertas para seus chapéus de palha com um trapo ou um lenço, as filhas de Eva saltitando com vestidos arrepanhados no momento em que caiu o aguaceiro. Em Ely Place, Baggot Street, jardim do Duque, e daí através do Merrion Green até a Holles Street, um ribeiro de água corrente onde antes só havia aridez e cadeira alguma ou coche ou fiacre viam-se à roda mas nenhum mais estalido depois do primeiro. Ante a porta do Honorabilíssimo senhor juiz Fitzgibbon (que deve julgar com o senhor Healy, o causídico, sobre as terras da Universidade) Mal. Mulligan, cavalheiro entre os cavalheiros que acabava de vir da casa do senhor Moore, o escritor (que foi papista mas é hoje, diz a língua do povo, um bom Williamita), calhou de encontrar-se com Alec. Bannon com o cabelo cortado bem rente (o que agora está na moda junto dos casacos de baile de cor pasteldostintureiros) que acabava de chegar à cidade vindo de Mullingar de carruagem onde seu primo e o irmão de Mal. M. permanecem ainda por um mês até o dia de São Swithun e pergunta o que diabos estaria ele ali fazendo, um rumo de casa e outro seguindo até Andrew Horne onde era esperado para virar algumas copas de vinho, foi o que disse, mas que lhe contaria de uma novilha espevitada, crescida para sua idade e de canela grossa e durante tudo isso os céus derramavam sua chuva e assim toca para a casa de Horne. Lá, Leop. Bloom do jornal de Crawford sentado aconchegado junto a um magote de gaiatos, quase certamente sujeitos pugnazes, Dixon jun., estudante em Minha Senhora da Misericórdia, Vin. Lynch, um camarada escocês, Will. Madden, T. Lenehan, tristíssimo em função de um cavalo que lhe agradara no páreo e Estêvão D. com Leop. Bloom lá estando graças a um langor que sentira mas de que já se recuperara, tendo nesta noite sonhado uma estranha estória com sua senhora Madame Moll usando chinelos vermelhos e calçolas masculinas turcas o que é considerado por aqueles que de tal arte sabem como sendo sinal de mudança e a senhora Purefoy ali, que chegou declarando-se grávida, e que agora estava na mesa, pobre corpo, dois dias além de seu prazo previsto, as parteiras tremendamente ocupadas e não consegue parir, ela enjoada graças a uma tigela de água de arroz que é um eficaz secante das entranhas e com o alento muito cálido, mais do que o devido, e havia de ser um grande traquinas, diziam elas, pelas pancadas que dava, mas que Deus lhe dê logo progênie. É já seu nono rebento a sobreviver, ouço dizer, e na Anunciação roeu as unhas de seu último filho que tinha então doze meses e com outros três todos amamentados que morreram escrito está com bela caligrafia na Bíblia do rei Jaime. Seu esp. está pelos cinquenta anos e é metodista mas toma o Sacramento e costuma ser visto toda bela domingo com um par de seus meninos no porto Bullock pescando com arte e ciência de entendido com um molinete com trava ou num bote de fundo chato que tem e não pega poucos linguados e pescadas, pelo que ouvi dizer. Em suma, uma imensa chuvarada e todos devidamente refrescados e há de em muito aumentar a colheita e no entanto os que entendem do ofício dizem que depois de vento e de água o fogo é o que virá como prognostica o almanaque de Malaquias (e ouço dizer que o senhor Russell realizou encanto profético de tenor semelhante que extraiu do hindustanês para sua gazeta de fazendeiros) que hão de vir as três coisas mas isto são meras patranhas sem base na razão para velhotas e petizes posto que por vezes acabem acertando com suas esquisitices vá lá saber-se como.

    Com isto veio Lenehan até ao pé da mesa por dizer de como vira a carta na gazeta daquela mesma noite e encenou que fez por procurá-la nos bolsos (pois jurou pelos céus ter-se esforçado por ela) mas persuadido por Estêvão desistiu de tal demanda e foi convidado a sentar-se junto a eles o que de imediato fez. Era algo como um cavalheiro dado a brincos que passava por bufão ou vero diabril e tudo o que às damas, aos cavalos ou à voz da volante fama se relacionava dominava à perfeição. Para dizer a verdade faltava-lhe fortuna e na maior parte de seu tempo arrastava seus anelos pelos cafés e tabernas espúrias junto de oficiais de adua, cavalariços, banqueiros de apostas, calaceiros, contrabandistas, aprendizes, peralvilhos, senhoras dos serralhos e a mais canalha do jogo ou com algum acólito da lei ou da ordem amiúde à noite e até ao raiar do dia, dos quais apanhava entre odres de vinho com gemada muito falatório sobre a vida alheia. Prendia o de seu sustento numa tasca e bastava-lhe ter metido dentro de si uma baralhada de vitualhas moídas ou uma bandejada de tripas que com um mero tostão no bolso ele sempre conseguia se livrar com a língua, alguma tirada frascária que aprendeu com uma loba ou um qualquer que cada um daqueles filhos de Deus acabava por rir-se sem peias. O outro, ou seja, Costello, ouvindo a conversa, perguntou se era poesia ou um conto. Por Deus, não, ele diz, Chico (era este seu nome), são tudo conversas de vacas das Kerry que se hão de sacrificar pela peste. Mas por mim que se danem todos, diz ele piscando um olho, eles e o bife que escolham levar junto, com mil pragas. Há nesta lata peixes dos melhores e mui amistosamente ofereceu-se para apanhar algumas anchovas em salmoura que por ali restavam e que havia pouco cupidamente notara e encontrou o lugar que deveras era o propósito principal de sua embaixada, pois era sagaz. *Mort aux vaches*, diz Chico então na língua de França que se havia contratado a um mercante de uísque que em França possui uma adega de vinhos em Bordéus e falava o francês como um cavalheiro, deveras. Desde infante fora este Chico um chinchorro que seu pai, um delegado de província, que mal o podia manter na escola para aprender as letras e o uso dos globos, matriculou na Universidade para estudar mecânica mas ele tomou o freio entre os dentes qual garanhão chucro e mais conhecia inspetor e bedel que seus tomos. Ora era ele ator dramático, ora provisioneiro ou trapaceiro nos páreos, e em outro momento já nada o afastava da arena dos ursos e da rinha de galos, ou se punha oceano afora ou a patear pela estrada com o povo romani, raptando ou aliciando o heréu de um escudeiro sob o escuro da lua ou se metia a bispar roupabranca feminina ou a esganar galinhas por trás das sebes. Fizera-se à larga tantas vezes quantas são as vidas do gato e de volta outra vez com bolsos limpos tantas outras para o pai, o delegado, que derramava uma copa de lágrimas a cada vez que o via. O quê, diz o senhor Leopoldo com as mãos estendidas, que ansiava por saber do assunto, vão matá-las todas? Protesto tê-las visto inda hoje de manhã a destino das barcas de Liverpool, diz ele. Custa crer seja assim tão mau, diz ele. E tinha experiência com tais bestas reprodutoras e prenhas, bácaros gordos e crestos lanosos, por ter sido, alguns anos antes, funcionário do senhor Joseph Cuffe, vendedor de muito valor que geria uma empresa de comércio de gado e leilões nas fazendas próximo ao estábulo do senhor Gavin Low na Prussia Street. Dissinto nisso de vossa mercê, diz ele. É mais provável seja a tosse da lìnguadepau. O senhor Estêvão, um pouco tocado mas mui galhardamente, disse-lhe que nada disso e que tinha ele mesmo consigo mandados do cutucarrabos principal do imperador que lhe agradecia a hospitalidade, que estava enviando o doutor Rinderpest, o mais prestigioso sacaboi muscovita, com um tolete ou dois de remédio para pegar o touro à unha. Ora, ora, diz o senhor Vicente, falando às claras. Ele se há de ver corrido a chifres se encontrar um touruno irlandês, diz ele. Irlandês por seu nome e irlandês por sua natureza, diz o senhor Estêvão, e serviu à roda a borbulhante beberagem. Um touro patrício numa loja de porcelana de Ânglia. Alcanço o que diz vossa mercê, diz o senhor Dixon. Trata-se do mesmo touro que foi mandado a nossa ilha pelo fazendeiro Nicolau, o mais bravo de todos os criadores de gado, com uma argola de esmeralda no focinho. Dizes bem, camarada, diz o senhor Vicente por sobre a mesa, e com um olhodeboi metido na barganha, diz ele, e boi mais roliço e mais altivo jamais cagou num trevo celta. Tinha pletora de cornos, pelagem de velo de ouro e um doce alento nebuloso saindo-lhe das ventas, de modo que as mulheres de nossa ilha, deixando bolas de massa e grampos de cabelo, seguiram-no ornando sua touridade com correntes de margaridinhas. Pois que seja, diz o senhor Dixon, mas antes de ele surgir por estas plagas o fazendeiro Nicolau que era eunuco fê-lo consoantemente capar por um colégio de doutores, que não estavam em melhor situação. Ide, pois, diz ele, e fazei tudo o que meu primo germano, o lorde Henrique, disser-vos que façais e recebei a bênção dos fazendeiros, e com isso deu-lhe um belo tapa na retaguarda. Mas o tapa e a bênção caíram-lhe bem, diz o senhor Vicente, pois para compensar ensinou-lhe ele um truque que valia por dois dos outros, de modo que donzela, esposa, abadessa e viúva até ao dia de hoje afirmam que prefeririam a qualquer momento do mês sussurrar em seu ouvido no escuro de uma estrebaria ou levar uma lambida na nuca vinda de sua longa língua santa a brincar com o melhor dos conquistadores que exista nos quatro campos de toda a Irlanda. Um outro então contribuiu sua palavra: e elas o vestiram, diz ele, com um gibão de renda e anáguas com estola e cíngulo e babados nos punhos e tosaram-lhe o cacho da testa e esfregaram-no todo com óleo de espermacete e construíram-lhe estábulos a cada curva do caminho com uma manjedoura de ouro em cada um plena da melhor palha do mercado por que pudesse se esticar e se estercar até gozar seu coração. A essa altura o pai dos fiéis (pois que assim o chamavam) ganhara tanto peso que mal podia-se mover ao pasto. Como remédio, nossas ardilosas senhorinhas e senhoras traziam-lhe sua forragem no colo dos aventais e assim que se enchia sua pança ele se empinava nos quartos traseiros para mostrar um mistério a suas senhorias e urrava e bramia a plenos pulmões em língua de touro com todas elas correndo atrás dele. Sim, diz um outro, e tão mimado era que não aceitava que nada mais crescesse na terra que não a erva verde que era sua (pois que essa era a única cor que concebia) e havia uma placa erguida num morrinho no meio da ilha com um aviso estampado que lia: pelo lorde Ique, Verde é a erva que varre as vertentes. E, diz o senhor Dixon, se por um só momento farejasse ele um peão à cata em Roscommon ou no agreste de Connemara ou um marido em Sligo que semeasse um mero punhadito de mostarda ou um saco de colza longa ele perdia o juízo e percorria metade do interior do país desenraizando com os chifres tudo quanto plantado estivesse e tudo por ordens do lorde Ique. Enojaram-se de início, diz o senhor Vicente, e o lorde Ique chamou o fazendeiro Nicolau de todos os bodespretos do mundo e de velho alcofeiro que entretinha sete cortesãs em casa e pode deixar que jàjá eu me intrometo nos assuntos dele, diz ele. Vou fazer aquele animal sentir o cheiro do inferno, diz ele, com o auxílio daquele bom vergalho que meu pai me deixou. Mas uma noite, diz o senhor Dixon, quando o lorde Ique estava lustrando sua nobre carcaça para ir à mesa depois de vencer uma regata (tinha bons remos para si próprio mas a primeira regra da corrida era que os outros tinham de remar com ancinhos) descobriu em si próprio fantástica parecença com um touro e tomando de um vademécum de negras dedeiras que guardava na despensa descobriu, ouro sobre azul, que era um descendente por via sinistra do famoso touro campeão dos romanos, *Bos Bovum*, que significa mandachuva em legítimo latim espúrio. Depois disso, diz o senhor Vicente, o lorde Ique pôs a cabeça num cocho de vacas na presença de todos os seus cortesãos e retirando-a novamente disse a todos seu novo nome. Então, com água ainda escorrendo de si, meteu-se num vestido velho e num saiote que haviam pertencido a sua avó e comprou uma gramática da língua dos touros para estudar mas jamais conseguiu aprender uma só palavra de tal língua que não o primeiro pronome pessoal que copiou bem grande e aprendeu de cor e se jamais saía a passear ele enchia os bolsos com giz para escrevê-lo em tudo quanto desejasse, do lado de uma pedra ou na mesa de uma casa de chá ou num fardo de algodão ou uma balsa de cortiça. Em resumo, ele e o touro da Irlanda em pouquíssimo tempo eram já amigos íntimos como cu e cueca. Eram mesmo, diz o senhor Estêvão, e o fim foi que os homens da ilha, vendo que socorro algum havia de vir estando acordes todas as ingratas mulheres, construíram uma barcaça, nela subiram com suas trouxas de bens, puseram eretos os mastros todos, tripularam as vergas, buscaram a bolina, assestaram a proa, viraram muitas velas, puseram o espontão entre o vento e as ondas, levantaram âncora, cerraram o leme a bombordo, hastearam a caveira, gritaram três vezes três urras, deixaram o vento levar, zarparam em seu botezinho e fizeram-se ao mar para recobrar o continente americano. E esta foi a ocasião, diz o senhor Vicente, em que compôs um carapina de carena aquele canto esfuziante:

— *O Papa Pedro é frouxo.*
Um homem é um homem mesmo assim.

Nosso bravo conhecido, o senhor Malaquias Mulligan, surgiu agora à porta no momento em que terminavam seu apólogo os estudantes acompanhado de um amigo que vinha de reencontrar, um jovem cavalheiro, por nome Alec Bannon, que havia pouco chegara à cidade, tendo por sua intenção comprar um posto de estandarte ou de alferes nas milícias e se alistar para as guerras. O senhor Mulligan teve suficiente polidez para expressar algum deleite com tal propósito tanto mais porque calhasse de coincidir com um projeto seu próprio para a cura do mesmo mal que havia pouco se estava abordando. A propósito de quê, distribui ele à roda quantidade de cartões de papelão que havia naquele dia mandado imprimir com o senhor Quinnell e que ostentavam uma legenda impressa em belo itálico: *Senhor Malaquias Mulligan. Fertilizador e Incubador. Ilha Lambay.* Seu projeto, como em seguida o expôs, era subtrair-se ao círculo de vãos prazeres tais quais os que formam o principal interesse dos Filáucios Peralvilhos e Belfécios Boquirrotos da cidade e devotar-se à mais nobre das tarefas para as quais foi forjado nosso corpóreo organismo. Pois ouçamo-lo então, meu bom amigo, disse o senhor Dixon. Tenho por certo haver nisso rabodessaia. Vamos, sentem-se, ambos. Vocês não vão crescer mais. O senhor Mulligan aceitou o convite e, discorrendo sobre sua empresa, disse a sua audiência ter sido levado a tal ideia por uma consideração das causas da esterilidade, sejam inibitórias sejam proibitórias, possa a inibição por sua vez ter sido causada por aflições conjugais ou parcimônia de retribuição ou possa ainda a proibição proceder de congênitos defeitos ou adquiridas inclinações. Magoava-o dolorosamente, disse ele, ver o tálamo defraudado de suas mais caras oferendas: e refletir sobre tantas aliciantes senhoras com ricos dotes, presas fáceis para os mais vis dos bonzos, que ocultam suas flamas sob o alqueire num claustro que lhes não é natural ou perdem a flor de sua feminilidade nos braços de alguma exótica beleza espúria quando poderiam multiplicar as vias da felicidade, sacrificando a inestimável joia de seu sexo enquanto uma centena de belos indivíduos estava à mão para se afagarem, isto, ele lhes assegurava, fazia chorar seu coração. Por dirimir tal inconveniência (que concluía dever-se a uma supressão de calores latentes), tendo-se aconselhado com certos mentores de muito valor e investigado a questão, havia ele decidido adquirir posse e totais direitos perpétuos sobre a ilha de Lambay junto a seu proprietário, lorde Talbot de Malahide, um cavalheiro tóri de escol que está nas graças de nosso partido dominante. Propunha instalar ali uma fazenda nacional de fertilização que seria chamada de *Omphalos* com um obelisco entalhado e erigido à moda egípcia e nela oferecer seus leais serviços de fidalgo para a fecundação de quaisquer mulheres de qualquer posição social que fossem e que ali se dirigissem a ele com o desejo de realizar plenamente as funções de seu natural. Dinheiro não estava em questão, ele disse, nem aceitaria ele um só tostão como paga de seus esforços. A mais miserável das ajudantes de cozinha tanto quanto a opulenta dama da sociedade, fossem tais suas disposições, e fossem seus temperamentos calorosos defensores de suas petições, nele encontrariam seu homem. Quanto a sua nutrição ele demonstrou como se iria ali alimentar exclusivamente de uma dieta de saborosos tubérculos, peixe e coelhos locais, sendo a carne destes últimos roedores altamente recomendada para seus propósitos, tanto cozida quanto ensopada com uma lasca de nozmoscada e um bago ou dois de pimentacumari. Depois dessa homilia que pronunciou com incandescida convicção o senhor Mulligan num átimo arrancou de seu chapéu um lenço com o qual o vinha toldando. Ambos, ao que parece, haviam sido apanhados pela chuva a meio caminho e por mais que houvessem apressado seu passo haviam recebido as bátegas, conforme se podia observar nas bragas do senhor Mulligan, de um cinzafusco que agora estava algo salmilhado. Sua empresa, entretanto, foi mui favoravelmente acolhida por sua audiência e recebeu cordiais eulogias de todos ainda que o senhor Dixon da Maria fizesse exceção, perguntando com um ar preciosista se ele por acaso pretendia também ensinar o clero a rezar. O senhor Mulligan no entanto respondeu ao estudante à altura através de adequadíssima citação dos clássicos que como repousava em sua memória parecia-lhe sólido e polido apoio ao que propugnava: *Talis ac tanta depravatio hujus seculi, O quirites, ut matres familiarum nostræ lascivas cujuslibet semiviri libici titillationes testibus ponderosis atque excelsis erectionibus centurionum Romanorum magnopere anteponunt*, enquanto que para os de mais rude disposição ele demonstrou a adequação de sua proposta através de analogias com o reino dos animais mais adequadas a seus palatos, o veado e a corça das clareiras das florestas, o patinho e a patinha das granjas das fazendas.

Tendo em não baixa conta sua elegância, sendo de fato homem bem-posto e apessoado, o loquaz cavalheiro aplicava-se agora a seus trajes com animadversões algo acaloradas a respeito dos súbitos caprichos atmosféricos enquanto o grupo prodigalizava encômios sobre a empresa que descrevera. O jovem cavalheiro seu amigo, tomado que estava de alegria graças a um episódio que lhe ocorrera, não pôde evitar contá-lo a seu vizinho mais próximo. O senhor Mulligan, tomando agora consciência da mesa, perguntou para quem seriam tais pães e peixes e, vendo o estranho, fez-lhe gentil reverência e disse, Acaso, senhor, necessitava de qualquer dos serviços que oferecemos? Este, ao ouvir tal oferta, agradeceu-lhe de todo o seu coração, conquanto preservando adequada distância, e replicou ter vindo ali por causa de certa dama senhora, ora interna da casa do senhor Horne, que estava em estado interessante, a coitada, graças ao fardo feminil (e neste ponto soltou fundo suspiro) por saber se sua felicidade se havia já realizado. O senhor Dixon, para mudar o assunto, pôs-se a perguntar ao próprio senhor Mulligan se acaso sua incipiente ventripotência, sobre a qual o censurou asperamente, denotava gestação ovoblástica no utrículo prostático ou útero masculino ou era devida, como no caso de notório médico, doutor Agostinho Meldon, a um monstro na barriga. Como resposta o senhor Mulligan, sob um jorro de riso dentro de suas faldas, golpeou-se vigorosamente sob o diafragma, exclamando em jocosíssima imitação da dona Grogan (a mais excelente das criaturas de seu sexo embora lamentemos informar ser a dita uma maldita): Está aqui uma barriga que jamais pariu bastardo. Foi uma tirada tão feliz que renovou as tempestas de júbilo e lançou toda a sala nas mais violentas agitações do deleite. Teria a álacre balbúrdia seguido na mesma veia de arremedos não fosse certo alarme na antecâmara.

Aqui o ouvinte, ninguém menos que o estudante escocês, um rapaz que era um risco, louro como linho, congratulou-se na mais viva das maneiras com o jovem cavalheiro e, interrompendo a narrativa num momento de destaque, tendo desejado que seu conviva com polido aceno tivesse a bondade de lhe passar um vaso de cordial simultaneamente através de um questionador posicionamento da cabeça (todo um século de educação cortês não teria produzido tão delicado gesto) ao qual se unia um equivalente mas contrário movimento da garrafa perguntou ao narrador com toda a franqueza que se possa imaginar em palavras se ele poderia lisonjeá-lo com um copo de tal líquido. *Mais bien sûr*, nobre estranho, disse ele espirituosamente, *et mille compliments*. Toma-o cá, e muito a propósito. Faltava-me nada além desta taça para coroar minha felicidade. Mas, pelo nome de Deus, restassem-me apenas uma côdea de pão velho e uma pouca dágua de poço, Jesus, aceitaria deles e encontraria em meu coração motivos para me fazer ao chão de joelhos e dar graças aos poderes supernos pela felicidade concedida a mim por Aquele que as boas coisas dá. Com tais palavras aproximou a copa dos lábios, tomou condescendente gole do cordial, alisou o cabelo e, metendo a mão pelo peito, dali retirou um medalhão que pendia de uma fita de seda e que se abriu, a mesma imagem daquela que amara de todo coração desde que a mão dela ali escrevera. Olhando para aqueles traços com ternura infinda, Ah, Monsieur, ele disse, tivésseis apenas contemplado este rostinho como eu o contemplei com estes meus olhos naquele instante tão tocante com sua golinha mimosa e aquele chapelinho novo tão donairoso (presente para o dia do seu natalício, conforme disse) em tamanho desarranjo descuidado, de uma ternura tão delicada, palavra, mesmo vós, Monsieur, teríeis sido impelido por gentil natura a vos entregar por completo às mãos de um tal inimigo ou para sempre abandonar o campo do prélio. Declaro não ter-me sentido tão tocado em toda a minha vida. Deus, agradeço-Vos como Autor de meus dias! Feliz três vezes será aquele que tão amorosa criatura abençoar com seus favores. Um suspiro de afeição tornou eloquentes tais palavras e, tendo recolocado o medalhão no peito, ele enxugou os olhos e de novo suspirou. Beneficente Disseminador de bênçãos a todas as Tuas criaturas, quão imensa e universal há de ser a mais doce de Tuas tiranias que sabe manter atados os livres e os servos, o simples campônio e o polido janota, o amante no ápice da paixão inconsequente e o marido dos anos mais maduros. Mas deveras, senhor, divago. Quão impuros e imperfeitos são todos os nossos prazeres sublunares! Apre! Quisera Deus que a previdência me houvesse lembrado de levar minha capa comigo! Tenho vontade de chorar só de pensar. Então, muito embora se houvessem derramado sete chuvas, a todos pouco se nos daria. Mas, parvo, exclamou, estalando a mão na testa, amanhã há de ser um novo dia e, com mil raios e trovões, eu sei de um *marchand de capotes*, Monsieur Poyntz, com quem posso conseguir por uma *livre* uma capa francesa tão confortável quanto qualquer outra que jamais manteve seca uma senhora. Fu, fiau! grita Le Fécondateur, interrompendo de um baque, meu amigo Monsieur Moore, acabadíssimo viajor (acabo de partilhar de uma meia garrafa *avec lui* num círculo dos melhores espíritos da cidade), é minha autoridade, e me atesta que no cabo Horn, *ventre biche*, eles têm uma chuva que empapa qualquer capa, mesmo a mais rija. Rajada de uma tal violência, diz-me ele, *sans blague*, já mandou mais de um malfadado indivíduo a visitar o outro mundo com pressa de postilhão. Puh! Uma *livre*! grita Monsieur Lynch. Essas coisas bisonhas já são caras a um *sou*. Um guardachuva, fosse ele em nada maior que um cogumelo de fadas, já valeria dez desses paliativos. Mulher alguma em sua sã consciência usaria uma delas. Minha querida Kitty disse-me hoje que seria capaz de dançar num dilúvio antes de jamais se decidir a morrer de fome numa tal arca da salvação pois, como me fez lembrar (corando marota e sussurrando em meu ouvido ainda que ninguém estivesse por perto para apanhar suas palavras além das frívolas borboletas), a senhora Natura, pela bênção divinal, implantou-nos no coração e tornou-se expressão das mais familiares que *il y a deux choses* para as quais a inocência de nossa libré original, em outras circunstâncias violação dos bons costumes, é o mais adequado, não, único traje. A primeira, disse ela (e aqui minha bela filósofa, no que eu a conduzia a seu tílburi, para prender minha atenção suavemente roçou com a língua o pavilhão externo de minha orelha), a primeira é o banho... mas neste ponto um sino soando no salão podou um discurso que prometia tão bravamente enriquecer nosso estoque de sabedoria.

Por entre a risa solta generalizada na assembleia soou um sino, e enquanto estavam todos a conjecturar qual poderia ser a causa a senhorita Callan entrou e, tendo dito umas poucas palavras em tom baixo ao jovem senhor Dixon, retirou-se com profunda reverência para o grupo. A presença mesmo por breves instantes em meio a um grupo de bandalhos de mulher dotada de todas as qualidades da modéstia e não menos severa que bela conteve os rasgos cômicos mesmo dos mais licenciosos mas sua partida foi sinal para uma irrupção de ditos fesceninos. Que um raio me parta, disse Costello, um camarada baixo que estava temulento. Uma belíssima parcela monstruosa de carne de vaca! Ponho minha mão no fogo, intimou-te a um *rendez-vous*. Diz, cachorro! Conheces todos os caminhos com elas, não é? Cáspite. Nem te falo, disse o senhor Lynch. O estilo ao pé do leito é o que se emprega no hospício Mater. Com a breca, e por acaso não apalpa ali as papadas das freiras o doutor O'Gargle? Como prezo minha salvação, ouvi de minha Kitty que lá esteve como ajudante durante estes últimos sete meses. Pela santa madre, doutor, gritou o latagão do colete amarelopálido, afetando um lamúrio feminil entre imodestas contorções de seu corpo, como o senhor examina a fundo! Que se lhe rompam as ventas! Deus me ajude, que estou caindo de madura. Mas quê, pois que estás tão mal quanto o nosso querido padrezinho Cantekissem, isso sim! Que esse pote de fogo me deixe engasgado à meiamorte, gritou Costello, se ela não está desencaminhada. Que eu sei que uma dona se emprenhou só de botar o olho na dita. O jovem cirurgião, contudo, levantou-se e pediu ao grupo que lhe desculpasse a retirada já que vinha a enfermeira de avisá-lo ser sua presença requisitada na enfermaria. A misericordiosa providência havia decidido pôr termo aos sofrimentos da senhora que estava *enceinte* os quais havia ela suportado com louvável fortitude e ela dera à luz um menino forte e sacudido. Preciso de paciência, disse ele, para com aqueles que, desprovidos de sabedoria para animar ou de erudição para instruir, vilificam uma enobrecedora profissão que, à parte a reverência devida à Deidade, é o maior poder de felicidade sobre a terra. É com segurança que digo que em havendo necessidade eu poderia invocar uma nuvem de testemunhas da excelência de tão nobre ofício que, distante de ser mero epíteto, deveria ser glorioso incentivo no seio humano. Não posso desfazer delas. Como? Difamar uma tal, a amável senhorita Callan, que é uma glória para seu próprio sexo e um encanto para o nosso? E no mais riscoso dos momentos que se podem abater sobre um mínimo filho do barro? Sequem-se-lhe os beiços! Estremeço ao pensar no futuro de uma raça em que as sementes de tal malícia foram plantadas e em que a devida reverência à mãe e dama é sonegada em casa de Horne. Tendo emitido sua reprimenda ele já de saída saudou os presentes e encetou marcha rumo à porta. Um murmúrio de aprovação surgiu de dentre eles todos e foram alguns pela extrusão sumária do baixo beberraz, empresa que teria sido levada a cabo, e nem teria ele recebido mais do que sua devida paga, não tivesse o dito abreviado sua transgressão afirmando com hórrida imprecação (pois xingava sem nem ver a quem) que era um filho do redil tão bom quanto qualquer outro que já houvesse puxado alento. Que eu morra seco, disse ele, se não foram sempre estes os sentimentos do franco Chico Costello que me foram constantemente mais estritos durante minha educação de honrar teu pai e tua mãe que tinha a melhor mão para um pãodeló ou um mingau que jamais verás o que sempre considero com amor no coração.

Mas, voltando ao senhor Bloom, que, depois de sua primeira entrada, estivera consciente de alguns motejos impudentes que contudo suportara como frutos de tal idade que frequentemente é acusada de desconhecer piedade. Os jovens toleirões, é verdade, eram tão cheios de extravagâncias quanto crianças crescidas: as palavras de suas tumultuosas discussões eram dificultosamente compreendidas e no mais das vezes nada polidas: seus melindres e *mots* ultrajosos eram tais que repugnavam a seu intelecto: nem tinham eles um escrupuloso bonsenso quanto à decência ainda que suas provisões de fortes espíritos animais falassem em sua defesa. Mas a palavra do senhor Costello era nada benvinda linguagem para ele porquanto o enojasse o miserável que lhe parecia uma criatura com orelhas de abano e de deformada gibosidade nascido fora dos laços do matrimônio e empurrado para o mundo como um corcunda, dentado e com os pés à frente, o que de fato a mossa do fórceps do cirurgião em sua caveira tornava verossímil, de modo a fazê-lo pensar naquele elo perdido da cadeia da criação desejado pelo engenho do falecido senhor Darwin. Era já por mais do que a metade do intervalo de anos que nos é concedido que ele cruzava a miríade de vicissitudes da existência e, sendo de cautelosa ascendência e ele próprio homem de rara presciência, havia injungido a seu coração que reprimisse toda e qualquer moção de uma cólera crescente e, interceptando-a com a mais atenta precaução, forjasse em seu peito aquela plenitude de tolerância de que as mentes vulgares escarnecem, que os juízos rudes desdenham e todos acham tolerável e apenas tolerável. Àqueles que criam seus *esprits* à custa da delicadeza feminina (um hábito mental sobre o qual jamais transigira) a estes não concederia nem portar o nome nem herdar a tradição de uma adequada educação: enquanto para aqueles que, perdida toda a sua leniência, nada mais podem perder, restava ainda o agudo antídoto da experiência para pôr-lhes a insolência em precipitada e inglória retirada. Não que se privasse de poder simpatizar com a vivaz idade que, sem se importar com as caramunhas dos grandevos ou os esturros dos severos, é sempre (como a casta imaginação do Sacro Autor o expressa) favorável a comer da árvore interdita mas não tanto que a leve a pretermitir a humanidade em qualquer possível condição para com uma dama quando esteja ela em suas ocasiões legalmente definidas. Para concluir, conquanto das palavras da irmã tenha reconhecido que o parto presto andava, por outro lado, é preciso reconhecê-lo, não pouco aliviado pela percepção de que o fruto assim surgindo depois de um martírio de tamanha dureza ora testemunhava ainda uma vez pela misericórdia tanto quanto pela generosidade do Ser Supremo.

Consoantemente compartiu seus pensamentos com seu vizinho, dizendo que, para expressar sua noção do assunto, sua opinião (ele, que talvez não devesse expressar uma qualquer) era de que seriam necessários uma gélida constituição e um frígido gênio para não se rejubilar por esses novíssimos relatos da fruição de seu confinamento visto ter estado ela presa de tamanha dor, causada por nenhuma falta sua. O elegante e desembaraçado cavalheiro disse ser culpa do marido a pô-la em tal expectativa ou ao menos que devia ser não fosse ela uma outra matrona efésia. Devo informar-vos, disse o senhor Crotthers, batendo na mesa de modo a evocar ressonante comentário enfático, que o velho Glória Aleluiarum esteve novamente aqui hoje, um homem senecto com bastas suíças, proferindo anasaladamente um pedido de uma audiência com Guilhermina, minha vida, como a chama. Solicitei-lhe mantivesse prontidão, pois que o evento dar-se-ia de pronto. Credo em cruz, ficarei aqui convosco. Posso apenas agaloar o ímpeto viril do velho garoto que conseguiu dela arrancar ainda outra criança. Entregaram-se todos a louvá-lo, cada qual a sua moda, ainda que o mesmo jovem desembaraçado mantivesse sua opinião anterior de que um outro que não o cônjuge houvesse sido o invasor, um funcionário a suas ordens, um braseiro (virtuoso) ou mercador itinerante de artigos necessários em toda residência. Singular, comungou o convidado de si para consigo, a faculdade maravilhosamente desigual de metempsicose possuída por eles, que o dormitório puerperal e a sala de dissecação tenham de ser seminários de tamanha frivolidade, que a mera aquisição de títulos acadêmicos devesse bastar para num átimo transformar uns tais votários da leviandade em exemplares praticantes de uma arte que muitos homens pelas mais diversas razões eminentes estimaram ser de todas a mais nobre. Mas, acrescentou ainda, será quiçá por amainar os sentimentos contidos que em comum os oprimem pois já mais de uma vez observei que cada ovelha ri com sua parelha.

Mas com que condão, possa-se demandar, do nobre senhor, seu patrono, constitui-se este adventiço, que por concessão de um príncipe gracioso foi admitido nos direitos civis e nomeou-se em cavalheiro modelo de nossa política? Onde agora a gratidão que a lealdade aconselharia? Durante a recente guerra sempre que o inimigo tinha uma vantagem temporária com seus obuses acaso não aproveitou o momento este traidor de sua estirpe para descarregar sua peça de artilharia contra o império onde voluntário se estabeleceu enquanto tremia pela segurança de seus quatro porcento? Teria esquecido isto como esquece todo benefício recebido? Ou será que por viver a empulhar os outros tornou-se por fim em vítima de si próprio porquanto seja, se a fama não o desdoura, o único a gozar de si? Longe esteja da candura o violar a alcova de respeitável senhora, filha de galante major, ou projetar as mais distantes reflexões sobre sua virtude, mas se ele chama atenção para tais coisas (como era de fato seu alto interesse não tê-lo feito) então que assim seja. Infeliz mulher, foram-lhe por tempo demasiado e com demasiada persistência denegadas suas legítimas prerrogativas para que ora ouça suas objurgações com sentimento outro que não a derrisão dos desesperados. Diz ele tal coisa, um censor de morais, vero pelicano em trajes humanos por sua piedade, que não teve escrúpulos, infenso aos laços da natureza, em tentar ilícito conluio carnal com uma criada sacada dos mais ínferos estratos da sociedade. E não só isso, pois não fosse o esfregão de comadre ter-lhe sido um anjo tutelar, teria tido ela a sorte de Agar, a egípcia! Na questão das terras de engorda sua mesquinha obstinação é notória e na audiência do senhor Cuffe fez cair sobre ele vinda de um indignado campônio uma réplica injuriosa exposta em termos tão diretos quanto bucólicos. Cai-lhe mal pregar tal evangelho. Não tem ele junto a sua casa um campo de lavra que resta estéril por falta de quem o are? Um hábito repreensível na puberdade é vício e opróbrio na meiaidade. Se precisa ele dispensar seu bálsamo de Gilead em panaceias e apotegmas de gosto dúbio para restaurar à saúde uma geração de pródigos imberbes, que sua prática tenha mais consistência para com as doutrinas que ora o ocupam. Seu seio marital é repositório de segredos que o decoro reluta em aduzir. A lúbrica sugestão de alguma beleza fanada pode consolá-lo de uma união negligenciada e desviada mas este novo defensor da moral e médico de males é quando muito árvore exótica que, quando enraizada em seu oriente natal, cresceu e floresceu e abundou em bálsamo mas, transplantada a clima mais temperado, viu perderem o vigor de outrora suas raízes enquanto a matéria que dela exsuda é ora estagnada, ácida e inerte.

As novas foram comunicadas com uma circunspecção que evocava os hábitos cerimonialísticos da Sublime Porta pela segunda senhora enfermeira ao oficial médico aspirante em residência, que por sua vez anunciou à confederação que um herdeiro era nato. Quando se havia dirigido ao aposento das mulheres para assistir à cerimônia prescrita do pòsparto em presença do secretário de estado para assuntos domésticos e dos membros do conselho privado, silentes em unânimes exaustão e aprovação os delegados, agastados pela extensão e a solenidade de sua vigília e esperando poder a gaudiosa ocasião paliar uma licenciosidade que a simultânea ausência de aia e de obstetra tornava mais fácil, irromperam subitamente numa batalha de vozeiros. Em vão ouvia-se a voz do senhor Contato Bloom a se esforçar por urgir, por aplacar, por coartar. O momento era mais do que propício a mostras daquela facúndia que parecia o único laço de união entre temperamentos tão divergentes. Cada fase da situação foi sucessivamente eviscerada: a repugnância prènatal dos irmãos uterinos, a secção cesariana, postumidade em relação ao pai e, forma mais rara, em relação à mãe, o caso fratricida conhecido como assassinato Childs e tornado célebre pelo preito passional do senhor Advogado Bushe que garantira a absolução do injustamente acusado, os direitos de primogenitura e a generosidade do rei no que se referia a gêmeos e trigêmeos, abortos e infanticídios, simulados e dissimulados, *fœtus in fœtu* acardíaco, aprosopia devida a congestão, a agnatia de certos chineses sem queixos (citada pelo senhor Candidato Mulligan) em consequência de reunião defeituosa dos encaixes maxilares ao longo da linha medial de modo que (como disse ele) uma orelha escutava o que a outra dizia, os benefícios da anestesia ou da esponja soporífera, o prolongamento das dores do parto na gravidez avançada através de pressão sobre a veia, a prematura liberação do fluido amniótico (conforme exemplificada pelo presente caso) com consequente risco de sepse para a genitora, inseminação artificial por meio de seringas, involução do útero acarretada pela menopausa, o problema da perpetuação da espécie no caso de mulheres emprenhadas por estupro delinquente, aquela perturbadora maneira de parto chamada pelos brandemburgueses de *Sturzgeburt*, os exemplos registrados de nascimentos multigeminais, híbridos e monstruosos concebidos durante o período do catamênio ou por pais consanguíneos — numa só palavra todos os casos de natividade humana que Aristóteles classificou em sua obraprima com ilustrações cromolitográficas. Os mais sérios problemas da obstetrícia e da medicina legal foram examinados com tanta animação quanto o foram as mais populares crenças sobre o estado de prenhez tais como o proibir-se uma mulher grávida de passar por sobre uma porteira por receio de que, por seu movimento, o cordão umbilical pudesse estrangular sua criatura e a injunção que sobre ela pesava de, em caso de um desejo, ardente e inutilmente manifesto, colocar a mão contra aquela parte de sua pessoa que longo costume consagrou como sede do castigo. As anormalidades de lábio leporino, verrugas no peito, dedos extranumerários, pintas, nódoas, máculas, sinais e sardas foram classificadas por um como explicação *primafacie* e hipotética natural para as cabeças de porco (não foi olvidado o caso de Madame Grissel Steevens) ou cabelos de cão que ocasionalmente surgiam em alguns bebês. A hipótese de uma memória plásmica, avançada pelo enviado caledoniano e digna das metafísicas tradições da ilha que representava, concebia em tais casos uma detenção do desenvolvimento embriônico em estágio anterior ao humano. Um delegado ádvena sustentou contra ambas essas opiniões, com tamanha candência que quase carreou convicção, a teoria da cópula entre mulheres e os machos das bestas, sendo sua autoridade seu próprio testemunho comprobatório de fábulas como a do Minotauro que o gênio do elegante poeta latino fez chegar até nós nas páginas de suas Metamorfoses. A impressão causada por suas palavras foi imediata mas fugaz. Deliu-se-a com a mesma facilidade com que se a evocara graças a uma alocução do senhor Candidato Mulligan naquela veia de esturdiaria que ninguém melhor que ele sabe afetar, postulando como o mais supremo de todos os objetos do desejo um bom de um velhote limpinho. Contemporaneamente, cálida discussão tendo-se iniciado entre o senhor Delegado Madden e o senhor Candidato Lynch a respeito do dilema jurídico e teológico causado pela possibilidade de um gêmeo siamês falecer ao outro, a dificuldade por mútuo consentimento foi delegada ao senhor Contato Bloom para imediata apresentação ao senhor Diácono Coadjutor Dedalus. Até ali silente, talvez por melhor demonstrar por preternatural circunspecção aquela curiosa dignidade de porte de que se investia, talvez em obediência a uma voz interior, ele enunciou breve e, segundo pensaram alguns, perfunctoriamente a determinação eclesiástica que proíbe o homem de separar o que Deus unira.

Mas a estória de Malaquias começou a gelá-los de pavor. Ele pintava a cena diante de seus olhos. O painel secreto por trás da chaminé se retraiu e no recesso surgiu... Haines! Quem de nós deixou de sentir sua carne se arrepiar? Tinha uma pasta plena de literatura céltica numa das mãos e na outra um frasco marcado *Veneno*. Surpresa, horror e ódio estavam estampados em todos os rostos enquanto ele os encarava com pavoroso sorriso. Imaginei que seria recebido desta maneira, começou ele com uma risada tumular, pela qual, parece, será culpada a história. Sim, é verdade. Sou eu o assassino de Samuel Childs. E como sou punido! O inferno para mim não tem terrores. É esta a aparência que é em mim. Homessa, de que modo poderia eu de todo repousar, murmurou pesadamente, e eu vagando cá por Dublin por estes últimos instantes com minha parcela de canções e ele próprio em meu encalço qual aparição ou fogofátuo? Meu inferno, e o da Irlanda, é nesta vida. É com que tentei obliterar meu crime. Distrações, caça ao corvo, a língua erse (recitou um pouco), láudano (levou o frasco aos lábios), acampar longe de casa. Em vão! Seu espectro me acua. A droga é minha única esperança... Ah! Destruição! Esta víbora! Com um grito ele súbito evanescera e o painel voltou a sua posição. Um instante mais tarde sua cabeça surgiu à porta, do outro lado da sala, e disse: Encontrem-me na estação da Westland Row às onze e dez. Partira! Lágrimas prorromperam dos olhos do prolixo anfitrião. O médium ergueu as mãos aos céus, murmurando: a *vendetta* de Mananaan! O sábio repetia *Lex talionis*. O sentimentalista é alguém que quer aproveitar sem incorrer na imensa dívida por algo feito. Malaquias, dominado pela emoção, interrompeu-se. O mistério estava revelado. Haines era o terceiro irmão. Seu verdadeiro nome era Childs. A pantera era ela mesma o fantasma de seu próprio pai. Ele ingeria drogas para obliterar. Por tal alívio muitas graças. A casa solitária junto do cemitério está vazia. Jamais ali residirá vivalma. A aranha lança sua teia em plena solidão. O notívago rato espia de dentro de sua toca. Uma maldição repousa sobre ela. É assombrada. Campo do assassino.

    Qual a idade da alma do homem? Como tem ela a virtude do camaleão de mudar sua tez a cada nova aproximação, de ser alegre com os contentes e prantear com os deprimidos, assim também é sua idade mutável como seu humor. Não mais é Leopoldo, sentado ali, ruminando, mascando o remoalho da reminiscência, aquele sóbrio agente publicitário e proprietário de pequena soma em títulos da dívida pública. Ele é o jovem Leopoldo, como que num arranjo retrospectivo, um espelho dentro de outro espelho (opa, abracadabra!), ele contempla a si próprio. Aquela jovem figura de então é vista, precocemente viril, vindo numa gélida manhã da velha casa da Clambrassil Street para o liceu, sacola de livros a tiracolo, e nela um belo naco de pão de trigo, cuidado maternal. Ou será por acaso a mesma figura, cerca de um ano depois, com seu primeiro chapéu de copa dura (ah, que grande dia!), já na estrada, viajante consumado a serviço da firma da família, equipado com livro de pedidos, lenço perfumado (não somente para exibir), sua pasta de brilhantes quinquilharias (pena, já parte do passado!), e uma aljava plena de sorrisos complacentes para uma ou outra donadecasa quase conquistada que faz as continhas nas pontas dos dedos ou uma virgem em botão que recebe tímida (mas e o coração? Diz!) seus calculados beijamãos. O aroma, o sorriso, mas, mais que isso, os olhos negros e uma abordagem untuosa traziam para casa ao cair do dia não poucas encomendas ao presidente da firma, sentado com o cachimbo de Jacó depois de semelhante número de horas labutando no brasido paterno (uma pratada de macarrão, esteja certo, vai sendo aquecida), lendo através de óculos redondos de chifre algum jornal da Europa de um mês atrás. Mas, ora, abracadabra, baforeja-se o espelho e o cavaleiro errante se murcha, some, até tornar-se minúsculo ponto na névoa. Agora é ele mesmo paterna figura e estes em torno dele podem ser seus filhos. Quem pode dizer? O sábio pai conhece o próprio filho. Pensa numa noite de garoa na Hatch Street, ali logo junto às lojas geminadas, a primeira. Juntos (ela é uma pobre órfã abandonada, filha da vergonha, sua e minha e de todos por um mero xelim e sua moedinha da sorte), juntos ouvem o passo pesado do vigia no que duas sombras encapadas passam pela nova universidade real. Bridie! Bridie Kelly! Jamais esquecerá o nome, para sempre recordará a noite, primeira noite, a noite nupcial. Estão enroscados na mais funda escuridão, cobiçador com cobiçada, e num instante (*fiat!*) a luz inundará o mundo. Saltou um coração para o outro? Não, cara leitora. Num átimo estava feito mas... calma! Para trás! Não pode ser! Aterrorizada a pobre moça foge através do nevoeiro. Ela é a noiva das trevas, uma filha da noite. Não ousa portar o solar bebê dourado do dia. Não, Leopoldo. Nome e memória te não trazem solaz. A juvenil ilusão de tua força de ti foi tirada e em vão. Filho algum de tuas entranhas é contigo. Não há ninguém que ora seja para Leopoldo o que foi Leopoldo para Rodolfo.

As vozes se fundem, confundem-se em silêncio enevoado: silêncio que é o infinito do espaço: e veloz, silenciosamente, flutua a alma sobre zonas de ciclos de gerações que já viveram. Uma região onde o cinzento crepúsculo descende sempre, cai jamais sobre largas pastagens verdessálvia, emanando seu anoitecer, espargindo perene orvalho de estrelas. Ela segue a mãe com passos deselegantes, uma égua conduzindo sua potrinha. Fantasmas crepusculares são elas conquanto moldadas em profética graça de estrutura, ancas belas e exíguas, flexível pescoço tendinoso, o doce crânio apreensivo. Somem, tristes fantasmas: tudo acabou. Agendath é terra desolada, lar da rasgamortalha e do peticego upupa. Netaim, o dourado, já não mais existe. E sobre a estrada das nuvens vêm eles, rosnando trovões de rebelião, os fantasmas das bestas. Uuh! Olha! Uuh! Paralaxe espreita por trás e os açula, escorpiões os lacinantes relâmpagos de seu cenho. Alce e iaque, os touros de Basã e Babilônia, mamute e mastodonte, vêm em tropa para o mar afundado em si mesmo, *Lacus Mortis*. Ominosa, vingativa hoste zodiacal! Gemem, ao pisar as nuvens, córneos e capricórneos, tromba com presa, jubaleonina e galhadimensa, fuçador e refocilador, roedor, ruminante e paquiderme, toda a sua malta gemebunda semovente, assassinos do sol.

Rumo ao mar morto pesados marcham em busca do beber, sem peias em grandes goles horríveis, inexaurível onda sonolenta por seu sal. E cresce novamente o portento equino, ampliado nos céus desertificados, não, à mesma amplidão dos céus, até que brilhe, vasto, sobre a casa da Virgem. E vede, maravilha de metempsicose, é ela, eterna noiva, precursora da estrela do dia, a noiva, sempre virgem. É ela, Martha, tu, perdida, Millicent, a jovem, a querida, a radiante. Quão serena surge agora alta, rainha entre as Plêiades, na penúltima hora antelucana, calçando sandálias de ouro brilhante, toucada por um véu de como é que chama filandras! Flutua, flui em torno a sua carne estelinata e solto dissolve-se esmeralda, safira, malva e heliotrópio, sustido por correntes de frio vento interestelar, interlaçando-se, interpoladas, e suas cabeças todas rodam, contorcendo no firmamento misteriosa grafia até que, depois de uma miríade de metamorfoses de símbolo, um rojão, Alpha, signo rubi triangular sobre a testa do Touro.

Francisco recordava a Estêvão anos idos e vividos quando estiveram juntos na escola no tempo de Conmee. Perguntou sobre Glauco, Alcibíades, Pisístrato. Por onde andariam? Nenhum sabia. Falaste do passado e seus fantasmas, Estêvão disse. Por que pensar neles? Se os evoco à vida através das águas do Lethe acaso não se reunirão em batalhão às minhas ordens os pobres espíritos? Quem o imagina? Eu, Bous Stephanoumenos, bardo acoitagado, sou senhor e doador de suas vidas. Cingiu-lhes os cabelos errantes com uma corona de parreira, sorrindo para Vicente. Tal resposta e tais folhas, Vicente lhe disse, adornar-te-ão melhor quando algo superior, e grandiosamente superior, a um punhado de odes ligeiras possa chamar teu gênio de pai. Todos que te desejam o bem isto esperam por ti. Desejam todos ver-te produzir a obra que meditas. Do fundo de meu peito desejo não os desapontes. Oh, não, Vicente, Lenehan disse, pousando uma mão no ombro que lhe estava próximo. Não temas. Ele não poderia deixar órfã sua mãe. Cerrou-se em sombra o rosto do jovem. Podiam todos ver quão árdua lhe era a memória de sua promessa e de sua perda recente. Ter-se-ia retirado do festim não fosse o alarido das vozes ter mitigado o acúleo. Madden perdera cinco dracmas com Cetro por um capricho quanto ao nome do cavaleiro: Lenehan tanto mais. Contou-lhes do páreo. Caiu a bandeira e, uuuh, vai, correria, a égua partiu lisa e lesta montada por O. Madden. Liderava o pelotão: batiam todos os corações. Nem mesmo Marília se podia conter. Ela agitava o lenço e gritava: Eia! Sus! Ganha Cetro! Mas bem na reta que levava ao final quando estavam todos muito juntos o azarão Jogafora se aproximou, alcançou-os, ultrapassou-a. Agora tudo estava perdido. Marília restava silente: seus olhos eram tristes anêmonas. Por Juno, ela gritava, que me acabo. Mas seu amante a consolava e trouxe-lhe brilhante arca douro na qual jaziam confeitos ovais de que ela se serviu. Tombou uma lágrima: apenas uma. Um chicote finíssimo, ardido, disse Lenehan, esse W. Lane. Quatro vitórias ontem e três hoje. Que cavaleiro se lhe iguala? Montai-o sobre o camelo ou o búfalo jactante e a vitória mesmo com um pangaré de igreja será ainda sua. Mas aceitemo-lo como pregam os antigos costumes. Misericórdia para com os sensorte! Pobre Cetro! ele disse com leve suspiro. Não é mais a potra que um dia foi. Nunca, por estes meus olhos, contemplaremos outra igual. Por meu Pai, senhor, uma rainha entre seus pares. Lembras-te dela, Vicente? Queria tivesses visto hoje minha rainha, Vicente disse, o quanto estava jovem e radiante (Lalage mal parecia bela a seu lado) com seus sapatos amarelos e vestido de musselina, não sei o nome ao certo. As castanheiras que nos forneciam sombra estavam em flor: o ar estava prenhe de seus perfumes e de pólen que por nós passava a flutuar. Nas nesgas ensolaradas poder-se-ia facilmente ter cozido numa pedra uma fornada daqueles bolos com groselhas de Corinto que Periplepômeno vende em sua cabina junto à ponte. Mas ela nada tinha para os dentes, que não o braço com o qual a segurava eu, e nele mordiscava travessa quando me aproximava em demasia. Há uma semana esteve doente, quatro dias acamada, mas hoje estava livre, leve e fagueira, ria do perigo. É então mais receptiva. E suas corbelhas também! Tresloucadinha que é, já se tinha satisfeito quando nos reclinamos juntos. E ao pé de teu ouvido, meu amigo, não poderás imaginar quem encontramos ao deixar o campo. Conmee em pessoa! Andava junto à sebe, lendo, creio eu, um breviário, com, não duvido, uma carta picante de Glícera ou Cloé marcando a página. A doce criatura fez-se de todas as cores em sua confusão, fingindo reprovar ligeira desordem nas vestes: um talo da mata rasteira prendera-se ali pois que as mesmas árvores a adoram. Quando Conmee havia passado ela lançou um olhar a seu lindo eco no pequeno espelho que carrega. Mas ele havia sido bondoso. Ao passar, nos havia abençoado. Os deuses são também sempre bondosos, Lenehan disse. Se faltou-me sorte com a égua de Bass, quiçá esta beveragem que ele faz me sirva mais convindamente. Tinha a mão deposta sobre um jarro de vinho: Malaquias o via e deteve seus propósitos, apontando o estrangeiro e o selo escarlate. Cuidosamente, Malaquias sussurrou, preservai um silêncio druídico. Sua alma vaga longe. É talvez tão doloroso ser despertado de uma visão quanto nascer.

Um qualquer objeto, se contemplado intensamente, pode ser portal de acesso ao incorruptível éon dos deuses. Não pensas assim, Estêvão? Teósofo assim me relatou, Estêvão respondeu, que foi em existência anterior iniciado por sacerdotes egípcios nos mistérios da lei cármica. Os senhores da lua, disse-me Teósofo, um laranjígneo carregamento vindo do planeta Alfa na cadeia lunar, não quiseram assumir seus duplos etéreos que foram assim encarnados pelos rubicoloridos egos da segunda constelação.

Contudo, a bem da verdade, de fato, a prepóstera conjectura de que estava ele numa espécie de contratempo ou outra, ou mesmerizado, que se devia inteiramente a uma concepção equivocada do mais raso tipo, não se verificava de todo. O indivíduo cujos órgãos visuais enquanto transcorria o que se acima descreve estavam naquele instante exibindo incipientes sintomas de animação era tão astuto quanto qualquer mortal se não mais astuto ainda e qualquer um que pressupusesse o contrário se havia de encontrar velozmente a ver navios. Pelos últimos quatro minutos ou cerca disso estivera ele encarando fixamente uma certa quantidade de Bass número um engarrafada pelos senhores Bass e Cia. em Burton-on-Trent que calhava de estar situada entre muitas outras diretamente à frente de onde se encontrava ele e que certamente tinha o propósito de chamar a atenção de qualquer um em função de sua apresentação carmesim. Estava só e simplesmente, como subsequentemente transpirou por razões mais bem sabidas por si próprio, o que investe de compleição deveras diversa o que transcorreu, depois das de pouco precedentes observações sobre dias de meninice e o turfe, evocando dois ou três negócios particulares sobre os quais eram os outros dois tão ignorantes quando o bebê que ainda está por nascer. Por fim, no entanto, os olhos de ambos se encontraram e assim que começou a se dar conta de que o outro tentava daquilo se servir ele involuntariamente se determinou a ajudá-lo pessoalmente e assim consoantemente tomou nas mãos o recipiente vítreo de tamanho médio que continha o fluido almejado e inseriu nele grande vazio ao fazer jorrar muito de seu conteúdo com, também simultaneamente, contudo, considerável grau de atenção de modo a não derramar parcela alguma da cerveja que nele havia em torno a si.

O debate que se seguiu foi em seus escopo e progresso um epítome do curso da vida. Nem ao lugar nem à comitiva faltava dignidade. Os debatedores eram os mais argutos de nossa terra, o tema em que se engajavam, o mais altivo e mais vital. Os píncaros do salão de Horne jamais haviam contemplado assembleia tão representativa e variada, nem haviam as antigas vigas daquele estabelecimento jamais ouvido tão enciclopédico linguajar. Galante espetáculo deveras aos olhos se oferecia. Crotthers lá estava ao pé da mesa com seus vistosos trajes das terras altas, seu rosto a brilhar graças ao ar salobro do Mull de Galloway. Ali também, a sua frente, estava Lynch cuja figura portava já os estigmas de precoce depravação e prematura sabedoria. Junto do escocês estava o lugar destinado a Costello, o excêntrico, enquanto ao lado dele sentava-se em impassível repouso a forma atarracada de Madden. A cadeira do residente de fato restava vaga diante da lareira mas em cada um de seus flancos a figura de Bannon trajando seu conjunto de explorador de calça curta de tuíde e borzeguins de couro salgado de vaca contrastava agudamente com a elegância amarelopálida e os modos citadinos de Malaquias Roland St. John Mulligan. Por fim à cabeceira da mesa estava o jovem poeta que encontrava refúgio de seus labores pedagógicos e perquirições metafísicas na amigável atmosfera de socrática discussão, enquanto a suas direita e esquerda acomodavam-se o irreverente áugure, cheirando ainda ao hipódromo, e aquele vigilante viajor, marcado pelo pó da estrada e do combate e maculado pela lama de indelével desonra, mas de cujo firme e constante coração armadilha alguma ou risco algum ou ameaça ou degradação algumas podiam jamais apagar a imagem daquela voluptuosa formosura que a inspirada pena de Lafayette debuxara para eras inda por vir.

Seria melhor declarar aqui e agora de saída que o transcendentalismo pervertido no qual o senhor S. Dedalus (Div. Scep.), a julgar por seus arrazoados, estava terrivelmente viciado, corre diretamente contrário aos métodos científicos aceitos. A ciência, jamais será demais repetir, trata de fenômenos tangíveis. O homem de ciência como o homem comum tem de enfrentar fatos concretos para os quais não pode fechar os olhos e deve explicá-los o melhor possível. Pode haver, é fato, algumas questões que a ciência não consegue responder — por enquanto — tais qual o primeiro problema apresentado pelo senhor L. Bloom (Cont. Pub.) Concernente à futura determinação do sexo. Devemos aceitar a opinião de Empédocles de Trinácria de que o ovário direito (o período pòsmenstrual, asseveram outros) é responsável pelo nascimento de machos ou serão os longamente negligenciados espermatozoides e nemaspermas os fatores diferenciantes ou será, como se inclina a admitir a maior parte dos embriologistas, tais como Culpepper, Spallanzani, Blumenbach, Lusk, Hertwig, Leopold e Valenti, uma mistura de ambos? Isto equivaleria a uma cooperação (uma das ferramentas favoritas da natureza) entre o *nisus formativus* do nemasperma por um lado e por outro a escolha feliz da posição, *succubitus felix*, do elemento passivo. O outro problema levantado pelo mesmo indagador é pouquíssimo menos vital: a mortalidade infantil. É interessante porque, como ele pertinentemente observa, nascemos todos da mesma maneira mas todos morremos de maneiras diferentes. O senhor M. Mulligan (Hyg. et Eug. Doc.) culpa as condições sanitárias em que nossos cidadãos de alento gris contraem adenoides, males pulmonares etc. Ao inalar as bactérias que se emboscam na poeira. Tais fatos, alega ele, e os revoltantes espetáculos que oferecem nossas ruas, horrendos cartazes publicitários, ministros religiosos de todas as denominações, soldados e marujos mutilados, cocheiros escorbúticos expostos, as carcaças suspensas de animais mortos, solteirões paranoicos e velhas senhoras frustres... tais coisas, disse ele, carregavam a responsabilidade por todo e qualquer rebaixamento do quilate da raça. A calipedia, profetizou, será logo adotada irrestritamente e todas as bênçãos da vida, música genuinamente boa, literatura agradável, filosofia ligeira, pinturas instrutivas, reproduções em gesso de estátuas clássicas como as de Vênus e Apolo, artísticas fotografias coloridas de bebês exemplares, todos esses pequenos cuidados permitiriam às damas que estavam em estado interessante passar os meses intervenientes da maneira mais aprazível. O senhor J. Crotthers (Disc. Bacc.) atribui alguns desses falecimentos a trauma anormal no caso de trabalhadoras sujeitadas a esforços pesados nas fábricas e à disciplina marital em casa mas de longe a ampla maioria a negligência, privada ou oficial, culminando em recèmnascidos enjeitados, na prática de aborto criminoso ou no crime atroz do infanticídio. Embora aquela (pensamos na negligência) seja indubitavelmente veracíssima o caso que ele cita de enfermeiras que se esquecem de contar os chumaços de gaze na cavidade peritoneal é raro demais para ser considerado norma. Na verdade pensando bem o espanto é haver tantas gestações e partos que terminem tão bem como terminam, dadas as circunstâncias e apesar de nossos contratempos humanos que frequentemente baldam os intentos da natureza. Engenhosa sugestão é a proposta pelo senhor V. Lynch (Bacc. Arith.) de que tanto a natalidade quanto a mortalidade, assim como todos os outros fenômenos da evolução, os movimentos das marés, as fases lunares, as temperaturas do sangue, as doenças em geral, tudo, afinal, na vasta oficina da natureza, da extinção de algum distante sol ao florescer de uma das incontáveis flores que embelezam nossos parques públicos, está sujeito a uma lei de numeração até o momento indefinida. Contudo a simples e direta questão de por que uma criança de pais com saúde normal e aparentemente saudável ela também além de adequadamente tratada sucumbe incompreensivelmente na tenra infância (conquanto outros filhos do mesmo casamento não sucumbam) deve certamente, nas palavras do poeta, dar o que pensar. A natureza, com isso podemos contar, tem suas próprias razões boas e relevantes para o que quer que faça e com toda probabilidade tais mortes são devidas a alguma lei de antecipação pela qual organismos em que germes morbosos estabeleceram residência (a ciência moderna demonstrou de maneira conclusiva que apenas a substância plásmica pode ser dita imortal) tendem a desaparecer num estágio cada vez mais precoce do desenvolvimento, uma disposição que, malgrado produzir dores para alguns de nossos sentimentos (destacadamente o maternal), é não obstante, acreditam alguns de nós, a longo prazo benéfica à raça em geral ao garantir de tal maneira a sobrevivência do mais forte. O comentário (ou deveria ele ser chamado de interrupção?) do senhor S. Dedalus (Div. Scep.) de que um ser onívoro que pode mastigar, deglutir, digerir e aparentemente passar por seu canal ordinário com maisqueperfeita imperturbabilidade alimentos multifários tais quais mulheres cancerosas emaciadas pela parturição, corpulentos profissionais liberais, para não falar de políticos ictéricos e freiras cloróticas, possa quem sabe encontrar algum alívio gástrico numa inocente refeição à base de *staggering bob*, revela como nada mais poderia e a uma luz muito desagradável a tendência a que acima se fez alusão. Para esclarecimento daqueles que não são tão intimamente familiarizados com as minúcias do abatedouro municipal quanto tal morbomentado esteta e filósofo embrionário que apesar de toda a sua arrogante vaniloquência em científicos temas mal sabe distinguir um ácido de um álcali se orgulha de ser, deve-se talvez declarar que *staggering bob* no vil vernáculo dos talhadores licenciados das classes mais baixas de Irlanda significa a coctível e edível carne de um vitelo recènsaído da mãe. Em recente controvérsia pública com o senhor L. Bloom (Cont. Pub.) que ocorreu no salão comum do Hospital e Maternidade Nacional, 29, 30 e 31 Holles Street, do qual, como é largamente sabido, o dr. A. Horne (Lic. In Ptj., F.K.Q.C.P.I.) é capaz e popular senhor, testemunhas oculares declaram ter ele dito que depois que uma mulher deixou o gato entrar no saco (uma alusão estética, presumivelmente, a um dos mais complexos e maravilhosos dos processos da natureza — o ato do congresso sexual) ela precisa deixá-lo sair novamente ou dar-lhe vida, como ele mesmo disse, para salvar sua própria. Arriscando sua própria foi a réplica cabal de seu interlocutor em nada menos efetiva graças ao moderado e medido tom em que foi pronunciada.

    No entretempo, a habilidade e a paciência do médico proporcionaram um feliz *accouchement*. Duro momento fora aquele; duro para paciente e doutor, igualmente. Tudo o que podia a habilidade cirúrgica fazer foi feito e a corajosa senhora virilmente auxiliara. Auxiliara mesmo. Ela combatera o bom combate e agora estava muito, muito feliz. Aqueles que passaram, que viveram antes de nós, estão também felizes no que olham para baixo, sorrindo diante da tocante cena. Contemple-a reverentemente no que ali se reclina com a luzmaterna nos olhos, aquela fome ansiosa por dedinhos pueris (que é bela visão de se admirar), na primeira floração de sua recente maternidade, exalando silente oração de ação de graças para Alguém lá no alto, o Marido Universal. E no que seus olhos amoráveis se devotam a seu bebê ela deseja apenas uma bênção a mais, ter seu querido Todó ali com ela para partilhar do júbilo, depor nos braços dele aquele tostão do barro de Deus, fruto de seus lídimos amplexos. Ele agora envelheceu (eu e você podemos sussurrá-lo) e quase imperceptivelmente se curva nos ombros e contudo no carrossel dos anos uma grave dignidade chegara ao segundo contador do banco do Ulster, filial College Green. Ah, Todó, amado desde há muito, agora fiel companheiro para a vida, jamais poderá ser novamente, aquele remoto tempo das rosas! Com o conhecido aceno de sua linda cabecinha ela recorda tais dias. Deus, quanta beleza agora através da neblina dos anos! Mas seus filhos estão agrupados em sua imaginação em torno da cabeceira, dela e dele, Carlinhos, Maria Alice, Frederico Alberto (se tivesse sobrevivido), Mimi, Buginha (Vitória Francisca), Tomás, Violeta Constância Luísa, o queridinho do Bobs (que recebeu o nome em homenagem a nosso famoso herói da guerra Sulafricana, lorde Bobs de Waterford e Candahar) e agora este último penhor de sua união, um Purefoy acima de qualquer suspeita, com o verdadeiro nariz Purefoy. A jovem esperança será batizada Mórtimer Eduardo em homenagem ao influente primo em terceiro grau do senhor Purefoy que trabalha no escritório de Cobranças do Tesouro, no Castelo de Dublin. E assim caminha o tempo: mas o pai Cronos tratou-a com mão leve. Não, não deixes que suspiro algum irrompa deste seio, querida, doce Mina. E, Todó, bate as cinzas de teu cachimbo, o fumo aromático que ainda saboreias quando soar teu toque de recolher (longe esteja o dia!) e corta a luz que te permite ler no Livro Sagrado pois também o óleo se acaba e assim, com peito leve, para a cama, ao descanso. Ele sabe e chamará em Seu próprio e justo tempo. Tu também combateste o bom combate e representaste com lealdade teu papel de homem. Senhor, dou-te minha mão. Muito bem, servo bom e fiel!

Há pecados ou (digamos como diz o mundo) lembranças más que o homem esconde nos mais escuros recônditos do coração mas que ali se acomodam e esperam. Ele pode suportar ver a lembrança de tais lembranças se ofuscar, deixar que fiquem como se jamais houvessem sido e quase persuadir-se de que não foram ou ao menos foram de outra maneira. No entanto uma palavra fortuita pode convocá-las subitâneas e se hão de erguer para confrontá-lo nas mais várias circunstâncias, uma visão ou um sonho, ou enquanto harpas e tambores anestesiam seus sentidos ou em meio à tépida tranquilidade argêntea do entardecer ou no festim à meianoite quando está já pleno de vinho. Não por insultá-lo frontalmente virá tal visão mas como contra alguém que jaz à mercê de sua ira, não por vingança para podá-lo do mundo dos vivos mas amortalhada nas pias vestes do passado, silente, remota, reprovadora.

O estranho observava ainda no rosto diante de si uma lenta recessão daquela falsa calma que ali jazia, imposta, ao que parecia, pelo hábito ou algum truque premeditado, diante de palavras tão amarguradas que acusariam em quem as pronuncia uma morbidez, um *gosto*, pelas coisas mais cruas da vida. Uma cena se desenrola sozinha na memória do observador, evocada, ao que parece, por uma palavra de domesticidade tão natural como se aqueles dias estivessem de fato ali presentes (como pensavam alguns) com seus prazeres imediatos. Um aparado canto de quintal em macia tarde de maio, o benlembrado bosque de lilases em Roundtown, púrpura e branco, fragrantes espectadores de exíguo talhe daquele jogo mas com grande e real interesse pelas bolas que rolavam pela cancha lentas ou colidiam e paravam, uma ao lado de sua colega, com breve choque alerta. E além, cerca daquela urna cinza onde se move a água por vezes em pensativa irrigação podia-se ver outra irmandade igualmente fragrante, Flora, Ata, Tina e sua amiga mais morena com um não sei quê de atraente em sua postura naquele momento, Nossa Senhora das Cerejas, um belo ramo delas pendente de uma orelha, fazendo destacar-se o calor estrangeiro da pele tão deliciosamente contra o fresco fruto ardente. Um menininho de quatro ou cinco anos vestido de aniagem (tempo das flores, mas haverá urras e vivas na lareira generosa quando em não muito guardarem-se as tigelas em suas prateleiras) está de pé na urna seguro naquele círculo de carinhosas mãos de meninas. Cerra um pouco o cenho exatamente como o faz este jovem agora com um gozo do perigo talvez demasiadamente consciente mas sente necessidade vez por outra de lançar um olhar para o lugar de onde observa sua mãe, na *piazzetta* que dá para a alameda de flores, com vaga sombra de longinquidade ou de reprovação (*alles Vergängliche*) em seu olhar contente.

Olha mais e lembra. O fim vem repentino. Adentra aquela antecâmara da natalidade onde estão reunidos os estudiosos e percebe seus rostos. Nada, ao que parece, há lá de brusco ou violento. A quietude da custódia, na verdade, adequada a sua estada em tal casa, alerta vigília de pastores e de anjos em torno de um berço em Belém de Judá há muito tempo. Mas como antes do relâmpago as cerradas nuvens da tempesta, pesadas de preponderante excesso de umidade, em massas inchadas turgidamente se distendem, abrangem terra e céu em vasta letargia, pendendo sobre campo ressequido e gado sequioso e crescimento abortado de arbusto e vegetação até que num instante uma centelha fratura-lhes o centro e com a reverberação do trovão o aguaceiro faz jorrar sua torrente, assim e não diferentemente foi a transformação, violenta e espontânea, quando da enunciação da Palavra.

Burke! Lança meu senhor Estêvão, soltando o lema, e toda uma choldraboldra do grupo na sequência, frangote, mico, tratante, doutorzinho e

Bloom meticuloso no encalço entre generalizado apanhar de chapelaria, freixos, grilhões, panamás e bainhas, cajados alpinos Zermatt e o que mais. Um dédalo de cúpida juventude, nobre cada um dos estudantes no local. A enfermeira Callan tomada de surpresa no corredor não pode detê-los nem o sorridente cirurgião que desce as escadas com as novas do fim da placentação, uma libra inteira sem tirar nem por um só miligrama. Eles o açulam. A porta! Está aberta? Ah! Saem tumultuosos, rumo a uma corrida de um minuto, todos marchando bravamente, o bar de Burke na Denzille com a Holles seu destino ulterior. Dixon segue repreendendo-os duramente mas solta um xingamento, ele também, e vamos em frente. Bloom deixa-se com a enfermeira uma ideia de mandar gentil palavra à feliz mamãe e ao pequeno paciente lá de cima. Descanso e caldo de cocó. Não tem ela agora uma aparência outra? Plantão de vigília na casa de Horne mostrava-se todo naquele palor exaurido. Tendo então saído todos, uma centelha de sabedoria materna em sua ajuda, ele sussurra perto dela de saída: Madame, quando vem para vós a cegonha?

O ar exterior está impregnado de umidade de chuvorvalho, celestial essência vital, rebrilhando na pedra de Dublin, ali, sob o brilhestrelado do *cœlum*. O ar de Deus, ar do Omnipai, circumambiente, cintilante, céssil ar. Inspirai-o profundamente. Pelos céus, Teodoro Purefoy, cometestes um ato adevão sem tirar nem pôr! Sois, garanto, notabilíssimo progenitor entre todos nesta loquaz, panabrangente mixórdia desta crônica. Pasmante! Nela repousava uma preformada possibilidade moldada e cedida por Deus que frutificastes com vossa pouca de lida viril. Pegai-vos a ela! Servi-a! Segui na lida, labutai qual vero cão feroz e deixai que a eruditice e todos os malthusianos se estrepem. Sois papai de todos eles, Teodoro. Cedeis sob vossa carga, assoberbado por contas de açougueiro e lingotes (de outro!) na tesouraria? Cabeça erguida! Por cada recèngerado haveis de recolher vosso quartel de trigo homerita. Vede, vosso velo está encharcado. Invejais Darby Débil ali com sua Joana? Um passarinho tagarela e um viralata remelento é tudo o que têm por progênie. Axi, eu vos digo! Ele é uma mula, um gastrópode morto, sem vigor e sem vapor, que não vale um derréis de mel coado. Copulação sem população! Não, digo eu! Chacina herodiana dos inocentes ser-lhe-ia nome mais apto. Vegetais, deveras, e coabitação estéril! Dai-lhe bistequinhas, cruas, vermelhas, sangrando! Ela é um pandemônio vetusto de males, glândulas inchadas, caxumba, angina, joanete, febre do feno, escaras, pereba, bexiga caída, estruma, berruga, ataques biliosos, pedras na vesícula, pé frio, varizes. Uma trégua a tristes trenos, nênias e lamúrias e toda tal congênita música defuntiva. Vinte anos disso, não lamenteis. Convosco não foi como com muitos é, que desenham, desejam, desesperam e nunca fazem. Vistes vossa América, vossa missão nesta vida, e destes carga por alcançá-la qual bisão transpontino. Como diz Zaratustra? *Deine Kuh Trübsal melkest Du. Nun Trinkst Du die süsse Milch des Euters.* Vede! Prorrompe por vós em abundância. Bebei, homem, todo um úbere! Leite materno, Purefoy, o leite do gênero humano, leite também destas florescentes estrelas acima que rutilam em exíguo chuvapor, leite alcoólico, tal o que aqueles tunantes hão de enxugar em sua esbórnia, leite de insânia, o leitemel da terra de Canaã. Era dura então a teta de vossa vaca? Sim, mas seu leite é quente e doce e nutritivo. Nada de leitelho aguado aqui, mas coalhada gorda e espessa. A ela, velho patriarca! Papa! *Per deam Partulam et Pertundam nunc est bibendum!*

Todos à pisorga, braçodados, berrando rua abaixo. Bonafides. Dormiu aonde ontonte? Timóteo, cavaleiro da traste bebura. Pegadio dos bão. Jeitos e tundas na famiagem? Lá onde o Juda perdeu as bota e achou uns trapo véio. Perdão peço, conheço o tipo. Ó de lá, Dix! Adiante pro balcão das fita. Cadê o Ponche? Tudo sereno. Nossa, ó o pastor xumbregado saindo da maternidade! *Benedicat vos omnipotens Deus, Pater et Filius.* Trouxa à vista. Os guris da Denzille Lane. Dianho, vá pastar! Desgruda. Muito bem, seu Isaque, empurra eles dos holofote. Vens conoscos, caro senhor? Nada de entrusães nessa vida. Cara pálida bom camarada. Tudo na mesma cuessa caterva. *En avant, mes enfants!* Disparar o número um ao meu comando. Burke! E então avançaram cinco parassangues. A infantaria montada de Slattery cadê a porra daquela ofelta? Crelgo Istêvo, o credo dos apóstata! Não, não. Mulligan! Bater em retirada! Manda ver. Mantenha aquele relógio sob estreita vigilância. Hora dimbora. Mullee! Qué que te deu? *Ma mère m'a mariée.* Beatitudes britânicas. *Ratamplan Diriri Bum Bum.* Xá comigo. A serem impressas e encadernadas na editora Druidrum por duas artistas gráficas. Capa de pelica dum verde mijado. Última palavra em sombreados artísticos. Mais belíssimo livro publicado na Irlanda em meu tempo. *Silentium!* Dá um tempo. Teeeeeenção! Seguir marcha até a cantina mais próxima e ali anexar estoques de bebida. Ordinário, marche! Direitesquerdirei, os meninos estão (atitudes!) morrendo de sede. Birra, bife, banco, bíblias, buldogues, briguedeguerra, bichice e bispos. Seja no alto do cadafalso. Birrabife passa por cima das bíblia. Quando pela docirlanda. Passai por cima dos que vos passam por cima. Trovejância! Vamo mantê a merda do passo militá. Sim, semdor. Biriteira dos bispos. Alto! Aportar. Pelota. Bola dividida. Olha o pé alto. Au, meus dedão! Fez dodói? Sinto tantissimamente muito!

Exame oral. Quem que tá bancando aqui? Orgulhoso proprietário de porranenhuma. Declaro indigência. Apostei até as cueca. M cã ê rícu. Nem um cobre por aqui na última semana. E tu? Hidromel de nossos pais para o Übermensch. Idem. Cinco cervas de prima. E o senhor? Gengibirra refrigério. Ave, o trago dos cocheiro de praça. Estimula as calorias. Corda no relógio do vovô. Parou pra nunca mais voltar quando o velho. Absinto pra mim, amig' sab'. *Caramba!* Tome uma gemada ou uma maria sanguinolenta. A quantas anda o inimigo? Titio tomô lelógio. Dez pras. Muitíssimas mercês. Não tem de quê. Consertou um trauma peitoral, hein, Dix? Positivo, câmbio. Aposto qui havéra di sê u'a mamangava im quando qui ele tarra drumino nu jardinzim lá dele. Tem um cantinho lá perto da Mater. Juntou os trapinho já. Cê conhece a dona? Como não, sargento! De enchê ozolho. Já vi de dezabiê. Descasca com grandes méritos. Coisinha mais fofa. Longe dessas vaca magra que tem por aí, sem nada. Abaixa a persiana, amor. Duas ardilauns. O mesmo por aqui. Cara matreira. Se cair levante logo. Cinco, sete, nove. Não se move! Lindo! Tem lá um belo par embaixo das pestanas, isso tem. E aqueles travesseiros... e aquelas cadeiras. É ver pra crer. Com teu zoio brioso, lalalalá, teu pescoço zebúrneo, lalalalalá, roubaste minharma, ó langanho. Senhor? Tubérculo antirreumatis? Puro pachequismo, com o perdão da má palavra. Pros *hoi polloi.* Parrêce-me que ês ferrdadeirrramente echtúpido. E aí, velhinho? Voltou da caixapregos? E a pança de vento em popa, certo? E as cunhãs e os curumis? Dona encrenca já quase parindo Mateus? Mãos ao alto. A senha. Suspeitoso. A nós couberam fera morte e duro parto. Oi! Cuspa na tua própria cara, chefe! O telegrama do gracioso. Desentranhado do Meredith. Jesuíta orquítico policímico jesificado! Minha titiazinha tá iscreveno pro papai Kinch. O malvadinho do Estêvão foi má influência pro bonzinho do Malaquias.

Eia! Bola no chão, guri. Manda as caneca. Saúde, Jock braw Hielentman, toma o teu espírito. Longa vida pra fumaça da tua chaminé e pra fervura da tua panela de sopa! Minha dose. *Merci.* A nós. Como assim? Mão na bola. Não me manchar o meus fundilho novinho. Salta aqui uma pitada de pimenta, camarada. Caiaenti. Todos os cominhos levam aroma. Bispas? Gritinhos de silêncio. Cada qual com sua ingual. Vênus Pandemos. *Les petites femmes.* Menina má bem saidinha lá da cidade de Mullingar. Diz pra ela que ela está na minha lista. Atarracado nas anca da Dita. A caminho de Malahide. Eu? Se ela que me seduziu deixara apenas seu nome. Quer o que por nove pence? Machree, Macruiskeen. Rapariga ordinária prum balé de colchão. E força no remo, todo mundo. *Ex!*

Esperando, chefia? Deciduíssimamente. Pode apostar os coturnos. É de pasmar o que não vem de pratas pro nosso lado, não é? Subxereta? Ele está pecuniado *ad lib.* Eu enxergui quase três páum no bolso dele tem nem dez minuto que ele disse que eram tudo dele. Nós veio foi bem porque cê que convidou, num foi? Contamo com você, paniguado. Solta a verba. Dois tostão e um troco. Sabia que isso meio que sai daqueles francesinho larápio? Eu não bateio nessa praia nem que a vaca tussa. Quianchinha chente munto. Eu sou o preto menos preto dessas banda. Dizê-lo bem, Tchóli. Nós num sincheu. Nós nem sincheu oscaneco. Au reservoir, Missê. Tanks you.

É mesmo, mesmo. Como é? No botequim. Duro. Chtou vendo, chnhor. Garnizé, dois dias sem uma gota. Só clarete goela abaixo. Xispa! Mira e vê, sim? Putz, tou ferrado. E fez barba e bigode. Cheio demais pra abrir a boca. Com um peão da estrada de ferro. Como é que pode, tão? Ópera, quem sabe? Rosa de Castela. Arroz de. Polícia! Um coupo de h2o prum cavalheiro tresmaiado. Olha as flor do Garnizé. Gemini, vai berrar. A colleen bawn, minha colleen bawn. Ah, fecha essa matraca! Feche a porra dessa gamela dele com uma mão de macho. Estava com o vencedor na mão hoje até eu dar uma barbada. O rufião safado maldito do Estêvão Handou me parpitanto o copaleen pangaroso. Ele catou um piá de telegrama no meio do caminho levando uma leva bem leve do Bass pro depósito. Mandou um trocado e violou bonito. Égua em forma lance grande. Quintilhões pra um. Te lê grama, esse. Palavra, evangelha. Manobra criminosa? Eu penso que assim. Está na cara. Acabava vendo o sol nascer quadrado se os macacos cuidassem do jogo. Madden jogar no Madden dá medo de dar merda. Ó luxúria, nosso refúgio e nossa força. Levantar acampamento. Cê tem que ir? Pra casa da mamãe. Aguenta um pouco. Paredinha, por favor. Todo mundo danado se ele me vê. Volta a teu lar, caro Garnizé. Orrevuá, mon viê. Dinna esqueceu as prímula que merece. Com fiança. Maisquanquicêganhouquaquelepotro? Cá entre nós. Ao claro. De Bráulio Pinto, seu esposo. Sem me enrolar, Leo, meu velho. Com a graça, de pés juntos. Um raio que me parta se eu. Aquilo é que é um grande frade pio. Porrquê focê náum mi diss. Bem, digo ieu, si aquílu náum ê um zirrcunzizo, bem, ieu vou terr misha mishinnah. Por jebão nosso senhor, Amém.

Moves uma moção? Estevinho, meu filho, você está mandando ver. Mais desta lerda de potáveis? Acaso o imensamente esplendífero bancador permitirá que um abancado de extremosíssima pobreza e com uma sede extragrande gigantosa encerre uma dispendiosa libação inaugurada? Larga do meu pé. Taberneiro, taberneiro, tens bom vinho, farilu? Puxa, amigo, um dedim pra molhar a língua. Batiza e manda mais. Bem na bonifácia! Absinto à mancheia. *Nos omnes biberimus viridum toxicum qui ultimusque uxorem sacerdotis.* Hora de fechar, cavalheiros. Hã? Roxinho pro figurão Bloom. Alguém aí fez um quatro? Bloo? Mindinga anúncio. O Pápi da foto, por tudo quanto é belo! Fica na tua, camarada. Casca fora. *Bonsoir la compagnie.* E os ardis do pèrredondo. Cadê o cervo e as fofurinhas açucaradas? Codilhado? Fiança nas canelas! Enfim, que cada qual do seu cuide. Xequemate. Rei pra torre. Bom Cristão, u sior pudia ajudá u minínu qui u amígu dêli pegô a chávi da paioça pa êli achá um lugá pa discansá u chacháçu hojdinôiti? Arre, eu já estou acabado. Mardição, que se expruda a minha casa se essas não foi as mais melhor das féria até hoje. Item, balconista, dois biscoitos pra essa criança aqui. Sangue e chouriço consagrados, cabou! Nem um couco de peijo? Mandai a sífilis pro inferno e com ela estes outros espíritos legalizados. Tempo. Que vaga pelo mundo. Saúde a todos. *À la vôtre!*

    Credo em cruz, que diabo que é aquele sujeito com a capa mequintoche? Dusty Rhodes. Olha as indumentas do tipinho. Pelo amor! Quê que ele tem? o que a Luzia ganhou atrás da horta. Brodo, do Jaime. Tá mais é precisado. Sabe o senmeia? Sujeitinho rampeiro lá na malucolândia? Dvérach! Achava que ele tinha era um depósito de chumbo no pênis. Bissoluta locura. Bartle Pão, ele, a gente que diz. Aquele, senhor, foi outrora próspero cidadão. Um homem maltrapilho, sem eira nem beira, que casou com uma donzela, que o mundo já esqueceira. Bateu as botas, ela. Ei-la-li o amor perdido. Mackintosh ambulante do cânion solitário. Vira e engole. Olha a agenda. Olho nos polícia. Como? Viu ele hoje num enreto? Amigo seu esticou as canelas? Crendiospai! Coitadim do criolim! Cê não me diga uma coisa dessa, Pold, meu comparsa! I êis chorô qui jorraro u'as lágrima uns chôru moiádu purquiuamígu Padney foi levádu num sácu prêtu? De tudos decôr, o sahib Pat era o mais bão. Nunca que eu não vi pareio desque me conheço por gente. *Tiens, tiens*, mas que é bem triste, lá isso é, palavra, que é mesmo. Ora, convenhamos, uma baratinha acelerando a 2 porcento? Esse negócio de eixo livre foi pro azeite. Te aposto dois contra um que o Jenatzy vai raspar o tacho dele. Os japa? Fogo de longo alcance, nèmesmo?! Entupidos de extras da guerra. Vai ser pior para ele, diz ele, ou qualquer outro cossaco. Relógios, por favor. Onze já se foram. Sumam daqui. Em frente, gente tonta! Noite. Noite. Que Alá, o Excelente, vossa alma nesta noite sempre tremendamente conserve.

    Vossa atenção! Nós num se encheu. O peito do pé do policial é predo. O feito da fé. Cuidado com as gorfada do camarada botando bezerro. Maleixo nas regiões abomináveis. Iuca. Noite. Mona, laiá-laiá, verdadezeiro amor. Iuc! Mona, meu amoreco. Uc!

    Alerta! Cala a tua estulpidez. Pflaap! Pflaap! Estóra Rojão! Lá vai ela. Brigada! Nave de ataque. Rumo à Mount Street. Altolá. Pflaap! Tudo em ordem no front. Cê num vem? Corre, praga, foge. Pflaap!

    Lynch! Oi? Manter contato visual. Por aqui vai pra Denzille Lane. Baldeia cá pra mancebia. Nós dois, ela falou, vamo prucurar nos michê onde que tá a dita da Maria. Maravilha, quando você quiser. *Laetabuntur in cubilibus suis*. Cê vem ca gente? Escuta, quem diabos é o porrinha do sujeito de fatiota preta? Caluda! Pecou contra luz e mesmo agora está próximo o dia em que julgará o mundo com fogo. Pflaap! *Ut implerentur scripturæ*. Dá uma palinha de uma balada. Aí replicou Dick medicina ao seu camarada Davy medicina. Cristículos, quem que é esse bosta desse pregador de merda no salão Merrion? Elias está chegando lavado no sangue do bloco do cordeiro. Venham, criaturas vinhosas, ginzentas, bebinhudas! Venham, seu bando de quase, de caradecão, pescoçodetouro, testadebesouro, queixadadeporco, cèrebrodeamendoim, olhodefuinha, de excesso de bagagem e alarme falso! Venham, triplo extrato de infâmia! Alexander J. Cristo Dowie, que arremessou à glória quase metade desse planeta da praia de Frisco a Vladivostok. A deidade não é nenhum espetaculozinho lascivo de praça. Eu lhes declaro que ele é seguro e uma proposta de negócios de primeiríssima qualidade. Ele é a coisa mais grandiosa que já aconteceu e não se esqueçam disso. Gritem salvação pelo rei Jesus. Você vai ter que acordar com as galinhas, seu pecador, se quiser embromar o Deus Todopoderoso. Pflaaaap! Nem perto. Ele está com um xarope pra tosse com uma dose extra pra você, meu amigo, no bolso de trás. Só experimente pra ver.

▬▬▬▬▬▬▬▬▬▬

A entrada da Mabbot Street para Nighttown, diante da qual se estende um findelinha dos bondes sem pavimentação, com trilhesqueletos, fogosfátuos vermelhos e verdes e sinais de perigo. Fileiras de casas maltrapilhas com portas escancaradas. Raras lâmpadas com cúpulas arcoíris desbotadas. Junto à imobilizada gôndola de sorvetes de Rabaiotti, homens e mulheres miniatura batem boca. Agarram-se a biscoitos ázimos entre os quais se espremem pedras de carvão e neve cobreada. Sugando, dispersam-se, lentos. Crianças. A cristadecisne da gôndola, empinadalta, singra cruzando a lama, branca, azul, sob um farol. Assovios chamam, respondem.

OS CHAMADOS Espera, amor, que eu já vou.
AS RESPOSTAS Ali atrás do estábulo.

(*Um idiota surdomudo com olhos saltados, boca disforme babando, passa convulso, agitado na dança de São Vito. Uma corrente de mãos de crianças o aprisiona.*)

AS CRIANÇAS Sinistro! Saúde.
O IDIOTA (*Ergue uma mão paralisada e arrulha*) Ghahud!
AS CRIANÇAS Cadê a grande luz?
O IDIOTA (*Boquejando*) Ghaghahest.

(*Elas o libertam. Ele segue convulso. Uma pigmeia balança-se numa corda presa entre as vigas, contando. Uma forma escarrapachada contra um cesto de lixo e obnubilada por seu braço e seu chapéu se move, rosna, rilha urros nos dentes, e ronca de novo. Num degrau um gnomo bebezando no lixo se agacha para pôr ao ombro uma saca de trapos e ossos. Uma velha de pé por perto com uma fumarenta lanterna a óleo atocha a última garrafa na bocarra de sua saca. Ele guinda seu butim, puxa, enviesa o gorro de ponta e sai cambaleante, e mudamente. A velha se dirige de volta a seu covil brandindo a lâmpada. Uma criança cambaia, acocorada no limiar com uma peteca de papel, engatinha deslizante atrás dela aos repelões, agarra-lhe a saia, ergue-se trôpega. Um operário bêbado agarra com as duas mãos as grades de um pátio, espreitando, pesado. Numa esquina dois guardasnoturnos com capas sobre os ombros, mãos nos coldres dos cassetetes, assomam altos. Um prato se estilhaça: uma mulher grita: uma criança berra. Pragas de um homem rugem, resmungam, cessam. Figuras erram, emboscadas, espiam dos cortiços. Num quarto à luz de uma vela enfiada num gargalo uma vadia penteia e desfia os nós do cabelo de uma criança escrofulosa. A voz de Cissy Caffrey, ainda jovem, vem aguda cantando de um beco.*)

CISSY CAFFREY Eu dei para a Molly
    Ao som desse fole,
    A pata do pato
    A pata do pato.

(*O soldado Carr e o soldado Compton, rebenques apertados nas axilas, no que marcham vacilantes voltemeia meiavolta e largam juntos das bocas um peido rebatido entre eles. Risos de homens do beco. Uma rude virago replica.*)

A VIRAGO Maus ventos os levem, seus bundas peludas. Mais vale a menina de Cavan.
CISSY CAFFREY Mais sorte a minha. Cavan, Cootehill e Belturbet. (*Ela canta*)
    Eu dei para a Nelly
    Pôr junto da pele
    A pata do pato
    A pata do pato.

(*O soldado Carr e o soldado Compton viram-se e treplicam, túnicas sangue-brilhantes num luzclarão, buracos negros de quepes em seus louros escalpos cobreados. Stephen Dedalus e Lynch passam pelo povo próximo dos casacas-vermelhas.*)

SOLDADO COMPTON (*Estica o dedo*) Abram alas pro pastor.
SOLDADO CARR (*Vira-se e chama*) Ó de lá, pastor!
CISSY CAFFREY (*Sua voz alçando-se mais*) Pegou, já guardou,
    Não sei onde enfiou
    A pata do pato.

(*Stephen, floreando o paudefreixo à mão esquerda, cantarola com alegria o introito do tempo pascal. Lynch, boné de jóquei baixo sobre o rosto, assiste-o, com um esgar de descontentamento enrugando-lhe o rosto.*)

STEPHEN *Vidi aquam egredientem de templo a latere dextro. Alleluia.*

(*As famintas presastortas de uma velha caftina protraem-se de uma porta.*)

A CAFTINA (*Sua voz sussurando embargada*) Sst! Vem aqui pra mim te contar. Donzelice aqui dentro. Sst.
STEPHEN (*Altius aliquantulum*) *Et omnes ad quos pervenit aqua ista.*
A CAFTINA (*Cospe no rastro deles seu jato de peçonha*) Residentes da Trinity. Trompadefalópio. Só pica, sem um pila.

(*Edy Boardman, fungando, agachada com Bertha Supple, cobre as narinas com o xale.*)

EDY BOARDMAN (*Rezingando*) E diz a zinha: eu te vi lá na Faithful Place com o teu donjuanzinho, o meloso lá da estrada de ferro, com aquele chapéu vempracama lá dele. Viu mesmo, eu falei. Isso não é do teu governo, eu falei. Você nunca me viu num serralho com um escocesão casado, eu falei. A tipinha! Alcagueta, isso sim. Teimosa que nem uma mula! E aquela de andar com dois sujeitos uma vez, o Kilbride que era motorneiro e o cabo Oliphant.
STEPHEN (*Triumphaliter*) *Salvi facti sunt.*

(*Ele floreia o paudefreixo estremecendo a imagem da lâmpada, estilhaçando luz por sobre o mundo. Um spaniel branco e castanho à espreita se esgueira atrás dele, rosnando. Lynch o espanta com um chute.*)

LYNCH De modo que?
STEPHEN (*Olha para trás*) De modo que os gestos, não a música, não os odores, seriam uma língua universal, o dom das línguas tornando visível não o sentido laico mas a primeira enteléquia, o ritmo estrutural.
LYNCH Filoteologia pornosófica. Metafísica na Mecklenburg Street!
STEPHEN Nós megeramos Shakespeare e atazanamos Sócrates. Até o pansapientíssimo estagirita foi encilhado, arreado e montado por uma vadia.
LYNCH Mão!
STEPHEN Enfim, quem é que precisa de dois gestos pra ilustrar um pão e um jarro? Este movimento ilustra o pão e o jarro de vinho em Omar. Segure a minha bengala.
LYNCH Que se dane a tua bengala amarela. Aonde é que a gente está indo?
STEPHEN Lúbrico lince, vamos a *la belle dame sans merci*, Georgina Johnson, *ad deam qui lætificat iuventutem meam.*

(*Stephen joga-lhe o paudefreixo e lentamente estende as mãos, a cabeça se afastando para trás até que ambas as mãos estejam longe de seu peito, viradas para baixo em planos que se intersectam, dedos a ponto de se separar, a esquerda mais alta.*)

LYNCH Qual que é o jarro de pão? É vão. Isso ou o asilo de misericórdia. Ilustrai vós. Toma aqui a tua muleta e anda.

(*Eles passam. Tommy Caffrey tropeça até um poste a gás e, agarrando-o, sobe por ele em espasmos. Da ponta aguda do poste ele escorrega para baixo. Jacky Caffrey se agarra para subir. O operário espreita encostado ao poste. Os gêmeos disparam e somem no escuro. O operário, oscilante, aperta um indicador contra uma das abas do nariz e ejeta da narina do outro lado um longo jato líquido de ranho. Lâmpada ao ombro, sai num passo inseguro através da multidão com seu lampião chamejante.*

Serpentes de névoa do rio rastejam lentas. De ralos, frestas, fossas, estrumeiras sobem a toda volta miasmas estagnados. Um brilho salta no sul além dos recessos quasemarinhos do rio. O operário, em seu passo alquebrado, cinde a multidão e se esgueira para o terminal dos bondes. Mais longe sob a ponte da estrada de ferro surge Bloom enrubescido, arfante, metendo pão e chocolate num bolso lateral. Da vitrine do cabeleireiro Gillen um retrato compósito mostra-lhe a imagem de Nelson galante. Um espelho côncavo ao lado apresenta-lhe o lástimo l'amorioso lúbubro Booloohoom. O sério Gladstone o vê face a face, Bloom por Bloom. Ele passa, atingido em cheio pelo olhar do truculento Wellington mas no

espelho convexo sorriem incólumes os olhos de bácoro e as bochechonas gordolentas de Gaiopoldo, o leo bertoldo.
   À porta de Antonio Rabaiotti Bloom se detém, suado sob as lâmpadas elétricas. Ele some. Num átimo ressurge e segue apressado.)

BLOOM Peixe com batatinhas. Nãnã. Ah!

(*Ele some no Olhausen's, açougue de porco, por sob a portenrolada cadente. Segundos depois reemerge de sob a porta, lufante Poldo, bafejante Bloohoom. Em cada mão segura um pacote, um contendo morno mocotó de porco, o outro, a fria pata de uma ovelha, polvilhada de grãos de pimenta. Arqueja, pondo-se de pé. Então, curvando-se para um lado ele aperta um pacote contra a costela e solta um grunhido.*)

BLOOM Fisgada aqui do lado. Por que eu fui correr?

(*Ele toma fôlego com cuidado e se adianta lentamente na direção do terminal alampadado. O brilho salta uma vez mais.*)

BLOOM O que é aquilo? Sinalização? Holofote.

(*Para na esquina da loja de Cormack, observando.*)

BLOOM *Aurora borealis* ou uma siderúrgica? Ah, a brigada, claro. Vem do sul pelo menos. Parece um rojão bem grande. Podia ser a casa dele. *Beggar's bush.* Estamos em segurança. (*Cantarola alegremente*) Londres está em chamas, Londres está em chamas! Incêndio, incêndio! (*Percebe o operário se esgueirando pela multidão do lado de lá da Talbot Street.*) Vou perder ele de vista. Corre. Rápido. Melhor atravessar aqui.

(*Ele se lança para atravessar a rua. Moleques gritam.*)

OS MOLEQUES Cuidado, aí, moço!
(*Dois ciclistas, com lanternas de papel acesas pendulantes, num jato ultrapassam, raspando ao passar, sininhos batendo.*)

OS SININHOS Saindaindaindaí.
BLOOM (*Sai de lado ereto picado por um espasmo*) Au.

(*Ele olha à roda, lança-se adiante repentino. Em meio à névoa que monta um dragão limpatrilhos, seguindo com cautela, vira pesado sobre ele, a enorme luz vermelha em sua testa piscando, trole triscando no fio. O motorneiro esmurra o gongo com o pé.*)

O GONGO Blém Blém Bast Bost Burr Bich Bloo.
(*O freio estala violento. Bloom, erguendo a mão deluvabranca de um policial, vacila joelhoduro, saindo do trilho. O motorneiro, atirado adiante, carachata, ao volante, berra ao deslizar por sobre chaves e travas.*)

O MOTORNEIRO Ô cagamole, está fazendo o truque do chapéu?

(*Bloom saltesquiva-se para o meiofio e para de novo. Enxota um floco de lama da bochecha com mão pacotosa.*)

BLOOM Via obstruída. De raspão essa mas curou a fisgada. Tenho que começar de novo com os exercícios de Sandow. De mãos no chão. Um seguro contra acidentes de rua também. A Providential. (*Apalpa o bolso da calça*) A panaceia da coitada da mamãe. Fácil prender o calcanhar no trilho ou um cadarço numa engrenagem. O dia que a roda da viùvalegre triscou o meu sapato na Leonard's Corner. A terceira vez que é a da sorte. O truque do sapato. Motorneirinho insolente. Eu devia fazer uma queixa. A tensão deixa eles nervosos. Podia ser o sujeito que me podou hoje de manhã com aquela mulher cavalar. O mesmo estilo de beleza. Rápido da parte dele mesmo assim. Aquele passo duro. Tem brincadeira que acerta na veia. Aquela cólica horrível na Lad Lane. Alguma coisa estragada que eu comi. Emblema de sorte. Por quê? Provavelmente carne de cavalo. A marca da besta. (*Ele fecha os olhos por um instante*) Meio zonzo. As regras ou o efeito da outra. Cabecenevoada. Aquela canseira. Já é demais pra mim. Au!

(*Uma figura sinistra reclina-se de pernas pregueadas contra o muro da O'Beirne's, face ignota, injetada de escuro mercúrio. De sob um sombreiro abalargo a figura o observa com um olhogordo.*)

BLOOM *Buenas noches, señorita Blanca. Que calle es esta?*
A FIGURA (*Impassiva, ergue um sinal braçal*) Senha. *Sraid Mabbot.*
BLOOM Haha. *Merci.* Esperanto. *Slan leath.* (*Ele murmura*) Espião da liga gaélica, mandado daquele engolefogo.

(*Dá um passo adiante. Um trapeiro de saco ao ombro barra-lhe o caminho. Ele dá um passo à esquerda, trapossaqueiro à esquerda.*)
BLOOM Desculpa.

(*Desvia, desliza, saidelado, se esgueira e se livra.*)

BLOOM Mantenha a direita, direito, direto. Se está lá uma placa colocada pelo Touring Club em Stepaside quem foi que conseguiu essa isenção? Eu que perdi o caminho e contribuí para a coluna do *Irish Cyclist* com a carta intitulada *Nas trevas de Stepaside*. Mantenha, mantenha, mantenha a direita. Comida e roupa velha à meianoite. Intrujão provavelmente. Primeiro destino do assassino. Lavar seus pecados do mundo.

(*Jacky Caffrey, caçado por Tommy Caffrey, corre em cheio para cima de Bloom.*)

BLOOM Ah!

(*Abalado, sobre cambitos frouxos, ele estaca. Tommy e Jacky desaparecem calmos, calma. Bloom apalpa com mãos pacotosas relógio, bolso do relógio, bolso da carteira, bolso da bolsa, as doçuras do pecado, batata sabonete.*)

BLOOM Cuidado com os punguistas. A velha manobra dos ladrões. Trombam. E aí arrancam a tua bolsa.

(*O retriever se aproxima farejando, nariz no chão. Um vulto estendido descomposto espirra. Surge barbada uma figura encurvada trajando o longo cafetã de um sábio do Sião e um gorro de fumoir com borlas magentas. Óculos córneos pendem-lhe das abas do nariz. Listras amarelas de envenenamento no rosto convulso.*)

RUDOLPH Segunda meiacoroa dinheiro perdido hoje. Eu disse jamais não ir com gói bêbado. Assim. Não pega dinheiro.
BLOOM (*Esconde o mocotó e a pata atrás das costas e, de crista abaixada, sente a quente carne e fria dos pés*) Ja, ich weiss, papachi.
RUDOLPH Que está fazendo neste aqui? Não tem alma? (*Com flébeis garras vulturinas sente o rosto silente de Bloom*) Não será meu filho Leopold, o neto de Leopold? Não será meu querido filho Leopold que abandonou a casa de seu pai e abandonou o deus de seus pais Abraão e Jacó?
BLOOM (*Com precaução*) Eu acho que sim, pai. Mosenthal. Tudo que restou dele.

RUDOLPH (*Severo*) Uma noite eles traz você bêbado pra casa que nem cachorro depois que gasta o bom dinheirinho. Como chamam aqueles sujeitos que correm?

BLOOM (*Com o terno alinhado de Oxford da juventude com um colete de vieses brancos, ombrestreito, chapéu bávaro marrom, usando um elegante relógio Waterbury de prata de lei sem chave e uma corrente dupla Príncipe Alberto com um selo pendente, um flanco todo coberto de lama endurecida*) Atletas, pai. Foi só aquela vez.

RUDOLPH Só! Lama de cabeça aos pé. Abriu talho na mão. O tétano. Eles te deixam kaputt, Leopoldleben. Olho nesses sujeito.

BLOOM (*Baixinho*) Eles me desafiaram pra uma corrida. Estava enlameado. Eu escorreguei.

RUDOLPH (*Com desprezo*) Goim nachez. Belo espetáculos pra coitada da sua mãe!

BLOOM Mamma!

ELLEN BLOOM (*Usando o alto toucado de cordões, crinolina e armações de uma senhora de pantomima, blusa da viúva Twankey com mangas bufantes presas para trás, luvinhas de lã cinzentas sem dedos e um broche de camafeu, cabelo trançado numa redinha, aparece sobre os balaústres da escada, uma vara de vela inclinada na mão, e grita em estrídulo alarme*) Ó bendito Redentor, o que foi que me fizeram com ele! Meus sais! (*Ela enriza um pano da saia e vasculha o bolsinho da anágua listrada de linho azul. Um frasco, um Agnus Dei, uma batata murcha e uma boneca de celuloide lhe caem do bolso*) Sagrado Coração de Maria, onde é que você andou, menino?

(*Bloom, tartamudeando, olhos no chão, começa a alocar seus pacotes nos bolsos já cheios mas desiste, resmungando.*)

UMA VOZ (*Ríspida*) Poldy!

BLOOM Quem? (*Ele se abaixa e se esquiva desajeitado de um murro*) A suas ordens.

(*Ele olha para cima. Junto a sua miragem de tamareiras uma bela mulher com trajes turcos está diante dele. Opulentas curvas enchem sua calça escarlate e sua blusa, rajada de ouro. Larga faixa amarela cinge-lhe o corpo. Um borgo branco, roxo à noite, cobre-lhe o rosto, deixando livres apenas os grandes olhos escuros e o cabelo coráceo.*)

BLOOM Molly!

MARION Mole? É senhora Marion daqui por diante, meu caro, quando for falar comigo. (*Satiricamente*) O coitadinho do maridinho ficou com os pezinhos gelados de esperar tanto assim?
BLOOM (*Muda de um pé para o outro*) Não, não. Nem um pouquinho.

(*Ele respira em profunda agitação, engolindo tragos de ar, perguntas, esperanças, mocotó para o jantar dela, coisas por contar a ela, desculpas, desejo, enfeitiçado. Uma moeda reluz na testa dela. Nos dedos dos pés traz anéis incrustados. Prendem-lhe os tornozelos exíguos grilhões. Junto dela um camelo, encapuzado por torreante turbante, aguarda. Uma escada de seda de inumeráveis degraus sobe até sua angarilha oscilante. Ele se aproxima trôpego com enfadados quartos traseiros. Perversa ela estapeia-lhe a anca, raivilhantes braceletes curvourados, repreendendo-o em mourisco.*)

MARION Nebrakada! Femininum.

(*O camelo, erguendo a patamão, colhe de uma árvore uma grande manga, oferece-a a sua senhora, piscando, em sua pata fendida, e deixa então cair a cabeça e, blaterando, pescoço soerguido, põe-se atrapalhado de joelhos. Bloom curva as costas para o salto da carniça.*)

BLOOM Eu posso lhe dar... eu quero dizer como seu gerenciamador de negócios... senhora Marion... se a senhora...
MARION Então você percebeu alguma mudança? (*Suas mãos correndo lentas sobre o peitilho enjoalhado. Lenta zombaria amistosa nos olhos*) Ah, Poldy, Poldy, você é um desgraçado de um estragaprazer! Vá ver a vida. Ver o mundo imenso.
BLOOM Eu estava justamente voltando pra buscar aquela loção cerabranca, água de flor de laranjeira. A loja fecha cedo na quinta. Mas amanhã bem cedinho. (*Tateia diversos bolsos*) Esse rim flutuante. Ah!

(*Ele aponta para o sul, depois para o leste. Uma barra de limpo sabão fresco de limão vem à tona, difundindo luz e aroma.*)

O SABONETE Eu e o Bloom somos um belo par;
Ele ilumina a terra e eu lavo o ar.

(*O rosto sardento de Sweny, o boticário, surge no disco do solsabonete.*)

SWENY Três e um tostão, por favor.

BLOOM Isso. Pra minha mulher, a senhora Marion. Receita especial.
MARION (*Suave*) Poldy!
BLOOM Sim, senhora?
MARION *Ti trema un poco il cuore?*

(*Desdenhosa se afasta em saltitos, roliça rolinha que arrulha e não ralha, cantarolando o dueto do* Don Giovanni.)

BLOOM Você tem certeza daquele *Voglio*? Quer dizer, sobre a pronún...

(*Ele a segue, seguido pelo terrier farejante. A caftina idosa agarra-lhe a manga, reluzentes as cerdas da verruga em seu queixo.*)

A CAFTINA Dez xelins por uma donzelice. Coisa fresca nunca foi tocada. Quinze. Tem ninguém lá dentro só o velho do pai dela que está caindo de bêbado.

(*Ela aponta. À beira de seu escuro covil furtiva, enchuvarcada, espera Bridie Kelly.*)

BRIDIE Hatch Street. Alguma coisa boa em mente?

(*Com um pio ela bate seu xale morcego e dispara. Um homenzarrão grosseiro persegue com passos embotados. Tropeça nos degraus, recupera-se, mergulha em melancolia. Fracos pios de risos se fazem ouvir, mais fracos.*)

A CAFTINA (*Olhos de loba brilhando*) Ele está se divertindo. Nas casas grãfinas você não consegue uma virgem. Dez xelins. Não leve a noite inteira antes que os polícia de paisana veja a gente. O sessentessete é foda.

(*Lasciva, Gerty MacDowell avança coxeante. Saca de detrás, com olhos lúbricos, e mostra recatada seu trapo ensanguentado.*)

GERTY Todos os meus bens materiais eu te como cedo. (*Ela murmura*) Você fez isso. Eu te odeio.

BLOOM Eu? Quando? Você está sonhando. Eu nunca te vi.
A CAFTINA Deixa o cavalheiro em paz, sua enganadora. Escrevendo aquelas cartas falsas pro cavalheiro. Batendo perna e rodando bolsa. Melhor fazia a tua mãe de te amarrar no pé na cama, espevitada desse jeito.

GERTY (*Para Bloom*) Quando você viu todos os segredos do mais íntimo do meu ser. (*Mete as mãos na manga dele, babujando*) Casado safado! Eu te amo por fazer isso comigo.

(*Ela se afasta deslizando torta. A senhora Breen com grosso sobretudo masculino de bolsos soltos como foles está parada no caminho, olhos canalhas esbugalhados, sorrindo dentuça com seus dentes de herbívora.*)

SENHORA BREEN Senhor...
BLOOM (*Tosse ponderosamente*) Madame, quando pela última vez tivemos este prazer em carta datada do dezesseis do corrente...
SENHORA BREEN Senhor Bloom! O senhor aqui no antro do pecado! Agora o senhor foi pego em flagrante! Seu patife!
BLOOM (*Apressadamente*) Não tão alto o meu nome. O que é que a senhora pensa de mim? Não me entregue. As paredes têm ouvidos. Como vai? Há quanto tempo eu. A senhora está com uma aparência esplêndida. Absolutamente *chic*. Tempo agradável pra essa época do ano. O preto refrata o calor. Atalho pra casa aqui. Bairro interessante. Resgate de pecadoras asilo das madalenas. Eu sou o secretário...
SENHORA BREEN (*Ergue um dedo*) Ora, não venha me enrolar! Eu sei de alguém que não vai gostar nada disso. Ah, espere só até eu encontrar a Molly! (*Matreira*) O senhor que se explique agorinha mesmo ou que Deus tenha piedade do seu couro!
BLOOM (*Olha para trás*) Ela sempre disse que queria vir visitar. Os cortiços. Exótico, sabe. E criados negros de libré se ela tivesse dinheiro. Otelo bruto preto. Eugene Stratton. Até as castanholas dos menestréis dos irmãos Livermore. Os irmãos Bohee. Limpachaminé até podia.

(*Tom e Sam Bohee, negos tintos de ternos brancos de brim, meias escarlates, colarinhos engomados e empinados de crioulos e grandes agateias escarlates nas botoeiras, surgem de um salto. Cada um com um banjo a tiracolo. Suas mais pálidas mãos negroides tinem as cordas tintantintangidas. Com relances de grandes olhos cafres e dentes reluzentes eles chacoalham um carnaval sobre tamancas desajeitadas, tangendo, cantando, de costas um para o outro, ponta taco, taco ponta, com beiçolas gordestalantes de crioulos.*)

TOM E SAM Alguém está lá dentro com a patroa,
    Alguém está lá dentro, e não à toa,
    Alguém está lá dentro com a patroa,
    Tocando o velho banjo.

(*Arrancam máscaras negras dos róseos rostos crus: então, risota, risada, tisnados tangendo, seguem larirando no cakewalk.*)

BLOOM (*Com um sorriso amargo e algo terno*) Uma esborniazinha, então, se a senhora assim deseja? A senhora gostaria quem sabe que eu a abraçasse por somente uma fração de segundo?

SENHORA BREEN (*Grita alegremente*) Ah, maroto! Se enxergue!

BLOOM Pelos velhos tempos. Eu estava só pensando numa sessãozinha grupal, uma mistura mista marital dos nossos respectivos cônjuges. Você sabe que eu tinha uma quedinha por você. (*Melancólico*) Fui eu quem lhe enviou aquilo da bela gazela no dia de São Valentim.

SENHORA BREEN Credo em cruz, você está mesmo um espetáculo! De matar. (*Estende a mão, inquisitiva*) O que é que você está escondendo atrás das costas? Ah, conta, menino bonzinho.

BLOOM (*Toma-lhe o pulso com a mão livre*) Essa era a Josie Powell, a mais linda debutante de Dublin. Como o tempo voa! Você lembra, espreitando o passado num arranjo retrospectivo, véspera de Natal inauguração da casa da Georgina Simpson enquanto eles brincavam de Irving Bishop, de encontrar o alfinete de olhos vendados e ler pensamentos? Médium, o que é que está nessa boceta?

SENHORA BREEN Você foi o astro da noite com aquela récita sèriocômica e com a aparência de um astro também. Sempre foi o queridinho das senhoras.

BLOOM (*Galante para com as senhoras, trajando smoking com vieses de seda lustrosa, distintivo maçônico azul na botoeira, borboleta negra e abotoaduras de madrepérola, prismática taça de champanhe adernada entre os dedos*) Senhoras e senhores, apresento-lhes a Irlanda, lar e beleza nossos.

SENHORA BREEN Os caros dias mortos já perdidos na lembrança. A velha e doce canção do amor.

BLOOM (*Abaixando significativamente a voz*) Eu confesso estar chaleirinha de curiosidade pra saber se uma certa coisa de uma certa pessoa está um pouquinho chaleira no momento.

SENHORA BREEN (*Aos jorros*) Chaleiríssima! Londres está chaleira e eu estou simplesmente chaleirando por tudo! (*Ela se roça nele de lado*) Depois das adivinhas de salão e dos foguetes na árvore nós nos sentamos na otomana da escadaria. Embaixo do visco. Dois é bom.

BLOOM (*Usando um chapéu roxo de Napoleão com uma meialua âmbar, seus dedos passando lentos para a suave palma úmida e carnuda da mão que ela docemente entrega*) Hora feiticeira da noite. Eu tirei a farpa desta mão, cuidadosa, lentamente. (*Carinhoso, enquanto desliza para o dedo dela um anel de rubi*) *Là ci darem la mano.*

SENHORA BREEN (*Com um vestido de noite de uma só peça executado em azuluar, na testa silfídico diadema de ouropel com seu cartão de dança caído ao lado do sapatinho de cetim luazul, recurva suave a palma da mão, respirando rápido*) *Voglio e non.* Você está quente! Você está derretendo! A mão esquerda fica mais perto do coração.

BLOOM Quando a senhora fez sua escolha atual disseram ser a bela e a fera. Jamais poderei perdoá-la por isso. (*Punho cerrado contra o cenho*) Pense no que isso significa. Tudo o que a senhora representava para mim naquele momento. (*Roufenho*) Mulher, isso está acabando comigo!

(*Denis Breen, brancartolado, com as placas de propaganda da Wisdom Hely's, passa por eles arrastando pantufas, barba fosca apontada para a frente, resmungando sem parar. O baixinho Alf Bergan, cingido no manto do ás de espadas, acua-o sem parar, torcendo-se de rir.*)

ALF BERGAN (*Aponta zombando das placas*) D.U.: deu.

SENHORA BREEN (*Para Bloom*) Joguinhos ao pé da escada. (*Ela lhe lança um olhar contente*) Por que você não deu um beijinho ali pra sarar? Você queria.

BLOOM (*Chocado*) A melhor amiga da Molly! A senhora seria capaz?

SENHORA BREEN (*Com a língua polpuda entre os lábios, oferecendo um beijo de pombo*) Hnhn. Quem não arrisca. Você está com um presentinho aí pra mim?

BLOOM (*De improviso*) Kosher. Um petisco pra ceia. O lar sem a carne enlatada é incompleto. Eu fui ver *Leah*. A senhora Bandman Palmer. Pungente declamadora de Shakespeare. Infelizmente joguei fora o programa. Tem lá um lugarzinho maravilhoso pra um pé de porco. Sinta.

(*Richie Goulding, três chapéus de mulher presos com alfinetes na cabeça, aparece lastreado para um lado com o peso da negra pasta legal de Collis e Ward na qual estão pintados com cal branca uma caveira e uns ossos cruzados. Ele a abre e mostra estar cheia de cracóvias, arenques curados, hadoques frescos e comprimidos embrulhados.*)

RICHIE O melhor custobenefício de Dub.

(*O calvo Pat, porta surda, está de pé no meiofio, dobrando seu guardanapo, esperando. Serve para servir.*)

PAT (*Avança com um prato inclinado de molho caiderrama*) Filé e rim. Garrafa de lager. Rii rii rii. Eu só sirvo pra isso.
RICHIE Santodeus. Eunun cacô mientô...

(*Cabisbaixo ele marcha obstinado adiante. O operário, às espreitas, chaga-o com sua antilocapra em chamas.*)

RICHIE (*Com um grito de dor, mão nas costas*) Ah! *Bright!* Luz!
BLOOM (*Aponta o operário*) Um espião. Não chama atenção. Eu odeio essa gentarada. Ao prazer não sou inclinado. Estou em sério impasse.
SENHORA BREEN Embromando e lusionando como via de regra com essa sua estória da carochinha.
BLOOM Eu quero lhe contar um segredinho sobre como eu acabei vindo parar aqui. Mas a senhora não pode contar. Nem pra Molly. Eu tenho uma razão de foro íntimo.
SENHORA BREEN (*Toda ouriçada*) Ah, não, por nada nesse mundo.
BLOOM Caminhemos. Siguemos juntos?
SENHORA BREEN Sim.

(*A caftina faz um sinal despercebido. Bloom segue caminhando com a senhora Breen. O terrier segue, choramingando lastimosamente, abanando a cauda.*)

A CAFTINA Leita de Judeu!
BLOOM (*Com um terno esporte cor de aveia, raminho de madressilva na lapela, aristocrática camisa amarelocanário, tartã de pastor e gravatecharpe com a cruz de Santo André, polainas brancas, guardapó ocre no braço, borzeguins vermelhos amarronzados, binóculos à bandoleira e um chapéu coco cinzento*) A senhora recorda uma vez há muito muito tempo, anos e anos atrás, logo depois da Milly, a Marionette como nós dizíamos, ter sido desmamada quando fomos nós todos às corridas de Fairyhouse, não foi?
SENHORA BREEN (*Trajando elegante alfaitaria saxã azul, chapéu de veludo branco e véu de aranha*) Leopardstown.
BLOOM Quer dizer, Leopardstown. E a Molly ganhou três pence com uma égua de três anos chamada Nãodirás e na volta pra casa passando por Foxrock naquela *shanderadan* daquela carrocinha velha de cinco lugares a senhora estava na flor da idade naquela época e estava usando aquele chapéu novo de veludo branco com um debrum de pele de toupeira que a senhora Hayes lhe aconselhou a comprar porque estava em promoção por dezenove e onze, um pouco de arame e um trapo velho de belbutina, e eu aposto o que a senhora quiser que ela fez de propósito...

SENHORA BREEN Mas claro que fez, aquela ordinária! Nem me conte! Ótima conselheira!

BLOOM Porque não lhe caía nem remotamente bem em comparação com aquele outro chapelinho mimoso de *tammy* com a asa da ave do paraíso que eu admirei na senhora que honestamente ficava mais do que atraente com ele ainda que tenha sido uma pena matar a avezinha, sua criatura cruel e perversa, uma coisinha insignificante com um coração do tamanho de um ponto final.

SENHORA BREEN (*Aperta o braço dele, sorriso afetado*) Eu era uma diabinha mesmo!

BLOOM (*Baixo, secretamente, cada vez mais veloz*) E a Molly estava comendo um sanduíche de carne escabeche da cesta de piquenique da senhora Joe Gallaher. Francamente, ainda que ela tivesse lá seus administradores ou admiradores, eu nunca dei muito pelo estilo dela. Ela era...

SENHORA BREEN Muito...

BLOOM Exato. E a Molly estava rindo porque o Rogers e o Veneta O'Reilly ficaram imitando um galo enquanto nós passávamos por uma casa de fazenda e Marcus Tertius Moses, o mercador de chá, passou por nós em passo rápido com a filha, Dançarina Moses era o nome dela, e o poodle no colo dela se empinou e a senhora me perguntou se eu já tinha ouvido ou lido ou sabido ou encontrado...

SENHORA BREEN (*Ansiosamente*) Sim, sim, sim, sim, sim, sim, sim.

(*Ela some ao lado dele. Seguido pelo cão choramingas ele caminha na direção das portas do inferno. Numa arcada uma mulher de pé, dobrada para a frente, pés separados, mija vacalmente. Na frente de um pub de janelas cerradas um bando de inúteis escuta um conto que seu capataz fuçaquebrada arranha com humor roufenho. Dois deles, sembraços, soltam-se um sobre o outro em luta livre, rosnando, em luta lúdica aleijada encharcada.*)

O CAPATAZ (*Agacha-se, a voz retorcida na fuça*) E quando o Cairns desceu dos andaime na Beaver Street onde é que ele me resolve fazer se não foi bem no balde de cerveja que estava ali esperando as apara dos estucador do Derwan.

OS INÚTEIS (*Gargalham toscos com palatos fendidos*) Ai jisúis!

(*Seus chapéus salpintados abanam. Polvilhados de selante e da cal de seus alojamentos eles saltitam em cotos de membros desmembrados à roda dele.*)

BLOOM Coincidência também. Eles estão achando engraçado. Tudo menos isso. Plena luz do dia. Tentando andar. Sorte não ter mulher.
OS INÚTEIS Jisúis, essa foi boa. Sais de Glauber! Ai, Jisúis, na cerveja dos home.

(*Bloom passa. Putas baratas, sós, aos pares, xalezadas, descompostas, chamam das alamedas, das portas, dos cantos.*)

AS PUTAS Está indo longe, esquisito?
 Como vai a terceira perna?
 Tem fogo?
 Ah, vem aqui pra mim te botar ele de pé.

(*Ele chapinha através da fossa que formam até a rua iluminada mais além. De um calombo de cortinas de janelas um gramofone projeta sua tromba surrada de latão. Na sombra a vendeira barganha com o operário e os dois casacasvermelhas.*)

O OPERÁRIO (*Arrotando*) Cadê a porra da casa?
A VENDEIRA Purdon Street. Um xelim a garrafa de stout. Mulher de respeito.
O OPERÁRIO (*Agarrando os dois casacasvermelhas, avança com eles aos trancos*) Venham, exército bretão!
SOLDADO CARR (*Pelas costas dele*) Ele nem é biruta.
SOLDADO COMPTON (*Ri*) Quem vem lá?
SOLDADO CARR (*Para o operário*) Cantina do quartel de Portobello. Pergunte pelo Carr. Só Carr.
O OPERÁRIO (*Grita*) Nós somos os rapazes de Wexford.
SOLDADO COMPTON Diga! Quanto vale o sargento ajudante?
SOLDADO CARR O Bennett? Ele é meu camarada. Eu adoro o meu amigão Bennett.
O OPERÁRIO (*Grita*) Amargos grilhões.
 E libertar nossa terra natal.

(*Ele cambaleia adiante, arrastando-os consigo. Bloom para, culpado. O cão se aproxima, língua dependurada, arfando.*)

BLOOM Perda de tempo isso aqui. Casas bagunçadas. Sabe Deus aonde foram. Os bêbados levam metade do tempo pra cobrir uma distância. Bela confusão. Cena na Westland Row. Daí pulam pra primeira classe com um bilhete de terceira. Daí longe demais. Trem com a locomotiva atrás. Podia ter me levado pra Malahide ou um desvio noturno ou uma colisão. O segundo drinque é que deixa assim. Um já basta. Pra que é que eu estou seguindo ele? Ainda assim ele é o melhor daquela turma. Se não tivesse ficado sabendo da senhora Beaufoy Purefoy eu não teria ido e não teria encontrado. Kismet. Ele vai perder aquele dinheiro. Troca da guarda aqui. Boa pedida pra esses caixeiros, agiotas. Que é que lhe falta, senhor? Vem fácil, vai fácil. Eu podia ter perdido a vida também com aquele homengongorrodatrilhobondebrilhocompressor não fosse a presença de espírito. Não pode te salvar toda vez, por outro lado. Se eu tivesse passado pela vitrine do Truelock aquele dia dois minutos mais tarde tinha levado um tiro. Ausência corporal. Ainda assim se a bala só pegasse o meu casaco conseguia indenização por danos morais, quinhentas libras. O que é que ele era? Figurão do clube da Kildare Street. Deus ajude o seu guardacaça.

(*Ele olha adiante, lendo na parede uma legenda rabiscada a giz* Sonho Erótico *e um símbolo fálico.*) Esquisito! A Molly desenhando na janela coberta de gelo da carruagem em Kingstown. Com o que é que parece? (*Mulheres bonecas coloridas refestelam-se nos umbrais, nos beirais das janelas, fumando cigarros Birdseye. O aroma docenjoativo da erva flutua até ele em lentas coroas de flores redondas ovalantes.*)

AS COROAS DE FLORES Doces são as doçuras. Doçuras do pecado.
BLOOM A minha espinha está meio mole. Vou ou volto? E essa comida? É comer e ficar todo grudento de porco. Absurdo, eu. Dinheiro jogado fora. Um e oito pence além da conta. (*O retriever empurra um focinho frio e fungante contra sua mão, abanando a cauda*) Estranho como eles se apegam a mim. Até aquele monstro hoje. Melhor falar com ele antes. Que nem as mulheres eles gostam de *rencontres*. Fedendo que nem um gambá. *Chacun son goût*. Pode estar louco. Pra cachorro. Se mexe meio incerto. Amiguinho! Totó! (*O sabujo se atira de costas, contorcendo-se obsceno com patas pedinchantes, longa língua negra pendente*) Influência do ambiente. Dê logo e chega disso. Desde que ninguém. (*Dizendo palavras amistosas ele volta com o passo de um caçador ilegal, acuado pelo cão até se enfiar num canto escuro cheirazedo. Desfaz um dos pacotes e faz por derrubar o mocotó lentamente mas se contém e sente a pata*) Bom tamanho por três pence. Mas ao mesmo tempo está na minha mão esquerda. Pede mais esforço. Por quê? Menor porque é menos usada. Ah, deixe cair. Dois e seis.

(*Com arrependimento ele deixa caírem o mocotó e a pata desembrulhados.*

O mastife destrói a trouxa desajeitadamente e se farta com fome feroz, triturando os ossos. Dois vigias capadechuvados se aproximam, silentes, vigilantes. Murmuram juntos.)

OS VIGIAS Bloom. De Bloom. Para Bloom. Bloom.

(Cada um deles pousa a mão no ombro de Bloom.)

PRIMEIRO GUARDA Flagrante delito. Não piore a situação.
BLOOM *(Gagueja)* Eu estou fazendo o bem pros outros.

(Uma revoada de gaivotas, trintarréis, eleva-se faminta do lodo do Liffey com bolos nos bicos.)

AS GAIVOTAS Qó qé qais qolo.
BLOOM Amigas do homem. Adestradas com carinho.

(Ele aponta. Bob Doran, despencando de um alto banco de bar, oscila sobre o spaniel que mastiga.)

BOB DORAN Viralata. Me dá a patinha. Dá a patinha.

(O buldogue rosna, pelo em pé na nuca, um naco de junta de porco entre os molares por onde escorre rábida babassuja. Bob Doran cai silenciosamente por sobre uma mureta.)

SEGUNDO GUARDA Prevenção de crueldade contra os animais.
BLOOM *(Entusiástico)* Um nobre trabalho! Eu passei uma descompostura naquele condutor do bonde na ponte da Harold's Cross por maltratar o coitado do cavalo com uma ferida do arreio. E em troca ainda ouvi desaforo! Está certo que estava gelado e era o último bonde. Todas as estórias da vida no circo são muitíssimo desmoralizantes.

(O signor Maffei, passionalpálido, com trajes de domador de leões com botões de diamante no peito da camisa, dá um passo à frente, segurando um aro de papel circense, um chicote de carruagem enrolado e um revólver com que cobre o cão de caça regurgitante.)

SIGNOR MAFFEI *(Com um sorriso sinistro)* Senhoras e senhores, meu galgo educado. Fui eu quem amansou o bronco Ajax saltitante com minha sela pontuda de couro para carnívoros. Lapada embaixo da barriga com uma vergasta de nós. Rodas e pesos e uma polia estrangulante deixam qualquer leão a seus pés, por mais irritadiço que seja, mesmo o *Leo ferox* aqui, o antropófago líbio. Um pèdecabra em brasa e algum lenimento esfregado nas partes queimadas produziram Fritz de Amsterdam, a hiena pensante. (*Abre bem os olhos*) Eu detenho o sinal dos índios. A centelha de meus olhos junto com esses brilhantespeitorais consegue tudo. (*Com um sorriso aliciante*) E agora apresento Mademoiselle Ruby, o orgulho do picadeiro.

PRIMEIRO GUARDA Vamos. Nome e endereço.
BLOOM Eu esqueci no momento. Ah, sim! (*Tira o chapéu de alta qualidade, cumprimentando*) Doutor Bloom, Leopold, cirurgiãodentista. Já ouviram falar de von Blum Paxá. Fortuna de zilhões. *Donnerwetter!* Dono de metade da Áustria. Egito. Primo meu.
PRIMEIRO GUARDA Provas.

(*Cai um cartão da carneira de couro do chapéu de Bloom.*)

BLOOM (*De fez vermelho, casaco vermelho de cádi com larga faixa verde, usando um falso distintivo da Legião de Honra, apanha o cartão apressadamente e o oferece*) Permitam-me. Meu clube é o de Sargentos e Tenentes do Exército e da Marinha. Advogados: a firma do senhor John Henry Menton, 27 Bachelor's Walk.
PRIMEIRO GUARDA (*Lê*) Henry Flower. Sem residência fixa. Vigília e espreita com fins ilícitos.
SEGUNDO GUARDA Um álibi. O senhor está sendo advertido.

BLOOM (*Tira do bolso interno uma flor amarela amassada*) Esta é a flor em questão. Foi-me dada por um homem não sei o nome dele. (*Plausivelmente*) Os senhores conhecem aquela velha piada, rosa de Castela. Bloom. A mudança de nome Virag. (*Murmura privada e confidencialmente*) Nós estamos noivos, sabe, sargento. Uma senhora na estória. Envolvimento amoroso. (*Encosta o ombro de leve no segundo guarda*) Dane-se tudo. É um estilo que nós galãs temos na marinha. É o uniforme. (*Vira-se sério para o primeiro guarda*) Ainda assim, é claro, de vez em quando leva-se um Waterloo. Apareça por lá uma noite dessas pra tomar um copo do nosso borgonha. (*Para o SEGUNDO GUARDA alegremente*) Eu vou apresentá-lo, inspetor. Ela aceita. Aceita fazer antes de o senhor dizer chega.

(*Uma escura face mercurializada surge, conduzindo uma figura velada.*)

O ESCURO MERCÚRIO O Castelo está à procura dele. Foi chutado do exército.

MARTHA (*Grossovéu, laço carmesim em torno do pescoço, uma cópia do* Irish Times *na mão, em tom de reprimenda, apontando*) Henry! Leopold! Lionel, tu, perdido! Limpa meu nome.

PRIMEIRO GUARDA (*Severo*) Venha para a delegacia.

BLOOM (*Assustado, enchapela-se, dá um passo atrás, e então, cerrando o punho sobre o coração e levantando o antebraço direito em ângulo reto, faz o sinal e a obrigação dos membros*) Não, não, mestre adorado, luz de amor. Equívoco de identidade. O correio de Lyons. Lesurques e Dubosc. Vocês se recordam do caso do fratricídio Childs. Nós homens de medicina. Assassinando-o a golpes de machadinha. Sou injustamente acusado. Melhor um culpado escapar que noventenove serem condenados injustamente.

MARTHA (*Aos soluços por trás do véu*) Quebra de uma jura. O meu nome verdadeiro é Peggy Griffin. Ele me escreveu que estava infeliz. Eu vou contar pro meu irmão, que é zagueiro de rúgbi no Bective, vou delatar você, seu namorador desalmado.

BLOOM (*Por trás da mão*) Ela está bêbada. A mulher está inebriada. (*Murmura vagamente a senha de Efraim*) Xiba Olé.

SEGUNDO GUARDA (*Lágrimas nos olhos, para Bloom*) Você devia estar era muito envergonhado.

BLOOM Senhores do júri, deixem-me explicar. Um verdadeiro caso de gato por lebre. Sou um incompreendido. Estão me fazendo de bode expiatório. Sou um respeitável homem casado, sem uma única mácula no meu caráter. Moro na Eccles Street. Minha esposa, eu sou a filha do distintíssimo comandante, um galante homem a toda prova, como é mesmo que se chama, generaldedivisão Brian Tweedy, um dos lutadores da Grãbretanha que nos ajudaram a vencer nossas batalhas. Ganhou sua generalância pela heroica defesa de Rorke's Drift.

PRIMEIRO GUARDA Regimento.

BLOOM (*Volta-se para a galeria*) Os Royal Dublins, rapazes, o sal da terra, conhecidos no mundo todo. Acho que estou vendo alguns antigos companheiros de armas ali em cima entre vocês. Os R.D.F. junto com a nossa amiga, a polícia metropolitana, guardiães dos nossos lares, os sujeitos mais bravos e o melhor corpo de homens, no quesito porte físico, a serviço do nosso soberano.

UMA VOZ Viracasacas! Vivam os bôeres! Quem vaiou Joe Chamberlain?

BLOOM (*Mão no ombro do PRIMEIRO GUARDA*) Meu velho papai era também juiz de paz. Sou tão solidamente britanista quanto o senhor, senhor. Eu lutei com as cores pelo rei e pela nação na guerra desleixada sob o comando do general Gough no parque e fui invalidado em Spion Kop e Bloemfontein, fui mencionado nas baixas. Fiz tudo o que um branco podia fazer. (*Com tranquila emoção*) Jim Bludso. Mantenha a proa rumo à margem.

PRIMEIRO GUARDA Profissão ou ofício.

BLOOM Bem, eu sigo uma carreira literária. Escritorjornalista. Na verdade estamos justamente montando uma coletânea de contos premiados que é invento meu, algo que é um enfoque completamente novo. Tenho ligações com as imprensas britânica e irlandesa. Se o senhor ligar para...

(*Myles Crawford surge espasmodicamente, pena entre os dentes. Sua fuça escarlate reluz dentro da auréola do chapéu de palha. Ele balança uma réstia de cebolas espanholas numa mão e segura com a outra um receptor de telefone junto* à *orelha.*)

MYLES CRAWFORD (*Barbela de galo balançando*) Alô, sessentessete oitentequatro. Alô. Aqui é do *Freeman's Urinol* e *Weekly Bundassuja*. Paralisar a Europa. Você quem? Polícias? Quem escreveu? É o Bloom?

(*O senhor Philip Beaufoy, carapálido, está de pé testemunhando, com perfeitos trajes matinais, bolso do lado de fora do peito com a ponta de um lenço à mostra, calça lavanda vincada e botas de couro. Carrega uma grande pasta rotulada* Os golpes de mestre de Matcham.)

BEAUFOY (*Pausadamente*) Não, o senhor não é, nem de longe por tudo o que eu saiba. Eu não entendo, e pronto. Nenhum cavalheiro nato, ninguém que tivesse os mais rudimentares atributos de um cavalheiro rebaixar-se-ia a conduta tão particularmente detestável. Um daqueles, meritíssimo. Um plagiário. Um vaselina esquivo disfarçado de *littérateur*. É perfeitamente óbvio que com a mais intrínseca vileza ele afanou trechos de minha obra de extremo sucesso, material realmente belíssimo, uma perfeita gema, cujas passagens amorosas estão aquém de qualquer suspeita. Os livros Beaufoy de amor e grandes posses, com os quais vossa excelência estará sem dúvida familiarizado, são conhecidíssimos em todo o reino.

BLOOM (*Murmura com a melancólica mansuetude dos miseráveis*) Daquele pedaço sobre a feiticeira sorridente de mãos dadas eu discordo, se me é permitido...

BEAUFOY (*Lábio revirado, sorri arrogante para a corte*) Seu jumento risível! Não se pode nem descrever o quanto o senhor é bisonho e bizarro! Eu não creio que lhe seja necessário desincomodar-se excessivamente a esse respeito. Meu agente literário o senhor J. B. Pinker está a postos. Presumo, meritíssimo, que venhamos a receber os honorários usuais de testemunho, não? Estamos consideravelmente desprovidos de meios por causa daquele jornalistazinho malvisto, o bocassolta de Rheims, que nem sequer frequentou uma universidade.

BLOOM (*Indistintamente*) Universidade da vida. Má arte.

BEAUFOY (*Grita*) É uma mentira espúria desgraçada, que bem ilustra a podridão moral do sujeito! (*Ele estende a pasta*) Temos aqui provas condenatórias, o *corpus delicti*, meritíssimo, uma amostra de minha obra mais madura desfigurada pela marca da besta.

UMA VOZ DA GALERIA Moisés, Moisés, judeus não são gentios,
Ele limpava a bunda com o *Daily News*.

BLOOM (*Bravamente*) Exagerado.

BEAUFOY Biltre ordinário! Deviam era te afogar no cocho, seu degenerado! (*Para a corte*) Ora, vejam a vida privada deste homem! Levando uma existência quádrupla! Por fora bela viola, por dentro pão bolorento. Indigno de ser mencionado na presença de damas! O arquiconspirador de nosso tempo!

BLOOM (*Para a corte*) E ele, solteiro, como...

PRIMEIRO GUARDA O Rei contra Bloom. Chamem a Driscoll.

O MEIRINHO Mary Driscoll, empregada doméstica!

(*Mary Driscoll, uma criada desmazelada, se aproxima. Traz um balde na dobra do braço e uma escova na mão.*)

SEGUNDO GUARDA Mais uma! Por acaso você pertence à mais antiga das profissões?

MARY DRISCOLL (*Indignada*) Eu não sou dessas. Eu tenho uma reputação que é das melhores e fiquei quatro meses no meu último lugar. Eu estava numa situação boa, seis libras por ano e extras com as sextas livres e tive que sair por causa das gracinhas dele.

PRIMEIRO GUARDA De que você o acusa?

MARY DRISCOLL Ele fez uma certa sugestão mas eu me dei mais ao respeito porque eu sou pobre mas sou limpinha.

BLOOM (*Vestindo um paletó doméstico de tecido côtelé, calça de flanela, chinelos sem salto, barba por fazer, cabelo delicadamente emaranhado*) Eu te tratei meubem. Te dei lembrancinhas, ligas elegantes esmeralda bem além das tuas posses. Incauto, tomei o teu partido quando você foi acusada de roubo. Há um limite pra todas as coisas. Seja direita.

MARY DRISCOLL (*Empolgada*) Pelo senhor meu Deus que está me olhando agora se eu relei um dedinho só naquelas oustras!

PRIMEIRO GUARDA E a ofensa que motivou sua queixa? Aconteceu alguma coisa?

MARY DRISCOLL Ele me pegou de surpresa nos fundos da residência, meritíssimo, quando a patroa tinha saído fazer compras um dia de manhã com uma lengalenga de me pedir uma pregadeira. Ele me deu uma segurada que eu fiquei branca em quatro lugares diferentes. E ele interferiu duas vezes com a minha roupa.

BLOOM Ela contratacou.

MARY DRISCOLL (*Desdenhosa*) Eu tinha mais respeito pelo escovão, lá isso é. Eu admoestei com ele, sua senhoria, e ele pronunciou: não comente nada.

(*Riso generalizado.*)

GEORGES FOTTRELL (*Funcionário da coroa e da paz, ressoantemente*) Ordem no tribunal! O acusado fará agora uma declaração cavilosa.

(*Bloom, declarando-se inocente e segurando um nenúfar todo desabrochado, começa uma longa fala incompreensível. Eles iriam ouvir o que o advogado de defesa tinha a dizer em sua comovente proclamação ao grande júri. Ele estava por baixo mas, ainda que marcado como ovelha negra, se podia dizê-lo assim, pretendia tomar jeito, recobrar a memória do passado puramente como irmãs e nada mais e retornar à natureza como um animal puramente doméstico. Nascido de sete meses, ele havia sido cuidadosamente criado e mantido por um genitor idoso e acamado. Poderia ter havido lapsos de um pai pecador mas ele queria virar a página e agora, quando finalmente à vista do pelourinho, levar uma vida caseira no crepúsculo de seus dias, permeada pelo afetivo ambiente do seio ofegante da família. Britânico aclimatado, ele havia visto aquele entardecer de verão de pé no estribo de um táxi motorizado da companhia ferroviária Loop Line enquanto a chuva abstinha-se de relances cadentes, por assim dizer, pelas janelas de amorosos lares na cidade de Dublin e no distrito urbano de cenas verdadeiramente rurais da felicidade da melhor das terras com papel de parede Dockrell a um e nove pence a dúzia, inocentes petiços natos bretões que ciciam suas preces ao Sacro Infante, jovens acadêmicos lutando com suas tarefas, senhoritas modelares tocando o pianoforte ou de pronto com todo o fervor recitando o rosário da família à roda do estralejante tronco de natal enquanto nas* vielas e verdes alamedas as moças com seus cortejadores adejavam ao compasso do orgânico som do harmônio metalizado com quatro registros e foles dodécuplos, um sacrifício, a maior barganha de todos os...)

(*Riso renovado. Ele tartamudeia incoerente. Repórteres reclamam de não poder ouvir.*)

EURÍGRAFO E ESTENÓGRAFO (*Sem erguer os olhos das cadernetas*) Afrouxem-lhe os cadarços.
PROFESSOR MACHUGH (*Da mesa da imprensa, tosse e chama*) Cospe de uma vez, homem. Exponha aos poucos.

(*O interrogatório prossegue acerca de Bloom e o balde. Um balde grande. Bloom em pessoa. Problemas intestinais. Na Beaver Street. Cólica, sim. Bem forte. Um balde de estucador. De andar de perna dura. Sofreu suplícios inenarráveis. Agonia mortal. Cerca do meio-dia. Amor ou borgonha. Sim, um pouco de espinafre. Momento crucial. Ele não olhou dentro do balde. Ninguém. Uma certa bagunça. Não completamente. Um número atrasado da* Titbits.)

(*Grita e apupos. Bloom, vestindo casaca rasgada manchada de cal, cartola amassada de lado na cabeça, uma linha de gesso grudada no nariz, fala inaudivelmente.*)

J. J. O'MOLLOY (*Trajando a peruca cinzenta e a beca dos advogados, falando com uma voz de dolorosa queixa*) Este não é o lugar para leviandades indecentes às custas de um mortal, de um pecador desviado pela bebida. Nós não estamos numa arena de ursos e isto não é um abuso e nem um pastiche de justiça. Meu cliente é uma criança, um pobre imigrante do estrangeiro que começou do zero entrando ilegalmente no país e agora tenta ganhar algum dinheiro honesto. O desvio de comportamento forjado foi fruto de passageira aberração de hereditariedade, provocada por alucinação, sendo familiaridades como a ocorrência alegadamente culposa perfeitamente aceitáveis na terra natal de meu cliente, a terra do faraó. *Prima facie*, declaro-lhes não ter havido nenhuma tentativa de conhecimento carnal. Não ocorreram intimidades e a ofensa de que se queixa Driscoll, de que sua virtude foi tentada, não se repetiu. Tratarei em especial de atavismo. Houve casos de malogro e de sonambulismo na família de meu cliente. Se pudesse o acusado falar ele poderia uma estória expor, uma das mais estranhas que jamais foram narradas entre as capas de um livro. Ele próprio, vossa eminência, é uma ruína física em função de um peito fraco de sapateiro. Sua alegação é ser ele de origem mongólica e irresponsável por suas ações. Meio pancada, na verdade.

BLOOM (*Descalço, peitodepombo, colete e calça de marujo indiano, pezinhos apologéticos virados para dentro, abre seus minúsculos olhos de toupeira e olha em torno de si entorpecidamente, passando lenta mão pela testa. Ele então prende o cinto à moda dos marinheiros e com um alçar de ombros de obediência oriental saúda o tribunal, apontando um polegar ao céu*) Ceú fazê nôti munto linda. (*Começa a cantarolar e saltitar como um simplório*)
    Li li coitadim
    Tlaz mocotó pla mim
    I paga dois xilim...

(*É derrubado pelas vaias.*)

J. J. O'MOLLOY (*Calorosamente para a turba*) É uma luta solitária. Por Hades, não aceitarei ver nenhum cliente meu amordaçado e acuado dessa maneira por um bando de viralatas e de hienas. O código mosaico suplantou a lei da selva. Digo-o e o digo enfaticamente, sem buscar por um só minuto frustrar os fins da justiça, o acusado não foi cúmplice do ato e a acusadora não foi bolinada. A jovem foi tratada pelo acusado como se fora sua mesma filha. (*Bloom pega a mão de J. J. O'Molloy e a leva aos lábios*) Mostrarei provas definitivas para provar até o talo que as forças ocultas estão novamente com seu conhecido joguinho. Na dúvida acuse Bloom. Meu cliente, homem naturalmente acanhado, seria o último homem no mundo a fazer qualquer coisa indigna que a decência ferida pudesse julgar objetável ou jogar uma pedra numa moça que entrou pelo mau caminho quando algum pulha, responsável por sua condição, a havia induzido a aceitar seus próprios fins melífluos. Ele quer ser reto. Eu o considero o mais cândido dos homens que conheço. Ele está presentemente em maré má graças à hipoteca de suas extensas propriedades em Agendath Netaim na distante Ásia Menor, de que agora exibiremos alguns diapositivos. (*Para Bloom*) Sugiro que você aja com graciosidade.

BLOOM Um tostão por libra.

(*A miragem do lago de Kinnereth com o gado borrado pastando na névoa prateada é projetada na parede. Moses Dlugacz, albino olhodefurão, tra-*

jando sarja azul, levanta na galeria, segurando em cada mão uma cidralaranja e um rim de porco.)

DLUGACZ (*Roufenho*) Bleibtreustrasse, Berlim W. 13.

(*J. J. O'Molloy sobe num plinto baixo e segura a lapela do casaco com solenidade. Seu rosto se alonga, empalidece e cria barba, com olhos fundos, as manchas da tísica e os zigomas hécticos de John F. Taylor. Aplica à boca o lenço e escrutiniza a onda crescente de sangue florderrosa.)*

J. J. O'MOLLOY (*Quase senvozmente*) Perdoem-me, estou sofrendo de severo resfriado, acabo de vir de um leito de convalescença. Umas poucas palavras seletas. (*Assume a cabeça passarina, o bigode vulpino e a eloquência proboscidal de Seymour Bushe*) Quando abrir-se o livro do anjo se algo que o seio pensivo inaugurou de transfigurado pela alma ou que à alma transfigure merece viver eu digo concedam ao prisioneiro em julgamento o sagrado benefício da dúvida.

(*Um papel com algo escrito é entregue ao tribunal.*)

BLOOM (*Em vestes de tribunal*) Posso dar as melhores referências. Senhores Callan, Coleman. O senhor Wisdom Hely, juiz de paz, meu antigo patrão Joe Cuffe. O senhor V. B. Dillon, exlorde prefeito de Dublin. Eu circulei no encantado ambiente da altíssima... Rainhas da sociedade de Dublin. (*Descuidadamente*) Eu ainda hoje papeava nos aposentos vicerreais com os meus velhos camaradas, sir Robert e lady Ball, o astrônomo real, no píer. Sir Bob, eu disse......

SENHORA YELVERTON BARRY (*Com um vestido de baile de corpete baixo opala e luvas marfins atèocotovelo, vestindo um dólmã tijolo de retalhos forrado de zibelina, com pente de brilhantes e penacho de babuzar no cabelo*) Prenda-o, policial. Ele me escreveu uma carta anônima em caligrafia maldisfarçada quando meu marido estava na perna norte de Tipperary no circuito de Munster, assinada James Lovebirch. Ele disse ter visto das torrinhas meus globos sem par estando eu sentada num camarote do *Theatre Royal* numa sessão de *La Cigale* encomendada para as autoridades. Eu o inflamei profundamente, ele disse. Dirigiu-me invectivas impróprias por que me conduzisse mal às quatro e meia da tarde da quintafeira seguinte, horário de Dunsink. Ofereceu enviar-me pelo correio uma obra de ficção de autoria de Monsieur Paul de Kock, intitulada *A moça dos três espartilhos*.

SENHORA BELLINGHAM (*Com touca e manta de coelho foca, embrulhada até o nariz, desce de seu cabriolé e observa através de um pincenê de tartaruga que retira de dentro de seu imenso regalo de gambá*) E também para mim. Sim, acredito ser a mesma pessoa reprovável. Por ter fechado a porta de minha carruagem na frente do consultório de sir Thornley Stoker num dia gélido durante a onda de frio de fevereiro de noventetrês quando até o crivo do esgoto e o tampo do ralo de minha cisterna de banho estavam congelados. Posteriormente ele enviou-me um botão de edelvais colhido na altitude, conforme ele disse, em minha honra. Mandei que fosse examinado por um especialista em botânica e fiz vir à luz a informação de ser aquele um broto da planta caseira da batata roubado de uma estufa da fazendamodelo.

SENHORA YELVERTON BARRY Que vergonha!

(*Uma malta de rameiras e maltrapilhos avança ameaçadora.*)

AS RAMEIRAS E OS MALTRAPILHOS (*Berrando*) Pega ladrão! Olha lá o barbazul! Três vivas pro isaque!

SEGUNDO GUARDA (*Mostrando as algemas*) Olha as esposas.

SENHORA BELLINGHAM Ele se dirigiu a mim com caligrafias diversas escritas de próprio punho com os mais plenos elogios me chamando de Vênus das peles e alegou profunda piedade por meu enregelado cocheiro Palmer enquanto que no mesmo alento declarou-se invejoso de seus taporelhas e lanosos couros de ovelha e de sua afortunada proximidade para com minha pessoa, quando de pé atrás de minha cadeira trajando minha libré e os atributos armoriais do escudo dos Bellingham, em campo sable, uma cabeça de cabrito cortada, ouro. Teceu loas as mais extravagantes a minhas extremidades inferiores, meus tornozelos torneados em meias de seda esticadas até o limite, e eulogizou superlativamente meus outros tesouros ocultos cobertos de renda caríssima que, disse ele, podia ver em sua imaginação. Incitou-me (afirmando sentir ser sua missão na vida incitar-me) a conspurcar o leito do matrimônio, a cometer adultério na primeira oportunidade que se me apresentasse.

A HONORÁVEL SENHORA MERVYN TALBOYS (*Em trajes de amazona, chapéu de montaria, botas de joqueta com esporas de galo, colete de vermelhão, guantes mosqueteiros de pelica com cordões trançados, cauda longa segura junto ao corpo e rebenque de caça com que constantemente bate as gigas*) A mim também. Por ter me visto no campo de polo do parque Phoenix na partida Toda a Irlanda contra o Resto da Irlanda.

Meus olhos, bem o sei, brilhavam divinais no que contemplavam o capitão Slogger Dennehy do regimento de Inniskilling vencer a última chukka em seu belo corcel *Centauro*. Este Dom Juan plebeu me observava postado atrás de um carro de praça e enviou-me em envelopes duplos uma fotografia obscena, tal quais as que se vendem depois do pordossol nos bulevares parisienses, insultuosas para qualquer dama. Ainda a guardo comigo. Representa uma señorita parcialmente nua, frágil e linda (sua esposa, como ele solenemente me garantiu, tirada por ele ao natural), praticando intercurso ilícito com musculoso *torero*, evidentemente um biltre. Ele me incitou a fazer o mesmo, a agir mal, a pecar com oficiais do regimento. Implorou que conspurcasse sua carta de uma maneira indizível, que o castigasse como sobejamente merece, que o montasse e cavalgasse, que lhe desse uma terrível surra de chicote.

SENHORA BELLINGHAM A mim também.

SENHORA YELVERTON BARRY A mim também.

(*Diversas respeitabilíssimas damas dublinenses estendem cartas indecentes recebidas de Bloom.*)

A HONORÁVEL SENHORA MERVYN TALBOYS (*Sapateia nas esporas tinindo em repentino paroxismo de fúria*) E é o que eu vou fazer, pelo Deus que me protege. Eu vou flagelar esse cordeirinho viralata enquanto puder me segurar em cima dele. Hei de esfolá-lo vivo.

BLOOM (*Com os olhos se fechando, titubeia ansioso*) Aqui? (*Ele se contorce*) De novo! (*Arqueja prostrando-se*) Eu adoro o perigo.

A HONORÁVEL SENHORA MERVYN TALBOYS E adora mesmo! Eu vou te mostrar como é. Vou te fazer pular quadradinho por causa dessa.

SENHORA BELLINGHAM Esquenta bem os fundilhos do pretensioso! Faz ele ver estrelas!

SENHORA YELVERTON BARRY Desgraçado! Ele não tem desculpa! Um homem casado!

BLOOM Essa gente toda. Eu só estava me referindo à ideia da surra. Um brilho quente ardido sem efusão. Varadas refinadas pra estimular a circulação.

A HONORÁVEL SENHORA MERVYN TALBOYS (*Ri derrisoriamente*) Ah, foi, meu amigo? Bom, pelo amor do santo Deus, você vai ter a maior surpresa da tua vida agora, pode acreditar, o couro mais impiedoso que um homem já levou. Você acordou a chibatadas a tigresa adormecida na minha natureza e ela agora está enfurecida.

SENHORA BELLINGHAM (*Sacode o regalo e os óculos de modo vingativo*) Mostra pra ele, Hanna, meu bem. Manda uma coça. Espanca o guapeca até deixar quase morto. O açoite dos marinheiros. Castra. Vivissecciona.

BLOOM (*Estremecendo, encolhendo-se, junta as mãos com semblante de pária*) Ah, fria! Ah, tiritante! Foi tua beleza ambrosial! Perdoa, esquece. Kismet. Deixa passar só essa vez. (*Ele oferece a outra face.*)

SENHORA YELVERTON BARRY (*Severamente*) Não faça isso de maneira alguma, senhora Talboys! Ele tem que tomar uma bela sova!

A HONORÁVEL SENHORA MERVYN TALBOYS (*Desabotoando o guante violentamente*) Eu não vou fazer uma coisa dessas. Porco cachorro e sempre foi desde que saiu da cadela da mãe dele! Ousar se dirigir a mim! Eu vou açoitá-lo até ele ficar todo roxo na via pública. Vou enfiar as esporas nele até o copete. É um corno tido e sabido. (*Ela corta o ar selvagemente com seu rebenque de caça*) Abaixem a calça dele sem mais perda de tempo. Venha aqui, senhor! Já! Pronto?

BLOOM (*Tremendo, começando a obedecer*) Tem feito uns dias tão quentes.

(*Davy Stephens, com cachinhos no cabelo, passa com um magote de jornaleiros descalços.*)

DAVY STEPHENS Mensageiro do Sagrado Coração e Evening Telegraph com suplemento do dia de São Patrício. Com os endereços atualizados de todos os cornos de Dublin.

(*O reverendíssimo cônego O'Hanlon, com vestes de ouro, eleva e expõe um relógio de mármore. Diante dele o padre Conroy e o reverendo John Hughes, S.J., curvam-se até o chão.*)

O RELÓGIO (*Investibularmente*)
    Cuco
    Cuco
    Cuco.

(*As argolas de latão de uma cama fazem-se ouvir tinindo.*)

AS ARGOLAS Jigjag. Jigajiga. Jigjag.

(*Uma cortina de neblina se recolhe rapidamente, revelando rapidamente no banco do júri os rostos de Martin Cunningham, encartolado presidente, Jack Power, Simon Dedalus, Tom Kernan, Ned Lambert, John Henry Menton,*

Myles Crawford, Lenehan, Paddy Leonard, Cheirão Flynn, M'Coy e o rosto inexpressivo de um Inominado.)

O INOMINADO Cavalgando em pelo. *Handicap* da idade. Cruzes, ele deu um jeito nela.
OS MEMBROS DO JÚRI (*Todos virando a cabeça ao som da voz dele*) Mesmo?
O INOMINADO (*Rosna*) Ca mão nas costa. Cem xelins pra cinco.
OS MEMBROS DO JÚRI (*Todos baixando a cabeça em confirmação*) Quase todos nós achávamos isso mesmo.
PRIMEIRO GUARDA Ele é um homem marcado. O rabodecavalo de mais uma menina foi cortado. Procurado: Jack o Estripador. Mil libras de recompensa.
SEGUNDO GUARDA (*Reverente, sussurra*) E de preto. Mórmon. Anarquista.
O ARAUTO (*Em altas vozes*) Considerando que Leopold Bloom de residência incerta é um consabido dinamitador, falsário, bígamo, cáften e corno além de um incômodo público aos cidadãos de Dublin e considerando que nesta comissão de inquérito o Meritíssimo...

(*O excelentíssimo sir Frederick Falkiner, bailio da cidade de Dublin, com traje judicial de pedra cinzenta levanta-se da bancada, barbapétreo. Traz nos braços um cetro guardachuva. De sua testa erguem-se rijos os mosaicos cornos de carneiro.*)

O BAILIO Porei fim a este tráfico de escravas brancas e livrarei Dublin desta praga odiosa. Um escândalo! (*Investe-se do negro toucado*) Que seja levado, senhor subxerife, da tribuna em que ora se encontra e mantido em custódia na prisão de Mountjoy pelo intervalo de tempo que aprouver a Sua Majestade e que ali venha a pender pelo pescoço até que esteja morto e nesta tarefa não falhe por sua própria conta e risco ou que o Senhor tenha piedade de sua alma. Retirem-no.

(*Um solidéu negro desce sobre sua cabeça. O subxerife Long John Fanning aparece, fumando um pungente Henry Clay.*)

LONG JOHN FANNING (*Cerra o cenho e berra com clara pronúncia escorreita*) Quem há de enforcar Judas Iscariotes?

(*H. Rumbold, mestre barbeiro, usando um gibão sangue e um avental de curtidor, corda enrolada no ombro, sobe no patíbulo. Um porrete e uma maça com pontas de pregos estão metidos em seu cinto. Esfrega tetricamente as garras, recobertas por um socoinglês.*)

RUMBOLD (*Para o magistrado com sinistra familiaridade*) Harry Enforqueiro, Vossa Majestade, o terror do Mersey. Cinco guinéu por jugular. O pescoço ou nada.

(*Os sinos da igreja de São Jorge dobram lentos, ferro escuro sonoro.*)

OS SINOS Belém! Belém!
BLOOM (*Desesperadamente*) Esperem. Parem. Gaivotas. Bom coração. Eu vi. Inocência. A moça na casinha dos macacos. Zoo. Chimpanzés tarados. (*Senfôlego*) Bacia pélvica. Seu sincero rubor me desvirilizou. (*Vencido pela emoção*) Eu abandonei as dependências. (*Vira-se para uma figura na multidão, súplice*) Hynes, posso falar com você? Você me conhece. Aqueles três xelins, pode ficar. Se quiser um pouco mais...
HYNES (*Friamente*) Nunca o vi mais gordo.
SEGUNDO GUARDA (*Aponta para o canto*) A bomba está ali.
PRIMEIRO GUARDA Máquina diabólica com um relógio detonador.
BLOOM Não, não. Pé de porco. Eu estive num enterro.
PRIMEIRO GUARDA (*Saca o cassetete*) Mentiroso!
(*O beagle ergue o focinho, mostrando o cinzento rosto escorbútico de Paddy Dignam. Ele roeu tudo. Exala um pútrido hálito alimentado de carcaça. Atinge tamanho e forma humanos. Sua pelagem de dachshund transforma-se em mortalha marrom. Seu olho verde reluz injetado. Metade de uma orelha, todo o nariz e ambos os polegares foram devorados alèntúmulo.*)

PADDY DIGNAM (*Com uma voz oca*) É verdade. Era o meu enterro. O doutor Finucane pronunciou a vida extinta quando sucumbi à doença de causas naturais.

(*Ergue seu mutilado rosto cinéreo para a lua e uiva lugubremente.*)

BLOOM (*Triunfante*) Estão ouvindo?
PADDY DIGNAM Bloom, eu sou o espírito de Paddy Dignam. Ouvi, ouvi, oh, ouvi!
BLOOM A voz é a voz de Esaú.
SEGUNDO GUARDA (*Benzendo-se*) Como é que isso é possível?
PRIMEIRO GUARDA Isso não está no catecismo de um tostão.
PADDY DIGNAM Por metempsicose. Avantesmas.
UMA VOZ Com a breca.
PADDY DIGNAM (*Com franqueza*) Outrora estive empregado junto ao senhor

J. H. Menton, advogado, comissionado para juramentos e declarações juramentadas, de 27 Bachelor's Walk. Agora estou defunto, hipertrofiada a parede do coração. Maus bocados. A coitada da patroa sofreu horrores. Como é que ela está? Não deixem ela ficar muito amiga daquela garrafa de xerez. (*Ele olha em volta*) Uma luminária. Preciso satisfazer uma necessidade animal. Aquele leitelho não me caiu bem.

(*A altiva figura de John O'Connell, zelador, adianta-se, segurando um molho de chaves atado com crepe. Junto dele está o padre Coffey, capelão, barrigadessapo, pescoçotorto, com uma sobrepeliz e um gorrinho colorido de dormir, segurando sonolento um cajado de papoulas retorcidas.*)

O PADRE COFFEY (*Boceja, depois entoa com roufenho croaxar*) Namine. Jacob's Boabiscus. Amém.
JOHN O'CONNELL (*Sirenedeneblinando tempestuoso através de seu megafone*) Dignam, Patrick T., falecido.
PADDY DIGNAM (*De orelhas em pé, se encolhe de medo*) Harmônicos. (*Escabuja para a frente e encosta uma orelha no chão*) A voz do meu mestre!
JOHN O'CONNELL Enterro na quadra letra número D.U. oitentecinco mil. Campo dezessete. Casa de Shawes. Túmulo, centoeum.

(*Paddy Dignam ouve com visível esforço, pensando, rabo rijo apontando, orelhas a postos.*)

PADDY DIGNAM Orai pelo repouso de sua alma.

(*Ele se verruma por um alçapão de carvão, seu traje marrom arrastando a corda por sobre pedrisco estralejante. Em seu encalço cambaleia um obeso vovô rato com micóticas patas de tartaruga sob carapaça cinzenta. A voz de Dignam, abafada, vem em uivos do subsolo:* Dignam está morto e enterrado. *Tom Rochford, melropeitovermelho, de boné e calção, salta de sua máquina duascolunas.*)

TOM ROCHFORD (*Mão no esterno, curva-se*) Reuben J. um florim eu o encontrei. (*Mira a tampa do bueiro com olhar resoluto*) Meu número agora. Sigam-me até Carlow.

(*Executa um audaz saltossalmão no ar e é engolfado pelo alçapão. Dois discos nas colunas oscilam olhos de zeros. Tudo se desmancha. Bloom se arrasta novamente adiante através do alagado. Para na frente de uma casa acesa, ouvindo. Os beijos, batendo asas de seus recessos, voam em torno dele, pipilando, chilrando, arrulhando.)*

OS BEIJOS (*Chilrando*) Leo! (*Pipilando*) Xunhinhopinininho pro Leo! (*Arrulhando*) Cucurru Curruuuuu! Nham nham, Womwom! (*Chilrando*) Vembengrandão! Pirueta! Leopopold! (*Pipilando*) Leolelê! (*Chilrando*) Ô Leô!

(*Revoam, voejam por seus trajes, pousam, pontos tontos rebrilhantes, argênteas lantejoulas.*)

BLOOM Um toque masculino. Música triste. Música de igreja. Quem sabe aqui.

(*Zoe Higgins, uma jovem prostituta de combinação safira de alcinhas, fechada por três fivelas de bronze, fina tira de veludo negro em torno da garganta, acena, desce a escada aos trambolhões e o aborda.*)

ZOE Está procurando alguém? Ele está lá dentro com o amigo dele.
BLOOM Aqui é a casa da senhora Mack?
ZOE Não, oitenteum. Da senhora Cohen. Fique por aqui que você sai no lucro. Dona Arrastachinelo. (*Íntima*) Até ela está trabalhando hoje com o veterinário que dá as dicas de todos os vencedores e paga pelo filho dela em Oxford. Fazendo serão mas a sorte dela mudou hoje. (*Suspeitando de algo*) Você não é o pai dele, né?
BLOOM Eu não!
ZOE Os dois de preto. O ratinho está com alguma coceira hoje?

(*A pele dele, alerta, sente a ponta dos dedos dela se aproximar. Uma mão desliza por sobre sua coxa esquerda.*)

ZOE Vai bem da bola?
BLOOM Desviozinho. Curiosamente elas ficam do lado direito. Mais pesadas, imagino. Um em um milhão diz o Mesias, o meu alfaiate.
ZOE (*Súbito alarmada*) Você está com um cancro duro.
BLOOM Pouco provável.
ZOE Eu estou sentindo.

(*A mão dela desliza para dentro do bolso esquerdo da calça dele e tira uma batata dura preta murcha. Ela observa batata e Bloom com mudos lábios úmidos.*)

BLOOM Um talismã. Herança.
ZOE Pra Zoe? De presente? Por ser tão boazinha, né?

(*Põe a batata cupidamente num bolso e então enrosca-se no braço dele, aconchegando-o em elástico calor. Ele sorri constrangido. Lentamente, nota a nota, toca-se música oriental. Ele mira no cristal castanho de seus olhos, anelados de kohl. O sorriso dele se amacia.*)

ZOE Você vai lembrar de mim na próxima vez.
BLOOM (*Desamparado*) Jamais amei uma bela gazela sem que ela...

(*Gazelas estão saltando, alimentando-se nas montanhas. Próximo há lagos. À volta de suas margens perfilam-se sombras negror de bosques de cedros. Sobe aroma, forte pelagem de resina. Arde, o oriente, um céu de safira, fendido pelo voo brônzeo das águias. Sob ele estende-se a cidademulher, nua, branca, plácida, fresca, luxuosamente. Murmura uma fonte entre rosas damasquinas. Rosas gigantes murmuram sobre uvas escarlateviníferas. Um vinho de vergonha, lascívia e sangue exsuda, estranhamente murmurando.*)

ZOE (*Murmurando cantarolante junto com a música, seus lábios odaliscos lubricamente manchados de um unto de banha de porco e água de rosas*) Shehorah ani wenawah, benot Yerushalaim.
BLOOM (*Fascinado*) Eu tinha mesmo pensado que você era de boa família pelo teu sotaque.
ZOE E você sabe quem morreu de pensar?

(*Ela morde-lhe a orelha suavemente com pequenos dentes cobertos de ouro enviando sobre ele um hálito empanturrante de alho rançoso. As rosas se afastam, revelam um sepulcro do ouro dos reis e seus ossos apodrecentes.*)

BLOOM (*Recua, mecanicamente acariciando-lhe o seio esquerdo com mão chata e desajeitada*) Você é dublinense?
ZOE (*Hábil apanha um cabelo solto e o retorce em sua trança*) Nenhuma chance nem risco. Eu sou inglesa. Você tem um cigarrote?
BLOOM (*Como antes*) Raramente fumo, querida. Um charuto de vez em quando. Coisa mais infantil. (*Lascivo*) A boca pode se ocupar de coisa melhor que um cilindro de erva fedorenta.
ZOE Vá em frente. Faça um discurso de improviso sobre isso.
BLOOM (*Com o macacão cru de operário, casaquinho de lã preta com gravata vermelha flutuante e boné apache*) A humanidade é incorrigível.

Sir Walter Raleigh trouxe do novo mundo a tal batata e a tal erva, uma delas matadora de pestilência por absorção, a outra uma envenenadora do ouvido, do olho, do coração, da memória, da vontade, do entendimento, tudo. Ou seja, ele trouxe o veneno cem anos antes de uma outra pessoa cujo nome eu esqueci trazer a comida. Suicídio. Mentiras. Todos os nossos hábitos. Ora, é só olhar a nossa vida pública!

(*De distantes campanários soam as badaladas da meianoite*)

AS BADALADAS Volta uma vez mais, Leopold! Lorde prefeito de Dublin!
BLOOM (*Com as vestes e a corrente do edil*) Eleitores do Arran Quay, Inns Quay, Rotunda, Mountjoy e North Dock, melhor passar uma linha de bonde, na minha modesta, do mercado de gado até o rio. Essa é a música do futuro. Esse é o meu programa. *Cui bono?* Mas os nossos Vanderdeckens bucaneiros no seu navio fantasma das finanças...
UM ELEITOR Três vezes três urras pro nosso futuro magistrado principal!
(*Salta a aurora boreal da procissão dos fachos.*)

OS FACHEIROS Urra!

(*Diversos conhecidos burgueses, magnatas e outros cidadãos dublinenses apertam a mão de Bloom e o congratulam. Timothy Harrington, anteriormente lorde prefeito de Dublin em três ocasiões, imponente em prefeitoral escarlate, corrente de ouro e gravata de seda branca, confabula com o concelheiro Lorcan Sherlock, locum tenens. Aquiescem vigorosamente com a cabeça.*)

O EXLORDE PREFEITO HARRINGTON (*Com vestes escarlates com a maça, a corrente prefeitoral de ouro e uma grande echarpe de seda branca*) Que a fala do edil sir Leo Bloom seja impressa às custas dos contribuintes. Que a casa em que nasceu seja ornamentada com uma placa comemorativa e que a via pública até aqui conhecida como Salão da Vaca a partir da Cork Street seja doravante intitulada bulevar Bloom.
O CONCELHEIRO LORCAN SHERLOCK Aprovado por unanimidade.
BLOOM (*Apaixonadamente*) Esses holandeses voadores ou holandeses roubadores enquanto se reclinam em seus castelos de proa acolchoados, jogando dados, que se lhes dá? Máquinas, seu brado, sua quimera e panaceia. Aparatos que poupem trabalho, suplantadores, bichospapões, monstros manufaturados para mútua matança, criaturas sacrílegas produzidas por uma horda de cobiças várias de nosso trabalho prostituído. O pobre morre de fome enquanto eles cevam seus reais cervos da

montanha ou caçam paisões e ferdizes em sua pompa obtusa de ouro e poder. Mas seu reino sacabou, pelossé culosdossé culosdossé...

(Aplauso prolongado. Mastros venezianos, totens e arcos festivos saltam no ar. Uma faixa portando os dizeres Cead Mile Failte *e* Mah Tob Melech Israel *cobre a rua. Todas as janelas estão lotadas de curiosos, principalmente senhoras. Ao longo da rota os regimentos dos Royal Dublin Fusiliers, dos King's Own Scottish Borderers, dos Cameron Highlanders e dos Welsh Fusiliers, em posição de sentido, mantêm afastada a multidão. Meninos do colegial estão empoleirados em postes de luz, postes do telégrafo, beirais de janelas, marquises, calhas, chaminés, grades, goteiras, assoviando e gritando. Surge a coluna de nuvem. Ouve-se à distância uma banda de pífaros e tambores tocando o Kol Nidre. Os batedores se aproximam com águias imperiais içadas, estandartes alongados e palmas orientais ondulantes. O estandarte papal criselefantino ergue-se alto, cercado de flâmulas da bandeira cívica. A vanguarda da procissão surge liderada por John Howard Parnell, oficial de justiça, com um tabardo de tabuleiro de xadrez, o Athlone Poursuivant e o rei das armas do Ulster. São seguidos pelo excelentíssimo Joseph Hutchinson, lorde prefeito de Dublin, sua excelência o lorde prefeito de Cork, suas excelências os prefeitos de Limerick, Galway, Sligo e Waterford, vinteoito pares irlandeses representativos, sirdars, gentilomens e marajás portando o baldaquino, a brigada de incêndio metropolitana de Dublin, o capítulo dos santos das finanças em sua plutocrática ordem de precedência, o bispo de Down e Connor, Sua eminência reverendíssima o cardeal Michael Logue, arcebispo de Armagh, primaz de toda a Irlanda, Sua excelência reverendíssima, o doutor William Alexander, arcebispo de Armagh, primaz de toda a Irlanda, o rabino chefe, o moderador presbiteriano, os líderes das igrejas batista, anabatista, metodista e morávia e o secretário honorário da sociedade dos amigos. Depois deles marcham as guildas e os ofícios e as milícias com estandartes esvoaçantes: tanoeiros, amantes de pássaros, mestres de moinhos, contatos de jornais, notários, massagistas, vinhateiros, fabricantes de vigas, limpadores de chaminés, refinadores de banha, tecelões de popeline e tabi, ferradores, confeiteiros italianos, decoradores de igrejas, fabricantes de calçadeiras, agentes funerários, mercadores de seda, lapidários, gerentes de vendas, cortadores de cortiça, avaliadores de perdas por incêndio, tintureiros e lavadeiras, engarrafadores para exportação, vendeiros de sebo, escritores de bilhetes, gravadores de selos heráldicos, homens de confiança das cavalariças, corretores de lingotes, fornecedores para críquete e tiro com arco, elaboradores de charadas, agentes de ovos e batata, calceiros e luveiros, empreiteiros de encanamento. Depois deles marcham os cavalheiros da alcova, Vara Negra, Delegado da Jarreteira, Bas-*

tão Dourado, o mestre de cavalos, o lorde grãocamareiro, o conde marechal, o altocondestável carregando a espada oficial, a coroa de ferro de Santo Estêvão, o cálice e a bíblia. Dois tocadores de olifante a pé soam um toque. Os guardas da torre respondem, soprando clarins de boasvindas. Sob um arco do triunfo surge Bloom, cabeça nua, com um manto carmesim de veludo forrado de arminho, portando o cajado de Santo Eduardo, o orbe e o cetro com a pomba, a curtana. Está montado num cavalo brancodeleite com longa cauda leve carmesim, ricamente arreado, com um tiratesta de ouro. Frenética empolgação. As senhoras de suas sacadas arremessam pétalas de rosas. O ar está perfumado de essências. Os homens comemoram. Os garotos de Bloom correm por entre os presentes com ramos de cratego e maços de carriças.)

OS GAROTOS DE BLOOM Carriça, carriça,
    Rainha das aves,
    Na festa de Estêvão
    Prendeu-se na trave.
UM FERREIRO (*Murmura*) Pela honra de Deus! E aquele é o Bloom? Mal parece ter trinteum.
UM CALCETEIRO E ASFALTADOR Aquele que é o famoso Bloom, então, o maior reformador do mundo. Tirem o chapéu!

(*Todos descobrem a cabeça. As mulheres sussurram ansiosas.*)

UMA MILIONÁRIA (*Ricamente*) Ele não é simplesmente maravilhoso?
UMA NOBRE (*Nobremente*) Tudo o que este homem já viu...
UMA FEMINISTA (*Masculinamente*) E fez!
UM INSTALADOR DE SINOS Um rosto clássico! Ele tem uma testa de pensador.

(*Céu de Bloom. Um raio de sol surge por entre as nuvens a noroeste.*)

O BISPO DE DOWN E CONNOR Apresento-lhes aqui seu inquestionado imperadorpresidente e reiministro, o sereníssimo, potentíssimo e preponderante comandante deste reino. Deus salve Leopoldo primeiro!
TODOS Deus salve Leopoldo primeiro!
BLOOM (*Trajando dalmática e manto púrpura, para o bispo de Down e Connor, com dignidade*) Obrigado, algo eminente senhor.
DOM WILLIAM, ARCEBISPO DE ARMAGH (*Com echarpe púrpura e purpúreo chapéu clericais*) Jurais com vosso poder fazer com que a lei e a misericórdia sejam executadas em todos os vossos julgamentos na Irlanda e territórios a ela pertencentes?

BLOOM (*Pondo a mão direita nos testículos, jura*) Que consoantemente trate-me o criador. Tudo isso prometo fazer.

DOM MICHAEL, ARCEBISPO DE ARMAGH (*Verte uma ânfora de òleocapilar sobre a cabeça de Bloom*) Gaudium magnum annuntio vobis. Habemus carneficem. Leopoldo, Patrício, André, Davi, Jorge, sede ungido!

(*Bloom investe-se de um manto de tecido de ouro e põe um anel de rubi. Ele ascende e detém-se sobre a pedra do destino. Os pares representantes vestem ao mesmo tempo suas vinteoito coroas. Alegressinos dobram na igreja de Cristo, em São Patrício, São Jorge e na gaia Malahide. Os fogos do bazar Mirus sobem vindos de todos os lados com simbólicos padrões falopirotécnicos. Os pares prestam homenagem, um a um, aproximando-se e genuflectindo.*)

OS PARES Torno-me vosso vassalo de vida e de lida adorando-vos vivo.

(*Bloom ergue a mão direita em que cintila o diamante Koh-i-Noor. Seu palafrém relincha. Silêncio imediato. Radiotransmissores intercontinentais e interplanetários a postos para a recepção da mensagem.*)

BLOOM Meus súditos! Vimos por meio desta nomear nosso corcel Copula Felix para o cargo de grãovizir hereditário e anunciar que neste dia repudiamos nossa antiga esposa e concedemos nossa real mão à princesa Selene, o esplendor da noite.

(*A antiga esposa morganática de Bloom é rapidamente removida na viùvalegre. A princesa Selene, com trajes luazuis, crescente argênteo na cabeça, desce de uma liteira, carregada por dois gigantes. Uma explosão de júbilo.*)

JOHN HOWARD PARNELL (*Ergue o estandarte real*) Ilustre Bloom! Sucessor de meu famoso irmão!

BLOOM (*Abraça John Howard Parnell*) Nós lhe agradecemos do fundo de nosso coração, John, por tais nobilíssimas boasvindas à verde Erin, a terra prometida de nossos ancestrais.

(*A cidadania honorária é-lhe apresentada, corporificada numa declaração. As chaves de Dublin, cruzadas sobre almofada carmesim, são-lhe entregues. Ele mostra a todos que está usando meias verdes.*)

TOM KERNAN Vossa excelência merece.

BLOOM Neste mesmo dia há vinte anos nós sobrepujamos o inimigo hereditário em Ladysmith. Nossos obuses e metralhadoras giratórias montadas em camelos afetaram suas linhas de maneira decisiva. Meia légua avante! Estão atacando! Agora tudo está perdido! Rendemo-nos? Não! Empurramo-los para trás! Atenção! Atacar! Movendo-se pelo flanco esquerdo nossa cavalaria ligeira varreu as alturas de Plevna e, soltando seu grito de guerra, *Bonafide Tsebaot*, alfanjou os artilheiros sarracenos até ao último homem.

A GUILDA DOS TIPÓGRAFOS LIVRES Viva! Viva!
JOHN WYSE NOLAN Eis o homem que sumiu com o James Stephens.
UM ESTUDANTE PROTESTANTE Bravo!
UM VELHO RESIDENTE O senhor é um crédito para o seu país, essa é que é a verdade.
UMA VENDEDORA DE MAÇÃS É o homem que a Irlanda quer.
BLOOM Meus amados súditos, uma nova era está prestes a nascer. Eu, Bloom, em verdade vos digo que ela está já surgindo. Sim, pela palavra de um Bloom, em pouco adentrareis a áurea cidade que será, a nova Bloomusalém da Nova Hibérnia do futuro.

(*Trintedois operários, usando rosetas, de todos os condados da Irlanda, sob orientação de Derwan, o construtor, erigem a nova Bloomusalém. Trata-se de um colossal edifício com teto de cristal, construído no formato de imenso rim de porco, contendo quarenta mil cômodos. No curso de sua ampliação diversos edifícios e monumentos são demolidos. Escritórios do governo são temporariamente transferidos para abrigos ferroviários. Numerosas casas são arrasadas. Os habitantes são acolhidos em tonéis e caixas, todas marcadas em vermelho com as letras: L. B. Diversos pedintes caem de uma escada. Uma parte das muralhas de Dublin, atulhada de leais curiosos, desmorona.*)

OS CURIOSOS (*Morrendo*) Morituri te salutant. (*Morrem.*)

(*Um homem vestindo uma capa mackintosh marrom surge de um alçapão. Ele aponta um dedo alongado para Bloom.*)

O HOMEM COM A MACKINTOSH Não acreditem numa só palavra do que ele diz. Esse homem é Leopold M'Intosh, o notório incendiário. Seu verdadeiro nome é Higgins.
BLOOM Deem-lhe um tiro! Cachorro de cristão! Chega de M'Intosh!

(*Um tiro de canhão. O homem da mackintosh desaparece. Bloom com seu cetro nocauteia papoulas. Reportam-se as mortes instantâneas de muitos poderosos inimigos, pecuaristas, membros do parlamento, membros de comitês permanentes. Os guardacostas de Bloom distribuem óbolos, medalhas comemorativas, pães e peixes, distintivos de temperança, caros charutos Henry Clay, ossos de vaca gratuitos para a sopa, preservativos de borracha em envelopes selados atados com fio de ouro, caramelos, balas de abacaxi, billets doux na forma de bicornes, ternos prontos, vasilhas de vaca atolada, garrafas do fluido de Jeyes, valescompras, indulgências de 40 dias, moedas espúrias, salsichas de porcos alimentados com leite, passes para o teatro, bilhetes sazonais disponíveis para todas as linhas do bonde, cupons da loteria com privilégio real da Hungria, valesrefeições, reimpressões baratas dos Doze Piores Livros do Mundo: Froggy e Fritz (político), O cuidado do bebê (infantílico), 50 refeições por 7 e 6 (culínico), Teria Jesus sido um mito solar (histórico), Expulse essa dor (médico), Compêndio infantil do universo (cósmico), Gargalhemos todos (hilárico), Vademécum do contato publicitário (jornalístico), Cartas de amor da madre assistente (erótico), Quem é quem no espaço (ástrico), Canções que tocaram nossos corações (melódico), De tostão em tostão se chega ao milhão (parcimônico). Correria e agitação generalizadas. Mulheres se acotovelam para tocar a bainha das vestes de Bloom. Lady Gwendolen Dubedat irrompe através da turba, salta no cavalo dele e beija-o em ambas as faces em meio a grande aclamação. Alguém tira uma fotografia com lâmpada de magnésio. Bebês e lactentes são erguidos.)*

AS MULHERES Paizinho! Paizinho!
OS BEBÊS E LACTENTES Bate palminha que o Poldy já vem,
    Trazendo bolinhos só para o neném.

(*Bloom, curvando-se, cutuca de leve a barriga do bebê Boardman.*)

BEBÊ BOARDMAN (*Soluça, com leite talhado escorrendo da boca*) Hajajaja.

BLOOM (*Apertando a mão de um rapazote cego*) Meu maisquirmão! (*Pondo os braços em torno dos ombros de um casal idoso*) Caríssimos e velhos amigos! (*Brinca de mãepega com meninos e meninas maltrapilhos*) Achô! Achô! (*Empurra gêmeos num carrinho de bebês*) Adoletá, lepetiletomá. (*Realiza truques de malabarista, saca da boca lenços de seda rubros, laranja, amarelos, verdes, azuis, anil e violeta*) Rulamavazaniv. 32 pés por segundo. (*Consola uma viúva*) A ausência rejuvenesce o coração. (*Dança um passo escocês com grotescas cabriolas*) Mandem ver, seus diabretes de saia! (*Beija as escaras de um veterano paralisa-*

do) Veneráveis feridas! (*Passa uma rasteira num policial gordo*) D.U.: deu. D.U.: deu. (*Cochicha no ouvido de uma garçonete enrubescida e ri cordialmente*) Ah, levada, levada! (*Chupa amarga menta oferecida por Maurice Butterly, fazendeiro*) Ótimo! Esplêndido! (*Recusa-se a aceitar três xelins oferecidos por Joseph Hynes, jornalista*) Meu caro amigo, jamais! (*Dá seu casaco a um mendigo*) Aceite por favor. (*Participa de uma corrida de rastos com velhos e velhas aleijados*) Vamos lá, garotos! Rebolando, meninas!

O CIDADÃO (*Embargado pela emoção, enxuga uma lágrima com seu cachecol esmeralda*) Que o bom Deus o abençoe!

(*Tocam silêncio os cornos do carneiro. Alça-se o estandarte do Sião.*)

BLOOM (*Remove a capa em gesto impressionante, revelando obesidade, desenrola um papel e lê solenemente*) Álef Bet Guimel Dalet Hagadah Tefilim Kosher Yom Kipur Hanukah Rosh Hashana Beni Brith Bar Mitzvah Mazzot Askenazim Meshuga Talit.

(*Uma tradução oficial é lida por Jimmy Henry, funcionário municipal assistente.*)

JIMMY HENRY O tribunal da consciência está instalado. Sua Catolicíssima Majestade administrará agora justiça ao ar livre. Conselhos médicos e legais gratuitos, soluções para duplos e outros problemas. Todos cordialmente convidados. Ditado nesta nossa bela cidade de Dublin no ano 1 da Era Paradisíaca.

PADDY LEONARD O que é que eu devo fazer com as minhas taxas e os meus impostos?

BLOOM Pague, meu amigo.

PADDY LEONARD Obrigado.

CHEIRÃO FLYNN Eu posso hipotecar o meu seguro contra incêndio?

BLOOM (*Obduradamente*) Senhores, tomem conhecimento de que pela lei de responsabilidade civil se comprometem dando em aval suas próprias palavras a retornar a quantia de cinco libras esterlinas dentro do prazo de seis meses.

J. J. O'MOLLOY Um Daniel, eu disse? Nada! Um Peter O'Brien!

CHEIRÃO FLYNN Onde eu saco as cinco libras?

PAUDÁGUA BURKE Para problemas de bexiga?

BLOOM *Acid. Nit. Hydrochlor. Dil.*, 20 minims.
Tinct. Nux. Vom., 5 minims.

Extr. Taraxel. Liq., 30 minims.
Aq. Dis. Ter in die.

CHRIS CALLINAN Qual é a paralaxe da eclíptica subsolar de Aldebaran?

BLOOM Bom ter notícias suas, Chris. K. 11.

JOE HYNES Por que o senhor não está uniformizado?

BLOOM Quando meu progenitor de santificada memória usou o uniforme do déspota austríaco numa prisão úmida onde estava o seu?

BEN DOLLARD Amoresperfeitos?

BLOOM Embelezam (adornam) jardins suburbanos.

BEN DOLLARD Quando chegam gêmeos?

BLOOM O pai (*pater, dad*) fica cismado.

LARRY O'ROURKE Uma licença de oito dias pro meu novo estabelecimento. O senhor se lembra de mim, sir Leo, quando o senhor estava no número sete. Eu já estou enviando uma dúzia de stouts pra patroa.

BLOOM (*Friamente*) Eu mal o conheço. Lady Bloom não aceita presentes.

CROFTON Isto é que é festa.

BLOOM (*Solenemente*) Vocês chamam de festa. Eu chamo de sacramento.

ALEXANDER SHAWES Quando é que nós vamos ter a nossa própria casa das chaves?

BLOOM Eu defendo a reforma da moral municipal e os simples dez mandamentos. Palavras novas em lugar das velhas. A união de todos, judeus, muçulmanos e gentios. Três acres e uma vaca para todos os filhos da terra. Rabecões de luxo motorizados. Trabalho manual compulsório para todos. Todos os parques abertos ao público noite e dia. Lavadoras de louça elétricas. Tuberculose, demência, guerra e mendicância devem cessar agora. Anistia generalizada, carnaval semanal com licenciosidade mascarada, bônus para todos, esperanto a fraternidade universal. Chega do patriotismo de filadores de bebida e impostores hidrópicos. Dinheiro grátis, aluguel grátis, amor grátis e livre e uma igreja livre e laica num estado livre e laico.

O'MADDEN BURKE A raposa livre num galinheiro livre.

DAVY BYRNE (*Bocejando*) Iiiiiiiiiaaaaaaach!

BLOOM Mistura de raças e casamento misto.

LENEHAN E que tal banhos mistos?

(*Bloom explica aos que estão perto seus esquemas para a regeneração social. Todos concordam com ele. O zelador do museu da Kildare Street aparece, arrastando uma carreta na qual estão as trêmulas estátuas de diversas deusas nuas, Vênus Calipígia, Vênus Pandemos, Vênus Metempsicose e modelos de gesso, nus também, representando as novas nove musas, Comércio,*

Música Operística, Cupido, Publicidade, Manufatura, Liberdade de Expressão, Voto Proporcional, Gastronomia, Higiene Pessoal, Espetáculos de Concertos à Beiramar, Obstetrícia sem Dor e Astronomia para o Povo.)

O PADRE FARLEY Ele é um episcopaliano, um agnóstico, um qualquercoisitariano atrás da destruição de nossa santa fé.
A SENHORA RIORDAN (*Rasga seu testamento*) Estou desapontada com o senhor! Seu homem mau!
A DONA GROGAN (*Retira a bota para arremessá-la contra Bloom*) Seu animal! Pessoa abominável!
CHEIRÃO FLYNN Dá uma palinha, Bloom. Uma das velhas e doces canções.
BLOOM (*Com humor folgazão*) Prometi nunca mais vou deixá-la:
    Pôs outro no quarto e na sala.
    E eu larirá larirá larirá larirá.
DEIXAQUEUCHUTO HOLOHAN Bom e velho Bloom! No fim das contas, não tem outro igual.
PADDY LEONARD Irlandês de araque!
BLOOM Qual ópera agrícola é igual a uma plantação em Gibraltar? Arroza de Castela.

(*Risos.*)

LENEHAN Plagiário! Abaixo Bloom!
A SIBILA VELADA (*Entusiasmada*) Eu sou bloomista e exulto com isso. Acredito nele apesar de tudo. Daria a vida por ele, o homem mais engraçado da terra.
BLOOM (*Pisca para os que estão a sua volta*) Aposto que ela é uma guria sacudida.
THEODORE PUREFOY (*Com boné de pesca e jaqueta impermeável*) Ele emprega um aparato mecânico para frustrar os sacros fins da natureza.
A SIBILA VELADA (*Apunhala-se*) Meu deus herói! (*Morre.*)

(*Muitas mulheres das mais atraentes e entusiásticas também cometem suicídio por esfaqueamento, afogamento, bebendo ácido prússico, acônito, arsênico, abrindo as veias, recusando alimento, arremessando-se sob rolos compressores, do topo da coluna de Nelson, no grande barril da cervejaria Guinness, asfixiando-se com a cabeça em fornos a gás, enforcando-se em ligas elegantes, saltando de janelas de diferentes andares.*)

ALEXANDER J. DOWIE (*Violentamente*) Irmãoscristãos e antibloomistas, o homem chamado Bloom vem das profundas do inferno, uma desgraça para os cristãos. Libertino demoníaco desde seus mais tenros anos, esse bode fedorento de Mendes deu precoces sinais de depravação pueril, evocando as cidades da planície, com uma dissoluta rês de mais idade. Esse vil hipócrita, tinto pela infâmia, é o touro branco mencionado no Apocalipse. Adorador da Mulher Escarlate, a intriga é o próprio alento de suas narinas. Os postes de empalação e o caldeirão de óleo fervente o esperam. Calibã!

A MALTA Lincha! Lincha! Assem ele! Ele é tão ruim quanto o Parnell. Senhor Raposo!

(*A dona Grogan joga sua bota em Bloom. Diversos lojistas de Upper e Lower Dorset Street arremessam objetos de pouco ou nenhum valor comercial, ossos de pernil, latas de leite condensado, repolho invendável, pão dormido, rabos de ovelha, peças avulsas de gordura.*)

BLOOM (*Empolgado*) Isso é uma loucura de uma noite de verão, outra piada hedionda. Puxa vida, eu sou tão inocente quanto a neve impoluta! Foi o meu irmão Henry. Ele é o meu duplo. Ele mora no número 2 Dolphin's Barn. A calúnia, aquela pantera, acusou-me sem razão. Compatriotas, *sgeul im barr bata coisde gan capall*. Invoco o meu velho amigo, o doutor Malachi Mulligan, especialista em sexo, para dar testemunho médico a meu favor.

O DOUTOR MULLIGAN (*Com um gibãodepiloto e motóculos verdes no rosto*) O doutor Bloom é bissexualmente anormal. Ele recentemente fugiu do asilo particular do doutor Eustace para cavalheiros enlouquecidos. Nascido fora dos laços do matridôneo manifesta epilepsia hereditária, consequência de lascívia sem limites. Traços de elefantíase foram descobertos entre seus ascendentes. Há nítidos sintomas de exibicionismo crônico. A ambidesteridade é também latente. Ele é prematuramente calvo graças ao autoerotismo, perversamente idealista em consequência, um bandalho reformado, e tem dentes de metal. Em consequência de um complexo familiar ele perdeu temporariamente a memória e acredito ter sido mais vítima do pecado que pecador. Realizei um exame intravaginal e, depois da aplicação do teste ácido a 5427 pelos anais, axilares, peitorais e púbicos, declaro ser ele *virgo intacta*.

(*Bloom segura o chapéu de alta qualidade sobre seus* órgãos *genitais*.)

DOUTOR MADDEN Há também nítida hipospadia. No interesse das gerações vindouras eu sugiro que as partes afetadas sejam preservadas em álcoois de vinho no museu teratológico nacional.

DOUTOR CROTTHERS Eu examinei a urina do paciente. Ela é albuminoide. A salivação é insuficiente, o reflexo patelar, intermitente.
DOUTOR PONCHE COSTELLO O *fœtor judaicus* é claríssimo.
DOUTOR DIXON (*Lê um atestado de saúde*) O professor Bloom é um exemplo acabado do novo homem feminil. Sua natureza moral é simples e cativante. Muitos descobriram ser ele um homem querido, uma pessoa querida. Trata-se de um camarada bem esquisito no todo, retraído ainda que não fraco mentalmente no sentido médico. Escreveu uma carta muito bonita, um verdadeiro poema, ao missionário da corte da Sociedade de Proteção ao Clérigo Reformado que esclarece tudo. Ele é praticamente um total abstêmio e posso afirmar que dorme numa manjedoura de palha e tem a mais espartana alimentação, ervilhas de mercearia secas e frias. Ele usa um cilício no inverno e no verão e fustiga-se todo sábado. Foi, ouvi dizer, outrora um malcriado de primeira classe no reformatório Glencree. Um outro relato declara ter sido ele uma criança muito póstuma. Peço clemência em nome da mais sacra palavra que nossos órgãos vocais jamais foram chamados a pronunciar. Ele está pra ter neném.

(*Comoção e compaixão generalizadas. Mulheres desmaiam. Um americano rico arrecada dinheiro na rua para Bloom. Moedas de ouro e prata, cheques, notas bancárias, joias, bônus do tesouro, ordens de pagamento por vencer, promissórias, alianças de casamento, châtelaines, medalhões, gargantilhas e braceletes são rapidamente arrecadados.*)

BLOOM Ah, eu quero tanto ser mamãe.
A SENHORA THORNTON (*Trajando como enfermeira*) Me abrace forte, querida. Logo vai acabar. Forte, querida.

(*Bloom a abraça com força e dá à luz oito filhos amarelos e brancos. Eles surgem numa escadaria atapetada de vermelho e enfeitada com plantas caras. São todos bonitos, com valiosos rostos metálicos, bemproporcionados, vestidos respeitavelmente e com bonsmodos, falam cinco línguas modernas com fluência e se interessam por diversas artes e ciências. Cada um tem seu nome impresso em letras legíveis no peito da camisa: Nasodoro, Goldfinger, Chrysostomos, Maindorée, Silversmile, Silberselber, Vifargent, Panargyros. São imediatamente nomeados para cargos públicos de confiança em vários países como gerentes de bancos, de tráfego em ferrovias, presidentes de companhias de risco limitado, vicepresidentes de redes de hotelaria.*)

UMA VOZ Bloom, sois vós o Messias ben José ou ben Davi?
BLOOM (*Sombrio*) Tu o disseste.

O IRMÃO SACOMÃO Então realizai um milagre.
GARNIZÉ LYONS Profetize quem vai ganhar a Saint Leger.

(*Bloom caminha sobre uma rede, cobre o olho esquerdo com a orelha esquerda, atravessa diversas paredes, escala a coluna de Nelson, pendura-se do alto da balaustrada pelas pálpebras, come doze dúzias de ostras (conchas inclusas), cura vários escrofulosos com seu régio toque, contrai o rosto de maneira a se assemelhar a muitas personagens históricas, Lorde Beaconsfield, Lorde Byron, Wat Tyler, Moisés do Egito, Moisés Maimônides, Moisés Mendelssohn, Henry Irving, Rip van Winkle, Kossuth, Jean-Jacques Rousseau, Barão Leopold Rothschild, Robinson Crusoé, Sherlock Holmes, Pasteur, vira cada um de seus pés simultaneamente em diversas direções, faz voltar a maré, eclipsa o sol estendendo o dedo mínimo.*)

BRINI, NÚNCIO PAPAL (*Com o uniforme de zuavo papal, couraças de aço por peitoral, braçais, coxotes, grevas, grandes bigodes profanos e mitra de papel marrom*) Leopoldi autem generatio. Moisés gerou Noé e Noé gerou Eunuco e Eunuco gerou O'Halloran e O'Halloran gerou Guggenheim e Guggenheim gerou Agendath e Agendath gerou Netaim e Netaim gerou Le Hirsch e Le Hirsch gerou Yeshurum e Yeshurum gerou MacKay e MacKay gerou Ostrolopsky e Ostrolopsky gerou Smerdoz e Smerdoz gerou Weiss e Weiss gerou Schwarz e Schwarz gerou Adrianopoli e Adrianopoli gerou Aranjuez e Aranjuez gerou Lewy Lawson e Lewy Lawson gerou Icabudonosor e Icabudonosor gerou O'Donnell Magnus e O'Donnell Magnus gerou Christbaum e Christbaum gerou ben Maimun e ben Maimun gerou Dusty Rhodes e Dusty Rhodes gerou Benamor e Benamor gerou Jones-Smith e Jones-Smith gerou Savorgnanovich e Savorgnanovich gerou Jaspertone e Jaspertone gerou Vingtetunieme e Vingtetunieme gerou Szombathely e Szombathely gerou Virag e Virag gerou Bloom *et vocabitur nomen eius Emmanuel.*
UMA MÃO MORTA (*Escreve no muro*) Bloom é um bobo.
UM CHATO (*Vestido como um* bushranger *australiano*) O que foi que você fez na porteira de gado atrás de Kilbarrack?
UMA NENEZINHA (*Sacode um chocalho*) E embaixo da ponte Ballybough?
UM AZEVINHEIRO E no vale do diabo?
BLOOM (*Enrubesce inteiro furiosamente da fronte aos fundilhos, com três lágrimas rolando-lhe do olho esquerdo*) Poupem meu passado.
OS COLONOS IRLANDESES DESPEJADOS (*De pulôveres, calças até os joelhos, com bordunas da feira de Donnybrook*) Sjambok nele!

(*Bloom com orelhas de burro senta-se no bloco de tortura de braços cruza-*

dos, pés projetando-se. Assovia Don Giovanni, a cenar teco. Órfãos do Artane, de mãos dadas, saltitam à roda dele. Meninas da Missão Prison Gate, de mãos dadas, saltitam à roda no sentido oposto.)

OS ÓRFÃOS DO ARTANE Seu parco, seu porco, que é um pouco cachorro!
   Que acha que tudo as mulheres te adora!
AS MENINAS DA PRISON GATE Se age, há o tio:
   Avise o imbecil.
   Se use, Ah!, ó tio!
   Avise: está frio.
HORNBLOWER (*Com éfode e boné de caça, anuncia*) E ele carregará os pecados do povo a Azazelo, o espírito que vive na floresta, e a Lilith, a bruxanoturna. E eles haverão de lapidá-lo e conspurcá-lo, sim, todos os de Agendath Netaim e os de Mizraim, terra de Cam.

(*Todo o povo arremessa macias pedras de pantomima em Bloom. Muitos viajantes bonafide e cães sendono se aproximam dele e o conspurcam. Mastiansky e Citron se aproximam com gabardinas e longos cachos diante das orelhas. Sacodem as barbas na direção de Bloom.*)

MASTIANSKY E CITRON Belial! Laemlein da Ístria, o falso Messias! Abuláfia!

(*George R. Mesias, o alfaiate de Bloom, surge, com um ferro de alfaiate sob o braço, apresentando uma conta.*)

MESIAS Pela alteração de um par de calças onze xelins.
BLOOM (*Esfrega as mãos animado*) Bem como nos velhos tempos. Coitado do Bloom!

(*Reuben J. Dodd, Iscariotes barbanegra, mau pastor, trazendo nas costas o corpo afogado do filho, aproxima-se do pelourinho.*)

REUBEN J. (*Sussurra roufenho*) Achei o alcagueta. Já foi informante pros paisanos. Garfou o primeiro táxi.
A BRIGADA DE INCÊNDIO Pflaap!
O IRMÃO SACOMÃO (*Investe Bloom de um hábito amarelo com bordados de chamas tintas e um chapéu de alta copa pontiaguda. Coloca um saco de pólvora em torno do pescoço dele e o entrega ao poder civil, dizendo*) Perdoai as suas ofensas.

(*O tenente Myers da Brigada de Incêndio de Dublin a pedidos de todos ateia fogo em Bloom. Lamentos.*)

O CIDADÃO Graças a Deus!
BLOOM (*Com uma túnica inconsútil marcada I. H. S., de pé entre labaredas fênixes*) Não choreis por mim, ó filhas de Erin. (*Exibe marcas de queimaduras a repórteres de Dublin.*)

(*As filhas de Erin, com túnicas negras, grandes missais e longas velas acesas nas mãos, ajoelham-se e rezam.*)

AS FILHAS DE ERIN
 Rim de Bloom, orai por nós
 Flor da Banheira, orai por nós
 Mentor de Menton, orai por nós
 Contato do homem livre, orai por nós
 Caridoso maçom, orai por nós
 Sabonete errante, orai por nós
 Doçuras do pecado, orai por nós
 Música sem palavras, orai por nós
 Censor do Cidadão, orai por nós
 Amigo de todos os mimos, orai por nós
 Parteira misericordiosíssima, orai por nós
 Batata baluarte contra praga e pestilência, orai por nós.

(*Um coral de seiscentas vozes, regido pelo senhor Vincent O'Brien, canta o coro do Aleluia, acompanhado ao órgão por Joseph Glynn. Bloom emudece, encolhido, carbonizado.*)

ZOE Vai falando até ficar roxo.
BLOOM (*De chapéu caubeen, com um charuto de barro preso à fita, borzeguins empoeirados, um embrulho de emigrante num lenço vermelho nas mãos, conduzindo um grande porco imitação de carvalho com um sugaun, um sorriso nos olhos*) Então eu vou ir, ó dona da casa, pois por todos os bodes de Connemara eu estou é com medo de tomar uma puta surra. (*Com uma lágrima nos olhos*) Tudo insanidade. Patriotismo, dor pelos mortos, música, futuro da raça. Ser ou não ser. O sonho da vida chega ao fim. Acabem com ela em paz. Eles podem seguir vivendo. (*Olha na distância, pranteando*) Estou acabado. Uns comprimidos de acônito. Fechar as cortinas. Uma carta. E aí deitar pra descansar. (*Respira suavemente*) Chega. Vivi. Passar. Bem. Adeus.

ZOE (*Rígida, com um dedo na faixa em seu pescoço*) Mesmo? Até a próxima. (*Escarnecendo*) Acho que você levantou com o pé esquerdo ou gozou rápido demais com a moça preferida. Ah, eu consigo ler os teus pensamentos!

BLOOM (*Amargamente*) Homem e mulher, amor, o que é isso? Uma rolha e uma garrafa.

ZOE (*Subitamente amuada*) Odeio gente insincera. Ora, dá uma chance pra uma puta desgraçada.

BLOOM (*Arrependendo-se*) Eu sou muito desagradável. Você é um mal necessário. De onde você é? De Londres?

ZOE (*Volúvel*) Hog's Norton, onde os porcos tocam órgão. Eu nasci em Yorkshire. (*Ela segura a mão dele, que está tateando em busca de seu mamilo*) Olha só, Ratinho Safado. Pare com isso e comece coisa pior. Está com dinheiro pra uma rapidinha? Dez xelins?

BLOOM (*Sorri, faz que sim lentamente*) Mais, huri, mais.

ZOE E a mãe do mais? (*Ela o tateia de improviso com patas de veludo*) Você vem pra sala de música ver a nossa pianola nova? Vem que eu me descasco.

BLOOM (*Apalpando dubiamente o occipício com o excepcional malestar de um pregoeiro exausto orçando a compensação das peras dela*) Alguém ia ficar morrendo de ciúmes se soubesse. O monstro de olhos verdes. (*Com sinceridade*) Você sabe como é difícil. Eu não preciso te dizer.

ZOE (*Lisonjeada*) O que os olhos não veem o coração não sente. (*Ela afaga a roupa dele*) Vem.

BLOOM Feiticeira sorridente! A mão que balança o berço.

ZOE Nenê!

BLOOM (*De cueiros e peliça, cabeçudo, com um âmnio de cabelo escuro, fixa grandes olhos na fluida combinação dela e conta as fivelas de bronze com um dedinho gorducho, língua úmida de fora, bimbalhando e ciciando*) Um, doi, tei: tei, toi, tum.

AS FIVELAS Bem me quer. Mal me quer. Bem me quer.

ZOE Quem cala consente. (*Com garrinhas separadas ela captura a mão dele, dando com o indicador em sua palma o toquepasse do monitor secreto, atraindo-o à perdição*) Mão quente moela fria.

(*Ele hesita entre aromas, música, tentações. Ela o conduz para os degraus, atraindo-o com o odor das axilas, a depravação de seus olhos pintados, o farfalhar de sua combinação em cujas dobras sinuosas espreita o fedor leonino de todos os machos brutos que a possuíram.*)

OS MACHOS BRUTOS (*Exalando enxofre de brama e de esterco e empinando-se em seu cercado, rugindo fraco, com as cabeças dopadas balançando para a frente e para trás*) Bom!

(*Zoe e Bloom chegam à porta onde duas irmãs putas estão sentadas. Elas o examinam curiosamente por sob as sobrancelhas feitas a lápis e sorriem para sua reverência apressada. Ele tropeça desajeitado.*)

ZOE (*Sua mão felizarda instantaneamente o salva*) Upa! Não me caia subindo a escada.
BLOOM O homem justo cai sete vezes. (*Ele sai de lado no limiar*) Você primeiro como manda a etiqueta.
ZOE Primeiro as damas, os cavalheiros vêm atrás.

(*Ela cruza o limiar. Ele hesita. Ela se vira e, estendendo as mãos, puxa-o para o outro lado. Ele salta. Do cabide galhado do vestíbulo pendem um chapéu e um impermeável masculinos. Bloom desnuda a cabeça mas, ao vê-los, fecha a cara, depois sorri, absorto. Uma porta no piso adiante dele se abre de supetão. Um homem de camisarroxa e calçacinza, meiamarrom, passa com passo de símio, cabeça calva e cavanhaque levantados, abraçado a um vasojarrodágua cheio, suspensórios negros bicaudatos balançando a seus calcanhares. Desviando-se de seu rosto rapidamente Bloom se curva para examinar na mesa do vestíbulo os olhos de spaniel de uma raposa corredora: então, com a cabeça erguida farejando, segue Zoe até a sala de música. Uma cúpula de papeldesseda bordô obscurece a luz do candelabro. Dando voltas voa mariposa, colidindo, escapando. O piso está coberto de um mosaico de oleado com romboides jade, cerúleos e cinábrios. Há nele pegadas estampadas em todos os sentidos, taco a taco, arco a taco, ponta a ponta, pés trançados, mourejado arrastapé incorpóreo e fantasma, todos em caótica escaramuça. As paredes estão entapeçadas por um papel de palmas de teixos e claras clareiras. No radiador espraia-se um biombo de penas de pavão. Lynch está agachado de pernas cruzadas no tapete de pelo acapachado da lareira, boné de trás para a frente. Com uma varinha ele marca o tempo lentamente. Kitty Rakittyca, uma puta ossuda e pálida com roupa de marinheiro, luvas de pele de corça enroladas para destacar uma pulseira coral, bolsa de corrente na mão, está empoleirada na beira da mesa balançando a perna e lançando olhares para si própria no espelho dourado por sobre a lareira. Uma tira da renda de seu corpete pende solta por sob o casaco. Lynch indica zombeteiro o casal junto do piano.*)

KITTY (*Tosse por trás da mão*) Ela é meio imbeciloide. (*Aponta com um indicador pendular*) Blemblém. (*Lynch levanta-lhe saia e anágua branca com a varinha. Ela as põe no lugar rapidamente*) Se dê ao respeito. (*Ela soluça, depois curva rápido o chapéu de marinheiro sob o qual seu cabelo brilha, vermelho de hena*) Ai, desculpa!
ZOE Mais luzes da ribalta, Charlie. (*Ela vai ao candelabro e abre todo o registro do gás.*)
KITTY (*Espia o bico de gás*) O que é que está dando nesse candelabro hoje?
LYNCH (*Profundo*) Entra um fantasma com diabetes.
ZOE Tapinha nas costas pra Zoe.

(*A varinha na mão de Lynch reluz: um atiçador de latão. Stephen está de pé junto da pianola sobre a qual se estendem seu chapéu e o paudefreixo. Com dois dedos ele repete mais uma vez a série de quintas vazias. Florry Talbot, uma gorda puta loura e frágil de peito empinado e com um vestido malroupido morango mofado, larga-se escarrapachada no canto do sofá, antebraço inerte pendente do estofado, ouvindo. Um pesado terçol pesa-lhe na pálpebra sonolenta.*)

KITTY (*Soluça novamente com um chute de seu pé cavalar*) Ai, desculpa!
ZOE (*De imediato*) O teu homem está pensando em você. Faz um nozinho na combinação.

(*Kitty Rakittyca curva a cabeça. Seu boá desespirala, desliza, escorrega por sobre os ombros, costas, braço, cadeira até o chão. Lynch levanta a lagarta enroscada com sua varinha. Ela serpenteia o pescoço, aninhando-se. Stephen lança um olhar para trás, para a figura agachada com seu boné de trás para a frente.*)

STEPHEN A bem da verdade não importa saber se Benedetto Marcello a encontrou ou compôs. O rito é o repouso do vate. Pode ser um antigo hino a Deméter bem como ilustrar *Cœla enarrant gloriam Domini*. Ela aceita nodos e modos tão distantes quanto o hiperfrígio e o mixolídio e textos tão divergentes quanto sacerdotes circundando o altar de Davi ou seja Circe ou onde é que eu estou com a cabeça altar de Ceres e a dica preciosa de Davi para seu fagotista principal sobre sua todopoderosidade. *Mais, nom de nom*, já é outro par de calças. *Jetez la gourme. Faut que jeunesse se passe.* (*Ele para, aponta para o boné de Lynch, sorri, ri*) De qual lado fica sua bossa do saber?
O BONÉ (*Com saturnino* spleen) Bah! É porque é. Raciocínio de mulher. Judrego é gregueu. Os extremos se encontram. A morte é a mais elevada forma de vida. Bah!

STEPHEN Você recorda bem acuradamente todos os meus erros, vanglórias, enganos. Por quanto tempo hei de manter os olhos fechados para a deslealdade? Pedra de amolar!

O BONÉ Bah!

STEPHEN Toma outra. (*Franze o rosto*) A razão é o fato de fundamental e dominante estarem separadas pelo maior intervalo possível, que...

O BONÉ Que...? Termine. Você não consegue.

STEPHEN (*Com um esforço*) Intervalo que. É a maior elipse possível. Consistente com. O retorno final. A oitava. Que.

O BONÉ Que...?

(*Do lado de fora o gramofone começa a ribombar* A cidade sagrada.)

STEPHEN (*Abruptamente*) O que seguiu até os confins do mundo para atravessar não a si próprio, Deus, o sol, Shakespeare, um vendedor viajante, tendo ele próprio atravessado na realidade a si próprio transforma-se naquele sipróprio. Espera um minuto. Espera um segundo. Dane-se o barulho daquele camarada na rua. Sipróprio que por si próprio estava inelutavelmente precondicionado a tornar-se. *Ecco!*

LYNCH (*Com um relincho de riso de mofa, dirige um esgar a Bloom e Zoe Higgins*) Que declaração erudita, hein?

ZOE (*Ríspida*) Deus ajude a tua cabeça, ele sabe mais do que você já esqueceu.

(*Com obesa estupidez Florry Talbot observa Stephen.*)

FLORRY Dizem que o juízo vem nesse verão.

KITTY Não!

ZOE (*Explode de rir*) Grande Deus injusto!

FLORRY (*Ofendida*) Bom, estava nos jornais sobre o Anticristo. Ai, o meu pé está formigando.

(*Jornaleiros descalços maltrapilhos, dando puxões numa pipa rabalançante, passam pateando, berrando.*)

OS JORNALEIROS Extra, extra! Resultado das corridas de cavalinhodepau. Serpentemarinha no canal real. Anticristo chega são e salvo.

(*Stephen vira-se e vê Bloom.*)

STEPHEN Um tempo, tempos e metade de um tempo.

(*Reuben J. Anticristo, judeu errante, mãogarra aberta sobre a espinha, entra cotoco pesado. Atravessa sua virilha uma carteira de peregrino da qual se projetam notas promissórias e contas vencidas. Alta sobre o ombro carrega uma vara de barca de cujo gancho a massa encharcada e embolada de seu filho único, salvo das águas do Liffey, pende pelos fundilhos das calças. Um diabrete à imagem de Ponche Costello, pose desafiadora, corcunda, hidrocefálico, prognata com uma testa recuante e nariz de Ally Sloper, cambaleia em saltosmortais pelas trevas que se fecham.*)

TODOS O quê?
O DIABRETE (*Batendo o queixo, cabriola de um lado para o outro, estalando os olhos, piando, cangurando com braços garresticados, então de súbito mete o rosto senlábios pela forquilha das coxas*) Il vient! C'est moi! L'homme qui rit! L'homme primigène! (*Roda e roda à roda com uivos de dervixe*) Sieurs et dames, faites vos jeux! (*Ele se agacha jogando malabares. Minúsculos planetas de roleta voam de suas mãos*) Les jeux sont faits! (*Os planetas correm para um só lugar, pronunciando crepitantes estalidos*) Rien ne va plus. (*Os planetas, balões que boiam, navegam anchos para cima e para longe. Ele salta e some no vácuo.*)

FLORRY (*Afundando num torpor, persigna-se em segredo*) O fim do mundo!

(*Um tépido eflúvio feminino vaza dela. Nebulosa obscuridade ocupa espaço. Através da neblina flutuante ao longe o gramofone ribomba por sobre tosses e arrastapés.*)

O GRAMOFONE Jerusalém!
    Abre teus portões e canta
    Hosana...

(*Um foguete corre céu acima e estoura. Cai dele estrela branca, proclamando a consumação de todas as coisas e a segunda vinda de Elias. Ao longo de infinita cordabamba invisível tensa extensa do zênite ao nadir o Fim do Mundo, um polvo de duas cabeças com roupa de caipira, bolsa e saiote de tartã, rodopia pelo lamaçal, de cabeça para baixo, na forma das Três Pernas do Homem.*)

O FIM DO MUNDO (*Com sotaque escocês*) Ken ê ke vai dançarr u *keel row*, u *keel row*, u *keel row*?

(*Por sobre a maré de empurrões e alèntosses sufocantes, a voz de Elias, rascante como um acoo, sobrevoa chiante. Transpirando em larga sobrepeliz de linho fino com mangas de sino ele é visto, sacristado, sobre um púlpito em torno do qual se desdobra a bandeira da glória antiga. Ele soca o parlatório.*)

ELIAS Sem blablablá, por favor, nessa cabine aqui. Jake Crane, Creole Sue, Dove Campbell, Abe Kirschner, tratem de tossir de boca fechada. Então, eu estou no comando de toda essa linha central aqui. Meninos, mandem ver. A hora divina é 12:25. Digam pra mamãe que vocês vão estar por lá. Apressem esse pedido que vocês vão ter um ás na manga. Podem se filiar agora mesmo. Agendem até o entroncamento Eternidade, viagem sem paradas. Só mais uma palavra. Você é um cachorro ou uma porra de um chinchorro? Se o segundo advento chegasse a Coney Island a gente está preparado? Florry Cristo, Stephen Cristo, Zoe Cristo, Bloom Cristo, Kitty Cristo, Lynch Cristo, depende de vocês sentir essa força cósmica. A gente está com medinho do cosmos? Não. Fiquem do lado dos anjos. Sejam prismas. Vocês têm aquele nãosseiquê dentro de vocês, mais elevado. Vocês podem ficar lado a lado com um Jesus, um Gautama, um Ingersoll. Vocês todos estão nessa vibração? Eu acho que sim. Vocês metam a mão uma só vez, congregação, e o que era um passeio a galope até o céu vira uma burrada cavalar. Vocês estão me entendendo? É um exaltavida, claro. A coisa mais quente que já se viu. É o queijo todo e uma faca das boas. É simplesmente a saída mais bonitinha e mais alegrinha. É coisa imensa, supersuntuosa. Restaura. Vibra. Eu sei e olha que eu sou um belo vibrador. Deixando a piadinha de lado e voltando à vacafria, A. J. Cristo Dowie e a filosofia harmonial, entenderam? O.k. Rua sessentenove, número setentessete, oeste. Entenderam? E só isso. Vocês me liguem pelo solfone a qualquer hora do dia. Cachaceiros, poupem os selos. (*Ele grita*) Agora então o nosso cântico de glória. Todos cantem junto de coração. Mais uma vez! (*Ele canta*) Jeru...

O GRAMOFONE (*Abafando sua voz*) Jurisalomemsualtahooooo... (*O disco raspa áspero contra a agulha.*)

AS TRÊS PUTAS (*Tapando o ouvido, grasnam*) Ahhqqq!

ELIAS (*Em mangas de camisa enroladas, rosto enegrecido, grita a plenos pulmões, braços erguidos*) Grande Irmão aí de cima, senhor Presidente, cê ouviu que que eu tava falando. Claro, eu meio que cridito demais no senhor, senhor Presidente. É que eu estou achando agora de verdade que a senhorita Higgins e a senhorita Rakittyca estão de religião até o topo. Parece de verdade que eu nunca nem vi nenhuma mulherzinha assustada que nem a senhora ficou, dona Florry, que nem que eu vi a

senhora inda agorinha mesmo. Senhor Presidente, o senhor desce aqui e ajuda eu a salvar as irmãzinha. (*Pisca para seu público*) Nosso senhor presidente, ele manja tudo e nem fala nadinha.
KITTY-KATE Eu me deixei levar. Num momento de fraqueza eu vacilei e fiz o que fiz no morro Constitution. Fui confirmada pelo bispo. A irmã da minha mãe casou com um dos Montmorency. Foi um encanador que foi a minha desgraça quando eu era pura.
ZOE-FANNY Eu deixei ele se esfregar nemim só de farra.
FLORRY-TERESA Foi em consequência de uma beberagem vinhodopôrtica misturada com a três estrelas da Hennessy. Fui perdida com Whelan quando ele se meteu na cama.
STEPHEN No princípio era o verbo, no fim o mundo sem fim. Abençoadas sejam as oito beatitudes.

(*As beatitudes, Dixon, Madden, Crotthers, Costello, Lenehan, Bannon, Mulligan e Lynch com túnicas brancas cirúrgicas de estudantes, em fileiras de quatro, passodegansando, passam prestes em marcha pesada.*)

AS BEATITUDES (*Incoerentemente*) Birra bife boidebriga bêblia businessum barnum baitolum bispo.
LYSTER (*Com calça cinzaquacre até os joelhos e chapéu abalargo, diz discreto*) Ele é nosso amigo. Não preciso mencionar nomes. Procura tu pela luz.

(*Passa num passo galhardo de corrente. Entra Best com figurino de cabeleireiro, roupas brilhantes de limpas, cachos em papeizinhos. Conduz John Eglinton que traja um quimono de mandarim amarelo nanquim, com letraslagartos, e um alto chapéu pagode.*)

BEST (*Sorrindo, ergue o chapéu e exibe um crânio raspado de cujo topo eriça-se uma peruca de mariachiquinha com laço laranja na ponta*) Eu só estava aformosentando-o, não é mesmo. Uma coisa de beleza, não é mesmo. Diz o Yeats, ou, quer dizer, diz o Keats.
JOHN EGLINTON (*Faz surgir uma lanterna escura coberta de verde que reluz em direção a um canto: com sotaque rezinguento*) Estética e cosmética são para o *boudoir*. Eu estou à cata da verdade. A simples verdade para um homem simples. Tanderagee quer os fatos e pretende chegar até eles.

(*No cone do holofote por trás do alçapão de carvão, ollava, sacrolhuda, mira a figura barbada de Mananaun MacLir, queixo nos joelhos. Levanta lento. Um frio ventomarinho sopra de seu bico druídico. Em torno de sua cabeça contorcem-se enguias e eirós. Está incrustado de algas e conchas. Sua mão direita segura uma bomba de pneu de bicicleta. Sua mão esquerda agarra um imenso lagostim pelas duas pinças.)*

MANANAUN MACLIR (*Com uma voz das ondas*) Aum! Heq! Wal! Aq! Lub! Mor! Ma! Brancos iogues dos deuses. Pimandres oculto de Hermes Trismegisto. (*Com uma voz de assoviante ventomarinho*) Punarjanam patsypunjaub! Não vou deixar ficarem rindo da minha cara. Alguém já disse: cuidado com a esquerda, o culto de Shákti. (*Com um grito de aves de procela*) Shákti Siva! Pai escuresconso! (*Ele esmaga com a bomba de bicicleta o lagostim da mão esquerda. No cooperativo mostrador da bomba brilham os doze signos do zodíaco. Ele lamenta com a veemência do oceano*) Aum! Baum! Pijaum! Eu sou a luz da autonomia! Eu sou a liriquenta oniricosa manteiga.

(*Uma mão de judas esqueletal estrangula a luz. A luz verde recede a um bordô. O bico de gás lamenta assoviando.*)
O BICO DE GÁS Puah! Pfuiiiiii!

(*Zoe corre até o candelabro e, dobrando a perna, ajusta o fogo.*)

ZOE Quem é que tem um cigarrinho já que eu estou de pé?
LYNCH (*Jogando um cigarro sobre a mesa*) Toma.
ZOE (*Cabeça inclinada em gesto de orgulho fingido*) Isso lá é jeito de dar um *pito* pra uma dama? (*Ela se estica para acender o cigarro na chama, girando-o lenta, mostrando os tufos castanhos das axilas. Lynch com seu atiçador levanta audacioso um lado de sua combinação. Nua das ligas para cima sua carne surge sob a safira num verde de nixie. Ela traga calma seu cigarro.*) Você está conseguindo ver a pinta de beleza na minha bunda?
LYNCH Eu não estou olhando.
ZOE (*Faz olhos de ovelha*) Não? Você não ia deixar de fazer uma coisa dessa. Quer chupar limão?

(*Olhando de canto, fingindo vergonha ela lança com oblíquo significado um olhar para Bloom, depois rodopia até ele, libertando do atiçador a combinação. Fluido azul de novo jorra por sobre sua carne. Bloom de pé, sorrindo desejosamente, torce os polegares. Kitty Rakittyca lambe o dedo médio com saliva e, olhando no espelho, alisa as sobrancelhas. Lipoti Virag, basilicogramata, cai rapidamente chaminé abaixo e dá dois passinhos para a esquerda com cegonhosas pernasdepau corderrosa. Está ensalsichado em diversos so-*

bretudos e usa uma capa mackintosh marrom sob a qual segura um rolo de pergaminho. Em seu olho esquerdo reluz o monóculo de Cashel Boyle O'Connor Fitzmaurice Tisdall Farrell. Em sua cabeça está empoleirada a ave da coroa do Egito. Dois cálamos se projetam por sobre suas orelhas.)

VIRAG (*Calcanhares juntos, curva-se*) Meu nome é Virag Lipoti, de Szombathely. (*Tosse pensativa, secamente*) A nudez promíscua anda bem em evidência por aqui, hein? Inavertidamente a visão traseira dela revelou que ela não está usando aqueles trajes íntimos de que você é particularmente devoto. A marca de injeção na coxa eu espero que você tenha percebido... Bom.

BLOOM Granpapachi. Mas...

VIRAG A número dois, por outro lado, aquela do ruge cereja e da *coiffeuse* branca, cujo cabelo deve não pouco a nosso elixir tribal de madeiras aplainadas, está vestida pra sair e bem apertadinha pelo corpete pelo jeito de sentar, seria a minha opinião. Espinha na frente, por assim dizer. Me corrija se eu estiver errado mas eu sempre entendi que o ato realizado dessa maneira por pessoas volúveis com relances de *lingerie* te atraía em virtude da sua exibicionististicicidade. Em uma palavra. Hipogrifo. Estou certo?

BLOOM Ela é meio magra.

VIRAG (*De maneira não desagradável*) Perfeitamente! Bem observado, e aqueles bolsos largos da saia e o ligeiro efeito de cabide têm o objetivo de sugerir volumidade dos quadris. Compra nova em alguma superliquidação pela qual algum otário foi rapado. Requintes meretrísticos pra enganar o olho. Observe a atenção aos detalhes de grãos de poeira. Nunca vista amanhã o que pode usar hoje. Paralaxe! (*Com um espasmo nervoso da cabeça*) Você ouviu o meu cérebro estalar? Polissilabaxe!

BLOOM (*Com um cotovelo apoiado na mão, indicador contra a bochecha*) Ela parece triste.

VIRAG (*Cinicamente, com dentes de doninha expostos amarelos, puxa o olho esquerdo com um dedo e late roucamente*) Logro! Cuidado com as libertinas e as falsas carpideiras. Lírio da valeta. Todas possuem o botão do solteirão descoberto por Rualdo Colombo. Derruba ela. Columba ela. Camaleão. (*Mais simpático*) Bem então, permita-me chamar a sua atenção para o item de número três. Dá pra ver a olho nu que ela está sobrando. Observe a massa de matéria vegetal oxigenada no crânio dela. Olha só, ela corcoveia! O patinho feio da festa, pernalta e boa de popa.

BLOOM (*Arrependido*) Quando você sai desprevenido.

VIRAG Nós trabalhamos com todas as marcas, suaves, médias e fortes.

É pagar e escolher. Quanto você poderia ser feliz com qualquer uma das duas...

BLOOM Com?...

VIRAG (*Com a língua se retrofletindo*) Lhom! Olha. É larga nas cadeiras. Coberta por uma considerável camada de gordura. Obviamente mamífera pelo peso do colo você percebe que ela tem logo à frente duas protuberâncias de proporções muito respeitáveis, inclinadas a cair no prato de sopa do almoço, enquanto que em sua traseira mais abaixo há duas protuberâncias adicionais, que sugerem um potente reto e são tumescentes ao o tato, e que não deixam nada a desejar a não ser compactância. Partes carnudas como essas são produto de uma nutrição cuidadosa. Quando alimentadas à força o fígado delas atinge um tamanho elefantino. Bolinhas de pão fresco com fenacho e benzoína empurradas por poções de chá verde conferem-lhes durante a sua breve existência uns almofadões naturais de colossal espermacete. Cabe na tua agenda, hein? Panelas de carne do Egito pra gente cobiçar. Chafurda. Licopódio. (*Sua garganta coça*) Chapapum! Lá vai ele de novo.

BLOOM Do terçol é que eu não gosto.

VIRAG (*Arqueia as sobrancelhas*) Contato com um anel de ouro, dizem. *Argumentum ad feminam*, como a gente dizia na velha Roma e na antiga Grécia no consulado de Diplodoco e Ictiossauro. Pro resto o soberano remédio de Eva. Não está à venda. Somente aluguel. Huguenote. (*Ele se contorce*) É um som engraçado. (*Tosse encorajadoramente*) Mas pode ser que seja só uma verruga. Eu presumo que você vá ter recordado o que terei te ensinado a respeito desse tema? Mingau de trigo com mel e nozmoscada.

BLOOM (*Refletindo*) Mingau com licopódio e silabaxe. O martírio que é essa procura. Foi um dia cansativo demais, um capítulo de acidentes. Espera. Quer dizer, sangue de verruga espalha verrugas, você disse...

VIRAG (*Severo, nariz corcovoduro, olho do lado piscando*) Deixe de torcer os polegares e pare pra dar uma ideiada. Viu, você esqueceu. Exercite a tua mnemotécnica. *La causa è santa*. Tará. Tará. (*À parte*) Sem dúvida ele vai lembrar.

BLOOM Alecrim também não foi que eu te ouvi dizer ou o poder da vontade sobre os tecidos paralíticos? Então não mas não eu tenho um palpite. O toque de uma mão morta cura. Mnemo?

VIRAG (*Empolgado*) Eu disse. Eu disse. Disse mesmo. Técnica. (*Bate energicamente seu rolo de pergaminho*) Este livro aqui te diz como agir com todos os detalhes descritivos. Consulte o índice pro medo agitado do acônito, a melancolia do muriático, a priápica pulsatilla. Virag falará de amputação. Nosso velho amigo cáustico. Elas têm que morrer à míngua. Arranque com um cabelo de cavalo embaixo do oco do pescoço. Mas, mudando o tópico pras búlgaras e bascas, você já decidiu se gosta ou desgosta de mulheres com trajes masculinos? (*Com um risinho seco*) Você pretendia devotar um ano todo ao estudo da questão religiosa e os meses do verão de 1886 à quadratura do círculo e a ganhar aquele milhão. Romãs! Do sublime ao ridículo é só um passinho. Pijamas, digamos? Ou calçolas compridas pregueadas, fechadas? Ou, vamos supor, aquelas combinações complicadas, inteiriças? (*Cacareja desdenhoso*) Quiquiriqui!

(*Bloom analisa incerto as três putas, e então encara a velada luz bordô, ouvindo semprevolante a mariposa.*)

BLOOM Eu queria que elas já tivessem concluído. Vestido de baile nunca foi. Daí isso aqui. Mas amanhã é um novo dia será. O passado foi é hoje. O que hoje é será então amanhã como agora foi seja passado anteon.
VIRAG (*Adverte com um sussurronco suíno*) Os insetos diurnos consomem a sua breve existência em coito reiterado, atraídos pelo aroma da inferiormente pulcritudinosa contraparte fuminina que possui extendificado nervo pudendo na região dorsal. Boa bisca! (*Seu bicodepapagaio amarelo matraqueia nasal*) Eles tinham um provérbio nos Cárpatos no ano cinco mil quinhentos e cinquenta ou cerca disso da nossa era. Uma colher de sobremesa de mel atrai mais amigo urso que meiadúzia de barris de vinagre de malte tipo exportação. Urso urra ulcera ubelha. Mas isso em particular. Em outro momento nós podemos retomar. Nós estávamos muito satisfeitos, nosoutros. (*Ele tosse e, curvando o cenho, esfrega o nariz pensativamente com uma mão em concha*) Você vai ver que esses insetos noturnos seguem a luz. Uma ilusão pois lembre dos olhos complexos inajustáveis que eles têm. Pra todos esses pontos cabeludos ver o livro dezessete dos meus Fundamentos de Sexologia ou a Paixão Amorosa que o doutor L. B. diz ser a sensação editorial do ano. Há, para exemplificar, alguns cujos movimentos são automáticos. Perceba. Este é o sol adequado a ele. Avenoturna solnoturno pornoturno. Vem me pegar! (*Ele sopra na orelha de Bloom*) Urra!
BLOOM Abelha ou marimbondo dia desses também cabeceando a sombra na parede fica tonta depois em mim entrou perdida camisa abaixo sorte que eu...
VIRAG (*Com o rosto impassível, ri em rico tom feminino*) Esplêndido! Cantárida na mosca ou gesso mostarda na colher! (*Gorgoleja glutão com*

grugrulhos de peru) Galopavo! Galopavo! Onde estamos? Abre-te, sésamo! Adiantai-te! (*Ele desenrola seu pergaminho rapidamente e lê, nariz de luzecu correndo para trás por sobre as letras que agarra*) Fica, bom amigo. Trago-te tua resposta. Ostras do Red Bank logo estarão conosco. Eu sou o melhor dos cozideiros. Aqueles bivalves suculentos podem nos ajudar e as trufas do Périgord, tubérculos desalojados graças ao senhor onívoro porqueiro, eram insuperáveis em casos de debilidade nervosa ou viraguite. Elas fedem, mas não cedem. (*Balança a cabeça ralhando gralhante*) Jocular. Com meu monóculo no ocular.

BLOOM (*Desligado*) Ocularmente o caso bivalve da mulher é pior. Sempre abre-te sésamo. O sexo fendido. Por isso que elas têm medo de vermes, coisas rastejantes. E no entanto Eva e a serpente contradizem. Não é uma verdade histórica. Analogia óbvia pra minha ideia. Serpentes também são glutônicas por leite de mulher. Serpeiam o seu caminho por milhas de florestas onívoras pra seculentar seu seio a chupos. Que nem aquelas matronas romanas jocosespumantes que a gente lê em Elephantulíasus.

VIRAG (*Boca projetada em rijas rugas, olhos pétrea e desamparadamente fechados, salmodia em monocórdio estrangeirês*) Que as vacas com aqueles seus distendidos úberes que têm sido as consabidas...

BLOOM Eu vou começar a gritar. Com sua licença. Ah? Isso. (*Repete*) Espontaneamente indo buscar o covil do sáurio a fim de confiar-lhes as tetas para ávida sucção. Formiga ordenha pulgão. (*Com profundidade*) Instinto domina o mundo. Na vida. Na morte.

VIRAG (*Cabeça enviesada, arqueia as costas e as asas curvadas dos ombros, espia a mariposa com olhos saltados rasosdágua, aponta uma garra córnea e grita*) Quem que é o Gegê? Quem que é o caro Gerardo? Ah, muito temo seja terrendamente queimado. Podria alguma for pavor fessoa não agora impedimento tão catastrófico com agitação de exportação guardanabo? (*Mia*) Fatim gatim gatim gatim! (*Ele suspira, recua e encara de lado e para baixo com a mandíbula caída*) Ora, ora. Ele agora repousa.

Sou pequena, sim, eu sei
Voo e nunca me cansei
Rodarroda a volta eu dei.
Bem novinha, eu já fui rei
E só isso hoje eu farei
Subirei, subirei!
Ei!

(*Ela se atira contra a cúpula bordô, batendo ruidoso as asas.*) Linda linda linda linda linda linda lindanágua.

(*Da entrada direita aos fundos com dois passos deslizantes Henry Flower surge cruzando para a boca do palco à direita e ao centro. Traja um manto escuro e um sombreiro plumado caído. Carrega um saltério entalhado de cordas de prata e um cachimbo de Jacó com longa piteira de bambu, fornilho de barro feito como uma cabeça de mulher. Veste calça de veludo escura e tamancos com fivelas de prata. Tem o rosto romântico do Salvador com cachos abundantes, barba rala e bigode. Suas pernas de fuso e seus pés de andorinha são os do tenor Mario, príncipe de Candia. Ele assenta seus babados plissados e molha os lábios com uma passagem da língua amorosa.*)

HENRY (*Com suave voz adocicada, tocando as cordas de seu violão*) Há uma flor que brota.

(*Virag truculento, maxilar travado, encara o abajur. Bloom sério observa o pescoço de Zoe. Galante Henry vira-se com pendente papada para o piano.*)

STEPHEN (*Para si próprio*) Tocar de olhos fechados. Imitar o pai. Eu enchendo a pança com cascas de suíno. Já foi demais. Vou erguer-me e partir para a minha. Espero que essa seja a. Steve, estás num beco sem saída. Tenho que ir visitar o velho Deasy ou telegrafar. Nossa entrevista desta manhã causou-me profunda impressão. Conquanto nossas idades. Escrevo mais longamente amanhã. Estou parcialmente embriagado, a propósito. (*Toca nas teclas de novo*) O acorde menor vem agora. Sim. Não muito no entanto.

(*Almidano Artifoni estende um rolobastão de partituras com vigorosa bigodagem.*)

ARTIFONI *Ci rifletta. Lei rovina tutto.*
FLORRY Cante alguma coisa pra gente. A velha e doce canção do amor.
STEPHEN Sem voz. Eu sou um artista dos mais acabados. Lynch, eu te mostrei a carta sobre o alaúde?
FLORRY (*Sorriso afetado*) Se o passarinho sabe cantar e não quer cantar...

(*Os gêmeos siameses Filipe Ébrio e Filipe Sóbrio, dois catedráticos de Oxford com cortadores de grama, surgem no umbral da janela. Ambos estão mascarados com o rosto de Matthew Arnold.*)

FILIPE SÓBRIO Aceite o conselho de um tolo. Tudo não está bem. Calcule com a parte de trás de um lápis, como um bom idiotinha. Três libras e doze é o que você recebeu, duas notas, um soberano, duas coroas, se a juventude soubesse. Mooney's *en ville*, Mooney's *sur mer*, Moira, Larchet's, o hospital da Holles Street, o Burke's. Hein? Eu estou de olho em você.

FILIPE ÉBRIO (*Impaciente*) Ah, babujeira, homem. Vá pro inferno! Eu não devo nada a ninguém. Agora era só eu conseguir descobrir sobre as oitavas. Reduplicação da personalidade. Quem foi que me disse seu nome? (*Seu cortador a ronronar*) Arrá! Isso. *Zoe mou sas agapo*. Uma impressão de já ter estado aqui antes. Quando foi não foi o Atkinson o cartão dele eu tenho em algum lugar. Mac Fulano. Desmack é isso. Ele me falou do, espera um minuto, Swinburne, não era, não?

FLORRY E a música?

STEPHEN O espírito quer mas a carne é fraca.

FLORRY Você não é do Maynooth? Você parece alguém que eu conheci uma vez.

STEPHEN Já saí de lá agora. (*Para si próprio*) Esperto.

FILIPE ÉBRIO E FILIPE SÓBRIO (*Cortadores ronronando com um rigodão de hastes de grama*) Esperto desperto. Caiu fora. Caiu fora. Falando nisso você está com o livro, a coisa, o paudefreixo? Sim, ali aquilo, sim. Espertissíssimo caí foragora. Mantenha-se em condições. Faça como nós.

ZOE Veio um padre aqui tem dois dias pra cuidar dos negocinhos lá dele com o casaco abotoado. Não precisa tentar se esconder, eu disse pra ele. Eu sei que você tem um colarinho clerical.

VIRAG Perfeitamente lógico, do ponto de vista dele. A queda do homem. (*Ríspido, pupilas crescentes*) O papa que vá pro inferno! Nada de novo sob o sol. Eu sou o Virag que revelou os segredos sexuais dos monges e das donzelas. Porque abandonei a Igreja de Roma. Leiam o Padre, a mulher e o confessionário. Penrose. Flipperty Jippert. (*Ele se retorce*) Mulher, desfazendo com encantador pundonor seu cinturão de junco, oferece a omniúmida yoni ao linga do homem. Pouco tempo depois homem oferece a mulher peças de carne da mata. Mulher demonstra prazer e cobre-se com pelesdeplumas. Homem ama-lhe a yoni furiosamente com o grande linga, o rijo. (*Ele grita*) *Coactus volui*. Então mulher entontecida corre em torno. Homem forte garra pulso de mulher. Mulher estrila, morde, espuca. Homem, agora com raiva muita, estapeia a yadgana gorda da mulher. (*Ele corre atrás do próprio rabo*) Pifepafe! Popô! (*Para, espirra*) Pchp! (*Mordisca seu próprio traseiro*) Prrrrrht!

LYNCH Espero que você tenha dado uma penitência ao bom padre. Nove glórias por entrar na batina alheia.
ZOE (*Jorra morsa fumaça pelas narinas*) Ele não conseguiu linha. Só, sabe, sensação. A seco.
BLOOM Coitado!
ZOE (*Ao de leve*) Só pelo que aconteceu com ele.
BLOOM Como?
VIRAG (*Com um ricto diabólico de luminosidade negra contraindo sua face, encegonha o pescoço esquálido adiante. Levanta um focinho de novilho da lua e uiva*) Verfluchte Goim! Ele tinha um pai, quarenta pais. Ele nunca existiu. Porco Deus! Tinha dois pés esquerdos. Era Judas Iaco, eunuco líbio, filho bastardo do papa. (*Ele se apoia em torturadas patasmãos, cotovelos curvados duros, olho agonizando no pescoçocrânio achatado e gane por sobre o mundo mudo*) Um filho de uma puta. Apocalipse.
KITTY E a Mary Shortall que estava no serralho com a varíola que pegou do Jimmy Pidgeon na caserna teve um filho dele que não conseguia engolir e morreu por causa das convulsões ali no colchão e nós todas fizemos uma vaquinha pro enterro.
FILIPE ÉBRIO (*Gravemente*) Qui vous a mis dans cette fichue position, Phillipe?
FILIPE SÓBRIO (*Gaiamente*) C'était le sacré pigeon, Phillipe.

(*Kitty solta o alfinete do chapéu e o depõe calmamente, ajeitando o cabelo de hena. E cabeleira mais bela, mais garrida em seus cachos cativantes jamais foi vista sobre os ombros de uma puta. Lynch põe o chapéu dela. Ela o arranca da cabeça dele.*)

LYNCH (*Ri*) E para tais deleites Mechnikov vacinou os macacos antropoides.
FLORRY (*Faz que sim*) Ataxia locomotora.
ZOE (*Contente*) Ai, meu dicionário.
LYNCH Três virgens prudentes.
VIRAG (*Febrilitado, profusa ova amarela espumando por sobre seus epiléticos lábios ossudos*) Ela vendia filtros afrodisíacos, brancacera, flor de laranjeira. Pantera, o centurião romano, poluiu-a com seus genitórios. (*Exibe esticada uma cintilante língua escorpiã fosforecente, mão nas partes*) Messias! Ele estourou-lhe o tímpano. (*Com gritos algaravios de babuíno ele sacode os quadris no espasmo cínico*) Hiq! Heq! Haq! Hoq! Huq! Qoq! Quq!

(*Ben Jumbo Dollard, rubicundo, musculado, cabelinho nas ventas, barbimenso, orelhepolhudo, peitopeludo, touceirenjubado, tetagorda, adian-*

ta-se, com a virilha e os genitais apertados num par de sacosfrouxos de banho, pretos.)

BEN DOLLARD (*Tamborilando ósseas castanholas em suas imensas patas acolchoadas, tiroleia jovial em baixo barríltono*) Quando o amor absorve minhalma ardente.

(*As virgens, enfermeira Callan e enfermeira Quigley, irrompem através do cordão de isolamento e o assolam com braços abertos.*)

AS VIRGENS (*Aos jorros*) Big Ben! Ben MacChree!
UMA VOZ Segurem aquele camarada da calça feia.
BEN DOLLARD (*Acerta a coxa com riso abundante*) Segurem já.
HENRY (*Afagando em seu peito uma cabeça feminina amputada, murmura*) Vosso coração, meu amor. (*Tange suas cordas de alaúde*) Quando primeiro vi...
VIRAG (*Trocando de pelesserpentes, desfazendo-se sua multitudinosa plumagem*) Joça! (*Ele boceja, mostrando uma garganta preta como carvão, e fecha a mandíbula com um empurrão vertical de seu rolo de pergaminho*) Isso dito, pedi licença para me retirar. Adeus. Vá com Deus. *Dreck!*

(*Henry Flower penteia o bigode e a barba rapidamente com um pente de bolso e monta um topete. Guiado por seu florete ele desliza até a porta, selvagem harpa a tiracolo. Virag alcança a porta em dois deselegantes saltos pernilongos, cauda em pé, e agilmente prega na parede um cartaz amarelopus, fixando-o com a cabeça.*)

O CARTAZ K. 11. Proibido colar cartazes. Estritamente confidencial. Dr. Hy Franks.
HENRY Agora tudo está perdido.

(*Virag desparafusa a cabeça num átimo e a segura embaixo do braço.*)

A CABEÇA DE VIRAG Charlatão!

(*Exeunt individualmente.*)

STEPHEN (*Por cima do ombro para Zoe*) Você teria preferido o pastor belicoso que fundou o erro protestante. Mas cuidado com Antístenes, o sábio cão, e com o último fim de Arius Heresiarchus. A agonia no toalete.

LYNCH Tudo isso é o mesmo Deus pra ela.
STEPHEN (*Devotamente*) E Senhor soberano de todas as coisas.
FLORRY (*Para Stephen*) Eu tenho certeza que você é padre desgarrado. Ou monge.
LYNCH E é. Filho de um cardeal.
STEPHEN Pecado cardeal. Monges da gandaia.

(*Sua Eminência o senhor cardeal Simon Stephen Dedalus, primataz de toda a Irlanda, surge no limiar, vestindo sotaina vermelha, sandálias e meias vermelhas. Sete simiescos acólitos anões, também de vermelho, pecados capitais, carregam a cauda de suas vestes, espiando embaixo delas. Ele usa uma cartola surrada enviesada de lado na cabeça. Está com os polegares metidos nos sovacos e as palmas das mãos estendidas. De seu pescoço pende um rosário de rolhas que termina em seu peito numa cruz sacarrolhas. Liberando os polegares, invoca a graça das alturas com amplos gestos marulhantes e proclama com túrgida pompa.*)

O CARDEAL Conservio foi capturado
    Largado em fundíssima cela
    Grilhões e correntes em torno dos membros
    Pesando bem mais do que três toneladas.

(*Ele olha para todos por um momento, com o olho direito bem fechado, bochecha esquerda inflada. Então, incapaz de reprimir seu contentamento, balança para a frente e para trás, mãos na cintura, e canta solto com humor folgazão*)

    Coitado, adivinha
    A pe-perna amarela ele tinha
    Era gordo e roliço, era arisco, uma cobra!
    E um louco selvagem
    Pra molho de vagem
    Matou seu galante patinho! Que obra!

(*Uma multidão de maruins enxameia branca sobre sua túnica. Ele se coça com braços cruzados sobre as costelas, careteando, e exclama*)

Estou sofrendo a agonia dos condenados. Credoencruz, cruz credo, graças sejam dadas a Jesus por os sujeitinhos não chegarem a alguma unanimidade. Se chegassem, iam me empurrar pra fora da face da maldita terra.

(*Com a cabeça de lado ele abençoa abreviadamente com o indicador e o dedo médio, concede o ósculo pascal e sai precipitado, comicamente arrastando os pés, oscilando o chapéu de um lado para outro, encolhendo velozmente até o tamanho de seu séquito. Os acólitos anões, rindinho, espiandinho, cutucando-se, estalando os olhinhos, pascalosculando, ziguezagueiam por trás dele. Sua voz faz-se ouvir suave longe lá, misericordiosa, macha, melodiosa*)

>Leva a ti meu coração,
>Leva a ti meu coração,
>E o alento da noite cheirosa
>Leva a ti meu coração.
>(*A maçaneta com macete roda.*)

A MAÇANETA Tii!
ZOE O diabo está naquela porta.

(*Passa uma forma masculina descendo a escadaria rangente e ouve-se que retira o impermeável e o chapéu do cabide. Bloom dá um salto involuntário e, entrefechando a porta quando ele passa, tira o chocolate do bolso e o oferece nervosamente a Zoe.*)

ZOE (*Fareja bruscamente o cabelo dele*) Hmm! Agradeça a tua mãe pelos coelhinhos. Eu gosto muito do que eu adoro.
BLOOM (*Ouvindo uma voz masculina conversando com as putas no limiar, abre bem os ouvidos*) Se fosse ele? Depois? Ou por não ter? Ou o evento duplo?
ZOE (*Rasga a folha prateada*) Inventaram os dedos antes do garfo. (*Ela parte e mordisca um pedaço, dá um pedaço a Kitty Rakittyca e então vira-se coquete para Lynch*) Nada contra docinhos franceses? (*Ele aquiesce. Ela o provoca*) Vai pegar já ou vai esperar ganhar? (*Ele abre a boca, cabeça erguida. Gira o prêmio em círculo sinistrógiro. A cabeça dele segue. Ela o gira de volta em círculo destrógiro. Ele fixa os olhos nela*) Pega!

(*Ela atira um pedaço. De um golpe ligeiro ele o apanha e morde, partindo-o com um estalo.*)

KITTY (*Mastigando*) O engenheiro que estava comigo no bazar tem uns bem lindos. Recheados com os melhores licores. E o vicerrei estava lá com a senhora dele. A gente se divertiu a valer nos cavalinhos da Toft's. Eu estou tonta ainda.

BLOOM (*Com um sobretudo de Svengali, de pele, braços cruzados e pegarrapaz napoleônico, cerra o cenho em ventríloquo exorcismo com penetrante olhar de* águia *na direção da porta. Rígido então com o pé esquerdo adiantado faz um passo ágil com dedos propelentes e dá o sinal do mestre instalado, descendo com o braço esquerdo a partir do ombro direito*) Vai, vai, vai, eu te ordeno, sejas tu quem fores.

(*Ouvem-se uma tosse e um passo masculinos passando pela neblina do lado de fora. Os traços de Bloom se relaxam. Ele coloca uma mão no colete, em pose calma. Zoe lhe oferece chocolate.*)

BLOOM (*Solenemente*) Obrigado.
ZOE Faça o que te mandam. Já pra cá.

(*Um firme baque de taco faz-se ouvir nas escadas.*)

BLOOM (*Pega o chocolate*) Afrodisíaco? Mas eu achava que. Baunilha acalma ou? Mnemo. Luz confusa confunde a memória. Vermelho influencia o lúpus. As cores influenciam o caráter das mulheres, se é que elas têm. Esse preto me deixa triste. Comam e sejam felizes pois amanhã. (*Come*) Influenciam o gosto também, bordô. Mas já faz tanto tempo que eu. Parece novo. Afrod. Aquele padre. Há de vir. Antes tarde do que nunca. Provar as trufas da Andrews.

(*A porta se abre. Entra Bella Cohen, uma colossal caftina. Está usando um vestido marfim tresquartos, com apliques na barra de um debrum de pompons, e se refresca, meneando um leque preto de chifre como Minnie Hauck em* Carmen. *Em sua mão esquerda há uma aliança e um anel aparador. Seus olhos estão profundamente carbonados. Tem um buço incipiente. Seu rosto oliva é pesado, algo suado e de nariz cheio com narinas matizalaranjadas. Tem grandes brincos pingentes de berilo.*)

BELLA Palavra! Eu estou toda empapada.

(*Ela olha para os casais a sua volta. Então seus olhos repousam em Bloom com dura insistência. Seu grande leque joeira vento na direção de seus calorentos rosto, pescoço e carnes ofegantes. Seus olhos de falcão reluzem.*)

O LEQUE (*Meneando veloz, depois lento*) Casado, pelo que vejo.
BLOOM Sim... Em parte, eu não sei onde eu pus....

O LEQUE (*Entreabrindo-se, depois fechando*) E a digníssima é quem manda. Saia justa.

BLOOM (*Baixa os olhos com um esgar ovino*) É verdade.

O LEQUE (*Dobrando-se, repousa contra seu brinco esquerdo*) Você se esqueceu de mim?

BLOOM Nim. São.

O LEQUE (*Dobrado, seguro por mão na cintura*) Eu é fui ela você sonhou antes? Seria então ela ele você nós desde soube? Sou todos eles o mesmo agora nós?

(*Bella se aproxima, batendo suave o leque.*)

BLOOM (*Estremecendo*) Ó ser poderoso. Em meus olhos lê o sono que adoram as mulheres.

O LEQUE (*Batendo*) Nós nos encontramos. Você é meu. É o destino.

BLOOM (*Intimidado*) Fêmea exuberante. Enormemente desidero seu domínio. Estou exausto, abandonado, não mais jovem. Me vejo, por assim dizer, com uma carta por postar trazendo a taxa extra regulamentar diante da caixa de última hora do correio geral da vida humana. A porta e a janela abertas em ângulo reto provocam uma corrente de trintedois pés por segundo ao quadrado lei dos corpos em queda. Senti agora mesmo uma pontada de ciática no meu glúteo esquerdo. É de família. O coitado do meu querido papai, um viúvo, era um verdadeiro barômetro por causa disso. Ele acreditava no calor animal. O colete de inverno dele era forrado do couro de um gato malhado. Perto do fim, lembrando do rei Davi e a sunamita, ele dividia a cama com o Athos, fiel após a morte. A baba de um cachorro como você provavelmente... (*Ele estremece*) Ah!

RICHIE GOULDING (*Pastalastrado, passa pela porta*) Quem desdenha quer comprar. O melhor custobenefício de Dub. Digno do fígado e do rim de um príncipe.

O LEQUE (*Batendo*) Tudo acaba. Seja meu. Agora.

BLOOM (*Indeciso*) Tudo agora? Eu não devia ter me separado do meu talismã. Chuva, fiquei no sereno nas pedras do mar, um pecadilho a essa altura da minha vida. Todo fenômeno tem uma causa natural.

O LEQUE (*Aponta lentamente para baixo*) Você tem permissão.

BLOOM (*Olha para baixo e percebe o cadarço desamarrado da bota dela*) Nós estamos sendo observados.

O LEQUE (*Aponta velozmente para baixo*) Você tem obrigação.

BLOOM (*Com desejo, com relutância*) Eu sei fazer um belo nó górdio. Ensinaram quando eu fui aprendiz e trabalhei com as encomendas postais pra Kellet's. Trabalhador experiente. Cada nó é um só. Deixa eu. Como cortesia. Já me ajoelhei uma vez hoje. Ah!

(*Bella levanta um pouco o vestido e, ajeitando a pose, ergue para a beira de uma cadeira um roliço casco coturnado e um jarrete cheio, meiensedado. Bloom, pernaduro, envelhecendo, curva-se sobre seu casco e com dedos gentis puxa e ata-lhe os cadarços.*)

BLOOM (*Murmura amoroso*) Ser vendedor de sapatos na Mansfield's era o sonho de juventude de meu amor, os doces prazeres do doce apertar de fivelas, encadarçar ziguezague até o joelho a janota bota de pelica forrada de cetim, tão incrivelmente pequena, das damas da Clyde Street. Até a Raymonde a modelo de cera deles eu visitava diariamente pra admirar suas meias de teiadearanha e bico de ruibarbo, última moda em Paris.
O CASCO Cheire o meu couro de bode. Sinta o meu peso nobiliárquico.
BLOOM (*Cadarcruçando*) Muito apertado?
O CASCO Um vacilo, Zé Faztudo, e eu meto o pé na tua bola de futebol.
BLOOM Não passar pelo ilhó errado que nem eu fiz na noite do baile do bazar. Azar. Gancho na presilha errada da... pessoa que você mencionou. Naquela noite ela conheceu... Já!

(*Ele faz o laço. Bella põe o pé no chão. Bloom levanta a cabeça. O rosto pesado dela, seus olhos atingem-no entre as sobrancelhas. Os olhos dele vão ficando opacos, mais escuros e com olheiras, o nariz engrossa.*)

BLOOM (*Balbucia*) Aguardando atenciosamente sua resposta...
BELLO (*Com fero olhar de basilisco, em voz de barítono*) Cão da desonra!
BLOOM (*Encantado*) Imperadora!
BELLO (*Pesadas bochechonas penduradas*) Adorador da bunda adúltera!
BLOOM (*Queixoso*) Imensidade!
BELLO Comesterco!
BLOOM (*Com tendões semifletidos*) Magmagnificência!
BELLO No chão! (*Bate no ombro dela com o leque*) Se inclinar com os pés pra frente! Deslizar pé esquerdo um passo atrás! Você vai cair. Você está caindo. De mãos no chão!
BLOOM (*Admirada, olhos erguidos, fechando-os*) Trufas!

(*Com um penetrante grito epilético ela cai de quatro, grunhindo, fuçando, escavando aos pés dele, depois se estende, fingindo-se morta, com os olhos *bem fechados, pálpebras trêmulas, curvada sobre o chão na atitude do mui excelente mestre.*)

BELLO (*Com cabelo curto, guelras roxas, gordos anéis bigodais à volta da boca barbeada, com perneiras de montanhista, casaco verde de botões de prata, saia esporte e chapéu bávaro com pena de galossilvestre, mãos enfiadas no fundo dos bolsos dos culotes, coloca o salto do sapato sobre o pescoço dela e o enfia*) Sente todo o meu peso. Curva-te, escrava servil, diante do trono dos gloriosos saltos de teu déspota, que assim cintilam em sua altiva ereticidade.

BLOOM (*Fascinada, bale*) Prometo jamais desobedecer.

BELLO (*Ri alto*) Santa porcaria! Você mal sabe o que te espera. Eu sou o tártaro que vai dar cabo desse teu destininho e te domesticar! Aposto uma rodada de coquetéis do Kentucky que você vai fazer o que eu quiser, de vergonha, meu filho. Quero só ver você se fazer de atrevido. Se você treme de verdade antevendo a disciplina dos saltos altos que vai ser infligida em trajes de ginástica.

(*Bloom se arrasta para baixo do sofá e espia por entre as franjas.*)

ZOE (*Alargando a combinação para escondê-la*) Ela não está aqui.

BLOOM (*Fechando os olhos*) Ela não está aqui.

FLORRY (*Escondendo-a com o vestido*) Ela não fez de propósito, senhor Bello. Ela vai ficar quietinha, senhor.

KITTY Não seja duro demais com ela, senhor Bello. Eu sei que o sormadame não vai, massenhor.

BELLO (*Aliciante*) Vem, nenezinho, eu quero dar uma palavrinha com você, querida, só pra administrar uma correção. Só uma conversinha de peito aberto, meu bem. (*Bloom mostra sua tímida cabeça*) Isso, menina boazinha. (*Bello agarra violentamente o cabelo dela e a arrasta dali*) Eu só quero te castigar pro teu próprio bem num lugar seguro e macio. Como é que vai esse traseiro fofo? Ah, bem de mansinho, gatinha. Pode ir se preparando.

BLOOM (*Desmaiando*) Não rasgue o meu...

BELLO (*Feroz*) A argola de nariz, as tenazes, a vara, o gancho de carne, o flagelo que eu vou te fazer beijar enquanto as flautas tocam que nem os escravos núbios de antigamente. Dessa vez você vai levar! Eu vou te fazer lembrar de mim pelo restinho da tua vida. (*Veias da testa inchadas, rosto congestionado*) Eu vou sentar nessa tua seladivã toda manhã depois de um belíssimo café de gordas costeletas de carneiro da Matterson's com uma garrafa de cerveja Guinness. (*Ele arrota*) E chupar meu belíssimo charuto do Mercado de Ações enquanto leio a *Gazeta do Açougueiro Licenciado*. É bem possível que eu mande matarem você e grelharem a tua carne na minha cocheira e vou lamber os beiços com uma fatia de você com uma torradinha crocante saída do forno regada e assada que nem leitão desmamado com arroz de limão ou molho de groselha. Vai doer. (*Ele torce o braço dela. Bloom geme, virando de patinhas para o ar.*)

BLOOM Não seja cruel, enfermeira! Não!
BELLO (*Torcendo*) Mais!
BLOOM (*Berra*) Ah, é o próprio inferno! Cada nervo do meu corpo está latejando que nem louco!
BELLO (*Grita*) Bom, pelas barbas do profeta Jarbas! É a melhor notícia que eu recebi nessas últimas seis semanas. Toma, não me deixe esperando, maldita! (*Ele dá um tapa na cara dela.*)
BLOOM (*Choraminga*) Você só quer me bater. Eu vou contar...
BELLO Segurem ele no chão, meninas, pra eu me acocorar em cima dele.
ZOE Isso! Anda em cima dele! Eu vou.
FLORRY Eu que vou. Não seja gulosa.
KITTY Não, eu. Empresta ele para mim.

(*A cozinheira do bordel, senhora Keogh, enrugada, barbacinza, usando um avental engordurado, meias masculinas verdes e cinzentas e borzeguins de homem, lambuzada de farinha, brandindo com o braço vermelho um rolo de macarrão com pedaços de massa crua grudados, surge à porta.*)

A SENHORA KEOGH (*Ferozmente*) Posso ajudar?

(*Elas seguram e prendem Bloom.*)

BELLO (*Agacha-se, com um grunhido, no rosto erguido de Bloom, baforando fumaça de charuto, acariciando uma perna gorda*) Vejo que Keating Clay foi eleito vicepresidente do asilo Richmond e só de passagem vale lembrar que as ações preferenciais da Guinness estão em dezesseis e três quartos. Besta que eu sou de não ter comprado aquele lote que o Craig e o Armstrong me avisaram. Bem a minha sorte infernal, desgraça. E aquele maldito azarão *Jogafora* a vinte pra um. (*Ele apaga o charuto raivosamente na orelha de Bloom*) Cadê aquele maldito cinzeiro amaldiçoado?
BLOOM (*Aguilhoado, bundafogado*) Oh! Oh! Monstros! Cruel!

BELLO Peça isso a cada dez minutos. Implore, reze por isso como você nunca rezou antes. (*Ele estica um punho em figa e um charuto fedorento*) Aqui, beija. Os dois. Beija. (*Escancha uma perna para o outro lado e, apertando com joelhos de cavaleiro, grita com uma voz dura*) Eia! Vai, cavalinho! Vou montar esse aqui nos páreo Eclipse. (*Ele se dobra lateralmente e espreme grosseiro os testículos de sua montaria, gritando*) Oo! Vambora! Vou cuidar de você como você merece. (*Ele cavaleja, cavalinho, saltitando sobre a sela*) A dama vai a passo a passo e o cocheiro vai a trote a trote e o cavalheiro vai a galope a galope a galope a galope.

FLORRY (*Puxa Bello*) Deixa eu ir agora. Você já foi bastante. Eu pedi antes de você.

ZOE (*Puxando Florry*) Eu. Eu. Ainda não acabou com ele aí, sanguessuga?

BLOOM (*Sufocando*) Não dá.

BELLO Pois não acabei não. Esperem. (*Ele segura o fôlego*) Maldição. Ajuda aqui. O meu barril está quase estourando. (*Ele se desarrolha por trás: depois, contorcendo o rosto, peida forte*) Toma essa! (*Ele se rerrolha*) Sim, pelo Amor, dezesseis e três quartos.

BLOOM (*Começando a suar*) Homem não. (*Fareja*) Mulher.

BELLO (*Levanta*) Chega de mordeassopra. O que você desejava ansiosamente aconteceu. Daqui por diante você está emasculado e é completamente meu, uma coisa, subjugada. E agora o teu vestido de castigo. Você vai despir os teus trajes masculinos, compreende, Ruby Cohen? E envergar a seda iridescente que farfalha luxuriosa sobre cabeça e ombros e é pra já!

BLOOM (*Encolhe-se*) Seda, a mestra disse! Ah, enrugadinha! Arranhenta! Eu preciso tocar com as pontinhas das unhas?

BELLO (*Aponta para suas putas*) Tal como são elas agora, você vai ser, emperucada, sapecada, emperfumada, podearrozada, de sovaco depilado bem lisinho. Você vai ser medida pelada com uma fita métrica. Vai ser atada com força cruel em corpetes viciosos de tecido leve como plumas macias com barbatanas de osso de baleia na pélvis cortadadiamante, o último grito, enquanto as tuas formas, mais roliças do que quando soltas, vão ser contidas em vestidos coladinhos como rede, lindas anáguas de duas onças e franjas e coisas estampadas, é claro, com a bandeira da minha casa, criações de linda lingerie para a Alice e cheiros bons para a Alice. A Alice vai sentir o puxapuxa. A Marta e a Maria vão ficar com um pouco de frio de início com as coxas em tão delicadas vestes mas a babadada frivolidade da renda em volta dos teus joelhos nus vai te lembrar que...

BLOOM (*Charmosa* soubrette *com bochechas coloridas, cabelo mostarda e grandes mãos e nariz masculinos, boca lúbrica*) Eu provei as coisas dela só uma vez, uma brincadeirinha, na Holles Street. Quando a gente estava no fundo do poço eu que lavava pra economizar a conta da lavanderia. As minhas camisas eu virava. Era a mais pura economia.

BELLO (*Com desdém*) Tarefinhas pra deixar a mamãe satisfeita, hein? E se exibiu toda coquete com o teu dominó no espelho detrás de persianas benfechadas as tuas coxas dessaiadas e os teus úberes de bode, em várias poses de submissão, hein? Ho! Ho! Eu tenho que rir! Aquela parte de cima de um vestidinho de ópera usado e a sainha curta de cintura alta toda estourada nos pontos no seu último estupro que a senhora Miriam Dandrade vendeu pra você no hotel Shelbourne, hein?

BLOOM Miriam. Morena. Demimondaine.

BELLO (*Ri com estrépito*) Meu Santo Deus, isso é demais! Você ficou uma Miriam bonitinha quando tosou os pelos da porta de trás e deitou desmaiando com a tal da roupa, atravessada na cama como a senhora Dandrade prestes a ser violada pelo tenente Smythe-Smythe, o deputado Philip Augustus Blockwell, o signor Laci Daremo, o robusto tenor, Bert olhoazul, o ascensorista, Henry Fleury, famoso na Gordon Bennett, Sheridan, o Creso quase branco, o remeiro oito do time principal da velha Trinity, Ponto, o esplêndido Terranova dela e Bobs, duquesa herdeira de Manorhamilton. (*Ri estrondosamente outra vez*) Jesus, isso não era de fazer um gato siamês dar risada?

BLOOM (*Com as mãos e o rosto agitados*) Foi o Gerald que me converteu num verdadeiro amante de corpetes quando eu fiz papéis femininos na peça da escola, *Viceversa*. Foi o meu querido Gerald. Ele tinha essa tara, fascinado pelas ligas da irmã. Agora o caríssimo Gerald usa pintura rosinha e doura as pálpebras. O culto do belo.

BELLO (*Com um sorrisinho perverso*) Lindo! Dá uma folga aqui! Quando você sentava com cuidados de mulherzinha, levantando os babados ondulantes, no troninho liso de tão gasto.

BLOOM Ciência. Comparar os diferentes prazeres de que cada um de nós goza. (*Francamente*) E de fato é melhor a posição... porque eu vivia molhando...

BELLO (*Severo*) Sem insubordinações! A serragem está ali no canto pra você. Eu lhe dei instruções precisas, não dei? Faça de pé, cavalheiro! Eu já vou lhe ensinar a se comportar como um canastrão! Se eu encontrar um vestígio nos teus cueiros. Arrá! Pelo asno dos Doran, o senhor vai descobrir que eu sou um linhadura. Os pecados do teu passado estão se erguendo contra você. Muitos. Centenas.

OS PECADOS DO PASSADO (*Numa confusão de vozes*) Ele passou por uma forma de casamento clandestino com pelo menos uma mulher à sombra da Igreja Negra. Mensagens inenarráveis ele telefonou mentalmente para a senhorita Dunn num endereço na D'Olier Street enquanto se apresentava indecentemente ao instrumento na cabine. Por palavra e por ação ele abertamente encorajou uma vadia noctâmbula a depositar matéria fecal e de outra natureza numa casinha nada higiênica ligada a uma residência vazia. Em cinco toaletes públicas ele escreveu mensagens a lápis oferecendo sua parceira nupcial a todos os machos de membros vigorosos. E junto ao cheiro ofensivo da fábrica de vitríolo por acaso ele não passou uma noite depois da outra por amorosos casais em sua corte para ver se e o quê e quanto podia ver? E ele não ficou deitado na cama, suíno sujo que é, devorando com os olhos um naseabundo fragmento de papeligiênico bem usado que lhe foi concedido por uma rameira nojenta, estimulada por pão de especiarias e um vale postal?

BELLO (*Assovia forte*) Diz! Qual foi a mais revoltante obra obscena de toda a tua carreira de crimes? Mete os peitos! Vomita de uma vez! Seja franco uma vez na vida.

(*Mudos rostos desumanos se amontoam vindos dos fundos, lúbricos, evanescentes, matraqueando, Booloohoom. Poldy Kock, Cadarços por um tostão, A bruxa do Cassidy, rapazote cego, Larry Rinoceronte, a menina, a mulher, a puta, a outra, a...*)

BLOOM Não pergunte pra mim! A nossa confiança mútua. Pleasants Street. Eu só achei que a metade da... Eu juro pelo meu juramento sagrado...

BELLO (*Peremptoriamente*) Responda. Trapo repugnante! Eu insisto em saber. Diga alguma coisa pra me divertir, putaria ou uma boa estória sangrenta de fantasma ou um verso de um poema, rápido, rápido, rápido! Onde? Como? Que horas? Com quantos? Eu te dou só três segundos. Um! Dois! Tr....

BLOOM (*Dócil, arrulha*) Eu rerrerrepugno acacarachata...

BELLO (*Imperioso*) Ah, vai embora, sua coisa fedorenta! Fecha essa matraca! Fale só quando falarem com você.

BLOOM (*Curvando-se*) Mestre! Mestra! Domadora de Homens!

(*Ele ergue os braços. Seus braceletes caem.*)

BELLO (*Satiricamente*) Durante o dia você vai pôr de molho e bater as nossas roupas de baixo malcheirosas inclusive quando as damas não estivermos bem, e esfregar as nossas latrinas com o vestido preso por alfinetes e um pano de pratos atado à tua cauda. Não vai ser lindo? (*Coloca um anel de rubi no dedo dela*) E agora então! Com esse anel eu te possuo. Diga, *obrigado, minha ama*.

BLOOM Obrigado, minha ama.

BELLO Você vai arrumar as camas, preparar a minha banheira, esvaziar os penicos de todos os quartos, inclusive o da velha senhora Keogh, nossa cozinheira, meio arenoso. Isso mesmo, e vai enxaguar muito bem todos sete, preste atenção, ou vai beber que nem champagne. Me engolir pelando de quente. Opa! Você vai dançar segundo a música ou eu vou te dar um sermão sobre as suas travessuras, senhorita Ruby, e surrar a sua bundinha pelada bem direitinho, senhorita, com a escova de cabelo. A senhorita vai aprender o que está errado com as suas maneiras. De noite, as suas mãos bem untadas e cheia de braceletes vão usar luvas de quarentetrês botões recempolvilhadas com talco e com pontinhas delicadamente perfumadas. Por tais favores os cavaleiros dos tempos de outrora davam a vida. (*Risadinha*) Os meus garotos vão ficar encantados a mais não poder de ver você assim tão dama, o coronel, sobretudo. Quando vierem aqui na noite antes do casamento pra bolinar a minha nova atração de salto alto dourado. Primeiro, eu mesmo vou experimentar você. Um sujeito que eu conheço do jóquei chamado Charles Alberta Marsh (eu estava agora mesmo na cama com ele e um outro cavalheiro do escritório Hanaper & Petty Bag) está procurando uma moça paupratodaobra e é pra já. Estufe o busto. Sorria. Curve os ombros. Quem dá mais? (*Ele aponta*) Por aquele lote, treinada pelo dono pra buscar e trazer, cestinha na boca. (*Ele arregaça a manga e enfia o braço até o cotovelo na vulva de Bloom*) Isso que é uma bela profundidade! Como é que é, meninos? Ficaram com tesão? (*Esfrega o braço na cara de um comprador*) Aqui, mostrem as cartas e deem as caras!

UM COMPRADOR Um florim.

(*O lacaio de Dillon toca seu sino de mão.*)

UMA VOZ Um e oito pence além da conta.

O LACAIO Barang!

CHARLES ALBERTA MARSH Deve ser virgem. Hálito bom. Limpinha.

BELLO (*Dá uma pancada com seu martelo de leiloeiro*) Dois xelins. Não tem como baixar e está barata por esse preço. Catorze palmos de altura. Toquem e examinem os detalhes. Manuseiem. Essa penugem na pele, esses músculos macios, essa carne tenra. Ah, se eu estivesse com o meu perfurador de ouro aqui comigo! E facinha de ordenhar. Três galões fresquinhos por dia. Uma pura parideira, prestes a parir em uma hora. O recorde de leite de seu pai era de mil galões de leite integral em quarenta semanas. Eia! Calma, minha joia! Pede! Eia! (*Ele marca o C de seu nome nos quartos de Bloom*) Assim! Legítimo Cohen! O quê, acima de duas pratas, cavalheiros?

UM HOMEM DE FACE ESCURA (*Com sotaque disfarçado*) Zem lipras esderlins.

VOZES (*Vencidas*) Para o Califa. Harun al-Raschid.

BELLO (*Contente*) Certo. Que venham todos. A saia mirradinha, ousadissimamente curta, que vai até o joelho pra mostrar um vislumbre de calçola branca de babado, é uma arma poderosa e meias transparentes, ligaverdesmeralda, com o longo friso reto trilhando o caminho até além do joelho, atiçam os melhores instintos do homem vivido e *blasé*. Aprendam o passo doce e sedutor sobre saltos Luís Quinze de quatro polegadas, a reverência grega com quadris provocativos, as coxas fluescentes, joelhos modestamente se beijando. Exerçam todos os seus poderes de fascínio sobre eles. Alcovitem seus desejos gomorrenses.

BLOOM (*Dobra para a axila o rosto enrubescente e sorri afetado com o indicador na boca*) Ah, eu sei o que é que você está insinuando agora!

BELLO E pra que mais você serve? Uma coisa impotente que nem você? (*Ele se curva e, espiando, espeta rudemente com seu leque o gordo sebo das dobras das ancas de Bloom*) De pé! De pé! Gato manx! O que é que nós temos aqui? Pronde é que foi a tua chaleirinha enroscada ou quem foi que enfiou pra dentro de você, passarim? Canta, canarinho, canta. Está mais frouxo que o de um menino de seis aninhos fazendo pipi atrás de um carrinho. Ou caga ou desocupa a moita. (*Alto*) Você dá conta de um trabalho de homem?

BLOOM Eccles Street...

BELLO (*Sarcasticamente*) Por nada nesse mundo eu ia ser capaz de ferir os teus sentimentos mas tem um homem de fibra no comando lá. Viraram o jogo, meu amiguinho feliz! Ele é como que um homem propriamente dito, de vida ao ar livre. Bom pra você, seu mão furada, se você tivesse aquela arma toda coberta de pino e caroço e verruga. Ele lançou o dardo, isso eu posso te garantir! Pé no pé, joelho no joelho, barriga na barriga, seio no peito! Ele não é nenhum eunuco. Um tufo de cabelo vermelho ele tem saindo lá de trás que nem uma touceira de mato! Só espere nove meses, meu garoto! Ai santinho, já está espernando e tossindo pra cima e pra baixo dentro das tripas dela! Isso te deixa louco, não deixa? É pôr o dedo na ferida? (*Cospe desdenhoso*) Seu escarro!

BLOOM Eu fui tratado de maneira indecente, eu... Avisem a polícia. Cem libras. Roupas íntimas. Eu...

BELLO Se pudesse, não é, cafécomleite? o que a gente quer é uma tempestade, e não a tua garoinha.

BLOOM Pra me enlouquecer! Moll! Eu esqueci! Perdoe! Moll!... Nós... Ainda...

BELLO (*Impiedosamente*) Não, Leopold Bloom, tudo está mudado por vontade da mulher desde que você dormiu horizontal em Sleepy Hollow a tua noite de vinte anos. Volte e veja.

(*A velha Sleepy Hollow chama por sobre a planície agreste.*)

SLEEPY HOLLOW Rip van Winkle! Rip van Winkle!

BLOOM (*Com mocassins maltrapilhos e uma carabina enferrujada, na ponta dos pés, com as pontas dos dedos, com o emaciado rosto ossudo e barbado espiando através das janelas diamantes, grita*) Eu estou vendo! Ela! É ela! A primeira noite na casa do Mat Dillon! Mas aquele vestido, o verde! E o cabelo dela está pintado de dourado e ele...

BELLO (*Ri derrisoriamente*) É a tua filha, seu mocho, com um estudante de Mullingar.

(*Milly Bloom, loura, roupaverde, levessandália, com a echarpe azul ao vento do mar toda rrodando, liberta-se dos braços do amante e chama, com os olhos jovens pasmabertos.*)

MILLY Puxa! É o pápi! Mas. Nossa, pápi, como você ficou velho!

BELLO Mudado, hein? Nosso amigo fulanodetal, a nossa escrivaninha onde a gente nunca escreveu, a cadeira de braços da tia Hegarty, as nossas clássicas reimpressões dos mestres antigos. Um homem com seus amigos vive ali à larga. O *Repouso do Corno*! Por que não? Quantas mulheres você pegou, hein, na cola delas nas ruas escuras, policial, excitando elas com os teus grunhidos abafados. Não é, seu prostituto? Damas imaculadas com embrulhos de confeitaria. Meiavolta. O que não mata, meu gordinho, aiaiai...

BLOOM Elas... Eu...

BELLO (*Cortante*) As marcas dos saltos deles vão carimbar o tapete imitação de Bruxelas que você comprou no leilão da Wren's. Na brincadeira de cavalo, com a potranca da Moll tendo que procurar a pulga de cabrito dentro da calça eles vão desfigurar a estatuazinha que você levou pra casa na chuva em nome da arte pela arte. Eles vão violar os segredos da tua última gaveta. Vão arrancar páginas do teu manual de astronomia pra acender o fogo. E vão cuspir na tua grade de lareira de dez xelins da Hampton Leedom's.

BLOOM Dez e seis. Um ato de patifes baixos. Me soltem. Eu vou voltar. Eu vou provar...

UMA VOZ Jure!

(*Bloom cerra os punhos e se arrasta pelo chão, com uma faca de caça entre os dentes.*)

BELLO Como hóspede pagante ou como amásio teúdo? Tarde demais. Você fez a tua segunda melhor cama e agora outros vão deitar nela. O teu epitáfio está escrito. Você está acabado e não esqueça disso, chapinha.

BLOOM Justiça! Toda a Irlanda contra um! Alguém por acaso...? (*Ele morde o polegar.*)

BELLO Morra e vá pra o inferno se você ainda tem qualquer noção de decência ou de dignidade em você. Eu posso te dar um vinho antigo raro que vai te mandar pulandinho pro inferno ida e volta. Assine um testamento e deixe pra nós todas as moedinhas que você tiver! Se não tem nenhuma dê já um jeito de arrumar, furte, roube! A gente vai enterrar você no nosso banheiro de moita pra você ficar morto e sujo com o velho do Cuck Cohen, o meu sobrinho adotivo que virou meu marido, o desgraçado do procurador velhusco e gotoso e sodomita de pescoço travado, e os meus outros dez ou onze maridos, sei lá eu o nome dos imbecis, tudo afogado na mesma vala. (*Ele explode numa risada alta e catarrenta*) A gente vai adubar você, senhor Flower! (*Assovia zombeteiro*) Adeusinho, Poldy! Adeusinho, pápi!

BLOOM (*Agarra a cabeça*) A minha forçadevontade! Memória! Infelizmente o homem sucumbe! Infelizmente o homem sof... (*Choraminga deslacrimadamente.*)

BELLO (*Escarnece*) Nenenchorão! Lágrimas de crocodilo!

(*Bloom, esgotado, velado escuro para o sacrifício, soluça, rosto contra a terra. O sino das almas faz-se ouvir. Figuras com xalesnegros, dos circuncisos, vestindo-se de sacas e cinzas, param junto ao muro das lamentações, M. Schulomowitz, Joseph Goldwater, Moses Herzog, Harris Rosenberg, M. Moisel, J. Citron, Minnie Watchman, O. Mastiansky, o reverendo Leopold Abramovitz, chazan. Com braços balouçantes lamentam em pneuma por sobre o pusilânime Bloom.*)

OS CIRCUNCISOS (*Em escuro cântico gutural enquanto arremessam frutos do* mar morto sobre ele, nada de flores) Shema Israel Adonai Elohenu Adonai Echad.

VOZES (*Suspirando*) Então ele se foi. Ah, sim. Sim, de fato. Bloom? Nunca ouvi falar. Não? Sujeitinho meio esquisito. Olha lá a viúva. É mesmo? Ah, sim.

(*Da pira da sati ascende a chama de goma de cânfora. A mortalha de fumaça de incenso cerra-se e se dispersa. De sua molduracarvalho uma ninfa de cabelo solto, envolta em vestes leves de cores artísticas marronchá, descende de sua gruta e passando sob teixos imbricados detém-se sobre Bloom.*)

OS TEIXOS (*Com as folhas sussurrando*) Mana. Mana nossa. Ssh!

A NINFA (*Suavemente*) Mortal! (*Bondosa*) Não, não chorásteis!

BLOOM (*Rasteja geleiamente sob os ramos, estriado pelo sol, com dignidade*) Essa posição. Achei que era o que se esperava de mim. Força do hábito.

A NINFA Mortal! Você me encontrou em má companhia, dançarinas de cancã, vendeiras, pugilistas, generais populares, garotos imorais de pantomima com roupas coladíssimas e as deliciosas dançarinas de *shimmy*, La Aurora e Karini, número musical, o sucesso do século. Eu estava escondida num papel corderrosa barato que cheirava a óleo de pedra. Estava cercada pelo ranço azedo dos frequentadores de clubes, estórias pra perturbar a verde juventude, anúncios de transparências, dados à prova de chumbo e almofadinhas pro busto, artigos direto dos fabricantes e por que usar uma cinta elástica com o testemunho de um cavalheiro com uma hérnia rompida. Dicas úteis para os casados.

BLOOM (*Ergue uma cabeça de tartaruga na direção do colo dela*) Nós já nos encontramos antes. Numa outra estrela.

A NINFA (*Tristemente*) Objetos de borracha. Nuncarrasga. Mesma marca fornecida à aristocracia. Corseletes para homens. Curo ataques ou seu dinheiro de volta. Testemunhos nãossolicitados em favor do maravilhoso Magnipeito do professor Waldmann. Meu busto ganhou quatro polegadas em três semanas, relata a senhora Gus Rublin com foto.

BLOOM Você está falando da *Photo Bits*?

A NINFA Sim. Você me levou dali, me emoldurou em carvalho e folhadeflandres, me colocou por cima do seu leito nupcial. Sem ser visto, numa noite de verão, você me beijou em quatro lugares. E com lápis amoroso sombreou meus olhos, meu colo e minha vergonha.

BLOOM (*Humildemente beija-lhe os longos cabelos*) As suas curvas clássicas, linda imortal. Eu ficava feliz de olhar pra você, louvar você, uma coisa de beleza, de quase rezar.

A NINFA Durante escuras noites eu ouvi você louvar.

BLOOM (*Rapidamente*) Sim, sim. Você quer dizer que eu... O sono revela o pior de todo mundo, a não ser quem sabe as crianças. Eu sei que eu caí da cama ou melhor fui empurrado. Vinho com ferro dizem que cura o ronco. Pro resto tem aquela invenção inglesa, que eu recebi no panfleto uns dias atrás, com o endereço errado. Alega propiciar um respiráculo silencioso, inofensivo. (*Ele suspira*) Deveras, que sempre assim foi. Fragilidade, teu nome é casamento.

A NINFA (*Com os dedos nos ouvidos*) E que palavras. Não estão no meu dicionário.

BLOOM Você entendeu?

OS TEIXOS Ssh.

A NINFA (*Cobre o rosto com as mãos*) O que foi que eu não vi naquela alcova? De que coisas tiveram meus olhos que se desviar?

BLOOM (*Arrependido*) Eu sei. Roupabranca emporcalhada, com o avesso pra fora, bem certinho. As argolas estão frouxas. Lá de Gibraltar pelo mar de longo, há um longo tempo.

A NINFA (*Baixa a cabeça*) Pior, pior!

BLOOM (*Reflete cuidadosamente*) Aquela cômoda antiquada. Não foi o peso dela. Ela estava pesando só 163 libras. Ganhou nove depois do desmame. Foi uma rachadura e a falta de cola. Não foi? E aquele utensílio absurdo meandralaranjado que só tem uma alça.

(*Ouve-se o som de uma quedadágua em brilhante cascata.*)

A QUEDADÁGUA Poulaphouca Poulaphouca
  Poulaphouca Poulaphouca.

OS TEIXOS (*Embaralhando seus ramos*) Ouçam. Sussurrem. Ela tem razão, nossa mana. Nós crescemos junto da quedadágua Poulaphouca. Dávamos sombra em lânguidos dias de verão.

JOHN WYSE NOLAN (*No fundo, com o uniforme da Guarda Florestal Nacional da Irlanda, tira seu chapéu plumado*) Prosperem! Deem sombra em lânguidos dias de verão, ó árvores da Irlanda!

OS TEIXOS (*Murmurando*) Quem veio a Poulaphouca com a excursão da escola? Quem abandonou seus colegas de classe embuscadenozes e foi procurar nossa sombra?

BLOOM (*Peitodepombo, ombrodegarrafa, acolchoado, com um indefinido terno juvenil listrado de cinza e preto, pequeno para ele, tênis brancos, meias soquetes com as barras reviradas e um bonezinho de estudante com um distintivo*) Eu era novinho, estava crescendo. Muito pouco bastava, então, um carro que sacudia, a miscelânea de odores da sala dos casacos e do banheiro das mulheres, a multidão encurralada bem apertada nas escadas do Old Royal, pois elas adoram um apertão, instinto de manada, e o teatro escuro com cheiro de sexo libera os vícios. Até um catálogo de preços das meias finas que elas usam. E o calor ainda. Teve manchas solares aquele verão. Fim da escola. E bolo com licor. Tempos dantanho.

(*Tempos Dantanho, meninos de escola com camisas de futebol azuis e brancas e shorts, senhorzinho Donald Turnbull, senhorzinho Abraham Chatterton, senhorzinho Owen Goldberg, senhorzinho Jack Meredith, senhorzinho Percy Apjohn, estão numa clareira entre as árvores e gritam para o senhorzinho Leopold Bloom.*)

OS TEMPOS DANTANHO Escamoso! Reviva a gente. Urra! (*Eles gritam felizes.*)
BLOOM (*Badameco, luvaquentinha, cachecoldamamãe, pintado de bolas de neve espoucadas, esforça-se por se levantar*) De novo! Estou me sentindo com dezesseis anos! Batuta! Vamos tocar todas as campainhas da Montague Street. (*Ele grita feliz sem convicção*) Três vivas pra escola! Pronto!
O ECO Tonto!
OS TEIXOS (*Farfalhando*) Ela tem razão, nossa mana. Sussurrem. (*Beijos sussurrados ouvem-se por todo o bosque. Rostos de hamadríades espiam dos troncos e por entre as folhas e irrompem florescendo em botão*) Quem profanou nossa sombra silente?
A NINFA (*Tímida, através de dedinhos separados*) Ali? A céu aberto?
OS TEIXOS (*Folhas ao chão*) Mana, sim. E em nossas virgens campinas.
A QUEDADÁGUA Poulaphouca Poulaphouca
    Phoucaphouca Phoucaphoca.
A NINFA (*Com dedos bem abertos*) Oh, infâmia!
BLOOM Eu era precoce. Juventude. Os faunos. Eu estava oferecendo um sacrifício ao deus da floresta. As flores que brotam na primavera. Era tempo de acasalamento. A atração capilar é um fenômeno natural. Lotty Clarke, cabelinhodelinho, eu vi durante a *toilette* noturna pelas cortinas malcerradas com o binóculo de ópera do coitado do papai. A lascívia pastava à larga. Ela rolava morro abaixo na ponte Rialto pra me tentar com aquele fluxo de espíritos animais. Ela trepava na árvore retorcida lá da casa deles e eu... Um santo não ia ser capaz de resistir. O demônio tomou posse de mim. E além disso, quem viu?

(*Levi Telo, um novilho de cabeça branca, mete uma cabeça ruminante com narinas úmidas pela folhagem.*)

LEVI TELO (*Grandes lágrimas rolando de seus olhos proeminentes, funga*) Mii. Miim viu.

BLOOM Simplesmente satisfazendo uma necessidade. (*Com pathos*) Nenhuma menina queria quando eu saía pra namorar. Feio demais. Não queriam brincar de...

(*Bem alto no Ben Howth através de rododendros passa uma cabra, ubererroliço, rabocotoco, estercando groselhas.*)

A CABRA (*Bale*) Meggeggaggegg! Caacaaaacaaabraaaa!

BLOOM (*Senchapéu, ruborizado, coberto com penugens de calátides de cardo e de tojo*) Devidamente noivo. As circunstâncias alteram os casos. (*Fita detidamente a água abaixo*) Trintedois de cabeça pra baixo por segundo. Pesadelo de imprensa. Elias ébrio. Cair da falésia. Triste fim de funcionário da impressora do governo.

(*Através da pratacalma do ar do verão o manequim de Bloom, enrolado como múmia, rola rotatório da falésia Lion's Head para as roxas águas que o aguardam.*)

O MUMIMANEQUIM Bbbbblllllblblblblobschb!

(*Ao longe na baía entre os faróis de Bailey e Kish navega o* Erin's King, *soltando uma pluma de fumaçadecarvão que se alarga da chaminé até a terra.*)

O CONCELHEIRO NANNETTI (*Só no convés, em escura alpaca, rostogavião amarelo, mão na abertura do colete, declama*) Quando meu país assumir seu lugar entre as nações da terra, então, e somente então, que meu epitáfio seja escrito. Tenho...

BLOOM Dito. Prff.

A NINFA (*Altivamente*) Nós imortais, como você pôde ver hoje, não temos um tal lugar e também não temos cabelo lá. Somos frias como pedra e somos puras. Comemos luz elétrica. (*Ela arqueia o corpo em lasciva crispação, pondo o indicador na boca*) Falou comigo. Ouvi por trás. Como então você pôde...?

BLOOM (*Caminhando abjeto pela urze*) Ah, eu fui um perfeito porco. Clisteres eu administrei também. Cento e cinquenta ml de simaruba, ao qual se acrescenta uma colher de sobremesa de salgema. E mete nos fundamentos. Com a seringa da Hamilton Long's, a amiga das senhoras.

A NINFA Em minha presença. A almofada de pòdearroz. (*Ela cora e se ajoelha*) E o resto!

BLOOM (*Desconsolado*) Sim. *Peccavi!* Paguei tributo naquele altar vivo onde o lombo muda de nome. (*Com repentino fervor*) Pois por que haveria a mimosa mão cheia de joias, a mão que controla...?

(*Figuras se enroscam serpenteando em lento padrão arbóreo em torno dos caules das árvores, uivando.*)

A VOZ DE KITTY (*No arvoredo*) Mostra uma almofada dessas aí.
A VOZ DE FLORRY Ó.

(*Um galodafloresta bate desajeitado as asas pelo mato baixo.*)

A VOZ DE LYNCH (*No arvoredo*) Ui! Pelando de quente!
A VOZ DE ZOE (*No arvoredo*) Veio de um lugar quente.
A VOZ DE VIRAG (*Um líder de revoada, listrazul e emplumado em panóplia de guerra com sua azagaia, marchando através de estralejantes canas por sobre folhas de faias e glandes*) Quente! Quente! Cuidado com Touro Sentado!

BLOOM Isso acaba comigo. A marca morna da forma morna dela. Até sentar onde uma mulher sentou, especialmente com coxas escanchadas, como quem ia conceder os últimos favores, especialissimamente com as saias dos casacos brancos de cetim bem levantadas previamente. Tão feminilmente pleno. Me preenche plenamente.

A QUEDADÁGUA Phillaphulla Poulaphouca
 Poulaphouca Poulaphouca.

OS TEIXOS Shh! Mana, fala!

A NINFA (*Senholhos, com hábito branco de freira, touca e capelo de ingentes asas, suavemente, com olhos distantes*) O convento Tranquilla. Irmã Agatha. Monte Carmelo, as aparições de Knock e Lourdes. Basta de desejo. (*Ela reclina a cabeça, suspirando*) Somente o etéreo. Onde lírica onírica gaivota nas ondas anda em triste rota.

(*Bloom começa a se levantar. O botão de trás de sua calça pula.*)

O BOTÃO Bip!

(*Duas rameiras da Coombe passam dançando chuvosas, com xales, berrando em desafino.*)

AS RAMEIRAS Oh, Leopold perdeu o alfinete das calçolas
Ele não sabe o que fazer,
Para segurá-la,
Para segurá-la.
BLOOM (*Friamente*) Vocês quebraram o encanto. A última gota. Se existisse só o etéreo onde é que vocês iam estar, postulantes e noviças? Recatadas mas dispostas, que nem um asno mijando.
OS TEIXOS (*Sua folhadeprata de folhas se precipitando, seus braços esquálidos envelhecendo e oscilando*) Deciduamente!
A NINFA Sacrilégio! Tentar minha virtude! (*Uma grande mancha úmida aparece em suas vestes*) Conspurca minha inocência! Não és digno de tocar a roupa de uma mulher pura. (*Ela agarra de novo as vestes*) Espera, Satã. Você não vai mais cantar melodias de amor. Amém. Amém. Amém. Amém. (*Ela saca de um punhal e, cingida pela cota de malha de um cavaleiro eleito dos nove, golpeia-lhe a virilha*) Nekum!
BLOOM (*Salta alerta, segura a mão dela*) Hoy! Nebrakada! Gato de sete vidas! Jogo limpo, madame. Nada de faca de poda. A raposa e as uvas, então? Está te faltando o quê com esse arame farpado? O Crucifixo não é tão grosso assim? (*Ele agarra-lhe o véu*) Um santo abade é o que você quer ou o Brophy, o jardineiro coxo, ou a estátua sem bico do carregadordeágua, ou a boa madre Alphonsus, hein Reynard?
A NINFA (*Com um grito foge dele desvelada, rachando-se seu molde de gesso, uma nuvem de fedor escapando das fendas*) Poli...!
BLOOM (*Ainda falando com ela*) Como se vocês não conseguissem rapidinho e por si próprias. Nada de repelões e mucosidades múltiplas por cima de vocês. Eu tentei. A força de vocês é a nossa fraqueza. Quanto se cobra pelo garanhão? Quanto é que vocês pagam na chincha? Vocês contratam dançarinos na Riviera, eu li. (*A ninfa em fuga solta um treno*) Hein? Eu tenho dezesseis anos de trabalho como escravo negro pelas costas. E algum júri me concederia cinco xelins de pensão amanhã, hein? Vá enganar outro, eu não. (*Ele fareja*) Mas. Cebola. Rançoso. Enxofre. Gordura.

(*A figura de Bella Cohen está diante dele.*)

BELLA Você há de me reconhecer da próxima vez.
BLOOM (*Recomposto, olha para ela*) Passée. Carneiro em pele de cordeiro. Dente comprido e cabelo sobrando. Uma cebola crua antes de dormir ia

beneficiar a tua compleição. E faça uns exercícios pra papada. Os teus olhos são tão vápidos quanto os olhosdevidro de uma raposa empalhada qualquer. Eles têm as dimensões dos teus outros traços, e só. Eu não sou um propulsor de rosca tripla.

BELLA (*Desdenhosa*) Você não presta, mesmo. (*Sua porcavulva late*) Fohracht!

BLOOM (*Desdenhoso*) Limpe o teu dedo sem unha primeiro, a tua porra fria de gabola está pingando da cristadegalo. Pegue um punhado de feno e se limpe.

BELLA Eu te conheço, contato! Saco frouxo!

BLOOM Eu vi, seu guardamichê, aquele ali! Mercador de pudendagra e pingadeira!

BELLA (*Volta-se para o piano*) Qual de vocês estava tocando a marcha fúnebre do *Saul*?

ZOE Eu. Olha as joanetes. (*Ela corre para o piano e marreta acordes com os braços cruzados*) O bife do gato no esterco. (*Espia para trás*) Hein? Quem é que está fazendo amor com os meus queridinhos? (*Ela corre de volta para a mesa*) O que é teu é meu e o que é meu é meu mesmo.

(*Kitty desconcertada cobre os dentes com o papel de prata. Bloom se aproxima de Zoe.*)

BLOOM (*Gentilmente*) Me devolva aquela batata, está bem?

ZOE Vai pagar prenda, coisa fina, coisa superfina.

BLOOM (*Com sentimento*) Não é nada mas ainda assim uma lembrança da minha pobre mãezinha.

ZOE Dá e toma, cria rabo;
Deus descobre, eu que me acabo:
Se pergunta e eu não acho
Deus me manda lá pra baixo.

BLOOM Tem valor sentimental. Eu queria ficar com ela.

STEPHEN Ter ou não ter, eis a questão.

ZOE Toma. (*Ela alça uma nesga da combinação, revelando a coxa nua, e desenrola a batata do topo da meia*) Quem esconde sabe onde.

BELLA (*Fecha o rosto*) Olha. Isso não é um *peepshow* musical. E não me soque esse piano. Quem é que está pagando aqui?

(*Ela vai até a pianola. Stephen fuça no bolso e, puxando uma cédula pelo canto, entrega a ela.*)

STEPHEN (*Com exagerada polidez*) Esta bolsa de seda eu fiz com a orelha de porca do público. Madame, com seu perdão. Se me permite. (*Ele indica vagamente Lynch e Bloom*) Estamos todos no mesmo páreo, Kinch e Lynch. *Dans ce bordel où tenons nostre état.*
LYNCH (*Grita da lareira*) Dedalus! Dê a tua bênção pra ela por mim.
STEPHEN (*Entrega uma moeda a Bella*) Ouro. Está com ela.
BELLA (*Olha para o dinheiro, depois para Zoe, Florry e Kitty*) Você quer três meninas? É dez xelins aqui.
STEPHEN (*Encantado*) Cem mil perdões. (*Ele fuça novamente e retira e lhe entrega duas coroas*) Permita-me, *brevi manu*, a minha vista é algo problemática.

(*Bella vai até a mesa para contar o dinheiro enquanto Stephen fala sozinho em monossílabos. Zoe vai saltitante até a mesa. Kitty se debruça sobre o ombro de Zoe. Lynch levanta, ajeita o boné e, abraçando a cintura de Kitty, acrescenta sua cabeça ao grupo.*)

FLORRY (*Luta pesadamente para se erguer*) Au! Meu pé está dormente. (*Ela manquitola até a mesa. Bloom se aproxima.*)
BELA, ZOE, KITTY, LYNCH, BLOOM (*Matraqueando e batendo boca*) O cavalheiro... dez xelins... pagando pelos três.. Permita-me um momento... esse cavalheiro aqui paga à parte... quem é que está encostando?... au!... veja quem você belisca... vão passar a noite ou pouco tempo?... quem foi?... você é um mentiroso, com licença... o cavalheiro pagou que nem um cavalheiro... bebidas... já passou faz tempo das onze.
STEPHEN (*Na pianola, fazendo um gesto de aborrecimento*) Nada de garrafas! Como, onze? Uma charada!
ZOE (*Erguendo seu vestidanágua e enrolando um meio soberano no alto da meia*) Ganho a duras pernas com o suor nas minhas costas.
LYNCH (*Erguendo Kitty da mesa*) Vem!
KITTY Espera. (*Ela agarra as duas coroas.*)
FLORRY E eu?
LYNCH Upalalá!

(*Ele a ergue, carrega e larga com estrondo no sofá.*)

STEPHEN Raposa piou, o galo voou,
    E os sinos de bronze
    Bateram as onze.

É hora do incréu
Sair já do céu.
BLOOM (*Silenciosamente pousa um meio soberano sobre a mesa entre Bella e Florry*) Então. Permita-me. (*Ele recolhe a nota de uma libra*) Três vezes dez. Estamos quites.
BELLA (*Com admiração*) Mas que comequieto que você é, seu caradepau. Dá até vontade de te dar um beijo.
ZOE (*Aponta*) Ele? Fundo que nem cacimba.

(*Lynch curva Kitty para trás, sobre o sofá, e a beija. Bloom vai com a nota de uma libra até Stephen.*)

BLOOM Isso é teu.
STEPHEN Como assim? *Le distrait* ou vagabundo desleixado. (*Ele fuça de novo no bolso e saca um punhado de moedas. Cai um objeto*) Caiu.
BLOOM (*Curvando-se, apanha e entrega uma caixa de fósforos*) Isto.
STEPHEN Lúcifer. Obrigado.
BLOOM (*Calmamente*) Era melhor você me entregar esse dinheiro pra eu tomar conta. Por que pagar mais?
STEPHEN (*Entrega-lhe todas as suas moedas*) Sê justo antes de seres generoso.
BLOOM Tudo bem, mas será que é inteligente? (*Ele conta*) Um, sete, onze, e mais cinco. Seis. Onze. Não respondo pelo que você possa ter perdido.
STEPHEN Por que batendo as onze? Proparoxítono. O momento anterior ao próximo diz Lessing. Raposa com sede. (*Ele ri alto*) Enterrando a avó. Provavelmente matou a avó.
BLOOM Isso dá uma libra, seis e onze. Uma libra e sete, digamos.
STEPHEN Não faz a mais remota diferença.
BLOOM Não, mas...
STEPHEN (*Vai até a mesa*) Cigarro, por favor. (*Lynch arremessa um cigarro do sofá para a mesa*) Então a Georgina Johnson está morta e encasada. (*Surge um cigarro na mesa. Stephen olha para ele*) Prodígio. Mágica de salão. Casada. Hm. (*Ele acende um fósforo e se aplica a acender o cigarro com enigmática melancolia.*)
LYNCH (*Observando-o*) Você ia ter mais chance de conseguir acender se segurasse o fósforo mais perto.
STEPHEN (*Leva o fósforo para mais perto do olho*) Olho de lince. Preciso arranjar uns óculos. Quebrei os meus ontem. Dezesseis anos atrás. Distância. O olho vê tudo fosco. (*Ele afasta o fósforo. Que se apaga*) Cérebro pensa. Perto: longe. Modalidade inelutável do visível. (*Cerra o*

cenho misteriosamente) Hm. Esfinge. A besta de dois dorsos à meia-noite. Casada.
ZOE Foi um caixeiroviajante que casou com ela e levou ela embora com ele.
FLORRY (*Concorda*) O senhor Cordell, de Londres.
STEPHEN Cordélio de Londres, que tirais os pecados do mundo.
LYNCH (*Abraçando Kitty no sofá, entoa com voz profunda*) Dona nobis pacem.

(*O cigarro escorrega dos dedos de Stephen. Bloom o apanha e o joga na lareira.*)

BLOOM Não fume. Você tinha que comer. Maldito cachorro que eu encontrei. (*Para Zoe*) Vocês não têm nada?
ZOE Ele está com fome?
STEPHEN (*Estende-lhe a mão sorrindo e entoa com a melodia da* ária *do juramento de sangue do* Crepúsculo dos deuses)
Hangende Hunger,
Fragende Frau,
Macht uns alle kaputt.
ZOE (*Tragicamente*) Hamlet, eu sou o espirro de teu pai! (*Ela pega a mão dele*) Belo de olhos azuis, eu vou ler a tua mão. (*Ela aponta para a testa dele*) Sem rugas, sem rusgas. (*Ela conta*) Dois, três, Marte, isso é coragem. (*Stephen balança a cabeça*) Sério.
LYNCH Coragem de bala de festim. O jovem que não conseguia estremecer e tremer. (*Para Zoe*) Quem te ensinou quiromancia?
ZOE (*Vira-se*) Pergunta pras bolas que eu não tenho. (*Para Stephen*) Dá pra ver na tua cara. No teu olho, assim. (*Ela fecha o rosto com a cabeça baixa.*)
LYNCH (*Rindo, dá dois tapas na bunda de Kitty*) Assim. Palmatória.

(*Alta, duas vezes estala uma palmatória, o caixão da pianola abre repentino, a pequenina cabeça careca de mola do padre Dolan pula e surge.*)

O PADRE DOLAN Algum menino está precisando de palmadas? Quebrou os óculos? Pilantrinha preguiçoso. Dá pra ver no teu olho.

(*Doce, bondosa, reitorial, reprovadora, a cabeça de dom John Conmee surge do caixão da pianola.*)

DOM JOHN CONMEE Ora, padre Dolan! Ora. Mas eu tenho certeza que o Stephen é um menino muito bonzinho!

ZOE (*Examinando a palma da mão de Stephen*) Mão de mulher.
STEPHEN (*Murmura*) Continue. Minta. Me segure. Afague. Eu nunca consegui ler a letra dele a não ser Sua digital criminosa no hadoque.
ZOE Em que dia você nasceu?
STEPHEN Quintafeira. Hoje.
ZOE Os filhos da quintafeira vão longe. (*Ela traça linhas na mão dele*) Linha do destino. Amigos influentes.
FLORRY (*Apontando*) Imaginação.
ZOE Monte da lua. Você vai conhecer uma... (*Fita abruptamente as mãos dele*) Eu não vou te contar o que não é bom pra você. Ou você quer saber?
BLOOM (*Solta os dedos dela e oferece a palma de sua mão*) Mais atrapalha que ajuda. Toma. Lê a minha.
BELLA Dá aqui. (*Ela vira a mão de Bloom*) Bem que eu achei. Juntas grossas, pras mulheres.
ZOE (*Fitando a palma de Bloom*) Gradeada. Viaja alènmar e casa por dinheiro.
BLOOM Errado.
ZOE (*Rapidamente*) Ah, entendi. Dedinho curto. Marido dominado. Errei essa?

(*Preta Liza, um imenso galo chocando num círculo de giz, ergue-se, abre as asas e cacareja.*)

PRETA LIZA Gará. Clu. Clu. Clu.

(*Ela afasta-se de seu ovo recemposto e sai rebolando.*)

BLOOM (*Aponta para sua mão*) Aquele calombo ali é um acidente. Caí e cortei tem vintedois anos. Eu estava com dezesseis.
ZOE Estou vendo, como dizia o ceguinho. Me diga alguma coisa que eu não sei.
STEPHEN Está vendo? Move-se para um grande objetivo. Eu tenho vintedois também. Há dezesseis anos eu vintedois tropecei, há vintedois anos ele dezesseis cai do cavalinho. (*Se encolhe*) Machuquei a mão em algum lugar. Tenho que ir ao dentista. Dinheiro?

(*Zoe sussurra para Florry. Elas soltam risadinhas. Bloom liberta a mão e escreve sem pensar sobre a mesa disfarçando a letra, lapisando curvas lentas.*)

FLORRY O quê?

(*Um carro de praça, de número trezentos e vintequatro, com uma égua de quartosgalantes, conduzido por James Barton, Harmony Avenue, Donnybrook, passa a trote. O Rojão Boylan e Lenehan espalham-se balouçantes nos bancos laterais. O engraxate do Ormond vem agachado atrás sobre o eixo. Tristes por sobre a persiana Lydia Douce e Mina Kennedy espiam.*)

O ENGRAXATE (*Sacudindo, debocha delas com polegar e contorcionantes dedos minhocos*) Duro, de pau duro?

(*Bronze junto a ouro elas cochicham.*)

ZOE (*Para Florry*) Cochicho.

(*Elas cochicham de novo.*)

(*Sobre o vão do carro apoia-se o Rojão Boylan, palheta posta de lado, flor vermelha entre os lábios. Lenehan com boné de iatista e sapatos brancos, oficiosamente despega um longo fio de cabelo do ombro do casaco do Rojão Boylan.*)

LENEHAN Apre! O que cá contemplo eu? Andou tirando teia de aranha de uma ou outra barata por aí?
BOYLAN (*Saciado, sorri*) Afogando o ganso.
LENEHAN Uma bela noite de trabalho.
BOYLAN (*Exibindo quatro grossos dedos rombudungulados, pisca*) Segura o Rojão! Satisfação garantida ou seu dinheiro de volta. (*Ele estende um indicador*) Cheira aqui.
LENEHAN (*Cheira contente*) Ah! Lagosta com maionese. Ah!
ZOE E FLORRY (*Riem juntas*) Rá rá rá rá.
BOYLAN (*Salta seguro do carro e grita alto para todos ouvirem*) Salve, Bloom! A senhora Bloom já está de pé?
BLOOM (*Com uma jaqueta de lacaio de veludo ameixa e calça até os joelhos, meias bufantes e peruca empoada*) Receio que não, senhor. As últimas peças...
BOYLAN (*Arremessa-lhe um seispence*) Toma, pra você comprar um gim com soda. (*Pendura o chapéu elegantemente numa haste da cabeça galhada de Bloom*) Me receba. Eu tenho uns negocinhos particulares com a sua senhora. Está entendendo?

BLOOM Obrigado, senhor. Sim, senhor. A Madame Tweedy está no banho, senhor.

MARION Ele devia era se sentir altamente honrado. (*Ela chapinha em se pondo de pé e sai da água*) Raoul, meu querido, venha me secar. Eu estou em pelo. Só com o meu novo chapéu e uma esponja de lavar carroça.

BOYLAN (*Um brilho feliz nos olhos*) Sai de baixo!

BELLA Como? Como assim?

(*Zoe sussurra para ela.*)

MARION Deixe que olhe, o embasbacado! Cafetão! E que se lixe! Eu vou escrever pra uma prostituta poderosa ou pra Bartholomona, a mulher barbada, pra levantar uns vergões nele pra mais de uma polegada e fazer ele me trazer aqui um recibo assinado e carimbado.

BELLA (*Rindo*) Rô rô rô rô.

BOYLAN (*Para Bloom por cima do ombro*) Você pode meter o olho na fechadura e brincar com a tua coisinha enquanto eu traço a senhora algumas vezes.

BLOOM Obrigado, senhor, eu vou fazer isso mesmo, senhor. Posso trazer dois colegas para presenciar o ato e tirar um instantâneo? (*Estende um pote de unguento*) Vaselina, senhor? Flordelaranjeira...? Água morninha?...

KITTY (*No sofá*) Diz aí, Florry. Diz aí. Fala.

(*Florry sussurra para ela. Palavramantes sussurrosas remurmuram ruidosas lambendo-lhes lábios, papoulísmica poça chapinha.*)

MINA KENNEDY (*Com os olhos erguidos*) Ah, deve ser como o aroma de gerânios e de lindos pêssegos! Ah, ele simplesmente idolatra cada pedacinho dela! Grudadinhos! Coberta de beijos!

LYDIA DOUCE (*Com a boca se abrindo*) Nham nham. Ah, ele está carregando ela em volta da sala sem parar de fazer! Upa, upa, cavalinho. Dava pra ouvir os dois em Paris e Nova York. Como se fossem bocados de morangos com creme.

KITTY (*Rindo*) Rii rii rii.

A VOZ DE BOYLAN (*Doce, roufenha, na boca de seu estômago*) Ah! Gurrojqruc bruqarchqracht!

A VOZ DE MARION (*Roufenha, docemente vindo até a garganta*) Ai! Uiichuachtquissimapuisthnapurrâc!

BLOOM (*Com os olhos loucamente dilatados, agarra seu próprio corpo*) Mostra! Esconde! Mostra! Soca nela! Mais! Manda!

BELLA, ZOE, FLORRY, KITTY Rô rô! Rá rá! Rii rii!
LYNCH (*Aponta*) O espelho à natureza. (*Ri*) Ruu ruu ruu ruu ruu ruu!

(*Stephen e Bloom olham no espelho. O rosto de William Shakespeare, glabro, surge nele, estático numa paralisia facial, coroado pelo reflexo do galhado cabide de chapéus da entrada.*)

SHAKESPEARE (*Em respeitável ventriloquismo*) É o riso frouxo que delata a mente vaga. (*Para Bloom*) Tu pensais como se fôssedestes invisível. Mira. (*Ele crocita com o riso negro de um capão*) Iagogo! Como meu Velho esganou-se com sua Desdemanhã. Iagogogo!
BLOOM (*Sorri amarelamente para as três putas*) Quando é que vão me contar a piada?
ZOE Antes de você casar duas vezes e enviuvar uma vez.
BLOOM Lapsos a gente perdoa. Até o grande Napoleão quando medido sem roupas depois da morte...

(*A senhora Dignam, mulher viúva, narizbolinha e bochechas corados por conversademorte, lágrimas e xerez Tunny tawny, passa apressada enlutada, touca enviesada, rugeando e empoando as bochechas, a boca e o nariz, mamãecisne arrebanhando os filhotes. Por sob sua saia aparecem a calça quotidiana de seu falecido marido e suas botas viradas, tamanho grande, número 8. Ela segura uma apólice de seguro das viúvas escocesas e uma grande sombrinhabóbada embaixo da qual corre com ela sua ninhada, Patsy saltitando num pé mimoso, colarinho solto, uma fieira de bifes de porco balançando, Freddy choramingando, Suzy com um bico de bacalhau choroso, Alice lidando com o bebê. Ela os toca a socos, estandartes tremulando ao vento.*)

FREDDY Ah, mãe, você tá me arrastando!
SUZY Manhê, o caldo de carne já tá borbulhando!
SHAKESPEARE (*Com fúria paralítica*) Casaco-se gúndoquem mátapri mêro!

(*O rosto de Martin Cunningham, barbado, refigura o rosto glabro de Shakespeare. A sombrinhabóbada oscila bêbada, as crianças correm para um lado. Sob a sombrinha surge a senhora Cunningham com chapéu de viúva alegre e um vestido quimono. Ela desliza de lado prestando reverência, retorcendo-se japonesamente.*)

SENHORA CUNNINGHAM (*Canta*)
    E me chamam de joia da Ásia!

MARTIN CUNNINGHAM (*Olha impassível para ela*) Incrível! Libertinazinha mais ordinária!
STEPHEN *Et exaltabuntur cornua iusti*. Rainhas deitam-se com touros premiados. Recordem Pasífae por cuja luxúria meu muitatarataradavô fez o primeiro confessionário. Não esqueçam Madame Grissel Steevens nem os suínos rebentos da casa de Lambert. E Noé embebedou-se com o vinho. E abriram-lhe a arca.
BELLA Não quero dessas coisas aqui. Bateu na porta errada.
LYNCH Deixa ele em paz. Ele está voltando de Paris.
ZOE (*Corre para Stephen e lhe dá o braço*) Ah, anda! Manda um pouquinho de parlevu.

(*Stephen chapa o chapéu na cabeça e salta até a lareira onde para de ombros dantes, mãozinhas delicadas estendidas, sorriso pintado no rosto.*)

LYNCH (*Ruflando no sofá*) Rmm Rmm Rmm Rrrrrrmmmmm.
STEPHEN (*Matraqueia, com gestos bruscos de marionete*) Mil praças de entretenimento por passer vossas noites com lindas damas em vendendo loovas e outras coisas pode ser o coração a ela carnassada perfeita casa chic muito excêntrica onde montes cocottes vestidas muito lindas muito como princesas como são dançando cancã e caminhando lá parisienses bufonerias extra folias por bacharéis estrangeiros o mesmo se falando um pobre inglês que é que são espertas em coisas do amor e sensações voluptuosas. Meussenhores mui seletos pois é prazer tem necessidade de visitar espetáculo céu e inferno com velas mortuárias e as lágrimas prata o que ocorre toda noite. Perfeitamente chocante terrível das coisas de religião zombaria vista em universal mundo. Todas as fêmeas chic que arribam plenas de modéstia e pois despem e piam alto para ver homem vampiro perverter freira muito jovem fresca com *dessous troblants*. (*Estala alto a língua*) Oh, la la! Ce pif qu'il a!
LYNCH *Vive le vampire!*
AS PUTAS Bravo! Parlevu!
STEPHEN (*Com a cabeça jogada para trás, ri alto, aplaudindo a si próprio*) Grande sucesso de rires. Anjos muito prostitutas qual e santos apóstolos grandes rufiães malditos. *Demimondaines* boamente lindas cintilando de diamantes muito cordialmente trajadas. Ou será gostam mais vocês de que apetece aqueles modernos prazeres turpitudes de velhuscos? (*Aponta a sua volta com gestos grotescos a que Lynch e as putas respondem*) Mulher estátua de caoutchouc duplaface ou voyeurismo em tamanho real virgens nudez muito lésbicas o beijo cinco dez vezes. Entre cavalheiro por ver nos

espelhos cada posições trapezia toda aquela máquina ali aliás também se desejo agir horrendamente bestial ajudante de carniceiro polui em quente vitela ou homenlete na barriga *pièce de Shakespeare.*

BELLA (*Com um tapa na barriga, reclina-se no sofá com um grito gargalhado*) Um omelete na... Rô! Rô! Rô! Rô!... omelete na...

STEPHEN (*Amaneiradamente*) Eu te amo, senhor caro. Falas tu inglesa língua para *double entente cordiale.* Ah, sim, *mon loup.* Quanto o custo? Waterloo. Watercloset. (*Ele cessa súbito e ergue um indicador.*)

BELLA (*Rindo*) Omelete...

AS PUTAS (*Rindo*) Bis! Bis!

STEPHEN Ouçam minhas palavras. Eu sonhei com uma melancia.

ZOE Vá para o exterior e ame uma estrangeira.

LYNCH Cruzando o mundo atrás de uma esposa.

FLORRY Os sonhos falam por contrários.

STEPHEN (*Estendendo os braços*) Foi aqui. Rua de rameiras. Na Serpentine Avenue Belzebu me mostrou. Ela. Uma viúva atarracada. Onde está estendido o tapete vermelho?

BLOOM (*Aproximando-se de Stephen*) Olha...

STEPHEN Não, eu fugi. Meus inimigos abaixo de mim. E sempre será. Mundo sem fim. (*Grita*) Pater! Livre!

BLOOM Veja bem, olha...

STEPHEN Ele quer domar meu espírito, então? o *merde alors!* (*Grita, garras vulturinas afiadas*) Holà! Hillyho!

(*A voz de Simon Dedalus responde ao grito, algo sonolenta mas pronta.*)

SIMON Está muito bem. (*Revoa errante pelo ar, rodando, soltando gritos de encorajamento, com fortes asas ponderosas de urubu*) Ei, guri! Vai ganhar, por acaso? Upa! Pschatt! Em casa com esses viralatas. Por mim não cuidavam nem do orneio de um asno. Cabeça erguida! Mantenha a nossa bandeira tremulando! Águia goles voante em campo prata disposta. Rei de armas do Ulster! *Haihoop!* (*Ele faz o chamado do beagle, dando com a língua*) Bulbul! Burblblburblbl! Hai, menino!

(*As frondes e espaços do papel de parede desfilam velozes pelo mato. Uma raposa robusta atraída para fora da toca, rumo à relva, tendo enterrado a avó, acorre presta a uma clareira, olhuminosa, procurando teto de texugos, sob as folhas. A matilha de cães veadeiros a segue, focinhos no chão, farejando sua presa, uivando beaglemente, burblbrblando por sangue. Caçadores e caçadoras vivem com eles, ardendo por morte. De Six Mile Point, Flathouse,*

Nine Mile Stone seguem a pé os que a pé seguem com cajados nodosos, dardos salmônicos, laços, zagais com rebenques, rinheiros de ursos com tontons, toureiros com espadas toureantes, negros cinza agitando tochas. Zurros multitudinosos de jogadores de dados, de coroa e âncora, dedaleiros, cabreiros. Atalaias e trutas, roucos corretores de apostas com altos chapéus de magos clamorejam ensurdecedores.)

A MULTIDÃO Figura do páreo. Figuras!
    Dez pra um em todos!
    Dinheiro vivo! Dinheiro vivo!
    Dez pra um menos aquele! Dez pra um menos aquele!
    Tentem a sorte na máquina de corridas!
    Dez pra um menos aquele!
    Cubro quinhentos, rapaziada! Cubro quinhentos!
    Eu dou dez pra um!
    Dez pra um menos aquele!

(*Um azarão, sem cavaleiro, salta como um espectro pela linha de chegada, com a crina espumando lua, olhos estrelos. O resto o segue, um bando de cavalgaduras saltitantes. Cavalos esqueletos, Cetro, Máximo Segundo, Zinfandel, Disparada do duque de Westminster, Repulsa, Ceilão do duque de Beaufort, prix de Paris. Anões por jóqueis, armadurados em ferrugem, aos pulos, pulos na sela. Por último em nuvem de chuva fina sobre um baio desalentado, Galo do Norte, o favorito, boné mel, jaqueta verde, mangas laranja, montado por Garrett Deasy, agarrado às rédeas, um bastão de hóquei a postos. Seu baio com pés cambaios empolainados brancos salta ao longo da via pedregosa.*)

OS ORANGISTAS (*Zombeteiros*) Desça e empurre, meu velho. Última volta! Até anoitecer o senhor chega em casa!
GARRETT DEASY (*Reto de um salto, com o rosto arrunhado emplastrado de selos, brande seu bastão de hóquei, olhos azuis coruscando no prisma do candelabro enquanto sua montaria passa garrida em galope de treino*) Per vias rectas!

(*Um jugo de baldes leoparda-se sobre ele e seu pangaré empinante numa torrente de caldo de carneiro com moedas dançantes de cenouras, cevadas, cebolas, nabos, batatas.*)

OS VERDEJANTES Belo dia, sir John! Belo dia, vossa mercê!

(*O soldado Carr, o soldado Compton e Cissy Caffrey passam por sob as janelas, cantando dissonantes.*)

STEPHEN Ouçam! Nosso amigo, o ruído na rua.
ZOE (*Ergue a mão*) Parem!
SOLDADO CARR, SOLDADO COMPTON E CISSY CAFFREY Tenho uma quedinha
 Pelo tempero de Yorkshire...
ZOE Sou eu. (*Ela bate palmas*) Dancem! Dancem! (*Corre até a pianola*) Quem tem dois pence?
BLOOM Quem vai...
LYNCH (*Entregando-lhe moedas*) Toma.
STEPHEN (*Estralando os dedos impaciente*) Rápido! Rápido! Cadê o meu cajado de áugure? (*Ele corre até o piano e pega o paudefreixo, batendo o pé em tripudium.*)
ZOE (*Gira a alavanca do rolo*) Isso.

(*Derruba duas moedinhas na fenda. Luzes douradas rosadas violeta emanam. O rolo rola ronronante em lenta valsa hesitante. O professor Goodwin, com peruca encimada por um laço, trajes de tribunal, usando uma capa inverness manchada, dobrado em dois pela idade assombrosa, cambaleia pela sala, mãos tremulantes. Senta-se minusculamente no banco do piano e ergue e bate varetas de braços manetas no teclado, movendo a cabeça com graça pudibunda, lacinho balançando.*)

ZOE (*Enrosca-se à roda de si, calcanharteando*) Dancem. Ninguém aqui pra lá? Quem é que vai dançar?

(*A pianola, com luzes mutáveis, toca em compasso de valsa o prelúdio de* Minha garota é de Yorkshire. *Stephen arremessa sobre a mesa o paudefreixo e toma Zoe pela cintura. Florry e Bella empurram a mesa para perto da lareira. Stephen, com graça exagerada antebraçando Zoe, começa a valsá-la pela sala. Bloom se mantém à parte. Sua manga caindo da graça dos braços revela cândida florcarnal de vacinação. Bloom permanece à parte. Entre as cortinas o professor Maginni insere uma perna que na ponta dos pés regira uma cartola. Com um chute hábil ele a lança girando ao cocuruto e chiquenchapelado adentra deslizante. Está usando uma casaca de cauda tijolo com lapelas de seda clarete, peitilho de tule creme, colete verde cavado, colarinho clerical com lenço branco, justa calça lavanda, botinhas de verniz e luvas canário. Em sua botoeira há uma dália. Ele roda em direções reversas uma bengala nebulosa, depois a enfia*) *apertada na axila. Coloca de leve uma mão sobre o esterno, curva-se, e acaricia sua flor, seus botões.)*

MAGINNI A poesia do movimento, arte da calistênica. Nenhuma ligação com a de Madame Legget Byrne ou a de Levenston. Belos vestidos de baile serão fornecidos. Postura. O passo Katty Lanner. Assim. Observem-me! Minhas habilidades terpsicoreanas. *(Ele minueta adiante três passos em pés tropeçantes de abelha)* Tout le monde en avant! Révérence! Tout le monde en place!

(Cessa o prelúdio. O professor Goodwin, batendo braços vagos, encolhe-se, murcha, com sua viva capa caindo em torno do banco. A ária, em compasso mais firme de valsa, martela. Stephen e Zoe circulam livres. As luzes mudam, luzem, morrem ouro, rosa, violeta.)

A PIANOLA Dois camaradas falavam de suas lindas, lindas, lindas,
    Queridas que deixaram pra trás....

(De um canto correm as horas matutinas, cabelouradas, exíguas, em donzélico azul, cinturasdevespas, com mãos inocentes. Velozes dançam, girando suas cordas saltantes. As horas da tarde seguem em ouro ambarino. Rindo, braços dados, altos pentes reluzindo, refletem o sol em espelhos derridentes, erguendo os braços.)

MAGINNI *(Batepalmeja mãos silentenluvadas)* Carré! Avant deux! Respirem
    com calma! *Balance!*

(As horas matutinas e vespertinas valsam em seus lugares, girando, avançando umas até as outras, moldando suas curvas, curvando-se visavis. Cavalheiros por trás delas arqueiam e suspendem os braços, com mãos descendo até, tocando, surgindo de, seus ombros.)

HORAS Pode tocar a minha...
CAVALEIROS Posso tocar a sua?
HORAS Ah, mas de leve!
CAVALEIROS Ah, tão de leve!
A PIANOLA Minha timidinha menininha tem uma cinturinha.

(Zoe e Stephen giram impetuosamente com oscilação mais larga. As horas do crepúsculo avançam de longas sombrasterrenas, dispersas, deixando-se

ficar, olhânguidas, faces delicadas com hena e falsa flor tênue. Vestem-se em gaze gris com escuras mangas morcegas que tremulam à brisa terral.)
MAGINNI *Avant! Huit! Traversé! Salut! Cours de mains! Croisé!*

(*As horas da noite vão furtivas para o último lugar. Horas matutinas, vespertinas e crepusculares retiram-se antes delas. Estão mascaradas, com cabelo adagado e braceletes de sinos foscos. Exaustas, mesuremesuram veladas.*)

OS BRACELETES Blemblém! Blemblém!
ZOE (*Regirando, mão na testa*) Ah!
MAGINNI *Les tiroirs! Chaîne de dames! La corbeille! Dos à dos!*

(*Arabescando exaustamente elas tecem no chão um padrão, tecendo, destecendo, mesurando, regirando, todas rrodando.*)

ZOE Eu estou tontinha.

(*Ela se liberta, larga-se numa cadeira. Stephen agarra Florry e roda com ela.*)

MAGINNI *Boulangère! Les ronds! Les ponts! Chevaux de bois! Escargots!*

(*Entrelaçando, recuando, com mãos intercambiadas as horas da noite dão--se braços, cada uma com braços arcantes, num mosaico de movimentos. Stephen e Florry giram pesantes.*)

MAGINNI *Dansez avec vos dames! Changez de dames! Donnez le petit bouquet à votre dame! Remerciez!*
A PIANOLA Bom, mais que bom,
 Baraabum!
KITTY (*De um salto*) Ah, eles tocaram isso nos cavalinhos de pau lá no bazar Mirus!

(*Ela corre até Stephen. Ele abandona bruscamente Florry e agarra Kitty. Estride bem alto agudo pio de abetauro gritante. Arrulhavegemendo o giragira pesantoso da Toft's que volteia lento pela sala bem à roda a sala toda.*)

A PIANOLA A minha garota é de Yorkshire.
ZOE Yorkshire da cabeça aos pés.
 Vamos, todo mundo!

(*Ela agarra Florry e valsa com ela.*)

STEPHEN *Pas seul!*
(*Envia Kitty pião para os braços de Lynch, cata o paudefreixo sobre a mesa e toma a pista de dança. Todos giranvão, rodanvêm, rodopiam valsejantes. Bloombella, Kittylynch, Florryzoe mulheres jujubentas. Stephen com chapéu paudefreixo ressapeia entre passoscancãs com boca cancandocéu fechada mão aperto parte sob a coxa, com trondo de estrídulo estrondomartelo eiassus hornblower azul verde amarelo luzindo. O pesantoso da Toft's com amazonos de cavalinhos de pau pendentes de serpes ornadas, entranhas fandangam pisam chão e dançam caem outra vez.*)

A PIANOLA Embora seja operária
    E não use roupas chiques.

(*Pertagarrados ágeis agílimos carreirantes brilhuzclarão deslizpisbisam ponderosos. Baraabum!*)

TUTTI *Encore! Bis! Bravo! Encore!*
SIMON Pense no povo da tua mãe!
STEPHEN Dança da morte!

(*Bang fresco barang bang de sino lacaio, cavalo, corcel, pangaré, bacoris, Conmee montando asnocristo manco muleta e marujo perna em bote braçoscruzados puxamarrando e grudando selos gaitam dos pés à cabeça. Baraabum! Montando pangarés porcos cavalosdefeira suínos gadarenos Corny em caixão. Aço tubarão pétreo maneta Nelson duas travessas Frauenzimmer ameixenodoadas de carrinhobebê caindo uivando. Dês, ele é o máximo. Par azulpavio de barril reverendo coral Love em coche dândi Rojão cegos ciclistas dobracalhoados Dilly com bolodeneve nada de roupas elegantes. Então em última recidiva ponderosos indovindo trombam mashtub como um vicerrei e rainha tempero por tropêndulo trombrosa de caishire. Baraabum!*)

(*Os casais caem, cada um para um lado. Stephen rodopia tontamente. Sala voltarroda. Olhos fechados, cambaleia. Grades rubras voam sidéreas. Estrelas todavolta sóis regiram rodavolta. Moscas brilhantes dançam em paredes. Ele estaca.*)

STEPHEN Ôa!

(*A mãe de Stephen, emaciada, surge hirta pelo piso de cinza leproso com uma guirlanda de murcha flordelaranjeira e um véu nupcial rasgado, rosto gasto e desnarizado, verde do mofotumular. Seu cabelo é ralo e liso. Ela fixa suas órbitas ocas contornazuladas em Stephen e abre a boca desdentada enunciando silente palavra. Um coro de virgens e de confessores canta senvozmente.*)

O CORO *Liliata rutilantium te confessorum...*
    Iubilantium te virginum...

(*Do alto de uma torre Buck Mulligan, com trajes variegados de bufão bordô e amarelos e gorra de palhaço com sino enroscante, detém-se boquiaberto, olhando para ela, um* scone *partido amanteigado fumegando em sua mão.*)

BUCK MULLIGAN Ela morreu que nem um bicho. Dozinho! Mulligan encontra a mãe aflita. (*Ele ergue os olhos*) Malachi Mercurial!
A MÃE (*Com o sutil sorriso da loucura da morte*) Eu um dia fui a bela May Goulding. Estou morta.
STEPHEN (*Horrorizado*) Lêmure, quem és? Não. Que truque de bichopapão é esse?
BUCK MULLIGAN (*Balança o enroscante sino da gorra*) Brincadeira! O Kinch irmãodasalmas matou a desalmada. Ela abotoou a casaca. (*Lágrimas de manteiga derretida caem de seus olhos sobre o* scone) Nossa grande e doce mãe! *Epi oinopa ponton.*
A MÃE (*Aproxima-se mais, respirando sobre ele suave seu alento de cinzas úmidas*) Todos têm que passar por isso, Stephen. Mais mulheres que homens no mundo. Você também. A hora vai chegar.
STEPHEN (*Voz embargada de pavor, remorso e horror*) Eles estão dizendo que eu te matei, mãe. Ele ofendeu a tua memória. Foi o câncer, não eu. Destino.
A MÃE (*Verde linha de bile escorrendo-lhe de um canto da boca*) Você cantou aquela música pra mim. *O amargo mistério do amor.*
STEPHEN (*Ansiosamente*) Me diga a palavra, mãe, se você sabe agora. A palavra que todos os homens conhecem.
A MÃE Quem te salvou na noite que você saltou no trem em Dalkey com o Paddy Lee? Quem teve pena de você quando você estava triste entre os estranhos? A oração é todopoderosa. Oração pelas almas que sofrem no manual das Ursulinas, e indulgência de quarenta dias. Se arrependa, Stephen.
STEPHEN Monstro! Hiena!

A MÃE Eu rezo por você no meu outro lugar e mundo. Pede pra Dilly fazer pra você aquele arroz cozido toda noite depois do teu estudo. Tantos anos eu te amei, ah meu filho, meu maisvelho, quando você estava dentro da minha barriga.

ZOE (*Abanando-se com o leque das brasas*) Ai, que me derreto!

FLORRY (*Aponta para Stephen*) Olha! Ele está branco.

BLOOM (*Vai até a janela para abri-la mais*) Tonto.

A MÃE (*Com olhos ardentes*) Arrepende-te! Ah, o fogo do inferno!

STEPHEN (*Ofegante*) O comecadáver! Cabeça em carneviva e ossos sangrentos.

A MÃE (*Seu rosto chegando cada vez mais perto, recendendo a um alento de cinzas*) Cuidado! (*Ela ergue o braço direito seco e enegrecido lentamente até o peito de Stephen com um dedo esticado*) Cuidado! A mão de Deus!

(*Um caranguejo verde com malignos olhos vermelhos enfia fundo as garras sorridentes no coração de Stephen.*)

STEPHEN (*Estrangulado de fúria*) Merda! (*Seus traços se fazem disformes e cinzentos e velhos.*)

BLOOM (*À janela*) O quê?

STEPHEN *Ah non, par exemple!* A imaginação intelectual! Comigo tudo ou não de todo. *Non serviam!*

FLORRY Deem um pouco dágua fria para ele. Espera. (*Ela sai correndo.*)

A MÃE (*Torce lenta as mãos, gemendo desesperada*) Ai, Sagrado Coração de Jesus, tende piedade dele! Salvai-o do inferno, ó divino Sagrado Coração!

STEPHEN Não! Não! Não! Dobrem o meu espírito, vocês todos, se puderem! Eu vou botar vocês todos aos meus pés!

A MÃE (*Na agonia de seus estertores*) Tende piedade do Stephen, Senhor, em meu nome! Inexprimível foi minha angústia quando expirava de amor, dor e agonia no Monte Calvário.

STEPHEN *Nothung!*

(*Ele ergue o paudefreixo alto com as duas mãos e arrebenta o candelabro. A lívida flama final do tempo salta e, na escuridão que se segue, ruína de todo o espaço, vidro estilhaçado e alvenaria desmoronada.*)

O BICO DE GÁS Pwfungg!

BLOOM Pare!

LYNCH (*Corre e segura a mão de Stephen*) Peraí! Calma! Não desatine!

BELLA Polícia!

(*Stephen, abandonando o paudefreixo, cabeça e braços jogados hirtos para trás, sai pisando forte e foge da sala passando pelas putas à porta.*)

BELLA (*Berra*) Pega ele!

(*As duas putas correm para a porta de entrada. Lynch e Kitty e Zoe debandam da sala. Elas conversam exaltadas. Bloom segue, retorna.*)

AS PUTAS (*Entaladas na porta, apontando*) Lá na frente.
ZOE (*Apontando*) Lá. Tem alguma coisa acontecendo.
BELLA Quem é que paga a luminária? (*Ela agarra a barra do paletó de Bloom*) Você. Você estava com ele. A luminária está quebrada.
BLOOM (*Corre para a entrada, volta correndo*) Que luminária, mulher?
UMA PUTA Ele rasgou o paletó.
BELLA (*Olhos duros de raiva e cupidez, aponta*) Quem é que vai pagar por isso? Dez xelins. Vocês são testemunha.
BLOOM (*Agarra o paudefreixo de Stephen*) Eu? Dez xelins? Você já não arrancou bastante dele? Mas ele não...!
BELLA (*Alto*) Olha, eu não quero saber dessas lorotas. Isso aqui não é um puteiro. Uma casa de dez xelins.
BLOOM (*Com a mão por baixo da lâmpada, puxa a corrente. Ao puxar, o bico de gás acende amassada cúpula roxa bordô. Ele ergue o paudefreixo*) Só quebrou a manga. Ele só fez isso...
BELLA (*Encolhe-se e grita*) Ai meu Deus! Não!
BLOOM (*Protegendo-se de um golpe*) Pra mostrar como foi que ele acertou o papel. Não deu seis pence de prejuízo. Dez xelins!
FLORRY (*Com um copo dágua, entra*) Cadê ele?
BELLA Você quer que eu chame a polícia?
BLOOM Ah, eu sei. Um beleguim no recinto. Mas ele é estudante da Trinity. Fregueses do seu estabelecimento aqui. Os cavalheiros que pagam o aluguel. (*Ele faz um sinal maçônico*) Sabe como? Sobrinho do vicechanceler. Você não quer um escândalo.
BELLA (*Raivosa*) Trinity. Aparecem aqui fazendo um escarcéu depois das corridas de barco e não pagam nada. Você por acaso é o meu comandante aqui? Cadê ele? Eu vou cobrar dele! Acabar com ele, ah, vou! (*Ela grita*) Zoe! Zoe!
BLOOM (*Imperativo*) E se fosse o seu próprio filho em Oxford? (*Avisantemente*) Eu sei.
BELLA (*Quase sem fala*) Quem é você, paisano?
ZOE (*À porta*) Tem briga.

BLOOM O quê? Onde? (*Ele joga um xelim sobre a mesa e grita*) Isso é pela manga. Cadê? Eu preciso de ar da montanha.

(*Ele atravessa correndo o corredor. As putas apontam. Florry segue, derramando água de seu copo entortado. No limiar as putas todas reunidas falam fluentes, apontando para a direita onde a neblina se abriu. Da esquerda chega um coche que retine. Ele diminui o passo em frente à casa. Bloom na porta de entrada percebe Corny Kelleher que está a ponto de apear do carro com dois lascivos silentes. Ele desvia o rosto. Bella de dentro do saguão incita suas putas. Elas sopram beijos lambigrudenojentinhos nham nham. Corny Kelleher replica com fantasmagórico sorriso lúbrico. Os lascivos silentes viram-se para pagar o cocheiro. Zoe e Kitty ainda apontam para a direita. Bloom, prontamente separando-as, saca seu capuz e poncho de califa e corre degraus abaixo com o rosto de canto. Harun al-Raschid paisano ele passa apressado por trás dos lascivos silentes e segue ainda mais rápido junto às grades com o passo fúgil de um leopardo que encobre seu rastro atrás de si, envelopes rasgados encharcados de anis. O paudefreixo marca sua marcha. Uma matilha de sabujos, guiada por Hornblower da Trinity brandindo um chicotecão com boné de caça e um velho par de calças cinza, segue de longe, pegando a trilha do cheiro, mais perto, ladrando, arfando, equivocada, separando-se, jogando línguas, mordendo-lhe os calcanhares, saltando por seu rabo. Ele anda, corre, ziguezageia, galopa, se arrasta inclinado para trás. Está incrustado de pedrisco, tocos de repolho, caixasdebiscoitos, ovos, batatas, bacalhaus mortos, chineloschinelas de mulher. Em pós ele recènhachada a turbamulta ziguezague galopa a toda a velocidade de sigam meu líder: 65 C 66 C ronda noturna, John Henry Menton, Wisdom Hely, V. B. Dillon, concelheiro Nannetti, Alexander Shawes, Larry O'Rourke, Joe Cuffe, senhora O'Dowd, Paudágua Burke, o Inominado, senhora Riordan, o Cidadão, Garryowen, Comèquechama, Carestranha, Camaradaqueparecetanto, Javiantes, Veiojunto, Chris Callinan, sir Charles Cameron, Benjamin Dollard, Lenehan, Bartell d'Arcy, Joe Hynes, o Rufo Murray, o editor Brayden, T. M. Healy, o senhor juiz Fitzgibbon, John Howard Parnell, o reverendo Salmão Enlatado, o professor Joly, senhora Breen, Denis Breen, Theodore Purefoy, Mina Purefoy, a postalista da Westland Row, C. P. M'Coy, o amigo do Lyons, o Deixaqueuchuto Holohan, o umqualquer, o outrumqualquer, o Chuteiradefutebol, o motorista carachata, a rica senhora protestante, Davy Byrne, a senhora Ellen M'Guinness, a senhora Joe Gallaher, George Lidwell, Jimmy Henry com calos, o superintendente Laracy, o Padre Crowley, o Crofton lá do Tesouro, Dan Dawson, o cirurgião dentista Bloom com o boticão, a senhora Bob Doran, a senhora Kennefick, a senhora Wyse Nolan, John Wyse Nolan, a belamulhercasadaroçadatraseirobemlargonobondeclonskea, o livreiro das*

Doçuras do pecado, *a senhorita Dubedatindubiodá,* mesdames *Gerald e Stanislaus Moran de Roebuck, o balconista gerente da Drimmie's, o coronel Hayes, Mastiansky, Citron, Penrose, Aaron Figatner, Moses Herzog, Michael E. Geraghty, o inspetor Troy, a senhora Galbraith, o guarda da esquina da Eccles Street, o velho doutor Brady com o estetoscópio, o homem misterioso da praia, um retriever, a senhora Miriam Dandrade e todos os seus amantes.*)

A TURBAMULTA (*Choldraboldralvoroçada*) Ele é o Bloom! Parem o Bloom! Parembloom! Parãoladrão! Oi! Oi! Pegueleali na esquina!

(*Na esquina da Beaver Street por sob os andaimes Bloom ofegante detém-se na franja da ruidosa balbúrdia bateboca, estúrdia estapafúrdia, bufúrdio palúrdio, sem ter ideia do que aquele oi! oi! correcorre dacaquelapalha todo e aquelas quizílias.*)

STEPHEN (*Com gestos elaborados, respirando profunda e lentamente*) Vocês são meus convidados. Os inconvidados. Em virtude do quinto dos Jorges e do sétimo Eduardo. História leva a culpa. Fabulado por mães de memória.

SOLDADO CARR (*Para Cissy Caffrey*) Ele estava insultando a senhorita?

STEPHEN Dirigi-me a ela em vocativo feminino. Provavelmente neutro. Ingenitivo.

VOZES Não, não foi. A mocinha está mentindo. Ele estava na senhora Cohen. Qual é? Soldados e uns civis.

CISSY CAFFREY Eu estava na companhia dos soldados e eles me deixaram pra fazer... vocês sabem, e o jovem surgiu correndo por trás de mim. Mas eu sou fiel ao homem que está me cuidando por mais que eu seja só uma puta de um xelim.

STEPHEN (*Percebe as cabeças de Lynch e Kitty*) Ave, Sísifo. (*Aponta para si próprio e os outros*) Poético. Neopoético.

VOZES Elé fielaohomem.

CISSY CAFFREY É, pra ir com ele. E eu com um amigo soldado.

SOLDADO COMPTON Ele está é louco por uma orelha inchada, a florzinha. Senta a mão nele, Harry.

SOLDADO CARR (*Para Cissy*) Ele tava insultando você quando eu e ele tava mijando?

LORDE TENNYSON (*Com blazer Union Jack e calça de flanela de críquete, cabeça nua, barbafluente*) Não lhes cabe perguntar por quê.

SOLDADO COMPTON Manda ver, Harry.

STEPHEN (*Para o soldado Compton*) Eu não sei o seu nome mas você tem toda a razão. O doutor Swift diz que um homem de armadura bate dez de camisola. Camisola é sinédoque. Parte pelo todo.

CISSY CAFFREY (*Para a multidão*) Não, eu estava com o soldado.

STEPHEN (*Amistosamente*) Por que não? o impetuoso soldadinho. Na minha opinião toda senhorinha, por exemplo...

SOLDADO CARR (*Com o quepe enviesado, avança para Stephen*) Então fala, chefia, como é que ia ser se eu arrebentasse essa tua queixada?

STEPHEN (*Ergue os olhos para o céu*) Como? Muito desagradável. A nobre arte da autossimulação. Pessoalmente, eu detesto ação. (*Balança a mão*) Mão me dói um pouco. *Enfin, ce sont voz oignons.* (*Para Cissy Caffrey*) Alguma coisa errada aqui. O quê, precisamente?

DOLLY GRAY (*De sua sacada balança o lenço, dando o sinal da heroína de Jericó*) Raabe. Filho de Cook, adeus. São e salvo para a Dolly. Sonhe com a moça que você deixou para trás e ela sonha com você.

(*Os soldados voltam seus olhos rasos dágua.*)

BLOOM (*Abrindo caminho entre a multidão, agarra vigoroso a manga de Stephen*) Vamos, então, professor, o rapaz do coche está esperando.

STEPHEN (*Vira-se*) Hã? (*Ele se solta*) Por que eu não deveria falar com ele ou com qualquer ser humano que caminha ereto sobre esta laranja oblata? (*Ele aponta com o dedo*) Eu não tenho medo daquilo com que posso falar se consigo ver seu olho. Mantendo a perpendicular. (*Cambaleia um passo atrás.*)

BLOOM (*Escorando-o*) Mantenha a sua.

STEPHEN (*Ri vaziamente*) Meu centro de gravidade está deslocado. Esqueci o macete. Vamos sentar em algum lugar e discutir o assunto. A luta pela vida é a lei da existência mas filirenistas modernos, notadamente o czar e o rei da Inglaterra, inventaram a arbitração. (*Bate na testa*) Mas é aqui que eu tenho que matar o padre e o rei.

BIDDY GONORREIA Ouviram o que o professor disse? Ele é professor da universidade.

KATE BOCETOSA Ouvi. Ouvi sim.

BIDDY GONORREIA Ele se exprime com notável refinamento de fraseologia.

KATE BOCETOSA Deveras, procede. E ao mesmo tempo com tão marcada pungência.

SOLDADO CARR (*Libera-se e se adianta*) O que é que você está falando do meu rei?

(*Eduardo sétimo surge sob um caminho de arcadas. Usa uma camiseta branca na qual uma imagem do Sagrado Coração está bordada com as insígnias da Jarreteira e do Cardosselvagem, do Tosão de Ouro, do Elefante da Dinamarca, dos cavaleiros de Skinner e de Probyn, de veterano do Lincoln's Inn e da antiga e honrosa companhia de artilharia de Massachusetts. Está chupando uma jujuba vermelha. Está vestido como grande prefeito eleito e maçom sublime com colher de pedreiro e avental, marcados* made in Germany. *Na mão esquerda segura um balde de gesseiro no qual está impresso* Défense d'uriner. *Ele é recebido por um urro de boasvindas.*)

EDUARDO SÉTIMO (*Lenta, solene mas indistintamente*) Paz, perfeita paz. Para identificação vide balde em minha mão. Olá, garotos. (*Volta-se a seus súditos*) Viemos aqui testemunhar uma luta limpa e honesta e cordialmente desejamos a ambos os contendores a melhor das sortes. Mahak makar a bak.

(*Aperta a mão do soldado Carr, do soldado Compton, de Stephen, Bloom e Lynch. Aplauso generalizado. Eduardo sétimo ergue cortesmente o balde em agradecimento.*)

SOLDADO CARR (*Para Stephen*) Diz de novo.
STEPHEN (*Nervoso, amistoso, se recompõe*) Compreendo seu ponto de vista ainda que eu pessoalmente não tenha um rei no momento. Estamos na era das mezinhas. É difícil uma discussão por aqui. Mas a questão é a seguinte. Você morre pelo seu país, digamos. (*Coloca o braço na manga do recruta Carr*) Não que eu deseje isso pra você. Mas eu digo: o meu país que morra por mim. Até agora ele vem fazendo bem isso mesmo. Eu não queria que ele morresse. Dane-se a morte. Vida longa à vida!
EDUARDO SÉTIMO (*Levita sobre pilhas de mortos nas vestes e com a auréola do Cristo Ridentor, jujuba branca no rosto branco fosforescente*)
Eu causo surpresa no enfoque que escolho:
Fazer cego ver pondo terra no olho.
STEPHEN Reis e unicórnios! (*Atrasa-se de um passo*) Venha pra algum lugar e nós... O que aquela moça estava dizendo...?
SOLDADO COMPTON Ei, Harry, dá-lhe um chute nas bolas. Prega uma na vina dele.
BLOOM (*Para os recrutas, manso*) Ele não sabe o que está dizendo. Bebeu um pouco mais do que devia. Absinto, o monstro de olhos verdes. Eu conheço ele. É um cavalheiro, um poeta. Está tudo bem.
STEPHEN (*Aquiesce, sorrindo e rindo*) Cavalheiro, patriota, erudito e juiz de impostores.

SOLDADO CARR Estou pouco me lixando pra quem ele é.
SOLDADO COMPTON Nós estamos pouco se lixando pra quem ele é.
STEPHEN Parece que lhes desagrado. Trapo verde para touro bretão.

(*Kevin Egan de Paris com camisa espanhola preta borlada e chapéu dos* peep of day boys *faz sinal para Stephen.*)

KEVIN EGAN Olá. *Bonjour! A vieille ogresse* com aqueles *dents jaunes.*

(*Patrice Egan espia de trás, caradecoelho mordiscando uma folha de marmelo.*)

PATRICE *Socialiste!*
DON EMILE PATRIZIO FRANZ RUPERT PAPA HENNESSY (*De cotão medieval, dois gansos selvagens voantes no elmo, com nobre indignação aponta uma mão com malha contra os recrutas*) Werf aqueles eykes no footboden, big grand cerdos de johnyellows todos covertos de gravy!
BLOOM (*Para Stephen*) Venha pra casa. Você vai arranjar encrenca.
STEPHEN (*Balançando*) Eu não evito. Ele está provocando a minha inteligência.
BIDDY GONORREIA Percebe-se de pronto ser ele um patrício de linhagem.
A VIRAGO Verde acima do vermelho, diz ele. Wolfe Tone.
A CAFTINA O vermelho é tão bom quanto o verde, e melhor. Viva os soldados! Viva o rei Eduardo!
UM BRIGÃO (*Ri*) É! Ergam as mãos para De Wet.
O CIDADÃO (*Com imensa echarpe e* shillelagh *verdes, invoca*)
    Que o Deus do céu
    Nos mande um pombo
    Com dentes de navalha
    Talhar as gorjas
    Dos cães ingleses
    Que enforcam líderes irlandeses.
O MENINO CAMPONÊS (*Com o laço de corda em torno do pescoço, agarra-se com ambas as mãos a suas vísceras que jorram*)
    Nenhuma criatura eu odiei,
    Só amo meu país mais que o rei.
RUMBOLD, BARBEIRO DEMÔNIO (*Acompanhado por dois assistentes mascaranegras, avança com uma valise de ferramentas, que abre*) Senhoras e senhores, cutelo adquirido pela senhora Pearcy para assassinar Mogg. Faca com a qual Voisin esquartejou a esposa de um compatriota e escondeu os restos enrolados num lençol no porão, tendo sido cortada de uma orelha à outra

a garganta da desafortunada senhora. Frasco contendo arsênico recuperado do corpo da senhorita Barron que mandou Seddon para o patíbulo.

(*Dá um puxão na corda, os assistentes pulam nas pernas da vítima e a puxam para baixo, gemendo. A língua do menino camponês se projeta violentamente.*)

O MENINO CAMPONÊS Isrreci ri rezá relo risranso ra rãe.

(*Ele exala o espírito. Uma violenta ereção do enforcado solta golfadas de esperma que atravessam suas roupasmortalhas e caem pelas pedras do calçamento. A senhora Bellingham, a senhora Yelverton Barry e a honorável senhora Mervyn Talboys apressam-se com seus lencinhos para embebê-los.*)

RUMBOLD Eu mesmo já estou perto. (*Desfaz o laço*) Corda que enforcou o pavoroso rebelde. Dez xelins por vez, conforme solicitado a Sua Alteza Real. (*Ele mergulha a cabeça na barriga escancarada do enforcado e retira novamente a cabeça coalhada de fumegantes entranhas enroscadas*) Meu doloroso dever foi agora cumprido. Deus salve o rei!
EDUARDO SÉTIMO (*Dança lenta, solenemente, chacoalhando o balde, e canta com suave contentamento*)
No dia da coroação, no dia da coroação,
Vamo se diverti um bocadinho
Bebeno uísque, cerveja e vinho!
SOLDADO CARR Olha aqui. O que é que você está falando sobre o meu rei?
STEPHEN (*Joga as mãos para o alto*) Ah, isso é monótono demais! Nada. Ele quer meu dinheiro e minha vida, ainda que a carestia deva ser sua senhora, pra algum império brutal lá dele. Dinheiro este que eu não tenho. (*Ele revista os bolsos vagamente*) Dei pra alguém.
SOLDADO CARR Quem que quer o teu dinheiro, seu desgraçado?
STEPHEN (*Tenta se afastar*) Será que alguém pode me dizer onde seria menos provável eu encontrar esses males necessários? *Ça se voit aussi à Paris*. Não que eu... Mas, por São Patrício!...

(*As cabeças das mulheres coalescem. A Vovozinha Banguela com um chapéu pãodeaçúcar surge sentada num cogumelo, com a flormorte da carestia de batata no seio.*)

STEPHEN Arrá! Eu te conheço, coroca! Hamlet, vinga-te! A porca velha que come a ninhada!
VOVOZINHA BANGUELA (*Balançando para a frente e para trás*) A queridinha

da Irlanda, filha do rei da Espanha, *alanna*. Estranhos na minha casa, maus modos deles! (*Ela lamenta com pranto de* banshee) *Ochone! Ochone!* Seda da grei! (*Lamuria*) Você se encontrou com a coitada da velha Irlanda e como ela anda se aguentando?

STEPHEN Como eu te aguento? O truque do chapéu! Cadê a terceira pessoa da Santíssima Trindade? *Soggarth Aroon?* O reverendo Corvo Carniça.

CISSY CAFFREY (*Estridente*) Não deixe eles brigarem!

UM VALENTÃO Nossos homens bateram em retirada.

SOLDADO CARR (*Puxando o cinto*) Eu vou torcer o pescoço do primeiro filho de uma puta que me disser alguma coisa contra a porra do meu rei.

BLOOM (*Aterrorizado*) Ele não disse nada. Nem uma palavra. Puro malentendido.

O CIDADÃO *Erin go bragh!*

(*O major Tweedy e o cidadão exibem um ao outro medalhas, condecorações, troféus de guerra, ferimentos. Ambos se cumprimentam com feroz hostilidade.*)

SOLDADO COMPTON Anda, Harry. Manda uma no olho dele. Ele é pròbôer.

STEPHEN Fui? Quando?

BLOOM (*Para os casacasvermelhos*) Nós lutamos por vocês na África do Sul, infantaria armada irlandesa. Isso não faz parte da história? Os Fuzileiros Reais de Dublin. Honrados pela nossa monarca.

O MARUJO (*Passa cambaleante*) Ah, sim! Ah, meu Deus, isso mesmo! Ah, desclarem qwerra qwontra o qworvo! Ah! Bu!

(*Alabardeiros com cascos à testa e armaduras chegam empurrando uma marquise de pontasdelanças encordoadas. O major Tweedy, embigodado como Turko, o terrível, de gorro de pele de urso com plumadegalo e condecorações, com dragonas, divisas douradas e botões de sabre, peito brilhando de medalhas, pés juntos, veste a carapuça. Ele faz o sinal do guerreiro peregrino dos cavaleiros templários.*)

MAJOR TWEEDY (*Rosna rude*) Rorke's Drift! Vamos, guardas, ao ataque! *Maher shalal hashbaz.*

SOLDADO CARR Eu vou acabar com ele.

SOLDADO COMPTON (*Faz sinal para a multidão recuar*) Jogo limpo, aqui. Faça uma merda de uma carnificina nesse veadinho.

(*Bandas reunidas às pressas ribombam* Garryowen *e* Deus salve o rei.)

CISSY CAFFREY Eles vão lutar. Por mim!
KATE BOCETOSA O belo e o bravo.
BIDDY GONORREIA Creio que o cavalheiro em sable acolá justará como sói aos melhores.
KATE BOCETOSA (*Corando profundamente*) Não, madame. O gibão goles e feliz São Jorge para mim!
STEPHEN A meretriz berrante anda
E cava a cova desta Irlanda.
SOLDADO CARR (*Afrouxando o cinto, grita*) Eu vou torcer o pescoço do primeiro desgraçado que me disser uma bosta qualquer sobre a porra do meu rei, caralho.
BLOOM (*Sacode os ombros de Cissy Caffrey*) Fala, menina! Perdeu a língua? Você é o elo entre nações e gerações. Fala, mulher, sagrada doadora da vida!
CISSY CAFFREY (*Assustada, agarra a manga do soldado Carr*) E eu não estou com você? E eu não sou a tua menina? A Cissy é a tua menininha. (*Ela grita*) Polícia!
STEPHEN (*Extaticamente, para Cissy Caffrey*)
Brancas ganchorras, vermelha a buraca
Fizeste, e teu aspeto é já formoso.
VOZES Polícia!
VOZES DISTANTES Dublin está em chamas! Dublin está em chamas! Incêndio, incêndio!

(*Fogos sulfúreos saltam. Densas nuvens passam ribombantes. Estrondam pesadas metralhadoras. Pandemônio. Tropas tomam posição. Galope de cascos. Artilharia. Comandos roufenhos. Sinos ressoam. Reforços gritam. Beberrões urram. Putas guincham. Sirenes de neblina buzinam. Brados de valor. Agudos gritos de moribundos. Estoques atacam couraças. Ladrões saqueiam os mortos. Aves de rapina, voando do mar, erguendo-se de alagados, rasantes descendo dos ninhos, pairam berrando, pelicanos, cormorões, abutres, açores, galosdomatotrepadores, peregrinos, esmerilhões, tetrazes, aurifrísios, gaivotas, albatrozes, gansos barnacles. O sol da meianoite se vê coberto. A terra treme. Os mortos de Dublin vindos de Prospect e Mount Jerome com sobretudos brancos de pele de ovelha e capas pretas de couro de bode se erguem e surgem para muitos. Uma fissura se abre com um bocejo mudo. Tom Rochford, vencedor com camiseta física e calções, chega na liderança da corrida nacional de barreiras com* handicap *e salta no vazio. É seguido por uma fieira de corredores e saltadores. Em atitudes enlouquecidas eles pulam da beirada. Seus corpos mergulham. Operárias com roupas elegantes arremessam baraabombas incandescentes de Yorkshire. Damas da sociedade erguem a saia acima da cabeça para se proteger. Feiticeiras risonhas com saiotes curtinhos cavalgam pelo ar em cabos de vassoura. Quacrelyster lista pistas. Chove dentes de dragão. Heróis armados surgem saltando dos sulcos de arado. Trocam amicalmente o passe dos cavaleiros da cruz vermelha e travam duelos com sabres de cavalaria: Wolfe Tone contra Henry Grattan, Smith O'Brien contra Daniel O'Connell, Michael Davitt contra Isaac Butt, Justin M'Carthy contra Parnell, Arthur Griffith contra John Redmond, John O'Leary contra Lear O'Johnny, lorde Edward Fitzgerald contra lorde Gerald Fitzedward, os O'Donoghue de Glens contra os Glens do Donoghue. Numa eminência, o centro da terra, ergue-se o altar a céu aberto de Santa Bárbara. Velas negras crescem dos cornos do evangelho e da epístola. Das altas barbacãs da torre dois feixes de luz caem na pedraltar fumovelada. Na pedraltar a senhora Mina Purefoy, deusa da desrazão, estende-se nua, agrilhoada, com um cálice repousando em sua barriga inchada. O padre Malachi O'Flynn, com uma anágua de renda e casula do avesso, com seus dois pés esquerdos de trás para a frente, celebra uma missa campal. O reverendo senhor Hugh C. Haines Love M. A. com batina simples e capelo, a cabeça e o colarinho de trás para a frente, segura sobre a cabeça do celebrante um guardachuva aberto.)*

PADRE MALACHI O'FLYNN *Introibo ad altare diaboli.*
O REVERENDO SENHOR HAINES LOVE Ao diabo que fez feliz minha juventude.
PADRE MALACHI O'FLYNN (*Tira do cálice e eleva uma hóstia sanguejante*) *Corpus meum.*
O REVERENDO SENHOR HAINES LOVE (*Ergue bem alto por trás a anágua do celebrante, revelando suas nádegas peludas grisalhas e nuas entre as quais está enfiada uma cenoura*) Meu corpo.
A VOZ DE TODOS OS CONDENADOS Anier osoredop odot sued rohnes o àj siop, aiulela!

(*Das alturas clama a voz de Adonai.*)

ADONAI Sueeeeeeeeeed!
A VOZ DE TODOS OS BENDITOS Aleluia, pois já o Senhor Deus Todo Poderoso reina!

(*Das alturas clama a voz de Adonai.*)

ADONAI Deeeeeeeeeus!

(*Em estridente dissonância camponeses e citadinos das facções Laranja e Verde cantam* Chute o Papa *e* Todo dia, todo dia, cante para Maria.)

SOLDADO CARR (*Com pronúncia feroz*) Eu vou acabar com ele, com a ajuda do Cristo desgraçado! Eu vou torcer a porra da merda da bosta do caralho da boceta da garganta dele!
VOVOZINHA BANGUELA (*Estica uma adaga para a mão de Stephen*) Remova-o, *acushla*. Às 8:35 da manhã você estará no céu e a Irlanda será livre. (*Ela reza*) Ó bom Deus, levai-o!
BLOOM (*Corre para Lynch*) Você não pode tirar ele daqui?
LYNCH Ele gosta de dialética, a língua universal. Kitty! (*Para Bloom*) Tire ele daqui você. Ele não me escuta.

(*Ele arrasta Kitty dali.*)

STEPHEN (*Aponta*) Exit Judas. Et laqueo se suspendit.
BLOOM (*Corre até Stephen*) Vem comigo agora antes que aconteça coisa pior. Toma a tua bengala.
STEPHEN Bengala, não. Razão. Esse festim da razão pura.
CISSY CAFFREY (*Puxando o soldado Carr*) Anda, você está espigaitado. Ele me insultou mas eu perdoo ele. (*Gritando em seu ouvido*) Eu perdoo ele por me insultar.
BLOOM (*Por sobre o ombro de Stephen*) Isso, vá. Você está vendo que ele está incapacitado.
SOLDADO CARR (*Liberta-se*) Eu vou insultar ele.

(*Ele dispara na direção de Stephen, de punhos estendidos, e acerta-o no rosto. Stephen cambaleia, desmorona, cai estonteado. Deitado de costas, rosto para o céu, chapéu rolando até a parede. Bloom segue e o apanha.*)

MAJOR TWEEDY (*Alto*)
    Carabinas no coldre! Cessar fogo! Cumprimentar!

O RETRIEVER (*Latindo furiosamente*)
    Tar tar tar tar tar tar tar tar.

A MULTIDÃO Deixa ele levantar! Não bata enquanto ele está caído! Ar! Quem? o soldado acertou ele. Ele é professor na universidade. E machucou? Não mexam nele! Ele está desmaiado!

(*O retriever, fuçando nas franjas da aglomeração, late ruidosamente.*)

UMA MEGERA O que é que o casacavermelha tinha que bater no cavalheiro e ainda floreado! Eles que vão lá lutar com os bôeres!
A CAFTINA Ouçam quem está falando! E por acaso o soldado não tem o direito de sair com a sua garota? Ele só deu foi um tapa de luva de pelica.

(*Elas se agarram pelos cabelos, arranham-se e se cospem.*)

O RETRIEVER (*Latindo*) Ica ica ica.
BLOOM (*Empurra-os para trás, falando alto*) Afastem-se, para trás!
SOLDADO COMPTON (*Cutucando seu camarada*) Vem, cai fora, Harry. Ó os beleguim!

(*Dois guardas encapadechuvados, altos, detêm-se junto ao grupo.*)

PRIMEIRO GUARDA Qual o problema por aqui?
SOLDADO COMPTON A gente estava com esta senhora. E ele insultou a gente e atacou o meu chapa. (*O retriever late*) Quem que é o dono desse pulguento de merda?
CISSY CAFFREY (*Com expectativa*) Ele está sangrando?!
UM HOMEM (*Desajoelhando-se*) Não. Apagou. Já vai acordar.
BLOOM (*Lança um olhar cortante para o homem*) Deixe ele comigo. Não vai ser problema eu...
SEGUNDO GUARDA Quem é o senhor? O senhor conhece ele?
SOLDADO CARR (*Esgueira-se até o guarda*) Ele insultou a minha amiga.
BLOOM (*Com raiva*) Você o atacou sem ter sido provocado. Eu sou testemunha. Seu guarda, anote o número regimental dele.
SEGUNDO GUARDA Eu não preciso das suas ordens no cumprimento do meu dever.
SOLDADO COMPTON (*Puxando seu camarada*) Vem. Cai fora, Harry. Que o Bennett vai te enfiar no xilindró.
SOLDADO CARR (*Cambaleando enquanto é puxado para longe*) Deus que cague no velho Bennett! Ele é um veado bundamole. Eu estou pouco me fodendo para ele.
PRIMEIRO GUARDA (*Saca sua caderneta*) Qual é o nome dele?
BLOOM (*Espiando pela multidão*) Eu acabei de ver um carro ali. Se o senhor me der uma mão um segundo, sargento...
PRIMEIRO GUARDA Nome e endereço.

(*Corny Kelleher, crepes em torno do chapéu, coroa mortuária na mão, surge entre os espectadores.*)

BLOOM (*Rapidamente*) Ah, mas se não é o meu amigo! (*Sussurra*) O filho do Simon Dedalus. Meio pregado. Faça aqueles policiais tirarem aqueles inúteis dali.
SEGUNDO GUARDA Noite, senhor Kelleher.
CORNY KELLEHER (*Para o guarda, com olhar arrastado*) Está tudo certo. Eu conheço ele. Ganhou um dinheirinho nas corridas. Copa de Ouro. *Jogafora*. (*Ele ri*) Vinte pra um. O senhor está me entendendo?
PRIMEIRO GUARDA (*Vira-se para a multidão*) O que foi, nunca viram não? Vamos circulando.

(*A multidão se dispersa lentamente, resmungando, alameda abaixo.*)

CORNY KELLEHER Deixe tudo comigo, sargento. Está tudo bem. (*Ele ri, balançando a cabeça*) Nós mesmos já ficamos muito vezes nesse estado, ou pior. Não é? Hein? Não é?
PRIMEIRO GUARDA (*Ri*) Acho que sim.
CORNY KELLEHER (*Cutuca o segundo guarda*) Ande, limpe o seu nome na praça. (*Ele cantarola, balançando a cabeça*) Com um larirá larirá larirá larirá. E então? Não é? Está me entendendo?
SEGUNDO GUARDA (*Simpático*) Ah, claro que a gente ficou também.
CORNY KELLEHER (*Piscando*) Coisa de meninos. Eu estou com um carro logo ali.
SEGUNDO GUARDA Tudo bem, senhor Kelleher. Boa noite.
CORNY KELLEHER Eu vou cuidar disso.
BLOOM (*Aperta as mãos dos dois guardas alternadamente*) Muito obrigado, cavalheiros. Obrigado. (*Balbucia confidencialmente*) Nós não queremos nenhum escândalo, compreendem. O pai é um cidadão conhecido, respeitadíssimo. Só coisas da juventude, compreendem.
PRIMEIRO GUARDA Ah, eu compreendo, senhor.
SEGUNDO GUARDA Está tudo bem, senhor.
PRIMEIRO GUARDA Era só em caso de ferimentos corporais que eu ia ter que comunicar à delegacia.
BLOOM (*Aquiesce rapidamente*) Muito bem. Apenas o seu estrito dever.
SEGUNDO GUARDA É o nosso dever.
CORNY KELLEHER Boa noite, rapazes.
OS GUARDAS (*Cumprimentando juntos*) Noite, cavalheiros.

(*Eles se afastam com lento passo pesado.*)

BLOOM (*Assopra*) Providencial você ter surgido em cena. Você está com um carro?...

CORNY KELLEHER (*Ri, aponta o polegar sobre o ombro direito para o carro encostado contra os andaimes*) Dois mascates que andavam pagando espumante no Jammet's. Pareciam uns príncipes, juro. Um deles perdeu duas pratas na corrida. Afogando as mágoas e dispostos a fazer uma visita às menininhas. Aí eu meti os dois no carro do Behan e toca pra Nighttown.

BLOOM Eu estava só indo pra casa passando pela Gardiner Street quando por acaso eu...

CORNY KELLEHER (*Ri*) Claro que eles queriam que eu também fosse com as raparigas. Não, pelo amor de Deus, eu falei. Não pra uns velhuscos que nem eu e você. (*Ele ri de novo e olha lascivo com olhos deslustres*) Graças a Deus que a gente tem em casa, não é? Hein? Está me entendendo? Rá rá rá!

BLOOM (*Tenta rir*) Rê, rê, rê! É. A bem da verdade eu estava só visitando um velho amigo meu ali, o Virag, você não conhece (pobre coitado, está de cama tem uma semana) e a gente tomou uma bebida juntos e eu estava só no meu caminho pra casa...

(*O cavalo relincha.*)

O CAVALO Cacacacacá! Cacacacasa!

CORNY KELLEHER Claro que foi o Behan, o nosso cocheiro ali, que me avisou depois que a gente deixou os dois mascates na senhora Cohen e eu disse pra ele encostar e desci pra ver. (*Ele ri*) Motorista de rabecão sóbrio é uma raridade. Dou uma carona pra levar ele em casa? Onde é que ele se esconde? Algum lugar em Cabra, não é?

BLOOM Não, Sandycove, eu acho, pelo que ele deixou escapar.

(*Stephen, dorsal, respira para os astros. Corny Kelleher, lateral, refreia o seu cavalo. Bloom, comum, prazer nenhum.*)

CORNY KELLEHER (*Coça a nuca*) Sandycove! (*Ele se curva e chama por Stephen*) Ei! (*Chama novamente*) Ei! E ele ainda está coberto de serragem. Cuide pra não roubarem nada dele.

BLOOM Não, não, não. Eu estou com o dinheiro dele e o chapéu aqui e a bengala.

CORNY KELLEHER Ah, muito bem, ele vai se recuperar. Nenhum osso quebrado. Bom, eu vou indo. (*Ri*) Eu tenho um encontro marcado de manhã. Enterrar os mortos. Sãos e salvos pra casa!

O CAVALO (*Relincha*) Cacacacacasa.

BLOOM Boa noite. Eu vou só esperar e saio com ele daqui a uns...

(*Corny Kelleher volta para o carro e monta nele. Os arreios do cavalo tinem.*)

CORNY KELLEHER (*De dentro do carro, de pé*) Noite.
BLOOM Noite.

(*O cocheiro estala as rédeas e ergue o chicote encorajadoramente. O carro e o cavalo andam lentos para trás, desajeitadamente, e viram. Corny Kelleher no assento lateral oscila a cabeça para a frente e para trás em sinal de júbilo para com a missão de Bloom. O cocheiro se junta à muda diversão pantomímica acenando com a cabeça do assento mais distante. Bloom sacode a cabeça em muda resposta jubilosa. Com o polegar e a palma da mão Corny Kelleher reassegura que os dois guardinhas vão deixar o sono em paz durante o que ainda seja preciso fazer. Com um lento aceno de cabeça Bloom expressa sua gratidão já que isso é exatamente o que é necessário para Stephen. O carro tine larirá pela esquina da lariralameda. Corny Kelleher novamente reassegurarirá com a mão. Bloom com a mão assegurarirá a Corny Kelleher que está reassegurirarirado. Os cascos estalantes e retinintes arreios vão sumindo com seu larirá lari lailai. Bloom, segurando o chapéu festoado de serragem e o paudefreixo de Stephen, resta irresoluto. Então curva-se até ele e o sacode pelo ombro.*)

BLOOM Ei! Oi! (*Não há resposta. Ele se curva mais uma vez*) Senhor Dedalus! (*Não há resposta*) O nome se você disser. Sonâmbulo. (*Ele se curva mais uma vez e, hesitante, leva sua boca mais próxima da forma prostrada*) Stephen! (*Não há resposta. Ele chama de novo*) Stephen!
STEPHEN (*Resmunga*) Quem? Vampiro pantera negra. (*Ele suspira e se estica, depois murmura abafado com prolongadas vogais*)
Quem... conduz... Fergus agora
E fura... a sombra entretecida da madeira?...

(*Vira-se para o lado esquerdo, suspirando, dobrando-se sobre si próprio.*)

BLOOM Poesia. Bem educado. Pena. (*Ele se curva novamente e solta os botões do colete de Stephen*) Pra respirar. (*Espana a serragem das roupas de Stephen com mão e dedos leves*) Uma libra e sete. Pelo menos não se machucou. (*Escuta*) O quê?
STEPHEN (*Murmura*)
... sombras... o bosque
... alvo seio... turvo...

(*Ele estende os braços, suspira novamente e enrosca o corpo. Bloom, segurando o chapéu e o paudefreixo, continua ereto. Um cão ladra à distância. Bloom segura mais forte e mais fraco o paudefreixo. Ele olha para o rosto e a forma de Stephen, para baixo.*)

BLOOM (*Comunga com a noite*) O rosto me lembra o da coitada da mãe. No bosque sombrio. O fundo e alvo seio. Ferguson, acho que eu peguei. Uma moça. Alguma moça. Melhor coisa que podia acontecer com ele... (*Ele murmura*)... juro que sempre louvarei, sempre ocultarei, nunca revelarei, qualquer parte ou partes, arte ou artes... (*Murmura*)... nas rudes areias do mar... longe da praia uma toa... onde reflui a maré... e flui....

(*Silente, pensativo, alerta monta guarda, dedos nos lábios na atitude do mestre secreto. Contra a parede escura uma figura surge lenta, um menino encantado de onze anos, um bebê trocado, raptado, vestindo um terno de Eton com sapatos de cristal e um pequeno elmo de bronze, segurando um livro. Ele lê da direita para a esquerda, inaudivelmente, sorrindo, beijando a página.*)

BLOOM (*Maravilhado, chama inaudivelmente*) Rudy!
RUDY (*Fita sem ver os olhos de Bloom e segue lendo, beijando, sorrindo. Tem um delicado rosto bordô. Em seu terno há botões de diamante e de rubi. Na mão esquerda livre segura uma fina cana de marfim com um laço violeta. Um cordeirinho branco espia do bolso de seu colete.*)

reviamente ao que mais fosse o senhor Bloom tirou o grosso da serragem de Stephen e entregou-lhe chapéu e paudefreixo e de modo geral levantou seu moral à moda samaritana ortodoxa, do que ele deveras precisava. Sua (de Stephen) cabeça não estava exatamente o que se poderia chamar de divagante mas um tanto instável e diante de seu expresso desejo de tomar uns bebes o senhor Bloom, em vista da hora que era e havendo bomba nenhuma de água do Vartry disponível para suas abluções, que dirá propósitos ingestivos, deu com um expediente ao sugerir, assim como quem não quer nada, as instalações do abrigo do cocheiro, como era chamado, logo ali ao lado perto da ponte Butt onde poderiam dar com alguns potáveis na forma de um leite com soda ou uma água mineral. Mas como chegar lá era o busílis. Por ora estava algo perplexo mas na medida em que o dever claramente se lhe impunha de tomar providências a respeito do assunto ponderava ele vias e meios adequados durante o que Stephen repetidamente bocejava. Até onde pudesse ver, ele tinha o rosto bem pálido de modo que lhe ocorreu como altamente aconselhável conseguir um meio de transporte de alguma natureza que lhes pudesse prover em sua atual condição, estando ambos de língua de fora, particularmente Stephen, presumindo-se sempre haver tal coisa à disposição. Consoan-temente, depois de algumas preliminares, tais que, a despeito de ter-lhe esquecido apanhar seu algo ensaboado lenço depois de ter-lhe este prestado nobres serviços no front da serragem, escová-lo, caminharam ambos juntos pela rua ou, mais adequadamente, alameda dita Beaver, até aos ferradores e à marcantemente fétida atmosfera dos estábulos dos coches de praça na esquina da Montgomery Street onde seguiram caminho para a esquerda a partir de tal ponto desembocando na Amiens Street logo depois da esquina da loja de Dan Bergin. Mas, como confiante previra, não havia um só sinal de faetonte que buscasse corrida algures que se visse a não ser por um veículo de quatro rodas, provavelmente já tomado por alguns sujeitos lá dentro na fuzarca, na frente do hotel North Star e não houve sintomas de ele se arrastar um quarto de polegada quando o senhor Bloom, que estava longe de ser um assoviador profissional, intentou invocá-lo emitindo uma sorte de silvo, sustendo os braços arqueados por sobre a cabeça, duas vezes.

Tratava-se de um dilema mas, valendo-se do bonsenso para enfrentá-lo, evidentemente não havia o que se fizesse que não encarar o problema com um sorriso e seguir viagem a pé o que consoantemente fizeram. Destarte, roçando a loja de Mullet e a assim chamada Signal House, que logo alcançaram, prosseguiram óbvio está na direção do terminal de trens da Amiens Street, estando o senhor Bloom lastreado pela circunstância de que um dos botões de trás de sua calça havia, para variar o veterano anexim, batido os botões, conquanto, assumindo plenamente o espírito da coisa, ele heroicamente fizesse pouco do infortúnio. Assim, como calhasse de nenhum dos dois estar particularmente pressionado por horários, e tendo a temperatura refrescado um tanto já que o céu ficara limpo depois da recente visita de Júpiter Plúvio, encetaram caminho até além de onde o veículo vazio esperava sem passageiro ou cocheiro. Como então calhou que um espalhareia da Dublin United Tramway Company calhasse de estar retornando o homem de mais idade relatou a seu companheiro *à propos* do incidente sua própria manobra evasiva e com efeito miraculosa de pouco antes. Passaram pela entrada principal da ferroviária Great Northern, ponto de partida para Belfast, onde é claro estava já suspenso todo o tráfego dado o avançado da hora, e passando a porta dos fundos da morgue (localidade não mui sedutora, para não dizer macabra em certa medida, muito especialmente à noite) atingiram finalmente a taverna Dock e em seu tempo devido dobraram na Store Street, famosa pela delegacia de polícia da divisão C. Entre tal ponto e os altos, no momento apagados, armazéns da Beresford Place Stephen pensou em pensar em Ibsen, associado a Baird o entalhador em sua mente de alguma forma na Talbot Place, primeira à direita, enquanto o outro, que agia como seu *fidus Achates*, inalava com interna satisfação o aroma da citadina padaria de James Rourke, situada bem próximo de onde se encontravam, o olor deveras palatável do pão nosso de cada dia, de todas as mercadorias públicas a mais básica e indispensável. Pão, o sustentáculo da vida, ganhar o pão, ah, diga-me lá, onde haverá pão de qualidade? Na Rourke's, a melhor padaria da cidade.

En route, a seu taciturno e, a bem da verdade, ainda não de todo sóbrio companheiro o senhor Bloom que de mais a mais estava em completo controle de suas faculdades, mais do que jamais esteve, na verdade asquerosamente sóbrio, ventilou uma palavra de cautela concernente aos perigos de Nighttown, mulheres de má fama e rufiães janotas, o que, mal se podendo permitir uma vez na vida outra na morte, ainda que não como prática habitual, era da natureza de uma verdadeira armadilha fatal para rapazes da idade dele particularmente se houvessem adquirido o hábito da bebida inebriados pelo álcool a não ser que você soubesse um pouco de jiujítsu para cada contingência já que até um camarada em pleno decúbito podia aplicar um chutinho caviloso se você não estivesse alerta. Tremendamente providencial foi o surgimento em cena de Corny Kelleher quando Stephen graças aos céus estava inconsciente de que, não fora por este homem certo na hora certa aparecendo na hora agá, o *finis* poderia ter sido que ele poderia ter sido candidato ao prontossocorro ou, na pior das hipóteses, Bridewell e uma convocação ao tribunal no dia seguinte diante do senhor Tobias ou, sendo ele o advogado, na verdade o velho Wall, ele queria dizer, ou Mahony o que pura e simplesmente era a desgraça de um sujeito se a infomação vazava. A razão de ele ter mencionado o fato era que grande quantidade desses policiais, que ele cordialmente desestimava, era admitidamente inescrupulosa no servir à Coroa e, conforme expunha o senhor Bloom, recordando um outro caso na divisão A da Clanbrassil Street, disposta até a jurar em falso pela mãe mortinha. Nunca em cena quando necessários mas nas partes tranquilas da cidade, Pembroke Road, por exemplo, os guardiães da lei estavam em bastante evidência, sendo a óbvia razão o fato de serem pagos para proteger as classes abastadas. Outra coisa sobre a qual teceu comentários foi o equiparem-se os soldados com pistolas ou armas de qualquer espécie, que bem podem disparar a qualquer momento, o que equivalia a incitá-los contra os civis caso por algum acaso surgisse alguma rusga. Você jogava seu tempo fora, ele mui sensatamente sustinha, e a saúde e o caráter também além da prodigalidade ensandecida da coisa toda, mulheres de mãos velozes do *demimonde* fugiam com grandes quantidades de $ de quebra e o maior perigo de todos era com quem você se embriagava embora, no que tangia à mais que controversa questão dos estimulantes, ele apreciasse com gosto um cálice de vinho envelhecido de qualidade na hora certa por ser tanto nutritivo quanto bom para o sangue e possuir virtudes aperitivas (particularmente um bom borgonha do qual era um rematado aficionado) ainda assim jamais além de um certo ponto onde invariavelmente traçava um limite na medida em que isso simplesmente criava problemas de toda espécie para nada dizer de você ficar exposto à mercê dos outros praticamente. Acima de tudo ele comentou adversamente a respeito da deserção de todos salvo um dos *confrères* bodegueiros de Stephen, uma conspícua punhalada nas costas por parte de seus irmãos medicandos dadas todas as circunstâncias.

— E mesmo esse era Judas, disse Stephen, que até então não dissera vírgula.

Discutindo esses e assemelhados tópicos traçaram uma linha reta pelos fundos da Customhouse e passavam por sob a ponte Loop Line quando um braseiro de carvão ardendo defronte uma guarita, ou algo que a tal se assemelhava, atraiu seus passos algo lerdos. Stephen por conta própria parou sem nenhuma razão especial para observar a pilha de estéreis paralelepípedos e à luz que emanava do braseiro pôde apenas divisar o vulto mais escuro do vigia da prefeitura dentro do luscofusco da guarita. Começou a lembrar que isso havia acontecido, ou que havia sido mencionado haver isso acontecido, anteriormente mas custou-lhe não pouco esforço lembrar que reconhecia na sentinela um amigo de seu pai de tempos idos e vividos, Gumley. Para evitar o encontro aproximou-se mais das colunas da ponte da estrada de ferro.

— Alguém cumprimentou você, o senhor Bloom disse.

Uma figura de estatura mediana à espreita, nitidamente, sob os arcos cumprimentou novamente, dizendo: *Noite!* Stephen, é claro, sobressaltou-se algo entontecido e parou para devolver o cumprimento. O senhor Bloom, a isso levado por motivos de inerente delicadeza, na medida em que sempre cria em cuidar de sua própria vida, afastou-se mas não obstante manteve-se no *qui vive* com não mais que uma sombra de angústia ainda que sem qualquer medinho. Conquanto incomum na área de Dublin ele sabia não ser de forma alguma inédito estarem à solta facínoras que tinham quase nada de que viver e emboscavam e aterrorizavam pedestres pacíficos ao colocar-lhes uma pistola na cabeça em algum lugar recluso fora da cidade propriamente dita, famintos vagabundos do gênero daqueles do aterro do Tâmisa podiam estar agora por aqui ou simplesmente saqueadores prontos a levantar acampamento com qualquer butim que catassem numa só lapada de uma hora para a outra, a bolsa ou a vida, deixando você ali para servir de exemplo, amordaçado e estrangulado.

Stephen, isso quando a figura abordante avizinhou-se bem, inda que não estivesse ele mesmo num estado dos mais sóbrios, reconheceu o hálito de Corley recendente a sumo de milho apodrecido. Lorde John Corley, na boca de uns e outros, e sua genealogia se expunha desta guisa. Era o filho mais velho do inspetor Corley da divisão G, recentemente falecido, que desposara uma certa Katherine Brophy, filha de um fazendeiro de Louth. Seu avô, Patrick Michael Corley, de New Ross, casara-se com a viúva de um dono de bar daquelas plagas cujo nome em solteira era Katherine (também) Talbot. Diziam as más línguas (ainda que sem provas) que ela descendia da casa dos lordes Talbot de Malahide em cuja mansão, deveras residência inquestionavelmente bela em seu estilo e que bem valia uma visita, sua mãe ou tia ou alguma parenta gozara o privilégio de estar a serviço na lavanderia. Era essa portanto a razão por que o ainda relativamente jovem embora dissoluto homem que ora se dirigia a Stephen era chamado por alguns dotados de pendores faceciosos de lorde John Corley.

Levando Stephen para um canto ele tinha a costumeira ladainha lamuriosa para contar. Nem um só tostão para pagar o pernoite. Seus amigos todos o haviam desertado. Para além disso havia brigado com Lenehan e o chamou para Stephen de bosta de um trapo sujo malvado com pitadas de várias outras expressões desnecessárias. Estava desempregado e implorava a Stephen que lhe dissesse onde neste mundão de meu Deus poderia arranjar alguma coisa, qualquer coisa, para fazer. Não, era a filha da mãe na lavanderia que era irmã adotiva do herdeiro da casa ou eles eram ligados pela mãe de alguma maneira, dando-se ambas as ocorrências ao mesmo tempo se a coisa toda não fosse uma total invencionice do começo ao fim. Enfim, ele era todo cabotino.

—Eu não ia te pedir se não estivesse, prosseguia ele, palavra de honra, e Deus sabe que eu estou mesmo na pindaíba.

—Vai ter um emprego amanhã ou depois, Stephen lhe disse, numa escola de meninos em Dalkey de professor assistente. Senhor Garrett Deasy. Tente. Pode dizer que fui eu que indiquei.

—Ah, meu Deus, Corley replicava, até parece que eu consigo dar aula em escola, amigo. Eu nunca fui desses inteligentes, acrescentou com uma meia risada. Eu repeti duas vezes o segundo ano com os Irmãos.

—Eu também não tenho onde dormir, Stephen informou-lhe.

Corley, assim de cara, estava inclinado a suspeitar que houvesse algo a ver com Stephen ter sido expulso de sua toca por querer entrar com alguma bosta de uma bisca da rua. Havia um albergue na Marlborough Street, da senhora Maloney, mas era só seis pence e cheio de gente indesejável mas o M'Conachie lhe havia dito que você conseguia passar bem decentemente no Brazen Head lá para a Winetavern Street (que para a pessoa a quem ele se dirigia lembrava de longe o frei Bacon) por um tostão. E ele também estava morrendo de fome apesar de não haver pronunciado uma só palavra sobre isso.

Embora esse tipo de coisa acontecesse noite sim noite não ou muito próximo disso ainda assim os sentimentos de Stephen levaram vantagem sobre ele num certo sentido embora ele soubesse que essa novíssima lenga de Corley, bem como as outras, muito dificilmente merecesse grande crédito. No entanto, *haud ignarus malorum miseris succurrere disco*, etcétera, como observa o poeta latino especialmente como por sorte do destino recebesse sua paga depois de cada meio de mês no dia dezesseis que era a data do mês a bem da verdade embora boa parcela dos provimentos estivesse consumida. Mas a cereja do bolo era que nada seria capaz de tirar da cabeça de Corley estar ele vivendo na abundância e não ter mais o que fazer além de auxiliar os necessitados. Ao passo que. Ele pôs a mão num bolso mesmo assim, não com a ideia de ali encontrar qualquer comida, mas pensando que podia emprestar-lhe algo até um tostão ou pouco mais ou menos *in lieu* de modo que pudesse subsistir em todo caso e conseguir comida suficiente. Mas o resultado foi pela negativa pois, para pranto seu, deu por falta de seu dinheiro. Umas poucas bolachas quebradas foram o único resultado de sua investigação. Tentou tanto quanto pôde recordar por ora se tinha perdido, como bem podia ter, ou deixado alhures, porque naquelas contingências não se tratava de um prognóstico dos mais agradáveis, muitíssimo pelo contrário, na verdade. Estava acabado demais para instituir uma busca denodada embora tentasse recordar uns biscoitos que vagamente lembrava. Agora quem exatamente os deu ou onde foi ou será que ele comprou? No entanto, em outro bolso topou ele com o que presumiu no escuro fossem moedas de um pêni, erroneamente, no entanto, como se veio a verificar.

— Isso são meias coroas, amigo, Corley o corrigiu.

E não é que eram mesmo. Stephen emprestou-lhe uma delas.

— Obrigado, Corley respondeu, você é um cavalheiro. Eu te pago um dia desses. Quem é esse aí com você? Eu vi ele umas vezes no Bleeding Horse na Camden Street com o Boylan, o dos cartazes. Você bem podia dar uma palavrinha ali pra me arranjar alguma coisa lá. Bem que eu até topava carregar uma placassanduíche só que a menina do escritório me disse que eles estão lotados pelas próximas três semanas, meu amigo. Santo Deus, tem que fazer reserva, meu amigo, parece que era pra Carl Rosa. Eu não estou nem aí desde que seja um trabalho, até de varredor de rua.

Subsequentemente, não estando mais tão bicudo depois dos dois e seis que ganhara, ele informou Stephen sobre um sujeito de nome Comisky Calçudo que disse que Stephen conhecia bem lá do Fullam, o vendedor de artigos náuticos, contador por lá que vivia no Nagle junto com o O'Mara e um sujeitinho gago chamado Tighe. Enfim, ele foi parar no xilindró anteontem à noite e tomou dez tostões de multa por bebedeira e desordem e se recusar a ir com o guarda.

O senhor Bloom entrementes seguia perambulando como quem não quer nada nas vizinhanças dos paralelepípedos perto do braseiro de carvão defronte da guarita do vigia da prefeitura, que, nitidamente ávido por trabalho, chamou-lhe a atenção, estava no melhor do terceiro sono para todos os efeitos e propósitos sozinho da silva enquanto Dublin dormia. Ele lançava um que outro olhar ao mesmo tempo vez por outra para o tudo menos imaculadamente trajado interlocutor de Stephen como se houvesse visto aquele nobre num lugar ou noutro embora onde não estivesse em posição de declarar de fato e nem tivesse a menor ideia do quando. Sendo indivíduo de boa cabeça que podia contar-se acima de não muitos no que se referia à argúcia de observação ele também reparou em seu dilapidadíssimo chapéu e malajambrado figurino em geral, que testemunhavam crônica impecuniosidade. Provavelmente era um desses vermes parasitas mas, quanto a esse quesito, tratava-se meramente de uma questão de um predar seu vizinho de porta em toda parte, em todo recôndito, por assim dizer, um recôndito mais recôndito e, quanto a esse quesito, se o cidadão ordinário tivesse de ser ver diante das barras do tribunal a servidão penal, com ou sem a opção de uma multa, seria realmente uma *avis* extremamente *rara*. De um jeito ou de outro ele tinha bateladas de calma confiança para interceptar as pessoas àquela hora da noite ou da manhã. Que era meio estúpido como ideia lá isso era.

O par separou-se e Stephen se reuniu ao senhor Bloom, que, com seu olho treinado, não deixou de perceber ter ele sucumbido à blandiloquência do outro sanguessuga. Aludindo ao encontro ele disse, risonhamente, isto é, Stephen:

— Ele está numa maré de má sorte. Me pediu pra pedir pro senhor pedir para alguém chamado Boylan, que trabalha com cartazes, lhe dar um emprego de homensanduíche.

Ouvindo tal informação, pela qual aparentemente demonstrou pouco interesse, o senhor Bloom mirou abstratamente pelo espaço de um meio segundo ou algo assim na direção de uma draga de nora, que gozava do arquifamoso nome de Eblana, ancorada junto ao cais da Customhouse e bem possivelmente recolhida para reparos, quando então observou de maneira evasiva:

— Dizem que todo mundo recebe a sorte que lhe cabe. Agora que você mencionou o rosto dele me pareceu conhecido. Mas deixando isso de lado por enquanto, com quanto você contribuiu, demandou, se isso não for querer saber demais?

— Meia coroa, Stephen redarguiu. Acho que ele precisa para dormir em algum lugar.

— Precisa! soltou o senhor Bloom, declarando-se nada surpreso diante da informação, posso dar todo crédito à asserção e garanto que invariavelmente precisa. A cada um o que lhe falta ou a cada um o que merece. Mas falando de assuntos gerais, onde, acrescentou ele com um sorriso, você vai dormir? Caminhar até Sandycove está fora de cogitação. E, mesmo supondo que você fosse, não ia conseguir entrar depois do que aconteceu na estação Westland Row. Vai ser murro em ponta de faca. Eu não pretendo presumir poder te dar ordens em nenhuma medida mas por que você saiu da casa do seu pai?

— Para procurar o infortúnio, foi a resposta de Stephen.

— Eu encontrei o seu respeitável pai numa ocasião recente, o senhor Bloom diplomaticamente devolveu. Hoje, na verdade, ou, para ser estritamente acurado, ontem. Ele está morando onde atualmente? Eu depreendi durante a conversa que ele tinha se mudado.

— Acho que ele está em algum lugar em Dublin, Stephen respondeu despreocupadamente. Por quê?

— Um homem de talento, o senhor Bloom disse do senhor Dedalus pai, em mais do que uma área e um *raconteur* nato sem a menor dúvida. Ele se orgulha muito, e com razão, de você. Você podia voltar, quem sabe, ele arriscou, pensando ainda na desagradabilíssima cena no terminal Westland Row quando ficou perfeitamente evidente que os outros dois, ou seja, Mulligan e aquele amigo turista inglês lá dele, que acabaram engrupindo seu terceiro companheiro, estavam patentemente tentando, como se toda a porcaria da estação lhes pertencesse, dar a Stephen um bilhete azul no meio da confusão.

Não havia resposta à vista para a sugestão, no entanto, nas atuais circunstâncias, estando Stephen empenhadíssimo em rever mentalmente a lareira de sua família na última vez em que a vira, com sua irmã, Dilly, sentada junto ao fogareiro, com o cabelo solto, esperando que um chocolate fraco de segunda qualidade que estava na chaleira coberta de fuligem ficasse pronto de modo que ela e ele pudessem bebê-lo com água de aveia ao invés de leite depois dos arenques de sextafeira que haviam comido a dois por um pêni, com um ovo por cabeça para Maggy, Boody e Katey, a gata enquanto isso sob a calandra devorando uma mistura de cascas de ovos e cabeças de peixe tostadas e espinhas sobre um quadrado de papel pardo de acordo com o terceiro preceito da igreja de jejum e abstinência nos dias determinados, sendo dias santos ou, se não isso, têmporas ou coisa assim.

— Não, o senhor Bloom repetiu novamente, eu pessoalmente não depositaria muita confiança naquele seu companheiro engraçadinho que fornece o elemento cômico, o doutor Mulligan, como guia, filósofo e amigo, se eu estivesse em seu lugar. Ele sabe de que lado sopra o vento embora com toda probabilidade jamais tenha sentido o que é ficar sem refeições regulares. É claro que você não notou tanto quanto eu mas não me proporcionaria a menor surpresa descobrir que uma pitada de tabaco ou algum narcótico tenha sido posto na sua bebida com segundas intenções.

Ele compreendia, no entanto, por tudo que ouvira, que o doutor Mulligan era um homem talentoso e versátil, de maneira alguma confinado apenas à medicina, que vinha velozmente galgando posições em seu ramo e, se os relatos se confirmassem, que estava na rota certa para gozar de uma carreira vicejante num futuro não tão distante como clínico de renome recebendo belos honorários por seus serviços e como acréscimo a tal estatuto profissional o resgate daquele homem de um afogamento certo por respiração artificial e o que se costuma chamar primeiros socorros em Skerries, ou seria Malahide?, havia sido, ele era obrigado a admitir, um feito impressionantemente audaz cujas loas ele jamais poderia exagerar, de modo que francamente se via pasmado diante da impossibilidade de estabelecer qual possível razão pudesse estar por trás daquilo a não ser que atribuísse tudo a mero maucaratismo ou inveja, pura e simples.

— A não ser que tudo se resuma a uma só coisa e ele esteja, como se diz, sugando a sua inteligência, ele se arriscou a testar.

O olhar contido, de meia solicitude e meia curiosidade aumentada por simpatia que ele lançou diante da expressão de traços presentemente tristonhos de Stephen, não causou grande iluminação, iluminação alguma de fato, quanto ao problema de se saber se ele se havia deixado ludibriar grosseiramente, a julgar por dois ou três comentários cabisbaixos que soltou, ou se, muito pelo contrário, desmascarou a situação, e, por uma ou outra razão que só ele é que poderia conhecer, permitiu que as coisas meio que mais ou menos... A mais abjeta pobreza tinha mesmo esse efeito e ele mais que conjecturava que, conquanto possuidor de grandes habilidades educacionais, ele tivesse não pouca dificuldade em pagar as contas.

Adjacente ao banheiro público masculino ele percebeu um carrinho de sorvete em torno do qual um grupo de putativos italianos em calorosa altercação arremessava loquazes expressões em sua vivaz língua natal de modo particularmente animado, havendo alguma pequena discórdia entre as partes.

— *Puttana madonna, che ci dia i quattrini! Ho ragione? Culo rotto!*
— *Intendiamoci. Mezzo sovrano più...*
— *Dice lui, pero!*
— *Farabutto! Mortacci sui!*

O senhor Bloom e Stephen adentraram o abrigo do cocheiro, uma despretensiosa estrutura de madeira, onde, anteriormente àquele momento, ele raro, quiçá jamais, estivera; tendo aquele previamente cochichado para este algumas dicas concernentes ao responsável por dito abrigo, que se dizia ser o outrora famoso Esfolabode, Fitzharris, o invencível, ainda que não pudesse atestar os fatos em questão, nos quais muito possivelmente nem um só vestígio de veracidade haveria. Alguns momentos posteriores viram nossos dois noctâmbulos sentados sãos e salvos a um canto discreto, para ser recebidos pelos rígidos olhares da decididamente variegada coleção de vagabundos e vagamundos e outros variados espécimes do gênero *homo*, que já lá estavam aplicados a comeres e beberes diversificados pela conversa, e para quem aparentemente eram eles objeto de marcada curiosidade.

— Agora no que se refere a uma xícara de café, o senhor Bloom se aventurou a plausivelmente sugerir para quebrar o gelo, me ocorre que você devia provar algo da família dos sólidos, digamos, algum tipo de pãozinho.

Consoantemente seu primeiro ato foi com característico *sang-froid* pedir silenciosamente por esses produtos. Os *hoi polloi*, cocheiros e estivadores, ou o que quer que fossem, depois de superficial exame voltaram os olhos, aparentemente desagradados, para longe, conquanto um bíbulo indivíduo de barba vermelha, uma porção de cujo cabelo era encanecida, um marujo, provavelmente, os tenha encarado ainda por tempo apreciável antes de transferir sua enlevada atenção para o piso.

O senhor Bloom, exercendo sua liberdade de expressão, conhecendo apenas de sobrancelha e de chapéu a língua em questão embora, convenhamos, em referência a certo dilema a respeito de *voglio*, comentou com seu *protégé* num tom de voz audível, *à propos* da luta franca na rua que ainda corria a toda:

— Um lindo idioma. Eu quero dizer pra fins musicais. Por que você não escreve a sua poesia nesse idioma? *Bella Poetria!* É tão melodiosa e tão rica. *Belladonna voglio.*

Stephen que estava morrendo de vontade de conseguir bocejar se pudesse, sofrendo de uma lassitude mortal, replicou:

— Para encher o ouvido de uma aliá. Eles estavam batendo boca por causa de dinheiro.

— É mesmo? o senhor Bloom perguntou. É claro, adiu ele pensativo, diante da reflexão interior de que havia mais línguas só para começar do que seria absolutamente necessário, que pode ser só o glamour meridional que a cerca.

O responsável pelo abrigo no meio deste *tête-à-tête* pôs uma fervente xícara transbordante de uma beberagem de alta qualidade intitulada café sobre a mesa e um espécime algo antediluviano de um tipo de pãozinho, ou assemelhado, depois de quê bateu em retirada rumo a seu balcão. Determinando-se o senhor Bloom a dar-lhe uma bela olhada mais tarde de modo a fazê-lo sem parecer que o fazia... Razão pela qual com o olhar encorajou Stephen a ir em frente enquanto fazia as honras da casa subrepticiamente empurrando a xícara do que temporariamente deveria ser chamado de café gradualmente mais para perto dele.

— Os sons são imposturas, Stephen disse depois de uma pausa de pouca duração. Como os nomes. Cícero, Podmore, Napoleão, senhor Goodbody,

Jesus, senhor Doyle. Os Shakespeare eram tão comuns quanto os Murphy. O que há num nome?

— Sim, certamente, o senhor Bloom anuiu sem afetação. É claro. O nosso nome foi trocado também, ele acrescentou, empurrando para o outro lado o suposto pãozinho.

O marujo barbarruivo, que estava mais que atento aos recènchegados, abordou Stephen, que havia escolhido para especial atenção, de chofre demandando:

— E o teu nome seria qual mesmo?

Num átimo o senhor Bloom tocou a bota de seu companheiro mas Stephen, aparentemente desconsiderando a cálida pressão, vinda de um ponto inesperado do compasso, respondeu:

— Dedalus.

O marujo o encarava pesadamente do alto de um par de sonolentos olhos empapuçados, algo saltados graças ao emprego excessivo da àguaquepassarinhonãobebe, de preferência bom gim com água.

— Você conhece o Simon Dedalus? ele perguntou finalmente.

— Já ouvi falar, Stephen disse.

O senhor Bloom ficou todo à deriva por um instante, vendo os outros nitidamente prestando atenção também.

— Ele é irlandês, afirmou ousado o nauta, encarando ainda quase inalterado e concordando com a cabeça. Da cabeça aos pés.

— Demasiadamente Irlandês, Stephen contribuiu.

Quanto ao senhor Bloom ele não podia separar alhos de bugalhos nessa estória toda e estava exatamente se perguntando que possível ligação quando o marujo, por iniciativa própria, voltou-se aos outros ocupantes do abrigo com o comentário:

— Eu vi ele acertar dois ovo em cima de duas garrafa a cinquenta jarda por cima do ombro. O matador canhoto.

Embora fosse levemente atrapalhado por uma gagueira ocasional e fossem seus gestos também atabalhoados como eram de fato ele ainda assim fez o melhor que podia para explicar.

— Garrafa ali, ó, digamos. Cinquenta jarda medidinha. Ovo em cima. Engatilha a arma por cima do ombro. Mira.

Deu meiavolta com o corpo, fechou o olho direito inteiramente e depois retorceu o rosto um pouco para o lado e mirou a noite com um semblante nada cativante.

— Pom! Então gritou uma vez.

O público todo esperava, contando com uma detonação adicional, já que ainda restava um ovo.

— Pom! gritou duas vezes.

Com o ovo dois inquestionavelmente destruído, ele acenou e piscou, acrescentando sanguinolante:

— Buffalo Bill atira pra matar
Ainda não errou nem não vai errar.

Seguiu-se um silêncio até que o senhor Bloom em nome dos bons modos sentiu vontade de perguntar se isso se passara em alguma competição de tiro como a Bisley.
— Como assim? o marujo disse.
— Faz tempo? o senhor Bloom prosseguiu sem se abalar uma nonada.
— Ora, o marujo replicou, relaxando até certa medida sob a mágica influência do poder que tem um diamante de cortar outro, deve ter coisa de dez anos. Ele viajou pelo mundo todo com o Hengler's Royal Circus. Eu vi ele fazer isso em Estocolmo.
— Coincidência curiosa, o senhor Bloom confidenciou a Stephen inconspicuamente.
— O meu nome é Murphy, o marujo continuou. W. B. Murphy, de Carrigaloe. Sabe onde fica?
— Porto de Queenstown, Stephen replicou.
— Isso mesmo, o marujo disse. Forte Camden e Forte Carlisle. É de lá que eu vim. A minha mulherzinha está lá. Ela está esperando por mim, que eu sei. *Pela Inglaterra, lar e beleza*. Ela é a minha esposa do coração que eu não vejo tem já sete anos, navegando por aí.

O senhor Bloom conseguia imaginar com facilidade sua chegada a esse cenário — a volta ao lar, às suas bucólicas pastagens natais depois de viver amaziado com os sete mares — uma noite de chuva com uma lua tapada. Cruzando o mundo atrás de uma esposa. Havia uma bela fileira de estórias sobre esse tema em particular de Alice Ben Bolt, Enoch Arden e Rip van Winkle e será que alguém por aqui se lembra de Caoc O'Leary, grande preferida dos declamadores, e exigentíssima, diga-se de passagem, do pobre do John Casey e um poeminha perfeito lá a sua maneira modesta? Nunca sobre a esposa fugitiva que volta, por mais que seja devotada ao ausentado. O rosto na janela! Julguem seu espanto quando ele finalmente rompeu a fita com o peito e deu-se conta da pavorosa verdade sobre sua carametade, afeto destruído. Você nem me esperava mas eu vim para ficar e começar de novo. Lá está ela, sentada, abandonada, junto à mesmíssima lareira. Crê que eu esteja morto. Ninado em berço profundo. E lá está o tio Chubb ou Tomkin, conforme seja o caso, dono do bar Coroa e Âncora, sentado em mangas de camisa, comendo lombinho com cebola. Sem cadeira pro papai. Bruu! O vento! Tem no colo seu mais novo recènchegado, filho *post mortem*. E uma caneca de rum! E outra caneca de rum! Larirarirarirum! Curve-se diante do inevitável. Sorria falso e aguente. Continuo sendo com muito amor seu desiludido esposo, W. B. Murphy.

O marujo, que mal parecia ser um residente de Dublin, virou-se para um dos cocheiros com o pedido:

— Você por acaso não tem aí um naco de fumo sobrando na sua pessoa?

O cocheiro abordado calhava não ter, mas o responsável tomou um cubo de pitura de sua jaqueta boa dependurada de um prego e o desejado objeto foi passado de mão em mão.

— Obrigado, o marujo disse.

Depositou a masca na goela e, mastigando, e com tartamudeios lentos, prosseguiu:

— A gente atracou hoje de manhã às onze. O trimastro *Rosevean* vindo de Bridgwater carregado de tijolo. Eu me embarquei pra rodar mundo. Pagaram hoje de tarde. Olha a minha dispensa. Viu? W. B. Murphy, Marinheiro de Convés.

Declaração que sustentou extraindo de um bolso interno e entregando a seu vizinho um documento dobrado de aparência não muito limpa.

— Você deve ter visto um pelo pedaço do mundo, o responsável comentou, inclinando-se sobre o balcão.

— Ora, o marujo respondeu, depois de refletir sobre o assunto, eu circunaveguei um pouquinho desde que entrei pra mercante. Eu fui no mar Vermelho. Fui na China e na América do Norte e na América do Sul. Eu vi uma montoeira de iceberg, dos pequeno. Eu fui em Estocolmo e no mar Negro, nos Dardanelos, com o capitão Dalton, o melhor desgraçado que já apareceu pra me afundar um navio. Eu vi a Rússia. *Gospodi pomilui*. É assim que russo reza.

— Mas você viu tudo quanto é lugar esquisito, hein, contribuiu um cocheiro.

— Ora, o marujo disse, trocando de lado a masca meio consumida, vi coisa esquisita também, altos e baixos. Eu vi um crocodilo morder a pata de uma âncora que nem eu masco esse fumo.

Tirou da boca o fumo suculento e, alojando-o entre os dentes, mordeu feroz.

— Khaan! Bem assim. E eu vi uns canibal no Peru que come cadáver de gente e fígado de cavalo. Olha aqui. Olha eles aqui. Um amigo me mandou isso.

Revirou o bolso interno, que parecia a sua maneira ser uma espécie de repositório, atrás de um cartãopostal que deslizou para o outro lado da mesa. O texto impresso dizia: *Choza de Indios. Beni, Bolivia.*

Todos centraram sua atenção sobre a cena exibida, um grupo de mulheres selvagens com tangas listradas, agachadas, piscando, amamentando, fazendo cara feia, dormindo em meio a um enxame de crianças (deveria haver bem uma vintena delas) na frente de primitivos casebres de vimieiro.

— Mascam coca o dia inteiro, acrescentou o comunicativo marabuto. Estômago que nem ralador de pão. Cortam as tetinha delas quando não elas pode mais ter filho. Eu vi eles sentado lá peladinho comendo cru o fígado de um cavalo morto.

Seu postal tornou-se um centro de atração para os senhores Simplórios por muitos minutos, se não mais.

— Sabe como é que a gente espanta eles? inquiriu benhumorado.

Como ninguém apresentasse voluntariamente uma declaração ele piscou um olho, dizendo:

— Vidro. Deixa eles perdidinho. Vidro.

O senhor Bloom, sem manifestar surpresa, discretissimamente virou o cartão para examinar o endereço e o carimbo postal parcialmente obliterados. Diziam o seguinte: *Tarjeta Postal, señor A. Boudin, Galeria Becche, Santiago, Chile.* Não havia mensagem evidentemente, como cuidou em observar. Ainda que não implicitamente crédulo quanto à lúrida estória narrada (ou a trama dos ovosfora para falar a verdade apesar de Guilherme Tell e do incidente de Lazarillo-Don Cesar de Bazan representado em *Maritana* em cuja ocasião a bala daquele atravessou o chapéu deste), tendo detectado uma discrepância entre seu nome (presumindo fosse ele a pessoa que se apresentava como sendo e que não estivesse navegando com bandeira falsa depois de ter rodado toda a bússola na mais completa caluda em algum lugar) e o fictício destinatário da missiva o que o fez nutrir certa suspeita quanto à *bona fide* de nosso amigo, não obstante isso evocou-lhe em certa medida um plano há muito acalentado que pretendia um dia realizar em alguma quartafeira ou sábado de viajar até Londres via mar de longo não que se possa dizer que já um dia houvesse viajado extensivamente por qualquer extensão mas era em seu coração um aventureiro nato malgrado por um truque dos fados haver constantemente mantido os pés fincados em terra firme a não ser que você chame ir até Holyhead que era a sua mais longa. O Martin Cunningham vivia dizendo que ia pegar um passe com o Egan mas uma ou outra dificuldade safada sempre pipocava tendo como resultado líquido o desmantelamento do esquema. Mas mesmo supondo que se chegasse a botar os pés no chão e pôr a cabeça a prêmio não era assim tão caro, se o bolso permitisse, uns poucos guinéus no máximo, considerando que a passagem até Mullingar aonde ele imaginava ir custava cinco e seis ida e volta. A viagem faria bem para a saúde por conta do ozônio revigorante e seria absolutamente agradável sob todos os aspectos, especialmente para um camarada que andava com o fígado meio ruim, ver os lugares diferentes pelo caminho, Plymouth, Falmouth, Southampton e assim por diante, culminando em instrutivo passeio pelas vistas da grande metrópole, o espetáculo de nossa Babilônia moderna onde indubitavelmente veria a maior das mudanças, torre, abadia, a riqueza da Park Lane para refrescar-lhe a memória. Uma outra coisa lhe ocorreu como uma ideia nada má que era poder ele passar uma vista d'olhos em torno para ver se tentava organizar um giro de concertos de música de verão abrangendo as mais proeminentes estâncias de recreação, Margate com banhos mistos e hidros e spas de primeira, Eastbourne, Scarborough, Margate e assim por diante, a bela Bornemouth, as ilhas Anglo-Normandas e similares recantos mimosos, o que podia acabar sendo tremendamente compensador financeiramente. Não, é claro, contando com uma companhiazinha improvisada e mequetrefe ou de senhorinhas da cidade, vide o tipo da senhora C. P. M'Coy — me empresta a sua valise que eu te mando o ingresso. Não, coisa finíssima, um elenco só de estrelas irlandesas, a companhia operística Tweedy-Flower com sua própria consorte legal como diva numa espécie de contrafogo para Elster Grimes e Moody-Manners, coisa das mais simples e ele via os melhores prognósticos para o sucesso, desde que notinhas fossem plantadas nos jornais locais por algum camarada com boa verve que soubesse mexer os indispensáveis pauzinhos e assim combinar negócio e prazer. Mas quem? Esse é que era o busílis.

E também, sem de fato ter certeza, ocorreu-lhe que um grande campo se abriria no que se referia à abertura de novas rotas para se manter no ritmo dos tempos atuais *à propos* da rota Fishguard-Rosslare, que, comentava-se, estava mais uma vez no *tapis* nos departamentos de circunlocução com os usuais trâmites burrocráticos e o ócio afetado de decadentes corocas e pascácios em geral. Uma grande oportunidade estava ali com toda a certeza para ímpeto e diligência que fossem ao encontro das necessidades de viagem do grande público, do cidadão mediano, i.e., Brown, Robinson & Cia.

Era tema de arrependimento e absurdo também ou pelo menos parecia e não pouca culpa da sociedade de que nos vangloriamos que os cidadãos comuns, quando o sistema realmente necessita ser tonificado, por questão de algumas míseras libras fossem impedidos de ver mais do mundo em que viviam ao invés de estarem sempre e continuamente encurralados desde o tempo em que se amarrava cachorro com linguiça. Afinal de contas, ora bolas, eles tinham lá seus onze ou mais meses de caos e mereciam uma radical mudança de *venue* depois do ramerrão da vida urbana no verão, de preferência, quando a mãe natureza atinge seu nível mais espetacular constituindo nada menos que um novo ímpeto para a vida. Havia igualmente excelentes oportunidades para os viajantes em férias na ilha natal, nemorosas localidades aprazíveis para rejuvenescimento, oferecendo copiosas atrações bem como um tônico revigorante para o sistema dentro e cerca de Dublin e inclusive seus pitorescos arredores, Poulaphouca, para onde havia um bonde a vapor, mas também mais para longe da turbamulta em Wicklow, corretamente denominada de jardim da Irlanda, uma vizinhança ideal para ciclistas idosos, desde que não chovesse muito, e nas plagas de Donegal, onde se os relatos não se desmentiam, o *coup d'œil* era mais que grandioso, ainda que a localidade adrede mencionada não fosse de fácil acesso de modo que o afluxo de visitantes não era por enquanto tudo que podia ser considerando-se os destacados benefícios que ali se obtêm, enquanto que Howth com suas associações históricas e de outras naturezas, Thomas, o cavaleiro de seda, Grace O'Malley, Jorge IV, rododendros centenas de pés acima do nível do mar era um recanto favorito entre todas as sortes e condições de homens, especialmente na primavera quando a fantasia dos rapazes, conquanto tivesse o local também certo índice de mortalidade por queda dos rochedos propositada ou acidental, normalmente, diga-se de passagem, de improviso, estando ele a apenas quarentecinco minutos da coluna. Porque é claro que as viagens turísticas da atualidade estavam ainda meramente em sua infância, por assim dizer, e as acomodações deixavam muito a desejar. Interessante de se sondar, parecia-lhe, por motivo de curiosidade pura e simples, era se era o tráfego que criava o caminho ou viceversa, ou os dois lados na verdade. Virou o outro lado da foto do cartão e o passou para Stephen.

— Eu vi um chinês uma vez, relatava o destemido narrador, que tinha umas pílula pequeninha que nem massa corrida e ele punha elas na água e elas abriam e cada pílula era uma coisa diferente. Uma era um navio, outra era uma casa, outra era uma flor. Cozinham rato na sopa, ele apetitosamente acrescentou, os china.

Possivelmente percebendo uma expressão dubitativa no rosto deles o vagamundo prosseguiu fiel a suas aventuras.

— E eu vi um sujeito assassinado em Trieste por um italiano. Facada nas costa. Uma faca assim ó.

Sem parar de falar fez surgir um canivete de aparência amedrontadora, bem condizente com seu caráter, e o segurou em posição de ataque.

— Num randevu foi coisa de uma trapaça entre dois contrabandista. O sujeito se escondeu atrás da porta, chegou por trás dele. Assim. *Te prepara pra conhecer Deus*, diz ele. Clunc! Entrou nas costa dele até o cabo.

Sua mirada pesada, sonolenta e errante, como que desafiava ulteriores questionamentos mesmo que eles por algum acaso quisessem.

— Está aqui uma bela de uma peça de aço, repetiu ele, examinando seu formidável *stiletto*.

Depois de tal *dénouement* aterrador, suficiente para apavorar mesmo o mais rijo, ele fechou a lâmina e guardou a arma em questão de volta em sua câmara de horrores, vulgo bolso.

— Um desses é ótimo com uma arma branca, contribuiu alguém que estava evidentemente um tanto desligado. Foi por isso que eles acharam que os assassinato do parque dos invencíveis tinha sido coisa de estrangeiro por conta que eles usaram faca.

Diante dessa observação, feita obviamente no espírito de *em terra de cego*, o senhor Bloom e Stephen, cada qual a sua maneira particular, ambos instintivamente trocaram olhares significativos, num silêncio religioso estritamente pertencente à variedade *entre nous* no entanto, na direção de onde Esfolabode, dito o responsável, estava tirando jorros de líquido lá de sua caldeira. Seu rosto inescrutável, que era de fato uma obra de arte, um perfeito estudo de caso, que desafiava uma descrição, transmitia a impressão de não estar ele entendendo patavinas do que se passava. Engraçado, muito.

Seguiu-se uma pausa algo longa. Um homem estava lendo aos saltos e aos repelões um jornal vespertino manchado de café; outro, o cartão com a *choza de* dos nativos; outro, a dispensa do nauta. O senhor Bloom, na medida em que estava pessoalmente interessado, somente ponderava em humor pensativo. Recordava vividamente quando ocorrera o incidente a que se fizera referência tanto quanto se fosse ontem, cerca de uns vinte anos antes, nos tempos dos problemas agrários quando tal caiu qual tormenta sobre o mundo civilizado, falando figurativamente, no começo dos anos oitenta, oitenteum para ser preciso, quando ele acabava de fazer quinze anos.

— Opa, chefia, o marujo irrompeu. Devolve aí os papel.

Tendo sido atendido seu pedido, ele os amarfanhou em sua garra.

— O senhor viu o rochedo de Gibraltar? o senhor Bloom inquiriu.

O marujo careteou, mascando, de uma maneira que se poderia ler como um sim, é, ou não.

— Ah, o senhor aportou por lá também, o senhor Bloom disse, ponta Europa, pensando que sim na esperança de que o vagamundo pudesse possivelmente por algumas reminiscências mas ele não chegou a fazê-lo, soltando simplesmente um jato de sumo por sobre a serragem, e balançou a cabeça com uma sorte de desdém preguiçoso.

— Em que ano teria sido isso? o senhor Bloom interrogou. O senhor consegue lembrar os barcos?

Nosso *soi-disant* marujo mastigou pesadamente por um tempo, esfaimadamente, antes de responder.

— Eu estou cansado dessas pedra tudo lá do mar, ele disse, e barco e navio. Porcariada salgada o tempo todo.

Cansado, aparentemente, parou. Seu questionador, percebendo não ser provável que viesse a conseguir obter grande mudança de um cliente assim tão voluntarioso, deixou-se divagar pelos imensos espaços aquáticos do globo. Basta mencionar que, como revelava uma espiadela qualquer sobre o mapa, eles cobriam totalmente três quartos do mundo e ele compreendeu integralmente por consequência o que significava conquistar os mares. Em mais de uma ocasião — uma dúzia no mínimo — perto de North Bull em Dollymount percebera um macróbio nauta antigo, nitidamente desamparado, sentado como lhe soía perto do não mui aromático mar próximo ao muro, encarando-a ele e ele a ele com olhar perdido, sonhando com lenhos frescos, pastos novos como alguém algures canta. E isso o pusera a indagar. Possivelmente tentara descobrir o segredo por conta própria, estrebuchando para lá e para cá pelos antípodas e todo esse tipo de coisas e para cima e para baixo — bem, não exatamente para baixo, provocando os fados. E as chances eram de vinte para nada de que de fato não houvesse segredo algum. Não obstante, sem entrar nas *minutiæ* da questão, restava o fato eloquente de estar ali o mar em toda a sua glória e de que no desenrolar natural das coisas um ou outro alguém tinha de navegar por ele e desafiar a providência ainda que meramente acabasse demonstrando como as pessoas comumente conseguiam dar um jeito de que esse tipo de fardo passasse para o próximo como aquela ideia de inferno e a loteria e os seguros, que eram administrados nas mesmíssimas bases de modo que por essa idêntica razão, na pior das hipóteses, os salvavidas formassem uma instituição deveras louvável pela qual o público em geral, sem importar sua morada, interiorana ou litorânea, conforme fosse o caso, tendo-a assim a sua porta, deveria demonstrar sua gratidão e também aos mestresdearrais e ao serviço de guardacosteira que tinham de tripular a cordoalha e zarpar e zunir por entre os elementos, qualquer que fosse a estação, quando o dever chamava *A Irlanda espera que cada homem* e assim por diante, e às vezes sofriam um bocado no inverno sem esquecermos os faróis da Irlanda, o Kish e outros, com risco de desmoronamento a qualquer instante em torno do qual ele um dia com sua filha se vira em águas consideravelmente agitadas, para não dizer tempestuosas.

— Tinha um sujeito que embarcou comigo no *Rover*, o velho lobodomar, ele próprio um vagamundo, como dizia o nome da embarcação, prosseguiu, ficou em terra e arranjou um emprego mole de criado de algum senhor por seis pratas pormês. Essa calça aqui é dele que eu estou usando e ele me deu um oleado e aquela facademola. Eu estou atrás de um trabalhinho desse, barba cabelo e bigode. Odeio ficar sem rumo por aí. Tem o meu filho agora, o Danny, que fugiu pro mar e a mãe dele deu um jeito de aceitarem ele lá num algibebe em Cork onde ele podia estar ganhando um dinheirinho fácil.

—Que idade que ele tem? questionou um ouvinte que, a propósito, visto de lado, tinha uma distante semelhança com Henry Campbell, o funcionário municipal, longe dos fatigantes cuidados do escritório, malajambrado, é claro, e com trajes puídos e fortes suspeitas de um rubor alcoólico na região do apêndice nasal.

—Ora, o marujo respondeu com lenta enunciação intrigada, o meu filho, o Danny? Ele deve estar com uns dezoito agora, pelo que eu imagino.

O pai *skibbereen* neste momento abriu num rasgo sua camisa cinzenta ou ao menos pouco limpa com as duas mãos e pôs-se a coçar o peito onde se podia ver uma imagem tatuada em tinta azul chinesa, que pretendia representar uma âncora.

—Tinha piolho naquele beliche em Bridgwater, ele comentou. Pode apostar. Vou ter que tomar banho amanhã ou depois. É com aqueles preto que eu implico. Odeio aqueles verme. Te chupam o sangue tudinho, os desgraçado.

Vendo que estavam todos olhando seu peito, ele obsequiosamente puxou mais a camisa de modo que, por sobre o famoso e honrado símbolo da esperança e repouso do marinheiro, tivessem plena visão da cifra 16 e do perfil de um jovem olhando enfarruscado seu tanto.

—Tatuagem, explicou o expositor. Me fizeram quando a gente estava preso numa calmaria no litoral de Odessa no mar Negro com o capitão Dalton. Um sujeito chamado Antonio que fez. Está aqui ele, o próprio, grego.

—Doeu muito pra fazer? alguém perguntou ao marujo.

O ilustre marujo, no entanto, estava aplicadamente concentrado em fuçar em volta de alguma maneira no. Apertando ou...

—Vejam aqui, ele disse, mostrando Antonio. Olha ele aqui, xingando o imediato. E olha ele aqui agora, ele acrescentou. O mesmo sujeito, puxando a pele com os dedos, algum truque especial nitidamente, e ele rindo de alguma estória.

E a bem da verdade o rosto lívido do jovem chamado Antonio de fato parecia forçado a sorrir e o curioso efeito provocou a admiração sem peias de todos, inclusive do Esfolabode, que desta vez se esticou.

—Pois é, pois é, suspirava o marujo, olhando para seu peito viril. Ele também já foi embora. Os tubarões comeram depois. Pois é, pois é.

Soltou a pele de maneira a fazer o perfil voltar à expressão normal de antes.
— Um belo trabalho, um descarregador disse.
— E pra que que é o número? o encostado número dois questionou.
— Devorado vivo? um terceiro perguntou ao marujo.
— Pois é, pois é, suspirava novamente tal personagem, com mais regozijo dessa vez, com algum tipo de meiossorriso, por breves instantes apenas, na direção do questionador a respeito do número. Ele era grego.
E então acresceu, com certo humor de papadefunto, considerando seu alegado fim:

— *Pior que o velho Antonio,*
Que me deixou sozônio.

O rosto de uma rameira, inexpressivo e emaciado sob um chapéu de palha negro, espiou de esguelha pela porta do abrigo palpavelmente em missão de reconhecimento por conta própria com objetivo de puxar mais brasas para sua sardinha. O senhor Bloom, mal sabendo para que lado olhar, desviou-se de pronto, descompostificado mas exteriormente calmo, e apanhando da mesa a folha rosa do órgão da Abbey Street que o cocheiro, se era isso o que era, largara de lado, apanhou-a e olhou para o rosa da folha mas por que rosa? Sua razão para tanto era ter reconhecido no mesmo instante junto da porta o mesmo rosto do qual apenas um relance havia obtido naquela tarde no Ormond Quay, a mulher parcialmente idiótica, nomeadamente, da alameda, que sabia que a dona de roupa marrom andava com você (a senhora B.) e pedira a oportunidade de lavar sua roupa de baixo. E também por que de baixo, que parecia mais vago que não sei quê?
Sua roupa de baixo. Ainda assim a candura o compelia a admitir haver lavado a roupa de baixo de sua esposa suja na Holles Street e as mulheres fariam e faziam de fato com os trajes semelhantes de um homem monogramados com a tinta especial da Bewley & Draper's (as dela eram, quer dizer) se o amavam de verdade, bem entendido. Me ame, ame minha camisa suja. Ainda assim, naquele exato momento, sentindo-se mal dentro das calças, ele desejava da mulher mais a ausência que a companhia portanto veio-lhe como legítimo alívio lhe ter o responsável feito um rude sinal por que dali removesse sua presença. Pela borda do *Evening Telegraph* ele apenas obteve um breve relance de seu rosto junto à borda da porta com algo como um demente sorriso vítreo a demonstrar que ela não batia bem, observando com nítida diversão o grupo de contempladores em torno do náutico peito do navegador Murphy e aí já dela nada se viu.

— Bandarra, o responsável disse.

— Escapa à minha compreensão, o senhor Bloom confidenciou a Stephen, eu quero dizer em termos médicos, como uma criatura miserável como aquela do hospital Lock, podre de doente, pode ter a caradepau de oferecer o corpo ou como qualquer homem em sua sã consciência, se der o mais mínimo valor à sua saúde. Criatura infeliz! É claro, imagino que algum homem seja responsável no final das contas pela condição dela. Ainda assim não importa de onde venham as causas...

Stephen não havia percebido a mulher e deu de ombros, meramente comentando:

— Neste país as pessoas vendem muito mais do que ela jamais pôde ter e ganham horrores. Não temais os que vendem o corpo mas não têm o poder de comprar a alma. Ela é uma má mercadora. Compra caro e vende barato.

O homem mais velho, ainda que de maneira alguma uma velha pudica ou um puritano, disse ser nada menos que um escândalo gritante que devia ser eliminado *instanter* dizerem que as mulheres de tal classe (muito longe de quaisquer pudicícias de velhota a respeito), um mal necessário, não fossem licenciadas e inspecionadas em termos médicos pelas autoridades adequadas, algo, podia declarar com franqueza, que ele, como *paterfamilias*, advogava vigorosamente desde sempre. Quem quer que embarcasse numa política de tal tipo, disse ele, e ventilasse o assunto eficientemente conferiria duradoura dádiva a todos os envolvidos.

— Você, como bom católico, ele observou, por falar em corpo e alma, acredita na alma. Ou você está se referindo à inteligência, o poder cerebral como tal, considerado distintamente de qualquer objeto exterior, a mesa, digamos, aquela xícara? Eu mesmo acredito nisso porque foi explicado por homens capazes como sendo as convoluções da massa cinzenta. De outra maneira nós jamais teríamos invenções como os raios X, por exemplo. E você?

Acuado de tal maneira, Stephen teve de fazer um esforço sobrenatural de memória para tentar se concentrar e lembrar antes de poder dizer:

— Dizem-me, segundo as melhores autoridades, que é uma substância simples e portanto incorruptível. Seria imortal, pelo que eu entendo, não fosse a possibilidade de sua aniquilação pela Primeira Causa, Que, por tudo que eu posso saber, é bem capaz de acrescentar mais essa ao elenco das Suas gracinhas, estando a *corruptio per se* e a *corruptio per accidens* ambas excluídas por etiqueta cortês.

O senhor Bloom aquiescia completamente com o sentido geral dessas palavras embora a mística *finesse* ali envolvida estivesse um pouco além de sua esfera sublunar mas ainda assim sentiu-se obrigado a registrar uma objeção a título de mero, imediato acréscimo:

— Simples? Eu não diria que essa é a palavra certa. É claro, isso eu admito, para dar um dedo a torcer, que você topa com uma alma simples uma vez de vez em quando. Mas o que eu estou ansioso por dizer é que é uma coisa por exemplo inventar esses raios que o Röntgen inventou, ou o telescópio como o Edison, embora eu acredite que tenha sido antes do tempo dele, Galileu que inventou, quer dizer. A mesma coisa vale pras leis, por exemplo, de um fenômeno natural de vasta aplicação como a eletricidade mas já é farinha de outro saco bem diferente dizer que você acredita na existência de um Deus sobrenatural.

— Ah, mas isso, expostulou Stephen, foi provado de maneira conclusiva por diversas das passagens mais famosas da Santa Escritura, além de evidências circunstanciais.

Sobre esse ponto intricado, contudo, os pontos de vista do par, mesmo com a distância antipodal que tinham, tanto em erudição formal quanto em todo o resto, com a marcante diferença de suas idades, chocaram-se.

— Foi? Objetava o mais experiente dos dois, mantendo-se firme em sua opinião. Eu não tenho tanta certeza. Isso é questão das opiniões de cada um e, sem abusar do lado sectário da questão, peço vênia de dissentir *in toto* aqui. A minha crença, para lhe conceder a mais cândida verdade, é que esses trechos foram genuinamente forjados, todos incluídos ali por monges na maior das probabilidades ou será a grande questão do nosso poeta nacional novamente, quem precisamente escreveu coisas como *Hamlet* e Bacon, como você que conhece o seu Shakespeare infinitamente melhor que eu, é claro que eu não preciso lhe dizer. Será que você não consegue tomar aquele café, aliás? Deixe eu mexer e pegue um pedacinho daquele pão. Parece mais difícil de engolir que as estórias do nosso marujo ali. Mas afinal ninguém pode dar o que não tem. Prove um pedaço.

— Não dá, Stephen conseguiu emitir, recusando-se pelo momento seus órgãos mentais a ditar mais.

Como olhar para o rabo dos outros era proverbialmente desagradável como hábito o senhor Bloom viu por bem mexer, ou tentar mexer, o açúcar grudado no fundo e refletiu com algo que se aproximava da acrimônia sobre o Coffee Palace e sua obra (lucrativa) de abstinência. Era óbvio que se tratava de um objetivo legítimo e para além de discórdias e concórdias fazia um bem imenso. Abrigos como este em que estavam eram administrados segundo uma linha de abstinência total para gente perdida na noite, concertos, saraus dramáticos e palestras de grande utilidade (entrada gratuita) por homens qualificados, para um público de baixa instrução. Por outro lado ele tinha uma vívida e dolorosa recordação de que eles pagavam a sua esposa, Madame Marion Tweedy, que estivera proeminentemente associada a eles em certa época, uma remuneração de fato muito modesta por sua atuação como pianista. A ideia, estava inclinadíssimo a acreditar, era fazer o bem e obter algum lucro, já que a bem da verdade não havia concorrência. Veneno de sulfato de cobre, SO_4 ou alguma coisa numas ervilhas secas ele lembrava de ter lido numa cantina barata em algum lugar mas não conseguia lembrar quando foi nem onde. Enfim, a inspeção, inspeção médica, de todos os comestíveis, parecia-lhe agora mais que nunca necessária o que possivelmente explicava a moda do Chocolate-Vi do doutor Tibble por conta da análise médica envolvida.

— Dê uma provadinha agora, ele se arriscou a dizer sobre o café depois de mexido.

Convencido assim a ao menos prová-lo, Stephen levantou o pesado caneco da poça marrom — ele nela espadanou quando erguido — pela asa e bebeu um gole da ofensiva beberagem.

— Pelo menos é comida, seu bom gênio argumentou, eu defendo vigorosamente a comida, sendo sua primeira e única razão nem de longe a gula mas as refeições regulares como condição *sine qua non* para qualquer tipo de trabalho propriamente dito, mental ou manual. Você devia comer mais. Você ia se sentir um novo homem.

— Se fosse líquido comê-lo-ia, Stephen disse. Mas me faça o favor de tirar essa faca daqui. Eu não consigo olhar para a ponta dela. Me lembra a história romana.

O senhor Bloom prontamente agiu conforme sugerido e removeu o artigo acusado, uma faca comum e cega de cabo de chifre com coisa alguma de particularmente romana ou antiga a olhos leigos, observando ser a ponta seu ponto menos saliente.

— As estórias de nosso amigo em comum são como o próprio, o senhor Bloom *à propos* de facas, comentou a seu *confidante sotto voce*. Você acha que são legítimas? Ele podia ficar contando essas lorotas por horas a fio a noite inteira e mentir que nem um condenado. Olhe só ele.

E no entanto, conquanto seus olhos estivessem pesados de sono e maresia, a vida estava cheia de uma horda de coisas e coincidências de terrível natureza e ficava consideravelmente dentro dos lindes da possibilidade não ser tudo uma total invenção ainda que assim de supetão não houvesse muita probabilidade inerente de que toda a balela que ele cuspia por ali fossem palavras retas.

E estivera entrementes inventariando o indivíduo a sua frente e sherlockholmeseando-o desde que dera com os olhos nele. Ainda que fosse um homem bem preservado de não pouca energia, conquanto um tiquinho inclinado à calvície, havia algo espúrio no nó daquela madeira que sugeria um liberto da cadeia e não era necessário puxar violentamente pela imaginação para associar um espécime de tão esquipática aparência com a fraternidade quebrapedra e assentatrilho. Ele podia mesmo ter feito por aquele homem, supondo fosse seu próprio o caso que narrara, o que as pessoas frequentemente fazem umas com as outras, ou seja, que ele mesmo o matou e cumpriu seus quatro ou cinco longos anos a ferros isso para não falar do tal Antonio (nenhuma relação com o personagem dramático de mesmo nome que surgiu da pena de nosso poeta nacional), que expiou seus crimes da melodramática maneira supracitada. Por outro lado podia estar apenas blefando, uma fraqueza perdoável, porque encontrar indisfarçáveis parvos, residentes de Dublin, como aqueles cocheiros à espera de notícias do exterior, incitaria qualquer antigo marinheiro que navegou pelo mar oceano a enfeitar bem a estória da escuna *Hesperus* e etcétera. E no frigir dos ovos, como se diz, as mentiras que um sujeito conta sobre si próprio não seriam páreo para as bobagens por atacado que os outros cunham sobre ele.

— Veja bem, eu não estou dizendo que é tudo pura lorota, ele retomou. A gente encontra cenas análogas ocasional ainda que não regularmente. Gigantes, embora isso já seja um certo exagero, você pode ver uma vez na vida. Marcella, a rainha anã. Naquela exposição de estátuas de cera na Henry Street eu mesmo vi uns astecas, como eles dizem, sentados de pernas arqueadas. Não iam conseguir endireitar as pernas nem que você pagasse porque os músculos aqui, sabe, ele continuou, indicando em seu companheiro o breve contorno, os tendões, ou sei lá que nome que se dá, atrás do joelho direito, estavam totalmente enfraquecidos por eles ficarem sentados daquele jeito tanto tempo confinados, sendo adorados como deuses. Eis aí de novo um exemplo de almas simples.

Contudo, retornando ao amigo Simbá e suas horripilantes aventuras (que lhe faziam lembrar um pouco Ludwig, vulgo Ledwige, quando ocupava os tablados do teatro Gaiety na época em que Michael Gunn respondia pela gerência no *Navio fantasma*, um estupendo sucesso, e sua horda de admiradores veio em grande número, todos simplesmente se aglomerando para ouvi-lo apesar de que navios de qualquer espécie, fantasmas ou muito pelo contrário, em cena sempre passassem meio que em brancas nuvens como também os trens) não havia coisa alguma de intrinsecamente incompatível, ele admitia. Pelo contrário, o toque da facada nas costas condizia muito bem com aqueles *italiani* ainda que honestamente ele não obstante se sentisse livre para admitir que aqueles sorveteiros e frigidores peixísticos isso para não mencionar a variedade batatafrita e assim por diante, lá em Little Italy lá perto da Coombe, eram sóbrios camaradas poupadores e trabalhadores exceto talvez um pouco dados demais à caça do inofensivo animal de confissão felina de propriedade de terceiros à noite de modo a obter uma boa e velha panelada suculenta com alho *de rigueur* à custa dele ou dela no dia seguinte às esconsas e, acrescentou ele, bem baratinho.

— Os espanhóis, por exemplo, continuou, temperamentos passionais como aqueles, impetuosos como o Pèrredondo, são dados a fazer justiça com as próprias mãos e te dar o descanso eterno em dois tempos com aqueles punhais que eles carregam no abdome. Vem do excesso de calor, do clima em geral. A minha esposa é, por assim dizer, espanhola, meio, quer dizer. A bem da verdade ela podia de fato pedir a nacionalidade espanhola se quisesse, já que nasceu (tecnicamente) na Espanha, i.e., Gibraltar. Ela tem o tipo espanhol. Pele bem escura, morena mesmo, preta. Eu, pelo menos, certamente acredito que o clima influencia o caráter. Foi por isso que eu perguntei se você escrevia a sua poesia em italiano.

— Os temperamentos ali à porta, Stephen interpôs, estavam muito passionais a respeito de dez xelins. *Roberto ruba roba sua.*

— Bem verdade, o senhor Bloom ecoou.

— E aí, Stephen disse, olhando fixamente e deblaterando consigo ou com algum desconhecido ouvinte algures, nós temos a impetuosidade de Dante e o triângulo isósceles, a senhora Portinari por quem ele se apaixonou e Leonardo e San Tommaso Mastino.

— Está no sangue, o senhor Bloom acedeu de pronto. São todos lavados no sangue do sol. Coincidência, eu calhei de estar no museu da Kildare Street hoje, logo antes do nosso encontro, se é que eu posso chamá-lo assim, e estava exatamente olhando aquelas estátuas antigas de lá. As esplêndidas proporções dos quadris, do colo. Você simplesmente não topa com aquele tipo de mulheres por aqui. Uma exceçãozinha aqui e acolá. Bonitas, sim, ajeitadinhas lá a seu modo pode-se dizer, mas eu estou falando é da forma feminina. Além disso elas têm tão pouco gosto pra se vestir, a maioria, o que valoriza demais a beleza natural de uma mulher, não importa o que digam. Meias amarfanhadas — pode até ser, possivelmente seja, uma fraqueza minha, mas ainda assim é uma coisa que eu simplesmente odeio ver.

O interesse, no entanto, estava começando a murchar um pouco em toda a volta e os outros se puseram a falar de acidentes no mar, navios perdidos na neblina, colisões com icebergs, e todas essas coisas. O Òdebordo, é claro, tinha lá sua palavrinha a dizer. Havia dobrado o cabo umas belas de umas vezes e enfrentado uma monção, um tipo de vento, nos mares da China e através de todos esses perigos das profundas havia uma coisa, ele declarava, que o resguardara, ou o que o valha, uma medalha benta que ele tinha que o salvava.

Assim então depois eles seguiram à deriva para o naufrágio do rochedo Daunt, naufrágio daquela malfadada barca norueguesa — ninguém lembrava o nome dela assim de pronto até que o cocheiro que tinha realmente bem a cara do Henry Campbell lembrou, *Palme*, na praia de Booterstown, que foi o assunto da cidade inteira naquele ano (Albert William Quill escreveu um belo poema original de mérito singular sobre o tópico para o *Irish Times*), vagas correndo por sobre o casco e multidões e multidões na praia em petrificada comoção, horrorizadas. E então alguém disse alguma coisa sobre o caso do S.S. *Lady Cairns* de Swansea, abalroado pelo *Mona*, que seguia em rumo oposto, num tempo um tanto brusco, e naufragado com todos os seus homens a bordo. Nenhum socorro lhe foi dado. Seu mestre, do *Mona*, disse temer que sua antepara de colisão cedesse. Não fez água, ao que parece, pelo casco.

Nesse estágio deu-se um incidente. Tendo-se tornado necessário desfraldar as velas o marujo vagou sua cadeira.

— Deixa eu cruzar o teu convés, amigo, ele disse a seu vizinho que acabava de cair suavemente num sono pacífico.

Traçou sua rota pesada, lentamente, com um passo como que tristonho até a porta, desceu pesado o único degrau que havia abaixo saindo do abrigo e singrou para a esquerda. Enquanto estava no ato de estabelecer suas coordenadas, o senhor Bloom, que percebeu quando ele se levantou que tinha dois frascos de putativo rum de bordo apontando um de cada bolso para consumo privado de seu ardente interior, viu que fazia surgir uma garrafa que desarrolhava, ou destapava, e aplicando o gargalo aos lábios, tomava dela um bom de um gole prazeroso com um ruído arrulhante. O irrepreensível Bloom, que tinha também uma arguta suspeita de que o velho bufão houvesse saído numa manobra em busca da retroatração manifesta aqui na forma de uma mulher, que, no entanto, desaparecera para todos os fins e propósitos, podia, com certo esforço, apenas divisá-lo, quando devidamente refeito de sua aventura da garrafa de rum, boquiaberto para os píeres e os dormentes da Loop Line, meio peixe fora dágua, na medida em que é claro estava ela toda radicalmente alterada desde sua última visita e grandemente melhorada. Alguma pessoa ou algumas pessoas invisíveis ou invisível orientaram-no para o mictório masculino erguido pelo comitê de limpeza por toda parte para tal propósito mas, depois de breve espaço de tempo durante o qual reinou supremo o silêncio, o marujo, nitidamente julgando-o muito ao largo, aliviou-se logo ali mais perto, com o ruído de sua água destilada pouco tempo depois se espalhando pelo chão onde aparentemente despertou um cavalo de um dos táxis.

Um casco ao menos revolveu-se em busca de novo apoio depois do sono e arreios tilintaram. Levemente perturbado em sua guarita junto ao braseiro de carvão vivo, o vigia da prefeitura que, embora agora alquebrado e logo quebrado, era ninguém mais, à fria luz dos fatos, que aquele Gumley adrede mencionado, vivendo agora praticamente das moedas da paróquia, tendo recebido o trabalho temporário de Pat Tobin com toda humana probabilidade, por ditames de humanidade, por conhecê-lo este anteriormente — virou-se e revirou-se em seu posto antes de ajeitar novamente os membros nos braços de Morfeu, um destino verdadeiramente duro em sua forma mais virulenta para um sujeito com as mais respeitáveis ligações e familiarizado com as decentes comodidades do lar por toda a sua vida que recebeu um dia £100 limpas ao ano que é óbvio que o rematado imbecil conseguia fazer virar poeira e farinha. E lá estava ele no fim de sua linha depois de ter pintado o seis e meio, pelo menos, sem um merréis de mel coado. Ele bebia, isso vai sem dizer, o que era mais uma lição de moral já que poderia com grande facilidade estar vivendo à larga se — um grande se, no entanto — tivesse conseguido curar-se dessa fraqueza em particular.

Todos, enquanto isso, iam lamentando em altas vozes a queda na produção de barcos irlandesa, tanto de cabotagem quanto oceânicos, o que era tudo parte e fazia tudo parte da mesma coisa. Um barco Palgrave Murphy foi lançado na bacia Alexandra, o único no ano. É bem verdade que os portos estavam lá só que navio algum jamais surgia.

Havia naufrágios e naufrágios, disse o responsável, que estava evidentemente *au fait*.

O que ele queria determinar era por que aquele navio deu de cara com a única pedra da baía de Galway quando o esquema do porto de Galway foi proposto por um tal senhor Worthington ou um outro nome desses, hein? Perguntem pro capitão, ele os aconselhava, quanta propina o governo britânico pagou por aquele dia de trabalho, o capitão John Lever da linha Lever.

— Estou certo, imediato? ele inquiriu do marujo que ora retornava depois de sua libação privada e do resto de seus empenhos.

O ilustre marujo, detectando o aroma dos últimos fiapos da canção ou das palavras, urrou numa pretensa melodia, mas com grande ardor, algum tipo de cântico ou coisa do gênero em segundas ou terças. Os ouvidos afiados do senhor Bloom ouviram-no então expectorar o fumo provavelmente (o que de fato era), de modo que deve tê-lo temporariamente alojado no punho enquanto se ocupava de beber e produzir cascatas e o achou um tanto amargo depois do fogo líquido em questão. Enfim, lá veio ele depois de sua bensucedida *libatio cum potatio*, introduzindo uma atmosfera de bebida na *soirée*, tempestuosamente jogralando, como veraz filho de um cozinheiro de esquadra:

— *A bolacha estava um grude só
E o bife mais salgado que a mulher de Ló.
Ó Johnny Lever!
Johnny Lever, Ó!*

Efusão depois da qual o formidando espécime ingressou devidamente em cena e, retomando seu assento, afundou-se mais do que sentou-se pesado sobre a forma fornecida.

O Esfolabode, presumindo-se fosse ele ele, evidentemente com segundas intenções, ventilava suas lamúrias em impetuosa filípica flébil acerca dos recursos naturais da Irlanda, ou algo do gênero, que descreveu em sua dissertação de fôlego como o mais rico dos países acima de todos na face do mundinho de meu Deus, muitíssimo superior à Inglaterra, com carvão em grandes quantidades, seis milhões de libras em exportações anuais de carne de porco, dez milhões de manteiga e ovos e com todas as suas riquezas desviadas pela Inglaterra que cobrava em impostos do pobre povo que pagava sempre além da conta, e engolia a melhor carne do mercado, e muito mais sobra de gás, na mesma toada. A conversa deles consoantemente tornou-se mais geral e todos concordaram ser isso verdade. Em se plantando, qualquer coisa dava no solo irlandês, declarou ele, e olha lá aquele coronel Everard lá em Navan plantando tabaco. Onde é que você podia encontrar igual ao bacon irlandês? Mas um dia de juízo, ele declarava num *crescendo* com voz longe de insegura — absolutamente monopolizando toda a conversa — estava à espera da poderosa Inglaterra, apesar de seu poder pecuniário por conta de seus crimes. Uma queda viria e seria a maior da história. Os alemães e os japas iam querer uma fatia, afirmava ele. Os bôeres eram o começo do fim. A Inglaterra Brummagem já estava desmoronando e sua derrubada seria a Irlanda, seu calcanhar de Aquiles, alusão que explicou-lhes ao ponto vulnerável de Aquiles, o herói grego — argumento que seus ouvintes de imediato compreenderam já que ele deteve por completo sua atenção mostrando na bota o tendão a que se referia. Seu conselho a todo e qualquer irlandês era: fique em sua terra natal e trabalhe pela Irlanda e viva pela Irlanda. A Irlanda, Parnell dizia, não podia abrir mão de um só de seus filhos.

Silêncio em toda parte marcou o término de seu *finale*. O impérvio navegador ouviu tais lúridos presságios, inabalado.

— Vai dar uma trabalheira, chefia, retaliou aquele diamante bruto palpavelmente algo irritado em resposta ao truísmo supra.

A tal ducha fria, referente a derrubadas e assim por diante, o responsável veio se juntar mas não obstante mantendo seu ponto de vista central.

— Quem que é os melhores soldados do exército? o encanecido velho veterano interrogava iracundo. E os melhores saltadores e corredores? E os melhores almirantes e generais que a gente tem? Me contem.

— Os irlandeses, é claro, retorquiu o cocheiro igual ao Campbell, imperfeições faciais à parte.

— Exato, corroborou o velho homendomar. O camponês católico irlandês. Ele é a espinha dorsal do nosso império. Vocês conhecem o Jem Mullins?

Conquanto concedesse-lhe o direito a suas opiniões pessoais, como todo homem de bem, o responsável ajuntou que não dava a mínima para qualquer império, nosso ou dele, e que considerava não valer um figo podre qualquer irlandês que o servisse. Então começaram a trocar certas palavras irascíveis, quando o clima esquentou, ambos, vai sem dizer, buscando cooptar os ouvintes que seguiam a escaramuça com interesse desde que não começassem a se recriminar ou chegassem a vias de fato.

Graças à informação privilegiada que cobria largo período o senhor Bloom inclinava-se consideravelmente a escornar tudo aquilo como egrégia lengalenga pois, até aquela consumação a ser ou não devotamente desejada, ele era plenamente sabedor do fato de que seus vizinhos de além canal, a não ser que fossem muito mais imbecis do que ele acreditava, mais escondiam sua força do que o contrário. Estava bem à altura da ideia quixótica em certos meios de que em cem milhões de anos os veios de carvão da ilhairmã estariam exauridos e se, com o correr do tempo, isso viesse a ser realmente o pulo do gato tudo que ele podia pessoalmente dizer a respeito era que, como um imenso elenco de contingências, igualmente relevantes para o tema, poderiam ocorrer anteriormente, era altamente aconselhável nesse ínterim tentar obter o melhor dos dois países, mesmo que em posições antipodais. Outro pontinho interessante, os amores de putas e peões, para colocá-lo em linguajar ordinário, lembrava-lhe que os soldados irlandeses lutaram tantas vezes a favor da Inglaterra quantas lutaram contra ela, e mesmo mais, na verdade. E agora, por quê? De modo que a cena entre aquele par, o detentor dos direitos de exploração do lugar, que se dizia ser ou ter sido Fitzharris, o famoso invencível, e o outro, obviamente ilídimo, lembrava-lhe forçosamente algo que cabia como uma luva nos truques dos estelionatários, supondo, isto é, que houvesse sido prècombinado, como o observador, um estudioso da alma humana, acima de tudo, com os outros enxergando muito menos o jogo. E quanto ao detentor dos direitos ou responsável, que provavelmente não era mesmo a outra pessoa, ele (Bloom) não podia deixar de sentir, e mais do que adequadamente, que era melhor fazer ouvidos moucos para pessoas como essas a não ser que você fosse um rematado e completo idiota e se recusar terminantemente a ter com elas como regra de ouro na vida privada e com seus engodos, havendo sempre o risco inesperado de um alcagueta aparecer e vir com provas em nome da rainha — ou do rei agora — como Denis ou Peter Carey, uma ideia que ele repudiava integralmente. Sem nem falar nisso, não lhe agradavam essas carreiras de malfeitorias e de crime por princípio. Contudo, embora tais propensões criminosas jamais houvessem sido natas em seu seio sob qualquer forma ou aparência, ele certamente sentia, e não havia como negá-lo (apesar de permanecer internamente o que era), um certo tipo de admiração por um homem que houvesse realmente sacado de uma faca, arma branca, pela coragem de suas convicções políticas embora, pessoalmente, ele jamais pudesse ser parte de algo assim, da mesma natureza daquelas *vendettas* amorosas do sul — ficas com ela ou te enforco sem ela — quando o marido amiúde, depois de certas palavras trocadas entre os dois a respeito das relações dela com o outro felizardo mortal (tendo o homem mandado vigiar o par), infligia feridas fatais em sua adorada como resultado de uma *liaison* pòsnupcial alternativa enterrando nela sua faca até que lhe ocorreu que Fitz, apelidado Esfolabode, meramente dirigiu o carro para os verdadeiros perpetradores do ultrajoso ato e portanto não fez, se ele detinha informação confiável, de fato parte da emboscada o que, a bem da verdade, foi o argumento com que algum luminar do direito salvara-lhe a pele. De qualquer maneira isso já era história antiga agora e quanto a nosso amigo, o pseudo Esfoletcétera, ele nitidamente vivera mais que sua conta. Devia ter ou morrido de morte morrida ou no alto do cadafalso. Feito as atrizes, sempre adeus — seguramente a última apresentação e aí aparecem sorrindo de novo. Generoso até o último fio de cabelo, é claro, temperamental, nada de muita economia ou qualquer coisa do gênero, sempre pulando no osso por conta da sombra. Assim de forma similar ele tinha uma suspeita muito aguda de que o senhor Johnny Lever havia se livrado de alguns $s no curso de suas deambulações pelas docas na simpática atmosfera da taverna *Old Ireland*, volte para Erin e assim por diante. Então no que se referia aos outros, tinha ouvido havia não muito tempo a mesma conversa, como contava a Stephen como com simplicidade mas efetivamente calara a ofensa.

—Ele se injuriou com uma coisa ou outra, declarava aquela muiferida mas no todo bencalma pessoa, que eu deixei escapar. Me chamou de judeu e de uma maneira esquentada ofensivamente. Aí eu sem me desviar uma palha da verdade nua e crua lhe disse que o Deus dele, eu estou falando de Cristo, era judeu também e toda a família dele como eu ainda que na verdade eu não seja. Ele mereceu essa. A resposta branda aquieta a ira. Ele não tinha uma palavra para dizer em sua defesa como todo mundo viu. Eu não estou certo?

Ele virou um longo olhar você está errado para Stephen de timorato orgulho obscuro com a branda increpação com um olhar também de solicitação pois parecia deduzir de certa forma que não era tudo exatamente...

—*Ex quibus*, Stephen resmungou com um tom descompromissado, com seus dois ou quatro olhos em intercâmbio, *Christus* ou Bloom é seu nome ou no final das contas qualquer outro, *secundum carnem*.

— Lógico, o senhor B. continuou, estipulando, você tem que ver os dois lados da questão. É difícil estabelecer qualquer regra rígida e intransponível de certo e errado mas espaço para melhorias por toda parte certamente existe embora cada país, como dizem, inclusive a nossa própria terra desgraçada, tenha o governo que merece. Mas com um pouco de boavontade de todas as partes. Fica muitíssimo bem se vangloriar de uma mútua superioridade mas por que não mútua igualdade? Me desagradam a violência e a intolerância sob qualquer forma ou aspecto. Nunca chega a nada nem impede coisa alguma. Uma revolução tem que vir em suaves prestações. É um absurdo patente em face disso odiar as pessoas porque vivem na outra esquina e falam outro vernáculo, na casa ao lado por assim dizer.

— A memorável e sangrenta batalha da ponte e a guerra de sete minutos, entre o beco Skinner e o mercado Ormond.

— Sim, o senhor Bloom concordava integralmente, inteiramente endossando o comentário, que estava estonteantemente correto. E o mundo todo estava cheio de coisas assim.

— Você acaba de tirar as palavras da minha boca, ele disse. Uma mixórdia de provas que se contradizem que com toda a candura não se poderia nem remotamente...

Todas tais tristes querelas, em sua humilde opinião, gerando rancor — bossa de combatividade ou algum tipo de glândula, equivocadamente supondo-se tratar de alguma questiúncula de honra e uma bandeira, eram em grandissíssima medida uma questão do dinheiro em questão, o que estava por trás de tudo, cobiça e inveja, porque as pessoas nunca sabiam quando parar.

— Eles acusam — comentou ele audivelmente. Ele deu as costas para os outros, que provavelmente... e falou mais perto de, para que os outros... caso eles...

— Os judeus, ele brandamente confidenciou num aparte ao pé do ouvido de Stephen, são acusados de arruinar. Nem um pinguinho de verdade nisso tudo, posso dizer com segurança. A história — você ficaria surpreso com isso? — prova cabalmente que a Espanha decaiu quando a inquisição expulsou os judeus e a Inglaterra prosperou quando Cromwell, um tratante singularmente capaz, que, em outros assuntos, tem muito por que responder, importou eles todos. Por quê? Porque eles são pragmáticos e já provaram ser. Eu não quero me estender nesse tipo de... porque você conhece as obras de referência sobre esse tema, e além de tudo, sendo ortodoxo como é... Mas no domínio, sem menção à religião, econômico, os padres trazem pobreza. De novo a Espanha, você viu na guerra, comparada com a pragmática América. Os turcos, está no dogma. Porque se eles não acreditassem que iam direto pro céu quando morressem iam tentar viver melhor — pelo menos, é o que eu acho. É com esse truquezinho que as paróquias juntam dinheiro com argumentos espúrios. Eu sou, ele retomou, com força dramática, um irlandês tão bom quanto aquela pessoa rude de que eu lhe falei no princípio e quero ver todos eles, concluía ele, todos os credos e raças *pro rata* com uma renda confortável de bom tamanho, sem nada de avaro não, coisa na casa de £300 por ano. Esse é o ponto vital em questão e é factível e ocasionaria relações mais amigáveis entre os homens. Pelo menos é essa a minha ideia, boa ou má. Eu chamo isso de patriotismo. *Ubi patria*, como nós aprendemos uns fumos nos nossos dias clássicos em *Alma mater, vita bene*. Onde você pode viver bem, é o sentido, se você trabalhar.

Tomando seu impalatável sucedâneo de café, ouvindo essa sinopse de coisas em geral, Stephen olhava para coisa alguma em particular. Podia ouvir, é claro, todo tipo de palavras mudando de cores como aqueles siris perto de Ringsend de manhã, metendo-se rápido em todas as cores de tipos diversos da mesma areia em que tinham seu lar em algum lugar por baixo ou pareciam. Então ergueu a cabeça e viu os olhos que diziam ou não diziam as palavras que a voz que ele ouvia disse — se você trabalhar.

— Me inclua fora disso, conseguiu comentar, referindo-se ao trabalho.

Os olhos ficaram surpresos com essa observação, porque como ele, a pessoa que os possuía *pro tempore* observou, ou melhor, sua voz falando o fez: todo mundo precisa trabalhar, tem que, juntos.

— Quer dizer, é claro, o outro apressou-se em afirmar, trabalho no mais amplo sentido possível. Também os esforços literários, não somente pelas loas que valham. Escrever pros jornais o que é o canal mais imediato hoje em dia. Isso é trabalho também. Trabalho importante. Afinal de contas, pelo pouco que eu conheço de você, depois de todo o dinheiro que foi gasto com a sua educação, você tem o direito de reembolsar o seu dinheiro e exigir o seu preço. Você tem exatamente o mesmo direito de viver da sua pena em busca da sua filosofia que tem o camponês. Não é? Vocês dois pertencem à Irlanda, o pensador e o plantador. Ambos são igualmente importantes.

— O senhor suspeita, Stephen retorquiu com algo como uma meia gargalhada, que eu possa ser importante porque pertenço ao *faubourg Saint Patrice* chamado de Irlanda por abreviação.

— Eu iria um passo além, o senhor Bloom insinuou.

— Mas eu suspeito, Stephen interrompeu, que a Irlanda deva ser importante porque pertence a mim.

— O que é que pertence? inquiriu o senhor Bloom, curvando-se, imaginando estar talvez entendendo errado de alguma maneira. Como é que é. Infelizmente eu não peguei a última parte. O que era que você?...

Stephen, patentemente contrafeito, repetiu e empurrou para longe sua caneca de café, ou seja lá que nome tenha aquilo, de forma nadinha educada, acrescentando:

— Nós não podemos mudar de país. Vamos mudar de assunto.

Diante dessa pertinente sugestão, o senhor Bloom, por mudar de assunto, olhava para baixo, mas num dilema, porquanto não soubesse dizer exatamente que leitura atribuir a pertence a, o que soava um tanto exagerado. A recusa de algum tipo era mais clara que a outra parcela. Desnecessário dizer que os fumos de sua recente orgia falavam então com alguma aspereza de uma curiosa maneira amarga, estranha a seu estado de sobriedade. Provavelmente a vida doméstica, à qual o senhor Bloom ligava a mais alta importância, não vinha sendo tudo o de que necessitava ou ele não se havia familiarizado com o tipo certo de pessoas. Com um toque de receio pelo jovem a seu lado que ele furtivamente esquadrinhava com um ar de certa consternação recordando que acabava de retornar de Paris, os olhos mais especialmente lembrando-lhe forçosamente pai e irmã, sem de fato esclarecer o assunto, no entanto, ele evocava exemplos de sujeitos cultos que foram brilhantíssimas promessas, cortados pela raiz da decadência prematura, e sem ninguém a quem culpar que não a si próprios. Por exemplo, havia o caso de O'Callaghan, para citar apenas um, o novidadeiro meio louco, com ligações respeitáveis, ainda que desprovido de posses, com seus caprichos ensandecidos, que incluíam entre outros feitos de pirraça quando púrrio e estorvando todo mundo em toda parte o hábito de desfilar em público ostentando um terno de papel pardo (na batata). E aí o *dénouement* de sempre depois de a parte divertida se acabar num zás ele se viu em maus lençóis e teve de ser evacuado por alguns amigos, depois de tomar uma bela chapoletada do John Mallon do Lower Castle Yard, de modo a não ficar sujeito à seção dois do Ato de Emenda ao Código Penal, tendo sido entregues mas não divulgados alguns dos nomes dos intimados por razões que ocorreriam a qualquer um com um pingo de inteligência. Para resumir, somando dois e dois, seis e dezesseis, para o que ele propositadamente se fez de bobo, Antonio e assim por diante, jóqueis e estetas e a tatuagem que fizera tanto sucesso em torno dos anos setenta, até no parlamento, porque no início da vida o ocupante do trono, então herdeiro imediato, tendo os outros membros dos dez principais e outros altos personagens simplesmente seguido os passos do chefe de estado, ele refletiu a propósito dos erros dos notáveis e das cabeças coroadas que iam de encontro à moralidade como o caso da Cornualha alguns anos atrás sob sua chancela de uma maneira mal prevista pela natureza, algo que a *vox populi*, por força de lei, via com péssimos olhos, ainda que não pela razão que eles imaginavam que estavam provavelmente, o que quer que fosse, a não ser principalmente pelas mulheres, que estavam sempre meio que cutucando umas as outras, sendo em grande medida uma questão das roupas e todo o resto. Senhoras que apreciam *lingerie* de qualidade deveriam, e todo homem com boa alfaiataria precisa, tentando fazer maior a lacuna entre eles com insinuações e dar um estímulo mais genuíno aos atos impróprios entre os dois, ela desabotoou a dele e depois a desalinhou, cuidado com o alfinete, enquanto que os selvagens nas ilhas canibais, digamos, com trinta graus à sombra não estão dando a mais mínima. Contudo, revertendo ao original, havia por outro lado outros que haviam aberto a força seu caminho até o topo vindos das camadas mais inferiores contando apenas com seus esforços. Pura força do caráter, isso. Com miolos, meu senhor.

Por essa razão e assemelhadas ele sentiu ser de seu interesse e mesmo de seu dever servir-se de e aproveitar-se da ocasião inesperada, ainda que por que não soubesse dizer exatamente, estando, como já estava, vários xelins mais pobre, tendo, na verdade, quase que pedido por isso. Ainda assim, cultivar a amizade de alguém de calibre nada incomum que poderia fornecer matéria para reflexão recompensaria qualquer pequena... Estímulo intelectual como tal era, acreditava, de tempos em tempos um tônico de primeira para a mente. Acrescida a isso vinha a coincidência de encontro, discussão, dança, briga, lobodomar, daquele tipo hoje aqui amanhã não sei mais, vagabundos noturnos, toda a galáxia de eventos, tudo contribuía para constituir um camafeu miniaturizado do mundo em que vivemos, especialmente na medida em que a vida dos menos favorecidos, e.g., carvoeiros, mergulhadores, garis etc., andava muito sob o microscópio ultimamente. Para melhorar a hora propícia ele ficou imaginando se podia ter algo remotamente próximo da sorte do senhor Philip Beaufoy se exposto à prova da escrita. E se ele esboçasse algo que escapasse do soído e costumeiro (como tinha todo o propósito de fazer) à razão de um guinéu por coluna. *Minhas experiências*, digamos, *num abrigo de cocheiros*.

A edição corderrosa, extra, de esportes do *Telegraph*, te lê e grafa mentiras, estirava-se, por puro acaso, junto de seu cotovelo e como ele estava justamente outra vez enigmado, longe de estar satisfeito, sobre um país pertencer a ele e o rébus precedente a nau vinha de Bridgwater e o cartão estava endereçado a A. Boudin, descobrir a idade do capitão, seus olhos seguiam à toa por sobre as respectivas legendas que tratavam de sua província em particular, o omniabrangente jornal nosso de cada dia nos dai hoje. Primeiro tomou um ligeiro susto mas acabou que era apenas alguma coisa sobre alguém chamado H. Du Boyes, agente de datilógrafas ou coisa assim. Grande batalha, Tóquio. Amor em irlandês, £200 de indenização. Gordon Bennett. Escândalo da emigração. Carta de Sua Exa. Revma. William †. Ascot *Jogafora* evoca o páreo de 92 quando o azarão do Cap. Marshall, *Sir*

Hugo, conquistou a fita azul com todas as apostas contra si. Desastre em Nova York, milhares de vidas perdidas. Aftosa. Enterro do falecido senhor Patrick Dignam.

Então para mudar de assunto ele leu sobre Dignam, descanse em paz, o que, refletia, era tudo menos um adeus animador.

— *Hoje pela manhã* (o Hynes é que inseriu é claro) *o corpo do falecido senhor Patrick Dignam foi removido de sua residência, sita no número 9 da Newbridge Avenue, Sandymount, para ser sepultado em Glasnevin. O defunto era personalidade simpaticíssima e muito popular na vida da cidade e seu passamento, depois de breve enfermidade, abalou enormemente os cidadãos de todas as classes que muito o pranteiam. As obséquias, às quais estiveram presentes muitos dos amigos do falecido, foram organizadas pelos* (não há dúvida que o Hynes escreveu isso com uma piscadela do Corny) *senhores H. J. O'Neill e filho, 164 North Strand Road. Os presentes ao triste evento incluíam: Patk. Dignam* (*filho*), *Bernard Corrigan* (*cunhado*), *John Henry Menton, adv., Martin Cunningham, John Power, eatondph 1/8 ador dorador douradora* (deve ser onde ele chamou o Monks, o encarregado do dia, sobre o anúncio do Shawes) *Thomas Kernan, Simon Dedalus, Stephen Dedalus, B. A., Edward J. Lambert, Cornelius Kelleher, Joseph M'C. Hynes, L. Boom, C.P. M'Coy, — M'Intosh entre muitos outros.*

Picado não pouco por L. Boom (como incorretamente constava) e pela linha de tipos truncados mas morto de espicaçado por C.P. M'Coy e Stephen Dedalus, B. A., que se fizeram notar, vai sem dizer, por sua total ausência (isso para nem mencionar M'Intosh) L. Boom apontou o fato a seu companheiro B. A., ocupado em sufocar outro bocejo, metade nervosismo, sem esquecer a safra de sempre de ratas absurdas de erros de impressão.

— Aquela primeira epístola aos hebreus está, ele perguntou, assim que seu maxilar inferior lhe permitiu, aí? Texto: se a febre afetada permitir.

— Está, de fato, o senhor Bloom disse (ainda que tenha de início pensado que ele se referia ao arcebispo até que ele acrescentou aquilo sobre a febre com o que não podia haver qualquer ligação) satisfeitíssimo em dar algum descanso a sua mente e um pouco estupefato por Myles Crawford afinal ter dado um jeito, olha.

Enquanto o outro estava lendo na página dois Boom (para empregar por um momento seu novo prestanome) matava tempo durante alguns momentos vagos intermitentemente com o relato do terceiro evento em Ascot na página três, de seu lado, bolsa de 1000 soberanos com 3000 soberanos em espécie acrescentados para todos os garanhões e potrancas, *Jogafora* do senhor F. Alexander, b. h. de *Rightaway-Thrale*, 5 anos, 9 st 4 lbs (W. Lane) 1, *Zinfandel* do lorde Howard de Walden (M. Cannon) 2, *Cetro* do senhor W.

Bass 3. Pagando-se 5 para 4 em *Zinfandel*, 20 para 1 em *Jogafora* (por fora). *Jogafora* e *Zinfandel* correram bem próximos. A corrida não tinha favorito e então o animal que corria por fora se adiantou abriu bastante na liderança, batendo o garanhão castanho do lorde Howard de Walden e a potranca baia do senhor W. Bass *Cetro* num percurso de duas milhas e meia. Vencedor treinado por Braime de modo que a versão de Lenehan da coisa toda era tudo pura gazopa. Garantiu o veredito com sobras por um corpo de vantagem. 1000 soberanos, com 3000 em espécie. Também correu *Maximum II* (o cavalo francês que deixou o Garnizé Lyons tão interessado em fazer perguntas ainda não chegou mas é esperado a qualquer momento) de J. De Bremond. Modos diferentes de arrebatar uma copa. Indenização amorosa. Se bem que aquele apressado do Lyons tenha tomado uma tangente no seu ímpeto de sair pela esquerda. É claro que a jogatina consabidamente se prestava a esse tipo de consequência ainda que, com o resultado do evento, o pobre coitado não tivesse muitos motivos para se parabenizar pela sua escolha, esperança abandonada. Tudo se reduzia a palpite no fim.

— Havia todos os sinais de que eles chegariam a isso, o senhor Bloom, disse.

— Quem? o outro, cuja mão aliás estava machucada, disse.

Um dia você abriria o jornal, o cocheiro afirmava, e leria, *Retorno de Parnell*. Ele apostava o que eles quisessem. Um fuzileiro de Dublin esteve naquele abrigo uma noite e disse que o viu na África do Sul. Foi o orgulho que matou ele. Ele devia era ter acabado com a própria vida ou ficado na moita por um tempo depois da sala 15 do comitê até voltar a ser ele mesmo sem ninguém pra apontar o dedo pra ele. Daí eles todos sem exceção iam ter se ajoelhado no milho pra ele voltar quando tivesse recobrado o juízo. Morto é que ele não estava. Simplesmente acoitado em algum lugar. O caixão que eles trouxeram estava cheio de pedras. Ele mudou de nome para De Wet, o general bôer. Ele cometeu um equívoco quando brigou com os padres. E por aí ia e assim em diante.

Fosse como fosse Bloom (adequadamente assim chamado) estava bastante surpreso com as lembranças deles pois em nove em cada dez vezes era uma questão para barril de piche, e não individualmente mas aos milhares, e depois o completo oblívio porque já lá se iam vintetantos anos. Altamente improvável, é claro, que houvesse nem sequer uma sombra de verdade nas estórias e, mesmo supondo quê, ele considerava um retorno tremendamente desaconselhável, levando-se tudo em conta. Algo evidentemente os incomodava na morte dele. Ou ele foi-se apagando tranquilamente demais com uma pneumonia aguda bem quando seus vários arranjos políticos se aproximavam da realização ou no caso de haver transpirado que devia sua morte ao fato de ter negligenciado a troca das botas e da roupa depois de ter se encharcado quando resultou um resfriado e ter deixado de consultar um especialista tendo estado confinado a seu quarto até que veio a morrer por causa dela entre lamentos generalizados antes de uma quinzena se passar ou muito possivelmente estavam irritados por ver que o servicinho lhes foi tirado das mãos. É claro que como ninguém estava a par de seus movimentos mesmo antes não havia absolutamente pista alguma de seu paradeiro que era decididamente do nível *Onde estás coração* mesmo antes de ele começar a usar diversos pseudônimos como Fox e Stewart, de modo que o comentário que emanara do amigo cocheiro poderia estar dentro dos limites da possibilidade. Naturalmente então, seria um acúleo em sua mente, líder nato de homens como indubitavelmente era, e figura de proa, seis pés de altura ou pelo menos cinco e dez ou onze descalços, enquanto que os senhores Fulano e Sicrano, embora não fossem nem sombra do velho homem, reinavam na ausência do gato ainda que não fossem figuras de escol. Certamente havia uma moral nessa estória, o ídolo com pés de barro. E então setentedois de seus capangas de confiança cercando-o com recíprocos tiros de lama. E a mesmíssima coisa com assassinos. Você tinha que voltar — aquela sensação obsedante como que te atraía — para mostrar ao substituto no papel principal como é que se faz. Ele o vira uma vez na auspiciosa ocasião em que eles empastelaram o *Insuppressible* ou seria o *Ireland United*, um privilégio que ele apreciou demais, e, a bem da verdade, entregou-lhe sua cartola quando foi derrubada e ele disse *Obrigado*, empolgado como indubitavelmente estava sob seu gélido exterior não obstante o pequeno infortúnio mencionado *en passant* — quem foi rei. Ainda assim no que se refere a voltar, você podia se considerar sortudo se eles não atiçassem o terrier contra você assim que você chegasse. Daí normalmente seguia-se um monte de enrolação. Este aqui a favor e aquele e aquele outro contra. E aí, número um, você dava com o comandante em chefe atual e tinha que mostrar as suas credenciais, como o querelante no caso Tichborne, Roger Charles Tichborne, *Bella* era o nome do barco por tudo que ele podia lembrar em que ele, o herdeiro, naufragou, como as provas vieram a mostrar e havia também uma marca de tatuagem em tinta da China, lorde Bellew, será que era? Como ele podia com muita facilidade ter ficado sabendo dos detalhes com algum sujeito a bordo do navio e aí, quando paramentado para bater com a descrição fornecida, ter se apresentado com um: *Perdão, meu nome é Fulano de Tal* ou algum outro comentário banal desses. Procedimento mais prudente, como disse Bloom ao não excessivamente efusivo, na verdade como o personagem em discussão logo a seu lado, teria sido primeiro sondar a situação geral.

— Aquela vaca, aquela puta inglesa, acabou com ele, o proprietário da espelunca comentou. Ela meteu o primeiro prego no caixão dele.

— Mas que era um belo pedaço de mulher isso era, o *soi-disant* funcionário municipal, Henry Campbell comentou, de encher os olhos. Eu vi a foto dela num barbeiro. O marido era capitão ou oficial.

— É, o Esfolabode acrescentou divertido, isso era, e dos moloides.

Essa gratuita contribuição de caráter jocoso ocasionou boa quantidade de gargalhadas entre seu *entourage*. No que se refere a Bloom, ele, sem a mais remota suspeita de um sorriso, meramente olhava na direção da porta e refletia sobre a histórica estória que havia despertado tanto interesse na época em que os fatos, para piorar as coisas, tornaram-se públicos com as cartas sentimentais de praxe que foram trocadas entre eles, cheias de termos carinhosos. Primeiro era estritamente platônico até que a natureza interveio e uma ligação surgiu entre eles, até que pouco a pouco as coisas chegaram a um clímax e aquilo se tornou o assunto preferido da cidade até que o golpe estonteante surgiu como benvinda informação para não poucos de disposição malévola no entanto, que estavam decididos a encorajar sua *débâcle* embora a coisa fosse de domínio público o tempo todo ainda que em nada comparável às sensacionais dimensões que posteriormente atingiu. Já que seus nomes estavam juntos, no entanto, como ele era o favorito declarado dela, qual era a necessidade particular de proclamá-lo aos quatro ventos, o fato, de fato, de que havia compartilhado de sua alcova, que surgiu no banco das testemunhas sob juramento quando um tremor percorreu o tribunal lotado literalmente eletrizando todos que prestavam testemunho jurando ter testemunhado em tal e tal dia em particular o acusado no ato de se esgueirar de um aposento de primeiro andar com o auxílio de uma escada e em trajes noturnos, tendo adentrado da mesma maneira, um fato com que os hebdomadários, viciados um pouco na lubricidade, simplesmente recolheram rios de dinheiro. Enquanto que o fato singelo em questão era que era simplesmente um caso de o marido não estar à altura com nada em comum entre eles além do nome e aí um homem de verdade entra em cena, forte a ponto de ser fraco, caindo vítima de seus encantos de sereia e esquecendo os laços do lar. A continuação de sempre, refestelar-se nos sorrisos da amada. A eterna questão da vida conubial, vai sem dizer, deu as caras. É possível que um amor verdadeiro, supondo que calhe existir um outro camarada na estória, exista entre gente casada? Embora não fosse absolutamente problema deles se ele a considerava com afeição tendo se deixado levar por uma onda de loucura. Um magnífico exemplo de virilidade ele era verdadeiramente, acrescido obviamente de dons de uma ordem elevada se comparado ao outro militar supranumerário, isto é (que era bem o normal e cotidiano indivíduo do tipo *adeus meu galante capitão* na cavalaria ligeira, o dècimoitavo dos hussardos para ser preciso) e indubitavelmente inflamado (o líder decaído, isto é, não o outro) a sua própria e singular maneira o que ela é claro, mulher, rapidamente percebeu como tendo alta probabilidade de lhe cavar um caminho para a fama, o que ele quase cumpriu à risca até que os padres e os ministros do evangelho como um todo, seus outrora fiéis seguidores e seus adorados colonos despejados para os quais havia prestado nobres serviços nas partes rurais do país, ao defender-lhes a causa de uma maneira que excedia suas expectativas mais otimistas, prepararam bem a contento seu leito de procusto matrimonial, empilhando dessa maneira brasas em chama sobre sua cabeça, de modo muito semelhante ao coice do asno da fábula. Olhando para trás agora num arranjo como que retrospectivo tudo parecia como que um sonho. E voltar era a pior coisa que você podia fazer porque era desnecessário dizer que você se sentiria deslocado já que as coisas sempre se deslocavam com o tempo. Ora bolas, como ele refletia, a praia de Irishtown, localidade em que não estivera por vários e vários anos, parecia de alguma maneira diferente desde que, como foi o caso, ele foi morar no lado norte. Norte ou sul contudo, era apenas o bem conhecido caso da paixão fervente, pura e simples, virando furiosamente a mesa e justamente demonstrava exatamente o que ele estava dizendo, já que ela também era espanhola ou meio, um tipo de gente que não deixa as coisas pela metade, o abandono passional do sul, jogando aos ventos cada fiapo da decência.

— Justamente demonstra o que eu estava dizendo, ele, com o coração reluzente disse a Stephen. E, ou eu muito me engano, ou ela era espanhola também.

— Filha do rei da Espanha, Stephen respondeu, acrescentando uma coisa ou outra algo embolada sobre adeus e *adieu* a ti cebolas da Espanha e a primeira terra chamada Morto e de Ramhead à Sicília era tanto e tanto de distância...

— Mesmo? jaculou Bloom surpreso ainda que nem remotamente espantado. Eu nunca ouvi esse boato antes. Possível, especialmente lá, era como se ela morasse lá. Espanha, então.

Cuidadosamente evitando um livro em seu bolso *Doçuras do*, que lembrava-o falando nisso daquele livro da biblioteca da Capel Street com a data vencida, ele tirou sua carteira e, virando os diversos conteúdos que continha rapidamente, ele por fim...

— Você considera, por falar nisso, ele disse, pensativamente selecionando uma foto desbotada que pôs sobre a mesa, este aqui um tipo espanhol?

Stephen, obviamente interpelado, baixou os olhos para a foto que mostrava uma senhora de tamanho considerável, com seus carnudos encantos abertamente à mostra, como estivesse na plena floração da feminilidade, com um vestido de noite de corte ostensivamente decotado para a ocasião para fornecer generosa amostra de seu colo, com mais do que uma visão dos seios, os lábios cheios separados, e uns dentes perfeitos, de pé próxima, com ostensiva gravidade, de um piano, em cujo apoio estava *Na velha Madri*, uma balada, que tinha lá sua beleza, que estava então mais do que na moda. Seus (os da senhora) olhos, negros, grandes, olhavam para Stephen, a ponto de sorrir diante de algo a ser admirado, sendo Lafayette da Westmoreland Street, principal artista fotográfico de Dublin, o responsável pela estética execução.

— A senhora Bloom, minha esposa a *prima donna*, Madame Marion Tweedy, Bloom indicou. Tirada já há alguns anos. Em ou perto de noventesseis. Ela era bem assim na época.

Ao lado do jovem ele olhava também para a foto da senhora agora sua legítima esposa que, proclamava, era a filha benchiada do Major Brian Tweedy e demonstrara desde tenra idade notável proficiência como cantora tendo mesmo recebido os aplausos do público quando suas primaveras mal chegavam às de uma debutante. Quanto ao rosto, era uma semelhança total na expressão mas não fazia justiça a sua figura, que normalmente chamava muita atenção e que não saiu em sua melhor forma possível naqueles trajes. Ela podia sem dificuldade, ele disse, ter posado para o conjunto, isso para não se deter em certas opulentas curvas da... Ele se detéve, sendo um tanto artista nas horas vagas, na forma feminina em geral desenvolvimentalmente porque, a bem da verdade, naquela mesma tarde havia visto aquelas estátuas helênicas, perfeitamente desenvolvidas como obras de arte, no Museu Nacional. O mármore conseguia representar o original, ombros, costas, toda a simetria. Todo o resto, sim, puritanismo. Mas representa, o soberano de São José... enquanto foto alguma poderia simplesmente por que não era arte, em uma palavra.

Movido pelo espírito, ele deveras teria apreciado seguir o bom exemplo do grumete e deixar a representação ali por bem poucos minutos para falar por si própria quanto ao que ele... de modo que o outro pudesse assimilar a beleza por si próprio, sendo sua presença de palco, francamente, uma delícia por si própria a que a câmera de todo não podia fazer justiça. Mas isso seria contrário à etiqueta profissional portanto, embora fosse uma noite quente como que agradável conquanto milagrosamente fresca para a estação levando-se em conta, pois depois da tempestade a bonança... E ele de fato sentiu uma como que necessidade ali naquele momento de dar o outro passo como que uma voz interior e satisfazer uma possível necessidade apresentando uma moção. Não obstante, ficou sentado bem quietinho, apenas contemplando a foto levemente marcada vincada de opulentas curvas, em nada prejudicadas pelo tempo, no entanto, e desviou pensativo o olhar com a intenção de não aumentar ainda mais o possível constrangimento do outro ao orçar a compensação das peras arfantes. Na verdade as ligeiras marcas eram apenas um charme a mais, como no caso da roupa de cama ligeiramente suja, praticamente nova, muito melhor, na verdade, sem a goma. E se ela não estivesse quando ele?... Eu procurei pela lâmpada que ela me disse surgiu em sua mente mas meramente como um capricho passageiro dele porque então recordou o leito atulhado de manhã etcétera e o livro sobre Ruby com mete em si e cose (*sic*) que deve de ter caído suficientemente adequadamente ao lado do penico com perdões aos gramáticos.

    A proximidade do jovem lhe lhe dava certamente gosto, educado, *distingué* e impulsivo de quebra, de longe a flor do rebanho, embora você não achasse que ele tinha lá todo esse potencial... mas mesmo assim. Além disso ele disse que a foto era bonita o que, diga você o que quiser, era mesmo, embora no momento ela estivesse distintamente mais cheia. E por que não? Catadupas de invencionices corriam por aí sobre esse tipo de coisa envolvendo um estigma de toda uma vida com a página ensanguentada de sempre na imprensa sobre o mesmíssimo enrosco matrimonial alegando desvio de conduta com golfista profissional ou o mais recente favorito dos palcos ao invés de se ser honesto e jogar às claras sobre a coisa toda. Como eles estavam fadados a se encontrar e uma atração surgiu entre os dois de modo que seus nomes ficassem emparelhados aos olhos do público foi narrado no tribunal com cartas que continham as expressões piegas e comprometedoras de sempre, sem ficar um ponto sem nó, para mostrar que eles abertamente coabitavam duas ou três vezes por semana em algum hotel bem conhecido no litoral e que as relações, quando a coisa seguiu seu curso devido, tornaram-se a seu tempo devido íntimas. Aí o decreto *nisi* e o procurador do rei para demonstrar o motivo e, falhando ele em dirimir, o *nisi* tornou-se absoluto. Mas quanto a isso, os dois infratores, enroscados como estavam um no outro em grande medida, podiam tranquilamente bancar ignorá-lo como em muito grande medida fizeram até que o assunto foi posto em mãos de um advogado, que entrou com uma petição em nome da parte ultrajada em seu tempo devido. Ele, B, gozava da distinção de ter estado próximo do rei sem coroa de Erin em pessoa quando a coisa aconteceu por ocasião da histórica altercação em que os capangas de confiança do líder — que notoriamente não largou as armas até a última gota mesmo quando investido do manto do adultério — (o líder) caído, em número de dez ou uma dúzia ou possivelmente até mais que isso, penetraram na sala das rotativas do *Insuppressible* ou não era o *United Ireland* (apodado de forma de maneira alguma diga-se de passagem adequada) e quebraram as caixas de tipos com martelos ou algo do gênero tudo por conta de algumas chocarreiras linhas das levianas penas dos escribas o'brienitas como sempre ocupados em atirar lama à roda, que tangiam a moral privada do tribuno de outrora. Ainda que palpavelmente um homem alterado, ele continuava sendo uma figura de proa, ainda que como sempre trajando negligentemente, com aquela aparência de objetividade resoluta que lhe rendia muitos dividendos com os mariasmoles até que estes descobriram, para sua imensa frustração, que seu ídolo tinha pés de barro, depois de colocarem-no num pedestal, o que ela, contudo, foi a primeira a perceber. Como fossem aqueles tempos particularmente quentes no charivari generalizado Bloom sofreu um ferimento de menos importância por um golpe duro do cotovelo de alguém na multidão que é claro ali se congregara encaixado em algum lugar perto da boca do estômago, felizmente nada sério. Seu (de Parnell) chapéu foi imprevistamente derrubado e, a bem da estrita verdade histórica, foi Bloom o homem que o apanhou na refrega depois de testemunhar a ocorrência pretendendo devolver-lho (e devolver-lho foi o que fez com extrema celeridade) que, arquejante e deschapelado e cujos pensamentos estavam a milhas de seu chapéu no momento, sendo um cavalheiro nato com interesses no país, ele, a bem da verdade, tendo entrado naquilo mais pelas loas da coisa do que por outra coisa qualquer, quem foi rei, instilado nele na infância no colo de sua mãe sob a forma do conhecimento do que era a boa postura social surgiu de pronto porque se virou ao doador e o agradeceu com perfeito *aplomb*, dizendo: *Obrigado, senhor*, embora num tom de voz muito diferente do do luminar da profissão jurídica cujo aparato de chapelaria Bloom também consertara mais cedo no decorrer do dia, já que a história se repetia com diferenças; depois do enterro de um amigo em comum quando o haviam deixado só em sua glória depois da lúgubre tarefa de ter entregue ao túmulo seus restos mortais.

Por outro lado o que mais o inflamava interiormente eram as desabridas piadas dos cocheiros e coisa e tal, que faziam tudo passar por brincadeira, rindo de maneira imoderada, fingindo entender tudo, o porquê e o praquê, e na realidade sem entender suas próprias cabeças, sendo um caso para as próprias duas partes envolvidas a não ser que se seguisse ser o marido legítimo parte daquilo tudo devido a alguma carta anônima do alcagueta de sempre, que calhasse de topar com eles no momento crucial numa posição amorosa envolvidos nos braços um do outro chamando atenção para seus procedimentos ilícitos e levando a uma barafunda doméstica e a ver-se a bela desviada implorando pelo perdão de seu mestre e senhor de joelhos e prometendo romper a ligação e não mais receber as visitas dele se apenas o marido ferido fizesse vistas grossas para a questão e não chorasse o leite derramado, com lágrimas nos olhos feminis, ainda que possivelmente com segundas intenções ao mesmo tempo, já que com toda probabilidade outros houvera. Ele pessoalmente, sendo de viés cético, acreditava e não tinha o menor dos pruridos em dizê-lo também, que o homem, ou os homens no plural, estavam sempre rodando em volta numa lista de espera por uma senhora, mesmo supondo-se fosse ela a melhor esposa do mundo e eles se dessem bastante bem juntos hipoteticamente, quando, negligenciando seus deveres, ela escolhia cansar-se da vida de casada, e se dispunha a um ligeiro flerte com a polida lascívia para garantirem-lhe sua atenção com propósitos espúrios, sendo o desenlace as afeições dela focarem-se num outro, a causa de muitas *liaisons* entre mulheres casadas ainda atraentes seguindo firmes rumo aos quarenta e homens mais jovens, como sem dúvida diversos casos famosos de paixões femininas cabalmente comprovavam.

Era de morrer de pena que um rapaz, moço, abençoado com uma bela cota de miolos como seu vizinho obviamente era, fosse perder seu tempo com mulheres promíscuas, que podiam fornecer-lhe uma bela purgação para durar-lhe pelo resto da vida. Como sói acontecer a todos os abençoados pela condição do celibato ele um dia tomaria para si uma esposa quando a Senhorita Perfeita surgisse em cena mas nesse ínterim a companhia das senhoras era uma *conditio sine qua non* ainda que ele tivesse as mais graves das dúvidas possíveis, não que tivesse os mais remotos desejos de sondar Stephen acerca da senhorita Ferguson (que era muito possivelmente a musa inspiradora de sua ida a Irishtown assim de manhã tão cedo), para saber se ele encontraria muita satisfação refestelando-se na ideia da corte entre meninos e meninas e na companhia de moçoilas de sorrisos afetados sem onde caírem mortas duas ou três vezes por semana com a ladainha preliminar de sempre de prestação de respeitos e saídas em caminhadas que conduzia a doces modos amorosos e flores e bombonzinhos. Pensar nele sem casa e lar, engambelado por alguma senhoria pior que qualquer madrasta, era de fato uma pena na idade dele. As coisas esquisitas e inopinadas que ele tirava do nada atraíam o homem mais velho que era muitos anos mais vivido que o outro ou como o pai dele. Mas alguma coisa de substância ele certamente tinha de comer, nem que fosse só uma gemada batida com nutriente maternal nãoadulterado ou, na falta disso, o familiar Humpty Dumpty cozido.

— A que horas você comeu? ele interrogou à forma estreita e cansada ainda que de rosto sem rugas.

— Em algum momento ontem, Stephen disse.

— Ontem, exclamou Bloom até lembrar que já era amanhã, sexta. Ah, você quer dizer que já passa da meia-noite!

—Anteontem, Stephen disse, emendando-se.
Literalmente aturdido com essa nova informação, Bloom refletia. Embora não estivessem de acordo em tudo, certa analogia de alguma forma havia, como se ambas suas mentes estivessem, por assim dizer, viajando na trilha da mesma ideia. Com a idade dele quando se meteu com política cerca de uns vinte anos atrás quando havia sido um semiaspirante às honras parlamentares nos dias de Buckshot Foster ele também recordava em retrospecto (o que por si só era fonte de aguda satisfação) que tinha ele também um olhar mais que desconfiado para essas mesmas ideias radicais. Por exemplo, quando a questão dos colonos despejados, então em sua incepção inicial, avolumou-se na cabeça do povo embora, vai sem dizer, sem contribuir um tostão nem se comprometer absolutamente com aquelas palavras de ordem, algumas das quais não eram exatamente incontestáveis, ele de saída a princípio, em todo caso, era totalmente simpático à posse pelos camponeses, enquanto manifestação da tendência da opinião moderna, um favorecimento, no entanto, que, ao perceber seu equívoco, ele posteriormente desfavoreceu em parte, e mesmo foi remocado por ir um passo além de Michael Davitt nas chocantes opiniões que ele um dia inculcara na qualidade de pròdevoltàterra, o que era uma das razões por que ele vigorosamente se ressentia da insinuação a seu respeito feita de forma tão descarada na reunião dos clãs no Barney Kiernan de modo que ele, embora frequentemente consideravelmente malcompreendido e sendo o menos pugnaz dos mortais, repita-se, afastou-se de seus hábitos soídos para lhe dar (metaforicamente) uma no meio das guampas embora, na medida em que se tratasse de política por si própria, ele estivesse mais do que consciente das perdas humanas que invariavelmente resultavam da propaganda ideológica e de demonstrações de mútua animosidade e da desgraça e sofrimento que provocavam como bola cantada para belos exemplares da raça, acima de tudo, a destruição dos mais fortes, em uma palavra.
De um modo ou de outro, ao considerar os prós e os contras, indo para a uma, a essa altura, já passava da hora de se recolher para dormir. A questão fulcral era ser um pouco arriscado levá-lo para casa na medida em que imprevisibilidades poderiam decorrer disso (sendo que alguém às vezes tinha lá seus humores) e estragar a festa toda como na noite em que ele equivocadamente levou para casa um cachorro (raça desconhecida), que mancava de uma pata, não que os casos fossem iguais ou muito pelo contrário ainda que ele também tivesse machucado a mão, para o Ontario Terrace, como lembrava vividissimamente, tendo já passado por aquilo, por assim dizer. Por outro lado era já mais do que tarde demais para a sugestão de Sandycove ou Sandymount de modo que ele estava algo desorientado quanto a qual das

duas alternativas... Tudo apontava para o fato de que cabia a ele aproveitar-se ao máximo da oportunidade, no final de contas. Sua impressão inicial foi de que ele estava um nadinha retraído ou não excessivamente animado mas foi-se empolgando de alguma maneira. Para começo de conversa ele bem que podia não, como se diz, agarrar a ideia com as duas mãos, se oferecida, e o que o preocupava centralmente era o não saber como preparar o caminho ou verbalizá-la exatamente, supondo que ele de fato acalentasse a proposta, já que lhe daria grande prazer pessoal se ele permitisse ser ajudado com algumas moedas ofertadas ou algumas peças de roupa, se fosse julgado adequado. Em todos os casos terminou por concluir, esquivando-se por enquanto do precedente linhadura, uma xícara de chocolate Epp's e um catre improvisado para a noite mais o uso de um ou dois cobertores e um sobretudo dobrado como travesseiro. Pelo menos estaria em mãos seguras e acomodado qual pinto no lixo. Não conseguia ver nisso quaisquer vastas quantidades de elementos nocivos sempre com a condição de que nenhum tipo de imbróglio de qualquer natureza pipocasse. Uma providência se fazia necessária pois aquela boa alma velhusca, o desquitado em questão, que parecia congelado onde estava, não parecia particularmente apressado por encetar sua jornada rumo ao lar para sua querida adorada Queenstown e era mui provável que alguma casa de tolerância de sanguessugas com belas aposentadas onde a idade não fosse empecilho para lá da Sheriff Street Lower fosse o melhor palpite para o paradeiro deste equívoco personagem pelos próximos dias, alternadamente torturando seus sentimentos (os das sereias) com anedotas de revólveres de seis balas de espírito tropical destinadas a congelar a medula dos ossos de qualquer um e castigando seus encantos extragrandes entrementes com rude e grosseira verve ao som de grandes libações de *potheen* e das lorotas de sempre sobre si próprio pois quanto a quem ele de fato fosse sejam xx iguais a meu nome e endereço corretos como o senhor Álgebra comenta *passim*. Ao mesmo tempo ele interiormente ria à socapa de sua delicada réplica ao campeão de sangue e chagas sobre o Deus dele ser judeu. As pessoas suportavam ser mordidas por um lobo mas o que realmente as irritava era a dentada de uma ovelha. O ponto mais vulnerável também do tem-dó de Aquiles, seu Deus era judeu, porque basicamente eles pareciam imaginar que ele vinha de Carrick-on-Shannon ou algures no condado Sligo.

— Eu proponho, nosso herói finalmente sugeriu, depois de madura reflexão enquanto prudente embolsava a foto dela, como está meio sufocante aqui, que você venha comigo pra gente discutir a situação. O meu canto fica bem por aqui mesmo. Não dá para você tomar esse negócio. Espere. Eu vou só pagar a conta.

Sendo bater em retirada claramente o melhor plano, com o resto mera deriva sendo, ele fez sinal, enquanto prudente embolsava a foto, para o responsável pela espelunca que não deu sinais de...

—É, é melhor mesmo, assegurava a Stephen, para quem quanto a isso o Brazen Head ou a casa dele ou qualquer outro lugar dava tudo mais ou menos...

Toda sorte de planos utópicos estava atravessando o seu (de Bloom) ativo cérebro. Educação (a de verdade), literatura, jornalismo, contos premiados, faturamento atualizado, spas e giros de concertos por estações balneárias inglesas entupidas de teatros, recusando dinheiro, duetos em italiano com o sotaque igualzinho e um monte de outras coisas, sem necessidade é claro de sair gritando para todo mundo e para sua mulher aos quatro ventos sobre isso tudo e um dedinho de sorte. Uma oportunidade era só o que era necessário. Porque mais do que suspeitava que ele tivesse a voz do pai para bancar suas esperanças o que ia exatamente com o que ele tinha em mãos de modo que ele bem poderia, aliás não haveria mal, conduzir a conversa e as brasas na direção daquela sardinha em particular só para...

O cocheiro leu em voz alta no jornal de que se havia apossado que o antigo vicerrei, conde Cadogan, presidira um jantar da associação dos taxistas em algum lugar em Londres. Silêncio com um ou dois bocejos acompanhou esse emocionante anúncio. Então o velho espécime no canto, que parecia ter ainda alguma faúlha de vitalidade, leu em voz alta que sir Anthony MacDonnell havia saído de Euston para ir para os alojamentos do secretàriochefe ou coisa que o valha. Atraente notícia inédita a que o eco respondeu.

—Deixa dar uma espiada aí nessa leitura, vovozinho, o velho marinheiro solicitou, manifestando certa impaciência natural.

—E não há de quê, respondeu o idoso a que assim se dirigia.

O marujo içou de um estojo que tinha umas cangalhas esverdeadas que lentissimamente enganchou por sobre o nariz e as duas orelhas.

—Mal das vistas? o simpático personagem igual ao funcionário municipal inquiriu.

—Ora, respondeu o homendomar com a barba de tartá, que aparentemente tinha lá seus módicos fumos literários, encarando através de escotilhas verdemarinhas como você poderia muito bem descrevê-las como, eu uso óculo pra ler. A areia do mar vermelho que me deixou assim. Teve tempo que eu conseguia ler um livro no escuro, por assim dizer. *A diversão das mil e uma noites* era o meu favorito e *Vermelha como a rosa* é ela.

Com o que ele abriu a patadas o jornal e se enfiou em sabe lá Deus o quê, encontrado afogado ou as aventuras do rei do críquete, Iremonger tendo feito centoetantas sem perder o segundo *wicket* para o Notts, tempo durante o qual (sem dar a menor importância a Ire) o responsável esteve intensamente ocupado afrouxando uma bota aparentemente nova ou de segunda mão que manifestamente o pinicava, já que ele resmungava contra quem quer que a houvesse vendido, todos entre eles que estavam suficientemente acordados o bastante para serem singularizados por suas expressões faciais, quer dizer, ou simplesmente olhando para a frente cabisbaixos ou fazendo um comentário trivial.

Para encurtar a estória Bloom, compreendendo a situação, foi o primeiro a levantar de sua cadeira de modo a não abusar da hospitalidade tendo primeirissimamente, fazendo valer sua palavra de que bancaria as despesas de tal ocasião, tomado a sábia precaução de inconspicuamente erguer a nossanfitrião como dica de despedida um sinal que mal era perceptível quando os outros não estavam olhando que representava que a quantia devida estava a caminho, perfazendo um total de quatro pence (quantia que depositou inconspicuamente em quatro peças de cobre, literalmente as últimas moicanas), tendo de antemão localizado na lista de preços impressa para todos que se dispudessem a ler defronte a ele em cifras inequívocas, café 2 p., salgados idem, e honestamente valendo bem o dobro do dinheiro vez por outra, como Wetherup costumava comentar.

— Venha, ele aconselhou para encerrar a *séance*.

Vendo ter funcionado o ardil e que a costa estava livre, eles abandonaram juntos o abrigo ou espelunca bem como a sociedade de *élite* de oleado e companhia que nada menos que um terremoto demoveria de seu *dolce far niente*. Stephen que confessava ainda sentir-se indisposto e acabado, parou junto à, um momentinho... à porta do...

— Uma coisa que eu nunca entendi, ele disse para ser original assim de improviso, por que eles viram as mesas de pernas pro ar durante a noite, quer dizer, as cadeiras de pernas pro ar, em cima das mesas nos cafés.

Impromptu a que o sempre alerta Bloom replicou sem um único momento de hesitação, dizendo sem rodeios:

— Pra varrer o chão de manhã.

Tendo dito isso saltou de lado ágil, considerando francamente, ao mesmo tempo apologético, ficar do lado direito de seu companheiro, um hábito seu, diga-se de passagem, sendo seu lado direito, em chave clássica, seu tem-dó de Aquiles. O ar da noite era certamente agora um refresco para os pulmões embora Stephen estivesse um pouco bambo das pernas.

— Vai (o ar) te fazer bem, Bloom disse, referindo-se também à caminhada, logologo. É só caminhar e aí você vai se sentir um novo homem. Não é longe. Se apoie em mim.

Consoantemente ele passou o braço esquerdo pelo direito de Stephen e o conduziu consoantemente.

— É, Stephen disse incerto, porque pensava sentir um estranho tipo de carne de um homem diferente se aproximando dele, desmusculada e frouxa e tudo mais.

De todo modo passaram pela guarita com pedras, braseiro etc. Onde o excedente municipal, exgumley, estava ainda para todos os efeitos e finalidades enroscado nos braços de Murphy, como diz o anexim, sonhando com campos frescos, pastos novos. E à *propos* de pedras de caixões a analogia não era assim tão má, já que foi de fato uma lapidação até a morte por parte de setentedois dos oitentetantos votantes que viraram casaca no momento da cisão e principalmente a incensada classe camponesa, provavelmente os mesmíssimos colonos despejados que ele havia dotado de suas posses.

Assim eles digrediram para uma conversa sobre música, uma forma de arte pela qual Bloom, como puro amador, detinha o mais elevado amor, conforme trilhavam seu caminho de braços dados pela Beresford Place. A música wagneriana, ainda que confessamente grandiosa a sua maneira, era um pouco pesada demais para Bloom e difícil de seguir de primeira mas a música dos *Huguenotes* de Mercadante, das *Sete últimas palavras na cruz* de Meyerbeer e da *Dècimassegunda missa* de Mozart era simplesmente um festim para ele, o *Gloria* dela sendo, em sua opinião, o ápice da música de primeira categoria como tal, botando literalmente todos os outros no chinelo. Ele infinitamente preferia a música sacra da igreja católica a qualquer coisa que a loja da outra esquina pudesse oferecer na mesma linha como aqueles hinos de Moody e Sankey ou *Incita-me a viver e viverei por teu protestante ser*. Ele também não ficava atrás de ninguém em sua admiração pelo *Stabat Mater* de Rossini, uma obra que simplesmente abundava de números imortais, com a qual sua esposa, Madame Marion Tweedy, fez sucesso, verdadeira sensação, podia dizer com segurança acrescendo em muito a seus outros lauréis e colocando as outras totalmente em sua sombra na igreja dos padres jesuítas na Upper Gardiner Street, estando o sagrado edifício entupido até as portas para ouvi-la com os virtuoses, ou *virtuosi* na verdade. Houve uma unânime opinião de que não havia ninguém à altura dela e, baste dizer que num lugar de adoração da música de caráter sagrado, houve um desejo amplamente manifesto de um bis. Em geral, apesar de favorecer de preferência a ópera ligeira do estilo do *Don Giovanni*, e *Martha*, uma joia a sua maneira, ele tinha um *penchant*, ainda que apenas com uma familiaridade superficial, pela severa escola clássica tal como Mendelssohn. E falando nisso, dando de barato que ele devesse saber tudo sobre as velhas favoritas, ele mencionou *par excellence* a ária de Leonel em *Martha*, *m'appari*, que, cúmulo da coincidência, havia ouvido, ou entreouvido, para ser mais acurado, ainda ontem, privilégio que muito apreciou, da boca do respeitado pai de Stephen, cantada à perfeição, uma demonstração cabal, na verdade, que fez todos os outros se recolherem a seus lugares. Stephen, em resposta a uma inquirição polidamente verbalizada, disse que não mas lançou-se em elogios às canções de Shakespeare, pelo menos daquele ou cerca daquele período, ao alaudista Dowland, que morava na Fetter Lane perto de Gerard o herbolário, que *anno ludendo hausi, Doulandus,* um instrumento que ele contemplava adquirir do senhor Arnold Dolmetsch, de quem Bloom não se lembrava muito bem, embora o nome certamente soasse familiar, por sessentecinco guinéus e a Farnaby e filho com seus conceptísticos *duces* e *comes* e a Byrd (William), que tocava os virginais, ele disse, na capela da rainha ou em qualquer outro lugar em que os encontrasse e a um certo Tomkins que fazia brincos ou árias e a John Bull.

Na rua de que se aproximavam ainda conversando já além da corrente balouçante, um cavalo, arrastando um carro de limpeza, palmilhava o pavimento, levantando com a escova uma longa trouxa de grama e de lama de modo que com o barulho Bloom não ficou perfeitamente certo de ter ou não ter captado bem a alusão a sessentecinco guinéus e John Bull. Inquiriu se era John Bull a celebridade política de tal nome, já que lhe parecia, os dois nomes idênticos, uma espantosa coincidência.

Junto às correntes o cavalo lento guinou e voltou-se, em percebendo o quê, Bloom, que como sempre estava de olhos bem abertos, puxou de leve a manga do outro, jocosamente comentando:

— Nossas vidas estão em perigo hoje. Cuidado com o rolo compressor.

Nisso detiveram-se. Bloom olhava para a cabeça de um cavalo que não valia nem perto de sessentecinco guinéus, súbito em evidência no escuro bem próximo, de modo que parecia novo, um agrupamento diferente de ossos e mesmo de carne, porque palpavelmente era um andadeiro, um abaloso, um retardatário, um rabofrouxo, um cabeçapensa que metia os cascos pelas mãos enquanto o senhor de sua criação sentava-se observando, ocupado com suas ideias. Mas um coitado de um bicho tão bom, ele lamentava não ter um torrão de açúcar mas, como sabiamente refletia, mal se podia estar preparado para todas as emergências com que se pode topar. Era só um cavalão bobo e cabeçudo, sem mais nada para fazer no mundo. Mas até um cachorro, ele refletia, digamos aquele viralata no Barney Kiernan, desse tamanho, seria um horror de pai e mãe de se ver. Mas não era culpa de nenhum animal em particular se tinha esse porte como o camelo, nau do deserto, fazendo *potheen* destilado de uvas na corcova. Nove décimos deles todos podiam ser enjaulados ou treinados, nada além do alcance do engenho humano a não ser as abelhas; baleia com arpão arpejante, crocodilo, coça as costas e ele pega a piada; círculo de giz para um galo; tigre meu olho de águia. Tais pertinentes reflexões concernentes às bestas do campo ocupavam sua mente algo desligada das palavras de Stephen, enquanto a nau das ruas manobrava e Stephen prosseguia a respeito dos interessantíssimos antigos...

—O que era que eu estava dizendo? Ah, é! A minha mulher, ele compartiu, mergulhando *in medias res*, teria um imenso prazer em travar conhecimento com você já que ela tem uma ligação passional com todo tipo de música.

Olhava de lado de modo amistoso para o lado do rosto de Stephen, a cara da mãe, o que não era bem a mesma coisa que o tipinho bonito traiçoeiro de sempre que elas inquestionavelmente procuravam de forma insaciável já que ele talvez não fosse desse jeito mesmo.

Ainda assim, supondo que tivesse os dotes do pai, como ele mais que suspeitava, isso abria novos panoramas em sua cabeça, tais como o concerto da associação do artesanato irlandês de lady Fingall na segundafeira anterior, e a aristocracia em geral.

Belíssimas variações ele agora descrevia sobre uma ária *Juventude tem seu fim* de Jans Pieter Sweelinck, um holandês de Amsterdam, de onde vêm as polacas. Mais ainda apreciava uma velha canção alemã de Johannes Jeep sobre o mar claro e as vozes das sereias, doces assassinas de homens, que confundiu um pouco Bloom:

Von der Sirenen Listigkeit
Tun die Poeten dichten.

Esses primeiros compassos ele cantou e traduziu *ex tempore*. Bloom, acenando com a cabeça, disse que entendia perfeitamente e insistiu que prosseguisse por favor, o que ele fez.

Uma voz de tenor fenomenalmente bela como aquela, a mais rara das dádivas, que Bloom admirou desde a primeira nota que ele emitiu, podia com facilidade, se administrada de maneira adequada por alguma autoridade em produção vocal como Barraclough e sendo capaz de ler música de quebra, pedir o preço que quisesse onde havia barítonos por um tostão a dúzia, e propiciar para seu afortunado dono no futuro próximo uma *entrée* em casas elegantes nos melhores bairros residenciais, de magnatas financeiros de um grande elenco de negócios e gente da nobreza onde, com seu grau universitário de B. A. (uma imensa propaganda a sua maneira) e os modos cavalheirescos para influenciar ainda mais a boa impressão ele infalivelmente faria um sucesso singular, sendo abençoado com um cérebro que também podia ser empregado para esse propósito e com outros requisitos, se alguém cuidasse direito das roupas dele, de modo a melhor cavar seu espaço em suas doces mercês já que ele, jovem noviço nas sutilezas da sociedade elegante, mal compreendia como uma coisinha dessas pudesse militar contra alguém. Era na verdade mera questão de meses e ele podia facilmente antevê-lo participando de suas *conversazioni* musicais e artísticas durante as festividades da estação natalina, de preferência, causando leve tremor nos pombais do sexo frágil e sendo tratado como rei pelas senhoras à caça de sensações, casos quetais, como calhava de ele saber, tendo já sido registrados, na verdade, sem entregar tudo, ele mesmo num passado distante, se tivesse se dado ao trabalho, podia facilmente ter... A isso se acresceria é claro o emolumento pecuniário para o qual de maneira alguma se poderia fazer cara feia, andando de mãos dadas com as taxas de seu agenciamento. Não, ele abriu um parêntese, que em nome do vil metal ele tivesse necessariamente de abraçar o palco lírico como sua carreira por qualquer grande período, mas um passo na direção exigida isso lá era, não havia como questionar, e tanto monetária quanto mentalmente não projetava sombras nenhumas sobre sua dignidade nem remotamente e muitas vezes vinha singularmente a calhar receber um cheque num momento muinecessitado quando cada pouquinho ajudava. Além disso, embora os gostos ultimamente tivessem se deteriorado em certa medida, música original como aquela, diferente do ramerrão convencional, teria rapidamente grande voga já que seria decididamente novidade para o mundo musical de Dublin depois da rodada burocrática de sempre de solos pegajosos de tenores empurrada para um público confiante por Ivan St. Austell e Hilton St. Just e seu *genus omne*. Sim, sem a menor sombra de dúvida, ele podia, com todas as cartas na mão e tinha uma oportunidade capital de fazer seu nome e ganhar um lugar elevado na estima da cidade em que poderia pedir altas somas e, reservando adiantado, dar um grandioso concerto para os clientes da casa da King Street, tendo alguém que lhe desse apoio, se um outro estivesse surgindo para tirá-lo do caminho, por assim dizer — um grande *se* no entanto — com algum ímpeto do tipo seguenfrente para obviar a inevitável procrastinação que frequentemente derrubava um príncipe dos bons sujeitos excessivamente celebrado, e isso não implicava uma palha de desvio da outra coisa já que, sendo seu próprio patrão, ele teria montes de tempo para praticar a literatura em seus momentos vagos quando desejasse fazê-lo sem que isso conflitasse com sua carreira vocal ou contivesse qualquer coisa de derrogatória que fosse já que era um assunto todo seu. A bem da verdade, ele estava com a faca e o queijo na mão e esta era precisamente a razão por que o outro, possuidor de um nariz muito aguçado para farejar algo errado de qualquer espécie, aferrava-se a ele de todo.

O cavalo estava justo naquele momento... e mais tarde, numa oportunidade propícia ele tencionava (Bloom tencionava), sem de maneira alguma meter a colher em sua vida privada segundo o princípio de que *desgraça pouca*, aconselhando-o a romper seus laços com um certo clínico iniciante, que, percebeu, tinha tendência de fazer pouco dele, e até, em certa medida, com algum pretexto hilário, quando em sua ausência, deprecá-lo, ou como quer que você prefira chamar a isso, o que, na humilde opinião de Bloom, projetava uma pérfida sombra no lado escuro do caráter da pessoa — sem trocadilhos.

O cavalo, tendo chegado ao fim da linha, por assim dizer, parou, e, empinando alto orgulhosa cauda emplumante, depositou sua cota deixando cair ao chão, que a escova em breve envolve e varre, três fumarentos globos de bosta. Lento, três vezes, uma após a outra, de um lombo rombo ele estercou. E piedosamente seu condutor aguardou até que ele (ou ela) tivesse terminado, paciente em seu carro alfanjado.

Lado a lado Bloom, aproveitando-se do *contretemps*, com Stephen passou pelo espaço entre as correntes, divididas pelo poste, e, saltando uma trilha de charco, atravessou na direção da Lower Gardiner Street, Stephen cantando mais vigoroso, mas não alto, o fim da balada:

Und alle Schiffe brücken.

O condutor nem sequer soltou palavra, boa, má ou indiferente. Mas meramente observou as duas figuras, sentado em seu carro de fundo baixo, ambas negras — uma cheia, uma esguia —, caminharem para a ponte da estrada de ferro, *para serem casadas pelo padre Maher*. Ao caminharem, elas por vezes paravam e caminhavam novamente, continuando seu *tête-à-tête* (de que claro ele estava de todo excluído), sobre sereias, inimigas da razão do homem, misturadas com uma série de outros tópicos da mesma categoria, usurpadores, casos históricos do gênero enquanto o homem no carro de limpeza ou você bem podia chamá-lo de carro de soneca que de um jeito ou de outro não tinha como ouvir porque eles estavam longe demais simplesmente ficava lá sentado em seu assento perto do fim da Gardiner Street *e cuidava do carro de fundo baixo dos dois*.

Que cursos paralelos seguiram Bloom e Stephen retornando?

Partindo unidos ambos em passo normal de caminhada da Beresford Place eles seguiram na ordem exposta as ruas Gardiner Lower e Middle e West Mountjoy Square: então, em passo reduzido, cada um dobrando à esquerda, a Gardiner's Place por uma distração até a esquina mais afastada da North Temple Street: então em passo reduzido com interrupções em que estacavam, dobrando à direita, a North Temple Street, até a Hardwicke Place. Aproximando-se, discrepantes, num passo de caminhada relaxada cruzaram ambos a praça diante da igreja de São George diametralmente, sendo a corda em qualquer círculo menor que o arco que delimita.

Sobre o que deliberou o duunvirato durante seu itinerário?

Música, literatura, a Irlanda, Dublin, Paris, amizade, a mulher, prostituição, nutrição, a influência da luz dos bicos de gás ou de lâmpadas a arcovoltaico ou incandescentes sobre o crescimento de árvores paraheliotrópicas circunstantes, baldes de lixo de emergência expostos pela prefeitura, a igreja católica romana, o celibato eclesiástico, a nação irlandesa, a educação jesuíta, carreiras, o estudo da medicina, o dia passado, a maléfica influência do prèssabá, o colapso de Stephen.

Teria Bloom descoberto fatores comuns de similaridade entre suas reações respectivamente semelhantes e dissemelhantes à experiência?

Ambos eram sensíveis a impressões artísticas musicais em preferência a plásticas ou pictóricas. Ambos preferiam um estilo de vida continental a um insular, um ponto de residência cisatlântico a um transatlântico. Ambos obdurados por precoce treinamento doméstico e por hereditária tenacidade de resistência heterodoxa professavam sua descrença em várias doutrinas religiosas ortodoxas, nacionais, sociais e éticas. Ambos admitiam a influência alternadamente estimulante e obtundente do magnetismo heterossexual.

Por acaso eram divergentes em alguns pontos suas opiniões?

Stephen dissentia abertamente da opinião de Bloom sobre a importância da autoajuda nutricional e cívica enquanto Bloom dissentia tacitamente das opiniões de Stephen sobre a eterna afirmação do espírito do homem na literatura. Bloom aquiescia dissimuladamente com a retificação por Stephen do anacronismo envolvido em se atribuir a data da conversão da nação irlandesa à cristandade do druidismo por Patrício filho de Calporno, filho de Potito, filho de Odisso, enviado pelo papa Celestino I no ano de 432 no reinado de Leary para cerca do ano 260 no reino de Cormac MacArt († 266 d.C.) afogado por deglutição imperfeita de alimento em Sletty e inumado em Rossnaree. O colapso que Bloom atribuía à inanição gástrica e certos compostos químicos de variados graus de adulteração e força alcoólica, acelerado por esforço mental e pela velocidade do rápido movimento circular numa atmosfera relaxante, Stephen atribuía à reaparição de uma nuvem matutina (percebida por ambos de dois pontos de observação diferentes, Sandycove e Dublin) de início nada maior que a mão de uma mulher.

Havia um único ponto em que suas opiniões fossem idênticas e negativas?
A influência da luz de bicos de gás ou elétrica no crescimento de árvores paraeliotrópicas circunstantes.

Bloom já havia discutido assuntos semelhantes durante perambulações noturnas no passado?
Em 1884 com Owen Golberg e Cecil Turnbull à noite em vias públicas entre a Longwood Avenue e Leonard's Corner e Leonard's Corner e Synge Street, Synge Street e a Bloomsfield Avenue. Em 1885 com Percy Apjohn em fins de tarde, reclinados contra o muro entre a Gibraltar Villa e a Bloomsfield House em Crumlin, baronato de Uppercross. Em 1886 ocasionalmente com conhecidos casuais e com compradores em potencial ao pé da porta, em salas de visitas, em vagões de terceira classe de linhas férreas suburbanas. Em 1888 frequentemente com o major Brian Tweedy e sua filha a senhorita Marion Tweedy, juntos e separadamente na saladestar da casa de Matthew Dillon em Roundtown. Uma vez em 1892 e uma vez em 1893 com Julius Mastiansky, em ambas as ocasiões na sala da casa dele (Bloom) em West Lombard Street.

Sobre o que refletiu Bloom a respeito da sequência irregular de datas 1884, 1885, 1886, 1888, 1892, 1893, 1904 antes da chegada deles a seu destino?
Refletiu que a progressiva expansão do campo do desenvolvimento e da experiência individuais era regressivamente acompanhada por uma restrição do domínio correlato das relações interindividuais.

De que maneiras por exemplo?
De inexistência a existência ele veio a muitos e como um foi recebido: existência com existência estava com qualquer como qualquer com qualquer: de existência a inexistência passado seria por todos como nenhum percebido.

Que ação realizou Bloom na chegada deles a seu destino?
Nos degraus da porta do 4º dos equidiferentes números ímpares, o número 7 da Eccles Street, inseriu a mão mecanicamente no bolso de trás da calça para obter sua chave.

E estava lá?
Estava no bolso correspondente da calça que ele havia usado no dia anterior ao precedente.

Por que ele ficou duplamente irritado?
Porque havia esquecido e porque se lembrava de ter se lembrado duas vezes de não esquecer.

Quais eram então as alternativas diante do, premeditada (respectivamente) e inadvertidamente par de senchaves?
Entrar ou não entrar. Bater ou não bater.

A decisão de Bloom?
Um estratagema. Apoiando os pés no muro anão, ele escalou as grades da área, comprimiu o chapéu na cabeça, agarrou dois pontos da mais baixa união entre barras e travessas, desceu o corpo gradualmente por seu comprimento de um metro e setentesseis centímetros para cerca de oitentesseis centímetros do piso da área, e permitiu que seu corpo se movesse livre no espaço separando-se da grade e se agachando por se preparar para o impacto da queda.

E caiu?
Pelo peso conhecido de seu corpo de setenta quilos e setecentos e oitenta gramas em medida convertida ao sistema métrico, conforme certificado pela máquina graduada de autopesagem periódica no estabelecimento de Francis Froedman, químico farmacêutico do número 19 da North Frederick Street, na última festa da Ascensão, a saber, o dècimossegundo dia de maio do ano bissexto de um mil novecentos e quatro da era cristã (era judaica cinco mil seiscentos e sessentequatro, era maometana um mil trezentos e vintedois), número de ouro 5, epacta 13, ciclo solar 9, letras dominicais C B, indicção romana 2, período juliano 6617, MCMIV.

Ele ergueu-se sem ferimentos por concussão?
Readquirindo novo equilíbrio estável ele ergueu-se sem ferimentos conquanto concutido pelo impacto, ergueu a tranca da porta da área por

aplicação de força em sua flange livremente móvel e por alavanca de primeiro tipo exercida em seu fulcro ganhou retardado acesso à cozinha através das dependências de empregada subadjacentes, igniu um fósforo lucífero por fricção, liberou gás de carvão inflamável girando a manopla, acendeu uma chama alta que, por regulagem, reduziu a quiescente incandescência e acendeu finalmente uma vela portátil.

Que discreta sucessão de imagens distinguiu enquanto isso Stephen?
Reclinado contra as grades da área ele distinguiu através dos transparentes vidros da cozinha um homem regulando uma chama de gás de 14 cd, um homem acendendo uma vela, um homem retirando uma de cada vez suas duas botas, um homem saindo da cozinha segurando uma vela de 1 cd.

E ressurgiu alhures esse homem ?
Depois de um lapso de quatro minutos o cintilar de sua vela fez-se discernível através da bandeira semicircular semitransparente de vidro sobre a porta de entrada. A porta de entrada girou gradualmente em torno de seu eixo. No espaço aberto do limiar o homem reapareceu sem o chapéu, com a vela.

Stephen obedeceu a seu sinal?
Sim, entrando silenciosamente, ele ajudou a fechar e taramelar a porta e seguiu silenciosamente ao longo do vestíbulo as costas e os pés valgos do homem e sua vela acesa passando pela fresta iluminada de uma porta à esquerda e cuidadosamente descendo uma escadaria em curva de mais de cinco degraus para a cozinha da casa de Bloom.

O que fez Bloom?
Apagou a vela com breve expiração de alento sobre a chama, puxou duas cadeiras de madeira rústica com assentos arredondados para a lareira, uma para Stephen de costas para a janela da área, a outra para si próprio quando necessário, ajoelhou-se num joelho, compôs na trempe uma pira de palitos entrecruzados de pontas enresinadas e vários papéis coloridos e polígonos irregulares do melhor carvão Abram a vinteum xelins a tonelada do depósito dos senhores Flower e M'Donald 14 D'Olier Street, acendeu-a em três pontos que se projetavam do papel com um fósforo lucífero aceso, libertando assim a energia potencial contida no combustível ao permitir que seus elementos de carbono e hidrogênio entrassem em livre união com o oxigênio do ar.

Em que aparições semelhantes pensava Stephen?

Em outros em outros lugares em outros momentos que, ajoelhando-se num joelho ou dois, acenderam o fogo para ele, no irmão Michael na enfermaria do colégio da Sociedade de Jesus em Clongowes Wood, Sallins, no condado de Kildare: em seu pai, Simon Dedalus, num aposento desmobiliado de sua primeira residência em Dublin, o número treze da Fitzgibbon Street: em sua madrinha a senhorita Kate Morkan na casa de sua irmã moribunda a senhorita Julia Morkan no número 15 da Usher's Island: em sua tia Sara, esposa de Richie (Richard) Goulding, na cozinha compartilhada do número 62 da Clanbrassil Street: em sua mãe Mary, esposa de Simon Dedalus, na cozinha do número doze da North Richmond Street na manhã do dia da festa de São Francisco Xavier de 1898: no diretor de estudos, Padre Butt, no auditório de física do University College, número 16, North Stephen's Green: em sua irmã Dilly (Delia) na casa de seu pai em Cabra.

O que Stephen viu ao erguer um metro sua mirada do fogo para a parede em frente?

Sob uma linha de cinco campainhas domésticas de mola enroladas uma corda curvilínea, esticada entre dois ganchos de revés por sobre o recesso ao lado da pilastra da chaminé, da qual pendiam quatro lenços quadrados de tamanho pequeno dobrados desgrampeada e consecutivamente em retângulos adjacentes e um par de meias cinza de senhora com topos de liga de fio de Escócia e pés em sua posição tradicional agarradas por três pregadores eretos de madeira dois em suas extremidades externas e o terceiro no ponto de sua junção.

O que viu Bloom no fogão?

Na boca (menor) da direita uma molheira azul esmaltada: na boca (maior) da direita uma chaleira preta de ferro.

O que fez Bloom no fogão?

Retirou a molheira para a boca da esquerda, ergueu-se e carregou a chaleira de ferro até a pia a fim de punçar a corrente girando a torneira para deixá-la fluir.

E fluiu?

Sim. Do reservatório Roundwood no condado de Wicklow com uma capacidade cúbica de 9000 milhões de litros, filtrando-se por um aqueduto subterrâneo de linhas de purificação de encanamento simples e duplo construídas a um custo inicial na planta de £5 por metro linear cruzando Dargle, Rathdown, Glen of the Downs e Callowhill até o reservatório de 170 000 metros quadrados em Stillorgan, uma distância de 35 quilômetros e, daí, através de um sistema de tanques de alívio, a uma razão de 75 metros até os limites da cidade na ponte Eustace, Upper Leeson Street, ainda que devido à prolongada estiagem de verão e a um suprimento diário de 47,3 milhões de litros a água houvesse caído abaixo da linha do vertedouro de transbordamento razão pela qual o responsável pela municipalidade e engenheiro de saneamento, senhor Spencer Harty, C.E., sob instruções do comitê de saneamento, proibira o uso de água do município para propósitos outros que não os de consumo (vislumbrando a possibilidade de se ter de recorrer à água impotável dos canais Grand e Royal como em 1893) particularmente na medida em que os South Dublin Guardians, não obstante sua ração de 60 litros por dia *per pauper* fornecida por um medidor de quinze centímetros, haviam sido condenados pelo desperdício de 75 000 litros por noite por uma leitura de seu medidor segundo afirmação de um agente da lei da prefeitura, o senhor Ignatius Rice, advogado, tendo assim agido em detrimento de outra parcela do público, os contribuintes responsáveis, solventes, sólidos.

O que na água Bloom, aguamante, extrator de água, aguatransportante, retornando ao fogão, admirava?

Sua universalidade: sua equanimidade democrática e constância a sua natureza ao buscar seu próprio nível: sua vastidão no oceano da projeção de Mercator: sua profundidade insondada na fossa de Java no Pacífico que excede 8000 léguas: a inquietude de suas ondas e partículas de superfície que visitam alternadamente todos os pontos de seu litoral: a independência de suas unidades: a variabilidade de estados do mar: sua quiescência hidrostática em calmaria: sua turgidez hidrocinética nas marés de quadratura e de sizígia: sua subsidência depois da devastação: sua esterilidade nas calotas de gelo circumpolares, ártica e antártica: sua relevância climática e comercial: sua preponderância de 3 para 1 sobre a terra firme do globo: sua indiscutível hegemonia estendendo-se em quilômetros quadrados por sobre toda a região abaixo do subequatorial trópico de Capricórnio: a estabilidade multissecular de sua bacia primeva: seu leito luteofulvo: sua capacidade de dissolver e manter em solução todas as substâncias solúveis incluindo milhões de toneladas dos metais mais preciosos: suas lentas erosões de penínsulas e descendentes promontórios, sua persistente formação de homotéticas ilhas, penínsulas e promontórios decaindentes: seus depósitos aluviais: seus peso e volume e densidade: sua imperturbabilidade em lagunas e lagos de montanhas nos *tarns* das terras altas: sua gradação de cores nas zonas tórrida e temperada e frígida: suas ramificações veiculares em correntes continentais contidas em lagos e confluentes rios fluentes para o oceano com suas correntes tributárias e transoceânicas: a corrente do golfo, os cursos equatoriais norte e sul: sua violência em maremotos, trombasdágua, poços artesianos, erupções, torrentes, redemoinhos, inundações, enchentes, tsunâmis, divisores de águas, diques, gêiseres, cataratas, turbilhões, maelstroms, alagamentos, dilúvios, cataclismos: sua vasta curva ahorizontal circunterrestre: seu ocultamento em fontes e sua latente umidade, revelada por instrumentos rabdomânticos ou higrométricos e exemplificada pelo buraco na parede no portão de Ashtown, a saturação do ar, a destilação do orvalho: a simplicidade de sua composição, duas partes constituintes de hidrogênio com uma parte constituinte de oxigênio: suas virtudes curativas: sua flutuabilidade nas águas do mar Morto: sua perseverante penetratividade em arroios, regos, represas inadequadas, vazamentos a bordo: suas propriedades de limpar, matar a sede e o fogo, nutrir a vegetação: sua infalibilidade como paradigma e arquétipo: suas metamorfoses como vapor, névoa, nuvem, garoa, granizo, neve, saraiva: sua força em rígidos hidrantes: sua variedade de formas em lagos e baías e golfos e angras e riachos e lagunas e atóis e arquipélagos e estreitos e fiordes e minches e estuários de maré e braços de mar: sua solidez em geleiras, icebergs, banquisas: sua docilidade na operação de rodas de moinho hidráulicas, turbinas, dínamos, usinas de energia elétrica, lavanderias, curtumes, espadeladoras: sua utilidade em canais, rios, se navegáveis, docas flutuantes e fixas: sua potencialidade derivável de marés aproveitadas ou cursos de água que caiam de um nível a outro: suas fauna e flora submarinas (anacústicas, fotófobas), numericamente, se não literalmente, os habitantes do globo: sua ubiquidade por constituir 90% do corpo humano: a nocividade de seus eflúvios em alagadiços salobros, pântanos pestilentos, água de flores fenecida, poças estagnadas à lua minguante.

Tendo acomodado a chaleira meiocheia nas brasas já ardentes, por que ele retornou à torneira indacorrente?

Para lavar as conspurcadas mãos com um tablete parcialmente consumido do sabão aromalimão de Barrington, ao qual ainda aderia algum papel (comprado treze horas antes disso por quatro pence e ainda por pagar), na fresca água fria sempremutável e nuncamutável e secá-los, rosto e mãos, num longo pano de juta com bordas vermelhas passado por sobre um rolo rolante de madeira.

Que razão forneceu Stephen para declinar da oferta de Bloom?

Ser ele hidrófobo, odiando o contato parcial por imersão ou total por submersão em água fria (tendo seu último banho tido lugar no mês de outubro do ano anterior), opondo-se às substâncias aquosas do vidro e do cristal, desconfiando de aquosidades de pensamento e de linguagem.

O que impediu Bloom de dar a Stephen conselhos de higiene e profilaxia aos quais dever-se-iam acrescentar sugestões referentes a uma ablução preliminar da cabeça e à contração dos músculos com rápido borrifar sobre rosto e pescoço e a região torácica e epigástrica em caso de banhos de mar ou de rio, sendo as partes da anatomia humana mais sensíveis ao frio a nuca, o estômago e o tênar ou sola do pé?
A incompatibilidade da aquosidade com a errática originalidade do gênio.

Que outros conselhos didáticos ele igualmente reprimiu?
Nutricionais: referentes às respectivas percentagens de proteína e de energia calórica no bacon, no bacalhau salgado e na manteiga, à ausência daquela na última e a abundância desta no primeiro.

Quais pareciam ao anfitrião ser as qualidades predominantes de seu convidado?
Confiança em si próprio, um equivalente e contrário poder de abandono e recuperação.

Que fenômeno concomitante teve lugar no recipiente de líquido por ação do fogo?
O fenômeno da ebulição. Ventilada por uma constante corrente ascensional de ar entre a cozinha e a chaminé, a ignição comunicou-se dos feixes de combustível prècombustível às massas poliédricas de carvão betuminoso, que continham em forma mineral comprimida os decíduos foliados fossilizados de florestas primevas que por sua vez haviam derivado sua existência vegetativa do sol, fonte primária de calor (radiante), transmitido através do onipresente luminífero e diatérmano éter. O calor (convectivo), um modo de movimento provocado por tal combustão, era constante e progressivamente fornecido pela fonte de calorificação para o líquido contido no recipiente, sendo irradiado através da irregular superfície escura impolida do ferro metálico, em parte refletido, em parte absorvido, em parte transmitido, gradualmente elevando a temperatura da água do normal ao ponto de fervura, uma elevação de temperatura que se pode expressar como o resultado do dispêndio das 72 unidades termais necessárias para levar 453 gramas de água de 100 a 1000 Celsius.

O que anunciou a consumação dessa elevação na temperatura?

Uma dupla ejeção falciforme de vapor de água de sob a tampa da chaleira por ambos os lados simultaneamente.

Para que propósito pessoal poderia Bloom ter empregado a água assim fervida?
Para fazer a barba.

Que vantagens advinham de um barbear noturno?
Uma barba mais macia: um pincel mais macio se intencionalmente lhe foi permitido permanecer entre um e outro barbear em sua espuma aglutinada: uma pele mais macia caso inopinadamente o barbeado encontrasse pessoas conhecidas do sexo feminino em locais remotos em horas insólitas: tranquilas reflexões sobre o dia decorrido: uma sensação mais limpa ao despertar depois de um sono mais fresco já que ruídos matutinos, premonições e perturbações, uma latadeleite que tine, as duas batidas de um carteiro, um jornal lido, relido durante a espumação, a reespumação do mesmo ponto, um espanto, uma bomba, conquanto pensando sem espanto seu tanto saltando em seu canto podiam causar maior velocidade de gestos e um talho sobre cuja incisão emplastro com precisão cortado e humectado e aplicado aderia, o que devia ser feito.

Por que a ausência de luz o perturbava menos que a presença de ruídos?
Em função da segurança do tato de sua firme cheia masculina feminina passiva ativa mão.

Que qualidade ela (sua mão) possui mas com que influência contrária?
A qualidade operacional cirúrgica a não ser pelo fato de ele relutar em derramar sangue humano mesmo quando o fim justificasse os meios, preferindo, em sua ordem natural, a helioterapia, a psicofisicoterapia, a cirurgia osteopática.

O que estava em exposição nas prateleiras de baixo, do meio e de cima da cristaleira da cozinha que Bloom abriu?
Na prateleira de baixo cinco pratos de cafèdamanhã verticais, seis pires de cafèdamanhã horizontais sobre os quais repousavam xícaras de cafèdamanhã invertidas, uma xícara bigodeira, ininvertida, e um pires de porcelana Crown Derby, quatro portaovos brancos de bordasdeouro, uma bolsa de camurça aberta exibindo moedas, em sua maioria de cobre, e um frasco de confeitos aromáticos de violeta. Na prateleira do meio um portaovo lascado com pimenta, um saleiro de mesa, quatro azeitonas pretas aglomeradas em papel oleaginoso, um pote vazio de carne enlatada Ameixeira, um cesto oval de vime

forrado de fibra que continha uma pera jersey, uma garrafa meio vazia do porto dos inválidos de William Gilbey e Cia., semidesnudada de seu invólucro de papel de seda rosacoral, um pacote de chocolate solúvel Epp's, cinco onças do chá de primeira qualidade de Anne Lynch a 2 s. Por libra num saco amarrotado de papel laminado, uma lata cilíndrica contendo o melhor açúcar cristal em torrões, duas cebolas, uma maior, espanhola, inteira, a outra, menor, irlandesa, bissectada com superfície aumentada e mais redolente, um jarro de creme da Leiteria Modelo da Irlanda, uma jarra de cerâmica marrom que continha uma xícara e um quarto de leite azedo deteriorado, convertido pelo calor em água, soro acidulado e coalhada semissolidificada, que acrescida à quantidade subtraída para os desjejuns da senhora Bloom e da senhora Flemming perfazia um pint imperial, a quantidade total originalmente entregue, dois cravos, um meio pêni e um prato pequeno contendo uma fatia de costeleta fresca. Na prateleira de cima uma bateria de potes de geleia de diferentes tamanhos e proveniências.

O que chamou sua atenção largado sobre a cristaleira?
Quatro fragmentos poligonais de dois bilhetes de apostas lacerados, numerados 8 87, 8 86.

Que reminiscências temporariamente corrugaram-lhe o cenho?
Reminiscências de coincidências, verdade mais estranha que a ficção, prèindicativas do resultado do páreo da Copa de Ouro, cujo resultado oficial e definitivo havia lido no *Evening Telegraph*, edição corderrosa da noite, no abrigo do cocheiro, na ponte Butt.

Onde havia ele recebido prévias indicações do resultado, efetuado ou projetado?
No estabelecimento licenciado de Bernard Kiernan, 8, 9 e 10 Little Britain Street: no estabelecimento licenciado de Davy Byrne, 14 Duke Street: na Lower O'Connell Street, na frente do bar de Graham Lemon quando um sujeito azarão colocara em sua mão um folheto que era de se jogar fora (que ulteriormente jogou fora), anunciando Elias, restaurador da igreja no Sião: na Lincoln Place diante do estabelecimento de F. W. Sweny e Cia. (Limitada), farmácia de manipulação, quando, quando Frederick M. (Garnizé) Lyons havia rápida e sucessivamente solicitado, folheado e restituído a cópia da edição corrente do *Freeman's Journal* e *National Press* que ele estava a ponto de também jogar fora (e que ulteriormente jogou fora), seguira na direção do edifício oriental dos Banhos Turcos e Quentes, 11 Leinster Street, com a luz da inspiração brilhando em seu semblante e portando nos braços o segredo do páreo, gravado na língua da profecia.

Que considerações atenuantes mitigavam suas perturbações?

As dificuldades de interpretação já que o significado de qualquer evento seguia sua ocorrência tão variavelmente quanto o relato acústico seguia a descarga elétrica e de contravaliação em oposição a uma perda efetiva devida ao fracasso em interpretar a soma total das perdas possíveis que procedem originalmente de uma interpretação bensucedida.

Seu humor?

Não havia arriscado, não teve expectativas, não havia sido desiludido, estava satisfeito.

O que o satisfazia?

Não ter sofrido perda positiva alguma. Ter trazido um ganho positivo a outros. Luz aos gentios.

Como foi que Bloom preparou uma consoada para um gentio?

Ele serviu em duas xícaras de chá duas colheres rasas, quatro ao todo, do chocolate solúvel Epp's e procedeu segundo as instruções de uso impressas no rótulo, a cada uma delas acrescentando depois de tempo suficiente para a infusão os ingredientes prescritos para difusão à maneira e na quantidade prescritas.

Que supererrogatórias marcas de especial hospitalidade o anfitrião mostrou a seu convidado?

Abrindo mão de seu direito simposiarcal à xícara bigodeira imitação de Crown Derby oferecida a ele por sua filha única, Millicent (Milly), ele a substituiu por uma xícara idêntica à de seu convidado e serviu de forma extraordinária a seu convidado e, em medida reduzida, a si próprio o leite viscoso de ordinário reservado para o desjejum de sua esposa Marion (Molly).

O convidado estava consciente e demonstrou reconhecimento por essas marcas de hospitalidade?

Sua atenção foi levada a elas por seu anfitrião jocosamente e ele as aceitou seriamente enquanto bebiam em jocossério silêncio o ecumênico produto da Epp's, a tisana cacau.

Acaso houve marcas de hospitalidade que ele contemplou mas suprimiu, reservando-as a outrem e a si próprio em ocasiões futuras para completar o ato iniciado?

A reparação de uma fissura de cerca de quatro centímetros de comprimento no lado direito do paletó de seu convidado. Uma doação a seu convidado de um dos quatro lenços de senhora, se e quando se estabelecesse estarem em condições apresentáveis.

Quem bebeu mais rápido?
Bloom, tendo uma vantagem de dez segundos na incepção e tomando, da superfície côncava de uma colher ao longo de cujo cabo um fluxo constante de calor se conduzia, três sorvos para um de seu oponente, seis para dois, nove para três.

Que cerebração acompanhava esse ato frequentativo?
Concluindo por inspeção mas erroneamente que seu silente companheiro estava dedicando-se à composição mental ele refletia sobre os prazeres derivados da literatura de instrução mais do que de entretenimento conforme ele próprio já havia aplicado às obras de William Shakespeare mais do que uma vez para a solução de problemas difíceis na vida imaginária ou real.

E ele encontrou as soluções?
Malgrado a leitura cuidadosa e repetida de certas passagens clássicas, com o auxílio de um glossário, derivara do texto uma convicção imperfeita, sem que as respostas se referissem a todas as questões.

Que versos concluíam sua primeira peça de poesia original escrita por ele, poeta potencial, aos 11 anos de idade em 1877 por ocasião do oferecimento de três prêmios de 10 s., 5 s. e 2 s. 6 p. respectivamente pelo *Shamrock*, um jornal semanal?

A ambição que confesso
De ver meu verso impresso
Vem-me dar esperança incomum.
Se escolherem a mim
Peço ponham no fim
O nome do seu, L. Bloom.

Via ele quatro forças separadoras entre seu convidado temporário e ele?
Nome, idade, raça, credo.

Que anagramas fez ele de seu nome na juventude?
Leopold Bloom

Ellpodbomool
Molldopeloob
Bollopedoom
Dom Lopo Bello.

Que acróstico sobre a abreviação de seu prenome enviara ele (poeta cinético) à senhorita Marion Tweedy no dia 14 de fevereiro de 1888?

Poetas já fizeram rima
Odes e música divina.
Ler tuas letras: minha sina!
Diz M, O, Ls; não termina:
Y faz minha menina!

O que o havia impedido de completar uma canção de circunstância (música de R.G. Johnston) sobre os eventos do passado, ou sucedâneos para os anos atuais, intitulada *Ah se Brian Boru pudesse voltar e ver a velha Dublin hoje*, encomendada por Michael Gunn, arrendatário do Gaiety Theatre, 46, 47, 48, 49, South King Street, e que seria introduzida na sexta cena, o vale dos diamantes, da segunda edição (30 de janeiro de 1893) da grande pantomima anual de Natal *Simbá dos sete mares* (escrita por Greenleaf Whittier, cenários de George A. Jackson e Cecil Hicks, figurinos das senhora e senhorita Whelan, produzida por R. Shelton em 26 de dezembro de 1892, sob a supervisão pessoal da senhora Michael Gunn, balés por Jessie Noir, arlequinada por Thomas Otto) e cantada por Nelly Bouverist, atriz principal?

Primeiramente, oscilação entre eventos de interesse imperial e local, o antecipado jubileu de diamante da rainha Vitória (nascida em 1820, coroada em 1837) e a posticipada inauguração do novo mercado de peixes municipal: segundamente, apreensão de oposição provinda de círculos extremos quanto às questões das respectivas visitas de Suas Altezas Reais o duque e a duquesa de York (reais) e de Sua Majestade o rei Brian Boru (imaginária): terceiramente, um conflito entre a etiqueta profissional e a emulação profissional referente às recentes ereções do Grand Lyric Hall no Burgh Quay e do Theatre Royal na Hawkins Street: quartamente, o desvio de atenção resultante da compaixão pela aintelectual, apolítica, atópica, expressão do semblante de Nelly Bouverist e a concupiscência causada pelas revelações feitas por Nelly Bouverist de artigos de aintelectual, apolítica e atópica lingerie enquanto ela (Nelly Bouverist) estava dentro dos artigos: quintamente, as dificuldades de seleção de música e alusões humorosas adequadas do *Livro de piadas para todos* (1000 páginas e uma risada em cada uma): sextamente, as rimas, homófonas e cacofônicas, associadas ao nome do novo lorde prefeito, Daniel Tallon, do novo alto xerife, Thomas Pile, e do novo procuradorgeral, Dunbar Plunket Barton.

Que relação existia entre as idades deles?

16 anos antes em 1888 quando Bloom tinha a idade atual de Stephen Stephen tinha 6 anos. 16 anos depois em 1920 quando Stephen tivesse a idade atual de Bloom Bloom teria 54 anos. Em 1936 quando Bloom tivesse 70 e Stephen 54 suas idades inicialmente numa razão de 16 para 0 estariam em 17½ para 13½, aumentando a proporção e diminuindo a disparidade à medida que fossem acrescentados arbitrários anos futuros, pois se a proporção existente em 1883 houvesse seguido imutável, concebendo-se que isso fosse possível, até aquele momento 1904 quando Stephen tinha 22 Bloom teria 374 e em 1920 quando Stephen tivesse 38 anos, como Bloom tinha então, Bloom teria 646 enquanto que em 1952 quando Stephen houvesse atingido a máxima idade pòs-diluviana de 70 anos Bloom, estando há 1190 anos vivo tendo nascido no ano de 714, teria ultrapassado por 221 anos a máxima idade antediluviana, a de Matusalém, de 969 anos, enquanto, se Stephen continuasse a viver até atingir aquela idade no ano de 3072 A.D., Bloom teria sido obrigado a ter estado vivo por 83300 anos, tendo sido obrigado a ter nascido no ano de 81396 a.C.

Que eventos poderiam nulificar esses cálculos?

O cessamento da existência de ambos ou de um deles, a inauguração de uma nova era ou calendário, a aniquilação do mundo e o consequente extermínio da espécie humana, inevitáveis mas imprevisíveis.

Quantos encontros anteriores provavam seu preexistente conhecimento mútuo?

Dois. O primeiro no jardim de lilases da casa de Matthew Dillon, a Villa Medina, na Kimmage Road, Roudtown, em 1887, em companhia da mãe de Stephen, Stephen tendo então cinco anos de idade e relutando em oferecer a mão em cumprimento. O segundo na sala de café do hotel Breslin's num domingo chuvoso em janeiro de 1892, em companhia do pai de Stephen e do tioavô de Stephen, sendo Stephen então cinco anos mais velho.

Bloom aceitou o convite para jantar feito então pelo filho e posteriormente confirmado pelo pai?

Muito agradecidamente, com grato reconhecimento, com sincera e reconhecida gratidão, em reconhecidamente grata sinceridade de lástima, ele declinou.

A conversa deles sobre o tema dessas reminiscências revelou um terceiro elo de conexão entre os dois?

A senhora Riordan, uma viúva independente e de posses, residira na casa dos pais de Stephen de 1º de setembro de 1888 a 29 de dezembro de 1891 e residira também durante os anos de 1892, 1893 e 1894 no hotel City Arms de propriedade de Elisabeth O'Dowd residente no número 54, Prussia Street, onde durante partes dos anos de 1893 e de 1894 fora constante informante de Bloom que residia também no mesmo hotel, sendo na época funcionário empregado por Joseph Cuffe, do número 5 Smithfield, para a superintendência de vendas no adjacente Mercado de Gado de Dublin na North Circular Road.

Havia ele realizado alguma singular obra de misericórdia corporal por ela?

Ele por vezes a impulsionara em tardes quentes de verão, uma viúva enferma independente e de posses, ainda que limitadas, em sua cadeira de banho de convalescente com lentas revoluções de suas rodas até a esquina da North Circular Road defronte do estabelecimento comercial do senhor Gavin Low onde ela permanecera certo tempo esquadrinhando com os binóculos de campo de lente simples que pertenciam a ele cidadãos irreconhecíveis em bondes, bicicletas equipadas com inflados pneumáticos, carruagens de praça, tandems, landós particulares e de aluguel, docars, charretes inglesas e breques que iam da cidade para o parque Phoenix e viceversa.

Por que podia ele então suportar tal sua vigília com maior equanimidade?

Porque no meio de sua juventude ele passara considerável tempo sentado observando através de uma luneta de vidro convexo de uma janela multicolorida o espetáculo oferecido com contínuas mudanças pela via pública a sua frente, pedestres, quadrúpedes, velocípedes, veículos, passando lenta, veloz, suavemente, à roda roda roda da borda rodada redonda de um íngreme globo.

Que distintas memórias diversas tinha cada um deles dela ora morta há oito anos?

O mais velho, suas cartas e fichas de besigue, seu skye terrier, sua putativa riqueza, seus lapsos de responsividade e incipiente surdez catarral: o mais novo, sua lâmpada de óleo de colza diante da estátua da Imaculada Conceição, suas escovas verde e marrom para Charles Stewart Parnell e para Michael Davitt, seus lenços de papel.

Não havia meios ainda restantes para que ele pudesse alcançar o rejuvenescimento que essas reminiscências divulgadas a um companheiro mais jovem tornavam mais desejável?

Os exercícios domésticos, outrora praticados intermitentemente, ulteriormente abandonados, prescritos na obra de Eugen Sandow *Força física e como obtê-la* que, elaborados particularmente para homens de negócios envolvidos em ocupações sedentárias, deviam ser executados com concentração mental diante de um espelho de modo a colocar em atividade as várias famílias de músculos e a produzir sucessivamente um agradável relaxamento e uma agradabilíssima repristinação da agilidade juvenil.

Alguma agilidade especial havia sido de seu domínio na juventude?

Embora o levantamento de peso estivesse além de suas forças e o giro completo na barra além de sua coragem ele ainda assim quando estudante no científico obtivera destaque em sua estável e prolongada execução do movimento de meia alavanca nas barras paralelas em consequência de seus músculos abdominais anormalmente desenvolvidos.

Algum deles aludiu abertamente a sua diferença racial?
Nenhum.

Quais, reduzidas a sua mais simples forma recíproca, eram as ideias de Bloom a respeito das ideias de Stephen a respeito de Bloom e as ideias de Bloom a respeito das ideias de Stephen a respeito das ideias de Bloom a respeito de Stephen?

Ele achava que ele achava que ele era judeu enquanto que ele sabia que ele sabia que ele sabia que não era.

Quais, descontados os lindes da reticência, eram suas respectivas ascendências?

Bloom, único herdeiro homem transubstancial nascido de Rudolf Virag (ulteriormente Rudolph Bloom) de Szombathely, Viena, Budapeste, Milão, Londres e Dublin e de Ellen Higgins, segunda filha de Julius Higgins (nascido Karoly) e Fanny Higgins (nascida Hegarty). Stephen, mais velho herdeiro homem consubstancial sobrevivente de Simon Dedalus de Cork e Dublin e de Mary, filha de Richard e Christina Goulding (nascida Grier).

Bloom e Stephen haviam sido batizados, e onde e por quem, clérigo ou leigo?

Bloom (três vezes) pelo reverendo senhor Gilmer Johnston M.A. sozinho na igreja protestante de São Nicolau de Fora, Coombe; por James O'Connor,

Phillip Gilligan e James Fitzpatrick, juntos, sob uma bombadágua na vila de Swords; e pelo reverendo Charles Malone C.C., na igreja dos Três Patronos, Rathgar. Stephen (uma vez) pelo reverendo Charles Malone C.C., sozinho, na igreja dos Três Patronos, Rathgar.

Ele acharam suas carreiras educacionais semelhantes?
Trocando Bloom por Stephen Stoom teria passado sucessivamente por uma escolinha e pelo científico. Trocando Stephen por Bloom Blephen teria passado sucessivamente pelos níveis preparatório, júnior, médio e sênior do ensino intermediário e pelos graus de matrícula, primeiras artes, segundas artes e bacharelado em artes da universidade real.

Por que Bloom se absteve de afirmar ter frequentado a universidade da vida?
Por causa de sua flutuante incerteza quanto a essa observação ter ou não ter sido já feita por ele para Stephen ou por Stephen para ele.

Quais dois temperamentos eles individualmente representavam?
O científico. O artístico.

Que provas aduziu Bloom para provar ter mais tendência para a ciência, ao invés de pura, aplicada?
Certas possíveis invenções que cogitara quando reclinado num estado de supina repleção para ajudar a digestão, estimuladas por sua avaliação da importância de invenções ora corriqueiras mas um dia revolucionárias por exemplo, o paraquedas aeronáutico, o telescópio refletor, o sacarrolhas espiral, o alfinete de segurança, o sifão de água mineral, a eclusa de canal com válvulas mecânicas, a bomba de sucção.

Seriam essas invenções principalmente destinadas a um esquema aprimorado de jardim de infância?
Sim, tornando obsoletos revólveres de rolha, bexigas elásticas, jogos de azar, estilingues. Compreendiam caleidoscópios astronômicos que exibiam as doze constelações do zodíaco de Áries a Peixes, planetários mecânicos em miniatura, balas de goma aritméticas, biscoitos geométricos para se combinarem com os zoológicos, bolas de brinquedo com o globo terrestre, bonecas com trajes históricos.

O que também o estimulava em suas cogitações?
O sucesso financeiro obtido por Ephraim Marks e Charles A. James,

aquele com seu bazar de quinquilharias no 42 South George Street, este com sua loja de quase quinquilharias e sua feira mundial da elegância e exposição de bonecos de cera no 30 Henry Street, dois p. de entrada, crianças 1 p.: e as infinitas possibilidades até aqui inexploradas da moderna arte da publicidade se condensada em símbolos trilíteres monoideais, verticalmente de máxima visibilidade (adivinhados), horizontalmente de máxima legibilidade (decifrados) e de magnetizante eficácia para prender a atenção involuntária, para interessar, para convencer, para decidir.

Tais como?
K. 11. Kino's $ 11 $ Calças.
Casa das chaves. Alexander J. Shawes.

E não tais como?
Olhe para esta vela comprida. Calcule quando ela acabará e você recebe grátis 1 par de nossas botas especiais de couro legítimo. Quem revela leva. Endereço: Barclay & Cook, 18 Talbot Street.
Bacilicida (pó contra insetos)
Bemelhor (graxa para sapatos)
O.Q.C.Quer (canivete de bolso combinado de duas lâminas com sacarrolhas, lixa de unhas e limpador de cachimbo).

Jamais tais como?
O que é o lar sem a carne enlatada Ameixeira?
Incompleto.
Com ela um recanto de júbilo.
Fabricada por George Plumtree (Ameixeira), 23 Merchant's Quay, Dublin, acondicionada em potes de 4 onças, e inserido pelo concelheiro Joseph P. Nannetti, deputado, Rotunda Ward, 19 Hardwicke Street, sob as notas do obituário e dos aniversários de falecimento. O nome no rótulo é Ameixeira. Uma ameixeira numa lata de carne, marca comercial registrada. Cuidado com as imitações. Carnerva de conse. Xeimeia. Convarne de serva. Emaixai.

Que exemplo ele aduziu para induzir Stephen a deduzir que a originalidade, embora gere sua própria recompensa, não conduz invariavelmente ao sucesso?
Seu próprio projeto concebido e rejeitado de um carrovitrine iluminado, puxado por uma alimária, no qual duas moças benvestidas estariam sentadas ocupadas em escrever.

Que cena sugerida foi então elaborada por Stephen?
Hotel solitário em passagem nas montanhas. Outono. Crepúsculo. Lareira acesa. Em canto escuro rapaz sentado. Moça entra. Inquieta. Solitária. Ela se senta. Vai até a janela. Ela se põe de pé. Ela se senta. Crepúsculo. Ela pensa. Em solitário papel de hotel ela escreve. Pensa. Escreve. Suspira. Rodas e cascos. Ela sai apressada. Ele surge de seu canto escuro. Ele apanha papel solitário. Ele o estende na direção do fogo. Crepúsculo. Lê. Solitário.

O quê?
Inclinado, para cima e para a direita: hotel Quenn's, hotel Queen's, Ho...

Que cena sugerida foi então reconstituída por Bloom?
O hotel Queen's, em Ennis, condado Clare, onde Rudolph Bloom (Rudolf Virag) morreu na noite de 27 de junho de 1886, em horário nãodeclarado, em consequência de uma overdose de matacão (acônito) autoadministrado sob forma de um linimento para nevralgia, composto de 2 partes de linimento de acônito para 1 de linimento de clorofórmio (adquirido por ele às 10:20 da manhã do dia 27 de junho de 1886 no salão médico de Francis Dennehy, 17 Church Street, Ennis) depois de ter, conquanto não em consequência de ter, adquirido às 3:15 da tarde do dia 27 de junho de 1886 uma nova palheta, extraelegante (depois de ter, conquanto não em consequência de ter, adquirido na hora e no local supramencionados a toxina supramencionada), no mercado de tecidos de James Cullen, 4 Main Street, Ennis.

Ele atribuiu essa homonímia à informação ou coincidência ou intuição?
Coincidência.

Ele descreveu a cena verbalmente para que seu convidado pudesse ver?
Preferia de sua parte ver o rosto de um outro e ouvir as palavras de um outro através de quem se realizava a narração potencial e se aliviava o temperamento cinético.

E ele viu apenas uma outra, segunda, coincidência na segunda cena que lhe foi narrada, descrita pelo narrador como *Do Pisga vê-se a Palestina* ou *A parábola das ameixas*?
Ela, com a cena precedente e com outras inenarradas mas existentes por implicação, às quais acrescentem-se ensaios sobre vários assuntos ou apotegmas morais (p. ex. *Meu herói favorito* ou *A procrastinação é a ladra do tempo*) compostos durante os anos de escola, parecia-lhe conter

em si própria e em conjunção com a equação pessoal certas possibilidades de sucesso financeiro, social, pessoal e sexual, fossem eles coligidos e escolhidos como temas pedagógicos modelares (com cem porcento de merecimento) para o uso de estudantes dos níveis preparatório e júnior ou apresentados como contribuição em forma impressa, seguindo o precedente de Philip Beaufoy ou do Doutor Dick ou dos *Estudos em azul* de Heblon, a um órgão de circulação e solvência verificáveis ou empregados verbalmente como estímulo intelectual para ouvintes simpatizantes, apreciadores tácitos da narrativa bensucedida e áugures confiantes de realizações bensucedidas, durante as noites progressivamente mais longas que se seguiam ao solstício de verão no quarto dia a contar daquele, *videlicet*, quintafeira, 21 de junho (Santo Aloísio Gonzaga), nascer do sol, 3:33 da manhã, pordossol, 8:29 da noite.

Qual problema doméstico ocupava tanto sua mente quanto, se não mais do que, qualquer outro?
O que fazer com nossas esposas.

Quais haviam sido suas hipotéticas soluções singulares?
Jogos de salão (dominós, halma, jogodapulga, varetas, bilboquê, napoleão, matacinco, besigue, vintecinco, fedorento, damas, xadrez ou gamão): bordado, cerzidura ou tricô para a sociedade policial para agasalhar os maltrapilhos: duetos musicais, bandolim e violão, piano e flauta, violão e piano: trabalhos de amanuense ou de endereçamento de envelopes: visitas bissemanais a espetáculos de variedades: atividade comercial como patroa comandando com prazer e proprietária com prazer obedecida numa loja de laticínios frescos ou um cálido salão de fumar: a satisfação clandestina da irritação erótica em bordéis masculinos, estatalmente inspecionados e medicinalmente controlados: visitas sociais, em intervalos regulares infrequentes e previstos e com regular frequente e preventiva superintendência, para e por mulheres conhecidas de reconhecida respeitabilidade na vizinhança: cursos de instrução noturna especialmente concebidos para tornar agradável a instrução liberal.

Que exemplos de desenvolvimento mental deficiente em sua esposa o inclinavam em favor desta última (nona) solução?
Em momentos desocupados ela havia em mais de uma ocasião coberto uma folha de papel com sinais e hieróglifos que declarava serem caracteres gregos, irlandeses e hebraicos. Ela havia interrogado constantemente com intervalos variados quanto ao método correto de se escrever a inicial maiúscula do nome de uma cidade no Canadá, Quebec. Ela entendia pou-

co de complicações políticas, internas, ou do equilíbrio do poder, externo. Ao calcular os totais das contas ela frequentemente recorria a auxílio digital. Depois da conclusão de lacônicas composições epistolares ela abandonava o implemento caligráfico no pigmento cáustico, exposto à ação corrosiva de sulfato ferroso, vitríolo e bugalho. Polissílabos incomuns de origem estrangeira ela interpretava foneticamente ou por falsa analogia ou de ambas as maneiras: metempsicose (mete em si e cose), alcunha (filósofo árabe muito aguçado).

O que compensava nos dois pesos e duas medidas de sua inteligência tais e quejandas deficiências de julgamento a respeito de pessoas, lugares e coisas?

O falso aparente paralelismo de todos os braços perpendiculares de todas as balanças, provado verdadeiro por um modelo. O contrapeso de sua proficiência de julgamento a respeito de uma só pessoa, provada verdadeira por um experimento.

Como ele havia tentado remediar esse estado de comparativa ignorância?

Variadamente. Deixando em ponto conspícuo certo livro aberto em certa página: presumindo nela, quando em alusões explicativas, um conhecimento latente: ridicularizando abertamente em presença dela um lapso ignorante de algum outro ausente.

Com que sucesso ele havia tentado a instrução direta?

Ela seguia não tudo, parte do todo, prestava atenção com interesse, compreendia com surpresa, com cuidado repetia, com dificuldade maior recordava, esquecia com facilidade, com apreensão rerrecordava, rerrepetia equivocada.

Qual sistema se provara mais eficiente?
A sugestão indireta que implicasse interesse próprio.

Exemplo?
Ela não gostava de guardachuva com chuva, ele gostava de mulher com guardachuva, ela não gostava de chapéu novo com chuva, ele gostava de mulher com chapéu novo, ele comprou chapéu novo com chuva, ela levou guardachuva com chapéu novo.

Aceitando a analogia implícita na parábola de seu convidado que exemplos de eminência pòsexílica ele aduziu?

Três homens em busca da verdade pura, Moisés do Egito, Moisés Maimônides, autor do *Moreh Nevuchim* (Guia para os perplexos) e Moisés Mendelssohn de tamanha eminência que de Moisés (do Egito) a Moisés (Mendelssohn) não surgira outro como Moisés (Maimônides).

Que declaração foi feita, sujeita à correção, por Bloom a respeito de um quarto homem em busca da verdade pura, de nome Aristóteles, mencionado, com permissão, por Stephen?

Que o homem em questão havia sido pupilo de um filósofo rabínico, de nome incerto.

Foram mencionados outros anapócrifos ilustres filhos da lei e rebentos de uma raça selecionada ou rejeitada?

Felix Bartholdy Mendelssohn (compositor), Baruch Spinoza (filósofo), Mendoza (pugilista), Ferdinand Lassalle (reformador, duelista).

Que fragmentos de poesia das línguas antigas hebraica e irlandesa foram citados com modulações de voz e tradução dos textos pelo convidado para o anfitrião e pelo anfitrião para o convidado?

Por Stephen: *suil, suil, suil arun, suil go siocair agus, suil go cuin* (caminha, caminha, caminha tua via, caminha em segurança, caminha com cuidado).

Por Bloom: *Kefelah, harimon raqatech miba'ad letsamatech* (teu templo entre teus cabelos é uma fatia de romã).

Como foi feita uma comparação glífica entre os símbolos fônicos das duas línguas para substanciar a comparação oral?

Na penúltima página em branco de um livro de estilo literário inferior, intitulado *Doçuras do pecado* (extricado por Bloom e manipulado de forma a que sua capa ficasse em contato com a superfície da mesa) com um lápis (fornecido por Stephen) Stephen escreveu os caracteres irlandeses para gê, ê, dê, eme, simples e modificados, e Bloom por sua vez escreveu os caracteres hebraicos guimel, alef, dalet e (na ausência de mem) um qof substituto, explicando seus valores aritméticos como números ordinais e cardinais, *videlicet* 3, 1, 4 e 100.

O conhecimento que cada um deles possuía dessas línguas, a extinta e a rediviva, era teórico ou prático?

Teórico, estando confinado a certas regras gramaticais de acidência e de sintaxe e praticamente excluindo o léxico.

Que pontos de contato existiam entre essas línguas e os povos que as falavam?

A presença de sons guturais, aspirações diacríticas, letras epentéticas e servis em ambas as línguas: sua antiguidade, tendo sido ambas ensinadas na planície de Sinar 242 anos depois do dilúvio no seminário instituído por Fenius Farsaigh, descendente de Noé, progenitor de Israel e ascendente de Héber e Héremon, progenitores da Irlanda: compreendendo suas literaturas arqueológica, genealógica, hagiográfica, exegética, homilética, toponímica, histórica e religiosa o trabalho de rabinos e *culdees*, Torá, Talmud (Mishnah e Gemara), Masorah, Pentateuco, Livro da Vaca Parda, Livro de Ballymote, Guirlanda de Howth, Livro de Kells: sua dispersão, perseguição, sobrevivência e renascimento: o isolamento de seus ritos sinagógicos e eclesiásticos no gueto (a abadia de Santa Maria) e na casa de oração (a taberna de Adão e Eva): a proscrição de seus costumes nacionais em leis penais e atos de indumentária judaica: a restauração em Chanah David do Sião e a possibilidade da autonomia ou devolução política irlandesa.

Que hino entoou Bloom parcialmente na esperança dessa múltipla consumação, etnicamente irredutível?

Kolod balejwaw pnimah
Nefesh yehudi, homijah.

Por que se deteve o cântico na conclusão desse primeiro dístico?
Em consequência de defeituosa mnemotécnica.

Como compensou o entoador tal deficiência?
Através de uma versão perifrástica do texto geral.

Em que estudo em comum fundiam-se suas mútuas reflexões?
A demonstrável simplificação crescente dos hieróglifos epigráficos egípcios aos alfabetos grego e romano e a antecipação da estenografia e do código telegráfico modernos nas inscrições cuneiformes (semíticas) e na escrita virgular ogâmica quinquecostada (céltica).

O convidado acedeu à solicitação de seu anfitrião?
Duplamente, apendendo sua assinatura em caracteres irlandeses e romanos.

Qual foi a sensação auditiva de Stephen?
Ele ouviu numa profunda melodia masculina infamiliar o acúmulo do passado.

Qual foi a sensação visual de Bloom?
Ele viu numa leve forma jovem masculina e familiar a predestinação de um futuro.

Quais foram as semissimultâneas semissensações volicionais de identidades ocultas de Stephen e Bloom?
Visualmente, a de Stephen: a figura tradicional da hipóstase, retratada por Johannes Damascenus, Lentulus Romanus e Epiphanius Monachus como leucodérmica, sesquipedal, de cabelo vinhescuro.
Auditivamente, a de Bloom: o tradicional contorno do êxtase da catástrofe.

Que carreiras futuras foram possíveis para Bloom no passado e com que modelos?
Na igreja, romana, anglicana ou nãoconformista: modelos, o reverendíssimo John Conmee, S.J., o reverendo T. Salmon, D.D., preboste do Trinity College, o doutor Alexander J. Dowie. Nos tribunais, ingleses ou irlandeses: modelos, Seymour Bushe, K.C., Rufus Isaacs, K.C. No palco, moderno ou shakespeariano: modelos, Charles Wyndham, cômico elevado, Osmond Tearle († 1901), expoente de Shakespeare.

O anfitrião encorajou seu convidado a entoar em voz modulada uma estranha lenda sobre tema correlato?
Tranquilizadoramente, sendo isolado o lugar em que estavam, em que ninguém poderia ouvi-los conversar, tranquilizado, tendo sido as beberagens decoctas, descontado um sedimento residual subsólido de uma mistura mecânica, água mais açúcar mais creme mais chocolate, consumidas.

Recite a primeira (maior) parte da lenda entoada.

Harry Hughes e os outros meninos da escola
Saíram para jogar bola.
E a primeira bola que Harry jogou
Passou pelo muro do jardim do judeu.
E a segunda bola que o Harry jogou
Quebrou todas as janelas do judeu.

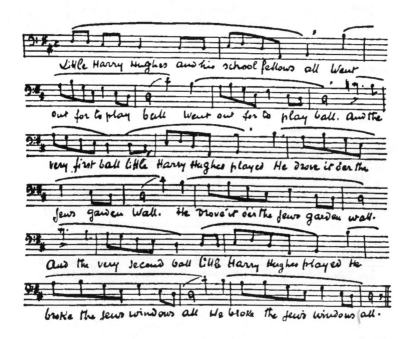

Como o filho de Rudolph recebeu essa primeira parte?
Sem sentimentos conflitantes. Sorridente, judeu, ouvia com prazer e via a janela intacta da cozinha.

Recite a segunda parte (menor) da lenda.

*E então veio a filha do judeu
Com a roupa verde que fez.
"Volte, volte, menino bonito,
E jogue a bola outra vez."*

*"Não posso não quero e não vou voltar
Sem os meus amigos da escola.
Pois se o meu mestre ouvisse a estória
Não ia sair da minha cola."*

*Ela o pegou pela mão branquinha
E levou pelo corredor
Até chegarem a uma sala
Pra não ouvirem seu pavor.*

Ela pega um canivete
E o menininho degola.
Morre assim o pobrezinho.
Nunca mais vai jogar bola.

Como o pai de Milly recebeu essa segunda parte?
Com sentimentos conflitantes. Insorridente, ouvia e via pasmado a filha de um judeu, toda vestida de verde.

Condense o comentário de Stephen.
Um dentre todos, o mais insignificante dentre todos, é a vítima predestinada. Uma vez por inadvertência, duas vezes intencionalmente ele desafia sua fortuna. Ela surge quando ele está abandonado e desafia-o relutante e como uma aparição de esperança e juventude agarra-o irresistente. Ela o leva a uma estranha morada, a um secreto aposento infiel, e lá, implacável, imola-o, consentinte.

Por que o anfitrião (vítima predestinada) estava triste?
Desejava que um conto de um feito fosse contado de um feito não por ele fosse por ele não contado.

Por que o anfitrião (relutante, irresistente) estava imóvel?
De acordo com a lei da conservação da energia.

Por que o anfitrião (secreto infiel) estava calado?
Pesava os argumentos a favor e contra o assassinato ritual: as incitações da hierarquia, a superstição do populacho, a propagação de boatos em continuada fracção da veridicidade, a inveja da opulência, a influência da

retaliação, o esporádico ressurgimento da delinquência atávica, as circunstâncias atenuantes do fanatismo, da sugestão hipnótica e do sonambulismo.

A qual (se é que havia alguma) dessas disfunções mentais ou físicas ele não era totalmente imune?

À sugestão hipnótica: uma vez, desperto, não reconhecera seus aposentos de dormir: mais de uma vez, desperto, vira-se por um período indeterminado incapaz de se mover ou de emitir sons. Ao sonambulismo: uma vez, adormecido, seu corpo se erguera, agachara-se e rastejara na direção de um fogo acálido e, tendo atingido seu destino, ali, enrodilhado, inaquecido, em trajes de dormir se deitara, adormecido.

Este último ou qualquer outro fenômeno cognato havia se declarado em algum outro membro de sua família?

Duas vezes, na Holles Street e no Ontario Terrace, sua filha Millicent (Milly) aos 6 e 8 anos de idade emitira dormindo uma exclamação de terror e replicara à interrogação de duas figuras em trajes de dormir com uma vaga expressão emudecida.

Que outras lembranças pueris tinha ele dela?

15 de junho de 1889. Um quérulo bebê recèmnascido do sexo feminino gritando para provocar e mitigar uma congestão. Uma criança rebatizada Bicho Meinha que sacussacussasacudia seu cofrinho: contava os três botõezinhos centavos abertos dele, um doi têi: um brinquedo, boneco, marujo que ela dispensou: loura, nascida de dois morenos, tinha ascendência loura, remota, uma violação, Herr Hauptmann Hainau, exército austríaco, próxima, uma alucinação, tenente Mulvey, marinha britânica.

Quais características endêmicas se faziam presentes?

Reciprocamente a formação nasal e frontal derivava em linha direta de linhagem que, embora interrompida, continuaria a intervalos distantes até seus mais distantes intervalos.

Que lembranças tinha ele da adolescência dela?

Ela relegou seu aro e sua cordadepular a um recesso. Na alameda do duque, incitada por um visitante inglês, declinou permitir-lhe que tirasse e levasse sua imagem fotográfica (objeção não declarada). Na South Circular Road em companhia de Elsa Potter, seguida por um indivíduo de aspecto sinistro, ela desceu metade da Stamer Street e virou abruptamente sobre seus passos (razão não declarada). Na vigília do 15º aniversário de seu nascimento ela escreveu uma carta de Mullingar, condado Westmeath, fazendo breve alusão a um estudante local (faculdade e ano de ingresso não declarados).

Essa divisão primeira, prenúncio de uma segunda, o afligia?
Menos do que havia imaginado, mais do que havia esperado.

Que segunda partida foi contemporaneamente percebida por ele similar ainda que diferentemente?
Uma partida temporária de sua gata.

Por que similar, por que diferentemente?
Similar, pois movida por um propósito secreto a busca de um novo macho (estudante de Mullingar) ou de uma erva medicinal (valeriana). Diferentemente, por causa dos diferentes retornos possíveis aos habitantes ou à habitação.

Em outros respeitos suas diferenças eram similares?
Em passividade, em economia, no instinto de tradição, em imprevisibilidade.

Como?
Na medida em que reclinada ela sustentava seu cabelo louro para que ele o enfitasse (cf. gata arqueada pescocejante). Ademais, na superfície livre do lago em Stephen's Green por entre reflexões invertidas das árvores seu cuspe incomentado, descrevendo círculos concêntricos de ondanéis, indicava pela constância de sua permanência o lócus de um sonolento peixe prostrado (cf. gata alerta ratejante). Mais ainda, com a finalidade de lembrar data, combatentes, resultado e consequências de um famoso combate militar ela puxava uma mecha de seu cabelo (cf. gata orelhimpante). Mais que isso, Millymelosa, ela sonhou que teve uma conversa infalada irrecordada com um cavalo cujo nome era Joseph a quem (a que) havia oferecido um copinho de limonada que ele (cavalo) parecia ter aceitado (cf. gata na lareira sonhejante). Daí concluir-se que em passividade, em economia, no instinto de tradição, em imprevisibilidade, suas diferenças eram similares.

De que modo ele havia empregado presentes 1) uma coruja, 2) um relógio, dados como augúrios matrimoniais, para interessá-la e instruí-la?
Como exemplos práticos pra explicar: 1) a natureza e os hábitos dos animais ovíparos, a possibilidade do voo aéreo, certas anormalidades da vi-

são, o secular processo de embalsamação: 2) o princípio do pêndulo, exemplificado por balancim, engrenagem e regulador, a tradução em termos de regulação humana ou social das diversas posições dos indicadores móveis em sentido horário sobre um mostrador imóvel, a exatidão da recorrência horária de um instante em cada hora em que os indicadores maior e menor estavam no mesmo ângulo de inclinação, *videlicet*, 5 minutos e 5/11 de minuto após cada hora por hora em progressão aritmética.

De que modos ela retribuía?

Ela lembrava: no 27º aniversário de seu nascimento ela lhe presenteou uma xícara bigodeira de cafèdamanhã imitação de porcelana Crown Derby. Ela provia: no início dos trimestres ou cerca disso se ou quando compras houvessem sido feitas por ele não para ela ela se mostrava atenciosa a suas necessidades, prevendo seus desejos. Ela admirava: tendo um fenômeno natural sido explicado por ele a ela ela expressava o imediato desejo de possuir sem gradual aquisição uma fração de sua ciência, a metade, um quarto, um milésimo.

Que proposta fez Bloom, diâmbulo, pai de Milly, sonâmbula, a Stephen, noctâmbulo?

De que passasse em repouso as horas intervenientes entre a quintafeira (*de jure*) e a sextafeira (*de facto*) num cubículo improvisado no aposento imediatamente acima da cozinha e imediatamente adjacente ao aposento noturno de seus anfitrião e anfitriã.

Quais várias vantagens resultariam ou poderiam ter resultado do prolongamento de uma tal improvisação?

Para o convidado: segurança de domicílio e reclusão para estudo. Para o anfitrião: rejuvenescimento da inteligência, satisfação vicária. Para a anfitriã: desintegração de obsessão, aquisição de correta pronúncia italiana.

Por que essas diversas contingências provisionais entre um hóspede e uma anfitriã podiam não necessariamente precluir ou serem precluídas por uma permanente eventualidade de união reconciliatória entre um menino de escola e uma filha de judeu?

Porque o caminho até a filha passava pela mãe, o caminho até a mãe, pela filha.

A que inconsequente questão polissilábica de seu anfitrião o convidado forneceu uma resposta monossilábica negativa?

Se ele havia conhecido a falecida senhora Emily Sinico, morta acidentalmente na estação ferroviária de Sidney Parade, no dia 14 de outubro de 1903.

Que incoada declaração à guisa de corolário foi consequentemente suprimida pelo anfitrião?

Uma declaração explanatória de sua ausência por ocasião da inumação da senhora Mary Dedalus, nascida Goulding, em 26 de junho de 1903, véspera do aniversário do óbito de Rudolph Bloom (nascido Virag).

A proposta de asilo foi aceita?

Pronta, inexplicável, com amicabilidade, agradecidamente, foi declinada.

Que escambo de dinheiro ocorreu entre anfitrião e convidado?

Aquele devolveu a este, sem juros, uma soma em dinheiro (£1.7s.0p.), uma libra e sete xelins esterlinos, adiantada por este àquele.

Que contrapropostas foram alternadamente adiantadas, aceitas, modificadas, declinadas, reexpostas em outros termos, reaceitas, ratificadas, reconfirmadas?

Inaugurar um prècombinado curso de instrução italiana, local a residência da instruída. Inaugurar um curso de instrução vocal, local a residência da instrutora. Inaugurar uma série de diálogos intelectuais estáticos, semiestáticos e peripatéticos, locais a residência de ambos os interlocutores (se ambos os interlocutores residissem no mesmo lugar), o hotel e taverna Ship, 6 Lower Abbey Street (W. e E. Connery, proprietários), a Biblioteca Nacional da Irlanda, 10 Kildare Street, o Hospital Maternidade Nacional, 29, 30 e 31 Holles Street, um jardim público, as redondezas de um templo religioso, a conjunção de duas ou mais vias públicas, o ponto de bissecção de uma linha reta traçada entre suas residências (se ambos os interlocutores residissem em locais diferentes).

O que tornava problemática para Bloom a realização dessas proposições mutuamente autoexcludentes?

A irreparabilidade do passado: uma vez num espetáculo do circo de Albert Hengler na Rotunda, Rutland Square, Dublin, um intuitivo palhaço multicolorido em busca de paternidade saíra do picadeiro penetrando um ponto no auditório onde Bloom, solitário, estava sentado e declarara publicamente a um auditório extasiado que ele (Bloom) era o papaizinho dele (do palhaço). A imprevisibilidade do futuro: uma vez no verão de 1898 ele (Bloom) marcara um florim (2s.) com três ranhuras no bordo cunhado e o oferecera como pagamento de uma conta devida a e recebida por J. e T. Davy, vendedores de secos e molhados, 1 Charlemont Mall, Grand Canal, para circulação nas águas das finanças cívicas, para possível, sinuoso ou direto, retorno.

O palhaço era filho de Bloom?
Não.

A moeda de Bloom voltou?
Nunca.

Por que uma frustração recorrente o deprimiria ainda mais?
Porque no momento crítico de virada da existência humana ele desejava corrigir diversos problemas sociais, produtos da desigualdade e da avareza e da animosidade internacional.

Ele acreditava então que a vida humana era infinitamente aperfeiçoável, eliminando-se esses problemas?
Restavam ainda as condições genéricas impostas pela lei natural, em oposição à lei dos homens, como partes integrais do todo humano: a necessidade de destruição para a obtenção de sustento alimentar: o caráter doloroso das funções derradeiras da existência separada, as agonias de parto e morte: a monótona menstruação das fêmeas símias e (particularmente) humanas que se estende da idade da puberdade até a menopausa: inevitáveis acidentes no mar, em minas e fábricas: certas enfermidades dolorosíssimas e as operações cirúrgicas delas resultantes, a demência inata e a criminalidade congênita, epidemias dizimadoras: cataclismos catastróficos que fazem do terror a base da mentalidade humana: abalos sísmicos cujos epicentros localizam-se em regiões densamente povoadas: o fato do crescimento vital, através de convulsões metamórficas da infância pela maturidade ao declínio.

Por que ele desistiu da especulação?
Porque era tarefa para uma inteligência superior substituir por outros fenômenos mais aceitáveis os fenômenos menos aceitáveis a serem removidos.

Stephen comungava de seu desânimo?

Ele afirmava sua significância como animal racional consciente que evolui silogisticamente do conhecido ao desconhecido e reagente racional consciente entre um micro e um macrocosmo inelutavelmente edificados sobre a incerteza do vácuo.

Essa afirmação foi compreendida por Bloom?
Verbalmente, não. Substancialmente.

O que consolava sua incompreensão?
Que como competente cidadão desprovido de chaves ele evoluíra energicamente do desconhecido ao conhecido através da incerteza do vácuo.

Em que ordem de precedência, com que cerimônia de acompanhamento efetuou-se o êxodo da casa de servidão para a amplidão da inabitação?
Vela Acesa sobre Castiçal levada por
Bloom.
Chapéu Diaconal sobre Paudefreixo levado por
Stephen.

Com que entoação *secreto* de que salmo comemorativo?
O 113º *modus peregrinus: In exitu Israël de Egypto: domus Jacob de populo barbaro.*

O que fez cada um deles na porta de egresso?
Bloom largou o castiçal no chão. Stephen pôs o chapéu na cabeça.

Para qual criatura foi porta de ingresso a porta de egresso?
Para uma gata.

Que espetáculo se lhes antepôs quando eles, primeiro o anfitrião depois o convidado, emergiram silenciosos, duplamente escuros, da obscuridade por uma passagem que ia dos fundos da casa para a penumbra do jardim?
A celestárvore de estrelas prenhe de úmido fruto azulnoturno.

Com que meditações Bloom acompanhou sua demonstração a seu companheiro das várias constelações?
Meditações sobre evolução cada vez mais vasta: sobre a lua invisível na lunação incipiente, aproximando-se do perigeu: sobre a infinita gelosiógena cintilante incondensada vialáctea, discernível à luz do dia por um

observador situado no fundo de um poço vertical cilíndrico afundado a 1500 metros da superfície na direção do centro da terra: sobre Sirius (alfa em Canis Major) 10 anosluz (92 000 000 000 000 de quilômetros) distante e em volume com 900 vezes a dimensão de nosso planeta: sobre Arcturo: sobre a precessão dos equinócios: sobre Órion com cinturão e sêxtuplo sol teta e a nebulosa em que 100 de nossos sistemas solares podiam ser acomodados: sobre estrelas moribundas e nascentes recentes como Nova em 1901: sobre nosso sistema que mergulha na direção da constelação de Hércules: sobre a paralaxe ou deriva paraláctica das supostas estrelas fixas, em verdade errantes sempremóveis desde éons incomensuravelmente remotos até futuros infinitamente remotos em comparação com os quais os anos, setenta, da vida que se concede aos humanos formavam um parêntese de infinitesimal brevidade.

Houve também meditações obversas sobre uma involução cada vez menos vasta?

Sobre os éons dos períodos geológicos registrados nas estratificações da terra: sobre a pletora de minúsculas existências orgânicas entomológicas ocultas em cavidades da terra, sob pedras removíveis, em colmeias e termiteiros, sobre micróbios, germes, bactérias, bacilos, espermatozoides: sobre os incalculáveis trilhões de bilhões de milhões de imperceptíveis moléculas contidas por coesão de afinidade molecular na ponta de um único alfinete: sobre o universo do plasma humano constelado de corpos vermelhos e brancos, eles próprios universos de espaço vazio constelado de outros corpos, cada um, por sua vez, seu universo de corpos componentes divisíveis dos quais cada um era novamente divisível em divisões de corpos componentes redivisíveis, dividendos e divisores diminuindo sempre sem divisão propriamente dita até que, se o progresso fosse levado longe o bastante, nada em lugar nenhum era jamais alcançado.

Por que ele não elaborou esses cálculos até um resultado mais preciso?

Porque alguns anos antes em 1886 quando ocupado com o problema da quadratura do círculo ele ficara sabendo da existência de um número computado com relativo grau de precisão que seria de uma tal magnitude e com tantas casas, p. Ex., a 9ª potência da 9ª potência de 9, que, tendo-se obtido o resultado, 33 volumes de mancha cerrada com 1000 páginas cada um de inumeráveis maços e resmas de papeldaíndia teriam de ser requisitados para conter a conta integral da impressão de seus inteiros de unidades, dezenas, centenas, milhares, dezenas de milhares, centenas de milhares, milhões, dezenas de milhões, centenas de milhões, bilhões, contendo sucintamente o núcleo da nebulosa de cada dígito de cada série a potencialidade de ser elevado à mais extrema elaboração cinética de qualquer potência de quaisquer de suas potências.

Ele achava ser o problema da habitabilidade dos planetas e de seus satélites por uma raça, dada em espécies, e da possível redenção social e moral da mesma raça por um redentor, mais fácil de se resolver?

De uma outra ordem de dificuldade. Ciente de que o organismo humano, normalmente capaz de suportar uma pressão atmosférica de 19 toneladas, quando elevado a uma altitude considerável dentro da atmosfera terrestre sofria em progressão aritmética de intensidade, na medida em que se aproximava a linha de demarcação entre a troposfera e a estratosfera, de hemorragia nasal, dificuldades de respiração e vertigens, quando se lhe propôs tal problema para ser solucionado ele havia conjecturado como hipótese de trabalho cuja impossibilidade não podia ser demonstrada que uma raça de seres mais adaptáveis e arquitetados de maneira anatomicamente diversa poderia subsistir de outra maneira sob condições suficientes ou equivalentes às marcianas, mercuriais, venéreas, jovianas, saturninas, netunianas ou uranianas, embora uma humanidade apogística de seres criados em formas variáveis com diferenças finitas que resultassem similares ao todo e uns aos outros fosse provavelmente continuar lá como aqui inalterável e inalienavelmente ligada a vaidades, a vaidades de vaidades e a tudo que é vaidade.

E o problema da possível redenção?
O menor se provava pelo maior.

Quais diversas características das constelações foram alternadamente consideradas?

As variadas colorações que significavam variados graus de vitalidade (branco, amarelo, carmesim, bordô, zinabre): seus graus de luminosidade: suas magnitudes reveladas até e incluindo a 7ª: suas posições: a estrela do cocheiro: a via de Walsingham: a carruagem de Davi: os cinturões anulares de Saturno: a condensação de nebulosas espirais em sóis: as orbitações interdependentes de sóis duplos: as independentes e sincrônicas descobertas de Galileu, Simon Marius, Piazzi, Le Verrier, Herschel, Galle: as sistematizações intentadas por Bode e Kepler de cubos de distâncias e quadrados de tempos de revolução: a quase infinita compressibilidade de hirsutos cometas e suas vastas órbitas elípticas egressivas e reentrantes do periélio ao afélio: a origem sidérea de pedras meteóricas: as inundações líbias em Marte cerca do período do nascimento do mais jovem astroscopista: a recorrência anual de tempestades de meteoritos cerca do período da festa de S. Lourenço (mártir, 10 de agosto): a recorrência mensal conhecida como lua nova com a lua velha nos braços: a postulada influência sobre os corpos humanos dos celestes: o surgimento de uma estrela (1ª magnitude) de excepcional luminosidade dominando dia e noite (um novo sol brilhante gerado pela colisão e o amalgamento em incandescência de dois exsóis nãobrilhantes) cerca do período do nascimento de William Shakespeare sobre o delta na recumbente e nuncapoente constelação de Cassiopeia e de uma estrela (2ª magnitude) de origem semelhante mas de menor luminosidade que surgira na e desaparecera da constelação da Corona Septentrionalis cerca do período do nascimento de Leopold Bloom e sobre outras estrelas de origem (presumivelmente) semelhante que haviam (efetiva ou presumivelmente) aparecido na e desaparecido da constelação de Andrômeda cerca do período do nascimento de Stephen Dedalus, e na e da constelação do Auriga alguns anos depois do nascimento e morte de Rudolph Bloom, o moço, e em e de outras constelações alguns anos antes ou depois do nascimento ou morte de outras pessoas: os fenômenos concomitantes aos eclipses, solares e lunares, da imersão à emersão, a moderação dos ventos, o trânsito da sombra, a taciturnidade das criaturas aladas, a emergência de animais noturnos ou crepusculares, a persistência da luz infernal, a obscuridade das águas terrestres, o palor dos seres humanos.

Sua (de Bloom) conclusão lógica, depois de ponderar a questão, e admitindo a possibilidade do erro?
Que não era uma celestárvore, nem uma celespelunca, nem celestanimal, nem celestomem. Que era uma Utopia, não havendo métodos conhecidos do conhecido ao desconhecido: uma infinidade tornável igualmente finita pela hipotética aposição provável de um ou mais corpos igualmente da mesma e de outras magnitudes: uma mobilidade de formas ilusórias imobilizadas no espaço, remobilizadas em ar: um passado que possivelmente deixara de existir como presente antes de seus prováveis espectadores ingressarem na real existência presente.

Ficava mais convencido do valor estético do espetáculo?
Indubitavelmente em consequência dos reiterados exemplos de poetas no delírio do frenesi da ligação afetiva ou na humilhação da rejeição que invocaram ardentes constelações comiseradas ou a frigidez do satélite do planeta que habitavam.

Aceitava então como artigo de fé a teoria das influências astrológicas sobre desastres sublunares?

Parecia-lhe tão passível de ser provada quanto de ser refutada e a nomenclatura empregada em suas cartas selenográficas tão atribuível a uma intuição verificável quanto a uma analogia falaciosa: o lago dos sonhos, o mar das chuvas, o golfo do orvalho, o oceano da fecundidade.

Que afinidades especiais parecia-lhe existir entre a lua e a mulher?

Sua antiguidade em preceder e sobreviver a sucessivas gerações telúricas: sua predominância noturna: sua dependência satelítica: sua reflexão luminar: sua constância em todas as suas as fases, erguendo-se e se pondo segundo seus tempos prescritos, crescente e minguante: a inevitável invariabilidade de seu aspecto: sua indeterminada resposta a interrogações inafirmativas: sua ingerência sobre águas efluentes e refluentes: seu poder de enamorar, de mortificar, de investir de beleza, de enlouquecer, de incitar e auxiliar a delinquência: a plácida inescrutabilidade de sua face: a terribilidade de sua isolada propinquidade dominante implacável e resplendente: seus augúrios de tempestas e bonanças: o estímulo de sua luz, movimento e presença: a admonição de suas crateras, seus áridos mares, silêncio: seu esplendor, quando visível: sua atração, quando invisível.

Que sinal luminoso visível levou Bloom a desviar os, que levaram Stephen a desviar os, olhos?

No segundo piso (fundos) de sua (de Bloom) casa a luz de uma lamparina de óleo de parafina com uma cúpula oblíqua projetada sobre o tecido de um estore fornecido por Frank O'Hara, fabricante de venezianas, trilhos de cortina e persianas de rolo, 16 Aungier Street.

Como ele elucidou o mistério de uma pessoa invisível, sua esposa Marion (Molly) Bloom, denotada por visível sinal esplêndido, uma lamparina?

Com indiretas e diretas alusões ou afirmações verbais: com afeto e admiração contidos: com descrição: com nós na voz: com sugestões.

Ficaram ambos então silentes?

Silentes, cada um contemplando o outro nos espelhos ambos da carne recíproca de suasdelenãodele fraterfaces.

Ficaram indefinidamente inativos?

Por sugestão de Stephen, por instigação de Bloom ambos, primeiro Stephen, depois Bloom, na penumbra urinaram, contíguos seus flancos, seus órgãos de micturição tornados mutuamente invisíveis por circumposição manual, seus olhos, primeiro os de Bloom, depois os de Stephen, elevados para a luminosa e semiluminosa sombra projetada.

Similarmente?
As trajetórias de suas, primeiro sequentes, depois simultâneas, urinações eram dissimilares: a de Bloom mais longa, menos irruente, na forma incompleta da bifurcada penúltima letra alfabética, que em seu ano final no Científico (1880) fora capaz de atingir o ponto de mais elevada altitude contra todo o corpo concorrente da instituição, 210 estudantes: a de Stephen mais alta, mais sibilante, que nas horas finais do dia anterior havia aumentado por ingestão diurética uma insistente pressão vesical.

Que diferentes problemas se apresentaram a cada um deles a respeito do invisível audível órgão colateral do outro?
Para Bloom: os problemas de irritabilidade, tumescência, rigidez, reatividade, dimensão, sanitaridade, pilosidade. Para Stephen: o problema da integridade sacerdotal de Jesus circunciso (1º de janeiro, dia santo de obrigação de ouvir missa e de se abster de trabalho servil desnecessário) e o problema de se saber se o divino prepúcio, anel de noivado carnal da igreja católica apostólica romana, conservado em Calcata, era merecedor de simples hiperdulia ou do quarto grau de latria concedido à abcisão de excrescências divinas tais como cabelo e unhas dos dedos dos pés.

Qual sinal celeste foi por ambos simultaneamente observado?
Uma estrela se precipitou com grande velocidade aparente através do firmamento desde Vega na Lira sobre o zênite além do grupo de estrelas da Coma de Berenice na direção do signo zodiacal do Leão.

Como o restante centrípeto propiciou egresso ao centrífugo partinte?
Inserindo a haste de uma arruginada chave macha no orifício fêmeo de uma instável fechadura, obtendo um fulcro sobre o arco da chave e girando seus dentes da direita para a esquerda, retirando uma lingueta de sua fenda, puxando para dentro de forma espasmódica uma obsolescente porta sem dobradiças e revelando uma abertura para livre egresso e livre ingresso.

Como se despediram, um do outro, em separação?
Detendo-se perpendiculares à mesma porta e em lados diferentes de sua base, com as linhas de seus braços adeusantes encontrando-se em

qualquer ponto e formando qualquer ângulo menor que a soma de dois ângulos retos.

Que som acompanhou a união de suas tangentes, a desunião de suas (respectivamente) centrífuga e centrípeta mãos?
O som do dobre da hora da noite pelo carrilhão de sinos na igreja de São Jorge.

Que ecos desse som foram ouvidos por ambos e cada um deles?
Por Stephen:

Liliata rutilantium. Turma circumdet.
Iubilantium te virginum. Chorus excipiat.

Por Bloom:

Belém, belém,
Belém, belém.

Onde estavam os vários membros do grupo que com Bloom naquele dia movido por tal dobre viajara de Sandymount no sul até Glasnevin no norte?
Martin Cunningham (na cama), Jack Power (na cama), Simon Dedalus (na cama), Tom Kernan (na cama), Ned Lambert (na cama), Joe Hynes (na cama), John Henry Menton (na cama), Bernard Corrigan (na cama), Patsy Dignam (na cama), Paddy Dignam (na cova).

Só, o que Bloom ouviu?
A dupla reverberação de pés em retirada sobre a terra nascida dos céus, a dupla vibração de uma guimbarda judiando da alameda ressoante.

Só, o que Bloom sentiu?
O frio do espaço interestelar, milhares de graus abaixo do ponto de congelamento ou do zero absoluto Fahrenheit, Centígrado ou Réaumur: as incipientes insinuações da aurora iminente.

O que lembraram-lhe repiques de sinos, e toque de mãos, mais o baque dos passos e o choque do frio solitário?
Companheiros agora de várias maneiras em diferentes lugares defuntos: Percy Apjohn (morto em batalha, rio Modder), Phillip Gilligan (tísica, hospital da Jervis Street), Matthew F. Kane (afogamento acidental, baía de

Dublin), Philip Moisel (piemia, Heytesbury Street), Michael Hart (tísica, hospital Mater Misericordiæ), Patrick Dignam (apoplexia, Sandymount).

Que prospecto de quais fenômenos inclinava-o a ficar?
O desaparecimento de três estrelas finais, a difusão do arrebol, o aparecimento de um novo disco solar.

Ele já havia sido espectador desses fenômenos?
Uma vez, em 1887, depois de prolongada noitada de adivinhas na casa de Luke Doyle, em Kimmage, ele havia esperado com paciência a aparição do fenômeno diurno, sentado sobre um muro, com os olhos voltados na direção de Mizrah, o oriente.

Ele se recordava dos parafenômenos iniciais?
Ar mais ativo, um distante galo matutino, relógios eclesiásticos em vários pontos, música avicular, o passo isolado de um caminhante precoce, a visível difusão da luz de um invisível corpo luminoso, o primeiro membro dourado do sol ressurgente perceptível bem baixo no horizonte.

Ele ficou?
Com profunda inspiração retornou, reatravessando o jardim, readentrando a passagem, recerrando a porta. Com breve expiração retomou a vela, reascendeu as escadas, reaproximou-se da porta da sala da frente, pisotérreo, e reentrou.

O que súbito deteve seu ingresso?
O lobo temporal direito da esfera oca de seu crânio entrou em contato com um sólido ângulo lígneo onde, uma infinitesimal mas perceptível fração de segundo depois, uma sensação dolorosa se localizou em consequência de sensações antecedentes transmitidas e registradas.

Descreva as alterações realizadas na disposição dos itens mobiliários?
Um sofá estofado de veludo ameixa havia sido translocado da parede em frente da porta para a lareira perto da bandeira do Reino Unido compactamente envencilhada (alteração que ele frequentemente tivera intenção de executar): a mesa de tampo de majólica marchetada em xadrez azulebranco havia sido colocada em frente da porta no lugar vagado pelo sofá de veludo ameixa: o aparador de nogueira (cujo canto projetado momentaneamente detivera seu ingresso) havia sido levado de sua posição junto à porta para uma mais destacada embora mais perigosa posição na frente da porta: duas

cadeiras haviam sido levadas da direita e da esquerda da lareira para a posição originalmente ocupada pela mesa de tampo de majólica marchetada de xadrez azulebranco.

Descreva-as.

Uma: uma espreguiçadeira macia atarracada com braços grossos estendidos e encosto derrubado para trás, que, repelida em recuo havia então revirado uma franja irregular de um tapete retangular e agora exibia em seu assento amplamente estofado uma descoloração centralizada que se difundia e diminuía. A outra: uma esguia cadeira patolante de brilhantes curvas de cana, arranjada diretamente defronte à outra, sendo sua estrutura do topo ao assento e do assento envernizada de marrom-escuro, que tinha por assento um círculo brilhante de junco branco trançado.

Que significados ligavam-se a essas cadeiras?
Significados de similitude, de postura, de simbolismo, de provas circunstanciais, de atestada supermanência.

O que ocupava a posição originalmente ocupada pelo aparador?
Um piano vertical (Cadby) de teclado exposto, sustentando seu caixão cerrado um par de longas luvas amarelas femininas e um cinzeiro esmeralda com quatro fósforos consumidos, um cigarro parcialmente consumido e duas guimbas desbotadas de cigarros, sustentando seu apoio de partituras a partitura no tom de sol natural para voz e piano de *A velha e doce canção do amor* (letra de G. Clifton Bingham, composta por J. L. Molloy, cantada por madame Antoinette Sterling) aberta na última página com as indicações finais de *ad libitum, forte,* pedal, *animato,* pedal sustentado, *ritirando,* fim.

Com que sensações Bloom contemplou em rotação esses objetos?
Com tensão, elevando uma vela: com dor, sentindo na têmpora direita uma tumescência contundida: com atenção, concentrando os olhos num elemento passivo grande e fosco e num ativo claro e exíguo: com solicitude, curvando-se e baixando a franja revirada do tapete: com humor, recordando o esquema de cores do dr. Malachi Mulligan que continha a gradação do verde: com prazer, repetindo as palavras e o ato antecedente e percebendo através de vários canais de sensibilidade interna a consequente e concomitante difusão agradável e tépida de gradual descoloração.

Seu próximo procedimento?

De uma caixa aberta sobre a mesa de tampo de majólica ele extraiu um cone negro diminuto, com dois centímetros e meio de altura, colocou-o sobre sua base circular num pequeno pires de estanho, colocou seu castiçal no canto direito do tampo da lareira, extricou de seu colete uma página dobrada de um prospecto (ilustrado) intitulado Agendath Netaim, desdobrou a mesma, examinou-a superficialmente, fez dela, enrolando, um fino cilindro, inflamou-a na chama da vela, aplicou-a quando inflamada ao ápice do cone até que este último atingisse o estado de rutilância, colocou o cilindro no prato do castiçal distribuindo sua parte consumida de maneira tal que propiciasse total combustão.

O que se seguiu a essa operação?
A cratera do pico de cone truncado do diminuto vulcão emitiu um fumo vertical e serpentino recendente a aromático incenso oriental.

Que homotéticos objetos, além do castiçal, estavam sobre a lareira?
Um relógio de mármore de Connemara estriado, parado às 4:46 da manhã do dia 21 de março de 1896, presente matrimonial de Matthew Dillon: uma árvore anã de glacial arborescência sob uma cúpula transparente, presente matrimonial de Luke e Caroline Doyle: uma coruja embalsamada, presente matrimonial do edil John Hooper.

Que trocas de olhares se davam entre esses objetos e Bloom?
No espelho imenso de vidro de bordas douradas as costas indecoradas da árvore anã observavam as costas verticais da coruja embalsamada. Diante do espelho o presente matrimonial do edil John Hooper com límpidos melancólicos sábios claros imóveis compassivos olhos mirava Bloom enquanto Bloom com obscuros plácidos profundos imóveis compassivos olhos mirava o presente matrimonial de Luke e Caroline Doyle.

Que compósita imagem assimétrica então no espelho atraiu sua atenção?
A imagem de um solitário (ipsorrelativo), mutável (aliorrelativo) homem.

Por que solitário (ipsorrelativo)?

Irmão ele não tinha um só,
Mas o pai dele era filho da avó.

Por que mutável (aliorrelativo)?

Da infância à maturidade ele se parecera com sua procriatriz materna. Da maturidade à senilidade se pareceria cada vez mais com seu procriador paterno.

Que impressão visual final lhe foi comunicada pelo espelho?

A reflexão ótica de diversos volumes invertidos inadequadamente dispostos e não pela ordem de suas letras comuns com títulos cintilantes nas duas prateleiras de livros à frente.

Liste esses livros.

Thom's: A lista de endereços do correio dublinense, 1886.

Obras poéticas de Denis Florence M'Carthy (marcador de folha de faia de cobre na p. 5).

Obras de Shakespeare (marroquim carminhescuro, trabalhado em ouro).

O útil computador sempre a postos (tecido marrom).

A história secreta da corte de Carlos II (tecido vermelho, capa trabalhada).

O guia da criança (tecido azul).

As belezas de Killarney (sobrecapa de papel).

Quando éramos meninos do deputado William O'Brien (tecido verde, levemente desbotado, marcador de envelope na p. 217).

Pensamentos de Spinoza (couro castanho).

A história do firmamento de Sir Robert Ball (tecido azul).

As *três viagens a Madagascar* de Ellis (tecido marrom, título obliterado)

A correspondência Stark-Munro de A. Conan Doyle, propriedade da Biblioteca Pública da Cidade de Dublin, 106 Capel Street, emprestado em 21 de maio (véspera de Pentecostes) de 1904, vencido em 4 de junho de 1904, treze dias atrasado (encadernado em tecido preto, portando uma etiqueta branca com seu número).

Viagens pela China de "Viator" (recoberto de papel marrom, título em tinta vermelha).

Filosofia do Talmude (panfleto costurado).

A *vida de Napoleão* de Lockhart (capa ausente, anotações marginais, minimizando as vitórias, engrandecendo as derrotas do protagonista).

Soll und Haben de Gustav Freytag (capas pretas, caracteres góticos, marcador de cupom de cigarros na p. 24).

A *história da guerra russo-turca* de Hozier (tecido marrom, 2 volumes, com selo colado, Biblioteca da Guarnição, Governor's Parade, Gibraltar, no verso da capa).

Laurence Bloomfield na Irlanda de William Allingham (segunda edição, tecido verde, padrão de trevos dourados, nome do proprietário anterior no anverso da folha de rosto apagado).

Manual de astronomia (capa, couro marrom, solta, cinco pranchas, antiga cartilha em fonte miúda e tipografia antiquada, notas de rodapé do autor nãoalinhadas, dedeiras marginais, legendas em ponto pequeno).

A vida oculta de Cristo (capas pretas).

Na trilha do sol (tecido amarelo, folha de rosto, intestação do título recorrente).

Força física e como obtê-la de Eugen Sandow (tecido vermelho).

Breves e contudo simples elementos de geometria efcrito em francêf por F. Ignat. Pardies e vertido para o englef por John Harris, D.D., Londres, impresso para R. Knaplock no Bifhop's Head, MDCCXI, com epíftola dedicatória a seu valerofo amigo o fenhor Charles Cox, efquire, Membro do Parlamento pelo burgo de Southwark e ostentando declaração caligráfica a tinta na orelha certificando ser o livro de propriedade de Michael Gallagher, datado deste 10º dia de Mayo de 1822 e pedindo à peffoa que o vieffe a encontrar, cafo feja o livro extraviado ou efquecido, que o devolva a Michael Gallagher, carpinteiro, Dufery gate, Ennifcorthy, condado Wicklow, o melhor lugar do mundo.

Que reflexões ocuparam sua mente durante o processo de reversão dos volumes invertidos?

A necessidade de ordem, um lugar para tudo e tudo em seu lugar: a deficiente apreciação da literatura que manifestavam as mulheres: a incongruência de uma maçã incuneada num copo e de um guardachuva inclinado num portapenico: a insegurança de se esconder qualquer documento secreto atrás, por sob ou por entre as páginas de um livro.

Qual tomo era o maior em volume?

A *história da guerra russo-turca* de Hozier.

Que informação entre outras continha o segundo volume da obra em questão?

O nome de uma decisiva batalha (esquecido), frequentemente recordada por um decisivo oficial, o major Brian Cooper Tweedy (recordado).

Por que, em primeiro e segundo lugar, ele não consultou a obra em questão?

Em primeiro lugar, a fim de exercitar a mnemotécnica: em segundo lugar, porque depois de um intervalo de amnésia, quando sentado à mesa central, a ponto de consultar a obra em questão, ele lembrou por mnemotécnica o nome do evento militar, Plevna.

O que lhe causava consolação em sua postura sentada?
A candura, a nudez, a postura, a tranquilidade, a juventude, a graça, o sexo, a intenção de uma estátua ereta no centro da mesa, uma imagem de Narciso adquirida num leilão junto a P. A. Wren, 9 Bachelor's Walk.

O que lhe causava irritação em sua postura sentada?
Pressão inibitória do colarinho (tamanho 44) e do colete (cinco botões), duas peças de vestuário supérfluas nos trajes de homens maduros e inelásticas diante de alterações de massa por expansão.

Como foi mitigada a irritação?
Removeu o colarinho, com apensas gravata negra e botão flexível, do pescoço para uma posição à esquerda da mesa. Desabotoou sucessivamente em direção contrária colete, calça, camisa e camisola ao longo da linha medial de irregulares pelos negros incrispados que se estendiam em convergência triangular da bacia pélvica por sobre a circunferência do abdome e da fossícula umbilical ao longo da linha medial de vales até a interseção da sexta vértebra peitoral, dali seguindo em ambas as direções em ângulos retos e terminando em círculos descritos em torno de dois pontos equidistantes, à direita e à esquerda, nos cimos das proeminências mamárias. Soltou sucessivamente cada um de seis menos um botões presos da calça, dispostos em pares, um dos quais incompleto.

Que ações involuntárias se seguiram?
Comprimiu entre 2 dedos a carne circunjacente a uma cicatriz na região infracostal esquerda abaixo do diafragma resultante de uma ferroada infligida 2 semanas e 3 dias antes (23 de maio de 1904) por uma abelha. Coçou imprecisamente com a mão direita, conquanto insensível a pruridos, diversos pontos e superfícies da pele parcialmente exposta, integralmente abluída. Inseriu a mão esquerda no bolso esquerdo inferior do colete e extraiu e repôs uma moeda de prata (1 xelim), ali colocada (presumivelmente) na ocasião (17 de outubro de 1903) da inumação da senhora Emily Sinico, Sidney Parade.

Compile o orçamento de dezesseis de junho de 1904.

DÉBITO	£	s.	d.	CRÉDITO	£	s.	d.
1 Rim de porco	0	0	3	Dinheiro em mãos	0	4	9
1 Exemplar do *Freeman's Journal*	0	0	1	Comissão rcbd. *Freeman's Journal*	1	7	6
1 Banho e gorjeta	0	1	6	Empréstimo (Stephen Dedalus)	1	7	0
Bilhete de bonde	0	0	1				
1 *In Memoriam* Patrick Dignam	0	5	0				
2 Bolinhos	0	0	1				
1 Almoço	0	0	7				
1 Taxa de renovação de livro	0	1	0				
1 Pacote de papel de rascunho e envelopes	0	0	2				
1 Jantar e gorjeta	0	2	0				
1 Ordem postal e selo	0	2	8				
Bilhete de bonde	0	0	1				
1 Mocotó	0	0	4				
1 Pata de ovelha	0	0	3				
1 Chocolate simples Cake Fry	0	0	1				
1 Pão de soda puro	0	0	4				
1 Café e pãozinho	0	0	4				
Empréstimo (Stephen Dedalus) reembolsado	1	7	0				
SALDO	0	17	5				
	£2	19	3		£2	19	3

O processo de despojamento continuou?

Sentindo persistente dor benigna nas solas dos pés ele estendeu o pé para um lado e observou os vincos, protuberâncias e pontos salientes causados pela pressão do pé no curso de repetidas caminhadas em diversas direções diferentes, e então, inclinado, desnodou os laços, desenganchou e afrouxou os cadarços, tirou cada uma de suas duas botas pela segunda vez, desgrudou a meia direita parcialmente umedecida através de cuja parte dianteira novamente efractara a unha de seu dedão, ergueu o pé direito e, tendo soltado uma elástica liga de meia roxa, tirou a meia do pé direito, acomodou o desnudado pé direito na margem do assento da cadeira, cutucou e mansamente lacerou a parte saliente da unha do dedão, ergueu a parte lacerada até as narinas e inalou o odor do sabugo, então, com satisfação, jogou fora o fragmento ungueal lacerado.

Por que com satisfação?

Porque o odor inalado correspondia a outros odores inalados de outros fragmentos ungueais, cutucados e lacerados pelo senhorzinho Bloom, pupilo da escola juvenil da senhora Ellis, pacientemente toda noite no ato da breve genuflexão e oração noturna e ambiciosa meditação.

Em que ambição final haviam agora coalescido todas as simultâneas e consecutivas ambições?

Não de herdar por direito de primogenitura, divisão do intestado ou ultimogenitura, nem possuir em perpetuidade propriedade extensiva de suficiente número de acres, varas e alqueires, medição aferida (avaliada em £42), de turfeira de pastagens cercando um salão baronial com portão com guarita e entrada para carruagem nem, por outro lado, uma casa com terraço ou vila geminada, descrita como *Rus in Urbe* ou *Qui si Sana*, mas de adquirir por trato privado com plenos direitos uma morada acabanada ensapezada de dois pisos com aparência sulina, coberta por grimpa e pararraios, conectado à terra, com varanda forrada de plantas parasíticas (hera ou partenocissos), portadentrada, verdoliva, com belo acabamento de carruagem e bonitas ferragens, fachada de estuque com trançado entalhado em beirais e cumeeira, erguendo-se, se possível, sobre suave aclive com agradável perspectiva da sacada com parapeito de colunas de pedra sobre desocupadas e inocupáveis pastagens interjacentes e que se localizasse em seus 5 ou 6 acres de terreno, a uma distância tal da via pública mais próxima que tornasse suas luzes visíveis à noite por sobre e através de uma sebe plantada de carpinos com corte de topiaria, sita num dado ponto a não mais de um quilômetro e meio da periferia da metrópole, dentro de um limite de tempo de não mais de 15 minutos da linha de trem ou de bonde (e.g., Dundrum, ao sul, ou Sutton, ao norte, ambas localidades tidas e verificadas como sendo semelhantes aos polos terrestres por serem climas favoráveis para pacientes tísicos), sendo a posse da propriedade garantida por arrendamento, concedido por 999 anos, devendo a residência consistir de uma saladestar com *baywindow* (2 ogivas), termômetro afixado, 1 sala íntima, 4 quartos, 2 quartos de empregados, cozinha azulejada com cristaleira fechada e despensa, copa equipada com cômoda para as toalhas de linho, estante de livros seccional de carvalho defumado contendo a Encyclopaedia Britannica e o New

Century Dictionary, transversas armas medievais e orientais obsoletas, gongo para o jantar, luminária de alabastro, lustre de prato pendente, receptor telefônico automático de vulcanite com catálogo adjacente, tapete de Axminster tecido à mão com fundo creme e bordas com treliças, balcão do banheiro com pernas em formato de colunas com garras, lareira com ferros pesados e relógio cronômetro em ouropel, aparelho de precisão garantida com carrilhão da catedral, barômetro com carta higrográfica, confortáveis espreguiçadeiras e móveis de canto, estofados em veludo rubi com boas molas e centro mais baixo, tela japonesa de três folhas e cuspideiras (no estilo dos clubes, em rico couro cordevinho, brilho renovável com mínimo esforço pelo uso de óleo de linhaça e vinagre) e lustrecandelabro central piramidalmente prismático, poleiro de madeira vergada com papagaio amansado de pousar no dedo (linguagem expurgada), papel mural em relevo a 10s. a dúzia com bandeiras transversas de padrão floral carmesim coroado por friso superior, escadaria, três lanços contínuos em sucessivos ângulos retos, de carvalho envernizado de veios claros, cobertas e espelhos, coluna, balaústres e corrimão, com rodapé destacado apanelado, tratados com cera canforada: banheiro, água quente e fria encanadas, recosto e chuveiro: toalete no mezanino equipado com opaca janela oblonga de uma só folha, assento rebatível, lâmpada de arandela, portatoalhas e argolas de latão, descansos para os braços, escabelo e oleografia artística no lado interno da porta: idem, simples: dependências dos criados com conveniências higiênicas e sanitárias separadas para cozinheira, empregada e faxineira (salário, aumentando por incrementos bienais independentes de mérito de £2, com abrangente bônus anual de seguro de fidelidade (£1) e concessão para aposentadoria (baseada no sistema de 65) depois de trinta anos de serviço, copa, adega, despensa, refrigerador, dependências externas, porões de carvão e de madeira com armazenamento de vinhos (safras antigas de espumantes e nãoespumantes) para convidados distintos, se recebidos para jantar (trajes de noite), fornecimento de gás de monóxido de carbono em todos os cômodos.

Que atrações adicionais poderia conter o terreno?
Como adendos, uma quadra de tênis e de peteca, arbustos, uma edícula envidraçada com plantas tropicais, equipada ao melhor estilo botânico, um jardim de pedras com fonte, uma colmeia organizada segundo princípios humanitários, canteiros ovais em retângulos de grama dispostos com excêntricas elipses de tulipas escarlates e canárias, cilas azuis, crocos, polianto, cravinadopoeta, ervilhadecheiro, lírio do vale (bulbos disponíveis no estabelecimento de sir James W. Mackey (Limitada [atacado e varejo] mercadores de sementes, bulbos e mudas, representantes de adubo químico, 23 Upper

Sackville Street), um pomar, horta e vinha, protegidos contra invasores ilegais por limites murais encacovidraçados, um paiol de lenha com cadeado para diversos implementos inventariados.

Tais como?
Arapucas de enguias, panelas de lagostas, varas de pesca, machadinha, romana, mó, relha, aiveca, embornal, escada dobrável, ancinho de 10 dentes, tamancos de limpeza, forcado, fancho diagonal, cutela, pote de tinta, pincel, espátula e assim por diante.

Que melhorias podiam ser subsequentemente introduzidas?
Uma coelheira e um viveiro de aves, um pombal, uma estufa botânica, 2 redes (da dama e do cavalheiro), um relógio solar sombreado e protegido por laburnos ou lilases, um sino tilintante japonês exótica e harmonicamente consoante afixado ao poste esquerdo do portão, um algibe de grande capacidade, um cortador de grama com escape lateral e caixa para resíduos, um irrigador de grama com mangueira hidráulica.

Que conveniências de trânsito eram desejáveis?
Quando sentido cidade conexões frequentes por trem ou bonde a partir de suas respectivas estações ou terminais intermédios. Quando sentido interior, velocípedes, uma bicicleta sem corrente com roda livre e sidecar incluído, ou veículo a reboque, um burrico com charrete de vime ou um belo faetonte com um bom pônei de carga solidungular (salmilhado castrado, 14 palmos).

Qual poderia ser o nome dessa residência erigível ou ereta?
Chalé Bloom. São Leopoldo. Florópolis.

O Bloom do número 7 Eccles Street era capaz de antever o Bloom de Florópolis?
Em largos trajes de pura lã com boné de tuíde Harris, 8s. e 6p., e úteis botas de jardinagem com laterais de elástico e um regador, plantando alinhados abetos jovens, molhando, podando, enxertando, semeando feno, empurrando um carrinhodemão pleno de capim sem fadiga excessiva ao pordossol por entre aromas do feno recèncortado, aperfeiçoando o solo, multiplicando o saber, atingindo a longevidade.

Que currículo de buscas intelectuais era simultaneamente possível?
Fotografia de instantâneos, estudo comparativo de religiões, folclore

relativo a variadas práticas amatórias e supersticiosas, contemplação das constelações celestes.

Que recreações mais leves?
A céu aberto: jardinagem e paisagismo, ciclismo em trilhas planas macadamizadas, escalada de morros de altura moderada, natação em água fresca recôndita e imperturbados passeios de bote em canoa ou coracle de poita em recessos isentos de represas e corredeiras (período de estivação), perambulação vespertina ou circumprocissão equestre com inspeção da paisagem estéril e dos contrastantemente aprazíveis fogos dos chalés provindos de fúmidas turfas (período de hibernação). Sob seu teto: discussão em tépida segurança de problemas históricos e criminais irresolvidos: leitura de exóticas obrasprimas eróticas inexpurgadas: carpintaria doméstica com caixa de ferramentas contendo martelo, sovela, pregos, parafusos, tachinhas, verruma, tenazes, garlopa e chavedefenda.

Ele poderia se tornar um cavalheiro rural, senhor de gado e colheita?
Não impossivelmente, com 1 ou 2 vacas lercas, 1 monte de feno do planalto e os necessários implementos de cultivo, e.g., um trelho de pontaponta, um amassador de nabos etc.

Quais seriam suas funções cívicas e seu estatuto social entre as famílias do condado e a elite rural?
Dispostas sucessivamente de acordo com poderes crescentes de ordem hierárquica, as de jardineiro, caseiro, cultivador, criador e, no zênite de sua carreira, magistrado residente ou juiz de paz com armas de família e um brasão e um adequado lema clássico (*Semper paratus*), devidamente registrado no catálogo da corte (Bloom, Leopold P., deputado, P.C., K.P., L.L.D. *honoris causa*, Bloomópolis, Dundrum) e mencionado nas notícias da corte e da sociedade elegante (o senhor e a senhora Bloom deixaram Kingstown rumo à Inglaterra).

Que linha de ação ele esboçava para si próprio em tal competência?
Uma linha que restava a meio caminho entre a clemência indevida e o rigor excessivo: a administração numa heterogênea sociedade de classes arbitrárias, incessantemente reorganizadas em termos de maior e menor desigualdade social, de justiça homogênea imparcial e indiscutível, temperada por atenuantes da mais ampla latitude possível mas executável até o último tostão com confisco de bens, reais e pessoais, para a coroa. Leal ao mais alto poder constituído em sua terra, movido por um inato amor da

retidão, suas metas seriam a estrita manutenção da ordem pública, a repressão de muitos abusos ainda que não de todos simultaneamente (sendo cada medida de reforma ou corte de despesas uma solução preliminar a ser contida por fluxão na solução final), a defesa da letra da lei (comum, estatutária e mercantil) contra todos os contraventores em conluio e contravenientes que ajam contra regulamentações e determinações, todos os ressuscitadores (via invasão de propriedade e furto de acendalha) de questiúnculas legais, obsoletas por dessuetude, todos os bombásticos instigadores de perseguição internacional, todos os perpetradores de animosidades internacionais, todos os molestadores íncolas da sociabilidade doméstica, todos os recalcitrantes violadores da conubialidade doméstica.

Prove que ele amara a retidão desde sua mais tenra juventude.

Ao senhorzinho Percy Apjohn no Colegial em 1880 ele divulgara sua descrença nas doutrinas da igreja (protestante) irlandesa (à qual seu pai Rudolf Virag, posteriormente Rudolph Bloom, havia sido convertido, saindo da fé e da confissão israelitas, em 1865 pela Sociedade de Promoção da Cristandade entre os Judeus) subsequentemente abjurada por ele em favor do catolicismo romano na época de e com vistas a seu matrimônio em 1888. A Daniel Magrane e Francis Wade em 1882 durante uma amizade juvenil (encerrada pela prematura emigração daquele) ele advogara durante perambulações noturnas a teoria política da expansão colonial (e.g. canadense) e as teorias evolutivas de Charles Darwin, expostas em *A origem do homem* e *A origem das espécies*. Em 1885 expressara publicamente sua adesão ao programa econômico coletivo e nacional advogado por James Fintan Lalor, John Fischer Murray, John Mitchel, J. F. X. O'Brien e outros, à política agrária de Michael Davitt, à agitação constitucional de Charles Stewart Parnell (deputado pela cidade de Cork), ao programa de paz, cortes de despesas e reforma de William Ewart Gladstone (deputado por Midlothian, N.B.) e, em apoio a suas convicções políticas, subira para uma posição segura entre as ramificações de uma árvore na Northumberland Road para ver a entrada (2 de fevereiro de 1888) na capital de uma procissão demonstrativa à luz de tochas de 20 000 manifestantes, divididos segundo as 120 corporações de ofícios, portando 2000 tochas acompanhando o marquês de Ripon e John Morley.

Quanto e como ele se propunha a pagar por essa residência no campo?

Segundo prospecto da Sociedade Construtora Estatizada Amistosa Nacionalizada Aclimatada de Estrangeiros Trabalhadores (formada em 1874), um máximo de £60 *per annum*, sendo 1/6 de uma renda garantida, derivada de apólices de grande confiabilidade, representando 5% de juros simples sobre um capital de £1200 (estimativa de preço para compra em vinte anos), do qual 1/3 a ser pago na aquisição e o saldo em forma de aluguel anual, viz. £800 mais 2½% de juros sobre o principal, pagáveis trimestralmente em prestações anuais iguais até extinção por amortização do empréstimo adiantado para compra durante um período de 20 anos, chegando a um aluguel anual de £64, sublocação inclusa, devendo as letras permanecer em posse do concessor ou concessores do ou dos empréstimos com uma cláusula de salvaguarda visando venda forçada, sequestro de bens e compensação mútua no evento de prolongada impossibilidade de pagar os termos atribuídos, caso contrário tornando-se a propriedade bem inalienável do locatário ocupante até a compleição do período de anos estipulado.

Quais meios rápidos mas inseguros para atingir a opulência poderiam facilitar a aquisição?

Um telégrafo sem fio particular que transmitisse por sistema de pontos e traços o resultado de um páreo equino nacional (com ou sem obstáculos) de um ou dois quilômetros vencido por um azarão pagando 50 para 1 às 3 h. 8 m. p.m. Em Ascot (horário de Greenwich), sendo a mensagem recebida e estando disponível para fins de aposta em Dublin às 2:59 p.m. (hora de Dunsink). A inesperada descoberta de um objeto de grande valor monetário: pedra preciosa, valiosos selos postais adesivos ou impressos (7 xelins, bordô, sem perfurações, Hamburgo, 1866: 4 pence, rosa, papel azul, perfurado, Grãbretanha, 1855: 1 franco, bistre, oficial, denteado, sobretaxa diagonal, Luxemburgo, 1878), antigo anel dinástico, único remanescente em recônditos incomuns ou por meios incomuns: do ar (derrubado por uma águia em pleno voo), por fogo (entre os restos carbonizados de um edifício incendiado), no mar (em meio a destroços, detritos, estroços de atritos), em terra (na moela de uma ave comestível). Uma doação de um prisioneiro espanhol de um tesouro distante de bens valiosos ou espécie ou lingotes depositados numa corporação bancária solvente 100 anos antes a 5% de juros compostos do valor total de £5 000 000 stg (cinco milhões de libras esterlinas). Um contrato com algum contratante distraído para a entrega de 32 parcelas de certa dada mercadoria mediante pagamento em dinheiro na entrega a uma taxa inicial de ¼ de pêni a ser elevada constantemente em progressão geométrica de base 2 (1/4 de pêni, 1/2 pêni, 1 pêni, 2 pence, 4 pence, 8 pence, 1 xelim e 4 pence, 2 xelins e 8 pence até 32 parcelas). Um plano prèpreparado baseado num estudo das leis da probabilidade para quebrar a banca em Monte Carlo. Uma solução para o secular problema da quadratura do círculo, prêmio do governo de £1 000 000 esterlinas.

A vasta prosperidade era adquirível através de canais laboriosos?

A requisição de dunams de solo arenoso deserto, proposta no prospecto de Agendath Netaim, Bleibtreustrasse, Berlim, W. 15, para cultivo de plantações de laranja e meloais e reflorestamento. A utilização de papel descartado, couros de roedores de esgoto, excrementos humanos possuidores de propriedades químicas, em vista da vasta produção do primeiro, do vasto número do segundo e da ingente quantidade do terceiro, gerando todo ser humano de apetite e vigor medianos, anualmente, descontados subprodutos da água, um total de 36.6 kg (dieta mista vegetal e animal), a ser multiplicado por 4 386 035, população total da Irlanda segundo os resultados do censo de 1901.

Havia planos de mais vasto escopo?

Um plano a ser formulado e submetido à aprovação da capitania dos portos para exploração de carvão branco (força hidráulica), obtido por usina hidrelétrica no pico da maré na barra de Dublin ou num leito de água em Poulaphouca ou Powerscourt ou bacias de represamento de rios principais para a produção econômica de 500 000 cva. De eletricidade. Um plano para cercar o delta peninsular do North Bull em Dollymount e erigir no espaço do promontório, usado para campos de golfe e área de caça, uma esplanada asfaltada com cassinos, quiosques, galerias de tiro, hotéis, pensões, salas de leitura, estabelecimentos para banho misto. Um plano para o uso de carros puxados por cachorros e bodes para entrega de leite matutino. Um plano para o desenvolvimento do trânsito de turistas na Irlanda em Dublin e arredores por meio de barcas movidas a gasolina, cruzando a via fluvial entre Island Bridge e Ringsend, jardineiras, ferrovias locais de bitola estreita e vapores recreativos para navegação de cabotagem [10s. por pessoa por dia, guia (trilíngue) incluso]. Um plano para a repristinação do tráfego de passageiros e de bens pelas vias aquáticas irlandesas, quando livres do acúmulo de algas. Um plano para conectar por linha de bonde o mercado de gado (North Circular Road com Prussia Street) aos cais (Lower Sheriff Street, com East Wall), paralela à linha de ferro Link estendida (em conjunção com as linhas férreas Great Southern e Great Western) entre o parque do gado, junção Liffey e o terminal da linha férrea Midland Great Western, 43 a 45, North Wall, nas cercanias das estações finais dos ramos dublinenses da Great Central, Midland Railway of England, City of Dublin Steam Packet Company, Lancashire and Yorkshire Railway Company, Dublin and Glasgow Steam Packet Company, Glasgow, Dublin and Londonberry Steam Packet Company (linha Laird), British and Irish Steam Packet Company, Dublin and Morecamb Steamers, London and North Western Railway Company, Dublin Port and Docks Board Landing Sheds e os galpões de trânsito da Palgrave, Murphy and Company, proprietários de vapores, agentes para barcos do Mediterrâneo, Espanha, Portugal, França, Bélgica e Holanda e para transporte animal e de milhagem adicional operada pela Dublin United Tramways Company, limitada, a ser coberto pelas taxas dos pecuaristas.

Postulando-se qual prótase tornar-se-ia natural e necessária apódose a realização de tais e outros diversos planos?

Dada uma garantia igual à soma necessária, o apoio, por contrato de doação e vouchers de transferência durante a vida do doador ou por legado depois do falecimento indolor do doador, de financistas eminentes (Blum Pasha, Rothschild, Guggenheim, Hirsch, Montefiore, Morgan, Rockefeller) que possuam fortunas de seis dígitos, acumuladas durante uma vida bensucedida, e juntando-se o capital com a oportunidade estava feita a coisa toda.

O que afinal torná-lo-ia independente de uma tal riqueza?

A descoberta independente de um veio de ouro inexaurível.

Por que motivo ele meditava sobre planos de tão difícil execução?

Era um de seus axiomas que semelhantes meditações ou a automática narração para si próprio de uma estória a respeito dele mesmo ou a plácida reminiscência do passado quando praticadas rotineiramente antes do repouso noturno aliviavam a fadiga e geravam como resultado descanso eficiente e renovada vitalidade.

Suas justificações?

Como médico ele aprendera que dos 70 anos da vida humana completa pelo menos 2/7, viz. 20 anos transcorrem no sono. Como filósofo sabia que ao término de qualquer vida concedida somente uma parte infinitesimal dos desejos de qualquer pessoa terá sido realizada. Como fisiologista acreditava no apaziguamento artificial de agentes malignos que operam principalmente durante a sonolência.

O que ele temia?

A perpetração de homicídio ou suicídio durante o sono por uma aberração das luzes da razão, a incomensurável inteligência categórica situada nas convoluções cerebrais.

Quais eram rotineiramente suas últimas meditações?

Sobre certo único e singular anúncio que fizesse os passantes pararem admirados, uma inovação nos cartazes, com todas as acreções adventícias excluídas, reduzida a seus mais simples e mais eficientes termos sem exceder o campo da visão casual e côngrua com a velocidade da vida moderna.

O que continha a primeira gaveta destrancada?

Um caderno de caligrafia de Vere Foster, propriedade de Milly (Millicent) Bloom, que em certas páginas ostentava desenhos esquemáticos, marcados *Pápi*, que exibiam uma grande cabeça globular com 5 cabelos eretos, 2 olhos de perfil, o tronco em pleno plano frontal com 3 grandes botões, 1 pé triangular: 2 fotografias desbotadas da rainha Alexandra da Inglaterra e de Maud Branscombe, atriz e beldade profissional: um cartão de festas, exibindo a representação pictórica de uma planta epífita, a legenda *Mitspah*, a data Natal 1892, o nome dos remetentes, de senhor e senhora M. Comerford, o versículo: *Que este Natal possa trazer, Paz, alegria, amor, prazer*: um toco de cera de lacre vermelha parcialmente liquefeita, adquirida nas lojas de departamentos dos senhores Hely, Ltda., 89, 90 e 91 Dame Street: uma caixa contendo os restos de uma grosa de penas "J" douradas, adquiridas junto ao mesmo departamento da mesma firma: uma velha ampulheta que rolava contendo areia que rolava: uma profecia lacrada (jamais aberta) escrita por Leopold Bloom em 1886 a respeito das consequências da aprovação da declaração de Autonomia de William Ewart Gladstone de 1886 (jamais aprovada): um bilhete de bazar, n. 2004, da Feira de Caridade de São Kevin, preço 6 p., 100 prêmios: uma epístola pueril, datada, segundafeira senhífen, que dizia: pê maiúsculo Pápi vírgula cê maiúsculo Como vai interrogação ê maiúsculo Eu vou muito bem ponto final novo parágrafo assinatura com floreios eme maiúsculo Milly sem ponto: um broche de camafeu, propriedade de Ellen Bloom (nascida Higgins), falecida: 3 cartas datilografadas, destinatário, Henry Flower, a/c P. R. Westland Row, remetente, Martha Clifford, a/c P. R. Dolphin's Barn: nome e endereço transliterados do destinatário das 3 cartas em criptograma quadrilinear pontuado bustrofedôntico alfabético particular (vogais suprimidas) N. IGS./WI. UU. OX/ W. OKS. MH/Y. IM: um recorte de imprensa de um periódico semanal inglês *Modern Society*, assunto castigo físico em escolas para moças: uma fita corderrosa que enfeitara um ovo de Páscoa no ano de 1899: dois preservativos de borracha parcialmente desenrolados com espaço para emissão, adquiridos pelo correio na Caixa 32, P. R., Charing Cross, London, W.C.: 1 embalagem com 1 dúzia de envelopes cor creme e papel rascunho pautado, com marcadágua, agora reduzidos em 3 itens: algumas moedas austroúngaras sortidas: 2 cupons da Loteria Húngara com Privilégio Real: uma lupa de pequena potência: 2 cartões fotográficos eróticos que mostravam: a) coito bucal entre *señorita* nua (vista de costas, posição superior) e *torero* nu (visto de frente, posição inferior): b) violação anal por figura religiosa do sexo masculino (integralmente vestido, olhar abjeto) de figura religiosa do sexo feminino (parcialmente vestida, olhos diretos), adquiridos por correio na Caixa 32, P.R., Charing Cross, Londres, W.C.: um recorte de imprensa de uma receita para regeneração de botas velhas marrons: um selo adesivo de 1p., lavanda, do reinado da rainha Vitória: uma tabela das medições de Leopold Bloom compiladas antes, durante e depois do uso por 2 meses consecutivos do exercitador com roldanas de Sandow-Whiteley (para homens, 15s., para atletas 20s.) viz., peito 71,1 cm e 74,9 cm, bíceps 22,9 cm e 25,4 cm, antebraço 21,6 cm e 22,9 cm, coxa 25,4 cm e 30,5 cm, panturrilha 27, 9 cm e 30,5 cm: 1 panfleto do Milagreiro, o maior remédio do mundo para queixas retais, diretamente de Milagreiro, Coventry House, South Place, Londres E. C., enviado à senhora L. Bloom acompanhado de breve nota, iniciada por: Cara Madame.

Cite, *verbatim*, os termos nos quais o panfleto advogava as vantagens dessa taumatúrgica solução.

Cura e regula enquanto dormes, em caso de dificuldade na emissão de flatos, auxilia a natureza da maneira mais formidável, assegurando alívio imediato na descarga de gases, mantendo limpas as partes e livre a ação natural, um investimento inicial de 7s. 6p. Faz de ti um novo homem e a vida valer a pena. As senhoras acham o Milagreiro especialmente útil, agradável surpresa quando percebem deliciosos resultados como um gole refrescante de água fresca da fonte num dia abafado de verão. Recomenda-o a tua senhora e a teus amigos, dura a vida toda. Inserir o lado longo e arredondado. Milagreiro.

Havia depoimentos?
Inúmeros. De clérigo, oficial da marinha britânica, famoso escritor, homem da cidade, enfermeira hospitalar, senhora, mãe de cinco, vagabundo desleixado.

Como se concluía o conclusivo testemunho do vagabundo desleixado?
Que lástima o governo não ter provido nossos homens de Milagreiros durante a campanha da África do Sul! Que alívio teria sido!

Que objeto Bloom acrescentou a essa coleção de objetos?
Uma 4ª carta datilografada recebida por Henry Flower (seja H. F. igual a L. B.) de Martha Clifford (encontrar M. C.).

Que agradável reflexão acompanhou esse ato?

A reflexão de que, à parte a carta em questão, seus magnéticos rosto, forma e talhe haviam sido recebidos favoravelmente no decorrer do dia anterior por uma esposa (senhora Josephine Breen, em solteira Josie Powell), uma enfermeira, senhorita Callan (nome de batismo desconhecido), uma donzela, Gertrude (Gerty, nome de família desconhecido).

Que possibilidade se sugeriu?
A possibilidade de exercer um poder viril de fascínio no futuro imediatíssimo depois de dispendioso repasto num aposento privado em companhia de elegante cortesã, de beleza corpórea, moderadamente mercenária, variadamente instruída, uma dama por sua origem.

O que continha a segunda gaveta?
Documentos: a certidão de nascimento de Leopold Paula Bloom: uma apólice de seguro de £500 na Sociedade de Seguros das Viúvas Escocesas em nome de Millicent (Milly) Bloom, resgatável aos 25 anos com uma apólice nominal de £430, £462-10-0 e £500 aos 60 anos ou morte, 65 anos ou morte e morte, respectivamente, ou com apólice nominal (à vista) de £299-10-0 junto com pagamento em dinheiro de £133-10-0, opcionalmente: uma carteira bancária emitida pelo Ulster Bank, agência College Green mostrando extrato de conta bancária para o semestre que terminaria em 31 de dezembro de 1903, saldo em favor do correntista: £18-46-6 (dezoito libras, catorze xelins e seis pence, esterlinos), bens líquidos: certificado de posse de £900, títulos a 4% (autentificados) do governo canadense (livres de taxação): extrato de ata do Comitê dos Cemitérios Católicos (Glasnevin), referente a uma sepultura adquirida: um recorte da imprensa local a propósito de uma mudança de nome por processo cível.

Cite, *verbatim*, os termos desse aviso.
Eu, Rudolph Virag, ora residente no número 52 Clanbrassil Street, Dublin, natural de Szombathely no reino da Hungria, venho por meio deste anunciar ter assumido e pretender doravante em todas as ocasiões e a todo momento ser conhecido pelo nome de Rudolph Bloom.

Que outros objetos relativos a Rudolph Bloom (nascido Virag) estavam na segunda gaveta?
Um daguerreótipo indistinto de Rudolph Virag e seu pai Leopold Virag executado no ano de 1852 no estúdio de fotografia de seu primo (respectivamente) em primeiro e segundo graus, Stefan Virag de Szesfehervar, Hungria. Um antigo livro de hagadah no qual um par de óculos convexos de aro de chi-

fre inserido marcava a passagem da açãodegraças nas orações rituais do Pessach (Páscoa): um cartão fotográfico do hotel Queen's, Ennis, proprietário, Rudolph Bloom: um envelope endereçado: *Para meu querido filho Leopold.*

Que frações de frases evocava a leitura dessas cinco palavras inteiras?
Amanhã vai fazer uma semana que eu recebi... não adianta Leopold ficar... com a sua querida mãe... não é possível suportar mais... para ela... tudo para mim está errado... trate bem o Athos, Leopold... meu querido filho... sempre... de mim... *das Herz... Gott... dein...*

Que reminiscências de um sujeito humano vítima de progressiva melancolia evocavam em Bloom esses objetos?
Um velho viúvo, de cabelo desgrenhado, na cama, com a cabeça coberta, suspirando: um cachorro enfermo, Athos: acônito, a que recorrera em doses crescentes de grãos e medidas precisas como paliativo de recrudescente neuralgia: o rosto morto de um suicida septuagenário envenenado.

Por que Bloom vivenciou um sentimento de remorso?
Porque por imatura impaciência ele tratara com desrespeito certas crenças e práticas.

Tais como?
A proibição do uso de carne e leite numa mesma refeição: o simpósio hebdomadário de excompatriotas coexreligionários mercantis perfervidamente concretos, incoordenadamente transcendentes: a circuncisão dos rebentos homens: o caráter sobrenatural da escrita judaica: a inefabilidade do tetragrama: a santidade do sabá.

Como lhe pareciam hoje essas crenças e práticas?
Não mais racionais do que haviam então parecido, não menos racionais do que hoje pareciam outras crenças e práticas.

Qual era sua primeira reminiscência de Rudolph Bloom (falecido)?
Rudolph Bloom (falecido) narrava para seu filho Leopold Bloom (6 anos de idade) um arranjo retrospectivo de migrações e acomodações em e entre Dublin, Londres, Florença, Milão, Viena, Budapeste, Szombathely, com declarações de satisfação (tendo seu avô visto Maria Teresa, imperatriz da Áustria, rainha da Hungria), com conselhos comerciais (tendo zelado de cada grão, tendo a galinha enchido o papo). Leopold Bloom (6 anos de idade) acompanhara essas narrações por meio de constantes consultas ao mapa

geográfico da Europa (político) e de sugestões para o estabelecimento de firmas comerciais nos diversos centros mencionados.

Havia o tempo obliterado diferentemente a memória dessas migrações no narrador e no ouvinte?

No narrador pelo afluxo dos anos e em consequência do emprego de toxina narcótica: no ouvinte pelo afluxo dos anos e em consequência da ação da distração quando de experiências vicárias.

Que idiossincrasias do narrador eram produtos concomitantes da amnésia?

Ocasionalmente ele comia sem ter previamente retirado o chapéu. Ocasionalmente bebia vorazmente o suco do creme de groselha de um prato inclinado. Ocasionalmente removia dos lábios os vestígios de comida com auxílio de um envelope lacerado ou outro fragmento acessível de papel.

Quais dois fenômenos de senescência eram mais frequentes?

Miópico cálculo digital de moedas, eructação subsequente à repleção.

Que objeto oferecia consolo parcial para tais reminiscências?

A apólice de seguro, a caderneta bancária, o certificado de posse de letras.

Reduza Bloom por regra de três de adversidades da fortuna, das quais esses apoios o protegiam, e por eliminação de todos os valores positivos a uma quantidade irreal irracional negativa desprezível.

Sucessivamente, em ordem descendente de hilotismo: Pobreza: a do mercador a céu aberto de joias de imitação, do arcário para recuperação de dívidas más e duvidosas, a taxa dos pobres e o tribuno que recolhe tributos. Mendicância: a do falido fraudulento com bens desprezíveis pagando 1s. 4p. por £, homensanduíche, distribuidor de folhetos, vagamundo noturno, sicofanta insidioso, marujo aleijado, rapazote cego, macróbio a serviço do bailio, espalhabrasa, lambebota, estragaprazer, beijamão, excêntrico alvo público de chacota sentado em banco de parque público sob guardachuva perfurado descartado. Miséria: o interno da Casa dos Velhos (Royal Hospital), Kilmainham, o interno do hospital Simpson para homens reduzidos mas respeitáveis permanentemente inutilizados por gota ou falta de visão. Nadir da desgraça: o pedinte lunático moribundo mantidoporimpostos alienado impotente e idoso.

Com quais concomitantes indignidades?

A impiedosa indiferença de mulheres anteriormente amigáveis, o desprezo dos machos musculosos, a aceitação de fragmentos de pão, a ignorância simulada por casuais conhecidos, a latração de cães vagabundos ilegítimos e ilicenciados, a detonação infantil de mísseis vegetais decompostos, valer pouco ou nada ou menos que nada.

O que poderia obstar a uma tal situação?
Falecimento (mudança de estado), partida (mudança de lugar).

Qual delas preferencialmente?
Esta, pela lei do menor esforço.

Que considerações tornavam-na não de todo indesejável?
A coabitação constante impedir a tolerância mútua dos defeitos pessoais. O hábito das aquisições independentes crescentemente cultivado. A necessidade de contrabalançar por estada impermanente a permanência da detenção.

Que considerações tornavam-na não irracional?
As partes envolvidas, em se unindo, haviam crescido e se multiplicado, o que, feito, cria produzida e educada até a maturidade, as partes, se ora desunidas, eram obrigadas a se reunir para crescimento e multiplicação, o que era absurdo, para formar por reunião o casal original de partes unidas, o que era impossível.

Que considerações tornavam-na desejável?
O caráter atraente de certas localidades da Irlanda e do exterior, conforme representado em mapas geográficos gerais de padrão policromado ou em cartas de mapeamento disponíveis para encomenda especial através do emprego de numerais de escalas e hachuras.

Na Irlanda?
As falésias de Moher, os agrestes eólios de Connemara, o lago Neagh com a cidade petrificada submersa, a Calçada dos Gigantes, o Forte Camden e o Forte Carlisle, o Vale Dourado de Tipperary, as ilhas de Aran, as pastagens da nobre Meath, o olmo de Brígida em Kildare, o estaleiro da Queen's Island em Belfast, o Salto do Salmão, os lagos de Killarney.

No exterior?

O Ceilão (com jardins de especiarias que forneciam chá para Thomas Kernan, representante de Pullbrook, Robertson & Cia., 2 Mincing Lane, Londres, E.C., 5 Dame Street, Dublin), Jerusalém, a cidade santa (com a mesquita de Omar e o portão de Damasco, meta de aspiração), o estreito de Gibraltar (singular terra natal de Marion Tweedy), o Partenon (que continha estátuas, divindades gregas nuas), o mercado econômico de Wall Street (que controlava as finanças internacionais), a Plaza de Toros em La Línea, Espanha (onde O'Hara dos Camerons matou o touro), Niágara (por sobre a qual nenhum ser humano passara impunemente), a terra dos esquimós (comedores de sabão), o país proibido do Tibete (de onde nenhum viajante retorna), a baía de Nápoles (vê-la era morrer), o mar Morto.

Sob que orientação, seguindo que sinais?
No mar, setentrional, à noite a estrela polar, localizada no ponto de interseção de uma linha reta de beta a alfa na Ursa Maior produzida e dividida externamente em ômega e da hipotenusa do triângulo reto formado pela linha alfa ômega assim produzida e a linha alfa delta da Ursa Maior. Em terra, meridional, uma lua biesférica, revelada em fases imperfeitas de lunação variante através do interstício posterior da saia imperfeitamente oclusa de uma caminhante carnosa e negligente perambulando, uma coluna de nuvem durante o dia.

Que anúncio público divulgaria a ocultação do viajor?
Recompensa de £5 perdido, roubado ou evadido de sua residência no número 7 da Eccles Street, procura-se cavalheiro de cerca de 40 anos, que responde pelo nome de Bloom, Leopold (Poldy), estatura de 1 metro e 76 centímetros e meio, corpo cheio, tez oliva, pode ter deixado crescer a barba, quando visto pela última vez trajava terno negro. A soma acima será paga por informações que levem a seu descobrimento.

Que denominações binomiais universais seriam suas, como unidade e nulidade?
Presumido por todos ou conhecido por ninguém. Qualquerum ou Nenhum.

Que tributos os seus?
A honra e os dons dos estrangeiros, amigos de Qualquerum. Uma imortal ninfa, a beleza, noiva de Nenhum.

Ressurgiria nunca, nenhures, de forma nenhuma o viajor?

Sempre vagaria, autocompelido, até o extremo limite de sua órbita cometária, para além de estrelas fixas e sóis variáveis e planetas telescópicos, achados e perdidos astronômicos, até a extrema fronteira do espaço, passando de terra a terra, entre povos, entre eventos. Algures imperceptivelmente ouviria e algo relutante, solcompelido, obedeceria à convocação de retorno. Com a qual, desaparecendo da constelação da Coroa Boreal ele de alguma forma ressurgiria renascido sobre o delta da constelação de Cassiopeia e, depois de incalculáveis éons de peregrinação, retornaria vingador alienado, um flagelo de justiça sobre os malfeitores, um cruzado negro, um adormecido despertado, com recursos financeiros (por suposição) que sobrepujassem os de Rothschild ou do rei da prata.

O que tornaria irracional um tal retorno?

Uma equação insatisfatória entre um êxodo e um retorno no tempo através do espaço reversível e um êxodo e um retorno no espaço através do tempo irreversível.

Que jogo de forças, induzindo à inércia, tornava indesejável a partida?

O avançado da hora, que torna procrastinatório: a obscuridade da noite, que torna invisível: a incerteza das vias públicas, que torna arriscado: a necessidade de repouso, que previne o movimento: a proximidade de uma cama ocupada, que previne a demanda: a prelibação do calor (humano) temperado pelo frescor (lençóis), que previne o desejo e torna desejável: a estátua de Narciso, som sem eco, desejo desejado.

Que vantagens faziam-se presentes numa cama ocupada, em oposição a uma cama desocupada?

A remoção da solidão noturna, a qualidade superior da calefação humana (mulher madura) em relação à desumana (bolsadaguaquente), o estímulo do contato matutino, a economia da calandra feita no local no caso de calças acuradamente dobradas e dispostas no sentido do comprimento entre o colchão de molas (listrado) e o acolchoado de lã (matelassado cor biscoito).

Que passadas causas consecutivas, antes de se pôr de pé prèapreendidas, de fadiga acumulada, antes de se pôr de pé, silentemente recapitulou Bloom?

O preparo do desjejum (oferenda queimada): congestão intestinal e premeditada defecação (santo dos santos): o banho (rito de João): o enterro (rito de Samuel): o anúncio de Alexander Shawes (Urim e Tumim): o insubstancioso almoço (rito de Melquisedeque): a visita ao museu e biblioteca nacional (lugar santo): a caça ao livro pela Bedford Row, Merchant's Arch, Wellington Quay (Simhat Torah): a música no hotel Ormond (Shir Hashirim): a altercação com truculento troglodita no estabelecimento de Bernard Kiernan (holocausto): um período lacunar que incluía uma viagem de carro, uma visita a uma casa enlutada, uma despedida (o deserto): o erotismo produzido pelo exibicionismo feminino (rito de Onã): o prolongado trabalho de parto da senhora Mina Purefoy (Terumah): a visita à desregrada casa da senhora Bella Cohen, 82 Lower Tyrone Street, e subsequentes querela e encontro casual na Beaver Street (Armagedom): a perambulação noturna até o e a partir do abrigo do cocheiro, ponte Butt (expiação).

Que enigma autoimposto Bloom a ponto de se pôr de pé a fim de ir de modo a concluir por que não ficasse sem concluir involuntariamente apreendeu?
A causa de um breve e agudo imprevisto e ouvido estalido alto emitido pelo material insensível da mesa de madeira de veios venosos.

Que enigma autoenredado Bloom posto de pé, indo, recolhendo multicoloridos multiformes multitudinosos trajes, voluntariamente apreendendo, não compreendeu?
Quem era M'Intosh?

Que enigma autoevidente inquirido com dessultória constância durante 30 anos Bloom agora, tendo propiciado natural obscuridade pela extinção da luz artificial, silentemente, repentinamente compreendeu?
Onde ficou Moisés no apagar das velas?

Que imperfeições num dia perfeito Bloom, caminhando, silentemente, sucessivamente, enumerou?
Um fracasso provisório em obter a renovação de um anúncio, em obter certa quantidade de chá com Thomas Kernan (representante de Pulbrook, Robertson & Cia., 5 Dame Street, Dublin e 2 Mincing Lane, Londres, E.C.), em se certificar da presença ou ausência de orifício retal posterior no caso de divindades helênicas femininas, em conseguir ingresso (gratuito ou pago) para a apresentação de *Leah* com a senhora Bandman Palmer no teatro Gaiety, 46, 47, 48, 49, South King Street.

Que impressão de um rosto ausente Bloom, detido, silentemente recordou?

O rosto do pai dela, o falecido major Brian Cooper Tweedy, Fuzileiros Reais de Dublin, de Gibraltar e Rehoboth, Dolphin's Barn.

Que recorrentes impressões do mesmo eram possibilitadas pela hipótese?

Em retirada, no terminal da Great Northern Railway, Amiens Street, com aceleração uniforme constante, ao longo de linhas paralelas que se encontram no infinito, se produzidas: ao longo de linhas paralelas, reproduzidas desde o infinito, com retardação uniforme constante, no terminal da Great Northern Railway, Amiens Street, retornando.

Que miscelânea de efeitos de um figurino pessoal feminino foi percebida por ele?

Um par de inodoras meiascalças novas para senhoras de meiasseda negra, um par de ligas novas violeta, um par de calçolas femininas de tamanho incomum de algodão da Índia, cortadas em linhas generosas, recendentes a opopânax, jasmim e cigarros turcos Muratti e contendo um longo alfinete de segurança de aço brilhante, dobrado curvilinear, uma camisola de cambraia com fino debrum de renda, uma anágua preguead de *moirette* de seda azul, estando todos esses objetos dispostos irregularmente sobre um baú retangular, de reforço quádruplo, cantos recobertos, com selos multicoloridos, marcado em seu lado da frente com iniciais brancas B. C. T. (Brian Cooper Tweedy).

Que objetos impessoais foram percebidos?

Uma cômoda, com uma perna fraturada, totalmente coberta por corte quadrado de cretone, padrão de maçãs, sobre a qual repousava um chapéu de palha preta de senhora. Louça meandralaranjada, comprada de Henry Price, manufatura de cestos, requintes, porcelana e ferro, 21, 22, 23 Moore Street, disposta irregularmente sobre o lavatório e o chão, e consistindo de bacia, saboneteira e bandeja para escovas (no lavatório, juntas), jarro e bispote (no chão, separados).

Os atos de Bloom?

Ele depositou os artigos de indumentária numa cadeira, retirou seus artigos de indumentária remanescentes, tirou de sob a almofada da cabeceira da cama uma longa camisola branca dobrada, inseriu cabeça e braços nas aberturas convenientes da camisola, retirou um travesseiro da cabeceira para o pé da cama, preparou a roupa de cama a contento e entrou na cama.

Como?

Com circunspecção, como invariavelmente adentrava uma morada (sua ou alheia): com solicitude, sendo velhas as molas serpentespirais do colchão, as argolas de latão e os pendentes raios viperinos soltos e trêmulos sob pressão e tensão: prudentemente, como se adentrasse covil ou emboscada de luxúria ou de cobra: suavemente, para menos incomodar: reverentemente, leito de concepção e nascimento, de consumação do matrimônio e profanação do matrimônio, de sono e de morte.

O que seus membros, quando gradualmente estendidos, encontraram?

Roupa de cama nova e limpa, odores adicionais, a presença de uma forma humana, feminina, dela, a impressão de uma forma humana, masculina, não dele, algumas migalhas, flocos de carne enlatada, requentada, que removeu.

Se tivesse sorrido por que teria sorrido?

Para refletir que cada um que entra imagina ser o primeiro a entrar enquanto que é sempre o último termo de uma série precedente mesmo que seja o primeiro termo de uma outra subsequente, cada um imaginando ser primeiro, último, único e só enquanto não é nem primeiro nem último nem único nem só numa série que se origina e se repete no infinito.

Que série precedente?

Tomando Mulvey como o primeiro termo da série dele, Penrose, Bartell d'Arcy, o professor Goodwin, Julius Mastiansky, John Henry Menton, o padre Bernard Corrigan, um fazendeiro na exibição de cavalos da Royal Dublin Society, Veneta O'Reilly, Matthew Dillon, Valentine Blake Dillon (lorde prefeito de Dublin), Christopher Callinan, Lenehan, um tocador de realejo italiano, um cavalheiro desconhecido no teatro Gaiety, Benjamin Dollard, Simon Dedalus, Andrew (Paudágua) Burke, Joseph Cuffe, Wisdom Hely, o edil John Hooper, o dr. Francis Brady, o padre Sebastian do Monte Argus, um engraxate no Escritório Geral dos Correios, Hugh E. (Rojão) Boylan e assim cada um e assim por diante até termo final nenhum.

Quais foram suas reflexões a respeito do último membro dessa série e recente ocupante da cama?

Reflexões sobre seu vigor (uma besta), proporções corporais (que bastam), habilidade comercial (um besta), impressionabilidade (um bosta).

Por que para o observador impressionabilidade em adição a vigor, proporção corporal e habilidade comercial?

Porque ele havia observado com frequência crescente nos membros precedentes da mesma série a mesma concupiscência, inflamadamente transmitida, primeiro com alarme, depois com compreensão, depois com desejo, finalmente com fadiga, com sintomas alternados de compreensão e apreensão epicenas.

Por quais sentimentos antagonísticos foram afetadas suas reflexões subsequentes?
Inveja, ciúme, abnegação, equanimidade.

Inveja?
De um organismo masculino corpóreo e mental especialmente adaptado para a postura superincumbente na enérgica cópula humana e no enérgico movimento de pistão e cilindro necessário para a completa satisfação de uma constante mas não aguda concupiscência residente num organismo feminino corpóreo e mental, passivo mas não obtuso.

Ciúme?
Porque uma natureza plena e volátil em estado livre era alternadamente agente e reagente da atração. Porque a atração entre agentes e reagentes a todo instante variava, com proporção inversa de acréscimo e decréscimo, com incessante extensão circular e reentrância radial. Porque a contemplação controlada da flutuação da atração produzia, se desejado, uma flutuação do prazer.

Abnegação?
Em virtude de a) conhecimento travado em setembro de 1903 no estabelecimento de George Mesias, alfaiate de corte e costura, 6 Eden Quay, b) hospitalidade oferecida e recebida em grau, retribuída e reapropriada em pessoa, c) comparativa juventude sujeita a impulsos de ambição e magnanimidade, altruísmo de camaradagem e egoísmo amoroso, d) atração extrarracial, inibição intrarracial, prerrogativa suprarracial, e) uma iminente turnê musical provincial, despesas comuns compartilhadas, lucros líquidos divididos.

Equanimidade?
Como tão natural quanto outro qualquer um ato e todo ato natural de uma natureza expressa ou compreendida executado na naturada natureza por criaturas naturais de acordo com a natureza naturada dele, dela e deles, de dissimilar similaridade. Como não tão calamitoso quanto a aniquilação cataclísmica do planeta em consequência de colisão com um sol escuro.

Como menos repreensível que roubo, assaltos nas estradas, crueldade com crianças e animais, obtenção de dinheiro por argumentos falaciosos, falsificação, apropriação indébita, prevaricação, traição da confiança pública, fingir-se de incapaz, mutilação com finalidade de escapar ao exército, corrupção de menores, calúnia criminosa, chantagem, desrespeito ao tribunal, vandalismo, perfídia, felonia, motim em altomar, invasão, furto, fuga da cadeia, prática de vício contra a natureza, deserção das forças armadas no campo de batalha, perjúrio, emboscada, usura, conluio com inimigos do rei, falsidade ideológica, ataque criminoso, chacina, assassinato doloso e premeditado. Como não mais anormal que todos os outros processos alterados de adaptação a condições alteradas de existência, que resultam num equilíbrio recíproco entre o organismo corpóreo e suas circunstâncias concomitantes, alimentos, bebidas, hábitos adquiridos, inclinações toleradas, doença significativa. Como mais que inevitável, irreparável.

Por que mais abnegação que ciúme, menos inveja que equanimidade?
De ultraje (matrimônio) a ultraje (adultério) surgia nada além de ultraje (copulação) mas o violador matrimonial da violada matrimonialmente não havia sido ultrajado pelo violador adúltero da violada adulteramente.

Que represália, se alguma houvesse?
Assassínio, jamais, pois que dois males não perfaziam um bem. Duelo por combate, não. Divórcio, não agora. Desmascaramento por artifício mecânico (cama automática) ou depoimento individual (testemunhas oculares ocultas), ainda não. Processo por perdas e danos através de influência legal ou simulação de lesão corporal tendo como provas ferimentos sofridos (autoinfligidos), não impossivelmente. Se alguma houvesse, absolutamente, conivência, introdução de emulação (material, uma próspera agência de publicidade rival: moral, um bensucedido agente rival de intimidade), depreciação, alienação, humilhação, separação, protegendo um do outro os separados, protegendo de ambos o separador.

Com que reflexões justificou ele, consciente reagente contra a vácua incerteza, para si próprio seus sentimentos?
A preordenada frangibilidade do hímen, a pressuposta intangibilidade da coisa em si: a incongruidade e a desproporção entre a tensão autoprolongante da coisa que se propõe fazer e o relaxamento autoabreviante da coisa feita: a falaciosamente inferida debilidade feminina, a musculosidade masculina: as variações de códigos éticos: a natural transição gramatical por inversão sem envolver alteração de sentido de uma proposição no pretérito

aoristo (analisada como sujeito masculino, verbo dissilábico transitivo direto, indireto e intransitivo tabuizado com objeto feminino pronominalizado) da voz passiva para sua proposição correlata no pretérito aoristo (analisada como sujeito feminino, verbo auxiliar e particípio passado trissilábico no feminino com agente masculino complementar) na voz passiva: a ininterrupta produção de seminadores por geração: o ininterrupto produzir de sêmen por destilação: a futilidade de triunfo ou protesto ou vindicação: a inanidade da alabada virtude: a letargia da matéria insciente: a apatia das estrelas.

Em que última satisfação convergiam esses sentimentos e reflexões antagônicos, reduzidos a suas formas mais simples?

Satisfação diante da ubiquidade nos hemisférios terrestres oriental e ocidental, em todas as terras habitáveis e ilhas exploradas ou inexploradas (a terra do sol da meianoite, as ilhas afortunadas, as ilhotas da Grécia, a terra da promessa), dos hemisférios adiposos femininos posteriores, recendentes a leite e mel e calidez excretória sanguínea e seminal, reminiscentes de seculares famílias de curvas de amplitude, insuscetíveis a humores impressionísticos ou a contrariedades expressionísticas, exprimindo muda imutável madura animalidade.

Os sinais visíveis de antessatisfação?
Uma quasereção: uma solícita adversão: uma gradual elevação: uma hesitante revelação; uma silente contemplação.

Daí?
Beijou os roliços melões amarelos de belos olores e anelos dos quadris dela, em cada roliço hemisfério melônio, em seu sulco amarelo e belo, com obscura prolongada provocativa melanobelorosa osculação.

Os sinais visíveis de póssatisfação?
Uma silente contemplação: uma hesitante velação: um gradual recolhimento: uma solícita aversão: uma quasereção.

O que se seguiu a essa ação silente?
Sonolenta invocação, menos sonolenta recognição, incipiente excitação, catequética interrogação.

Com que modificações replicou o narrador a essa interrogação?
Negativas: omitiu menção à correspondência clandestina entre Martha Clifford e Henry Flower, à altercação pública em, dentro de e nas cercanias

do estabelecimento licenciado de Bernard Kiernan e Cia., Limitada, 8, 9 e 10 Little Britain Street, à provocação erótica e à resposta correspondente causadas pelo exibicionismo de Gertrude (Gerty), sobrenome desconhecido. Positivas: incluiu menção a uma apresentação da senhora Bandman Palmer em *Leah* no teatro Gaiety, 46, 47, 48, 49 South King Street, a um convite para jantar no hotel Wynn's (Murphy's), 35, 36 e 37 Lower Abbey Street, a um volume de tendência pornográfica pecaminosa intitulado *Doçuras do pecado*, autor anônimo, um cavalheiro da sociedade, a uma concussão temporária causada por um movimento mal calculado no decorrer de uma demonstração ginástica póscenal, sendo a vítima (depois completamente recuperada) Stephen Dedalus, professor e escritor, mais velho filho vivo de Simon Dedalus, sem ocupação fixa, a uma manobra aeronáutica executada por ele (narrador) em presença de uma testemunha, o professor e escritor supracitado, com prontidão de iniciativa e calistênica flexibilidade.

De resto, ficou inalterada por modificações a narração?
Totalmente.

Que evento ou pessoa emergiu como ponto saliente de sua narrativa?
Stephen Dedalus, professor e escritor.

Que limitações de atividade e inibições de direitos conjugais foram percebidas por ouvinte e narrador no que se referia a eles próprios no decorrer dessa intermitente e cada vez mais lacônica narrativa?
Pela ouvinte uma limitação de fertilidade na medida em que o casamento havia sido celebrado exatamente 1 mês depois do 18º aniversário de seu nascimento (8 de setembro de 1870), i.e., 8 de outubro, e consumado na mesma data com rebento feminino nascido em 15 de junho de 1889, tendo sido antecipadamente consumado no dia 10 de setembro do mesmo ano, e que o completo conluio carnal, com ejaculação de sêmen dentro do órgão natural da mulher, havia ocorrido pela última vez cinco semanas antes, i.e., 27 de novembro de 1893, do nascimento em 29 de dezembro do segundo (e único masculino) rebento, falecido em 9 de janeiro de 1894, aos 11 dias de idade, restando um período de 10 anos, 5 meses e 18 dias durante o qual o conluio carnal havia sido incompleto, sem ejaculação de sêmen dentro do órgão natural da mulher. Pelo narrador uma limitação de atividade, mental e corpórea, na medida em que completo conluio mental entre ele e a ouvinte não havia ocorrido desde a consumação da puberdade, indicada por hemorragia catamênica, do rebento feminino de narrador e ouvinte, em 15 de setembro de 1903, restando um período de 9 meses e 1 dia durante

o qual, em consequência de uma preestabelecida compreensão natural da incompreensão entre as fêmeas consumadas (ouvinte e rebento), a completa liberdade corporal de ação havia sido restringida.

Como?
Por diversas reiteradas interrogações femininas a respeito da destinação masculina para onde, o lugar onde, a hora em quê, a duração pela qual, o objeto com o qual no caso de ausências temporárias, projetadas ou efetuadas.

O que se movia visivelmente sobre os invisíveis pensamentos de ouvinte e narrador?
O reflexo no teto de uma lâmpada e cúpula, uma inconstante série de círculos concêntricos de variadas gradações de luz e sombra.

Em que direções estendiam-se ouvinte e narrador?
Ouvinte, es-sudeste: Narrador, nor-noroeste: no 53º paralelo de latitude, N., e no 6º meridiano de longitude, O.: num ângulo de 45º em relação ao equador terrestre.

Em que estado de repouso ou movimento?
Em repouso relativamente a eles mesmos e um em relação ao outro. Em movimento sendo ambos e cada um deles levados para o ocidente, para a frente e para trás respectivamente, pelo perpétuo movimento característico da terra através de sempremutáveis trilhas de nuncamutável espaço.

Em que postura?
Ouvinte: reclinada semilateralmente, à esquerda, mão esquerda sob a cabeça, perna direita estendida numa linha reta e descansando sobre a perna esquerda, fletida, na atitude de Geia-Tellus, realizada, recumbente, plena de semente. Narrador: reclinado lateralmente, à esquerda, com pernas direita e esquerda fletidas, o dedoindicador e o polegar da mão direita descansando na ponte do nariz, na atitude representada numa fotografia instantânea feita por Percy Apjohn, o meninomem exausto, o homenino no ventre.

Ventre? Exausto?
Ele repousa. Viajou.

Com?
Simbá dos Sete Mares e Limbá dos Sete Lares e Bimbá dos Sete Bares e Pimbá dos Sete Pares e Guimbá das Sete Gares e Dimbá dos Sete Dares e Timbá

dos Sete Tares e Himbá dos Sete Hares e Quimbá dos Sete Quares e Rimbá dos Sete Rares e Zimbá dos Sete Zares e Jimbá dos Sete Fares e Wimbá dos Sete Nhares e Nimbá dos Sete Yares e Ximbá dos Sete Phthares.

Quando?
Rumo à escura cama havia um ovo redondo quadrado de dodó da roca do Simbá dos sete Mares na noite da cama de todos os dodós das rocas de Escurimbá dos Diassolares.

Onde?
•

▬▬▬▬▬▬▬

Sim porque ele nunca fez uma coisa dessa de me pedir café na cama com dois ovos desde o hotel City Arms quando ele ficava fingindo que ficava de cama com uma voz de doente posando de príncipe pra se fazer de interessante praquela velha coroca da senhora Riordan que ele achava que tinha bem na palma da mão e ela não deixou nem um tostão pra gente tudo pras missas pra ela e a alma dela maior mãodevaca do mundo sempre foi tinha medo até de gastar 4p pro álcool metilado dela me contando todas as mazelas dela ela tinha era muito blablablá sobre política e os terremotos e o fim do mundo deixa a gente se divertir um pouquinho antes Deus que ajude o mundo se todas as mulheres fossem do tipo dela malhando os maiôs e os decotes que claro que ninguém ia querer que ela usasse acho que ela era toda santa porque nenhum homem ia olhar pra ela duas vezes tomara que eu nunca fique que nem ela não sei como é que ela não queria que a gente cobrisse a cara mas era uma mulher benheducada com certeza e aquele palavrório dela de senhor Riordan pra cá e senhor Riordan pra lá acho que ele ficou foi feliz de se ver livre dela e o cachorro dela cheirando as minhas partes e sempre fuçando pra entrar debaixo da minha anágua especialmente naqueles dias ainda assim eu gosto disso nele educado com as velhinhas assim e os garçons e os mendigos também não é à toa que ele se orgulha mas não sempre se algum dia ele tiver alguma coisa séria de verdade com ele é muito melhor pra eles ir prum hospital com tudo limpinho mas acho que eu ia ter que martelar isso na cabeça dele um mês sim e aí a gente ia estar com uma enfermeira assim que eu piscasse os olhos embaixo da asa deixar ele por lá até eles expulsarem ou uma freira quem sabe que nem a foto safada que ele tem aquilo ali é tão freira quanto eu sim porque eles são tão fracos e choramingüentos quando estão doentes eles precisam de uma mulher pra ficar bons se o nariz dele sangra você era capaz de pensar que era oh uma tragédia e aquela vez com a cara de moribundo saindo da Circular Sul quando ele torceu o pé na festa do coral no morro do Pãodeaçúcar no dia que eu estava com aquele vestido a senhorita Stack trazendo flor pra ele as piorzinhas que ela conseguiu achar no fundo do cesto qualquer coisa pra conseguir entrar num quarto de homem com aquela voz de matrona tentando imaginar que ele estava morrendo por causa dela jamais voltar a ver teu semblante se bem que ele ficou mais com cara de homem com a barba meio crescida na cama o papai era a mesma coisa além disso eu odeio ficar fazendo curativo e remedinho quando ele cortou o dedão do pé com a navalha cortando calo com medo de pegar tétano mas se fosse o caso de eu estar doente aí é que a gente ia ver quanta atenção só que claro que as mulheres escondem pra não dar esse trabalhão que eles dão sim ele gozou em algum lugar eu tenho certeza pelo apetite dele enfim amor é que não é senão ele ia estar virado do alvesso pensando nela então de duas uma ou foi uma dessas mulheres da noite se era lá mesmo que ele estava e a estória do hotel que ele inventou um monte de mentira pra esconder planejando tudo o Hynes que me segurou quem foi que eu encontrei Ô é eu encontrei você se lembra dele o Menton e quem mais quem deixa ver aquele grandão com cara de nenê esse eu vi e ele casado de pouco flertando com uma moça no miriorama Pooles e dei as costas pra ele quando ele escapuliu com uma cara bem de quem sabia que mal há mas ele teve a senvergonhice de dar em cima de mim uma vez bem feito pra ele todo cheio de si e aquele olho de ovo cozido de tudo quanto é palerma que eu já conheci e chamam aquilo de adevogado e só porque eu odeio ficar batendo boca na cama senão se não for isso é alguma cadelinha que ele arrumou por aí em algum lugar ou cantou escondido Ô se elas conhecessem esse aqui que nem eu conheço sim porque anteontem ele estava escrevinhando alguma coisa uma carta quando eu entrei na sala da frente pra pegar fósforo pra mostrar pra ele a morte do Dignam no jornal até parecia que alguma coisa tinha me avisado e ele cobriu com o mataborrão fingindo que estava pensando sobre os negócios então muito provavelmente era isso mesmo pra alguma fulana que acha que se deu bem com ele porque tudo quanto é homem fica um pouco assim com a idade dele especialmente chegando nos quarenta ele agora e pra arrancar qualquer dinheiro que ela consiga arrancar dele nenhum bobo é mais bobo que um bobo velho e aí o beijo de sempre na minha bunda foi pra esconder não que eu esteja dando a mínima agora com quem ele anda fazendo ou conheceu antes desse jeito mas que eu queria descobrir isso eu queria desde que eu não fique com os dois na minha frente o tempo todo que nem aquela vagabunda daquela Mary que trabalhou com a gente na vila Ontário usando enchimento naquela bunda falsa pra deixar ele excitado já não me basta ter sentido o cheiro daquelas mulheres pintadas nele uma ou duas vezes eu tive uma suspeita fazendo ele chegar perto de mim quando eu achei aquele cabelo comprido no casaco dele sem contar aquela quando eu entrei na cozinha ele fingindo que estava tomando água 1 mulher não chega pra eles era tudo culpa dele e claro estragando as empregadas e aí inventando que ela podia comer com a gente na mesa no Natal vê se pode Ô não muito obrigada não na minha casa roubando as minhas batatas e as ostras a 2 e 6 a dúzia saindo pra ir ver a tia vê se pode roubo puro e simples era isso que era mas eu tinha certeza que ele tinha alguma coisa com aquela zinha só eu pra descobrir uma coisa dessas ele disse você não tem provas era a prova dela Ô sim a tia dela gostava muito de ostra mas ela ficou sabendo o que eu achava dela dando ideia de eu sair pra ficar sozinho com ela eu que não ia me rebaixar a ponto de espionar os dois as ligas que eu achei no quarto dela na sextafeira que ela estava de folga já foi a conta pra mim até um pouco demais e eu vi que o rosto dela ficou tudo inchado temperamental quando eu dei o aviso prévio pra ela melhor ficar sem elas de uma vez por todas ajeito eu mesma os quartos mais rápido até não fosse a droga da cozinha e de jogar o lixo fora eu joguei na cara dele mesmo assim ou sai ela ou saio eu de casa eu não conseguia nem encostar nele se achasse que ele estava com uma mentirosa suja caradepau e desmazelada que nem aquela negando tudo na minha cara e cantando pela casa e até no toalete porque sabia que estava por cima da carnesseca sim porque é impossível ele ficar tanto tempo sem então ele tem que fazer em algum lugar e a última vez que ele gozou em cima da minha bunda quando foi foi na noite que o Boylan deu um apertão bem forte na minha mão andando pelo Tolka na minha mão lá roubou outro eu só apertei as costas da dele assim com o dedão pra devolver o aperto cantando a jovem lua de maio está brilhando meu amor porque ele anda meio cismado sobre eu e ele ele não é tão bobo assim ele disse vou jantar fora e vou no Gaiety mas eu não vou dar essa satisfação pra ele de jeito nenhum Deus sabe que assim pelo menos eu saio da rotina pra não ficar usando o tempo todo o mesmo chapéu velho pra sempre a não ser que eu pagasse algum rapazinho bonito pra fazer já que não dá pra eu fazer sozinha um rapazinho ia gostar de mim eu ia confundir o coitado um pouco sozinha com ele se a gente ficasse eu ia deixar ele ver as minhas ligas as novas e fazer ele ficar vermelho de tanto olhar pra ele seduzir ele eu sei o que os garotos sentem com aquela penugem no rosto com aquela maldita mania de sacar aquele negócio pra fora o tempo todo pergunta e resposta você faria isso e aquilo e mais aquilo com o entregador de carvão sim com um bispo sim ia sim porque eu contei pra ele sobre um deão ou bispo que estava sentado do meu lado no jardim dos templos dos judeus quando eu estava tricotando aquele treco de lã ele não conhecia Dublin que lugar era aquele e assim por diante sobre os monumentos e ele me cansou com umas estórias de estátuas botando ideia na cabeça dele deixando ele pior do que já é quem está na tua cabeça diz vai em quem você está pensando quem é diz o nome dele quem fala quem o Imperador da Alemanha será sim imagine que eu sou ele pense nele dá pra sentir ele tentando me fazer de puta o que ele nunca vai fazer ele devia era desistir disso agora a essa altura da vida dele simplesmente estraga tudo pra qualquer mulher e sem nenhuma satisfação fingir que está gostando até ele gozar e aí resolvo eu mesma sozinha fazer o quê e você fica com a boca pálida enfim está feito agora de uma vez por todas com todo o falatório do mundo que esse povo faz é só a primeira vez depois é só aquela mesma coisa de fazer e não pensar mais no assunto por que que a gente não pode beijar um homem sem ter que casar com ele antes às vezes dá uma vontade tão grande quando você fica daquele jeito tão bom no corpo todo você não consegue evitar eu queria que algum sujeito qualquer me pegasse quando ele está junto e me beijasse sem ele me largar não tem nada igual um beijo comprido e quente até a alma quase te paralisa depois eu odeio a tal da confissão quando eu ia no padre Corrigan ele encostou em mim padre e daí se encostou onde minha filha e eu sempre penso no meu pai de verdade e aí eu disse na margem do canal que nem uma boba mas em que partes da sua pessoa na perna por trás bem pra cima por acaso sim foi bem alto por acaso foi onde você senta sim Ô meu Deus será que não dava pra ele dizer bunda de uma vez e acabar logo com isso o que é que isso tudo tem a ver e por acaso você seja lá como ele dizia eu não lembro não padre pra que que ele queria saber se eu já tinha confessado pra Deus ele tinha uma mão bem gordinha palma úmida sempre eu não ia achar ruim sentir aquela mão e nem ele eu diria pelo pescoço de touro naquele colarinho de cavalo eu fico imaginando se ele me reconhecia no confessionário dava pra ver o rosto dele mas ele não conseguia ver o meu claro que ele nunca ia erguer a cara ou admitir se bem que ele ficou de olho vermelho quando o pai dele morreu menos homens pras mulheres é claro contando com eles deve de ser horrível quando um homem chora imagina eles então eu queria que um deles me abraçasse todo paramentado e com aquele cheiro de incenso que nem o papa além disso não tem perigo com padre se você é casada ele se cuida mais do que bem daí dá alguma coisa pra sua santidade o papa de penitência eu fico imaginando se ele ficou satisfeito comigo uma coisa que eu não gostei foi ele me dar um tapa no traseiro quando estava saindo tão familiar no corredor por mais que eu tenha rido eu não sou cavalo nem burro ou por acaso sou acho que ele estava pensando no pai dele eu fico imaginando será que ele está acordado pensando em mim ou sonhando será que eu estou no sonho quem foi que deu aquela flor que ele disse que comprou ele estava com cheiro de alguma bebida não era uísque nem cerveja ou quem sabe aquela cola docinha que eles usam pra grudar cartaz com algum licor eu queria provar aquelas bebidas caras verdes e amarelas de gente rica que aqueles sujeitos de porta de teatro bebem de cartola que eu provei uma vez com o dedo molhado no copo daquele americano com o casaco de esquilo falando de selos com o papai ele estava dando tudo que podia pra não cair no sono depois da última vez depois que a gente tomou o vinhodoporto com a carne enlatada estava com um belo gostinho salgado sim porque eu também estava me sentindo ótima e cansada e ferrei no sono assim que me estiquei na cama até aquele trovão me acordar que nem se fosse o fim do mundo Deus tenha misericórdia de nós achei que o céu ia cair em cima da gente de castigo quando eu me benzi e disse uma Ave-Maria que nem aqueles relâmpagos horrorosos em Gibraltar e aí eles vêm te dizer que Deus não existe o que é que você podia fazer se a coisa estivesse estourando e jorrando por aí nada a não ser fazer um ato de contrição a vela que eu acendi aquela noite na capela da rua dos frades brancos pelo mês de maio está vendo deu sorte se bem que ele ia tirar sarro se ouvisse porque ele nunca vai na igreja seja missa ou reunião ele diz que a alma da gente que a gente não tem alma por dentro só massa cinzenta porque ele não sabe o que é ter alma sim quando eu acendi a luz sim porque ele há de ter gozado umas 3 ou 4 vezes com aquela coisona vermelha monstruosa dele eu achei que a veia ou sei lá que meleca de nome que aquilo tem ia estourar apesar que o nariz dele não é tão grande assim depois que eu tirei aquilo tudo com a persiana abaixada depois de eu ficar horas me vestindo e perfumando e penteando aquilo parecia um ferro ou algum pé de cabra grosso em riste o tempo todo ele deve de ter comido ostra eu acho umas dúzias estava com uma voz ótima pra cantar não eu nunca na minha vida inteira senti que alguém tinha um daquele tamanho pra fazer você se sentir toda preenchida ele deve de ter comido uma ovelha inteira depois que ideia é essa de fazer a gente desse jeito com um buracão assim no meio que nem um garanhão enfiando aquilo em você porque é só isso que eles querem de você com aquela cara decidida e depravada eu tive que meio que fechar o olho mas até que ele não tem tanta porra assim lá dentro quando eu fiz ele tirar e fazer em cima de mim apesar de ser daquele tamanhão tanto melhor caso um pouquinho não tenha saído direito com a água na última vez que eu deixei ele acabar dentro de mim bela invenção que eles fizeram pra mulher isso de ele ficar com todo o prazer mas se alguém fizesse eles provarem um tantinho do remédio eles iam saber o que eu passei com a Milly ninguém ia acreditar apontando os dentinhos também e o marido da Mina Purefoy sacudindo aquelas suiçonas metendo uma criança nela ou gêmeos por ano que nem um relógio sempre com cheiro de criança a coitada aquele que eles chamavam de frajola ou alguma coisa que nem um crioulo com um tufo de cabelo Jesusperneta a criança era preta a última vez que eu fui lá era um batalhão de criança caindo uma por cima da outra e berrando que não dava pra você escutar nem pensamento dizem que faz bem não ficam satisfeitos enquanto não deixam a gente inchada que nem uma elefanta ou sei lá o quê e se eu me arriscasse a ter outro mas não dele se bem que se ele fosse casado eu tenho certeza que ele ia ter um filho bem fortinho mas não sei o Poldy tem mais porra sim ia ser divertido demais acho que foi aquilo de encontrar a Josie Powell e o enterro e pensar em mim e no Boylan que deu corda nele agora bom ele pode achar o que quiser se for fazer algum bem pra ele eu sei que eles estavam se amassando um pouco quando eu entrei em cena ele estava dançando e ficou sentado lá com ela na noite da inauguração da casa da Georgina Simpson e daí ele quis me fazer engolir que era por não gostar de ver aquela lá tomando chá de cadeira foi por isso que a gente teve aquela briga enorme sobre política foi ele que começou eu não quando ele disse aquilo do Nosso Senhor ser carpinteiro acabou que ele me fez chorar lógico mulher é tão sensível sobre tudo quanto é coisa eu fiquei soltando fumaça sozinha depois por ter cedido só porque sabia que ele estava caidinho por mim e o primeiro socialista ele disse que Ele era ele me irritava de um jeito eu não conseguia tirar ele do sério mas que ele sabe um monte de coisinha isso sabe especialmente sobre o corpo e as partes de dentro eu sempre quis dar uma estudada nisso também o que a gente tem por dentro naquele livro saúde para a família eu conseguia sempre ouvir a voz dele falando quando a sala estava lotada e ficar olhando ele depois eu fingi que dei um gelo nela por causa dele porque ele era meio mais pro ciumento toda vez que ele perguntava na casa de quem que você está indo e eu dizia lá na Floey e ele me deu de presente as poesias do lorde Byron e os três pares de luva aí isso acabou com a estória toda eu podia fazer ele dançar pela minha música facinho quando eu quisesse até sei como se ele começasse com ela de novo e fosse sair pra ir ver ela em algum lugar eu ia saber se ele se recusasse a comer cebola eu sei um monte de jeito pedir pra ele ajeitar o colarinho da minha blusa ou encostar nele com o véu e as luvas na hora de sair 1 beijinho aí se livrava delas todas apesar que tudo bem veremos então deixa ele ir atrás ela ia achar o máximo fingir que estava loucamente apaixonada por ele isso não me incomodava tanto eu ia só chegar pra ela e perguntar você ama ele e olhar bem na cara dela ela não ia conseguir me fazer de boba mas ele podia pensar que estava e fazer uma declaração com aquele jeito de falar meio embolado que ele tem pra ela que nem ele fez pra mim apesar que eu tive que comer o pão que o diabo amassou pra arrancar dele se bem que eu gostava dele por isso porque mostrava que ele sabia se conter e não estava à disposição da primeira que pedisse e ele estava à beira de me pedir também aquela noite na cozinha que eu estava enrolando o bolo de batata tem uma coisa que eu queria te dizer só que eu desanimei ele me fazendo de malumorada com as mãos e os braços cheios de farinha com pedaço de massa de um jeito ou de outro eu falei demais uma noite antes conversando sobre sonhos aí não queria deixar ele saber mais do que devia ela ficava me abraçando o tempo todo a Josie toda vez que ele estava lá pensando nele é lógico agarrada em mim e quando eu disse que tinha me lavado inteirinha até onde dava ela me perguntando você lavou onde dava mulher está sempre se cutucando por causa disso parecendo umas atrizes quando ele está por perto elas sabem por causa daquele olho safado dele piscando um pouquinho se fazendo de indiferente quando elas soltam alguma coisa a cara dele é por isso que ele fica convencido eu não estranho nem um pouco porque ele era bem bonitão naquela época tentando ficar parecido com o lorde Byron eu dizia que gostava se bem que ele era lindo demais pra um homem e era mesmo um pouco antes da gente ficar noivo depois se bem que ela não gostou tanto assim no dia que eu tive um ataque de riso gargalhando sem parar por causa dos meus grampos de cabelo caindo tudo um depois do outro com a montoeira de cabelo que eu tinha você está sempre de ótimo humor ela disse sim porque isso deixava ela tudo assanhada porque ela sabia o que aquilo queria dizer porque eu contava pra ela um bom bocado do que acontecia com a gente não tudo mas só o bastante pra ela ficar com água na boca mas não foi culpa minha que ela não deu muito as caras depois que a gente casou eu fico imaginando como é que ela ficou agora depois de viver com aquele marido lelé dela ela estava com o rosto começando a ficar cansado e maltratado da última vez que a gente se viu ela devia de ter acabado de brigar com ele porque eu vi imediatamente que ela estava louquinha pra puxar uma conversa sobre marido e falar dele pra descer o malho nele o que foi mesmo que ela me contou Ô é que às vezes ele vai pra cama sem tirar a bota cheia de lama quando lhe dá na veneta imagine só ter que ir pra cama com uma coisa dessa podia acabar com a tua raça a qualquer momento que sujeito bom cada um fica doido de um jeito o Poldy pelo menos apesar de tudo sempre limpa o pé no capacho quando entra faça chuva ou faça sol e sempre engraxa as próprias botas também e ele sempre tira o chapéu quando encontra alguém na rua assim e agora ele está andando por aí de chinelo pra tentar £10 000 por um postal d u deu Ô querida Clementina não é de cair durinha esturricada de raiva uma coisa dessa estúpido demais até pra tirar a bota agora o que é que você me pode fazer com um sujeito desse eu preferia morrer 20 vezes seguidas que casar com outro do sexo deles claro que ele nunca ia achar outra mulher que nem eu pra aguentar ele do jeito que eu aguento quer ver meu jeito olha como eu deito e ele sabe disso também no fundo do coração veja só essa senhora Maybrick que envenenou o marido por o que mesmo eu imagino que apaixonada por algum outro sujeito sim descobriram isso dela e que bandida que ela foi sem tirar nem pôr de me ir fazer uma coisa dessa claro que tem homem que consegue ser chato de matar deixam você louca e sempre com a pior palavra do mundo pra dizer e pra que que eles pedem a gente em casamento se a gente é tão ruim assim afinal sim porque eles não conseguem se virar sem nós Arsênico branco foi o que ela pôs no chá dele tirou de papel pegamosca né eu fico imaginando por que é que chamam isso desse nome se eu perguntasse pra ele ele ia dizer que vem do grego e você fica sabendo tanto quanto sabia antes de perguntar ela devia de estar loucamente apaixonada pelo outro camarada pra correr o risco de ir pra forca Ô ela não dava a mínima se era a natureza dela além disso o que é que ela podia fazer eles não são tão monstros assim de enforcar uma mulher com certeza será que são

    eles são tudo tão diferentes o Boylan falando do formato do meu pé ele percebeu na hora até antes de ser apresentado quando eu estava na dbc com o Poldy rindo e tentando escutar eu estava balançandinho o pé nós dois pedimos 2 chás só com pão e manteiga eu vi ele olhando com aquelas duas irmãs solteironas dele quando eu levantei e perguntei pra menina onde é que ficava o que é que me importava com aquilo já quase saindo sozinho e aquela calçolinha preta fechada que ele me fez comprar leva meia hora pra tirar me molhando tudo sempre com alguma invencionice nova semana sim semana não foi um tão comprido que eu fiz que eu esqueci a minha luva de camurça no assento atrás de mim que eu nunca consegui de volta alguma mulher ladrona e ele queria que eu pusesse no Irish Times perdidas no lavatório feminino da dbc rua Dame se encontrar favor devolver à senhora Marion Bloom e eu vi ele de olho nos meus pés saindo pela porta de mola ele estava olhando quando eu olhei pra trás e eu fui lá tomar chá 2 dias depois na esperança mas ele não estava agora como é que aquilo deixou ele excitado porque eu estava de perna cruzada quando a gente estava na outra sala primeiro ele falou do sapato que é apertado demais pra andar a minha mão também é bonitinha se eu tivesse um anel com a pedra do meu mês uma bela aguamarinha vou arrancar um dele e uma pulseira de ouro eu não gosto tanto assim do meu pé pelo menos fiz ele gozar um dia com o meu pé na noite depois do concerto gorado do Goodwin estava tão frio e tanto vento enfim a gente tinha aquele rum em casa pra fazer um quentão e o fogo não estava apagado quando ele pediu pra tirar a minha meia deitada no tapete da lareira na rua Lombard enfim e outra vez foi a minha bota cheia de lama ele queria que eu andasse no esterco de tudo quanto era cavalo que eu achasse mas claro que ele não é normal que nem todo mundo que eu o que foi que ele disse que eu podia dar nove pontos de vantagem em dez pra Katty Lanner e acabar com ela como assim eu perguntei pra ele esqueci o que ele disse porque a edição extra passou bem naquela horinha e o sujeito de cabelo cacheado lá da leiteria Lucan que é tão educado acho que já vi a cara dele antes em algum lugar percebi ele quando eu estava provando a manteiga aí eu não tive pressa o Bartell DArcy também que ele tirou sarro quando ele começou a me beijar na escada do coro depois que eu cantei a *Ave Maria* de Gounod o que estaremos esperando Ô meu amor beijame no cenho e digamos nosso adeus que era o meu seio ele era bem vigoroso apesar daquela vozinha minúscula também as minhas notas graves ele ficava o tempo todo enlouquecido por causa delas se é que dá pra acreditar nele eu gostava do jeito dele usar a boca pra cantar aí ele disse se não era terrível fazer aquilo ali num lugar que nem aquele eu não vejo nada tão terrível um dia desses eu vou contar isso pra ele não agora pra dar uma surpresinha é e vou levar ele lá e mostrar exatamente o lugar também que a gente fez então agora é isso mesmo queira ou não queira ele acha que não pode acontecer nada sem ele saber ele não tinha a menor ideia sobre a minha mãe até a gente ficar noivo senão ele nunca ia ter me conseguido assim tão barato ele mesmo é que era 10 vezes pior no fim de contas implorando pra eu dar um pedacinhozinho cortado da minha calçola isso foi naquela noite descendo pela praça Kennylworth que ele me beijou no olho da luva e eu tive que tirar me fazendo umas perguntas será que seria permitido perguntar a forma do meu quarto aí eu deixei ele ficar com ela como se eu tivesse esquecido pra pensar em mim quando eu vi ele meter bem quietinho no bolso claro que ele é louco por essa coisa de calçola está na cara sempre espiandinho aquelas carasdepau de bicicleta com a saia voando até o umbigo até quando a Milly e eu saímos junto com ele na festa ao ar livre aquela uma com a musselina creme de pé bem contra o sol de um jeito que ele podia ver cada átomo que ela estava usando quando ele me viu por trás seguindo na chuva se bem que eu vi ele antes dele me ver parado na esquina da encruzilhada da rua Harolds com uma capadechuva nova com aquela echarpe com as cores zíngaras pra exibir a tez dele e de chapéu marrom com aquela cara de safado de sempre o que que ele estava fazendo ali que não tinha nada que estar ali eles podem conseguir o que quiserem com qualquer coisa que use saia e a gente não pode perguntar patavinas mas eles querem saber onde você estava onde você vai dava pra eu sentir ele vindo junto se esgueirando atrás de mim de olho no meu pescoço ele andava afastado lá de casa estava sentindo que a coisa estava ficando quente demais pra ele aí eu fiz meiavolta e parei aí ele me azucrinou pra eu dizer sim até que eu tirei a luva devagarinho olhando pra ele ele disse que as minhas mangas de renda eram frias demais pra chuva qualquer coisa de desculpa pra pôr a mão perto de mim calçola calçola o tempo todinho até eu prometer dar a da minha boneca pra ele pra carregar no bolso do colete Ô *Maria mi Madre* ele estava mesmo com cara de bobão pingando na chuva uns dentes maravilhosos que ele tinha que eu ficava com fome só de olhar e solicitou que eu soerguesse a anágua laranja que eu estava usando com as pregas cordessol que não tinha ninguém ele disse que ia se ajoelhar no molhado se eu não erguesse tão cabeçadura e ia mesmo e ia acabar com a capadechuva novinha nunca dá pra você saber que tipo de tarado eles vão virar sozinhos com você eles são tão selvagens quando querem aquilo se alguém estivesse passando aí eu levantei um pouquinho e encostei na calça dele pelo lado de fora que nem eu fazia com o Gardner depois com a mão do anel pra evitar que ele fizesse coisa pior onde era lugar público demais eu estava morrendo de curiosidade de saber se ele era circuncidado ele estava tremendo inteiro que nem geleia querem fazer tudo rápido demais acaba com a graça toda da coisa e o papai esperando o tempo todo a janta ele me mandou dizer que eu tinha esquecido a bolsa no açougueiro e tinha que voltar pra buscar que Velhaco aí ele me escreveu aquela carta tudo palavrosa como é que ele tinha cara com qualquer mulher depois daqueles modos sociais dele deixou tudo tão constrangedor depois quando a gente se viu perguntando eu te ofendi eu com as pálpebras baixadas claro que ele estava vendo que eu não estava ele tinha lá os seus miolos não era que nem aquele outro bobo do Henny Doyle que estava sempre quebrando ou estragando alguma coisa nas brincadeiras de adivinha odeio homem azarado e se eu sabia o que aquilo queria dizer claro que eu tinha que dizer que não por causa das aparências não estou te entendendo eu disse e se não era normal e claro que era mesmo tinham escrito aquilo do lado do desenho da coisa de uma mulher naquele muro em Gibraltar com aquela palavra que eu não conseguia achar em lugar nenhum só que as crianças acabam vendo muito novinhas aí me escrevendo uma carta toda manhã às vezes duas por dia eu gostava do jeito dele fazer a corte naquela época ele sabia como ganhar uma mulher quando me mandou aquelas 8 papoulas enormes porque o meu era dia 8 aí eu escrevi que na noite que ele beijou o meu coração em Dolphins

Barn eu não conseguia descrever simplesmente aquilo te deixa de um jeito mas ele nunca soube como abraçar direito como o Gardner espero que ele venha segunda que nem ele disse na mesma hora às quatro odeio gente que aparece qualquer hora você vai atender a porta pensa que é o verdureiro aí é alguém e você tudo desarrumada ou a porta da cozinha imunda e bagunçada me abre de repente no dia que o velho caragelada do Goodwin veio falar do concerto na rua Lombard e eu logo depois de jantar tudo corada e desajeitada de cozinhar aquela carne nem me olhe professor eu tive que dizer eu estou horrível sim mas ele era um cavalheiro das antigas de verdade lá do jeito dele não tinha por onde ser mais respeitoso sem ninguém pra dizer que você saiu você tem que dar uma espiada pela persiana que nem o mensageiro hoje eu achei que ele estava me dispensando primeiro por ele me mandar o vinhodoporto e os pêssegos antes e já estava começando a bocejar de nervosa de achar que ele estava tentando me fazer de boba quando reconheci aquele tattarrattat dele na porta ele devia de estar um pouquinho atrasado por que era 3 e 15 quando eu vi as 2 meninas do Dedalus vindo da escola eu nunca sei a hora nem aquele relógio que ele me deu parece que nunca está certo era melhor eu mandar darem uma olhada nele depois quando eu joguei o pêni praquele marinheiro aleijado pela Inglaterra lar e beleza quando eu estava assobiando há uma linda mocinha que adoro e eu não tinha nem posto a combinação limpa nem me empoado nem nada aí daqui uma semana a gente vai pra Belfast que bom que ele tem que estar em Ennis aniversário da morte do pai dele dia 27 não ia ser nada agradável se ele fosse imagine que o nosso quarto no hotel fosse um do lado do outro e que alguma safadeza acontecesse na cama nova eu não ia poder dizer pra ele parar e não me incomodar com ele no quarto do lado ou quem sabe algum pastor protestante com uma tossinha batendo na parede aí ele não ia acreditar no outro dia que a gente não fez alguma coisa marido tudo bem mas amante não dá pra enganar depois de eu dizer pra ele que a gente não faz mais nada claro que ele não acreditou não melhor ele estar indo lá pra onde ele vai além disso sempre acontece alguma coisa com ele aquela vez indo pro concerto Mallow em Maryborough pedindo sopa pelando pra nós dois aí a campainha tocou e lá me vai ele andando pela plataforma com a sopa derramando por tudo e tomando de colherada a audácia do indivíduo e o garçom atrás dele fazendo um escândalo desgraçado berrando e aquela confusão pro trem partir mas ele não queria pagar até acabar de tomar os dois cavalheiros no vagão de 3ª classe disseram que ele estava mais do que certo e estava mesmo ele é tão cabeçadura às vezes quando mete alguma coisa na cachola pelo menos ele conseguiu abrir a porta do vagão com o canivete ou eles iam ter levado a gente pra Cork acho que fizeram de vingança contra ele Ô eu adoro gingar num trenzinho ou num carro com umas almofadinhas macias eu fico imaginando será que ele vai pegar de 1ª classe pra mim ele pode querer fazer no trem dando uma bela de uma gorjeta pro guardinha Ô imagino que vão aparecer os imbecis de sempre dos homens de boca aberta olhando pra gente com aqueles olhos que não podiam ser mais estúpidos nem se tentassem era um sujeito excepcional aquele trabalhadorzinho comum que deixou a gente sozinho no vagão aquele dia na ida pra Howth eu queria saber alguma coisa sobre ele 1 ou 2 túneis talvez aí você tem que olhar pela janela aí fica ainda melhor na volta imagine se eu nunca mais voltasse o que é que eles iam dizer fugiu com ele isso motiva a gente no palco o último concerto que eu cantei lá em onde era tem mais de um ano quando que foi a sala de S Teresa na rua Clarendon umas janotinhas é que cantam lá agora Kathleen Kearney e as da laia dela só porque o papai foi do exército e porque eu cantei o vagabundo desleixado e usei um broche do lorde Roberts se está na cara que eu sou verde e laranja e o Poldy não era irlandês o bastante será que foi ele que deu um jeito dessa vez eu não ia achar impossível não que nem quando ele conseguiu me pôr pra cantar no *Stabat Mater* espalhando uma estória que estava musicando Leva Luz Conduz eu que arranjei essa pra ele até os jesuítas descobrirem que ele era maçom martelando o solo de piano Duz-me copiada de alguma ópera velha sim e ele estava andando com uns daqueles do Sinn Féin ultimamente ou sei lá que nome que eles se dão falando aquela porcariada dele de sempre aquela bobajada ele diz que aquele sujeitinho que ele me mostrou sem pescoço é muito inteligente o próximo homem Griffiths era o nome dele bom parecer ele não parece eu só sei isso ainda assim há de ter sido ele ele sabia que tinha um boicote odeio que mencionem política depois da guerra daquela Pretória e Ladysmith e Bloemfontein onde o Gardner ten Stanley G 8bt 2 reg L lancs de febre entérica era um sujeito lindo de cáqui e era o tantinho certo mais alto que eu tenho certeza que era corajoso também ele disse que eu era linda naquela noite que a gente deu um beijo de despedida na eclusa do canal minha beldade irlandesa ele estava pálido de empolgação por que estava indo ou iam ver a gente da estrada mal conseguia ficar de pé direito e eu mais quente do que nunca eles podiam ter feito as pazes deles no comecinho ou aquele *oom* Paul e o resto daqueles Krugers que fossem lá resolver entre eles em vez de arrastar a coisa por anos a fio matando tudo quanto era homem bonito com a tal da febre se pelo menos ele tivesse morrido a bala de um jeito decente não ia ter sido tão ruim adoro ver um regimento passando em revista a primeira vez que eu vi a cavalaria espanhola em La Roque foi lindo depois olhar de Algeciras lá do outro lado da baía as luzes tudo do rochedo que nem uns vagalumes ou aquelas batalhas fingidas nos 15 acres a Guarda Negra de kilt marchando no compasso passando o 10º de hussardos os homens do príncipe de Gales ou os lanceiros Ô os lanceiros são o máximo ou os Dublins que venceram em Tugela o pai dele fez dinheiro vendendo cavalo pra cavalaria bom ele podia me comprar um presente bonito lá em Belfast depois do que eu dei eles fazem uma roupabranca maravilhosa por lá ou um daqueles quimonos bonitos eu preciso comprar uma bola de cânfora que nem eu tinha antes pra deixar junto na gaveta ia ser divertido sair por aí com ele pras compras comprando essas coisas numa cidade nova melhor deixar essa aliança pra trás tem que ficar rodando um tempão pra passar pela junta ou eles podiam dar com a língua nos dentes em tudo que é jornal pela cidade ou me delatar pra polícia mas iam pensar que a gente era casado Ô que se danem todos que eu não estou dando a mínima ele tem bastante dinheiro e não é do tipo casadouro então era melhor alguém arrancar esse dinheiro dele se eu conseguisse descobrir se ele gosta de mim eu estava um pouco apagada claro quando me olhei de perto no espelhinho de mão na hora de me empoar espelho nunca dá a expressão além disso se agachando em cima de mim daquele jeito o tempo todo com aquele quadril ossudo ele é pesado também com aquele peito peludo demais nesse calor você sempre tem que deitar pra esperar eles melhor pra ele era meter em mim por trás do jeito que a senhora Mastiansky me disse que o marido dela obrigava ela que nem cachorro e botar a língua de fora o tanto que ela conseguisse e ele tão quietinho e delicado com aquela cítara plimplim também será possível um dia encarar os homens o jeito que eles se deixam levar pela coisa um tecido lindo daquele terno azul dele e uma gravata elegante e a meia com as coisinhas de seda azulceleste ele certamente anda bem de vida eu sei pelo talhe da roupa dele e aquele relógio pesadão mas ele ficou um perfeito diabinho uns minutos depois que voltou com a edição extra rasgando os bilhetes e relampejando porque perdeu 20 pratas ele disse que perdeu por causa daquele azarão que ganhou e metade ele apostou no meu nome por causa da dica do Lenehan xingando até a quinta geração aquele parasita ele ficou tomando liberdades comigo depois do jantar Glencree na volta aquela longa viagem sacolejante pela montanha Featherbed depois do lorde prefeito ficar me olhando com aquele olho imundo Val Dillon grande pagão eu percebi ele pela primeira vez na sobremesa quando eu estava quebrando as nozes com o dente eu queria era ter lambido tudo quanto era pedacinho daquele frango dos meus dedos de tão gostoso que estava e corado e mais macio que não sei o quê só que eu não queria comer tudinho do prato aqueles garfos e aquelas facas de peixe eram de prata de lei também eu queria ter uns daqueles ia ter sido bem fácil enfiar uns na manga quando eu estava brincando com eles e aí sempre pendurado neles nos restaurantes querendo dinheiro querendo o que você acabou de pôr na boca a gente tem é que dar graças até pela nossa xicrinha trincada de chá como se fosse um grande elogio digno de nota é como o mundo se divide em todo caso se isso vai continuar eu quero pelo menos mais duas camisas boas pra começo de conversa e mas eu não sei que tipo de calçola ele gosta ele gosta é sem calçola acho ele não disse isso sim e metade das meninas em Gibraltar nunca usavam mesmo peladinhas que nem Deus fez aquela andaluza cantando a sua Manola ela não fazia muito segredo do que tinha pra mostrar sim e o segundo par de meia de seda imitação já está com fio puxado e eu só usei um dia podia ter levado de volta pro Lewers hoje de manhã e feito um escândalo e fazer aquele zinho trocar pra mim só que eu não quis me incomodar e correr o risco de topar com ele e estragar tudo e um daqueles corpetes bem justinhos eu queria anunciado bem baratinho na Gentlewoman com tira de elástico no quadril ele poupou o que eu estava usando mas não adianta como é que eles diziam proporcionam maravilhoso contorno para sua figura 11/6 prevenindo aquela desagradável aparência mais larga no baixo lombo para reduzir as carnes a minha barriga está meio grandinha eu vou ter que parar com a cerveja na hora da janta ou será que eu estou começando a gostar demais de cerveja a última que eles mandaram do orourke estava mais choca que galinha de granja ele ganha dinheiro fácil chamam ele de Larry aquele embrulhinho rastaquera que ele mandou no Natal com um bolinho ordinário e uma garrafa de lavagem que ele tentou empurrar como clarete que ele não conseguia fazer ninguém tomar Deus poupe a saliva dele de medo que ele morra seco ou eu tenho que fazer uns exercícios de respiração eu fico imaginando se aquele antigordura serve pra alguma coisa podia exagerar magrela não está muito na moda agora de liga eu estou bem eu tenho o par violeta que eu usei hoje ele só me comprou isso com o cheque que recebeu no dia primeiro Ô não e tinha a loção facial que eu acabei ontem que deixou a minha pele como nova eu disse pra ele um milhão de vezes mande fazer no mesmo lugar e não vai me esquecer sabe Deus se ele foi fazer depois de tudo que eu falei pra ele eu vou saber pelo frasco de qualquer jeito se não acho que eu vou ter é que acabar me lavando com o meu mijo que nem caldo de carne ou canja de galinha com um pouquinho daquele opopânax com violeta achei que estava começando a ficar áspera ou meio velha a pele mais embaixo é bem mais fininha lá onde descascou no dedo depois da queimadura é pena que não seja tudo desse jeito e os quatro lencinhos vagabundos coisa de 6 xelins tudo junto claro que dá pra você passar a vida sem estilo tudo pra comida e aluguel quando eu ganhar eu vou sair abanando por aí em grande estilo eu sempre quis jogar um punhado de chá no bule medindo e regulando se eu comprar nem que seja um sapatinho gostou do sapato novo sim quanto custou eu não tenho mais roupa o conjuntinho marrom e a saia com a jaqueta e aquele que está com a lavadeira 3 o que que é isso pra qualquer mulher cortando um pedaço de um chapéu velho pra remendar outro os homens não te olham e as mulheres tentam passar por cima de você porque elas sabem que você não tem homem e aí com tudo quanto é coisa ficando mais cara todo dia pelos quatro anos a mais que eu tenho de vida até os 35 não eu estou com quantos anos eu tenho mesmo eu vou fazer 33 em setembro será que é isso que Ô enfim olha a tal da senhora Galbraith ela é bem mais velha que eu eu passei por ela quando saí semana passada a beleza dela está minguando ela era bonita com uma cabeleira magnífica até a cintura jogando pra trás assim que nem a Kitty OShea na rua Grantham 1ª coisa que eu fazia toda manhã era olhar do outro lado da rua pra ver ela penteando aquele cabelo como se fosse o amor da vida dela e ela morresse de orgulho pena que eu só fui conhecer ela um dia antes da gente se mudar e a tal da senhora Langtry o lírio de Jersey que era a paixão do príncipe de Gales imagino que ele seja que nem um outro qualquer só que com um nome de rei tudo feito do mesmo jeito só o de um preto eu queria experimentar uma beleza até que idade mais ou menos 45 teve alguma estória esquisita sobre o maridinho ciumento o que que era mesmo e uma faca de ostra que ele foi não ele obrigou ela a usar um tipo de uma coisa de lata enrolada e o príncipe de Gales sim ele que tinha a faca de ostra não pode ser verdade uma coisa dessa que nem uns livros daqueles que ele me traz as obras do Mestre François fulano de tal que parece que era padre sobre uma criança que nasceu do ouvido dela porque a tripa traseira dela despencou bela palavra pra qualquer padre me sair escrevendo e a b—a dela como se qualquer imbecil não pudesse ver o que que é isso eu odeio esse fingimento convenhamos com aquela cara de tratante dele que todo mundo percebe que não é verdade e aquele da Ruby e das Belas Tiranas ele me trouxe esse duas vezes eu lembro quando eu cheguei na página 50 a parte que ela pendura ele num gancho com uma corda flagelar claro que não tem nada ali pras mulheres tudo invencionice inventada de ele tomar champanhe no sapato dela depois que o baile acabou que nem o Menino Jesus no berço em Inchicore nos braços da Virgem Santa e claro que nunca que iam conseguir tirar uma criança daquele tamanho de nenhuma mulher e eu achava antes que saía pelo lado porque como é que ela podia usar o penico quando quisesse e ela era rica claro que ficou honrada S A R ele esteve em Gibraltar no ano que eu nasci aposto que achou uns lírios por lá também onde ele plantou a árvore ele plantou mais que isso na vida dele bem podia ter plantado em mim também se tivesse ido um pouquinho antes aí eu não ia estar aqui desse jeito ele devia mandar passear aquele Freeman com os trocadinhos que ele arranja por lá e entrar em algum escritório ou uma coisa assim onde tivesse um salário regular ou um banco onde pudessem colocar ele num trono pra contar dinheiro o dia inteiro claro que ele prefere ficar à toa pela casa e você sem poder nem se mexer com ele por toda parte qual é o teu programa pra hoje eu até queria que ele fumasse cachimbo que nem o papai pra ficar com cheiro de homem ou fingindo que está batendo perna atrás de anúncio quando podia estar até agora com o senhor Cuffe não fosse pelo que ele fez daí me mandou tentar remendar a coisa toda eu podia ter arranjado uma promoção pra ele lá pra ser gerente ele me deu umas olhadas calientes umas vezes primeiro ele estava mais duro que a vida realmente francamente senhora Bloom só que eu estava me sentindo simplesmente um traste com o vestidinho velho imprestável que eu perdi os chumbinhos da barra sem corte mas está entrando de novo na moda comprei só pra agradar ele eu sabia que não prestava pelo acabamento pena que eu mudei de ideia sobre ir na Todd e Burns que nem eu falei e não na Lees era bem que nem a própria loja liquidação geral um monte de porcaria odeio essas lojas de rico dá nos nervos nada me derruba mais só que ele acha que sabe muita coisa de vestido de mulher e cozinha e ser mãe e tudo mais ele que revire as prateleiras procurando se eu fosse seguir conselho dele cada bendito chapéu que eu ponho e esse me vai bem sim leve esse está ótimo aquele que nem um bolo de casamento milhas de altura empilhado na minha cabeça ele disse que me ia bem ou aquele que parecia uma cobertura de prato que descia aqui atrás todo eriçadinho por causa da vendedora naquela loja da rua Grafton que eu dei o azar de levar o infeliz e ela que não podia ser mais insolente com aquele sorrisinho dizendo receio que estamos lhe dando trabalho demais e ela está lá pra quê mas eu dei uma olhada pra ela que apagou a risadinha sim ele estava todo duro e não é de se estranhar que ele mudou na segunda vez que olhou o Poldy cabeça de jerico de sempre que nem com a sopa mas eu vi que ele estava olhando sem parar pro meu peito quando ele levantou pra abrir a porta pra mim foi educado da parte dele me levar até a porta pelo menos eu sinto muitíssimo senhora Bloom acredite em mim sem exagerar demais na primeira vez depois de ele ser insultado e eu que devia ser a esposa dele eu só meio que sorri eu sei que o meu peito estava saltando daquele jeito na porta quando ele disse eu sinto muitíssimo e eu tenho certeza que o senhor sentia

sim acho que eles ficaram mais firmes com ele chupando daquele jeito tanto tempo ele me deixou com sede tetinhas ele diz eu tive que rir sim esse aqui pelo menos durinho o bico fica por qualquer coisinha vou fazer ele continuar com isso e vou tomar aquele ovo batido com vinho de marsala fazer eles ficarem gordos assim pra ele o que é que são aquelas veias todas e aquelas coisas engraçado o jeito que é feito 2 iguais no caso de gêmeos dizem que eles representam a beleza colocados lá em cima que nem aquelas estátuas no museu uma fingindo que esconde com a mão será que eles são tão bonitos claro comparado com a aparência de um homem com as duas sacolas cheias e o resto das coisas penduradas ou te espetando que nem um cabide de chapéu não é de estranhar que eles escondam com uma folha de repolho a mulher que é a beleza claro isso todo mundo sabe quando ele disse que eu podia posar pra uma pintura nua pra algum ricaço na rua Holles quando ele perdeu o emprego na Helys e eu estava vendendo as roupas e tocandinho no palácio do café será que eu ia ficar igual aquele banho da ninfa de cabelo solto sim só que ela é mais nova ou eu lembro um pouco aquela espanhola vagabunda que ele tem as ninfas será que elas andavam daquele jeito eu perguntei pra ele aquele Cameron Highlander nojento atrás do mercado de carne ou aquele outro ruivo desgraçado atrás da árvore onde ficava antes a estátua do peixe quando eu estava passando fingindo que estava mijando de pé pra eu ver com a roupinha de nenê de lado os homens da rainha taí um grupinho foi bom que os Surreys assumiram o lugar deles eles estão sempre tentando mostrar a coisa pra você o tempo todo quase passei na frente do banheiro dos homens perto da estação da rua Harcourt só pra testar um ou outro sujeito tentando chamar a minha atenção ou se fosse 1 das 7 maravilhas do mundo Ô e o fedor daqueles lugares podres a noite que eu estava voltando pra casa com o Poldy depois da festa dos Comerford laranja e limonada pra deixar você se sentindo bem e bem apuradinha eu entrei em 1 deles estava um frio tão doído que eu não conseguia segurar quando foi isso 93 o canal estava congelado sim foi uns meses depois pena que uns Camerons não estivessem lá pra me ver acocorada no banheiro dos homens no meadero eu tentei formar uma imagem daquilo antes de rasgar que nem uma salsicha ou uma coisa assim eu fico imaginando se eles não têm medo andando por aí de levar um chute ou uma pancada ou alguma coisa ali e aquela palavra mete alguma coisa com cose e ele me veio com uns travalínguas sobre encarnação ele nunca consegue explicar alguma coisa simplesmente de um jeito que um cristão entenda aí ele vai e me queima o fundo da frigideira tudo por causa do Rim dele esse aqui não está tanto ali ó a marca do dente dele ainda onde ele tentou morder o mamilo eu tive que gritar eles não são medonhos tentando te machucar eu tive um peitão bem cheio de leite com a Milly dava pra dois qual seria a razão ele disse que eu podia ter conseguido uma libra por semana de ama de leite tudo inchada na manhã que aquele estudante de cara delicada que ficou no 28 com os Citron o Penrose quase que me pega me lavando pela janela só que eu levantei a toalha pra cobrir a cara foi essa estudantada dele que me magoou eles que faziam desmamando ela até ele conseguir que o doutor Brady me desse aquela receita de beladona eu tinha que pedir pra ele chupar de tão duro que estava ele dizia que era mais doce e mais grosso que o de vaca aí queria me ordenhar dentro do chá bom ele passa de todos os limites na minha modesta opinião que alguém tinha que enquadrar ele se eu me lembrasse só metade das coisas e escrevesse um livro com elas as artes de Mestre Poldy sim e é tão mais macia a pele muito quase uma hora ele ficou nisso eu tenho certeza no relógio que nem se fosse um bebezão no meu colo eles querem tudo na boquinha o prazer que esses homens conseguem com uma mulher dá pra sentir a boca dele Ô Senhor eu tenho que me esticar queria que ele estivesse aqui ou alguém pra eu me soltar junto e gozar de novo daquele jeito eu estou me sentindo inteira pegando fogo por dentro ou se eu conseguisse sonhar com quando ele me fez gozar a 2ª vez me cutucando por trás com o dedo eu gozei por uns 5 minutos com as pernas em volta dele eu tive que abraçar ele depois Ô Senhor eu queria gritar tudo quanto é coisa caralho ou merda ou qualquer coisa mesmo só pra não ficar feia ou aquelas rugas da tensão vai saber como é que ele ia encarar uma coisa dessa tem que ir aos pouquinhos com os homens eles não são tudo que nem ele graças a Deus tem uns que querem que você seja tão boazinha sobre tudo eu percebi o contraste ele faz e não fica falando eu botei aquela expressão no meu olho com o cabelo um pouco bagunçado de tanto rolar e a língua no meio dos dentes oferecida pra ele o animal selvagem quinta sexta um sábado dois domingo três Ô Senhor eu não aguento esperar até segunda

    frsiiiiiiiifronnnng trem em algum lugar apitando a força que aquelas locomotivas têm que nem uns gigantes enormes e a água correndo e jorrando por tudo quanto é lado que nem o fim da Velha e doce canção do amoooor os coitados que têm que ficar na rua a noite inteira longe da mulher e da família naquelas locomotivas torrando hoje estava de derreter que bom que eu queimei metade daqueles Freemans e daquelas Photo Bits deixa as coisas desse jeito largadas por aí ele anda ficando muito bagunceiro e joguei o resto no toalete vou fazer ele vender aquilo tudo pra mim amanhã em vez de deixar ali mais um ano pra pegar uns pence naquilo ter que aguentar ele perguntando cadê o jornal de janeiro passado e aquele monte de sobretudo velho que eu carreguei lá da entrada deixa a casa mais quente que já é aquela chuva foi linda logo depois da minha sonequinha eu achei que ia ficar que nem Gibraltar credo em cruz o calor que era lá antes do levante chegar negro como a noite e o clarão do rochedo bem alto no escuro que nem um gigante enorme comparado com a montanha 3 Rock deles que eles acham que é tão impressionante com as guaritas vermelhas aqui e ali os choupos e eles tudo pelando de quentes e os mosquiteiros e o cheiro da água da chuva naqueles tanques olhando o sol o tempo todo e te encharcando toda tudo desbotado aquele vestido lindo que a amiga do papai a senhora Stanhope me mandou do B Marché de Paris que vergonha minha caríssima Cachorrita ela escreveu ela era muito boazinha o que é isso o outro nome dela era só um postal pra te dizer que eu mandei o presentinho acabei de tomar um belo de um banho bem quente e estou que nem um cachorro bem limpinho agora eu gostei brimo ela chamava ele de brimo o brimo daria td para estar de volta em Gib e ouvir você cantar Na Velha Madri ou Esperando Concone é o nome daqueles exercícios ele me comprou um daqueles novos alguma palavra que eu não consegui entender xales umas coisinhas divertidas mas rasgam à toa ainda assim lindinhos eu acho você não acha vou sempre pensar nos belos chás que nós tomávamos juntas os bolinhos de framboesa deliciosos e os biscoitos de groselha que eu adoro bem agora caríssima Cachorrita por favor escreva logo simpática ela deixou de fora as lembranças para o seu pai e também o capitão Grove amor sua c/ carinho Hester beijinho ela não parecia nem um pouquinho casada bem igual uma menininha ele era anos mais velho que ela o brimo ele me adorava quando ele segurou o arame com o pé pra mim passar por cima na tourada em La Línea quando deram a orelha do touro praquele matador Gomez essas roupas que a gente tem que usar sei lá quem que inventou imagina a gente subir o morro Killiney aí por exemplo naquele piquenique tudo espartilhada não dá pra fazer uma bendita coisa com aquilo tudo numa multidão correr ou pular fora do caminho foi por isso que eu fiquei com medo quando aquele outro touro feroz começou a atacar os banderilleros com os talabartes e as 2 coisas no chapéu e os animais daqueles homens gritando bravo toro claro que as mulheres não eram melhores com aquelas belas mantillas brancas arrancando tudo que tinha dentro dos coitados daqueles cavalos eu nunca ouvi falar de uma coisa dessa na minha vida inteirinha sim ele se rachava de rir quando eu imitava o latido dos cachorros na alameda Bell coitado do bicho e ainda doente o que será que aconteceu com eles devem de ter morrido tem um tempão os 2 é como se fosse tudo uma cerração faz você se sentir tão velha eu que fazia os bolinhos claro eu estava com tudo e não estava prosa naquela época uma menina a Hester a gente ficava comparando o nosso cabelo o meu era mais grosso que o dela ela me ensinou a ajeitar aqui atrás quando eu prendia e o que mais que foi fazer nó em linha de costura com uma mão só a gente era que nem prima quantos anos eu tinha aí na noite da tempestade eu dormi na cama dela ela me abraçou aí a gente ficou brigando de manhã com o travesseiro como era divertido ele ficava me olhando sempre que podia na banda na esplanada de Alameda quando eu estava com o papai e o capitão Grove eu olhei primeiro pra igreja e aí pras janelas e aí pra baixo e os nossos olhos se encontraram eu senti alguma coisa me atravessar um arrepio enorme os meus olhos estavam dançando eu lembro que depois quando me olhei no espelho eu mal me reconheci que mudança eu estava com uma pele esplêndida por causa do sol e a empolgação que nem uma rosa eu não preguei o olho de noite não ia ser certo por causa dela mas eu podia ter parado a coisa toda a tempo ela que me deu a Pedra da Lua pra ler que foi o primeiro que eu li do Wilkie Collins Lynne do Leste eu li e a sombra de Ashlydyat senhora Henry Wood Henry Dunbar daquela outra mulher eu emprestei depois pra ele com a foto do Mulvey dentro pra ele ver que não estava me faltando e Eugene lorde Lytton Aram Molly Bela ela me deu da senhora Hungerford por causa do nome eu não gosto de livro que tem alguma Molly que nem aquele que ele me trouxe sobre aquela de Flandres uma puta sempre roubando tudo que conseguia pano e estofo e metros e metros esse cobertor está pesando demais em cima de mim assim ficou melhor eu não tenho nem uma camisola decente esse negócio fica enrolando embaixo de mim e além de tudo tem as bobagens dele melhor assim eu era de ficar encharcada naquele tempo no calor a combinação empapava com suor grudava dos dois lados da bunda na cadeira quando eu levantava era tão gordinha e firme quando eu subi nas almofadas do sofá pra ver com a roupa levantada e os insetos toneladas de noite e os mosquiteiros eu não conseguia ler uma linha que fosse Senhor quanto tempo parece séculos claro que nunca volta e ela também não pôs o endereço direito ela pode ter percebido o brimo dela as pessoas ficavam indo embora o tempo todo e a gente nunca eu lembro aquele dia com as ondas e os barcos com as velas altas balançando e a vaga do navio aqueles uniformes dos oficiais de licença na praia me deixavam mareada ele não disse nada era muito sério eu estava com aquela bota comprida de abotoar e a minha saia estava voando ela me beijou seis ou sete vezes e por acaso eu não chorei sim acho que chorei ou quase eu estava com a boca toda tremelicando quando eu disse até mais ver ela estava com uma echarpe maravilhosa de algum tipo especial de tom de azul pra viagem arrumada assim bem diferente de lado assim e era muito muito bonitinho ficou tudo chato pra diabo depois que eles foram eu estava quase planejando fugir dali enlouquecida pra algum lugar a gente nunca fica bem onde está o papai ou a titia ou o casamento esperando sempre esperando pra guiaaaar ele praaaa mim esperando nem voaaaaar com os pés de asas aquelas amaldiçoadas daquelas armas deles estourando e espoucando de tudo quanto era lado especialmente no aniversário da Rainha e jogando tudo no chão pra lá e pra cá se a gente não abria a janela quando o general Ulysses Grant seja o que quer que ele fosse ou tinha feito parece que era algum sujeito importante desembarcou do navio e o velho Sprague o cônsul que estava lá desde antes do dilúvio se enfatiotou todo o coitado e ele de luto pelo filho e aí os mesmos clarins de sempre pra toque de despertar de manhã e rufar de tambores e os infelizes dos soldados coitadinhos andando por toda parte com as tigelas do rancho fedendo por tudo pior que os judeus velhos de barba comprida com aquelas jalabas deles e a assembleia dos levitas e o toque de alerta e as salvas de tiros pros homens cruzarem as linhas e o guarda marchando com as chaves pra trancar os portões e as gaitasdefole e só o capitão Groves e o papai falando de Rorkes Drift e de Plevna e de sir Garnet Wolseley e Gordon em Cartum acendendo os cachimbos pra eles cada vez que eles saíam diabo de velho paudágua com as bebidas na soleira da janela queria ver alguém pegar ele deixando um pouquinho cutucando o nariz tentando pensar em outra estória suja pra contar num cantinho mas ele nunca perdia o controle quando eu estava lá me mandando sair da sala com qualquer desculpa esfarrapada oferecendo os seus elogios claro que era tudo aquele uísque Bushmills mas ele ia fazer a mesma coisa com a primeira mulher que aparecesse eu achava que ele tinha morrido entupido de álcool tem décadas os dias parecem anos nem um carta de uma vivalma a não ser uma ou outra que eu enviava pra mim mesma com pedacinhos de papel dentro do envelope tão entediada às vezes que eu podia sair na unha ouvindo aquele velho árabe de um olho só e aquele instrumento jumento dele cantando aquele riah riah arriah todos os meus comprimentos pro seu jumento malequefento tão ruim quanto agora de mão abanando ali olhando pela janela se tinha algum sujeito bonito até na casa da frente aquele estudante de medicina na rua Holles que a enfermeira estava cercando quando eu pus as luvas e o chapéu na janela pra mostrar que estava saindo não teve ideia do que eu queria dizer não são umas bestas nunca entendem o que você diz nem se você mandasse imprimir num cartaz grandão pra eles nem se você apertar a mão duas vezes com a esquerda ele também não me reconheceu quando eu meio que fechei a cara pra ele na frente da capela da rua Westland onde é que entra a grande inteligência deles isso eu queria saber massa cinzenta pra mim eles tem é só no rabo aqueles vaqueiros capiaus lá no City Arms inteligência eles tinham era bem menos que os touros e as vacas que eles estavam vendendo a carne e o sino do carvoeiro aquele filho da puta barulhento tentando me engambelar com a conta errada que ele tirou do chapéu e que par de patas e pote panela chaleira pra consertar alguma garrafa quebrada pra um pobre de Deus hoje e nada de visitas nem de correio nunca a não ser os cheques dele ou alguma propaganda que nem aquele Milagreiro que eles mandaram pra ele endereçado cara madame só a carta dele e o postal da Milly hoje de manhã está vendo ela escreveu uma carta pra ele de quem foi a última carta que eu recebi Ô a senhora Dwenn agora o que foi que deu nela de me escrever depois de tanto tempo pra saber a receita que eu tinha de pisto madrileño a Floey Dillon desde que escreveu pra dizer que está casada com um arquiteto muito rico se é que é pra eu acreditar em tudo que dizem por aí com uma casa de campo e oito quartos o pai dela era um homem muito muito simpático estava com quase setenta sempre benhumorado pois bem então senhorita Tweedy ou senhorita Gillespie eis o piânio era um aparelho de café de prata maciça também que ele tinha no aparador de mogno e aí me morre assim tão longe odeio gente que tem sempre uma estória de coitadinho pra contar todo mundo tem os seus problemas aquela coitada da Nancy Blake morreu tem um mês de peneumonia aguda bom eu nem conhecia ela tão bem assim era mais amiga da Floey do que minha é um incômodo ter que responder ele sempre me conta as coisas erradas e sem parar pra falar que nem fazer um discurso sua triste privação pêsumes eu sempre erro isso e subrinho com u espero que ele me escreva uma carta mais comprida da próxima vez se for verdade que ele gosta mesmo de mim Ô graças sejam dadas ao grande Deus que eu consegui alguém pra dar o que eu precisava tanto pra me dar algum ânimo você não tem mais chances por aqui como tinha há muito tempo atrás queria que alguém me escrevesse uma carta de amor a dele não era lá grandes coisas e eu disse que ele podia escrever o que quisesse seu sempre Hugh Boylan na velha Madri as tontas acreditam que amor é suspirar eu estou morrendo ainda assim se ele escrevesse essas coisas acho que ia ter um pouco de verdade ali verdade ou não uma carta dessa enche o dia da gente e a vida sempre é alguma coisa pra pensar a cada minuto e ver tudo em volta como um mundo novo eu podia escrever a resposta na cama pra deixar ele me imaginar curta só umas palavrinhas não aquelas cartas irritadas e compridas que a Atty Dillon escrevia pro sujeito que era alguma coisa nas quatro cortes que descartou ela depois copiadas do manual de cartas das damas quando eu disse pra ela dizer umas palavrinhas simples que ele podia torcer como quisesse e não agir com açodada açoda mento com parelho candor a maior felicidade terrenal resposta a uma proposta de um cavalheiro afirmativamente credo em cruz não é nada de mais fica tudo muito bem pra eles mas quanto a ser mulher assim que você fica velha dava na mesma eles te jogarem no cesto de lixo.

    a do Mulvey foi a primeira quando eu estava na cama aquela manhã e a senhora Rubio me trouxe junto com o café ela ficou lá de pé parada quando eu pedi pra ela me alcançar e eu apontando eu não conseguia lembrar a palavra um grampo de cabelo pra usar pra abrir arrá horquilla velhinha inconveniente e estava ali bem na cara dela com aquela mechinha de cabelo falso e vaidosa da aparência feia do jeito que era perto dos 80 ou 100 com o rosto que era um punhado de rugas com aquela religião toda tiranizando porque nunca conseguiu superar a chegada da frota do Atlântico metade dos navios do mundo e a bandeira britânica tremulando com todos os carabineros dela porque 4 marinheiros ingleses bêbados tiraram o rochedo inteirinho deles e porque eu não corria pra missa tanto quando devia em Santa Maria pra agradar a dita com aquele xale levantado a não ser quando tinha casamento com todos os milagres dos santos lá dela e a virgem benta preta de vestido prateado e o sol dançando 3 vezes na manhã do domingo de Páscoa e quando o padre ia passando com o sino levando o vaticano pros moribundos ela lá se benzendo por Su Majestad um admirador ele assinou eu quase tive um treco queria puxar conversa com ele quando vi ele me seguindo pela Calle Real na vitrine da loja aí ele só me deu um cutucão quando ia passando nunca imaginei que ele ia escrever pra marcar um encontro fiquei com aquilo dentro do corpete da combinação o dia inteiro lendo e relendo em cada canto e em cada buraco enquanto o papai estava em treinamento pra descobrir pela caligrafia ou a linguagem dos selos cantando eu lembro será que hei de usar a rosa branca e eu queria avançar aquele relógio idiota pra perto da hora ele foi o primeiro que me beijou embaixo do muro mourisco meu namoradinho quando menino nunca passou pela minha cabeça o que um beijo era até ele botar a língua na minha boca a boca dele era adoçadinha de jovem eu encostei o joelho nele umas vezes pra aprender o caminho que foi que eu disse pra ele que estava noiva de farra do filho de um nobre espanhol chamado Don Miguel de la Flora e ele acreditou que eu ia casar com ele dali a 3 anos toda piada tem um fundo de verdade há uma flor que brota umas coisas eu disse de verdade sobre mim só pra ele ficar imaginando das espanholas ele não gostava acho que uma não quis ficar com ele deixei ele excitado ele esmagou tudo as flores no meu colo que ele trouxe pra mim ele não sabia contar as pesetas e as perragordas até eu ensinar Cappoquin a cidade dele ele disse no Blackwater mas foi curto demais aí um dia antes dele ir embora maio sim foi em maio quando o rei menino da Espanha nasceu eu sempre fico desse jeito na primavera queria era um sujeito novo todo ano lá bem no alto embaixo da Rockgun perto da torre de OHara que eu disse pra ele que tinha caído um relâmpago e a estória toda dos macacos que eles mandaram pra Clapham sem rabo se atracando uns nos outros por toda parte trepados uns nos outros a senhora Rubio que dizia ela era uma verdadeira nativa do rochedo roubando as galinhas da fazenda Inces e jogam pedra em você se você chegasse perto ele estava olhando pra mim eu com aquela blusa branca aberta na frente pra atiçar ele quanto eu pudesse sem muito abertamente eles estavam só começando a ficar roliços eu disse que estava cansada a gente se esticou na sombra do abeto um lugar bem ermo eu imagino que deve de ser a rocha mais alta que existe as galerias e as casamatas e aquelas pedras de dar medo e a caverna de São Miguel com aqueles penduricalhos de pedra ou sei lá eu o nome daquelas coisas e escadinhas aquela lamarada emporcalhando a minha bota tenho certeza que é por ali e lá se vão os macacos por baixo do mar até a África quando morrem os navios lá longe que nem umas lasquinhas era o barco de Malta passando sim o mar e o céu dava pra você fazer o que quisesse ficar ali deitada pra sempre ele fez carinho neles por fora eles adoram fazer isso é porque é redondo daquele jeito ali eu estava inclinada por cima dele com o meu chapeuzinho branco de palha de arroz pra perder aquele ar de coisa nova o lado esquerdo do meu rosto o melhor a blusa aberta pro último dia dele uma camisa meio transparente a dele dava pra ver o peito dele corderrosa ele queria encostar no meu com o dele um segundinho mas eu não deixava ele ficou muitíssimo contrariado primeiro de medo nunca se sabe consumpção ou me deixar prenha embarazada aquela empregada a Ines me disse que só uma gotinha nem que só uminha se entrasse em você depois que eu tentei com a Banana mas eu fiquei com medo dela quebrar e ficar perdida em algum lugar dentro de mim sim porque uma vez eles tiraram alguma coisa lá de uma mulher que estava lá dentro tinha anos coberto de saldecal eles são tudo louquinhos pra entrar lá de onde eles saem é da gente pensar que nunca está bom cada vez mais fundo e aí eles parece que cansam de você até a próxima sim porque é sempre tão gostosinho ali tão macio como foi que a gente terminou sim Ô sim eu levei ele até o fim no meu lenço fingindo que não estava excitada mas abri as pernas eu não deixava ele encostar em mim dentro do corpete eu estava com uma saia que abria do lado eu atormentei o desgraçado até ele dizer chega primeiro provocando eu adorava cutucar aquele cachorro no hotel rrrrssssttt auocuocauoc ele de olho fechado e um pássaro voando embaixo da gente ele estava todo tímido mesmo assim eu gostava dele daquele jeito aquela manhã que eu fiz ele corar um pouco quando fiquei em cima dele daquele jeito quando eu desabotoei ele e tirei a coisa pra fora e puxei a pele pra trás tinha meio que um olho eles são cheios de Botões os homens pelo meio e do lado errado Molly querida ele me chamava como que era o nome dele Jack Joe Harry Mulvey será que sim acho que tenente que ele era meio loiro tinha uma voz meia risonha aí eu fui no comèquechama tudo era comèquechama bigode será que tinha ele disse que ia voltar Senhor é bem que nem ontem pra mim e que se eu estivesse casada ele fazia comigo e eu prometi que sim sinceramente eu deixava ele me comer agora sem nem piscar vai ver está morto ou foi morto ou capitão ou almirante tem quase 20 anos se eu dissesse lá nos abetos ele fazia se ele viesse por trás de mim e pusesse a mão no meu olho pra eu adivinhar quem é eu podia reconhecer ele ainda está novo uns 40 vai ver casou com alguma moça do Blackwater e mudou bastante todos eles mudam eles não têm nem metade do caráter que as mulheres têm ela nem imagina o que eu fiz com o maridinho adorado dela quando ele nem sonhava com ela ainda e em plena luz do dia na cara do mundo inteiro dava pra dizer que eles podiam ter posto um artigo sobre isso no Chronicle eu fiquei meio louca depois quando soprei aquele saquinho cheio de biscoito da Benady Bros e estourei ele Senhor que estrondão os passarinhos tudo e os pombos gritando voltando pelo mesmo caminho de quando a gente veio pela Middle Hill lá perto da casa de guarda e o cemitério dos judeus fingindo que lia o hebraico escrito lá eu queria disparar a pistola dele ele disse que não tinha pistola ele não sabia o que pensar de mim com aquele casquete pontudo dele que ele usava sempre torto toda vez que eu arrumava direitinho H M S Calypso sacudindo o meu chapéu aquele bispo velho que falou no altar aquele sermão bem comprido sobre as funções mais elevadas da mulher sobre as mocinhas que agora andavam de bicicleta e usavam quepe e as calças de mulher que eles chamavam de Bloomers que Deus lhe dê juízo e pra mim mais dinheiro imagino que seja por causa dele o nome eu nunca achei que ia ser o meu nome esse Bloom quando eu ficava escrevendo em letra de fôrma pra ver como ia ficar num cartão de visita ou treinando pro açougueiro e por favor senhora Bloom a senhora está uma flor a Josie dizia depois que eu casei com ele bom é melhor que Breen ou Briggs brigão ou aqueles nomes horrorosos que terminam em bottom senhora Ramsbottom ou algum outro tipo de bottom imagine ter bunda no nome Mulvey também não ia me deixar louca de feliz ou se eu divorciasse dele senhora Boylan a minha mãe seja lá quem ela foi podia ter me dado um nome mais bonito sabe Deus inspirado no nome lindo que ela tinha Lunita Laredo como a gente se divertia correndo pela rua Willis até a Ponta Europa rolando de um lado pro outro pelo lado de lá de Jersey eles ficavam sacudindo e dançando pra lá e pra cá dentro da minha blusa que nem os pequeninhos da Milly agora quando ela sobe a escada correndo eu adorava ficar olhando eles eu ficava pulando pra alcançar as pimenteiras e os choupos brancos arrancando as folhinhas e jogando nele ele foi pra Índia ele ia escrever cada viagem que esses homens têm que fazer até os confins do mundo ida e volta é o mínimo eles poderem dar um ou outro apertão numa mulher enquanto podem indo embora se afogar ou explodir em algum lugar eu subi a colina Windmill até o planalto aquele domingo de manhã com o capitão Rubios que morreu luneta igual que o sentinela tinha ele disse que ia trazer uma ou duas de bordo eu estava com aquele vestido do B Marché Paris e a gargantilha de coral o estreito brilhando dava pra eu enxergar até o Marrocos quase a baía de Tânger branca e a cordilheira do Atlas com neve em cima e o estreito que nem um rio tão clarinho Harry Molly querida eu fiquei pensando nele no mar o tempo todo depois na missa quando a minha anágua começou a escorregar na elevação semanas a fio eu guardei o lenço embaixo do travesseiro pelo cheiro dele lá naquela Gibraltar não tinha nenhunzinho perfume decente pra comprar só aquele peau despagne barato que sumia e deixava você com um fedor mais do que qualquer coisa queria dar uma lembrança pra ele ele me deu aquele anel de Claddagh grandalhão pra dar sorte que eu dei pro Gardner quando ele foi pra África do Sul onde aqueles bôeres mataram ele com a guerra e a febre lá deles mas pelo menos tomaram uma bela surra como se ele carregasse o azar dele junto que nem uma opala ou uma pérola devia de ser ouro puro 16 quilates porque era bem pesado eu ainda consigo ver o rosto dele bem barbeado frsiiiiiiiiiiiiiiiiiiiiifrong aquele trem de novo tom lamurioso uma veez nos diias caros senlem brança fecho o olho respiro lábios pra frente beijo cara triste olho aberto diminuendo aantes que no muundo asnevoascaiam odeio esse voasca vem a dooce canção do amoooooor eu vou soltar isso com toda força quando chegar na frente das luzes da boca de cena de novo Kathleen Kearney e aquele bando de piadoras dela senhorita Isso senhorita Aquilo senhorita Aquiloutro um bando de peidos de pardoca rindinho por aí falando de política que elas entendem tanto quanto o meu traseiro qualquer coisinha só pra se fazerem de minimamente interessantes beldades irlandesas feitas em casa filha de soldado eu sou sim fim e vocês são filhas de quem sapateiros e donos de bar perdão joãoninguém achei que era o zèninguém elas iam cair mortinhas da silva se um dia tivessem a chance de caminhar por Alameda de braço dado com um oficial que nem eu na noite do coreto olho coruscando o busto que elas nem têm paixão Deus ajude as cabecinhas coitadas delas eu sabia mais de homem e da vida quando tinha 15 anos do que elas todas vão saber quando tiverem 50 elas não sabem cantar uma música que nem essa o Gardner dizia que homem nenhum podia olhar pra minha boca e os meus dentes sorrindo daquele jeito sem pensar naquilo eu fiquei com medo que ele não gostasse do meu sotaque primeiro ele todo inglês única coisa que o papai me deixou apesar dos selos eu tenho os olhos da minha mãe e o corpo enfim ele sempre disse eles são tão metidos tão cheios de si alguns daqueles pirralhos ele não era nem um pouquinho assim era louquinho pela minha boca elas que arranjem um marido primeiro que valha a pena a gente olhar e uma filha que nem a minha ou vejam se conseguem excitar um figurão com dinheiro que pode escolher e pegar quem quiser que nem o Boylan pra fazer 4 ou 5 vezes agarrados um no outro ou a voz pelo menos eu podia ter sido uma prima donna só que casei com ele veeeem a velha bem no fundo queixo pra trás não muito que fica duplo A Alcova de Minha Senhora é comprida demais pro bis perto do fosso do celeiro no crepúsculo e as salas abobadadas sim eu vou cantar Ventos que Sopram do sul que ele deu depois da apresentação na escada do coro vou trocar aquela renda no meu vestido preto pra mostrar mais os peitos e vou sim santo Deus vou mandar arrumar aquele leque grande deixar elas explodindo de inveja o meu buraco está me comichando sempre quando eu penso nele acho que eu quero eu estou sentindo uns gases em mim melhor ir com calma não acordar ele e aguentar ele de novo me babando tudo depois de lavar tudo que é cantinho costas barriga e dos lados se pelo menos a gente tivesse uma banheira ou no mínimo o meu quarto eu queria era que ele fosse dormir em outra cama sozinho com esse pé frio em cima de mim dá um espaço aí nem pra soltar um pum meu Deus do céu ou fazer qualquer coisinha melhor sim segurar eles assim um pouquinho aqui de lado diminuendo quietinha canção doooo ó lá o trem bem longe pianíssimo oooooooo mais um oamor

que alívio faça chuva ou faça sol peide sempre em si bemol vai saber se aquela costeleta de porco que eu comi com o chá depois estava bem boa com esse calor eu não senti cheiro nenhum tenho certeza que aquele sujeito esquisitão no açougue de porco é um grandissíssimo canalha tomara que aquela lâmpada não esteja soltando fumaça fico com o nariz entupido de porcaria melhor que deixar ele ficar com o gás ligado a noite inteira eu não conseguia descansar em paz na cama em Gibraltar tinha até que levantar pra ir ver por que é que eu fico tão nervosa com isso droga apesar que eu gosto no inverno faz mais companhia Ô Senhor estava um frio desgraçado também aquele inverno que eu tinha só uns dez anos será que só sim eu tinha a bonecona bem grande com aquelas roupas engraçadas vestindo a boneca e desvestindo aquele vento gelado cruzando lá daquelas montanhas a alguma coisa Nevada sierra nevada de pé na frente do fogo com a combinaçãozinha mirradinha que eu erguia pra me esquentar eu adorava dançar pela casa com aquele vestidinho e aí dar um pique de volta pra cama tenho certeza que aquele sujeito da casa da frente ficava lá o tempo todo olhando de luz apagada no verão e eu nuinha em pelo pulando de um lado pro outro eu adorava me ver pelada na frente da pia me pintando e me cremando só que quando chegava na hora récita privada eu apagava a luz também e aí a gente ficava lá os 2 tchauzinho pro meu sono hoje de um jeito ou de outro tomara que ele não comece a se meter com esses estudantes de medicina que ficam levando ele pro mau caminho achando que é moço de novo chegando às 4 da manhã deve de ser se não for mais ainda é bem verdade que ele teve os bons modos de não me acordar o que é que eles acham pra tagarelar a noite inteira torrando dinheiro e ficando cada vez mais bêbados será que não dava pra tomar água aí ele me começa com isso de dar ordem e pedir ovo e chá e Findon Haddy e torradinha com manteiga já estou vendo que ele vai ficar sentadinho igual o rei da terra socando o lado errado da colher na cabeça do ovo sei lá onde que ele aprendeu essa e eu adoro ouvir ele correndo escada acima de manhã com as xícaras chacoalhando na bandeja e aí brincar com a gata ela se esfrega em você por interesse próprio eu fico imaginando se ela está com pulga é pior que mulher sempre lambendo e limpandinho mas odeio aquelas garras deles eu fico imaginando se eles enxergam alguma coisa que a gente não enxerga encarando daquele jeito quando fica sentada no alto da escada tanto tempo e escutando enquanto eu espero sempre e que ladrazinha também aquele linguado lindo que eu comprei acho que eu vou comprar um peixinho amanhã ou hoje será sexta sim vou mesmo com um manjar branco com geleia de mirtilo que nem de antigamente não aqueles potes de 2 lbs de seleta de ameixa e maçã da Williams e Woods de Londres e Newcastle dura duas vezes mais só que tem espinha odeio aquelas enguias abrótea sim eu vou comprar uma bela peça de abrótea eu fico comprando pra 3 esqueço que enfim já estou enjoada daquela eterna carne de açougueiro do Buckley costeleta de lombo e uns cortes de perna e bife de costela e pescoço de carneiro e fressura de vitela só o nome já é demais ou um piquenique e se cada um de nós desse 5s e ou ele que pague e convidar alguma outra mulher pra ele quem a senhora Fleming e a gente fosse até o vale dos tojos ou os canteiros de morango a gente ia deixar ele examinar tudo as unhas dos cavalos antes que nem ele faz com as cartas não não com o Boylan junto sim com uma vitela fria e uns sanduíches mistos de presunto tem umas casinhas lá no fundo da ribanceira de propósito mas é quente que nem rojão diz ele não num feriado enfim odeio aquelas idiotinhas vestidas de camponesas do teatro a passeio a Segundafeira de Pentecostes é um dia maldito também não é à toa que aquela abelha picou ele melhor na praia mas eu nunca na minha vida que entro de novo num barco com ele depois dele em Bray dizendo pros barqueiros que sabia remar se alguém perguntasse se ele sabia cavalgar em corrida de obstáculos pra Copa de Ouro ele ia dizer que sim aí a coisa foi encrespando aquele treco se encabrestando todo e o peso tudo pro meu lado me dizendo pra puxar as cordinhas as da direita agora as da esquerda e a maré inundando tudo numas ondas pelo fundo e o remo dele escorregando do estribo foi por misericórdia que não se afogou todo mundo ele sabe nadar lógico eu não não tem perigo nenhum fique calma com aquela calça de flanela que eu queria era ter arrancado dele em retalhos na frente de todo mundo pra dar nele o que aquele outro chama de umas flageladas até ele ficar tudinho roxo ia fazer um bem danado pra ele não fosse aquele sujeitinho de nariz comprido que eu nem sei quem é com aquela outra lindona Burke lá do hotel City Arms estava lá espiando por tudo como sempre na moita toda hora onde não era chamado se alguém estivesse brigando dava pra vomitar um rosto mais bonito que aquele nunca fui com a cara já é 1 consolo eu fico imaginando que tipo de livro que ele me trouxe Doçuras do Pecado de um cavalheiro da sociedade algum outro senhor de Kock imagino que o pessoal deu esse apelido pra ele por ele sair metendo o cock dele numa mulher aqui outra ali não consegui nem me trocar o meu sapatinho branco novinho completamente destruído com a água salgada e o chapéu que eu estava usando com aquela pluma toda esbarangada e caída em cima de mim coisinha mais chata e provocativa porque o cheiro do mar estava me deixando excitada claro as sardinhas e a brema na baía Catalã por trás do rochedo estavam lindas tudo prateadinha nos cestos dos pescadores o velho Luigi quase cem anos segundo eles veio de Gênova e o velhinho comprido de brinco não gosto de homem que a gente tem que escalar pra alcançar imagino que está todo mundo morto e podre faz tempo além de tudo eu não gosto de ficar sozinha nesse lugar enorme com jeito de caserna de noite acho que eu vou ter que aguentar eu nem trouxe um punhadinho de sal quando a gente se mudou com a confusão a academia de música que ele ia fazer na saladestar do primeiro andar com uma placa de latão ou o hotel particular Bloom que ele sugeriu pra se arruinar de uma vez que nem o pai dele fez lá em Ennis que nem tudo que ele disse pro papai que ia fazer e eu mas eu ele não engrupiu me falando de tudo quanto era lugar lindo que a gente podia ir pra lua de mel Veneza à luz do luar com as gôndolas e o lago de Como que ele tinha uma foto do lago recortada de algum jornal com bandolins e lanternas Ô que lindo eu disse o que eu quisesse ele ia fazer imediatamente ou antes até com quem será com quem será que você vai casar ele devia de ganhar uma medalha de couro com uma borda de massa de vidraceiro por todos os planos que ele inventa e aí me deixar aqui o dia inteiro nunca se sabe qual velhinho mendigo na porta pedindo pão com uma estória comprida pode ser um vagabundo e botar o pé no caminho pra não me deixar fechar que nem aquela fotografia daquele criminoso invertebrado disseram no noticiário do Lloyds Weekly 20 anos de cadeia aí ele sai e assassina uma velhinha pra pegar o dinheiro dela imagine só a coitada da mulher dele ou a mãe ou sei lá mais quem com uma cara que dava vontade de sair correndo só de olhar pra ele eu não consegui ficar em paz até trancar tudo quanto era porta e janela pra garantir mas acaba que é pior ficar trancada que nem numa prisão ou num hospício tinham era que matar todos a tiros ou com um chicote afiado uma coisa imensa daquelas que é capaz de atacar uma velhinha coitada pra matar ela na cama eu arrancava as coisas dele arrancava mesmo não que ele fosse servir de muita coisa se bem que é melhor que nada aquela noite que eu tive certeza que tinha ouvido ladrão na cozinha e ele desceu de camisola com uma vela e um atiçador que nem se estivesse procurando um camundongo pálido que nem um lençol se borrando de medo fazendo uma barulheira desgraçada pra facilitar pro ladrão não tem muita coisa pra roubar na verdade só Deus sabe ainda assim é a sensação ainda mais agora com a Milly fora de casa que ideia dele mandar a menina pra lá pra aprender a tirar retrato por causa do vô dele em vez de mandar pra academia do Skerry onde ela ia ter que aprender não que nem eu sempre a primeira da turma só que ele ia fazer uma coisa dessa de qualquer jeito por causa de mim e do Boylan foi por isso que ele fez eu tenho certeza como ele planeja e trama tudo eu não podia nem me mexer com ela por aqui ultimamente só trancando a porta antes me dava arrepio entrando sem bater antes quando eu pus a cadeira encostada na porta bem no que eu estava me lavando lá embaixo com a luvinha dá nos nervos da gente daí se faz de senhorinha inútil o dia inteiro colocar a ditinha numa caixa de vidro com dois de cada vez olhando pra ela se ele soubesse que ela quebrou a mão daquela estatuinha fuleira com os maus modos dela desajeitada antes de ir embora que eu chamei aquele menininho italiano pra consertar de um jeito que você nem vê a emenda por 2 xelins nem descascava as batatas pra gente claro que ela está certa pra não estragar as mãos eu percebi que ele andava falando com ela o tempo todo ultimamente na mesa explicando as coisas no jornal e ela fingindo que entendia malandrinha claro isso vem do lado dele e ajudando ela a vestir o casaco mas se ela tivesse algum problema era pra mim que ela ia contar e não pra ele ele não pode dizer que eu sou de fingir ou pode por acaso eu sou honesta até demais pra falar a verdade acho que ele pensa que eu estou acabada e largada num canto bom não estou não nem nada parecido com isso veremos veremos ela está bendisposta a flertar também com os dois filhos do Tom Devans me imitando assoviando com aquelas largadas das meninas dos Murray chamando aqui em casa a Milly pode sair por favor ela anda bem requisitadinha pra arrancar o que conseguirem dela lá pela rua Nelson andando na bicicleta do Harry Devans de noite foi até bom ele mandar ela lá pra onde ela foi ela estava começando a sair do limite querendo ir no rinque de patinação e baforejando os cigarros deles pelo nariz eu senti o cheiro no vestido dela quando estava partindo com os dentes a linha do botão que eu preguei na parte de baixo da jaquetinha dela ela não conseguia esconder muita coisa de mim isso eu te digo só que eu não devia era ter pregado o botão com ela sem tirar a roupa atrai separação e o último pudim de ameixa também cortado em dois está vendo vem à tona por mais que eles falem a língua dela é meio compridinha pro meu gosto a sua blusa está aberta demais ela me diz o roto rindo do esfarrapado e eu tive que dizer pra ela não levantar as pernas daquele jeito exibidinha na soleira da janela na frente de todo mundo que passava eles todos olham pra ela que nem eu quando eu tinha a idade dela claro que qualquer trapinho fica bem em você nessa época aí cheia de nãometoques também lá do jeito dela na Única Via no Teatro Real tire o pé desse negócio odeio gente encostando em mim borrada de medo que eu fosse amassar a saia dela pregueada há de acontecer muito dessas encostações nos teatros no aperto no escuro eles ficam sempre tentando encoxar você aquele sujeito na plateia do Gaiety pra ver o Beerbohm Tree em Trilby nunca mais que eu volto naquele lugar pra ser amassada daquele jeito por qualquer Trilby ou sei lá quem cada dois minutos me cutucando lá e olhando pro outro lado ele é meio lelé acho que eu vi ele depois tentando chegar perto de duas senhoras vestidas bem elegantes na frente da vitrine da Switzer com o mesmo joguinho reconheci o safado na hora o rosto e tudo mas ele não lembrou de mim e ela nem quis que eu desse um beijo nela no terminal na despedida bom espero que ela ache alguém pra lamber os sapatos dela que nem eu quando ela caiu de cama com caxumba e com as glândulas tudo inchadas cadê isso e cadê aquilo claro que ela ainda não consegue sentir nada profundo eu nunca gozei direito até ter sei lá uns 22 ia sempre pro lugar errado só a bobajada de sempre de menininha e dando risadinhas aquela Conny Connoly escrevendo pra ela com tinta branca no papel preto lacrado com lacre de carta se bem que ela bateu palma quando a cortina desceu porque ele era tão bonito aí era Martin Harvey manhã tarde e noite eu pensei com os meus botões depois há de ser amor de verdade se o homem desiste da vida assim por ela por nada imagino que há de existir ainda uns homens assim mas é difícil de acreditar a não ser que tivesse acontecido mesmo comigo a maioria deles sem um grãozinho de amor que seja na natureza deles achar duas pessoas assim hoje em dia cheias uma da outra que iam se sentir igual a você eles normalmente são meio frouxos das ideias o pai dele devia de ser meio esquisito pra se envenenar depois dela se bem que coitado do velho imagino que ele tenha ficado perdido e sempre se agarrando com as minhas coisas também os trapinhos velhos que eu tenho querendo prender o cabelo com 15 anos o meu pó também só vai acabar estragando a pele dela ela tem bastante tempo pra isso na vida pela frente claro que ela fica inquieta sabendo que é bonita com aquela boca tão vermelha pena que não vai ficar assim eu era também mas não adianta nada ir pra feira com aquela coisa me respondendo que nem uma vendeira quando eu pedi pra ir buscar três quilos de batata no dia que a gente encontrou a senhora Joe Gallaher nas corridas de trote e ela fez que não viu a gente na aranha dela com aquele advogado o Friery a gente era pouca porcaria até que eu dei-lhe 2 bofetadas das boas nas orelhas pra ela ver toma essa por responder desse jeito e essa pelo desaforo ela me irritou de uma tal maneira claro me contradizendo eu estava de mau humor também porque como é que foi tinha um matinho no chá ou eu não tinha dormido de noite o queijo que eu comi será que foi isso e eu disse pra ela e repeti mil vezes pra não deixar faca cruzada daquele jeito porque ninguém manda nela que nem ela mesma disse bom se ele não der um jeito nela juro que eu dou foi a última vez que ela abriu a torneirinha de choro eu era igualzinha eles não ousam me dar ordem por aqui é culpa dele claro deixando nós duas de escravas aqui em vez de arranjar uma menina tem muito tempo será que um dia eu vou ter uma empregada de verdade de novo mas é claro aí ela ia ver ele chegando eu ia ter que contar pra ela ou ela ia se vingar elas não são um estorvo aquela velha da senhora Fleming você tem que ficar andando atrás dela pegando as coisas com a mão espirrando e peidando nos potes bom claro que ela é velha e não é culpa dela aí boa pedida eu ter encontrado aquele pano de louça fedorento que ficou perdido atrás da cômoda eu sabia que tinha alguma coisa e abri a janela pra tirar o cheiro trazendo os amigos pra receber em casa que nem a noite que ele veio pra casa com um cachorro vê se pode que bem podia estar louco especialmente o filho do Simon Dedalus o pai dele é tão cricri com os oclinhos erguidos com aquela cartola no jogo de críquete e um furo enorme na meia só olhando o rabo dos outros e o filho dele que ganhou aquela premiarada toda por sei lá o que que ele fez pra ganhar no colegial imagine só trepar na grade se alguém viu ele que conhece a gente eu fico é imaginando se ele não me fez um buraco enorme na famosa calça de enterro como se o que a natureza deu não bastasse pra qualquer um metendo o guri naquela cozinha suja agora ele é ou não é errado da cabeça eu pergunto pena que não era dia de lavar roupa as minhas calçolas velhas podiam estar penduradas no varal também em exposição até parece que ele dá a mínima com a marca de ferro quente que aquele traste daquela velha deixou ele podia pensar que era outra coisa e ela nunca nem derretia a gordura eu falei pra ela e agora ela fica se comportando daquele jeito porque o marido paralisado estava piorando tem sempre alguma coisa errada com elas doença ou elas têm que passar por uma operação ou se não é isso é bebida e ele bate nela eu vou ter que sair de novo caçando pra ver se acho alguém cada dia quando eu levanto tem alguma coisa nova acontecendo santo Deus santo Deus bom quando eu estiver bem esticadinha mortinha na minha cova acho que vão me dar um pouco de sossego eu tenho que levantar um minuto se eu espera um pouquinho Ô Jesus um minutinho sim aquela coisa me veio sim agora se isso não é de incomodar a fulana mas é claro com tudo aquele mete e empurra e enfia que ele me deu agora o que é que eu vou fazer sexta sábado domingo não é de torturar a alma de uma cristã a não ser que ele goste tem homem que gosta vai saber tem sempre alguma coisa errada com a gente 5 dias cada 3 ou 4 semanas o velho leilão mensal de sempre é simplesmente de dar nojo aquela noite que me veio assim na primeira e única vez que a gente estava num camarote que o Michael Gunn deu pra ele pra ver a senhora Kendall com o marido dela no Gaiety alguma coisa que ele fez de um seguro pra ele na Drimmies era de pedir arreglo apesar que eu não ia desistir com aquele cavalheiro da sociedade me encarando com o binóculo lá de cima e ele do meu outro lado falando do Spinoza e da alma dele que está morta tem milhões de anos já eu acho e eu sorrindo o melhor possível toda encharcada me inclinando pra frente como se estivesse interessada já que tinha que aguentar sentada até o último momento eu não vou esquecer aquela mulher de Scarli apurada tinham dito que era uma pecinha rápida sobre adultério aquele idiota no balcão assobiando pra mulher adúltera ele gritava eu imagino que ele foi arrumar uma mulher no primeiro beco correndo por tudo quanto é rua dos fundos depois pra compensar queria era que ele tivesse o que eu tinha aí é que ele ia vaiar aposto que até a gata se deu melhor que a gente será que a gente tem sangue demais por dentro ou o que será Ô paciência divina está jorrando de mim que nem o mar pelo menos ele não me deixou grávida grandão daquele jeito eu não quero acabar com o lençol limpo a roupa de cama limpa que eu pus que puxou isso também inferno inferno e eles sempre querem ver uma mancha na cama pra saber que você é virgem pra eles a única coisa que incomoda eles e são tão bobinhos você podia ser viúva ou divorciada 40 vezes uma manchinha de tinta vermelha resolve ou suco de framboesa não aí é muito roxo Ô meu são Jaime me tire dessa inhaca doçuras do pecado seja lá quem foi que me inventou esse negócio pras mulheres com isso de roupas e cozinha e crianças essa bosta dessa cama velha também tilintando que nem o dianho acho que estava dando pra escutar a gente lá do outro lado do parque até que eu sugeri da gente colocar a colcha no chão com o travesseiro embaixo da minha bunda eu fico imaginando se é mais gostoso de dia acho que é fácil acho que eu vou cortar essa pelarada toda aqui que fica me fervendo eu podia ficar parecendo uma menininha e me diga se ele não ia chupar de se regalar da próxima vez que ele me levantasse a roupa eu dava tudo pra ver a cara dele onde é que foi parar o penico calminha eu tenho um pavor horroroso desse treco quebrar embaixo de mim depois daquela cômoda velha eu fico imaginando se eu não estava pesada demais sentada no colo dele eu fiz ele sentar na espreguiçadeira de propósito quando eu tirei só a blusa e a saia primeiro no outro cômodo ele estava tão ocupado onde não devia de estar que nem sentiu nada espero que o meu hálito estivesse doce depois daquelas balinhas de beijo devagar meu Deus eu lembro que uma época eu conseguia largar tudo de uma vez direto assobiando que nem homem quase devagar Ô Senhor que barulheira espero que faça bolhinha dizem que chama dinheiro de algum sujeito eu vou ter que perfumar tudo de manhã não esqueça aposto que ele nunca viu um par de coxas melhor que esse olha como elas são branquinhas o lugar mais macio é bem aqui entre esse pedaço aqui como é gostosinho que nem um pêssego devagar meu Deus eu não ia achar ruim ser homem e montar numa mulher bonita Ô Senhor que esporro você está fazendo que nem o lírio de Jersey devagar Ô como as águas descem em Lahore

    quem é que vai saber será que tem alguma coisa errada aqui dentro ou será que eu tenho alguma coisa crescendo em mim pra ficar tendo aquela coisa daquele jeito toda semana quando que foi a última vez que eu Segundafeira de Pentecostes sim mal tem 3 semanas eu tinha que ir no médico só que ia ser que nem antes de eu casar com ele quando eu estava com aquela coisa branca saindo de mim e a Floey me fez ir naquele bundão daquele doutor Collins para doenças da mulher na rua Pembroke a sua vagina ele dizia acho que foi assim que ele conseguiu tudo aqueles espelhos emoldurados e os tapetes passando a perna naquelas ricaças do parque Stephen que correm lá por cada siricutico a vagina dela e a cochinchina dela claro que elas têm aí tudo bem com elas eu é que não casava com ele nem que fosse o último homem do mundo além disso tem alguma coisa esquisita com os filhos deles sempre farejando por aí aquelas cadelas imundas por tudo quanto é lado me perguntando se o que eu fiz tinha um odor ofensivo o que que ele queria que eu fizesse se não aquilo ouro quem sabe que perguntinha se eu esfregasse tudo naquela cara enrugada pra ele com os meus comprimentos acho que aí ele ia saber e você está evacuando com facilidade evacuando o quê eu achei que ele estava falando da fortaleza do rochedo de Gibraltar do jeito que ele fala taí uma belíssima invenção também por falar nisso só que eu gosto de me segurar direitinho na latrina o quanto eu puder aguentar e aí puxar a corrente pra dar uma boa descarga uns arrepios e uns formigamentos ainda assim alguma coisa tem ali eu imagino eu sempre sabia pelo da Milly quando ela era criança se ela estava com vermes ou não ainda assim dá na mesma pagar o médico por isso quanto é que custa doutor um guinéu por favor e me perguntando se eu tinha omissões frequentes onde é que esses camaradas acham tudo essas palavras deles omissões com aquele olhinho míope metido em mim assim de revesgueio eu não ia confiar nele a ponto de me dar clorofórmio ou sabeimelàdeus mais o quê mas até que eu gostava dele quando ele sentava pra escrever a coisa com aquela cara fechada tão sério o nariz dele inteligente daquele jeito vai se danar ô sua mentirosa Ô qualquer coisa qualquer um menos um idiota ele não era burro de não perceber isso claro aquilo era só de pensar nele mesmo e as cartas loucas ensandecidas dele minha Preciosa tudo que tem relação com seu Corpo glorioso tudo sublinhado que dele vem é uma coisa de beleza e de alegria para sempre alguma coisa que ele tirou de algum livro sem sentido que ele tinha e eu brincando sozinha o tempo todo 4 ou 5 vezes por dia às vezes e eu disse que não tinha você tem certeza Ô sim eu disse certeza absoluta de um jeito que calou a boca dele eu sabia o que vinha pela frente só fraqueza natural era o que era ele me deixava excitada não sei como na primeira noite que a gente se viu quando eu estava morando na vila Rehoboth a gente ficou parado se olhando uns 10 minutos como se a gente se conhecesse acho que por eu ter cara de judia por causa da minha mãe ele me divertia cada coisa que ele dizia com aquele sorriso meio babão e tudo os Doyle falavam que ele ia ser candidato ao Parlamento Ô mas e eu não era uma total imbecil de acreditar em toda aquela lenga dele sobre autonomia e a liga camponesa e me mandando aquela canção estropiada dos Huguenotes que não acabava nunca pra cantar em francês pra ficar mais classudo Ô beau pays de la Touraine que eu nunca cantei nem uma vez explicando e patacoando sobre religião e perseguição ele não deixa você aproveitar nada de um jeito normal aí ele me resolve como se fosse um grande favor na primeiríssima oportunidade que apareceu na praça Brighton entrar correndo no meu quarto fingindo que estava com tinta na mão pra lavar com o leite de Álbion e o sabonete de enxofre que eu usava na época e com a gelatina ainda em volta Ô que eu me matei de rir da cara dele aquele dia é melhor eu não fazer esse negócio durar a noite inteira eles deviam fazer penico de um tamanho natural pra mulher poder sentar direito ele se ajoelha pra fazer xixi eu acho que não deve de existir na raça humana inteirinha outro homem com os hábitos que ele tem olha o jeito dele dormir no pé da cama como é que ele consegue sem uma guarda firme que bom que ele não é de chutar ou podia me arrancar tudo os dentes respirando com a mão no nariz que nem aquele deus indiano que ele me levou ver num domingo de chuva no museu da rua Kildare todo amarelo de avental deitado de lado em cima da mão com os dez dedos do pé espetados pra fora que ele disse que era uma religião maior que os judeus e a do Nosso Senhor as duas juntas na Ásia inteira imitando ele como ele está sempre imitando todo mundo imagino que ele devia dormir no pé da cama também com o pezão quadrado enfiado na boca da mulher dane-se essa coisa fedorenta afinal cadê aquilo aqueles lencinhos hmm sim eu sei espero que esse gaveteiro não me ranja hmm sabia que ia ranger ele está dormindo pesado andou se divertindo em algum lugar pelo menos ela há de ter feito valer o dinheiro que ele pagou claro que ele tem que pagar pra ela pra ganhar Ô coisa mais chata espero que eles tenham alguma coisa melhor pra gente no outro mundo deixando a gente amarrada desse jeito Deus que ajude chega por hoje agora a cama caroçuda e tilintante me lembra sempre o velho Cohen eu imagino que ele se coçou bastante nela e ele acha que o papai comprou do lorde Napier que eu admirava quando era menininha porque eu falei pra ele devagar pianíssimo Ô eu gosto da minha cama meu Deus e olha nós aqui pior que do que nunca depois de 16 anos em quantas casas a gente já esteve mesmo vila Raymond e vila Ontário e rua Lombard e rua Holles e ele sai assobiando toda vez que a gente cai na estrada de novo os huguenotes dele ou a música do bêbado fingindo que ajudava os carregadores com a nossa meiadúzia de móveis e aí o hotel City Arms cada vez pior diz o guarda Daly aquele lugarzinho lindo no patamar sempre alguém lá dentro rezando e aí deixando tudo os fedores deles pra trás sempre dá pra saber quem esteve lá por último cada vez que a gente está começando a andar direitinho acontece alguma coisa ou ele mete a patona e estraga tudo no Thoms na Helys e com o senhor Cuffe e na Drimmies ou vão acabar metendo ele na cadeia por causa daqueles bilhetes de loteria que iam ser a salvação da nossa lavoura ou ele me arranja algum desacato logologo a gente vai ver ele aqui com o bilhete azul do Freeman também que nem o resto por causa daqueles Sinner Féin ou os maçons aí é que a gente vai ver se o baixote que ele me mostrou pingando na chuva sozinho da silva perto da alameda Coadys vai dar algum consolo pra ele que ele diz que é tão capaz e tão sinceramente irlandês e é mesmo a julgar pela sinceridade da calça que eu vi ele usando espera aí ó o carrilhão da igreja de São Jorge espera 3 quartos a hora espera 2 horas mas muito bem uma bela hora da noite pra ele estar voltando pra casa pra qualquer um andar trepando na grade se alguém viu ele mas eu acabo com essa nova moda amanhã mesmo primeiro vou dar uma olhada na camisa dele pra ver ou vou ver se aquela camisadevênus ainda está na carteira dele imagino que ele acha que eu não sei homens trapaceiros nem todos os 20 bolsos deles bastam pras mentiras então por que é que a gente devia contar nem que seja verdade eles não acreditam em você e aí se enroscam na cama que nem aqueles nenês na Obraprima de Aristocrata que ele me trouxe da outra vez como se a gente já não estivesse cansada dessas coisas na vida real sem algum Aristocrata ou sei lá o nome dele vim dar mais nojo em você com aquelas figuras podres umas criancinhas com duas cabeças e sem perna é o tipo de maldade que eles sonham o tempo todo sem mais nenhuma coisa naquelas cabeças vazias deviam era ganhar um veneno lento metade deles e aí chá com torrada pra ele com manteiga dos dois lados e ovos frescos acho que eu não sou mais nada quando eu não quis deixar ele me lamber na rua Holles uma noite homem homem tirano como sempre só pra começar ele dormiu no chão metade da noite pelado que nem os judeus faziam quando alguém morre coisa deles e não queria comer nada no café nem abrir a boca queria que passassem a mãozinha na cabeça dele aí eu achei que tinha marcado a minha posição uma vez e deixei e também ele faz tudo errado pensando só no prazer dele mesmo a língua dele é achatada demais ou sei lá o quê ele esquece que a gente ora bolas eu não eu vou obrigar ele a fazer de novo se ele não se comportar e vou botar ele pra dormir trancado no porão do carvão com as baratas eu fico aqui imaginando se foi a dona Josie louca de feliz com as minhas sobras ele é um mentirosinho tão safado também não ele nunca ia ter coragem com uma mulher casada por isso que ele quer eu e o Boylan apesar que no que se refere ao meu Denis como ela chama aquele espetaculozinho lamentoso não dá pra chamar aquilo de marido sim há de ser alguma cadelinha que ele arrumou bem ao mesmo tempo que eu estava com ele com a Milly nas corridas da universidade aquele Hornblower com o gorrinho de criança no topo da moringa deixou a gente entrar pelos fundos ele estava com o olhinho de cordeiro dele pra cima daquelas duas correndo macho pra cima e pra baixo eu tentei piscar pra ele primeiro não deu em nada claro e é assim que o dinheiro dele vai embora são os frutos do senhor Paddy Dignam sim eles estavam todos em grande estilo no grandioso funeral no jornal que o Boylan trouxe se eles vissem um enterro de oficial de verdade aí é que iam ser elas armas caladas e tambores com surdina o coitadinho do cavalo seguindo atrás de preto L Boom e o Tom Kernan aquele sujeitinho bêbado com jeito de barril que mordeu fora a língua quando caiu pela escada do banheiro abaixo bêbado num lugar desses aí e o Martin Cunningham e os dois Dedalus e o marido da Fanny MCoy cabeça branca de repolho uma coisinha mirrada com um olho meio virado tentando cantar as minhas músicas ela ia precisar nascer de novo e aquele vestidinho verde de decote baixo já que ela não consegue atrair os homens de outro jeito que nem ficar parada à toa em dia de chuva agora eu estou vendo tudo bem direitinho e chamam isso de amizade primeiro se matam e depois se enterram e todo mundo com a sua mulherzinha e a família em casa mais especialmente o Jack Power que sustenta aquela empregadinha do bar sustenta mesmo claro que a mulher dele está sempre doente ou ficando doente ou acabando de melhorar um pouquinho e ele é um sujeito bonitão ainda apesar que está ficando meio grisalho em cima da orelha ô grupinho esse pessoal mas eles não vão prender o meu marido de novo naquelas garras deles se eu puder evitar gozando dele depois pelas costas eu sei muito bem quando ele fica com aquelas idiotezas dele porque ele tem o bonsenso de não sair torrando até o último pêni que ganha lá na gorja deles e cuida da mulher dele e da família uns imprestáveis coitadinho do Paddy Dignam mesmo assim eu sinto muito de certa forma por ele o que é que a mulher dele e os 5 filhos vão fazer a não ser que ele tivesse seguro joãobobinho ridículo sempre metido em algum canto de um bar e ela ou o filho dela esperando Bill Bailey volte pra casa por favor a roupa de viúva não vai ajudar a aparência dela mas fica incrível se você for bonita que sujeitos ele não estava sim ele estava no jantar do Glencree com o Ben Dollard baixo barríltono na noite que ele emprestou a casaca de cantar na rua Holles espremido e esmagado dentro da roupa e sorrindo pra todo lado com aquela carona de boneca que parece um bumbum de nenê bem surrado e vai me dizer que ele não estava com toda a cara de imbecil aloprado pode apostar que deve de ter sido uma belezura no palco imagine pagar 5s nas cadeiras preservadas praquilo pra ver ele e o Simon Dedalus também vivia dando as caras meio mamado cantando a segunda estrofe antes da primeira o velho amor é o novo era uma das dele tão docemente cantava a donzela no ramo do azevinho ele estava sempre disposto a flertar também quando eu cantei Maritana com ele na ópera particular do Freddy Mayers ele estava com uma voz deliciosa uma maravilha Phoebe queridíssima adeus *meu* amor ele sempre cantava não que nem o Bartell DArcy *muamor* adeus claro que ele tinha o dom da voz então não tinha nem esforço cobrindo você que nem uma ducha quente Ô Maritana flor da mata virgem a gente cantou tão lindo apesar que era um pouco alto demais pro meu registro até transposta e ele estava casado na época com a May Goulding mas aí ele vinha e dizia ou fazia alguma coisa pra azedar tudo agora ele é viúvo eu fico imaginando como é que deve de ser o filho dele ele disse que ele é escritor e que vai ser catedrático de italiano na universidade e que é pra eu ter aula o que que ele está armando agora mostrando a minha foto pra ele não me faz jus eu devia ter tirado de túnica que nunca sai de moda pelo menos eu estou moça naquela foto fico imaginando se ele não deu de presente de uma vez pra ele e eu também no fim de contas por que não eu vi ele indo de carro pra estação de Kingsbridge com o pai e a mãe eu estava de luto isso tem 11 anos agora sim ele teria 11 se bem que ficar de luto por quê por uma coisa que nem era nem deixava de ser claro que ele insistiu ele ia ficar de luto pela gata acho que ele já há de ser homem agora a essa altura era um menininho inocente naquela época e um sujeitinho bem lindinho com o terno de lorde Fauntleroy e um cabelo cacheado que nem príncipe de teatro quando eu vi ele na casa do Mat Dillon ele gostou de mim também eu lembro eles sempre gostam de mim espera santo Deus sim espera sim só um segundo ele estava nas cartas hoje de manhã quando eu abri o baralho união com um jovem estranho nem moreno nem loiro que você já conhece eu achei que era ele mas ele não tem nada de pirralho nem de estranho também além disso o meu rosto estava virado pro outro lado qual foi a 7ª carta depois disso o 10 de espadas que é uma viagem por terra daí vinha uma carta a caminho e escândalos também as 3 rainhas e o 8 de ouros que é subir na sociedade sim espera saiu tudo e 2 8s vermelhos que são roupa nova olha só e eu não sonhei alguma coisa também sim tinha alguma coisa com poesia tomara que ele não tenha cabelo comprido e seboso caído no olho ou de pé que nem um pelevermelha pra que é que eles me saem desse jeito por aí só fazem é as pessoas rirem deles e da poesia deles eu sempre gostei de poesia quando era menina primeiro eu achei que ele era poeta que nem o Byron e não tem uma gota de poesia no sangue dele eu achava que ele era bem diferente eu fico imaginando se ele não é moço demais ele tem uns espera 88 eu casei em 88 a Milly tem 15 ontem 89 quantos anos ele tinha lá na casa do Dillon então 5 ou 6 lá por 88 ele há de estar com 20 ou mais eu não sou velha demais pra ele se ele tem 23 ou 24 espero que ele não seja aquele tipo de universitário travado não senão ele não ia ficar lá naquela cozinha com ele tomando chocolate Epps e conversando claro que ele fingiu que estava entendendo tudo provavelmente falou que vinha da universidade Trinity ele é bem novo pra ser catedrático espero que ele não seja um professor que nem o Goodwin que era um professor fortíssimo de água que passarinho não bebe todos eles escrevem sobre alguma mulher nas poesias bom imagino que ele não vá encontrar muitas como eu onde suaves os suspiros do amor o doce violão onde a poesia paira no ar o azul do mar e a lua reluzindo tão linda na volta de Tarifa no barco da noite o farol na Ponta Europa o violão que aquele sujeito estava tocando era tão expressivo será que eu nunca vou voltar lá só caras novas dois olhos espiando ocultados por uma gelosia eu vou cantar essa pra ele são os meus olhos se ele tem alguma coisa de poeta dois olhos de um brilho tão escuro quanto o da própria estrela do amor mas não é uma letra linda quanto a jovem estrela do amor Deus bem sabe que vai vir a calhar pra variar ter uma pessoa inteligente pra conversar sobre você mesma sem ficar sempre ouvindo ele e o anúncio do Billy Prescott e o anúncio do Shawes e o anúncio do Raio que o Parta aí se alguma coisa dá errado no trabalho deles a gente tem que aguentar eu tenho certeza que ele é muito do distinto eu ia gostar de conhecer um homem assim meu Deus não aqueles outros grosseirões além disso ele é moço aqueles belos rapazes que eu conseguia ver lá na área de banho da praia de Margate escondida do lado da pedra de pé no sol nus como um Deus ou alguma coisa assim e aí me atirar no mar com eles por que é que todos os homens não são daquele jeito ia ser um consolo pras mulheres que nem aquela estatueta linda que ele comprou eu podia ficar o dia inteiro olhando pra ele cabelo comprido cacheado e aqueles ombros com o dedinho levantado pra você ouvir isso que é poesia e beleza de verdade minha amiga várias vezes eu fiquei com vontade de cobrir ele de beijo até aquele pauzinho lindo e moço ali tão simples eu não ia me incomodar de pôr na boca se ninguém estivesse olhando como se estivesse pedindo pra você chupar tão limpinho parece e tão branco com aquela cara de menino eu chupava mesmo sem pensar num zás nem que engolisse um pouquinho ora é só que nem um mingau ou orvalho não tem perigo além disso ele ia ser tão limpo comparado com aqueles porcos daqueles homens que eu imagino que nunca nem sonham em lavar aquelas partes de um ano pro outro a maioria só que é isso que dá bigode nas mulheres eu tenho certeza que ia ser maravilhoso era só eu me acertar com um poeta moço e bonito na minha idade eu vou botar as cartas assim que eu acordar pra ver se a carta da sorte aparece ou eu tento emparelhar a senhorinha em pessoa e ver se ele aparece eu vou ler e estudar tudo que eu puder achar ou aprender um pedacinho de cor se eu soubesse de quem ele gosta pra ele não me achar burra se ele acha que todas as mulheres são iguais e eu posso ensinar a outra parte pra ele eu vou fazer ele sentir no corpo inteiro até ele quase desmaiar embaixo de mim aí ele vai escrever sobre mim amada e amante e em público com as fotografias dos 2 em tudo quanto é jornal quando ele ficar famoso Ô mas e aí o que é que eu vou fazer com ele daí

    não isso não são modos pra ele será que ele não tem educação nem refinamento nem nada na natureza dele pra vir me estapear no traseiro daquele jeito porque eu não chamei ele de Hugh o pateta que não sabe diferenciar um poema de um repolho é isso que a gente ganha por não deixar esses sujeitos no lugarzinho deles tirando o sapato e a calça ali na cadeira na minha frente que caradepau sem nem pedir licença e parado de pé daquele jeito vulgar com aquela meia camisola que eles usam pra ser admirado que nem um padre ou um açougueiro ou aqueles hipócritas no tempo de Júlio César claro que ele tem lá as suas qualidades pra gente passar o tempo que nem uma piada claro que dava na mesma estar na cama com o quê com um leão meu Deus eu tenho certeza que ele ia ter coisa melhor pra dizer em defesa própria um leão desses aí Ô enfim imagino que foi porque ela estava tão roliça e tentadora com a minha anágua curta que ele não conseguiu resistir até eu fico excitada com ela de vez em quando fica muito bem pros homens todo o prazer que eles conseguem com o corpo de uma mulher a gente é tão redondinha e branca pra eles sempre eu até quis ser homem pra variar só pra tentar com aquela coisa que eles têm inchando na tua frente assim tão dura e ao mesmo tempo tão macia quando você encosta nele meu tio João tem um coisão compridão eu escutei aqueles meninos na esquina dizendo passando a esquina da alameda Marrowbone minha tia Mariquinha tem uma coisiquinha peludinha porque estava escuro e eles sabiam que uma menina estava passando não me fez corar e por que devia é só a natureza e ele enfia o coisão na coisiquinha dela etcétera e acaba que era ele colocando o cabo numa vassoura homens de novo de cabo a rabo eles podem escolher e pegar o que quiserem uma mulher casada ou uma viúva séria ou uma menina pros gostos variados deles que nem naquelas casas ali atrás da rua Irish não mas a gente tem que estar sempre acorrentada eles não vão me acorrentar nem se preocupe com essa não quando eu começar isso eu te digo por causa dos maridos imbecis ciúme por que todo mundo não pode continuar amigo depois em vez de brigar o marido dela descobriu o que eles fizeram juntos muito bem naturalmente e se ele fez será que consegue desfazer ele já é coronado mesmo por mais que faça e aí ele indo até o outro extremo insano por causa da mulher em Belas Tiranas claro que o homem nunca para nem pra pensar 1 minuto no marido nem na mulher é a mulher que ele quer e ele consegue ela e pra que foi que deram esses desejos todos pra gente isso eu queria saber eu não posso fazer nada se eu ainda sou nova né me diga é de espantar que eu não seja uma velha megera encarquilhada antes da hora vivendo com ele tão frio nunca me abraça a não ser de vez em quando quando está dormindo o lado errado de mim sem saber eu imagino quem ele abraçou qualquer homem que beijasse a bunda de uma mulher eu não dava um tostão por ele depois era capaz de beijar tudo que é coisa errada onde a gente não tem 1 fiapo de expressão na gente todas iguais os mesmos 2 calombos de toucinho antes de eu fazer isso com um homem pfu aqueles animais imundos a mera ideia já é demais eu beijo os pés seus señorita tem algum sentido isso ele não beijava a nossa porta da entrada beijava sim que maluco ninguém entende as ideias alopradas dele mas eu ainda assim claro uma mulher quer ser abraçada 20 vezes por dia quase pra dar uma aparência jovem não importa por quem enquanto for pra estar apaixonada ou ser amada por alguém se o sujeito que você quer não está ali de vez em quando pelo amor de Deus eu ficava pensando se eu devia ir lá perto do cais lá alguma noite escura onde ninguém ia me reconhecer e apanhar um marujo recènchegado do mar que ia estar tarado de vontade e não ia dar a mínima bola pra saber de quem eu era só pra dar um jeito de uma vez em cima de um portão em algum lugar ou um daqueles ciganos de cara brava em Rathfarnham que montaram acampamento perto da lavanderia Bloomfield pra tentar roubar as nossas coisas se pudessem eu só mandei as minhas lá umas vezes por causa do nome lavanderia modelo me mandando voltar sem parar umas coisas velhas umas meias aquele camarada com cara de bandido e de olho bonito descascando uma vareta me atacar no escuro e me comer encostada na parede sem abrir a boca ou um assassino qualquer um o que eles mesmos fazem os cavalheiros refinados com as suas cartolas aquele Adevogado do Rei mora em algum lugar por aqui saindo da alameda Hardwicke na noite que ele fez aquele jantar de peixe pra gente por causa de ter ganhado dinheiro com a luta de boxe claro que foi pra mim que ele deu eu reconheci ele pelas polainas e o jeito de andar e quando eu me virei um minuto depois só pra ver tinha uma mulher depois saindo da alameda também alguma prostituta imunda aí ele vai pra casa pra mulherzinha dele depois só que eu imagino que metade daqueles marinheiros está podre também de doente Ô tira essa carcaça imensa daqui pelo amor do Xisto escuta só ele os ventos que a ti embalam meus alentos então bom ele pode dormir e suspirar o grande Palpiteiro Don Poldo de la Flora se ele soubesse como ele saiu nas cartas hoje de manhã ia ter motivo pra suspirar por um homem moreno em alguma complicação entre dois 7s também na cadeia por Deus sabe o que que ele anda fazendo que eu não sei e eu é que vou ter que ficar me virando lá na cozinha pra fazer o café de sua majestade enquanto ele fica enroladinho que nem uma múmia será que eu vou mesmo alguém aí já me viu correndo eu ia gostar de me ver correndo mostre um pouco de atenção e eles te tratam que nem merda não estou nem aí pro que as pessoas dizem ia ser muito melhor pro mundo ser governado pelas mulheres do mundo você não ia ver as mulheres saírem se matando e chacinando quando é que a gente vê uma mulher rolando por aí de bêbada que nem eles fazem ou jogando a última moedinha que têm e perdendo nos cavalos sim porque uma mulher não importa o que ela faça ela sabe quando parar claro que eles nem iam estar no mundo se não fosse a gente eles não sabem o que é ser mulher e ser mãe e como é que iam saber onde é que eles iam estar todos se não tivessem todos eles uma mãe pra cuidar deles o que eu nunca tive acho que é por isso que ele anda fazendo loucura agora por aí de noite longe dos livros dele e dos estudos e não está morando em casa por causa da família briguenta de sempre imagino bom é de se lamentar que quem tem um belo filho desses não fica satisfeito e eu sem será que ele não conseguia fazer não foi culpa minha a gente gozou junto quando eu estava olhando os dois cachorros montados na garupa dela no meio da rua pelada aquilo acabou comigo de vez acho que eu não devia de ter enterrado ele com aquele casaquinho de lã que eu tricotei chorando daquele jeito mas dar pra alguma criança pobre mas eu sabia bem que eu nunca ia ter outro a nossa 1ª morte também foi mesmo a gente nunca mais foi a mesma coisa Ô eu não vou mais me afundar nessa melancolia pensando nisso eu fico imaginando por que ele não quis pousar aqui eu senti o tempo todo que era alguém estranho que ele tinha trazido em vez de bater perna pela cidade encontrando sabe Deus quem putas e punguistas a coitada da mãe dele não ia gostar nada disso se estivesse viva se acabando pra vida toda quem sabe ainda assim é uma hora deliciosa tão quieta eu adorava voltar pra casa depois dos bailes o ar da noite eles têm amigos pra poder conversar a gente não tem ninguém ou ele quer o que não vai ganhar ou é alguma mulher pronta pra te meter a faca odeio isso nas mulheres não é de estranhar que eles tratem a gente que nem tratam nós somos um bando de vacas nojentas eu imagino que são as dificuldades todas que a gente tem que deixam a gente tão irritada eu não sou assim ele podia facinho ter dormido lá no sofá na outra sala imagino que ele estivesse tímido que nem um menininho por ser tão novinho nem 20 anos por eu estar no outro quarto ele ia ter me ouvido no penico arre que mal tem Dedalus eu imagino que é que nem aqueles nomes em Gibraltar Delapaz Delagracia eles têm uns nomes esquisitos pra diabo lá o padre Vilaplana de Santa Maria que me deu o rosário Rosales y OReilly na calle las Siete Revueltas e Pisimbo e a senhora Opisso na Governor Street Ô que nome eu ia correndo me afogar no primeiro rio se tivesse um nome igual o dela Ô Jesus e aquelas ruelinhas todas rampa Paradise e rampa Bedlam e rampa Rodgers e rampa Crutchetts e a escada do buraco do diabo bom não é muita culpa minha se eu sou uma doidivanas eu sei que eu sou um pouquinho eu juro por Deus que não me sinto nem um dia mais velha do que naquele tempo eu fico imaginando se ainda consigo dar um nó na língua pra soltar aquele espanhol todo como está usted muy bien gracias y usted viu não esqueci tudo eu achava que tinha não fosse a gramática um substantivo é um nome de pessoa lugar ou coisa pena que eu nunca tentei ler aquele romance que a impertinente da senhora Rubio me emprestou do tal Valera com as perguntas todas de cabeça pra baixo pra lá e pra cá eu sempre soube que a gente ia embora no fim eu posso passar o espanhol pra ele e ele me passa italiano aí ele vai ver que eu não sou tão ignorante pena que ele não ficou eu tenho certeza que o coitadinho estava morto de cansado e louco por um bom sono eu podia ter levado o café da manhã dele na cama com uma torradinha desde que eu não fizesse em cima da faca que dá azar ou se a mulher estivesse fazendo a ronda dela com agrião e alguma coisa bonita e gostosa tem umas azeitonas na cozinha que ele podia gostar eu nunca consegui aguentar a cara delas no Abrine eu podia fazer papel de sirvienta a sala ficou boa depois que eu troquei tudo do outro jeito está vendo alguma coisa estava me dizendo o tempo todo que eu ia ter que me apresentar nunca me viu mais gorda muito engraçado não ia ser eu sou a esposa dele ou fingir que a gente estava na Espanha com ele meio dormindo sem a menor ideia de onde está dos huevos estrellados señor meu Deus cada coisa doida que às vezes me vem ia ser muito divertido se ele ficasse mesmo com a gente e por que não ora tem o quarto lá em cima vazio e a cama da Milly no quarto dos fundos ele podia escrever e estudar naquela mesa lá escrever até se acabar e se ele quiser ler na cama de manhã que nem eu já que ele está fazendo café pra 1 pode fazer pra 2 o que eu sei é que inquilino assim da rua eu não vou pegar pra ele se ele aceitar ficar numa espelunca que nem aqui eu ia adorar uma conversa comprida com uma pessoa inteligente e benheducada eu ia precisar comprar uma bela de uma chinela vermelha que nem as que aqueles turcos de fez vendiam ou amarela e um belo penhoar semitransparente que eu estou tão precisada ou um robe de flor de pessegueiro que nem aquele faz tempo na Walpole só 8 e 6 ou 18 e 6 eu só vou dar mais uma chance pra ele vou levantar de manhã cedinho estou cheia da maldita cama do Cohen mesmo eu bem podia ir na feira pra ver as verduras todas e repolho e tomate e cenoura e tudo quanto é tipo de fruta maravilhosa tudo chegando lindo e fresco quem é que sabe quem ia ser o primeiro homem que eu ia encontrar eles estão na rua caçando de manhã a Mammy Dillon é que dizia que eles estão e de noite também era o compromisso religioso dela eu ia adorar uma bela de uma pera suculenta agora pra derreter na boca que nem quando eu tinha desejos aí eu faço lá os ovos e o chá dele na xícara bigodeira que ela deu pra ele pra deixar a boca dele maior imagino que ele ia gostar do meu leite do bom também eu sei o que eu vou fazer eu vou andar pela casa toda contentinha não demais cantando um pouco de vez em quando mi fa pietà Masetto aí eu vou começar a me vestir pra sair presto non son più forte vou botar a minha melhor combinação e a melhor calçola deixar ele encher os olhos pra fazer a coisinha dele ficar de pé pra ele eu não vou esconder se é o que ele queria que a mulher dele está sendo comida sim e comida bem pra cacete até o pescoço quase não por ele 5 ou 6 vezes uma atrás da outra olha ali a marca da porra dele no lençol limpo eu nem me dei ao trabalho de tirar com ferro quente isso há de deixar ele satisfeito se não está acreditando passe a mão na minha barriga a não ser que eu botasse ele ali de pé e colocasse ele dentro de mim estou bem com vontade de contar todos os detalhes pra ele e fazer ele terminar na minha frente ia ser mais do que bom pra ele é tudo culpa dele se eu sou uma adúltera que nem aquela coisa na galeria disse Ô chega disso se fosse todo o mal que a gente faz nesse vale de lágrimas Deus sabe que não é muito e todo mundo faz o seu afinal só que eles escondem eu imagino que deve de ser pra isso que existe mulher senão Ele não tinha feito a gente do jeito que fez tão atraentes pros homens aí se ele quiser beijar a minha bunda eu abro bem a calçola e enfio bem na cara dele em tamanho natural ele pode enfiar a língua meio metro dentro do meu cu já que está por ali o meu cenho aí eu vou dizer pra ele que eu quero £1 ou quem sabe 30s vou dizer que quero comprar roupa de baixo aí se ele me der isso bom ele não vai ter do que reclamar não quero arrancar tudo dele que nem tem mulher que faz eu podia várias vezes ter preenchido um belo cheque pra mim e assinar o nome dele umas libras teve vezes ele esqueceu de trancar além disso ele não vai gastar eu vou deixar ele gozar em mim por trás desde que ele não manche tudo a minha calçola boa Ô acho que isso não dá pra evitar eu vou me fazer de indiferente 1 ou 2 perguntas eu vou saber pelas respostas quando ele está desse jeito ele não sabe esconder nada eu conheço cada manobrinha dele eu vou apertar bem a bunda e soltar uns palavrões cheirabunda ou lambe a minha merda ou a primeira coisa louca que me der na telha aí eu vou sugerir do sim Ô espera só meu filho a minha hora está chegando eu vou ficar muito contentinha e bendisposta com isso tudo Ô mas eu estava esquecendo essa merda dessa praga dessa coisa pfu não dá pra saber se é pra rir ou pra chorar a gente é uma mistura tão grande de ameixa com maçã não eu vou ter que usar a velha tanto melhor vai ser mais esperto ele nunca vai saber se ele fez ou não fez isso assim está bom pra você qualquer uma daquelas bem velhas aí eu vou limpar a sujeira dele de mim bem fria a omissão dele aí eu vou sair deixar ele vidrado no teto onde é que ela foi agora fazer ele me desejar é o único jeito bateu um quarto isso lá são horas imagino que eles devem estar acabando de levantar na China agora ajeitando as trancinhas pra encarar o dia logo as freiras vão tocar o ângelus elas não têm ninguém chegando pra estragar o sono delas a não ser um ou outro padre de vez em quando pro ofício noturno o despertador do vizinho quando o galo se arrebenta de tanto cantar deixa ver se eu consigo pegar no sono 1 2 3 4 5 que tipo de flor são essas que eles inventaram que nem umas estrelas o papel de parede na rua Lombard era bem mais bonito o avental que ele me deu era parecido com isso ou alguma coisa assim só que eu só usei duas vezes melhor baixar a luz e tentar de novo pra eu poder levantar cedo eu vou passar na senhora Lambe lá perto do Findlater e pedir pra eles mandarem umas flores pra gente colocar por aqui caso ele traga ele pra casa amanhã hoje quer dizer não não sextafeira é dia de azar primeiro eu quero dar um jeito na casa pelo menos parece que brota pó nas coisas acho que quando eu estou dormindo aí a gente pode tocar e cantar e fumar cigarro eu posso acompanhar ele primeiro eu tenho que limpar as teclas do piano com leite o que é que eu vou usar será que hei de usar a rosa branca ou aqueles bolinhos chiques da Lipton eu adoro o cheiro de uma loja grandona grãfina custa 7 e 1 e 2 a libra ou aqueles outros com cereja dentro e açúcar corderrosa a 11 p duas libras claro que uma bela planta pra pôr no meio da mesa isso eu consigo mais barato no espera onde é que fica eu vi não tem muito tempo eu adoro flor eu ia adorar entupir a casa de rosa Deus do céu não tem nada igual à natureza as montanhas virgens e aí o mar e as ondas quebrando e aí o interior lindo com os campos de aveia e de trigo e tudo quanto é coisa e aquele gado bonito tudo andando de um lado pro outro faz um bem pra alma isso ver rio lago e flor tudo quanto é tipo de forma cheiro e cor saltando até das valas prímula e violeta é a natureza e por mais que eles digam que Deus não existe eu não dou dez merréis de mel coado por toda essa sabedoria deles por que que eles não me vão lá e criam alguma coisa eu sempre perguntava pra ele os ateus ou sei lá que nome que eles se dão vão lá tirar as cracas primeiro depois saem berrando atrás do padre e eles lá morrendo e por quê ora porque ficam com medo do inferno por causa da má consciência deles pois sim eu conheço bem os tipos quem foi a primeira pessoa no universo antes de existir alguém que fez isso tudo que Ô isso eles não sabem e nem eu está vendo é que nem eles tentarem fazer o sol não nascer amanhã o sol brilha por você ele disse no dia que a gente estava deitado no meio dos rododendros no morro Howth com o terno cinza de tuíde e o chapéu de palha no dia que eu fiz ele me pedir em casamento sim primeiro eu dei pra ele um pouquinho do bolo de cominho que estava na minha boca e era ano bissexto que nem agora dezesseis anos atrás meu Deus depois daquele beijo comprido eu quase perdi o fôlego sim ele disse que eu era uma flor da montanha sim e a gente é flor mesmo nós todas o corpo de uma mulher sim taí uma verdade que ele disse na vida e o sol está brilhando por você hoje sim foi por isso que eu gostei dele porque vi que ele entendia ou sentia o que uma mulher é eu sabia que sempre ia poder passar a perna nele e eu dei todo o prazer que pude dando corda até ele pedir pra eu dizer sim e primeiro eu não respondi e fiquei olhando pra longe pro mar e o céu eu estava pensando em tanta coisa que ele não sabia o Mulvey e o senhor Stanhope e a Hester e o papai e o velho capitão Groves e os marinheiros brincando de lenço atrás e simão mandou e tirando água do joelho que nem eles diziam lá no píer e o sentinela na frente da casa do governador com aquele treco em volta do capacete branco pobrediabo quase torrado e as espanholas rindo com aqueles xales e os pentes altos e os leilões de manhã os gregos e os judeus e os árabes e sabe Deus mais quem de tudo quanto é canto da Europa e a rua Duke e a feira de aves tudo cacarejando na frente da Larby Sharon e os burrinhos coitados escorregando meio dormindo e aqueles vultos de capa dormindo na sombra lá na escada e as rodas grandes dos carros de boi e o castelo de milhares de anos sim e aqueles mouros bonitos tudo de branco e com uns turbantes que nem reis pedindo pra gente sentar na lojinha minúscula deles e Ronda com as janelas velhas das posadas uns olhos de relance uma gelosia escondida pro amante dela beijar o ferro e as lojas de vinho metade abertas de noite e as castanholas e a noite que a gente perdeu o barco em Algeciras o vigia de um lado pro outro tranquilo com o lampião e Ô tal terrível torrente profunda Ô e o mar o mar carmim às vezes que nem fogo e aqueles poentes deslumbrantes e as figueiras nos jardins de Alameda sim e aquelas ruelas esquisitas todas e as casas rosas e azuis e amarelas e os roseirais os jasmins e gerânios e cactos e Gibraltar eu menina onde eu fui uma Flor da Montanha sim quando eu pus a rosa no cabelo que nem as andaluzas faziam ou será que hei de usar uma vermelha sim e como ele me beijou no pé do muro mourisco e eu pensei ora tanto faz ele quanto outro e aí pedi com os olhos pra ele pedir de novo sim e aí ele me perguntou se eu sim diria sim minha flordamontanha e primeiro eu passei os braços em volta dele sim e puxei ele pra baixo pra perto de mim pra ele poder sentir os meus peitos só perfume sim e o coração dele batia que nem louco e sim eu disse sim eu quero Sim.

Trieste — Zurique — Paris
1914-1921

SOBRE *ULYSSES*

Em defesa
da dificuldade

FABIO AKCELRUD DURÃO

Faça este experimento: tente se lembrar da primeira vez que você entrou em contato com *Ulysses*, seja ao ver o livro, seja por ouvir falar. Há uma boa chance de que esse primeiro encontro tenha se revestido de uma certa aura, como se você estivesse diante de algo digno do maior respeito, ou mesmo reverência; afinal, nos dizem, não se trata de um romance comum, mas de um clássico do século XX, uma obra exigente e difícil. Essa fama do *Ulysses* não é um fenômeno acessório ou acidental, pois ela predispõe o leitor a um tipo de relação com o livro que enfraquece o texto, minando sua energia e obscurecendo aquilo que ele poderia nos dar, se adotássemos uma postura diferente.

O livro, intocado, na estante ou estrategicamente posicionado na mesinha de centro da sala de estar, é o exemplo maior de como, ao menos parcialmente, a celebridade do épico joyciano se deve à sua dificuldade, explicando como ele pode se inserir com facilidade em uma lógica de capital simbólico. Valeria fazer um estudo empírico, mas suspeito que nenhum outro volume seja tão adquirido e tão pouco lido — o que em parte tem a sua razão de ser, a julgar por edições tão bonitas como esta. Mas a dificuldade também pode ser usada como fonte de exibicionismo, um modo de o leitor esforçado se mostrar diante dos outros (em especial se alunos), e assim receber em amor-próprio um retorno pelo esforço extenuante de decifração textual. Por fim, há aqueles que se revoltam contra isso e, ao associarem a dificuldade com elitismo (o que só é verdadeiro de um jeito bem indireto), acusam Joyce em nome da democracia — a representação do modernismo como excludente, pedante e pernóstico é bastante comum nos países de língua inglesa.

O pior é que essas três posturas — a ostentação do objeto, do sujeito e a denúncia dos dois — formam um circuito que gera polêmica, se retroalimenta e fecha o campo de visão. Ficam assim apagados aspectos determinantes do *Ulysses* que contradizem descaradamente a seriedade implícita da fama e do capital simbólico, como sua deliciosa escatologia, sua exuberante sexualidade e, principalmente, seu impagável humor. Para romper tal circuito, é importante defender a dificuldade, mostrando que ela é algo precioso e que, quando confrontada do jeito certo, gera efeitos bastante benéficos.

Em primeiro lugar, de um ponto de vista ainda externo, a dificuldade pode ser valorizada como permitindo uma frutífera experiência de estranhamento. O difícil só recebe esse nome porque em alguma medida oferece uma resistência à compreensão. Em nossa vida cotidiana entendemos tudo: desde o momento em que ligamos o rádio no café da manhã, passando por todas as interações de costume, até aquela última conversa antes de dormir, tudo faz sentido, nada é problemático. Se encontramos alguma obscuridade, é só pedir que a mensagem seja repetida, ou solicitar um esclarecimento (se não der certo, dá-se uma olhada no Google). Talvez apenas em sonho possamos vivenciar algo no dia a dia que não se encaixa na lógica da significação transparente, porém ele é fugidio demais e logo cai no esquecimento. A opacidade do *Ulysses* não é a do absurdo ou do nonsense; ela se coloca como barreira, mas não como um obstáculo intransponível, e na tentativa de entender o romance acabamos desenvolvendo uma relação nova e profícua com a linguagem, capaz mesmo de iluminar e dar gosto à compreensão da rotina, que de repente parece mais densa.

Decorre disso também uma revitalização da ideia de trabalho. Nossa sociedade é regida por uma oposição aparentemente inflexível, da qual é raro nos darmos conta: de um lado, o mundo profissional, da labuta, do esforço, da concentração e (na grande maioria dos casos) da falta de prazer; de outro, o da diversão, no qual podemos relaxar, mas que desestimula, quando não rechaça, o pensamento. O trabalho a que a dificuldade do *Ulysses* convida bagunça essa distinção, porque a energia que você despende para elucidá-lo não tem uma utilidade posterior, não serve para nada, nem envolve terceiros: o que você descobre é seu. Durante a leitura, concentração e prazer não são inimigos.

Grosso modo, podemos diferenciar quatro tipos de dificuldade no texto. O primeiro vem da relação entre narrador e personagens: diferentemente daquilo a que estamos acostumados na escrita romanesca, essas duas instâncias narrativas misturam-se muito. Desde pelo menos Flaubert, o narrador se permite entrar na cabeça dos personagens para contar a história a partir de seus pensamentos; assim ele vai se apagando como uma perspectiva externa capaz de avaliar e estabelecer a verdade, e com isso abre espaço para um novo tipo de ironia, que emerge da distância entre aquilo que o personagem sente, o modo como se depara com o mundo e o julgamento do narrador, ao qual não temos acesso. Isso já ocorre nos *Dublinenses*, mas com uma virada do parafuso, pois aqui o narrador não apenas entra na mente do personagem como também, sem abandonar a terceira pessoa, passa a utilizar um tipo de linguagem que é típica deste último. A escolha vocabular deixa de ser regida por um ideal de elegância expositiva, como em Henry James, por exemplo, para seguir um princípio de verossimilhança subjetiva, adequando-se ao modo como o personagem se expressaria na situação narrada. O passo seguinte é dado no *Ulysses* quando os traços que marcam a posição do narrador são drasticamente reduzidos e este passa a fundir-se tão completamente com o personagem, que o que obtemos é a reprodução de sua fala interna. Eis então o famoso fluxo de consciência, mais apropriadamente chamado de monólogo interior. A dificuldade aqui reside em delimitar o discurso do narrador em relação à fala do personagem, pois não apenas existe uma mobilidade enorme — a transição muitas vezes acontecendo no meio de uma frase — como também experimentamos uma incerteza quanto aos limites, porque existem palavras e trechos que poderiam pertencer a um ou a outro, o que obviamente gera diferenças de sentido. O leitor do *Ulysses* desenvolve, sem se dar conta, uma agilidade mental que continuamente diferencia narrador de personagem; ele aprende a realizar um trabalho analítico enquanto lê, algo bem diferente daquela disposição passiva de se deixar levar pelo fluir da história.

Uma outra complicação surge com um tipo inusitado de realismo obstinadamente perseguido por Joyce. Sustentando um romance marcado por impulso alusivo absurdo, como veremos abaixo, encontra-se um literalismo em relação ao tempo e espaço, que são meticulosamente organizados no texto.[1] Não obstante os *flashbacks* e uma descontinuidade entre as diversas localizações dos episódios, o tempo e o espaço no *Ulysses* são lineares e sua estrutura é bem menos sofisticada do que boa parte da narrativa do século XIX. É possível observar algo desse literalismo em relação à psicologia dos personagens, de uma maneira bastante peculiar: uma vez que o narrador reporta fielmente o que estão pensando, anulando a sua própria voz, não temos acesso às informações mais básicas de caracterização individual. No romance realista é comum obtermos descrições pormenorizadas do corpo dos personagens, de preferência logo que aparecem, e quase sempre com ênfase no rosto, que com frequência estão relacionados ao caráter, seja para expressá-lo, seja para dissimulá-lo. No *Ulysses*, os corpos de Stephen e Bloom não são apresentados compactamente, e suas características físicas encontram-se dispersas por centenas de páginas. E mais: do mesmo modo que não faz sentido o personagem descrever para si mesmo a sua aparência, também seria inverossímil penetrar sua mente e ao mesmo tempo ter acesso àquilo que está fora dela. Quando lemos os pensamentos dos personagens, perdemos o contato com o que está acontecendo na realidade externa; ou, mais precisamente, só a percebemos pelos dados fornecidos no próprio monólogo interior. O resultado disso é uma lógica de queijo suíço, pois a narrativa se enche de lacunas, que são de diversas espécies:

1. há aquelas que foram claramente colocadas por Joyce e que podem ser preenchidas sem problema, mesmo que a solução se encontre vários episódios à frente (o caso mais célebre é o do "mete em quê", "mete em si e cose", "metempsicose", respectivamente pp. 84, 170 e 84-5);

---

1. Em seu estudo sobre os "Rochedos errantes", Clive Hart refez os percursos dos diversos personagens marcando o tempo no relógio para saber se seus encontros eram verossímeis, concluindo que sim. Cf. "Wandering Rocks", in Clive Hart & David Hayman (Orgs.), *James Joyce's Ulysses: Critical Essays*. Berkeley; Los Angeles: University of California Press, 1977.

2. há outras que não podem ser elucidadas, seja porque são insignificantes, seja porque o acesso a elas nos é vedado, permanecendo assim como vazios insolúveis;[2]
3. por fim, temos aqueles casos que se apresentam como descobertas, achados narrativos por vezes de grande engenhosidade, e que nos deixam de queixo caído.[3]

O interessante aqui é que entramos em uma zona cinzenta, tipicamente joyciana, porque se algumas vezes ficamos com a nítida impressão de que houve uma genial intervenção autoral, que o buraco faz parte da estrutura arquitetada com minúcia, em outras ocorrências permanece a suspeita de que foi o leitor que criou uma conexão não imaginada por Joyce. E o que é melhor: de acordo com a lógica interna da obra, se essa conexão funcionar, não há razão para que não seja válida. Seja como for, em que outro livro você poderia se deparar com uma tipologia de vazios?[4]

O segundo tipo de dificuldade reside na capacidade do *Ulysses* de incorporar referências externas. É comum ouvir dizer que antes de enfrentá-lo seria necessário ler a *Odisseia*, como se nela estivesse a chave do épico joyciano, como se o 16 de junho de 1904 fosse uma espécie de reencenação dos périplos de Telêmaco e Odisseu. Discordo consideravelmente, pois é possível ler o épico irlandês ignorando o grego e ainda ter uma experiência plena da obra. A lógica aqui não é a de uma senha que vai solucionar um mistério, mas de um código, como o DNA, utilizado para produzir sentido. Opera-se assim: um texto é colocado ao lado do outro e traçam-se paralelos, pontos de contato que estabelecem os tipos mais variados de relações, como espelhamentos, desdobramentos, ecos, negações, silenciamentos, subversões irônicas etc... Aquilo que era um procedimento crítico da literatura comparada converte-se em estratégia básica de leitura.[5] Sem dúvida, a

---

2. Aposto que muitos joycianos aficionados (e eles existem) dariam um dedão do pé para saber como foi a conversa de Bloom com a viúva de Paddy Dignam, que aconteceu entre "Cíclope" e "Nausícaa", para tratar do problema da apólice do falecido.
3. Para quem tiver curiosidade, vale consultar, por exemplo, Hugh Kenner, "The Rhetoric of Silence". *James Joyce Quarterly*, v. 14, n. 4 (verão de 1977).
4. Além das lacunas, há outros dois princípios estruturantes do *Ulysses* que o separam da tradição romanesca anterior: o erro e a coincidência. Em ambos, podemos detectar essa lógica de indeterminação que alia estrutura e acaso. Joyce inseriu inúmeros erros no texto, muitos em "Rochedos errantes", o que faz com que sob qualquer inconsistência paire o fantasma da intenção autoral; já em relação à coincidência, ela é tão central (e.g. nos encontros de Bloom com Rojão Boylan), que parece autorizar associações improváveis, que só ferem a lógica do texto em sua letra, não em espírito.
5. E, para os leitores surrealistas, a rua pode ser de mão dupla, o que significaria imaginar alusões ao *Ulysses* na *Odisseia*.

Odisseia é um código privilegiado, mas há muitos outros. *Ulysses* convida a aproximações com o *Hamlet*, que ademais está no centro de "Cila e Caríbdis", com a *Divina Comédia*, *Don Giovanni* e outros.

Mas não precisamos nos restringir a obras literárias e musicais. Um dos textos que mais se prestam a essa busca de referência em uma dinâmica de iluminação mútua é a própria biografia de Joyce, de preferência a magistral de Richard Ellmann.[6] Em seguida, podemos pensar na própria Dublin, pois ela também fornece uma série de balizas que ajudam na compreensão do *Ulysses*, e não apenas topograficamente, pois a cidade é como que um personagem nesse pioneiro romance urbano.

Por fim, uma virada: a estratégia de ler a obra em função de um outro texto também se aplica ao universo conceitual. Quando realizamos uma análise freudiana de *Ulysses*, não estamos fazendo justamente isso? Tomamos uma parte da teoria, e.g. o complexo de Édipo, e a colocamos para funcionar dentro da economia narrativa do romance. Toda a miríade de formulações da teoria literária contemporânea (o poder de Foucault, a desconstrução de Derrida, o gozo de Barthes, o dialogismo de Bakhtin etc.) pode ser usada como chave de leitura de produção de sentido ulyssiano. Com isso surge a suspeita de que algo pode estar girando em falso, porque se tudo se adéqua tão bem é porque nada se encaixa perfeitamente, pois o resultado dessas abordagens em geral é uma corroboração da teoria por meio do material narrativo. Eis então que o *Ulysses* se torna admirável por mais um motivo, não previsto por Joyce, uma vez que ele encena uma crítica à prática aplicadora de teorias, tão comum no meio acadêmico de hoje, tanto no Brasil quanto no exterior.[7]

O terceiro tipo de dificuldade é o oposto deste que acabamos de discutir. Se a dinâmica das alusões externas representa uma força centrífuga, a autorremissão corresponderia à centrípeta. *Ulysses* é um livro em processo; quem estuda o desenvolvimento dos manuscritos de Joyce percebe que nas revisões do texto ele o expandia e aumentava as conexões internas. (O exemplo mais enfático é a inclusão tardia das manchetes de "Éolo".) Disso decorrem dois tipos de complicação. O primeiro já foi sugerido antes, quando mencionei o apagamento do mundo em torno dos personagens enquanto estamos dentro da mente deles. Encontramos a mesma lógica de lacunas no enredo do romance — o que exaspera muitos leitores, pois no *Ulysses* algo tão básico quanto a história que está sendo contada não nos é totalmente transparente. O desdobramento da narrativa vai lançando uma luz

---

6. *James Joyce*. Trad. Lya Luft. São Paulo: Globo, 1989.
7. Abordo essa questão de modos diferentes em *Modernismo e coerência* (São Paulo: Nankin, 2012) e *O que é crítica literária?* (São Paulo: Parábola, 2016).

retroativa sobre o que se deu antes, sem nunca iluminá-lo por completo. Com outras palavras, o romance progride ao mesmo tempo que ele próprio se lê, o "para a frente" e o "para trás" misturando-se em uma dinâmica que torna o presente mais rico.

Outro processo de autorreferência envolve o mundo das coisas na obra. No romance convencional, é comum encontrarmos determinados itens especiais que adquirem um valor simbólico e que funcionam como uma porta de entrada, uma chave de leitura do texto como um todo. *Ulysses* é tão extenso e tão intricadamente composto, que nenhum conteúdo específico é capaz de desempenhar esse papel. (A recusa do simbolismo é uma característica tipicamente modernista.) Em vez disso, encontramos inúmeros objetos que podem ser agrupados em conjuntos de significação, também chamados de campos semânticos, que geram resultados interpretativos próprios. Pense nos animais do romance, o cachorro que Stephen encontra na praia, a gata de Bloom, as gaivotas de "Lestrigões", o Garryowen de "Cíclope", os cachorros acasalando que excitaram Molly ("Hades") e a deixaram com vontade de copular, o Athos, o pai de Bloom, Rudolf Virag... em todos esses casos os animais expressam tipos de relação com os humanos que nos explicam bastante sobre estes últimos. Ou então as flores e o que nos podem dizer da feminilidade, inclusive apontando para a de Leopold, já que *"bloom"* em inglês significa "florescer" (*en passant*, a "língua das flores", de "Lotófagos" [p. 91], não é uma invenção, pois no século XIX havia toda uma codificação dessas plantas, com sentidos particulares para cada uma).[8] Ou ainda o sentido da água neste romance tão aquoso, desde a fala de Mulligan em "Telêmaco" (p. 27), passando pelas referências a afogamentos, até o episódio absolutamente fenomenal de "Ítaca" (p. 601), o que nos levaria a imaginar como o fluir poderia ser considerado um princípio estruturador da obra que uniria forma e conteúdo.

E, para dar ainda outros exemplos, teríamos a comida, o corpo e suas partes, o mundo das mercadorias (Bloom é um protótipo de publicitário), o da fofoca etc. A lógica dos campos semânticos funciona até mesmo para pequenos objetos como os chapéus — pode acreditar, há muito que dizer a partir deles. No limite, poderíamos até mesmo selecionar as representações não verbais que pululam no texto, como os sons do corpo (e.g. a flatulência de Bloom em "Sereias"), ou de objetos inanimados (as máquinas de "Éolo"); tudo isso nos leva a indagar sobre o estatuto do inorgânico na obra. (Uma pergunta: os miados da gata em "Calipso" são linguagem verbal ou

---

[8]. Cf. Isabel Kranz, *Sprechende Blumen: Ein ABC der Pflanzensprache*. 2. ed. Berlim: Matthes & Seitz, 2014.

não?) Um dos efeitos mais fascinantes do *Ulysses* é a capacidade que a obra tem de ler você enquanto você acha que a está lendo, porque isso que estou discutindo aqui como dinâmica interpretativa já está presente no próprio romance como material narrativo, a saber, na odisseia do sabonete, a deliciosa saponíada, que nos obriga a considerar um mesmo objeto reaparecendo em diversos contextos diferentes.

Finalmente, a última espécie de dificuldade é a mais perceptível, aquela que domina toda a segunda metade do *Ulysses*, pelo menos desde "Sereias" até "Ítaca". Trata-se de uma virada composicional que rompe de vez com qualquer pretensão de verossimilhança antropomórfica ao introduzir no âmbito da representação uma nova instância narrativa. Embora haja uma considerável variação entre eles, os dez primeiros episódios do épico joyciano articulam-se em torno de quatro modalidades de enunciado: o diálogo (discurso direto), o narrador falando por si, o narrador penetrando a mente do personagem (discurso indireto livre) e a fala do personagem apagando o narrador (monólogo interior). Em "Sereias" percebemos que os sons das palavras adquirem uma relevância inusitada e parecem querer se autonomizar para assumir uma precedência em relação ao sentido. "Ciclope", por outro lado, é composto em primeira pessoa, com um narrador sem nome que conta a história para um interlocutor inacessível, porém o desvio mais importante reside no surgimento de pastiches dos mais diversos gêneros discursivos intercalados com a narração, passagens que não se justificam a partir da lógica interna da história. E por aí vai: "Nausícaa" e o pastiche do romance sacarino para moças, "Gado do Sol" e a simulação do desenvolvimento da prosa inglesa em suas diversas fases, "Circe" e um teatro alucinatório, "Eumeu" e a sua escrita cômica, lapidarmente ruim, "Ítaca" e a estrutura de perguntas e respostas — a forma de exposição mais inorgânica de todas. As técnicas variam, mas em todos os casos encontramos um apagamento por vezes drástico da referência, daquilo que está acontecendo por detrás (ou será abaixo?) dessa espessa cortina (ou tapete) de palavras. O contexto não é mais suprimido por termos acesso exclusivamente à mente do personagem, mas torna-se nebuloso porque os episódios propõem-se tarefas que não mais estão simplesmente ligadas ao enredo.

A crítica se esmera para achar razões, muitas vezes apoiadas em declarações do próprio Joyce, que se esforçava para mostrar aos outros que tinha o texto sob controle, o que não era o caso. A verdade, contudo, é que não há justificativa alguma, do ponto de vista da lógica composicional interna, para essa sucessão específica de estilos. Qualquer motivação tem que ser dada *a posteriori*, como resultado interpretativo.

O acúmulo de níveis de dificuldade só é exasperante para o leitor que procura dominar a obra, pois isso é impossível: por mais que você se esforce, não vai conseguir se tornar mestre do *Ulysses*. A dificuldade do romance não é analítica; não se trata aqui de um tipo de estrutura matemática solucionável por tabulação, cálculo ou qualquer dispositivo organizador extrínseco. Ela está ligada, em vez disso, a processos de *indeterminação* que envolvem o próprio ato da leitura como prática calcada em condições específicas de tempo e espaço. Vejamos melhor o que isso quer dizer. Há, em primeiro lugar, a questão do ritmo de leitura e sua relação com a memória. Certa vez resolvi ler a primeira página de "Proteu" checando *todas* as referências registradas por dois guias, o *Allusions in Ulysses*, de Weldon Thornton,[9] e o gigantesco *Ulysses Annotated*, de Don Gifford e Robert J. Seidman:[10] levei quarenta minutos. Quando acabei e tinha absorvido toda a informação, já não lembrava o que se passava na história. O surgimento da internet exacerbou isso ainda mais,[11] deixando claro que a dinâmica remissiva do texto, ela mesma épica, é impossível de ser contida. Uma outra característica da dificuldade do *Ulysses* é a sua natureza multifacetada; são tantas dimensões diferentes que é impossível focar em todas simultaneamente. Ao prestar atenção em uma, outra escapa. Em outros termos: ao lançarmos luz sobre alguma faceta do texto, necessariamente deixamos outras na penumbra.

Como disse, isso só é angustiante para o leitor imbuído de um desejo de controle. Se ele abre mão dessa perspectiva, digamos, superior, um olhar de cima que não quer deixar nada escapar — se ele abandona essa pretensão e assume uma postura diferente, que o situe, não *sobre*, mas *em meio* ao texto, tudo muda de figura. A dificuldade não mais se apresenta como entrave, mas como potencialidade, uma espécie de dínamo ou motor; com isso, ela muda de nome, passando agora a ser chamada de *complexidade*. Em vez de um desafio a ser vencido, o indeterminado converte-se em combustível para a imaginação interpretativa. O *Ulysses* explode aquele lugar intocável no qual o capital simbólico o colocou para mergulhar no mundo, permitindo assim que você se *aproprie* dele, do jeito que você bem entender. É só virar a página.

FABIO AKCELRUD DURÃO é professor do departamento de Teoria Literária da Unicamp. Formado em letras pela UFRJ, obteve o mestrado pela Unicamp e o doutorado pela Universidade Duke. É autor de diversos livros, entre eles *O que é crítica literária?*, *Metodologia de pesquisa em literatura* e *Modernismo e coerência*.

---

9. Chapel Hill: University of North Carolina Press, 1982.
10. Ed. rev. e ampl. Berkeley; Los Angeles: University of California Press, 2008.
11. Interessante notar aqui como o *Ulysses* aparece como um precursor do hipertexto, ao mesmo tempo que já contém a sua crítica.

Ulysses:
Um jogo inesgotável

FRITZ SENN

"Ulysses: An Inexhaustible Playfield". Tradução de Caetano W. Galindo.

Apesar de ser um romance (se é que se trata de um romance) totalmente provinciano, confinado a Dublin e seus entornos, limitado a menos de um dia de duração, sem nenhum acontecimento de impacto nem nada que fosse virar manchete nos jornais, o *Ulysses* se estende para além de si próprio e tem pretensões enciclopédicas. Ele combina a visada mais estreita e a mais ampla num *close-up* universal. Resumos não dão conta do livro e definições, como esta, são inúteis. Modesta e arrogante, de que trata esta obra?

Bom, trata de uma abelha, que no dia 23 de maio de 1904 ferroou (ou "mordeu") o senhor Leopold Bloom, principal personagem da obra, em seu quintal na casa de número 7 da rua Eccles, em Dublin. Não é um momento marcante, mas foi sério o suficiente para que a vítima precisasse que um médico de um hospital vizinho lhe fizesse um curativo. Porém pode também ter sido uma "varejeira", muito menos agressiva, segundo a lembrança de Bloom; isso nos deixa sem saber exatamente o que aconteceu: o *Ulysses* não parece ser um livro para certezas fáceis, embora elenque milhares de fatos objetivos e lugares verificáveis de que podemos nunca ter ouvido falar. Aquela abelha atravessa o livro como um tema menor e, em dada ocasião, transforma-se em dragão, mas só porque a narrativa está temporariamente entregue a um autor medieval que trata apenas de eventos miraculosos, não de ocorrências triviais.

Para sermos perfeitamente justos, o livro nos oferece também outras tramas e motivos, mais significativos, a começar da incômoda história da Irlanda, da vida numa cidade moderna, ou de um recorte sociológico — na verdade, ele oferece mais do que qualquer leitor consegue abarcar. Quem deve fazer avaliações são os leitores e seus gostos. Uma única abelha não teria levado à proibição do livro no Reino Unido e nos Estados Unidos por mais de uma década. O escândalo se devia a transgressões claras, obscenidade e blasfêmias, à quebra de tabus, e teve também um efeito decisivo: a contenção dos mecanismos de censura.

Rótulo algum define o *Ulysses* — romance, épico, enciclopédia, recorte do cotidiano, obra sem par, guia de viagem? Ele projeta uma sombra amedrontadora e assoma no horizonte dos leitores como uma obrigação cultural — um a-fazer, literalmente. Uma tradução holandesa chegou a ser vendida com um adesivo que dizia "eu li até o fim" para que o mundo pudesse admirar um leitor agora confirmado como intelectual. O *Ulysses* como leitura obrigatória não chega a dar água na boca. Seria melhor ir ao livro como se ele fosse uma oportunidade inesperada para se entrar num mundo antigo como novo encanto, um mundo de muitos prazeres e efeitos, mesmo que nossos primeiros passos possam ser extremamente inseguros. O autor não parece nos conduzir com as informações habituais que esperamos da ficção de entretenimento. Nos vemos na posição de observadores involuntários das situações, de início incapazes de compreender o que está acontecendo, precisando montar um quebra-cabeça de cuidadosa especulação provisória. A compreensão vai ficando para mais tarde, ainda que nem sempre venha. Paciência e concentração são necessidades. Mais ainda, os primeiros três episódios são protagonizados por um personagem, Stephen Dedalus, que tem afinidades com o autor e também um passado oculto, e de um modo intrigante; ele mal se preocupa em se expressar com clareza. O terceiro capítulo parece ainda mais opaco quando mergulhamos nessa mente rebuscada. É o ponto em que muitos leitores potenciais jogaram a toalha. Mas suas primeiras frases também fizeram duas americanas declararem que se tratava da coisa mais linda que já tinham lido, e elas começaram a publicar os episódios do romance numa revista literária até que a justiça as obrigou a parar.

Quando quem está sob as luzes da ribalta é o sr. Leopold Bloom, homem bem menos sofisticado e bem mais pé no chão, as coisas ficam mais fáceis. Bloom se tornou talvez o mais conhecido personagem da ficção, um homem "completo", como Joyce o definiu. Sabemos até seu peso num dado dia. Ele está tentando acertar sua vida e nunca consegue direito. Joyce o faz passar por aventuras cotidianas, nada espetaculares. Ele trabalha como comissionado, procurando anunciantes para a imprensa (uma profissão moderna naqueles dias), vai a um enterro, visita uma igreja, faz refeições, não se sente muito à vontade num pub, aconselha uma família, visita uma maternidade, desenvolve uma atitute paternal em relação ao desamparado Stephen Dedalus e chega até a ir atrás dele rumo à área dos bordéis da cidade (quase sem passar por experiências eróticas), ajuda o rapaz numa briga e o leva para sua casa mas o vê recusar seu convite para passar a noite ali. Se o encontro dos dois personagens principais tem ou não algum significado é algo que precisamos decidir sozinhos.

Bloom, para começo de conversa, é um candidato improvável a ter um dia no calendário com seu nome, isso graças ao consenso tácito da hiperativa comunidade joyciana, que nos deu o "Bloomsday", comemorado no mundo todo, de Sydney a Tóquio. Leopold Bloom é perseverante, mas atrapalhado, o tributo de Joyce a tudo que seja comum. Acredito que o *Ulysses* tenha empatia pelo fracasso humano, algo em que posso me reconhecer. Bloom tropeça, erra, lembra tudo errado e não entende muita coisa, mas se corrige e permanece curioso e atento. Como seu casamento esfriou, sua esposa naquele mesmo dia começa um caso adúltero que ele tolera, aceita, chega até a facilitar, sem ceder à convenção de uma luta pela posse da mulher, um duelo, suicídio ou assassinato, ou mesmo uma grande cena.

Ele tem características femininas e chega até a se tornar um tipo de "novo homem feminil".

Mas certas condições, infelizmente, nunca mudam, e por isso um romance de uma cidade irlandesa pode se basear num épico antigo, como Joyce sublinhou ao usar o traiçoeiro título *Ulysses*. Tudo que é humano — família, amor, hostilidade, possessividade, fome, guerra, enganos — já foi apresentado na *Odisseia* de Homero, nos primórdios da literatura ocidental. Os eventos se repetem, não há nada de novo sob o sol. As tramas podem apenas passar por variações e atualizações, no caso de Joyce, para uma escala moderna e totalmente anti-heroica de eventos cotidianos, nada sensacionais, tendo a violência, a matança de mais de cem pretendentes, sido completamente eliminada, e praticamente sem perdas definitivas. Tudo é trazido a proporções comuns. Para enfrentar um dia, é preciso ser adaptável e contido, ainda mais Bloom, alguém que não se encaixa e que é filho de um imigrante. Joyce relaciona seus eventos ficcionais à *Odisseia* por meio de analogias: algumas parecem essenciais e outras, triviais; muitas são duvidosas (e podem ser totalmente ignoradas). Nesse contexto, a cicatriz que a ferroada da abelha deixa em Bloom pode fazer hora extra como o talho na coxa de Odisseu, que leva a sua identificação. Odisseu foi rasgado por um javali, Bloom, ferroado por uma abelha. A ligação, acho eu, é opcional e não inerente. Podemos estar simplesmente dando prosseguimento a um jogo que Joyce iniciou.

Sempre achei relevante que Joyce, num restaurante, ou seja, sem ter se preparado para isso, tenha feito um desenho de um Bloom de cara redonda, que acabou determinando a iconografia joyciana, e citado o primeiro verso da *Odisseia* em seu original grego (com uns acentos salpicados meio aleatoriamente), que inclui a palavra *polytropos*. Esse epíteto, que significa tanto "capaz de virar em várias direções", em suas viagens, quanto "de mente versátil", aplica-se ao livro, que fica se virando e se alterando para destacar facetas diferentes. Cada episódio tem seu próprio conjunto de tropos, seus torneios, seu humor e seu tom, seu vocabulário — um DNA todo próprio. Em suas cartas, Joyce deu a cada um dos dezoito capítulos um título emprestado da *Odisseia*, que nunca fez parte da publicação; mas eles acabaram sendo adotados por todos, por mais que possam ser um tanto equivocados e também determinantes de uma leitura única, isso porque os episódios são tão idiossicraticamente diversos que merecem nomes distintivos.

Fiel a sua natureza inquieta, Joyce usou a *Odisseia* de maneira seletiva para seus fins complexos, de modo que as similaridades podem ser menos relevantes que os desvios desse projeto, numa transposição cultural que é livre e única. Para começar, a plateia de Homero já sabia o fim da história; todas as pontas soltas seriam devidamente amarradas na conclusão da *Odisseia*, elas se resolvem (ainda que de maneira nada convincente), mas leitor nenhum do *Ulysses* poderia prever seu fim — se é que fim existe. Não podemos saber, e podemos na melhor das hipóteses imaginar, o que vai acontecer depois do "Sim" final de Joyce (que pode ser uma ressoante afirmação ou também um sibilante adormecer). Será que Bloom e Stephen Dedalus vão voltar a se encontrar, ou terá sido aquele apenas um encontro fortuito, passageiro e sem sentido? O que vai acontecer quando Bloom e sua esposa acordarem na manhã seguinte, na mesma cama, cada um com a cabeça para um lado, e tiverem que conversar? O momento mais constrangedor de todos não está nem mesmo contido num livro de vários torneios constrangedores.

Tensões, momentos constrangedores e silêncios incômodos ocorrem por todo o livro. O *Ulysses* está cheio de situações em que deveria haver conversa mas ninguém tem algo importante a dizer. Há tensões entre Stephen Dedalus e Buck Mulligan, seu companheiro-de-torre, entre Bloom e Molly, em encontros casuais e, de maneira mais dramática, entre nacionalistas irlandeses e um Bloom de mente mais aberta. Ao expor a xenofobia e, mais particularmente, o antissemitismo, Joyce estava antecipando acontecimentos perniciosos que mal podia antever. Leopold Bloom tem ascendência judaica mas, a depender dos critérios adotados, não completamente (sua mãe parece não ser judia), no entanto isso basta para que ele mereça desconfiança e grosseria, apesar de não bastar para que seja aceito pelos outros judeus. A identidade está sempre em questão. Quem é judeu, quem é irlandês e, na verdade, quem é católico? (Stephen não é mais, e no entanto não consegue deixar de ser.)

O *Ulysses* reflete nosso mundo como um lugar de imperfeições. Se nada desse errado, não teríamos uma trama. O universo de Joyce, igual ao universo de verdade, é cheio de pobreza, paralisia, injustiças tais como séculos de opressão colonial. Em ponto menor, Joyce nos apresenta erros, enganos, incompreensões (uma potencialidade no *Ulysses*, elas se multiplicam no *Finnegans Wake*, onde nada mais é seguro, nem mesmo a ortografia, e dependemos de aproximações e estimativas).

Muita coisa no *Ulysses* é de segunda mão e está precisando de manutenção: uma bandeja calombuda ou um colchão barulhento. Um chapéu usado, que um dia foi bom, perde suas letras finais e se torna um "chap", com o final da palavra apagado pelo suor na etiqueta de "alta qualidade". O chapéu de Bloom não é o único item rebaixado no romance. Uma carta datilografada troca "imundo" por "emundo", talvez por empolgação. Esse tipo de distração cai como uma luva para o autor, que cria mundos a partir também de coisas sujas. A troca de uma letra pode se transformar na perda de uma letra no nome de Bloom, quando um jornal o rebaixa a "Boom", ofensa pequena e, diga-se de passagem, um som de sucesso. Será que há um sentido para essa letra "l"? Talvez a palavra hebraica "el", ou seja, Deus? Bloom lê "Betel. El, isso: casa de: Álef, Beth".

Erros, equívocos, distrações por toda parte. Até catálogos de fatos podem errar como quando uma lista de heróis irlandeses contém desvios como Cleópatra, Brian Confúcio, Patricio Velasquez ou Sidney Parade, um subúrbio de Dublin. Uma lista de dignitários estrangeiros inclui "Hokopoko Harakiri", e "Ming Nun Teng" ou "Pan Poleaxe Paddyrisky". Essas brincadeirinhas, superficialmente divertidas, podem também ser lidas como xingamentos xenofóbicos, já que um dos temas de todo o livro é um antagonismo permanente a tudo que seja considerado estrangeiro e especialmente judaico.

Joyce era imprevisível. Ninguém, nem mesmo ele, poderia prever o que ele faria em seguida: em termos de estilo e de estrutura, ele nunca se repetiu. O *Ulysses* acabou sendo algo diferente dos seus planos originais, suas abordagens foram alteradas ainda na impressão, sob sua supervisão. Joyce gostava de brincar com *inexpectativas*. Perdeu admiradores pelo caminho; mesmo o revolucionário Ezra Pound começou a ter suas dúvidas ao ler o episódio das "Sereias" e desistiu do *Finnegans Wake*.

Como na vida real, as expectativas nem sempre se realizam e os objetivos não são atingidos. Não chegar ao que se desejava é um tema de todo o livro.

Joyce parece nos decepcionar, parece ser um autor que não se expõe. Desde o começo temos que enfrentar a falta de orientações de parte dele, e de conclusões satisfatórias: pontas soltas que permanecem soltas, convenções que são desprezadas ou parodiadas. O livro começa com um personagem, com um roupão, que segura uma vasilha de espuma de barba (o que seria mais comum que fazer a barba de manhã?) e que "entoou" — não apenas disse! — as palavras da missa católica, em latim eclesiástico. Isso nada tem de rotineiro e, a bem da verdade, seria considerado uma blasfêmia, fazer a coisa errada no lugar errado. Ao entrar em cena, "o senhor Leopold Bloom" (perceba-se a formalidade daquele "senhor") considera suas opções para o café da manhã e imagina o gosto da carne de rim com um "um fino laivo de tênue perfume de…" — e ninguém poderia adivinhar a palavra final: "… urina". Urina na boca tem lá seu ar de coisa inadequada. De saída somos preparados para deslocamentos posteriores, mais relevantes, como quando cenários urbanos são transportados para outro local ou quando a realidade desabrocha em paródia. O *Ulysses* não se encaixava direito no mundo literário e foi um escândalo por muitos anos, e uma palavra como "encolhescroto", para descrever o efeito físico de um mar revolto logo nas primeiras páginas, também não ajudava a minorar o choque de muitos leitores.

O *Ulysses* se re-forma e se traduz. Episódios inteiros são escritos entre aspas imaginárias: a ironia como estilo. Tipograficamente, um deles pode parecer um jornal com manchetes e, outro, uma peça de teatro com rubricas; um pode lembrar uma folha de prova com perguntas e respostas enquanto outro é simples notação musical e o último consiste de oito longos parágrafos sem marcas de pontuação nem apóstrofos, um fluxo ininterrupto. No todo, uma troca completa de figurinos.

Joyce glorifica a linguagem, herói abstrato de sua obra. Ela se exibe em várias encarnações: retórica elevada, poesia, vulgarismos, dialetos, gíria, clichês. Temporariamente, imita estágios antigos, começando com as origens do inglês e passando pelos maneirismos de autores conhecidos. Joyce se serve de maneira pungente da natureza dupla do vocabulário inglês, cuja base germânica é posta em contraste com palavras derivadas do latim para usos mais sofisticados, intelectuais. O que na fala cotidiana seria simplesmente "se engasgar com um osso" pode ser cientificamenre refinado e virar "afogado por deglutição imperfeita de alimento", afastado da experiência prática numa expressão que é dura de se mastigar, e nada clara imediatamente. É preciso um processo, por mais breve que seja, de retraçar suas origens na fala coloquial, talvez com um mínimo atraso para a compreensão. Esse é um dos exemplos de casos em que o livro se autotraduz. As línguas românicas não contam com esse efeito; palavras como "latração" (estranhas a quase todo falante de inglês) parecerão familiares. Cada capítulo tem seu próprio idioleto.

Variedade infinita! O politrópico Bloom representa múltiplos papéis, marido, pai, filho, corno, palhaço, Odisseu, Moisés, Rei Salomão, o Judeu Errante, Todos, Ninguém — mesmo papéis femininos. Ele também pode ser tratado como um paradigma gramatical: "Bloom. De Bloom. Para Bloom. Bloom", onde passa pelos quatro casos tradicionais. Ele se torna Henry Flower, Herr Professor Luitpold Blumenduft, é hibernicizado em O'Bloom, ou aparece com vestes estrangeiras como Enrique Flor ou Don Poldo de la Flora. Espelhos côncavos e convexos o alongam em "lúbubro Booloohoom" ou o expandem em "Gaiopoldo, o leo bertoldo". Enquanto, para a esposa, ele continua sendo Poldy ou pode ser chamado de tio Leo, idêntico ao signo astrológico do Leão, ou Sir Leo. Ele se santifica como São Leopoldo. Anagramas o transformam em "Elpodbomool" ou "Dom Lopo Bello" — como que para indicar que nomes são meros amontoados de letras. Em "Siopold" seu nome se funde ao de Lionel, personagem de uma ópera, e de Simon, um cantor. Variações musicais são "Umbloom", "Dumbloom" ou um amplo

"Umbloomcomum", além de combinações como "Ondosobloom" e "sebondosobloom". O nome contém um leão acidental ("leo", em latim). Uma existência verbal o faz "florescer" [*to bloom*]. Uma Nova Bloomusalém é construída em sua honra, Bloomistas e Antibloomistas se antagonizam. Em húngaro o nome da família era "Virag" (flor), que ressoa em "virago", uma mulher de aparência masculina, ou numa doença imaginária, a "viraguite". Seu nome fica a uma letra de distância de "*blood*", sangue em inglês. Sua residência ideal poderia se chamar Bloomópolis, Chalé Bloom, São Leopoldo ou Florópolis. Um tipo de roupa de baixo feminina, chamada à época de "*bloomers*", é jocosamente relacionado a ele. O erro tipográfico "L. Boom" no jornal gera ainda outras floradas de derivações.

Um Bloom rende muito; gramaticamente, se é possível declinar seu nome, pode-se também manusear e conjugar a humanidade. *Polytropos* de verdade!

Como o nome Bloom, o *Ulysses* se traduz, especialmente nos vários estilos dos capítulos: musicais, vulgares, científicos. A voz de Molly Bloom difere da de Stephen, um breve trecho é apresentado em pseudoinglês antigo ou medieval. Tudo fala à sua maneira. "Saúde" torna-se o "Ghahud" de um idiota. Portas dizem "ii: crii", gaivotas falam gaivotês "qó qé qais qolo", uma tradução de "nós queremos mais bolo" numa língua de aves. "Nheu vi nhele nho banco enhundafêra" é a versão de alguém que fala de boca cheia, mastigando. Uma conversa entre Stephen Dedalus e seu professor de música é conduzida inteiramente em italiano, e Stephen adora gírias de marginais, a língua dos ciganos ou a terminologia heráldica. Ele se distancia de sua culpa ao chamá-la de "remorsura do inteleito", que já é uma tradução ad hoc, e antiquada, de "remorso de consciência". Joyce gosta de ressuscitar palavras não mais usadas, não apenas de inventá-las.

Nesse contexto, como seria melhor intitular o *Ulysses*? Devemos adotar o original Ulysses ou trocá-lo pelo nome correspondente em cada cultura, como nas formas que de fato já foram adotadas: Ulysses, Ulisse, Ulises, Ulisses, Uliks, Uliksi, Ulises, Odysseas etc.? Quem pode decidir? Pode valer a pena considerar que Ulysses, a forma convencional em inglês, é um híbrido, um meio-termo entre o grego Odysseus (que já tinha diversas formas nos textos) e o latim Ulixes, e portanto já é resultado de transformações em andamento. Nomes tendem a mudar com os séculos. Esse processo dinâmico faz parte do sentido? E como se deve pronunciar o nome? Há duas escolas rivais de acentuação para o título em inglês, na primeira e na segunda sílabas — essas alternativas são propositais ou acidentais? E, só mais uma coisa: essas letras — U, um l que sobe e um y que desce, com aqueles esses serpentinos — não são bonitas de se ver? Isso sem nem mencionar o fato de que as letras daquele *"Yes"* final estão contidas no título (e na primeira palavra do original, *"Stately"*). É isso que o livro pode fazer conosco: podemos tirar dali mais do que o próprio Joyce colocou. Um risco que o autor certamente conhecia.

"Como é que alguém ia poder ser dono da água?", Bloom se pergunta; e em "sempre correndo num curso" chega perto do *panta rhei* de Heráclito e de seu "Não se pode pisar duas vezes no mesmo rio": tanto você quanto o rio terão mudado. O *Ulysses* não fica parado. Ao abrirmos caminho por ele, vamos entendendo cada vez mais, muitas vezes só depois de termos lido, mas também vamos ficando menos seguros à medida que aparentes certezas são derrubadas. Cada leitura do livro é diferente. A aposta aqui é de que você vai ler duas e talvez mais vezes — a bem da verdade, e da estatística, isso de fato acontece: muitos leitores devotados simplesmente não conseguem abandonar o livro.

O *Ulysses* pode facilmente passar em brancas nuvens — e pode também se tornar um vício. Isso se deve em parte à pura e simples musicalidade da linguagem. Cada palavra/frase, quando lida em voz baixa ou em voz alta, parece atingir seu maior esplendor quando entra em órbita como um evento de linguagem. Esses momentos já foram chamados de epifanias. Na música, ouvem-se as mesmas melodias repetidamente; aqui, isso se transfere para a literatura. E fica melhor — e mais engraçado.

Tudo isso parece pura delícia. Mas essa delícia pode se estabelecer com alguma lentidão. Nós confrontamos obstáculos, obscuridades, e alguns deles resistem, teimosos, enquanto outros, mais novos, continuam surgindo. O trajeto pode ser difícil, já que Joyce não se dá ao trabalho de estender a mão. Experiências singulares de leitura, achados, epifanias se misturam com trechos impenetráveis, frustrantes e densos, nos quais a escuridão se ilumina só muito tarde, e às vezes nem assim. Alguns dos pronunciamentos de Stephen continuam crípticos. Nós nem sabemos por que Bloom comparece ao enterro de alguém de quem nem era assim tão próximo; ali enlutado, ele definitivamente não parece estar de luto. Joyce mostra também que não entender, na vida, pode ser a regra e não a exceção. Há mistérios não resolvidos, passagens não esclarecidas, mais perguntas novas que respostas satisfatórias, mais ou menos como a vida real. O *Ulysses* pode ser o primeiro livro da modernidade que já ao surgir necessitava do tipo de anotação que considerávamos necessária para os clássicos do passado distante. Talvez ironicamente, uma pergunta dentro dele é de fato respondida com elegância, feita pelo intelectual Stephen Dedalus: por que eles colocam as cadeiras em cima das mesas à noite? Bloom, desta vez, está à altura do problema: "Pra varrer o chão de manhã" — o que não é a maior das revelações; não seria necessário atravessar centenas de páginas para perceber isso. Por outro lado, ignoramos quase tudo a respeito da mãe de Bloom, ou se Stephen Dedalus, que desaparece na noite, vai um dia se tornar o autor do livro em que é personagem. Richard Ellmann, o biógrafo de Joyce, afirmou que, ao escolher o dia 16 de junho de 1904, Joyce estaria celebrando seu primeiro momento de intimidade com Nora Barnacle, naquele mesmo dia. Talvez, mas é estranho que justo nesse dia glorificado Bloom reste sozinho e traído, e acima de tudo que Stephen Dedalus, no lugar de Joyce, não encontre uma companheira para a vida e precise ir a um bordel; e em vão, para piorar.

Mas aquele dia fervilha de vida comum e licenciosidade textual. À medida que lemos, podemos perceber o quanto o livro, narcisisticamente, se preocupa com sua natureza e com sua qualidade: uma "loquaz, panabrangente mixórdia desta crônica" também aponta para o *Ulysses*, assim como "um camafeu miniaturizado do mundo em que vivemos". Uma referência jocosa a "Cinco linhas de texto e dez páginas de notas" já satiriza o que os críticos fariam com o livro. O *Ulysses* comenta-se a si próprio — e ri de si próprio. E de nós. Talvez ele devesse ser precedido de um aviso como aqueles nas carteiras de cigarro: este livro pode gerar dependência, como de fato gera, e temos fartas provas na história de sua recepção. Outro perigo é o de você começar a achar, de maneira injusta, que outras obras de ficção acabam ficando meio sem graça, quando comparadas a ele. Você pode ficar exigente demais.

Ninguém conhece a melhor possibilidade de falar, e muito menos de "dar aula", sobre o *Ulysses*; cada abordagem é um risco subjetivo. Por outro lado, é fácil encontrar uma porta, em qualquer lugar: pode ser uma discussão sobre Shakespeare, um trecho do fluente monólogo de Molly Bloom ou uma ferroada de abelha. Todos os caminhos levam a um centro que não podemos discernir, mas que corresponde diretamente ao que seja um dia na vida de diversas pessoas em Dublin, num dado momento. E também um festival de Incongruências. Joyce é uma tortuosa formação humanista e também um antídoto para a pretensão e o imperialismo intelectual, já que nele toda pompa é ridicularizada.

Aqui conhecemos nossas possibilidades e também nossos limites.

FRITZ SENN é uma figura incontornável dos estudos joycianos. Já presidiu a International James Joyce Foundation, integrou o quadro de editores dos maiores periódicos acadêmicos dedicados à obra de Joyce e, além de publicar seus próprios textos de análise do *Ulysses* e do *Finnegans Wake*, preside há quase quarenta anos a Fundação James Joyce de Zurique, ponto de encontro de gerações de pesquisadores, leitores e tradutores.

James Joyce:
Um mestre do romance

SANDRA GUARDINI VASCONCELOS

Em um de seus célebres ensaios, Virginia Woolf afirmou com sua usual perspicácia que "em ou por volta de dezembro de 1910 o caráter humano mudou".[1] Tratava-se de um comentário provocado por uma série de acontecimentos marcantes de que Woolf fora testemunha, entre os quais se incluía a primeira exposição de pinturas impressionistas em Londres,[2] com sua ênfase nas impressões causadas pelo objeto ao olhar do observador, sua sugestão de novos modos de percepção e, portanto, de novos parâmetros estéticos e dispositivos formais. O insight de Woolf teria consequências na maneira como ela passaria a compreender a relação entre narrador e personagem e a própria caracterização deles. Também se relacionaria a questões sobre identidade e subjetividade, uma das muitas que a escritora inglesa explorou ao longo dos anos no desafio de repensar e reconfigurar o romance, um problema que ela compartilhou com muitos dos seus contemporâneos. Em defesa da necessidade de romper com as convenções prevalentes na criação de personagens e na representação da realidade, Woolf alegaria que "os escritores estão tentando, por toda parte, o que não conseguem realizar, estão forçando a forma que utilizam a conter um significado que para ela é estranho".[3]

Embora os ensaios de Woolf sejam em grande parte uma sondagem de questões que ela própria enfrentava em sua obra, eles expressavam preocupações comuns a toda uma geração de escritores que, em atividade nas primeiras duas décadas do século XX, estavam empenhados na mesma direção. A "sensação obscura de uma crise iminente",[4] tanto literária quanto histórica, os pôs em um caminho mais experimental, com espaço para inovações na caracterização, no desenho do enredo e na retórica da ficção. Enfrentando um novo conjunto de problemas e recusando as formas da ficção vitoriana, romancistas como Virginia Woolf e James Joyce tiveram de percorrer novas sendas a fim de tratar da natureza e experiência distintas da vida moderna.

A insatisfação com o estado do romance não era nova. Por pelo menos meio século (aproximadamente entre 1865 e 1915), Henry James havia discutido o gênero em suas resenhas, prefácios e ensaios críticos. Entre seus argumentos contra aqueles "monstros desarticulados e frouxos" ["*loose, baggy monsters*"][5] (sua expressão para se referir ao romance oitocentista),

---

1. Virginia Woolf, "Character in Fiction". In: *Selected Essays*, org. David Bradshaw. Oxford: Oxford University Press, 2008, p. 38.
2. Organizada pelo crítico de arte Roger Fry, a exposição "Manet e os pós-impressionistas" ficou aberta entre novembro de 1910 e janeiro de 1911 em Londres e mudou os rumos da arte e da cultura na Grã-Bretanha.
3. Virginia Woolf, "Poesia, ficção e futuro". In: *O valor do riso e outros ensaios*. Trad. e org. Leonardo Fróes. São Paulo: Cosac Naify, 2014, p. 205.
4. Joseph Conrad, *Victory*. Nova York: The Modern Library, 1921, p. 227.
5. Prefácio a *The Tragic Muse*. Londres: Macmillan, 1921.

James preconizava que não há arte sem forma, sendo a técnica e a execução decisivas na metamorfose da matéria bruta em obra de arte. Seu conceito de forma abrangia arquitetura e conformação e refutava as noções convencionais de enredo, personagem e ponto de vista. Sua teoria da ficção se contrapunha à ideia então predominante de enredos baseados em ações ou eventos externos, de modo a privilegiar o sutil e o psicológico.

Em sua opinião, a consciência da personagem — um refletor, nos termos jamesianos — deveria constituir o cerne do romance, um passo que seria crucial na sua configuração do ponto de vista. Na coletânea de prefácios escritos entre 1906 e 1908 para a New York Edition de suas obras, ao refletir sobre seu método de composição, ele esboçou uma espécie de "arte da ficção", em um esforço de apresentação que veio a constituir uma proposta teórica. Grande parte da arquitetura narrativa de James se apoia na articulação entre cena dramática, abordagem indireta e uma inteligência central que tudo organiza e "obriga a história a não ser nada senão a história do que aquela inteligência sentiu a respeito do que aconteceu".[6] É assim que forma e psicologia se cruzavam, com a forma dramática oferecendo uma nova visão da percepção e da subjetividade da personagem.

Esse perspectivismo e movimento para dentro tiveram reflexos diretos no modo como o ponto de vista passou a ser concebido por toda uma geração de modernistas. No centro das reflexões da geração de modernistas residia a relação entre arte e vida, personagem e realidade, uma relação que necessitava ser recriada em uma época de incertezas e descrença na estabilidade seja pessoal, seja social. Em uma apresentação realizada no ano de 1900, James Joyce indagava:

> Devemos pôr a vida — a vida real — no palco? [...] Penso que, a partir da mesmice sombria da existência, pode-se extrair uma medida de vida dramática. Mesmo o mais comum, o mais morto entre os vivos, pode desempenhar um papel em um grande drama. [...] Devemos aceitar a vida como a vemos diante de nossos olhos, os homens e as mulheres como os encontramos no mundo real, não como os apreendemos no mundo das fadas. A grande comédia humana, da qual cada um participa, oferece um escopo ilimitado ao verdadeiro artista, hoje como ontem e como em anos passados.[7]

---

6. Blackmur, apud Henry James, *The Art of the Novel: Critical Prefaces*. Chicago; Londres: The University of Chicago Press, 2011, p. XXX.
7. James Joyce, "Drama and Life". In: *The Critical Writings of James Joyce*, orgs. Ellsworth Mason & Richard Ellmann. Ithaca, NY: Cornell University Press, 1989, pp. 44-5.

Longe de sugerir quaisquer semelhanças de perspectiva ou método entre os romancistas que estavam produzindo suas obras entre os anos de 1900 e 1920, chamo a atenção para a inquietação que permeava sua atividade ficcional e crítica. A Grande Guerra foi a experiência comum a essa geração, o divisor de águas cuja violência afetou diretamente a percepção do tempo pelos escritores modernistas, assim como conformou seus experimentos com a linguagem, a forma literária e a representação da consciência.

"Arte de um mundo do qual haviam desaparecido muitas certezas habituais", como observam Malcolm Bradbury e James McFarlane,[8] a literatura modernista representa o esforço de dar forma à experiência da perda de sentido, de estabilidade e de ordem em um mundo em crise. O interesse na vida subjetiva da mente individual, a sondagem do fluxo da existência são traços que caracterizaram uma mudança na relação dialética entre eu e mundo, sujeito e objeto. Os pintores-prosadores da vida, como os definiu Henry James, tornaram o romance um artefato estético e enfrentaram o desafio de encontrar novas formas para o gênero.

Foi no contexto da Grande Guerra que James Joyce publicou *Um retrato do artista quando jovem* (1916) e passou a se ocupar da composição de *Ulysses* (1922). Embora Joyce tivesse iniciado *Um retrato* em 1907, quando o romance saiu em *The Egoist*, entre 1914 e 1915, um sentimento generalizado de crise havia aflorado no plano social e cultural, aprofundado pela devastação da Europa continental pelo conflito. Caracterizado ora como *Bildungsroman* (romance de formação), ora como *Künstlerroman* (romance de formação do artista), a narrativa da descoberta por Stephen Dedalus de sua vocação artística punha em cena a resistência, por parte de Joyce, a qualquer possibilidade de reconciliação entre eu e mundo.

Como um clamor contra as armadilhas da nacionalidade, língua e religião, *Um retrato* não concretizaria a "integração funcional" de Stephen "*dentro* do sistema social", questão fundamental para o romance de formação.[9] A descoberta de sua verdadeira vocação — sua epifania —, se aparentemente lhe mostra o caminho para a vida adulta, o leva, porém, a um impasse. Episódico (cada capítulo é um momento separado no tempo), construído em torno das crises pessoais do jovem Stephen, o romance apresenta o fracasso do seu processo de socialização, que permanecerá inacabado. Suas palavras de despedida, ao decidir-se pelo autoexílio, se mostrarão

---

8. Malcolm Bradbury e James McFarlane (Orgs.), *Modernism: A Guide to European Literature 1890-1930*. Londres: Penguin, 1991, p. 57.
9. Franco Moretti, *O romance de formação*. Trad. Natasha Belfort Palmeira. São Paulo: Todavia, 2020, p. 347.

ilusórias, quiméricas. Em lugar do destino grandioso que antevê para si como "a consciência incriada da minha raça",[10] Stephen enfrentará a solidão e o desenraizamento, algo que os três primeiros episódios de *Ulysses* vão expor e sublinhar. À medida que a Telemaquia dá lugar à odisseia moderna de Leopold Bloom, Stephen irá passar para segundo plano, enquanto seu desabrigo, tanto material quanto espiritual, se aprofunda e sugere a impossibilidade de qualquer integração para ele.

Se *Um retrato* é uma espécie de romance de formação falhado, no qual nenhuma reconciliação é possível (para emprestar os termos da interpretação de Franco Moretti), a perambulação de Bloom pelas ruas de Dublin é uma versão rebaixada da viagem épica de Odisseu. Em um arco temporal de menos de 24 horas, Joyce consegue condensar a história de vida de Bloom, a história irlandesa, quase toda a literatura de língua inglesa, variações e registros da língua inglesa ao longo de sua história, uma gama de sons, pessoas, lugares e cenários, e uma complexa rede de relações sociais. Nenhuma teoria do romance existente àquela altura podia dar conta dos desafios formais e genéricos postos pela façanha de Joyce. Confirmava-se assim a tese de que a chegada de um novo grande romance à cena literária obriga à reconceitualização de toda a teoria que até aquele momento havia sido suficiente para tratar do gênero.

Para muitos, *Ulysses* seria o exemplo mais notório da dissolução do gênero romance, na medida em que questiona todos os fundamentos e princípios que o haviam definido e haviam constituído sua história. Cabe indagar, no entanto, qual concepção de romance embasaria essa visão, uma vez que, desde sua ascensão, o romance se caracteriza pela flexibilidade, abertura e falta de regras. A crise, por assim dizer, lhe é constitutiva. Ao longo do tempo, diferentes escritores, críticos e teóricos foram buscando maneiras de tratar esse gênero que Ángel Rama descreveu como "o peixe ensaboado" da literatura: "Pode-se decretar com motivo sua morte e ele sairá nadando; pode-se levá-lo de volta ao passado, a qualquer estrutura de prosa e ele imediata e diligentemente procurará escapar com o mesmo desembaraço".[11]

Poucos discordariam de Virginia Woolf, que afirma que "o romance [...] é a mais maleável de todas as formas".[12] Essa maleabilidade admite que ele acolha o épico, o lírico e o dramático. Como argumentou Mikhail Bakhtin, o

---

10. James Joyce, *Um retrato do artista quando jovem*. Trad. Caetano W. Galindo. São Paulo: Penguin Classics Companhia das Letras, 2016, p. 309.
11. Ángel Rama, "A formação do romance latino-americano". In: Flávio Aguiar e Sandra Guardini Vasconcelos (Orgs.), *Ángel Rama: Literatura e cultura na América Latina*. Trad. Rachel La Corte dos Santos e Elza Gasparotto. São Paulo: Edusp, 2001, p. 41.
12. Virginia Woolf, *Um teto todo seu*. Trad. Vera Ribeiro. Rio de Janeiro: Nova Fronteira, 1985, p. 102.

romance é o único gênero inacabado, cuja natureza onívora e inclusiva lhe permite incorporar diferentes materiais e linguagens e lhe confere grande liberdade e escopo. Além disso, os procedimentos narrativos que Ian Watt encarnou de maneira célebre na sua proposição do "realismo formal" estão todos devidamente presentes na composição e representação da deambulação de Bloom por Dublin em 16 de junho de 1904. Não há dúvidas sobre a individualidade de Bloom, os detalhes de tempo e lugar são abundantes, e a linguagem (ou estilo, pode-se sugerir), ainda que fonte de experimentação deliberada, é também em grande medida referencial, conforme mergulhamos na interioridade de Bloom e acompanhamos seu vaguear subjetivo. Seria difícil negar que *Ulysses* realiza uma "imitação [...] imediata da experiência individual situada num contexto temporal e espacial",[13] tão flagrantemente está ele ancorado no cotidiano, tão firmemente transcreve ele a "vida real — nas palavras de Flaubert, '*le réel écrit*'".[14] Por outro lado, Joyce expande os limites das convenções literárias vigentes até então a fim de dar uma resposta à nova configuração e à experiência fragmentária e múltipla da vida moderna, pois "é nessa atmosfera de dúvida e conflito que os escritores agora têm de criar".[15]

A famosa precisão com que Joyce reconstrói os cenários de Dublin — pubs, lojas, edifícios, pontes e ruas — ao mesmo tempo que os embaralha; a reelaboração de matéria biográfica; personagens decalcadas de figuras reais e de conhecidos; a incorporação de informações fornecidas pela tia Josephine Murray e pelo irmão Stanislaus; as funções do corpo; o trabalho da mente; os estilos narrativos — tudo em *Ulysses* concorre para criar um contraponto entre impulsos realistas e antirrealistas, no esforço, conforme Joyce explicita em conversa com Arthur Power, de buscar o que está oculto por baixo da superfície. Assim, o mergulho na subjetividade de Bloom, enquanto Joyce pinta simultaneamente uma grande tela da vida dublinense no início dos anos de 1900, eleva o romance a um outro patamar. Para Joyce, a matéria da literatura deveria ser a vida e não os fatos[16] e, assim, o escritor moderno tinha problemas mais íntimos e incomuns para tratar. Em *Ulysses*, afirma,

> Abri o novo caminho e você vai ver que ele será seguido cada vez mais. De fato, a partir dele pode-se datar uma nova orientação na literatura — o novo rea-

---

13. Ian Watt, "O realismo e a forma romance". *A ascensão do romance: Estudos sobre Defoe, Richardson e Fielding*. Trad. Hildegard Feist. São Paulo: Companhia das Letras, 2007, p. 32.
14. Ibid., p. 30.
15. Virginia Woolf, "Poesia, ficção e futuro", op. cit., p. 206.
16. Arthur Power, *Conversations with James Joyce*. Dublin: The Lilliput Press, 1999, p. 42. (Tradução da autora.)

lismo; [...] um novo modo de pensar e escrever teve início, e aqueles que não aderirem vão ficar para trás. Antes, os escritores estavam interessados no exterior e [...] pensavam apenas em um plano; mas o tema moderno são as forças subterrâneas, aquelas correntes ocultas que governam tudo e conduzem a humanidade contra o fluxo aparente; [...][17]

Sem, portanto, abrir mão dos dados objetivos que ancoram o romance em um tempo e lugar específicos; sem renunciar ao enredo, ainda que mínimo; sem abandonar a noção de experiência individual como fundamento do gênero, Joyce operaria uma implosão nessa forma literária que havia construído uma história ao longo de dois séculos. Em lugar da totalidade extensiva da vida, cuja forma exterior no romance "é essencialmente biográfica",[18] a biografia de Leopold Bloom se plasma graças ao que aprendemos dessa vida individual ao acompanhá-lo por algumas tantas horas, em uma trama na qual a ação se resume a acontecimentos corriqueiros e cotidianos. Entretanto, sua história acaba por se delinear graças ao acesso do leitor a sua interioridade, na qual aos pensamentos, impressões e reflexões que respondem ao mundo exterior se mescla a memória de eventos passados: o namoro com Molly e os anos de casamento; a perda do filho, Rudy; a relação e as preocupações com a filha, Milly; o suicídio do pai. O dia de Bloom começa com o desjejum e, uma vez na rua, seguem-se a ida ao correio, a uma igreja, uma farmácia, uma casa de banhos, ao funeral, ao jornal, a um pub para uma refeição ligeira, à biblioteca, a um hotel para o almoço, a uma taverna, uma pausa em uma praia, uma visita ao hospital, a ida ao bordel, agora com Stephen, uma parada para um café, e finalmente o retorno à casa, para uma xícara de chocolate, uma conversa com Stephen e, com a partida deste, o leito de Molly. Entremeiam-se aí as andanças de Stephen pela cidade, desde sua saída da torre Martello até o encontro com Bloom, e as cenas protagonizadas por Molly, a qual, em casa, aguarda a visita do Rojão Boylan.

Esse arcabouço é então preenchido com uma multiplicidade de outros pequenos acontecimentos, dezenas de personagens, lugares, veículos, sons, movimento, minúcias, cores, os quais, somados a referências a fatos e vultos históricos e a personalidades literárias, formam um panorama da sociedade irlandesa de inícios do século XIX, aí enraizando organicamente o romance. Por baixo dessa estrutura, flui a vida da mente de Stephen,

---

17. Arthur Power, *Conversations with James Joyce*, op. cit., p. 64.
18. Georg Lukács, *A teoria do romance*. Trad. José Marcos Mariani de Macedo. São Paulo: Livraria Duas Cidades; Editora 34, 2000, p. 77.

Bloom e Molly, por meio de associações, lembranças, solilóquios, monólogos interiores, digressões — um emaranhado no qual os fragmentos, as frases incompletas, as orações justapostas procuram reproduzir o vaivém da consciência. Desse modo, vão se revelando as características de Bloom como um herói moderno: a cisão pela sua tripla condição de judeu-protestante-católico; o isolamento e o sentimento de exílio em sua própria terra, como se estivesse em busca de uma pátria.

Um indivíduo pacifista, decente e bom cujas necessidades e desejos passamos a conhecer por meio de um foco colado ao seu; um sujeito empático e boa gente, cuja dimensão comum e rebaixada não deixa de remeter a personagem ao mito do judeu errante, além da correspondência a Odisseu. Bloom é o herói problemático, um desterrado, mas cuja humanidade lhe confere, ao mesmo tempo, uma feição representativa das qualidades e experiências humanas, tornando-o uma figura simultaneamente particular e universal. Stephen é, por sua vez, o jovem irlandês de formação jesuítica que carrega no nome a conjunção do primeiro mártir cristão, de Dedalus e Ícaro, de ressonâncias mitológicas, e é ainda Telêmaco em busca do pai. Molly, a irlandesa carnal e voluptuosa, é tanto Calipso quanto Penélope, sendo ainda, para alguns, arquétipo do feminino. Se Joyce parece ter se arrependido de compartilhar o quadro de referências à *Odisseia* com alguns de seus primeiros interlocutores, as ressonâncias homéricas continuaram a fazer parte do aparato crítico sobre o romance. Seja como for, uma vez erigido o edifício joyciano, o paralelo homérico — espécie de andaime de que Joyce se valeu — seria, como em qualquer construção, totalmente desmontado com a obra pronta.

Como "objetivações da grande épica",[19] a epopeia (base sobre a qual se ergue a construção joyciana) e o romance (construção que transforma e embaralha a base) formam o contraponto que constitui esse livro enciclopédico. Ao abarcar toda uma cidade, sua história, seu povo, sua cultura, *Ulysses* aspira à totalidade. Se, de um lado, Joyce arrebenta a estrutura do romance realista do século XIX, ele reorganiza os destroços ao narrar a epopeia de um homem comum às voltas com seus afazeres cotidianos em um mundo abandonado por deus. Do romance oitocentista, empresta os temas do adultério e da busca simbólica de um filho por um pai e de um pai por um filho, temas que percorrem *Ulysses* como um fio condutor subjacente, enquanto preenche as cenas com um sem-número de personagens e pequenos acontecimentos, tecendo uma trama complexa e multifacetada da vida de uma Dublin recém-entrada no século XX. Dos fragmentos heterogêneos,

---

19. Georg Lukács, *A teoria do romance*, op. cit., p. 55.

o romance cria um senso de totalidade. A polifonia, a impressão de caos, as diferentes modalidades estilísticas borram a arquitetura que, no fundo, sustenta o enredo: a divisão em três partes; as três personagens centrais (Stephen Dedalus, Leopold e Molly Bloom); a relação pai-filho (desdobrada em diversos níveis);[20] a marcação temporal; os motivos que sutil e habilmente ligam cenas e episódios diversos: a nuvem que passa sobre Stephen e sobre Bloom; o marujo perneta; o panfleto anunciando a chegada de Elias; os homens com as placas de propaganda da H. E. L. Y.'s.

Por baixo da exuberância linguística, os nexos se constroem quase de modo imperceptível. Por um lado, cada episódio é diverso na forma e no estilo, mas remete ao todo; o andamento da trama e a passagem do tempo convergem para os dois principais eventos daquele dia: o encontro de Stephen e Leopold e a volta de Leopold para casa, após a visita de Boylan a Molly. Por outro, afloram as questões que tornam Dublin muito mais do que um simples cenário, mas um espaço no qual as relações políticas, econômicas e culturais entre colônia e império constituem elos inextricáveis com o problema da identidade irlandesa e do nacionalismo. Nada se fecha no romance, tudo resta em aberto e, ao final, só fica ressoando o reiterado "Sim" de Molly.

A definição de Joyce para *Ulysses* como "um épico de duas raças (israelita/irlandesa) e ao mesmo tempo o ciclo do corpo humano assim como uma pequena história de um dia (vida)"[21] parece encarnar a "vocação para a totalidade",[22] que fica encoberta pela fragmentação. O desígnio de transpor "o mito *sub specie temporis nostri*"[23] cria uma tensão permanente entre duas forças que dialogam, se validam e se revogam ao longo das centenas de páginas: parte e todo; particular e geral; epopeia e romance; subjetividade e objetividade; cronologia e quebra da ordem cronológica; primazia da personagem sobre o enredo; unidades de tempo (cerca de dezoito horas de um dia), de lugar (Dublin e arredores) e de ação (a ação cobre um único dia), por um lado, e multiplicidade de acontecimentos e ilusão de simultaneidade, por outro.

Como já se disse a respeito do romance, "*Ulysses* é um livro no qual tudo acontece e nada acontece",[24] contrariando, dessa maneira, o "princí-

---

20. Stephen Dedalus e Simon Dedalus; Leopold Bloom e Rudolph Bloom; Leopold Bloom e Rudy Bloom; Leopold Bloom e Stephen Dedalus; Hamlet e Rei Hamlet; Shakespeare e Hamnet.
21. Em carta ao crítico italiano Carlo Linati, datada de 21 de setembro de 1920.
22. A expressão é de Davi Arrigucci Jr. em "Sertão: Mar e rios de histórias". In: *O guardador de segredos: Ensaios*. São Paulo: Companhia das Letras, 2010, p. 113.
23. À luz do nosso próprio tempo.
24. Donal Fallon, "The Socialism of James Joyce", *Jacobin Magazine*, 13 jan. 2021. Disponível em: <https://www.jacobinmag.com/2021/01/james-joyce-socialism-ulysses>. Acesso em: 15 jan. 2021.

pio natural da seleção épica".[25] Ainda na esteira de Lukács, se "toda a [sic] forma é resolução de uma dissonância fundamental da existência",[26] cabe indagar que dissonância está configurada na forma desse romance que encena uma realidade heterogênea, multifacetada, e opera um mergulho na consciência de suas personagens. Longe de ser uma obra antirrealista ou de vanguarda, como quer Lukács, Joyce, assim como outros modernistas, alarga consideravelmente o conceito de realismo. Em suas conversas com Power, ele esclarecia que

> Nosso propósito é criar uma nova fusão entre o mundo exterior e nossos eus contemporâneos, e também ampliar nosso vocabulário do subconsciente, como fez Proust. Acreditamos que é no anormal que chegamos mais próximos da realidade. Quando estamos vivendo uma vida normal estamos vivendo uma vida convencional, seguindo um padrão imposto a nós pela igreja e pelo estado. Mas um escritor deve manter uma luta contínua contra o objetivo: essa é sua função. As qualidades eternas são a imaginação e o instinto sexual, e a vida formal tenta suprimir ambos.[27]

Lukács critica o caráter formalista e subjetivo das obras modernistas (para ele, a vanguarda literária), as quais, de acordo com sua visão, desfiguram o real e retratam seres apáticos e angustiados. Se nenhuma das três personagens centrais de *Ulysses* se destaca pela sua ação no mundo e simplesmente dá conta das tarefas banais do cotidiano, os padrões impostos pelas questões políticas, religiosas e sociais ("Igreja e Estado") irlandesas se esgueiram pelas frestas da narrativa e dão a ver o antissemitismo de que Bloom, considerado um outsider, é alvo ao longo do dia; a posição das mulheres, circunscritas à esfera doméstica e limitadas em suas aspirações; as privações da família Dedalus; o jingoísmo dos dublinenses. Com a quebra do mandamento épico da objetividade, o foco se subjetiva; porém, não se pode concordar com Lukács que "Joyce, por princípio, reduzia o mundo a um fluxo desordenado de consciência".[28] O mundo penetra na narrativa, por exemplo, por meio dos posicionamentos nacionalistas e antissemíticos que condenam Bloom ao ostracismo e à solidão, uma vez que ele não compartilha das mesmas ideias de seus conterrâneos. O antagonismo se

---

25. Georg Lukács, "Narrar ou descrever?". In: *Ensaios sobre literatura*. Trad. Giseh Vianna Konder. Rio de Janeiro: Civilização Brasileira, 1968, p. 66.
26. Georg Lukács, *A teoria do romance*, op. cit., p. 61.
27. Arthur Power, *Conversations with James Joyce*, op. cit., p. 86.
28. Georg Lukács, *Realismo crítico hoje*. Trad. Ermínio Rodrigues. Brasília: Coordenada-Editora de Brasília, 1969, p. 54.

manifesta em vários momentos, mas fica ainda mais evidente no episódio 12 ("Ciclope"), no qual Bloom enfrenta o "cidadão". Ali, o clima de hostilidade vai se acentuando enquanto Bloom enuncia seu pacifismo ("Força, ódio, história, isso tudo. Isso não é vida pros homens e mulheres, ódio e xingamento. E todo mundo sabe que é exatamente o contrário disso que é a vida de verdade") (p. 534);[29] e enquanto se diferencia dos frequentadores do pub quando lembra sua condição de judeu ("— E eu também pertenço a uma raça, o Bloom falou, que é odiada e perseguida. Ainda hoje. Agora mesmo. Neste mesmo instante") (p. 531) e externa sua visão de nação:

— Perseguição, ele falou, toda a história do mundo está cheia de perseguição. Perpetuando o ódio nacional entre as nações.
— Mas e você sabe o que significa uma nação? o John Wyse falou.
— Sei, o Bloom falou.
— E o que é? o John Wyse falou.
— Uma nação? o Bloom falou. Uma nação é o mesmo povo vivendo no mesmo lugar.
— Santo Deus, então, o Ned falou, rindo, se é assim eu sou uma nação porque eu estou morando no mesmo lugar tem cinco anos.
Aí é claro que todo mundo riu da cara do Bloom e ele falou, tentando sair da esparrela:
— Ou vivendo em lugares diferentes também.
— O que já cobre o meu caso, o Joe falou.
— Qual é a sua nação se você não incomoda? o cidadão falou.
— A Irlanda, o Bloom falou. Eu nasci aqui. A Irlanda. (pp. 531-2)

A violência e o ódio que transpiram na conversa ao longo de todo o episódio têm como desfecho o arremesso, pelo cidadão, de uma lata de biscoito. O gesto contrasta com a atitude de Bloom, cuja experiência do desenraizamento parece lhe facultar certa distância de posições extremadas. Referências ainda que indiretas e fugazes ao contexto histórico ajudam a situar os conflitos — aqui parodiados e rebaixados — travados na Irlanda em fins do século XIX: a luta pelo autogoverno liderada por Charles Stewart Parnell; as divergências políticas entre unionistas e nacionalistas; a divisão entre os pró-Parnell e os anti-Parnell no interior do Partido Parlamentar Irlandês (fundado por Parnell e Isaac Butt em 1882). Anos de tensão iriam desaguar na Revolução da Páscoa, em 1916, pelo direito irlandês à liberdade e soberania.

---

29. James Joyce, *Ulysses*. Trad. Caetano W. Galindo. São Paulo: Penguin Classics Companhia das Letras, 2012. Todas as citações são retiradas dessa edição.

O movimento culmina na execução de quinze rebeldes e na prisão de mais de 3500 homens e mulheres pelo governo em Westminster.

A eclosão da Grande Guerra, entretanto, tira a atenção da Irlanda e a volta para a Europa continental. Ainda que escrito em grande parte durante esse período (1914 a 1921), *Ulysses* duplica seu foco ("doubling bicirculars, *Finnegans Wake*)[30] ao manter duas perspectivas temporais — a Dublin de 1904 e o contexto de sua composição. É célebre a resposta que Joyce dá a Mrs. Sheehy Skeffington quando ela lhe pergunta por que não voltava a Dublin: "Alguma vez a deixei?". A seu amigo Constantine Curran, por sua vez, Joyce escreveu, quando instado a visitar a cidade: "Mas todos os dias, de todos os modos, ando pelas ruas de Dublin e pela praia. E 'ouço vozes'. *Non dico giammai ma non ancora*".[31]

A lente dupla implicava criar uma narrativa que retratasse as fraturas da experiência irlandesa e, ao mesmo tempo, traduzisse a percepção de uma Europa fragmentada, perplexa e desagregada. Stephen expressa esse estado de coisas quando declara ao senhor Deasy: "— A história [...] é um pesadelo de que eu estou tentando acordar" (p. 137). *Ulysses* é atravessado por uma crítica severa ao nacionalismo irlandês e ao "império brutal",[32] resumido na blague "Birra, bife, banco, bíblias, buldogues, briguedeguerra, bichice e bispos" (p. 659), repetida pelas Beatitudes em meio às alucinações, no episódio do bordel, como "Birra bife boidebriga bêblia businessum barnum baitolum bispo" (p. 754).

Se, conforme postula Lukács, toda forma responde a uma questão essencial, *Ulysses* também pode ser lido, portanto, como uma resposta a problemas internos à sociedade irlandesa, o que inclui sua condição colonial; ao presente de sua escrita e às novas exigências impostas pelo contexto à forma novelística. Para o teórico húngaro, essa refletirá a experiência sócio-histórica, mas será um "reflexo fundamentalmente desfigurante e desfigurado".[33] A crítica de Lukács ao escritor modernista ("de vanguarda") se assenta, assim, no argumento de que o modernista constrói o real daquilo que não é mais que um reflexo subjetivo, o qual, ao ser tratado como "objetividade constituinte, apenas nos dá uma imagem deformada da realidade".[34] Ao contrário, a subjetivação do ponto de vista em *Ulysses* torna ainda mais complexos e problemáticos os nexos entre eu e mundo, questão primordial do romance desde seu surgimento. Ainda que observemos o mundo

---

30. Na tradução sugerida por Caetano Galindo, "doblinessas bisseculares".
31. Richard Ellmann, *James Joyce*. Oxford: Oxford University Press, 1983, p. 704.
32. No original, "brutish empire", combinando no adjetivo "brutal" e "British".
33. Georg Lukács, *Realismo crítico hoje*, op. cit., p. 80.
34. Ibid., p. 83.

pelos olhos de Stephen e de Bloom, de certo modo a condição de outsiders ao mesmo tempo mantém e encolhe a distância entre eles e o leitor, o que faz o romance escapar do realismo da exterioridade. Como adverte Adorno: "Se o romance quiser permanecer fiel à sua herança realista e dizer como realmente as coisas são, então ele precisa renunciar a um realismo que, na medida em que reproduz a fachada, apenas a auxilia na produção do engodo".[35]

Para além do "camafeu miniaturizado do mundo em que vivemos [...]" (p. 915), Joyce retrata a grandeza da vida cotidiana filtrada pela consciência moderna. Entre a precisão topográfica e o mito, as bordas do romance, maleáveis e flexíveis, acolhem a realidade de todos os dias e se dilatam para articulá-la à complexidade do mundo. Dentro de enquadramentos claros (um dia, uma cidade, três personagens centrais, um fio narrativo estruturante), Joyce se permite altos voos de imaginação e de linguagem. Encerrado o périplo do Odisseu moderno já na madrugada, após seu retorno a Eccles Street, ouvinte (Molly) e narrador (Bloom), deitados no leito, são lançados pela força da imaginação e da linguagem no espaço sideral:

> Em repouso relativamente a eles mesmos e um em relação ao outro. Em movimento sendo ambos e cada um deles levados para o ocidente, para a frente e para trás respectivamente, pelo perpétuo movimento característico da terra através de sempremutáveis trilhas de nuncamutável espaço. (p. 1036)

Ao final da *Teoria do romance*, Lukács vaticinou a morte do romance. Para sermos justos com sua inestimável contribuição ao estudo do gênero, é preciso ter em consideração que suas premissas e formulações tinham como limite certa concepção de romance, na qual se ancorou toda a sua reflexão. Nela não cabiam as obras modernistas. A liberdade formal, esse traço característico do gênero desde suas origens, foi alçada a um patamar sem precedentes em *Ulysses*, o qual atendeu à convocação de Ezra Pound a toda uma geração de modernistas: *"make it new"*. Joyce seguiu à risca a melhor tradição do gênero que carrega no nome a marca da novidade (*"novel"*). Sem dúvida, foi ela a responsável por levar a crítica a se perguntar se a obra de Joyce poderia ainda ser considerada um romance. Porém, por mais que a inovação e a riqueza estilística se sobreponham e mascarem os elementos narrativos que estruturaram o gênero desde sempre, *Ulysses* conta a história de três personagens, cada um mergulhado na sua travessia pessoal, rea-

---

35. Theodor W. Adorno, "Posição do narrador no romance contemporâneo". In: *Notas de literatura*. Trad. Jorge de Almeida. São Paulo: Livraria Duas Cidades; Editora 34, p. 57.

lizando (ou não) seus afazeres diários, em busca de um sentido para suas vidas. São o Telêmaco, o Odisseu e a Penélope dos tempos modernos, que graças à metempsicose reencarnaram em Stephen, Leopold e Molly.

Joyce quis ser "sobretudo um aventureiro, disposto a assumir cada risco" e estar preparado para "fracassar em seu esforço se necessário".[36] Com ele, "o gênero soube se renovar [...] sem se negar a si mesmo, sem renegar seus princípios essenciais".[37] Onívoro, *Ulysses* é voraz, original, anticanônico, irreverente.

SANDRA GUARDINI VASCONCELOS é professora titular de literaturas de língua inglesa da Universidade de São Paulo (USP). Tem mestrado e doutorado em teoria literária e literatura comparada pela USP e pós-doutorado na Universidade de Cambridge e na Universidade de Manchester. É autora de *Puras misturas* (1997), *Dez lições sobre o romance inglês do século XVIII* (2002) e *A formação do romance inglês: Ensaios teóricos* (2007), que recebeu o prêmio Jabuti de 2008 na categoria teoria/crítica literária. É curadora do Fundo João Guimarães Rosa (IEB-USP) e pesquisadora 1A do CNPq.

36. Arthur Power, *Conversations with James Joyce*, op. cit., p. 111.
37. Ference Fehér, *O romance está morrendo?* Trad. Eduardo Lima. Rio de Janeiro: Paz e Terra, 1997, p. 19.

Ulysses no Brasil

VITOR ALEVATO DO AMARAL

Ulysses chegou ao Brasil em inglês com Mário de Andrade. Ao tratar do papel do "cansaço intelectual" na poesia lírica modernista em seu artigo "Da fadiga intelectual", publicado na *Revista do Brasil* em junho de 1924, o intelectual paulistano citou um trecho de "Lotófagos" no idioma original. Ele identificou no passeio de Bloom pela Westland Row, em Dublin, por volta das dez horas da manhã do dia 16 de junho de 1904, a "expressão da fadiga quotidiana do pensar". Para o autor, a caminhada de Bloom, reflexo daquele cansaço, é narrada com uma "mistura simultânea de autor e personagem; emaranhando-se, sem nenhum método retórico, pensamentos desta e descrição daquele", de modo a revelar, a um só tempo, "sinal indiscutível de fadiga" e "aproveitamento duma das manifestações da fadiga para adquirir notável aproximação da realidade e expressão enérgica".

Para Mário de Andrade, a fadiga poderia levar à busca pela novidade e vir a expressar-se na literatura como "associações alucinatórias", ou "associações de imagens e de ideias", que são "uma curiosa fonte de lirismo". A relação construída entre cansaço e criação literária no curto artigo é interessante: para aproximar-nos da realidade e fazer-nos sentir o cansaço mental, os poetas modernistas recorreriam a associações de imagens: "uma imagem faz gerar dentro de nós uma sensação. Esta nos conduz a sensações análogas". E Joyce estaria criando sensações naquele emaranhado de autor e personagem a que Mário de Andrade se referia e que podemos dizer é resultado do emprego do monólogo interior, uma das marcas de *Ulysses*.

O artigo trata da poesia lírica modernista, mas começa pela referência a um romance. Isso demonstra que o autor soube logo reconhecer em *Ulysses* a modernidade dos recursos narrativos empregados por Joyce, capazes de fazer dessa obra expressão do sentimento contemporâneo, provando que as questões em *Ulysses* não estão restritas à forma do romance.

Ulysses foi publicado em fevereiro de 1922 pela parisiense Shakespeare and Company, de Sylvia Beach, em edição de mil exemplares numerados, muitos dos quais foram reservados para compra antes de saírem das máquinas do tipógrafo Maurice Darantiere, em Dijon, no dia 2 de fevereiro daquele ano. A londrina The Egoist Press reimprimiu o romance duas vezes, em 1922 e 1923, mas, do total de 2500 exemplares reimpressos, cerca de mil foram apreendidos e destruídos nos Estados Unidos e no Reino Unido. *Ulysses* voltou à Shakespeare and Company e uma terceira reimpressão saiu em janeiro de 1924, desta vez com capa de fundo branco e letras azuis, o que desagradou a Joyce, que preferia a arte original, com fundo azul e letras brancas. Apenas em 1925 a forma original seria restituída à capa.[1]

---

1. Antes que uma segunda edição de *Ulysses* fosse publicada, a editora parisiense ainda lançou

Tem sido aceito que Mário de Andrade leu *Ulysses* na tradução francesa de 1929, realizada por Auguste Morel e Stuart Gilbert. Como então ele citava o romance em inglês já em 1924? É possível que um exemplar tão raro e caro lhe tenha chegado às mãos? Embora "Lotófagos" tivesse circulado na *Little Review* de julho de 1918, a fonte do brasileiro, no entanto, não pode ter sido a revista, pois são diferentes as versões de 1918 e da primeira edição de 1922, e a citação do autor de *Macunaíma* corresponde à mais recente.

Talvez a resposta, ou caminho para ela, envolva o nome de outro intelectual paulistano, Sérgio Buarque de Holanda. A contracapa do primeiro dos três únicos números da revista *Estética*, de setembro de 1924, anunciava um ensaio do historiador sobre Joyce, que, no entanto, jamais veio a lume. A razão seria apresentada pelo próprio Holanda no artigo "Depois da semana", publicado ao longo de três edições dominicais (24 de fevereiro, 2 e 9 de março de 1952) do *Diário Carioca*:

> Algum tempo depois, entretanto, chega-me às mãos com uma carta do Norte assinada por José Lins do Rego (ou seria Luiz da Câmara Cascudo?) o recorte de certo artigo publicado em Pernambuco sobre o *Ulisses*. O nome do articulista era a esse tempo tão desconhecido de mim, ou de qualquer de nós, como o do próprio missivista. Chamava-se Gilberto Freyre. Não guardo o artigo, mas tenho a nítida lembrança da passagem onde faz referência a críticos que, "à sombra das bananeiras cariocas", já se metem a anunciar artigos sobre Joyce.
>
> Embora a alusão meio zombeteira tivesse sem dúvida meu endereço, o trabalho deixara-me a melhor das impressões. Era certamente superior a tudo quanto eu pudesse escrever sobre o assunto. E como o terceiro número de *Estética* já andasse no prelo, ficou resolvido que o reproduziríamos, em resenha, no quarto, que afinal não chegaria a sair. (9 de março.)

A carta procedente de Natal, datada de 26 de dezembro de 1924, era realmente de Luís da Câmara Cascudo, como atesta o catálogo do Fundo Sérgio Buarque de Holanda, da Unicamp. E Freyre, o pernambucano desconhecido de Holanda, largara mesmo à frente. Seu artigo "James Joyce: O criador de um ritmo novo para o romance" foi publicado no *Diário de Pernambuco* em 11 de dezembro de 1924.

Freyre apresenta *Ulysses* como um livro complexo, de simbolismo per-

---

uma quarta (setembro de 1924), quinta (agosto de 1925) e sexta (dezembro de 1925) reimpressões da obra. Para uma apresentação das edições de *Ulysses*, ver Sam Slote, *"Ulysses" in the Plural: The Variable Editions of Joyce's Novel*. Série "Joyce Studies 2004". Dublin: The National Library of Ireland, 2004.

turbador, ritmo gótico e fôlego épico; obra de um escritor dotado de "sentido arquitetônico" e de "senso de melodia" que ergueu o romance com a concentração e a verticalidade de uma catedral. Para Freyre, foram as noções tomistas da *integritas* e *consonatia*, presentes na educação jesuíta de Joyce, que permitiram ao escritor irlandês desenvolver seu sentido arquitetônico nato.

O autor demonstra conhecer bem o primeiro romance de Joyce, *Um retrato do artista quando jovem* (1916) — no qual aliás aparecem os conceitos de São Tomás de Aquino antes mencionados — e o trata como precursor de *Ulysses*. Também conhecia os poemas de *Música de câmara* (1907), que teriam servido a Joyce de "exercício de caligrafia para a prosa". Mas o centro da atenção de Freyre é mesmo a marca indelével deixada em Joyce pela educação católica: "ao estetismo do homem feito prendem-se ainda raízes do misticismo de menino", sentencia o autor. Conhecer *Um retrato* permitiu que Freyre alertasse os leitores para a relação criada por Joyce entre esse romance e *Ulysses*, principalmente ao trazer Stephen Dedalus daquele para este. Freyre não deixa passar o paralelo homérico entre Bloom e Stephen, correspondentes a Ulisses e Telêmaco, mas nada diz sobre Molly, apenas referida como a esposa infiel de Bloom.

Quanto à técnica, o recifense argumenta que a escrita de Joyce é "uma como reportagem taquigráfica de flagrantes mentais", daquilo que se chama o "recalcado na vida mental do homem pelo 'censor' da teoria freudiana". Ressalta a importância da "análise da vida interior" encontrada no romance, feita ao ritmo novo criado por Joyce, de forma que a *Ulysses* "às vezes parece que é pouco chamá-lo um livro".

O artigo do *Diário de Pernambuco* não é apenas elogioso. Como o de Mário de Andrade, com a diferença de ser inteiramente devotado a *Ulysses*, é um olhar próprio que não apenas repete algumas *idées reçues* circulantes sobre o livro à época. Freyre nos presenteia com um exercício de leitura singular que mantém até hoje seu frescor.

Portanto, em 1924, *Ulysses* estava na mira de ao menos três intelectuais brasileiros: Mário de Andrade, Sergio Buarque de Holanda e Gilberto Freyre. Mas quantos exemplares da obra realmente circulavam por aqui? O próprio Holanda nos conta, ainda na parte final do artigo do *Diário Carioca*, que leu *Ulysses* em "uma grossa brochura azul com títulos em letras brancas" trazida da Europa por Paulo Prado. Freyre é menos esclarecedor e em seu artigo não faz mais do que afirmar que conhecera o livro em Oxford. O exemplar de *Ulysses* encontrado no acervo da Fundação Gilberto Freyre é da sexta reimpressão do romance, de dezembro de 1925. Não se trata, portanto, do exemplar que serviu de base para a sua primeira análise, publicada no *Diário de Pernambuco* em dezembro de 1924.

Quanto a Mário de Andrade, até pouco tempo, era raro que se mencionasse o artigo de 1924 nos estudos joycianos, embora Wilson Martins o tivesse trazido à lembrança em "Miramar's Wake", publicado em 10 de julho de 1965, em *O Estado de S. Paulo*. Ao discutir "Miramar na mira", estudo de Haroldo de Campos sobre *Memórias sentimentais de João Miramar*, de Oswald de Andrade, Martins confrontava Campos com a lembrança do texto de 1924 e afirmava que por meio dele Mário de Andrade dera a conhecer *Ulysses* ao Brasil. Terá então algum exemplar de *Ulysses* caído nas mãos do poeta paulistano? Vale lembrar que o livro era à altura "praticamente inacessível", como escreveu Holanda. É ainda preciso avaliar a relação de Mário de Andrade com o texto de *Ulysses* em inglês, pois está claro que ele teve contato com a obra ao menos cinco anos antes do aparecimento da tradução francesa de 1929.

Quando escreveu que "até sob as bananeiras do Rio já se vai pronunciando o inglês fácil do nome de Joyce", Freyre arrematou com o seguinte: "o inglês das suas obras é o que será o difícil de soletrar". Nisso há um pouco de troça e um pouco de desafio. Realmente, não é fácil dar conta do inglês de Joyce, menos ainda para uma elite cultural de viés francófono. Inegavelmente, o Brasil precisava de traduções das obras de Joyce, mas foi necessário esperar a década de 1940 para que elas começassem a aparecer.

Vale alertar que a trajetória de *Ulysses* no Brasil está inserida no contexto maior da leitura de todas as obras de Joyce no país, dentro do qual as traduções têm papel preponderante. Porém uma história das traduções de Joyce no Brasil ainda está por ser escrita, e quem se propuser a escrevê-la terá como um dos principais desafios o preenchimento de lacunas criadas ao longo do tempo pelo acúmulo de traduções anônimas, paratextos precários, edições *hors commerce* de difícil acesso, entre outros fatores.

A primeira tradução completa de uma obra de Joyce no Brasil, *Retrato do artista quando jovem*, saiu em 1945 pela extinta Livraria do Globo, de Porto Alegre, resultado do trabalho de José Geraldo Vieira. Antes, em 1942, a *Revista do Brasil* publicara uma parte de "Os mortos", conto de *Dublinenses* (1914), assinada por Tristão da Cunha, pseudônimo de José Maria Leitão da Cunha Filho. Essa tradução parcial é aceita como a primeira de um texto de Joyce no Brasil.

A tradução mais antiga já publicada de um trecho de *Ulysses* no Brasil apareceu no quarto número da revista curitibana *Joaquim*, em setembro de 1946, na tradução de Erasmo Pilotto. A revista, criada por Dalton Trevisan, teve 21 números. O primeiro saiu em abril de 1946 e o último, em dezembro de 1948, quando teve fim abrupto — justamente no número que trazia a primeira parte de um conto de Trevisan chamado "Ulisses em Curitiba".

A tradução pioneira de Pilotto da décima segunda seção de "Rochedos errantes" foi feita indiretamente, tomando como texto de partida a tradução de José Salas Subirat, publicada um ano antes pela editora Santiago Rueda, de Buenos Aires. Um cotejo dos textos comprova com facilidade que a tradução argentina, a primeira em língua espanhola, serviu de texto-fonte para o tradutor brasileiro. Some-se a isso o fato de que a *Joaquim* de outubro de 1946 publicou a tradução de um excerto da nota de Salas Subirat que acompanhava o *Ulises* argentino.

Um ano depois, foi a vez de Patrícia Galvão, a Pagu, traduzir um excerto de "Hades", publicado no *Diario de S. Paulo* em 2 de fevereiro de 1947. Dessa vez, a fonte foi a tradução francesa de 1929. Pagu e Geraldo Ferraz eram os responsáveis pelo suplemento literário dominical daquele periódico e nele publicavam com frequência a seção "Antologia da literatura estrangeira", na qual a tradução do trecho de *Ulysses* foi publicada. Embora muitas vezes citada como a primeira tradução de uma passagem de *Ulysses* no Brasil, "O enterro", como se intitulou o fragmento, foi, na verdade, a segunda.[2]

Aumentava o interesse pela literatura de Joyce no Brasil. Na década de 1950, os irmãos Augusto e Haroldo de Campos voltaram sua atenção para a obra do autor, mas com especial ênfase em *Finnegans Wake* (1939), de que traduziram fragmentos para o *Jornal do Brasil*, em 1957, os quais viriam a originar o *Panaroma do "Finnegans Wake"*, de 1962. A motivação estética dos irmãos Campos era encontrar "o fio da meada do novelo poético do pós-guerra", o que os atraía para a última obra de Joyce. Mas *Ulysses* nunca saiu do horizonte. Da primeira edição do *Panaroma*, já constava a tradução de Haroldo de Campos de uma passagem de "Penélope" e, mais tarde, Augusto de Campos comentaria a primeira tradução completa de *Ulysses* no Brasil, feita por Antônio Houaiss.

Em entrevista ao *Jornal da Tarde*, em 30 de janeiro de 1982, Augusto de Campos explicou a preferência por *Finnegans Wake*:

> *Ulysses*, com todos os recursos polimórficos que agencia, do monólogo interior à paródia de estilos, é ainda um romance realista, supercomprimido no recorte da fatia de um dia. *Finnegans Wake*, exacerbando as formações paronomásticas e mimetizando a linguagem dos sonhos, desborda de qualquer categoria de romance ou de narração. Tempo e espaço parecem justapostos

---

2. Para uma análise detalhada da parceria entre Patrícia Galvão e Geraldo Ferraz, cf. Juliana Neves, *Geraldo Ferraz e Patrícia Galvão: A experiência do suplemento literário do "Diario de S. Paulo", nos anos 40*. São Paulo: Fapesp / Annablume, 2005.

nesse texto — um torvelinho de formas e imagens em que se fundem palavras e figuras de toda a história da humanidade. Assim, dessas duas obras gigantescas, *Ulysses* emerge, cada vez mais, como a epítome de uma era — a era do romance realista; enquanto *Finnegans Wake*, na areia movediça de sua linguagem cambiante e indeterminada, como o *Coup de dés* de Mallarmé, lança os dados de um novo gênero [...].

Finnegans Wake esperaria quatro décadas desde as primeiras traduções dos irmãos Campos para receber uma tradução completa no Brasil. Já o destino de *Ulysses* foi mais feliz. Em 1964, retirado do serviço diplomático brasileiro pelo regime militar, o filólogo carioca Antônio Houaiss assumiu a tarefa de traduzir *Ulysses* inteiro pela primeira vez em língua portuguesa, a pedido de Ênio Silveira, da editora Civilização Brasileira. A tradução foi trabalho árduo, mas ajudou Houaiss a superar tanto a saída do Itamaraty quanto o sofrimento de sua mãe, consumida por uma doença hepática. *Ulisses* veio à luz em 1966, depois do trabalho de tradução — e revisão! — que durou menos de um ano, de novembro de 1964 a outubro de 1965. Em depoimento de 1986 a Maria Cláudia de Mesquita e Bonfim, localizado no Acervo Antônio Houaiss do Arquivo da Academia Brasileira de Letras, diz Houaiss: "a minha vida nesse período foi alternar entre *Ulisses* e vê-la [a mãe]. Graças a essa circunstância eu fiz *Ulisses* em onze meses, inclusive fazendo eu mesmo a revisão do livro".

Podia finalmente o público-leitor de língua portuguesa desfrutar do romance de Joyce em sua língua. O *Ulisses* de Houaiss foi a primeira tradução do romance em um país lusófono e passou a ser lido também em Portugal, onde chegou a ganhar uma edição com alterações ortográficas na década de 1980. A primeira tradução portuguesa, da lavra de João Palma-Ferreira, só chegaria em 1989.

No decurso da década de 1960, a Civilização Brasileira também seria responsável pela publicação da primeira tradução completa dos contos de Joyce. *Dublinenses* apareceu em 1964 em tradução de Hamilton Trevisan. Até então, os contos de Joyce, que, como *Um retrato*, têm inúmeros pontos de contato com *Ulysses*, tinham sido publicados no Brasil apenas de forma esparsa.

Mas uma tradução de *Ulysses* não podia passar sem chamar atenção. Juntamente com os elogios vieram as críticas, algumas embasadas e construtivas, como a de Augusto de Campos, e outras que simplesmente faziam coro à acusação de que Houaiss teria tornado *Ulysses* mais difícil em português do que era em inglês. Já no ano do lançamento do livro, o tradutor se viu obrigado a explicar por que não fizera uso de linguagem mais coloquial, palavra esta que, ademais, voltaria à baila e seria importante para a segunda tradução de *Ulysses* no Brasil. Houaiss soube defender suas ideias e tinha plena ciência das decisões tradutórias tomadas.[3]

Em artigo publicado na revista *Manchete* em 1972, Houaiss apresentou o romance sem afetação ou jargão, evitando elitismo e dificuldade gratuita. O tradutor aproximou o romance de todos nós, retirou-o da posse dos letrados, desmentiu a ideia segundo a qual é necessário conhecer o mito de Ulisses, o herói grego, para ler *Ulisses*. Enfim, convidou à leitura em vez de tentar guardá-la para poucas pessoas. Ele chegou a valorizar em *Ulisses* o aspecto "didático" (ele próprio usou a palavra entre aspas) de uma obra a "graduar-se do início para o fim, como que a conduzir o leitor na sua complexidade crescente".

Para Houaiss, "criou-se o sobremito": só poderia entender *Ulysses* quem fosse íntimo de Ulisses. Sobre isso, escreveu:

> Ora, ao que creio, Joyce não "quis" recriar o mito. Pelo contrário, creio que teria querido matá-lo, com desmitificá-lo, desmistificando-o. Então fez algo que é isto: de como algumas horas da vida de uma, duas ou três pessoas comuns, ordinárias, correntias, expostas em sua vivencial e existencial cotidianidade de um dia qualquer, constituem uma, duas ou três odisseias; de como o fluxo de cada vida é tão "heroico" ou tão vulgar como o mito de Ulisses ou Ulisses mesmo.

Esgotada a primeira edição, uma segunda foi preparada com diversas correções. Dessa vez, a orelha não era mais do tradutor, mas de seu crítico e admirador Augusto de Campos. Na crítica à primeira edição da tradução de Houaiss, Campos, em "De *Ulysses* a *Ulisses*", série de cinco artigos publicados em *O Estado de S. Paulo*, em 1966, e depois incorporados ao *Panaroma*, concluíra que a "excelência da tradução" de Houaiss estava na sua "radicalidade". Porém foi em nome dessa mesma radicalidade, de todo desejável, que Houaiss teria, para o crítico, tomado decisões tradutórias dissonantes com o texto original. Mais tarde, na mencionada entrevista ao *Jornal da Tarde*, Campos iria reiterar os elogios à tradução de Houaiss e dizer que o que faltou a ela foi "mais flexibilidade — mais *swing*". As críticas foram pertinentes e Houaiss incorporou várias das sugestões de Campos à segunda edição da tradução, em 1967.

Com acesso a *Dublinenses*, *Um retrato*, *Ulysses* e passagens de *Finnegans Wake* em edições brasileiras, os leitores podiam começar a seguir os fios que formam a intricada rede dos textos desse quarteto de obras joycia-

---

3. Cf. Olympio Monat, "*Ulysses*: Anatomia de uma tradução", *Cadernos Brasileiros*, n. 34, mar.-abr. de 1966.

no. *Ulysses* encontra-se no centro dessas quatro obras: está na metade da vida adulta de Joyce; incorpora personagens das obras anteriores, como que a dar-lhes um destino; revoluciona a forma do romance e abre caminho para a radical experiência wakiana.

A tessitura joyciana, todavia, não se limita a essas quatro obras, entretecendo tudo que ele escreveu desde a poesia da juventude, cujos fragmentos datam ainda do século XIX. Muita coisa da literatura — e da crítica, e da epistolografia — de Joyce ainda estava por ser traduzida no Brasil. Além disso, uma apreciação mais profunda de *Ulysses* demandava novas traduções que garantissem a possibilidade de comparação e escolha dos leitores. Elas viriam apenas no século XXI.

No Brasil, o caldo do material crítico sobre *Ulysses*, que se formava desde os primeiros comentários da década de 1920, foi engrossando. Na década de 1970, foram lançados *Joyce: O romance como forma* (1971), de Assis Brasil, e *Joyce e o estudo do romance moderno* (1974). O primeiro tem catorze capítulos que tratam da vida e da obra de Joyce, dos quais seis são dedicados a *Ulysses*, dando conta inclusive da adaptação teatral de Marjorie Barkentin, *Ulysses in Nighttown* (1958), e da adaptação cinematográfica de Joseph Strick, *Ulysses* (1967; conhecida no Brasil como *A alucinação de Ulisses*). O segundo reúne artigos sobre a obra de Joyce escritos por autores como Michel Butor, Ezra Pound, Umberto Eco, Richard Ellmann e Hélène Cixous. O volume é mal fornido de informações: consta que a tradução coube a S. Lemos. No entanto, é possível detectar que se trata da tradução de importantes textos publicados na revista francesa *L'Arc* (n. 36, setembro de 1968).

Em 1989, *James Joyce*, de Richard Ellmann, até hoje a principal biografia do autor, saiu pela editora Globo em tradução de Lya Luft. Dada a maneira como articulou a vida e a obra do biografado, Ellmann tornou sua biografia indispensável a qualquer estudioso de Joyce. Por meio de entrevistas e cartas, ele obteve em primeira mão uma quantidade surpreendente de informações, além de ter investigado manuscritos de difícil acesso. Apesar das revisões críticas por que tem passado, ainda é a melhor biografia já escrita sobre Joyce.

A publicação da biografia de Ellmann prenunciava o que a década de 1990 estava por trazer, ou seja, o lançamento de dois valiosos livros sobre a obra de Joyce, *Riverrun* (1992) e *Homem comum enfim* (1994), e o início da publicação da esperada tradução completa de *Finnegans Wake* em português.

Riverrun, organizado por Arthur Nestrovski, deu acesso em vernáculo a uma série de estudos de primeira linha sobre Joyce, dos contos, passando pela peça *Exilados* (1918), até *Ulysses* e *Finnegans Wake*, com destaque para os dois últimos. Entre os autores que analisam *Ulysses* estão o canadense

Hugh Kenner e o suíço Fritz Senn, dois dos maiores especialistas na obra de Joyce. O volume também traz o artigo "A recepção de James Joyce no Brasil", de Munira Mutran, pioneiro em tentar apresentar de forma organizada e balizada o percurso trilhado pelas obras de Joyce no Brasil.

Embora tenha como título *Homem comum enfim* — tradução de *Here Comes Everybody*, uma das possíveis leituras de HCE em *Finnegans Wake* —, o livro de Anthony Burgess traduzido por José Antonio Arantes e publicado pela Companhia das Letras também aborda *Ulysses* e outras obras. Seu subtítulo, "Uma introdução a James Joyce para o leitor comum", deixa claro o intento de apresentar Joyce e sua obra. Burgess, mais conhecido como o autor de *Laranja mecânica* (1962), era um grande joyciano, capaz de falar dos textos de Joyce com clareza irreparável, e a tradução de seu livro foi uma das mais importantes contribuições para a leitura da obra de Joyce no Brasil.

No apagar das luzes da década de 1990, surgiu outro marco: *Finnicius Revém*, tradução de *Finnegans Wake* feita por Donaldo Schüler, que a Ateliê Editorial publicou em cinco volumes bilíngues (se bem que "bilíngue" talvez seja o qualificativo mais questionável para uma obra em que se misturam dezenas de línguas) entre 1999 e 2003. A tradução completa do derradeiro livro de Joyce preencheu uma lacuna importante e finalmente deu aos leitores de língua portuguesa acesso às quatro principais obras de Joyce — *Dublinenses*, *Um retrato*, *Ulysses* e *Finnegans Wake* — em traduções completas.

Assim, viramos o século com apenas uma tradução de *Ulysses*. Logo em 2005, foi a vez de a Objetiva lançar o *Ulisses* de Bernardina da Silveira Pinheiro, a segunda tradução em português do Brasil. Depois de quase quarenta anos, os leitores brasileiros tinham uma opção ao trabalho pioneiro de Houaiss e o país entrava no rol dos que contavam com mais de uma tradução da obra-prima de Joyce.

A professora carioca Bernardina (ela prefere ser chamada pelo primeiro nome) organizou diversas celebrações do Bloomsday na escola de psicanálise Letra Freudiana, no Rio de Janeiro, por onde passou Jacques Aubert, o tradutor francês de Joyce. Ela traduziu textos e assinou outros para o número especial "Retratura de Joyce: Uma perspectiva lacaniana", da revista *Letra Freudiana* (n. 13, 1993), editada por aquela instituição. A tradutora de *Um retrato* (Siciliano, 1992) lançou-se ao projeto de tradução de *Ulysses* depois de ao menos duas décadas lecionando sobre o romance em cursos de pós-graduação na Universidade Federal do Rio de Janeiro. Suas aulas, como ela conta na entrevista que me concedeu e está publicada no *ABEI Journal* (2020), se baseavam no estudo do livro "capítulo por capítulo". Uma cópia do programa datilografado da disciplina de mestrado que a professora ministrou na Faculdade de Letras da UFRJ em 1990, pertencente a Sonia Torres, que fora sua aluna, comprova aquele método de ensino.

A edição desse novo *Ulisses* primava pelo cuidado no acabamento: uma sobrecapa semitransparente e o uso de três fontes diferentes para o texto. O requinte da edição, no entanto, não deve fazer supor um texto rebuscado: o propósito da tradutora era justamente o de oferecer uma tradução mais coloquial do que a de Houaiss. E assim voltamos ao tal "coloquial". Quando a entrevistei, no início de 2019, a professora Bernardina deu sua versão sobre o malfadado adjetivo: "Eu usei o termo 'coloquial' em uma entrevista e pegaram ao pé da letra, tornando uma qualidade da linguagem de Joyce em algo negativo". Já na introdução ao seu trabalho, a tradutora declarava a preocupação em permitir que os leitores aproveitassem a linguagem "coloquial" mas ao mesmo tempo "lexicalmente muito rica" de Joyce, que não era "tão difícil e pesada quanto se dizia". Certamente, Bernardina se referia à opinião corrente no Brasil sobre a linguagem do romance, que ela sabia ter se originado com os comentários sobre a tradução desbravadora de Houaiss.

Fato é que, com o trabalho dessa tradutora, os leitores brasileiros puderam conhecer uma tradução que buscava ser diferente da que Houaiss fizera quase quarenta anos antes. É um exemplo de *traduction-contre*, para empregar a expressão usada por Jean-René Ladmiral[4] para se referir a uma retradução motivada principalmente pelo descontentamento com uma ou mais traduções existentes de determinada obra. Isso não quer dizer desapreço de um tradutor pelo trabalho de outro, mas desejo de realizar algo diferente e oferecer um resultado mais afeito à leitura do novo tradutor.

A terceira tradução de *Ulysses* no Brasil, a cargo do curitibano Caetano W. Galindo, foi lançada pela Penguin-Companhia em 2012 e teve a participação de um dos mais importantes tradutores brasileiros, Paulo Henriques Britto, que atuou como coordenador editorial. Com duas traduções anteriores caminhando em direções opostas, Galindo calibrou o passo para percorrer o caminho do meio, o que, lembra o tradutor, não quer dizer eximir-se de dialogar com as traduções anteriores, mas sim não ter que reagir especificamente a uma delas, como a segunda tradutora reagiu ao trabalho do primeiro.

Em entrevista publicada em 2020, Galindo resumiu sua relação com o escritor irlandês: "Joyce me inventou como tradutor".[5] Mesmo como professor da Universidade Federal do Paraná, ele já tinha traduzido cerca de vinte obras

---

4. Jean-René Ladmiral, "Nous autres traductions, nous savons maintenant que nous sommes mortelles...". In: Enrico Monti e Peter Schneyder (Orgs.), *Autour de la retraduction: Perspectives littéraires européennes*. Paris: Orizons, 2011, p. 35.
5. Dirce Waltrick do Amarante e Vitor Alevato do Amaral, *Caetano Galindo: Entrevista*. Curitiba: Medusa, 2020. (Coleção Palavra de Tradutor.)

entre 2004 e 2012, tendo portanto construído uma carreira profissional muito diferente das de Houaiss e Bernardina, que traduziram poucas obras.

Houaiss redigiu menos de trinta notas de rodapé para sua tradução, que abrigava também o esquema da obra elaborado por Joyce.[6] Além do tradicional esquema, Bernardina, em postura condizente com o propósito de "divulgar" a obra, como ela escreve na introdução, incorporou a *Ulisses* notas de grande valia para os leitores, todas precedidas de uma explicação pautada no paralelo do romance de Joyce com a *Odisseia* de Homero. Já o trabalho de Galindo, além do esquema, trouxe uma curta introdução e nenhuma nota. Mas sua tradução inovou ao trazer um ensaio introdutório de fôlego assinado por Declan Kiberd, muito bem-vindo no contexto brasileiro, em que não há muitos estudos críticos sobre *Ulysses*, sejam traduzidos, sejam escritos originalmente em português. O texto de Kiberd ocupa 78 páginas da edição e trata até mesmo de questões referentes ao estabelecimento do texto da obra. Ele se coaduna à perfeição com o que motivou Galindo a traduzir *Ulysses*: "entender o livro".

Se Houaiss foi um tradutor acidental da obra que terminou por encarar seu trabalho como forma de demonstrar o caráter heroico das pessoas comuns — bem à sua visão política — e Bernardina teve como projeto oferecer um *Ulisses* mais acessível, a motivação de Galindo foi, ao menos inicialmente, acadêmica. Basta lembrar que a primeira versão de seu trabalho foi feita para a sua tese de doutorado defendida em 2006 e que ele mesmo afirmou que seu *Ulysses* está na origem de "toda uma 'nova' carreira acadêmica".

Mas, ao lado da preocupação acadêmica, o terceiro tradutor de *Ulysses* no Brasil e quarto em língua portuguesa — a quinta tradução em português, de Jorge Vaz de Carvalho, seria lançada em Portugal em 2013 — também cultivava o desejo de oferecer aos leitores um guia que pudesse acompanhá-los "para aquelas segundas e terceiras leituras", como já anunciava no texto de introdução em 2012. Por isso, segundo ele, as notas à tradução seriam redundantes. Melhor seria aproveitar a leitura solo antes das próximas leituras na companhia do guia.

Ulysses é uma obra difícil, e essa é uma de suas qualidades. Por isso, um guia de leitura pode ser uma útil ferramenta para quem deseja explorar mais possibilidades de leitura desse romance repleto de alusões, citações, paródias, elos com outras criações do próprio Joyce e referências claras ou cifradas a uma miríade de autores e obras. Certo, um guia é, ele mesmo, uma

---

6. Joyce não parecia tão certo de como chamá-lo e usou quatro termos — *sunto* (síntese), *chiave* (chave), *scheletro* (esqueleto), *schema* (esquema) — quando enviou a primeira versão, em italiano, a Carlo Linati, razão pela qual o quadro ficou conhecido como "esquema Linati".

interpretação. Portanto, deve ser encarado como mais uma forma de leitura e não como a forma *certa* de leitura. Um guia não é um manual de instruções, nem a obra de Joyce demanda algo do tipo. A língua inglesa conta com guias de leitura propriamente ditos, como *The New Bloomsday Book*, de Harry Blamires, e *Ulysses Unbound*, de Terence Killeen, e também com o livro de notas *"Ulysses" Annotated*, de Don Gifford e Robert Seidman.

Galindo cumpriu a promessa de escrever um guia e a Companhia das Letras publicou *Sim, eu digo sim: Uma visita guiada ao "Ulysses" de James Joyce*, em 2016 (republicado em 2020 com finos retoques do autor). Antes disso, a América do Sul contava apenas com o guia do argentino Carlos Gamerro, *"Ulises": Claves de lectura*, publicado pela primeira vez em 2008. À diferença do trabalho do colega de língua castelhana, estruturado em comentários de curtos trechos do romance citados ao longo do guia, o de Galindo se apropria do texto de Joyce, evitando citações, e fala de Bloom e companhia como se eles fossem quadros em uma galeria joyciana para os quais o guia direciona a atenção do visitante, apenas apontando enquanto passam por eles, e consegue com isso criar neles o desejo de visitar ou revisitar a obra, sempre em contato íntimo com ela. Em 2017, Abdon Franklin de Meiroz Grilo lançou *"Ulisses": Um estudo*, livro de notas como o de Gifford e Seidman, muito útil para quem busca material de apoio em língua portuguesa.

Para concluir, volto a Gilberto Freyre e sua imagem de uma catedral erguida pela mente arquitetônica de Joyce. Os primeiros textos de Joyce foram assinados com o pseudônimo Stephen Daedalus (Dedalus a partir de *Um retrato*). Stephen remete a Santo Estêvão, primeiro mártir católico, e Dedalus, ao arquiteto preso no labirinto de Creta por ele mesmo construído. Na combinação dos dois nomes estão a mística católica de menino e o engenho pagão do homem crescido.

Ulysses pode ser uma catedral. Porém, quase cem anos depois de Freyre, tendo à disposição quase toda a obra de Joyce em português, os leitores brasileiros podem vê-lo também como a peça central de uma catedral ainda maior, a base de uma construção completada pelos outros textos escritos por Joyce. Enfim, é tudo uma questão de como caminhamos por *Ulysses*, que anda pelo Brasil há tanto tempo.

VITOR ALEVATO DO AMARAL é carioca e professor de literaturas de língua inglesa na Universidade Federal Fluminense, onde também atua no Programa de Pós-Graduação em Estudos de Literatura. É pesquisador da obra de James Joyce. Seu principal interesse são as traduções da obra joyciana no Brasil, estudada da perspectiva da retradução. É coordenador do grupo de pesquisa Estudos Joycianos no Brasil.

Ulysses na Irlanda

JOHN McCOURT

"Ulysses in Ireland 1922-2022". Este texto, produzido especialmente para esta edição, apresenta os principais pontos do livro *Consuming Joyce: 100 Years of 'Ulysses' in Ireland* (no prelo). Tradução de Cristian Clemente.

Por suas cartas, jamais seria possível acusar James Joyce de eufemismo, de evitar queixas ou de ser absolutamente justo. Assim, Joyce não disse toda a verdade quando escreveu: "Os exemplares de *Ulysses* que presenteei a certos e certas compatriotas meus ou foram desconsiderados, ou trancafiados, ou emprestados, ou roubados, ou vendidos e, em todos os casos, não foram lidos".[1] Embora a ampla maioria dos seus compatriotas tenha dado pouca ou nenhuma atenção ao seu romance pioneiro (muitos deles com a justificativa bastante plausível de estarem participando da Guerra Civil de 1922), houve uns poucos notáveis que se submeteram a não poucos trabalhos para adquirir, ler e até resenhar *Ulysses* favoravelmente. Isso tudo apesar de a pré-história do livro tê-lo feito ganhar notoriedade no mundo todo por acusações de ser obsceno e obscuro. A publicação seriada do romance havia sido interrompida nos Estados Unidos e na Grã-Bretanha, de modo que Joyce não tivera muita escolha senão publicá-lo na França (graças à generosa intervenção de Sylvia Beach e sua famosa edição pelo selo da livraria Shakespeare and Company).

Quando o romance por fim apareceu na forma de livro em 1922, não estava amplamente disponível (só podia ser comprado por pedido postal a Paris e quase sempre não passava pela alfândega da Irlanda e de outros países). O nome de Joyce já era bastante malvisto na Irlanda, onde gozava daquilo que o padre jesuíta George O'Neill, um dos seus antigos professores de inglês no Clongowes Wood College, chamava de "notoriedade lamentável".[2] Também não se deve esquecer que em 1922 Joyce já tinha passado dezoito anos em exílio e que ele pouco fizera para conservar relações positivas ou construtivas com escritores e críticos de sua terra natal que estivessem em posição de defender, elogiar, divulgar ou mesmo criticar asperamente a sua obra. Antes, pelo contrário: a maioria deles aparecia sob disfarces nada honrosos nas páginas do próprio romance que ele esperava que lessem e elogiassem.

Muitas personalidades anglo-irlandesas de proa nutriam certa hostilidade por Joyce e corroborariam a opinião de John Pentland Mahaffy (reitor do Trinity College, Dublin), que expressou a crença de que "James Joyce é um argumento vivo em favor da minha tese de que foi um erro fundar uma

---

1. James Joyce, *Letters III* (doravante *LIII*), org. Richard Ellmann. Nova York: Viking, 1975, p. 74.
2. "No prefácio para uma coletânea dos seus próprios escritos, publicada em 1946, ele escreveu com uma espécie de arrependimento melancólico: 'Introduzi na vida acadêmica um garotinho franzino destinado a uma notoriedade lamentável como autor de *Ulysses*, e botei um hinário católico em suas mãozinhas' (*Witness to the Stars* [Testemunha das estrelas])." Bruce Bradley, "James Joyce and the Jesuits: A Sort of Homecoming", 30 nov. 1999. Disponível em: <https://www.catholicireland.net/james-joyce-and-the-jesuits-a-sort-of-homecoming/>. Acesso em: 17 jun. 2021.

universidade separada para os aborígenes desta ilha, para os moleques que cospem no Liffey".[3] A resenha de *Ulysses* feita por James Douglas no semanário unionista *Sunday Express*, de Dublin, foi igualmente impiedosa:

> Afirmo deliberadamente que se trata do livro mais infamemente obsceno da literatura antiga ou moderna. A obscenidade de Rabelais é inocente quando comparada a seus horrores leprosos e escabrosos. Todos os esgotos secretos do vício foram canalizados numa enchente de pensamentos, imagens e palavras pornográficas inimagináveis. E seus desvarios imundos são recheados de blasfêmias espantosas e revoltantes dirigidas contra a religião cristã e contra o nome de Cristo. [...] O livro já é bíblia das criaturas exiladas e degredadas deste e de todos os países civilizados. Também é adotado pelos freudianos como glória suprema da sua seita suja e degradante.[4]

A maior parte dos católicos, por outro lado, mal sabia da existência de Joyce, e a ampla maioria dos que sabiam espantou-se com o que leu. Na edição de outubro de 1922 da *Quarterly Review*, o crítico irlandês Sir Shane Leslie (1885-1971), católico converso formado em Eton e Cambridge, comparou *Ulysses* a uma "explosão de Clerkenwell na bem guardada e bem construída prisão clássica da literatura inglesa", associando o romance de Joyce à tradição feniana de violência irlandesa na Inglaterra.[5] O atentado de Clerkenwell foi o maior ataque terrorista da Grã-Bretanha do século XIX; matou doze pessoas e feriu mais de cem presentes inocentes, mas falhou no seu propósito de libertar um prisioneiro feniano. O desacerto que era ligar o romance de Joyce com essa atrocidade não poderia ser mais nítido, e a má-fé da crítica de Leslie é demasiado evidente, assim como seu medo do nascente Estado Irlandês, para ele parcialmente representado no romance de Joyce. Leslie também afirmou que *Ulysses* era um "ataque ao decoro divino bem como à inteligência humana [...] bolchevismo literário [...] experimental, anticonvencional, anticristão, caótico, totalmente imoral [...]".[6]

Charles Duff, autor de *James Joyce and the Plain Reader* (1931), possuía uma disposição mais favorável, mas ainda assim sentiu a necessidade de escrever que:

---

3. Citado em Gerald Griffin, The Wild Geese: Pen Portraits of Famous Irish Exiles (Londres: Jarrolds, 1938), p. 24.
4. James Douglas, resenha de *Ulysses* em 1922 citada em Stan Gébler Davies, *James Joyce: A Portrait of the Artist* (Londres: Davis-Poynter, 1975), p. 247.
5. Robert Deming, *James Joyce: The Critical Heritage*, 2 v. Londres: Routledge & Kegan Paul, 1970), v. 1, p. 210. (Doravante *CH 1* e *CH 2*).
6. Shane Leslie, "Ulysses", *Quarterly Review*, 238, out. 1922.

O bom católico que o lê precisará depois de uma desinfecção para evitar que os dardos joycianos deixem lacerações sépticas. Isso explica a rispidez com que alguns críticos, católicos ciosos, tratam as obras de Joyce; também explica por que elas são consideradas abominações pelo governo do Estado Livre Irlandês.[7]

Ao mesmo tempo, as autoridades católicas podiam descansar na crença de que os livros de Joyce, embora "padecessem de vergonhosa loucura", eram, nas palavras da revista católica *Irish Monthly* em 1925, "lidos por poucas pessoas sãs".[8] Do outro lado do mar, na Grã-Bretanha, Joyce recebia atenções igualmente negativas. No jornal britânico *Sunday Chronicle*, um indignado Alfred Noyes julgava o romance de Joyce "o mais abominável livro já impresso",[9] ao passo que "Aramis", no *The Sporting Times*, denunciava que Joyce era "um lunático pervertido que se especializara na literatura da latrina. [...] *Ulysses* não é apenas sordidamente pornográfico, mas intensamente maçante".[10] Mais surpreendente ainda foi George Bernard Shaw, que se negou a ser assinante da edição de *Ulysses* da Egoist dizendo a Harriet Shaw Weaver que o romance era "um registro revoltante de uma fase nojenta da civilização; mas uma fase verdadeira". *Ulysses* era "horrendamente real" (*LIII*, 50):

> Em seu *Ulysses*, James Joyce descreve, com uma fidelidade implacável a ponto de tornar o livro quase insuportável, a vida que Dublin oferece à sua juventude, ou, se preferirem o inverso, a vida que a juventude oferece a Dublin [...] Parece que são próprios de Dublin um certo escárnio e um certo desprezo que confundem o nobre e o sério com o vil e ridículo.[11]

O pecado de Joyce reside no fato de ele não se conter ao descrever Dublin como a vislumbrava. Alguns dos compatriotas de Joyce, porém, incluindo os poetas Padraic Colum, Æ (George Russell) e W. B. Yeats, chegaram a escrever em defesa de *Ulysses*, e um punhado de resenhas longas e positivas foi publicado na Irlanda entre 1922 e 1923 por conterrâneos de Joyce profundamente insatisfeitos com os resultados do Levante de 1916 e sobretudo com a Guerra Civil. A lista de críticos favoráveis incluía A. J.

---

7. Charles Duff (1932), *James Joyce and the Plain Reader* (Nova York: Haskell House, 1971), pp. 24-5.
8. *Irish Monthly*, v. 53, n. 626 (ago. 1925), p. 350.
9. Alfred Noyes, resenha de *Ulysses* citada em Patricia Hutchins, *James Joyce's World* (Londres: Methuen, 1957), p. 176, n. 1.
10. *CH* 1, pp. 192, 194.
11. George Bernard Shaw, Prefácio a *Immaturity* (Londres: Constable & Company, 1931), XXXIII.

Leventhal, Ernest Boyd, Mary M. Colum, P. S. O'Hegarty e Eimar O'Duffy. Originalmente, a resenha de A. J. (Con) Leventhal seria publicada na *Dublin Magazine*, como ele próprio recordou mais tarde:

> Cheguei mesmo a corrigir as provas de prelo ao saber que os tipógrafos da Dollards cruzariam os braços se tivessem de ajudar na publicação do artigo. À época, só o nome de James Joyce bastava para acender a ira dos moralistas, causando um odor de santimônia que impregnava as tipografias da Irlanda... Minha frustração foi tamanha que, com F. R. Higgins, comecei uma pequena revista chamada *The Klaxon* que não passou do primeiro número e na qual foi impressa uma versão truncada (para poupar custos) da minha crítica a *Ulysses*.

Enxergando Joyce como "produto da sua época, ou talvez, como todos os gênios, um pouco à frente dela", Leventhal o situa no quadro de uma revolução artística sem deixar de reconhecer-lhe a singularidade: "O sr. Joyce, porém, não se perde na multidão, e usa com habilidade aquilo que os psicólogos lhe ensinaram. É capaz de abrir um pensamento como um cirurgião abre um corpo". Ele examina "a relação de Joyce com o modernismo" e o liga a Picasso, um "dos primeiros adeptos da prática de quebrar a tradição em novos modos e de expressar a vida a partir de um novo ângulo com uma visão transformada". Leventhal também menciona a influente resenha de Valéry Larbaud e conclui dizendo que nenhuma "mente com discernimento" pode "negar o gênio do sr. Joyce [...]. Sua obra perdurará apesar dos esforços para suprimi-la". Numa nota mais negativa, descreve *Ulysses* como um "livro essencialmente para homens", afirmando que "é impossível que uma mulher tenha estômago para suportar sua vulgaridade egrégia".[12] Mary M. Colum também questionou a representação que Joyce faz das mulheres. Apesar da sua entusiasmada aprovação de *Ulysses*, que considerava "um épico de Dublin", achava que Molly Bloom era a "exibição da mente de um gorila fêmea corrompida pelo contato com os humanos". Como vários outros resenhistas irlandeses, ela enfatizou o caráter irlandês de Joyce, o regionalismo da sua escrita, enxergando-a em termos patrióticos, e descreveu *Ulysses* como "as confissões de James Joyce, um livro autobiográfico dos mais sinceros e mais habilmente construídos; é como se ele tivesse dito: 'Aqui estou; aqui estão o país e a raça que me geraram, aqui

---

12. A. J. Leventhal, "The *Ulysses* of Mr. James Joyce", in *Klaxon* (inverno de 1923-4), pp. 14-20. O texto completo também pode ser consultado em: <http://www.ricorso.net/rx/library/criticism/major/Joyce_JA/Leventhal_AJ.htm>. Acesso em: 17 jun. 2021.

está o que a religião e a vida e a literatura fizeram de mim'".[13] Alguns leitores irlandeses viriam a se identificar com os elementos desse retrato ainda que travassem suas lutas pessoais em sua terra e não no exílio. Para Colum, *Ulysses* era muito mais do que um relato pessoal; era uma intervenção profunda, provocadora e política na vida pública irlandesa:

> *Ulysses* é um dos livros mais raciais [...] e mais católicos já escritos. E isso apesar do fato de que ninguém se surpreenderia se ouvisse dizer que algum representante do Governo da Irlanda ou da Igreja ordenou que o queimassem em público. Parece quase impossível que possa ser compreendido de verdade por alguém que não foi criado na tradição semissecreta de heroísmo, tragédia, loucura e ira do nacionalismo irlandês, ou que não tenha familiaridade com a filosofia, a história e as rubricas da Igreja Católica; ou por alguém que não conhece Dublin e certos dublinenses notáveis.

"Onde", perguntou ela, "o fascínio estético e intelectual da Igreja Católica já encontrou fascínio mais sutil?" Ela defendeu essa opinião numa resenha de 1927 no *New York Herald Tribune*, na qual afirmou, antecipando-se a toda uma escola irlandesa de crítica joyciana de meados do século XX, que "*Ulysses* não pode ser inteiramente compreendido por quem não é irlandês por causa das sutis alusões e referências nacionais, locais e linguísticas".[14]

Opinião semelhante era a do dublinense Ernest Boyd (1887-1946), que após uma carreira no serviço diplomático britânico mudou-se para Nova York, onde se dedicou integralmente a uma respeitada carreira de crítico, escrevendo, entre outras obras, algumas que definiram o cânone literário irlandês, como *Ireland's Literary Renaissance* (1917 e 1920) e *Contemporary Drama of Ireland* (1917). Boyd fez uma avaliação impressionantemente positiva de Joyce e esforçou-se para sublinhar seu pertencimento à Irlanda no intuito de refutar a influente insistência de Valéry Larbaud na formação que Joyce recebera no continente e na dívida que tinha para com ele. T.S. Eliot traduzira e publicara na edição inaugural da *The Criterion* uma versão reduzida da — segundo Boyd — mal informada apreciação que Larbaud fez do caráter irlandês de Joyce.[15] Boyd sentiu-se impelido a responder. Ironicamente, ao fazê-lo apenas aumentou o interesse do público anglófono dos dois lados do Atlântico pelo artigo de Larbaud. Sua primeira resposta, "O expressionismo

---

13. Mary M. Colum, "The Confessions of James Joyce". Resenha de *Ulysses*, de James Joyce. *The Freeman* 19 jul. 1922: 450-2. Disponível em: <http://marycolum.com/articles/confessions-of-james-joyce/>. Acesso em: 17 jun. 2021. Todas as citações vêm dessa fonte.
14. *CH* 1, pp. 232-3 e 373, respectivamente.
15. Valery Larbaud, "The 'Ulysses' of James Joyce", *The Criterion*, v. 1, n. 1 (out. 1922), pp. 94-103.

de James Joyce", publicada no *New York Herald Tribune* em 28 de maio de 1922, começou uma longa disputa que duraria até 1925, possivelmente para o deleite de Joyce, que aconselhara ambos a respeito de como responderem um ao outro. O que mais parecia incomodar Boyd foi a afirmação "disparatada" de Larbaud na *Nouvelle Revue Française*: "A Irlanda faz uma reentrada sensacional na literatura europeia". Criticando Larbaud por aquilo que chama de "um esforço para alijá-lo [Joyce] da corrente de que é tributário" [a Renascença Literária Irlandesa], Boyd afirma que:

> O resultado lógico desse zelo doutrinal da claque é conferir a esse gênio profundamente irlandês uma reputação prematuramente cosmopolita, destino cruel que sempre se abateu sobre escritores isolados das condições de que fazem parte e apresentados ao mundo sem qualquer perspectiva. Felizmente, a obra de James Joyce é capaz de refutar a maior parte das teorias para as quais serviu de pretexto, sobretudo a teoria de que constitui um desafio incontestável à existência independente da literatura anglo-irlandesa. O fato é que nenhum escritor irlandês é mais irlandês que Joyce; nenhum mostra mais marcas inconfundíveis da sua raça e das suas tradições. O silogismo parece ser: J. M. Synge e James Stephens e W. B. Yeats são irlandeses, portanto Joyce não é. Contudo, a verdade simples é que *Um retrato do artista quando jovem* está para o romance irlandês assim como *As peregrinações de Oisin* estão para a poesia irlandesa e *O prodígio do mundo ocidental* está para teatro irlandês; trata-se de uma obra única e significativa capaz de elevar o gênero acima do lugar-comum e inseri-lo na literatura nacional.[16]

A queixa de Boyd não era por Larbaud ter exaltado Joyce, mas por ter ignorado ou descartado muito da literatura irlandesa. Afirmar, como fizera Larbaud, que *Ulysses* tinha "importância europeia", ao passo que as obras de Synge e Stephens não, era "confessar uma completa ignorância da sua gênese e revestir seu conteúdo de uma carga misteriosa que a materialidade das referências parecia negar". Boyd insistia na centralidade de Dublin na escrita de Joyce: "O interesse europeu na obra deve necessariamente ser técnico no geral, pois a matéria é tão local quanto a forma é universal".[17] Essa também era a opinião de Padraic Colum, que descreveu Joyce como "o mais audaz dos inovadores" embora tivesse decidido "ser local como um bardo de rua".[18]

---

16. *CH* 1, p. 302.
17. Publicado originalmente por Ernest Boyd em *Ireland's Literary Renaissance* (ed. rev., 1923), pp. 412 e ss.
18. *CH* 1, p. 389.

P. S. O'Hegarty — ex-membro dos Voluntários Irlandeses, funcionário público e coproprietário da livraria irlandesa Hodges Figgis na Dawson Street, famosa por ser a única loja a vender abertamente *Ulysses* naqueles anos — foi, embora com críticas, um dos primeiros e maiores admiradores do romance. Ele o resenhou na penúltima edição de *The Separatist*, ressaltando-lhe tanto as credenciais "continentais" como "irlandesas" e elogiando Joyce por apropriar-se da língua inglesa e usá-la

> como jamais fora usada, e usá-la de maneira triunfante; ele a reagrupa e manobra como se reagrupam e manobram os homens no exército, e o faz de maneira exitosa. Tomou o antigo, decoroso e grave molde da prosa inglesa, quebrou-o por completo e o remoldou em algo mais continental do que inglês. Inseriu em *Ulysses* não apenas uma história, mas uma época, a comédia e a tragédia de muitas vidas, e das pessoas da sua própria geração.

Em termos semirreligiosos, O'Hegarty afirma o patriotismo de Joyce: "O sr. Joyce ama a Irlanda, sobretudo Dublin [...] não [...] no sentido de querer 'ser enterrado com a bandeira'. Mas a Irlanda o atravessa, o penetra e o possui". Embora confesse que o livro lhe causou "considerável náusea", ele louva o monólogo de Molly Bloom por ser "a conquista de um mestre, um dos pontos realmente grandiosos da literatura moderna". O'Hegarty leu o romance de Joyce como uma declaração da independência cultural irlandesa e afirmou que "inglês algum teria sido capaz de escrever esse livro. [...] Dublin está nele por inteiro, com sua linguagem, seu povo, suas ruas, seus modos, sua atmosfera e sua ousadia intelectual". Ele sublinhou como Joyce deu à Irlanda uma forma literária singular e uma presença sem precedentes no palco da literatura mundial:

> Eis um livro grande, talvez o maior livro já escrito em inglês na forma de ficção. [...] Dublin, suas ruas, seus prédios e seu povo, é por ele amada com o afeto sincero do artista. Ele pode morar fora de Dublin, mas jamais fugirá dela. Por ora, a Irlanda provavelmente não amará o sr. Joyce, mas ele a honrou e representa, ao lado de Wilde, Moore e Synge, o espírito irlandês.[19]

Outra resenha bastante perceptiva de *Ulysses* saiu da pena de Eimar O'Duffy, o ex-voluntário irlandês que julgava que a Guerra de Independência causara mais problemas do que resolvera e que o impulso revolucionário de mudar o país ficara, em geral, por concretizar-se. Ele descreveu *Ulysses*

---

19. P. S. O'Hegarty, "Mr. Joyce's *Ulysses*", *The Separatist*, 2 set. 1922, p. 4.

como "o épico da Irlanda moderna"[20] e usou sua resenha para perguntar o que significa o amor à pátria numa época em que o país se despedaça numa guerra civil — o "patriotismo verdadeiro" não é exclusividade do "atirador" ou do "cientista político", mas do "homem comum": "O condutor do bonde, o leiteiro e o bombeiro, que continuam a trabalhar enquanto as balas voam ao seu redor, são mais patriotas do que os homens que disparam os rifles, e no fim das contas são também mais corajosos". Joyce mostra um "amor à pátria" que "é superior ao do homem comum e recebe ainda menos reconhecimento do que este. [...] A Irlanda é a sua Beatriz [de Dante], a quem ama sem esperança nem correspondência embora seja um grande artista, talvez o maior prosador vivo". Assim, O'Duffy crê que "é hora de a Irlanda dar-se conta de que produziu um grande artista em James Joyce [...] e que produziu uma obra grandiosa em *Ulysses*". Provavelmente, jamais imaginou quantas décadas se passariam até seu país chegar a essa conclusão.

Nas décadas seguintes a essa resenha, *Ulysses* saíra um pouco do centro das atenções na Irlanda. A morte de Joyce em 1941 suscitou reações antagônicas dentro e fora do país. Como John Nash comentou: "O necrológio de Joyce no *Times* (Londres, 14 de janeiro de 1941) exibia tanta má vontade que o simples fato de eles terem se dado ao trabalho de noticiar a morte surpreende". O texto "estimulou T.S. Eliot a declarar que Joyce foi 'o maior homem de letras da minha geração' e *Ulysses*, 'a mais importante obra da imaginação em inglês do nosso tempo'".[21] Poucos na Irlanda tinham opinião semelhante. A revista *The Irish Rosary* (publicada pelos dominicanos) tratou do falecimento num editorial que iniciava assim: "Nunca encontramos motivos para escrever sobre James Joyce enquanto vivo, e não nos sentimos inclinados a fazê-lo agora que está morto". Mas, não obstante, escreveram, e muito, descrevendo a influência maligna de Joyce, a admiração sem limites que ele recebia da impressa, sua barganha de uma "pérola intelectual de grande preço por palhas de pecado intelectual", a "cusparada ingrata que dera na cidade em que nasceu", sem esquecer a blasfêmia, a obscenidade e a sua recusa em "reconciliar-se com Cristo" no leito de morte. O editorial defende aqueles que foram injustamente acusados de "vandalismo provinciano" por "condenarem a falta de castidade e cristianismo de um gênio literário".[22] Em 1953, a *Redemptorist Record* publicou um artigo de tom semelhante sobre "a tragédia de James Joyce" intitulado "Anjo

---

20. Eimar O'Duffy, resenha de *Ulysses*, de James Joyce, *Irish Review*, 1, IV, 9 dez. 1922, pp. 42-3.
21. John Nash, "Genre, Place and Value: Joyce's Reception, 1904-1941". In: John McCourt (Org.), *Joyce in Context* (41-51), p. 41.
22. Esse editorial é citado num texto comemorativo do trigésimo aniversário da morte de Joyce. J. J. Finnegan, "Joyce is Dead", *Evening Herald*, 13 jan. 1971, p. 7.

sombrio". Joyce, segundo H. A. McHugh, C.Ss.R., "escolhera, como Lúcifer, 'errar, cair, triunfar.' A beleza fora seu deus". Mesmo na juventude, Joyce "foi necessariamente incomum, até na maldade". Foi um escritor que jamais deixou de olhar para trás: "o fardo da sua escrita eram as lembranças". Depois de deixar Dublin, "continuou com sua obra literária pelos próximos 37 anos. O conjunto não é grande coisa. A qualidade é irregular e ela já está irremediavelmente datada". Joyce jamais estivera à altura das próprias e elevadas aspirações e "seu tormento foi nunca ter sido mais do que um mau católico". Ele é comparado a João da Cruz, que, "no lagar de Cristo [...] foi prensado até o brilho imortal". Joyce, "o menino alto e magro" que esperava "'Viver, errar, cair, triunfar'", foi "prensado até o mal orgulhoso e desafiador. Ele viria a se tornar um anjo sombrio. Não se pode explicá-lo senão como místico fracassado". Joyce poderia ter sido outro são João, mas escolheu viver "dentro de si" e encontrou, "como Lúcifer, um vácuo de Deus. Ao longo de suas páginas, a dor da perda resulta em blasfêmias ensandecidas, em obscenidade frenética e em linguagem caótica. Uma alma humana ciente da própria sede de Infinito expressa em prosa um soluço arrastado de angústia que pode se tornar perene".[23]

A morte de Joyce parece também ter deixado aliviados alguns de seus colegas escritores irlandeses. O célebre contista e crítico Frank O'Connor, por exemplo, em seu artigo "James Joyce: Um *post-mortem*", publicado na revista *The Bell*, declarou com bastante deselegância: "Acho que eu quase disse 'Graças a Deus' quando Joyce morreu". Sua intenção parecia ser enterrar, não louvar. Tentou aprimorar a avaliação muito prematura de Æ de que Joyce não possuía gênio: "Porque o gênio é algo com que se nasce, e tudo que Joyce criou foi criado pela pura força da vontade". Ele negou qualquer originalidade a Joyce: "A escrita de Joyce tem todas as virtudes de um discípulo de Flaubert: é exata, adequada e distanciada". Mas também tinha suas fraquezas: "Ser absolutamente fiel ao que se vê e ouve sem especular sobre o que pode estar por trás, por receio de ceder ao próprio sentimentalismo, é um credo que resulta em limitações óbvias". Às vezes — e o exemplo que ele dá é "Graça" — os diálogos de Joyce deixam de "dar qualquer impressão de diálogo [...] são diálogos sem espontaneidade, sem impulso lírico ou dramático [...] não são diálogo, mas mimetismo". Joyce é por demais "ausente" da própria obra, "o que ele quer que tomemos por estilo é uma imitação hábil da obra de outro homem, e o que passa por diálogo é um pouco melhor do que a paródia". *Um retrato do artista quando jovem* é "pas-

---

23. H. A. McHugh, C.Ss.R., D.C.L., "Dark Angel: The Tragedy of James Joyce", *The Redemptorist Record*, jul.-ago. 1953, pp. 98-100.

tiche [...] plágio propositado", que bebe principalmente de Flaubert e Walter Pater, ao passo que *Ulysses* padece de ter sido "arbitrariamente forçado a se encaixar na estrutura da *Odisseia*" e por ter uma organização "demasiado arbitrária, pedante e abstrata":

> Quase todo crítico sério de Joyce pensou e escreveu as mesmas coisas sobre *Ulysses*: que é o maior livro dos nossos tempos e, ao mesmo tempo, que não é um grande livro afinal; que está na escala da *Divina comédia*, mas que o crítico, pessoalmente, prefere um punhado de páginas de George Moore. É difícil definir a sensação de desconforto. Para mim — e eu sou daqueles que cultuam heróis — o desconforto vem de uma forte sensação de fracasso artístico.[24]

A célebre romancista e contista Elizabeth Bowen manifestou uma opinião muito diferente ao publicar em março de 1941, também na *The Bell*, aquele que talvez tenha sido o mais convincente tributo irlandês a Joyce.[25] Desde cedo uma admiradora apaixonada de *Dublinenses* — que chamara de "o melhor livro de contos já escrito" e que era uma influência clara da sua própria escrita —, Bowen notou a "polidez desconfortável" suscitada pela morte de Joyce, que "poucos de sua pátria sentiram como uma tragédia pessoal. Ele morreu, como viveu a parte final da vida, fora da Irlanda. Aqueles dentre nós que o conhecemos, o conheceram em Paris, onde ele era praticamente um objeto de peregrinações".[26] Bowen convidava a um distanciamento tanto do hábito irlandês de descartar Joyce como um notório rebelde exilado como daquilo que chamou de "culto" forasteiro, uma veneração que causava ressentimentos e complicava sua aceitação doméstica. A Irlanda precisava encontrar uma maneira própria de aceitar Joyce:

> A Europa e a América aclamaram Joyce. Mas cabe a nós, enquanto povo dele, conhecê-lo naquilo que os outros países desconhecem. Sua morte [...] não precisa aliená-los de nós, mas antes reaproximá-lo. Demos à Europa, e perdemos com a Europa, seu maior prosador. Aquele homem magro e tímido com óculos grossos nos pertencia, era dos nossos, aonde quer que ele fosse. Não nos pediu um túmulo — já temos túmulos demais. Não é com a sua morte que devemos nos preocupar, mas com a vida (a nossa vida) que, ainda em vida, ele salvou para

---

24. Frank O'Connor, "James Joyce: A Post-Mortem", *The Bell*, v. 5, n. 5, fev. 1943, p. 363 e ss.
25. Elizabeth Bowen, "James Joyce", *The Bell*, 1.6, mar. 1941, pp. 40-9. Republicado em Eibhear Walshe (Org.), *Elizabeth Bowen's Selected Irish Writings* (Cork: Cork University Press, 2011), pp. 69-74.
26. Elizabeth Bowen, "Portrait of a Woman Reading", *Chicago Tribune*, Book World, 10 nov. 1968, p. 10.

nós, e imortalizou, linha por linha. [...] Dispamos de Joyce dos exageros do culto intelectual tolo que ele obteve no exterior e da notoriedade que obteve em sua pátria, e o tomemos de volta para nós enquanto escritor nascido do povo irlandês, que recebeu muito da nossa tradição e passaria muito mais adiante.

Bowen via em Joyce "antes de tudo um irlandês [...] A Irlanda entrara nele: era o grão de areia dentro da sua concha de ostra" e perguntava: "não teria sido o caráter irlandês fundamental de Joyce a derrotar e, em alguns casos, confrontar, os críticos que se viram forçados a pronunciar-se após a morte dele? Os ingleses jamais nos conhecerão — acaso estamos prontos para conhecer-nos a nós mesmos?". Joyce possuía uma "faculdade gigantesca, o riso", que em *Ulysses* se torna "um rugido prolongado" ainda que "soluce e arqueje e quase morra de si mesmo por trás das obscuridades do *Finnegans Wake*". Ela desconfia do experimentalismo de Joyce, afirmando que ele "amassou a linguagem até fazer dela uma geleia na sua tentativa de nos contar do que estava rindo. [...] Estava, mais do que tudo, solitário no seu gozo. E, contudo, é no próprio país de Joyce que esse riso cósmico e devorador é mais ouvido".[27]

Foi o humor de Joyce, bem como a sua capacidade de dissecar a sociedade que o formou, que moveu uma nova geração nos anos 1950 a celebrar *Ulysses*. Isso ficou claríssimo na edição especial de 1951 do periódico literário irlandês de John Ryan, *Envoy*, que comemorava o décimo aniversário da morte de Joyce com uma série de reflexões de personalidades literárias irlandesas sobre o escritor. O elenco de colaboradores era oriundo sobretudo do grupo inconformista e boêmio com que Ryan costumava se reunir, quase sempre no pub McDaid's na Harry Street. A edição do *Envoy* sobre Joyce foi, nas palavras de Terence Brown, o "primeiro periódico irlandês a tentar dar uma resposta crítica e integral à obra de Joyce depois que o *Irish Statesman* deixou de ser existir".[28] Uma versão expandida da publicação, intitulada *A Bash in the Tunnel*, foi publicada em 1970.[29] O tom em geral rancoroso da edição original foi dado pelo "descuidado"[30] ensaio de Bryan O'Nolan que emprestou o título ao livro: "Um porre no túnel" (escrito sob o semipseudônimo de Brian Nolan), que mostra o ressentimento do autor para com a autocentralidade de Joyce, seu exílio e a impressionante autoconfiança que lhe permitiu pôr sua vocação artística no centro de toda a

---

27. E. Bowen, "James Joyce", pp. 10, 69 e 71, respectivamente.
28. Terence Brown, *Ireland: A Social and Cultural History, 1922 to the Present*. Ithaca; Londres: Cornell University Press, 1985.
29. John Ryan, Introdução a *A Bash in the Tunnel*. Brighton: Clifton Books, 1970.
30. Thomas Hogan, "Joyce's Countrymen", *Irish Times*, 21 abr. 1951, p. 6.

sua vida. O'Brien também escreveu regularmente sobre Joyce na sua coluna "Cruiskeen Lawn" no *The Irish Times*, quase sempre misturando atitude defensiva, louvor tênue e franca depreciação, mas também aclamando o humor de Joyce e a sua ludicidade linguística, escrevendo sobre "o fato absolutamente ignorado de que Joyce foi um dos escritores mais cômicos que já existiram. Sempre que apanho um resfriado, leio o trecho do Cidadão e seu Cachorro; não perdem em nada para a penicilina". No seu texto para o *Envoy*, ele conclui:

> Talvez o verdadeiro fascínio de Joyce resida no seu segredo, na sua ambiguidade (poliguidade, talvez?), nas suas trapaças, suas desonestidades, sua habilidade técnica, sua atração por americanos. Suas obras são um jardim em que alguns de nós podemos brincar. Tudo o que afirmamos saber não passa de um pedacinho desse jardim. Mas no fim das contas, Joyce ainda estará no túnel, incólume.[31]

O ano de 1954 viu a primeira comemoração do Bloomsday depois de R. Shelton Scholefield, mais conhecido como "o dublinense de bem chamado Sam Suttle",[32] publicar uma carta no *Irish Times* em abril de 1951 propondo a fundação de uma sociedade James Joyce em Dublin a fim de recolher material de Joyce e redimir "a pecha sobre a memória de Joyce".[33] Estabeleceu-se, assim, um conselho que incluía o jornalista Séamus Kelly, do *Irish Times*, além de Suttle, proeminente arquiteto e personalidade literária; Niall Montgomery, "a tímida violeta que escreve com autoridade sobre Joyce sob o pseudônimo de Andrew Cass"; C. P. Curran; Lennox Robinson, "o monstro com cabeça de hidra (ou malta) que se autonomeia Myles na Gopaleen, Flann O'Brien ou Brian O Nualláin"; e "um transitório chamado Ernie Anderson [...] incluído por ser um dos poucos americanos a ter vindo a Dublin sem nunca afirmar ter conhecido Joyce bem em seus dias de Paris".[34]

Em questão de meses, estavam de pé os planos para organizar a primeira comemoração do Bloomsday em Dublin, mais tarde descrita pelo *Irish Times* como "a peregrinação mais estranha" já vista na cidade: "Num cabriolé antigo, devotos de Joyce e um parente distante do escritor visitaram todos os lugares mencionados no livro para marcar o quinquagésimo aniversário do 'Dia de *Ulysses*'. O resto de Dublin não percebeu nada".[35] O

---

31. Myles na Gopaleen, "J-Day", *Irish Times*, 16 jun. 1954, p. 4.
32. *Irish Times*, 16 jun. 1962, p. 10.
33. *Irish Times*, 4 abr. 1951, p. 7.
34. *Irish Times*, 16 jun. 1962, p. 10.
35. *Irish Times*, 26 jun. 1954, p. 9.

evento foi realizado por Anthony Cronin, John Ryan, Brian O'Nolan, Patrick Kavanagh, Con Levanthal e Tom Joyce (primo do autor). Kavanagh imortalizou o acontecimento num poema:

I made the pilgrimage
In the Bloomsday swelter
From the Martello Tower
To the cabby's shelter.[36]

Anthony Cronin recordaria mais tarde:

> Seria um erro dizer que Joyce era uma figura negligenciada na Irlanda em 1954. Era, em muitos ambientes, intensamente criticado; talvez "odiado" não seja uma palavra forte demais para descrever a atitude. Não eram só a Igreja e os devotos que o criticavam. Os políticos temiam fazer qualquer referência a um blasfemador notório [...]. Mesmo o establishment literário o criticava.[37]

Cronin sublinha a importância da comemoração como "uma afirmação da importância dele para nós, assim como uma rebelião contra a monotonia, a hipocrisia e a ignorância".

Todos os participantes conheciam o livro mais ou menos de cor. Até Kavanagh, que expressava às vezes algumas reservas — seguindo sua política geral de desancar qualquer escritor irlandês, jovem ou velho, vivo ou morto, que recebesse qualquer elogio, aqui ou fora —, citava o livro com frequência e, na maioria das vezes, com animação. E Myles — embora farto de ser descrito como "joyciano" por gente despistada e que por isso tendia de vez em quando a fechar a cara ao ouvir o nome de Joyce — compreendia totalmente a grandeza do mestre e dos seus feitos. Já a minha versão mais jovem acreditava — aliás, eu ainda acredito — que Joyce não foi apenas o maior romancista europeu do século XX, mas um dos maiores escritores que já existiram, digno de ser citado entre Shakespeare, Tolstói e Homero.

O dúbio editorial do *Irish Times* para marcar o "jubileu de ouro do Bloomsday" revela o estado ainda precário da reputação de Joyce em 1954:

---

36. "Fiz peregrinação/ o quente Bloomsday inteiro/ Desde a torre Martello/ Ao abrigo do cocheiro". Citado por Vivien Igoe, "Bloomsday of yesteryear", *Irish Times*, 15 jun. 1979, p. 10.
37. Anthony Cronin, "The First Bloomsday", The Blackrock Society (2004), p. 66.

Só o tempo dirá se *Ulysses* é ou não um dos grandes romances do mundo. [...] Ele [Joyce] recebeu da Irlanda menos honras oficiais do que merece. Contudo, há sinais de que essa situação está mudando e de que, com o passar do tempo, ele talvez seja mais reconhecido no seu país. Quando o centésimo aniversário do Bloomsday chegar, Leopold Bloom poderá tanto estar esquecido como esculpido em pedra sobre um pilar tão alto como o de [Horatio] Nelson hoje.[38]

De fato, passaram-se outros cinquenta anos até a reputação de Joyce ser adequadamente reconhecida em Dublin. Esse percurso contou com marcos importantes. O ano de 1962 viu a fundação da Joyce Tower Society, depois que Michael Scott e um grupo de doadores privados — o mais notável dentre eles foi John Huston, que mais tarde dirigiria uma adaptação para o cinema do conto de Joyce "Os mortos" — adquiriram a torre Martello de Sandycove com a intenção de transformá-la num museu. A inauguração — com a presença de Sylvia Beach e Maria Jolas, May e Eileen, irmãs de Joyce, Gogarty, o ministro da Justiça Charlie Haughey, o embaixador britânico e muitos literatos locais — recebeu ampla cobertura na impressa. O jornal *The Sunday Press* celebrou o acontecimento com a manchete: "Enfim, o gigante volta a seu lugar".[39] Apesar das constantes dificuldades financeiras, a torre tornou-se o ponto focal de todas as comemorações do autor por várias décadas e ainda hoje é um importante lugar de celebrações joycianas.

Em 1967, a porta original do imóvel no número 7 da Eccles Street (a casa de Leopold e Molly Bloom, tristemente demolida) foi colocada no pub Bayley, na Duke Street, e revelada pelo poeta Patrick Kavanagh, que aproveitou para cutucar os estudiosos americanos de Joyce; na sua opinião, eles tinham sequestrado o Bloomsday depois do seu início promissor em 1954: "as coisas eram assim antes de os americanos morderem o cachorro 'até ele botar os ovos de ouro'".[40] O mesmo 1967 assistiu à realização do primeiro simpósio sobre James Joyce. Apesar da forte e marcante presença irlandesa, o encontro foi predominantemente americano. "Quidnunc", colunista do *Irish Times*, abriu seu texto de 16 de junho com uma declaração de desprezo: "OS CONFRA(U)DES JOYCIANOS tornaram à carga com tudo na noite de quinta",[41] e seus comentários representavam em ampla medida a opinião geral da cidade, como recorda Fritz Senn: "Nós, os participantes do primeiro simpósio que não éramos da Irlanda, percebemos não ape-

---

38. *Irish Times*, 16 jun. 1954.
39. *Sunday Press*, 17 jun. 1962.
40. Vivien Igoe, "Bloomsdays of Yesteryear," *Irish Times*, 15 jun. 1978, p. 10.
41. *The Irish Times*, 16 jun. 1967.

nas a falta de apoio, mas quase uma hostilidade e com certeza um desdém sarcástico por parte da imprensa".[42] Inabaláveis, os participantes organizaram um segundo simpósio em Dublin em 1969. Dessa vez, todos os principais eventos tomaram lugar no Trinity College, um sinal do crescente tom erudito desses encontros e de uma apropriação acadêmica de Joyce, autor cada vez mais estudado do que lido. Esses dois simpósios iniciais de 1967 e 1969 começaram a moldar o formato dos futuros encontros acadêmicos sobre Joyce. Embora tivesse partido do estrangeiro, o ímpeto foi abraçado pelos joycianos de Dublin com o apoio das agências irlandesas de fomento ao turismo. Assim nasceu a cooperação entre a universidade estrangeira e a pesquisa irlandesa, entre o entusiasmo e o interesse próprio, entre a crítica e o turismo.

Dublin tornou-se a meca dos joycianos, e a agências turísticas de Dublin, quando os custos não eram exorbitantes, estavam sempre dispostas a dar uma mão para tornar a jornada sagrada mais significativa, para criar uma ilusão de autenticidade. Como escreveria um dos principais joycianos americanos, Morris Beja, estar em Dublin no Bloomsday "sempre é, para um amante de *Ulysses*, como estar em Jerusalém no Domingo de Páscoa. Mas em 1967 tratava-se de uma Jerusalém onde relativamente poucos além dos peregrinos distantes pareciam dar muita importância a seu Messias".[43] Era verdade. A maior parte dos dublinenses, a maior parte dos irlandeses, estava alheia. Mas as coisas começaram a mudar.

Outro impulso para a reputação de Joyce veio com as comemorações de larga escala — apesar de alguma oposição local — organizadas por ocasião do centenário do autor em 1982. Nas palavras de Terence Killeen, proeminente estudioso irlandês de Joyce, 1982 foi o ano em que "a Irlanda oficial finalmente fez as pazes com James Joyce".[44] Ele não exagerava. O centenário de Joyce marcou uma guinada na recepção dele na Irlanda, embora no começo, quando nada parecia muito promissor, ninguém tivesse apostado que isso fosse acontecer. O Bloomsday de 1981 tinha sido um fiasco. Apenas 130 visitantes apareceram na Joyce Tower no 16 de junho, e setenta, de acordo com o curador da Torre, Robert Nicolson, "eram alunas de uma escola na Navan Road que tinham ido ver o balé em Dún Laoghaire, mas,

---

42. Christine O'Neill (Org.), *Joycean Murmoirs: Fritz Senn on James Joyce*. Dublin: Lilliput Press, 2007, p. 53.
43. Morris Beja, "Synjoysium: An Informal History of the International James Joyce Symposia", *JJQ22*, 2, inverno de 1985, p. 115.
44. Terence Killeen, "Forty Years On, Joyce is Given an Official 'Wake' at Last", Irish Press, 15 jun. 1982, p. 3.

como ele estava fechado, resolveram vir aqui".[45] No começo, parecia que 1982 viria a ser uma oportunidade perdida. Com a instabilidade econômica e política, havia pouco interesse público em celebrar Joyce, e ainda menos dinheiro para fazê-lo. Num encontro na Câmara de Dublin, vereadores de todos os lados do espectro político derramaram lágrimas de crocodilo enquanto "expressavam seu pesar por não poderem prestar uma homenagem adequada ao centenário de nascimento de James Joyce devido às severas dificuldades financeiras. [...] Os cofres estão vazios". Alguns, como Ned Brennan, líder do grupo conservador Fianna Fáil, consideravam a falta de dinheiro uma bênção e alertavam que a cidade não deveria embarcar nas celebrações do escritor: "O homem comum da rua", declarou, "nunca ouviu falar de Joyce". Bom, isso mudaria até o fim do ano.

Apesar dos preparativos de última hora e da falta de financiamento, a comemoração do centenário foi um sucesso. Os jornais do país estavam cheios de textos sobre ela, e muitos publicaram suplementos de várias páginas no dia 2 de fevereiro. Joyce foi tema de diversos editoriais, a maioria elogiosa e com ressalvas do tipo "quer gostemos ou não". O *Irish Independent* apontou que Joyce seria "festejado este ano não como grande irlandês, mas como um dos grandes escritores do mundo que merece um lugar bem no alto na árvore da literatura". Ele "não ficaria surpreso em ver que não poucos de seus compatriotas irlandeses têm uma opinião totalmente invejosa a seu respeito, a respeito da sua vida e da sua obra":

> Contudo, quer gostemos ou não, temos um gênio nas mãos, um homem que produziu livros aclamados por leitores de todo mundo como obras-primas. Ele conferiu um novo estilo à escrita. [...] pode-se admitir a existência de capítulos de sua obra que, tomados isoladamente, sejam "censuráveis". [...] O talento de Joyce para capturar a diversidade da natureza humana o levou a atritos com pessoas e tribunais — mas isso é passado. Chegou o momento de honrarmos um dos nossos grandes homens.

O *Irish Times* foi mais afetuoso: "Quando Joyce publicou seus livros, a censora Irlanda dos anos 1920 e 1930 virou a cara em desaprovação, isso quando dignou-se a prestar-lhes atenção. Contudo, a reconciliação já começou, como deveria ser. Com seus escritos, Joyce honrou muito a cidade em que nasceu, e a gentileza precisa ser retribuída". Depois de comentar que "Joyce está recebendo mais atenção de sua terra natal nesta semana do que em todas as décadas desde a publicação de *Dublinenses* em 1914", o

---

45. *Irish Times*, 17 jun. 1981, p. 9.

Irish Press concentrou-se no atraso desse reconhecimento, perguntando-se se "a atenção que Joyce recebe agora seria da melhor qualidade", e detectou "uma vaga nota de surpresa [...] como se tivéssemos desenterrado os anais de um gigante há muito adormecido. [...] A obra de Joyce, aparentemente, foi despertada do sono das universidades e devolvida às mãos do homem comum, seja ele quem for".[46]

O reconhecimento oficial também chegou na forma de uma estátua de Joyce feita por Marjorie Fitzgibbon. Com uma inscrição tirada de *Um retrato* — "Atravessando o Stephen's, ou seja, o meu Green" —, ela foi inaugurada pelo presidente Patrick Hillery no Bloomsday. Do outro lado da cidade, o ano de 1982 também viu a casa no número 35 da North Great George's Street (antes sede da academia de dança do professor Denis J. Maginni) ser legalmente transferida pela cidade de Dublin para a James Joyce Foundation, que a reformaria e converteria no que mais tarde viria a ser o James Joyce Centre, um local-chave para o estudo e a celebração de Joyce tanto para dublinenses como para visitantes.

Muitas das principais instituições culturais nacionais de Dublin participaram do centenário. A Biblioteca Nacional organizou uma mostra intitulada "Esses jovens", que classificava Joyce e seus contemporâneos não como espíritos revolucionários pré-independência, mas como pós-parnellitas. No City Hall, antiga sede do governo da cidade, foi inaugurada uma mostra internacional sobre "James Joyce e a Dublin de seu tempo" (antes exibida em Beirute), ao passo que a Douglas Hyde Gallery exibiu o "Projeto *Ulysses*". A emissora nacional de rádio RTÉ transmitiu uma elogiada leitura de trinta horas de *Ulysses*. Tratou-se de "uma versão integral com vozes diferentes para todos os personagens do livro, efeitos sonoros, música [...]".[47] A leitura conjunta foi um sucesso: "Ao longo daquele dia e tanto, a RTÉ prestou — tanto no rádio como na televisão — um excelente serviço a Joyce. Hora após hora, éramos defumados com Joyce, defumados como um pedaço de bacon, até que ele penetrasse em cada um de nossos poros e nos curasse".[48]

Foi também nos anos 1980 que se estabeleceram as bases de uma avaliação crítica de Joyce e *Ulysses* depois de um simpósio internacional imenso em tamanho e sucesso, aberto pelo presidente Hillery e com a participação de personalidades internacionais de peso como Anthony Burgess, E. L. Doctorow e Jorge Luis Borges. Foi por essa época que os acadêmicos irlandeses

---

46. "Honouring Joyce", *Irish Press*, 2 fev. 1982, p. 8.
47. Roland McHugh, "The 30-hour *Ulysses*", *Irish Times*, 16 jun. 1982, p. 10.
48. Tom O'Dea, "Joyce, Soccer, Tennis and Joyce", *Irish Press*, 19 jun. 1982, p. 8.

deram início, final e tardiamente, ao projeto de décadas que era acertarem-se com Joyce. Num artigo para o *Irish Press*, o professor Seamus Deane, do University College de Dublin, contemplou o legado de Joyce e expressou sua perplexidade ante a concentração, "sobretudo nos Estados Unidos", no "autor de trocadilhos, no artífice da palavra, na proliferação de estudos úteis mas limitados das suas alusões, pistas, paralelismos e assim por diante". Em sua opinião, esse foco na linguagem "ofuscava completamente a natureza radical da sua obra e, assim, a convertia num fenômeno literário". Na esteira da crescente tendência de ler política em textos de literatura — devida à enorme influência da publicação, entre outros, do livro *Orientalismo*, de Edward Said, em 1978, logo seguida por *O inconsciente político* (1981), de Fredric Jameson, com a famosa exortação a "Sempre historicizar!"[49] —, Deane procurou reabilitar a política irlandesa na obra de Joyce e criticou a crença de que ele tivesse de algum modo aberto mão de "toda pretensão a qualquer forma de engajamento político". Assim começaria um projeto de reler e politizar Joyce e o *Ulysses* no contexto irlandês através do prisma dos estudos pós-coloniais. O projeto avançaria ao lado de uma iniciativa muito diferente que supunha a comercialização (ou exploração) do autor, que se tornara um importante símbolo do país, por parte do Estado e das empresas privadas. Tanto os estudos acadêmicos como a quase sempre crassa comercialização do autor, e de *Ulysses* em particular, continuam até hoje.

Um século depois da primeira edição de *Ulysses*, Joyce já não poderia reclamar que os homens e mulheres do seu país ignoram ou não leem seu romance grandioso. Tornou-se, em vez disso, o grande livro irlandês da era moderna.

JOHN McCOURT é chefe do departamento de humanidades da Universidade de Macerata (Itália), onde leciona literaturas de língua inglesa. É autor de diversos livros sobre Joyce e literatura irlandesa.

---

49. Fredric Jameson, *The Political Unconscious: Narrative as a Social Symbolic Act*. Londres: Methuen, 1981, p. 9.

Auto de fé e Bloomsday

DIRCE WALTRICK DO AMARANTE

> *A Irlanda espera que cada homem neste dia cumpra com o seu dever.*
> James Joyce, *Ulysses*

Costuma-se homenagear a vida e a obra de escritores ou escritoras em anos redondos: em 2020, festejaram-se os cem anos de Clarice Lispector; em 2016, as celebrações se deram em torno dos 150 anos de *Alice no País das Maravilhas*, de Lewis Carroll etc. Poucos são os casos de obras, autores e autoras festejados todos os anos. Mais rara ainda é a comemoração de uma data imaginada por um escritor. Muito recentemente, passou-se a celebrar, de forma bastante tímida até o momento, o Dalloway Day, em homenagem à protagonista do romance *Mrs. Dalloway* (1925), de Virginia Woolf. O evento ocorre em 13 de junho, dia em que, como parte da crítica costuma afirmar, no ano de 1923, a Mrs. Dalloway perambula pelas ruas de Londres.

As deambulações de Leopold Bloom, protagonista de *Ulysses* (1922), de James Joyce, pelas ruas de Dublin em 16 de junho de 1904 também merecem outra festa literária, o Bloomsday, ou "Dia de Bloom". Essa comemoração já é tradicional entre os leitores e estudiosos de Joyce e acontece em diversas cidades, espalhadas por diferentes países.

Nesse dia, Dublin espalha-se mundo afora, num cruzamento de culturas que sempre foi muito valorizado por um exilado, por opção, como James Joyce. Contudo, Joyce nunca abandonou completamente sua terra natal, a Irlanda sempre o "acompanhou" em suas andanças pela Europa continental. O escritor costumava dizer que, se um dia Dublin desaparecesse, poderia ser reconstruída das páginas de seus livros. Não sem razão George Bernard Shaw, escritor irlandês radicado na Inglaterra, escreveu, assombrado, uma carta para a norte-americana Sylvia Beach, responsável pela primeira edição de *Ulysses*, em que dizia o seguinte:

> Para você possivelmente *Ulysses* talvez possa agradar como arte [...]; mas para mim ele é horrivelmente real: eu caminhei por aquelas ruas e conheço aquelas lojas e escutei e participei daquelas conversas. Escapei deles vindo para a Inglaterra aos vinte anos; e quarenta anos depois tomei conhecimento pelos livros do sr. Joyce que Dublin ainda é o que era [...]. Na Irlanda tentam limpar um gato esfregando o nariz dele na sua própria sujeira. O sr. Joyce tentou fazer a mesma coisa com os assuntos humanos.[1]

---

1. Nola Tully (Org.), *Yes I said yes I will Yes: A Celebration of James Joyce and 100 Years of Bloomsday*. Nova York: Vintage, 2004, p. 35. (Tradução nossa.)

Se Joyce fazia de Dublin o centro do mundo na sua ficção, o Bloomsday aproxima, todos os anos, sua terra natal de seus leitores espalhados pelo mundo: uma Irlanda imaginária, onírica, literária, mutável e poliglota, cujos personagens espelham cada um de nós.

A data em que transcorre o romance e consequentemente o Bloomsday não é casual: foi nesse mesmo 16 de junho de 1904 que o escritor saiu pela primeira vez com a sua musa, Nora Barnacle, com quem teve dois filhos, Giorgio e Lucia. Joyce e Barnacle se casaram apenas em 4 de julho de 1931. Certos estudiosos, como Isaiah Sheffer, afirmam que Joyce também teria escolhido essa data por ela anteceder em cinco dias o solstício de verão, quando, na latitude de Dublin, a luz do dia dura até tarde da noite.[2]

O primeiro Bloomsday de que se tem notícia data de 1924. No dia 27 de junho do mesmo ano, Joyce se encontrava em Paris, no Victoria Palace Hotel, onde se recuperava da quinta cirurgia nos olhos, e de lá enviou uma carta à sua mecenas, editora e grande interlocutora, a inglesa Harriet Shaw Weaver, na qual contava seus problemas de saúde e lhe dava notícias literárias: "Passaram-se dezessete dias desde a cirurgia que foi mais desagradável do que eu esperava seja pela pouca cocaína usada seja pelo meu estado nervoso — a última razão provavelmente".[3]

Em outro trecho dessa mesma carta, ele conta a Weaver uma boa notícia, não antes de se queixar do fato de *Ulysses* ter "arruinado" as suas forças: "Há um grupo de pessoas que celebram aquilo que eles chamam de Bloom's day — 16 de junho. Eles me enviaram hortênsias, brancas e azuis,[4] tingidas. Tenho de convencer a mim mesmo que escrevi esse livro. Eu era capaz de falar com inteligência sobre ele".[5]

Essa reunião em torno de *Ulysses* não acontecia apenas em momentos festivos como o Bloomsday. Em 1927, por exemplo, Joyce conta à sua benfeitora sobre um protesto internacional contra a edição não autorizada e mutilada de *Ulysses* publicada por Samuel Roth nos Estados Unidos. Assinaram o documento, entre outros escritores, Eliot, Gide, Hemingway, Pirandello, Unamuno, Valéry e Yeats. Bernard Shaw se recusou a assinar.

No dia 28 de maio de 1929, Joyce contou a Weaver que Adrienne Monnier, dona da afamada livraria La Maison des Amis des Livres e companheira de Sylvia Beach, queria fazer um piquenique no campo para celebrar o

---

2. Isaiah Sheffer, "Introduction". In: Nola Tully, *Yes I said yes I will Yes*, op. cit., p. 2.
3. James Joyce, *Cartas a Harriet*. Org. e trad. Dirce Waltrick do Amarante e Sérgio Medeiros. São Paulo: Iluminuras, 2018, p. 87. As traduções seguem a pontuação do autor, que costumava omitir as vírgulas.
4. As cores da bandeira da Grécia.
5. James Joyce, *Cartas a Harriet*, op. cit., p. 88.

Bloomsday e o *Ulysses* francês. A tradução do romance fora feita por Auguste Morel, que contou com a assistência de Stuart Gilbert. A revisão final da tradução foi feita por Valéry Larbaud, com a colaboração do próprio Joyce, e lançada em 1929.

Em junho desse mesmo ano, Joyce e uma turma de amigos participaram desse Bloomsday organizado por Monnier, que lhes ofereceu um almoço em um hotel em uma pequena cidade nos arredores de Paris.

Bastante esclarecedor é comparar esse Joyce festivo, rodeado de amigos e comemorando a data em que transcorre o seu romance, com o Joyce trágico, vivenciando situações adversas, como os episódios nos quais sua obra foi queimada e ele se sentia não só incompreendido, mas também ardendo no purgatório, como relata em uma carta de 25 de fevereiro de 1920 a Weaver:

> Um certo sr. Heaf ou Heap da *Little Review* [na verdade, tratava-se de Jane Heap, coeditora da revista] me escreveu uma carta muito amável e elogiosa na qual conta que o censor dos Estados Unidos queimou toda a tiragem de maio e ameaçou cancelar a licença deles se continuassem publicando *Ulysses* [que era publicado em série na revista]. É a segunda vez que eu tenho o prazer de ser queimado aqui na terra de modo que espero passar pelos fogos do purgatório tão rapidamente quanto o meu protetor Santo Aloísio.[6]

Um ano depois, uma parte de *Ulysses* voltaria a ser queimada, como ele conta em um cartão-postal enviado a Weaver em 9 de abril de 1921:

> Cara senhorita Weaver: Noite passada às 6 horas a sra. Harrison, para quem as cenas finais de *Circe* foram passadas para serem datilografadas após o acidente com o dr. Livisier [ataque cardíaco de seu pai], visitou-me num estado de grande agitação e me contou que o seu marido, empregado da embaixada britânica aqui, encontrou o manuscrito, leu-o e depois o rasgou e queimou. Tentei destrinçar os fatos mas foi muito difícil. Ela me contou que ele queimou só uma parte e que o resto estava "escondido". Eu implorei que ela fosse para casa e me trouxesse o resto. Ela partiu, prometendo voltar em uma hora. Eu esperei até 10:30.[7]

Aliás, esse Joyce celebrado no Bloomsday também parece contradizer

---

6. James Joyce, *Cartas a Harriet*, op. cit., p. 55. Talvez nessa carta haja uma alusão ao original do livro *Stephen Hero*, que ele próprio jogou no fogo, num momento de desalento, já que não estava conseguindo publicá-lo.
7. Ibidem, p. 63.

a imagem, corrente em sua época, de que o autor seria preguiçoso e volúvel. Em 24 de junho de 1921, de Paris, Joyce conta a Weaver que corriam muitos boatos sobre a sua vida: um dos quais, que era viciado em cocaína; outro, que era extremamente preguiçoso e nunca faria ou terminaria coisa alguma. Contudo Joyce se defendia lembrando: "calculo que devo ter gasto cerca de 20.000 horas escrevendo *Ulysses*".[8] Sobre os boatos, Joyce prossegue:

> Um grupo de pessoas em Zurique se convenceu de que eu estava ficando doido gradualmente e se empenhou de verdade para me persuadir a entrar num sanatório onde um certo doutor Jung (o Tweedledum suíço que não deve ser confundido com o Tweedledee vienense, dr. Freud) se diverte às custas (em todos os sentidos da palavra) de senhoras e senhores que não regulam bem.[9]

Ainda nessa mesma carta, Joyce diz que queria "um bom e longo descanso para poder esquecer *Ulysses* completamente", algo que o *Bloomsday* parece empenhado em evitar que aconteça algum dia, e confessa:

> Esqueci de lhe contar uma outra coisa. Embora eu seja considerado um erudito nem mesmo sei grego. Meu pai queria que eu estudasse grego como terceira língua minha mãe, alemão, e meus amigos irlandês. Resultado, estudei italiano. Eu falei ou costumava falar não muito mal grego moderno (eu falo quatro ou cinco línguas com bastante fluência) e gastei muito tempo com gregos de todos os tipos dos nobres até os vendedores de cebola, principalmente os últimos. Tenho a superstição de que me trazem sorte.[10]

Talvez os gregos tenham de fato lhe trazido sorte, e os leitores e estudiosos continuam, anualmente, rememorando as andanças de Leopold Bloom por Dublin.

A propósito do nome Bloomsday, alguns estudiosos afirmam que Sylvia Beach teria batizado a festa dessa maneira. A livreira também teria sido a anfitriã de algumas dessas celebrações nos anos 1920.[11]

Em Dublin, o primeiro Bloomsday comemorativo ocorreu apenas em 1954 e contou com a presença de cinco ilustres cidadãos irlandeses: o poeta

---

8. Ibidem, p. 66.
9. Ibidem, p. 66.
10. Ibidem, p. 68.
11. Nola Tully, *Yes I said yes I will Yes*, op. cit., p. 71.

Patrick Kavanagh, o escritor Brian O'Nolan, mais conhecido pelo pseudônimo Flann O'Brien, um jovem crítico chamado Anthony Cronin, um dentista de nome Tom Joyce, sobrinho de James Joyce, e John Ryan, pintor e editor, que fundou a revista *Envoy: A Review of Literature and Art*.

Nesse primeiro Bloomsday, cada membro assumiu a identidade de um determinado personagem do livro, e os cinco deram início à caminhada pelas ruas de Dublin, com a intenção de refazer o percurso de Leopold Bloom e seus comparsas. Ryan filmou parte do evento.[12] Até hoje, esse modelo de Bloomsday é um dos mais cultuados ao redor do mundo, de modo que Bloom anda pelas ruas de São Paulo, Los Angeles etc.

No Brasil, o Bloomsday vem sendo festejado há mais de três décadas. Em São Paulo, onde o evento já é tradicional, o Dia de Bloom ocorreu pela primeira vez em 1988 e foi organizado pelo poeta Haroldo de Campos e pela professora Munira Mutran, da Universidade de São Paulo. Outras cidades do Brasil passaram a comemorar a data a partir de então, sempre em 16 de junho ou em dias próximos: Brasília, Rio de Janeiro, Santa Maria, Belo Horizonte, Campo Grande, Florianópolis etc.[13]

O Bloomsday logo fará cem anos. Joyce talvez se surpreendesse com a longevidade da festa em homenagem ao seu livro. De acordo com Richard Ellmann, o mais famoso biógrafo do escritor, Joyce teria anotado em um caderno: "Hoje, 16 de junho de 1924. Vinte anos depois será que alguém vai se lembrar desta data?".[14]

Segundo Jean-François Lyotard, a aventura de *Ulysses* está na língua, na sua proliferação, na sua dispersão e na libertação de seus horizontes. Mas essa linguagem não é usada para descrever cenas de batalhas ou atos heroicos — ao contrário, ela descreve o cotidiano, na maioria das vezes fatos banais e por vezes eróticos e até mesmo escatológicos.

No Dia de Bloom, além do romance *Ulysses*, outras obras de Joyce passaram a ser lembradas e celebradas. Aproveita-se a data, ainda, para homenagear a obra de grandes escritores irlandeses e estrangeiros que têm afinidade artística com James Joyce. O Bloomsday foi também tema de alguns livros, como *Dublinesca*, do espanhol Enrique Vila-Matas, um romance que reconta um dia de Bloom, tentando parodiar o estilo de Joyce, e *Trio pagão*, de Sérgio Medeiros, um poemário que narra as perambulações de uma família brasileira em Dublin no Dia de Bloom.

---

12. Disponível em: <https://www.youtube.com/watch?v=A0gNNWHmj9Q&feature=emb_logo>. Acesso em: 17 jun. 2021.
13. Em Florianópolis, o primeiro Bloomsday foi festejado em 2002, e desde então é organizado por mim, por Sérgio Medeiros e por Clélia Mello, que se uniu a nós em 2011.
14. Richard Ellmann, *James Joyce*. Trad. Lya Luft. São Paulo: Globo, 1989, p. 698.

Leopold Bloom vaga pelas ruas de Dublin cheio de dúvidas, receios e desejos, levando e trazendo informações, e seu périplo pode servir para retratar Joyce no momento em que redigia *Ulysses*. Enquanto Joyce escrevia o romance, e mesmo após a sua publicação, o escritor enviou, conforme sabemos, um número significativo de cartas a Harriet Weaver: nelas, narra parte da história da composição e da publicação de *Ulysses*. Embora Harriet Weaver seja hoje menos famosa do que Sylvia Beach, ela foi tão importante quanto Beach, ou até mais, pois, além de editora, foi ela quem financiou as obras de Joyce.

No dia 10 de outubro de 1916, Joyce, que na época morava em Zurique, na Suíça, escreveu para Harriet Weaver, que morava em Londres e estava para publicar, pela sua editora, The Egoist Limited, a primeira edição de *Um retrato do artista quando jovem* (1917). O escritor queria contar a ela que estava escrevendo um livro novo e que estava trabalhando nele tanto quanto podia: "Ele se intitula *Ulysses* e a ação se passa em Dublin em 1904. Quase concluí a primeira parte e já escrevi parte do meio e do final. Espero terminá-lo em 1918".[15]

Em outra carta enviada a Weaver em 6 de janeiro de 1920, Joyce pergunta se ela estava se aborrecendo ao ler seu "cansativo, interminável e enfadonho livro *Ulysses*".[16] Essa imagem de obra desagradável e inacessível, contudo, é desmontada pelas comemorações do Bloomsday — embora ainda hoje o romance tenha seus detratores.

O fato é que *Ulysses* causava um certo mal-estar já na crítica e nos leitores da época, pois tratava de temas mundanos, obscenos e escatológicos ou, como disse o psiquiatra suíço Carl Jung: "Ele começa e termina em nada, mas ele consiste em nada de coisa alguma". Mas prossegue o psicanalista: "Se nós vemos o livro pelo lado da técnica artística, é um filhote de monstro positivamente brilhante e infernal".[17] Já a inglesa Virginia Woolf deixou escrito em seu diário sua impressão de *Ulysses*: "Eu desgosto de *Ulysses* mais e mais — isto é, eu acho que ele é cada vez mais e mais desimportante; nem me importei conscienciosamente em decifrar seus significados. Graças a Deus, eu não preciso escrever sobre ele".[18]

Hoje, *Ulysses* segue vendendo e sendo celebrado. Alguns grupos ultimamente têm comemorado, além do Bloomsday, também o Mollysday: um dia em homenagem a Molly Bloom (Marion Bloom), esposa de Leopold Bloom, que, diferentemente dele, não perambula nas ruas de Dublin e per-

---

15. James Joyce, *Cartas a Harriet*, op. cit., p. 38.
16. Ibidem, p. 53.
17. Nola Tully, *Yes I said yes I will Yes*, op. cit., p. 35.
18. Ibidem, p. 29.

manece confinada ao espaço doméstico. (No Brasil, ao que se sabe, o primeiro Mollysday aconteceu em Florianópolis, em 2019.) Molly passa o dia 16 de junho em casa, o lugar da mulher no início do século XX. Molly está em casa, mas isso não a impede de receber seu amante ali mesmo, enquanto seu marido caminha a esmo pelas ruas de Dublin, adiando a chegada ao lar, traindo a mulher, mas evitando se deparar com a traição dela.[19]

Bloomsday ou Mollysday, o fato é que nessa festa todos são convidados a tomar as ruas, imaginariamente ou não: homens, mulheres, crianças. É o que se vê, principalmente, na comemoração dessa festa em Dublin, que acontece tanto ao ar livre quanto em espaços fechados, e sempre tentando recriar os caprichosos passos de Leopold Bloom e os devaneios de Molly.

DIRCE WALTRICK DO AMARANTE é catarinense. Ensaísta, escritora e tradutora, atualmente é professora da Universidade Federal de Santa Catarina. Traduziu, entre outros, James Joyce, Edward Lear, Leonora Carrington, Gertrude Stein e Eugène Ionesco. Sobre James Joyce, publicou *Para ler Finnegans Wake de James Joyce* e *James Joyce e seus tradutores*. Atualmente organiza o volume *Finnegans Rivolta*, uma tradução coletiva de *Finnegans Wake*. É vice-coordenadora do grupo de pesquisa Estudos Joycianos no Brasil.

---

19. Em 2020, o primeiro ano de pandemia, o Bloomsday de Florianópolis se intitulou Indoors with Molly Bloom.

Paris, 1925:
No caminho de Joyce

LOUIS GILLET

Texto originalmente publicado em 1º de agosto de 1925, em *Revue des Deux Mondes*, sob o título "Du côté de chez Joyce". Tradução e notas de Sandra M. Stroparo.

O caso do sr. Joyce é bizarro. Aí está mais um autor tornado célebre de uma hora para outra por um desses livros indigestos que parecem antes feitos para expulsar o público para sempre. Seus primeiros escritos não prenunciavam nada, não fizeram nenhum barulho; mesmo sua confissão, *Meu retrato aos vinte anos*,[1] ainda que de uma audácia bastante nova na Inglaterra, não tinha gerado nenhum barulho, como se diz, quando foi traduzida, no ano passado, sob o título *Dedalus*. Foi necessário, para romper o encanto, um desses livros impossíveis, daqueles que a prudência sempre dissuadiu de escrever: um bloco compacto, um paralelepípedo de trezentas mil palavras... E dizem que não somos sérios!

Ulysses é um desses mastodontes que alcançam a glória como um tanque: jamais um autor havia jogado na cabeça do público uma montanha de papel tão grande. Ah! Princesa de Clèves, Manon, Adolphe,[2] onde estão vocês? A imprensa de dois mundos que grite imediatamente um milagre. A admiração chega a seu máximo quando soubemos que essa massa, tão vasta quanto *Guerra e paz*, trata da história de um só dia. Tínhamos ficado espantados com o jantar de Guermantes, que dura duzentas páginas. Desta vez o recorde tinha sido batido, o autor de *Ulysses* tornava-se o campeão do mundo em extensão. Como já o era também em matéria de escândalo, a curiosidade foi seduzida novamente. Mas a América não brinca com o Decálogo. Duas edições foram apreendidas pelas autoridades. Quer dar importância para uma obra? Queime-a. Tudo se conectava para lançar o monstro barroco do sr. Joyce: mesmo o que deveria desencorajar — as obscuridades, as lentidões, as bizarrias da escrita — tornava-se um elemento picante e atraente. A Inglaterra é o país dos gênios excêntricos, das pequenas capelas de Blake e de Browning. Já existe, dois anos depois de *Ulysses*, toda uma literatura sobre *Ulysses*...

Ora, partamos, nós também, para retomar o bonito termo do sr. Albert Thibaudet, façamos a viagem da "ilha Joyce". Toda a literatura está cheia de ilhas que nos oferecem, cada uma, uma imagem da vida: a ilha dos feácios e a ilha dos fachanos,[3] até a ilha de Robinson e aquela de Gulliver. A ilha Joyce, a última nascida desse arquipélago imaginário, é também a mais estranha: ela ainda se chama ilha de Erin, e é a Irlanda, a pátria do sonho celta, berço da Demanda, da Aventura... No final do seu *Retrato*..., o autor partia "para procurar a beleza que ainda não nasceu" e "forjar a

---

1. Tradução do autor para o título *A portrait of the artist as a young man* (1916). (Todas as notas são da tradutora.)
2. *La Princesse de Clèves*, de Madame de Lafayette; *Manon Lescaut*, do abade Prévost; e *Adolfe*, de Benjamin Constant, respectivamente.
3. Ilha rabelaisiana, na tradução de Guilherme Gontijo Flores.

consciência incriada de sua raça".[4] Depois de dez anos de trabalho, ele nos apresenta *Ulysses*.

Esse livro desmedido não é daqueles que se resumem. Não que a ação seja complexa: nada acontece ali. Eu disse que os fatos se atêm a um dia: o romance, se podemos chamar de romance essa composição singular, se passa de fato no espaço de dezenove ou vinte horas, desde a manhã do dia 16 de junho de 1904 até as três ou quatro horas da madrugada seguinte. Começa com o despertar e todo mundo adormece no fim da página 732. O cenário é Dublin. A ação se passa alternadamente em todos os cantos da cidade. Abrange a vida privada, a vida pública, as ruas, os interiores, as lojas, as salas de redação, os restaurantes, os bares, os cais, as docas, os cemitérios, as universidades, as bibliotecas, as igrejas e os lupanares. Vê-se desfilar ali todo o movimento de uma multidão, o quadro de uma grande cidade nas diferentes horas do dia, toda uma sociedade em diferentes estratos, os passantes, os burgueses, o clero, os mercadores, os mendigos, os estudantes, o vice-rei e seu cortejo, os transeuntes, os homens de negócios, os malfeitores e as moças. Temos vislumbres da vida inteira entrevistos no acaso de um filme ou de uma esteira rolante,[5] discussões filosóficas, uma brilhante digressão sobre Shakespeare, um enterro e um parto: toda a comédia humana, a *Odisseia* em um dia.

A primeira parte (cinquenta páginas) é a mais curta. Encontramos aí nosso velho conhecido, Stephen Dedalus, o herói da *Confissão*[6] e nome de fachada do autor. Ele será, de forma intermitente, um dos dois pivôs do poema; consideremos que seja Telêmaco procurando seu pai. Veremos mais tarde quem é Ulisses e como se opera o reencontro. Stephen é ainda esse velho seminarista emancipado, esse fugido dos jesuítas que teve a infelicidade de perder a fé, como está dito no *Retrato*, entre os braços de uma moça de Dublin. Esse acidente deixou-lhe um incômodo orgulhoso e o tipo de amargura particular dos sem-batina. Depois disso ele se sente à parte, separado dos homens comuns pelo mortal privilégio da dúvida. Na verdade, ele exagera: esse moço imberbe, recém-desvirginado, se leva a sério demais. Conserva, no meio de sua incredulidade, um gosto pelo absoluto, uma vaga nostalgia pelos altares. É um terrível romântico: é ele que veremos logo entrar em uma pensão de senhoritas de média virtude cantando a plenos pulmões o *Introito* do ofício de Páscoa. No momento, aí está ele,

---

4. As citações do autor, apesar das aspas, são imprecisas e adaptadas.
5. Na Exposição Universal de 1900, em Paris, a "esteira rolante" havia sido uma novidade tecnológica, uma forma de transporte urbano para pedestres, uma, literalmente, "calçada rolante". Neste caso, uma espécie de camarote de onde o leitor poderia ver a cidade toda.
6. Ver nota 2.

de volta de uma viagem a Paris, trabalhando como professor para um dinheirista que responde pelo nome de sr. Deasy.[7] Vemos o sr. Deasy contar parcimoniosamente seus mirrados recebimentos do mês, concedendo-lhe, por outro lado, sábios conselhos de economia. Vemos Stephen dar aula para uma dezena de jovens imprestáveis, atormentado, entretanto, pela imagem da mãe morta maldizendo-o porque ele se recusou a rezar a seus pés para se retratar de sua impiedade. Ele não conseguiu lhe conceder esse sacrifício. "Étienne! Você me mata!", gritou a moribunda. Desde então não para de ouvir a voz que o chama: "Assassino!". E passeia sua perturbação às margens das ondas agitadas do mar.

Esse moço não tem bom senso. É verdade que a situação de um irlandês livre-pensador é difícil. Não é confortável ser ao mesmo tempo anti-inglês e anticlerical por lá.

"— Eu sou criado de dois senhores, Stephen disse: um inglês e um italiano.

— Italiano? Haines disse novamente. Como assim?

— O estado imperial britânico, Stephen respondeu, ganhando cor, e a santa igreja católica apostólica romana."

É um pouco (daí o azedume do paradoxo em *Hamlet*) a posição do príncipe dinamarquês entre o usurpador e a rainha adúltera: tal é o caso do sr. Joyce entre seus dois pesadelos. E é talvez o que o conduziu, para colocar todo mundo de acordo, a fazer a escolha por um herói judeu e a consagrar 680 páginas de seu romance gigantesco ao retrato de Leopold Bloom.

"O sr. Bloom comia com gosto as vísceras de aves e quadrúpedes." É nesses termos que se abre a segunda parte e que começa esta *Bloomíada*, o estudo mais íntimo, mais minucioso, mais monumental, a monografia mais completa e a mais abundante que existe, certamente, na literatura. Não acredito que um escritor jamais se tenha dedicado assim a nos dar a conhecer mais intrepidamente um homem, corpo e alma, tripas e vísceras, a esvaziar o fundo do baú e a representar, com mais detalhe e menos reticências, todo o movimento interior, a matéria física e moral, a maré de sensações, de imagens, de apetites, de tendências, de impurezas, de desejos, de obsessões, de manias, de necessidades, de veleidades, de pensamentos que compõem o tecido vivo, a fisiologia e a psicologia de um só indivíduo. Essa descrição colossal ocupa sozinha um bom terço da obra. Já viram essas colmeias envidraçadas que nos permitem ver o interior, o fervilhar atarefado, a atividade laboriosa de milhões de abelhas operárias nos favos? Imaginem a tampa retirada de sobre o cérebro de um homem e que pudéssemos ver

---

7. Sr. Daisy, segundo o autor.

esse cérebro, essas entranhas que funcionam e que soltam fumaça, e vocês terão uma ideia desse retrato do sr. Bloom.

Estava escrito: o romance deveria chegar aí. Depois de Browning, Meredith, Henry James, Huysmans, Proust, só restava um passo a dar: está feito. Já tínhamos as aventuras do sr. Folantin[8] à caça de um bife bem-feito. Não é apenas a ideia do romance de um dia que se encontra na França em torno de 1880: havia *La Belle journée*, de Henry Céard, e quem fosse reler o pequeno livro do sr. Édouard Dujardin, *Les Lauriers sont coupés*, ficaria surpreso ao descobrir ali a presença de muitos efeitos que se acreditavam próprios do autor de *Ulysses*. É curioso que essa espécie de romance integral, a tentativa mais consistente já feita para esgotar a soma do real, tenha saído ao mesmo tempo do naturalismo e da caixa de Pandora simbolista. E, entretanto, isso se explica, já que todo o real consiste na consciência clara ou confusa que temos dele. "A alma", declara o sr. Joyce, "a alma é de certa forma tudo que existe".[9]

Quem é, então, esse sr. Bloom, que vai se tornar o assunto da mais memorável pesquisa à qual foi submetido um personagem de romance? Qualquer-um e Todo-mundo: um bom sujeito, um pobre diabo absolutamente qualquer, nem velho nem jovem, nem bonito nem feio, nem refinado nem tosco, nem bom nem ruim, tão sem personalidade quanto é possível ser; filho de um judeuzinho de Budapeste chamado Rudolf Virag, que tinha mudado seu nome para Bloom e se enforcou[10] numa bela manhã, não sabemos por quê; hoje vaga como agente publicitário em um jornal e vegeta mediocremente do produto de seus anúncios. Sua senhora, a risonha e galante Molly, filha de um oficial de guarnição em Gibraltar, canta nos concertos e engana bastante seu marido, que sabe disso; no momento, seu amante oficial se chama Boylan, e o senhor seu esposo, levando-lhe o correio na cama, a vê negligentemente esconder uma carta sob o travesseiro. Sganarelo[11] suspira e consente. Limitou-se a afastar sua filha, com quinze anos, e satisfaz, enquanto isso, suas tendências romanescas mantendo uma correspondência secreta que ele recebe na posta-restante em nome de Henry Flower. Econômico, pusilânime, não mau, caridoso quando isso não lhe custa nada. Esqueço: na sua gaveta, um jogo de cartões-postais libertinos. Em resumo, um imbecil, um fantoche, a miséria das misérias.

Ficaríamos estupefatos com o cuidado que levou o autor a escolher essa personagem lamentável, sem a razão que dei, e se não fosse preciso

---

8. Protagonista de *À vau-l'eau*, novela de Joris-Karl Huysmans, de 1882.
9. Frase de Stephen Dedalus.
10. Rudolf Bloom envenenou-se.
11. Sganarelle é um personagem recorrente na obra de Molière. Sua principal característica é a de ser sempre enganado pelos outros personagens.

levar em conta a disposição nacional de ridicularizar todo mundo. "Jamais esquecer o lado farsesco do irlandês", me dizia um escocês de espírito, e ele tinha coragem de dizê-lo no momento dos atentados de Dublin. Esse "lado farsesco", essa malandragem incorrigível, essa picardia e esse gosto pela piada a frio que formam o fundo do humor irlandês, do deão Swift a Bernard Shaw, não são menos essenciais no *Ulysses* do sr. Joyce. Há, na própria escolha do tema, uma enorme "trapaça", uma piada ruim contada por alguém impassível. E tudo isso para contrariar o decoro britânico e a noção puritana do que é *improper* [inadequado]. Ah! o sr. Joyce aprontou poucas e boas com o pudor inglês! Ele diz tudo e muito mais.

Mas, qualquer que seja a provocação nesse gênero de "audácias", como um outro sempre fará melhor em uma próxima vez e não há nada mais limitado, nem vale a pena comentar, e o romance, depois de tudo, teria feito menos barulho se o autor não tivesse adotado uma forma singular de dizer. Comumente nossas palavras estão submissas a uma arquitetura, a uma construção ao menos gramatical, às necessidades do raciocínio. Mas esse extrato falado, essa película de inteligibilidade só representam uma parte ínfima da multidão de pensamentos que permanecem inexprimíveis e incomunicáveis. Desde há muito o romance se serve do contraste entre o pensamento claro e esse povoado confuso do sentimento e do instinto. Mais e mais a poesia e até mesmo o teatro se esforçam para alargar, às custas da racionalidade, essa parte do claro escuro, do inarticulado, da perturbação e do crepuscular. Trata-se de quebrar as molduras, de arrancar a frase ("Pega a eloquência e torce-lhe o pescoço!")[12] das dobradiças da lógica, de liberar as palavras das formas da sintaxe e associá-las em uma ordem espontânea, ou mesmo não mais associá-las de todo: é o fim do fim da arte decadente, desde Arthur Rimbaud e o ilustre Floupette.[13]

É dessa visão que parte, por sua vez, o sr. Joyce, mas ele empurra o sistema até o fim. Quase tudo se passa no eu do "sujeito": o livro é apenas, pensando bem, um interminável monólogo. O sr. Bloom pensa, portanto o mundo existe. As coisas em torno dele só ganham realidade no momento em que entram em sua consciência. O mundo é apenas o sonho de uma sombra. A aposta do sr. Joyce é anotar, sem omissão, sem nada escamotear, todo o informulado, esse fundo de percepções vagas, de sensações obtusas, de associações bizarras, esses rascunhos, esses começos, essas quase ideias, essa

---

12. Verso do poema "Arte poética", de Paul Verlaine, publicado na revista *Paris Moderne* em 1882 e no livro *Jadis et naguère*, em 1884.
13. Adoré Floupette é o pseudônimo dos autores Henri Beauclair e Gabriel Vicaire. O livro *Les Déliquescences, poèmes décadents*, de 1885, é uma sátira ao simbolismo e ao decadentismo.

matéria fluida, flutuante, intangível, essa poeira, esse caos de sentimentos, de reminiscências, de imagens ou de cacos de imagens que compõem o "pensamento" em estado natural, o pensamento "se fazendo" no lugar do pensamento "feito". Aspas, nunca, porque não há aspas na natureza: um mínimo de pontuação e, nas últimas páginas, supressão radical. Nós nos perguntamos por que o sr. Joyce não considerou, enquanto ali estava, que deveria suprimir a separação das palavras e mesmo a escrita. A natureza escreve? Essas infantilidades tipográficas fazem às vezes um quebra-cabeça chinês de um texto por si só já difícil. Mas citemos, tanto quanto alguém se possa gabar de traduzir esse inglês intraduzível:

> Na Westland Row estacou ante a vitrine da Belfast and Oriental Tea Company e leu as legendas de embrulhos de papel laminado: mistura fina, altíssima qualidade, chá da família. Meio quente. Chá. Tenho que arranjar um pouco com o Tom Kernan. Mas pedir no enterro não dá. Enquanto ainda liam inertes seus olhos ele tirou o chapéu aspirando calmo a loção capilar e enviou com graça lenta a mão direita sobre testa e cabelo. Manhãzinha mais quente. Sob as pálpebras derrubadas seus olhos acharam o minúsculo lacinho da carneira de couro dentro de seu chap de alta qualidade. Bem ali. Sua mão direita desceu na copa do chapéu. Seus dedos logo acharam um cartão atrás da carneira e o transferiram para o bolso do colete.
>
> Tão quente. A mão direita outra vez mais mais lenta passou de novo: mistura fina, feita das melhores variedades do Ceilão. O extremo oriente. Lugar lindo que deve ser: o jardim do mundo, folhonas preguiçosas pra você ficar boiando por aí, cactos, campinas floridas, lianas serpentinas dizem eles. Fico imaginando se é assim. Aqueles cingaleses se à toa sob o sol, no *dolce far niente*. Sem mexer uma palha o dia inteiro. Dormem seis meses em cada doze. Quente demais pra discutir. Influência do clima. Letargia. Flores do ócio. A maioria vive de ar. Azotos. A estufa dos jardins botânicos. Sensitivas. Nenúfares. Pétalas cansadas demais pra. Doença do sono no ar. Caminhar sobre folhas de rosas. Imagine só tentar comer bucho e calcanhardevaca. Onde é que estava o sujeito que eu vi naquela foto em algum lugar por aí? Ah é, no mar morto, boiando de costas, lendo um livro com um guardassol aberto. Você não consegue afundar nem que tente: de tão grossa de sal. Porque o peso da água, não, o peso do corpo na água é igual ao peso da. Ou será que é o volume que é igual ao peso? É uma lei mais ou menos assim. O Vance no colégio estralando os dedos, dando aula. Currículo universitário. Currículo de te quebrar os dedos. O que é o peso na verdade quando a gente diz o peso? Trintedois pés por segundo, por segundo. Lei dos corpos em queda: por segundo ao quadrado. Cai tudo no chão. A terra. É a força da gravidade da terra que é o peso. (p. 90-1)

E é assim por umas quatrocentas páginas. Oh, minha cabeça!, como dizia Jules Lemaître.[14] Vemos Bloom, ao longo de suas andanças, na vitrine da tabacaria, na loja de lingerie, na coluna de espetáculos, lendo o panfleto do Exército de Salvação, o anúncio de sermões da semana, refletindo um a um os mil e um aspectos da rua: e todo o tempo esse ramerrão de vulgaridades e de platitudes, essa maré de detritos, resíduos de lembranças, clichês, leituras, engrenagens, os zigue-zagues malucos, o sem pé nem cabeça das cogitações de um cretino... Vocês se lembram do personagem de Meilhac e Halévy[15] que dava a seguinte explicação sobre o impressionismo: "Um senhor que passa na frente de uma farmácia se pinta de verde na frente do frasco verde, de vermelho na frente do frasco vermelho..."? Era o bom tempo: o impressionismo era uma mistura superficial, uma tatuagem de pele. Desta vez, é a substância da alma que procuramos apreender, o pensamento em estado nascente, a radiografia profunda da vida em fuga, no seu perpétuo devir.

Pensamos nesses retratos cubistas nos quais o personagem, invadido pelo mundo exterior, sofre para reencontrar seus pedaços em um mosaico de cantos de mesa, de venezianas, de aparelhos de aquecimento, de chaminés de fábrica, de papel-jornal e calhas de zinco que penetram confusamente o campo de sua consciência e disputam os farrapos de sua individualidade. Mas, meu Deus!, isso é mesmo novo? Era um gênero muito reconhecido dos grandes retóricos, o *quiproquo*, o *sem pé nem cabeça*, e nossos madrigalistas fizeram disso obras-primas, como a *Bataille de Marignan* ou os *Cris de Paris*. O efeito é tanto mais marcante quanto o trecho seja curto: a carga de chumbinho vira um tiro. Uma página desse gosto vale mais que quinhentas. *Secundo*, o sistema está errado. Só é admissível, e olhe lá!, com um ser tão amorfo, tão covarde, tão totalmente inexistente como Bloom: nessa espécie de gelatina concebe-se que o exterior seja impresso, transbordando continuamente. Para isso é preciso uma natureza inerte, um abúlico, permeável a todas as influências, uma alma invertebrada e moralmente prostrada. Nesse estado de semiférias, a decoração, os cartazes, os avisos, as fachadas, os carros, os passantes contam mais que a pessoa. Mas suponha o menor interesse, uma preocupação, uma simples preocupação: como tudo muda! Como a paixão rapidamente suprimiu o acessório! Como ela reúne as forças e refaz a unidade que o sr. Joyce se

---

14. Escritor e crítico francês (1853-1914), Lemaître usou esse bordão em uma crítica sobre a poesia de Verlaine.
15. Henri Meilhac (1830-97) e Ludovic Halévy (1834-1908), escritores e libretistas de ópera que escreveram juntos por mais de vinte anos.

apraz em liquefazer! Que digo, a paixão? o hábito é suficiente: ele atenua o contorno das coisas, borra os espetáculos; as ruas de Paris estão cheias de gente que caminha sem ver Paris.

O sr. Joyce esquece, em sua fúria analítica, que a sensação mais elementar compõe, sem saber, tudo que ele se esforça para decompor; o olho não conta as folhas da relva em uma paisagem; ele condensa, elimina, sintetiza: nós vemos os poros da pele de um rosto bonito? A vida é feita de uma poeira de sensações natimortas, de bilhares de percepções latentes, de uma mixórdia infinita de coisas insignificantes cuja soma não conta, não faz a luz de um relâmpago de amor e de energia. O sr. Joyce coloca tudo no mesmo plano: empresta para seu Bloom idiota sua própria visão, sua mania de analista, suas ferramentas de psicólogo, suas pinças, seus microscópios, e traz confusamente à luz protozoários, abortos, larvas, todas as infinitas pequenezas de que se compõe a madrépora da consciência.

O resultado é uma imagem completamente errônea. A arte tinha inventado os meios para explorar ou sugerir esses limbos. O sr. Joyce tenta a abordagem direta: de que lhe serve desossar e deslocar a frase, libertar as palavras de qualquer ordem, pulverizar a linguagem, moer a gramática, desorganizar todas as formas de representação: quem me garante a exatidão de sua descrição? Quem me garante que esse estilo molecular, atomizado, não é, como diriam os pintores, metido a besta? Essas explosões de palavras, essas emissões de substantivos, essa estenografia, esse tac-tac de aparelho Morse não se parecem em nada com o que apreendo em mim quando presto atenção ao meu discurso interior.

Uma infinidade de coisas que percebo não é nomeada, elas permanecem no estado de imagens, de impressões, de sons, de perfumes, de cores, sem ser acompanhadas de qualquer palavra: se "penso" uma galinha eu a "vejo" sem designá-la de outra maneira. Não vislumbro todo um quadro de galinheiro: "Ga ga gará. Clu clu clu. A Preta Liza é a nossa galinha. Ela bota ovo pra nós. Quando bota ovo ela fica tão feliz. Gará. Clu clu clu" (p. 323). É o estilo *dada*. Mas, quando o diabo aparece, vocês balbuciam assim? Quando me escuto, ouço um murmúrio, uma voz que não perturba meu silêncio. Nem tudo se projeta duramente, nem se pronuncia em fórmulas. Reina em torno das coisas um éter trêmulo, largas zonas mudas, um banho de vagueza e inefabilidade. As formas não têm as arestas vivas e as asperezas da palavra. É um conto, um sonho, uma música. Que traição aprisionar tudo isso atrás das grades de chumbo da "caixa-baixa" e representar esse reino do silêncio através desse rebuliço sempiterno, dessa ruminação de vocábulos, desse motor que gagueja, dessa prolixidade e dessa impiedosa repetição. Palavras, palavras, palavras.

E quantos artifícios, que retórica nesse "calão" esfolado! Aliterações, onomatopeias, síncopes, calembures, tropos, rimas, refrãos, palavras deformadas (*clamm dever* no lugar de *damm clever*; *runefal* por *funeral* etc.)[16] e essa boa e velha "harmonia imitativa" — todas as fitas, todos os truques, todas as ervas-de-são-joão, um arsenal completo de todos os ilusionismos que podemos fazer com as palavras. Evidentemente há aí um prodigioso trabalho, mas onde está o retrato prometido, em sua intratável verdade? Onde está Bloom? O autor faz mais que mostrar a ponta da orelha: deixa-se levar por seu virtuosismo. Sua máquina verbal, de uma força extraordinária, pega velocidade e não para mais. À medida que avançamos, esse infeliz Bloom não é mais que um trapo que esquecemos em cada esquina, um pretexto que o poeta substitui pelos caprichos de sua verve, as proezas, as filigranas, as girândolas, os molinetes de sua fantasia atordoante e burlesca. Renuncio a seguir os volteios de sua sombra irrelevante através dos meandros dessa "loquaz, panabrangente mixórdia desta crônica" (p. 424). Não falarei de suas estações no bar do Hotel Ormond, suas libações copiosas e sua querela épica com o Patriota, e o que lhe acontece de grotescamente libidinoso à beira da praia (em uma cena que lembra o *Écornifleur* de Jules Renard)[17] provocado pelas poses de uma moça precocemente viciosa, até o momento em que ele acaba, às nove horas da noite, na sala de espera de uma clínica para saber notícias do parto da sra. Purefoy. Toda essa parte do livro é tratada francamente em paródia. É uma série de "à maneira de...", uma cascata de imitações e de tiradas ridículas, uma revista de todos os estilos desde o gótico de *A morte do rei Arthur* até o "*troubadour*" de Walter Scott e o falatório furioso de Thomas Carlyle, passando por todas as nuances da prosa de jornal, do romance-folhetim, do redator mundano e do redator esportivo. Ficamos perplexos com essas acrobacias. O gênio da raça leva a melhor: é o filho dos malabaristas, o palhaço, o saltimbanco do mundo ocidental.

A partir desse momento, entramos em plena loucura. É aí que temos uma cena de duzentas páginas, tornada logo famosa, uma nova noite de Walpurgis[18] que passa por ser o ápice da composição. Esse imenso interlúdio não tem um sentido muito claro: é o fim da análise e do procedimento de dissolução da realidade que descrevi antes. Todos os elementos liberados se combinam em formas incoerentes, cômicas e delirantes. É a alucina-

---

16. *Sagais demaz* por *sagaz demais* e *enreto* por *enterro*, na tradução de Caetano W. Galindo.
17. Romance de 1892.
18. Festa cristã, de origem pagã, celebrada na noite entre 30 de abril e 1º de maio. A primavera, Santa Valburga e, mais recentemente, o fim do ano letivo no hemisfério norte são motivos da festa comemorada, geralmente, com grandes fogueiras.

ção e a fantasmagoria. Stephen e o sr. Bloom, que finalmente se encontram na clínica, ambos relativamente bêbados no fim do dia, fecham sua noite em uma casa de mulheres. É um tipo de sabá,[19] uma Tentação de Santo Antão, o Brocken[20] na casa Tellier.[21]

Depois desse balé fantástico, que não me encarrego de explicar, segue uma terceira parte na qual os novos amigos inseparáveis e já lúcidos perambulam pelas ruas noturnas de Dublin e levantam todas as questões divinas e humanas. O estilo muda mais uma vez. Sob a forma de um exame, de um interrogatório de juiz de instrução, é uma recapitulação completa, um inventário, uma soma de tudo que se passou no cérebro desses dois seres ao longo do dia. Entretanto, é tempo de concluir. Cada um vai embora para dormir, sem ter, que fique claro, evoluído ao fim dessa longa vagabundagem; Leopold-Ulisses ou, se vocês preferirem, esse Bloom Judeu Errante volta para casa e, enquanto desliza humildemente para o lugar ainda morno do amante, tudo acaba por meio de um extraordinário trecho, um solilóquio de sua mulher, quarenta e duas páginas de uma composição só, sem uma quebra de parágrafo, sem nem ponto nem vírgula, que ultrapassa tudo o que o precede em impacto, em comicidade e em impudor, e no qual se pinta a alma grosseira, sensual, imoral, ingênua, canalha, positiva, poltrona, a imaginação erótica, pagã, tranquilamente impudica e comicamente religiosa, a *animula blandula, vagula*,[22] a pequena alma de nada, a alma toda física e animal de Molly.

O que quer dizer...? Talvez simplesmente que, enquanto os Stephen e os Bloom, os Bouvard e os Pécuchet,[23] penam à caça das verdades e das quimeras, a felicidade é alcançada pela *muliercula*[24] e se encontra sob a pata rechonchuda da pequena besta de prazer. Será que era o caso, para se chegar lá, de revirar céu e terra, acumular tantas páginas e empilhar mais palavras do que custou a construção da Torre de Babel? Será que era o caso de desperdiçar tanto talento, de descarrilhar a frase, desistir da arte de escrever e colocar sob convenções seculares esse pacote de dinamite como um imenso petardo? Deixemos de lado o que o sr. Wells[25] chama, neste livro, de a "obsessão da cloaca";

---

19. Aqui, como festa de feiticeiras.
20. Montanha da região do Harz, norte da Alemanha, lugar lendário de reunião das feiticeiras na noite de Walpurgis.
21. *La Maison Tellier* (1881) é uma das obras mais importantes de Guy de Maupassant. O título é o nome de uma casa de prostituição, cenário da novela.
22. Latim, primeiro verso de um poema do imperador romano Adriano: "almazinha branda, errante".
23. Protagonistas do romance inacabado *Bouvard et Pécuchet* (1881), de Flaubert.
24. Mulherzinha, em latim.
25. H. G. Wells diz isso em 1917, em uma resenha do *Retrato...*

sobra, no conjunto, um caráter acre, algo de inumano, um sarcasmo, uma derrisão quanto a tudo que não tínhamos visto novamente desde Rabelais: alegria de franciscano que rompe com a sacristia. O que resta é que o sr. Joyce é o homem que não temeu blasfemar a maternidade e tratar em estilo bufo os sofrimentos sagrados da mulher. Não há nenhuma piedade em seu coração: nenhuma alma mais estrangeira à ternura humana. Quanto à novidade de sua arte, ora, vamos! O autor de *Ulysses* se diverte ao mistificar seu mundo, é seu direito. Mas uma esnobada vale outra. Consciência, subconsciência, psicanálise, freudismo, eu, não eu, abertura das "portas do porvir", quantas coisas! A velha canção do bêbado dizia a mesma coisa:

Tenho a catedral na barriga,
Todos os coroinhas,
Os sacristãos, os cantores
e as boas freirinhas...

É claro. E é mais curto.

LOUIS GILLET (1876-1943) foi um historiador francês especializado em história da arte. Publicou também sobre literatura inglesa, de Shakespeare a seus contemporâneos, e os autores do nascente modernismo. Desde 1935 foi membro da Académie Française. Sua leitura do *Ulysses* representa, portanto, um ponto de vista "conservador", como bem se pôde ver.

Nova York, 1922: A espantosa crônica de James Joyce

JOSEPH COLLINS

Texto originalmente publicado em 28 de maio de 1922, em *The New York Times*, sob o título "James Joyce's Amazing Chronicle". Tradução de Rogério W. Galindo.

Uns poucos visionários intuitivos e perspicazes podem entender e compreender *Ulysses*, o novo e gigantesco livro de James Joyce, sem passar por um treinamento ou instrução, porém o leitor inteligente médio sairá dele com pouco ou nada — mesmo lendo cuidadosamente, pode-se dizer mesmo estudando o livro — além de confusão e certa repulsa. O volume deveria vir acompanhado de uma chave e de um glossário, como os livros da Berlitz. Nesse caso, o leitor atento e diligente acabaria tendo certa compreensão da mensagem do sr. Joyce.

Não se pode duvidar que ele tenha uma mensagem. Ele busca relatar o mundo das pessoas que encontrou em seus quarenta anos de existência senciente; descrever sua conduta e sua fala e analisar suas motivações, e narrar o efeito que o "mundo", sórdido, turbulento, confuso, com uma atmosfera mefítica criada pelo álcool e pelo domínio eclesiástico em seu país teve sobre ele, um celta emotivo, um gênio egocêntrico, cuja principal diversão e maior prazer é a autoanálise e que durante a vida teve a importante ocupação de manter um caderno em que registrou incidentes encontrados e discursos ouvidos com precisão fotográfica e fidelidade dignas de Boswell. Além disso, ele está determinado a contar isso de maneira nova. Não segundo o modelo narrativo direto, com certa sequência de ideias, fatos, ocorrências, em sentenças, frases e parágrafos compreensíveis para uma pessoa de educação e cultura, mas sim com paródias de prosa clássica e gírias atuais, com perversões da literatura consagrada, numa prosa cuidadosamente medida com estudada incoerência, com símbolos tão ocultos e místicos que apenas os iniciados e profundamente versados conseguem entender — em resumo, com os truques e ilusões de que um mestre artífice, ou mesmo mágico, pode lançar mão na língua inglesa.

Antes de passar a uma breve análise do *Ulysses* e a um comentário sobre sua construção e conteúdo, quero caracterizá-lo. *Ulysses* é a mais importante contribuição à literatura ficcional no século XX. O livro imortalizará seu autor tão certamente quanto *Gargântua e Pantagruel* imortalizaram Rabelais e *Os irmãos Karamázov* imortalizaram Dostoiévksi. É provável que não haja nenhum escrito em inglês que possa servir de paralelo à façanha de Joyce, e também é provável que poucos quisessem fazer isso caso fossem capazes. Essa afirmação exige que se diga que o sr. Joyce achou apropriado usar palavras e frases que o mundo todo convencionou e que as pessoas em geral, cultas e incultas, civilizadas e selvagens, crentes e pagãs, concordaram que não deveriam ser usadas, e que são baixas, vulgares, imorais e depravadas. A resposta que o sr. Joyce dá a isso é a seguinte: "Essa raça e esse país e essa vida me produziram — devo me expressar como sou".

Um teste de resistência deve sempre ser precedido por treinamento.

Chegar ao fim do *Ulysses* exige verdadeira resistência. O melhor treinamento para isso é uma leitura atenta de *Um retrato do artista quando jovem*, o livro publicado seis ou sete anos atrás, que revelou a capacidade do sr. Joyce de externar sua consciência, de colocá-la em palavras. Trata-se da história da vida dele próprio antes de se exilar de sua terra natal, contada com franqueza incomum e extraordinária revelação de pensamentos, impulsos e ações, sendo que muitos dos incidentes têm natureza e textura que muitas pessoas não se sentem à vontade para revelar, ou não ser decente e apropriado confidenciar ao mundo.

Os fatos mais relevantes da vida do sr. Joyce com que o leitor que busca compreender seus escritos deve estar familiarizado são os seguintes: ele é um dentre muitos filhos de um casal católico do sul da Irlanda. Na infância, o pai ainda não havia dissipado sua pequena fortuna e ele foi enviado a Clongowes Woods, um renomado colégio jesuíta perto de Dublin, e lá permaneceu até parecer a seus pais que ele precisava decidir se tinha ou não uma vocação, ou seja, se sentia dentro de si, em sua alma, um desejo de entrar para a Ordem. Após algumas experiências religiosas, ele perdeu sua fé, depois seu patriotismo, e passou a considerar ridículos aqueles que antes adorava, e a sentir desprezo por seu país e suas aspirações. Depois de formado, decidiu estudar medicina, e de fato levou adiante esses estudos por dois ou três anos, um deles na Universidade de Paris. Mais tarde ele acabou se convencendo de que a medicina não era sua vocação, muito embora houvesse fundos disponíveis para que continuasse com os estudos, e ele decidiu começar a cantar profissionalmente, tendo uma fenomenal voz de tenor.

Esses três noviciados lhe deram todo o material que ele usou nos quatro volumes que havia publicado. Matrimônio, paternidade, problemas de saúde e uma série de outros fatores puseram fim às suas ambições musicais, e por vários anos antes do início da guerra ele ganhou seu pão ensinando inglês e italiano aos austríacos de Trieste, tendo sobre esta última língua um domínio capaz de lisonjear um professor de Pádua. A guerra o levou ao refúgio dos expatriados, a Suíça, e durante quatro anos ele lecionou alemão, italiano, francês e inglês a qualquer pessoa em Berna que tivesse tempo, ambição e dinheiro para aprender uma língua. Desde o armistício mora em Paris, terminando o *Ulysses*, sua obra máxima, que ele diz e crê representar tudo que tem a dizer e que imprudentemente tentou submeter ao mundo por meio das colunas de *The Little Review*. O livro hoje está publicado "privadamente só para assinantes".

Quando garoto, o herói favorito do sr. Joyce era Odisseu. Ele aprovava o subterfúgio usado pelo personagem para escapar do serviço militar, porém lhe invejava a companhia de Penélope, toda a sua vingança latente sendo vicariamente satisfeita pela leitura do modo como Odisseu se vingou de Palamedes, ao mesmo tempo que a astúcia e a engenhosidade do artífice decisivo do cerco de Troia criaram nele grande e permanente admiração e afeto. Porém foram os dez anos da vida de seu herói depois de comer a planta de lótus que seduziram por completo o sr. Joyce, a criança e o homem, e apaziguaram sua alma emocional. À medida que os anos passavam, ele identificava muitas de suas próprias experiências com aquelas do assassino de Polifemo e favorito de Palas Atena; assim, depois de cuidadosa preparação e planejamento ele decidiu escrever uma nova Odisseia cuja ascensão e clamor seriam ouvidos pelo mundo inteiro. No início de sua vida, o sr. Joyce havia se identificado de modo definitivo como Dédalo, o arquiteto, escultor e mágico ateniense. Isso provavelmente ocorreu mais ou menos na época em que ele se convenceu de que não era filho de seus pais, mas sim uma pessoa distinta criada por pais adotivos — um acontecimento bastante comum em potenciais psicopatas e gênios em formação. É como Stephen Dedalus que o sr. Joyce prossegue no *Ulysses*. Na verdade, o livro é o registro de seus pensamentos, excentricidades, caprichos e, mais particularmente, suas ações, e as de Leopold Bloom, um judeu húngaro, que perdeu seu nome e sua religião, um Hamlet em frangalhos com os sentidos à flor da pele, que se casou com uma certa Marion Tweedy, filha de um suboficial estacionado em Gibraltar.

O sr. Joyce é um homem alerta, perspicaz, brilhante, que teve como hábito durante toda a vida anotar tudo que pensou, independentemente de estar deprimido ou em êxtase, desesperado ou esperançoso, faminto ou saciado, e de igualmente colocar no papel aquilo viu ou ouviu os outros fazerem ou dizerem. Não é improvável que todos os pensamentos que o sr. Joyce teve, todas as experiências com que se deparou, todas as pessoas que conheceu, quase se pode dizer tudo que ele um dia leu em literatura sacra ou profana, possa ser encontrado nas obscuridades e na franqueza do *Ulysses*. Caso a personalidade seja a soma total de todas as experiências de alguém, de todos os seus pensamentos e emoções, todas as inibições e liberações, todas as aquisições e heranças, então pode-se dizer genuinamente que o *Ulysses* chega mais perto de ser a perfeita revelação de uma personalidade do que qualquer livro existente. *As confissões* de Rousseau, o *Diário Íntimo* de Amiel, as bravatas de Bashkirtseff e as *Memórias* de Casanova são livros para iniciantes em comparação.

Ele é o único indivíduo que este autor encontrou fora de um hospício que deixou fluir de sua pena pensamentos aleatórios e intencionais conforme eles ocorrem. Ele não procura lhes dar ordem, sequência ou interdependência. A produção literária dele pareceria dar razão a algumas das controversas afirmações de Freud. A maior parte dos escritores, praticamente todos, transfere sua consciência, seu pensamento deliberado para o papel. O sr. Joyce transfere seu pensamento inconsciente para o papel sem submetê-lo ao consciente, ou, caso o submeta, fazendo-o para receber incentivo e aprovação, talvez até mesmo elogios. Ele acredita, assim como Freud, que o inconsciente representa o homem verdadeiro, o homem da natureza, e que o consciente representa o homem artificial, o homem da convenção, da conveniência, o escravo do que os outros esperam dele, o sicofanta da Igreja, o fantoche da sociedade e do Estado: para ele, os movimentos que geram revoluções no mundo nascem dos sonhos e das visões do coração de um camponês nas colinas. "O coração do camponês", psicologicamente, é o inconsciente. Quando um mestre das palavras e das frases decide se lançar à tarefa de revelar o produto do inconsciente de um monstro moral, um pervertido e um invertido, de um apóstata de sua raça e de sua religião, do simulacro de um homem que não tem nem uma cultura que lhe sirva de base nem autorrespeito, que não pode ser ensinado nem pela experiência nem consegue aprender pelo exemplo, como o sr. Joyce fez ao traçar o retrato de Leopold Bloom, e reproduz de maneira fiel seus pensamentos, determinados, caprichosos e obsessivos, sem dúvida ele sabia perfeitamente bem o que estava realizando, e como os vis conteúdos desse inconsciente seriam inaceitáveis para 99 a cada cem homens, e como eles ficariam furiosos de ter esse conteúdo revoltante atirado em sua face. Porém, isso nada tem a ver com aquilo que me ocupa aqui, ou seja, se o trabalho foi bem feito e se é uma obra de arte, e quanto a isso a resposta só pode ser afirmativa.

    É particularmente em um dos mais estranhos capítulos de toda a literatura, sem título, que o sr. Joyce consegue exibir o ponto alto de sua arte. Dedalus e Bloom passaram em revista num estado místico todas as pessoas íntimas e todos os inimigos, todos os seus detratores e sicofantas, a ralé de Dublin e a prole do diabo. O sr. Joyce ressuscita Santa Valburga, devolve-a à vida depois de doze séculos de intimidade com Belzebu, e, substituindo uma parte miserável de Dublin pelo Brocken, passa a descrever um festival, tendo o diabo como anfitrião. Os convidados em carne e em espírito têm muitas de suas propriedades corpóreas, mas as reações da vida já não existem mais. O capítulo é repleto de inteligência, humor, filosofia, erudição, conhecimento das fragilidades humanas e das indulgências humanas, especialmente sem a presença dos freios da moralidade, e o álcool ou a deficiência congênita tornam esses freios ausentes para a maior parte dos personagens. O texto recende a luxúria e obscenidades, e a moralidade que ele retrata é aquela que ele conhece. Nesse capítulo estão compactadas todas as experiências do autor, todas as suas determinações e inflexibilidades, a maior parte dos incidentes que deram à sua mente um viés persecutório, tornaram-no um exilado de sua terra natal e privaram-no da coragem de voltar a ela. Ele não hesita em colocar em cena o fantasma da mãe, que ele foi acusado de matar por não se ajoelhar e orar por ela quando ela estava morrendo e de perguntar-lhe sobre a veracidade da acusação. Mas ele não se arrepende nem quando ela volta do mundo dos espíritos. Na verdade, a capacidade de arrependimento não faz parte da constituição do sr. Joyce. Convencer o sr. Joyce de que ele está errado em qualquer assunto em que ele decidiu o que pensa é tão impossível quanto convencer um paranoico da irrealidade de suas falsas crenças, ou uma mulher ciumenta de que suas suspeitas não têm base. Pode-se dizer que esse capítulo não representa a vida, porém me arrisco a dizer que representa a vida com precisão fotográfica do modo como o sr. Joyce a viu e a viveu, e que todas as cenas se passaram diante de seus olhos e que todas as falas foram ouvidas ou ditas, e que todos os sentimentos foram experimentados ou lançados sobre ele. É um espelho colocado diante da vida, do qual sinceramente desejaríamos e devotamente pediríamos em nossas preces para sermos poupados.

Em outro contexto, o sr. Joyce certa vez disse:

> Meus ancestrais abandonaram sua língua e passaram a falar outra. Permitiram que um punhado de estrangeiros os subjugassem. Você acha que vou pagar com minha vida e minha pessoa as dívidas feitas por eles? Nenhum homem honrado e sincero abriu mão de sua vida, de sua juventude e de seu afeto pela Irlanda desde os tempos de Tome até os tempos de Parnell, porém os irlandeses venderam-no para o inimigo ou falharam com ele quando ele teve necessidade ou o insultaram e o trocaram por outro. A Irlanda é a velha porca que come sua ninhada.

Ele vem dizendo isso há muitos anos, e tenta fazer com que suas ações se conformem a suas palavras. No entanto, em todos os dias de sua vida, caso o correio não falhe, ele recebe um jornal de Dublin e o lê com a atenção com que um padre lê seu breviário.

O sr. Joyce teve a boa sorte de nascer com a qualidade que o mundo chama de gênio. A natureza cobra um preço, um exasperante imposto dos gênios, e como regra os dota também de uma falta de subserviência pela lei e pela ordem. Genialidade e reverência são antípodas, Galileu sendo a exceção à regra. O sr. Joyce não tem reverência pela religião organizada, pela moralidade convencional, pelo estilo ou pela forma literária. Não concebe a palavra "obediência" e não se ajoelha diante de Deus nem dos homens. É muito interessante e tremendamente importante ter as revelações de uma tal personalidade, e tê-las em primeira mão e não mascaradas. Até hoje nossas únicas avenidas de informação para personalidades como essa passavam pelos asilos dos loucos, pois era ali que revelações como a do sr. Joyce eram feitas sem reserva. Antes que alguém entenda essa afirmação como um subterfúgio de minha parte para contestar a sanidade do sr. Joyce, deixe-me dizer desde já que ele é um dos gênios mais sãos que eu conheci.

Ele teve a profunda infelicidade de perder sua fé e não pode se livrar da obsessão de que os jesuítas fizeram isso com ele, e está tentando ficar quites com eles dizendo coisas desagradáveis sobre eles e fazendo com que seus ensinamentos sejam alvo de gozação e descrédito. Ele teve a infelicidade de nascer sem um senso de dever, de serviço, de conformidade com o Estado, com a comunidade, com a sociedade, e está convencido de que deve falar sobre isso, assim como algumas pessoas que vivenciaram uma cirurgia pensam que devem relatar com minúcias todos os seus detalhes, particularmente em jantares sociais e para pessoas que conhece de vista.

Por fim, arrisco uma profecia. Não há dez homens ou mulheres a cada cem capazes de ler o *Ulysses* inteiro, e, dos dez que conseguirem, cinco o farão como um *tour de force*. Sou provavelmente a única pessoa, além do autor, que o leu duas vezes do princípio ao fim. Aprendi mais sobre psicologia e psiquiatria nesse livro do que em dez anos no Instituto Neurológico. Há outros ângulos pelos quais o *Ulysses* pode ser visto com proveito, mas não são muitos.

Stephen Dedalus em sua tranquilidade parisiense (caso o Minos moderno tenha recebido o banho quente letal) fingirá indiferença à publicação de um estudo laudatório sobre o *Ulysses* daqui a cem anos, mas ele receberá essas loas tão certamente quanto Dostoiévski, e mais certamente do que Mallarmé.

JOSEPH COLLINS (1866-1950) foi um neurologista americano. Além de uma carreira médica bem-sucedida, teve uma longa atuação como "vulgarizador", falando de neurologia e também de literatura para o público geral. Esta resenha, publicada no dia 28 de maio de 1922 (pouco mais de três meses depois do lançamento do livro, portanto), foi a primeira página do longo e tortuoso processo de recepção do *Ulysses* nos Estados Unidos.

James Joyce, Ulysses portfolio, Robert Motherwell, 1988
©Dedalus Foundation, Motherwell, Robert/AUTVIS, Brasil, 2021

SOBRE JAMES JOYCE

JAMES JOYCE nasceu em Dublin, em 2 de fevereiro de 1882. Era o mais velho dos dez filhos de uma família que, após breve prosperidade, caiu na pobreza. No entanto, foi educado nas melhores escolas jesuítas e depois no University College de Dublin. Em 1902, depois de se formar, mudou-se para Paris, por pensar que lá poderia estudar medicina. Porém logo acabou por assistir a aulas e por devotar-se à escrita de poemas e rascunhos e à elaboração de um "sistema estético". Chamado de volta a Dublin em abril de 1903, devido a uma doença fatal de sua mãe, ele rumou gradualmente para a carreira literária. No verão de 1904, conheceu uma jovem de Galway, Nora Barnacle, e convenceu-a a ir com ele para o continente, onde planejava lecionar inglês. O jovem casal passou alguns meses em Pola (hoje na Croácia); depois, em 1905, mudou-se para Trieste, onde, exceto por sete meses em Roma e por três viagens a Dublin, eles viveram até junho de 1915. Tiveram dois filhos, um menino e uma menina. O primeiro livro de Joyce, os poemas de *Música de câmara*, foi publicado em Londres, em 1907; e *Dublinenses*, um livro de contos, em 1914. Com a entrada da Itália na Primeira Guerra Mundial, Joyce viu-se obrigado a se mudar para Zurique, onde permaneceu até 1919. Nesse período, publicou *Um retrato do artista quando jovem* (1916) e *Exilados* (1918), uma peça. Depois de um breve retorno a Trieste após o armistício, Joyce decidiu mudar-se para Paris a fim de ter mais facilidade na publicação de *Ulysses*, um livro em que estivera trabalhando desde 1914. Na verdade, o livro foi publicado no seu aniversário, em Paris, em 1922, e deu-lhe fama internacional. No mesmo ano, ele começou a trabalhar em *Finnegans Wake*; e, apesar de estar muito perturbado com problemas num olho e profundamente abalado pela doença mental de sua filha, completou o livro e o publicou em 1939. Depois do começo da Segunda Guerra Mundial, foi morar na França ainda não ocupada e então conseguiu uma permissão, em dezembro de 1940, para retornar a Zurique, onde morreu em 13 janeiro de 1941. Joyce foi enterrado no cemitério Fluntern.

SOBRE CAETANO W. GALINDO

SOBRE ROBERT MOTHERWELL

CAETANO W. GALINDO nasceu em 1973 em Curitiba, onde mora com um piano que não toca, milhares de livros que não leu e uma esposa que não merece. Desde 1998 é professor da Universidade Federal do Paraná. Traduziu *Dublinenses, Um retrato do artista quando jovem, Finn's Hotel* e *Ulysses*, de James Joyce. Escreveu *Sim, eu digo sim*, um guia de leitura do Ulysses, *Sobre os Canibais* (contos) e *Onze poemas*. É pai de sua própria Beatriz.

ROBERT MOTHERWELL nasceu em 1915 em Aberdeen, Washington, e faleceu em 1991 em Provincetwon, Massachusetts. Editor e artista plástico, era um dos mais jovens membros da New York School, que incluía nomes como Jackson Pollock e Mark Rothko. Respeitado intelectual, forjou amizade próxima com os surrealistas europeus e outros intelectuais.

Motherwell sempre nutriu enorme interesse pela obra de James Joyce, em especial por *Ulysses*. Os desenhos aqui reunidos, com exceção da imagem da página 3, fazem parte de uma série de quarenta gravuras feitas para a edição especial do romance publicada pela Arion Press em 1988.

Atualmente, as obras de Motherwell estão expostas em diversos museus do mundo, entre eles o MoMA, em Nova York, e o Tate Modern, em Londres.

ESTA OBRA FOI COMPOSTA EM SABON
POR RAUL LOUREIRO E IMPRESSA EM OFSETE
PELA GEOGRÁFICA SOBRE PAPEL PÓLEN SOFT
DA SUZANO S.A. PARA A EDITORA SCHWARCZ
EM JANEIRO DE 2022

A marca FSC® é a garantia de que a madeira utilizada na fabricação do papel deste livro provém de florestas que foram gerenciadas de maneira ambientalmente correta, socialmente justa e economicamente viável, além de outras fontes de origem controlada.